GONE WITH THE WIND

飘

[美] 玛格丽特 · 米切尔　著
贾文浩　贾文渊　贾令仪　译

(上册)

陕西师范大学出版总社

图书代号：WX19N1666

图书在版编目（CIP）数据

飘：上、下 /（美）玛格丽特 · 米切尔著；贾文浩，贾文渊，贾令仪译 . — 西安：陕西师范大学出版总社有限公司， 2019.12（2026.1 重印）

ISBN 978-7-5695-0906-9

Ⅰ.①飘…　Ⅱ.①玛…　②贾…　③贾…　④贾…　Ⅲ.①长篇小说—美国—现代　Ⅳ.① I712.45

中国版本图书馆 CIP 数据核字（2019）第 127292 号

飘（上、下）

PIAO（SHANG、XIA）

[美] 玛格丽特 · 米切尔　著　贾文浩　贾文渊　贾令仪　译

出 版 人　刘东风
责任编辑　宋媛媛　高　歌
责任校对　刘　定
特约编辑　李　娜
封面设计　吴黛君
出版发行　陕西师范大学出版总社
（西安市长安南路 199 号　邮编 710062）
网　　址　http://www.snupg.com
印　　刷　三河市兴博印务有限公司
开　　本　620 mm×889 mm　1/16
印　　张　79
字　　数　783 千
版　　次　2019 年 12 月第 1 版
印　　次　2026 年 1 月第 2 次印刷
书　　号　ISBN 978-7-5695-0906-9
定　　价　168.00 元（上、下）

译 序

美国女作家玛格丽特·米切尔发表过的唯一小说就是这部《飘》。小说一九三六年问世以来，一直畅销不衰，不仅在美国，而且在全世界都受到广大读者的喜爱。现已公认是以美国南北战争为背景的爱情小说的经典之作。

小说以亚特兰大以及附近的一个种植园为故事场景，描绘了内战前后美国南方人的生活。作品刻画了那个时代的许多南方人的形象，占中心位置的人物斯佳丽、瑞特、阿希礼、玫兰妮等人是其中的典型代表。他们的习俗礼仪、言行举止、精神观念、政治态度，以至于衣着打扮等，在小说里都叙述得十分详尽。可以说小说成功地再现了那个时代美国南方地区的社会生活。

小说最吸引人的地方是斯佳丽的个性以及她的爱情故事。她的爱情不是充满诗意和浪漫情调的那一种，而是现实的和功利的。为了达到目的，她甚至不惜使用为人所不齿的狡诈伎俩。那么她的爱情故事为什么还那么引人入胜呢？原因很简单，这就是真实。是小说所设置的情景下完全可能发生的真实情况。真实的东西可能并不崇高，但更接近人们的生活，因而也更受读者喜爱。

斯佳丽的爱情故事里包含了许多复杂的因素。如果说阿希礼和玫兰妮的爱情代表的是一种为人称道的正统爱情观念的话，斯佳丽对阿希礼的爱就是一种对正统的叛逆。为了她一生第一次也是唯一的一次纯情的爱，她不顾一切，勇往直前。在阿希礼和玫兰妮结婚后，仍不放弃，甚至越来越强烈。其行为与当时在传统观念教育下的其他女性形成强烈的反差。这正是她在爱情上表现出来的最可爱的地方。至于她后来的数次婚姻,则纯粹是出于功利，表现了她性格中的残忍狡诈。但是在当时战乱的背景下，为了生存，为了一家人有饭吃，为了保住她视为生命的土地，这种行为也是合理而真实的。她在战争中表现出的勇敢，独自承担起养活包括自己情人和情敌在内的一大家人的重担的责任感，以及在危险面前挺身而出，无所畏惧，疾恶如仇的精神，都使人产生敬意，减轻了人们对她为达目的不择手段的厌恶感。

斯佳丽和瑞特马拉松式的恋情，是故事发展的主线。瑞特是个复杂而有趣的人物。他行为不端、名声不好，是个发战争财的投机商、冒险家。但他身上也不乏绅士气度，还颇有些侠肝义胆，常常救助朋友于危难之间。斯佳丽和瑞特这样一个在当时为人所不齿的人物发生瓜葛，这本身就很引人注目，更不用说后来又有曲折离奇的发展。在两人的关系中，斯佳丽每一个狡猾的动作都被瑞特一针见血地点破。对于斯佳丽的所有心思，包括为了三百美元想嫁给他的功利动机，瑞特都知道得清清楚楚。但瑞特还是喜欢斯佳丽，可以说为了得到她的爱，一切都在所不惜。这正是小说的一个动人之处。

一九四〇年我国翻译家傅东华首次将这部小说译成中文介绍给中国读者。译作一出版就受到读者的欢迎，译本风行中国达半个世纪。随着时代向前推进，翻译界在肯定傅译本价值的同时，也意识到译本中过分归化的倾向和删减现象应当在今后的实践中从翻译原则上加以修正。最近十几年来陆续出版的一些译本，在翻译方法上体现了当代的文学翻译原则。这些译本对原文进行的必要阐释都各有不同，但有些地方可以说并没有理解透甚至是曲解了原文的意思。比如原文第一章第三自然段中两个孪生兄弟与斯佳丽在塔拉门廊上聊天，一边看着太阳的情景，几乎所有的译本都译成“隔着长窗看太阳”，而实际上门廊上并没有窗。准确的意思是举着手里的玻璃杯对着太阳看。英语中“玻璃”一词既可以指窗玻璃，也可以指玻璃杯，因而需要译者有准确的判断力。而这只是翻译这部作品的大量难点中最简单的一例。

现在，我们将自己的译作呈现给读者，其中体现了我们对这部作品的意义和风格的双重理解，同时也体现了我们为避免误译所做出的最大努力。

After all,

tomorrow is another day.

GONE WITH THE WIND

目　录

第一部 / 001

第二部 /165

第三部 / 337

第四部 / 615

第五部 / 1015

第一部

第一章

斯佳丽·奥哈拉其实长得不美，却魅力十足，男人一旦像塔尔顿家那一对孪生兄弟一样迷上她，就难得留意她美不美了。在她显著的容貌特征中，既有母亲那种沿海地区法国贵族后裔的风雅，又有肤色红润的父亲那种爱尔兰人的粗犷。无论如何，这张面孔都是十分动人的：尖尖的下巴，方方的腮帮子，两只淡绿色的眼珠连一丝淡褐色都不掺杂，眼眶周围的睫毛乌黑浓密，两个眼角稍稍翘起。眼睛上面是两道浓密的吊梢剑眉，醒目地刻画在木兰花般的洁白皮肤上。南方女子十分珍视自己的这种肤色，她们随时都戴着帽子，遮上面纱，戴好手套，小心翼翼保护皮肤免受佐治亚烈日的灼晒。

那是一八六一年四月一个阳光明媚的下午，她陪斯图尔特和布伦特·塔尔顿坐在父亲的塔拉庄园门廊的阴凉里，她那模样就像一幅美妙的图画。她身穿一条绿色新花布裙，十二码布料做成的波浪形裙裾散在裙衬上，跟父亲最近从亚特兰大为她买来的平跟绿色摩洛哥便鞋恰好相配。在这条裙子的完美衬托下，她十七英寸的腰身显得越发纤细了，方圆三个县的姑娘当中，就数她的腰身最细。她年方十六，可紧身胸衣却让她的胸脯显得发育相当成熟。但是，尽管散开的裙裾使她看上去优雅得体，顺溜的头发绾成发髻显得风度端庄，一双白皙的纤手交叠在膝上，看上去娴雅文静，可她天生的本性却是掩饰不住的。在她故作娇态的脸蛋儿上，那对绿眼睛并不安分，既任性又生气勃勃，跟她的端庄举止明显不同。她的礼貌是在母亲的谆谆教诲和保姆黑妈妈的严厉管教下塑造成的，可她的眼睛却露出了天然本色。

在她左右两边，那一对孪生兄弟懒洋洋歪在椅子上，一边说笑，一边眯起眼睛透过里面点缀着薄荷的大玻璃杯乜斜着阳光，他们都长着两条长腿，脚上都蹬着一双高及膝盖的长靴，腿肚子肌肉发达，随意跷着二郎腿。哥儿俩十九岁，身高六英尺二英寸，骨架粗大，肌肉结实，脸孔晒成古铜色，头发的颜色是赤褐色，眼神中洋溢着欢乐和傲气，两人都身穿蓝色上衣和芥末色马裤，看上去就像两只棉桃一样分不清彼此。

外面，夕阳斜照在院子里，在一片枝叶新抽绿芽的背景下，一株株山茱萸树上怒放的白色花朵明亮耀眼。孪生兄弟的马匹拴在车道上，这是两匹高头大马，毛色像主人的头发一样红。马腿周围，一群身体瘦长情绪烦躁的狗吠叫个不停，这是一种擅长捕捉负鼠的猎犬，斯图尔特和布伦特到哪儿都把这群狗带在身边。离它们稍远处，一条跟随马车的黑白花狗嘴巴耷拉在前爪上趴在一边，像获得爵位的贵族一样孤傲，捺着性子等待两个小伙子回家吃晚饭。

在这群猎狗、马匹和孪生兄弟之间，有一种比他们的忠实伙伴关系更深层的内在密切联系。人畜全都年轻体壮、头脑简单、毛发光滑、动作潇洒、精神勃发，兄弟俩像他们的坐骑一样精神饱满，不仅精神饱满，而且脾气暴躁，不过，在懂得如何驾驭他们的人面前，他们都显得温和驯顺。

坐在门廊里的这三个年轻人生来就过着舒适的庄园生活，自幼就有人伺候得无微不至，不过，他们的脸色倒既不苍白，也不娇嫩。他们就像一辈子生活在天地间、很少在枯燥书本上费心的乡下人一样，精神勃勃，行动机敏。在佐治亚州北部的克莱顿县，生活还是蛮新奇的，不过，按照奥古斯塔、萨凡纳和查尔斯顿等地的标准衡量，就嫌有点儿粗俗。佐治亚南部比较矜持古板的人们十分瞧不起佐治亚内地人，但是在佐治亚北部，当地人觉得没受过正规教育算不得失面子，要紧的事儿干得漂亮就成。种好棉花，骑术精湛，射击本领强，舞跳得轻盈，陪伴女士风度翩翩，饮酒多而不失态，这些才算是真正要紧的事。

这些本事孪生兄弟俩样样精通，而且他们对学习书本里的东西一窍不通的恶名声也同样出众。他们家的金钱、马匹、奴仆比全县任何人家的都多，不过这两个年轻人肚子里的墨水却比邻近大部分穷白人都要少。

正是由于这种原因，斯图尔特和布伦特才会在四月份的这个下午在塔拉的门廊里闲坐。他们刚刚被佐治亚大学开除，这是两年里第四所开除他们的学校了。他们的两个哥哥汤姆和博伊德也随着回了家，因为他们不愿留在不欢迎他们这对孪生弟弟的学校里继续念书。斯图尔特和布伦特把最后这次被开除当成个美妙的笑话，而斯佳丽本人自从前一年离开费耶特维尔女子学院以来，就再也不愿打开书本看一眼，对兄弟俩的事就像他们自己一样觉得滑稽。

“我知道你们俩不在乎让学校开除，汤姆也不在乎，”她说道，“不过博伊德呢？他看样子打定主意想念点儿书的，可你们闹得他离开了弗吉尼亚大学、亚拉巴马大学、南卡罗来纳大学，现在又让他离开佐治亚大学。照这样子，他根本念不到毕业了。”

“嗨，他可以去费耶特维尔那边的帕马利法官事务所念法律。”布伦特回答得漫不经心，“再说啦，这事本来没什么。我们反正不等到学期结束就得回家。”

“为什么？”

“因为战争呀，傻瓜！战争随时会打响，到时候我们谁还会待在学校里，你说呢？”

“要知道，根本就不会有什么战争，”斯佳丽厌烦了，“不过是人们口头上说说而已。真是的，阿希礼·韦尔克斯和他父亲上个礼拜刚对我爸爸说过，说是我们驻华盛顿的专员会跟林肯先生达成一项……一项……友好协议，同意结成南部邦联。反正北佬害怕咱们，不敢打。根本就不会有什么战争，这种话我都听腻了。”

“不会有什么战争！”孪生兄弟愤愤然嚷道，仿佛受了欺骗似的。

“这是哪儿的话，宝贝儿？战争当然要打，”斯图尔特说，“北佬也许怕我们，可是前天博勒加德将军炮轰苏姆特堡，把他们赶走后，他们就非打不可了，要不然就得在世人面前当懦夫丢脸。再说啦，邦联……”

斯佳丽的嘴角露出鄙夷神色。

“你们再敢说一遍‘战争’，我就进屋去把门关上。我这辈子最讨厌的就是‘战争’这个字眼，说‘脱离联邦’还差不多。爸爸从早到晚战争不离嘴，来找他的先生们全都大声嚷嚷什么苏姆特堡啦，南部各州权力啦，亚伯拉罕·林肯啦，让我烦得简直要惊叫起来了！小伙子们也全都谈论这事，还谈论他们的老骑兵连。今年春天的一切聚会全都没趣，因为小伙子们就没别的好谈。我真庆幸佐治亚等到圣诞节后才脱离联邦，要不然准得把圣诞聚会也给搅了。要是你们再敢说‘战争’，我就进屋去。”

她这话可是当真的，因为她绝对不能长时间忍受人家交谈却不把她当成主要话题。不过，她说这番话的时候脸上挂着微笑，还故意把酒窝缩得更深，浓密的睫毛像蝴蝶翅膀一样连连眨动。果然不出她所料，她那迷人的样子让两个小伙子看呆了，两人连忙道歉，说不该扫她的兴。他们丝毫也不因为她对战争缺乏兴趣就小瞧她。其实，他们反而更看重她了。战争是男人的事，与女士们无关，他们把她的态度当成了女性品质的证明。

她哄得他们不再谈论战争这个烦人的话题后，便兴致勃勃回到他们目前处境的话题上。

“你们俩又让人家开除回家，这事你们的母亲怎么说？”

弟兄俩立刻显得很不自在，回想起了三个月前被弗吉尼亚大学勒令退学回家后，母亲对他们的态度。

“哼，”斯图尔特说，“她倒还没有说什么，今天一早，汤姆和我们就出门了，汤姆到方丹家去了，我俩就上这儿来了。”

“你俩昨晚回家后，她说什么了吗？”

“我俩昨天晚上真是吉星高照。刚好到家前，妈妈上个月在肯塔基买的那匹种马送到了，家里一下乱成了一锅粥。那畜生又高又大——这马真棒，斯佳丽，你该叫你爸爸快去瞧瞧。送来的路上它居然就把马夫的肉咬了一块下来，还把我妈派去琼斯博罗火车站接站的两个黑小子给踢翻了。就在我们到家前，它正打算把马厩踢倒，我妈原来那匹叫草莓的老种马，也险些被它踢死。我们到家后，见妈妈正在马厩拿着一袋糖哄它吃，想让它安静下来，我妈真了不起。黑小子们躲在马厩栏杆外远远瞧着，眼睛瞪得像牛眼，提心吊胆怕得要命，可我妈却心平气和，对那匹马说话，好像它是个人一样，妈妈还让它从自己手里吃东西，妈妈驯马的办法真是谁都比不了。她一见我们就说：‘天哪，你们四个怎么又回家来了？你们真比埃及的祸水还要坏！’这时，那马又是喷鼻子又是抬起前腿，她便说：‘快滚吧！难道你们看不出这大宝贝不开心吗？明天早上我再跟你们四个算账！’于是我们就去睡觉了，今天一早她还没来得及抓住我们，我们便溜之大吉，只留下博伊德一个人对付她。”

“你觉得她会打博伊德吗？”斯佳丽像县里其他人一样，怎么也看不惯又瘦又小的塔尔顿太太对她早已长大成人的儿子们的教训方式，她甚至有时候还用马鞭抽打他们。

贝特丽丝·塔尔顿从来都是忙忙碌碌的，需要她亲手照料的不但有大片棉花地、上百名黑人奴仆、八个子女，还有全州最大的养马场。她脾气特别暴躁，她那四个儿子又常常惹是生非，所以她经常对他们大发雷霆。尽管她不许任何人鞭打马匹或黑奴，可她自己却觉得时不时地抽上他们一顿是不会对他们有任何伤害的。

“她当然不会打博伊德。她一向就没怎么打过博伊德，因为他是老大，再说我们哥儿几个就数他个头儿最矮。”斯图尔特说着露出了得意的神情，很为自己六英尺二英寸的身高感到自豪，“所以我们就让他留在家给妈妈解释。真是活见鬼，妈妈早就不该再打我们了！我俩都十九岁了，汤姆都二十一了，可她还把我们当六岁顽童对待。”

“明天去韦尔克斯家的烧烤会，你妈妈会不会骑那匹新来的马？”

“她是想骑，可是爸爸说骑那匹马太危险。再说那几个丫头也不会答应。她们说至少参加某一个晚会要让她像个贵妇人一样，坐马车去。”

“明天可别下雨，”斯佳丽说，“差不多一连下了一个礼拜了。要是烧烤野餐吃不成，都挤在屋里吃饭，那可是再倒霉不过的事了。”

“噢，明天准会放晴，会热得像六月天，”斯图尔特说，“瞧那落日。我还从来没见过那么红的太阳。凭落日就可以判断天气。”

他们朝杰拉尔德·奥哈拉家的土地远远望去，只见这片新犁过的棉花地连绵不断，一直延伸到火红的天边。此刻太阳正缓缓落到富林河对岸的山峦背后，把天空映照得一片深红。四月里暖和的空气也渐渐降温，透出些许让人舒服的凉意。

那一年的春天来得很早，不时喜降春雨，温暖而急促。粉红的桃花忽然绽开，和雪白的山茱萸互相映衬，把远山和黑色的河岸装点得十分好看。春耕就快结束了，落日的余晖给佐治亚州红土地刚犁起来的地垄上抹了一层油彩，把土染得更红了。翻起来的湿润泥土，正翘首企盼着棉花籽，道道垄沟的顶端都呈现浅红色，垄沟背阴面呈现朱砂红、猩红和栗色。农场中那座通体白色的砖房宛如一座岛屿，处在一片波涛起伏的红色海面上，海面涡流回旋，白浪翻卷，顶作浅红的波涛撞碎的那一刻，状如新月的浪尖忽然凝固。这地方没有那种绵长笔直的垄沟，能见到那种垄沟的地方是在佐治亚中部平坦的黄土地，或是在海边种植园里肥沃的黑土地上。而在佐治亚北部延绵起伏的丘陵地带，田地都犁成无数道弯弯曲曲的垄沟，防止肥沃的土壤随水流失，被冲到低处的河底去。

这片土地红得令人惊异，雨后更是红成一片血色，而旱季则是尘土飞扬，是世上最好的棉花生长地。这是一片让人赏心悦目的土地，一幢幢白色房屋、宁静安详的耕地、不慌不忙的河流。然而它又是一片反差强烈的土地，有着最明亮的阳光，也不乏最浓密的树荫，种植园里的开阔地和延绵数英里的棉花地，总是笑迎温暖的太阳，总是那样宁静而满足。土地的边缘连接着大片原始森林，即便在最炎热的正午时分，里面也十分阴暗凉爽，还带有一种神秘感，掺和着些许狰狞不祥的感觉。飒飒有声的松树带着世世代代的耐心，似乎有所期待，轻轻叹息着发出威胁："当心！当心！我们逮住过你。我们可以再把你抓回来。"

在门廊上聊天的三个人耳边传来了马蹄声、马具链子碰撞的叮当声，黑人毫无顾忌的尖嗓门儿欢笑声，是下地干活儿的人赶着骡马从地里回来了。屋里传出了斯佳丽的妈妈埃伦·奥哈拉那轻柔的声音，她正招呼一个小黑女孩儿，女孩儿提着埃伦的篮子，里面装着各种钥匙。孩子的声音又尖又高，答应说："来了，夫人。"随后脚步声便朝屋后的熏肉房远去了，埃伦就在那儿给收工回来的人分配食物。接着响起了一阵盘子、碟子和银餐具碰撞的声音，塔拉庄园的男管家波克在布置桌子准备开晚饭了。

听见这声音，兄弟俩心里明白该是动身回家的时候了。可是他俩怕见母亲，就赖在塔拉庄园的门廊上不走，心里盼着斯佳丽邀请他们吃晚饭。

“听我说，斯佳丽。明天的事，”布伦特说，“我们一直在外头，对烧烤会和舞会的事不大清楚，不过明天晚上我们没有理由不跳个痛快。你谁都没答应，对不？”

“哦，答应了！我哪儿知道你们俩都回家来了？我可不想就为了等你俩，结果在舞会上坐了冷板凳。”

“你坐冷板凳！”两个小伙子一阵狂笑。

“听我说，宝贝，你一定跟我跳第一个华尔兹，跟斯图尔特跳最后一个，完了跟我们一块儿吃晚饭。吃完了就像上次舞会一样，坐在楼梯平台，再听听金茜阿姨算命。”

“我才不喜欢听金茜阿姨算命呢。你知道她说我会嫁给一个什么样的男人，长着一头黑亮黑亮的头发，留着长长一道胡子，可我偏偏不喜欢黑头发男人。”

“红头发的你也不喜欢，对不，宝贝？”布伦特咧开嘴笑着说，“好啦，答应我们明天的华尔兹都跟我们跳，晚上一块儿吃饭。”

“要是你答应，我们可以告诉你一个秘密。”斯图尔特说。

“什么？”斯佳丽一听见这个词便大声问，好奇得像个孩子。

“是不是我们昨天在亚特兰大听到的那事，斯图尔特？要是的话，你可要知道，我们答应了要保密的。”

“哦，是佩蒂小姐告诉我们的。”

“什么小姐？”

“你知道，是阿希礼·韦尔克斯那个亲戚，住在亚特兰大，佩蒂帕特·汉密尔顿小姐——就是查尔斯·汉密尔顿和玫兰妮·汉密尔顿的姑妈。”

“我知道，比她再傻的老女人我这辈子还没见过。”

“是这样，昨天我们在亚特兰大等火车回家的时候，她正好坐马车经过车站，停下来和我们说了话，她告诉我们明天晚上韦尔克斯家舞会上要宣布一个订婚消息。”

“哦，这我知道，”斯佳丽失望地说，“就是她那个傻侄儿查理·汉密尔顿和霍尼·韦尔克斯。有些年头了，谁都知道他俩迟早要结婚，尽管他好像对这事有点儿冷淡。”

“你觉得他傻吗？”布伦特问道，“去年圣诞节你可让他在你周围忙了个够。”

“我又没法儿不让他忙，”斯佳丽耸了耸，显得毫不在意，“我觉得他是个讨厌的胆小鬼。”

“不过，要宣布的订婚消息可不是他的，”斯图尔特得意地说，“而是阿希礼和查理的姐姐玫兰妮小姐的！”

斯佳丽的脸色没变，但是她的嘴唇白了——仿佛冷不丁当头挨了一棒，一时还没明白是怎么回事。她的面孔凝固了似的，眼睛直勾勾盯着斯图尔特，斯图尔特从不多想，还以为她不过是感到惊奇，觉得挺有意思罢了。

“佩蒂小姐告我们说，本来打算明年再宣布来着，因为玫荔[1]身体不好；可是人们纷纷传说要打仗，双方家里都觉得不如赶快结了婚也就放心了。所以明天晚上要在晚饭中间宣布。好了，斯佳丽，我们把秘密告诉你了，你得答应跟我们一块儿吃晚饭。”

---

[1] 玫荔：玫兰妮的昵称。——译注

“当然我跟你们一块儿吃。”斯佳丽言不由衷地说。

“跟我们跳所有的华尔兹舞？”

“所有的？”

“你太可爱了！我敢说别的男孩儿非气疯不可。”

“让他们发疯去吧，”布伦特说，“咱俩能对付他们。瞧，斯佳丽。上午在烧烤野餐会上跟我们坐在一块儿。”

“什么？”

斯图尔特把他的要求又说了一遍。

“当然。”

兄弟俩喜出望外地交换了一个眼色。尽管他俩自以为是最受斯佳丽青睐的崇拜者，可以前还从来没有这么轻易就得到这种表示。一般斯佳丽总是让他们只有乞求的份儿，而她总是推托，既不答应，也不拒绝。见兄弟俩不高兴，她就哈哈大笑；兄弟俩生气，她就摆出一副冷面孔。这时，她基本上把明天的安排全答应他们了——野餐会上兄弟俩挨着她坐，所有的华尔兹舞都跟他俩跳（他俩肯定会做手脚，让所有的舞曲都是华尔兹），晚饭和他们一块儿吃。真是因祸得福，被大学开除也值了。

兄弟俩觉得颇有成就，高兴得不亦乐乎，待着不想走了，喋喋不休地谈论着野餐、舞会、阿希礼·韦尔克斯、玫兰妮·汉密尔顿，你打断我的话，我打断你的话，开人家的玩笑，嘲笑人家，一边还不停地暗示斯佳丽留他们吃晚饭。过了好大一阵，两人才发觉斯佳丽其实一直没有说什么话。气氛不知怎么有点儿不对劲儿了。究竟是怎么回事，兄弟俩不得而知，不过一下午的欢快气氛没有了踪影。斯佳丽似乎并没有注意他俩在说些什么，尽管她回答得并没有错。兄弟俩感觉到这里面有他们不明白的事，觉得不痛快，硬撑了一会儿，终于看了看表，不情愿地站起身来。

西边的太阳快贴住刚犁过的田地了，河对岸高高的树林黑黝黝地映出了轮廓。住在烟囱上的燕子在院子里急速地飞来飞去，鸡、鸭、火鸡成群结队，高视阔步，大摇大摆地从野外归来。

斯图尔特大喊一声："吉姆斯！"不一会儿就有一个和他们年纪相仿的高个子黑人青年从房子后面气喘吁吁地跑了出来，朝拴在一边的马跑过去。吉姆斯是他们的男仆，像那几条狗一样，他们到哪儿就跟到哪儿，从小就陪伴他们一块儿玩，哥儿俩十岁那年，指定他做了他们的仆人。一见他过来，塔尔顿家的猎狗便从一片红色的尘土中站起来，等候主人上路。哥儿俩向斯佳丽鞠躬致意，握手告辞，告诉她说哥儿俩明天一早就在韦尔克斯家等她。随后两人快步走过甬道，跳上马背，后面紧跟着吉姆斯，沿两边长满雪松的大道驱驰而去，一边向斯佳丽挥帽呼喊，再一次道别。

他们在盖满尘土的大道上拐过一个弯，看不见塔拉庄园了，于是布伦特便在一丛山茱萸边勒住马。斯图尔特也停下来，黑仆人在他们后面几步远的地方也停住了脚。马儿发现缰绳松了，就伸长脖子啃地上嫩绿的春草，耐性十足的猎狗又在红色尘土中躺卧下来，贪婪地仰望着在一阵阵暗下来的暮色中飞来飞去的燕子。布伦特那张直率的面孔上露出困惑的神色，还带有一丝愤慨。

"瞧，"他说，"你觉得她难道不该留咱们吃饭吗？"

"我觉得她应该，"斯图尔特说，"我一直等她这句话，可她到底没说。你说这是怎么回事？"

"我猜不透。可我觉得照理她应该留咱吃饭。咱毕竟离开有些日子，头一天回来和她见面。咱要跟她说的话还多着呢。"

"我觉得她刚见咱们的时候倒是十分高兴哩。"

"我觉得也是。"

"后来，就在半个钟头前，她变得不爱说话了，好像头疼犯了似的。”

“我注意到了，不过当时没在意。你觉得她是怎么了？”

“我不知道。你觉得是不是咱哪句话得罪了她？”

两人都想了一想。

“我想不出说了什么得罪她的话。再说斯佳丽只要一生气，哪个人都会看得出来。她可不像别的女孩儿那样会掩饰。”

“不错，我就喜欢她这一点。她生了气就会告诉你——不会拐弯抹角憋在心里。可她就是看我们做了什么，要不就是听我们说了什么才变得默不作声、闷闷不乐了。我敢打赌她刚看见我们的时候很高兴，打算请我们吃饭来着。”

“你觉得不是我们被开除的缘故吗？”

“见鬼，绝不是！别傻了，没见我们告诉她的时候，她高兴得什么似的吗？再说她比咱俩还烦念书。”

布伦特在马鞍上转过身来招呼他的黑仆人。

“吉姆斯！”

“少爷？”

“你听见我们跟斯佳丽小姐说话没有？”

“没听见，布伦特少爷！你怎么就怀疑我敢偷听白人说话啦？”

“偷听，我们的上帝！你们黑人对每件事都知道得一清二楚。哼，你撒谎，我亲眼看见你在门廊边鬼鬼祟祟地转悠，还蹲在墙边的茉莉花丛里。听着，你听见我们说了什么，让斯佳丽小姐生了气——要不就是伤了她的心？”

这一下，吉姆斯不好意思再假装没有听见他们说的话了，把黑黑的眉毛紧紧皱了起来。

“没有啦，少爷，我倒没听见哪句话让她生了气。好像她见了你们挺高兴的，她挺想你们哩，高兴得像只小鸟呢，不过你们跟她一提起阿希礼先生要跟玫荔·汉密尔顿小姐成亲，她可就一下子不吭气啦，好像小鸟看见老鹰在头顶上飞哩。”

兄弟俩互相看了一眼，点了点头，但并不理解其中的奥妙。

“吉姆斯说得对。可是我不明白为什么。”斯图尔特说，“天哪！阿希礼对她算什么，只不过是个朋友罢了。她并没有迷上阿希礼，她迷上的是咱俩。”

布伦特点点头表示赞同。

“可是，你觉得，”他说，“是不是因为阿希礼没有告诉她明天晚上要宣布订婚的事，她才生了他的气，嫌他把这事先告诉了别人，唯独瞒着她这个老朋友？女孩子们把首先了解这种事情看得很重哪。”

“哦，有可能。可是假如他没告诉她明天要宣布，那又怎么样呢？因为人家本来就把这事当作秘密，准备给大家一个惊喜。再说啦，男人有权对自个儿的订婚保密，是不是？要不是玫荔小姐的姑妈泄露给咱们，咱到现在还不知道呢。不过斯佳丽肯定知道他早晚要娶玫荔小姐。可不吗，咱们都知道了好些年啦。韦尔克斯家的人和汉密尔顿家的人总是跟自己的表亲结婚。谁都知道他可能迟早要娶玫荔，同样，霍尼也要嫁给玫荔小姐的哥哥查尔斯。”

“好吧，我同意不是这个原因。但她毕竟没有留我们吃饭。我发誓我不想回家听妈妈唠叨咱们被开除的事，这可不是头一次了。”

“也许博伊德这会儿已经让她消了气了，你知道那个小浑蛋有多会说。你知道他总有办法让妈妈安静下来。”

“对，他总有办法。不过博伊德也得花点儿时间。他得绕着弯说，把水搅浑，让妈妈摸不着头脑，听不下去，只好叫他保护好嗓子，留着以后当律师用。可是这工夫，他连开头的话还没说完呢。哈，我敢说，妈妈新买了那匹马，这会儿还挺兴奋哩，肯定不会想起来我们又回家了，得等到今晚上吃饭的时候，她在饭桌前坐定，看见博伊德，才会想起来。不等吃完晚饭她就会气得咬牙切齿。到夜里十点以后，博伊德才能找到机会告诉她，校长那样跟你我谈过话以后，再待下去就没面子了。等到半夜十分，他就会扭转局面，让妈妈对那个校长火冒三丈，不由得会问博伊德为什么不开枪射杀校长。不，咱可不能半夜前回家。”

兄弟俩愁眉苦脸地互相对视着。对于他俩来说，驯服野马、打架斗殴、邻居对他们的不满，全不在话下。但是对他们的长着一头红发的母亲直截了当的数落，还有她那毫不犹豫地抽在他俩屁股上的马鞭，兄弟俩却怕得要命。

“好了，听我说，”布伦特说，“咱上韦尔克斯家去吧。阿希礼和那些女孩子们肯定会很高兴让我们吃饭的。”

斯图尔特显出点儿不大舒服的神情。

“别，咱还是别去吧。他们肯定正为明天的野餐会忙得不可开交呢，再说——”

“哦，我把这事给忘了。”布伦特连忙说，“好吧，咱不去那儿啦。”

他俩冲自己的马吆喝了一声，便默不作声地走了一阵子，斯图尔特心里觉得不好意思，古铜脸颊上泛起了两片红晕。去年夏天以前，斯图尔特一直在追求印第亚·韦尔克斯，而且双方家庭甚至全县上下都对这事表示嘉许。县里人觉得，印第亚·韦尔克斯冷静而有自制力，对他是一种制约。不管怎么说吧，人们是这么希望的。斯图尔特的这个对象找得不错，可是布伦特不满意。布伦特喜欢印第亚，不过觉得她太平淡、太柔顺了，他没法儿爱上她，因而也没法儿在这事上与斯图尔特做伴了。那是孪生兄弟俩有生以来头一回趣味不合，而布伦特对这事心里很不痛快，他的兄弟居然会钟情于这么个在他看来毫不出众的女孩儿。

后来，到了去年夏天，在琼斯博罗的一片橡树下举行过一次政治集会，在那次集会上他俩忽然注意上了斯佳丽·奥哈拉。弟兄俩跟她认识多年了，从小就最喜欢和她一块儿玩，因为她敢和他俩一块儿骑马爬树，几乎跟他俩不相上下。那次他俩不无惊讶地发现她已经出落成一个大姑娘了，而且是所有女孩子里面最迷人的一个。

他们头一次注意到她那双绿眼睛是多么晶莹闪亮，笑起来脸颊上那两个酒窝是多么深，手脚是多么玲珑小巧，腰肢是多么苗条纤细。他俩的俏皮话逗得她发出银铃般悦耳的笑声，弟兄俩免不了以为在她眼里，他俩是出人头地的一对儿，于是便在她面前拼命表现自己。

那是孪生兄弟一生中值得纪念的日子。打那以后，每逢谈起来，他俩都会奇怪为什么以前竟没有注意到斯佳丽的魅力。他们一直都没有找到正确的答案，其实原因很简单，那天斯佳丽就是要让他们注意到自己。她这人就是不能容忍任何一个男人爱上了任何一个女人而不是她自己。看到集会上印第亚和斯图尔特在一起，她那喜欢争夺的性格实在无法忍受。仅仅斯图尔特一人还不够，她还引逗布伦特，直把弟兄俩弄了个神魂颠倒。

现在弟兄俩都爱上了她，布伦特以前曾三心二意地追求过的拉夫乔伊的迪米蒂·芒罗和印第亚·韦尔克斯，此时都被他抛到了脑后。假如斯佳丽选中了他们两人中的一个，失败了的那一个该怎么办，这一点兄弟俩倒从来没有问过自己。反正遇路走路，遇河过河就是了。眼下兄弟俩对两人共爱一个女孩子颇感满意，因为他俩之间不知何为嫉妒。这种情况让邻居们感到有趣，却令他们的母亲十分恼火，她一点儿都不喜欢斯佳丽。

“要是那小妖精选中了你俩中的一个，活该你们倒霉。”她曾这么说过，“说不定她把你俩都选中了，那你俩就得搬到犹他州去了，如果摩门教徒[1]接受你们的话——不过我怀疑他们不会这么做……我很担心，用不了多久，那个两面三刀的绿眼骚货就会搞得你俩互相嫉妒，反目为仇，你俩会动枪打斗。没准儿这倒是件好事呢。”

自从那次集会以后，斯图尔特在印第亚面前就不自在了。这倒并不是因为他如此轻率地移情别恋，受到了印第亚的指责，她就连眼神里、动作中都没有流露过一丝的责怪。她太有教养了。可是斯图尔特跟她在一起总感到内疚和不安。他明白是他让印第亚爱上了自己，他也明白印第亚到现在还爱着他，他心里深深感到自己这事做得不够君子。他依旧十分喜欢她，敬重她那种沉稳的教养、学识和她具备的所有优点。但是，真见鬼，她老是那么淡而无味，使人兴趣索然，而且一成不变。而斯佳丽却活泼开朗，具有不断变化的魅力。跟印第亚在一起，你忘不了自己身在何处，而跟斯佳丽在一起，你会把这事忘到九霄云外。对于一个男人来说，这足够教他心猿意马了，不过这种感觉确有魅力。

“好了，咱们去凯德·卡尔弗特家吃晚饭吧。斯佳丽说凯瑟琳从查尔斯顿回来了。也许她会有些关于苏姆特堡的消息，我们一直没有听到过那里的消息。”

“凯瑟琳不行。我敢打赌，她连这个堡子在港口上这回事都不知道呢，更别提那里曾经住满了北佬，后来让我们用大炮全给轰跑了。她只知道她去过的那些舞会，还有她招引的那些公子哥儿。”

“嗨，听听她唠叨也挺有意思呀。再说也总算是个藏身的地方吧，等到妈妈睡了觉，咱再回家。”

“哼，见鬼！我是喜欢凯瑟琳，她的确很有意思，我也愿意听听凯罗·瑞德说话，听听查尔斯顿人聊天，但是要让我再和她那北

---

[1] 摩门教：一八三〇年在美国创立的宗教，犹他州是摩门教教徒聚集地，该教曾主张一夫多妻制。这里显然是反话，指一妻多夫。——译注

佬后妈一块儿吃顿饭，我就不是人。”

“别对她那么狠，斯图尔特。她可是个好心人。”

“我不是对她狠，我是替她感到难过。但是，谁让我替他感到难过，我就不喜欢谁。再说，她老是大惊小怪的，老想把事情做对，好让你感觉自在，结果却总是正好说错话，做错事。一句话，她让我烦躁不安！而且她还觉得南方人都是粗鲁的野蛮人。她甚至对妈妈这么说过。她害怕南方人。只要我们去了她那儿，就见她吓得要命。她让我联想起了一只皮包骨的母鸡卧在椅子上，眼睛倒是明亮却无神，露出惊恐的神色，一见哪个人稍有动静，就会立刻狂拍翅膀，咯咯尖叫。”

“好啦，你不能责怪她。别忘了你当年开枪打伤了凯德的腿。”

“这个吗，当时我是喝醉了，要不然我绝对不会干那事。”斯图尔特说，“凯德从来没有为这事耿耿于怀，卡尔弗特先生、凯瑟琳和雷福特都没有。就是她那个北佬后妈冲我号叫，管我叫野蛮人，还说什么正经人跟南蛮子在一块儿就是不安全。”

“好啦，你不能责怪她。她是个北佬，不那么讲究礼貌。再说啦，你毕竟打伤了人家的继子。”

“哼，该死！那也不能凭这个就侮辱我！你是妈妈的亲生儿子，可是托尼·方丹那次开枪打伤了你的腿，妈妈跟他过不去了吗？没有啊，她也不过就是叫人去找老方丹大夫，包扎伤口罢了，还问医生托尼怎么就把抢打偏了。她还说大概是喝醉了，才影响了他的枪法。还记得吧，托尼听了气成什么样儿了？”

兄弟俩爆笑了一阵。

“妈妈可真是不一般！”布伦特用充满感情的赞许口吻说，“她绝不会让你失望，事情总能做对，绝不会在别人面前出你的丑。”

“不错，可是今晚我们回到家里，她当着父亲和那几个丫头的面，十有八九会说些让人尴尬的话。”斯图尔特愁眉苦脸地说，“瞧，布伦特，这一来我们怕是去不成欧洲了。你知道妈妈说过，要是我们再被另一所大学开除的话，我们的遍游欧洲之旅就泡汤了。”

“哼，活见鬼！咱不稀罕，对吧？欧洲有个什么看头？我敢打赌，那些外国人能让咱看到的东西，咱佐治亚这儿全都有。我敢打赌，他们的马不如我们的跑得快，姑娘也不如我们的漂亮，而且我清楚地知道，他们的黑麦威士忌酒不能跟爸爸的比。”

“阿希礼·韦尔克斯说他们遍地都是风景，到处都是音乐。阿希礼喜欢欧洲。他总是三句话不离欧洲。”

“嗨——韦尔克斯一家你还不知道吗？他们对音乐啦，图书啦，风景啦，真有点儿着迷得走火入魔了。妈妈说那是因为他们的祖父是弗吉尼亚人。她说弗吉尼亚人非常看重这些东西。”

“他们尽可以看重这些东西。可我只要有好马骑，好酒喝，好女孩儿追，坏女孩儿玩，就足够了，谁要去欧洲我才不在乎呢……去不成咱又怎么样？假如咱们这会儿在欧洲，打起仗来怎么办？咱一时半会儿又回不来。我特别愿意去打仗而不去欧洲。”

“我也是，哪天都行……瞧啊，布伦特！我知道咱们要上哪儿去吃晚饭了。咱骑马穿过沼泽地，上阿伯尔·温德家去吧，告诉他我们四个都回来了，随时可以去训练。”

“好主意！”布伦特兴奋地叫了一声，“而且，骑兵的消息咱都能听到，还能了解到他们最后决定军服用什么颜色。”

“要是军服太花哨，打死我也不去当兵了。穿那种红灯笼裤，活像个娘儿们。那种裤子我看就像女人穿的红法兰绒内裤一样。”

“你们要上温德先生家去？要去的话可是吃不上什么晚饭了。”吉姆斯说，“他家厨子死了，新的还没买来。他们叫了个庄稼汉做饭，他家的黑伙计们告我说，全州上下就数她做饭做得糟。”

“天哪！他们干吗不另买个厨子来？”

“穷光蛋白人哪能买得起那么些黑鬼？顶多养得起四个。”

吉姆斯的话里显然带有一股轻蔑的口气。他自己的社会地位是有保障的，因为塔尔顿家拥有上百名黑奴，就像所有大农场主的黑奴一样，他瞧不起只有几个黑奴的小农场主。

“放肆，当心我扒了你的皮，”斯图尔特恶狠狠地说，“不许管阿伯尔·温德叫穷光蛋。没错，他是够穷的。但他不是垃圾。我绝不允许任何人贬低他，不管是黑人还是白人。全县里再挑不出比他好的人了，要不骑兵怎么就推举他做了少尉？”

“这个吗，我自己也没弄明白。”吉姆斯说，他并不在乎主人那张板起的面孔，“我觉得当官的从有钱的白人里头选才对，而不是从住在沼泽地的穷光蛋中选。”

“他不是垃圾！难道你把他看成是真正的穷光蛋白人斯莱特里了吗？阿伯尔并不富，不过是个小农场主，而不是大农场主，要是士兵们敬重他，选他做了少尉，那就绝对不许哪个黑小子说他的坏话。骑兵队自然不会看错人。”

骑兵队是三个月前组建的，就是在佐治亚州脱离联邦的那一天。从那一天起，应征入伍的新兵就时刻准备打仗。部队的名称还有待确定，不过大伙儿提了不少建议。对这个问题，每个人都有自己的看法，都愿意坚持己见。同样，大家对军装的颜色和样式也是各执一词，“克雷顿野猫”、“食火人”、“北佐治亚轻骑兵”、“义勇军”、“大陆步枪手”（尽管骑兵队的武器只有手枪、军刀和猎刀，压根儿就没有步枪）、“克雷顿灰衣队”、“霹雳血”、“闪击敢死队”，凡此种种，都有人拥护。反正这事目前还没有定下来，大家暂且管这个组织叫骑兵队。尽管后来终于采用了一个十分夸张的名称，他们还是凭其实际作用以“骑兵队”闻名。

军官由士兵选举产生，因为全县上下没人打过仗，只有个别老兵参加过墨西哥战争和西米诺尔战争，而骑兵队肯定不屑于让一个老兵当他们的指挥官，除非他取得了他们的一致爱戴和信任。尽管大家都喜欢塔尔顿家的四兄弟，也喜欢方丹家的三兄弟，可惜不能让他们当指挥官，因为塔尔顿家的几个兄弟常常喝得烂醉，爱胡吹乱侃，而方丹家的弟兄几个又都是性情急躁、火暴脾气。阿希礼·韦尔克斯被推选为上尉，因为论马术，全县就数他最好，另外他头脑冷静，部队可以靠他严明军纪。雷福特·卡尔弗特被推选为中尉，因为大家都喜欢他。阿伯尔·温德被选为少尉，阿伯尔是沼泽地一家猎户的儿子，自己是个小农场主。

阿伯尔是个精明人，总是那么严肃，身材魁梧，目不识丁，心地善良。和其他青年相比，他岁数大一些，在女士面前他的风度毫不逊色，甚至略胜一筹。这支部队里，大家都不势利，他们的父辈、祖父辈有许多都是从小农场主做起，逐渐发家致富的。另外，阿伯尔还是全县里最好的射击手，能在七十五码以外，打中松鼠的眼睛。而且他对野外生活很在行。雨天如何生火，如何追踪猎物，如何寻找饮水，这些统统不在话下。骑兵队员对他的为人都很敬佩，就是因为喜欢他，才选他当官。他严肃地接受了这一荣誉，毫不得意骄傲，仿佛这是他应尽的义务。但是他并非绅士出身，这一点，庄园里的太太、小姐和黑奴们倒是看得很重，尽管她们家里的先生们都觉得无所谓。

创建之初，骑兵队只招募农场主的子弟，建成了一支绅士军队。各人自带马匹、武器装备、军服和男仆。但是克林顿县的历史并不长，有钱的农场主没几个，所以为组建这样一支强悍的骑兵队，就不得不扩大招兵范围，招募小农场主、偏僻森林里的猎户、沼泽地猎户、乡下破落户的子弟，偶尔甚至还招募穷白人家的子弟，只要他们的家境超过同等阶层的一般水平就可以了。

一旦开战，后面这些小伙子们就会立即和富有的邻居一道与北佬作战，然而随之而来的棘手问题是钱的事。小农人家很少有拥有马匹的。他们干农活儿用的是骡子，而且没有多余的骡子，很少有超过四匹的。即便骑兵队可以接受骡子，这些骡子也腾不出来供骑兵队使用，况且骑兵队根本不会接受骡子。至于那些穷白人，有一匹骡子就会觉得很富了。偏僻森林和沼泽地的乡民既无马匹也没有骡子，他们完全靠田里的庄稼和沼泽地带的猎物维生，做买卖的方式一般是以物易物，一年到头连五块钱的现金也见不着，所以马匹和军服是他们不能奢望的东西。但是他们对自己的贫穷就像农场主对自己的富裕一样自豪，绝不会从富有的邻居那里接受任何略带施舍性质的东西。所以，一方面要考虑大家的感情问题，另一方面还要把骑兵队建成一支强悍的战斗队，于是斯佳丽的父亲、约翰·韦尔克斯、巴克·芒罗、吉姆·塔尔顿、休·卡尔弗特等人，事实上除了安格斯·麦英托士，全县每个大农场主都出了钱，把骑兵队从头到尾装备起来，包括士兵和马匹。这样一来，农场主们人人都同意给自家的子弟以及若干名其他人出钱买装备，但这事安排得很巧妙，不那么富有的骑兵队员可以接受马匹和军服，而感情并没有受到伤害。

骑兵队每星期在琼斯博罗集结两次，进行训练并为开战祈祷。筹备马匹的工作还有待完成，目前的数量仍不够，但是已经有了坐骑的人开始在县府背后的空地上演习起来，演练着想象中的骑兵动作，马踢扬起了大片尘埃，人喊哑了嗓子，挥舞着从客厅墙上摘下来的独立战争时期用过的马刀。那些还没有得到坐骑的人，都坐在布拉德店铺前的街边石上，观看骑在马上的战友们的表演，嘴里嚼着烟草，海阔天空地聊天。要不就搞射击竞赛。士兵们根本用不着射击训练，南方人生来就枪不离手，猎人的生活把他们个个都造就成了神枪手。

来自农场的家里和沼泽地小木屋里的各式各样的火器，发到了每个队员手里。有打松鼠用的长杆枪，首批移民翻过阿勒根尼山脉的时候，这枪还是新的；打死过不少印第安人的前装枪，那是在开发佐治亚州时用过的；在一八一二年西米诺尔战争和墨西哥战争中用过的骑兵手枪；决斗用的镀银手枪；小型粗口短筒手枪；双筒猎枪；还有漂亮的英国造新步枪，枪托是用亮光光的好木料制作的。

每次训练总是在琼斯博罗的酒吧结束，而一到傍晚就会出现多起打架斗殴事件，所以军官们只好加强警戒，防止未与北佬交火而先发生伤亡。就是在这类斗殴事件中，斯图尔特·塔尔顿击伤了凯德·卡尔弗特，托尼·方丹击伤了布伦特。骑兵队组建起来的时候，兄弟俩刚被弗吉尼亚大学开除，正闲在家里没事干，便兴冲冲地应征入伍，但枪击事件发生后，他们的母亲在两个月前又把他俩打发到了州立大学，命令两人在那里好好待着念书。离开了家，也就错过了训练，两人深感难过，假如能让他们和队友们一块儿骑马、吼叫、射击，那么即便是耽误了学业，在他俩看来也是值得。

“咱从这儿穿过去阿伯尔家吧。”布伦特提了个建议，“咱可以穿过奥哈拉先生家的河谷和方丹家的草地，立马就能到那儿。”

“就是负鼠肉和青菜，没别的可吃的啦。”吉姆斯埋怨道。

“你别想吃什么了。”斯图尔特笑道，“因为你得回家去告诉妈妈，我俩不回家吃晚饭了。”

“不，我不回！”吉姆斯尖声叫了起来，“不，我不回！你们干了好事，我要回去非给贝特丽丝小姐打个半死不可。第一件事，先要问我怎么叫你俩又给人家开除掉了。再一件事，今晚怎么就不把你俩带回家，叫她好好收拾一顿。这么一来，她会生了我的气，就像老鸭扑小龟一样，劈头盖脸把我揍上一顿。我就知道什么事都会怨到我头上。你们要不带我上温德先生家去，我就在林子里睡一夜，叫巡逻队抓了去，也说不定呢。不过就是叫巡逻队抓住，也比叫贝特丽丝小姐在火头上抓住的好。”

兄弟俩盯着这个不肯让步的黑小子，又是惊讶，又是恼火。

“他竟傻到宁愿叫巡逻队抓去，这可要给妈妈几个星期的话柄了。我发誓，黑人是越来越麻烦了。有时候我倒觉得废奴主义者的观点不错呢。”

“唉，让吉姆斯去对付咱想逃避的事，恐怕也不对。看来咱非得带他去了。不过，听好了，你这愚蠢放肆的黑小子，要是你敢在温德家黑人面前摆谱，跟人家吹牛，说我们家什么时候都有炸鸡、火腿什么的，说他们家只有兔子肉和负鼠肉，我就——告诉妈妈。我们就不让你跟我们去打仗。”

“摆谱？我在那些贱黑子面前摆谱？没这事，少爷，我可规矩得很哪。贝特丽丝小姐不是像教你们懂规矩一样也教我懂规矩吗？”

“咱三个她哪个也没教好。”斯图尔特说，“来吧，咱们走。”

他勒紧缰绳，让身下的高头大红马倒退了几步，接着两腿一夹，马便轻松地腾身跃过了围栏，跳到了杰拉尔德·奥哈拉家庄园里的松软土地上。布伦特的马也跟着跃过围栏，吉姆斯的马殿后，他牢牢抓着马鞍前桥和马鬃。吉姆斯并不喜欢骑马跳围栏，但他为了跟上主人，还跳过比这高的围栏。

他们在暮色中，策马穿过一道道红土垄沟，下了一面上坡，朝河谷走去。布伦特朝弟弟叫了一声：

“瞧啊！斯图！你不觉得斯佳丽本来是要留我们吃饭吗？”

“我一直觉得她本来是打算这么做的，”斯图尔特叫着说，“你觉得为什么……”

第二章

兄弟俩告辞离去后，斯佳丽独自站在塔拉庄园的门廊上，直到远去的马蹄声再也听不见了，这才像梦游似的坐回到她的椅子里。她紧绷着脸，好像很痛苦似的，嘴巴因强装微笑免得被兄弟俩窥破她心底的秘密，而咧得真疼了。她瘫坐在椅子里，浑身散了架似的，一只脚压在另一条腿底下，心里涌起一阵阵酸楚，在胸中郁积得越来越重，简直受不了。她的心时而颤抖，两手冰凉，感到有一种灭顶之灾压迫着她。脸上现出一种痛苦而又茫然的神情，仿佛一个总受娇惯的孩子，向来是要什么就给什么，而此刻却平生头一回遭遇了挫折。

阿希礼要娶玫兰妮·汉密尔顿！

啊，这不会是真的！那兄弟俩准在瞎说。又是在跟她逗乐。阿希礼不会，绝对不会爱上玫兰妮。谁也不会爱上那么个又瘦又小活像个老鼠的矮个儿女人。斯佳丽不屑一顾地想了一下玫兰妮那孩子般的瘦小身材，那张不苟言笑的瓜子脸，平淡得简直算得上丑了。再说阿希礼应该有好几个月没跟她见过面了。自打去年他在十二橡树庄园举办聚会以后，他去亚特兰大的次数总共也不超过两次。不，阿希礼不会爱上玫兰妮，因为——哦，她不会弄错！——因为他爱着她。她，斯佳丽，才是他的心上人——这她知道！

斯佳丽听见黑妈妈笨重的脚步，把大厅地板踩得颤动起来，就赶紧把压在腿底下的那只脚抽出来，一面把脸上的表情变了变，显得平静些。绝对不能让黑妈妈看出任何破绽。黑妈妈把奥哈拉全家都当成她的，身体和灵魂都是，他们的秘密就是她的秘密；只要稍有疑虑，她就会立刻像猎狗似的紧追不舍。斯佳丽凭过去的经验明白，要是黑妈妈的好奇心没有马上满足，她就会去跟埃伦说，要是那样，斯佳丽就只好把事情对妈妈和盘托出，要么就是编个能讲得通的瞎话。

黑妈妈从厅里走出来了，她是个上了年纪的胖大女人，有一双大象般精明的小眼睛。皮肤黑得发亮，是地道的非洲人。她对奥哈拉一家忠心耿耿，是埃伦的得力助手，是埃伦三个女儿的冤家对头，是家里其他仆人的凶神恶煞。黑妈妈虽是黑人，但她行为准则和自尊心比起她的主人们来，也是有过之而无不及的。她是在埃伦的母亲索兰奇·罗比亚尔的卧房里长大的，索兰奇是个举止优雅、神情冷峻、高鼻梁的法国人，不论是她的子女还是仆人，只要礼貌行为稍有不检，她都会一视同仁地给予惩罚。黑妈妈原来是埃伦的奶妈，埃伦出嫁后便随她从萨凡纳来到内地。黑妈妈喜欢谁就对谁管得严。因为她爱斯佳丽，深为她感到自豪，所以对她的管教从来没有放松过。

“两个先生回家去啦？怎么不留人家吃晚饭，斯佳丽小姐？我已经吩咐波克给他们多摆两套盘子。你怎么不懂礼啊？”

“唉，他俩老说打仗的事，说个没完没了，我听烦了。饭桌上再说这话题，尤其是爸爸也和他们一块儿说，喊林肯先生什么的，我可是受不了。”

“埃伦小姐和我在你身上费了不少功夫，可你还是这么不懂礼，还不如个种庄稼的。怎么不带披肩坐在这儿？不知道天晚了这儿就有风吗？和你说过多少回了，天晚了不带披肩，会受凉发烧。进屋去，斯佳丽小姐！”

斯佳丽扭开脸不看黑妈妈，装作不在乎的样子。幸亏黑妈妈只想着披肩的事，没有注意她的脸。

“不，我要坐在这儿看落日。落日真好看。你快去取我的披肩来。求求你了，黑妈妈，我坐在这儿等爸爸回来。”

“你说话的声音不对，好像是着凉了。”黑妈妈怀疑道。

“好啦，我没有。”斯佳丽不耐烦地说，“你给我把披肩取来。”

黑妈妈蹒跚着回了屋里，斯佳丽听见她在楼梯口喊楼上的仆人。

“你，罗萨！给我拿来斯佳丽小姐的披肩。”接着提高嗓门儿嘟囔道，“没心肝的黑鬼！啥也干不了。唉，还得我自个儿爬上去拿。”

斯佳丽听见楼梯吱呀作响，便蹑手蹑脚地站起身来。待会儿黑妈妈再过来，会接着数落她不懂礼，所以斯佳丽觉得受不了，自己的心都碎了，哪还听得进去这种鸡毛蒜皮的事。她迟疑地站了一会儿，琢磨着该到哪儿去躲一躲，好让胸口的痛苦缓解一下，脑子里忽地闪出一个念头，又带来了一线希望。这天下午，她父亲骑马到十二橡树庄园韦尔克斯家去了，想去把他的管家波克的妻子迪尔西买过来。迪尔西是十二橡树庄园的女仆总管，也是那里的接生婆。波克和她在半年前结了婚，打那以后，波克日夜不停地恳求主人把迪尔西买过来，好让两口子在同一个庄园一块儿过日子。那天下午，杰拉尔德觉得再也拖不下去了，便出门打算把迪尔西买过来。

斯佳丽心里琢磨着，觉得爸爸肯定会了解到这消息是真是假。今天下午哪怕他并没有真的听到什么，说不定也会注意到点儿什么，觉察到韦尔克斯家有一种喜庆气氛什么的。只要晚饭前我能单独去见爸爸，就会弄个水落石出——只不过是那两个兄弟又一次搞的恶作剧罢了。

这时候杰拉尔德也该回来了，要想单独见他，斯佳丽只能是去车道和大路相连的地方等候。于是她蹑手蹑脚地下了前门台阶，小心翼翼地回头张望了一下，看看黑妈妈是不是在楼上的窗口监视她。飘动的窗帘缝里，并没有出现那张裹着雪白头巾的大黑脸盘用责备的目光盯着她。她便壮着胆子提起绿花边裙子下摆，沿着小径朝车道跑去，可惜脚上穿着一双缎带花边小拖鞋，但还是能跑多快就跑多快。

卵石铺面的车道两边，黑压压的雪松枝条长得连在一块儿，形成一个拱顶把车道整个盖住了，长长的车道像个昏暗的隧道。跑到长满节瘤的雪松树枝下面时，她知道在这儿没人能从房子里看到她，于是她放慢脚步。她跑得气喘吁吁，因为胸衣束得太紧，跑不了多久，但她还是尽量走快。不一会儿便走到了车道尽头，上了大路，但是她并没有停下来，拐了一个弯，拐弯处有一大片浓密的枝叶，彻底隔断了房子朝她所在位置的视线。

她满脸通红，不停地大口喘气，找了个树墩坐下来等父亲。这会儿他早该回来了，不过他回来晚点儿，斯佳丽倒挺高兴的。这一耽搁就给了她时间喘口气，脸上显出平静的表情，免得父亲起疑心。这会儿她时刻期待听到那嘚嘚的马蹄声，看到父亲以他那种一贯迅疾的危险速度，策马飞奔上山坡。然而时间一分一秒地过去，杰拉尔德还是没有出现。斯佳丽禁不住伸长脖子朝大路张望，刚才体验过的那种痛苦又一次涌上心头。

“噢，不会是真的！”她心想，“可他为什么还不回来？”

她望着弯曲的大路，上午下了雨，这时路面全冲刷成了猩红色。她的思绪已沿路而下，来到了水流平缓的富林河，穿过杂草丛生的泥沼河床，跃上对面山坡，来到了阿希礼住的十二橡树庄园。现在，这条路的意义就在于此——通向阿希礼他那漂亮的白柱房子，仿佛希腊神庙，俨然坐落在小山顶上。

“噢，阿希礼！阿希礼！”她心里呼喊着，心跳陡然加快了。

自从塔尔顿家的两兄弟向她透露了那个小道儿消息后，一种茫然无措、大难临头的感觉一直压迫着她。此刻她把那种感觉置之脑后，欣然重温两年来一直在她心里燃烧着的爱火。

这事想来还真有点儿怪，她从小到大，从来没觉得阿希礼对她有什么吸引力。小时候看着他来来去去，也没对他有过任何心思。但就在两年前的一天，阿希礼在欧洲漫游了三年后返回家里，到她家礼节性地拜访了一回，她就爱上了他。事情就这么简单。

当时她正在门廊上，见他骑马从长长的车道上走来，穿一身灰毛呢礼服，打着宽大黑色领结，和皱领衬衫搭配得十分完美。至今她还能清楚地回忆起他那天衣着的每一个细节，靴子那么光亮，领结卡子上雕刻着一个美杜莎头像，一看见她，他便摘下了头上戴着的宽边巴拿马帽子，拿在手里。他滚鞍下马，把缰绳丢给黑人仆从，站在那里仰望着她，面带微笑，一双懒散的灰眼睛睁得大大的，明亮的阳光照在他黄头发上，仿佛戴了一顶银光闪闪的帽子。他说：“哟，你都长这么大了，斯佳丽。”说罢，脚步轻快地上了台阶，拿起她的手吻了一下。还有他那嗓音！她永远忘不了听他说话时自己那剧烈的心跳，好像头一次听到他说话似的，那声音平缓浑厚，有如音乐。

就在那一瞬间，她就想得到他，就像她想要东西吃、想要马骑、想要张柔软的床睡一样想要他，就这么简单而不可理喻。

两年来，他和她一直做伴走遍了全县，参加舞会、炸鱼餐会、野餐会、上法院旁听审案等。虽没有塔尔顿家孪生兄弟或是凯德·卡尔弗特来得那么频繁，也从不像方丹家的小兄弟一样那么缠人，但是，他每个星期都要来塔拉庄园拜访的。

真的，他从来没有对她有过爱的表示，斯佳丽在别的男人眼里屡见不鲜的那种火热的光芒，在他那双清亮的灰眼睛里一次也没有闪现过。但是——但是——她知道他是爱她的。这在她是绝不会弄错的。强过理性的直觉，得自经验的知识，都在告诉她阿希礼爱她。有多少回她惊讶地发现，他凝视着她的时候，眼神既不慵懒，也非遥不可及，而是露出一种令她茫然不解的渴望和忧伤。她知道他是爱她的。可是他为什么不告诉她呢？真叫她费解。不过他这个人，叫她百思不得其解的地方还多着呢。

他总是那么彬彬有礼，可又是那么孤高，那么遥远。谁也不明白他心里在想些什么，斯佳丽就更不明白了。在这个地方，人人都是有话直说，而阿希礼这种含而不露的性情颇令人恼火。在县里平日的各类娱乐活动中，譬如打猎、赌博、跳舞、政治活动等，他和所有的年轻人一样，都很在行，而且在他们当中他还是最出色的骑手；但是他和别人有个不同之处，那就是对他来说，这些娱乐并不是人生的目的和目标。他在自己兴趣方面可谓独善其身，喜欢书和音乐，还爱好写诗。

噢，他怎么会有那么漂亮的一头金发，那么孤高却又那么彬彬有礼。他谈的话题是那么烦人，都是什么欧洲啦，书啦，音乐啦，诗歌啦，以及诸如此类的她丝毫不感兴趣的东西——可是又偏偏那么想听，这是为什么？有多少个夜晚，斯佳丽和他在昏暗的门廊上久坐之后，躺在床上辗转反侧，几个小时都不能入睡，就用那个唯一的期待自我安慰，那就是下次见面时，他一定会向她求爱。但是这下一次来了又去了，却没有任何结果——唯一的结果是她心里的爱火越烧越旺，越烧越热烈。

她爱他，她要他，她并不理解他。她性情直率而简单，就像吹过塔拉庄园的阵阵清风，就像围绕塔拉庄园的黄水小河，到老也无法弄明白一个复杂事物。但如今，她平生头一回面对着一个性格复杂的人。

阿希礼天生就是这么一种人：有闲暇不是去行动，而是去思考，去编织色彩亮丽的梦幻，尽管这些梦幻与现实毫无关联。他沉湎于自己的内心世界，认为那里比佐治亚更美好，而总是不情愿回到现实中来。他以旁观者的姿态对待世人，对他们既不喜欢也不讨厌。他以旁观者的姿态对待人生，对生活既无热情也无悲哀。宇宙万物以及他自身在其中所处的位置，他都顺其自然地接受，但报以冷漠的态度，而一有机会便回到自己那个更美好的音乐和书籍的世界中去。

他的心灵世界对于斯佳丽来说是完全陌生的，那为什么他偏偏迷住了斯佳丽呢？斯佳丽真搞不明白。他简直是个谜，好像是一扇既无锁也无钥匙的门一样，勾起了她的好奇心。正是他身上那些她弄不明白的东西，加深了她对他的爱，而他那种奇特的、克制的、流露爱慕的方式，更使她坚定了信念，一定要把他据为己有。他总有一天会向她求婚的，这一点她毫不怀疑，因为她太年轻，家里人又太宠着她，所以她根本不知道失败的滋味。如今，像晴天霹雳一样传来了这么个消息。阿希礼要娶玫兰妮！不会是真的！

唉，就在上个星期，他们从费希尔一块儿在暮色中骑马回家时，他还对她说："斯佳丽，我有点儿非常重要的事要告诉你，可我不知道该怎么说。"

她垂下了眼睑，显出一本正经的样子，心突突地跳起来，感到一阵狂喜，以为那幸福的时刻来到了。接着他说："这会儿不行！我们就快到家了，没时间了。唉，斯佳丽，我真没出息！"说罢，一蹬踢马刺，便和她一块儿奔上山坡回到了塔拉。

斯佳丽坐在树墩上，回味着那句让她感到无比幸福的话，忽然间，她意识到那句话也会有另一种可能，一种可怕的意义。难道他要告诉她的是他订婚的消息？！

噢，要是爸爸这会儿回来多好啊！这种煎熬她一刻也忍受不下去了。她又一次不耐烦地向路上张望，却又一次让她失望。

这时，太阳已经落到了地平线以下，天边的红霞渐渐变淡，头顶上，蔚蓝的天空也渐渐变作柔和的青绿，好像知更鸟蛋的颜色。周围静得出奇，乡野间暮色四合，悄悄把她笼罩起来。不知不觉四周已是一片朦胧。红土垄沟和开裂的路面褪去了神奇的血红色，变成了普通的褐土。大路对面的牧场上，骡马、奶牛把头伸出围栏，等主人赶它们回牲口棚吃夜草。它们不喜欢牧场小溪边上那一片黑黝黝的树丛，就冲着斯佳丽抖动耳朵，仿佛对有人与它们做伴表示感激。

在这种异样的昏暗暮色中，河边沼地上高大的松树，要是在阳光下会是一片油绿，这会儿在灰蒙蒙的天空衬托下，呈现一团团黑影，活像一排无法穿越的狰狞巨兽，遮挡住了在它们脚下缓缓流淌的黄水小河。河对面的上坡上，韦尔克斯家那几根高大的白烟囱，渐渐隐没在周围橡树枝叶那浓密的黑影中，唯有远处那几点吃晚饭时餐厅里亮起的灯光，才能显示出那儿是一座房屋。她周围散发着温暖湿润的春之芳香，含有新犁过的泥土气息和才吐芽的鲜绿气味。

落日、春天、新绿对斯佳丽来说都不是什么奇迹。这些东西所包含的美，她只是漫不经心地去看待，如同对待她呼吸的空气、喝的水，因为她从来没有意识到美除了在女人的脸上、马匹上、丝绸服装之类的实实在在的东西上存在，还能存在于其他任何东西中。但这时，塔拉农场细心耕作的田地里笼罩着的那种暮色中的宁静，却也给她惶惶不安的心灵上带来一种安宁。尽管自己意识不到，但她深深地爱着这块土地，好比祈祷时灯光下妈妈的面容一样让她始终深爱着。

蜿蜒的大路上依旧毫无动静，还看不到杰拉尔德的身影。要是再这么一直等下去，黑妈妈一定会来找她，把她撵回家去。就在她向昏黑的大路上使劲张望之际，只听小山脚下传来了马蹄声，牧场上的牛马惊得四下散开。杰拉尔德·奥哈拉正纵马穿过田野飞驰而来，马上就到家了。

他骑着那匹粗腰长腿猎马跑上了上坡，远远看去，活像个小孩儿骑在一匹太大了些的马背上。他的白发飘在脑后，一面大声吆喝，一面扬鞭催马。

斯佳丽尽管心里焦急，但望着父亲，心里依然充满深情和自豪，因为杰拉尔德是个出色的骑手。

“我真纳闷儿，他怎么一喝点儿酒，就老是骑马跳过围栏。”她心想，“去年他就是在这儿摔坏了膝盖。别人总以为他会学乖点儿。而且他还跟妈妈发过誓，保证再也不跳了。”

斯佳丽不怕父亲，感觉父亲比她的妹妹们更像她的同龄人。因为他瞒着妈妈经常骑马跨越围栏，心里老有一种小男孩儿一样的自豪感，还有那种做贼心虚的快活感，正好和她自己与黑妈妈斗智占了上风的快乐感觉十分相似。她站起身来望着父亲。

那匹高头大马跑到围栏跟前，一使劲，腾身越过了围栏，轻松得像只鸟儿飞过天空，骑手在马上兴奋地大叫，马鞭在空中一声脆响，银色鬈发在脑后飞舞。杰拉尔德没有看见站在树影中的女儿，上了大路便拽住缰绳，赞许地拍了拍马脖子。

“全县没有哪匹马能比得过你，全州也没有。”他对坐骑说道，心里充满自豪。他在美国已经住了三十九年，可他那一口爱尔兰米斯郡口音依旧很重。接着，他急急忙忙地抹顺了头发，拉展了衬衫，再把歪到耳朵后面的领带弄整齐。斯佳丽明白，父亲匆匆忙忙地整理衣服，是为了在妻子面前保持绅士风度，显得自己是在拜访邻居之后，不慌不忙地骑回来的。斯佳丽也明白，这样一来，自己就有机会上前去跟他搭话，而不必暴露真正的目的。

她大笑了一声。果然如她所料，她的笑声把杰拉尔德吓了一跳。定睛一看，原来是女儿，他那红润的脸膛上便露出了一种既不好意思又得意的神情。他的膝盖已经有点儿发僵，下马挺费劲，然后把缰绳套在手臂上，迈着沉重的脚步向她走来。

“嗨，闺女。”他说，一边捏了她脸蛋儿一下，“这么说你一直在监视我，上礼拜是你妹妹苏埃伦，莫非你要去妈妈那儿揭发我？”

他沙哑低沉的声音中含有一丝怨气，不过带有几分哄孩子的口吻。斯佳丽伸了伸舌头故意逗他，一边伸手替他理好领带。她闻到他呼出的气息中有浓浓的波旁威士忌酒味，混杂着淡淡的薄荷香味儿。他身上还散发着嚼烟味儿、常上油保养的皮革味儿、马身上的味儿——她总是把这种混合气味儿和父亲联系在一起，也就本能地喜欢别的男人身上有这种气味儿。

“不会的，爸爸，我可不会像苏埃伦那样老爱搬弄是非。”她向父亲保证道，一边退后一步，仔细端详着他整理好的穿戴。

杰拉尔德是个小个子，刚够五英尺，可是腰身却很粗壮，脖子也粗，他坐着时，没见过他的人还以为他是个大个子呢。支撑他粗壮躯干的是两条壮实的短腿，总穿一双能买到的最好的皮靴，站立时老叉开两腿，活像个不知天高地厚的小男孩儿。自尊自重的小个子多半都有点儿滑稽，但是院子里的矮脚公鸡总是受尊敬的，杰拉尔德也一样，谁也不会那么不识相，竟把杰拉尔德·奥哈拉看作是个滑稽的小矬子。

他六十岁了，一头鬈发已成银白，可是他那张精明的脸上却没有皱纹，一对犀利的小蓝眼睛充满青春活力，像个年轻人，无忧无虑，只需要考虑打牌时自己该拿几张牌，而凡是比这抽象的问题是从来不去考虑的。他是那种典型的爱尔兰脸型，在他阔别多年的故国，那是随处可见的——圆脸盘、面红润、短鼻子、阔嘴巴，一副好斗模样。

别看杰拉尔德·奥哈拉有这副容易动怒的尊容，其实他心地却十分善良。就连黑奴受到训斥后难过的样子他看了心里也不好受，哪怕这家伙本来就该骂。他还不忍心听小猫叫，也不忍心听孩子哭。但是他特别害怕这种弱点被别人看出来。凡是遇到他的人，只消五分钟就能看出他是个心地善良的人，可他对此却并不自知。假如他知道的话，他的自尊心会受到严重伤害，因为他总以为自己对别人发号施令时一声高吼，谁都会吓得胆战心惊、唯命是从。他从来也没有想到，庄园里大家不敢违背的声音只有一个——就是他妻子埃伦那轻柔的声音。这是个他永远也识不破的秘密，因为庄园里上至埃伦，下至最笨的庄稼汉，全都不约而同地瞒着他，让他相信他的话就是法律。

他发脾气吼叫，斯佳丽比谁都不在乎。斯佳丽是他的长女，三个儿子都已夭折，躺在了家庭墓地，他知道以后再也不会有儿子了，便渐渐习惯了对她坦诚相待，而她对此深感愉快。她比几个妹妹更像父亲。教名为卡罗琳·艾琳的卡丽恩天生柔弱，耽于幻想；教名为苏姗·埃利诺的苏埃伦老为自己优雅的淑女举止自鸣得意。

另外，斯佳丽和父亲还遵守着一种彼此间心照不宣的约定。要是杰拉尔德看到她不愿意绕道半英里而翻越围栏，或者是和一个公子哥儿在门前台阶上坐得太晚，他就会私底下严厉训斥她一顿，但是绝不会向埃伦或黑妈妈提及。要是斯佳丽发现他向妻子庄严保证过之后，还是偷偷骑马跨越围栏，或者是玩牌输掉一笔钱，因为这事她总能从县里人的闲话中了解到，她在饭桌上准会巧妙地显出和苏埃伦一样若无其事的样子。斯佳丽和父亲彼此之间郑重保证，决不让这事传到埃伦的耳朵里，否则只会伤她的心，而父女俩无论如何也不愿意让温柔慈悲的埃伦受到任何伤害。

在昏暗的暮色中，斯佳丽注视着父亲，不知怎的，只要在父亲身边，她就会感到安宁。父亲身上那种活力、那种朴实、那种粗豪，一直感染着她。不过她最不善于分析，因而也就没有意识到自己在气质上很像父亲，尽管十六年来埃伦和黑妈妈始终在努力清除她身上这些特征。

“你现在看起来挺好的。”她说，“我看除非你自己吹牛，否则谁也不会怀疑你又玩你那老把戏了。不过我还是觉得，去年你就是跳那个围栏摔破了膝盖，现在——”

“行了，这可真是的，我怎么能让自己的女儿来教训我，什么时候该跳，什么时候不该跳。”他高声说着，一边又拧了她脸蛋儿一下，“这脖子反正是我自己的，爱怎么就怎么吧。你倒是说说看，闺女，你连披肩也不戴，一个人在这儿干什么？”

见父亲又用这种老办法来摆脱不愉快的话题，她便把手伸进他的臂弯里说：“我在等你呢。我不知道你这么晚才回来。我想看看你是不是把迪尔西买下来了。”

“买倒是买下了，可那价钱把我给毁了。买了她和她那个小女儿普莉西。约翰·韦尔克斯倒是愿意把她俩白送我，可我决不能让人家说我杰拉尔德·奥哈拉利用朋友的交情做买卖。我硬让他收下三千块，把她俩卖给我。”

“老天爷，爸爸，三千块！再说你也没必要买普莉西啊。”

“莫非轮到我的女儿来对我横加指责了吗？”杰拉尔德咬文嚼字地大声说，“普莉西是个漂亮的小姑娘，所以——”

"我知道。她是个调皮的小笨蛋。"斯佳丽平静地说，并没有被父亲的吼叫给镇住，"你买她的唯一理由就是迪尔西求你买下她。"

杰拉尔德一听这话，一下像泄了气的皮球，显得很尴尬，做了善行让别人发现时，他总是这样。斯佳丽见父亲这么沉不住气，乐得哈哈大笑起来。

"是呀，这又怎么样？把迪尔西买过来，她天天念叨她的孩子，那买她有什么用？唉，我以后再不能让这地方的黑人娶别处的女人了。太贵了。好啦，走吧，闺女，咱回去吃饭吧。"

这时苍茫的暮色更浓重了，天边褪去了最后一抹青绿色。白天暖融融的春意渐渐消失，代之而来的是一股淡淡的凉意。可是斯佳丽磨磨蹭蹭，琢磨着怎么开口提起阿希礼的话题，才能不让杰拉尔德怀疑她的动机。这事有点儿棘手，因为斯佳丽骨子里并不精明，而父女俩在这方面又十分相像，杰拉尔德总能识破她那些苍白无力的借口，就像斯佳丽能轻易识破他的借口一样。而他这么做的时候一般都是直截了当。

"十二棵橡树那边的人都好吗？"

"还行。凯德·卡尔弗特也在那儿，把迪尔西的事谈妥后，我们都到廊子上喝了几杯棕榈酒。凯德刚从亚特兰大回来，闹哄哄的，都在谈论战争，而且——"

斯佳丽叹了口气。杰拉尔德一旦谈起战争、脱离联邦之类的话题，可就没谱了，不说几个钟头不会罢休。于是她赶紧把话题岔开。

"他们说没说起明天的野餐会？"

"我想想看，是说起过。那个小姐——她叫什么来着——去年来过咱家的那个甜妞，你知道，就是阿希礼的表妹——哦，对了，叫玫兰妮·汉密尔顿小姐——她和她哥哥查尔斯已经从亚特兰大回来了，而且——"

"哦，她果然来了？"

"她来了，她是又可爱又文静，从不跟人争辩，很有女人样。走吧，女儿，别磨蹭了。你妈要四处找咱们了。"

斯佳丽听了这消息心里一沉。她曾抱着一线希望，盼着有什么事能把住在亚特兰大的玫兰妮·汉密尔顿耽搁下来。就连自己的父亲也在夸她那可爱文静的性情，而那是和自己的性情截然不同的，想到这里，她只好把话挑明。

"阿希礼也在那儿吗？"

"他在。"杰拉尔德松开女儿的手臂，转过身来，用犀利的目光盯着她的脸，"要是你就为这个来等我，那你怎么不直说，跟我兜圈子干吗？"

斯佳丽不知道说什么好，很难为情，觉得自己脸都红了。

"得啦，说吧。"

她还是无言以对，心里真希望能允许她拉着父亲撒娇，告诉他别声张。

"他在那儿，还十分友好地问候你，他那几个妹妹也都问候你，还说希望你明天一定要来参加野餐会。我保证你一定去。"他狡黠地说，"听着，女儿，你和阿希礼究竟是怎么一回事？"

"没什么。"她简短地回答，一边拉了拉他的胳膊，"咱回去吧，爸爸。"

"哦，这下又是你要催我进去了。"他说，"可我就站在这儿，不把你的事情搞清楚我就不动。我觉得你最近有点儿反常。是不是他欺负你了？他跟你求婚了吗？"

"没有。"她简短地回答。

"他也不会的。"杰拉尔德说。

她一听禁不住怒从心头起，但是杰拉尔德一挥手制止了她。

“什么也别说，小姐！我从约翰·韦尔克斯那里得到了一个绝密消息，阿希礼要和玫兰妮小姐结婚。明天就要宣布。”

斯佳丽的手从父亲的胳膊上滑落下来。这么说这事是真的！

她的心仿佛被野兽的利齿狠狠地咬了一口似的，掠过一阵剧痛。她感到父亲的眼睛一直盯着她，眼神里含着一点儿怜悯，还带有一丝惶惑，因为他面对的是一个自己找不到答案的问题。他爱斯佳丽，但是她常常惹得他不痛快，因为她老拿孩子气的问题找他要答案。埃伦知道所有的答案。斯佳丽应该把自己的麻烦事拿去让妈妈解决。

“你这是要让自己——也让全家跟着你出丑吗？”他冲她吼叫起来，他一激动就要提高嗓门儿，“县里哪个小伙子不好找，怎么就偏偏要追一个并不爱你的男人？”

受了伤的自尊心和愤怒加在一块儿，抵消了一些痛苦。

“我没有追他。我就是——就是感觉吃惊罢了。”

“你撒谎！”杰拉尔德说着瞅了一眼她那茫然无措的面孔，突然心软了下来，添了一句，“对不起，女儿。可是，你到底还是个孩子，好小伙有的是。”

“妈妈嫁给你的时候才十五岁，我都十六了。”斯佳丽这话把他噎回去了。

“你妈妈不一样，”杰拉尔德说，“她不像你这么轻率。我说，女儿，振作起来，下礼拜我带你去查尔斯顿，去看你尤拉莉姨妈，听听他们关于苏姆特堡的高谈阔论，差不多有一礼拜你就会把阿希礼忘干净。”

“他以为我是小孩儿。”斯佳丽心想，一时悲愤得说不出话来，“他拿个新玩具在我眼前晃动，就以为我能把摔肿的疼痛忘掉。”

“好啦，别冲我噘嘴。”杰拉尔德警告她，“你要还有点儿头脑的话，就早该嫁给斯图尔特或者是布伦特·塔尔顿了。考虑考虑吧，女儿。嫁给兄弟俩不拘哪一个，咱两家的农场就能连起来，吉姆·塔尔顿和我就会给你盖一所漂亮的房子，就盖在两家农场连接的地方，就在那片大松树林里，而且——”

“你能不能别拿我当小孩儿！”斯佳丽叫了起来，“我不去查尔斯顿，不要什么房子，那兄弟俩我哪个都不嫁。我就要——”她停住口，可是已经迟了点儿。

杰拉尔德压低了声音，听起来平静得有点儿异样，说得十分缓慢，仿佛是从一个难得使用的词语库里往外掏词儿。

“你就要阿希礼，可你要不上他了。即便他想娶你，我也不放心，尽管凭我和约翰·韦尔克斯的交情，我会同意。”见斯佳丽一脸吃惊的样子，他接着说，“我希望我的女儿幸福，可是跟他在一起，你不会幸福。”

“噢，我会的！我会的！”

“你肯定不会，女儿。只有性情一样的人结婚，才会得到幸福。”

斯佳丽突然恨不得喊出来：“可你不是很幸福吗？而你跟妈妈可不是一类人。”但是她憋着没说，怕把这无理的话说出来会吃爸爸的耳光。

“咱家人和韦尔克斯家的人不一样。”他说得很慢，搜寻着字眼，“韦尔克斯家的人和咱们这一带的人都不一样——和我认识的每一家都不一样。他家人有点儿古怪，他们最好在表亲之间通婚，把这种怪癖留在他们自己家族里面。”

“瞧你，爸爸，阿希礼并不——”

“别急，闺女！我可没说这年轻人不好，我还挺喜欢他呢。我说古怪可不是说疯。他的古怪样儿和别人都不一样，不像卡尔弗特家的人那样能把全部家当都赌在一匹马身上，也不像塔尔顿家的人那样经常喝得酩酊大醉，也不像方丹家的人那样头脑发热、疯狂粗野，动不动就想要人的命。那种怪是容易理解的，没错，要不是上帝慈悲，我杰拉尔德·奥哈拉也会有所有这些毛病的！我不是说你嫁了阿希礼以后，他会和别的女人私奔，或者是打骂你。要是那样的话，你倒会觉得好受些呢，因为这些至少你都能理解。但是他古怪得不一般，你根本不可能理解他。我喜欢他，可他说的那些话真让我摸不着头脑。好了，闺女，跟我说真话，对书啦，诗啦，音乐啦，油画啦，以及这一类没用的玩意儿，他说的那些废话，你能理解吗？”

“噢，爸爸，要是我和他结了婚，我会改变这一切的。”

“噢，你会的，你现在能做到吗？”杰拉尔德发火了，狠狠瞪了她一眼，“你对任何一个男人的了解都少得可怜，更不用说对阿希礼了。没有哪个妻子能把丈夫改变一厘一毫，你可别忘了这一点。至于说改变韦尔克斯家的人——那你就更不用梦想了！他们一家子全都那样，多少年来一直没变过。很可能以后永远都是那样。我告你，那一家天生都是怪人。瞧瞧他们那德行，一会儿跑到纽约，一会儿跑到波士顿，为的就是去听歌剧、看油画。还从北佬那里一木箱一木箱地订购法国书和德国书！一家人整天就知道坐在那里看书，不知道在做些什么黄粱美梦，把大好的时光统统浪费掉了，本该去打猎，去玩牌，去干那些正经男子汉该干的事嘛。”

“全县没有哪个人骑马能超过他，”斯佳丽说，心里对这种三婶子二大娘式的诬蔑阿希礼的话感到非常气愤，“除了他父亲，大概是没别人了。至于玩牌，上个礼拜在琼斯博罗，他不是赢了你两百块吗？”

“卡尔弗特家的小子们又在嚼舌头了，”杰拉尔德顺水推舟地说，“要不你怎么会知道这个数目？阿希礼可以和一流的骑手赛马，可以和一流的玩家——那就是我了，闺女——玩牌。我也不否认他要喝起酒来，真能把塔尔顿家兄弟几个都灌倒在桌子底下。这些事没他不会的，问题是他并没有把心思放在上面。所以我才说他古怪。”

斯佳丽不吭声了，心却直往下沉。她想不出用什么理由来反驳爸爸说的最后这一点，因为她知道爸爸说得对。阿希礼的心思没有放在这些娱乐活动上，尽管他在每样上面都十分出色。这些事所有的人都非常感兴趣，而他只是出于礼貌显出一点儿兴趣来。

杰拉尔德明白她沉默的原因，所以便拍了拍她的胳膊，得意地说：“乖孩子，斯佳丽！你承认这是没错的。要是你有阿希礼这么个丈夫，你可怎么办？那韦尔克斯一家神经都有毛病。”接着他又连哄带骗地说，“我刚才提到塔尔顿家的人，可没有吹他们的意思。他们弟兄都是好小伙，但是假如你对凯德·卡尔弗特有意思的话，对我也都一样。卡尔弗特一家也都是好人，虽说老头儿娶了个北佬，全家上下也没一个不好的。等我过世以后——嘘，宝贝，听我说！就把塔拉留给你和凯德。”

“把凯德放在银盘子里给我，我也不要。”斯佳丽气愤地说，“你就别在我这儿推销他了！塔拉我不要，什么农场我也不要。农场又有什么用，如果——”

她想说“如果你得不到你想要的男人”。对待他奉送的礼物，斯佳丽显出轻蔑的态度，这可把杰拉尔德惹恼了。因为除了埃伦，这是他在世上最热爱的东西，于是他忍不住吼叫起来。

“你在这儿，斯佳丽·奥哈拉，就是要告诉我，塔拉——这土地——值不了什么吗？”

斯佳丽倔强地点了点头。她心里过于痛苦，已经不在乎会不会惹爸爸生气了。

“这世上就数土地有价值。”他喊道，气得把两条又粗又短的胳膊在空中乱摆，“只有土地能长久，你要记住！只有土地值得人为它努力、为它奋斗——为它献身。”

“哦，爸爸，”她反感地说，“你这话说得真像个爱尔兰人。”

“难道我为此感到过羞耻吗？没有，我为此感到骄傲。别忘了，你是半个爱尔兰人，小姐！每一个有一丝爱尔兰血统的人，都会把供养他生活的土地看作他的母亲。我现在真替你害臊。我拿世上最美的土地给你——除了老家米斯郡的土地——可你怎么着？居然不屑一顾！”

杰拉尔德越说越来气，骂得来了劲，可是见斯佳丽愁眉苦脸，他觉察出了什么，便停了下来。

“不过，你还年轻，会慢慢爱上这块土地的。一旦爱上就摆不脱了，爱尔兰人都是这样的。你还是个孩子，就知道为那些小伙子伤脑筋。等你年纪大些了，就会明白这是……现在就看你能不能拿定主意，是凯德，还是那对孪生兄弟，还是埃文·芒罗家的子弟。要是这几个里头选中了的话，你就瞧着吧，我要让你嫁得风风光光！”

“噢，爸！”

到这会儿，杰拉尔德已经烦透了，不想再谈下去了。这事落到了自己肩膀上，让他好伤脑筋。另外，他列举了全县最出色的年轻人，还提出要把塔拉送她，她还是那么一脸忧伤，这也叫他伤心。杰拉尔德总希望自己送了礼物，人家会高兴得拍手、亲吻他。

“好了，别再嘬嘴了，小姐。要紧的不是跟谁结婚，而是对方要和你情投意合，是个绅士，是南方人，是体面人。对女人来说，结了婚以后才有爱情。”

“噢，爸，那是过时的爱尔兰老观念！”

“可这是好观念！美国这些为爱情结婚的玩意儿，简直像仆人，像北佬！最好的婚姻就是父母给女儿包办的婚姻。因为像你这样的傻丫头怎么会分得清哪个是好人，哪个是坏蛋呢？你瞧瞧韦尔克斯家的人吧。都这么多代了，人家还是那么强盛，这是为什么呢？瞧，就是因为总跟他们那同一类人结婚，总按家里人的意愿跟表亲结婚。”

“噢。”斯佳丽不禁叫出了声，杰拉尔德的话让她认识到，那个可怕的事实已经不可扭转了，心头又涌起一阵痛苦。杰拉尔德看着她低垂的头，心里感到不安，两脚在地上蹭来蹭去。

“你不是在哭吧？”他问道，一面笨拙地扶着她的下巴，想把她的脸抬起来，他自己也皱着眉头，一脸怜惜之情。

“不是。”她一扭脸气愤地叫了一声。

“你撒谎，可我还是为这事感到骄傲，你有这种傲气，我很高兴，闺女。我想在明天的野餐会上看到你这种傲气。我不想叫全县都议论你、嘲笑你，说你对一个男人倾心，而那人对你除了友情没有别的意思。”

“他对我有意思，”斯佳丽心里难过地想着，“对我很有意思！我知道他是这样的。我能看得出来。要是再有些时间，我知道我会让他说出来的——噢，要是韦尔克斯家的人不老是觉得非和表亲结婚的话，那多好啊！”

杰拉尔德拉住她的手臂，挽在自己的胳膊上。

“我们现在得进去吃晚饭了，所有这些咱俩知道就行了。我可不想拿这事麻烦你妈——你也不要。擦擦鼻子，女儿。”

斯佳丽用她那块破手帕擦了擦鼻子，两个人手挽手走向黑黢黢的车道，马儿在后面慢慢跟着。快到房子跟前时，斯佳丽正想开口说话，却见妈妈站在昏暗的门廊阴影中。她戴着帽子，围着披肩，戴着手套，她身后站着黑妈妈，她脸色有如阴云，手上拿着一个黑皮包，这个黑皮包是埃伦·奥哈拉给黑奴治病时装绷带和药品用的。黑妈妈的大嘴唇总是往下耷拉着，一生气就能拉长到平时的两倍。现在就是这么拉长着的，斯佳丽一看就知道她生气了，准是又瞧见了什么她看不顺眼的事了。

“奥哈拉先生。”看到父女俩从车道走过来，埃伦叫了一声——埃伦属于很正统的那一代人，即使结婚已经十七年，生了六个孩子以后，依旧如此——“奥哈拉先生，斯莱特里家有人生病了。埃米的孩子生下来了，可是快不行了，必须施洗礼。我要和黑妈妈一块儿去一趟，看看还能帮着做点儿什么。”

她的声音提高了点儿，好像在征求意见，仿佛是要取得杰拉尔德的首肯，纯粹是客套，但杰拉尔德听了心里挺得意。

“天哪！”杰拉尔德咆哮起来，“那些白人简直是群废物，怎么偏偏吃晚饭的时候把你叫走，我还正要给你讲亚特兰大那边流传的战争话题呢！去吧，奥哈拉太太，如果那儿有麻烦你没去，夜里你肯定睡不安生。”

“她夜里老是颠来颠去，从来就没有睡安生过，老去照料那些黑鬼和那些穷光蛋白人，都是些没用的东西，他们本来可以自己照料自己。”黑妈妈用一种单调的声音嘟囔着，一边下了台阶，朝等候在边道上的马车走去。

“吃饭时替我照料一下吧，亲爱的。”埃伦说，一面用戴着手套的手拍了拍斯佳丽的脸颊。

斯佳丽尽量克制着没让眼泪流出来，她感到激动，因为妈妈的触摸中总有一种魔力，她那沙沙作响的丝裙散发出淡淡的柠檬香。斯佳丽总觉得，埃伦·奥哈拉身上有一种令她兴奋的东西，那是一种不可思议的奇特东西，和她同在一个屋顶下生活，却使她敬畏，令她着迷，也能使她得到慰藉。

杰拉尔德扶太太上了车，命令车夫小心驾车。托比听了心里不痛快，噘起了嘴，因为他都为杰拉尔德做了二十年的马夫，干吗还要别人告诉自己该怎么做？马车辚辚上路，他身边坐着黑妈妈，两人都噘着嘴，各自都显出非洲人不痛快时的典型模样。

“要是我不帮斯莱特里这家穷鬼这么多忙，他们准得另外再花钱。”杰拉尔德气呼呼地说，“说不定他们愿意把他家那不多几亩没用的河滩地卖给我，然后这个县就可以甩掉他们这个包袱了。”接着，他忽又兴致勃勃地玩起他的恶作剧来，“走，女儿，咱去告诉波克，我没有把迪尔西买回来，而是把他卖给韦尔克斯家了。”

他把自己的马缰绳扔给了一个站在近旁的黑孩子，然后走上台阶。他这时已经把斯佳丽心碎的事忘到了脑后，就想着怎么折磨自己的贴身男仆。斯佳丽跟着他慢慢走上台阶，两脚像灌了铅一样沉重。她暗自思忖，假如自己和阿希礼结了婚，不见得比她父亲和埃伦·罗比亚尔·奥哈拉的婚姻更古怪。她心里就像通常那样感到纳闷儿，怎么一贯大喊大叫、毫不敏感的父亲就偏偏娶了母亲这样的女人？没有哪对夫妻在出身上、教养上、心性习惯上比他们两人相差得更远的了。

第三章

埃伦年方三十二，可是按她那个时代的标准，她已经算是中年妇女了，已经生过六个孩子，埋葬过不幸夭折的三个。她身材颀长，比她那脾气暴躁的小个子丈夫高出一头，但她走起路来步态优雅，长裙飘逸，所以高身材倒也并不特别显眼。她的塔夫绸上衣领口上方露出的脖颈圆而细长，呈奶油色，似乎总是被那绾在脑后发网中的浓密头发压得略向后仰。她母亲是法国人，父亲曾是拿破仑手下的一名士兵，外公外婆原来住在海地，一七九一年海地革命时从那里逃走。她从母亲那里继承了一头乌黑的头发和一双丹凤黑眼睛，隐蔽在乌黑的睫毛后面；从父亲那里继承了又长又直的鼻子和棱角分明的方形下巴，但与柔美的脸颊弧线搭配起来，显得柔和自然。然而只有在生活中，她的面容上才生出了一种并非傲慢的傲岸神态，一种宽厚、一种忧郁，还有那种绝对的不苟言笑。

要是她眼睛里放出一些光彩，微笑时含有一些相应的热情，或者是声音自然一些，语调动听一些，让家人和仆人听着舒服一些。她本来会成为一个绝代佳人，她说话带有佐治亚海边居民的口音，柔和而圆润，元音清晰，辅音亲切，掺有一丁点儿法国口音。这是一个从来不提高的声音，不管是对仆人发号施令，还是训斥孩子，但这是一个在塔拉人人都会立即服从的声音，而在这里，她丈夫的咆哮吼叫，大家却默默地不予理睬。

自斯佳丽记事起，她母亲就一直是这样了，无论她是夸奖人还是指责人，一概都是那种悦耳温柔的声音。杰拉尔德家里天天有急需处理的事，她总是能有条有理地一一处理，而且处理得很快。她随时保持着冷静的头脑，脊背从来是那么直直的，甚至三个儿子死去时也是如此。斯佳丽从来没有见过她母亲坐在椅子上的时候脊背挨过椅子靠背，也从来没有见过她坐着的时候，手里没有拿着针线活儿。只有在一日三餐、在照顾病人、在处理种植园的账务的时候才例外。要是家里有客人，她手里的针线活儿是些漂亮的刺绣，平时则是杰拉尔德的揉皱了的衬衫、女儿们的裙子，或是奴仆们的衣服。斯佳丽不能想象她母亲手上没有戴着她那个金顶针，或是她衣裙窸窣作响的身影后边，没有跟着一个小黑女孩儿。那女孩儿的人生唯一任务就是拆掉临时缝上的线头，手里端着红木针线盒，从一个房间跟到另一个房间，埃伦在房子里四处走动，吩咐仆人做饭、打扫、缝制衣服，小女孩儿都一直跟在她身后。

斯佳丽从来没有见过母亲有心烦意乱的时候，从来都是那么心平气和，无论白天还是晚上，她自己总是穿戴得十全十美。要是埃伦去参加舞会、去会客，或者是在开庭日去琼斯博罗旁听，往往需要花上两个钟头由黑妈妈外加两个女用人共同为她梳妆穿戴，才能让她满意地出门；但是在紧急时刻，她穿戴梳妆之快却又令人吃惊。

斯佳丽的卧室正好对着她妈妈的卧室，从儿时起就熟悉了这轻柔的声音：清晨就有黑人光脚在木地板上轻快地走过，轻敲妈妈的房门，随后就有提心吊胆的黑人悄悄说话，说的都是住在那一长排白屋子里的奴仆们的事，谁病了、谁死了、谁生了孩子之类。斯佳丽小时候常常踮起脚尖走到门口，从细小的门缝里往外偷看，总能看见埃伦从她那黑乎乎的房间里走出来，能听见里面传出杰拉尔德那有节奏的呼噜声，一点儿也没有受到惊动。在高举的蜡烛光下，能看见妈妈胳膊下夹着药箱，头发梳得光光的，上衣的扣子每一颗都扣得严严实实。

听见妈妈在走廊里踮着脚尖走路，一边用低低的声音说出坚定而又体贴的话来的时候，斯佳丽心里总感到那么踏实：“嘘，小声点儿。别吵醒杰拉尔德先生。他们不是什么大病，死不了。”

随后她会轻手轻脚地回到床上，心里清楚今夜埃伦不在家，但一切都和她在家一样。

清晨，埃伦和往常一样坐在餐桌旁她的座位上，尽管眼圈有点儿发黑，显得疲倦，但说话的声音里不带有一点儿劳累的迹象。因为老方丹大夫和小方丹大夫都去出诊，所以人们就总来请她去对付接生或料理后事这样一些事情。她那高贵文雅的仪表下面有一种钢铁般的意志，令全家上下都十分敬畏，包括杰拉尔德和女儿们，当然这是杰拉尔德死也不承认的。

有时，斯佳丽会在夜里悄悄走到高个头儿妈妈身边，去亲她的脸颊。她会凝视着妈妈的嘴，上嘴唇太柔软了，也太短了点儿，这时斯佳丽总觉得这嘴太容易受到外界的伤害了，不知道它是不是也曾咧开发出女孩儿那种痴痴的傻笑，或者在漫漫长夜向自己的贴心女友倾吐心底的秘密。但是，不会，这不可能。妈妈从来都是那样，是力量的支柱、智慧的源泉，是一个无所不知的人。

但是斯佳丽错了，多年以前在萨凡纳，埃伦·罗比亚尔也曾像那个美丽的海滨城市的十五岁少女一样，莫明其妙地傻笑，和朋友整夜畅谈，互相倾吐心中的秘密。唯有一个秘密，她始终守口如瓶。那是比她大二十八岁的杰拉尔德·奥哈拉进入她生活的一年——也是那一年，一个黑眼睛青年、她的表哥菲利普·罗比亚尔，从她生活中消失了。当长着一双勾人眼睛、行为落拓不羁的表哥永远离开萨凡纳之后，他带走了埃伦心中的全部激情，剩下了一个温柔的外壳留给娶她为妻的小个子罗圈儿腿爱尔兰人。

但是对杰拉尔德这就足够了，他为自己真的娶了她这种不可思议的幸运而欣喜不已。如果说她身上少了什么东西，他从来也没有感觉到。以他的精明，他明白这简直是个奇迹，因为他一无可凭，既无门第也无钱财，居然把最显贵的海滨家族之一的女儿娶到了手。杰拉尔德完全是白手起家的。

杰拉尔德是二十一岁从爱尔兰来到美国的。他来得很匆忙，就像贫富不一、先后来到美国的许多爱尔兰人一样，而他所带不过背上背着的几件衣服，除了盘缠之外的两个先令，他觉得自己犯下的事根本值不了那么多钱来悬赏他的人头。在地狱这一边，没有哪个奥兰治党人[1]在英国政府眼里或是阎王本人眼里能值得了一百英镑；但是如果死了一个英国地主收租代理人，政府那么在意的话，杰拉尔德·奥哈拉还是走为上，走得越快越好。没错，他是管那个收租代理人叫“奥兰治党杂种”，可是按照杰拉尔德的看法，那人也不能因此就有权侮辱他：那人冲他吹口哨，吹的曲子是“博伊奈河”[2]的开头几小节。

博伊奈战役发生在一百多年以前，但是对于奥哈拉家人和他们的邻居来说，就好像发生在昨天似的，他们对这一事件记忆犹新，他们的希望、他们的梦想，还有他们的土地和财富，随着斯图亚特王子仓皇出逃卷起的滚滚尘埃一同逝去了，王子身后留下的是奥兰治家族的威廉和他那戴橘黄帽徽的可恶军队，对拥护斯图亚特的爱尔兰人大开杀戒。

---

[1] 奥兰治党人：一七九五年在北爱尔兰成立的秘密社团成员，该社团支持新教势力及英国王权。——译注

[2] 博伊奈河：爱尔兰东部一河流，一六九〇年七月一日的博伊奈战役中，英王威廉三世的军队击败了苏格兰詹姆斯二世的军队，后詹姆斯二世逃往法国。——译注

由于上述情况以及一些其他原因，杰拉尔德家并没有把他这次冲突的致命后果看得有多么严重，只除了一件事，那就是因此而受到了指控并带来了严重后果。多年来，奥哈拉家的人在英国军警那里名声并不好，被怀疑进行反政府的秘密活动，而且杰拉尔德并不是他家半夜离开爱尔兰的头一个人。他有两个兄长，一个叫詹姆士，一个叫安德鲁，他几乎记不起他俩了，只依稀记得这两个年轻人都沉默寡言，老是深夜出没，行动诡秘，有时候一连几个星期不见踪影，弄得母亲提心吊胆。好些年前奥哈拉家的猪圈里埋藏了步枪，这些枪械被发现后，他俩立即逃到美国，如今他俩已经成了萨凡纳的成功商人。一提起这两个儿子，他母亲就会插话说："只有仁慈的上帝知道他们在哪儿。"杰拉尔德当年就是给打发出去投奔他俩的。

临别前，妈妈匆匆亲吻他的脸颊，一边激动地在他耳边说些天主教徒祝愿的话。父亲平静地对他说："别忘了你是谁，别得意忘形。"他的另外五个哥哥也都面带笑容同他告别，笑容里虽然含着羡慕，但也带着一点儿怜悯的神态，因为这家人个个都身强体壮，杰拉尔德年纪最小，个头儿也最矮。

他这五个哥哥和父亲都是六英尺多的个头儿，都长得五大三粗，但是时年二十一的矮个子杰拉尔德暗自思忖，凭上帝的智慧，最多也就允许自己长到五英尺。他对此倒也心安理得，从来不为自己长不高而徒劳地感到遗憾，也从来没有感到这对他追求任何目标有什么不利影响。其实，也正是杰拉尔德这矮小而结实的身量造就了他，因为他小时候就曾听人说，小个子在高大的人群中生存必须艰苦奋斗。杰拉尔德就善于艰苦奋斗。

他的身材高大的兄长们个个都坚韧而温和，作为家族传统的那种往昔的荣耀在他们身上已经永远逝去了，他们对此心照不宣，但耿耿于怀，常以玩世不恭的态度发泄出来。假如杰拉尔德也长得五大三粗，他也会和奥哈拉家的人一样，暗中反抗政府。但杰拉尔德是个“嘴不饶人的刺儿头”，母亲常常亲切地这样说他，脾气火暴，一触即发，动不动就出拳头，好斗的性子谁都看得出。在高大的奥哈拉家人里面，他向来都是高视阔步，活像院子里一群优种大公鸡里一个大摇大摆的矮脚鸡。大家都喜欢他，善意地逗他发火，听他大喊大叫，用大拳头擂他几下，让这个小弟弟规矩点儿也就罢手了。

杰拉尔德带到美国的文化程度很差劲，但他自己并没有意识到。就算有人告诉他，他也不会在乎的。他妈妈教会他读书写字，他能写一手整洁的书法，能熟练地运算。不过他的书本知识也就到此为止了。仅懂的一点儿拉丁文就是做弥撒时跟着回应的那几句，仅有的一点儿历史知识就是爱尔兰遭受的种种屈辱。诗就知道托马斯·穆尔[1]的几首，音乐就知道爱尔兰以往流传下来的歌谣。他对学识比他强的人十分尊敬，但并不觉得自己在这方面有什么欠缺。难道在这个新的国家里他需要这些东西吗？最无知的那些爱尔兰人不是也都发大财了吗？在这个国家不就是需要强壮和勤劳吗？

詹姆士和安德鲁收留了他，把他安排在萨凡纳他们的店铺里，他俩也没有对弟弟的文化程度有什么遗憾。他一手整洁的书法、精确的计算、讨价还价表现出的精明，赢得了他们的尊敬，而假如年轻的杰拉尔德具有文学知识、音乐品位，那倒反而会叫他们瞧不起。这个世纪初，美国对爱尔兰人还是相当友好的。詹姆士和安德鲁已经开设了自己的店铺，而刚来的时候，还是用大篷车从萨凡纳往佐治亚内地城镇拉货物呢。杰拉尔德也跟着他们发达了。

他喜欢南方，自己觉得很快就成了一个南方人。南方——南方

[1] 托马斯·穆尔（1779—1852年）：爱尔兰浪漫主义诗人。——译注

人，这里面有很多含义，他是无法理解的，但是他以自己那种无论做什么都十分专注的天性，以自己的理解接受了当地的观念和习俗，把它们变为己有——扑克牌和赛马、时世政治、决斗规则、州权、对所有北佬的诅咒、蓄奴、棉花大王、对穷鬼白人的鄙视、对女人过分的殷勤。他连嚼烟草也学会了。不过他没有必要锻炼自己的威士忌酒量，他生来就是海量。

然而，杰拉尔德还是杰拉尔德。他的生活习惯和观念变了，但他的行为举止并没有改。即便能改，他也不肯改。他羡慕那些富有的农场主那闲散的优雅举止，他们从自己那长满青苔的王国里骑马来到萨凡纳，他们的坐骑是受过严格训练的良种马，后面跟着两种马车，漂亮的那种里面坐着和他们一样优雅的女士，普通的那种里面坐着她们的奴仆。可是这种高雅，杰拉尔德学不来。那种慵懒、混沌的腔调他听来觉得悦耳，可是他的乡音长在他舌头上似的，怎么也改不了。他也喜欢他们处理大事上的那种漫不经心的潇洒——玩扑克牌时敢拿一笔财产、一个农场或者是一个黑奴赌一张牌，输掉了也不当回事，愉快地把赌注划给赢家，好像把零钱分给黑人小孩儿似的。然而杰拉尔德尝过穷的滋味，愉快潇洒地输钱，这事怎么也学不来。这些佐治亚沿海居民是快活的一群，他们说话声音轻柔，爱发脾气，令人喜悦的善变，杰拉尔德喜欢他们。但是这个年轻的爱尔兰人身上有一股不能安分的勃勃生气，从那样一个国家初来乍到，那地方刮的风潮湿寒冷，雾气笼罩的湿地让人兴奋不起来，而这地方的懒散的绅士、淑女生活在亚热带空气闷热的沼泽地环境中，他无法和他们融合在一起。

他从他们那里汲取自己觉得有用的东西，而不计其余。他发现南方习俗中最有用的莫过于扑克牌和威士忌酒量，而正是杰拉尔德玩牌和喝酒的天分，使他得到了他最珍视的三样财产中的两样：他的贴身男仆和农场。另一样是他的太太，他把这归功于仁慈上帝的神秘赐予。

贴身男仆名叫波克，皮肤黑得发亮，神态庄严，在衣着方面有过全面训练，无论任何场合都穿戴得优雅得体。这是杰拉尔德跟一个来自圣西门岛的农场主在扑克牌桌上一夜豪赌的结果。那人的咋咋呼呼的气势和杰拉尔德可谓旗鼓相当，但是喝新奥尔良朗姆酒不敌杰拉尔德。事后波克的前主人想出双倍的价钱把他买回去，被杰拉尔德固执地拒绝了，因为这是他拥有的头一个黑奴，而且这黑奴是“沿海一带最他妈的好使唤的贴身男仆”。这是杰拉尔德实现心中目标的第一步。杰拉尔德一心要成为一个拥有黑奴和地产的绅士。

他暗暗拿定主意，不能像詹姆士和安德鲁那样，把所有白天都用来讨价还价，把所有的夜晚都用来在蜡烛底下核对那长长的一栏又一栏的数字。他的两个哥哥没有感觉到的，他深切地感觉到了，那就是做买卖的人身上那种受人歧视的社会烙印。杰拉尔德要做农场主。他当过佃农，耕种着同胞曾拥有并追寻的土地——带着一个爱尔兰人对土地的这种深深的渴望，杰拉尔德要亲眼看到自己的成片土地铺展开来，形成一片绿色的海洋。这便是他近乎冷酷的唯一目标，他渴望得到自己的房子、自己的农场、自己的马匹、自己的黑奴。在这个新的国家，没有他在已经远离的故国所面临的双重风险——吞没一切收成和粮仓的沉重税赋和时刻笼罩着的突然被没收的威胁——所以他计划得到这些财产。但是，有这样的抱负和实现这样的抱负是两码事，随着时间的推移他发现了这一点。佐治亚沿海地区控制在根深蒂固的贵族阶层手里，太稳固了，他几乎没有希望获得自己想要的那些东西。

真是福有双降，不久，命运之手和一手好牌，便联手送给他一座他后来称为塔拉的农场，与此同时，让他离开海边迁往佐治亚北部高地乡村。

那是一个炎热的春天夜晚，在萨凡纳的一个酒吧里，坐在旁边的一个陌生人偶然聊天，吸引杰拉尔德竖起了耳朵。这个陌生的萨凡纳本地人，在内地住了十二年之后，回家来了。他中了土地彩票奖，彩票是州政府为分割佐治亚中部辽阔的土地发行的，这片土地是杰拉尔德来美国前一年印第安人割让的。他中彩后到那儿去建起了一个农场，可是不幸房子失火烧掉了，他也厌倦了那“可恶的地方”，十分乐意出手。

杰拉尔德对拥有自己的农场一直念念不忘，于是便安排和此人见面商谈，这陌生人告诉他说州北边尽是从南卡罗来纳、北卡罗来纳和弗吉尼亚来的人，杰拉尔德越听越来劲。杰拉尔德在萨凡纳已经住得够久了，也有了沿海居民的那种观念——州里除了他们居住的沿海地区，其他地方统统都是荒蛮的丛林地带，每一块丛林里都埋伏着印第安人。为了两个哥哥的生意，他也曾去过一百英里以外萨凡纳河上游的奥古斯塔，从那个城市又向西走，去过好几个老镇子。他知道那地方的人像沿海一样人烟稠密，可是按这个陌生人所说，他的农场在萨凡纳西北方向二百五十多英里的内地，在查塔霍奇河南岸不远的地方。杰拉尔德知道，那条河北岸的土地仍然控制在切罗基族印第安人手中，担心那里会有印第安人找麻烦，而那陌生人却觉得十分好笑，说那里的城镇发展得很快，新土地上的农场很繁荣，这话就叫杰拉尔德听了觉得非常惊讶。

过了一个钟头，渐渐没什么可谈的了，杰拉尔德提议玩牌，暗藏着一个和他那明亮的蓝眼睛里的天真神态迥然不同的诡计。夜渐深酒方酣，后来其他人都不玩了，只剩下杰拉尔德和陌生人继续战斗。陌生人把他的所有筹码一股脑儿压上来，外加他的农场地契。杰拉尔德也把自己的筹码全压上，还把自己的钱包放在上面。如果钱包里面恰好装着奥哈拉兄弟商行的钱，杰拉尔德不会因第二天早上做弥撒前不忏悔而感到良心不安。他知道自己想要什么，而杰拉尔德想要什么的时候，他总是选择最直截了当的途径。另外，这就是他对自己的命运、对自己手里的四张二的信念，他连一下都没有想过，万一桌子对面有一张比这大的牌，他该如何偿还那笔钱。

“你弄到手的不是什么便宜货，我很高兴再也不用为那地方纳税了。”那人拿到的牌全是一，便叹了口气说了这么一句，一边就叫人取笔和墨来，“大房子一年前烧掉了，地里长了许多灌木丛，还种了不少松树苗。现在都归你了。”

“除非你是喝苏格兰威士忌长大的，否则玩牌的时候绝对别喝酒。”当夜，波克侍候杰拉尔德上床时，杰拉尔德严肃地对他说。这个贴身男仆人出于对新主人的敬意，学着苏格兰的腔调说话，对主人的话做必要的应答，用的土音是吉奇和米斯郡方言的混合体，这会叫任何人都惊讶不已，只除了这主仆二位。

富林河的黄泥水，静静地流淌在高大的松树林和蔓藤缠绕的橡树林之间，像一条弯曲的臂膀，把杰拉尔德新获得的土地揽在怀中，沿土地的两条边流过。对杰拉尔德来说，站在房子原来所在的小丘上，眼前这道高大的绿树屏障不仅十分悦目，也是一个所有权的证明，仿佛是他自己建造的围栏来标明自己的领地似的。他站在烧毁的房子那烧成黑色的基石上，望着通往大道的那长长两行绿树，不禁心花怒放，欢喜地骂了一句，这喜悦来得实在太强烈了，连感谢上帝的话也忘记说了。这两排浓荫如盖的大树是他的了，荒芜的大草坪也是，野草长得齐腰深了，还零零落落地长着些小木兰树，点缀在草地上。没有开垦的土地上冒起来不少小松树和灌木丛，红色的地面如波浪起伏，向四面延伸到远处，眼前这一切都属于他杰拉尔德·奥哈拉的——都是他的，因为他有一个毫不含糊的爱尔兰人的头脑，有勇气把一切都压在一手扑克牌上。

杰拉尔德闭上了眼睛，在未开垦的土地上那种宁静之中，他感到自己回家了。就在他脚下这里，将建起一座粉刷成白色的砖房。路那面要竖起崭新的围栏，在里面养肥牛良马，从脚下的小山坡一直到河谷的大片沃土上，要种满雪白的棉花，在太阳底下像大片明晃晃的鸭绒——成百上千亩棉花！奥哈拉家时来运转了。

杰拉尔德用自己那一份数额不大的资金，添上从他并不怎么热心的两个兄长那里能借出来的一些，再加上把土地抵押出去获得的为数可观的一笔款项，杰拉尔德买来了他第一批干农活儿的黑奴，去塔拉独自住在只有四个房间的监工房里，一直要住到白色墙壁的塔拉大宅拔地而起。

他清理了土地，种上了棉花，又向詹姆士和安德鲁借了些钱买来更多黑奴。奥哈拉家是个大家族，兴旺和衰落时，家族成员都很抱团，这并不是因为家族亲情表现得过分，而是因为他们在艰难岁月中逐渐懂得，一个家族要想生存下来，必须紧紧团结在一起面对外部世界。他们借钱给杰拉尔德，过了些年这钱就连本带利都回来了。杰拉尔德不断买下临近的田地，农场渐渐扩展开来，大宅子也终于由梦想变成了现实。

宅子是黑奴建起来的，是一座四下伸展的笨拙建筑，建在小丘顶上，俯瞰着延伸到河边的翠绿山坡；这房子让杰拉尔德高兴极了，因为新盖的房子看上去就是一副饱经沧桑的样子。那些老橡树曾目睹过印第安人从树枝下走过，棵棵树干粗大，紧紧拥抱着房子，高大厚实的树枝形成浓密的树荫，把屋顶遮得严严实实。草坪上杂草既除，三叶草和狗牙根草长势茂盛，杰拉尔德总是让人把草坪管护得毫无瑕疵。从雪松树成行的林荫路到黑奴生活区那一排白色的小木屋，塔拉庄园呈现出一种坚实、牢靠、稳固的印象；不管什么时候，只要杰拉尔德骑马来到大路转弯处，看到自己的大宅子屋顶从碧绿的树枝间露出来，他心里就会涌起一阵自豪，好像每次看见它的时候，都是第一次见似的。

这全是他独自奋斗获得的，好一个坚定不移、脾气暴躁、个头儿矮小的杰拉尔德。

杰拉尔德和本县邻居们相处得非常和睦，只有两家例外，一家是麦金托什，杰拉尔德的土地左边和这家的土地毗连；另一家是斯莱特里，杰拉尔德的土地右边和这家那三英亩地毗连，这家的土地是狭长的一条，沿着河谷沼地横在小河和约翰·韦尔克斯家的农场之间。

麦金托什一家是有苏格兰血统的爱尔兰人，是奥兰治党人。就算这一家拥有天主教徒的一切高尚品质，在杰拉尔德眼里，这种血统已经给他们打上了永受诅咒的烙印。没错，他们已经在佐治亚居住了七十年，在那之前有一代人曾在卡罗来纳生活，但是他家踏上美国海岸的第一代是来自乌尔斯特，这在杰拉尔德看来就用不着再说别的什么了。

这一家都是些沉默寡言、头脑固执的家伙，很少和外人来往，只和他们在卡罗来纳的亲戚通婚。不喜欢这一家的人并非只有杰拉尔德一个，因为县里的人家都爱互相来往，保持联络，对于缺少这种品质的人，他们是不大能够忍受的。有传闻说麦金托什一家同情废奴主义，这就更让人对他们喜欢不起来了。老安古斯从来没有释放过一个黑奴，而且还犯下了不可饶恕的过错，违反社会约定，把他的黑奴卖了一些给途经此地到路易斯安那甘蔗地去的黑奴贩子，不过他这行为也没有平息那种传闻。

“他是个废奴主义者，没问题。”杰拉尔德曾对约翰·韦尔克斯说，“但是，对于奥兰治党人来说，一旦原则和他们那种苏格兰人的吝啬发生冲突，他们就会扔掉原则。”

斯莱特里一家又是另一回事。他们是些穷白人，他们甚至连邻居们因安古斯·麦金托什的孤寂独立品性而勉强给予的微少尊重也得不到。老斯莱特里紧紧抓住他那几英亩土地不肯放手，任凭杰拉尔德和约翰·韦尔克斯多次出价都不松口，老家伙一辈子就是那么懒惰无能，而又牢骚满腹。他老婆的头发总是乱蓬蓬的，面有菜色，一副病容，生了一窝兔头鼠脸的孩子——这窝孩子的总数每年有规律地增加。汤姆·斯莱特里没有黑奴，他和大儿子种那几英亩棉花地，三天打鱼，两天晒网。他老婆和另外几个孩子照管那个所谓的菜园子。但是，不知怎的，棉花总是歉收，菜园子也因为斯莱特里太太老生孩子，而难得喂饱她那一窝小崽子。

经常看到汤姆·斯莱特里在邻居家廊子上闲混，讨要棉花种子，或者是一块咸肉，“帮帮他的忙”。虽说自己没什么能耐，斯莱特里倒是一直痛恨他的邻居，因为他感觉到邻居们客气的态度下面掩藏着一种蔑视。他尤其痛恨“富人家那些没心肝的黑鬼”。县里大户人家的黑人把自己看得比穷白人高一等，他们那种毫不掩饰的蔑视对斯莱特里是个刺激，他们那种比他还有保障的生活也叫他不忿。他自己穷兮兮的光景远不如这些奴仆，人家吃得饱、穿得好，老了、病了还有人照顾。他们为自己主人的名字而自豪，更为自己属于有地位的人而自豪，而他却让所有的人都瞧不起。

汤姆·斯莱特里本可以三倍的价格把他的农场卖给县里随便哪个农场主。为撵走这么个丧门星，大家都会觉得这笔钱花得值，可是这人偏偏满足于现状，死活不肯走，靠每年一包棉花的收成、邻居们的施舍，也要硬撑下去。

杰拉尔德和县里其他人关系都很融洽，和一些人还十分亲密。韦尔克斯家、卡尔弗特家、塔尔顿家、方丹家，只要一见到这个矮个子骑在那匹白色高头大马背上踏上他们家的甬道时，都会由衷地笑脸相迎，笑着让人取高脚酒杯来，里面放一匙糖和一小片碾碎的薄荷，倒上波旁威士忌。杰拉尔德人缘儿不错，初次见面，小孩儿、黑人、狗就喜欢上了他，邻居们渐渐也都喜欢上了他，知道他是个心地善良的人，有耐心听人说话，古道热肠、乐善好施，尽管他声音粗豪、举止威猛。

他的到来总是伴随着欢腾的狗叫，一群黑孩子就会欢呼雀跃、争先恐后地跑去迎接他，还会为谁牵他的马而争得面红耳赤，听他几声善意的斥责而不安地扭动，一面咧着嘴嘿嘿地笑。白孩子闹着要坐在他腿上晃悠着玩，而他则和大人们痛斥北佬政客的丑恶行径；他这些朋友的女儿们在恋爱方面都对他推心置腹；邻居家的年轻小伙子们怕受训斥不敢向父亲承认欠了债，都发现他是个能解燃眉之急的好朋友。

“这么说，这笔钱你已经欠了一个月，你这小浑蛋！”他会这么大声叫嚷，“凭上帝的名义，你借人家这钱之前，怎么不先上我这儿来拿？”

他说话粗鲁是人所共知的，所以也不会得罪人，只能让年轻人不好意思地笑着回答说：“是这样，先生，我真的不愿意麻烦您，可是我父亲——”

“你父亲是个好人，不用说，是严厉了点儿，这些尽管拿去，再也别提就是了。”

最后认可别人的总是农场主的太太们。但是，当韦尔克斯太太——“一位了不起的夫人，有保持沉默的难得品质”，杰拉尔德这样评论她的性格——有天晚上听见杰拉尔德的马在甬道上渐渐远去时跟她丈夫说：“他说话很粗，可他是位绅士。”杰拉尔德的地位终于受到认可。

他不知道将近十年过去，他才受到认可，因为他从来没有意识到，他初来此地时，邻居们都曾对他侧目而视。在他自己心目中，自己刚到塔拉就属于这块地方了，他对此深信不疑。

杰拉尔德到四十三岁的时候，身体粗壮、面色红润，活像狩猎图画中出猎的乡绅。这时他才感到，塔拉虽好，县里人虽然对他都不见外、都欢迎他，但还缺少点儿什么。他想娶个太太。

塔拉太需要一个女主人了。那个肥硕的厨子，本来是干农活儿的黑奴，苦于没人，临时提升到厨房做饭，可她从来不能按时开饭，而卧室女仆，原本也是干农活儿的，眼看着家具上落了厚厚的灰尘也不打扫，从来没有干净床单、被单备用，所以每回客人要来，才临时手忙脚乱地收拾。波克是庄园里唯一受过训练的黑人，负责监督其他奴仆，但是几年过后，看惯了杰拉尔德那种逍遥自在地过日子的方式，就连他也渐渐变得又马虎又懒散。作为贴身男仆，他倒能把杰拉尔德的卧室收拾得干净整洁；作为管家，他能让主人以优雅尊贵的方式进餐，但别的事他可就是任其自流，不闻不问。

凭着非洲人那种万无一失的直觉，黑人们都发现杰拉尔德是个光叫不咬的主，就都不顾廉耻地钻他的空子。主人威胁的声音挺大，口口声声说要把哪个卖到南面去，要结结实实抽哪个一顿，但是从来没有一个塔拉的黑奴被卖掉，至于鞭打也只发生过一回，那是因为杰拉尔德最心爱的马一整天外出打猎，回来竟然没人给它洗澡梳毛，这才迫不得已给了点儿颜色。

杰拉尔德那双犀利的蓝眼睛注意到了邻居的房屋收拾得多么整洁有序，穿着窸窣作响的长裙、头发梳得光光的太太们多么挥洒自如地指挥着奴仆们干活儿。他对这些女人从清晨直到午夜的活动毫无了解，不知道她们要照料一日三餐、照料孩子、做针线、洗衣物，等等。他只看到了表面上的情形，而这表面的情形给他留下了深刻印象。

一天早上，他忽然意识到自己急需一个妻子。当时他正要穿好衣服骑马出去旁听审案。波克取来他最爱穿的皱领衬衫，可是这衬衫让女仆缝得很不中看，除了贴身男仆，谁也穿不出去。

“杰拉尔德先生，”波克见杰拉尔德生气，便安慰地说，“您需要位太太，带一大群黑奴嫁过来。”

杰拉尔德一边骂波克放肆，一边心里却在想这家伙说得没错。他需要妻子、需要孩子，这事要是不抓紧办，就会来不及了。但是他不能随便娶个女人，像卡尔弗特那样，把没妈的孩子们那个家庭教师娶了做老婆，也不嫌她是个北佬。他自己的妻子必须是位淑女，出身高贵的淑女，要像韦尔克斯太太那样气质优雅、风度翩翩，要有能力像韦尔克斯太太管理自己的庄园那样管理塔拉庄园。

但是娶县里的世家小姐有两个难处。一个是处于结婚年龄的小姐太少。另一个更严重，那就是尽管杰拉尔德已经在这儿住了将近十年，他依旧是个“新来的”，还是个外国人。没人知道他的出身门第。虽说佐治亚内地没有沿海地区对门第看得那么重，但是如果对一个人的祖父一点儿也不了解，那么谁家也不愿意把女儿嫁给这人。

在县里，人们和他一块儿出猎、一块儿喝酒、一起谈论政治，杰拉尔德知道这些人的确喜欢他，可是他们中哪个的女儿也没法儿娶。他也不想让自己这事弄成别人饭桌上的闲谈材料，说这个、那个或者其他哪个父亲很遗憾地拒绝让杰拉尔德拜访他女儿。明白了这一点，倒也并没有让杰拉尔德觉得自己在邻居当中低人一等。没有任何事情能让杰拉尔德觉得自己在任何方面低人一等。只不过是县里有这样的怪风俗，那就是女儿要嫁的人家在南方居住的时间必须远远超过二十年，拥有土地和黑奴，仅可沉湎于当时流行的恶习。

“收拾行李，我们去萨凡纳。”他对波克说，“要是我听到你说‘嘘’或者‘中’，哪怕只听到一次，我就非把你给卖了不可，因为这些话我自己也很少说了。”

在婚姻大事上，詹姆士和安德鲁或许可以给他点儿建议，说不定他们的老朋友家有女儿可以满足他的条件，也愿意接受他做丈夫。詹姆士和安德鲁耐心地听他说完，但是没给他多少鼓励。他们在萨凡纳没有亲戚可以求助，两人都是在来美国之前就结婚了。他们的老朋友就是有女儿也早都嫁了人，正忙着养育自己的小孩儿呢。

“你不是富人，你也不是大户人家。”詹姆士说。

“我自己赚了钱，我会把自己的家发展成一个大户人家。我不会随便娶哪个女人。”

“你的心气倒挺高。”安德鲁冷冷地说。

但是两个兄长毕竟为杰拉尔德尽了最大努力。詹姆士和安德鲁上了年纪，在萨凡纳口碑不错。他们有许多朋友，在一个月之内，领着杰拉尔德拜访了一家又一家，赴晚宴、参加舞会、去郊外野餐。

“我看上眼的就一个，”杰拉尔德终于说了，“可是我来美国的时候她还没出生呢。”

“你看上眼的是哪个？”

“埃伦·罗比亚尔小姐。”杰拉尔德说，尽量显出不经意的样子，其实埃伦·罗比亚尔那双黑色丹凤眼绝不只是让他看上了眼。尽管她有那么一种不可思议的冷漠神态，对一个十五岁少女而言，这是很让人奇怪的，可就是她把杰拉尔德迷住了。另外，她还有一种令人难以忘怀的忧郁神情，铭刻在他心上，他因而对她更温柔了，那是他对待世上任何人都从未有过的温柔。

“你这把年纪够当她爹了！”

“可我现在还是大好年华呀！”杰拉尔德受了刺激，不禁喊了出来。

詹姆士的语调很平静。

“杰里[1]，你跟萨凡纳随便哪个姑娘结婚的机会，都不比跟她结婚的机会小。她父亲是罗比亚尔家族的一个成员，那些个法国人都傲慢得可怕。她母亲——愿上帝照看她的灵魂——是位了不起的夫人。”

“我才不在乎哩。”杰拉尔德急着说，“再说啦，她妈已经死了，老罗比亚尔挺喜欢我。”

“作为一个男人，是这样的，可做他的女婿就不一样了。”

“怎么说那姑娘也不会要你。”安德鲁插了一句，“她爱上了一个粗野的表哥，菲利普·罗比亚尔，已经一年了，尽管她家人从早到晚都劝她打消这念头。”

“这个月他上路易斯安那去了。”杰拉尔德说。

“你怎么知道？”

“我知道。”杰拉尔德答道，他不在乎告诉他们，是波克弄到了这条宝贵信息，也不在乎告诉他们，菲利普离开这儿到西部去，是因为家里明确要求他这样做，“我觉得她并没有爱他爱到忘不了他的地步。十五岁毕竟太小，对爱情懂得不多。”

“他们宁肯让她嫁那个不顾死活的表哥，也不会让她嫁你。”

所以，直到后来传来消息，说皮埃尔·罗比亚尔的女儿要嫁给这个内地的爱尔兰矬子，詹姆士和安德鲁是如何地惊讶就可想而知了。萨凡纳的人都在私下里纷纷议论，猜测去了西部的菲利普出了什么事，不过这种闲言碎语根本不会带来答案。至于为什么罗比亚尔家最可爱的一个女儿竟会下嫁一个大嗓门儿、红脸、身高不及她

---

[1] 杰里：杰拉尔德的昵称。——译注

耳朵的矮个头儿男人，就成了一个令所有人都大惑不解的谜了。

杰拉尔德自己也不大清楚这一切究竟是怎么回事。他只知道一个奇迹发生了。那天，面色特别白但非常镇静的埃伦把手轻轻搭在他胳膊上说："我愿意嫁给你，奥哈拉先生。"那是他平生头一回显得那么彻底地谦卑。

为此感到震惊的罗比亚尔家人知道部分原因，但是唯有埃伦本人和她的女用人黑妈妈知道事情的底细：那一夜心碎的姑娘哭成了泪人，一直哭到天亮，早晨起来换了一个人似的，变成了一个拿定主意的女人。

黑妈妈带着一种不祥的预感，给她年轻的女主人带来一个小包裹，是从新奥尔良寄来的，写在上面的地址是陌生的笔迹，包裹里有一张埃伦的小画像，埃伦一看就哭了，把它摔到地板上；还有埃伦写给菲利普·罗比亚尔的四封亲笔信；还有新奥尔良一位牧师写的短笺，通知说她的表哥已经在酒吧里的一次打架斗殴事件中丧生。

"是他们把他赶走的，是父亲、宝莲、尤拉莉。是他们把他赶走的。我恨他们。我恨他们每一个人。我再也不想见到他们了。我要离开。我要到一个再也见不到他们、再也见不到这个城市、再也见不到能让我想起他的任何人的地方去。"

快天亮的时候，黑妈妈表示了自己的反对意见："可是，宝贝，你可千万不能这么干！"整整一夜，她一直抚摩着年轻女主人的黑头发，和她相拥而泣。

"我就这么做。他是个好人。我就这么做，要不然我就到查尔斯顿的女修道院去做修女。"

就是进女修道院的威胁，才逼得不知所措、伤心欲绝的皮埃尔·罗比亚尔同意了这门亲事。尽管家里其他人都信天主教，皮埃尔却是个坚定的长老会教徒，他认为做修女比嫁给杰拉尔德·奥哈拉还要糟糕。毕竟这人没有什么不合他意的地方，只不过没有门第罢了。

于是，埃伦从罗比亚尔家嫁出去了，离开了再也不想见到的萨凡纳，随着自己的中年丈夫，带着黑妈妈以及二十名“房里的黑奴”，浩浩荡荡上了去往塔拉的旅途。

第二年，他们头一个孩子出世了，他们给她取了杰拉尔德母亲的名字，叫凯蒂·斯佳丽。杰拉尔德有些失望，因为他想要个儿子，不过看到他这个黑头发的小女儿，他还是非常高兴，于是便邀请塔拉所有的黑奴喝朗姆酒，自己又喊又叫，异常兴奋，喝得酩酊大醉。

即便埃伦曾经为自己突然做出的决定感到过后悔，那也是谁都不知道的，杰拉尔德当然就更不知道了，他只要一见到她，心里就会涌起一阵自豪感。埃伦已经把萨凡纳——温文尔雅的海滨城市——以及关于它的一切都抛到了九霄云外，从她来到这个县的那一刻起，北佐治亚就成了她的家。

当她与父亲的家诀别之时，她也告别了那所房子：房子的线条优美流畅，好像女人身上的曲线，好像张满风帆的航船；表面涂成淡粉色的房子是法国殖民地的建筑风格，地基高出地面许多，建造得精巧别致，房门前的台阶回环而上，两边是像衣服花边一样漂亮的铁栏杆；那是一座阴凉、富有、高尚，然而孤零零的房子。

她不仅离开了那优雅的宅第，也离开了这座建筑背后的全部文明，她发现自己置身于一个完全陌生的环境，那种差异恍如隔绝了一个大陆。

在佐治亚北部，有一片崎岖不平的丘陵地带，这里的居民勤劳勇敢。朝蓝脊山下的高原极目远眺，她总能看见一片像波浪起伏的红色山峦，随处可见从地下伸到地面上的花岗岩，到处有枝条稀疏、其状阴郁的松树高高兀立。她那双眼睛看惯了草木葱茏、宁静美丽的海岛；看惯了那苍苔覆盖的地面，枝丫交错的林木；看惯了铺展在亚热带太阳底下滚热的白沙滩，望不到头的平坦街景，点缀着高高低低的棕榈树。

而这地方却有寒冷的冬天，有炎热的夏季，这里的男人个个精神旺盛、充满活力，这是她以前从来没有见识过的。他们善良勇敢、慷慨大度、厚道热心，而且都身强体壮、男子气十足，不过很容易动怒。她离开的那些海边的人，总是漫不经心地对待一切，哪怕是决斗，哪怕是世仇，并且为自己这种态度感到自豪；佐治亚北部的人骨子里都有一点儿粗暴。海边的生活温和安宁，而这里的生活充满朝气，富有新鲜气息。

埃伦在萨凡纳熟悉的人都好像是从一个模子里倒出来的，传统观念一模一样。而这地方的人各种各样。佐治亚北部的移民来自许多不同的地方：佐治亚其他地区、卡罗来纳、弗吉尼亚、欧洲、北方等地。有些和杰拉尔德一样，初来乍到，一心想着发财致富。有些和埃伦一样，出身世家，但是在以前的家里受不了，来到这方遥远的土地上寻求栖身之所。许多人来这里压根儿就没有什么原因，就是因为父辈拓荒者那不安分的血液，在他们血管里流速加快的结果。

这些人来自许多不同的地方，有着不同的文化背景，给这个县带来了一种无拘无束的生活方式，埃伦感到十分新鲜。这种无拘无束的生活方式，她一直不大习惯。她本能地知道在任何情形下海边的人会如何反应。而佐治亚北部的人会如何反应，她是怎么也说不准的。

加速了这个地区发展的是当时席卷南方的繁荣浪潮。全世界都急需棉花，而这里新开垦的肥沃土地盛产棉花。棉花是这个地区搏动的心脏，种棉花和摘棉花是这片红土地的心脏舒张和收缩。财富从弯曲的田垄间滚滚而来，携手而来的还有傲慢——傲慢来自碧绿的草木之间和大片羊毛般洁白的棉花上。如果棉花可以让这一代人发财致富，那么下一代又会富成什么样子？！

对未来的信念给生活带来了渴望和热情，县里人享受生活的那种热诚，埃伦永远也无法理解。他们有足够的钱和黑奴，因而有时间玩乐，也喜欢玩乐。他们好像从来没有繁忙到顾不上去吃烤鱼野餐、去打猎、去赛马，没有哪个星期不举行野餐会或者舞会。

埃伦从来没有想过要成为他们当中的一员，她也不可能这样——她把自己的绝大部分都留在萨凡纳了——但是她尊重他们，而且逐渐开始赞赏他们那种坦诚爽快的性格，他们从不说言不由衷的话，他们对人的评价总是实事求是。

她成了县里人最喜欢的好邻居，是个勤劳善良的女主人，是个贤妻良母。她原打算把自己失恋后那颗破碎的心无私地奉献给教会，现在全都用来照顾孩子、照管家务、侍候丈夫。是丈夫带她离开了萨凡纳及其所有记忆，而且从来没有提过任何问题。

斯佳丽一岁的时候，照黑妈妈的说法，比一般小女孩儿都健康活泼。随后埃伦的第二个孩子也出世了，取名叫苏埃伦，再往后是卡丽恩，名字在家庭《圣经》后的空白页上写作卡罗琳·艾琳。接下来是三个男孩儿，可是都在还没学会走路前，就相继夭折了——如今都长眠在离宅子一百码开外藤蔓缠绕的雪松底下的三块石碑下，每块碑上都刻着同一个名字：“小杰拉尔德·奥哈拉。”

自从埃伦初次来到塔拉那天，这地方就开始变样了。虽说她才十五岁，可她义不容辞地承担起了塔拉农场女主人的全部责任。结婚前，女孩子们除了做别的事情外，必须温柔、可爱、漂亮、捯饬，但是结婚后，别人就会期待她们能照管好一个有一百多号人的家，包括白人和黑人。她们都被灌输过这种观念。

埃伦像任何一个教养良好的姑娘一样，有过这种婚姻准备，再说她还有黑妈妈帮忙，这婆娘能把最懒的黑奴整治得勤快起来。她很快就给杰拉尔德的家里带来了秩序、尊严和优雅，她给了塔拉一种从来没有过的美。

建造这座房子没有用任何设计图，还图方便随处加盖了不少房间，但是，经埃伦细心收拾照料，房子呈现出一种魅力，弥补了未经认真设计的不足。从大路通到家里的雪松林荫道——假如没有它，没有哪个佐治亚农场主的家园堪称完整——浓荫蔽日，走在下面十分凉爽，和别的绿树比起来，雪松的绿色更明亮。垂挂在廊子上的紫藤在白墙反衬下，显得很鲜亮，在家门口和粉色绉绸般的桃金娘花丛连在一起，院子里还有开白花的木兰树，把房子上有些不好看的线条遮挡起来了。

在春夏两季，草坪上的狗牙根草和三叶草一片翠绿，绿得那么诱人，吸引得本该在房后那块地上走动的火鸡群和白鹅群都忍不住跑到这里来。鸡鹅群中的长者不断偷偷摸摸地带领同伙溜进前院，引诱它们到这里来的是鲜绿的青草、芬芳的茉莉花和百日菊。为了防止它们的破坏，门廊上专门设了一个岗哨，是个黑孩子，手里拿一条破毛巾当武器，坐在门前台阶上，形成了塔拉图景中的一部分——这孩子一肚子不高兴，因为不允许他拿石头打这些家禽，只能抖动毛巾、发出嘘声吓唬它们。

埃伦派了十几个黑孩子干这活儿，这是塔拉的男黑奴一生的第一份职责。年满十岁后，他们就被送到农场的皮匠老爹那里学手艺，或者送到造车的木匠阿莫斯那里，或者送到牛倌菲利普那里，或者骡子倌卡菲那里。如果这些手艺他们都学不会，那就只好做个到地里干活儿的庄稼汉了。照这些黑人看来，一旦做了庄稼汉，就没有什么社会地位了。

埃伦的生活既不安逸，也不幸福，不过她并没有指望过安逸的生活，至于生活不幸福，那也是女人的命。这世界是男人的世界，这道理她认了。男人拥有钱财，女人管理钱财。女人管得好男人说那是自己的功劳，女人还得夸男人聪明能干。男人手上扎了根刺儿就疼得像公牛一样大吼大叫，女人生孩子都要强忍着不敢呻吟，生怕吵得男人心烦。男人粗言秽语，经常喝醉。女人听了不中听的话要当没听见，还得把醉汉扶上床，不能有半句怨言。男人举止粗鲁，嘴没遮拦；女人总是心肠慈悲、宽容大方。

她是在高贵淑女传统的环境中长大的，这种传统教会了她既能承担重任，又能保持自己的魅力，而她打算让自己的三个女儿也成为高贵的淑女。在两个小女儿身上，她取得了成功，因为苏埃伦就希望自己有魅力，对妈妈的教导总是那么认真、那么顺从，而卡丽恩生来就腼腆得很。但是斯佳丽像了父亲，觉得通向淑女风范的道路十分艰难。

她让黑妈妈大伤脑筋，因为她喜欢的玩伴不是自己举止端庄的妹妹，也不是教养优良的韦尔克斯家的女孩儿，而是农场里黑人的孩子，以及邻居家的小男孩儿，论爬树或者扔石头，她比起他们当中的任何一个都毫不逊色。黑妈妈为这事感到十分不安，怎么埃伦的女儿会有这种品性？于是就经常教训她，要求她“举止行为要像个真正的淑女”。但是埃伦在这件事上很宽容，也看得远。她知道小时候一块儿玩耍的伙伴长大后会变成情人，而女孩儿的首要责任是结婚。她对自己说，这孩子只不过是浑身充满了活力，以后有的是时间把那些吸引男人的技巧和优雅举止教给她。

为了这个目的，埃伦和黑妈妈一块儿努力，于是等到斯佳丽长大了些的时候，尽管别的事没学会多少，她在这件事上倒是能心领神会，成了个好学生。家里给她连续请过几个家庭教师，还送她去附近的费耶特维尔女子学院念过两年书，但她受的教育还是很肤浅。

然而，论舞姿的优美，县里没有哪个女孩儿能超过她。她懂得怎么样笑才能让脸上的两个小酒窝一跳一跳的；怎么样脚尖朝里，走起来才能让带有撑裙箍的宽大裙摆飘摇迷人；怎么样抬头看男人的脸一眼，随后垂下眼睛，赶快眨眼皮，仿佛心里有细腻的情感而忐忑不安。她学得最到家的，是如何在男人面前，把她那绝顶的聪明隐藏在她那张孩子般率真可爱的面容底下。

埃伦靠她慢声细气的告诫，而黑妈妈靠的是随时随地的百般挑剔，两人齐心协力对斯佳丽谆谆教诲，一心要把男人真正喜欢的作为妻子的所有品质灌输到她脑子里。

“你要再温柔些，亲爱的，再文静些。”埃伦对女儿说，“男人们谈话时别插嘴，哪怕你真的认为自己比他们还懂得多。男人不喜欢外露型的女孩子。”

“年轻闺女可不能老是皱着个眉头，探出下巴，老说什么‘我就要’‘我就不’的，要老这样就找不到男人。”黑妈妈阴着个脸把丑话先说了出来，“年轻闺女说话的时候要低下眼睛，‘好的，先生，是这样’‘是的，听你的吩咐，先生’。”

两人齐心协力地把一个淑女应该懂得的事都教给她了，可是她只学到了文雅的表面形式。产生这种表面形式的内心的优雅，她可是从来没有学会，她也看不出学那玩意儿有什么必要。容貌好就足够了，大家都喜欢她，就是因为她的淑女容貌，而她希望的就是大家都喜欢她，这就行了。杰拉尔德吹过牛，说她是方圆五个县里的头号美人，这话倒也不假，因为这一带邻居中的青年差不多全都向她求过爱，其中有不少是来自亚特兰大和萨凡纳的。

多亏了黑妈妈和埃伦，斯佳丽长到十六岁时，出落得又可爱又迷人又风流，她骨子里却是又任性又虚荣又倔强。她继承了爱尔兰父亲那火暴脾气，从母亲那里只继承了一点儿无私忍让品质的极浮泛的表皮。埃伦从来没有意识到这种品质在女儿身上体现的只是一点儿表皮，因为斯佳丽总是把自己最光彩的一面展示给妈妈，在妈妈面前总把自己的乖戾行为隐藏起来，克制自己的脾气，尽量显得性情可爱，只要妈妈用责备的目光看她一眼，她就会羞愧得哭出来。

但是黑妈妈对她不抱什么幻想，随时留意着要掀开她的伪装。黑妈妈的眼睛比埃伦尖，斯佳丽不记得自己有什么秘密能长久瞒着黑妈妈。

斯佳丽具有饱满的精神、活泼的性格和可爱的模样，这倒并没有让两位慈祥的老师感到难过。这些正是南方女人引以为自豪的特点。但她有了杰拉尔德那种刚愎自用、急躁莽撞的性格，这才是她俩担心的所在。有时她们还担心她那坏性情掩饰不住，除非找个合适的对象。但是斯佳丽打定主意要结婚——要嫁阿希礼——她愿意表现得端庄温柔、漫不经心，只要能吸引男人的注意就行，至于说男人为什么喜欢这样的特点，她是不知道的。她只知道这些办法还真有效。她没有兴趣想清楚其中的原因，因为她不了解人的头脑里的活动，甚至连自己头脑里的活动也不了解。她只懂得这样说或那样说，男人就会准确无误地继续这样说或那样说。这就好比是一个数学公式，同样的简单，数学是斯佳丽上学时候觉得容易学的一门科目。

如果说她对男人的心思不大了解的话，她对女人的心思了解得就更少了，因为她在这方面的兴趣更少。她没有一个女朋友，而她在这方面也不觉得有什么欠缺。对她来讲，所有的女人，包括她的两个妹妹，都是她捕获猎物——男人——的天然敌人。

所有的女人，只有她母亲除外。

埃伦·奥哈拉不一样，斯佳丽把她视为神圣，高于全人类之上。斯佳丽小时候，老把妈妈和圣母马利亚混为一谈，而如今她已长大成人，可是也觉得没有必要改变这种观念了。对她而言，埃伦代表着绝对的安全，那是唯有上帝和母亲才能给予的。她知道自己的母亲是公正、真诚、温柔可爱和博大智慧的化身——一个完美的女人。

斯佳丽想做个母亲那样的女人。唯一的困难是，仅靠公正、真诚、温柔、无私去做人，就会丧失人生中的最大快乐，当然也失去许多情郎。再说，人生苦短，绝不能失去这么美好的东西。有朝一日她嫁给阿希礼，年纪也大了之后，有朝一日自己有工夫这么做的时候，她打算做个像埃伦那样的女人。但是，到那时候再说吧……

第四章

那天晚上妈妈不在家，晚饭是斯佳丽张罗的。但是她刚听到的阿希礼要和玫兰妮结婚的可怕消息，翻江倒海一样地在她脑子里翻腾着。她心急火燎地盼着妈妈从斯莱特里家赶紧回来，因为妈妈不在身边，她感到失落和孤独。斯莱特里一家没完没了地病，他们有什么权力这时候把妈妈从自己家叫走，去照顾他们家的病人，而她，斯佳丽，此时此刻是如此需要妈妈。

晚饭吃得始终很沉闷，杰拉尔德打雷一样的声音撞击着她的耳朵，直到她再也忍不下去才罢休。他已经把下午跟她说过的话忘了个干净，只顾喋喋不休地唠叨着苏姆特堡的最新消息，还不停地拿拳头敲饭桌，在空中挥手臂，以示强调。杰拉尔德养成了吃饭时一个人不停地说话的习惯，斯佳丽一般自己想自己的事，很少听他说什么；但是今晚她抵挡不住他的声音，尽管她努力竖起耳朵注意听外面是不是响起了埃伦回来时马车的车轮声。

当然，她不打算告诉妈妈她有一个多么沉重的心事，因为埃伦要知道自己的女儿爱上了一个已经跟另一个姑娘订婚的男人，恐怕会感到震惊，会伤透她的心。但是在她遇到的平生第一个悲剧当中，她希望妈妈在身边，那对她是莫大的安慰。只要妈妈在身边，她总觉得十分安全。再糟的事，只要埃伦在，都能让事情好转起来。

她听见车道上响起车轮的吱呀声，便猛地站起身来，随后又坐下来，因为马车绕到房子背后，来到了后院。不会是埃伦，她总是在前门台阶处下车。接着就听见黑人哇哇的说话声和尖嗓门儿的笑声从漆黑的后院传过来。斯佳丽从窗口向外望去，只见刚出去的波克高举着一个松树枝火把，车上下来几个看不清楚的人影。欢声笑语在夜晚的空气中起伏荡漾，声音愉快朴实、无拘无束，多喉音而柔和，多颤音而像音乐。接着，许多脚踏在了后门廊的台阶上，进了通正厅的过道，就在餐厅门外停住了。只听响起很短的几句耳语，随即就见波克推门进来，他平时那副尊严没了，眼珠子滴溜溜转，咧开嘴露出一口亮闪闪的白牙。

“杰拉尔德先生。”他说，一面喘着粗气，脸上神采飞扬，俨然一个喜形于色的新郎，“您新买的女仆来了。”

“新买的女仆？我没买什么女仆呀。”杰拉尔德说，假装发怒了。

“是啦，您买的，杰拉尔德先生！是啦！她这会儿等着向您道谢呢。”波克哧哧地笑着说，一边还激动地扭着两手。

“好啦，叫新娘进来吧。”杰拉尔德说，波克转身便向厅里他媳妇打了个招呼，她离开韦尔克斯家的农场刚到这里，今后就是塔拉的一员了。她进了餐厅，身后还跟着她十二岁的女儿，差不多整个躲藏在她妈妈那宽大的花布裙子褶里，紧挨着妈妈的腿。迪尔西是个高个子，腰身挺拔。她的岁数可能在三十到六十岁之间。古铜脸膛上没有什么表情，几乎也没有什么皱纹。她的五官上一眼就能看出来有印第安人的血统，压过了黑人的特征。红皮肤，窄前额，高颧骨，典型黑人的嘴唇上面是一个鹰钩鼻，但鼻头扁平，总体上看，她身上混合着两种血统。她神态矜持，走路时带有的那种尊贵风度，甚至超过了黑妈妈，因为黑妈妈的气质是后来学的，而迪尔西的气质是血统中固有的。

她说话的时候，声音不像多数黑人那样发音模糊，措辞也更小心。

“晚上好，小姐们。杰拉尔德先生，不好意思，给您添麻烦了，可是我想来谢谢您买了我和我的孩子。许多人都想买我，但是不肯也把我的普莉西买下来。十分感谢您，让我们母女俩不必忍受分离的痛苦。我一定尽力为您效劳，不忘您的大恩。”

“啊——啊。”杰拉尔德说，一边清了清嗓子，当众受人感恩让他感到有点儿不好意思。

迪尔西转向斯佳丽，眼角皱了一下，像是一个笑容，“斯佳丽小姐，波克告诉我，您一直劝杰拉尔德先生把我买过来，所以我把普莉西给您做女仆吧。”

她把躲在她身后的小女孩儿拽到面前。女孩儿是个棕色皮肤的小人儿，腿细得像鸟腿，头发梳成无数根小辫子，看样子是仔细用麻线捆上的，僵硬地在她头上向外奓着。她两眼锐利机敏，注意着一切，脸上是一副故意装出来的傻模样。

“谢谢你，迪尔西。”斯佳丽回答说，“不过，我想这事黑妈妈大概有安排。我出生到现在一直是她做我的女仆。”

“黑妈妈上年纪了。”迪尔西说，神态那么镇静，简直要惹黑妈妈发火了，“她是个好老妈，可是您现在已经是个小姐了，您需要个手脚麻利的女仆，我的普莉西给印第亚小姐做了一年女仆。她会做针线活儿，会给您梳头，做得跟大人一样好。”

经母亲这么一敦促，普莉西忽然向斯佳丽行了个屈膝礼，还咧嘴笑了一笑，斯佳丽也忍不住回了她一个笑容。

“真是个小精灵。”她暗想，一边大声说：“谢谢你，迪尔西，这事等妈妈回来安排。”

“谢谢您，小姐。祝您晚安。”迪尔西说，然后转身带着孩子出去了，后面跟着活蹦乱跳的波克。

晚饭桌收拾干净了，杰拉尔德又开始演说起来，但他自己并不怎么满意，听的人就更不用说了。他打雷似的叫嚣什么战争一触即发，不停地反问南方是否可以继续忍受北佬的侮辱，可是得到的只是几句沉闷的反应："是的，爸爸。""没错，爸爸。"卡丽恩坐在巨大的吊灯底下的一个厚厚的垫子上，聚精会神地看着一本小说，讲的是一个女孩儿在情人死后去做了修女，她看到伤心处，感动得潸然泪下。幻想着自己戴着白色修女帽的模样，一时沉浸在欣悦之中。苏埃伦正在绣花，她把这刺绣活儿戏称为"嫁妆箱"。她手里做着活儿，心里却在琢磨，明天的野餐会她是否能把斯图尔特·塔尔顿从她姐姐身边吸引过来，用自己有、斯佳丽没有的女人温情把他迷住。而斯佳丽正为阿希礼大伤脑筋呢。

爸爸为什么喋喋不休地谈苏姆特堡和北佬呢，他明明知道她的心都要碎了呀！和谁年轻时都一样，她奇怪人们怎么会如此自私，毫不掩饰地漠视她的痛苦，她的心在破碎，而这世界还照转不误。

她的心里好似刮过了一阵龙卷风，令人惊诧的是，吃完晚饭后，餐厅里是如此宁静，和往常是一模一样，毫无二致。桃花心木餐桌和壁橱、厚重的银餐具、锃亮的地板上铺着的明亮的小地毯，全都在原来的位置上，就像什么也没发生过一样。这是个温馨舒适的房间，平时斯佳丽很喜欢吃完饭后一家人待在这里的安静时光；但是今晚，看到这地方她就讨厌，要不是她害怕父亲那些大吼大叫的问题会问到她头上，她早溜掉了，独自穿过黑黑的大厅，溜到埃伦的小办公室里去，蜷在那个旧沙发上，痛痛快快哭一场，把心里的悲痛一股脑儿哭出来。

那是整个宅子里斯佳丽最喜欢的一个房间。在那里，埃伦每天早上都坐在自己高高的写字台后面，核对农场的账目，听监工乔纳斯·威尔克森的汇报。有时一家人也在这里消磨时光，陪着埃伦记账，杰拉尔德坐在那张旧摇椅里，姐妹们蜷在沙发上陷下去的垫子里，这张沙发太破旧了，不适合放在前面的屋里。此刻斯佳丽真想到那儿去，就和埃伦一个人在一起，那样就可以把头埋在妈妈怀里，安安静静地哭一场。难道妈妈不回家了吗？

这时，外面响起一阵车轮碾过卵石车道的刺耳声响，埃伦打发走车夫的慢声细语也随即飘进屋来。她急匆匆地走进屋里时，大家都急切地抬起头来。只见她的裙裾款摆，神情疲惫而含有忧伤。她一进屋里就带进来一股淡淡的美人樱香草味，香味好像总是从她裙褶里的香袋中散发出来，这香味在斯佳丽印象里总是和妈妈连在一起。黑妈妈在后面几步开外跟着，手里拿着那个皮包，下嘴唇往外伸着，低着头，一边蹒跚着往前挪，一边咕咕哝哝地自言自语，声音压得很低，听不出来是什么意思，不过也足以表明是不满意。

“很抱歉，这么晚才回来。”埃伦说，一边把溜肩膀上的花格子披肩拉下来递给斯佳丽，顺手拍了拍她的脸蛋儿。

自她一进门开始，仿佛变魔术一样，杰拉尔德脸上忽然神采飞扬。

“给小家伙行洗礼了吗？”他问。

“是的，随后就死了，可怜的小东西。”埃伦说，“我原以为埃米也会死的，不过看样子她会活下来。”

女儿们都扭脸看着她，显出惊讶和不解的神色，杰拉尔德摇了摇头，显出一副达观知命的神态。

“唉，小家伙死了也好，可怜的东西，没有父——”

“不早了，我们最好现在就祈祷吧。”埃伦极其自然地把话岔开了，假如斯佳丽对母亲了解不深，根本就注意不到她岔开了话题。

谁是埃米·斯莱特里孩子的父亲，了解这个问题会是很有意思的。不过斯佳丽明白，想从母亲嘴里听到真相，是绝对没有指望的。

斯佳丽怀疑是乔纳斯·威尔克森，因为她常看见他和埃米傍晚在大路上散步。乔纳斯是个北佬，还没有娶亲，多年来一直做监工，这个事实把他和县里社交生活完全隔绝开来。处在任何社会地位的家庭，都不会接纳他做女婿，他能交往的也就是斯莱特里一家以及这类底层人家了。论到受教育程度，他比斯莱特里家人高出一大截儿，所以他不愿意娶埃米也是情理中的事，无论他多么频繁地和她傍晚一块儿散步。

斯佳丽叹了口气，因为她的好奇心也太强了点儿。各种各样的事情总在妈妈眼皮底下发生，而对她来说就和没发生过一样。埃伦对凡是自己认为不合适的事情总是不屑一顾，并且力图教导斯佳丽也这样做，但是效果并不理想。

埃伦走到了壁炉架跟前，打开那个放着念珠的镂花小首饰匣子，从里面取出一串念珠，这时，黑妈妈说话的语气强硬起来。

“埃伦小姐，你得先吃点儿饭再祈祷。”

“谢谢你，黑妈妈，可我不饿。”

“我去给你弄点儿饭吃。”黑妈妈说，生气地皱起了眉头，转身朝厨房走去。“波克！”她叫了一声，“叫厨子生火，埃伦小姐回来了。”

在她庞大身躯的重压下，地板吱呀作响，她在前厅里自言自语的声音也越来越大，清清楚楚地传到了正在餐厅的家人耳朵里。

“我说过几百遍了，帮那些穷鬼白人没用。那些家伙都是些懒骨头、没良心、窝囊废。埃伦小姐根本犯不上去帮他们的忙，还把自己累个半死。这些家伙根本不配，要不然早有黑奴伺候他们了。我早说过——”

她沿着屋外那条只有顶棚的通道朝厨房走去。黑妈妈有自己的一套办法，能让主人清楚她在所有事情上的立场。她明白，黑人发牢骚嘟囔出来的意思，白人是一点儿都不会去注意的，否则就有失尊严，她明白他们为了面子，绝对不会理睬她说什么，哪怕她就在隔壁屋里叫出声来，他们也会听而不闻。这就既能让她免受责骂，也能让大家毫不含糊地了解她对某件事的看法。

波克进了餐厅，手里端着一个盘子，拿着一套银餐具和一块餐巾。他身后紧跟着杰克，杰克是个才十岁的黑孩子，他一只手匆忙系着白麻布上衣扣子，另一只手拿着个拂蝇。拂蝇是用一把报纸条绑在比他还高的一根芦苇秆上做成的。埃伦自己有个漂亮的拂蝇，是用孔雀毛做的，不过只在特别的场合才拿出来用一回，而且用以前总要在家里争执一番，因为波克、厨子、黑妈妈都觉得孔雀毛不吉祥。

杰拉尔德替埃伦拉出一把椅子，埃伦刚坐下，四个声音便同时冲她响起来。

"妈妈，我的新舞裙上的花边松开了，我想明天晚上到十二橡树庄园去参加舞会就穿这件舞裙呢。你能给我缝上吗？"

"妈妈，斯佳丽的新裙子比我的漂亮，我穿粉红色像个丑八怪。为什么不能让她穿我的粉红裙子，让我穿她的绿裙子呢？她穿粉红色挺好看的。"

"妈妈，明天晚上我能不能不睡觉，去舞会上待着呢？我已经十三岁了——"

"奥哈拉太太，你能相信吗——别闹了，丫头们，再闹非揍你们不可。凯德·卡尔弗特今天早上去了亚特兰大，他说——你们能不能安静点儿，吵得连我都听不见自己说什么了——他说那地方的人们闹得都乱套了，谁都不说别的，说的都是打仗、民兵训练、组织军队。他还听到查尔斯顿传来的消息说，那里的人们再也受不了北佬的侮辱了。"

埃伦疲倦地动了一下嘴角，像妻子应做的那样先对丈夫说话。

“要是查尔斯顿的好人们都这么看，我觉得我们很快也会这么看的。”她说，因为她有一种根深蒂固的观念，那就是除了萨凡纳，整个新大陆的名门望族大都聚集在那个小小的海滨城市，查尔斯顿人大都持有这种观念。

“不，卡丽恩，明年才行，亲爱的。到那会儿你就可以晚上不睡觉一直待在舞会上，也可以穿大人穿的裙子了，到那会儿我这小红脸蛋儿会有多高兴呀！别噘嘴，宝贝。要知道，野餐会你是可以去的，一直待到晚饭结束，舞会要等到十四岁才能参加。

“把你的裙子给我，祈祷完我就给你缝上花边。

“苏埃伦，我不喜欢你说话的那种口气，亲爱的。你的粉红裙子挺好看，和你的皮肤挺般配，斯佳丽的裙子和她的皮肤挺般配。不过明天晚上你可以戴我的石榴石项链。”

苏埃伦在妈妈身后冲斯佳丽得意地皱了皱鼻子，本来斯佳丽也打算求妈妈让她戴这串项链来着。斯佳丽冲苏埃伦伸了伸舌头。苏埃伦是个难缠的妹妹，爱发牢骚，自私自利，要不是埃伦管束得紧，斯佳丽准会经常扇她耳光。

“我说，奥哈拉先生，把查尔斯顿的情况讲给我听听，卡尔弗特先生还说了些什么。”埃伦说。

斯佳丽知道妈妈根本不关心战争和政治，认为那是男人的事，明智的女人都不应该去关心。但是杰拉尔德把自己的观点说出来会觉得高兴，而只要是能让丈夫高兴的事，埃伦从来都乐此不疲。

杰拉尔德接着谈他听来的消息，这时候黑妈妈在女主人面前摆好一盘盘菜，有上面烤成金黄色的松饼，有炸鸡胸，还有一个切开的热气腾腾的甘薯，黄澄澄的，上面有融化了的黄油正往下流淌。黑妈妈拧了小杰克一把，杰克赶紧履行自己的职责，在埃伦身后慢悠悠地来回晃动那个纸条做的拂蝇。黑妈妈站在桌子旁边，盯着埃伦将饭菜一叉一叉从盘里送到嘴里，仿佛吃得稍有懈怠，她就要强迫埃伦咽下食物似的。埃伦的确吃得很努力，但是斯佳丽看得出来，她太累了，都顾不上看她吃的是什么。只是黑妈妈那张毫不通融的面孔迫使她非吃下那些食物不可。

埃伦终于把盘子里的饭菜都吃完了，而杰拉尔德的话还没有说完，正说着北佬如何龌龊，想解放黑奴，又不想为他们的自由花一个子儿。这时埃伦站起身来。

“我们可以祈祷了吗？”斯佳丽不情愿地问道。

“可以。时候不早了——呀，都十点了，”正好钟也砰砰地报时，“卡丽恩早该睡觉了。把灯拉下来，波克。黑妈妈，把我的祈祷书拿来。”

黑妈妈压低嗓门儿用沙哑的声音催促着杰克动作麻利点儿，杰克把拂蝇搁在一个角落里，赶紧收拾桌上的盘子，黑妈妈打开壁橱，摸索着埃伦那本用旧了的祈祷书。波克踮起脚尖抓住吊灯链上的环，把灯慢慢拽下来，照亮了桌子，天花板变暗了。埃伦整理了一下裙子，双膝跪在地板上，把祈祷书打开放在她面前的桌子上，十指交叉放在上面。杰拉尔德在她旁边跪下，斯佳丽和苏埃伦在桌子对面的她俩的老位置上跪下来，把多褶裙下摆叠起来垫在膝盖下面，免得在坚硬的地板上跪疼膝盖。卡丽恩年龄还小，按她的年龄她长得也实在太小了，没法儿舒服地跪在桌子旁边，于是便面对一把椅子跪下来，把胳膊肘架在椅子上。她喜欢这个位置，因为祈祷时她很少有不睡着的时候，这种姿势能躲开妈妈的注意。

外面走廊里响起一阵仆人们杂乱的脚步声和裙子的沙沙声，他们就跪在了门外。黑妈妈跪下来的时候，嘴里发出啊呀啊呀的呻吟声；波克的腰杆儿笔直，像根电线杆；女仆罗萨和蒂娜穿着鲜亮的印花布裙，十分优雅；厨子戴着雪白的裹头，显得面色蜡黄，一脸憔悴；杰克困得眼皮快睁不开了，尽量离黑妈妈远远的，免得挨她掐。他们那一双双黑眼睛亮闪闪的，目光里饱含着期待，因为和白人一块儿祈祷是一天中的大事。具有东方色彩的祈祷应答中，那古老而精彩的词语，对他们来说没有什么意义，但是能让他们内心感到满足，他们齐声应答时总是应声摇摆着身体："主啊，怜悯我们吧。""基督，怜悯我们吧。"

埃伦闭上眼睛开始祈祷，声音起伏有致，催人入睡，也使人感到安慰。埃伦感谢上帝赐给她的家人和黑奴健康和幸福，这时，黄色灯光下大家都低着头。

她为塔拉屋顶下的人、她父母、姐妹、三个死去的孩子以及炼狱中所有可怜的灵魂都祈祷完毕之后，她又用细长的手指捻着念珠，念起了《玫瑰经》。像一阵柔风沙沙飘过，黑人和白人的喉咙里同时发出了回应：

"圣母马利亚，上帝的母亲，请为我们这些罪人祈祷，不论现在，还是我们临死的时刻。"

尽管斯佳丽肝肠欲裂、强忍泪水，她还是进入了一种深深的宁静安详之中，和往常这个时刻带给她的感觉一模一样。白天的失望和害怕明天到来，现在都渐渐消退了些，留下了一种希望的感觉。并不是她的心灵升到上帝那里，才带来了这种安慰，因为在她看来，宗教只不过是嘴皮上的事罢了。带给她这种安慰的，是妈妈为她所爱的人祈祷时，仰望上帝、圣徒和天使的那张安详的面孔。每回埃伦向上天说话，斯佳丽心里就肯定，上天在倾听。

埃伦祈祷既毕，该杰拉尔德祈祷了，可他总是找不到自己的念珠，便偷偷摸摸掐着手指数着念十遍。他念经的声音单调乏味，斯佳丽心思无法集中，游离到别处去了。她知道她应该反省一下自己的良心。埃伦教导过她，要在每一天结束的时候，彻底反省一下自己的良心，坦白自己的各种过失，祈求上帝宽恕，并给予自己再不重犯的力量。但是此时此刻，斯佳丽在反省自己心里的感情。

她把头垂在交叉起来的两手里，免得让妈妈看到自己的脸。一阵伤感袭上心头，思绪又回到了阿希礼身上。他明明爱着她斯佳丽，明明知道她是多么爱他，他怎么可能要娶玫兰妮呢？他怎么会故意让她心碎呢？

突然，一个从未有过的念头，在她脑子里像彗星一样亮闪闪地飞快掠过。

“呀，阿希礼一点儿都不知道我爱他！”

她几乎让这意外的念头惊得背过气去。有好大一会儿，她喘不过气来，头脑发僵，好像麻痹了一样，接着又飞快地驰骋起来。

“他怎么会知道呢？我在他面前从来都是那么小心翼翼，一副淑女的高傲态度，所以他大概以为我除了把他当个朋友，没有别的念头。没错，所以他一直没有说出口！他觉得自己的爱是没有指望的，所以他看上去才那么——”

她的思绪飞快地回到了从前，当时他曾用那么异样的眼光打量着她。他那双灰眼睛像幕帘一样把他的情感隐藏得多么严密，可是他那样打量她的时候，眼睛睁得那么大，目光毫不掩饰，含有一种饱受煎熬、无比绝望的神情。

“他的心都要碎了，因为他以为我爱上了布伦特，或是斯图尔特，或是凯德。说不定他觉得要是他得不到我，那么为了让家里人高兴，他就娶玫兰妮算了。可是假如他知道我爱他——”

她的精神从消沉的谷底扶摇直上，飙升至兴奋和喜悦的峰巅。所以阿希礼才那么沉默寡言，行为才那么古怪。原来他不知道！她的虚荣心全力支持她的愿望，使她相信事情肯定是这样。如果他知道她爱他，他会立即到她身边来。她只要——

“噢！”她喜不自胜地想着，用指头使劲掐着低垂的前额，“我有多傻呀，直到这会儿才想到这一点！我一定要想出个办法让他知道。要是他知道我爱他，他就不会和她结婚！他怎么会呢？”

她忽地一惊，发现杰拉尔德念完经了，妈妈的目光落在了她身上。她赶紧念自己那十遍经，机械地掐着念珠一遍一遍计数。她的声音饱含着感情，黑妈妈诧异地向她投来一瞥。她念完了，接着苏埃伦和卡丽恩相继念她们的，于是她的思绪又回到了那个令她心驰神往的念头上。

就算到了现在，也不算太晚！县里经常有关于私奔男女的传闻，订了婚的男女会突然跟别人站在圣坛前举行婚礼。再说，阿希礼的订婚消息还没有宣布！对，时间还有的是呢！

如果阿希礼和玫兰妮之间没有爱情，只有很久以前许下的一个诺言，那么他为什么不可能违背那个诺言跟她结婚呢？他肯定可以这么做，如果他知道她——斯佳丽——爱着他的话。她一定要想个办法让他知道。她会找到办法的！然后——

斯佳丽忽然从喜悦的梦想中猛醒过来，因为她一时疏忽，忘记了应答祈祷，惹得妈妈用责备的目光盯了她一眼。她赶紧加入仪式，睁开眼睛环顾了一下四周。一个个跪着的人，柔和的灯光，黑人摇摆着的昏暗身影，甚至一个时辰前她还觉得这屋里如此可憎的一切，顷刻间都融会了她自己的感情，这房间似乎又变成了一个温馨的地方。这个时刻，这种安宁，她一定会铭记不忘！

“至善至诚的圣马利亚。”她妈妈吟咏着。圣母公祷文开始了，埃伦用温柔的女低音赞美圣母的美德，斯佳丽顺从地应答着：“为我们祈祷吧。”

对斯佳丽来说，从小时候一直到现在，这个时刻与其说是对圣母的赞美，还不如说是对埃伦的赞美。古老的语句反复念诵的时候，尽管气氛神圣，但斯佳丽闭上的眼睛里出现的不是圣马利亚，而是埃伦那张仰望苍天的面孔，“使病人康复”“智慧的源泉”“罪人的庇护”“神秘的玫瑰”——这些都是优美词语，因为它们都是埃伦的美德。但是今晚，由于斯佳丽自己精神高涨，她发现整个仪式中，用柔声细语吐出的词语、喁喁应答，具有一种她从来没有体验过的美感。她真心实意地感谢上帝，因为她脚下铺开了一条道路——引导她脱离痛苦，奔向阿希礼的怀抱。

末了那声“阿门”念过后，大家都站起来，腿都跪得有点儿僵了，黑妈妈是罗萨和蒂娜两人一块儿扶起来的。波克从壁炉架上拿了根长长的火捻儿，凑在灯上点燃，随即走进过道。弯曲的楼梯对面有个胡桃木壁橱，太大了，不能放在餐厅里用，宽大的顶上放着几盏灯，还有一长排插满蜡烛的烛台。波克点燃了一盏灯和三根蜡烛，然后带着炫耀的尊贵神情，仿佛是皇家第一内侍为国王和王后步入寝宫举灯照明似的，他把灯高高举过头顶，引领着这个队列走上楼梯。埃伦挽着杰拉尔德的手臂跟在后面，女儿们各拿着一个烛台尾随父母上楼。

斯佳丽进了自己的房间，把烛台放在高高的抽斗柜上，转身就到黑黢黢的衣柜里摸索她的舞裙，好拿去缝花边。她拿到了裙子，搭在手臂上，悄悄穿过走廊。父母的卧室开着一条缝，她抬手正要敲门，埃伦低沉而坚定的说话声传进了她的耳朵里。

“奥哈拉先生，你必须解雇乔纳斯·威尔克森。”

杰拉尔德咆哮起来：“叫我到哪儿另找一个不骗人的监工去？”

“必须解雇他，马上，明天早上就走人。大个子山姆是个不错的工头，可以临时接管监工的职责，直到你另雇一个监工为止。”

“啊，哈！”传来了杰拉尔德的声音，“原来是这样，我算是明白了！这么说，是可敬的乔纳斯·威尔克森作的孽——”

“必须解雇他。”

“这么说，他是埃米·斯莱特里孩子的父亲。”斯佳丽心想，“噢，好啊。不是这样的话，你还能指望一个北佬和一个穷鬼白人家的女孩儿做什么呢？”

她有意停顿了一会儿，让杰拉尔德的嚷嚷声彻底停息下来，然后才敲门进去，把裙子递给妈妈。

斯佳丽宽衣上床，吹灭蜡烛，这时她已经详细地制订好了明天的计划。这是个简单的计划，由于受杰拉尔德那种目标单一的影响，她的两眼只盯着目标，心里只想着最直接的实现目标的步骤。

首先，她要表现得“高傲”，就像杰拉尔德要求的那样。从到达十二橡树庄园的那一刻起，她就要表现得兴致勃勃、精神饱满。谁也休想看出她曾因为阿希礼和玫兰妮而垂头丧气。她要和那里的每一个男人调情。这对阿希礼是残忍了点儿，但这可以激发他对自己的渴望。凡是在结婚年龄的青年，她会一视同仁，一个也不忽视，从苏埃伦的男友——那个满脸黄胡子的老弗兰克·肯尼迪，到玫兰妮的弟弟——那个腼腆寡言、一说话就脸红的查尔斯·汉密尔顿。他们会像蜂窝外的蜜蜂一样围在她身边，阿希礼肯定会从玫兰妮身边抽身出来，加入到她的一圈爱慕者当中来。然后，她会想办法甩开那群人，跟他单独待上几分钟。她希望一切都能照这样进行，因为如果不是这样，事情就很难办了。但是如果阿希礼不主动，那她自己就只好主动了。

到最后他俩单独在一起的时候，他脑子里还会留有一群人围着她的情景，那会给他留下一个新的印象，那就是每个人都想要她，他眼睛里会流露出那种悲哀绝望的神色。然后她又会让他愉快起来，让他明白，虽然她的追求者有一大堆，但是她在世上最喜欢的人就只有他一个。当她承认这一点的时候，态度要谦虚，神情要甜蜜，她的价值也会因而提高千百倍。当然，这一切都要以一个淑女的风度进行。她甚至连想也不想大胆地对他说她爱他——这是万万不可以的。但是以什么态度告诉他，只是一个她根本不放在心上的细节。她过去曾经处理过这种情形，她可以如法炮制。

躺在床上，朦胧的月光洒满全身，她想象着整个情景。她看到当他意识到她真的爱他的时候，惊奇和喜悦的神情出现在他的脸上，接着，她听见了他要说的话——求她做他的妻子。

听了这话，她自然要说跟别的姑娘订了婚的男人，她是不能考虑的，但是经不住他一再恳求，她最终还是被说服了。然后他俩决定离家出走，就在当天下午到琼斯博罗去，并且——

是呀，明天晚上这时候，她可能就成了阿希礼·韦尔克斯太太了！

她在床上坐起身来，双手抱住膝盖，沉浸在长长的一段幸福时光里，仿佛真的做了阿希礼·韦尔克斯太太——阿希礼的新娘！随后，一阵微微的寒意袭上心头。要是事与愿违怎么办？要是阿希礼不答应跟她一块儿出走怎么办？她毅然决然地把这个念头从脑子里赶出去了。

“我现在不想这个。”她坚定地说，“如果我现在想这个，会让我不安。一切都会按我的意愿来，什么也挡不住——如果他爱我的话。而我明知道他爱我！”

她抬起下巴，长着一圈黑睫毛的淡绿色眼睛在月光下亮晶晶地闪烁着。埃伦从来没有告诉过她，欲望和实现欲望是两码事；生活也没有教给她那个道理，那就是脚快的未必取胜。她躺在银色的月影中，心里充满了膨胀的勇气，暗暗绘制着自己的计划，那是一个十六岁的姑娘所能绘制的计划，处在人生这段时光，生命无比美好，失败是不可能的，美丽的裙子和漂亮的脸蛋儿，就是足以征服命运的武器。

第五章

时值上午十点钟。天气暖和得不像是在四月份，金色的阳光透过宽大窗户上的蓝窗帘泻进屋里，把斯佳丽的房间照得通亮。奶油色的墙壁熠熠生辉，就连屋子深处的红木家具也闪耀着红酒般的光芒。地板像玻璃一样闪闪发亮，地上铺的小地毯色彩斑斓。

空气中已经有了夏天的气息，这是佐治亚夏季来临的预示，可春意仍迟迟不愿让位给酷暑。一股芬芳温暖的气息涌进屋子，温馨浓郁的气味来自各种花朵、新抽绿叶的树木，以及刚刚翻过的潮湿红土。斯佳丽透过窗户望出去，只见卵石车道两旁那两排盛开的水仙花耀眼夺目，无数金黄色的茉莉花垂向地面，宛如撑开的裙裾。一群模仿鸟和一群樫鸟还在为争夺她窗下那棵木兰树斗嘴，樫鸟的叫声尖厉刺耳，模仿鸟的声音则柔和哀婉。

这样明媚的早晨通常总会把斯佳丽引到窗前，胳膊支在宽阔的窗台上，陶醉在塔拉庄园的芬芳和天籁中。可今天她却无心看太阳和蓝天，心里只闪过一个念头："谢天谢地，总算没下雨。"床上，一条镶有本色花结的苹果绿波纹绸舞裙整齐叠放在一只大纸板箱里，准备带到十二橡树庄园，舞会开始前才穿。可斯佳丽看了裙子一眼，耸了耸肩。如果她的计划奏效，她今晚就用不着穿这裙子了。不等舞会开始，她和阿希礼早已踏上去琼斯博罗的蜜月旅行了。她该穿什么衣服参加室外烧烤宴呢？这是个让她伤脑筋的问题。

什么服装最能衬托出她的魅力，最能让阿希礼着迷？从八点钟开始，她就试穿一件件衣服，又一件件丢开，到头来，她站在那儿垂头丧气、心烦意乱，身上只穿着花边长内裤、亚麻布紧身胸衣、三层波浪形花边的亚麻布衬裙。在她周围，丢下的衣服散落在地板上、床上、椅子上，到处是五颜六色的衣服和凌乱的丝带。

这件玫瑰红色的薄纱裙跟粉红色宽腰带挺相配，可她去年夏天穿过，当时玫兰妮去十二橡树庄园做客，她肯定还记得，说不定还会狡黠地提起这事。这件黑色斜纹纱裙有蓬松袖和公主花边领，把她的白皮肤衬托得美极了，可就是让她显得有点儿老气。斯佳丽不安地端详着镜子里自己那张十六岁的面孔，仿佛担心看到脸上的皱纹和松弛的下巴。在青春娇嫩的玫兰妮面前，绝对不能显得稳重老气。这条带有淡紫色条纹的细布裙，边上镶着宽花边倒是挺漂亮，可就是根本配不上她这种类型，倒是跟卡丽恩那种纤巧的体型和没筋没骨的神情挺般配。斯佳丽觉得，自己穿上活像个女学生。站在娴雅端庄的玫兰妮身旁，绝对不能像个傻乎乎的女学生。这条绿格子塔夫绸裙镶着好几条荷叶边，每条荷叶边上还有绿色天鹅绒带，对她倒是最合适的，其实这还是她最喜欢的一条裙子，因为穿上能让她的眼睛显出深翡翠色。可就是在紧身上衣的正面有一片明显的油渍。当然，她的胸针可以别在这片油渍上，但说不定玫兰妮一眼就能看出来。剩下的就是些五颜六色的布裙子，斯佳丽觉得在这种场合穿了显得喜庆气氛不足。还有几条舞裙和昨天穿过的那条绿色枝叶图案的细布裙。可那是条下午穿的裙子，不适合穿了参加室外烧烤，因为上面只有小蓬松袖，再说领口低得算是条舞裙了。但是除了穿这件再也没别的法子好想了。毕竟，她并不会因为穿露脖子、胳膊和胸脯的衣服害羞，就算早上穿着不太得体，她也不在乎。

她站在镜子面前，扭动身子扫视自己的侧影，觉得自己的身材绝对不会给自己丢人。她的脖子倒是有点儿短，却十分圆润，她的胳膊更是丰满诱人。她的胸部让紧身衣托得高高隆起，乳房非常漂亮。她根本用不着像大多数十六岁姑娘那样，在紧身胸衣的里衬缝上一排排丝绸褶皱，才能衬托出满意身段的曲线和丰满。她很高兴自己继承了母亲埃伦白嫩纤细的双手和小巧的两脚，她但愿自己的身材能有埃伦那么高，但自己的身高已经让她非常满意了。真可惜，不能把腿露出来，她撩起衬裙，望着长内裤下丰满匀称的双腿，心生遗憾。她的腿真漂亮，就连费耶特维尔学院的小姐们都公认她的腿漂亮。至于她的腰肢，不论是在费耶特维尔、琼斯博罗，还是在三个县里，要说腰细，哪个姑娘都比不上她。

想到自己的腰，让她不由得联想起了实际问题。这件绿色细布裙袍的腰身是十七英寸，可黑妈妈却不紧勒，任凭她的腰长到十八寸，只能穿那条斜纹布裙子。黑妈妈必须替她勒得紧些才成。她推开门听动静，听见楼下过道里有黑妈妈沉重的脚步声。她急不可耐，大声叫黑妈妈，她知道埃伦这时正在熏肉室给厨娘分配当天的食品，就放心大胆扯开嗓子喊。

“有人还当我会飞呢。”黑妈妈嘟囔着哼哧哼哧爬上楼梯。她喘着粗气进门，一副准备干仗的架势。她那双大手端着一个托盘，上面是热腾腾的食物，两块甘薯涂满黄油，一堆荞麦饼淌着糖浆，还有一大片浸在卤汁里的火腿。一见黑妈妈端来的东西，斯佳丽气不打一处来，原先的懊恼变成了眼下的敌意。刚才兴致勃勃试穿衣服，竟忘了黑妈妈铁定的规矩，奥哈拉家小姐凡是出去参加任何聚会，都必须先把肚子填得饱饱的，到时候就什么也吃不下了。

“别来这个。我不吃。你把它端回厨房去。”

黑妈妈把托盘放在桌子上，双手叉腰摆出架势。

“你非吃不可！想想去年那次烧烤野餐，我病了没让你吃饱再走，让人说闲话。你非吃不可，一口都不能剩。”

“我不吃！好了，过来给我勒紧点儿，我们已经晚了。我都听见马车到门外了。”

黑妈妈换了副哄娃娃的口吻。

“听话，斯佳丽小姐，乖乖过来吃一点儿。卡丽恩小姐和苏埃伦已经吃完了。”

“她们尽管吃好了，”斯佳丽鄙夷地说，“她们的胆子比兔子都小。可我不吃！一看见饭菜我就饱了。我忘不了上次吃光整整一托盘东西才去卡尔弗特家，他们特地从萨凡纳运来冰做成冰激凌，结果我只吃得下一小口。今天我可要玩个尽兴，吃个满意。”

黑妈妈听了这番歪理邪说，气得双眉紧皱。一位年轻小姐该做什么不该做什么，在黑妈妈眼里就像黑与白一样分明，根本没有中间余地。苏埃伦和卡丽恩都是任她铁掌捏的泥巴团，都毕恭毕敬听她的教训。但是，要说服斯佳丽总是像打一场恶仗，才能让她知道自己心血来潮的举止有失小姐身份。黑妈妈每次制服斯佳丽都非易事，使用的花招白人想都想不出来。

“你不管人家怎么议论这个家，我可要管。”她嚷道，“我不能眼睁睁让聚会上的人说你从小没教养。我对你说了一遍又一遍，女人吃东西少得像鸟儿一样才算得上小姐，我决不让你上韦尔克斯先生家像头猪似的吃个没完。”

“我妈是个淑女，可她也吃东西的。”斯佳丽顶了句嘴。

“等你结了婚，你也可以吃。”黑妈妈反驳道，“埃伦小姐在你这岁数上，出了门从来什么都不吃，你宝莲姨妈和尤拉莉姨妈也不吃。后来她们都结了婚。拼命乱吃的年轻小姐大半找不着丈夫。”

“我才不信呢。你生病那回我去参加烧烤野餐，事先没吃东西，阿希礼·韦尔克斯对我说，他就是喜欢见到胃口好的姑娘。”

黑妈妈摇了摇头，像是感到了不祥之兆。

“男人们嘴上说的跟心里想的完全是两码事。再说，我也没见阿希礼先生向你求过婚。”

斯佳丽皱起眉头，恶狠狠的话到了嘴边又打住了。黑妈妈一语道破了她的心事，没什么好争的。黑妈妈见斯佳丽执拗的神色，便端起托盘，改变策略，换上一副黑人特有的花招，叹了口气朝门口走去。

“唉，算了。厨娘准备托盘的时候，我就对她说过：‘看吃相就分辨得出女人是不是位小姐。’我还对厨娘说：‘我还没见过哪个白人小姐比玫荔·汉密尔顿上次去看阿希礼先生时吃得更少……’我是说，她去看印第亚小姐时。”

斯佳丽扫了她一眼，目光中带着狐疑，可黑妈妈的胖脸上只露出一副诚实相，看得出她惋惜斯佳丽不是位淑女，而玫兰妮·汉密尔顿却是淑女。

“把托盘放下，过来替我再勒紧些，”斯佳丽烦躁地说，“完了我吃点儿。现在吃就勒不紧了。”

黑妈妈心中暗喜，把托盘放下。

“我的小乖乖要穿什么哪？”

“那个。”斯佳丽指了指那件蓬松的绿色细花布裙。黑妈妈立刻摆出一副凶样。

“不，你不能穿这个。早上穿不合适。下午三点以前不能露胸脯，再说这裙子没领子没袖子。你天生爱生痱子，我可忘不了上次你去萨凡纳，在海滩上坐了坐就长了一身痱子，我给你用奶油搽了整整一冬天才好。我可要告你妈了。”

“我穿衣服前你要是跟她露一个字，我就一口也不吃。”斯佳丽冷冷地说，“等我穿好了，妈就是喊我回来换也来不及啦。”

黑妈妈见自己这一招不灵，无可奈何叹了口气。在这两害之间，让斯佳丽身穿晚装参加上午的室外烧烤，比她像头猪一样狂吃猛喝还是好些。

“手里抓个东西，吸口气。”她命令道。

斯佳丽顺从地振作起来，紧紧抓住一根床柱。黑妈妈使劲抽拉紧身衣上的系带，鲸骨架越抽越紧，腰围越来越细，她的眼睛里浮出又得意又爱怜的神色。

“谁都没有我小乖乖这么细的腰。”她赞许道，“我每次把苏埃伦小姐的腰束到二十英寸多一点儿，她就要晕倒了。”

“哼！”斯佳丽气喘吁吁，说话都困难了，“我一辈子从来没晕过。”

“行啦，你就是偶然晕个一两回也没什么害处。”黑妈妈劝道，“你就是有点儿不懂事，斯佳丽小姐。我告诉你多少遍了，你要是见了蛇啊、老鼠啊什么的，不晕倒就不得体。我不是说在家里这样，是说出去做客的时候。我告诉过你……”

“噢，快点儿吧！别说个没完。我会找到丈夫的。等着瞧吧，我就是不尖叫不晕倒，看找着找不着。天哪，紧身衣真紧！套上裙子吧。”

黑妈妈仔细把十二码细布做成的绿色枝叶图案的裙子套在她山一般的衬裙上，从后面替她把低领上衣扣上。

“在大太阳下别脱披肩，就是觉得热也别摘帽子。”她命令道，“要不然，回家的时候黑得就像斯莱特里家老太太一样了。好了，宝贝，过来吃吧，不过别吃得太快。要是重新束紧身衣就不行了。”

斯佳丽顺从地在托盘面前坐下，不知道肚子里填下饭菜，还有没有呼吸的余地。黑妈妈从脸盆架上拉下一块大毛巾，仔细围在斯佳丽的脖子上，铺展到她腿上。斯佳丽先吃火腿，因为她喜欢吃火腿，就勉强咽下去。

“天哪，要是我已经结了婚就好了。”她愤愤然说着，开始不情愿地对付甘薯，“老是做作，想做什么都不成，真让我厌烦。我讨厌假装比鸟儿吃得还少，本来想奔跑却只能步行，跳舞一连两天也不累，却说跳一支华尔兹就犯晕。我讨厌对那些见识连我的一半都不如的男人违心说什么‘你真了不起’！我也厌烦了假装自己什么都不懂，好让男人们告诉我的时候觉得自己了不起……我一口也吃不下了。”

“吃块热饼。”黑妈妈毫不通融。

“为什么一个姑娘为找个丈夫要装得那么傻？”

“我猜那是因为男人们不知道自己想要的是什么。他们自以为知道呢。他们想要什么，你给他们什么就是了，免得做一辈子老闺女。他们自以为想要的姑娘胆子小得像耗子，胃口小得像鸟儿，又根本没有头脑。男人可不想娶个让他疑心比自己还有头脑的女人做老婆。”

“你不觉得男人结婚后发现妻子比自己还有头脑会吃惊吗？”

“这个嘛，到那时就太晚了，他们已经结了婚。再说啦，男人也愿意自家老婆有头脑。”

“总有一天，我想做什么就做什么，想说什么就说什么，就是有人不喜欢，我也不在乎。”

“这可不行。”黑妈妈口吻严厉地说，“只要我还有口气就不行。把饼吃下去，蘸着卤汁吃，宝贝。”

“我看北佬的姑娘们就用不着干这种傻事。去年我们在萨拉托加，我见许多姑娘举止都显得很有头脑，在男人面前也一样。”

黑妈妈鼻子里哼了一声。

“北佬姑娘！是啊，小姐，我猜她们的确是心直口快，可我在萨拉托加就是没见有什么人向她们求婚。”

“可北佬肯定也要结婚的。”斯佳丽争辩道，“他们又不是从地里长出来的，准得结婚生孩子。他们的人那么多。”

“男人是为了她们的钱才娶她们的。”黑妈妈一口咬定说。

斯佳丽把浸了卤汁的面饼送进嘴里。也许黑妈妈的话说得对。这话准是有点儿道理，因为埃伦也这么说过，只是说法不同，话也比较婉转。不错，她所有女伴的母亲都谆谆教导女儿，需要表现出弱不禁风、墨守成规、天真无邪的样子。要培养这种矫揉造作，并且一直保持下去，还真需要相当的头脑呢。也许她有点儿太鲁莽。她偶然还跟阿希礼争论过，把自己的看法老实说出来。大概正因为这事，还有她喜欢有益健康的步行和骑马，结果他离开自己转向弱不禁风的玫兰妮。也许她该改变一下策略……但是她觉得，要是阿希礼向女性设下的圈套屈服，她绝对不会像现在一样尊敬他。要是哪个男人没头脑，因为听见一声痴笑，见到女子昏厥，受“你多了不起”这种话的恭维就上当，这种人根本就不值得爱。可他们看上去都喜欢这一套。

假如她过去对阿希礼的策略不对……算了，过去的事反正已经过去了。今天她要采用不同的策略，正确的策略。她要他，而且要想得到他，只有几个钟头可让她利用。要是晕倒或者假装要晕倒行得通，她就玩晕倒的把戏。要是傻笑、献媚或者装傻能吸引他，她也乐意卖弄一番，她能装得比凯瑟琳·卡尔弗特更傻。如果需要大胆手段，她也会采取。今天时候到了！

没有人告诉斯佳丽说，她的真实个性和惊人的活力比她打算采取的任何假面具更加迷人。要是有人对她这么说，她准会高兴，却不会相信。她置身其中的文明社会也不会相信，因为女人的本性当时受到的轻视可谓空前绝后。

马车载着斯佳丽沿红土路朝韦尔克斯家庄园驶去，她不禁感到一阵掺杂着愧疚的喜悦，因为母亲和黑妈妈都不去参加聚会。烧烤野餐上没有人会微微挑起眉毛或噘噘下嘴唇，表示干涉她的行动计划。当然，苏埃伦明天肯定会搬弄是非，不过，要是一切都随斯佳丽的心愿成为现实，她跟阿希礼订婚或私奔肯定让家人受刺激，足以抵消大家的不快。真的，她非常高兴埃伦有事不得不待在家里。

杰拉尔德那天早上灌了一肚子白兰地，把乔纳斯·威尔克森解雇了，埃伦留在塔拉，为的是在他走之前核对庄园的账目。斯佳丽去那间小账房跟母亲吻别的时候，她正坐在高高的写字台前，上面的文件格里塞满了各种文件。乔纳斯·威尔克森手拿帽子站在她身旁，一张黄脸皮包骨，几乎掩饰不住仇恨的怒火，东家如此随便就把他解雇了，就因为玩女人这么桩小事，就让他丢了全县最好的监工美差。他一遍又一遍对杰拉尔德说过，埃米·斯莱特里那孩子的父亲除了可能是他，还可能是十来个其他男人。杰拉尔德也认可——可是照埃伦看，他的性质并不因此有什么两样。乔纳斯憎恨所有的南方人。他恨他们对他那副冷冰冰的礼貌，他们藐视他的社会地位，还勉强装出礼貌来掩饰。他最恨的是埃伦·奥哈拉，因为她就是所有南方人的缩影。

黑妈妈是庄园的女仆总管，就留在家里帮埃伦。赶车座位上坐在托比身旁的是迪尔西，放在她腿上的一个长盒子里装着小姐们的舞裙。杰拉尔德骑着他那匹高大的猎马，走在马车旁边。他喝足了白兰地，浑身是劲，这么快就解决掉威尔克森那桩倒霉事，他心里觉得高兴。他把担子推卸给埃伦，根本没考虑过她错过这次烧烤野餐，也错过跟朋友们的聚会心里有多失望。这是个晴好的春日，他的田地里是一片美景，鸟儿在啁啾歌唱，他觉得自己还非常年轻贪玩，根本顾不得去考虑其他人。他还不时放声唱上段《佩格坐在低槽马车上》以及其他爱尔兰小调，要不就哼唱比较忧郁的《罗伯特·埃米特挽歌》：“她已远远离去，离开她那年轻英雄长眠的土地。”

他十分快活，想到一整天都能高声大谈北佬和战事，便激动得心花怒放。身边带着三个漂亮女儿，她们身穿舒展的带衬花裙，打着滑稽小阳伞，他觉得很得意。他没考虑前一天跟斯佳丽谈的事，因为他早已把这事忘了个一干二净。他一心想着她长得漂亮给自己增了光，还想到她的眼睛像爱尔兰的山丘一样碧绿。后一个念头让他感到自我形象在升华，因为其中包含了某种诗意，便冲着女儿们大声唱起《身穿绿衣》。

斯佳丽望着他，目光中带着亲昵的轻蔑，活像个母亲望着虚张声势的儿子。她心里清楚，等到太阳下山时，他准会喝个烂醉。天黑以后，他在回家的路上又会像往常一样，骑马腾越过十二橡树庄园到塔拉庄园之间的每一道篱笆墙。她希望上帝发慈悲，也希望他那匹马凭良好的感觉奔跑，能让他避免折断自己的脖子。他不愿绕道过桥，总是抄近路策马涉水过河，回到家吵闹个不停，让波克扶他进账房，倒在沙发上睡觉。每逢这种场合，波克就手提一盏灯，等在前厅门外。

他会把身上穿的灰色绒面呢新套装搞得一塌糊涂，早上醒来，他就为此破口大骂，还会对埃伦仔细叙述黑暗中他的马怎么从桥上跌进水里——这套露骨的谎话谁都骗不了，可大家都信，他不禁认为自己很聪明。

“爸爸又可爱又自私，真是个没责任心的好人。”斯佳丽这么想着，心里涌起一阵对他的敬爱。这天早上她又兴奋又快乐，不但觉得杰拉尔德可爱，而且整个世界都是可爱的。她长得漂亮，对此她心里明白。不等天黑，她准能把阿希礼收归己有。太阳温暖和煦，佐治亚明媚的春光展现在她眼前。一路上，看到路边的黑莓已经长出茸茸新绿，掩盖了冬雨冲刷留下的那一道道难看的红土沟，金樱子花蔓延生长在红土层下露出的花岗岩上，周围还有淡紫色的野生紫罗兰。河岸旁树木茂盛的山丘上，山茱萸树盛开着耀眼的白花，仿佛绿叶间仍积着残雪。山楂花枝已经含苞欲放，一串串嫩白色变成深粉红色。阳光透过树木枝叶洒在地面上的枯松针和野生忍冬草上，形成深红色、橘黄色、玫瑰色的斑斓地毯。微风徐来，淡雅的野花芬芳醉人，沁人心脾，整个世界简直都芳香可餐。

“今天多美啊，我一辈子也忘不了。”斯佳丽想道，“说不定还是我成婚的大喜日子呢！”

她喜滋滋想象着，就在今天下午，或者在今晚的月光下，她会跟阿希礼从这片鲜花盛开的绿野美景中飞驰而过，奔向琼斯博罗，找一位牧师。当然啦，她还得找个亚特兰大的牧师重新主持她的婚事，不过那事该由埃伦和杰拉尔德去操心。埃伦要是听说自己女儿跟别人的未婚夫私奔，准会又恼又羞，气得脸色煞白，想到此，她不禁感到畏惧，可她知道，母亲见她幸福准会原谅的。杰拉尔德知道了准会大声咒骂，但是，虽然他昨天说了那么多不让她嫁给阿希礼的话，要是他家与韦尔克斯家结了亲，他心里会有说不出的高兴。

“不过，那种事我结了婚再操心不迟。”她心里把这种烦恼抛在一边。

在如此温暖的阳光下，在如此明媚的春光里，遥望十二橡树庄园的烟囱开始从河对岸的山丘后面显现出来，她只觉得心怦怦直跳，其他事情全都感觉不到了。

“我要在那儿住上一辈子，度过五十个这么美的春天，说不定还不止五十个呢。将来，我要告诉儿孙们说，这年春天有多么美，比他们将来度过的哪一个春天都迷人。”想到这里，她高兴得忘乎所以，不禁合着唱起了《身穿绿衣》的最后合唱，博得杰拉尔德大声喝彩。

“真不明白今天早上你怎么这么高兴。”苏埃伦恼咻咻地说，她心里含着怨恨，觉得要是自己穿了斯佳丽的这身绿色绸舞裙，准比她漂亮得多。真不知道斯佳丽干吗总是那么自私，就是不愿借给她衣服和帽子。再说，妈妈干吗总是护着她，说绿色对自己不合适。“你跟我知道得一样清楚，今晚就要宣布阿希礼订婚的消息。今天早上爸爸也说过这事。我还知道你喜欢他已经有好几个月了。”

“你知道的也就是这些。”斯佳丽说着伸了伸舌头，不愿扫自己的兴。等到明天早上这个时候，苏埃伦还不知道有多惊讶呢。

“苏茜，你清楚根本不是这么回事。”卡丽恩听了觉得吃惊，表示反对，“斯佳丽喜欢的是布伦特。”

斯佳丽看着小妹妹，一双绿眼睛含着微笑，心想，怎么人人都这么可爱。全家人都明白，卡丽恩那颗十三岁的心里只装着布伦特·塔尔顿，可人家只当她是斯佳丽的未成年小妹妹，从来没把她放在心上。遇上埃伦不在场，全家人就用他的名字逗她取乐，直到把她逗哭才罢休。

“亲爱的，我一点儿也不喜欢布伦特。”斯佳丽心情愉快，便慷慨地说，“再说，他也根本不喜欢我，因为他在等着你长大呢。”

卡丽恩又欢喜又疑惑，圆圆的小脸蛋儿涨成了粉红色。

“哎呀，斯佳丽，这话当真？”

“斯佳丽，你知道妈妈说过，卡丽恩年纪太小，还不该考虑男朋友，可你却往她脑子里灌这种念头。”

“哼，去搬弄是非吧，谁在乎呢？”斯佳丽回答道，“你想压制小妹，那是因为你心里清楚，她再过一年左右就长得比你漂亮了。”

“今天你们都要留神，开口说话要礼貌，要不然回去可要收拾你们。”杰拉尔德警告说，“别说话！是马车的声音吧？来的不是塔尔顿家就是方丹家。”

他们驶近通往含羞草庄园和费尔希尔庄园那条树木茂密的山道岔路时，马蹄声、车轮声越来越清晰，树木后面，女子嬉笑吵闹的喧嚣声越来越响亮。杰拉尔德骑马跑到前面，他拉住马挥手示意托比把车停在岔路口。

“是塔尔顿家的女眷。”他对女儿们说，红润的脸膛乐得熠熠放光，因为除了埃伦，全县的女士们中间，他最喜欢的就是红头发的塔尔顿太太，“而且是她亲自驾车。啊，这女人的马术可不得了！体壮如牛却身轻如燕，还漂亮得让人直想亲她。可惜你们谁都没有这本事。”他一面用又慈爱又责备的眼光扫视女儿们，一面补充了一句，“卡丽恩见了可怜的牲口就害怕，苏一抓住缰绳就手脚不灵了，你呢，乖闺女……”

“哼，我反正从来没有让马甩下来过。”斯佳丽愤愤地说，“塔尔顿太太可是每次打猎都跌下马背。”

“还像男人一样摔断了锁骨。”杰拉尔德说，“既没有晕过去，也没有嚷嚷个没完。好啦，别说了，她来了。”

塔尔顿家的马车进入眼帘，车上坐满了衣裙亮丽、阳伞鲜艳、面纱飘拂的姑娘们。正像杰拉尔德所说，坐在驾驭座上赶车的正是塔尔顿太太，她脚踏马镫欠身脱帽致意。马车上坐着塔尔顿家四个女儿和她们的保姆，另外还有装着姑娘们舞裙的几个长纸板盒子，马车塞得满满的，根本没有车夫坐的地方了。再说，贝特丽丝·塔尔顿只要两条胳膊没有用绷带吊着，就决不愿让其他人赶车，不管是白人还是黑人。她看似身体脆弱，骨架子纤细，皮肤白皙，仿佛一头火红的头发把脸上的血色都吸进那团活力无穷的晶莹发丝中了，可她身体十分健康，精力充沛，不知疲倦。她生过八个孩子，个个像她一样，都是一头红发，全都精力充沛。县里人说，她养育孩子非常有方，因为她养孩子就像养马驹，既有慈爱的宽容，又有严格的纪律。塔尔顿太太的座右铭是："管教而不伤锐气。"

她爱马，开口闭口总是谈论马。她熟悉马的脾性，驾驭马的本领比县里随便哪一个男人都强。她的八个孩子把山丘上那座凌乱的房子挤得满满的，小马驹在围场里挤不下就跑到屋前草地上。她在庄园里走走，身后总是跟着一群儿女、马驹、猎狗。她相信自己的马通人性，尤其是那匹名叫内利的红牝马。要是到了她每天该骑马的时间，家务让她脱不开身，她就把糖罐子交给一个小黑孩子，说："给内利吃一把糖，告诉它说我就来。"

除了少数几个场合，一般她总是身穿骑马服。不管骑不骑马，心里总是想骑，因为她从来都有这个念头，所以一起床就穿骑马服。每天早上，不管下雨还是天晴，内利都要佩上马鞍在房门外来回溜达，等待塔尔顿太太百忙中抽个把小时的空出来骑在它背上。不过费尔希尔庄园是个难以管理的庄园，要想抽点儿空也真难，内利多半是在房门外一个钟头又一个钟头独自溜达，贝特丽丝·塔尔顿呢就整天心神不定，把骑马衣的下摆撩起来搭在手臂上，露出脚上那双六英寸长的骑马靴闪闪发亮。

今天她身穿没有光泽的黑丝裙，裙裾衬在过了时的狭裙箍上，看上去还是像身穿骑马服，因为这身裙子的式样是按骑马服剪裁的，她头上戴的那顶无边黑帽上插了根长长的黑羽毛，遮挡住一对充满热情、闪闪发亮的棕色眼睛，跟平常打猎戴的那顶不成形状的旧帽子并无二致。

她看见杰拉尔德，就挥动鞭子拉住那两匹欢腾奔跑的红马，坐在马车后面的四个姑娘探出身子齐声嚷叫着打招呼，把马儿都惊得腾跃起来。路人要是见了这光景，会以为两家人多年没见面了，其实塔尔顿家和奥哈拉家两天前刚刚聚过。但是这家人喜欢交际、喜欢邻居，尤其喜欢奥哈拉家的姑娘。当然啦，他们只喜欢苏埃伦和卡丽恩。县里的姑娘没一个喜欢斯佳丽的，喜欢她的恐怕只有那个没主见的凯瑟琳·卡尔弗特。

夏天，县里差不多每礼拜都有人举办一次烧烤野餐聚会，但是，最会享乐的就是红头发的塔尔顿这家人，她们参加每一次烧烤野餐和每一场舞会都像是平生第一次，兴奋得不亦乐乎。四姐妹长得漂亮丰满，一起坐在马车里，挤得裙箍、裙裾相互交叠，阳伞、草帽挤作一团。她们的宽边草帽上插着玫瑰花朵，黑丝绒帽带束在下巴上，帽子下面露出深浅不同的红头发，赫蒂的头发是纯红色，卡米拉是草莓红，兰达是铜褐色，最小的姑娘贝齐有一头萝卜红的头发。

“真是些好姑娘，夫人。”杰拉尔德在马车旁边拉住马殷勤地说，“不过她们要赶上母亲还差得远呢。”

塔尔顿太太那对赤褐色眼珠骨碌碌转了转，咂了咂下嘴唇扮个鬼脸，算是表示感谢。姑娘们纷纷嚷起来：“妈，别跟人眉来眼去的，要不然我们告诉爸爸了！”“我敢打赌，奥哈拉先生，遇上像你这么帅的男人，她从来不让我们得到机会！”

这些俏皮话逗得斯佳丽随着大家一起哈哈大笑，不过她像以往一样，总是对塔尔顿家姑娘对待母亲那种没大没小的态度深感震惊。她们的口吻仿佛母亲跟她们是平流同辈，仿佛她还不满十六岁似的。在斯佳丽看来，不用说以这种口吻跟母亲说话，就是心里有这念头也是大逆不道。可是……可是塔尔顿家姑娘与母亲的关系却非常融洽，她们可以责备她、取笑她，不过心里却敬爱母亲。斯佳丽心里连忙虔敬地对自己说，她并不是喜欢塔尔顿太太这样的母亲而不喜欢埃伦，不过话说回来，能跟母亲嬉戏作乐倒的确很有趣。她清楚，即使有这个念头也是对埃伦的不恭敬，便觉得惭愧。她明白，马车里那几个火红头发下的脑瓜里绝对不会有这种让她们烦恼的念头，像以往一样，每逢她觉得自己跟邻居不一样，一阵烦躁就会涌上心头。

她脑子快却没有分析能力，不过她隐约感觉到，虽然塔尔顿家姑娘像马驹一样无拘无束，又像发情的野兔般癫狂，可她们都头脑简单、无忧无虑，这是她们家的一种遗传天性。她们父母都是佐治亚人，都来自佐治亚北部，上一代人就是拓荒者。他们充满自信，也信赖周围环境。他们就像韦尔克斯家人一样，生来知道自己该做什么，不过这两家办事的方式完全两样。她们心里没有斯佳丽胸中常有的冲突，她的身体中混合着沿海地区温文尔雅、有教养的法国贵族血统，以及精明淳朴的爱尔兰农民血统。斯佳丽既愿意像崇拜偶像一样敬爱自己的母亲，又有拨乱她的头发捉弄她的念头。可她知道，她应该选定一条路，非此即彼。正是出于同样的情绪，她渴望在男孩子面前显得像个有教养的文雅淑女，同样也想做个顽皮女孩儿，随意跟人亲几个嘴。

“今儿早上埃伦上哪儿去啦？”塔尔顿太太问道。

“我家辞了监工，她留在家里跟他对账呢。他和男孩儿们呢？”

“噢，他们几个钟头前就骑马去十二橡树庄园了，是去那儿尝潘趣酒，我敢说，他们是想看看够不够劲，好像他们不能从现在一直喝到明天早上似的！我要请约翰·韦尔克斯把他们留下过夜，就是把他们安顿在马厩里也成。五个男人一齐灌酒我可受不了。要是只有三个，我还应付得了，可……”

杰拉尔德连忙打断她改变话题。他感觉到自己的三个女儿正在背后偷笑，因为这让她们回想起了去年秋天他从韦尔克斯家最后一次烧烤宴上回家时的模样。

“塔尔顿太太，你今天怎么没骑马？说真话，你不骑在内利背上就不像你自己了。你可是个斯腾特呀。”

“斯腾特，我？你这个无知的孩子！”塔尔顿太太模仿他的爱尔兰土音嚷道，“你是说森特[1]吧。斯腾特是个嗓音像铜锣一样的男人。”

“管他是斯腾特还是森特，反正没什么关系。”杰拉尔德回答道，并不在意自己出了个错，“夫人，你赶猎狗时，嗓音就像铜锣。”

“你就是那样，妈。”赫蒂说，“我对你说过，你见了狐狸，喊叫声高得就像个科曼奇人[2]。”

“没有保姆给你洗耳朵时你叫得声音大，”塔尔顿太太回了一句，“你都十六岁了！得了，说说我今天怎么没骑马吧，内利今天一大早下马驹了。”

“真的！”杰拉尔德嚷道，他真的很感兴趣，两眼闪烁出爱尔兰人对马的热情。斯佳丽再次比较自己的母亲与塔尔顿太太，心里又是一惊。在埃伦眼里，牝马从来不下马驹，母牛也不产小牛，其实，母鸡生蛋这种事她都从来不提。可塔尔顿太太就没有这种顾忌。

“生了匹小母马，对不对？”

“不，是匹漂亮的小公马，腿足有两码长。你一定要骑马过来看看，奥哈拉先生。那可真是匹塔尔顿家的马，毛色红得就像赫蒂的鬈发。”

“脸长得也像赫蒂。”卡米拉说着尖叫一声，躲进一片翻滚的

---

[1] 森特：希腊神话中的半人马兽，英语中的含义是马术高明的骑手。——译注

[2] 科曼奇人：美国土著居民，曾居住在堪萨斯西部和得克萨斯北部，现居俄克拉何马州。十八世纪从怀俄明州南移时，成为捕猎野牛的游牧民族。——译注

衣裙灯笼裤和翻动的宽边帽下面，因为赫蒂真的拉长了脸，开始动手拧她。

“我这群小姑娘今儿早上高兴劲十足。”塔尔顿太太说，“她们一大早听到阿希礼和他那个亚特兰大的小表妹的消息，就乐得手舞足蹈。那闺女叫什么名字来着？玫兰妮？上帝保佑这孩子，是个招人疼的小宝贝。可我把她的名字和长相都忘了。我家厨娘就是韦尔克斯家管家的老婆，他昨晚来报信，说是他们今晚就要宣布订婚。今天早上厨娘把消息告诉了我们，这几个闺女就高兴得什么似的，这我就弄不懂了。几年来大家都知道阿希礼要娶她，当然啦，我是说他要不娶梅肯的伯尔家一个表妹，准会娶她。这就跟霍尼·韦尔克斯要嫁给玫兰妮的哥哥查尔斯一个样。唉，告诉我，奥哈拉先生，难道韦尔克斯家的人娶个亲戚圈子以外的人就不合法吗？因为要是……”

斯佳丽没听见他们后面的说笑。片刻间，仿佛太阳钻进一片阴冷的云彩，让世界笼罩在阴影里，夺走了万物的光彩。嫩绿的树叶看上去全都蔫儿了，山茱萸苍白黯淡，山楂花片刻以前还是漂亮的粉红色，此刻却显得凋零残败了。斯佳丽的手指掐着马车坐垫，一时她的阳伞也晃动个不停。这一方面是因为她得知了阿希礼要订婚，还因为人们谈论这事的口吻竟然这么轻松。很快，她的勇气又朝气勃勃地恢复了，太阳再次露出面孔，四野的景色重新焕发出光彩。她清楚阿希礼爱她。这是毫无疑问的。她暗自微笑着想象出，这天晚上并不宣布订婚，塔尔顿太太该多么吃惊——要是有人私奔，她又该多么惊讶。她会跟邻居们说，斯佳丽真是个小狐狸，当时默不作声听她说玫兰妮的事，可心里早跟阿希礼……这念头让她乐得笑出了酒窝。赫蒂一直密切关注着她妈妈的话对斯佳丽会产生什么效果，见到她的笑容觉得莫名其妙，微微皱起眉头，靠回座位上。

“我不管你怎么说，奥哈拉先生，”塔尔顿太太加重了语气说，“完全不对，表亲通婚，哼。阿希礼跟汉密尔顿家孩子结婚就够糟了，至于霍尼嫁给那个脸色苍白的查尔斯·汉密尔顿……”

“霍尼要是不嫁查理，就再也逮不着别的人了。”兰达仗着自己有人缘儿，话说得刻薄，“除了他，她再没有其他情人。他们倒是订了婚，可他根本就对她没什么情意。斯佳丽，你记得去年圣诞节他是怎么追你的……”

“别那么恶毒，小姐。”她母亲说，“表兄妹不该结婚，就是远房表亲也不该结婚，会削弱种系的。人不是马。要是知道马的血统，可以让母马跟它兄弟交配，也可以让种马跟它女儿交配，为的是生出好品种。可人就不行，血统也许保住了，精气却不行了，这种……”

“听我说，夫人，这事我倒要跟你争辩两句！你能告诉我谁家比韦尔克斯家的人更强吗？自打布赖恩·波鲁还是个孩子那时起，他们家一直就近亲通婚。”

“他们该赶紧打住，因为看出不好的苗头了。阿希礼倒还没什么，他看上去还长得挺帅，不过就连他也……看看韦尔克斯家那两个姑娘吧，面无血色，真可怜！姑娘当然是好姑娘，可就是面无血色。再看看可怜的玫兰妮小姐，骨瘦如柴，一阵风都能把她刮走，一点儿精神也打不起来。她自己一点儿主见都没有。‘不，夫人！’‘是，夫人！’她就会说这几个字。你懂我的意思吧？那个家庭需要新鲜血液，像我家红头发孩子或者你家斯佳丽那样生气勃勃的优良血统。得了，别误会我的意思。韦尔克斯一家有自己的主见，的确是好人，你知道他们全家人都让我喜欢，可说话得实在！他们生养太多，又是近亲通婚，对不对？他们在干路上、硬实路上还能跑，不过，你记住我这话，我不相信韦尔克斯家在泥泞道上走得动。我相信他们家在繁育过程中没留下精气，到了紧急关头，我可不指望他们能应付突如其来的情况。经不起风雨的血统。我宁愿要一匹任何天气下都能奔跑的高头大马！再说，他们的婚配已经让他们跟这一带的人都不一样了。不是老玩弄钢琴，就是脑袋钻在书本里。我看没错，阿希礼宁愿念本书，也不想去打猎！我这是当真的，奥哈拉先生！你看看他们的骨头架子吧，太细了，他们需要强有力的公母品种……”

“嗯……嗯……”杰拉尔德接应着，突然觉得羞愧，意识到自己听这番话很感兴趣，也完全合适，但是对埃伦似乎完全不合适。说实在的，他心里明白，要是她得知自己的女儿竟然听到这么一番露骨的谈话，心就再也平静不下来了。可塔尔顿太太像往常一样，一旦打开话匣子说自己喜爱的话题，就再也听不进其他意见，不论说的是马匹配种，还是人的婚配。

“这事我懂，因为我就有几个表亲相互通婚，相信我吧，他们的孩子全都像牛蛙一样，眼睛往外突，可怜的娃娃们。当时我家要我嫁给一个远房亲戚，我像匹小马驹似的拼命反抗。我说：‘不成，妈，我才不嫁呢。要不然我的孩子都要得跗节腱鞘炎和慢性肺气肿。’我妈一听我说出‘跗节腱鞘炎’这几个字就晕了过去，可我就是不让步，我祖母也给我撑腰。你知道吗，她也懂不少马配种的知识呢，她说我的话没错。是她帮我跟塔尔顿先生私奔的。瞧瞧我这些孩子！个头儿大，身体棒，没一个好生病的，也没有发育不全的，只有博伊德个头儿小点儿，才五英尺十英寸。听我说，韦尔克斯家……”

“我不是故意要改变话题，夫人。”杰拉尔德连忙插嘴说，他注意到卡丽恩露出迷惑的神情，苏埃伦也是一脸的好奇神色，他恐怕她们向埃伦提出尴尬问题，那就能让埃伦得知他这个护卫角色扮得多么不得体。让他高兴的是，他的乖女儿倒像个大家闺秀那样，看上去在思索别的事情。

这时赫蒂·塔尔顿替他解了围。

“老天哪，妈，咱们快走吧！”她不耐烦地嚷道，“这毒日头都要把我烤熟了，我都听见脖子上爆出泡来啦。”

“再等片刻，夫人，”杰拉尔德说，“把马卖给我们骑兵的事，你决定了没有？战争说不定哪天就要打响，弟兄们都想定下这事。那是克莱顿县的一个骑兵连，我们想要给他们配上克莱顿县的马。可你真固执，至今还不肯把你的好马卖给我们。”

“恐怕根本就不会打什么仗。”塔尔顿太太敷衍道。她的心思完全撇下韦尔克斯家的古怪婚姻习惯，转到了别处。

“怎么，夫人，你不能……”

“妈，”赫蒂再次插嘴说，“你不能到了十二橡树庄园再跟奥哈拉先生谈马匹的事？跟这儿不一样吗？”

“说得对，赫蒂小姐，”杰拉尔德说，“我只耽搁你们一分钟时间。我们马上就要到十二橡树庄园了，那儿的人不论老少都想知道马匹的事。啊，这事真让我痛心，你妈妈这么漂亮的好夫人，对她的几匹马竟然这么小气！哎呀，你的爱国心上哪儿去了，塔尔顿太太？邦联对你就毫无意义？”

“妈，”小贝齐尖叫起来，“兰达坐在我的裙子上，整个给我弄皱了。”

“好啦，把兰达推开，贝齐，别吵。听我说，杰拉尔德·奥哈拉，”她目光咄咄逼人地反驳道，“你别拿邦联吓唬我！我看邦联对你我没什么两样，我送了四个儿子去部队，你可是一个也没有。我的儿子能照顾自己，可我的马不能。要是我能肯定我的马是让我认识的小伙子骑，是给有教养的上流绅士骑，我情愿贡献出来，一个子儿也不收。没错，我会毫不犹豫。可让我的漂亮马儿让那些只会骑骡子的乡巴佬和穷白佬去折磨！先生，没门儿！想到我的马让人骑出鞍伤，没人好好喂养，我会寝食不安。你以为我会让那些没头脑的白痴骑我娇贵的宝贝，把嘴上勒出道道伤痕，鞭挞得它们垂头丧气？一想到这个，我现在都浑身起鸡皮疙瘩！不行，奥哈拉先生，你想要我的马是一片好意，可你最好上亚特兰大去买些老马给那帮乡巴佬骑。反正他们分辨不出好赖。”

“妈，请你让我们动身吧。”卡米拉请求道，她也跟大家一样不耐烦了，“你知道得清清楚楚，到头来反正得把你的宝贝马儿给他们。到时候爸爸和哥哥们讲一通邦联需要马的大道理，你就会哭上一场，交出它们。”

塔尔顿咧开嘴笑笑，抖了抖缰绳。

“我决不做这种事。”她说着用鞭子轻轻挨了马一下，马车便飞驰而去了。

“是个好女人。”杰拉尔德说着戴上帽子，回到马车旁边，“赶车吧，托比。我们会跟她好好说，最后得到她的马。当然啦，她说得对，她说得没错。一个人不是个绅士，就不该骑在马背上，只配当个步兵。可惜县里没有那么多庄园主的儿子，凑不成整整一个骑兵连。你说呢，我的乖女儿？”

“爸爸，请你骑在我们后面，要不就在前面。你扬起这么多尘土，都要把我们呛死了。”斯佳丽说。这种谈话让她分了心，她再也忍受不下去了，可她急于要在抵达十二橡树庄园前整理一下思路，培养培养情绪，显出迷人的样子。杰拉尔德顺从地用马刺踢了一下马，扬起一片红尘，去追塔尔顿家的马车，以便继续谈马的事。

第六章

他们坐着马车过了河，驶上山丘。十二橡树庄园还没有进入眼帘，斯佳丽就看见一缕青烟在高高的树梢上袅袅上升，闻见了烧山胡桃木柴和烤猪羊肉的混合气味。

烧烤用的火沟昨晚就生了火，闷到现在变成玫瑰红色的火炭，铁叉上的肉在火炭上翻动着，肉汁滴滴答答流进炭火里，嘶嘶作响。斯佳丽知道，这阵带着香味的微风是从大房子后面的老橡树林里吹来的。约翰·韦尔克斯总是在那里举办室外烧烤宴，那是一片通往下面玫瑰园的缓坡，林荫舒适可人，比卡尔弗特家或别人家举办室外烧烤宴的地方舒服多了。卡尔弗特太太不喜欢吃烧烤，说是那股气味弥漫在屋里几天都散不掉，所以上她家吃烧烤的客人，只好去房子以外四分之一英里处一片没遮拦的平地上，个个热得汗流浃背。不过，约翰·韦尔克斯的好客是全州有名的，他举办室外烧烤宴十分在行。

野餐用的长桌总是摆放在最浓密的树荫下，上面铺着韦尔克斯家最精致的台布，两边安放着无靠背条凳。另外，林地上还散开摆放着从屋子里搬出来的椅子、坐墩和靠垫，让那些不喜欢条凳的人坐。烤肉和架着大铁锅煮调味汁和炖菜的火沟距离客人相当远，为的是避免烟味呛着客人。韦尔克斯先生总是至少安排十几个黑人端着盘子来回奔忙，服侍客人。谷仓后面往往另有一条烤肉火沟，好让宅子里干活儿的仆人、客人的车夫和女佣开烧烤宴。用人们吃玉米饼、甘薯和猪肠。黑人最喜爱的一道菜是猪下水，赶上西瓜应时，他们更能开怀饱餐。

那股烤脆皮鲜猪肉的气味飘过来，斯佳丽贪婪地扇动鼻翼，心里希望肉烤好了，她能有点儿胃口。可现在，她肚子太饱，紧身衣又束得太紧，真害怕自己随时会呕吐。那可就糟透了，因为只有老头子和老太婆才不怕当众呕吐呢。

他们的马车驶上山丘，她眼前展现出那座完美和谐的白房子，高高的圆柱、宽阔的阳台、平平的屋顶，宛若一个自信富有魅力的美女，乐于摆出优雅姿态，慷慨接待所有来客。斯佳丽喜爱十二橡树庄园甚于喜爱塔拉，因为这个庄园有一种庄严的美，有一种固有的尊贵气派，而杰拉尔德的房子就没有这种气派。

宽阔弯曲的车道旁已经停满了坐骑和马车，客人们一边下车，一边跟朋友们打招呼。黑人们每逢聚会总是乐呵呵的，个个喜气洋洋，把马匹牵到谷仓外的场地上，卸下马鞍、笼头。成群的孩子不论肤色是黑是白，在新抽嫩叶的草地上奔跑尖叫，玩跳房子和捉迷藏游戏，还夸口说自己吃东西胃口有多大。从正门一直通向屋后的大厅里挤满了人，奥哈拉家马车停在正门台阶前，斯佳丽见姑娘们个个身着裙袍，像花蝴蝶一般花枝招展，通往二层的楼梯上，姑娘们相互搂着腰肢，有的上上下下，有的倚在精致的栏杆扶手旁，欢声笑语跟下面大厅里的小伙子们打招呼。

透过敞开的法式落地窗，她看见客厅里坐着上了年纪的女人，她们身穿深色丝绸服装，摇着扇子谈论孩子，述说病痛，传播谁跟谁结婚的消息，对人家结婚的缘由说长道短。韦尔克斯家的管家汤姆手托银盘，匆匆在大厅里穿过，对众人鞠躬微笑，将盛在一个个高脚杯里的酒献给身穿米灰色裤子和细麻布褶边衬衫的年轻男子。

洒满阳光的前阳台上挤满了宾客。斯佳丽心想，可不是嘛，全县的头面人物都在这儿了。塔尔顿家四兄弟跟他们的父亲靠在高高的圆柱旁，那对孪生兄弟斯图尔特和布伦特跟往常一样形影不离，博伊德和汤姆跟着他们的父亲詹姆士·塔尔顿。卡尔弗特先生站在他那个北方老婆身旁，这个女人在佐治亚已经住了十五年，可看上去永远跟本地人格格不入。大家对她的态度非常礼貌和蔼，因为人们都为她感到惋惜，可谁也忘不掉她投错了胎，跑来当卡尔弗特家孩子的家庭女教师。卡尔弗特家的两个男孩儿雷福特和凯德陪着花枝招展的金发妹妹凯瑟琳，跟皮肤黝黑的乔·方丹和他漂亮的未婚新娘萨莉·芒罗开玩笑。亚力克斯·方丹和托尼·方丹正在跟迪米蒂·芒罗说悄悄话，逗得她咯咯笑个不停。有几家人是从十英里外的拉夫乔伊来的，有的是从费耶特维尔和琼斯博罗来的，有几家甚至来自亚特兰大和梅肯。人多得似乎要把屋子挤破了，人们的谈笑声、女人们咯咯的笑声和尖叫声此起彼伏，不绝于耳。

约翰·韦尔克斯站在门廊台阶上，他一头银发，身子板笔挺，平静中流露出魅力与殷勤好客的神态，就像佐治亚夏日的阳光般温暖而持久。霍尼·韦尔克斯站在他身旁，人们叫她霍尼[1]是因为她不论对谁说话都是那么甜蜜蜜的，对自家父亲和对田里干活儿的人全都一样。可她迎接客人时却显得忸怩不安、满脸傻笑。

霍尼那副渴望吸引眼前所有男人的紧张模样跟父亲的沉着神态完全两样，斯佳丽不禁想道，或许塔尔顿太太的话还是蛮有道理。韦尔克斯家的男人的确有家族特征。约翰·韦尔克斯和阿希礼的灰眼睛周围长满了浓密的深金黄色睫毛，可霍尼和她妹妹印第亚的睫

[1] 霍尼：这个名字的英文（Honey）原意是蜜。——译注

毛既稀疏，又缺乏颜色。霍尼的睫毛像兔子一样古怪，印第亚的长相除了用“平庸”两字形容外再找不着其他字眼。

斯佳丽没见着印第亚，不过她可能在厨房里，对用人做最后的训令。“可怜的印第亚。”斯佳丽想道，“自从她母亲去世后，她管这个家成天有那么多麻烦事，根本没机会接触别的情人，只有找斯图尔特·塔尔顿的份了。要是他认为我比她长得漂亮，当然算不得我的错。”

约翰·韦尔克斯走下台阶伸手扶斯佳丽下车。她见苏埃伦脸上露出傻笑，知道她准是在人群里看见了弗兰克·肯尼迪。

“要是我找不着个比那老光棍儿更好的情人才怪呢！”她想道，心里满是鄙夷。脚一踏在地面上，她便微笑着向约翰·韦尔克斯道谢。

弗兰克·肯尼迪匆匆赶到马车跟前来扶苏埃伦，苏埃伦顿时摆出一副傲慢神态，斯佳丽见了真想抽她一耳光。弗兰克·肯尼迪拥有的土地可能比县里任何人都多，或许他还有一副很好的心肠，但是，这都算不得什么优点，因为他已经四十岁了。再说他身子瘦弱、生性胆怯，留一口稀稀拉拉的姜黄色胡子，还喜欢像个老小姐似的大惊小怪。不过，斯佳丽一心想着自己的计划，便按捺住心头的轻蔑，对他粲然一笑算是招呼，他见了突然止住脚步，胳膊伸向苏埃伦，两眼却目不转睛地望着斯佳丽，乐得不知所措了。

斯佳丽嘴里跟约翰·韦尔克斯轻松闲聊着，两眼却在人群中寻找阿希礼，可他并不在门廊上。有十几个人同时开口跟她打招呼，塔尔顿家的斯图尔特和布伦特兄弟朝她走来，芒罗家的姑娘跑过来连声赞叹她的衣服漂亮，她很快便成了一片鼎沸人声的中心，人们提高自己的嗓音，好压倒其他声音，让她听见。可阿希礼在哪儿呢？玫兰妮和查尔斯呢？她装作不经意的样子，瞅着大厅里那群欢笑的人们。

她边跟人们谈笑，边朝屋子内外的人群扫视，忽然看见一个陌生人，只见那人独自站在大厅里，正用傲慢的目光冷冷地瞪着她，她一时有点儿紧张，既有女性让男子着迷后的得意，又有害怕衣服胸口太低的窘迫。他看上去相当老气，至少也有三十五岁了，身材高大魁梧。斯佳丽觉得从来没见过哪个男人的肩膀有那么宽，肌肉有那么发达，壮得几乎不像个谦谦君子了。两人目光相对时，他微微一笑，修剪整齐的黑色短髭下露出兽牙般的白牙齿。他脸色黝黑，黑得像个海盗，肆无忌惮的眼睛射出两道阴邪的目光，活像个海盗在打量一艘要被凿沉的大船或是一个要被劫走的少女。他对她微笑时，脸上挂着冷漠的傲慢，嘴角露出一丝玩世不恭的诙谐，斯佳丽不由得倒抽一口冷气。她认为这种目光应该看作对自己的侮辱，便恼火自己并没有觉得受了侮辱。她不知道他是个什么人，不过从他的黝黑面色判断，他毫无疑问出身名门。此外，他饱满的红嘴唇上那个窄窄的鹰钩鼻子、高高的额头和两眼间宽宽的距离都显示出他是个世家子弟。

她没有报以微笑便把目光收了回来，他听见有人叫他，也把头转开了："瑞特！瑞特·巴特勒！上这儿来！我给你介绍一下佐治亚心肠最硬的姑娘。"

瑞特·巴特勒？这个名字听上去耳熟，好像跟某种风流艳事有联系，可她这时一心想着阿希礼，便丢开了这个念头。

"我得上楼去梳理一下头发。"她对斯图尔特和布伦特说，两兄弟正想把她从人群里拉出去，"你们俩等着我，别跟其他姑娘跑了，要不然我可要发火了。"

她看得出，要是她今天跟别人调情，斯图尔特就不好对付。他刚才一直在喝酒，脸上一副傲慢好斗神情，凭经验她知道，会出乱子的。她在大厅里停下脚步跟朋友交谈，还跟刚从后面出来的印第亚打招呼，这时印第亚头发凌乱，额头上还挂着细小的汗珠。可怜的印第亚！头发和睫毛颜色那么浅，下巴又往前凸，那是性情固执的特征，这本来就够糟了，更不幸的是，她都二十岁了，还没有嫁出去。她曾把斯图尔特从印第亚身边夺走，她不知道印第亚会不会因此而痛恨她。很多人都说，她仍然爱他，可韦尔克斯家人的想法谁也摸不透。即使她心里真的怨恨，也绝不会外露，对待斯佳丽仍然是一贯的礼貌周到，态度是同样的若即若离。

斯佳丽跟她随便交谈几句后，踏上宽阔的楼梯上楼。这时，一个羞怯的声音在背后叫她的名字，她转身望去，见是查尔斯·汉密尔顿。他是个漂亮的小伙子，白皙的额头上面是一头浓密的棕色鬈发，深棕色的眼睛清澈温柔，活像长毛牧羊犬的眼睛。他衣着讲究，腿上穿一条芥末色裤子，上身穿一件黑外套，带褶边的衬衫上打着最宽最时髦的黑领带。她转过身来，见他脸颊涌出淡淡的红晕，他见了姑娘就难为情。他就像大多数怕羞的男子一样，特别喜爱斯佳丽这样的姑娘，喜欢她们的轻松活泼，喜欢她们一贯的无拘无束。在此之前，她见了他只不过敷衍两句，今天她向他伸出双手满面春风地跟他打招呼，几乎让他受宠若惊。

“哎呀呀，是查尔斯·汉密尔顿，你这个美男子！我敢打赌，你大老远地从亚特兰大跑来，是存心要伤我的心吧！”

查尔斯激动得话都难得说完整了，拉着她一双热乎乎的小手，望着她那对骨碌碌转的绿眼睛。姑娘们都是这样跟其他小伙子说话的，可从来没人这么对待过他。他从来弄不懂是什么原因，可姑娘们总是把他当成小弟弟，对他非常客气，可就是从来不屑于开他的玩笑。他向来满心盼望姑娘们对他卖弄风情，就像她们跟其他小伙子在一起那样，可那些小伙子既没有他长得漂亮，家产也没他的多。但是，偶尔遇到这种情况，他却不知道该说什么好了，心里为自己的笨拙尴尬难受。事后，他又彻夜不眠，翻来覆去回想起自己本来可以施展各种殷勤迷人的手段。但是他很少再有第二次机会，因为姑娘们试过一两回就不再理睬他了。

即使是在霍尼面前，他也缺乏自信，沉默寡言。他们俩之间有一种默契，等明年秋天他继承到家产，两人便成婚。有时候，他有一种酸溜溜的感觉，觉得霍尼那种卖弄风情的异常举止并不是自己的荣耀，因为她一见了男孩儿就疯疯癫癫的，照他想象，任何男人给她个机会，她都会施展这一套。想到要跟她结婚，查尔斯心里并不兴奋，因为她并没有激起他狂热的浪漫情绪，可他喜欢的书本让他深信，那才是恋爱的人应该有的情绪。他一直渴望有个漂亮、活泼、热情而淘气的姑娘能爱上他。

现在，斯佳丽·奥哈拉正在逗他，说是他来伤她的心！

他搜索枯肠，想说点儿什么，可什么话也说不出，便默默为她祝福，她喋喋不休说个没完，也就省得他说话了。竟然遇上这等美事，他简直不敢相信这是真的。

“好了，你在这儿等我回来，我要跟你一道去吃烤肉。你可别跟其他姑娘调情，我的嫉妒心厉害着呢。”她红唇一动，现出脸颊上的酒窝，居然说出这么让人难以置信的话来；她那两只绿眼睛周围的黑睫毛还一本正经地眨动着。

“我不会的。”他终于喘了口气。可他做梦也没想到，她把他当一头等待宰割的牛犊看待呢。

她用折起的扇子轻轻敲打他的胳膊一下，便转身上楼，目光再次落在那个名叫瑞特·巴特勒的男人身上，那人此时正独自站在查尔斯几步开外。显然他听见了他们之间的全部交谈，因为他抬头朝她咧嘴一笑，就像只大公猫一样不怀好意，他继续打量着她，眼光里完全没有她习惯遇到的那种敬意。

“活见鬼！”斯佳丽感到愤怒，用杰拉尔德喜欢挂在口头上的诅咒暗自骂道，“看他那副德行，好像看得出我不穿衣裳是什么样儿似的。”她脑袋往后一仰，上楼去了。

到了放着舞裙的卧室，她见凯瑟琳·卡尔弗特正对着镜子梳妆打扮，还咬着嘴唇，好让嘴唇显得红一点儿。她的宽腰带上别着几朵跟脸颊颜色相配的新鲜玫瑰花，一对矢车菊般的蓝眼睛激动得闪个不停。

“凯瑟琳。”斯佳丽开口说，一边尽量把自己的低胸口拉高些，“楼下那个叫巴特勒的讨厌家伙是什么人？”

“我亲爱的，你不知道吗？”凯瑟琳兴奋地压低声音，还朝隔壁房间溜了一眼，见迪尔西和韦尔克斯家姑娘的保姆正在那边说闲话，“我真想不出有他在这儿，韦尔克斯先生心里是什么滋味，他去琼斯博罗看肯尼迪先生——为买棉花之类的事吧——当然啦，肯尼迪先生只好带他一道来了。他不能留下客人自己走。”

“这有什么？”

“我亲爱的，他在这儿不受欢迎！”

“真的？”

“真的。”

斯佳丽默默玩味着这话，因为她还从来没跟不受欢迎的人在一起待过，这让她觉得特别兴奋。

“他做过什么事？”

“哎哟，斯佳丽，他有个最坏不过的名声。他名叫瑞特·巴特勒，是查尔斯顿人，他家是当地名流，可他们家连话都不跟他说。卡罗·瑞特去年夏天跟我说过他的事。他不是她家的亲戚，可他的事她全知道，人人都知道的。他在西点军校上学让人家开除了。想想看！原因太糟了，卡罗都不想打听。后来还出过他甩了个姑娘不娶的事。”

“快讲给我听听吧！”

“亲爱的，你什么都不知道？卡罗去年夏天全告诉我了，要是她妈妈得知她连这事都知道，准得气死。说是这个巴特勒先生带了个查尔斯顿的姑娘乘马车出去兜风。我根本不知道那姑娘是什么人，不过我心里怀疑她不是个好姑娘，要不然怎么会在傍晚出去，也不带个伴？我亲爱的，他们在外面待了差不多一整夜，最后是步行回家的，说是马跑了，车摔坏了，两人在树林里迷了路。你猜后来怎么样……”

“我猜不出，快告诉我吧。”斯佳丽兴致勃勃地说，希望听到最糟的结果。

“他第二天不愿娶她了！”

“噢。”斯佳丽的希望落了空。

“他说，他对她什么也……嗯……没做，不明白干吗非娶她不可。当然啦，她哥哥约他出去决斗，巴特勒先生说，他宁愿挨枪子儿也不愿娶个蠢货做老婆。他们就来了场决斗，结果巴特勒打中了那姑娘的哥哥，他死了。巴特勒只好离开查尔斯顿，闹得他家人都不认他了。”凯瑟琳得意扬扬地刚说完，正巧迪尔西就回到这屋里查看她照料的衣服。

“她后来生孩子了吗？”斯佳丽在凯瑟琳耳边问道。

凯瑟琳使劲摇了摇头。“不过她还是照样给毁了。”她轻声回答道。

“但愿阿希礼能跟我妥协。”斯佳丽忽然想道，“他是个正人君子，不会不娶我的。”不过，瑞特·巴特勒不愿娶个傻瓜，她心里不禁对他有了点儿好感。

屋后一棵大橡树下，斯佳丽坐在一只红木高脚凳上，她的大裙袍褶皱铺散在身子周围像波浪一般，荷叶裙边下露出两英寸，刚刚露出她的绿色摩洛哥羊皮便鞋——一位淑女要想不失身份，最多只能露出这么一点点。她手里端着一只盘子却几乎没有动过里面的食物，身边围着七个对她献殷勤的男子。烧烤宴已经到了高潮，温暖的空气中充满了欢声笑语和银餐具与瓷器相碰的声音，弥漫着烤肉和卤汁的浓香。微风偶尔转向，长长的烤肉火沟冒出的烟雾便飘散到人群中，女士们就假作惊慌，拼命挥动手中的芭蕉扇。

大多数年轻小姐都跟男伴坐在面对桌子的长凳上，但是斯佳丽清楚，一位姑娘身旁最多只能一边坐一个男子，于是她选择了离群独坐，好让尽可能多的男子围在自己身边。

结过婚的女人坐在凉亭下，她们的深色调服装与周围缤纷欢乐的色彩对比，显得端庄大方。家庭主妇们不论年龄大小，总是聚在一起，躲开那些目光明亮的小姐、情郎和他们的欢笑。因为南方女子一旦结了婚就不再是美女了。上自仗着一把年纪就放肆打嗝儿的方丹家老奶奶，下至初次怀孕正竭力忍着不呕吐的艾丽斯·芒罗，大家交头接耳，关于家谱和生孩子的闲话没完没了，使这种聚会变成了既愉快又有益处的活动。

斯佳丽朝她们投去几瞥轻蔑的目光，觉得她们就像一群胖乌鸦。结过婚的女人永远没有什么乐趣可言。可她就没考虑过，要是她嫁给了阿希礼，便会自动归入凉亭或前客厅里那些举止端庄、衣着黯然的人群，从此与欢乐嬉戏无缘。她的想象力与大多数姑娘一个样，仅仅到结婚的圣坛为止，再不朝更远处考虑。再说，这时她心里太不快活了，根本没心思细想一个抽象的概念。

她垂下眼皮望着盘子，文雅地嚼着一口热饼，显得既斯文又没胃口，这模样准会赢得黑妈妈的赞许。虽然向她献殷勤的男子数目众多，可她一辈子从来没这么痛苦过。她不明白是什么原因，为了把阿希礼搞到手，她昨晚苦心想出的计划完全没奏效。她把几十个男子吸引到了自己身边，唯独阿希礼不来，昨天下午的种种恐惧又袭上心头，让她心跳快一阵慢一阵，脸蛋儿红一阵白一阵的。

阿希礼根本没打算靠近她身边这圈人，而且她来这儿以后就没单独跟他说过一句话，只是见面打了个招呼，以后就没说过话。她走进后花园时，他迎上来欢迎她，可当时玫兰妮正挽着他的胳膊呢，那个玫兰妮，个头儿还达不到他的肩膀呢。

她是个小不点儿的姑娘，身体弱不禁风，看上去像个娃娃穿着母亲的大裙袍，她那对棕色的眼睛实在太大了，其中流露出的神色类似恐惧，这让她更像个娃娃了。她的一头黑鬈发十分浓密，却用发网死死罩起来，一个发卷也没留在外面，加上额头发际的桃花尖，让她的脸蛋儿愈发像颗心了。她的两个颧骨长得太宽，下巴又太尖，这张脸孔倒算得上娇怯可爱，不过容貌只能算是平庸，再说她还缺乏女性那套诱人的花招让人看了忘记她的平庸。她看上去——那是她的本色——就像泥土一样淳朴，像面包一样平凡，像泉水一样清澈。不过，尽管她容貌平平、身材矮小，可她的举止却稳重端庄、楚楚动人，显得远不止她十七岁的本来年龄。

她身穿灰色薄纱裙，腰上系一条樱桃色缎带，波浪形花边和褶皱掩饰起她没有发育完全的身体，那顶黄帽子和上面的樱桃色长飘带把她奶油色的皮肤衬托得稍有点儿红润。她的头发整整齐齐兜在发网里，一对沉甸甸的耳坠和上面长长的金垂饰悬挂在头发下面，晃动起来就靠近她的棕色眼睛，那对眼睛闪烁着平静的光芒，如同冬天森林里的两泓清水，平静的水面上棕色树叶闪闪发亮。

她跟斯佳丽打招呼时，微笑中带着羞怯的兴趣，对她说她的绿裙子真漂亮。斯佳丽甚至难以用同样礼貌的方式回答，她迫不及待想跟阿希礼单独交谈。在这以后，阿希礼就一直坐在玫兰妮脚边的一只凳子上，跟其他客人隔开一段距离，陪她悄悄说话，脸上露出斯佳丽酷爱的那种让人如痴如醉的恬淡微笑。更糟糕的是，随着他的微笑，玫兰妮的眼睛里闪烁出一丁点儿光亮，就连斯佳丽也不得不承认，她这时看上去差不多算得上漂亮了。要是玫兰妮看着阿希礼，她平庸的脸孔会由于内心的热情而熠熠放光，要是说脸上能表现出一颗爱心，那玫兰妮·汉密尔顿的脸上这时就表现出来了。

斯佳丽竭力不让自己看他们俩，可她办不到。每次扫视一眼过后，她跟追求者们的欢笑就加倍热烈，她放声大笑，言辞放肆，玩笑不羁，听了人家恭维她的话就仰起脑袋，把耳坠甩得乱晃。她说了好多遍："胡扯！"声称他们的话没一句是真的，还赌咒说，随便哪个男人说的话她都不信。可阿希礼似乎根本就没注意她。他只是抬头望着玫兰妮，两人继续交谈着，而玫兰妮低头看着他，那副表情等于在说，她属于他已然是既成事实。

斯佳丽因而感到痛苦。

在别人看来，这样一位姑娘绝对没理由感到痛苦。她无疑是烧烤宴上的美女，是大家注意的中心。她在男人中激起的狂热，加上其他姑娘心头燃烧的妒火，这些换了平时准会让她乐不可支。

查尔斯·汉密尔顿受到她的青睐胆子壮了，稳坐在她右边，塔尔顿家孪生兄弟携手排挤他，他也不让开。他一手替她拿着扇子，另一手帮她端着那盘碰都没碰一下的烤肉，一眼也不看霍尼，霍尼看上去马上就要放声大哭了。凯德摆出一副优雅姿态，懒洋洋靠在她左边，一面拉她的裙摆吸引她听自己的话，一面抬起冒火的眼睛恶狠狠地瞪着斯图尔特。他跟这对孪生兄弟之间，气氛紧张得一触即发，双方说的话都很难听。弗兰克·肯尼迪来回忙乱，活像个仅孵出一只小鸡的老母鸡，在那棵橡树的阴影和桌子之间跑来跑去，取来好吃的东西求斯佳丽吃，仿佛那儿没有十来个用人可供差遣似的。结果，苏埃伦心中的怨恨忍无可忍，顾不得小姐的体面，与斯佳丽怒目相向。小卡丽恩也要哭出声了，因为斯佳丽早上说过鼓舞她的话，可布伦特除了跟她打招呼说了声："喂，小妹妹。"还拉了拉她头发上的丝带，就转身一心注意斯佳丽了。平常他对她那么亲切，态度随意顺从，让她觉得自己已经长大成人了，卡丽恩暗自怀着梦想，盼望着有一天能拢起头发，铺散下裙子，把他当成真正的情人。可眼下呢，斯佳丽看来把他夺走了。方丹家两个皮肤黝黑的小伙子叛变转向，芒罗家的姑娘们倒掩饰住心中的委屈没流露出来，可是托尼和亚力克斯站在圈子外面，死乞白赖地想趁别人站起身时挤近斯佳丽身边，那副德行让她们见了非常恼火。

她们微挑蛾眉，朝赫蒂递了个眼色，对斯佳丽的举止表示不快。对斯佳丽的形容只能用"放荡"这个字眼。三位年轻小姐同时举起花边阳伞，说自己已经吃够了，道谢后手指轻触身边男子的胳膊，娇声娇气嚷着要去看看玫瑰园、泉水和凉亭。这种有序的战略撤退，不论对当事的女子，还是在局外的男人看来，都不算失面子。

斯佳丽眼看三个为她的魅力所倾倒的男子被拖走，去看姑娘们从小就熟悉的房屋，不禁乐得咯咯发笑，她目光锐利地扫了阿希礼一眼，看他是不是在注意自己。可他正在摆弄玫兰妮腰带的两端，还面带微笑抬头望着她。斯佳丽心如刀绞，恨不得扑过去抓扯玫兰妮象牙色的皮肤，抓得她鲜血淋漓才解恨。

她的目光离开玫兰妮，却跟瑞特·巴特勒的目光碰个正着，他没跟大家凑热闹，而是站在一旁跟约翰·韦尔克斯交谈。他一直留神注视着她，跟她四目相对后，便放声大笑。斯佳丽有种不安的想法，觉得在场的男人中间，只有这个不受欢迎的人懂得她表面纵情欢乐下隐藏着什么心事，而且他还露出讥讽的得意神色。她恨不得也抓他几下解解气。

“我要熬过这次烧烤宴，等到今天下午，”她想道，“所有姑娘都上楼去睡午觉，为晚上玩乐养精神，我就待在楼下，找机会跟阿希礼谈谈。他肯定注意到我多么受人喜爱了。”她又抱着另一个希望自我安慰，“当然，他不能不关心玫兰妮，因为她毕竟是他的表妹，又没人喜欢，要是没有他照料，她不就成了个受人冷落的局外人了？”

这想法让她平添了新的勇气，越发来劲地挑逗查尔斯，他那对棕色眼睛贪婪地俯视着她，闪出熠熠光芒。这一天对查尔斯来说真是个最奇妙不过的日子，是一个梦幻般的日子，他没费吹灰之力便爱上了斯佳丽。与这种新感情相比，对霍尼的心意黯然失色。霍尼不过是只喳喳尖叫的麻雀，斯佳丽呢，就像只神采飞扬的蜂鸟。她逗他乐、佑护他，向他提问，又自问自答，结果让他用不着说一句话就显得非常聪明。其他男孩儿都为她明显钟情于他觉得又恼火又摸不着头脑，因为他们清楚，查尔斯很害羞，简单的话都说不全，大家竭力顾全礼貌，拼命压下心头怒火。人人都憋着一肚子火，要不是因为没有征服阿希礼，斯佳丽早已大获全胜了。

等到最后一块猪肉、鸡肉和羊肉都给吃完后，斯佳丽巴望印第亚就此起身，提议女士们去屋子里休息。已经下午两点钟了，太阳正当头，晒得热烘烘的，可印第亚为准备这次烧烤宴累了三天，这时乐得待在凉亭下，跟费耶特维尔来的一位聋老头儿大声说话。

人们懒洋洋的，个个昏昏欲睡。黑人收拾长条餐桌也打不起精神。谈笑声越来越缺乏生气，聚在一起的一群群人们渐渐安静下来。大家都在等待女主人示意结束上午的盛宴。芭蕉扇摇得越来越慢，有几位老先生受不了炎热，肚子又撑得太饱，耷拉下脑袋打起了盹儿。烧烤宴已经结束，人人都想趁烈日当头休息一下。

在上午的聚会和晚上的舞会中间这段空当里，大家看上去情绪安定，气氛平静。只有年轻男子劲头不减，像刚才所有宾客的精力一样充沛。他们在人群之间走来走去，说起话来拖着腔调，像血统纯正的种马一样漂亮而暴烈。正午的倦怠弥漫在人群中，但是，在这种表面下潜藏着一种愠怒，马上就会升腾到爆发的程度。不论男女，大家虽然漂亮却有野性，谈笑风生的愉快表面下都有一点儿狂暴，也只有一点点驯顺而已。

又熬了一会儿，太阳越来越热了，斯佳丽和其他人再次朝印第亚望去。他们的谈话已经渐渐平静下来，这时，树荫下的人们忽然听到杰拉尔德怒气冲冲的高嗓门儿，他站在餐桌不远的地方在跟约翰·韦尔克斯争论得正起劲。

“活见鬼，伙计！向北佬乞求和平？咱们在苏姆特堡已经向那帮流氓开火之后？和平解决？南方应该用武力表示自己不可欺侮，表示脱离联邦不是靠联邦发善心，是靠自己的实力！”

“噢，天哪！”斯佳丽心想，“让他搞砸了！这下，大家都要在这儿坐着不走，直到半夜了。”

懒洋洋的人群顿时没了睡意，气氛突然像触了电一样紧张起来。男人从长凳和椅子上一跃而起，挥舞胳膊比画着，个个提高嗓门儿，想压倒其他人的声音，让别人听见自己的话。整个一上午，大家没有谈论政治和即将爆发的战争，因为韦尔克斯先生要求大家别让女士们感到厌烦。可现在呢，杰拉尔德已经喊出“苏姆特堡”几个字，在场的所有男人便把主人的劝告抛在了脑后。

“我们当然要打……”“北佬贼……”“不出一个月，我们就能消灭他们……”“这还用说，一个南方人就能消灭二十个北佬……”“给他们个教训，叫他们一辈子忘不掉……”“和平解决？他们才不甘心让我们过太平日子呢……”“对，看林肯先生怎么侮辱咱们的特使……”“可不是嘛，把他们一连拖了好几个礼拜……

他还许诺说要撤出苏姆特堡！”“他们想要战争，咱们要让他们害怕战争……”杰拉尔德雷鸣般的嗓音盖过所有声音。斯佳丽只听见“以上帝的名义、州权”几个字让人喊了一遍又一遍。杰拉尔德感到痛快淋漓，可他女儿却并不痛快。

“脱离联邦”“战争”——这些字眼长期以来让人说了一遍又一遍，斯佳丽听得烦透了，现在又听到这些声音，尤其让她痛恨，因为这意味着男人们要站在那儿，一连几个钟头高谈阔论，那她就没机会单独跟阿希礼谈了。当然不会发生什么战争，男人全都知道这个。他们只是喜欢说话，也喜欢听自己说的话。

查尔斯·汉密尔顿没有跟其他人一道站起身，他见自己算是单独跟斯佳丽在一起了，就靠得更近些，仗着新萌发的爱情带给他的胆量，他压低声音做了番表白。

“奥哈拉小姐……我……我已经做出了决定，要是我们真的打仗，我就去南卡罗来纳，在那儿入伍。据说韦德·汉普顿先生正在组织一支骑兵部队，我当然想跟他干。他是个了不起的人，还是我父亲最要好的朋友。”

斯佳丽想道：“我该怎么办呢——为他三呼万岁吗？”从查尔斯的表情上她看出，他是在向她吐露内心的秘密。她想不出该说什么才好，只是一味地望着他，心想，男人怎么都是傻瓜，竟然以为女人对这种事情感兴趣。他把她这副表情当成对他的赞许，说话就更大胆，匆匆说道：

“要是我走了……你会……会难过吗，奥哈拉小姐？”

“我会每晚趴在枕头上哭。”斯佳丽说这话原本是句玩笑话，可他竟当了真，乐得脸都飞红了。她的一只手藏在裙子的褶皱中，他小心翼翼慢慢伸过手去紧紧抓住她的手。他为自己的胆量感到吃惊，更为她的默许激动不已。

“你会为我祈祷吗？”

“真是个傻瓜！”斯佳丽暗想，她觉得苦恼，偷偷朝周围扫了一眼，盼望有人来解围，打断这番谈话。

“你会吗？”

“噢，会的，当然会，汉密尔顿先生，至少每晚念三遍《玫瑰经》！”

查尔斯连忙朝周围看了一圈，吸了口气，收紧腹部肌肉。这时他们俩差不多是单独在一起了，他可能再也得不到这样的机会了。再说，就算再次遇到这样的天赐良机，他也可能不会有现在的勇气了。

“奥哈拉小姐……我一定要告诉你。我……我爱你！”

“嗯？”斯佳丽心不在焉地敷衍着，两眼透过争论的人群望去，见阿希礼仍然坐在玫兰妮脚边说话。

“是的！”查尔斯压低声音说，他感到一阵狂喜，因为她既没有放声大笑，也没有嚷叫，更没有晕倒，他一向以为，年轻姑娘在这种情形下准会有那种反应的，“我爱你！你是最……最……”他平生第一次说话没有结巴，“我认识的姑娘中你是最漂亮、最可爱、最亲切的，你还是最和蔼可亲的姑娘，我一心一意爱你。我没有指望你会爱上我这样的人，可是，我亲爱的奥哈拉小姐，要是你愿意成全我，我不惜做任何事得到你的爱。我愿意……”

查尔斯打住了，因为他想不出什么难办的事来真正证明他对斯佳丽的深情厚谊。结果他干脆说：“我想跟你结婚。”

斯佳丽一听“结婚”二字，顿时清醒过来。她刚才一直想着结婚，想着阿希礼，这时看着查尔斯，几乎掩盖不住心头的恼火。这个牛犊般的傻瓜干吗偏偏找这么个日子来讨她厌呢？他难道不知道今天她烦得要发疯吗？她盯着那双棕色的眼睛，望着他恳求的神情，从这个害羞的男孩儿眼里丝毫也没看出他的初恋之美，也没看出他理想化为现实后的崇高情感，更没有看出他心中炽热的狂喜和柔情。斯佳丽已经习惯于男人们向她求婚了，那些男人比查尔斯更富有魅力，也更优雅体贴，不会在烧烤宴上趁她心事重重向她求婚。她心不在焉，只看见一个二十岁的小伙子，脸红得像火炭，看上去傻得出奇。她真想对他说他那副模样有多傻。但是，母亲平素教过她几句应急的话，她耷拉下眼皮，想都不用想就低声说了出来："汉密尔顿先生，承蒙你要我做你的妻子，并非我没有意识到你给我的荣幸，可这事实在太突然了，我都不知道该说什么好了。"

这是个巧妙的手腕，既能安慰一个男人的虚荣心，又不至于让他脱钩，查尔斯果然上了钩，好像这种钓饵是新鲜货色，而他是第一个吞下钓饵的人。

"我会永远等你的！等到你打定了主意，我再向你求婚。求求你，奥哈拉小姐，对我说我还可以希望！"

"嗯。"斯佳丽嘴上敷衍着，一双敏锐的眼睛留意着阿希礼，见他没有起身跟人们讨论战争，这时正望着玫兰妮微笑呢。这个抓着她手的傻瓜蛋要是能安静片刻就好了，也许她能听见他们在说些什么呢。她必须听听他们说的是什么。玫兰妮到底对他说了什么，能让他两眼显得津津有味呢？

查尔斯的话喋喋不休，压住了她竭力想听见的声音。

"求求你，别出声！"她对他"嘘"了一声说，还在他手上拧了一下，连看都不看他一眼。

她的警告让查尔斯吃了一惊，先是尴尬得脸都红了，后来发现她的眼睛盯着看他妹妹，又转惊为喜。斯佳丽准是害怕有人听见他说的话。她自然会觉得难堪害羞，要是他们的话让别人听到，她肯定会难过。查尔斯顿时体会到了平生从未有过的男子汉气概，因为他从来没让其他姑娘感到过难堪。这种激动心情让他陶醉了，他脸上浮现出一种自以为是、漫不经心的神情，小心翼翼在斯佳丽手上捏了一下，表示他是个见惯世面的男人，懂她的意思，也接受她的责备。

她甚至没注意到他回敬她的动作，因为她刚好清清楚楚听见玫兰妮动听的声音，其实她主要的魅力无非在于说话动听："我恐怕不能同意你对萨克雷作品的看法，他是个玩世不恭的人，我恐怕他不是个狄更斯那样的正人君子。"

斯佳丽想，跟一个男人说这种事，多傻呀。她松了口气，不禁要笑出声。嗨，她简直是个书呆子，人人都知道男人怎么看待一个女书呆子……要想让男人感兴趣，还要维持他的兴趣，就得谈他的事情，然后慢慢把话题转到自己身上，就别再走题了。要想让斯佳丽真正感到惊慌，玫兰妮就该说："你真了不起哪！"要不就说："你怎么会想到这一层的？这种事我就是想一想也要把小脑瓜憋破了！"可是，一个男人坐在她脚边，她说话却一本正经，就像在教堂里一样。看来斯佳丽的前景更加乐观了，她乐得转向查尔斯，脸上挂着笑容，眼睛熠熠放光。他见了，认为这是爱的明证，顿时心花怒放，抓起她的扇子使劲替她扇，把她的头发都要扇乱了。

"阿希礼，你还没对我们讲讲你的高见呢。"吉姆·塔尔顿从嚷叫的人群里抽身出来说。阿希礼这才向玫兰妮道了声歉站起身来。斯佳丽觉得，这里的男人没一个像阿希礼这么帅的，他懒散的姿态在她看来十分优雅，阳光照耀下，他的金色头发和小胡子在她眼里闪闪放光。他讲话时，就连上了年纪的人都在屏息静听。

"不消说，先生们，如果佐治亚要打仗，我会应召出征。要不然我为什么要加入骑兵连呢？"他说，他那双灰眼睛睁得大大的，昏昏睡意顿时消散，脸上迸发出一股斯佳丽从来没见过的激情，“不过，我赞成父亲的看法，希望北佬能让咱们过太平日子，别打仗……”他面带微笑举起一只手，因为方丹家和塔尔顿家的几个小伙子顿时吵闹起来，“不错，不错，我知道我们受到了侮辱，还受了骗……不过，咱们想想，要是换个位置，咱们处在北佬的地位，他们想要脱离联邦，咱们会怎么行动？恐怕也是一个样。咱们也不会喜欢这种事的。”

“他又来了这一套。”斯佳丽想道，“总是替人家着想。”在她看来，两方争论只有一方是对的。有时候，阿希礼真难捉摸。

“咱们头脑别发热，也别要什么战争，世界上的苦难大多是战争造成的。战争过后，谁也搞不清自己到底想要什么。”

斯佳丽的鼻子“哼”了一声，幸亏阿希礼有勇敢的名声在外，要不然他会惹出乱子来的。她正想着，忽然一片反对的喧闹声冲着阿希礼来了，声音慷慨激昂、怒不可遏。

坐在凉亭里的那个从费耶特维尔来的聋老头儿戳了戳印第亚。

“到底怎么回事？他们在说些什么？”

“战争！”印第亚的手卷成筒状对着他的耳朵喊道，“他们想跟北佬打仗！”

“战争，真的？”他一面嚷叫，一面摸索着找身边的拐杖，霍地从椅子上站起身——他多年没显出这么大的精神了，“我去跟他们说说战争。我参加过战争。”麦克雷先生不常有机会谈论战争，他家女眷一听他谈论战争就嘘他。

他脚步匆匆，踉踉跄跄走向人群，手中挥舞着拐杖，嘴里大声嚷叫。因为他听不见别人的声音，很快便成了个毫无争议的头面人物。

“你们这帮吃了炮药的浑小子，好好听我说。你们别想打仗。我打过仗，我知道。我参加过塞米诺尔战争，还傻乎乎去参加过墨西哥战争。你们全都不清楚什么是战争。你们以为战争就是骑上匹好看的马，等着姑娘们朝你们扔鲜花，回家就能当英雄。算了吧，满不是这么回事。根本不是！战争就是挨饿，是睡在雨地上，害麻疹得肺炎。要是没害麻疹、肺炎，就是闹肚子。不错，先生，战争会让人闹肚子……拉痢疾，还有其他病痛……”

太太、小姐们羞得脸都涨红了。麦克雷先生总是提起不开化的年代，就像方丹老奶奶当着众人面打响嗝儿一样，那个年代的事情大家都不愿回忆。

“快去把你外公拉回来。”老头儿的一个女儿对身边的一个年轻姑娘说，“我敢说，”她压低声音对身边烦躁不安的妇女们说，“他一天不如一天啦。你想得出吗？他今天早上还对玛丽说……可她才十六岁呀……他对她说：‘听我说，闺女……’”那声音压得低低的，那外孙女连忙溜出去设法劝麦克雷先生回到树荫下的座位上。

树荫下来回走动的人们中，姑娘们在兴致勃勃地微笑，男人在热情洋溢地交谈，只有一个人看起来保持着平静。斯佳丽的目光转向瑞特·巴特勒，见他身子靠在一棵树上，两只手深深插在裤子口袋里，自从韦尔克斯先生从他身边走开后，他就独自站在那里，任凭谈话越来越热烈，可他一句话也不说。修剪整齐的乌黑短髭下面，红嘴唇两角向下撇着，看得出，那对黑眼睛里隐隐含着一丝轻蔑神色，仿佛觉得这一切相当可笑，好像他在听一群孩子吹牛。斯佳丽想，这张带笑的面孔真讨厌。他就是一言不发，只听人们说话。后来斯图尔特·塔尔顿开口了，他一头红发乱蓬蓬的，两眼闪闪发亮，一番话说了一遍又一遍：“这还用说，咱们不出一个月就能消灭他们！绅士打仗总比暴民在行。一个月……这还用说，只消打一仗……”

“先生们。”瑞特·巴特勒开了口，嗓音平淡，慢条斯理，一听就知道是个查尔斯顿人。他的身子依旧靠在那棵树上，双手也不从裤兜里抽出来，“我能说句话吗？”

他的态度和眼神里都带着轻蔑。他的风度彬彬有礼，尽量模仿大家的做派，可骨子里却透着轻蔑。

大家都转身面对着他，也像往常对待外人那样彬彬有礼。

“诸位先生有没有人想到过，在梅森—狄克逊分界线南面连一家制造大炮的工厂都没有？是不是想到过，南方的铸铁厂数目少得可怜？还有南方的毛纺织厂、棉纺织厂、制革厂也少得可怜？你们想过没有，我们连一艘战舰都没有，北佬的舰队可以在一个礼拜之内封锁我们的港口，到时候我们的棉花就休想卖到海外去。不过……当然啦……这些事情诸位先生肯定想到过了。”

“这家伙，他把小伙子们都当成一群傻瓜了！”斯佳丽愤愤然想道，脸蛋儿不禁涨得火辣辣的。

显然有这个念头的人不只她一个，几个小伙子开始挑战般走出人群。约翰·韦尔克斯不动声色地匆匆返回说话者的身边，仿佛告诫在场的人们，这个人是他的客人。再说，周围还有女士们在场。

“我们大部分南方人的毛病就是，”瑞特·巴特勒接着说，“我们很少到外面去旅行，要不就是很少从旅行中获益。当然啦，诸位先生都游历广泛。可你们看到些什么？欧洲、纽约、费城，当然，夫人们去过萨拉托加。”他朝凉亭下的人群微微欠了欠身，“你们见到的是旅馆、博物馆、舞厅、赌场之类。回到家乡后，大家认为没一个地方比得上南方好。我呢，生在查尔斯顿，最近几年一直待在北方。”他咧开嘴笑笑，露出一口白牙，仿佛意识到在场的人都知道他已经不住在查尔斯顿的原因，而且就算大家知道也不在乎，“我见过许多事情，都是你们大家没见过的。成千上万的移民只要给点儿吃的和几块可怜钱，就愿意为北佬卖命打仗，还有工厂、铸造厂、造船厂、铁矿和煤矿——这些我们都没有。没错，我们拥有的只是棉花和奴隶，再就是傲慢。他们不出一个月就能把我们彻底消灭掉。”

气氛骤然紧张起来，众人全都沉默不语。瑞特·巴特勒从上衣口袋抽出一块细麻布手帕，动作漫不经心地掸了掸袖子上的尘土。接着，人群中渐渐响起不祥的窃窃私语，凉亭那边也传来嗡嗡低语，就像刚捅了一个马蜂窝。斯佳丽心中的愤怒和脸蛋儿上火辣辣的感觉尚未消退，可她有一副讲求实际的头脑，立刻觉得这个人说的没错，听上去像是合情合理的。可不是嘛？她甚至从来没见过一家工厂，认识的人没一个见过工厂的。话说回来，就算这些话全都没错，他说这么一番话根本算不得上流绅士——而且还是在一个聚会上，趁大家玩得正痛快时扫人的兴。

斯图尔特·塔尔顿紧皱双眉，跟布伦特一道朝他走来。当然啦，塔尔顿家这对孪生兄弟是有礼貌的，他们就算让人惹火了，也不会在烧烤宴上闹事。然而，太太、小姐们还是觉得饶有兴致，因为她们难得亲眼看到一场打斗或争吵。通常她们都是听人家传说才知道这类事情的。

“先生，”斯图尔特沉下脸说，“你这是什么意思？”

瑞特望着他，态度虽然礼貌，可目光中带着嘲讽。

“我的意思是，”他回答道，“拿破仑——大概你听说过他吧——有一次他说：‘上帝站在最强大的军队一边！’”他转向约翰·韦尔克斯，态度谦恭而真诚，说：“你答应让我参观你的图书室，先生，能否现在请你带我去看呢？我恐怕今天下午不得不早点儿回琼斯博罗，我还有点儿生意要去照料。”

他转过身面对众人，脚后跟并拢碰出咔嗒一声，像个舞蹈大师那样鞠了一躬，那姿态对一个身材如此魁梧的人可真算优雅的，那副盛气凌人的模样简直像抽了人一耳光似的。然后，他随着约翰·韦尔克斯穿过草坪，他仰起乌黑的脑袋，桌子旁的人们听到他的阵阵笑声，心里一阵阵难受。

众人惊愕得沉默不语，后来，嗡嗡人声才重又响起。印第亚拖着疲惫的身子从凉亭的座位上站起身，朝怒气冲冲的斯图尔特·塔尔顿走去。斯佳丽听不见她说了些什么，不过她仰望着他那张耷拉下来的面孔，那种眼神让斯佳丽心里有点儿内疚。她钟情相属的眼神就像玫兰妮望着阿希礼时一样，只可惜斯图尔特并没有看出来。这么说，印第亚真的爱他。斯佳丽思索片刻，回想起来，假如她一年前没有在那个政治讲演会上公然跟斯图尔特调情，说不定他早就跟印第亚结了婚。不过，她转念一想，要是姑娘笼络不住自己的男人，哪能算是她的过错？这念头顿时抚平了心中的愧疚。

最后，斯图尔特俯视着印第亚，点了点头，脸上浮出一丝微笑，只是笑得有点儿勉强。大概印第亚刚才是求他别跟在巴特勒后面惹麻烦吧。树荫下，客人们纷纷起身，掸去腿上的面包屑，一时响起彬彬有礼的交谈声。结过婚的女人们喊奶妈叫小孩子，把大家招呼在一起动身离去，动身朝屋里走的一批批姑娘们谈笑着，上楼到卧室里去聊天、睡午觉。

除塔尔顿太太，女士们全都走出后院，把橡树的树荫留给了男人。杰拉尔德、卡尔弗特先生和其他几个男人缠着她，要她答应把马卖给骑兵连。

阿希礼信步走过来，到了斯佳丽和查尔斯坐的地方，脸上的表情若有所思，还有一丝开心的微笑。

“狂妄的家伙，对不对？”他望着巴特勒的背影评头论足，“他看上去就像是鲍奇亚[1]家族的人。”

斯佳丽匆匆思索一番，记不起本县或亚特兰大或萨凡纳有这么个家族。

“我不认识这个家族，他是他们的亲戚？他们是些什么人？”

查尔斯脸上浮出愕然的表情，怀疑和羞愧与爱情发生了冲突。最后还是爱情占了上风，他意识到，一个姑娘只要模样可爱、性格温柔、容貌漂亮就足够了，没受过教育并不妨碍她的魅力，他连忙回答道：“鲍奇亚是个意大利家族。”

“噢。”斯佳丽觉得乏味，“原来是外国人。”

她朝阿希礼露出最嫣然的微笑，但不知什么原因，他并没有看她。他正看着查尔斯，会意的表情中稍带一点儿怜悯。

斯佳丽站在楼梯上首，小心翼翼透过楼梯栏杆望着下面的大厅。大厅里没有人。楼上卧室里传出嗡嗡低语声，此起彼伏，还夹杂着尖声欢笑，有人在说：“哎呀，不可能吧？真的？”有人说：“那他是怎么说的？”六间宽大的卧室里，床和沙发都让姑娘们占满了。她们脱掉裙袍，松开紧身衣，头发散开披在背后。午睡是乡下人的习惯，这种全天的聚会中，午睡更是必不可少，因为活动一大早就开始，到舞会才进入高潮。姑娘们先是靠聊天说笑消磨半个钟头，以后呢，用人就会进来放下百叶窗，半昏暗的温暖环境中，交谈渐渐变成有一搭没一搭的低声闲扯，最后消逝在寂静中，只能听到柔和而有规律的呼吸声。

斯佳丽确实看见玫兰妮跟霍尼和赫蒂·塔尔顿已经在床上躺下，这才溜进走廊，动身下楼。从楼梯上面的窗户望出去，她看见成

[1] 鲍奇亚：十四至十六世纪极有影响的意大利家族。——译注

群的男人坐在凉亭里，举着高脚杯喝酒，她知道他们会在那儿一直待到傍晚时分。她的目光扫视着这群人，可阿希礼不在其中。后来，她听见他的声音了。不出她所料，他还在前面车道上跟提前动身离去的妇女和孩子们告别。

她提心吊胆匆匆下楼。要是遇见韦尔克斯先生怎么办？姑娘们都在舒舒服服睡午觉，她独自偷偷在房子里到处跑该找什么借口呢？嗨，她非得冒一冒这个险不可了。

走到最下面一级台阶时，她听见管家正在餐厅里对用人下命令，搬开桌椅，为舞会做准备。宽敞的大厅对面，图书室的门敞开着，她悄没声地加快脚步朝那儿跑去。她要在那儿等到阿希礼送完客人回到房子里来，到时候，她要把他叫住。

图书室里光线相当暗淡，百叶窗都关着，免得阳光射进来。昏暗的房间里，黑黢黢的书籍贴着高高的四壁堆放着，让她觉得压抑。这种地方她才不希望选来做这次约会的地点呢。大量的书籍从来都让她觉得压抑，那种喜欢读许多书的人也让她憋气。当然啦，阿希礼是个例外。幽暗中，眼前耸立着笨重的家具，高靠背、长座位、宽扶手的椅子是为韦尔克斯家高个头儿的男人制作的，低矮的丝绒面软椅子和前面放的丝绒软墩是供姑娘们坐的。这间长长的屋子对面，壁炉前放着一张七英尺长的沙发，那是阿希礼最喜欢的座位，沙发靠背高高耸起，活像一头熟睡的巨兽。

她掩上门，只留下一道缝隙，想让怦怦的心跳声缓和一些。她竭力回忆，希望想起昨晚计划好要对阿希礼说的话，可她什么都想不起来了。她是想出过什么又忘掉了呢，还是仅仅计划好让阿希礼对她说些什么呢？她记不得了，心里突然感到恐怖，不由得打了个冷战。要不是因为耳朵只能听见自己咚咚的心跳声，她或许能想得起该说的是什么。但是，她听见他送走最后一批客人返回前厅时，咚咚的心跳声更快了。

她什么都记不起来了，只知道她爱他——爱他的一切，从他傲然仰起的脑袋和金发，到他脚上纤长的靴子；她爱他的笑声，尽管那笑声让她莫名其妙；她也爱他的沉默，虽然那沉默让她不知所措。啊，要是他现在能进屋，把她搂在怀抱里该多好，她就什么也用不着说了。他肯定爱她……“或许只要我祈祷一下就行……”她紧闭双眼，急促地自言自语道，“万福马利亚，慈悲为怀……”

“怎么，是斯佳丽！”阿希礼的声音打断了她耳朵里的隆隆喧嚣声，她一时难堪不已。他站在大厅里，透过门缝瞅着她，脸上浮出迷惑不解的微笑。

“你这是跟谁捉迷藏——查尔斯还是塔尔顿家兄弟？”

她吞咽了一下。这么说，他注意过那群男人围着她团团转！他对她的激动心情一无所知，站在那里眨巴着眼睛，那副模样真是太招人爱了。她什么都说不出来，伸手拉他进屋。他进来了，虽然不知究竟，却感到有趣。她神情紧张，两眼熠熠放光。他从来没见过她这副模样。屋子里光线昏暗，可他还是能看出她的脸蛋儿涨得绯红。他自然而然关上门，拉住她的手。

“到底是怎么回事？”他问道，声音低得几乎在说悄悄话。

他的手一碰到她，她便浑身颤抖。事情就要发生了，跟她梦想的情景一模一样。她脑袋里闪过千百个互不相关的念头，可她一个也没抓住，什么话也说不出来。她只是不停地颤抖，仰望着他的脸庞。他怎么不开口？

“到底是怎么回事？”他重复道，“有个秘密要吐露给我？”

突然，她又说得出话了。埃伦多年来对她的教导也突然被她抛在了脑后，杰拉尔德遗传给女儿的爱尔兰的坦率让她张开了嘴巴。

“是的——是一个秘密。我爱你。”

屋子里顿时一片死寂，两人都觉得不敢呼吸了。她不再颤抖，浑身沉浸在幸福和得意中。她干吗不早说出来呢？比起她一向学到的那些大家闺秀的手腕，这不是更简单吗？接着她的眼睛试探着他的目光。

他的目光显出惊慌失措，其中有疑惑，还有——那是什么呢？不错，杰拉尔德有过这种眼神，那天，他心爱的猎马摔断了腿，他不得不开枪结束马的生命，当时他就有这种眼神。她在这种时候怎么会想起那种事？这念头真傻。阿希礼干吗神情这么古怪，一句话也不说？后来，他脸上浮出一种表情，像是戴了副老练的面具，露出潇洒的微笑。

“你今天征服了这里每个男人的心还嫌不够？”他说道，口吻半开玩笑半认真，像往常一样带着慈爱，“你是想赢得全票吧？你当然知道，我一直对你有好感。”

出岔子了——完全不对！跟她的计划对不上了。她脑袋里出现无数疯狂的念头，一个念头开始成形。也许……由于某个原因……阿希礼表面上装出这副样子，兴许他以为她不过是跟他调调情。可他并不这么想，她也知道他不这么想。

“阿希礼……阿希礼……告诉我……你一定要告诉我……啊，别取笑我了！我得到你的心了吗？啊，我亲爱的，我爱……”

他连忙捂住她的嘴。面具丢掉了。

“千万别说这种话，斯佳丽！你千万不能说。不是你的真心话。你说出来会讨厌自己的，让我听见你也会讨厌我！”

她猛地扭开脑袋，浑身感到一股热流。

“我永远不会讨厌你。我告诉你我爱你，我知道你也一定喜欢我，因为……”她打住了，她从来没见过哪个人的面孔显得这么痛苦，“阿希礼，你喜欢我，对吧？”

“没错，”他木呆呆地说，“我喜欢。”

他就是说他讨厌她，她也不会比现在更加惊慌。她拉了拉他的袖子，什么也说不出来。

“斯佳丽，”他说道，“咱们能不能忘掉这些话，然后走开？”

“不，”她压低声音说，“我不能。你什么意思？你不想……你不想跟我结婚？”

他回答道：“我就要跟玫兰妮结婚了。”

她不知不觉坐在了那张低矮的丝绒面椅子上，阿希礼也坐在她脚下那只软墩上，紧紧拉住她的双手。他嘴里在说话——说些她听不懂的话。她的脑袋里变得空荡荡的，片刻之前涌出来的各种念头全都没了，他的话就像雨点打在玻璃上一样，没给她留下什么印象。那些话说得很快，语调温柔，充满同情，就像个父亲说给伤心的孩子听似的，可她一句也听不进去。

他提到玫兰妮的名字，她这才清醒过来。她盯着细看他那对清澈的灰眼睛，从中看到从来让她捉摸不透的那种冷漠——还有一种自怨的神色。

“父亲今晚就要宣布订婚的消息。我们很快就结婚。我本该告诉你的，可我以为你已经知道了。我以为大家都知道了呢——几年前就知道了。我从没想过你……有那么多人追求你。我想斯图尔特……”

她又渐渐恢复了活力、情感和理解能力。

“可你刚才说你喜欢我。”

他那双温暖的手把她的手都捏疼了。

“我亲爱的，你一定要逼我说出让你难过的话才罢休吗？”

她一句话也不说，他只好接着说下去。

“我怎么才能让你明白这些事情呢，亲爱的？你还太年轻，遇事不加思考，你根本不知道婚姻是什么。”

“可我知道我爱你。”

“美满的婚姻只有爱情是不够的，我们两人差别太大了。人要通过婚姻得到整个一个人，包括他的肉体、他的感情、他的灵魂和他的思想。要是不能得到所有这一切，生活就会痛苦。可我不能把自己整个都献给你。我不能把自己整个献给任何人。我也不想要你的整个思想和灵魂。你会伤心的，你会恨我——那多痛苦！你会恨我读过的书，讨厌我喜欢的音乐，因为它们把我从你身边夺走了，即使只有片刻工夫。再说，我……也许我……”

“你爱她吗？”

“她和我相像，和我有共同的志趣，我们彼此了解。斯佳丽！斯佳丽！我这番话难道不能让你明白，婚姻只有双方志趣相投才能美满？”

别人也说过:“必须与志趣相投的人结婚，否则就不会有幸福。”是谁说的？这话好像是她一百万年前听来的，可她到现在也不懂。

“可你说过你喜欢我。”

“我本不该那么说的。”

她脑袋里升起一股怒火，最后变成狂怒，她什么都不顾了。

“哼，说这话就够浑蛋的……”

他的脸色变得煞白。

“我真是个浑蛋，不该说这话，因为我就要跟玫兰妮结婚了。我对不起你，更对不起玫兰妮。我不该说那话，因为我本来就知道你不会理解的。我怎么能不喜欢你呢——你对生活充满了激情，可我却没有，你能爱得死去活来，恨得咬牙切齿，可我不能。总之，你就像火像风像野生的东西一样自然纯真，可我呢……”

她想起了玫兰妮，眼前便突然出现了她那对棕色的眼睛和恍惚的眼神，她戴着黑花边长手套的那双娴雅的小手，还有她的文静。她不禁怒从心头起，当初杰拉尔德由于动怒而杀人，其他一些爱尔兰祖辈也是因为动怒才干出不法的事，结果送了命。母亲罗比利亚德家族逆来顺受的良好教养此时在她身上消失得无影无踪。

“你干吗不直说，你这个胆小鬼！你害怕跟我结婚！你只配跟那个没脑筋的小傻瓜生活在一起，她张嘴闭嘴只会说‘是’，要不就说‘不’，将来养一窝嘴巴绕来绕去的娃娃，说话跟她一个样！难道……”

“你千万别这么说玫兰妮！”

“我千万别这么说？见你的鬼！你算什么人敢教训我千万别做什么事？你这个胆小鬼，你这个浑蛋，你……你让我以为你要跟我结婚……”

“说话要公平，”他央求道，“我几时……”

她清楚他说的话没错，可她不想讲什么公平。他跟她从来没有越过友谊的界线，一次也没有，她回想起这个，心头再次升起怒火，她的自尊心和女性的虚荣没有得到满足，她心里怒不可遏。是她在追求他，可他却一点儿也不想要她。他宁愿要个脸色苍白的小傻瓜玫兰妮而不要她。唉，她后悔没有听从埃伦和黑妈妈的教诲，悔不该表露自己爱他，结果落得受这般刻骨铭心的耻辱！

她一跃而起，紧握双拳，他也站起身，高大的身躯耸立在她面前，默默露出不得不面对痛苦的现实时那种痛苦神情。

“我恨你，到死都恨你，你浑蛋……你下流……下流……”她想骂什么字眼来着？她想不出更恶毒的字眼了。

“斯佳丽……求求你……”

他向她伸出手，她却猛然挥手，使出浑身力气狠狠抽了他一耳光。清脆的巴掌声像甩了一个响鞭，在寂静的屋子里回荡，她的怒气顿时消散了，心里只感到凄凉。

她在他白皙疲倦的脸上留下明显的红巴掌印。他沉默不语，把她那只无力的手托到唇边，吻了一下。没等她开口说话，他便离开了屋子，还轻轻把门带上了。

她猛然跌坐下去，愤怒让她两腿发软。他走了，他挨了她一耳光的面孔会永远记在她心里，至死难忘。

她听见他稳健的脚步声在大厅里轻轻远去，这才意识到自己行为的严重性。她已经永远失去了他。他还会恨她，每次见了面，他都不会忘记，他根本没有表示过对她的任何意思，可她却找上门来投入他的怀抱。

“我跟霍尼·韦尔克斯一样卑鄙啦。”她突然想到，还记起大家如何轻蔑地嘲笑霍尼的主动举止，而她嘲笑起来比其他人更刻薄。她眼前浮现出霍尼忸怩作态的笨拙模样，耳畔响起她挎着男孩儿胳膊时的嗤笑声。她不禁又怒从心头起，生自己的气，生阿希礼的气，生所有人的气。她恨自己，恨所有的人，十六岁华年的爱情受到挫折，遭受屈辱，她怒火中烧。可她的这份爱情中只有一点点是真正的柔情，大部分却来自虚荣心和对她魅力的自鸣得意。现在她失败了，可她更害怕自己当众出了丑。她是不是像霍尼一样露骨呢？大家是不是在嘲笑她呢？这想法让她不寒而栗。

她的手垂下来，落在身旁一张小桌子上，手指摸到一个低矮的玫瑰瓷花瓶，花瓶上有两个瓷娃娃在傻笑。屋子里一片死寂，她几乎想尖叫一声打破这寂静。她必须做点儿事情，要不然准得发疯。她一把抓起那只瓷花瓶，狠狠抛向屋子另一头的壁炉。花瓶擦着沙发的高靠背飞过去，啪的一声砸碎在大理石壁炉架上。

“这，”一个声音从沙发深处传来，“这可太过分啦。”

她从来没这么惊慌害怕过，嘴巴顿时干得说不出话来。她抓紧椅背，两只膝盖直发软。瑞特·巴特勒刚才一直躺在沙发上，这会儿站起身来，用夸张的礼貌态度向她鞠了一躬。

“搅了我的午睡，逼我不得不听那番争吵，这已经够糟的了，干吗还要害我性命呢？”

他是人不是鬼。可是，天哪，他什么都听到了！她打起精神，装出一副一本正经的模样。

“先生，你该让人知道你在这儿才对。”

“是吗？”他的一口白牙闪闪发亮，两只放肆的黑眼睛在嘲笑她，“是你打扰了我。我是不得不等候肯尼迪先生，觉得自己在后院不受欢迎，我又不是不知趣，这才躲开不欢迎我的人们，上这儿来，以为不会受打扰呢。结果，嗨！”他耸了耸肩，轻声笑了。

她不禁又发火了，这个鲁莽无礼的家伙什么都听到了，听到自己到死都不愿说出来的事情。

“你偷听……”她怒气冲冲开口说道。

“偷听常常能听到又有趣又有益的事情。”他笑道，“以长期偷听为经验，我……”

“先生，”她说道，“你不是个正人君子！”

“洞察力很敏锐。”他口吻轻松地回答，“可你呢，小姐，也不是位娴雅淑女。”他似乎觉得她挺可笑，便轻声笑出了声，“我无意中听到的事情，谁说了、做了都算不得淑女。不过话说回来，淑女们也不大让我着迷。我知道她们想些什么，她们不是没有勇气，就是缺乏教养，不敢说出自己的心事。时间久了就讨人嫌。可你呢，我亲爱的奥哈拉小姐，却是个精神难能可贵的姑娘，非常令人钦佩，我向你脱帽致敬。我看不出，那位文质彬彬的韦尔克斯先生，怎么会让你这样性情火暴的姑娘着迷。他能得到你这样一位姑娘——他是怎么说的？——‘对生活充满了激情’，真该跪下来向上帝谢恩才对，谁料到他竟然是个胆小的可怜虫……”

“你连替他擦靴子都不配！”她怒不可遏地嚷道。

“你不是要恨他一辈子吗？”他在沙发上坐下，她听见他咯咯发笑。

要是能杀他，她准会下手的。她没动手，反而竭力摆出一副尊贵模样，走出屋子，把那扇沉重的门砰的一声关上了。

她一溜烟飞奔上楼，登上楼梯口时，还以为自己会晕倒呢。她停下脚步，抓住栏杆，心里又气又恼，加上奔跑吃力，一颗心在咚咚狂跳，仿佛要从紧身衣里跳出来。她想长喘几口气，可黑妈妈把她束缚得太紧了。要是真的晕倒，人们发现她在这儿，会怎么想呢？哎呀，他们准会胡猜乱想，阿希礼和那个可恶的巴特勒，还有那些讨厌的姑娘，她们对她嫉妒得要命！她平生第一回但愿自己像其他姑娘一样把嗅盐带在身边，可她根本就没有什么嗅盐瓶子。她从来没感到过头晕，为此还觉得得意。现在，她千万不能晕倒！

恶心的感觉慢慢消失了。片刻之后她准会没事的，然后她就悄没声地溜进印第亚隔壁那间小化妆室，松开紧身胸衣，蹑手蹑脚上床，躺在那些熟睡的姑娘身边。她尽量让自己静下心来，让表情镇定放松，因为她知道，自己这时的模样准像个疯子。要是有些姑娘没睡着，准能看出什么苗头。但是，刚才发生的事绝对不能让任何人知道。

透过楼梯口那扇凸窗，她看见男人们照旧在树荫下和凉亭里懒洋洋歪在椅子上。她多羡慕他们哪！做个男人多美，绝对用不着遭受她刚才经历的痛苦！她站在那里观望他们，两眼发热，脑袋昏沉沉的，这时正门外的车道上响起了急促的马蹄声。只听得石子飞溅，一个激越的声音向一个黑人大声询问一句，接着又是石子飞溅的声音，一个骑在马背上的男人身影从她眼前闪过，径直朝树荫下那群懒洋洋的男人奔去。

是位迟到的客人吗？可他为什么骑马踏过印第亚钟爱的草坪？她认不出他是谁，可他翻身下马抓住约翰·韦尔克斯的胳膊，她看得出他满脸的激动神色。人群把他团团围住，高脚杯和芭蕉扇丢在桌子上、地上，没人去理会。虽然离得挺远，可她仍然听得见人们的喧闹声，有的人在提问，有的人在呼喊。她感觉到了男人们狂热紧张的情绪。接着，斯图尔特·塔尔顿的嗓门儿压倒了鼎沸的吵闹声，乐呵呵高喊着："呀——呵——咦！"仿佛他是在打猎场上。她这是第一次听见南军士兵的喊杀声，可她自己并不知道它的含义。

她正观望着，只见塔尔顿家四兄弟从人群里跑出来，方丹家的小伙子也跟着跑，急匆匆奔向马厩，嘴里高声喊着："吉姆士！叫你呢，吉姆士！备马！"

"准是谁家房子着火了。"斯佳丽想道。可是，不管有没有着火，最要紧的是赶紧回到卧室，免得给人看见。

她的心跳这时稍稍平静些了，就踮着脚尖登上台阶，走进静悄悄的过道。整个房子沉浸在一片温暖的沉沉睡意中，仿佛房子像姑娘们一样入睡了，到了晚上，这房子才会在音乐和烛光中整个焕发出壮美。她小心翼翼打开化妆室的门溜进去。她的一只手还在身后抓着门钮，就听见霍尼·韦尔克斯压低的声音从对面通往卧室的那道门缝里传来，声音低得像说悄悄话。

"我看斯佳丽今天的举止真够呛的，一个姑娘那样做可算是放荡到底了。"

斯佳丽觉得心又狂跳起来，不由自主把手按在胸口，仿佛像要制服它似的。"偷听常常能听到又有趣又有益的事情。"她不禁想起这句话。她该再溜出去呢，还是让大家知道她在屋里，好让霍尼活该难堪？可是，另一个声音让她待着没动。她听出是玫兰妮的声音，这时就是一群骡子也休想拉动她了。

“啊，霍尼，别这么说！别挖苦人。她只是在兴头上，生性又活泼。我觉得她特别迷人。”

“啊，”斯佳丽自忖着，指甲深深掐到紧身胸衣里，“谁用你这个油嘴滑舌的傻瓜替我说情！”

玫兰妮这番话比霍尼彻头彻尾的恶语还难让斯佳丽忍受。她从来没信赖过任何女人，也从来不相信哪个女人的动机不是自私的，当然，只有她母亲是个例外。玫兰妮知道，阿希礼已经到手了，所以才乐得表现这种慷慨。斯佳丽觉得这不过是玫兰妮的一种手腕而已，她不但是在夸耀自家得胜，同时还想表现得和蔼可亲，博得人家称赞。斯佳丽跟男人们谈论起其他姑娘，自己也常常使用同样的花招，而且毫无例外，总是让愚蠢的男人信服她的和蔼可亲和公正无私。

“行了吧，小姐。”霍尼刻薄地说，嗓门儿也提高了，“你准是瞎了眼。”

“嘘，霍尼。”是萨莉·芒罗的嘘声，“整个房子里的人都听见你的声音了。”

霍尼压低声音，不过她并没有打住：

“哼，你们都看见她怎么跟男人调情了，凡是能抓住的男人都不放过——就连她亲妹妹的情人肯尼迪先生也不放过。我从没见过这种姑娘！而且她肯定还追求过查尔斯。”霍尼咯咯笑了，挺不好意思，“你们知道，我和查尔斯……”

“是真的？”几个激动的声音问道。

“可别跟人说，姑娘们——还没公开呢！”

大家又咯咯笑，床垫里的弹簧吱呀作响，显然有人在跟霍尼打闹。玫兰妮喃喃说，有她做嫂子，自己真高兴。

“哼，我可不愿斯佳丽做我的嫂子，我从没见过像她那么放荡的货色。”是赫蒂·塔尔顿气恼的声音，“不过她实际上已经跟斯图尔特订了婚。布伦特嘴上倒是说，她对他没一点儿意思，可是，当然啦，布伦特也发疯似的迷恋她。”

“要是大家愿意听我的看法，我看，”霍尼的语气神秘庄重，“让她着迷的只有一个人。那就是阿希礼！”

姑娘们的低语声同时响起，有人问，有人插嘴，七嘴八舌乱成一团。斯佳丽忽然觉得浑身发冷，恐惧和屈辱同时向她袭来。霍尼应付男人是个傻瓜、笨蛋，头脑缺根弦，可她理解其他女人的感觉却有着女性的本能。在这一点上，斯佳丽低估了她。相比之下，刚才在图书室跟阿希礼和瑞特·巴特勒受的委屈和伤心还算是桩小事，男人的嘴紧，毕竟靠得住，即使像巴特勒那样的男人也不会乱说。可是霍尼·韦尔克斯却像条野外的猎狗，到处汪汪乱叫，不到六点钟消息就能在全县上下传遍。昨晚杰拉尔德刚说过，不会让县里人笑话他的女儿呢。现在大家还不定要怎么笑呢！她腋窝下渗出了冷汗顺着肋骨往下淌。

玫兰妮的声音盖过了别人的声音，那声音稳重而平静，其中还带着责备。

“霍尼，你明知道不是这么回事。这么说太不友善了。”

“本来就是这么回事。玫荔，你别净从一无是处的人身上找优点，要是你仔细看，也能看出来。我很高兴这是真的。算她活该。斯佳丽·奥哈拉向来惹是生非，抢人家的情人。你知道得很清楚，她从印第亚身边夺走人家的斯图尔特，可她自己又不要。今天，她又想抢走肯尼迪先生，还有阿希礼，还有查尔斯……”

“我非回家不可了！”斯佳丽想道，“我非回家不可！”

要是有一种魔法能把她送回塔拉，让她到达安全的地方，那该多好哇。要是她跟埃伦在一起该多好，只要能看见她，抓住她的裙子，趴在她腿上痛哭一场，她会把全部经过都倾诉给她。现在，只要再听见有人说她一句，她就会冲进去，大把大把撕扯霍尼散乱的浅色头发，还要朝玫兰妮·汉密尔顿脸上唾一口，让她知道人家怎么看待她那副慈善心肠。但是，她今天的举止实在够粗俗了，就像个穷白佬一样——她的麻烦就在这里。

她两手使劲按住裙子，免得裙裾窸窣作响，像只小动物一样鬼鬼祟祟退了出去。“回家。”她心里这么想着，加快脚步穿过走廊，经过一扇扇紧闭的房门和安静的房间，“我非回家不可。”

她已经站在正面门廊上了，一个新的想法让她突然打住了脚步——她不能就这么回家！她不能逃跑！她应该坚持到底，承受姑娘们的种种怨恨，吞下屈辱和伤心。逃走只能让她们得到更多口实。

她紧握拳头，捶打身边那根高高的白柱子，恨不能变成参孙[1]，拆倒十二橡树庄园的房子，把里面的人一个个全压死。她要叫他们后悔不迭。她要给他们点儿颜色瞧瞧。可她并不清楚怎么才能给他们颜色瞧，不过反正她要有所作为。她要伤他们的心，加倍偿还他们对她的伤害。

她暂时把阿希礼撇在脑后，他不再是她爱过的那个没精打采的高个头儿小伙子，而是本县十二橡树庄园韦尔克斯家的重要部分——她恨他们，恨所有的人，因为他们嘲笑她。十六岁的女子心里，虚荣比爱情更强烈，她心里现在什么都没了，只剩下仇恨。

---

[1] 参孙：《圣经》中人物，力大无穷，为了报仇，他抱住两根大柱使劲摇撼，神庙坍塌，敌人全被压死。——译注

“我不回家，”她想道，“我要待在这儿，我要让他们后悔。我也不告诉妈妈。不，我对谁也不说。”她打起精神准备回到房子里，要重新上楼，去另一间卧室。

她一转身，就见查尔斯从长长的客厅另一头进屋。他看见她，就匆匆朝她走来。他的头发乱蓬蓬的，激动得脸色像天竺葵一样红。

“你知道出什么事了吗？”他还没到她跟前就大声嚷道，“你听说了吗？保罗·威尔逊刚才骑马从琼斯博罗赶来报信了！”

他走到她身边时气喘吁吁停顿了一下。她一声不吭，两眼盯着他。

“林肯先生已经在召集人马，士兵——我是说志愿兵——有七万五千人呢！”

又是林肯先生！男人就不能考虑考虑正经事？眼前这个傻瓜还指望她会对林肯先生的那种胡折腾感兴趣，可她的心都碎了，名声也等于彻底给毁了。

查尔斯两眼直瞪瞪地看着她。她的脸色白得跟纸一样，狭长的眼睛像翡翠似的闪闪发光。他从来没见过哪个姑娘脸上有这样的激情，眼睛这么亮晶晶的。

“我真笨，”他说道，“我该说得婉转些才对。我忘记小姐们有多娇嫩了。真对不起，让你受惊了。你头不晕吧？要不要我去给你端杯水来？”

“不要。”她说着勉强露出一丝苦笑。

“咱们上那边坐在长凳上好吗？”他搀住她的胳膊问道。

她点了点头，他便小心扶她走下正面的台阶，领她穿过草坪，来到前院最大的一棵橡树下的铁凳旁边。“女人多么脆弱敏感啊，”他想道，“仅仅说了说战争和残酷，她们就会晕倒。”想到这些，他不由得觉得自己非常富有男子汉气概，于是扶她坐下时便格外温柔。她的模样看上去那么奇怪，白皙的脸孔上有一种野性的美，让他看了禁不住心怦怦直跳。难道因为他要入伍参战，她感到苦恼？不，这想法太狂妄，难以让人相信。可她为什么用这种怪异的目光看着他呢？她的手指摆弄那块丝边手帕时，双手为什么发抖呢？她乌黑浓密的睫毛也在颤动——就像他读过的爱情故事里姑娘的眼睛一样，睫毛颤动反映出内心的羞怯和爱情。

他清了三次嗓子打算开口说话，可一句话都没说出来。他垂下眼皮，因为她那对绿眼睛每次跟他的眼睛相遇，目光都那么锐利，几乎像是根本不看他一样。

“他很富有。”她匆匆想道，一种念头和一个计划正在脑袋里闪过，“再说，他没有父母，不会给我惹麻烦，而且他住在亚特兰大。要是我马上跟他结婚，就能让阿希礼看看，我根本不稀罕他——不过跟他调调情罢了。而且简直能要了霍尼的命。她永远休想再找到个情人，大家会嘲笑她，会开心得要死。还能让玫兰妮伤心，因为她那么喜爱查尔斯。还能让斯图尔特和布伦特伤心……”她心里也不清楚为什么想要伤他们的心，只因为他们有几个狡猾阴险的妹妹，“等我有了很多漂亮衣服，有了自己的一幢房子，坐上一辆漂亮马车来看望她们时，她们肯定后悔不迭。她们就休想再嘲笑我了。”

“当然，就要打仗了。”查尔斯试了几次，勉强克服尴尬才说出口，“不过你别着急，斯佳丽小姐，不出一个月就完事了。我们会打得他们鬼哭狼嚎。没错！鬼哭狼嚎！什么也不能让我错过这次战争。恐怕今晚不能举行舞会了，因为骑兵连要到琼斯博罗集合。塔尔顿家兄弟已经传播消息去了。我知道小姐们会觉得扫兴的。”

她说：“噢。”因为她想不出更好的话，不过这一声也就足够了。

她渐渐恢复冷静，脑袋也开始镇静下来。她的情感像覆盖了一层严霜，她觉得自己对一切都永远失去热情了。干脆接受了这个脸蛋儿红红的漂亮小伙子不好吗？他跟别人没什么不同，反正对她无所谓。不错，今后任何事情对她都无所谓了，就是活到九十岁也是一个样。

“可我眼下还拿不定主意，是跟随韦德·汉普顿先生的南卡罗来纳军团呢，还是加入亚特兰大城防卫队。”

她又说了声：“噢。”两人的眼睛相遇，她的眼睫毛抖动得让他丢了魂似的。

“你愿意等我吗，斯佳丽小姐？只要知道你在等我，等我消灭他们了再回来，那我幸福得就像在天堂上一样啦！”他大气也不敢出，静候她的答复，一面仔细看她嘴角向上挑起的模样，还第一次发现她嘴角旁边的阴影，心里琢磨着，要是在那儿亲吻一下不知是什么感觉。她把手心汗津津的手轻轻滑进他的手掌。

“我可不愿等。”她说着耷拉下眼皮，睫毛遮住了眼珠。

他紧紧抓着她的手，嘴巴大张开，呆坐着。斯佳丽的目光透过睫毛看着他，漠然想道，他这副模样活像一只让鱼叉刺穿身体的蛤蟆。他的嘴巴张开又合上，脸色又涨成天竺葵般的通红色，说不出话来。

“你真的爱我吗？”

她没有开口，只是垂下眼睛望着自己的腿，查尔斯再次陷入狂喜和窘迫中。也许一个男人不该向姑娘提这个问题。也许她直接回答这个问题有失少女的体面。查尔斯以前从来没有勇气走这一步，此时不知所措了。他想大声喊叫，想高声歌唱，想亲吻她，想在草地上跳跃，然后跑去把她爱他的喜讯告诉遇到的每一个人，不管是白人还是黑人。可他只是紧紧抓着她的手，直到她的戒指深深嵌进肉里。

“你愿意很快跟我结婚吗，斯佳丽小姐？”

“嗯。”她的手指抚弄着裙子褶皱说。

“我们要不要同时举行婚礼，跟玫……”

“不。”她连忙说，她抬起头瞅了他一眼，亮晶晶的目光中藏着哀怨。查尔斯便知道自己又出了个错。姑娘当然希望终身大事单独办——而不是跟其他人分享幸福。她原谅了他的错误，多好的心肠啊！要是此时正值夜晚，他能趁着夜色壮起胆子吻她的手，还对她说出自己渴望讲的话，那该多好哇。

“我几时能跟你父亲谈？”

“越早越好。”她说，心里只希望他赶紧放松抓她的手，要不然，不等她开口要求，他就能捏碎她戴戒指的手指。

他猛然跳起身，她还以为他会忘乎所以地呼喊、跳跃上一阵子呢。结果他只是低头看着她，满脸洋溢着喜悦，从他的眼睛里看得出他整个单纯的心灵。以前从来没有一个男子这样看过她，今后也不会有人这么看她了。但是，在她古怪的冷漠眼光里，她觉得他看上去傻得像只小牛犊。

“我现在就去找你父亲。”他满脸春风，说道，“我等不及了。我离开一会儿，你能原谅我吗——亲爱的？”他终于说出这个亲密的字眼，一旦开了头，他便喜不自禁地说了一遍又一遍。

“好的。”她说，“我就在这儿等。这里又凉快又舒服。”

他穿过草坪消失在房子拐角后面，她单独待在枝叶飒飒响的橡树下。男人们骑在马背上，从马厩里涌出来，黑奴骑马紧跟在主人身后。芒罗家的小伙子们经过时挥动手中的帽子，方丹和卡尔弗特家的小伙子们沿路飞奔，嘴里高呼大叫。塔尔顿家四兄弟从她身旁穿过草坪，布伦特喊道：“妈妈要给我们马匹啦！呀——呵——咦！”一片草皮飞扬之后，他们便消失得无影无踪，再次留下她独自一人。

在她眼里，这座圆柱高耸的白房子高大而威严，似乎在离她远去。现在看来，这房子不是她的，永远不是了。哦，阿希礼，阿希礼！我到底做错了什么？透过她受挫的自尊和讲求实际的冷漠本性，她内心深处让痛苦折磨着。一种成熟的感情诞生了，它比她的虚荣心和心血来潮的自私更加强烈。她爱阿希礼，她清楚自己爱他，查尔斯消失在拐角的卵石路上那一瞬间后，她觉得从来没有像现在这样爱阿希礼。

第七章

没出两个星期，斯佳丽便做了妻子，还没出两个月，她就成了个寡妇。她很快便解脱了仓促轻率套在脖子上的婚姻枷锁，可是，婚前无忧无虑的自由日子却一去不复返了。新娘的花环刚刚摘下，紧接着就披上寡妇的黑纱，后来的事情更让她灰心丧气——她不久便当了母亲。

以后的岁月中，斯佳丽一回忆起一八六一年四月末的那几天，脑子里就懵懵懂懂的，发生的事情全都记不清楚。时间和事件像噩梦中的情节，全都乱作一团，仿佛既不真实，又不合情理。在她脑袋里，那些日子到死都让她莫名其妙。从接受查尔斯求婚到结婚，这段时间发生的事情，她最记不清楚。两个礼拜哪！换了太平时期，订婚后这么短时间内就匆匆结婚，简直是不可能的。间隔应该是一年，至少也要半年才得体。可当时南方烽烟四起，战事频频，如疾风劲扫，昔日的缓慢节奏已经一去不复返了。埃伦急得团团转，劝他们缓一缓，为的是让斯佳丽有时间充分考虑。可斯佳丽板起面孔就是不听。她就要结婚！而且要快，不能超过两个礼拜。

斯佳丽得知阿希礼的婚期已经从秋天提前到五月一日，为的是随时应召跟骑兵团出征，斯佳丽便把自己的婚期定在他的前一天。埃伦不同意，可是查尔斯一再恳求，他后来变得能说会道了，说是他急着要去加入韦德·汉普顿的军团，杰拉尔德站在两个年轻人这边表示支持。战争让他脑袋发热，斯佳丽找了这么好的夫婿是桩喜事，又赶上战争时期，他要是从中作梗成什么人啦？埃伦心烦意乱，最后像当时整个南方的母亲一样，不得不让了步。她们悠闲安逸的生活方式已经给搅得七颠八倒，面临席卷而来的强大势头，她们的恳求、祈祷、劝告全都无济于事。

南方陶醉在激情之中。人人都以为只消打一仗就能结束战争，年轻人纷纷入伍，生怕战争结束错过时机，也匆匆赶在去弗吉尼亚打北佬之前跟自己的心上人结婚。县里举行了几十场战前婚礼，大家也没工夫为离别伤心，因为人人都忙得要命，兴奋得要死，根本没空冷静思考，也顾不得伤心落泪。妇女们都在做军服、织袜子、卷绷带，男人们忙着搞军训、练射击。每天都有一趟趟军列运送部队经过琼斯博罗北上亚特兰大和弗吉尼亚。有些部队的士兵身穿后备民兵的鲜艳军装，鲜红色、浅蓝色、浅绿色，五花八门；有些小股士兵身穿家制土布服装，头戴浣熊皮帽；还有些士兵穿的不是军装，只是细棉布和细亚麻布便装；所有士兵只受过简单的训练，装备也不完整，却个个兴致勃勃，高声呼喊，仿佛是去吃野餐。县里的小伙子们见状全都慌了，生怕不等自己抵达弗吉尼亚，战争就会结束，连忙加紧进行骑兵团出发前的准备。

在这番混乱之中，斯佳丽的婚礼也紧锣密鼓筹备着，她几乎是稀里糊涂就穿戴上埃伦当年的婚纱，挽着父亲的胳膊走下塔拉庄园宽阔的楼梯，面对满堂宾客了。这一切就像梦境一般，后来她能记起四壁上点亮的几百支蜡烛，记得她母亲慈爱的面孔上略显困惑，嘴唇嚅动着，默默为女儿的幸福祈祷，杰拉尔德白兰地喝得满脸通红，自己女儿嫁了个既有钱又有名望的世家，他心里得意扬扬——她还记得阿希礼跟玫兰妮挽着手臂站在楼梯下。

她看着他脸上的神色，心想："这不是真的。不会是真的。准是场噩梦。我会醒过来的，到时候就知道这不过是场噩梦。现在我千万不能细想，要不然就会当着这么多人惊叫起来啦。我现在不能细想，以后等我能承受的时候——等我看不见他的眼睛了，再去思索吧。”

这一切全都像在梦中，从两排面带微笑的宾客中间走过，查尔斯通红的面孔和结结巴巴的声音，还有她自己的回答，一切都那么清晰，又那么冷漠。还有后来的祝贺声、亲吻、祝酒、舞会——所有这一切全都像一场梦。甚至阿希礼在她脸颊上的那一吻，以及玫兰妮对她呢喃耳语说的：“现在我们真正成了姑嫂啦。”这些也都不像是真的。当时，查尔斯那位多愁善感的姑妈佩蒂帕特·汉密尔顿小姐忽然晕倒，引起一阵骚乱，就连这事也像噩梦中的情景。

舞会和祝酒终于结束，天近拂晓，亚特兰大来的客人凡挤得进塔拉宅子和监工屋子的，都倒在床上、沙发上和地铺上入睡了，邻居们都回家去休息，准备第二天参加十二橡树庄园的另一场婚礼。斯佳丽那场朦胧的梦境这才像水晶一样粉碎了，面前是实实在在的现实。这个现实就是查尔斯，他身穿睡衣，面红耳赤，从她的化妆室走出来，她惊恐地看着他，高高拉起床单遮挡自己，见此光景，查尔斯也没敢正视她的眼睛。

当然，她知道结了婚的人要同床共枕，可这事她从来想都没想过。她父母同床似乎是非常自然的事情，可她从没想过自己也会这样。现在，自打那次烧烤宴以来，她第一次意识到她给自己惹来什么祸了。一想到这个自己并不真正想嫁的陌生男人要跟她睡在一张床上，她就受不了，这才突然觉得又后悔又痛苦，为自己的鲁莽行动而后悔，为永远失去了阿希礼而痛苦。他犹豫着靠近床边，她沙哑着嗓子低声威胁：

“你要敢靠近我，我就大声尖叫。我可要叫了！我会……拼命惊叫！滚开！看你敢碰我！”

查尔斯·汉密尔顿就在屋角一把扶手椅上度过了自己的新婚之夜，他倒没觉得太难过，因为他知道，要不就是自以为知道，他的新娘天生羞怯敏感。他情愿等待，等她消除畏惧心理，只是……只是……他辗转身子，想找个舒服的姿势，一边叹了口气，因为他很快就要去参战了。

她的婚礼是一场噩梦，在阿希礼的婚礼上她的感觉却更糟。斯佳丽身穿她那身结婚第二天穿的苹果绿裙子站在十二橡树庄园的客厅里，周围是几百支明亮的蜡烛，昨晚那批老宾客在她身边挤来挤去，望着玫兰妮·汉密尔顿出阁，成了玫兰妮·韦尔克斯，她那张相貌平平的小脸容光焕发，倒也算得上漂亮。现在，她从此失去了阿希礼。她的阿希礼。不，如今阿希礼已经不是她的。他曾经属于过她吗？她脑袋里一团乱麻，觉得又疲惫又不知所措。他说过他喜欢她的，那到底是什么把他们拆散了？要是她能记得起多好。她跟查尔斯结了婚，终于平息了县里人的闲言碎语，可那又有什么关系？过去挺要紧的事现在变得无足轻重了。唯一要紧的是阿希礼。现在她已经失去他了，而她已经跟一个自己非但不爱而且小瞧的人结了婚。

唉，她多后悔啊。她以前常听人们说“割掉鼻子出恶气”，在这以前，她只当那是个比喻。现在才清楚这话的真正含意。她脑袋里冒出个疯狂的愿望，想要摆脱查尔斯，平安返回塔拉庄园，重新做个未婚姑娘，可她同时心里明白，整个这桩事她有气没处泄，只能怪自家。埃伦倒是想方设法阻止她，可她硬是不听。

就这样，她在阿希礼的婚礼舞会上整整跳了一夜，跳得眼花缭乱，嘴里的应酬和脸上的微笑全都是麻木的，对面前这群愚蠢的人的反应，她感到莫名其妙，可人家还当她是个幸福的新娘呢，根本看不出她的心都要碎了。谢天谢地，幸好他们看不出！

那天晚上，黑妈妈帮她脱掉衣服就离开了，查尔斯再次面带羞怯走出化妆间，心里正在琢磨着，不知道是不是还得在那把椅子的马毛垫子上熬一夜，可她突然哭出了声。查尔斯爬上床安慰她，可她还是哭个没完，一句话也不说，直到泪都哭干了，这才靠在他肩头悄悄啜泣。

假如没发生战争，新婚夫妇一般要花一个礼拜时间在县里四处应酬，参加人们为庆贺这对夫妇新婚举办的舞会、烧烤野餐，然后小两口儿会动身上萨拉托加或者白硫黄泉做新婚旅行。假如没发生战争，斯佳丽就要身着第三天、第四天和第五天该穿的裙子参加方丹家、卡尔弗特家和塔尔顿家为她举办的庆贺聚会。可现在不会有聚会，也不能去做新婚旅行了。婚后一星期，查尔斯就离开家去加入韦德·汉普顿上校的部队，两星期后，阿希礼和骑兵连也出发了，全县留在家里的人们都像失去亲人般悲哀。

在那两个星期中，斯佳丽根本没有单独跟阿希礼会过面，也根本没有单独跟他说过一句话。他上火车前途经塔拉来道别，即使是在那个难分难舍的离别时刻，她都没机会跟他私下说上句话。玫兰妮头戴遮阳帽，围着披肩，姿态安详，挽着他的胳膊，新换了一副主妇派头。塔拉庄园不论白人还是黑人，都出来为阿希礼送行，送他上战场。

玫兰妮说：“阿希礼，你一定要亲吻一下斯佳丽，她现在是我嫂子了。”阿希礼听了弯下腰，板着面孔，冰凉的嘴唇在她脸蛋儿上挨了一下。那个吻没让斯佳丽感到丝毫的喜悦，反倒因为他听玫荔的话，让她心里闷闷不乐。临别的时候，玫兰妮紧紧跟她拥抱，险些把她憋死。

“你上亚特兰大来看我和佩蒂帕特姑妈好吗？哦，亲爱的，我们欢迎你来！大家都想跟查尔斯的妻子熟悉熟悉呢。”

五个星期过去了，在此期间，查尔斯从南卡罗来纳寄来一封封信，信的口吻羞怯、喜悦、情意绵绵，述说自己打完仗的未来计划，说自己为了她要在战争中当一名英雄，还表达他对司令官韦德·汉普顿的崇拜。到了第七个星期，汉普顿上校亲自发来一封电报，接着还收到一封亲切吊唁函。查尔斯死了。上校本打算早点儿发来电报的，可查尔斯觉得自己不过得了点儿小病，不愿让全家人替他担心。倒霉的小伙子，自以为赢得的爱情是个泡影，而且在战场上立功受奖的崇高愿望也落了空。他只是进了南卡罗来纳的兵营，根本没靠近过北佬，结果害了麻疹，并发肺炎，很快就死了，死得默默无闻。

产期到了，查尔斯的儿子出生了，当时流行以父亲上司的名字为孩子取名，孩子就叫韦德·汉普顿·汉密尔顿。斯佳丽得知自己怀孕后，伤心得痛哭了一场，觉得还不如死了的好。不过她在整个怀孕期没感到有多少不舒服，生孩子也没受太大的罪，产后恢复得非常快，黑妈妈都惊讶地私下告她说，女人生孩子没有不受罪的——女人天生就该多吃苦。她对这孩子没多少感情，可她尽量掩饰住真情。她本来就不想要他，也讨厌他来到人世间，虽然他已经生出来了，可怎么看都不像是她的，无法跟自己的骨肉联系在一起。

生了韦德后，她的身体很快便复原了，快得有些让人觉得不够体面，可她头晕目眩，跟生了病似的。整个庄园的人都尽力想让她振作起来，可她就是打不起精神。埃伦愁眉苦脸，急得团团转，杰拉尔德咒骂的次数比以前更多了，每次去琼斯博罗都要给她带回礼物，可全都没用处。就连老方丹大夫也承认自己觉得莫名其妙，因为他开的硫黄草药糖浆竟然没能让她振作起来。他私下对埃伦说，斯佳丽是因为伤心过度才一阵焦躁不安，一阵无精打采。其实，斯佳丽要是愿意开口述说，他们会得知，病根子满不是他说得那么简单。她不愿告诉他们说，她是因为当了母亲才厌烦得要命，感到不知所措，她愁眉苦脸的最重要原因是见不着阿希礼。

她无时无刻不感到强烈的厌倦。自从骑兵连出发去参战后，县里再也没有娱乐活动，也没有社交生活了。有趣的年轻男子全走了——塔尔顿家四兄弟、卡尔弗特家两兄弟、方丹家的小伙子、芒罗家的小伙子，还有琼斯博罗、费耶特维尔和拉夫乔伊那些迷人的年轻人们，大家统统走了。只剩下老人、残疾人和妇女，他们全都忙着为军队编织、缝纫，种更多的棉花、玉米，养更多的猪牛羊。周围根本见不着一个真正的男人，只有苏埃伦那个中年情人弗兰克·肯尼迪按月骑马过来征收给养。军需部队的这帮男人不是很让人心动的，再说，她一见弗兰克那副又胆怯又殷勤的模样，心里就恼火，后来跟他说话都没好气了。要是他跟苏埃伦早结了婚该多省心！

即使军需部队的士兵比较有趣，对她的处境也毫无帮助。她是个寡妇，心已经死了。至少大家都认为她的心已经葬进了坟墓，认为她应该循规蹈矩。这让她恼火，因为她就是屏息细想，也只能想起查尔斯向她求婚时脸上牛犊般死气沉沉的表情。再说，就连那个印象也越来越模糊了。她既然是个寡妇，就不得不检点自己的行为。未婚姑娘的欢乐已经没她的份儿了，她必须摆出一本正经的冷漠态度。埃伦有一回瞅见弗兰克的副官推着斯佳丽在花园里打秋千，逗得她又是尖叫又是欢笑，就絮絮叨叨一再叮嘱，要她举止符合自家身份。埃伦深感苦恼，告诉她说，寡妇门前是非多。寡妇的举止必须比其他人家的太太加倍谨慎才是。

“上帝清楚。”斯佳丽一边洗耳恭听母亲的谆谆教诲，一边想道，“当了太太已经什么乐趣都没有了，那寡妇还不如死了算啦。”

寡妇得穿丑陋的黑丧服，一丁点儿装饰都不能有，没有花朵丝带，不能有花边珠宝，最多只能佩戴黑宝石丧服胸针，或者用死者头发制作的项链。挂在帽子上的黑面纱必须长及膝盖，守寡三年后才能缩短到齐肩高。寡妇绝对不能跟人起劲地闲聊，也不能高声大笑。即使微笑也必须是面带悲伤的苦笑。最可怕的是，寡妇绝对不能对陪同的男子表示出兴趣。万一遇上哪个没教养的男人对她表示兴趣，她必须保持庄重的态度，言辞恰到好处地提起自己的亡夫，浇灭他的热情。“啊，可不是嘛，”斯佳丽想着，觉得满心凄凉，“有些寡妇最后还是改嫁了，可那时她们已经是鸡皮老面。天知道她们在邻居们众目睽睽下怎么跟男人接触的。不过她们往往只能嫁给个穷途末路的老鳏夫，家里有大庄园，还拖带着十来个子女。”

虽然再婚够糟糕的，但是守寡呢——唉，一辈子就算完了！人们都是些糊涂虫，他们说什么查尔斯虽然去世了，可韦德·汉普顿肯定是她的安慰！他们还说什么她现在活着总算有盼头了，说这话的全是糊涂蛋！人人都说，她的爱人身后给她留下这孩子，对她真是再不能的美好了，她听了自然不能分辩。可她心里的想法跟这种看法真有天壤之别。她对韦德没什么兴趣，有时候，她很难想起这竟是她的孩子。

她每天早上醒来，在睡眼惺忪的片刻中，觉得自己还是出嫁前的斯佳丽·奥哈拉，窗外的木兰花丛沐浴在明媚的阳光下，模仿鸟在歌唱，煎熏肉的香味扑鼻而来。她重新变得无忧无虑，又恢复了青春。接着，一阵叫肚子饿的烦躁啼哭声传来，她总是——而且毫无例外地感到片刻的惊讶，心里纳闷儿：“怎么，屋子里有个婴儿！”然后她才慢慢想起，这是她的孩子。这一切都把她搞糊涂了。

还有阿希礼！最让她想念的就是阿希礼！她平生第一次憎恨塔拉庄园，恨这条通往河边的漫长红土路，恨那片棉花苗新抽嫩绿的红土地。每一英尺土地，每一棵树和每一条小溪，每一条小路和每一条马道，一切都让她想起他。他已经属于另一个女人，而且他已经出征去参战了，可他的幽幽身影仍旧出没在暮色笼罩的道路上，那双如痴如醉的灰眼睛仍然在门廊的阴影里朝她微笑。一听到通往十二橡树庄园的那条路上传来马蹄声，她心里总是骤然涌起一阵思念——阿希礼！

现在，她憎恨自己曾经爱过的十二橡树庄园。她恨它，却被吸引到那里，为的是可以听到约翰·韦尔克斯和姑娘们谈起他——听大家朗读他从弗吉尼亚写来的信。听了让她伤心，可她还是不由自主想听。她不喜欢性情顽固的印第亚，也讨厌喋喋不休的傻瓜霍尼，她知道她们同样不喜欢她，可就是离不开她们。她每次离开十二橡树庄园回到家，总是一头倒在床上生闷气，不愿起床吃晚饭。

她不愿吃东西，这事比什么其他事都让埃伦和黑妈妈担心。黑妈妈端来一托盘诱人的饭菜，好言相劝，说她现在既然已经是个寡妇，想吃多少都没关系了，可斯佳丽就是没胃口。

方丹大夫一本正经告诉埃伦说，极度伤心往往导致女人身体衰竭，最后会憔悴而死，埃伦脸吓得煞白，因为她心里一直担心的就是这事。

“有什么办法吗，大夫？”

“最好的办法就是让她换换环境。”大夫说，心里巴不得摆脱一个难对付的病人。

就这样，斯佳丽带着孩子无精打采出了门，先是去萨凡纳拜访奥哈拉家和罗比亚尔家的亲戚，后来又去查尔斯顿看望埃伦的姐妹宝莲姨妈和尤拉莉姨妈。可她比埃伦预期的时间提前一个月就返回了塔拉庄园，也不跟大家解释缘由。萨凡纳的亲戚们待她都很好，可詹姆士和安德鲁以及他们的妻子都上了年纪，安于闲坐，喜欢谈陈年旧事，一点儿也引不起斯佳丽的兴趣。罗比亚尔家亲戚也是一样，斯佳丽觉得，查尔斯顿的亲戚更可怕。

宝莲姨妈和她丈夫住在河边一个庄园里，那庄园比塔拉偏僻得多。姨夫是个小老头儿，表面客气，骨子里冷淡，一副老年人心不在焉的神情。他们最近的邻居也住在二十英里外，要穿过密林中一条条黑黢黢的道路，两旁是茂密的柏树、沼泽和橡树。橡树枝上吊着一片片飘动的灰色苔藓，斯佳丽见了不寒而栗，不禁联想起杰拉尔德讲的鬼故事，说的是爱尔兰鬼魂在闪闪发亮的灰色迷雾中游荡。她没事可做，只得整天织毛衣，到了晚上就听姨夫朗读布尔沃·利顿[1]先生写的小说。

尤拉莉住在查尔斯顿炮台附近，那是个大宅院，前面的花园围着高墙，日子过得也没有多少乐趣。斯佳丽习惯于望着外面起伏的红土山丘和广袤的景色，在这里觉得像蹲牢房。这里的社交生活比宝莲姨妈家多，不过斯佳丽不喜欢来访的客人，看不惯他们的风度、传统和重门第的习俗。她心里很清楚，他们认为她父母两家门不当户不对，奇怪罗比亚尔家小姐怎么会下嫁一个爱尔兰来的新移民。斯佳丽感觉到，尤拉莉姨妈背着她替她辩解过。这让她大为光火，因为她跟父亲一样根本不计较什么门第。她为杰拉尔德自豪，也为他精明的爱尔兰头脑感到自豪，他的一切都是自己单枪匹马挣下的。

查尔斯顿人还大包大揽，把苏姆特堡的责任都算在自己头上！老天爷，他们难道意识不到，要是他们不稀里糊涂开火挑起战争，还会有别的傻瓜干那种事吗？她习惯了佐治亚山地人干脆利落的方音，这地方的人说话语气平板，拖着腔调，让她听着就来气。他们把“巴掌”说成“巴啊掌”，“房子”说成“房昂子”，“不会”说成“不乌会”，“爸妈”说成“爸啊妈啊”。她觉得，要是他们

---

[1] 布尔沃·利顿（1803—1873年）：英国作家，本名爱德华·乔治·厄尔·利顿。以历史小说闻名，尤其是《庞贝城的末日》。——译注

再用这种腔调说话，她准会发疯似的尖叫起来。她太恼火了，有一次在正式拜访中她竟然模仿杰拉尔德讲了一口爱尔兰土音，让姨妈难堪不已。后来她就返回了塔拉庄园。她宁愿忍受思念阿希礼的煎熬，也不忍受查尔斯顿人的口音。

埃伦为了支援邦联日夜操劳，把塔拉庄园的赢利增加了一倍。她见大女儿从查尔斯顿回来变得又瘦又苍白，说话语气刻薄，不由得大吃一惊。她以前也尝过伤心的滋味。一个又一个夜晚，她躺在鼾声大作的杰拉尔德身旁，一心想找个减轻斯佳丽痛苦的办法。查尔斯的姑妈佩蒂帕特小姐给她写过好几封信，每次都求她让斯佳丽上亚特兰大长住，现在埃伦第一次开始认真考虑这事了。

佩蒂帕特在信中写道：她和玫兰妮两人孤零零地住在一所大房子里，“没有男人的保护，现在亲爱的查尔斯死了。当然还有我哥哥亨利，可他不跟我们住在一起。也许斯佳丽跟你说起过亨利的，我在信中不便多谈他的事。如果斯佳丽来跟我们一起住，玫荔和我会轻松得多，也会觉得安全多了。三个单身女人总比两个强。如果亲爱的斯佳丽能像玫荔一样，在这里的医院护理我们勇敢的伤员小伙子，也许她能减轻几分自己的悲哀——当然啦，玫荔和我都渴望见到亲爱的小宝贝……”

就这样，斯佳丽又把箱子装满了丧服，带着韦德·汉普顿和他的小保姆普莉西上路去亚特兰大。她的脑袋里装满了埃伦和黑妈妈对她行为的告诫，口袋里装着杰拉尔德给她的一百元邦联纸币。她并不十分想去亚特兰大，她觉得佩蒂姑妈是个少有的傻老太太。再说，一想到要跟阿希礼的妻子住在同一个屋檐下，她心里就觉得厌恶。不过县里处处让她触景生情，让她无法忍受，随便换哪个环境都比这儿好。

第二部

第八章

一八六二年五月的那天早晨，斯佳丽乘火车北上，她心想，亚特兰大总不至于像查尔斯顿和萨凡纳那么乏味吧？说实话，她不喜欢佩蒂帕特，也不喜欢玫兰妮，不过她在开战前那个冬天去过亚特兰大，现在倒有点儿盼望去看看那个城市有什么变化。

她对亚特兰大的兴趣一向胜过其他城市，那是因为她小时候杰拉尔德对她说过，亚特兰大的年龄恰好跟她一般大。等她长大了一点儿，她才发现杰拉尔德这话有点儿夸大其词，他这人就这个脾气，可是，稍来点儿夸张故事讲得就好听。不过亚特兰大倒也仅仅比她大九岁，比她听说过的其他城市不知要年轻多少了。萨凡纳和查尔斯顿都历史悠久，显得很有城府，一个早已翻开了第二个世纪的纪元，另一个就要进入第三个世纪。在她年轻的眼光里，这两座城市就像上了年纪的老奶奶，在太阳下摇着扇子悠闲自得。可亚特兰大跟她是同辈，像年轻人一样鲁莽粗俗、不谙世事，也像她本人一样任性乖张、感情冲动。

杰拉尔德讲的故事还是有点儿根据的，因为她和亚特兰大在同一年命名。斯佳丽出生前那九年里，这座城市先是叫作特米纳斯，后来改称马萨斯维尔，到斯佳丽出生那年，才更名为亚特兰大。

杰拉尔德刚迁居佐治亚北部时，还根本没有亚特兰大这地方，四下是一片漠漠旷野，就连个村子模样还没成形呢。可是到了第二年，也就是一八三六年，州政府批准建一条通往西北方向的铁路，穿过切诺基部落刚割让出来的土地。铁路线的终点当时已经确定了，是在田纳西州跟通往西部的铁路衔接，可是，在佐治亚的起点还没有定下。一年以后，有位工程师在这片红土地上打了根标桩，标出了这条铁路线在南部的起点，这座城市才开了个头，起初叫特米纳斯，后来改叫亚特兰大。

当初佐治亚北部没有铁路，其他地方铁路也很稀少。可是，在杰拉尔德跟埃伦结婚前那几年里，塔拉庄园以北二十五英里处这个一丁点儿大的定居点慢慢扩大，变成个村子，铁路在缓缓向北铺设。后来兴建铁路的时代才真正到来。第二条铁路从旧奥古斯塔城向西延伸，与通往田纳西州的新铁路衔接。继而，从旧萨凡纳城开始建第三条铁路，最初通到佐治亚腹地的梅肯，接着又向北延伸，穿越杰拉尔德住的这个县通到亚特兰大，与另外两条铁路线连接起来，给萨凡纳港开了条通往西部的交通干线。年轻的亚特兰大成了个交通枢纽，从这一点又向西南方向延伸出第四条铁路，通往蒙哥马利和莫比尔。

亚特兰大从无到有靠的是一条铁路，随着铁路增多，它也发展壮大。第四条铁路完成后，现在亚特兰大的铁路四通八达，连接西部、南部、大西洋海岸，还通过奥古斯塔与北部和东部相连接。亚特兰大从此成了通往东西南北的交通枢纽，原来那个小村子顿时充满了生机。

斯佳丽十七岁，亚特兰大比她大不了几岁，可就在这段不长的时间里，它已经从原来打进土里的区区一根标桩，成长为一座繁荣的万人小城，变成全州人瞩目的中心了。相对古老幽静的城市居民，往往冷眼旁观这座喧嚣的新城，感觉仿佛母鸡孵出的竟是只小鸭子。这座城市为什么跟佐治亚的其他城市迥然不同？为什么膨胀得如此迅速？照他们看来，根本没什么特殊的地方，无非有几条铁路和一帮胆大妄为的人而已。

在先后叫作特米纳斯、马萨斯维尔、亚特兰大的这座城市里，居民是一群胆大妄为的人。精力充沛又不安于现状的人们受到吸引，离开佐治亚比较古老的地区和其他边远州来到这里，使这座城市以铁路枢纽为中心朝四面膨胀。他们满腔热情而来，在火车站附近交叉的五条红土路周围建起店铺，在白厅街、华盛顿街和名叫桃树小径的道路沿线，他们建造起精致的住宅，这是一条无数代脚穿鹿皮鞋的印第安人踏出的小路。他们为这个地方感到自豪，为本地的繁荣而自豪，为自己推动了这里的繁荣而自豪。老城里的人对亚特兰大说三道四随他们的便，亚特兰大才不在乎呢。

斯佳丽一向喜爱亚特兰大，喜爱的原因恰好就是萨凡纳、奥古斯塔、梅肯的人们指责它的理由。这座城市跟她本人一样，也是个混合体，糅合了佐治亚的老传统和新事物，不过，一旦老传统跟任性健壮的新事物发生抵触时，老的总是退避三舍。她喜欢这座城市还有点儿个人原因，那是因为它与她同年诞生——至少也是同年命名——这让她颇感兴奋。

前一天夜里风雨大作，天气恶劣，而斯佳丽抵达亚特兰大的时候，温暖和煦的太阳正雄心勃勃地试图晒干变成蜿蜒红泥河的街道。车站四周的空地上，川流不息的车辆把松软的土地碾压得一塌糊涂，最后竟然像个猪拱成的大泥潭。到处都有车辆的轮子深深陷在车辙的泥淖里。源源不断的军车和救护车在火车边装卸给养，把伤员抬上抬下，他们拼命挤进挤出，把泥浆搅得更乱，局面搞得更糟。车夫咒骂着，骡子左冲右突，把泥浆飞溅到几码以外。

斯佳丽站在火车台阶的最下面一级上，她面色苍白，身材秀美，身穿黑色丧服，黑面纱几乎长及脚面。她犹豫着，不愿弄脏鞋子和裙边，两眼四下张望，在喧闹的大马车、两轮轻便马车和四轮马车中寻找佩蒂帕特小姐，可就是看不见那张红润的胖脸。就在斯佳丽焦急寻找的时候，只见一个上了年纪的黑人穿过泥泞地朝她走来。他身材瘦高，一头灰白色小卷发，手里抓着帽子，一副体面派头。

“是斯佳丽小姐，对吧？我叫彼得，佩蒂小姐的车夫。”斯佳丽撩起裙裾准备下车，他连忙喝道：“别踩到泥里！你怎么跟佩蒂似的，她就像个孩子，总把脚弄湿。我来抱你就是了。”

他看上去年老体弱，可是没费什么劲就把斯佳丽抱起来，见普莉西抱着个娃娃站在月台上，他停下脚步问：“那小妞是你的保姆？斯佳丽小姐，她太小了，查尔斯先生就这么个宝贝，不该让她带！这事咱们再说吧。这小妞儿跟我走，可别把娃娃摔了。”

斯佳丽顺从地由他抱着上马车，彼得大叔不由分说，责怪她和普莉西，她也忍着没吭声。他们穿过泥泞地，普莉西噘起嘴，踏着泥浆跟在后面，斯佳丽不由得回忆起查尔斯跟她说过的彼得大叔的往事。

“他跟随父亲参加过墨西哥战争的各次战役，父亲受伤由他护理——其实是他救了父亲的命。我和玫兰妮完全是彼得大叔拉扯大的，因为父母去世的时候我们还很小。就在那个时候，佩蒂姑妈跟她哥哥——就是我们的亨利伯伯——闹翻了，就搬来跟我们住，照顾我们。可她是个顶没能耐的人，活像个长不大的老小孩儿，彼得大叔就把她当个老小孩儿对待。不管她怎么费劲，也总是什么主意都拿不准，彼得大叔只好全部代劳。我十五岁的时候，是他决定给我增加零用钱，亨利伯伯要我上大学拿学位，是彼得大叔一定要我在哈佛大学上高年级的。等到玫荔年龄够大了，是他决定她可以束起头发参加聚会。遇上天冷下雨，不该出去串门，或者什么时候该围上披肩，也都是他说了算……我见过的老黑人里没有像他那么聪明的，也没有像他那么忠心耿耿的。唯一的麻烦是，我们三个人从肉体到灵魂都受他管束，这一点他也很清楚。”

彼得登上赶车座扬鞭起程时，查尔斯的话便得到了验证。

“佩蒂小姐没来接你，心里不舒服，怕你见怪。可我对她说啦，她和玫荔小姐会溅一身泥巴，把衣裳糟蹋坏的，我说我会替她解释清楚。斯佳丽小姐，最好你抱着娃娃，那黑妞要把娃娃摔下车啦。”

斯佳丽看了看普莉西叹了口气，普莉西不是个最称职的保姆。不久前她还是个穿短裙、梳小辫的瘦丫头，最近才穿起花布长裙，戴上浆洗的白头巾，体面起来，她心里乐得开了花。因为战况紧急，军需部向塔拉庄园征收给养，可眼下人手短缺，埃伦没法儿让黑妈妈或迪尔西脱身，甚至抽不出罗莎和蒂娜，要不然她小小年纪绝不会这么平步青云。普莉西一向没离开过十二橡树庄园或塔拉庄园周围一英里的范围，这次乘火车旅行，还升到保姆地位，她那颗小黑脑瓜简直乐得吃不消了。从琼斯博罗到亚特兰大这二十英里路程让她激动得要命，结果斯佳丽一路上不得不自己抱着孩子。现在，见了周围这么多房子和人，普莉西彻底没谱了。她在马车里扭来扭去，指手画脚，蹦来跳去，车子乱颠，把孩子难受得哇哇大哭。

斯佳丽多想念黑妈妈那两条胖胖的胳膊啊，只要她伸出手搂住孩子，孩子立刻就不哭了。可黑妈妈还在塔拉庄园呢，斯佳丽真是无计可施。她把小韦德从普莉西手里接过来也没用。她搂住孩子，可孩子照样哭闹不止，和普莉西抱着一样。再说，孩子还抓她帽子上的丝带，而且准会把她的裙子弄皱。她干脆装作没听见彼得大叔的话。

“也许以后我能学会怎么对付娃娃。”她想道，马车在车站周围的泥淖里颠簸着，歪歪斜斜挣扎出来，她心里烦躁不安，“我绝对不喜欢哄娃娃。”韦德拼命号啕，脸都憋紫了，她才厉声呵斥说：

“普莉西，把你兜里那根棒棒糖给他含着。怎么弄都行，就是别让他哭。我知道他饿了，可我这阵子有什么办法？”

普莉西掏出黑妈妈这天早上给她的那根棒棒糖，孩子的哭声平息下来。车里恢复了平静，眼前出现了新鲜景色，斯佳丽稍稍打起点儿精神。彼得大叔终于把马车赶出泥淖，驶上了桃树街，她心中掠过一阵欣喜，几个月来都没这么兴奋过了。这座城市变化多大啊！自从上次来过后还不到一年，她原来熟悉的那个小城亚特兰大发生了这么多变化，这能是真的吗？

过去一年里，她沉浸在自己的悲哀中，一听到有人提起战争，她就厌烦，她并不知道，自从开战那一刻起，亚特兰大已经大变了样。太平时期这几条铁路把这个城市变成了商业枢纽，眼下在战争期间，同样是这几条铁路，却把这城市变成战略要地了。这座城市离前线远，铁路就成了弗吉尼亚和田纳西州这两支部队与西部之间的运输线。亚特兰大还将两支部队与供应给养的南部腹地联系在一起。如今，为了适应战争的需要，亚特兰大已经变成个生产中心、医疗基地、为参战部队征集食品和给养的南方主要的车站之一。

斯佳丽望着窗外，寻找她记忆犹新的那个小城，可它早已无影无踪了。她此时看到的城市，活像个婴儿一夜之间长成个四肢发达、忙碌不停的巨人。

亚特兰大喧闹得像个蜂窝，仿佛自知对邦联意义重大而扬扬得意，人们日夜苦干，要把一个农业区划转变成工业重镇。战前，马里兰以南地区没有几家棉纺厂、毛纺厂、兵工厂和机械厂——当时所有南方人还以此为荣呢。南方出的是政治家、军人、庄园主、医生、律师和诗人，肯定没有工程师和机械师。让北佬去搞那种下贱的雕虫小技吧。可是，现如今邦联的许多港口遭到北佬炮舰的封锁，只有零星欧洲货物能偷越封锁线运进来，南方只好拼命生产自己的军用物资。北方可以向全世界请求支援，获得兵源物资。在北方的重金诱惑下，成千上万的爱尔兰人和德国人蜂拥而至，加入联邦军队。而南方只能靠自己。

在亚特兰大，机器厂慢吞吞生产出制造军用物资的机器，慢吞吞的缘故是南方根本没有可做范本的机器，几乎每一个转轮和齿轮都必须根据偷越封锁线从英国得到的图纸来制造。如今，亚特兰大街道上到处是陌生人的面孔。一年前，市民听到西部口音就会竖起耳朵，如今有偷越封锁线而来为邦联制造机器、生产军需品的欧洲人，听到他们说外国话大家都习以为常了。这些人都是技术人员，要是没有他们，邦联很难制造出手枪、步枪、大炮和火药。

人们几乎摸得出城市脉搏的跳动，工厂日夜不停，战争物资通过铁路源源不断运往两个战场。列车昼夜呼啸着驶进驶出这座城市。新建的工厂冒出浓烟，烟灰像下雨一样纷纷扬扬洒落在雪白的住房屋顶上。到了夜晚，市民早已入睡，可高炉仍然通红，铁锤照样当当敲打。一年前的空地如今成了工厂，生产马具、马鞍和马蹄铁，军需厂生产步枪和大炮，轧钢厂和铸铁厂生产铁轨、货车车皮，替换北佬破坏的部分，还有五花八门的其他行业，制造马刺、马嚼子、皮带扣、帐篷、扣子、手枪和军剑。铸铁厂已经发生生铁短缺，因为偷越封锁线运来的原料极少，有时根本运不进来，而亚拉巴马州的铁矿几乎停了工，因为矿工都上了前线。亚特兰大城里的草坪上见不到铁栅栏、铁凉亭、铁门，甚至连铸铁像也没了，因为早已送进了轧钢厂的熔炉。

桃树街和附近街道上，到处是军队各部门的总部，有军需部、通信部、军邮部、铁路运输部、宪兵司令部等。每个部门都挤满了身穿军装的人。郊外有新马补给站，成群的马匹和骡子在大畜栏里跑来跑去。小巷里沿街都是医院。斯佳丽听彼得大叔说起这事，觉得亚特兰大肯定变成个伤兵城了，因为这里有数不清的综合医院、传染病医院和康复医院。每天，列车行驶到五角车站南面一点儿，总要卸下越来越多的伤病员。

原先那座小城已经不见了，如今这座迅速扩大的城市生机勃勃、熙熙攘攘，精力用之不竭。刚离开乡间的悠闲和宁静，看到眼前到处一片忙碌景象，斯佳丽几乎透不过气来，可她喜欢这个。这里有一种令人激动的气氛，让她觉得振奋。仿佛她真能感觉到城市加速跳动的脉搏，而且恰好与她的脉搏合拍。

他们乘坐马车穿过城里主要街道，颠簸着越过一个个泥水坑，她饶有兴致地留意观看路旁的新房子和新面孔。身穿军装的人聚集在人行道上，佩戴着不同军种和各种军阶的肩章；狭窄的街道上挤满了车辆，有四轮马车、两轮轻便马车、救护马车、盖着篷布的军用马车、满嘴下流话的车夫咒骂在车辙间拼命拉车的骡子；身穿灰色制服的通信兵策马横冲直撞，弄得泥浆四溅，在各总部间传递命令和电报急件；康复伤员拄着拐杖一瘸一拐散步，一般总是身子两侧各有一个神情焦虑的女士搀扶；练兵场上传来号声、鼓声和口令声，新招募的士兵正在训练；彼得大叔扬起鞭子指向一队身穿蓝军装的人，只见他们耷拉着脑袋，正由一班端着刺刀枪的邦联士兵押送到车站，准备送往俘虏营。斯佳丽听说是北佬，不由得吓得心都提到嗓子眼儿了，她以前从来没见过北佬的军服。

“啊！”斯佳丽想道，自从那天的烧烤宴以来，她还从没觉得这么喜悦过呢，“我会喜欢这里的！这儿真活跃，让人心动！”

城里比她看到的情况更加活跃。这里新增了几十间酒吧，追逐军队而来的妓女挤满街头，妓院里女人花枝招展，让教徒见了惊恐不已。每座旅馆、公寓和私人住宅都住满了客人，他们是来亚特兰大医院守护负伤的亲人的。这里每星期都有聚会、舞会、集市，举办的战时婚礼多得数不清。休假的新郎们身穿漂亮的灰色军装，肩挎金色绶带，新娘们穿戴着偷越封锁线运进来的华丽服饰，婚礼上，教堂座位间刀剑杂陈，宾主举起偷越封锁线运来的香槟祝酒，离别时，新人涕泪交零。每天晚上，阴暗的林荫道上都能听到舞步声，客厅里传出清脆的钢琴曲，女高音在做客士兵的附和下唱着伤感的歌曲《吹响停战号》和《收到你的信已经太迟》，这些流行歌曲让从未体验过伤感的人听了，也难免潸然泪下。

他们的马车在泥泞的道路上一路走，斯佳丽一路提各种问题，彼得就一一回答，还用马鞭四下指点着，炫耀自己的见识，满心得意。

"那是军械库。不错，小姐，他们在那儿存放大炮那一类的军火。不，小姐，那不是店铺，是个封锁线办事处。天哪，斯佳丽小姐，你连封锁线办事处都不知道？那是外国佬的机构，他们买我们邦联的棉花，装船运出查尔斯顿和威尔明顿，还把火药运给我们。不，小姐，我弄不清他们是哪国人。佩蒂小姐说他们是英国人，可他们说的话谁也听不懂。是的，小姐，这烟味是够呛的，烟灰把佩蒂小姐的丝绸窗帘弄得一塌糊涂。是从铸铁厂和轧钢厂冒出来的。到了黑夜，那边可吵啦！闹得人都睡不着觉。不，小姐，我不能停车让你逛街。我向佩蒂小姐保证过，要一直送你回家……斯佳丽小姐，回个礼。那是梅里韦特小姐和艾尔辛小姐跟你打招呼呢。"

斯佳丽隐隐约约记得，这两个姓氏是从亚特兰大到塔拉参加她婚礼的两位女士，还记得她们是佩蒂帕特小姐最要好的朋友。她连忙朝彼得大叔指点的方向点了点头。那两位正坐在一辆马车上，停在一家布料店门外。掌柜的和两个伙计抱着好几匹让她们看过的棉布。梅里韦特太太是个高大肥胖的女人，胸衣束得很紧，胸部凸出来像船头似的。她一头铁灰色头发，脑门上飘着一绺卷曲的棕色假刘海儿，显得挺神气，可惜跟她的头发颜色不相称。她的圆脸蛋儿浓妆艳抹，神色中和善与精明兼而有之，看得出惯于颐指气使。艾尔辛太太年轻一些，是个身材瘦弱的女人，当年是个美人，至今风韵犹存，还有一副挑剔专横的神色。

这两位太太加上另一位怀廷太太便是亚特兰大的顶梁柱。她们分别掌管各自归属的三个教会，包括牧师、唱诗班和教区居民。她们筹办集市，主办义工缝纫会，她们在舞会和野餐会上监护少女，她们知道谁家婚姻美满、谁家不和、谁偷偷喝酒、谁要生孩子了、什么时候要生等。凡佐治亚州、南卡罗来纳州和弗吉尼亚州有头有脸的人物，她们对他们的家谱都了如指掌，至于其他州，她们并不操这份心，因为她们相信，除了这三个州，其他地方根本就没有名人。她们清楚什么举止算是端庄得体、什么不得体，她们有什么看法从来不会憋着不说——梅里韦特太太总是直着嗓子高喊，艾尔辛太太说话有气无力、慢吞吞的，怀廷太太则带着哀伤声调压低声音说，仿佛说这种事让她痛心疾首。三位夫人相互猜忌，都不喜欢另外两位，就像罗马三执政一样，大概也出于同样原因，她们又能结成紧密同盟。

“我对佩蒂说过，我一定要你上我的医院去帮忙。”梅里韦特太太面带微笑大声喊道，“你可不能再答应米德太太和怀廷太太啊！”

“我不会的。”斯佳丽口头敷衍着，可她没听懂梅里韦特太太说的是什么事，不过既然受到欢迎，还有人需要自己，心里总觉得热乎乎的，“希望不久能再见到你。”

马车碾压着泥泞继续走了一段，两位挎着满篮绷带的女士要过马路，马车停下给她们让路，等她们战战兢兢踩着垫脚石穿过泥泞的街道。就在这时候，斯佳丽的目光让人行道上一个衣着艳丽的身影吸引住了，那身服装实在太鲜艳了，不适于出现在这样的街道上，外面披着一条带流苏的佩斯利[1]披巾，长得拖到脚跟上。她回头望去，只见那是个身材高挑、容貌漂亮的女人，对人不理不睬，一头火红的头发，鲜艳得不像真的。这是她头一回亲眼看见“做过头发”的女人，她仔细看着那女人，看得着了迷。

“彼得大叔，那是谁呀？”她压低声音问道。

“我不知道。”

“我敢说，你准知道的。她是谁？”

“她名叫贝尔·沃特林。”彼得大叔说完下嘴唇噘了噘。

斯佳丽马上听出他只说了姓名，却没用“小姐”或“太太”称呼她。

“她是什么人？”

“斯佳丽小姐。”彼得脸色一沉说道，啪的一声朝马背抽了一鞭，抽得马惊了一跳，“佩蒂小姐可不喜欢你提这种问题，跟你不相干。那是城里的贱货，不值得说。”

“天哪！”斯佳丽自忖，再也不敢开口了，“那准是个坏女人！”

她从来没见过什么坏女人，就扭过头望着她消失在人群中。

这时，店铺与战时新盖的房子间隔越来越远，中间还有大片的空地。最后，商业区也甩在了身后，眼前出现了住宅区。斯佳丽认得这地方，就像见了老朋友一样。莱登家的宅子气派雄伟；邦内尔家的宅子门前有白色的小柱和绿色的百叶窗；麦克卢尔家是佐治亚式的深檐红砖房，门前是修剪成矩形的低矮树篱。他们的行驶速度减慢了，因为从门廊上、花园里、人行道上，到处有女士们跟她打招呼。有些人她只是面熟，有些她能隐约记起，但多半都根本不认

[1] 佩斯利：苏格兰西南部的一个自治区，自十八世纪早期以来一直是一个纺织中心，以出产各色图案的围巾闻名。——译注

识。佩蒂帕特肯定四下传出了她来这儿的消息。她只得不时举起韦德，让那些壮着胆子穿过泥泞走到自家停车台前的女士们大声夸奖孩子。她们都对她嚷个不停，要她一定要加入她们的义工编织和缝纫会，参加她们的医院护理团，别加入其他家。她都一一敷衍过去。

他们经过一座绿色墙板的凌乱房子，只听守在门前台阶上的一个小黑妞嚷道："嗨，她来啦。"米德大夫和他妻子就带着他们十三岁的菲尔走出房门，跟他们打招呼。斯佳丽想起，他们也参加过她的婚礼。米德太太登上她家停车台，伸长脖子想看一眼孩子，大夫更是不顾泥泞，踏着泥浆走到车跟前。他身材瘦高，蓄着铁灰色的翘胡子，瘦削的身子上，那件衣服活像是一阵飓风刮过来挂在他身上似的。亚特兰大人把他看作一切智慧和力量的源泉，难怪他博得了大家不少信任。他这人说起话来惯于卖弄玄虚，态度还稍带点儿傲慢，可他在城里还是个少有的好心人。

大夫跟她握了握手，还胳肢韦德的肚子，恭维他几句，然后声称佩蒂帕特姑妈已经发过誓，答应让斯佳丽只去米德太太的医院和护理团帮忙。

"哎哟，天哪，可我已经答应了上千位太太了！"斯佳丽说道。

"梅里韦特太太，我看准是她！"米德太太愤愤不平地嚷道，"那讨厌婆娘！我相信每趟火车来了她都要接！"

"我答应的时候根本不知道是怎么回事。"斯佳丽说了实话，"医院护理团到底是什么呢？"

大夫和他妻子都对她的无知略感吃惊。

"当然啦，你一向钻在乡下，不可能知道的。"米德太太替她圆场，"我们的护理团在不同日子为多家医院提供服务。我们护理伤员，帮助大夫，做绷带，缝衣裳，伤员出院后，我们就带他们来我们家里调养，等他们康复后再回部队去。我们还照顾穷困伤员的妻子和家人。米德大夫就在我那个护理团工作的慈善医院，人人都说他非常出色，而且……”

“行了，行了，米德太太，”大夫的口吻带着爱怜，“别在人家面前替我吹嘘。我能做得实在很少，就因为你不让我参军。”

“我不让！”她气得嚷起来，“我？！是城里人都不放你走，这你知道得清清楚楚。嗨，斯佳丽，大家听说他要上弗吉尼亚去当军医，城里所有妇女都签名求他留下别走。当然啦，城里哪能少了你呢？”

“得了，得了，米德太太。”大夫说，可他听了这番夸奖显然挺得意，“我们送了一个儿子上前线，大概暂时够了。”

“我明年也要去！”小菲尔嚷叫着，激动得欢蹦乱跳，“要当个小鼓手。我已经学会敲鼓了。你想听听吗？我这就去拿鼓来。”

“不，现在别去。”米德太太说着把他拉到身边，脸上突然露出紧张神色，“明年不行，宝贝。大概后年吧。”

“可到时候早打完仗了！”他任性地嚷着，从她身边挣脱开，“你答应过的！”

父母的眼睛离开孩子相互对视，斯佳丽看出这眼色的含义。达西·米德已经送到弗吉尼亚前线，夫妇俩身边只剩下这个小儿子了。

彼得大叔清了清喉咙。

“我出来那阵子，佩蒂小姐有点儿不舒服，要是我不赶紧回去，她可能要晕倒了。”

“那就再见吧。今天下午我就过去。”米德太太大声说，“你替我对佩蒂说一声，要是你不参加我的护理团，她就会更不舒服。”

马车在泥泞地上打着滑往前行驶，斯佳丽靠着身后的垫子，脸上露出微笑。几个月来，她从没有像今天感觉这么好过。亚特兰大让她感到愉快、感到振奋，这里人烟密集，熙熙攘攘，蕴藏着令人激动的旺盛活力，远比查尔斯顿郊外孤零零的庄园可爱多了，那里只有短吻鳄鱼的干号才能打破夜里的沉寂。这里比查尔斯顿和萨凡纳都好。在查尔斯顿，只能在高围墙后面的花园里心怀梦想；萨凡纳倒是有排列着棕榈树的宽阔街道，可旁边就是泥水河。不错，塔拉庄园很可爱，可她一时觉得这里甚至比塔拉还好。

这个坐落在红土山丘之间的城市街道泥泞狭窄，有一种令人激动的成分，那是一种自然和淳朴的成分，与她骨子里的自然和淳朴产生了共鸣，她可以撇开埃伦和黑妈妈为她培养的优雅外表了。她突然觉得，适合她居住的地方正是这里，而不是悠闲宁静的老城，也不是黄水河畔的沼地。

房子之间的间隔越来越宽阔，斯佳丽俯身向车外望，看见了佩蒂帕特小姐那所房子的红砖墙和石板瓦屋顶。这几乎是城北端最后一所房子了。再往远处，桃树街越来越窄，蜿蜒消失在浓密幽静的大树之间。前院整齐的板栅新漆成白色，院子里开着应时的最后一批黄水仙花。前门台阶上站着两个身穿黑衣的女人，她们身后站着一个高大的黄皮肤女人，两手抄在围裙下，咧开嘴巴微笑，露出一口白牙。体态丰满的佩蒂帕特小姐激动得步履蹒跚，一只手压在丰满的胸脯上，想要按住咚咚狂跳的心脏。斯佳丽见玫兰妮站在她身旁，心里涌起一阵厌恶，觉得见到这个身穿丧服的小女人，是亚特兰大最煞风景的事。她那头浓密的乌黑鬈发梳成少妇发式，光溜溜的，一丝不乱；瓜子脸上浮出可爱的笑容，表示欢迎和高兴。

一个南方人只要打点起行李到二十英里外去做客，这一住就不会少于一个月，通常时间要长得多。南方人做客就跟当主人一样热心，亲戚来过圣诞节，一直住到来年七月也是常事。新婚夫妇通常出外度蜜月，遇上一户相处愉快的人家，常常住到生下第二个孩子才走。常常有上了年纪的姑妈姑夫星期天来吃饭，结果却住下来，直到几年后入土为安。客人来住是不成问题的，房子宽敞，奴仆众多，那片土地物产丰富，添几张嘴吃饭，无非小事一桩。男女老少都有出门做客的：新婚夫妇去度蜜月，年轻母亲带了新生婴儿去炫耀，伤员去调养，丧失亲人的去寻求安慰，有的姑娘做客是父母急于避免一桩不明智婚事的危险，有的姑娘则是到了危险年龄却没有定亲，父母希望她们能得到亲戚的指引，在外地找到如意郎君。客人能给舒缓的南方生活增添刺激和花样，因此客人来访总是受到欢迎。

因此，斯佳丽来到亚特兰大，也不知道自己要住多久。如果她觉得此行像在萨凡纳和查尔斯顿一样乏味，不出一个月她就要回家。如果她住在这儿觉得称心，就一直住下去，不定期限。可是，她刚到这里，佩蒂姑妈和玫兰妮就开始发动一场游说，凡是想得出的理由都摆了出来，要她永远跟她们住在一起。她们想要她住下，因为她们喜爱她本人，还因为她们孤零零地住这么个大宅子，晚上难免害怕，她很勇敢，能给她们壮壮胆。她富有魅力，能给她们悲痛的生活增添欢乐。查尔斯已经去世，她和她的儿子就该跟自己的亲人一起生活。再说，按照查尔斯的遗嘱，这房子现在一半归她所有。还有最后一点，邦联需要每一双手支持战争，需要缝纫、编织、卷绷带、护理伤员。

查尔斯的伯伯亨利·汉密尔顿也跟她一本正经说过这事。亨利伯伯是个单身汉，住在车站附近的亚特兰大旅馆。他身材矮小，大腹便便，面色红润，一头乱糟糟的银色长发，是个脾气暴躁的老先生，最见不得女人胆小怕事和夸大事实。正是这个缘故，他跟妹妹佩蒂帕特小姐关系很糟，兄妹难得说上句话。两人自打幼年时脾气就水火不容，后来妹妹把查尔斯这个“军人子弟养成一副胆小怕事的女人气”，两人就愈发疏远了。多年前，他狠狠辱骂过她一回，结果佩蒂小姐直到现在还从来不当着人面提起他，就是偶然说起也是讳莫如深，压低声音生怕别人听见，外人见状以为那个诚实的老律师至少也是个杀人犯。发生那次辱骂当天，佩蒂要从自己名下的财产里支取五百块钱，投资一个子虚乌有的金矿。可他是她的财产托管人，不但拒绝支付，还大动肝火，说她半点儿脑筋也没有，还说在她身边只要待上五分钟就头疼。自从那天以后，只有每月由彼得大叔驾车送她到他的事务所领生活费用时，她才跟他正式见上一次面。两人匆匆见面后，佩蒂回来总要躺倒，半天不起床，一边落泪，一边吸嗅盐。玫兰妮和查尔斯跟伯伯的关系很好，一再提出替姑妈去找伯伯，免得她受这番磨难，可佩蒂从来都像个孩子似的绷着嘴巴，就是不答应。亨利是她的死对头，她一定要自己承受。查尔斯和玫兰妮便推断出，她能从这种偶然的刺激中获得深刻的喜悦，这也是她受人庇护的生活中唯一的刺激。

亨利伯伯一见斯佳丽，立刻就喜欢她了。他说，虽然她多愁善感，表面显得挺傻，可他看得出她还是有几分脑筋的。他不仅是佩蒂和玫兰妮的财产托管人，还托管查尔斯留给斯佳丽的遗产。斯佳丽得知自己现在成了十分富有的年轻女子，不禁喜出望外。查尔斯不但将佩蒂姑妈的一半房产遗赠给她，另外还有农田和城里的财产。火车站附近铁路沿线的店铺和仓库也是她继承的遗产，自从开战以来，价值已经涨到原先的三倍。亨利伯伯向她报出她的财产账目，顺便提出要她在亚特兰大常住。

“韦德·汉普顿成年后就是个阔少爷了。”他说，“随着亚特兰大不断膨胀，二十年后他的财产能增长十倍。只有孩子在自己产业所在地长大才对，好让他学会照料自己的产业——不错，佩蒂和玫兰妮的产业也要他照料。用不了很长时间，他就是唯一姓汉密尔顿的男人了，我不能长生不老嘛。”

至于彼得大叔呢，他理所当然认为斯佳丽是来定居的。他无法想象查尔斯的独生儿子怎么能在他管不着的地方长大。斯佳丽听了所有这些道理，笑而不答，不想轻易许诺，因为她还不知道自己是不是喜欢亚特兰大，也不知道跟丈夫家的人朝夕相处是不是合得来。她还知道，需要说服杰拉尔德和埃伦。再说，如今她离开了塔拉庄园，就特别想家，想念那儿的红土地，想念破土而出的嫩绿棉花苗，想念暮色中美妙的寂静。杰拉尔德说她血液中奔流着对那片土地的爱，她这才头一回隐隐约约体会到那番话的意思。

于是，她暂时委婉回避答复，不明确表示自己要住多久，在桃树街尽头那所僻静的红砖房子里过起了舒适的生活。

斯佳丽如今跟查尔斯的亲骨肉生活在一起，又看到他出身的家庭，对迅速与她结合，把她变成妻子、寡妇和母亲的那个小伙子稍稍有了点儿了解。不难看出他当初腼腆单纯、喜欢空想的缘故。就算父亲遗传给查尔斯一些严厉无畏、狂暴不羁的军人气质，可他从小就在女人的阴柔气氛中长大，那种军人气质也早已烟消云散了。他对孩子气的佩蒂一片真心，跟玫兰妮的关系比手足更深，这两个女人的温柔天真可是天下少有。

佩蒂帕特姑妈六十年前受洗礼得到的教名是萨拉·简·汉密尔顿，可是很久以前，她那位溺爱女儿的父亲见她步履轻快，两只小脚噼嗒啪嗒走个不停，就给她取了这么个象声的小名，从此大家就这么叫她，再也不叫她的大名。这个名字叫响后，她发生了许多变化，与这个昵称实在不相称了。原来那个行动敏捷、蹦蹦跳跳的孩子只有一对小脚依旧，但是与体重很不匹配，她还喜爱不着边际的唠叨。她身材矮胖，脸颊红润，一头银发，紧身胸衣绷得太紧，总是有点儿上气不接下气。她的脚本来就小，还硬挤进一双小鞋，就是走上短短一条街区也受不了。她随便遇到什么激动的事情，心情就忐忑不安，也并不觉得害臊，毫不掩饰自己的心情，遇上点儿气恼的事，总是晕倒。人人都知道，她那种昏厥不过是高贵女子矫揉造作罢了，可大家都喜欢她，没人点破这一层。人人都喜欢她，把她当孩子似的娇惯，不愿跟她较真儿——只有他哥哥亨利是个例外。

世上她最喜爱的事情就是说闲话，甚至超过喜爱在饭桌上大快朵颐，说起别人的事情，她能一连几个钟头不歇嘴，不过倒是出于好心，并不恶语伤人。她脑袋里从来记不住人名、日期或者地名，常常把亚特兰大上演的一出戏里的演员跟另一出戏的演员搞混了，可谁也不会让她引入歧途，谁也不傻，并不拿她的话当真。有了真正耸人听闻的消息或流言蜚语，大家都不说给她听。她倒是六十多岁了，可毕竟是位处女，有些话还得避讳，她的亲朋好友都好心串通起来，把她当成个受庇护、受疼爱的老小孩儿。

玫兰妮在许多地方像她姑妈。她也怕羞，也会突然红脸，也是一样的端庄质朴，不过她倒有不错的判断能力——“稍有那么一点点，这个我承认。”斯佳丽想道，可心里挺不情愿。玫兰妮像佩蒂姑妈一样，也有一张受庇护孩子的脸蛋儿，只了解纯朴、善意、真实和仁爱，其他一概不知道，就像个从来没见过粗暴和丑恶的孩子似的，就是见了也认不出来。她从来生活幸福，也希望身边的人都幸福，至少希望大家都感觉满意。因此，她总是看到每个人的长处，也心怀善意谈论人家的长处。不管用人有多笨，她也能找出人家一些忠心厚道的品质；无论姑娘有多丑，多讨人嫌，她也能发现人家一些优雅举止或者高尚的品格；不论男人有多卑鄙或者多乏味，她也不去注意他的现状，只看人家未来有利的可能性。

她这些优秀品格是从慷慨的胸怀中真诚自然流露出的，这自然将人们吸引到她周围。毕竟，谁又能不为这种人的魅力所倾倒呢？她能够发现别人的长处，而别人做梦都想不到自己竟然有这些优点。

城里人谁也没有她的女性朋友多，她的男性朋友也一样多，不过很少有人向她献殷勤，因为她并不任性，也不自私，缺少吸引男人爱慕的手腕。

玫兰妮的所作所为无非是遵循所有南方姑娘都受过的传统教诲——就是让自己身边的人都觉得惬意和舒适。正因为有了女性的这种谦和传统，南方的社会环境才如此宜人。女人都清楚，如果男人在一个地方感到称心如意，既没有矛盾，又能维护自己的尊荣，那女人在这个地方的生活大概也是愉快的。因此，女人一辈子竭力使男人志得意满，心满意足的男人自然对女人倍加殷勤爱慕。其实，世间万物没有男人不愿给女人的，他们只是不肯赞赏女人的聪明才智。斯佳丽施展的魅力与玫兰妮的程度相当，只是她的手段高明、技巧纯熟。两位女子的区别在于，玫兰妮说善意的客套话目的是让人高兴，哪怕只是当下高兴也罢，而斯佳丽要不是为了实现自己的目标，她才不干呢。

查尔斯最心爱的这两个人，丝毫没有对他产生过让他坚强的影响，他在这里长大成人，这个家是个安乐窝，对于艰难和现实，他一无所知。与塔拉庄园相比，这个家平静、老派、儒雅。照斯佳丽看来，这座宅子缺少男人的白兰地、烟草和望加锡发油的气味，缺少粗哑的嗓音和不时该听到的咒骂声，缺少枪支、胡须、马鞍、缰绳和围在脚边的猎狗。她想念吵架的喧嚣声，在塔拉，只要埃伦一转身，总能听到那种声音——黑妈妈跟波克争吵，罗莎跟蒂娜斗嘴，她自己跟苏埃伦尖酸刻薄地争吵，杰拉尔德吼叫着恫吓。查尔斯生在那么个家里，难怪他女人味十足。这里从来没有刺激，人们说话从不放开嗓门儿，人人都和颜悦色倾听别人的看法，到头来，厨房那个头发灰白的老黑人倒成了自行其是的独裁者。斯佳丽满以为逃出黑妈妈的监督可以少受些管束，却发现彼得大叔对女士行为的规矩比黑妈妈更严格，查尔斯少爷的遗孀尤其受到严加管束，这可让她太伤心了。

在这样的家庭里，斯佳丽恢复了自己的本来面貌，她的精神不知不觉便复原了。她才十七岁，身体健康，精力充沛。查尔斯的亲人都竭尽全力让她快乐。就算他们稍有点儿力不从心，也算不得他们的错，因为一旦有人提起阿希礼的名字，她就难过得心怦怦直跳，谁又能消除她这块心病呢？况且经常提起他的人还是玫兰妮！不过玫兰妮和佩蒂总是孜孜不倦地努力，想方设法安慰她，她们以为她守寡后心中悲痛未消，便撇开自己的烦恼，帮助她排遣。她们小题大做，过问她的饭菜，关照她午睡的长短，检点她乘车兜风的时间。她们对她赞不绝口，赞赏她的毅力，夸奖她的身段、她的纤手小脚、她的白皙皮肤，她们经常挂在嘴上说这些，一边说还一边抚摩她、拥抱她、亲吻她，这就加重了亲昵话语的分量。

斯佳丽并不喜欢她们的爱抚，不过听了恭维话心里倒挺舒坦。在塔拉庄园，谁也没对她说过这么多动听的话。而且黑妈妈还总是泼冷水泄她的傲气。小韦德在这里不再是她的累赘了，全家上下不论白人、黑人，外加来访的邻居，都把他当宝贝，大家抢着抱他，为此还争论不休。玫兰妮格外疼爱他。哪怕在他哭闹最凶的时候，玫兰妮也觉得他可爱极了，嘴里还说：“哦，你这个心肝儿宝贝呀！你要是我的娃娃该多好啊！”

有时候，斯佳丽实在难以掩饰自己的感情，她仍旧认为佩蒂姑妈是个愚蠢透顶的傻老太太，她那副傻呆呆的沮丧模样让她一见就无比的厌恶。她不喜欢玫兰妮是因为嫉妒，这种厌恶的感觉在与日俱增，有时候，玫兰妮说起阿希礼或者朗读他的来信，脸上熠熠放光，斯佳丽实在忍受不了，不得不突然离开房间。不过，总的来说，在这种情形下，生活过得还算愉快。亚特兰大比萨凡纳、查尔斯顿或塔拉庄园更加有趣，这里有众多新奇的战时工作，她忙得没有多少时间去生闷气。不过，到了夜里，她吹灭蜡烛，脑袋钻在枕头里，有时难免叹息，自忖道："要是阿希礼没有结婚该多好！要是我用不着在那个该死的医院看护伤员该多好！唉，要是有几个人向我献殷勤该多好哇！"

她很快就厌烦了护理工作，可又脱不掉这份义务，因为她对米德太太和梅里韦特太太的两个护理团都有承诺。结果，她每礼拜有四个上午要在热腾腾、臭烘烘的医院干活儿，把头发束起来用毛巾包住，一条大围裙从脖子垂到脚面，裹得她闷热难当。亚特兰大的已婚妇女不论老少都要做护理工作，大家都满腔热情，照斯佳丽看来，那种热情几乎是狂热。她们认为她理所当然应该受到她们爱国热情的感染。假如她们知道她内心对这场战争的兴趣多么冷漠，准会感到震惊。她心里一直害怕阿希礼阵亡，总是提心吊胆，除此，她对战争毫无兴趣。她做护理工作是因为不知道怎么才能摆脱这种事。

护理伤员当然丝毫也不浪漫。她被包围在呻吟、谵语、死亡和臭气之中。医院里住满了肮脏不堪、胡子拉碴、浑身虱子的伤员，他们臭味扑鼻，伤口可怕极了，文明人见了都会恶心。医院里弥漫着一股腐肉的恶臭味，没等走近门口，臭味早已钻进鼻孔，仿佛黏糊糊地黏在手上、头发里，就是在睡梦中也挥之不去。病房里密密麻麻的苍蝇蚊虫嗡嗡乱飞，把伤员折磨得又是咒骂，又是无奈哭泣。斯佳丽抓挠着自己身上蚊子叮出的包，一面不停地为伤员摇动芭蕉扇，最后弄得两肩酸疼，心里巴不得这些人全都死了算啦。

玫兰妮虽然是个最胆怯害羞的女人，可她好像并不在乎闻臭气、见伤口，也不在乎看到伤员赤身露体，让斯佳丽不禁觉得奇怪。有时候，米德大夫给伤员做手术，剔除腐肉，玫兰妮为他端着盘子和器械，她总是脸色煞白。有一回，做完这种手术后，斯佳丽见她躲在存放巾单的小间里，用一条毛巾捂着嘴悄声呕吐。可是，在伤员看得见她的地方，她总是态度温和，充满同情和欢乐。医院的伤员都叫她慈悲天使。斯佳丽也想得到这个雅号，不过那就得干更多事情，要接触满身虱子的伤员，要把手指伸进昏迷病人的喉咙，看他们是不是让嚼烟团噎住了，要包扎断肢，还要从化脓的腐肉中挖出蛆虫。噢，不。她才不喜欢护理工作呢！

要是允许她对康复伤员卖弄风情，或许她还受得了，伤员中许多人出身名门，而且挺招人喜爱的，可她是个寡妇，根本不能这么做。人们不允许城里的年轻小姐做护理工作，免得让她们看到处女不宜的东西，她们就在康复病房照料伤员。她们既没有结婚，又不是寡妇，不受约束，康复伤员便成了她们肆意进攻的对象，最不起眼儿的姑娘要跟人订婚也不费吹灰之力。斯佳丽见状不禁十分沮丧。

除了照顾重病号和重伤员，斯佳丽完全是跟女性打交道，这让她苦恼，她从不信赖跟自己性别相同的人，而且从来就讨厌她们。可是每周有三个下午她要跟玫兰妮的朋友们在一起，参加那个护理团的缝纫和卷绷带活动。在这种场合，凡认识查尔斯的姑娘对她都很客气，也很关心，尤其是范妮·艾尔辛和梅贝尔·梅里韦特，这两位都是城里富孀的千金。不过她们待她十分恭敬，仿佛她已经是个穷途末路的老妪。她们不断谈起舞会和情人，让她听了又嫉妒人家的喜悦心情，又怨恨自己身为寡妇再也不能参加这种活动。难道她不比范妮和梅贝尔漂亮三倍！啊，生活多不公平哪！大家都以为她一颗跳动的心已经葬进了坟墓，这又多么不公平哪！她的心现在飞到了弗吉尼亚，伴随在阿希礼身边啦！

虽然有这些苦恼，可亚特兰大仍然让她觉得非常愉快。一星期又一星期不知不觉过去了，她客居的时间在延长。

第九章

仲夏的一天早上，斯佳丽面带忧伤坐在卧室窗口，望着敞篷马车和轿车满载着姑娘们、士兵和年长的妇女，兴高采烈沿桃树街驶出去，寻找枝叶装饰品，为的是装点晚上为医院筹款要举办的义卖会。红土路上树影斑驳，阳光斜射进宽大的树冠下，众多马蹄扬起小片红土尘雾。一辆马车在前面开路，四个壮实的黑人手持斧头，砍下冬青树枝，扒下藤蔓，这辆马车的车厢后面堆满了盖着餐巾的篮子和橡树枝篓筐，里面装着午餐，另外还有十几个西瓜。有两个黑人青年随身带着班卓琴和口琴，正演奏曲调活泼有力的《要想快活当骑兵》。两人身后跟着大队心情愉快的人，其中有身穿凉爽印花布裙子的姑娘，她们肩披薄披肩，头戴遮阳帽，手上戴着长手套，头上打着小阳伞；有上了年纪的女人，在一片欢笑声和马车间的呼喊和玩笑声中，她们神色安详，面带微笑；医院的康复伤病员夹在肥硕的年长妇女和苗条的姑娘中间，姑娘们手忙脚乱地精心照顾着他们；骑在马背上的军官慢吞吞走在马车旁边——车轮的咯吱声，靴刺的叮当声，金色穗子在闪烁，阳伞在上下跳动，扇子在左右摇动，黑人在放声歌唱，好一个热闹场面。人人都坐马车去桃树街外面，去采摘绿枝，去野餐，去分西瓜吃。“人人都去了。”斯佳丽愁眉苦脸地自忖道，“只有我去不成。”

大家都向她挥手，大声跟她打招呼，她也勉强保持着温文尔雅的风度向大家回礼，可心里老大的不痛快。她心里涌起一阵苦痛，慢慢让她感到喉头哽咽，很快就要化作泪水了。人人都去野餐，就她不能。人人今晚都要去义卖会，还要参加舞会，可她不能。就是说，人人都能去，只有她、佩蒂帕特和玫荔不能去，城里其他服丧的不幸女人们也不能去。玫荔和佩蒂帕特似乎并不在意，她们甚至连想去的念头都没有过。可斯佳丽却在想，她真的想去，想得要命。

这实在不公平。她为义卖会准备物品比城里任何姑娘都加倍卖力。她编织出袜子、婴儿帽、羊毛披肩、围脖，梭织出许多码的花边，还在许多带胡须挡圈的瓷杯上绘过画。她绣过六只沙发靠垫套，上面都绣了邦联旗帜。不错，上面的星星都有点儿歪斜，有些星星像圆点，有的星星有六七只角，不过看上去的效果还算不错。就在昨天，她还在军械库一间满是尘土的旧仓库里干活儿，给沿墙摆放的货摊上挂黄色、粉红色和绿色的粗布彩旗，最后累得精疲力竭。因为受妇女医院护理委员会的监督，这种活儿简直是桩苦役，一点儿乐趣都没有。只要跟着艾尔辛太太和怀廷太太，就得像个黑人似的听凭她们支使，休想有任何乐趣。而且还得听她们吹嘘说自己的女儿人缘儿有多好。最糟糕的是，她帮佩蒂帕特和厨子制作抽彩赠礼的多层蛋糕时，手上竟烫起两个水疱。

干活儿像个黑奴似的，如今有点儿乐趣了，却不得不恪守规矩退避一旁。唉，她因为丈夫去世，孩子在隔壁屋里哭闹，各种有趣的事情就没她的份，这太不公平了。仅仅一年多以前，她还在跳舞，身上穿的可不是这身丧服，是花花绿绿的长裙，至少跟三个小伙子私订过终生。她才刚满十七岁，她的双脚还跃跃欲试想跳舞。唉，真是太不公平了！生活已经像过眼烟云离她而去，在炎热的夏季沿着一条林荫道逝去——那种充满灰军装、叮当作响的靴刺、印花蝉翼裙和班卓琴声的生活就这样离她而去了。她看到认识的男人，那些自己在医院里护理过的男人们，她尽量克制自己，对他们微笑和挥手不能太热情，可是，要克制自己别露出酒窝实在太难，本来心还在怦怦跳，却要显出一副心死的模样，这也实在太难了。

佩蒂帕特这时突然闯进屋子，照例爬楼梯累得气喘吁吁，打断了她跟人们的招呼致意，不由分说把她从窗口拖开。

“宝贝，你疯了吗？怎么能在自家卧室窗口向男人挥手？我一定要说，斯佳丽，我简直惊呆了！你母亲知道了会怎么说呢？”

“这个嘛，他们不知道这是我的卧室。”

“可他们肯定想得出这是你的卧室，那不一样糟糕吗？宝贝，你可不能做出这种事。人人都会议论你，说你放荡——反正梅里韦特太太知道这是你的卧室。”

“我看她会把这事告诉所有男人，这个可恶的老女人。”

“宝贝，嘘！多莉·梅里韦特可是我最要好的朋友。”

“哼，反正她是个可恶的家伙——噢，对不起，姑妈，别哭呀！我忘了这是我的卧室窗口。我不会再这样做了……我……我只是想看看他们，自己心里也盼望能跟他们一道去呢。”

“宝贝！”

“我真这么想，在屋子里都待腻了。”

“斯佳丽，答应我再也别说这种话了，人们会议论的，他们会说你对过世的查尔斯不够尊重……”

“噢，姑妈，别哭！”

“啊，我把你也惹哭了。”佩蒂帕特抽噎着说，嗓音流露出满意，伸手从裙兜里掏手帕。

难以压制的苦痛终于涌上斯佳丽的喉头，突然迸发成号啕大哭——并非如佩蒂帕特所想是为过世的查尔斯而哭，而是因为车轮和欢笑声已经消失了。玫兰妮伴随着一阵裙裾窸窣声从自己的屋子走进来，她急得皱起额头，手里拿着把刷子，平时整整齐齐的乌黑头发没有套在发网里，波浪般蓬松的小卷发垂落在脸蛋儿两边。

“亲爱的！怎么啦？”

“查理！”佩蒂帕特抽噎着说完，便由着性子扑在玫荔肩头大放悲声。

“噢。”玫荔一听到哥哥的名字，嘴唇也颤抖起来，“亲爱的，坚强些。别哭。啊，斯佳丽！”

斯佳丽扑倒在床上，啜泣变成了号啕大哭，哭自己青春不再，哭青春乐趣与她无缘，哭得又恼火又绝望，伤心得像个孩子似的。换了以前，只要扯着嗓子一哭，要什么有什么，如今她清楚，再哭也于事无补。她把脑袋钻进枕头下面哭个不停，两脚在流苏装饰的床罩上乱踢乱蹬。

“我还不如死了干净！”她越哭越上劲。佩蒂帕特见了这番悲痛场面，自己倒止住了轻易就能流出的眼泪。玫荔扑到床前安慰她嫂嫂。

“亲爱的，别哭了！想想查尔斯多爱你，好让心里觉得安慰！想想你亲爱的小宝贝吧。”

受人误会的气愤与一切都被剥夺掉的悲凉糅合在一起，斯佳丽如鲠在喉，什么也说不出来。幸亏她没像杰拉尔德那样把心里话都坦率地说出来。玫兰妮轻轻拍着她的肩膀，佩蒂帕特踮起脚尖吃力地在屋子里走动，伸手拉下百叶窗。

“别拉！”斯佳丽从枕头上抬起红肿的脸，大声嚷道，“别拉下百叶窗，我还没死呢——不过跟死了也没两样。啊，你们走吧，让我独自待着。”

她又钻进枕头里，两个站在她身后的人耳语两句就蹑手蹑脚出去了。她听见她们下楼的时候玫兰妮压低声音对佩蒂帕特说：

“佩蒂姑妈，希望你以后别当着她的面说查尔斯了。你知道这话多伤她的心哪。她那副模样真可怜哪，我知道她尽量忍着不哭。我们千万不能惹得她太难受了。”

斯佳丽有气没处撒，想找个恶毒的字眼咒骂解气。

“活见鬼！”她终于大声咒骂了一句，觉得多少轻松了一些。玫兰妮怎么会心甘情愿待在家里，什么乐趣也不找，还为她哥哥穿丧服呢？她不过才十八岁哪。玫兰妮似乎并不知道，也不在乎生活在靴刺叮当声中呼啸而过。

“她那么呆头呆脑，”斯佳丽捶打着枕头自忖道，“根本不像我这么有人缘儿，所以她不像我一样渴望享受乐趣。再说……再说她得到了阿希礼，可我呢，我什么人都没得到！”有了这层新烦恼，她再次放声大哭起来。

她在自己的屋子里一直待到下午，一直闷闷不乐，后来，野餐的人们返回来了，车上堆满了松枝、藤蔓、香薇，她见了心情也没觉得轻松。人们看上去虽然疲惫却很愉快，大家再次向她招手，她神情郁郁寡欢，跟大家回礼。生活就是绝望，实在不值得活下去。

午睡时分，出乎她意料来了两个解围的人，是梅里韦特太太和艾尔辛太太乘车驾到。这个时候有客来访，大家都吃了一惊。玫兰妮、斯佳丽和佩蒂帕特姑妈连忙起身，匆匆穿好紧身衣，梳了梳头发就下楼来到客厅。

“邦内尔太太的孩子们出麻疹了。”梅里韦特太太急不可耐地说，言外之意显然是这事应该由邦内尔太太自己负责。

“还有，麦克卢尔家姑娘都给叫到弗吉尼亚去了。”艾尔辛太太用她越说声音越低的腔调说，一面懒洋洋挥动着扇子，仿佛这两桩事都没什么大不了的，“达拉斯·麦克卢尔负伤了。”

“多吓人哪！”几个女主人异口同声说，“可怜的达拉斯……”

“没有。不过是打穿了肩膀。”梅里韦特太太连忙说，“不过时机再不能更糟了。几个姑娘去北方是要接他回家。哎呀，老天在上，我们可没时间在这儿聊啦，必须赶回军械库把装饰搞好。佩蒂，我们需要你和玫荔今晚顶替邦内尔太太和麦克卢尔家姑娘。”

“噢，多莉，可我们不能去啊。”

“别跟我说什么‘不行’，佩蒂帕特·汉密尔顿，”梅里韦特神气活现地说，“我们需要你去监督搞伙食的黑人。本来是邦内尔太太的差事。你呢，玫荔，你一定要接替麦克卢尔家姑娘管货摊。”

“啊，我们实在不行……可怜的查尔斯死了才一……”

“我知道你们的心情，但是为了事业，再大的牺牲也不算过分。”艾尔辛太太和颜悦色打断她的话，就把这事说定了。

“唉，我们倒是愿意帮忙，可……可你干吗不找几个漂亮姑娘去看管货摊呢？”

梅里韦特太太声音响亮地哼了一声。

“我不知道这些日子年轻人到底怎么啦，一点儿责任心都没有。没看管过货摊的姑娘们借口多得要命，可她们骗不了我！无非是想找军官，怕拴住手脚。她们还怕站在货摊柜台后面显不出自己的新裙子。我真希望那个偷越封锁线的……他叫什么来着？”

“巴特勒船长。”艾尔辛太太提示说。

“我真希望他多弄些医院用品，少运些带箍的裙子和花边来。我今天看见一条裙子，他就能走私进二十条裙子。巴特勒船长——我听见这名字就恶心。得啦，佩蒂，我没时间多说，你一定得来，人人都会谅解的。反正你在后面屋子里也没人看得见，玫荔也不显眼。可怜的麦克卢尔家姑娘的货摊在最里面的尽头，也不太漂亮，没人会注意你。”

“我看我们得去。”斯佳丽说，她尽量克制住自己的急切心情，脸上露出坦诚纯真的表情，“这是我们能为医院做的最起码的事情。”

两位来客都没提过她的名字，一听这话都把脑袋扭过来，眼睛直勾勾盯着她。即使在这种极端困难时刻，她们也没想过要一位守寡还不到一年的女子抛头露面。斯佳丽眼睛睁得大大的，正面迎着她们的目光，露出孩子般天真的表情。

“我看咱们都该去帮着把事情办好，大家都去。我想我应该跟玫荔一道去，因为……嗯，我想我们两人去比一个人好。你说呢，玫荔？”

“这个嘛……”玫荔无可奈何地接应着。服丧期间在社交场合抛头露面，这种事情可是闻所未闻，她一时不知所措了。

“斯佳丽说得对。”梅里韦特太太见她迟疑连忙说。她站起身，摆弄好裙箍，“你们俩……大家都要来。好了，佩蒂，别再找什么借口了，想想医院多需要钱来买新床和药品吧。查尔斯为事业献身，他知道你们为这个事业出力，他的在天之灵会高兴的，这我能肯定。”

“这个嘛……”佩蒂帕特迟疑道，她遇上个性比她强的人总是无可奈何，“只要你们认为大家会谅解就行。”

斯佳丽悄悄走进该由麦克卢尔家姑娘照管的货摊，她的行动没惹人注意。货摊上面悬挂着粉红色和黄色彩旗，她心里不禁乐开了花，暗自欢呼：“实在是太好了！实在是太好了！”她终于来到一个聚会上！隔绝社交一年，整天身穿黑丧服，说话都得压低声音，心里烦得简直要发疯了，现在终于来到一个聚会上，而且是在亚特兰大空前的盛会上。在这里，她可以见到许多人、许多灯光，可以听到音乐，亲眼看到漂亮的花边、衣服和装饰，这都是那位家喻户晓的巴特勒船长最后一次偷越封锁线运进来的。

她在货摊柜台后面一张小凳上坐下，两眼来回打量这间长长的大厅，这里今天上午还十分难看，不过是个空荡荡的操练室。不知道那些太太、小姐们怎么辛苦才把它弄得这么漂亮的！真漂亮。她想道，准是把亚特兰大所有的蜡烛和蜡烛台都弄到这个大厅里来了。这里有银制蜡烛台，上面伸出十几个枝形烛架，有底座浮雕着可爱小人儿的瓷蜡烛台，有老式铜蜡烛台，看上去堂皇庄重，蜡烛台上插着大小不同、颜色各异的蜡烛，飘散出月桂的芳香，有的摆放在沿大厅墙壁一侧的枪架上，有的摆放在布置着鲜花的长桌上，有的摆放在货摊柜台上，就连窗扇敞开的窗台上也摆放了蜡烛，夏夜温暖的轻风刚好让烛光摇曳闪烁。

大厅中央有一盏难看的大吊灯，上面的铁链锈渍斑驳，可是常春藤和野葡萄藤做的螺旋形装饰让它完全变了样，不过这些藤蔓已经让烛火烤得枯萎了。墙壁上装饰着松枝，散发出阵阵清香，屋角变得十分漂亮，像个妇女、老太太乘凉就座的凉亭。常春藤、野葡萄藤和天冬草编成的彩结和彩链装饰在每一堵墙面上，悬挂在窗户上，编成双扇结悬挂在每一个彩旗缤纷的货摊上。漫漫翠绿之间，旗帜彩旗之上，赫然插着红蓝底色的邦联星旗。

乐台布置得尤其具有艺术特色。四周装饰着青枝绿叶，插满了星旗、彩旗，把台子遮挡得严严实实。斯佳丽知道，城里所有大大小小盆栽花卉都搬到这儿来了，有锦紫苏、天竺葵、八仙花、夹竹桃、秋海棠——就连艾尔辛太太那四盆珍贵的橡胶树也摆放在台子四周的显要位置上。

大厅里乐台对面那一头，太太、小姐们相形之下就显得黯然失色了。这面墙上挂着邦联总统戴维斯和副总统斯蒂芬斯的大幅画像。副总统就是来自佐治亚州的“小亚历克”。画像上方挂着一面巨幅旗帜，下面摆着几张长长的桌子，上面是从全城各家花园里收罗来的鲜花，有凤尾草，有一行行红色、黄色、白色的玫瑰，有挺拔的金剑兰叶鞘，有五颜六色的旱金莲花，有高高伸出花丛之上的蜀葵花那栗色和乳黄色花朵。花丛中的蜡烛像点亮在圣坛上一样庄严。画像上的两张面孔俯视着这个场面，这两位执掌大权的人物面孔截然不同：戴维斯脸颊扁平，目光像苦行僧一样冷漠，高傲的薄嘴唇紧紧抿在一起；斯蒂芬斯一双乌黑的眼睛炯炯有神，深深嵌在脸上，这是一双饱尝病痛的眼睛，并且以自己的诙谐和激情战胜了病痛——这是两个深受爱戴的人物。

负责整个义卖活动的委员会老太太们裙裾窸窣，堂而皇之地进场了，活像一支船帆鼓满的舰队。她们把迟到的少妇和咯咯痴笑的姑娘们赶进货摊里，然后大摇大摆穿过后门，到摆好茶点的后堂去了。佩蒂姑妈气喘吁吁地跟在她们后面。

乐师们登上乐台，他们都是黑人，个个咧开嘴微笑，胖胖的脸颊上汗珠闪闪发亮。他们开始给提琴调音，一本正经地用琴弓拉，用手拨。自从亚特兰大起初定名马萨斯维尔以来，梅里韦特家的车夫老利维在每一场义卖会、舞会和婚礼上都担任乐队指挥，这时他用琴弓敲了一下，要大家注意。除了主持义卖会的女士们，来的人还不多，不过在场的人都把眼睛转向他。接着，小提琴、低音提琴、手风琴、班卓琴和响板一齐奏响，演奏起曲调舒缓的《洛雷纳》——奏得太慢，不适宜跳舞。舞会要等到货摊的货物全部卖完才开始。斯佳丽听到优美而伤感的华尔兹，觉得自己心跳加快了：

> 岁月缓缓流逝，洛雷纳！
> 白雪又一次覆盖了草地。
> 太阳早已西沉，洛雷纳……

一——二——三，一——二——三，侧——摆——三，转——二——三。多美的华尔兹啊！她的手稍向前伸，闭上眼睛，身体随着这迷人忧伤的曲调晃动起来。这凄凉的曲调和洛雷纳失去的爱情与她自己的激越心情交织在一起，让她觉得喉头哽咽。

仿佛这华尔兹曲领了个头，接着，下面那条月色朦胧的街道上飘来了各种声音，马蹄嘚嘚，车轮辚辚，温暖的空气中荡漾着笑声，黑人们为争夺拴马地刻薄的咒骂声越来越高，变成了争吵。楼梯上一片杂沓声，还能听到无忧无虑的说笑声，姑娘们活泼的嗓音与她们男伴的低沉声音混合在一起。姑娘们见到下午刚刚分手的朋友，乐不可支地尖声嚷叫着相互打招呼。

大厅里顿时活跃起来。到处都是姑娘，她们身穿蝴蝶般鲜艳的裙袍，裙摆撑得特别宽大，下边时而露出镶着花边的灯笼裤，上面裸露着圆润白皙的小肩膀，荷叶花边上面隐隐约约让人看出娇小的乳房，胳膊上随意挂着镂织披肩，金饰漆扇、天鹅羽毛扇、孔雀毛扇都用细小的丝绒带子挂在手腕上。黑头发的姑娘把头发梳得溜光，在耳际后面结个大大的发髻，扬扬得意地仰起头；有的姑娘一头金色蓬松鬈发垂在脖子周围，金耳坠和上面的垂穗随着鬈发飘舞。各种花边、丝绸、镶边、丝带，这些全是偷越封锁线运来的，因为难得，穿戴在身上才愈发显得珍贵，让人愈发得意。她们炫耀着自己华丽的服饰，觉得格外骄傲，这也算是对北佬的一种特别侮辱。

并非城里所有的花儿都奉献在了邦联领袖面前。最小最香的花朵装饰在姑娘们身上了。香水月季插在姑娘们粉红色的耳朵后面，茉莉花和玫瑰花蕾编成小花环，套在波浪垂肩的长发上，有的鲜花端端正正别在缎子肩带上，这些花朵不等过夜就会钻进灰军装口袋里，作为珍贵的纪念品收藏起来。

人群中穿军装的人多极了，许多军人斯佳丽都认识，有些是在医院病床上见过，有些是在街上，有些是在操练场上。军装真漂亮，纽扣闪闪发亮，袖口和领口的金饰耀眼夺目，不同军种的制服裤子上有的缀着红条纹，有的是黄条纹，有的是蓝条纹，把灰底色衬托得尽善尽美。猩红色和金色相间的绶带在身上晃来晃去，军刀闪闪发亮，不时咚咚碰在锃亮的高筒靴上，靴刺哗啦啦清脆悦耳。

军人们跟朋友们打招呼，挥手致意，弯腰向老太太们行吻手礼。斯佳丽心里涌起一股暖意，不禁想到，这些人真是仪表堂堂哪。虽然他们留着黄胡子或者一脸的黑胡子或棕色胡子，可他们都那么年轻，尽管胳膊还吊在悬带上，与晒成古铜色的面庞相比，脑袋上的绷带白得刺眼，可还是那么英俊勇武。有些人拄着拐杖，可姑娘们放慢脚步配合男伴的脚步，脸上也显得那么自豪！穿军装的人当中有一个衣服花哨刺眼的人，相比之下，姑娘们的华丽服饰也黯然失色了。这人在人群中就像只羽毛艳丽的热带鸟儿一样惹眼——原来是个路易斯安那州的义勇兵，他下身穿一条宽松的蓝白条纹裤、乳白色绑腿，上身穿一件红色紧身小外套，一条胳膊挂在黑绸悬带上，他皮肤黝黑，咧开嘴笑着，活像只小猴子。他可是梅贝尔·梅里韦特中意的情人呢，名叫勒内·皮卡德。整个医院一定是倾巢而出，至少能走路的全来了，另外还有休假的人和休病假的人。本城到梅肯间所有铁路部门、邮政部门、医院和军需部门的人也都来了。太太、小姐们该多高兴啊！今晚医院要像开铸币厂一样发财了。

外面街道上传来喧嚣的鼓声、整齐的踏步声、车夫们的喝彩声。随着一声号响，一个低沉的嗓音下令解散。转眼间，身穿鲜艳服装的自卫队和民兵把狭窄的楼梯挤得直摇晃，涌进大厅里，跟人们鞠躬、致敬、握手。自卫队的小伙子们能在战争中显显身手觉得挺得意，心里许愿说，要是战争能持续到明年，到时候他们要上弗吉尼亚去。白胡子老头儿们真希望自己还年轻，他们身穿军装，得意扬扬地跟在儿子们身后行军，分享他们的荣耀。民兵中有许多中年人，有些上了年纪的，但是也有些适龄青年，这些人倒不像那些上了年纪的和比他们年轻的人光彩。有人已经开始窃窃私语，打听他们为什么没有跟随李将军。

大厅里哪能同时容下这么多人呢！几分钟前还显得十分空旷的地方，现在忽然挤得满满当当，夏夜浓郁的气息中洋溢着各种香味：香粉味、花露水味、发油味、月桂油蜡烛味、鲜花的芬芳，还有众多双脚踏出的淡淡尘土味。鼎沸的人声中什么声音也休想分辨出来。老利维仿佛被这种激动人心的场面感动了，他中断了《洛雷纳》，琴弓狠敲几下，拼命拉出几个音符，乐队便突然奏起《美丽的蓝旗》。

上百个声音随之引吭高歌，如同欢呼般响亮。自卫队的号手登上乐台，在合唱部开始演奏，大合唱中高昂明亮的号声震颤回荡，听得人心里直打战，裸露的胳膊上顿时起了鸡皮疙瘩，激越的情绪打冷战般地透彻骨髓：

万岁！万岁！万岁南方的权利！
万岁美丽的蓝旗，
万岁，旗上唯一的星星！

他们齐声高唱第二段，斯佳丽也跟大家一起唱，忽然她听见背后玫兰妮动听的女高音，那么清澈嘹亮，字正腔圆，激动人心，犹如号角在召唤。她转过身，只见玫荔双手交叉在胸前，眼睛闭着，眼角涌出细小的泪珠。音乐结束后，她难为情地朝斯佳丽微微一笑，努了努嘴扮了个道歉相，一边用手帕擦泪。

“我太高兴了，”她低声说，“太为我们的士兵自豪了，不知不觉就流出了眼泪。”

她的眼睛里闪烁出一种光辉，强烈得几近狂热，一时竟使她那张平庸的小脸显得漂亮了。

歌声结束时，大家纷纷扭头看着自己的亲人，姑娘望着自己的情人，母亲望着儿子，妻子看着丈夫，所有女人脸上都露出同样的神情，粉红的脸颊或皱纹密布的脸孔上都淌着骄傲的泪水，嘴角上挂着微笑，眼睛里闪烁出热烈的光芒。她们都漂亮得让人目眩。女人一旦得到全心全意的庇护和爱，并且千百倍奉还这份爱，就连容貌最平淡的女人也变得美丽动人了。

她们爱自己的男人，信任他们、信赖他们，至死不渝。有身穿灰军装的坚强男人阻挡北佬，灾难怎么会降临到她们这样的女人身上呢？开天辟地以来，何曾有过如此英武、如此无畏、如此勇敢、如此温柔的男人？他们这样的正义事业除了取得压倒性胜利，还会有什么别的结果？她们热爱这一事业就像爱自己的男人一样深沉，全身心为这个事业奉献，嘴里谈的是这个事业，心里想的是这个事业，睡眠中魂牵梦萦的也是这个事业——如果事业需要，她们愿意牺牲这些男人，承受他们的噩耗就像他们高举军旗时一样自豪。

这是他们心中信仰和骄傲的高潮，也是邦联的鼎盛时期，“石城将军”杰克逊在山谷地带连战告捷，在里士满周围的七天战役中击败了北佬，最后胜利显然唾手可得。有了李将军和杰克逊将军这样的统帅，战局还不是稳操胜券吗？只消再打一场胜仗，北佬肯定会跪倒求和，男人就能骑马凯旋，接着便是亲吻和欢笑。再打一仗，战争就要结束！

当然，许多家庭会留下没有男人坐的空椅子，许多婴儿从来没见过父亲的面容，弗吉尼亚州僻静的小河边和田纳西州寂静的群山间会出现许多无名烈士的坟冢，但是，对于这个事业来说，这个代价算得上太大吗？太太、小姐要的丝绸、茶叶和糖虽然来之不易，可这些无非是笑谈中的琐事。再说，有那些勇敢的人们偷越封锁线，从北佬眼皮底下把这些需要的货物运来，大家得到时就感到加倍的激动。不久，拉斐尔·塞姆斯和邦联海军就会对北佬的炮舰动手，港口就会彻底开放。英格兰就要参战，协助邦联军队，因为英国的棉纺厂缺乏南方产的棉花，正停工待料呢。英国贵族自然支持邦联，因为贵族当然同情贵族，反对北佬这帮贪财鬼。

于是，女人们丝裙窸窣，笑声不断，望着他们的男人，心里涌起自豪。她们知道，危难中获得的爱情因伴随着奇特的刺激，而倍感甜蜜。

斯佳丽乍一见到人群，久违的聚会气氛让她的心激动得怦怦直跳，可她望着周围一张张激昂的面孔，并不能完全理解他们的心情，她心中的喜悦开始消退，每一个在场的女人胸中都燃烧着激情，可她却体会不到。她感到迷惑不解，感到灰心丧气。她一时觉得大厅不再漂亮，姑娘们的服饰也不像原先那么华丽了。对事业炽热的激情仍然让每一张面孔熠熠生辉，可在她眼里——嗨，看上去简直滑稽可笑！

她忽然明白了个中缘由，不由得惊得目瞪口呆。她终于意识到，自己心里并没有她们那种强烈的自豪感，也没有她们那种为事业甘愿牺牲自己并奉献一切的愿望。她知道，这个事业对她无足轻重，别人谈论时眼睛里闪烁着狂热的激情，可这些话她早已听腻了。照她看来，这个事业并不神圣。战争似乎并不是神圣的事业，只是无情屠杀，消耗金钱，让人弄不到奢侈品，令人厌恶。她清楚自己厌恶了没完没了的编织，没完没了的撕纱布、卷绷带，把她的指甲表面都磨粗了。唉，待在医院让她厌烦死了！腐肉的气味让她恶心，没完没了的呻吟让她厌倦，临死前的凹陷面孔让她害怕。想到这里，她突然感到一阵恐惧："噢，不……不！我千万不能有这种想法！这不对——是罪过！"

她偷偷环顾周围，唯恐有人看到清楚流露在她脸上的这些叛逆和亵渎的念头。啊，她为什么不能有其他女人的感受呢？她们对事业的信仰可是全心全意、一片至诚啊！她们真正是言行一致、表里如一。万一有人怀疑她——不，不能让任何人知道！虽然心里想的是另一码事，可她必须继续装作对事业热忱自豪，扮演好一个邦联军官遗孀的角色，仿佛勇敢承受悲痛，心如止水，认为丈夫的死只要对事业胜利有益，便死得其所。

唉，为什么她跟这些忠诚的女人大不相同呢？她永远也不能像她们那样无私热爱任何事或者任何人。这是多么孤独的感觉啊——无论在肉体上还是在精神上，她从来没感到这么孤独过。起初，她还想压制住这种想法，可她天性中坚强的自尊心容不得她自欺欺人。就这样，义卖会期间，她和玫兰妮接待光顾她们这个货摊的顾客，她的脑袋里同时在忙着思索，竭力为自己辩护——这种事她很少觉得难办。

其他女人谈论起爱国主义和事业，完全是头脑发热、满口胡话，男人们谈论重大事件和州权之类，也几乎一样糟糕。只有她斯佳丽·奥哈拉·汉密尔顿才具有爱尔兰人的冷静头脑。她才不当众出丑谈论什么事业呢，当然她不是傻瓜，不会表白自己的真实想法。她的脑袋足够冷静，能有效应付这种局面，谁也不会知道她的感受。要是义卖会在场的人得知她的真实想法，准会大惊失色！假如她忽然登上乐台，声称自己认为战争应该终止，让人人都回家照料自家的棉花，重新身穿淡绿色裙袍参加聚会找情人，那准会让人们深感震惊！

她的自我辩解一时让她精神振作，可她看着周围，心里对这地方仍然觉得厌恶。梅里韦特太太说得没错，麦克卢尔家姑娘的货摊果然不显眼，长时间没多少人光顾这个角落。斯佳丽没事可做，望着快乐的人群心里酸溜溜的。玫兰妮发觉她闷闷不乐，就往好处想，认为她在思念查尔斯，不愿打断她的思路，没跟她交谈。她忙着整理货摊，把货物摆成更加吸引人的样子，斯佳丽却坐在那里环顾大厅，显得神情忧郁，就连戴维斯先生和斯蒂芬斯先生的巨幅画像下面那些鲜花都不能让她觉得高兴。

“像个祭坛。”她满心的不屑，“人们把这两个人供奉得像圣父和圣子了！”她突然慌了，觉得对神不虔敬，连忙在胸前画了个十字，算是赔罪，及时封住了自己的嘴。

“难道这话有假？”她跟自己的良心争辩道，“人人都把他们奉若神圣，可他们不过是两个凡人，而且容貌一点儿也不迷人。”

当然，斯蒂芬斯先生对自己的长相也无可奈何，因为他残废了一辈子，可戴维斯呢——她抬头望着那张神气的面孔，光溜溜的像玉石浮雕。最让她恼火的是那绺山羊胡子。男人要么把脸刮得干干净净，要么只留两撇小胡子，要么就把络腮胡子全都留下。

“看来这个小胡子也就这么点儿能耐。”她自忖道，却看不出他担当国家重任的冷峻智慧。

起初她来到人群中还挺高兴的，可现在她心里并不快活。这时她觉得，仅仅出席并不够。她虽然来到义卖会上，可并不能参加其中活动。谁也不多看她一眼，在场的年轻单身女子中，就她没有情人。她有生以来就喜欢占据舞台中央位置。这不公平！她才十七岁，两只脚已经迫不及待地踢踏着地板，想要翩翩起舞呢。她才十七岁，丈夫已经长眠在奥克兰公墓中，还有个娃娃躺在佩蒂帕特姑妈家的摇篮里，人人都以为她该对自己的命运满意才对。跟在场的所有姑娘相比，她胸脯的肤色最白皙、腰肢最纤细、脚最小巧，尽管如此，她也等于是已经躺在了查尔斯身边，头顶上刻着“××的爱妻”。

她不再是个能跳舞调情的姑娘，可她也不是位太太，不能陪在别人的太太身边，对跳舞调情的姑娘品头论足。要说当个寡妇呢，她的年纪又不够大。寡妇应该老迈才对，老得不想跳舞、不想调情，也不想受人夸奖了。啊，这不公平，她才十七岁却要正襟危坐摆出寡妇的尊严和身份。要是男人来到她们的货摊，而且过来的还是那么迷人的男人，她说话却必须压低声音，还得耷拉下眼皮望着地面才算得体，这实在是不公平。

亚特兰大的每一位姑娘都让三层男人团团围住，就连容貌最丑的姑娘也像个美人一样跟人调情——啊，她们都身穿这么漂亮可爱的裙子跟人调情，这一点最让她生气！

她身上却穿着黑塔夫绸丧服，袖子长及手腕，衣扣一直扣到下巴，丝毫没有花边装饰，没有一件首饰，只有埃伦那只黑玛瑙胸针，她呆坐在这里活像只乌鸦，望着那帮俗不可耐的姑娘挎在英俊男人的胳膊上。这都是因为查尔斯·汉密尔顿得了麻疹。假如他英勇战死沙场，她至少还能对人吹嘘吹嘘。

黑妈妈再三告诫她，不准胳膊肘架在桌子上，恐怕把皮肤压皱了难看，她现在全然不顾忌，索性由着性子将胳膊肘架在柜台上，朝人群望去。胳膊肘难看现在有什么关系？她恐怕再也没机会露出来让人看了。她如饥似渴地望着眼前飘过的衣裙、乳黄色的波纹绸、玫瑰花蕾编成的花环、缝着十八道荷叶边和黑丝绒细边的粉红色缎子裙裾、波浪花边蓬松得像泡沫裙幅一样足有十码的淡蓝色塔夫绸裙袍，她望着袒露酥胸的姑娘，望着迷人的鲜花。梅贝尔·梅里韦特挎着那位义勇兵的胳膊朝旁边一个货摊走来，她身穿苹果绿色的塔勒坦纱裙，宽大的上衣把腰身遮挡得严严实实。她浑身上下缀满了奶油色的香蒂叶与荷叶花边，都是最近偷越封锁线运到查尔斯顿，又从那儿弄来的，梅贝尔神气活现地卖弄着这身服饰，仿佛偷越封锁线的不是大名鼎鼎的巴特勒船长，而是她自己。

“要是我穿了这条裙子该多漂亮啊！”斯佳丽想道，心头涌起一阵醋意，“她的腰粗得像牛。那种绿色恰好适合我，我穿上能把眼睛衬托得……金发女子干吗要穿这种颜色呢？她的皮肤看上去那么绿，像块陈年奶酪。真想不到，我竟然再也不能穿那种颜色的裙子了，就是过了服丧期也不能穿了。不错，即使有机会改嫁，也不能再穿，到时候只能穿又老气又俗气的灰色、土黄色、淡紫色衣服。”

片刻之间，她脑袋里就闪过种种不公平的念头。一生中寻欢作乐、穿着漂亮、跳舞调情的时间多短暂哪！只有短短的几年！然后就嫁了人，身穿颜色晦暗的衣裙，生儿育女，把自己的腰身曲线给毁了，在舞会上只能跟别的稳重妇女坐在角落里旁观，要跳舞也只能跟自己丈夫跳，或者跟只会踩你脚的老头儿跳。要是不遵循这种俗套，其他妇女就会对你说三道四，坏你的名声，家人也跟着丢脸。做小姑娘时花费全部精力学会迷住男人的魅力，可这套手腕只能使用一两年就再也用不着了，真是个极大的浪费。她回想起埃伦和黑妈妈对她的训练，明白那套功夫的确尽善尽美，因为向来行之有效。只要遵循一定之规，苦心还是能得到好报的。

在老太太面前，态度要温和诚实，要尽量显出天真纯朴模样，因为老太太们尖酸刻薄，像猫似的盯着姑娘看，只要说话或者眼色稍有不检点，她们随时会扑过来。当着老先生的面，姑娘要淘气，可以显得没大没小，甚至可以有点儿轻浮，只要不过分就行，那个老傻瓜的虚荣心就能得到满足，仿佛觉得自己还年轻气盛，他们就会拧姑娘的脸蛋儿，说她是个疯丫头。当然啦，遇上这种场合，姑娘总该羞红了脸，要不然老先生会拧个没完，闹得不太像话，完了还会对他们的儿子说姑娘放荡。

见了姑娘和少妇，要满口甜言蜜语，每次见了面都跟她们亲吻，就是一天亲上十回也无妨。要搂她们的腰，就是心里老大的不情愿，也要听任她们搂自己的腰。对她们的衣裙和孩子，要一律赞不绝口，可以拿人家的情人开玩笑，对人家丈夫要恭维，听了恭维话要谦虚，咯咯笑几声后要否认自己比她们更有魅力。最重要的是，如果她们不说真心话，自己也决不说真心话。

对其他女人的丈夫，即使是自己过去甩掉的情人，尽管他非常迷人，也要敬而远之。要是跟人家年轻的丈夫太亲热，妻子会说你放荡，有了这么个名声就再也找不着情人了。

不过跟年轻单身汉在一起嘛——啊，那就是另一码事了！你可以温和地笑他，等到他跑来问你为什么要笑，你可以不告诉他，反而笑得更欢，让他老是围着你团团转，想弄个究竟。你可以跟他眉来眼去，许诺告诉他几桩有趣的事情，这就能让他想法子单独跟你在一起。等你们真的单独在一起，要是他打算吻你，你可以装得非常非常伤心、非常非常恼火。你可以让他道歉，承认自己是个卑鄙的家伙，然后口气温和地原谅他，这就能引得他缠住你不放，想再次吻你。有时候你可以真的让他吻你，但不能经常这样（埃伦和黑妈妈并没有教她这个，可她自己发现这一招挺灵）。然后你就哭，说不知道自己怎么会这样，说他以后再也不会尊重你了。他就不得不替你擦干眼泪，通常他会向你求婚，表示他多么尊重你。然后就……啊，对单身汉的手腕多着呢，她全都精通，什么递个媚眼啊、扇子掩面半带微笑啊、扭腰荡起裙子啊、流泪、欢笑、奉承、楚楚动人地表示同感等。唉，各种手段都一试一个准——就是对阿希礼不灵。

真可惜，学了全套巧妙花招，只用了那么短时间就撇在一边永远不能再用，这似乎不对呀。要是永远不嫁人，一直身穿那条淡绿色裙子，身边老有美男子追求，那该多美妙！可是，这样下去时间久了，你就变成印第亚·韦尔克斯那样的老小姐了，人人见了都露出一副幸灾乐祸的神色，说你是“可怜虫”。不行，毕竟要保住自尊，就是从此再也没什么乐趣还是结了婚的好。

唉，生活真是一团糟啊！她当时怎么昏了头，本来有那么多人却偏偏嫁了个查尔斯？害得她十六岁就断送了一生。

这时，众人纷纷挤向墙边，把她又愤慨又绝望的思路打断了。只见太太、小姐们仔细提起裙箍，免得让莽撞的人们碰得裙箍贴住身子，露出灯笼裤失了体统。斯佳丽踮起脚尖从人群上面望去，看见民兵连长登上了演奏台。他喊着口令，半个连的民兵顿时排得整整齐齐。他们行动敏捷地做了一阵队列演练，额头上都冒出了汗珠，观众又是喝彩又是鼓掌。斯佳丽也跟着大家敷衍地拍了几下巴掌。等到这队士兵散开，拥向卖五味酒和柠檬汁的货摊，斯佳丽觉得最好尽早表现一下对事业的关心，就转向玫兰妮。

“他们看上去挺帅，对不对？”她说。

玫兰妮正忙着整理柜台上的针织品。

“要是穿上灰军装开到弗吉尼亚，他们大多数会显得更帅。”她说这话的时候竟没有压低声音。

有几个得意扬扬的民兵母亲正站在附近，听见了她的话。吉南太太的脸红一阵白一阵，因为她的儿子威利二十五岁了还待在民兵连里。

“嘘，玫荔！”

“你清楚这是实话，斯佳丽。我说的不是小男孩儿也不是老先生。不少民兵完全扛得动步枪，此刻他们就该扛起枪去打仗。”

“不过……不过……”斯佳丽从来没考虑过这事，“总得有人待在后方来……”威利·吉南当时用什么话为自己留在亚特兰大做解释的？“总得有人待在后方保卫本州免遭入侵嘛。”

“没人来入侵，将来也不会有。”玫荔望着一群民兵冷冷地说，“赶走入侵者的最好办法，就是开到弗吉尼亚去，在那儿打北佬。至于说民兵待在这里是为了防止黑人造反——哼，我一辈子从没听过这么愚蠢的话呢。我们自己的人为什么要造反？不过是胆小鬼的借口。我敢打赌，要是各州的民兵都开赴弗吉尼亚，我们不出一个月就能打败北佬。准没错！”

“怎么啦？玫荔！”斯佳丽嚷起来，两眼瞪着她。

玫荔那双温柔的黑眼睛闪烁着怒火：“我丈夫可不怕上前线，你丈夫也一样。我宁愿让他们送命也不让他们待在家里……噢，亲爱的，我真抱歉。我真是太自私、太狠心了！”

她抚摩着斯佳丽的胳膊像是在哀求，斯佳丽则两眼直勾勾瞪着她。可斯佳丽心里想的并不是死去的查尔斯，而是阿希礼。假如他也死了怎么办？这时米德大夫向她们货摊走来，她连忙转过身去，露出机械的笑容。

“啊，姑娘们，”他跟她们打着招呼，“你们能来真好。我清楚你们今晚出来是做出了怎样的牺牲，可这都是为了事业。我要告诉你们一个秘密。我有一个惊人的办法，能替医院多筹一些款，可我恐怕有些太太、小姐听了会吃惊的。”

他闭上了嘴巴，捋着灰白的山羊胡子哧哧直笑。

“哦，是什么办法？快说啊！”

“我转念一想，觉得还是让你们猜猜吧。不过，要是教会的人因此赶我出城，你们这些姑娘可得出来替我说句话。毕竟是为了医院。你们就会明白的。这种事以前从来没人干过。”

他神气活现地朝屋子角落里一群伤员的陪同护理走去。两个姑娘正面对面谈论那可能是个什么秘密时，有两位老先生挤到货摊跟前，大声说要买十英里长的梭织花边。也罢，斯佳丽想道，有老先生光顾总比没人上门强，她动手量花边，端庄地忍受着人家抚摩她的下巴。两个老浪荡鬼又扑到卖柠檬汁的货摊上，其他人便挤到柜台前占了他们的位置。她们的货摊不像其他货摊，没有那么多顾客。梅贝尔·梅里韦特的货摊上嬉笑声不断，范妮·艾尔辛的货摊上一连串咯咯痴笑，怀廷家姑娘应答巧妙，和气生财。玫荔把没用的货色卖给用不着这种货的男人，可她倒从容沉着得像个真正的店铺掌柜的，斯佳丽也模仿玫荔的举止。

别的柜台都熙熙攘攘，姑娘们吵得叽叽喳喳，男人们就掏钱买货。只有她们的货摊没什么人光顾，来的几个人也都是谈谈跟阿希礼一道上大学的事，夸他当军人是个好样的，要么就以尊敬的口吻谈起查尔斯，说他的死是亚特兰大的一大损失。

这时乐队忽然开始演奏曲调欢快热烈的《约翰尼·布克，帮帮这黑小子！》，斯佳丽听了真想大声叫嚷。她要跳舞。她望着场地，她的脚和着节奏轻踏地板，她的两只绿眼睛闪烁出渴望的光芒。场地对面有个人刚到，在门口站着，看见了这双绿眼睛，觉得熟悉，就仔细望着阴郁倔强的面孔上这对凤眼。凡是男人都能从这眼睛里看出挑逗意味，他也不由得暗自咧开嘴笑了。

他身穿黑色细毛呢服装，身材高挑，比身旁的军官们高出一截儿，他的肩膀宽阔，越往下越细，腰身很细，一双脚小得可怜，穿着贼亮的皮靴。他一身冷峻的黑套装配上精细的褶边衬衫，裤子还潇洒地掖在高帮靴面下，这打扮跟他的身材和长相很不相称。他打扮得像个花花公子，可是纨绔服装却套在强壮的身体上，懒散斯文的表面下仿佛潜藏着危险。他的头发黑得像墨玉，两撇小黑胡子修剪得十分整齐，与身边几个骑兵的浓密大胡子相比，几乎有点儿外国人模样。他看上去是个贪欲厚颜的人，而且他的确是这么个人。他有一种极端自负和让人不快的无礼神色，他瞪着斯佳丽看，肆无忌惮的眼睛不怀好意地眨巴着，最后斯佳丽发现了他那种直勾勾的眼神，便正视着他的眼睛。

她总觉得这对眼睛似曾相识，可一时想不起这人是谁。但是，几个月来这是第一个对她感兴趣的男人，她朝他嫣然一笑。他朝她鞠了一躬，她便朝他稍稍回个屈膝礼。接着，他挺直腰板朝她走来，脚步轻快得像个印第安人，她忽然想起他是谁了，惊得连忙捂住嘴巴。

他挤过人群朝她走来，她却震惊了，像瘫痪似的一动也不能动。后来她慌忙转过身去，一心想逃进后面的茶点室，可裙边却让货摊的一个钉子挂住了。她使劲一拉，裙子撕破了，可这时他已经来到她身旁。

"请让我来。"他说着弯腰把她裙子上的荷叶花边从钉子上解下来，"我不敢指望你还记得我，奥哈拉小姐。"

他的声音十分悦耳，是上流绅士那种抑扬顿挫，洪亮的嗓音中带有查尔斯顿人的拖腔。

她抬起头朝他望去，眼神里带着恳求，想起上次见面的场合，不由得羞得满脸通红。她从来没见过这么乌黑的眼睛，两只眼睛幸灾乐祸地骨碌碌乱转。在场的人这么多，只有这个可怕的家伙目睹了她跟阿希礼的那一幕，她至今想起来还觉得是一场噩梦。这个讨厌的无耻之徒糟蹋人家姑娘的名声，规矩人都不欢迎他；这个卑鄙的家伙还说她不是个淑女，倒霉的是还有充分的理由。

玫兰妮听见他的声音转过头来。斯佳丽平生头一回为小姑在场而感谢上帝。

"哎哟……是……这不是瑞特·巴特勒先生吗？"玫兰妮面带

微笑向他伸出手，“上次见你……”

“是在你宣布订婚的大喜日子。”他说完弯腰对她行吻手礼，“承蒙你还记得我。”

“什么风把你从查尔斯顿远道吹来了，巴特勒先生？”

“做麻烦的生意，韦尔克斯太太。今后我要在你们城里出出进进了，除了把货运进来，我还得把货卖出手才行。”

“运进来……”玫荔颦蹙眉头，接着便眉开眼笑了，“怎么，你……你就是那位大名鼎鼎的巴特勒船长啰？我们可是经常听人谈论你偷越封锁线。可不是嘛，这儿每一位姑娘穿的都是你运来的衣裙。斯佳丽，你不觉得兴奋吗……怎么啦，亲爱的？头有点儿晕？快坐下。”

斯佳丽跌坐在凳子上，呼吸急促得让她担心胸衣的带子会绷断。怎么会发生这种倒霉事！她从没想过还会见到这个人。他从柜台上抓起那把黑扇子，热心地替她扇着，关心得有点儿过分了。他脸上虽然一本正经，可两只眼睛却在骨碌碌乱转。

“这里真热，”他说，“难怪奥哈拉小姐头晕，我陪你到窗口吹吹风好吗？”

“不。”斯佳丽口吻唐突，玫荔吃了一惊。

“她如今不是奥哈拉小姐了，”玫荔说，“是汉密尔顿太太，是我的嫂子。”玫荔朝斯佳丽投去爱怜的一瞥。斯佳丽觉得，巴特勒船长海盗般黑黢黢的面孔上的那副神情，看了真能把她憋死。

“我敢说，这一来两位迷人的女士真可谓是珠联璧合啦。”他说着微鞠一躬。一般人都说这类的客套话，可从他嘴里说出来，让她觉得却有相反的意思。

“我看，你们的丈夫今晚都在参加这个愉快的盛会吧？能跟老熟人重叙旧情倒是一大乐事。”

“我丈夫在弗吉尼亚。”玫荔骄傲地仰起头，“可查尔斯……”她没说下去。

“他死在军营里了。”斯佳丽平淡地说。她的声音几乎是从牙缝里挤出来的。这个畜生要永远赖在这儿吗？玫荔吃了一惊，看了她一眼，船长做了个责备自己的手势。

“我亲爱的夫人们——我真不该！千万请你们原谅我。不过请允许一个外人说句安慰话：为国家而死就是永生。”

玫兰妮眼眶里闪烁着泪花，朝他微微一笑，可斯佳丽却觉得满腔愤恨发泄不出来。他又说了句优雅得体的客套话，凡是绅士在这种场合都会说这种恭维话，可他说的没一句是真心话。他这是在嘲笑她呢，他知道她并没有爱过查尔斯。玫荔真是个大傻瓜，没有看透他的心思。啊，上帝保佑，别让任何人看透他，她自忖道，心里不由得惊恐交加。他会把真情抖出来吗？他当然不是个绅士，谁也说不准这种人会做出什么事来，因为对这种人没有一个衡量标准。她抬头看了他一眼，见他嘴角耷拉着，一副假惺惺模样，就连替她扇扇子也显得假惺惺的。他的神情把她惹火了，她心头一阵厌恶，一把从他手里夺过扇子。

“我没事了。”她语调尖刻地说，“用不着把我的头发扇乱。”

“斯佳丽，亲爱的！巴特勒船长，请你千万要原谅她。她……她一听有人提起可怜的查尔斯，就不舒服。也许，我们今晚根本就不该来这儿。你看得出，我们还在服丧期，真够她受的，大家这么欢乐，音乐也这么热闹，可怜的人儿。”

“我十分理解。”他故意一本正经地说，可他转过身用锐利的目光朝玫兰妮瞅了一眼，仿佛能透过她忧伤美丽的眼睛看到她的心事，黝黑的面孔上勉强装出尊敬而温和的神色，“看得出，你是一位勇敢的小夫人，韦尔克斯太太。”

“一句也不提我！”斯佳丽愤愤然想道。玫兰妮一时手足无措，回答道：

“天哪，巴特勒船长，快别这么说！医院委员会是没办法了才叫我们来管货摊的，因为到了最后关头——要个枕头套？这个漂亮极了，上面还绣着一面旗帜。”

她转身去招待三个来到柜台前的骑兵。玫兰妮一下子觉得巴特勒船长是个好人呢。她的裙子和放在货摊外面那只痰盂之间只隔着一层麻布围挡，她真希望那儿有块结实的挡板，因为满嘴嚼烟叶的骑兵吐痰的准头可赶不上骑马打枪。后来，越来越多的顾客围在她身边，她就把船长、斯佳丽忘了，也顾不得考虑那只痰盂。

斯佳丽平静地坐在小凳上摇扇子，不敢抬眼望，心里但愿巴特勒船长赶紧回他的船上去。

“你丈夫已经去世很久了吗？”

“哦，可不是嘛，很久了。差不多有一年了。”

“我敢肯定那就像亿万年一样长。”

斯佳丽不敢肯定他这“亿万年”是什么意思，可是，他的声音无疑十分动听，她就没说什么。

“那以前你们结婚已经很久了吗？请原谅我这么问，因为我离开这个地方已经很久了。”

“两个月。”斯佳丽不情愿地说。

“真是场灾难。”他声音从容地接着说。

“这人真该死。”她恶狠狠地想道，“要是换了别人，我就干脆绷起脸要他滚蛋。可他知道阿希礼和我的事，还知道我不爱查理，真是奈何他不得。”她便什么也不说，仍然耷拉下眼睛望着手中的扇子。

“这是你第一次在社交场合露面？”

“我知道这挺怪的。”她连忙辩解说，“可管这个货摊的麦克卢尔家姑娘出远门了，没人照管这个摊子，所以玫兰妮和我……”

“为了事业，多大的牺牲都算不了什么。”

哎哟，艾尔辛太太就说过这种话，可她说的时候听上去语调可不一样。她一时话到嘴边，想抢白两句，又忍住了。毕竟，她并不是为了事业才来这儿的，只是因为在家里待腻了。

“我从来就认为，”他沉思道，“这种服丧风俗太野蛮，让女人终生披着黑纱，禁止她们参加正常娱乐，这就像印度的殉夫一样野蛮。”

“沙发[1]？”

他不禁笑出声来，她脸红了，为自己的无知害臊。她讨厌人们用她不懂的字眼。

“在印度，男人死了不埋葬，要火葬，他妻子就要爬上熊熊火堆跟他一起焚化，叫作殉夫。”

“多吓人哪！他们干吗那样干？警察不管吗？”

“当然不管。要是妻子不自焚，就要遭社会唾弃，所有体面的印度妇女都会说她不像个有教养的女人。要是你今晚身穿红裙带头跳舞，屋角里那些体面妇女也会这样说你。我倒认为，殉夫比我们迷人的南方风俗还仁慈些，我们这儿等于把寡妇活埋掉了。”

“你怎么敢说我给活埋掉了！”

“明明是束缚妇女的枷锁，可她们还牢牢抓着不放！你认为印度的风俗野蛮，可是，假如邦联不需要你，你今晚敢来这儿露面吗？”

这种性质的想法从来就让斯佳丽糊涂，从他嘴里说出来就更让

---

[1] 沙发：“沙发”（settee）与印度风俗“殉夫”（suttee）的英文单词发音相近，故被斯佳丽听错。——译注

她觉得左右为难，她隐隐约约觉得这话有些道理。可此时正是制服他的好机会。

“那我当然不会来。要不然就……嗯，不尊重……显得我没爱过……”

他眼睛里一副幸灾乐祸神色，等着听她说下去，可她说不下去了。他知道她没爱过查尔斯，不愿看她假装正经，说些冠冕堂皇的假话。跟一个并非正人君子的家伙打交道多可怕啊。正人君子明知女子说谎话也要假装相信。那就是南方人对女士的殷勤风范。正人君子从来都遵循这套风范，他们说话得体，让女人觉得舒服。可这个人似乎根本不在乎这种风范，看来喜欢谈论谁也不说的事情。

“我正洗耳恭听呢。”

“你这人真可恶。”她无可奈何耷拉下眼皮。

他俯身越过柜台，嘴巴凑在她耳边，惟妙惟肖地模仿偶尔在雅典娜剧场上演的戏剧中恶棍的声音说：“别怕，漂亮的夫人！你那份罪恶的秘密我会守口如瓶的！”

“啊，”她顿时焦躁不安，压低声音说，“你怎么能说这种话呢？”

“我只想让你安安心。你想要我说什么？难道要我说，‘嫁我吧，美人儿，要不我就揭发你’？”

她不情愿地举目望了他一眼，见那双眼睛像小孩子一样淘气。她突然笑出了声。这场面真是太可笑了。他也笑了，声音大得吸引了角落里女人们的注意。她们见查尔斯·汉密尔顿的遗孀竟然跟一个完全不认识的男人在一起乐得嘻嘻哈哈，不禁交头接耳、说三道四。

这时响起一阵鼓声，许多人一齐喊“嘘”！米德大夫登上乐台，张开双臂请大家安静。

“大家都应当感谢我们迷人的女士们，她们的爱国精神和不知疲倦的努力，不仅使这次义卖会取得了销售成功，”他说道，“而且将这座粗陋的大厅装扮成了一个美丽的花园，里面到处是妙龄女郎。”

大家都鼓掌表示赞赏。

“女士们都尽了最大的努力，不仅奉献出她们的时间，而且贡献出她们的双手，货摊上这些货物全都出自我们南方可爱女士的一双双纤巧的手，因而倍加漂亮。”

更多的人呐喊喝彩。瑞特·巴特勒一直漫不经心斜倚在柜台上，靠在斯佳丽身旁，他对她耳语道：“像只说大话的山羊，对不对？”

斯佳丽听了这话大吃一惊，没想到他对亚特兰大最受尊敬的市民如此不恭敬，不禁瞪了他一眼表示责备。可大夫下巴上的灰白胡子的确在乱飘，看上去他还真像只山羊，她好不容易才忍住没咯咯笑出声。

“可这些还不够。医院委员会的女士们了解我们的需要。她们用冷静的双手抚平过许多痛苦的面孔，从死神手里夺回过为我们最壮丽的事业负伤的勇士，在此我就不一一列举了。我们必须有更多的钱购买英国的医药用品。今晚，无畏的船长跟我们在一起，一年来他多次穿越封锁线，今后还将继续闯封锁线，为我们运来需要的药品。他就是瑞特·巴特勒船长！”

尽管事先没料到，可这位闯封锁线的人还是姿态优雅地鞠了一躬——斯佳丽觉得，那姿势有些过分优雅，不由得想分析他的用意。他似乎太多礼了，因为他心里对在场的人无比蔑视。他鞠躬时全场爆发出鼓掌声、欢呼声，角落里的妇女们个个伸长了脖子。是可怜的查尔斯·汉密尔顿的遗孀勾搭上的那个人！可查理死了还不到一年呢！

“我们需要更多的黄金，我要向大家提出请求了。”大夫接着说，“我请求你们做出一个牺牲，不过比起我们身穿灰军装的英勇将士做出的牺牲，这个牺牲实在小得可怜。女士们，我请求你们捐献珠宝。是我本人要你们的珠宝吗？当然不是。是邦联需要你们的珠宝，邦联要求你们做出贡献，我知道没有人会拒绝。可爱的手腕上有颗漂亮的宝石闪闪发光多美啊！我们爱国的妇女胸脯上别着金灿灿的胸针多漂亮啊！但是做出牺牲难道不比天下所有黄金珠宝更美丽吗？黄金入炉熔化，宝石要出售，换来的钱购买药物和其他医疗用品。女士们，等一会儿有两位英勇的伤员端着篮子从你们中间穿过……”暴风雨般的掌声和欢呼声淹没了他下面的话。

斯佳丽的第一个念头就是深感庆幸，服丧期间她不能戴首饰，祖母罗比亚尔家传给她那对珍贵的耳坠和沉甸甸的金链、嵌黑珐琅的金手镯、石榴石胸针，这些她全都不能戴。她见那个小个头儿义勇兵用没受伤的那条胳膊挎着一只橡树条篮子，正在大厅里靠近她这一侧募捐，只见妇女们老老少少都在欢笑，个个迫不及待，抹下手镯，从耳朵上摘下耳坠时，装作弄疼自己的样子尖叫着，相互帮忙解开紧扣的项链卡钩，从胸脯上摘下胸针。金属碰撞的丁零零声音接连不断，人们呼喊着：“等一等，等等！我解下来了。给！”梅贝尔·梅里韦特从胳膊肘以上和以下使劲脱下两只一模一样的漂亮手镯。范妮·艾尔辛一边喊着：“妈妈可以吗？”一边从鬈发里抽出镶嵌着米粒珍珠的金发簪，这件沉甸甸的首饰是她家的传家宝。每件捐赠品丢进篮子里，大家都报以掌声与喝彩声。

那个笑逐颜开的小个子朝她们的货摊走来，胳膊上挎的篮子沉甸甸的。他走过瑞特·巴特勒身旁时，船长漫不经心地把一个精致的黄金烟盒随手丢进篮子里。他走到斯佳丽跟前，把篮子蹾在柜台上，她摇了摇头，两手一摊，表示她没什么好捐献的。她觉得尴尬，因为全场就她一个人什么都没捐献。接着，她看见自己手指上那枚宽边结婚戒指在闪闪发亮。

片刻的困惑中，她努力回忆查尔斯的面孔——回想他将戒指戴在她手上时的模样。可是她的记忆模糊了。查尔斯——他就是个祸根，是他断送了她的一生，是他让她变成个老太婆。她一时怒从心头起，记忆中他的面孔成了模糊一片。

她抓住戒指使劲扭动，可戒指紧紧卡在手指上。那个义勇兵朝玫兰妮走去。

“等一等！”斯佳丽喊道，“我有东西给你！”戒指终于摘了下来，准备往篮子里丢。篮子里已经堆满了金链、金表、戒指、胸针和手镯，她瞥见瑞特·巴特勒的眼睛。他的嘴唇微微噘起，浮出一点儿微笑。她赌气似的将那枚戒指丢在那堆首饰上面。

“啊，我的宝贝！”玫荔抓着她的胳膊，眼睛里闪烁着慈爱和自豪的光芒，“你真是勇敢的姑娘，真勇敢！等一等，请等一等。皮卡德中尉！我也有东西要给你！”

她使劲想把自己的结婚戒指拔下来。斯佳丽知道，这戒指自从阿希礼给她戴上以后，就从来没有离过她的手。其他人不知道，可斯佳丽清楚这戒指对她有多重要。戒指好不容易才脱下来，她在小手掌里紧紧攥了片刻工夫。然后，她把戒指轻轻放在那堆珠宝上。两位女子目送义勇兵朝角落里那群老太太走去，斯佳丽的目光满不在乎，而玫兰妮的模样比落泪更让人可怜。两个人的表情都没有逃过她们身边那个人的眼睛。

“要是你刚才没有勇气那么做，我也绝对不会做。”玫荔搂住斯佳丽的腰轻轻捏了一下。斯佳丽一时几乎想把她甩开，像杰拉尔德发火那样高吼一声：“见鬼！”可她这时跟瑞特·巴特勒四目相对了，勉强才挤出个苦笑。真气人，玫荔总是误解她的用意——大概这比让她猜疑到真相要好得多。

“多美的姿态！”瑞特·巴特勒语气温和地说，“正是你们做出的牺牲，才鼓舞了我们身穿灰军装的勇士。”

尖刻的字眼一下子到了她嘴边，她竭力忍着没吐出来。他说的话句句带刺。她打心眼儿里讨厌他，讨厌他懒洋洋倚在货摊上的模样。不过他倒让人感到一种挑战般的刺激，一种热情，一种活力，一种电流般的感觉。她血液中爱尔兰的精神奋起应战，正视他的黑眼珠。她决定把这个人的气焰压下一两分。他掌握她的秘密，这让他占了上风，也让她气恼，因此她要想法子改变这种局面，让他甘拜下风。她一时冲动，想如实说出她对他的看法，可她还是压制住了这个念头。黑妈妈常常说，用糖逮苍蝇比用醋更管用。她要逮住这只苍蝇，还要制服它，让他再也休想摆布她。

“谢谢你。”她口吻轻快地说，故意装作没听出他的嘲弄，“承蒙大名鼎鼎的巴特勒船长这么夸奖。”

他仰起脑袋开心大笑，声音简直像狗叫，斯佳丽恶狠狠地想道，脸又一次涨得绯红。

“你干吗不实话实说呢？”他压低声音，在募捐的喧闹声中只有她能听得见，“干吗不干脆说我是个该死的流氓，不是个正人君子，要我马上滚蛋，要不你就叫一个身穿灰军装的勇士把我撵走？”

一个尖刻字眼迸到她舌尖，可她强忍住了，说：“这是哪儿的话，巴特勒船长！你怎么会这么想？好像大家都不知道你有多出名，多勇敢，你是多么……多么……”

“我对你多么失望。”他说道。

“失望？”

“没错。在我们初次见面的那个重大场合，我心想，我总算遇到一位既漂亮又有胆量的姑娘了。可现在我觉得你是徒有美貌而已。”

“你这意思是说我是个胆小鬼？”她让他激怒了。

“一点儿不错。你没胆量说出心里话。我初次见到你的时候，心想，这个姑娘真是举世无双哪。她不像其他小傻瓜那样，对妈妈的教诲深信不疑，叫做什么就做什么，不论自己心里怎么想都不敢违命。她们还把自己的心事啦、愿望啦、伤心事啦什么的全都掩藏起来，口头上尽说些好听的。我心想：奥哈拉小姐的精神真是少有。她清楚自己的目标，并不怕说出真话——也不怕摔个花瓶。”

她勃然大怒，说道：“哈，那我现在就对你说实话吧。要是你还有点儿教养，就绝对不该来跟我说话。你本来知道我永远不想再看见你！可你不是个正人君子！只是个没教养的下流畜生！因为有几艘比北佬快的小破船，你就有权上这儿来讥笑勇敢的男人，嘲弄把一切都奉献给事业的女人……”

“得了，得了……”他咧开嘴笑着央求道，“开头几句说得还算漂亮，心里有什么就说什么，就是别跟我说什么事业。我听了就烦，我敢打赌你也是一个样……”

“这是怎么说的，你怎么能……”她一下子乱了阵脚，连忙打住话头，心里为落进他的圈套怒不可遏。

“刚才你还没看见我，我就站在门口留神看你。”他说道，“我也注意其他姑娘，她们的面孔仿佛一个模子里托出来的。可你跟她们不一样。你的心事都能从脸上看出来。你无心做手头的事，我还敢打赌，你根本不考虑我们的事业，也不考虑医院。你的心思明摆在脸上，你想跳舞作乐可又不能。你气得要命。说实话，我说得没错吧？”

“我跟你没什么好说的，巴特勒船长。”她尽量装出一本正经的模样说道，竭力弥补已经撕破的面子，“就凭自己是个‘封锁线闯将’，你就狂妄自大，自以为有权侮辱女人？”

“封锁线闯将！真是个笑话。赶我走之前，求你允许我再耽搁你一点儿宝贵的时间吧。我可不愿让如此迷人的小爱国者误解，以为我是在为邦联事业做贡献。”

“我不听你吹牛。”

“闯封锁线是我的生意，我靠这挣钱。要是不能从这生意中赚钱，我才不干呢。你觉得怎么样？”

“我看你是个唯利是图的小人——跟北佬一个样。”

“一点儿也不错。”他咧开嘴笑了，“再说，北佬还帮着我赚钱。你不信？上个月我的船还驶进纽约港，装了一船货呢。”

“什么！”斯佳丽嚷道，她又感兴趣又激动，全然忘记了自己的态度，“他们没用炮轰你？”

“我可怜的天真孩子！当然没有。那里有很多联邦的爱国者，可没一个不愿挣钱卖货给邦联的。我把船驶进纽约，从北佬的公司买到货，当然是私下交易，事成后就走人。后来这种交易有点儿危险，我就上拿骚去，联邦的原班爱国者人马早已替我在那儿备好了货，有火药、炮弹、带箍的裙袍之类，比去英国运货方便多了。有时候把货运进查尔斯顿和威尔明顿有点儿困难——可花费点儿金钱就一路畅通，你见了准会吃惊。”

“啊，我知道北佬都是坏蛋，可我不知道……”

“北佬在联邦范围以外规规矩矩赚点儿钱有什么好指责的？一百年以后反正都没关系了。结果反正都一样。他们都知道邦联终归要消灭，干吗不趁机捞一把呢？”

“消灭——我们？”

“那是当然。”

“请你离开我——要不我就叫马车回家离开你。”

"头脑发热的南方小叛军。"他说着突然咧开嘴笑了。他鞠了一躬便漫步走开，把她留在那儿有气没处撒，气得胸脯起伏不停。失望的心情在胸中翻滚着，可她并不清楚是什么原因，就像个孩子眼看幻想破灭一样失望。他怎么胆敢诋毁闯封锁线的勇士们的魅力！他怎么敢说邦联会被消灭！真该让他吃枪子儿——就像枪毙卖国贼一样。她环顾周围熟悉的面孔，大家脸上都露出必胜的信心，人人都勇敢忠诚，她心里忽然涌起一丝寒意。被消灭！这些人——胡说，当然不可能！就是有这念头也不应该，简直是背叛。

"你们俩刚才悄悄说些什么呀？"顾客散去后，玫兰妮转向斯佳丽问道，"我不由得看了梅里韦特太太一眼，她的眼睛始终盯着你们，亲爱的，你知道她那张嘴多会说闲话。"

"噢，这个人真是不可救药——是个没教养的大老粗。"斯佳丽说，"至于梅里韦特老太太，她爱说什么随便说好了，我为她扮演傻瓜厌倦透了。"

"怎么啦？斯佳丽！"玫兰妮吃了一惊，大声嚷起来。

"嘘。"斯佳丽说，"米德大夫又要宣布什么事了。"

大夫提高嗓音，全场再次安静下来。他首先感谢女士们心甘情愿捐献珠宝首饰。

"女士们、先生们，我有个惊人的提议——对这一项创举，有些人可能会感到震惊，可我要请大家记住，这么做完全是为了医院和我们躺在那里的子弟。"

大家纷纷往前挤，心里怀着期待，猜想着这位老成持重的大夫会提出什么惊人的建议。

"舞会就要开始，第一支曲子当然是乡村舞，接下来是华尔兹。然后是波尔卡、苏格兰舞、玛祖卡，每支舞曲前都有一小段乡村舞曲。我知道得很清楚，上流人士都愿意靠竞争决定谁领跳乡村舞，所以……”大夫抹了一把额头上的汗水，朝角落里投去一瞥嘲弄的眼光，他妻子就坐在那群妇女中间，“先生们，凡是想选舞伴领跳乡村舞的，就要出价竞争。我当拍卖人，收入归医院。”

所有扇子摇到一半都停住了，大厅里响彻了激越的人声。角落里的妇女们骚动起来，米德太太处境不妙，她虽然满心地不赞成，却热烈支持丈夫的行动。艾尔辛太太、梅里韦特太太和怀廷太太都气红了脸。突然间，自卫队爆发出喝彩声，其他身穿军装的来宾也纷纷响应。年轻姑娘们激动得鼓掌雀跃。

“你不觉得这……这有点儿像拍卖奴隶吗？”玫兰妮悄声说，一边盯着看摆开阵势的大夫，摸不透他的心思，在这之前，大夫在她心目中一向是个十全十美的人物。

斯佳丽什么都没说，她的眼睛闪闪发亮，一颗心却隐隐作痛。如果她不是个寡妇该多好。假如她重新变成斯佳丽·奥哈拉，穿上苹果绿裙袍，让墨绿色丝绒带在胸脯上飘荡，乌黑的秀发上簪上晚香玉花，往场地中央一站，领跳乡村舞的人就准是她。绝对不会错。准会有十几个男人向大夫出高价，争着跟她跳舞。唉，现在只好待在这儿，无可奈何当墙花，眼睁睁看着范妮或梅贝尔领跳第一支舞，夺走亚特兰大花魁的头衔！

一片喧嚣声中，只听小个头儿义勇兵用克里奥尔方言说：“要是我出二十块钱，能不能请梅贝尔·梅里韦特小姐跳舞？”

梅贝尔脸涨得通红，靠在范妮肩头，两个姑娘都把脸躲在对方脖子旁咯咯笑了。另外的声音喊出其他姑娘的名字，报出不同的价钱。米德大夫不理睬角落里妇女医院委员会一片愤怒的嚷嚷声，脸上露出微笑。

起初，梅里韦特太太直截了当大声宣称，她家梅贝尔小姐决不参加这种活动，可是梅贝尔的名字叫得最多，出价攀升到七十五块，她的抗议声就渐渐平息下去了。斯佳丽两个胳膊肘支在柜台上，望着激动的人群拥挤在台子周围放声欢笑，手里抓的都是邦联纸币，她气得眼睛几乎要冒火。

大家都要跳舞了——可她跟那帮老太太不能跳。大家都要尽兴玩乐，就是没她的份。她看见瑞特·巴特勒就站在大夫下面，她脸上还没来得及换个表情，他已经看见她了，只见他一边嘴角向下撇，另一边的眉毛往上挑。她下巴一噘，把头撇向一边，这时她突然听见有人喊她的名字——毫无疑问是个查尔斯顿口音，响亮的声音盖过了喊其他名字的声音。

“查尔斯·汉密尔顿太太——一百五十块——金币。”

一说出这笔钱和这个名字，人群突然鸦雀无声。斯佳丽惊得一动也不能动了，她依然双手托着下巴坐在那里，两眼睁得大大的。人们都扭回头看她。她看见大夫弯下腰跟瑞特·巴特勒悄声说话。大概是告诉他说，她正在服丧，不能出场跳舞。她见瑞特懒洋洋耸了耸肩。

“是不是另选一名美人？”大夫问道。

“不。”瑞特的声音很清楚，眼睛漫不经心扫视人群一圈，“汉密尔顿太太。”

“我跟你说，这不行，”大夫暴躁地说，“汉密尔顿太太不会愿意……”

“我愿意。”斯佳丽听见一个声音这么说，起初她竟然没意识到这是自己的声音。

她一下子跳起身，心在狂跳，她真害怕自己会站不稳。她又成了众目所瞩的中心，又成了全场最受欢迎的姑娘，最妙的是她又要跳舞了，叫她的心怎能不怦怦乱跳呢？

“哼，我不在乎！才不管她们怎么说呢！”她心头掠过一阵狂喜，压低声音说。她仰起脑袋，快步走出货摊，后跟踏出的嗒嗒声仿佛在敲响板，唰的一声展开手中的黑绸扇。有一瞬间，她瞥见玫兰妮疑惑的表情和妇女们的脸色，看见了姑娘们的恼火和士兵们的热情赞赏。

她来到场地上，瑞特·巴特勒穿过人群朝她走来，脸上还挂着那种嘲弄人的讨厌微笑。可她不在乎——他就是亚伯拉罕·林肯本人，她也不在乎！她又要跳舞了。她要领跳乡村舞了。她对他躬身行了个屈膝礼，脸上嫣然一笑。他一只手按在胸口的衬衫皱边上，向她鞠躬。老利维立刻从惊慌中清醒过来，迅速控制局面，大声吼道："赶快挑选你们的舞伴，跳弗吉尼亚乡村舞！"

乐队爆发出最精彩的乡村舞曲《迪克西》。

"巴特勒船长，你怎么胆敢让我在大庭广众下这么招摇？"

"不过，我亲爱的汉密尔顿太太，是你想招摇，这不是明摆着吗？"

"你怎么能当着众人叫我的名字？"

"你不愿意可以拒绝嘛。"

"可是……我要对事业负责……我……我，既然你出那么多金币，我就不能考虑自己。别笑，大家都在看我们呢。"

"反正他们也会看的。别拿事业之类胡话骗我。你想跳舞，我给了你机会。这个两拍的乐段是乡村舞曲的最后几个花步吧？"

"没错，说真的，我现在得停下脚步坐一坐了。"

"为什么？我踩你脚了吗？"

"没有——可她们会说我闲话的。"

"你心里真的害怕？"

"这个嘛……"

“你并不是在犯罪，对不对？干吗不跟我接着跳华尔兹呢？”

“要是让母亲……”

“还拴在妈妈裙带上呀。”

“你这人说话真讨厌，把美德说得那么无聊。”

“可美德就是无聊。你害怕人家说闲话吗？”

“不怕……不过……嗨，别谈这事了。谢天谢地，华尔兹总算开始了，跳乡村舞总是让我上气不接下气。”

“别回避我的问题，别的女人说你闲话，你计较过吗？”

“哦，要是你非逼我说不可……没有！姑娘们是应该计较的，不过，今晚我不在乎。”

“好极了！你总算开始自己拿主意，不让别人主宰你了。那就是聪明的开端。”

“嗯，不过……”

“等到人家对你的议论就像对我的议论一样多了，你就觉得其实根本无所谓。想想看，查尔斯顿谁家也不欢迎我光顾。即使我对我们正义神圣的事业做出贡献，他们也不开恩。”

“多可怕啊！”

“噢，一点儿也不可怕。等你名声扫地了，就明白名声其实是个大包袱，也明白自由的意义了。”

“你这话真难听！”

“忠言逆耳。只要勇气够大钱够多，没有名声无所谓。”

“金钱并不能买到一切。”

“这话准是别人告诉你的，你自己绝对想不出这种老生常谈。有什么东西是钱买不到的？”

“嗯，这个嘛，我不知道——反正买不到幸福，也买不到爱情。”

“一般来说是能买到的。要是实在买不到，总能买到某种最出色的替代品。”

“你有那么多钱吗？巴特勒船长？”

“多无礼的问题啊，汉密尔顿太太！你让我吃惊啦。不过，我有钱。年轻时孤身出来，穷得身无分文，现在混得还算可以。我敢肯定，靠封锁线生意准能弄上一百万。”

“噢，不会吧？”

“嗯，会的！大多数人似乎并不了解，破坏文明跟建设文明一样能赚钱。”

“这话是什么意思？”

“你家、我家和今晚在场的每一个人，大家都从荒野改变成文明的过程中赚了钱。这就是建设帝国。在建设帝国过程中能挣很多钱。不过，在破坏帝国的过程中能挣更多的钱。”

“你这是说的什么帝国啊？”

“就是我们现在生活的这个帝国——南方——邦联——棉花王国——这个帝国正在我们脚下土崩瓦解。只有大傻瓜才看不出这一点，才不会趁帝国崩溃的机会捞点儿好处。我就是靠这种毁灭发财的。”

“这么说，你真的认为我们要被消灭？”

“不错。干吗要做脑袋钻进沙子里的鸵鸟呢？”

“噢，天哪，这种话真叫我听腻了。你就不会说点儿好听的话，巴特勒船长？”

“要是你愿意听，我就说，你的眼睛就像一对金鱼缸，碧绿的水都满到缸边了，那两条鱼儿浮到了水面上，就像你现在这样，你真是迷人极了，这你喜欢吗？”

“啊，我不喜欢听这个……这音乐真动听，对不对？哦，我能一辈子不停地跳华尔兹！没想到我这么喜欢跳！”

“我从来没跟你这么漂亮的舞伴跳过舞。”

“巴特勒船长，你不该把我搂得这么紧，大家都在看呢。”

“要是没人看，你在乎吗？”

“巴特勒船长，你忘了自己是谁啦？”

“一刻也没忘。有你在我怀抱里，我哪能忘得了？……这是支什么曲子？是新编的吗？”

“是的。真动听，对不对？是我们从北佬那里借来的。”

“曲名叫什么？”

“《无情战争结束后》。”

“歌词是什么？唱给我听听。”

最亲爱的人儿，你可曾记得
我们上次何时相见？
你何时跪倒在我脚旁
说你爱我情意绵绵？
啊，你身上穿着灰军装
站在我面前多神气，
你对国家、对我发过誓
此心此情永不移。
寂寞悲伤空哭泣
叹息泪水皆枉然！
待无情战争结束后，
但愿我们再相见！

“当然，原来的词是‘蓝军装’，可我们改成了‘灰军装’……啊，巴特勒船长，你的华尔兹跳得好极了。不瞒你说，个头儿大的人大多数跳不好。唉，这回跳完不知哪年哪月才能再跳。”

“只消几分钟就行。下一支乡村舞我还要请你跳——还有下下一支，再下一支。”

“啊，别，我不能！千万别这样了！我的名声要毁掉了。”

“反正名声已经坏了，再跳一个又何妨？等我跳过五六个以后，也许我可以让别的小伙子跟你跳，不过我必须跟你跳最后一个舞。”

“唉，那好吧。我知道我疯了，可我不在乎。别人说什么我一点儿也不在乎。在家里真让人坐腻了。我要跳舞，跳舞，跳个够。”

“别穿丧服好吗？我讨厌丧服。”

“啊，我不能脱掉这丧服……巴特勒船长，你别把我抱这么紧，要不我发火了。”

“你发起火来真迷人。我还要使劲搂你，就这样，为的是看你是不是真的会发火。上次在十二橡树庄园你发火扔东西，你真不知道自己有多迷人。”

“噢，求求你……你就不能把它忘掉？”

“不能，那是我一个最珍贵的记忆——一位南方娇生惯养的美人，大发爱尔兰脾气——你知道吗？你的脾气有十足的爱尔兰味。”

“啊，天哪，音乐结束了，佩蒂帕特姑妈从后面屋子出来啦。我知道准是梅里韦特太太把这事告诉她了。看在上帝分儿上，咱们走到窗户跟前朝外面看看吧。我不想让她看到我。她那双眼睛大得像碟子。”

第十章

第二天早饭时，面对桌上的松饼，佩蒂帕特老泪纵横，玫兰妮一声不吭，斯佳丽却满不在乎。

“人们就是真的说，我也不在乎。我敢说，我替医院挣的钱比在场的其他姑娘都多，也比我们卖掉那堆乱糟糟的旧货挣的钱多。”

“噢，天哪，钱有什么关系？”佩蒂帕特哭道，她的双手扭绞着，“我简直不敢相信自己的眼睛，可怜的查尔斯去世还不到一年……那个可恶的巴特勒船长就把你搞得那么丢人现眼，他真是个非常非常可怕的人哪，斯佳丽。怀廷太太的表妹柯尔曼太太的丈夫就是查尔斯顿人，她跟我说起这个人，说他出身世家，却败坏了家风——啊，巴特勒家怎么出了这么个败类呢？查尔斯顿没人理睬他，他有个最浪荡的恶名声，跟人家姑娘有一段事——坏得让人不齿，连柯尔曼太太都不知道到底怎么回事……”

“嗯，我不相信他有那么坏。”玫荔温和地说，“他看上去完全是个正人君子，你想，他敢于偷越封锁线，那该多勇敢……”

“他才不勇敢呢。”斯佳丽心绪恶劣地说着，把半罐糖浆浇在松饼上，“他一心只为赚钱。是他亲口对我说的。他根本不在乎邦联是死是活，他还说，我们就要被消灭了。不过他舞跳得棒极了。”

两位女士听了这话吓得目瞪口呆。

“我在家里待腻了，再也不愿这么待着。要是昨晚有人对我说三道四，那我的名声已经完了，再有人说什么也就无所谓了。”

她不知不觉说出的这番心里话正是瑞特·巴特勒的说法。两人的想法恰巧完全吻合。

“啊呀！要是让你母亲听了这话，她会怎么说？她会怎么看我呢？”

如果母亲得知女儿的行为丢人现眼，准会惊慌失措，她不由得打了个寒战，心里觉得内疚。转念一想，亚特兰大与塔拉之间有二十五英里路程呢，便打起了精神。佩蒂小姐当然不会告诉埃伦，要不然她算个什么陪伴呢？只要佩蒂不乱说，她就平安了。

“我看……”佩蒂说，“对，我看最好给亨利写封信说说这事……我倒是不愿给他写信……可他是我们家唯一的男人，要他去责备巴特勒船长……唉，天哪，要是查尔斯活着就好了……斯佳丽，你千万千万别再跟那个人说话了。”

玫兰妮一直坐着没开口，两只手搁在腿上，她盘子里的松饼都要凉了。这时她站起身，走到斯佳丽身后，双手搂住她的脖子。

“亲爱的，”她说，“别生气了。我心里清楚，你昨晚做了件勇敢的事，帮了医院的大忙。要是有人胆敢说你一丁点儿闲话，我一定对付他们……佩蒂姑妈，别哭了。斯佳丽哪儿都不去也太难受了，她还是个小姑娘呢。”她的手指抚弄着斯佳丽乌黑的头发，“也许我们不时参加参加聚会，日子还好过些。我们待在家里只顾伤心，也许太自私了。战争时期与平时不同。我想到了城里那些士兵，他们远离自己家，晚上也不能拜访朋友——还有医院里刚能下床走动还不能回部队的伤员——可不是嘛，我们太不替人家考虑了。我们应该像别人一样，马上请三位康复伤员来家里调养，每星期天请几个士兵来吃饭。好啦，斯佳丽，别烦了。人们明白了就不会说闲话。我们知道你爱查理。”

斯佳丽才一点儿也不烦呢，倒是玫兰妮那双温和的手抚摩她的头发让她心里有火。她恨不得猛地扭过头去，冲她说："胡说八道！"昨晚自卫队、民兵和住院的伤兵争着跟她跳舞的情形还历历在目。世界上有这么多人，她才不稀罕玫荔做她的保护人呢。得了吧，要是那帮老恶婆想哇哇乱叫，她保护得了自己，没有这帮老恶婆，她也照样过日子。天下英俊军官多的是，她才不操心那帮老太婆说些什么呢。

佩蒂帕特听了玫兰妮好言相劝开始擦眼泪，这时普莉西拿着一封厚厚的信进来。

"给你的，玫荔小姐。是个小黑孩子送来的。"

"给我的？"玫荔说着拆开信封，心里觉得纳闷儿。

斯佳丽正埋头吃松饼，并不在意，等到听见玫荔突然放声大哭，这才抬起头，只见佩蒂帕特姑妈伸手按住胸口。

"阿希礼死了！"佩蒂帕特尖叫一声，脑袋往后一仰，两条胳膊软绵绵耷拉下去。

"啊，我的天！"斯佳丽喊了一声，觉得浑身血液变得冰凉。

"不是！不是！"玫兰妮嚷道，"快！斯佳丽，把她的嗅盐瓶拿来！好了，好了，亲爱的，觉得好点儿吗？深深吸口气。不，信上说的不是阿希礼。我吓着你了，真对不起。我哭是因为太高兴了。"她突然把紧握的拳头展开，把手里那个东西贴在嘴唇上，"我太高兴了。"说着又放声大哭。

斯佳丽瞥了一眼，见她拿的是一只宽边金戒指。

"念念吧。"玫荔指着落在地板上的信说，"啊，他这人多可亲，多好心哪！"

斯佳丽觉得莫名其妙，捡起那页信纸，只见上面用粗体字写着："邦联可能需要男人的鲜血，但并不需要女人的心淌血。亲爱的夫人，请接受这枚纪念品，我以此对你的勇气表示敬佩。不要认为你的牺牲无足轻重，因为这枚戒指是以十倍的代价赎回来的。

瑞特·巴特勒船长。”

玫兰妮把戒指戴在手指上，含情脉脉地看着。

“我对你说过，他是位正人君子，没错吧？”她转向佩蒂帕特说，泪水涟涟的面孔上露出灿烂的微笑，“除了高尚体贴的正人君子，谁想得出当时我有多伤心……我把金链子捐出来替代吧。佩蒂帕特姑妈，你一定要写张短笺，请他星期天来吃饭，我好当面谢他。”

激动中，似乎谁也没想过巴特勒船长并没有把斯佳丽的戒指一并送还。可她自己想到了，心里暗自恼火。她清楚，巴特勒船长并不是出于高尚才做出如此殷勤的姿态。他是存心要上佩蒂帕特家里来，而且准知道这样才能得到她们的邀请。

“我听说了你最近的行为，心里极为不安。”埃伦的来信开头这么说，斯佳丽在餐桌旁读着信，皱起了眉头。真是坏事传千里。在查尔斯顿和萨凡纳她就听说，亚特兰大人比南方任何地方的人都爱说闲话，干涉别人的事，现在她信了。义卖会是星期一晚上的事，现在才星期四。到底是哪个老恶婆自作主张给埃伦写信的？她一时怀疑是佩蒂帕特干的，可马上就否定了这念头。可怜的佩蒂帕特一直战战兢兢，害怕有人因为斯佳丽的冒失行为责怪她，绝不可能向埃伦通报自己失职。有可能是梅里韦特太太干的。

“我真不敢相信，你竟然忘了自己的身份和教养。我理解你为医院服务的一片热诚，你服丧期内公开露面虽然不当，但尚可原谅。但是你竟然参加跳舞，而且还是跟巴特勒船长这种人跳！我听说过他的许多事情（那些丑事谁没听说过呢），上个星期宝莲刚刚给我写过信，说起他是个臭名昭著的人，除了他那个伤心的母亲，连他自己家人都不认他。他是个十足的恶棍，要利用你的年轻无知让你出风头，让你当众出丑，丢你家的人。佩蒂帕特小姐有责任照料你，她怎么能如此失职呢？”

斯佳丽偷眼看了看桌子对面的姑妈，老小姐认出是埃伦的笔迹，吓得像个害怕挨骂的娃娃，噘起胖胖的小嘴，打算放声大哭逃避责骂。

“你这么快就忘了受过的教养，实在让我伤心。我本打算立刻召你回家，不过这事由你父亲决定。他星期五要去亚特兰大，跟巴特勒船长面谈，然后接你回家。我怕他对你太严厉，一再为你求过情。但愿你不过是因为年轻，做事欠考虑，才做出这种轻率的事情。没有人比我更愿意为事业服务了，但愿我女儿与我有同感，不过要是丢了面子……”

信里的说法大同小异，斯佳丽没看完。这一回她可真的吓坏了，现在她不再有满不在乎的对抗念头了。她觉得年幼理亏，就像十岁那年吃饭时把一块奶油松饼扔到苏埃伦身上的感觉一样。一想到性情温和的母亲责备她的口吻这么严厉，父亲还要来城里跟巴特勒船长面谈，她心里便觉得这事非同小可。杰拉尔德要板下面孔。她清楚，这一回不能趴在他腿上撒娇逃避惩罚了。

“不是……不是什么坏消息吧？”佩蒂帕特战战兢兢问道。

“爸爸明天要来，像鸭子啄虫一样收拾我。”斯佳丽满心难过地回答道。

“普莉西，快拿我的嗅盐瓶子来。”佩蒂帕特推开没吃完的饭，椅子往后一挪，焦急不安地说，“我……我要晕倒了。”

“在你裙子兜里呢。”普莉西说。她刚才在斯佳丽身后走来走去，欣赏这出精彩好戏。杰拉尔德老爷发起脾气真来劲，只要不是冲着她的卷毛头发火就行。佩蒂从裙子口袋里摸索着，把药瓶凑到鼻子跟前。

“你们一定要站在我身旁，一刻也别让我单独跟他在一起。”斯佳丽嚷道，“他喜欢你们俩，要是你们在场，他就不能把我怎么样了。”

“我不能，”佩蒂帕特有气无力地说着站起身，“我……我觉得不舒服。我一定得躺下。我明天一整天都得睡在床上。你们一定要替我向他解释解释。”

“胆小鬼！”斯佳丽心里骂着狠狠瞪了她一眼。

玫荔一想到要跟脾气火暴的奥哈拉先生对抗就吓得脸色煞白，可她还是振作起精神说：“我会……我会帮你解释，说你是为了帮助医院才那么做的。他肯定会理解的。”

“他不会的。”斯佳丽说，“天哪，要是照母亲威胁的说法，逼我丢人现眼跟他回塔拉庄园，我死也不回去！”

“啊，你不能走。”佩蒂帕特放声大哭，“要是你走了，我只好……没错，只好求亨利来跟我们一起住了。你清楚我就是不能跟亨利一起过。城里有这么多陌生男人，只有我跟玫荔在这房子里，到了晚上真害怕。你胆子大，家里没男人我也不怕！”

“嗯，他不能带你去塔拉庄园！”玫荔说，看样子她也马上要哭了，“如今这里是你的家。没有你，我们可怎么过呢？”

“要是你知道我心里怎么看你，准会巴不得让我走。”斯佳丽心里酸溜溜地想道，心里真希望有个其他人出面帮她对付杰拉尔德的怒火。让一个心里顶讨厌的人帮自己，真不是滋味。

“也许我们该取消对巴特勒船长的邀请……”佩蒂帕特开口说。

“啊，那可不行！太失礼了！”玫荔嚷道，心里觉得苦恼。

“扶我上床吧，我支持不住了。”佩蒂帕特呻吟道，“啊，斯佳丽，你怎么会替我惹出这么场祸呢？”

第二天下午杰拉尔德到来时，佩蒂帕特真的病倒在床上了。她紧闭房门，一再叫人传话下来，向他致歉，把晚餐留给两个战战兢兢的姑娘去张罗。杰拉尔德寡言少语，让她们觉得要大难临头了。不过他倒亲吻了斯佳丽，还捏了捏玫兰妮的脸蛋儿，算是赞扬，还称呼她“玫荔姻侄女”。斯佳丽倒宁愿他大发一通雷霆骂完了事。玫兰妮信守诺言，紧紧跟在斯佳丽身边形影不离，杰拉尔德毕竟是位绅士，不好当着她的面责骂斯佳丽。斯佳丽不得不承认，玫兰妮遇事不慌，应付裕如，一副若无其事的姿态。吃晚饭时，她甚至引他开口谈话。

“县里的事情我都想听听呢。”她露出一脸笑容对他说道，“印第亚和霍尼都不爱写信，我知道你对那边的情况了解得一清二楚，快跟我们说说乔·方丹的婚礼吧。”

杰拉尔德听了这番奉承话心里美滋滋的，告诉她们说，那场婚礼十分冷落，“不比你们两个姑娘那时候”。因为乔只有很少几天假期。芒罗家那个小闺女萨莉看着挺漂亮。他记不得她当时穿什么服装了，可他记得听人说起，她连婚后第二天该穿的衣裳都没有。

“真的没有？”两位姑娘惊得嚷起来。

“没错，因为她根本就没过上新婚第二天。”杰拉尔德解释着放声大笑起来，说完才觉得这话不该当着女性的面说。斯佳丽听到他的笑声，兴致大增，暗自赞叹玫兰妮的手段高明。

“乔第二天就去弗吉尼亚回部队去了。”杰拉尔德连忙补充一句，“他们新婚后根本就没有拜客，也没有举办舞会。塔尔顿家孪生兄弟回家了。”

“那事我们听说了。他们伤好了没有？”

“他们伤势不重。斯图尔特伤在膝盖上，布伦特的肩膀让一颗来复枪子弹打穿了。他们因为作战勇敢受到通报表彰，这个你们也听说了吧？”

“没有！快跟我们说说吧！”

“他们俩都奋不顾身。我相信他们身上都流着爱尔兰的血液。”杰拉尔德满心得意，“不记得他们立了什么功，不过布伦特如今已经是个中尉了。”

斯佳丽听说他们立功，心里很高兴，仿佛该归功于自己。她从来都深深相信，过去的情人仍然属于自己，他的种种功劳自然都为她增光。

“我还有个消息，你们准会感兴趣。”杰拉尔德说，“有人说，斯图又上十二橡树庄园去求婚了。”

“是霍尼还是印第亚？”玫荔兴致勃勃地问道，斯佳丽却几乎怒不可遏了。

“噢，当然是印第亚小姐。我家这个鬼丫头如今跟他眉来眼去的，以前也早跟他如胶似漆了，不是吗？”

“噢。”玫荔说。杰拉尔德说话无所顾忌，让她有点儿尴尬。

“还有呢，布伦特这小子也常待在塔拉庄园，就这几天！”

斯佳丽哑口无言了，情人负心简直是对她的侮辱。回想起当时情景，她心里特别愤怒，她告诉他们说，要嫁给查尔斯，两个孪生兄弟疯了似的，斯图尔特扬言要开枪打死查尔斯，要不就打死斯佳丽，要不就自杀，要么就把三个人都打死。那时才让人激动得要命呢。

“找苏埃伦？”玫荔问道，乐得满脸微笑，“可我还以为是肯尼迪先生……”

“噢，他呀？”杰拉尔德说，“弗兰克·肯尼迪还是那么谨慎，连自己的影子都怕，要是他不说，我过几天就问他是什么心思。不是她，是我的小妞儿。”

“卡丽恩？”

“可她还是个小娃娃呢！”斯佳丽语气尖刻，可总算又开了口。

“小姐，她比你结婚那阵子才小一岁多一点儿。”杰拉尔德反唇相讥，“你是舍不得把旧情人让给妹妹吧？”

玫荔不习惯这么不含蓄的话，脸都涨红了，示意彼得上红薯饼。她搜索枯肠，想找个其他话题，既不涉及个人私事，又能岔开奥哈拉先生此行的目的，可她什么话题都没想出来。杰拉尔德一旦打开话匣子，只要有人听，他就能说个滔滔不绝。他把话题扯到军需部，说他们像窃贼，要求一月高似一月；扯到杰弗逊·戴维斯又奸诈又昏庸；还扯起有的爱尔兰人厚颜无耻，受了几个赏钱的引诱就去投奔北佬。

葡萄酒送上餐桌后，两位姑娘便起身，打算留下他自斟自饮。杰拉尔德皱着眉头恶狠狠瞪了女儿一眼，命令她跟他单独待几分钟。斯佳丽灰心丧气瞟了玫荔一眼，玫荔手里绞扭着手帕无可奈何走出屋子，轻轻把门带上。

“说吧，小姐，到底是怎么回事！”杰拉尔德给自己斟了一杯葡萄酒，吼道，“行为够端庄的呀！刚守寡就想另找个丈夫啦？”

“小声点儿，爸爸，仆人们……”

“他们肯定早知道了，人人都知道我们家丢了脸。你可怜的妈妈气得病倒在床上，我在人面前也抬不起头。真丢人哪。不行，小姑娘，你又想哭哭鼻子蒙混过去，这回没门儿。”他见斯佳丽开始眨眼噘嘴，就慌忙说道，“我了解你。你给丈夫守灵时也会跟别人调情。别哭。得了，今儿晚上我就不多说了，我要会会这位体面的巴特勒船长，他胆敢不把我女儿的名声当回事。不过等到明天早上……得了，听我说，别哭。一点儿用也没有，没用。明天我带你回塔拉，这事定了，免得你再给全家丢脸。别哭了，宝贝。看我给你带什么来了？这礼物挺漂亮的，不是吗？瞧，看看吧！你怎么能给我惹这么多麻烦呢，我是个大忙人，还让我大老远的赶到这儿来！别哭啦！”

玫兰妮和佩蒂帕特几个小时前就睡了，可斯佳丽躺在热烘烘、黑黢黢的屋子里睡不着，一颗心忐忑不安。生活刚刚重新开始，却要回家面对埃伦！她宁死也不愿这么回去见母亲。她但愿自己此刻就死掉，人们才能后悔不该那么可恶。她的脑袋在热乎乎的枕头上翻来覆去，后来，寂静的街道上传来一阵熟悉的喧闹声。声音模糊不清，却很耳熟。她爬下床来到窗口。朦胧的星光下，林荫道一片幽暗。喧闹声越来越近，听得见车轮声、马蹄声和人们说话的声音。突然她咧开嘴笑了，因为她听见一个带着醉意的浓重爱尔兰口音唱着她熟悉的《佩格坐在低槽马车上》。这天并不是琼斯博罗法院开庭的日子，可杰拉尔德的心情就像旁听审判回来一样兴奋。

她看见一辆轻便马车停在门前的朦胧影子，几个人影下了车。有人陪着他呢。两个人影站在门外，她听见门闩咔嗒响了一声，就听见杰拉尔德清晰的声音。

“下面我给你唱一首《罗伯特·埃米特挽歌》，你应该熟悉这首歌嘛，我的小伙子。我来教你。”

“我愿意学，可现在不行，奥哈拉先生。”他的同伴说，平淡的拖腔里带着一丝强忍的笑意。

“我的天哪，是巴特勒那个可恶的家伙！”斯佳丽想道，起初她又气又恼，后来又放了心。两个人至少没有开枪决斗。这么晚了，两个人在这种情况下一道回家，一定相处融洽。

“我可要唱了，你给我听着，要不然我就开枪打死你这个奥兰治分子。”

“不是奥兰治分子，是查尔斯顿人。”

“反正好不了多少。更糟。我有两个小姨子在查尔斯顿，我知道那地方的人。”

“他要闹得邻居们都知道才罢休？”斯佳丽自忖着不由得慌了，伸手去抓睡衣。可她又有什么办法呢？她不能深更半夜下楼，把父亲从街上拖进屋哪。

杰拉尔德待在大门外面，没再打招呼就直着嗓子轰鸣般低声唱起那首挽歌。斯佳丽把胳膊肘支在窗台上听，一边勉强咧开嘴笑了笑。要是她父亲唱歌不走调，这首歌还是挺好听的。这是一首她挺喜欢的歌曲，她一时和着唱起这支细腻忧伤的歌：

> 她已远远离去，离开她那年轻英雄长眠的土地。
> 亲人们在她身边，围着她不断叹息。

他唱个没完，她听见佩蒂帕特和玫荔的屋子里有走动的声音。可怜的人们，她们准是让他吵得心烦意乱。她们不习惯杰拉尔德这种精力旺盛的男子汉。等到歌终于唱完，那两个人影融作一团，沿步道走到屋前，登上台阶。门口响起一阵压低的敲门声。

“我看我得下楼去。”斯佳丽自忖道，“毕竟他是我父亲，可怜的佩蒂死也不肯自己去的。”再说，她也不愿让仆人们看见她父亲这副模样。要是彼得打算服侍他上床，他说不定会由着性子胡来，只有波克才知道怎么应付他。

她把睡衣一直扣到领口，点亮床头的蜡烛，匆匆走下漆黑的楼梯，来到前厅。她把蜡烛放在蜡台上，开了门闩，在摇曳的烛光中看见瑞特·巴特勒不动声色地扶着她矮胖的父亲。那首挽歌显然是杰拉尔德这天的压轴曲，这时他老老实实倚在同伴的胳膊上。他没戴帽子，一头蓬乱卷曲的灰白长发披散下来，领带都歪到一边耳朵下面了，胸前衬衫上沾着酒渍。

“我看这位是你父亲吧？”巴特勒船长说，他黝黑的脸上一对眼睛露出嘲弄神色。他朝她身上的便装扫视一眼，目光仿佛能穿透她的睡衣。

“扶他进来。”她没好气地说，心里为自己的衣着觉得狼狈，为父亲害得她受这个人嘲笑觉得愤怒。

瑞特推着杰拉尔德往前走：“我帮你把他扶上楼好吗？你弄不动他，他真够重的。”

他竟然提出如此厚颜无耻的主意，把她惊得目瞪口呆。她不敢想象，要是真的让巴特勒船长上楼，缩在床上的佩蒂帕特和玫荔会怎么想！

“天哪，不！来这儿，客厅沙发上。”

“你说的不是殉夫[1]吧？”

“请你说话文明点儿。就这儿，让他躺下吧。”

“要我替他把靴子脱掉吗？”

“不要，他以前也穿靴子睡过。”

他把杰拉尔德的腿架起来时压低声音笑了，她恨不得为说错话咬自己舌头。

“好了，请走吧。”

他走向昏暗的门厅，捡起刚才丢在门槛上的帽子。

“星期日晚饭见。”他说完就走出去，悄没声地把门带上。

斯佳丽五点半就起了床，趁仆人还没从后院进来准备早餐，她悄悄来到寂静的楼下。杰拉尔德已经醒了，坐在沙发上，两只手托

---

[1] 巴特勒是在趁机挖苦斯佳丽在义卖会上把“殉夫”当成“沙发”（参看正文 214 页）。——译注

着傻脑袋，好像要用两只手把脑袋捏碎。她进门时，他鬼鬼祟祟瞅了她一眼。转动一下眼睛都让他疼得受不了，他呻吟着。

“哎哟，我的妈呀！”

“你干的好事，爸爸。”她压低声音怒气冲冲地说，“那么晚回家还大声唱歌，把左邻右舍都吵醒了。”

“我唱歌了？”

“唱歌了！你唱那支《罗伯特·埃米特挽歌》，闹得天翻地覆。”

“我什么都记不起来了。”

“左邻右舍到死也忘不了，佩蒂帕特小姐和玫兰妮也不会忘记。”

“圣母慈悲。”杰拉尔德喃喃呻吟着，伸出舌苔厚厚的舌头舔了舔干巴巴的嘴唇，“赌局一开，我就什么也记不起来了。”

“赌局？”

“巴特勒那小子吹嘘说他打扑克谁也比不了……”

“你输了多少？”

“哪儿的话，我自然是赢了。喝过一两杯酒，牌就打得顺手了。”

“那就看看你的钱包吧。”

杰拉尔德仿佛稍稍动一下都痛苦得要命，他吃力地把钱包从上衣口袋拿出来。钱包是空的，他看着钱包，一副迷惑不解的模样。

“五百块钱哪。”他说道，“本来要给奥哈拉太太买偷越封锁线运来的东西，现在连回塔拉的车钱都没了。”

斯佳丽愤愤然望着空钱包，心里忽然有了个主意。

“我在这个城里再也抬不起头了，”她说，“你把我们大家的脸都丢尽了。”

“住嘴吧，小姑娘。没见我脑袋都要裂了吗？”

“喝得醉醺醺的，让巴特勒那种人送回家，扯着嗓子在门外唱歌，把大家全吵醒，还把钱输个精光。”

“那人打牌太精，不像个上等人。他……”

“要是让母亲知道这种事，她会怎么说呢？”

他抬起头，突然现出一副忧心忡忡的模样。

“你可不能向母亲露一个字，那不是惹她烦恼吗？”

斯佳丽噘着嘴一句话也不说。

“你想想，她听了多伤心哪，她心肠那么好。”

“你倒想想看，爸爸，昨天你还说我给家里丢了脸！我不过可怜巴巴跳了几支舞，为的是挣钱给士兵。啊，我要哭了。”

“哎哟，别哭。”杰拉尔德央求道，“我可怜的脑袋受不了啦，马上就要裂了。”

“你还说我……”

“好啦，小姑娘，得了吧，小姑娘，你可怜的老爹说了什么你都别见怪，他说话有口无心，什么都不往心里去！当然，你心肠好，是个好姑娘，这我知道。”

“可你还想带我回家去丢脸。”

“哎哟，宝贝，我不会那么做，不过是逗你玩呢。你别跟你母亲提那笔钱的事，她为开支已经够操心了。”

“好的。”斯佳丽真心诚意地说，“我不说，只要你让我待在这儿，回家对母亲说什么事也没有，不过是一帮可恶的老太婆搬弄是非罢了。”

杰拉尔德望着女儿，露出悲哀神色。

“这是敲诈，不是别的。”

“昨晚发生的事是丑闻，不是别的。”

“好啦。”他哄骗道，“这些事全都过去了，别提了。你说，像佩蒂帕特小姐这么好的漂亮女士，家里有没有白兰地呢？喝口酒解解醉……”

斯佳丽转身蹑手蹑脚沿着寂静的过道走进餐厅，去拿白兰地。她和玫荔私下把这酒叫成“解晕酒”。因为佩蒂帕特遇上心烦意乱的事，要晕倒或者显得要晕倒的时候，总要呷上一口。斯佳丽这时满脸得意，丝毫没觉得不孝顺杰拉尔德有什么羞愧。如今可以用谎言安慰埃伦，就是再有管闲事的家伙给她写信也不怕了。她要留在亚特兰大。既然佩蒂帕特是个软蛋，从此她几乎可以为所欲为了。她打开酒柜，把酒瓶和酒杯抱在怀里，站在那里待了片刻。

她眼前仿佛展开了一幅长长的画卷，其中有桃树湾潺潺溪水边的野餐，有石头山上的野外烧烤宴，有酒会和舞会，有下午的伴茶舞会，有乘坐轻便马车兜风，有星期天晚上的便宴。她自己也在画卷中，每样活动都以她为中心，身边包围着一大群男人。在医院只要为男人做点儿小事，男人就会轻易坠入情网。如今她也不太讨厌医院了。男人一旦生了病，就很容易动心，只要姑娘略施手段，他们就像塔拉庄园的熟桃子一样，轻轻一摇就掉到手心里了。

她拿着救命酒回到父亲身旁，奥哈拉这颗有名的脑袋没有抵挡住昨晚那场较量，她心里觉得庆幸。忽然，她起了疑心，不知道瑞特·巴特勒是不是在这桩事情里插了一手。

第十一章

在接下来的那个礼拜中，斯佳丽有一天下午从医院回到家，觉得又疲惫又恼火。站了整整一上午让她疲惫不堪，就因为给一名伤员包扎胳膊上的伤口时她坐在他的床头，结果挨了梅里韦特太太一通严厉责备，她憋了一肚子火。佩蒂姑妈和玫兰妮戴上最漂亮的帽子站在门廊上，准备带着韦德和普莉西做每礼拜的例行拜访。斯佳丽请她们原谅，说不能奉陪，并径自上楼，回自己房间去了。

辚辚车声远去后，她知道家里只剩下她一个人，就悄悄溜进玫兰妮的房间，把门反锁上。这是一间整洁的小闺房，下午四点的夕阳斜照在屋子里。地板闪闪发亮，地上只铺着几块色泽鲜艳的小破地毯，白白的墙壁上没有装饰，只有一个角落让玫兰妮布置得有点儿像个神龛。

角落里，一面邦联旗帜下挂着一把金柄马刀，玫兰妮的父亲曾佩带这把刀参加过墨西哥战争，查尔斯出征时佩带的也是这把刀。查尔斯的腰带和手枪皮套也挂在这里，手枪还插在枪套里。马刀和手枪之间悬挂着一幅查尔斯的黑白照片，只见他身穿灰军装，模样非常拘谨，也十分自豪，两只棕色的大眼睛闪闪发亮，嘴角挂着羞怯的微笑。

那幅照片斯佳丽连瞟都没瞟一眼，她丝毫没有迟疑，径直朝那张窄窄的床边走去，床头旁边的桌子上放着一个红木文具匣，她从里面取出一捆用蓝丝带扎在一起的信，都是阿希礼写给玫兰妮的。最上面一封是当天早上送来的，她打开这一封来看。

斯佳丽最初偷看这些信的时候，还觉得良心不安，生怕让人看见，手抖得几乎打不开信封。可她从来就不很注意自己的廉耻，一犯再犯之后，如今已经麻木不仁，甚至不怕让人撞见了。偶尔，她也会想道："假如母亲知道了会怎么说呢？"这时，她的心不禁一沉。她知道埃伦宁愿让她死也不愿她做出这种丢脸的事。起初，斯佳丽也担心过，因为她还是愿意处处以母亲做榜样的。但是，看这些信的诱惑实在太强烈了，到头来就顾不得考虑埃伦的教诲了。这些天来，她已经习惯了遇到不愉快的念头就撇开不管。她学会了对自己说："这桩麻烦事我现在顾不得考虑，等明天再说吧。"到了第二天，她要么压根儿就没想起这事，要么就是隔了一夜，麻烦已经淡化，不太让她头疼了。就这样，偷看阿希礼的信也没让她良心觉得非常不安。

玫兰妮接到信总是挺大方的，要把一部分念给佩蒂姑妈和斯佳丽听。但是，她没念的那部分却让斯佳丽饱受折磨，逼她鬼鬼祟祟跑来偷看妹夫的信。她一定要弄明白，阿希礼结婚后是不是真的爱自己的妻子。她要知道他是不是假装爱她。他跟她说的到底是不是绵绵情话？他的感情到底如何，到底有多亲热？

她小心翼翼把信展开。

阿希礼匀称的小字映入她眼帘，"我亲爱的妻子"，她舒了口气。他总算没有称呼她"宝贝儿"或者"心肝儿"之类。

"我亲爱的妻子：你来信说心里害怕，唯恐我隐瞒起真实想法不告诉你，你问我这些日子心事重重，到底在想什么……"

"我的乖乖！"斯佳丽想道，不禁感到一阵歉疚，"隐瞒他的真实想法。玫荔看出他的心思了？还是看出我的心思了？她是不是怀疑他和我……”

她吓得两手发抖，把信凑近些，可她念了下面一段，舒了口气。

“亲爱的妻子，要说我对你隐瞒了什么事，那是因为我不愿让你背上沉重的包袱，怕你除了操心我的身体，再加上替我的心神不宁担忧。可我有什么事情也瞒不过你，因为你太了解我了。放心好了，我没有受伤，也没有生病。吃的东西足够多，偶尔还能在床上睡一觉。一个士兵能这样更有何求？不过，玫兰妮，我心里有些沉重的念头，我就跟你敞开谈谈吧。

“这个夏天，我晚上常常躺着睡不着，营地的士兵早已入睡后，我望着天上星星心里一再纳闷儿：‘阿希礼·韦尔克斯，你上这儿干吗来了？你到底在为什么战斗？’

“当然不是为荣誉和荣耀。战争是桩肮脏的勾当，我可不喜欢肮脏的东西。我不是个军人，没有追求虚幻荣誉的愿望，更不用说是在炮口上追求美名。可我还是来参战了——我天生什么都干不了，只不过是个勤奋好学的乡村绅士。你看，玫兰妮，军号不能让我激动得热血沸腾，战鼓也不能催我脚步向前，我现在算是看透了，我们受骗了，上了我们傲慢的南方人自己的当，还以为我们一个能消灭十几个北佬，还以为棉花大王能统治世界呢。我们被那些地位显赫的大人物出卖了，我们向来尊敬他们、崇拜他们，听他们喊口号煽动偏见激发仇恨，什么‘棉花大王、奴隶制度、州权、让北佬见鬼去’等。

“我躺在毯子上仰望着星星，自忖道：‘你到底为什么打仗？’这时候我就会想到州权和棉花，还有黑人和我们从小就憎恨的北佬。可我知道，这些全都不是我来打仗的理由。我脑子里又浮现出十二橡树庄园，记起月光斜照在那排白色的柱子上，记起木兰花在月光下开放那超凡脱俗的纯洁，记起蔷薇花爬满侧廊，就是到了最炎热的中午，那里也是一片阴凉。我想起我小时候，母亲坐在那里做针线。我耳畔又响起暮色中黑奴们拖着疲惫的身子从田野回家来吃晚饭时，嘴里唱的歌，仿佛还听见井台上辘轳转动的吱嘎声和吊桶落在清凉井水里的扑通声。顺着大路望去，目光越过棉田，一直能看到河边，暮色中还能看到低洼地升腾起的雾气。正是为了这些，我这个既不想死，又无意追求功名，对任何人心里都没有憎恨的人才来到这里参加战斗。大概这就是爱家爱国的所谓爱国主义吧。但是，玫兰妮，事情远不是这么简单。因为，玫兰妮，上面我提到的这些事物，我为之甘冒生命危险的事物不过是些象征，它们象征了我热爱的那种生活。因为我是在为昔日的时光作战，我太热爱昔日的时光了，但是，恐怕它如今已一去不复返了，不论结局如何，是赢是输都一样，我们的愿望照样会破灭。

“我们就是打赢了这场战争，建立起梦寐以求的棉花王国，终究也是失败者，因为我们的人不再是原来的样子了，昔日的恬静时光会一去不复返。全世界都会挤在我们门口喧嚣，买我们的棉花，我们倒是可以漫天要价，我们现在嘲笑北佬做生意唯利是图、贪得无厌，到时候，恐怕我们跟他们也没什么两样。假如我们打败了，啊，玫兰妮，要是我们失败了怎么办？！

“我自己倒不怕出生入死，不怕被俘受伤，要是非献出生命不可，就是牺牲我也不怕。可这场战争打完后，我们昔日的好时光再也无法挽回了，这才真让我害怕。我属于昔日的时光，跟如今这种疯狂的杀戮格格不入，恐怕我就是拼命努力也适应不了未来。你也一样适应不了，亲爱的，因为你我属于同一种气质。我不知道未来会怎样，但它不可能像过去那么美好、那么适意。

“我躺在这里，望着睡在身边的弟兄们，心里琢磨着，不知那对孪生兄弟、亚力克斯或凯德想过这些问题没有。不知道他们是不是想过，这场战争自打响第一枪时起，失败已成定局。因为我们要捍卫的事业其实就是我们的生活方式，可那种生活方式已经一去不复返了。照我看，好在他们不会思索这些问题，所以他们还是幸运的。

“我向你求婚的时候，并没有考虑到我们会面临这一切。我以为十二橡树庄园的生活会像以往一样维持下去，保持一如既往的恬静闲适。玫兰妮，我们俩完全情投意合，都喜爱安静的环境，我本来以为我们会度过漫长的太平岁月，整天读书、听音乐，陶醉在幻想中。结果并非如此！根本不是这样！没想到会发生这种变故，我们昔日的生活彻底毁了，还得投身这场血腥的仇杀！玫兰妮啊，不论为什么缘故都不值得这样杀戮，不论是为了州权、为了奴隶制度，还是为了棉花，都不值得这样。什么都不值得让我们遭受目前的苦难，未来还说不定要遭多大的难呢，要是北佬打败我们，未来的处境就不堪设想了。

“我本来不该写这些东西的，就是想都不该想。是你问我有什么心事，我心里的确担心战败。你还记得我们宣布订婚那天的野外烧烤宴吗？在场的有个操查尔斯顿方言的人，那人姓巴特勒，当时他说南方人无知，险些惹起一场打斗。你还记得吗？他说我们没有几座铸造厂、加工厂、纺织厂，没有多少轮船、兵工厂、机器厂。还说北佬的舰队可以把我们严密封锁起来，让我们的棉花运不出去。他说得没错。我们是在用独立战争时期的老式滑膛枪跟北佬的新式来复枪作战。用不了多久，封锁就会更加严密，就连医药也运不进来了。我们应当多听听像巴特勒那样的冷嘲热讽才对，不该只听那帮政治家凭主观臆断的说法。他的话一针见血，说南方人除了棉花和狂妄，根本没有打仗的本钱。如今，我们的棉花一文不值，只剩下他说的狂妄了。不过，我把这种狂妄叫作无与伦比的勇气。

只是……”

可是斯佳丽没看完就把信折叠起来塞进信封了，实在太乏味了，让她读不下去。再说，信上的口吻让她隐隐约约觉得丧气，净说些要吃败仗的胡话。毕竟，她偷看玫兰妮的信，为的并不是了解阿希礼那套让人头疼的无聊想法。当年他坐在塔拉庄园门廊上，说了不少那种话，让她捺着性子听够了。

她只想弄明白，他写给他老婆的信里是不是有绵绵情意，可他的信里从来没那种东西。文具匣里的信她都偷看过，每封信的口吻都像哥哥写给妹妹的。信写得亲热、幽默，东拉西扯，不像爱人的情书。斯佳丽自己收到过无数封热情洋溢的情书，不至于看不出真情实意。可这些信上就是没有那种情意。她偷看完信，心里总是暗自得意，因为她能肯定，阿希礼爱的还是她。她也总是暗自嘲笑玫兰妮，奇怪她怎么看不出阿希礼不过像喜欢一位朋友一样喜欢她。玫兰妮显然并不觉得丈夫的信里少点儿什么，这也难怪，毕竟她从来没收到过其他男人的情书，不能跟阿希礼的信做比较。

“他的信里通篇胡话。”斯佳丽自忖道，“要是我有个丈夫写信说这种废话，我准得臭骂他一顿不可！说真话，就连查尔斯的信也比这些玩意儿好。”

她翻动着一封封信，瞟一眼上面的日期，就想起信的内容了。反正没什么精彩描写，不像达西·米德写给父母的信，也不似可怜的达拉斯·麦克卢尔写给他那两位老姑娘姐姐费思和霍普的信，他们的信上都把军营生活和冲锋陷阵说得有声有色。米德夫妇和麦克卢尔家的人都扬扬得意，把那些信全都张扬给邻居们，斯佳丽常暗暗替玫兰妮难为情，因为她从来不能把阿希礼的信朗读给缝纫会的人们听。

在阿希礼写给玫兰妮的信里，他好像竭力把战争抛在脑后，让两个人待在不受时代影响的神秘圈子里，把苏姆特堡事变以来的一切都挡在圈子外面。看上去他简直不相信发生了战争。他信里谈的是他和玫兰妮读过的书、唱过的歌，提到的是两人的老朋友，以及他周游各地时的见闻。信里贯穿着一种对家的眷恋，渴望回到十二橡树庄园。他会一连用好几页篇幅回忆深秋寒星下长途骑马去打猎的情景，回忆起野外烧烤、炸鱼野餐、恬静的月夜，以及老宅子里迷人的静谧。

她想到，在刚刚念过的信里，有这么两句话："结果并非如此！根本不是这样！"这就像一颗痛苦的心灵面对无法忍受却不得不面对的现实，正在号啕痛哭。她觉得迷惑不解，既然他受伤牺牲都不怕，那他还怕什么？她苦苦思索，却理不出个头绪。

"战争打乱了他的心境，可他……他就是不愿受打搅……比方说我吧……他爱我，可他就是不敢跟我结婚，因为……他怕我搞乱他那套思索习惯和生活规律。不对，他倒不见得害怕。阿希礼不是个胆小鬼。他不可能胆怯，战报上表扬了他，斯隆上校还给玫兰妮写来信，说的都是他勇敢带头冲锋陷阵的事。他一旦下定了决心，谁都没他那么勇敢坚定，可是……他的生活就在他自己的脑袋里面，根本不是在外面的世界里，而且他讨厌跟外界交往，再说啦……嗨，我根本就说不清楚！要是我早几年弄清楚这事，跟她结婚的姑娘就准是我。"

她站在那里把信紧紧搂在胸前，心里想念着阿希礼。自从爱上他以来，她对他的情感从来没变过。她现在对他的感情还像十四岁那年一样。她记得那天早上，她站在塔拉庄园的门廊上，见阿希礼骑马而来，他脸上挂着微笑，头发在早晨的阳光里闪闪发亮。她心里马上涌起这样一种情感，激动得一时话都说不出来了。她的爱仍然是一个小姑娘对一个男人的敬慕，那个男人让她无法理解，那个男人的品质她自己并不具备，却让她崇拜。他仍然是一位年轻姑娘梦想中的无瑕骑士，而她的梦想无非让他亲口表达爱情，仅仅想得到他的一吻而已。

她看过这些信，心里确信，尽管他娶了玫兰妮，可他爱的还是她斯佳丽。能确信这一点，几乎就是她的全部愿望。她觉得自己还是原来那么年轻，那么纯洁无瑕。查尔斯笨手笨脚，窘态百出，跟她的亲密交往并没有触动她心底的激情，否则她对阿希礼的梦想绝不会止于一个亲吻。可她单独跟查尔斯度过的那区区几个月夜，并未打开她的情窦，也没有因此催她成熟。查尔斯没有让她懂得什么是情欲，什么是温存，什么是肉体和精神的珠联璧合。

在她看来，情欲不过是受男人摆布，屈服于男人莫名其妙的疯狂，而女人并不能从中得到乐趣，那种事让她痛苦尴尬，从而导致的生孩子过程就更加痛苦了。她并不觉得意外，结婚不过如此而已。埃伦在她婚前暗示过，说婚姻是女人必须以体面和坚韧的态度去忍受的事情。她守寡后，其他女人的纷纷议论证实了母亲的话。情欲和婚姻终于结束，斯佳丽反而觉得松了口气。

婚姻倒是结束了，可爱情并没有完结，因为她对阿希礼的爱完全是另一回事，跟情欲和婚姻并无关系，那是一种神圣美好的感情，是在漫长的时日里不能明言而悄悄成长起来的感情，不断地回忆和希冀让这种感情愈发强烈了。

她把那包信仔细用丝带扎好，叹了口气，心里又一次思忖起那个想过千百遍的问题：阿希礼到底为什么让她捉摸不透？她竭力思索这事，想找到个满意的答案，可她简单的头脑却像往常一样理不出头绪来。她把那包信放回文具匣，合上盖子。这时她突然皱起了眉头，因为她突然想起她刚看过的那封信，信上最后一部分提到巴特勒船长。多奇怪哪，阿希礼竟然记得那个无赖一年前说过的话！

巴特勒船长跳舞倒是一把好手，可他绝对是个无赖。他要不是个无赖，就不会在义卖会上说邦联的那么多坏话。

她走到镜子跟前，轻轻拍了拍柔顺的秀发，心里觉得得意，精神振作起来。一见到自己白皙的皮肤和两只绿色的吊梢凤眼，她总是觉得得意。她微微一笑，露出两个酒窝，她记起阿希礼从来都喜欢她的这两个酒窝，望着自己在镜子里的模样，心里不禁觉得愉快，就把巴特勒船长抛在了脑后。心里悄悄爱着另一个女人的丈夫，还偷看那个女人的信，这些并没有让她感到良心不安，也没有破坏她欣赏自己年轻美丽容貌的愉快心情，她反而恢复了信心，认为阿希礼爱的肯定是她自己。

她打开门锁，走下昏暗弯曲的楼梯，心里觉得十分轻松。还没走下楼梯，她就信口唱起了《无情战争结束后》。

第十二章

战争仍在持续。虽然南方胜仗打得较多，可人们再也不说“再打一场胜仗，战争就会结束了”，人们也不再说北佬都是胆小鬼了。如今大家心里都清楚，北佬绝不是胆小鬼，要想征服他们，再打一场胜仗远远不够。摩根将军和福雷斯特将军率领的邦联军队在田纳西州倒是连打几场胜仗，布伦河第二次战役也大获全胜，北佬明显的惨败让人扬扬得意。不过，这几场胜仗的代价也十分沉重。亚特兰大的医院和居民家里，伤病员人满为患，身穿丧服的女人眼见越来越多。奥克兰公墓里，一排排阵亡将士墓整齐划一，铺展得一天比一天远。

邦联货币大幅度贬值，已经引起了恐慌，食品和衣服的价格相应飞涨。军需部征粮的数目巨大，结果亚特兰大居民开始挨饿了。白面变得稀少昂贵，玉米面包成了主食，取代了饼干、蛋卷和松饼。鲜肉店难得见到牛肉，羊肉不但少得可怜，而且价格昂贵，只有富人才吃得起。不过，猪肉、鸡肉和蔬菜供应还算充足。

北佬收紧了对邦联港口的封锁圈，茶叶、咖啡、绸缎、鲸骨裙箍、香水、时装杂志和书籍之类奢侈品成了紧俏货，价格十分昂贵。就连原先最便宜的棉织品，如今也涨成了天价，太太、小姐们不得不叹口气，把旧裙子翻出来凑合着换季。家家都把尘封多年的织布机从顶楼上搬下来，几乎每家的客厅里都能见到人们自己织布。不论是士兵、平民、女人、孩子，还是黑人，大家都开始穿家纺布衣服了。邦联制服的灰色基本上已经见不着了，灰胡桃染料染过的家纺布成了流行色。

医院已经开始担心药物短缺，奎宁、红汞、鸦片、氯仿麻醉剂、碘酊样样不足。如今棉麻绷带十分珍贵，舍不得用完就扔，在医院当护理的妇女回家都要带一篮篮血污的旧绷带，洗净熨平后让其他伤员重复使用。

斯佳丽的服丧期终于结束，但是在她看来，战争不过是一段愉快兴奋的时光。衣食缺乏的小麻烦没有让她苦恼，她又能出来跟人们交往，心里高兴还来不及呢。

一年来日子过得那么单调，一天跟另一天没什么两样，相比之下，如今的生活节奏快得让她难以置信。每天清晨都像一场激动人心的奇遇，每天都能遇到请求拜访她的男人，他们夸她漂亮，说能为她战斗甚至牺牲是自己的荣耀。虽然她只要一息尚存，爱阿希礼的心就不会变，却并不因此避免招惹其他男人向她求婚。

战争期间的社交活动变得轻松随便，让老一辈见了十分吃惊。母亲发现，陌生男子来拜访自己的女儿竟然连封介绍信也不带，不知小伙子究竟出身何等家世。见自家女儿居然跟这种男人手挽手，母亲心里更是惊恐不已。梅里韦特太太自己是婚礼过后才第一次亲吻丈夫的，一天，她偶然撞见女儿跟那位小个头儿义勇兵勒内·皮卡德亲嘴，让她简直不敢相信自己的眼睛。女儿居然不觉得羞耻，就更让她这个做母亲的惊慌失措了。尽管勒内马上向她求了婚，可这也于事无补。梅里韦特太太觉得，南方人的道德就要彻底崩溃了，于是她逢人就这么抱怨。其他做母亲的由衷地赞同她这说法，都把这归咎于这场战争。

可是，那些小伙子不出一个礼拜或者一个月就可能送命，他们绝对不能等上一年再求姑娘允许昵称其名，当然啦，称呼时加上“小姐”两字是必不可少的。他们也不能遵循战前上流社会那种旷日持久的正式求婚礼数。姑娘们心里非常清楚，淑女受到求婚总要再三拒绝才能保持体面，如今对方一开口，姑娘马上就应允。

繁文缛节没了，斯佳丽就觉得战争带给她的乐趣真不少。要不是因为看护工作又脏又累，卷绷带太乏味，否则战争永远打下去，她也不在乎。她如今能平静忍受医院里的工作，其实因为那是个猎获男人的美妙所在。无能无助的伤员们对她的魅力不加抵抗，纷纷拜倒在她脚下。只要给他们换换绷带、洗洗脸、整理一下枕头、扇扇凉风，他们就爱上她了。啊，度过凄凉的一年后，如今真像进了天堂！

斯佳丽恢复了嫁给查尔斯前那种活力，仿佛根本没跟他结过婚，根本没有遭受过丧夫之痛，也没有生过韦德。战争、结婚、生育都没有触动她的心弦，她还是原先的她。她倒是有个孩子，不过那所砖房子里的人替她照顾得好好的，她几乎想不起有个他。她的心灵和感情都觉得，她还是斯佳丽·奥哈拉，是县里的大美人。她的心思和举止跟昔日如出一辙，只是活动范围比以前大多了。她才不管佩蒂姑妈的那帮朋友背后怎么谴责她，举止跟婚前一个样，她参加聚会，跟人跳舞，陪士兵乘车兜风，对男人调情卖俏，凡是当姑娘时玩弄过的手段现在照玩不误，只差没有换掉身上的丧服了。她心里清楚，要是脱了丧服，佩蒂帕特和玫兰妮就忍无可忍了。她现在虽然是个寡妇，可她跟姑娘时期一样迷人。只要随她的意，她就心情愉快；只要不让她为难，她总是亲切和蔼。不论是她的外表还是她跟人交往的举止，都显出一派虚荣。

几个礼拜以前，她还那么悲苦，可现在她心情愉快，身边又有了求爱的人，又能听到人们赞扬她的美貌了。阿希礼不但娶了玫兰妮，而且性命难保，此时她能得到的乐趣不过如此。阿希礼虽然另有他属，可他毕竟远在他乡，这么一想，她还觉得不太难受。既然亚特兰大跟弗吉尼亚相隔好几百英里，他就似乎既属于玫兰妮，也属于她自己。

一八六二年秋天的几个月就这么匆匆度过了。护理伤员、跟人跳舞、陪人乘车兜风、卷绷带，这些占去了她的全部时间，回过几次塔拉庄园也只能小住几天。几次回娘家都让她扫兴，在亚特兰大，她一心想跟母亲心平气和多说点儿知心话，趁母亲做针线的时候依偎在她身边，在母亲衣裙窸窣声中闻闻她香囊中柠檬美人樱飘出的芳香，还想抬起头让她柔软的双手抚摩自己的脸蛋儿，可回家后却没找到这种机会。

埃伦如今瘦了，显得忧心忡忡，她整天忙里忙外，一大早就起床，一直忙到庄园上的人都入睡了，她还久久不能休息。邦联军需部征收的税赋一月比一月沉重，她只得挑起这副担子，设法让塔拉庄园出产品。就连杰拉尔德也多年来头一次忙碌起来，他找不到接替乔纳斯·威尔克森的监工，只好亲自骑马到自家田里巡查。埃伦忙得只有睡觉前才能抽空来亲吻她一下，杰拉尔德整天在地里回不来，斯佳丽就觉得塔拉庄园太乏味了。就连她的两个妹妹也忙着各想各的心事。苏埃伦看来跟弗兰克·肯尼迪达成了一种“默契”，嘴里唱的《无情战争结束后》有一种诡秘的意味，让斯佳丽听着受不了，卡丽恩成天做着跟布伦特·塔尔顿相聚的白日梦，跟她做伴让斯佳丽觉得乏味。

斯佳丽每次回塔拉庄园都是兴致勃勃，等到佩蒂和玫兰妮来信催她回去，她心里从没觉得难受过。倒是埃伦每逢这种时候都要叹息，想起自家大女儿和唯一的外孙要离开她，不免为别离伤感。

“亚特兰大需要你去看护伤员，我当然不能只顾自家，把你留在家里。”她说，“只是……只是，我的宝贝，好像我还没时间跟你说说话，还没有觉得我的亲闺女在自己身边呢，可你就要走了。”

“我永远是你的亲闺女。”斯佳丽总是这么说着把脑袋依偎在埃伦怀抱中，心里总是觉得愧疚。她并没有实话告诉母亲说，她想回亚特兰大其实是为了去跳舞，去找她的情人，并不是真心想为邦联效力。近来，她有许多事情瞒着母亲，最重要的是绝口不提瑞特·巴特勒常去佩蒂帕特姑妈家拜访。

那次义卖会后的几个月里，瑞特每次来城里都要拜访她们，带斯佳丽乘坐他的马车兜风，请她出席舞会和义卖会，要么就驾车等在医院外面，送她回家。她不再怕他泄露自己的秘密了，可她心底总隐隐有些不安，忘不掉他见过自己出丑的场面，了解她对阿希礼的真心。正因为他了解她的底细，让他惹恼了还不好开口反驳，可他经常要惹她生气。

他已经三十五六岁了，她的情人没一个这么大年纪的。跟她年纪相仿的情人可以任凭她摆布，可是对付这个人，她就像个小孩子一样束手无策。他总是一副不知何为吃惊的神色，却对一切都觉得好笑，等到他把她气得张口结舌了，她觉得仿佛惹她生气是他最大的乐趣。他十分擅长挑逗，常常惹得她勃然大怒，她倒是承袭了埃伦的喜人外貌，可骨子里却藏着杰拉尔德的爱尔兰脾气。在这以前，只要母亲不在场，她一有脾气就发作，从不克制。现在，她怕见到他那副挖苦的冷笑面孔，有气不敢出，憋得心里难受。要是他也会发脾气多好，那她就不会觉得自己总是处于劣势了。

她每次跟他斗气都难得占上风，就赌咒说他是个无可救药的下流坯子，以后再也不理睬他了。可他一旦回到亚特兰大，就来拜访，名义上是看望佩蒂姑妈，却对斯佳丽百般殷勤，送给她从拿骚带来的糖果。要么就在音乐会上她旁边订个座位，或者在舞会上一定要陪她跳舞，他的温和强横总是把她逗得十分开心，结果在哈哈一笑中忘掉他以前的无礼，在下一次斗气之前，两人暂时和睦相处。

虽然他有许多惹人恼火的毛病，可她心里渐渐盼望他来拜访了。他身上有一种让人激动的东西，她说不清楚那是一种什么品质，可她熟悉的男人没一个跟他相像的。他高大的身材威风凛然，让她一见就心动。他一走进屋子，就突然给人实实在在的震动，他那双黑眼睛里闪出的冷漠和嘲讽神色，仿佛在向她的精神提出挑战，等着她去征服。

“我好像爱上他了！”她自忖道，觉得有点儿不知所措，“可我并不爱他，这可把我搞糊涂了。”

然而，她那种激越的感情并没有减弱。他来拜访时，浑身散发出十足的阳刚之气，相形之下，佩蒂姑妈既文雅又女人气十足的家显得局促暗淡、无聊古板。有他在场，家里人并非只有斯佳丽反应异常、举止不安，佩蒂姑妈一见他就心慌意乱。

佩蒂心里清楚，埃伦不赞成他拜访自己的女儿，也知道查尔斯顿上流社会不接纳他，她不该轻易违禁。可她无法拒绝他甜言蜜语的恭维，也无法拒绝他的吻手礼，好像苍蝇见了蜜罐不由得要动心一样。再说，他总是带点儿从拿骚弄来的礼物给她，还一口咬定说，这是他冒着生命危险闯封锁线专门为她买的——有整板的别针和缝衣针，有纽扣、丝线和发卡。如今，几乎搞不到这种奢侈品了，女士们用的发卡是用木头削的，纽扣是用碎布包住橡树籽做的，佩蒂实在没有足够坚强的意志去拒绝这种礼物。她还有种爱拆礼包的孩子气，一旦打开礼物，就不好意思拒绝了。既然接受了人家的礼物，就更没有勇气对他说，因为他的名声不佳，不宜来拜访三位没有男人保护的孤身女子。佩蒂姑妈总是觉得，有瑞特·巴特勒上门的时候，家里应该有个男人保护她们。

“我不知道这人是怎么回事。”她往往无可奈何地叹一口气说，“不过……唉，我倒觉得他是个讨人喜欢的好人，可我不知道他内心深处是不是真的尊重女士。”

玫兰妮听了这话不由得吃了一惊。自从他为她赎回结婚戒指后，她便认为他是个正人君子，而且人品高尚、对人体贴入微。他对她的礼貌一如既往，可她当着他的面总觉得有点儿胆怯，因为凡不是自幼熟识的男人，她见了都有点儿害羞。她心里暗自为他感到惋惜，好在他并不了解这种感情，否则准会觉得好笑。她相信，准是情场失意让他的生活受了打击，才使他变得尖酸刻薄，她觉得，他需要得到一位善良女子的爱。她自幼受人庇护，从不知邪恶为何物，也不相信存在邪恶的人和事，听人家说瑞特跟那个查尔斯顿姑娘的闲话，她觉得既吃惊又不可信。她并没有产生反感，反而对他更加细致和蔼了，她想象出他蒙受的冤屈太不公平，心里为此感到愤慨。

斯佳丽暗自赞同佩蒂姑妈的态度，也觉得这人对女士并不尊重，恐怕他对玫兰妮的尊重是个例外。她还是觉得他上下打量自己的目光不怀好意。这倒不是因为他说过什么冒犯的话，要不然她准会臭骂他一通。可他那张黝黑的面孔上，两只傲慢的眼睛让人看着就不舒服，仿佛天下女人都是他的私人财产，随他什么时候高兴就能任意享用。他只有对玫兰妮才不会显出这种神色。他望着玫兰妮时，从来没有露出过那种冷漠审视的目光，也从来没有嘲弄的意味。他只要跟玫兰妮交谈，总是充满敬意、彬彬有礼，带着一种特殊的口吻，仿佛随时愿意为她效劳。

“我不明白，你为什么待她比我好？”斯佳丽任性乖张地说。这是在一天下午，玫兰妮和佩蒂都上楼去睡午觉了，她跟他单独待在一起。

这之前，斯佳丽整整一个钟头看着他为玫兰妮撑着毛线，让玫兰妮绕成织毛衣用的线团。她留意到，玫兰妮得意地大谈阿希礼和他的升迁时，他一脸的漠然，让她摸不透他的心思。斯佳丽清楚，瑞特并不十分赞赏阿希礼，对他提升为少校也不感兴趣。可他的接应还是十分礼貌得体，低声赞叹阿希礼的勇敢。

“要是我一提到阿希礼的名字，”她当时心里十分恼火，“他马上就眉毛往上一挑，露出那种心照不宣的讨厌微笑。”

“我比她长得漂亮，”她接着对他说，“真不知道你为什么对她比我好。”

“我斗胆一问，你该不是嫉妒了吧？”

“哼，别胡思乱想！”

“这就又一次让我的希望化为泡影了。要说我对韦尔克斯太太比较‘好’，那是因为她当之无愧。她这种善意、真诚、没有私心的人，我还真没见过几个。不过你大概不会留意这种品行的。再说，她虽然还很年轻，却属于我有幸结识的少数品性极高贵的夫人。”

“这么说，你是说我并不属于那种极高贵的夫人？”

“照我看，我们初次见面就达成一种共识啦，你连淑女都算不上。”

“啊，你怎么胆敢重说那种无礼的话惹人讨厌！怎么敢揪住我那点儿小孩子脾气不放？事情都过去那么久了，我也不是原先的小孩子啦，我都把那事忘了个一干二净，你还喋喋不休，明一句暗一句说个没完。”

“我看那可不是耍小孩子脾气，也不相信你有什么变化。你还跟原来一样，遇上不顺心的事照样扔花瓶。只不过现在你比较顺心，没必要砸小古玩罢了。”

“好你个……只恨我不是个男人！要不然一定要跟你决

斗，要……”

“要送命的肯定是你。我能在五十码外射穿一毛钱的硬币。还是用好你自己的武器吧——酒窝啦、花瓶啦什么的。”

“你真是个无赖。”

“你以为我听了会发火？抱歉，让你失望啦。你骂得没错，我听了也不会生气。我当然是个无赖，无赖有什么不好？这是个自由的国度，人们有权选择做个无赖嘛。我亲爱的夫人，只有像你这样的伪君子，让人揭到短处才会暴跳如雷，可你们想遮掩的内心是一样的黑。”

他脸上挂着平静的微笑，说话慢声慢气，让她有脾气发不出来，她还从没遇到过像他这么无法克服的对手呢。她诸般兵器全都用上了，可是，冷嘲热讽、谩骂全不能让他脸红。根据她的经验，说谎的人怕人家说自己不诚实，胆小鬼怕人说自己不勇敢，没教养的人怕人说自己不高雅，无赖怕人说自己没脸面。可瑞特什么都不怕。他什么都承认，全都一笑置之，而且还鼓励她接着说下去。

这几个月里，他来往不断，总是不请自到，不辞而别。斯佳丽根本不知道他来亚特兰大做的是什么生意，其他闯封锁线的商人根本没必要大老远地离开海岸到内地来。那些人把货物卸在威明顿或者查尔斯顿，南方各地的商人和投机商就蜂拥而上，在拍卖场上抢购偷运来的货物。要是他旅行到内地是专门来看她的，她心里倒会自鸣得意。但是，尽管她有非同寻常的虚荣心，也不相信这种可能性。假如他向她求过爱，或者对围在她身边的其他男人表示过嫉妒的意思，哪怕握过她的手或向她讨过一幅画像或手帕做纪念，她就能得意扬扬，认为他已经成了她魅力的俘虏。但她觉得十分气恼，因为他从来没有露出过一点儿求爱的意思，最让她恼火的是，她要出各种手腕要让他跪倒在自己的石榴裙下，却都被他识破了。

他每次进城都惹得女士们心神不定。这不仅因为他脑袋上有个偷越封锁线勇士的光环，而且他那个女子不宜的邪恶名声也让人心头发痒。他这人真是臭名昭著！亚特兰大的妇女们每次聚在一起说一回闲话，他的恶名就增加一分，可他在年轻姑娘心目中就愈发富有魅力。年轻姑娘大多数天真无邪，关于他的说辞无非是“跟女人在一起非常放纵”。至于男人“放纵”到底是怎么回事，她们就不得而知了。她们还听到窃窃私语，说姑娘跟他在一起不安全。虽然他有这样的恶名声，可他自从第一回在亚特兰大露面以来，却从未向一位姑娘行过吻手礼。不过这就让他显得更加神秘，更加让人觉得有趣。

除了部队的战斗英雄，他就是亚特兰大人谈论最多的男人了。他的事人人都知道得一清二楚，他因为酗酒让西点军校除名，他“跟女人胡搞”，他坏了那个查尔斯顿姑娘的名声，他还在决斗中杀了那姑娘的哥哥。这些丑闻在亚特兰大可谓家喻户晓了。人们跟查尔斯顿的朋友们通信，还进一步了解到，他二十岁那年就让父亲逐出家门，原来那位父亲是个性格刚毅、有骨气的好绅士，不但一个子儿都没给儿子，还把他的名字从家里《圣经》的家人姓名页中勾掉。后来，在一八四九年的淘金热中，他流浪到加利福尼亚，以后又去过南美和古巴，据说，他在这些地方的活动都不怎么体面，亚特兰大人听说，他在那里闹过桃色丑闻，决斗伤人，还向中美洲革命党人走私军火，最糟糕的当数他曾以赌博为职业。

在佐治亚州，很少有哪家男人不赌博的，就是自家男人不赌，也准有个嗜赌的亲戚。赌起来输钱、输地、输房子、输奴隶，就是输得倾家荡产也不失绅士身份。但是，那个人完全是另一码事。干职业赌博的人自然是社会渣滓了。

要不是因为瑞特·巴特勒在战乱中对邦联政府有用，本来亚特兰大也不会欢迎他的。如今呢，就连最矜持保守的人们也出于爱国之心，觉得应该宽大为怀了。心肠比较好的人则认为，巴特勒家这个不肖之子已经痛改前非，正努力将功补过。因此太太、小姐们觉得有责任对他通融，尤其因为他闯封锁线如此奋不顾身。现在人人都明白，邦联的命运不仅系于前方战士，也有赖于偷运船只躲避北佬舰队封锁线的技巧。

有传闻说，巴特勒船长属南方最有能耐的船老大之列，他奋不顾身，完全置生死于度外。他从小在查尔斯顿长大，对卡罗来纳海岸附近海域了如指掌，熟悉每一个小河口、小海湾，每一块礁石、浅滩，对威尔明顿附近的所有海情也如数家珍。他从来没丢过一条船，也从未被迫抛弃过一船货。战争刚打响时，他不过是个无名之辈，手头的钱刚够置办一条小快船，货物偷越过封锁线后，获利高达百分之两千，如今他已经拥有了四条船。他出大价钱雇本领高强的船老大，他们趁夜色溜出查尔斯顿和威尔明顿港，把棉花运往拿骚、英国和加拿大。英国的棉纺厂都停工待料，工人都要饿死了，只要能巧妙闯过北佬的封锁线，棉花到了利物浦，卖多少价随你要。瑞特的船只替邦联运出棉花，再把南方急需的军用物资运进来，他的运气好得异乎寻常。不错，女士们觉得，这样一位勇敢的人物，有多少过错不该宽恕呢？

他是个勇敢的人物，到哪里都受人刮目相看。他花钱大手大脚，出门骑一匹雄赳赳的黑毛种马，身上穿的衣服式样和做工从来都是一流水准。仅这一身衣服就够惹人注目了，因为如今士兵们的军装个个肮脏破旧，老百姓就是穿出最体面的衣服，也看得出精心织补的痕迹。他的裤子是浅褐黄色的，料子是牧人格子花呢，斯佳丽觉得从来没见过谁穿的裤子有他的那么雅致。他穿的背心也漂亮得难以形容，尤其是那件白波纹绸背心，上面还绣着粉红色的小花蕾。

可他身着豪服却显得满不在乎，这就愈发显得风度翩翩了。

他要是愿意施展自己的魅力，很少有太太、小姐能抵御的，所以，就连宁折不弯的梅里韦特太太后来也请他星期天上家里来吃饭了。

梅贝尔·梅里韦特要跟她的小个头儿义勇兵结婚，等他下一次休假就举行婚礼，她一想起这事就伤心落泪，因为她一心想穿白缎子裙结婚，可邦联各地根本就买不到白缎子。她就是想借一条来穿也不可能，因为过去几年里，人们都把结婚穿的缎子裙改做成军旗了。梅里韦特太太出于爱国主义，责备女儿，说邦联的新娘该穿家织布结婚礼服才得体，可女儿就是不听。梅贝尔非要缎子不可。为了事业，她可以不要发卡，不要纽扣，不穿漂亮鞋子，不请人们吃糖喝茶，而且还会以此为荣，可她就是要缎子结婚礼服。

瑞特从玫兰妮那里听说了这事，从英国为她弄来大匹闪闪发亮的白缎子，外加一块带花边的面纱，作为结婚礼物赠送给她。他做事的手法让人根本不好意思提起付钱给他的事。梅贝尔大喜过望，高兴得几乎要亲吻他。梅里韦特太太清楚，接受衣服这种贵重的礼物实在不成体统，可她又想不出理由拒绝他，因为瑞特冠冕堂皇地对她说，新郎是我们的一位英雄，新娘打扮得再漂亮也不过分。这样，梅里韦特太太才请他上家里去吃饭，心里觉得这种让步算是一种高昂的代价，甚至超过了那份礼物的价值。

他不但给梅贝尔送来缎子，还为婚礼裙袍的剪裁出了许多好主意。时下巴黎流行的式样裙箍稍大，裙摆稍短，褶皱已经不时兴，裙边撩起来做成扇形花彩，稍稍露出里面的衬裙边。他还说，在巴黎街头没见过女人裙子下面露出过长裤的，所以想来已经“不时兴”了。事后，梅里韦特太太对艾尔辛太太说，她当时要是赞扬他两句，他恐怕会把巴黎女人时下穿什么样衬裤都说出来。

若不是他显然男子汉气概十足，听他把女人裙袍、遮阳帽、头发式样之类描述得如此细致，准会觉得他有点儿娘娘腔。女士们向他请教时装方面的问题，心里总觉得有点儿难为情，可大家还是禁不住要请教他。由于偷越封锁线得来的书刊极少，大家都觉得像失事荒岛的海员一样与时尚隔绝。谁说得准巴黎女士时下不是流行剃光头、戴浣熊皮帽呢？因此瑞特凭记忆说出的裙袍边饰，完全能替代《戈迪氏妇女时装》杂志。他能够记住女性特别重视的细枝末节，每次从海外归来，他都让一群妇女团团围住，对她们说起今年的帽子小一点儿，在头上戴得高一点儿，帽檐把头顶大半遮盖起来；说起如今不时兴用帽花，改插羽毛；说起法国王后出席晚会时发髻不盘在脑后，改为束起在头顶上，把两只耳朵都露在外面；说起晚礼服又时兴低领，低得让人触目惊心；等等。

一连几个月，他成了亚特兰大最受欢迎的传奇人物。他过去就有个不好的名声，现在隐隐约约有人传言，说他不但闯封锁线，还搞粮食投机。不喜欢他的人说，他每到亚特兰大来一次，粮价就要涨五块钱。尽管私下有这种流言蜚语，但是，如果他觉得值得保住自己的名声，并非不可能。可他跟那帮死气沉沉的爱国市民打了一阵交道，还勉强赢得他们的好感后，仿佛一反常态，故意要跟他们作对，好像要让他们知道，他过去的行为不过是一种伪装，现在他对这种伪装已经不感兴趣了。

他仿佛天生就鄙视南方的每一个人和每一样东西，尤其鄙视邦联，他也绝不掩饰自己的看法。正是他针对邦联的言论，让亚特兰大人先是觉得莫名其妙，接着又冷眼相看，最后简直怒不可遏了。到了一八六二年和一八六三年相交的时候，他出现在公共聚会上，男人们向他鞠躬的神态就刻意显出冷淡，妇女一见他就纷纷把女儿拉到自己身旁。

他不但公开冒犯亚特兰大人的赤胆忠心，而且竭力把自己树立成个反派人物，仿佛还能从中得到乐趣。有人好心恭维他闯封锁线的勇敢行为，他却态度温和地回答说，他遇到危险从来都怕得要死，就像前线的勇士们一样害怕。人人都知道邦联士兵没一个胆小鬼，他这话把大家都激怒了。他口口声声把士兵叫成“我们勇敢的小伙子们”，要不就是“我们身穿灰军装的英雄”。可他的怪腔怪调却显然是在竭力侮辱他们。遇上大胆的姑娘故意调情，感谢他以勇敢战斗保卫她们，他就微鞠一躬，声明说，实际情况绝非如此，要是赚的钱一样多，他也同样会为北佬妇女效劳。

自从斯佳丽在那次义卖会上第一次遇到他以来，他跟她交谈从来用的就是这种腔调，现在，他跟大家说话也是一样的冷嘲热讽，很少掩饰了。一旦有人赞扬他为邦联出了力，他无一例外地说，他闯封锁线不过是做生意而已。他的眼睛会故意朝那些拿了政府合同订单的人瞅上几眼，接着说，要是得到几个政府合同订单赚的钱一样多，他当然不会冒生命危险去闯封锁线。他一样会拿次布充好布，糖里掺沙子，把发霉的面粉、腐烂的皮革都拿去卖给邦联政府。

他的话把他们噎得张口结舌，他们对他愈发怀恨在心了。对那些拿到政府合同订单的人，社会上已经有些绯闻。来自前线的通信不断抱怨说，军鞋一个礼拜就穿破了，火药临到用时不发火，马具用力一扯就断，吃的肉发了霉，面粉里长了虫。亚特兰大人就认为，把这种东西卖给政府的肯定不是佐治亚人，准是亚拉巴马或弗吉尼亚的承包商。事情是明摆着的，佐治亚的承包商哪个不是名门望族出身？带头向医院捐资并且赡养烈士遗孤的，难道不是他们？带头为南部同盟欢呼的，难道不是他们？在讲演中慷慨陈词，呼吁消灭北佬的，难道不也是他们？这以后过了很久，社会上才掀起愤怒的浪潮，谴责承包政府合同的奸商，当时，瑞特说的那番话，大家听了只当他缺乏教养。

他不仅暗示高层官员受贿，给前方英勇的将士脸上抹黑，而且他还捉弄体面的市民，让他们难堪。但凡有人狂妄气盛，拿“爱国主义”之类字眼吹牛，他就禁不住要戳穿他们的虚伪，就像个孩子忍不住要用针扎破气球一样。他手腕微妙，把浮夸傲慢的家伙戳得偃旗息鼓，向冥顽愚昧的人揭露真相，他做得不露痕迹，表面上彬彬有礼、不耻下问，引逗对方把真话都吐露出来。等他们终于明白过来，却见他已经稍带嘲弄模样，摆出一副占上风的傲慢神色。

全城人都欢迎他的这几个月里，斯佳丽早已对他失去了幻想。她清楚，他殷勤优雅的态度和满口的花言巧语都是虚情假意。她也知道，他扮演勇闯封锁线的爱国船长角色，不过是觉得有趣。有时候，她觉得他跟县里那帮与她一起长大的小伙子没什么两样：像塔尔顿家孪生兄弟一样爱搞恶作剧；像方丹家兄弟一样满肚子鬼点子，专爱捉弄人；像卡尔弗特家兄弟一样整夜不睡觉，专设圈套愚弄人。不过瑞特也有跟他们不同的地方，在他浮夸的表面下，暗藏着某种恶意，温文尔雅却又粗暴的态度中包藏着险恶用心。

她对他的虚伪知道得入木三分，可她仍然喜欢他继续扮演那个闯封锁线的传奇角色。至少她跟他交往起来比原先少了许多麻烦。所以，他现在撕掉假面具故意跟亚特兰大人的善意为敌，她觉得恼火极了。让她恼火的原因，一方面是这种行为显得愚蠢，另一方面因为人们严厉指责他，最后难免殃及她。

艾尔辛太太为康复伤员募捐，举办了一个银币音乐会。在这个音乐会上，瑞特的行为等于是给自己签署了一张放逐证明书。那天下午，艾尔辛家宾客满堂，挤满了回家度假的士兵、医院的疗养伤员、自卫队和民兵的人员、妇女、寡妇和姑娘们。屋子里座无虚席，就连弯曲的楼梯上也挤满了宾客。艾尔辛府上的管家端着个雕花大玻璃缸站在门口募捐，已经两次将满缸的银币倒空了。这一事实就证明这次音乐会办得很成功，因为如今一块银圆要值六十元邦联纸币呢。

随便哪一个姑娘，只要自以为有点儿艺术天赋，就在这里引吭高唱或在钢琴上演奏，静态造型表演也赢得大家鼓掌捧场。斯佳丽对自己的表现沾沾自喜，她不仅与玫兰妮合作表演了一曲动人的二重唱《露垂花瓣》，还应观众要求加唱了一首比较轻快的《天哪，夫人，别管斯蒂芬！》，最后，她还在静态造型表演中应邀扮演邦联之魂。

她扮演的是最动人的形象，身穿随意下垂的白粗布希腊式长袍，腰间扎一条红蓝相间的腰带，一只手举着邦联的星杠旗，另一只手拿着查尔斯父子那把金柄马刀，伸向跪在她脚下的亚拉巴马上尉凯利·阿什伯恩。

造型剧收场后，她不禁朝瑞特投去一眼，看他是不是欣赏她刚才的迷人造型。结果，她发现他正在跟人争论，或许根本就没留意她，这可把她惹恼了。从他周围人们的脸色上，斯佳丽看出他的话犯了众怒。

她朝他们走去，人群中偶尔也会有片刻寂静，她在这种奇怪的瞬间听到民兵威利·吉南直率地说："先生，照我的理解，你是说，我们的英雄为之献身的事业并不神圣？"

"要是火车把你轧死了，不见得铁路公司因此神圣吧？"瑞特问道，他的口吻显得十分谦恭，仿佛在向对方请教。

"先生，"威利的声音颤抖了，"要不是因为我们在同一个屋顶下……"

"是啊，那后果我想想都发抖。"瑞特说，"你的勇敢大家当然都知道。”

威利憋得面红耳赤，大家都默不作声，人人都十分难堪。威利身体强壮健康，正是参军的年龄，却没上前线。当然，他是个独子，毕竟州里还需要民兵保护。但是，瑞特说出“勇敢”这个字眼后，养伤的几个军官不禁扑哧一声笑了，实在有点儿不恭敬。

“哎呀，这人怎么就不能闭上嘴！”斯佳丽想道，她心里十分恼怒，“这个晚会都让他给搅了！”

米德大夫紧皱双眉，脸色阴沉可怕。

“年轻人，在你看来，也许什么都不神圣。”他操起平素做讲演的腔调说，“可是南方爱国者不论男女却认为许多东西是神圣的。让我们的土地免遭入侵者统治是神圣的，州权是神圣的，还有……”

瑞特一副漫不经心的模样，说话带有奉承腔调，也露出厌烦。

“一切战争都是神圣的，”他说，“对那些应该去参战的人是神圣的。要是发动战争的人不把战争说成神圣的，哪个傻瓜会去打仗？可是，不管演说家对参战的傻瓜喊什么战斗口号，不管他们把战争标榜得多么高尚，其实战争从来只有一个目的：那就是钱。一切战争其实都是为了争夺金钱。可惜从来没几个人意识到这一点。他们满耳朵听到的都是军号声、战鼓声，还有稳坐在家里的人满嘴的漂亮话。有时候，战斗口号是‘从异教徒手中夺回基督的坟墓’！有时候，战斗口号是‘打倒教皇’！有时候成了‘棉花、奴隶制、州权’！”

“怎么扯到教皇了？”斯佳丽想道，“还胡扯什么基督的坟墓？”

她匆匆朝那群怒容满面的人走去，只见瑞特面对大家风度翩翩地鞠了一躬，举步穿过人群朝门口走去。她动身要去追他，可艾尔辛太太一把拉住她的裙摆。

“让他走。”气氛紧张肃静的屋子里，她的声音十分清晰，“随他去。他是个叛徒、是个奸商！他是我们用胸脯暖过来的毒蛇！”

瑞特此时正站在门厅，手里托着帽子，听到了故意说给他听的这句话，他转身朝屋子里扫视了片刻，目光盯住艾尔辛太太扁平的胸脯，突然咧开嘴笑了。他鞠个躬，走了出去。

梅里韦特太太搭佩蒂姑妈的车回家，四位女士刚刚在车上坐定，她就嚷开了。

“你瞧瞧，佩蒂帕特·汉密尔顿！这下你可满意了吧？”

“满意什么？”佩蒂急了，也大声嚷起来。

“你一味包庇的那个巴特勒呀，瞧他那副可恶模样。”

佩蒂帕特听了这番指责心里忐忑不安，慌忙中没想起梅里韦特太太也请瑞特·巴特勒在家里吃过几次饭。斯佳丽和玫兰妮却没忘这事，不过她们受过的教养不容她们顶撞长辈，便忍着没说，两人都垂下目光瞅着自己戴的长手套。

“他侮辱了我们大家，也侮辱了邦联。”梅里韦特太太怒不可遏，臃肿的胸脯猛烈上下起伏，衣服上缝的金线也随着乱抖乱闪，“哼，说我们打仗是为了金钱！说我们的领袖欺骗我们！真该让他蹲大牢！没错，该把他关进监狱。我得去告诉米德大夫。要是梅里韦特先生活着，绝不会轻饶他！你听我说，佩蒂·汉密尔顿，你再也不能让那个恶棍进你家门！”

“噢。”佩蒂嘟囔着接应着，露出一副无可奈何的样子，好像恨不得自己死了才好。她朝两位姑娘望了一眼，目光中带着恳求，可她们俩耷拉着眼睛并不看她。她又把求助的眼光转向彼得大叔笔挺的脊背。她心里清楚，她们说的每一个字，他都听见了，就希望他像以往一样转过身来说上句话。她真希望他会开口说：“听我说，多莉小姐，你就别难为佩蒂小姐啦。”可彼得坐着一动都没动。可怜的佩蒂知道，他打心眼儿里不赞成瑞特·巴特勒。她叹了口气，说：“那好吧，多莉，要是你认为……”

“我当然是这看法。”梅里韦特太太说得斩钉截铁，“我真想不出当初你怎么会让他上你家去。从今以后，城里凡是正经人家都不会欢迎他。你得拿出点儿勇气，不准他登你家门。”

她转身朝姑娘们恶狠狠瞟了一眼。“我希望你们俩也记住我这话。”她接着说，“因为你们也有过错，你们待他好得过分了。要告诉他，你们家不欢迎他上门，口气要客气，态度一定要坚决。”

斯佳丽听着这些话，心里早已翻腾开了，就像一匹烈马让陌生人粗鲁的手扯动了缰绳，真想后腿站立发发威风。可她哪敢开口呢？她可不敢冒这个险，要不然梅里韦特太太会再给妈妈写封信告她的状。

“你这头老野牛！”她想道，心里窝了一肚子火，脸憋得通红，“真想把你和你那套霸道揭出来说给你听，好解我心头恨！”

“我真没想到竟然活到这种地步，听人对我们的事业说出这么大逆不道的话。”梅里韦特太太越说越激动，这时已经是义愤填膺了，“要是有人敢说我们的事业不正义、不神圣，这人就该上绞架！我可不想听说你们两个姑娘再搭理他……天哪，玫荔，你难受什么？”

玫兰妮脸色苍白，眼睛睁得大大的。

“我不能不跟他说话，”她压低声音说，“我不会对他无礼，也不能禁止他上家里来。”

梅里韦特像挨了一记重拳，突然泄了气。佩蒂姑妈的胖嘴猛地张开，彼得大叔也转过身来，看得目瞪口呆。

“哎呀，我怎么就没勇气说这话？”斯佳丽想道，心里又嫉妒又羡慕，“这只小兔哪儿来的胆，竟敢跟梅里韦特老太太干仗？”

玫兰妮的手在发抖，可她急忙接着说下去，仿佛怕耽搁一会儿，自己就会失去勇气似的。

“我不能因为他说了那番话就对他无礼，因为……他公然说出来固然冒失，也有点儿欠考虑，可……可是跟阿希礼想法一致。我不能因为一个人跟我丈夫的想法一样，就禁止他登我家门，不然就算不得公正了。”

梅里韦特回过神来，立刻发动进攻。

“玫荔·汉密尔顿，我这辈子从没听过这样的胡话！韦尔克斯家从来没出过一个胆小鬼……”

“我从没说过阿希礼是个胆小鬼。”玫兰妮的眼里闪出怒火，“我说他的想法跟巴特勒船长的一样，只不过他用的字眼不同。我希望他不会在音乐会上公然说出自己的想法，可他在信上对我说过。”

斯佳丽努力回忆阿希礼的信，良心感到一阵不安，她不知道他对玫兰妮写了什么，让她说出这么一番话。只可惜那些信她一看完就抛在了脑后，于是认为玫兰妮准是发了疯。

“阿希礼给我的信上说，我们不该跟北佬打仗，还说我们上了政客和煽动家的当，他们满嘴都是口号和偏见。”玫荔说得飞快，“他说无论为了什么都不值得打这场战争，它给我们带来的灾难太大了。他还说，这场战争根本没有荣誉可言，只有苦难和卑鄙。”

“啊！原来说的是那封信。”斯佳丽自忖道，“他真是这意思？”

“我不相信。”梅里韦特一口咬定说，“准是你误解他的意思了。”

“我从来不会误解阿希礼的意思。”玫兰妮回答的语气很平静，不过她的嘴唇在颤抖，“他的意思我完全理解。他的意思跟巴特勒船长的完全一致，只不过他不会用粗鲁的话跟人说。”

“哼，你真该害臊，竟然拿阿希礼·韦尔克斯这样的正人君子跟巴特勒船长那种恶棍比！我猜，你大概也认为我们的事业无足轻重吧？”

“我……我也不知道自己是怎么想的。”玫兰妮有点儿犹豫，她的火气已经消了，心里开始为自己说的话害怕，“我……我也像阿希礼一样，愿意为事业献身。可……我的意思是说……我是说，该让男人去动这种脑筋，他们比我们聪明得多。”

“真稀罕。”梅里韦特太太重重哼了一声，“停车，彼得大叔，车要超过我家了！”

彼得大叔一心听身后的谈话，没留意车已经过了梅里韦特家的下车台，只好赶马往后退。梅里韦特太太下了车，她帽子上的丝带像帆船遇上风暴一样乱抖个不停。

“你会后悔的。”她说道。

彼得大叔一扬鞭，马又起步了。

“你们两个小姐真不害臊，又让佩蒂小姐晕过去了。”他责备道。

“我没晕。”佩蒂的回答让大家吃了一惊，因为平时受了比这小的惊吓，她也会晕过去，“玫荔，亲爱的，我知道你这么做全是为了我，说真的，有人站出来杀杀多莉的威风，我觉得高兴。她实在太霸道了。你到底哪儿来的胆量？可你觉得该那么说阿希礼吗？”

“可这都是真话。”玫兰妮回答道，说完禁不住轻声哭了，“再说，我不为他的想法害羞。他认为这场战争完全是个错误，可他还是愿意作战献身。比起为正确的东西作战，这需要更大的勇气。”

“天哪，玫荔小姐，别在桃树街哭。”彼得大叔一边催马快跑，一边喃喃说道，“有人会说我们的坏话的，等回家再哭吧。”

斯佳丽什么话都没说。玫兰妮把手伸到她手心里，想寻求她的安慰，可她连捏都没捏一下。她偷看阿希礼的信只为一个目的——想证明他仍然爱她斯佳丽。玫兰妮从信中看到了新含义，可斯佳丽并没有看出来，她感到非常吃惊。没想到像阿希礼那么完美的人，跟瑞特·巴特勒这种恶棍的念头一个样。她心想：“他们俩都看出了这场战争的真相，可阿希礼愿意为它战死，瑞特却不愿意，我看还是瑞特有头脑。”想到这里，她停顿下来，觉得自己不该这样看阿希礼。“他们俩都看出了让人难过的真相，可瑞特愿意正视这种真相，还敢说出来，并不怕惹怒大家——阿希礼就不敢面对真相。”

真让人捉摸不透。

第十三章

受梅里韦特太太的唆使，米德大夫采取了行动，他给报社写了封信，信上虽然没有指出瑞特的名字，不过意思却一目了然。报社编辑感到，这封信能引起社会轰动效应，便刊登在第二版上。这一创新举动可谓惊人，因为报纸的头两版向来用于登广告，什么买卖奴隶、骡子、犁铧、棺材、房屋出售出租、治性病药、堕胎药、壮阳药，各式广告无奇不有。

大夫的信为人们群起怒吼起了个头，从此南方各地吼声四起，声讨投机商、奸商和承包政府生意的商人。当时查尔斯顿港已经让北佬的军舰彻底封锁了，威尔明顿就成了偷越封锁线的船只出入的主要港口，商人们在那里的作为已经到了耸人听闻的明目张胆地步。大批投机商云集在威尔明顿，都备足了现款，一有货船进港，就把整船货都买下，囤积起来等着涨个好价钱。价格总是不断上涨，因为生活必需品越来越缺，物价便一月高似一月。老百姓要么干脆不买，要买就得依投机商的价钱，穷人和家境中等的人日子便越来越难过了。随着物价上涨，邦联货币不断贬值，货币价值越是暴跌，人们就越急着抢购奢侈品。闯封锁线的商人本来的任务是运进生活必需品，也允许他们附带做些奢侈品生意，如今他们的船上运来的满是高价奢侈品，邦联急需的用品反而被挤到次要地位了。人们害怕明天的价格会涨得更高，钱贬得更不值钱，就疯狂抢购这些奢侈品。

更糟糕的是，从威尔明顿到里士满只有一条铁路，成千上万桶面粉和无数箱熏肉因为缺乏运力，堆在铁路旁的车站里发霉腐烂，而投机商的葡萄酒、塔夫绸、咖啡要运出去销售，却总能在威尔明顿上岸后不出两天就运到里士满。

以前人们私下传说的一则消息现在成了公开讨论的话题，说是瑞特·巴特勒不但用他自己的四条船偷越货物，以空前的高价卖出，而且还收购别人船上的货物，囤积起来等待涨价。据说，他现在已经成了一个垄断集团的头子，这个集团拥有的资本超过一百万，总部设在威尔明顿，为的是在码头上购买闯封锁线运进来的货物。人们传说，他在亚特兰大和威尔明顿拥有几十个仓库，里面装满了食品和衣服，全都囤积在那里待价而沽。士兵和平民都一样，大家都为缺乏物资而苦恼，因此都恶狠狠咒骂他和他的投机商同行。

“闯封锁线的船队是邦联海军的一个分支，其中不乏勇敢的爱国者。”大夫的信结尾时这么写道，“他们是些无私的人，甘冒生命危险，不怕自己的财产遭受损失，为的是邦联的生存。凡是对南方忠心耿耿的，人们都不会忘记他们，他们从冒险中得到一点点回报，谁也不会嫉妒。他们是无私的君子，我们都尊敬他们。我要说的并不是这些人。

“然而还有另外一些人，他们是些卑鄙之徒，他们披着闯封锁线勇士的外衣，干的却是中饱私囊的勾当，我呼吁为天下最正义的事业而战的人民同仇敌忾，惩罚那帮贪婪之徒。我们的士兵因缺乏奎宁而奄奄一息，他们却为了赚钱运来锦缎花边；我们的伤员因缺乏麻醉药、吗啡，在手术台上痛得死去活来，他们的走私船却运来整船的香茶和美酒牟取暴利。我憎恨这些吸血鬼，他们吸吮罗伯特·李将军麾下士兵们的鲜血，这些人败坏了闯封锁线勇士的美名，让一切爱国的人们都耻于听到这个名字。前方的子弟兵光着脚在战场上出生入死，我们怎能容忍这些虎狼般残忍的家伙脚蹬贼亮的皮靴在我们中间招摇？我们的士兵啃着发霉的熏肉在篝火边瑟瑟发抖，我们如何容得下这些家伙痛饮香槟，享用法国鹅肝酱馅儿饼？我向每一位忠于邦联的人发出呼吁，将这些家伙逐出我们的家园。”

亚特兰大人读了这篇文章，如领神谕，他们个个忠于邦联，便连忙将瑞特逐出自己的社交圈子。

在一八六二年秋天接待过瑞特的人家当中，一八六三年只剩佩蒂帕特小姐一家还愿意让他上门。要不是有玫兰妮，恐怕就是这个家也不会欢迎他了。只要他来到城里，佩蒂姑妈就心神不定。她明知道自己允许他来访会招惹自己朋友们的指责，可她没有勇气对他下逐客令。每逢他来到亚特兰大，她就噘起胖嘴对两位姑娘说，她要堵在门口，不许他进门。然而，每次他上门，手里拿着件小礼物，嘴上说几句奉承她漂亮迷人之类的话，她就泄气了。

“我简直不知道该怎么办。”她总是这么叫苦，“他只要看上我一眼，我就吓得要命，不知道我对他下了逐客令，他会怎么做。他的名声那么坏，你们认为他会不会动手打我……要不就……要不就……唉，天哪，要是查理还活着多好哇！斯佳丽，你一定要告诉他，别再登咱家的门了，好好跟他说嘛。什么，我？！我看准是你怂恿他来的，弄得满城风雨，要是让你母亲知道了，他会怎么说我呢？玫荔，你千万不能对他那么好了。应该对他冷淡，疏远他，他就清楚了。啊，玫荔，你觉得我是不是该给亨利写个短笺，要他跟巴特勒船长谈谈？”

“别那样。”玫兰妮说，“我也不会对他失礼。照我看，人们对待巴特勒船长的举止不近情理。我能肯定，他绝不是米德大夫和梅里韦特太太说的那种坏人。他不会囤积粮食让人挨饿。这还用说，他甚至给了我一百块钱，说是捐给孤儿的。我敢说，他像我们每个人一样忠心爱国，只是他太清高了，不愿为自己辩解而已。你们都知道，翻了脸的男人有多固执。”

佩蒂姑妈对男人一无所知，不知道他们翻了脸是什么样，也不知道他们不翻脸是什么样，只好无可奈何地挥挥胖胖的小手作罢。斯佳丽早已领教了玫兰妮的本色，知道她惯于只看别人的优点。玫兰妮是个傻瓜，可对此谁也没辙。

斯佳丽清楚，瑞特并不是个爱国者。是不是个爱国者，她自己并不在乎，可她无论如何也不肯公开承认。她最感兴趣的还是他从拿骚买来送给她的小礼物，淑女接受这种小玩意儿其实无伤大雅。物价上涨得这么凶，要是不准他上门，她上哪儿找这些缝衣针、发卡、糖果之类的小东西？不过，把责任推到佩蒂姑妈身上还是更简单，毕竟她是一家之主，既是家庭主妇，就有能力判断道德是非。斯佳丽知道，城里人都对瑞特来访说三道四，也说她的闲话，可她还知道，在亚特兰大人的眼里，玫兰妮·韦尔克斯从来不会出错。既然玫兰妮替瑞特辩护，瑞特上门就是光明正大的。

话说回来，要是瑞特放弃他那套异端邪说，日子自然会好过些。她陪他在桃树街散步时，人们就不至于故意不理睬他，让她也跟着难堪。

“这种事情你心里想想就算了，干吗一定要说出来呢？”她责备他道，“你爱怎么想随你便，要是不说出来，哪会惹这么多麻烦？”

“这是你的处世态度，对吧？我的绿眼睛伪君子。斯佳丽啊斯佳丽，我本来以为你做事勇敢得多，我以为爱尔兰人说话都是心直口快呢。跟我说实话，你虽然嘴巴闭得紧紧的，是不是有时觉得想脱口说出心里话？”

“这个嘛……倒是不错。”斯佳丽勉强承认道，“他们成天没完没了谈论事业，我心烦得要死。可是，天哪，瑞特·巴特勒，要是我开口承认，那就谁也不会再理睬我了。再说，小伙子们谁也不会找我跳舞了！”

“哈，可不是嘛，舞是无论如何不能不跳的。好啦，我钦佩你沉得住气，我比不了你。我可不会装出爱国者的模样，按说假装倒也不难。糊涂的爱国者有的是，他们闯封锁线把每一个铜板都贴进去了，打完仗准得变成穷光蛋。他们也不稀罕少我一个，既用不着我给他们的爱国主义增添光彩，也用不着我在穷光蛋中间增加一个名额。让他们去享受头上的光环吧。他们名副其实理应得到头上的光环——我这可是真心话——再说啦，一两年以后，他们除了头上这圈光环，就一无所有啦。”

“我说你这人真够可恶的，你明知道英国和法国就要参战帮我们，还说这种话。而且……”

“哎哟，斯佳丽！你这话准是从报纸上看到的！你真让我吃惊。以后再也别看报纸了，那种文章只能骗女人。告诉你吧，我上次去英国是不到一个月前的事，我可以实话告诉你，英国绝对不会帮助邦联。英国从来不把赌注押在斗败的狗身上。英国就是英国，从来如此。再说，那个坐在王位上的德国胖女人[1]对上帝无比虔诚，她不赞成奴隶制度。就是英国的纱厂工人因为得不到我们的棉花而全都饿死，她也不会出兵帮助奴隶制度。至于法国人，那个模仿拿破仑的懦夫[2]正忙着让法国人在墨西哥站住脚，哪有闲工夫来帮我们。

---

[1] 德国胖女人：指英国女王维多利亚一世（1837—1901年在位）。因为她是历史上统治德国汉诺威地区的汉诺威王朝的后裔，作者便称她为德国女人。——译注

[2] 模仿拿破仑的懦夫：指拿破仑三世。1852—1870年在位的法国皇帝。——译注

其实，最欢迎这场战争的就是他，咱们忙着打仗，就顾不得赶他撤出墨西哥了……得了吧，斯佳丽，外国援助的说法是报纸编造出来的，为的是维持南方的士气。邦联的命运早已注定了。邦联就像只骆驼，现在只能靠自己驼峰积攒的营养维持生命，驼峰再大，也有耗尽的一天。闯封锁线的行当，我打算再干六个月左右，然后就洗手不干了，再干就太冒险啦。到时候，我找个傻瓜英国人，把船只卖给他，他以为自己有本事在封锁线上溜进溜出呢。不管船卖掉卖不掉，反正我不会在意。我已经赚够了钱，都存在英国银行里，存的都是金币，不是这种在我眼里一文不值的纸钱。”

他的话听起来总像是蛮有道理。其他人也许会把他的话叫作叛国论调，可斯佳丽从来觉得他的话有道理，也符合常理。她知道自己的感觉大错特错，也知道应该表示震惊和愤怒才对。可她内心里既不震惊也不愤怒，不过她可以装装样子，至少这样能让她显得像个可敬的淑女。

“巴特勒船长，我看米德大夫信上说你的那些话没错。你改过自新的唯一办法，就是卖掉船以后参军入伍。你毕竟上过西点军校，再说……”

“你这口吻活像个浸礼会牧师劝人入会的唠叨。要是我不愿意改过自新呢？我干吗要为一个把我拒之门外的制度打仗卖命？看着这个制度土崩瓦解我才高兴呢。”

“我可从没听说过什么制度。”她恼火地说。

“没听说过？可你自己也是这个制度的一部分，跟我原来一个样。我敢说你像我一样也不喜欢它。你知道我怎么成了巴特勒家的逆子？只有一个原因，那就是我没遵循查尔斯顿的规矩，也不愿遵循。查尔斯顿就是南方的缩影。不知道你是不是已经意识到，要遵循他们的规矩有多乏味。人人必须做许多事情，就因为历来就是这么做的。而且由于原来没这个规矩，许多无害的事情大家都不能做。很多这类荒唐事情让我忍无可忍。也许你听说过那位年轻小姐的事，他们一定要让我娶那小姐，我终于再也忍受不了啦。我干吗一定要娶个讨厌的傻瓜？就因为遇到一点儿意外，天黑前没把她送回家？既然我枪法技高一筹，我干吗要让她那个凶神恶煞的哥哥开枪打死我？当然啦，假如我是个正人君子，就该让他一枪打死我，那样就能保住巴特勒家的名声。可我想活着。你看，我活了下来，还享了不少乐……有时候我想起我那位哥哥，他生活在查尔斯顿那帮自命不凡的老母牛堆里，把她们奉若神灵，守着个庸俗不堪的老婆，一年到头只有在圣塞西莉亚节才能跳一回舞，周围永远是一成不变的稻田。想到这些，我总是觉得跟那个制度决裂绝对划得来。斯佳丽，我们南方人的生活方式就像在中世纪的封建社会一样，完全过时了。它能维持到现在倒真是一桩怪事，这个制度必须被粉碎，现在它正在崩溃。可你还想要我听从米德大夫那样的煽动家，让我相信我们的事业是正义而神圣的？听见战鼓咚咚就热血沸腾，抓起杆毛瑟枪，冲向弗吉尼亚，甘愿为主子罗伯特·李流血卖命？你把我当成个大傻瓜了？挨上顿棍棒，还要亲吻那根棍子，我可不是那种人。如今，南方跟我两清了。以前，南方把我逐出家门，想把我饿死，可我没饿死，反倒从南方垂死的人手里狠赚了一大笔，足够补偿我被剥夺的继承权了。”

“我看你是唯利是图、卑鄙可耻。”斯佳丽的这话脱口而出，却并不是心里的想法。他的话大半从她左耳朵进右耳朵出，凡超越个人私事范围的话，她都听不进去。不过有些话听起来还有点儿道理。富有人家的生活中，荒唐事实在太多了。她装作心如止水的模样，可她的心并没有死。那天她在义卖会上跳舞，惹得人人惊恐。凡是其他年轻女子能做能说的事情，她做出来、说出来，每次人们都要挑起眉毛，露出一副不屑神色，让她心里怒不可遏。老传统让她反感，可听他抨击老传统，她却觉得非常刺耳。她在这群假作客套的人中间生活久了，听人道出自己的感受，难免感到不安。

“唯利是图？根本不是，我这是有远见。不过，有远见只是唯利是图的同义词。至少，那些不像我一样有远见的人会把远见说成唯利是图。凡是忠于邦联的人，在一八六一年只要手头有一千块钱，就能干出我这番事业，可惜唯利是图的人太少，没人利用到手的机会！比方说吧，从苏姆特堡失陷，到海上设立封锁线，这段时间里我买下几千包棉花，价钱便宜得要命，我把棉花运到英国，至今还储存在利物浦的仓库里。我不卖这批货。等到英国棉纺厂急需棉花的时候，到时候多少价钱都是我说了算。就是一磅棉花卖一块钱，我也不会吃惊。”

“就是大象会爬树，你一磅棉花也卖不到一块钱！”

“我不会看错。棉花的时价已经涨到一磅七毛二了。等到这场战争结束时，我就是个大富翁了，斯佳丽，因为我有远见——噢，对不起，应该说我唯利是图。以前我对你说过，有两种机会可以赚大钱，一种是国家初建，另一种是国家崩溃。建设时期只能赚小钱，崩溃时却能捞大钱。别忘了我这话，说不定将来对你有用呢。”

“真得感谢你这番忠告，”斯佳丽的腔调里满是挖苦，“可惜我用不着。你当我爸爸是个穷叫花子？我要多少，他就能给多少，再说，我还有查尔斯的一份财产呢。”

“照我看，法国贵族上断头台前，个个都有过同样的念头。”

瑞特不断提醒斯佳丽说，既然凡是社交活动她都参加，身穿黑色丧服就显得不协调。他喜欢鲜艳的色彩，斯佳丽身穿丧服，黑面纱从帽子一直拖到脚跟，让他看着既好笑又讨厌。可她知道，要是不多穿几年黯然无光的丧服和黑面纱，现在换成颜色花哨的衣裙，会闹得更加满城风雨。再说啦，她该怎么向母亲交代呢?

瑞特说话坦率，说她这身打扮看上去活像只乌鸦，说她穿这身黑袍显得老了十岁。听了这种不恭敬的话，她连忙扑向镜子，她才十八岁哪，她想看看自己是不是真的像个二十八岁的女人了。

“照我看，你不至于甘拜下风，让自己显得跟梅里韦特太太一个样吧？”他奚落道，“再说你的品位也不至于那么低，故意戴个黑面纱假装悲伤，我敢肯定你心里根本就没有什么悲伤。我敢打赌，不出两个月，我就要让你换掉这身丧服黑纱，从头到脚穿上巴黎最时髦的服装。”

“算了吧，那可不成，咱们别谈这个啦。”斯佳丽一听他暗示到查尔斯，心里就有气。瑞特准备去威明顿再次去海外，咧开嘴笑了笑告辞了。

几个星期后，在一个明媚的夏日早晨，他再次登门，手里托着个包装漂亮的帽盒，见斯佳丽独自在家里，他就把帽盒打开。只见在一层层包装纸下面露出一顶遮阳女帽。一见那新颖的样式，她不禁叫出了声：“哎呀，真是太可爱了！”她伸出手去摸。多时没见过新装，更谈不上亲手摸一摸了，一见这顶遮阳女帽，她仿佛觉得一辈子从没见过这么漂亮的东西。深绿色塔夫绸面料、淡绿色波纹绸衬里，系在下巴底下的帽带也是淡绿色的，足有她的手掌那么宽。一支绿色鸵鸟毛插在帽檐上，弯曲的羽毛显得扬扬得意。

“戴上看看。”瑞特脸上挂着微笑。

她快步穿过屋子，跑到镜子面前，匆匆把帽子戴在头上，把头发掠到脑后，露出耳坠，将帽带系在下巴底下。

“我好看吗？”她一边嚷一边转过身，让他欣赏，脑袋向后一仰，那支毛茸茸的羽毛立刻跟着飘动。其实，没等看到他赞许的目光，她已经知道自己戴着这顶帽子很好看。她不但漂亮，而且迷人，绿色的衬里把她的一对眼睛衬托得碧绿闪亮，像两颗绿宝石。

“啊，瑞特，这是谁的帽子？我要买下。我愿意把自己的钱都给你，换取这顶帽子。”

“帽子本来就是给你的。”他说，“除了你，谁还配得上这样的绿色？你看，我没记错你眼睛的颜色吧？”

“你真是专门为我买的？”

“当然，帽盒上有‘和平路’的字样，认识这法国牌子吧？”

她并不认识，只顾望着镜子里自己的模样微笑。此时，什么对她都无所谓了，只觉得两年来头一次戴了顶漂亮帽子，看上去迷人极了。戴上这顶帽子，她在男人堆里难道不能为所欲为！接着，她的微笑消失了。

“你不喜欢？”

“我喜欢，我求之不得，可是……唉，真不愿意用黑纱蒙住这么漂亮的绿颜色，再说，羽毛也得染黑。”

他立刻走到她身旁，灵巧的手指解开她下巴下面的帽带，片刻之后，帽子便重新装进盒子里了。

“你这是干吗？你说是给我的。”

“不是为了让你改成丧服帽。我另找个绿眼佳人，她准会欣赏我的品位。”

“你不能这么干！不给我，简直是要我的命嘛！求求你，瑞特，别这么小气！给我吧。”

“把帽子改成以前几顶帽子的丑陋模样？那可不行。”

她抓住帽盒不放。戴上这顶帽子让她显得年轻美丽，哪能让他拿去给别的女人？绝对不行！想到要面对佩蒂和玫兰妮，她一时心里畏惧。她又想到埃伦，母亲会怎么说呢？她迟疑了。不过虚荣心还是占了上风。

“我不改就是了，我保证，还是给我吧。”

他放了手，把帽盒给她，脸上露出一丝讥笑，望着她重新戴上帽子，打扮着自己。

“帽子多少钱？”她突然拉下脸来问道，“我眼下只有五十块钱，不过下个月……”

“帽子值邦联纸币大约两千块。”他见她露出一脸愁容，不禁咧开嘴笑了。

“噢，我的天……我先给你五十块怎么样？等我……”

“我可不是来卖帽子的。”他说道，“这是给你的礼物。”

斯佳丽一时目瞪口呆。收受男人的礼物，这可是桩严肃的事情。

埃伦曾一再对她耳提面命：“我的宝贝，一个淑女接受绅士的礼物，只限于糖果、鲜花，或许还可以接受诗集或纪念册或小瓶花露水什么的。贵重物品千万不能接受，就是未婚夫送的也不接受。绝对不能接受赠送的首饰或衣物，就是手套或手帕也不行。要是你接受这种礼物，男人就知道你不是个淑女，就要对你放肆了。”

“天哪。”斯佳丽想道，她望着自己的镜中身影，又朝瑞特诡谲的脸望了一眼，“我简直无法拒绝他这礼物，实在太可爱了。我倒……我倒宁愿他对我放肆一下，只要别出格就行。”这念头把她吓了一跳，她不禁飞红了脸蛋儿。

“我……我一定要给你那五十块钱……”

“你要那么做，我就把钱扔进阴沟里。要么，最好花钱为你的灵魂做几场弥撒。我能肯定，你的灵魂需要几场弥撒来赎罪。”

她勉强笑了笑。望着镜子，看到自己在绿帽檐下的笑颜，她突然拿定了主意。

“你究竟想把我怎么样？”

“我这是用高级礼物引诱你，要把你脑袋里自幼让人灌输的想法赶出去，让你听我摆布。”他说，接着，他惟妙惟肖地模仿女人的话说，“亲爱的，淑女接受绅士的礼物，只能限于糖果、鲜花。”她听了忍不住扑哧一声笑了。

“瑞特·巴特勒，你真是个又狡猾又坏的家伙，准知道我不忍心拒绝这么漂亮的帽子。”

他的眼睛里露出嘲讽神色，也赞赏她的美貌。

“当然啦，你可以告诉佩蒂小姐，说你给了我块塔夫绸和绿波纹绸样子，叫我为你定做的帽子，还可以告诉她说我敲诈了你五十块钱。”

“不。我要说是一百块，好让她逢人便说，让城里人个个眼红，说我出手大方。不过，瑞特，你千万别再送我这么贵重的东西了。你的心意好，不过我真的什么也不能再接受啦。”

“真的？可我还是要送你礼物，只要我高兴，只要我看到能让你显得更漂亮的东西，就带来送给你。我要送你一块深绿色波纹绸，让你做件上衣，配上这顶帽子。不过我要警告你，我可是不怀好意的。我这是用帽子和首饰做诱饵，引诱你下陷阱。你要时刻记住，我做什么事都不是没有目的，也从不办事不图回报。我从来不做没报酬的事。”

他的两只黑眼睛扫视着她的脸，最后落在她的嘴唇上。斯佳丽垂下眼帘，满心紧张。他要对她放肆了，埃伦的话说得没错。他要亲吻她了，反正他想亲吻她。她心里忐忑不安，拿不定主意，不知道是不是该让他亲吻。要是她拒绝，说不定他会抢走帽子，送给别的姑娘。要是她允许他随便亲一下，说不定他以后还会送她许多漂亮礼物，为的是再亲吻她。男人都看重亲吻，天知道到底是为了什么。他们跟姑娘亲吻一回，往往就对姑娘爱得死去活来，要是姑娘聪明，只让男人亲一次，以后再也不许他亲，那男人说不定会当众丑态百出，逗人开心。要是瑞特·巴特勒爱上她，还愿意向她承认，乞求得到她的一吻，或者博得她的欢笑，那可真够有趣的。好吧，她就允许他亲一回。

可他并没有要亲吻她的意思。她的目光透过睫毛瞥了他一眼，喃喃地挑逗他。

“这么说，你从来不白做任何事情，是吗？那你想从我这儿得到什么？”

“还得等着瞧。”

“好吧。要是你以为我会为了一顶帽子就嫁给你，告诉你吧，我不干。”她壮着胆子说道，说完脑袋一扭，那模样十分可爱，把帽子上的羽毛震动得上下抖动。

他的小胡子下露出亮晶晶的白牙齿。

“夫人，你这是自作多情。我并不想要你嫁给我，也不打算娶别的姑娘。我这人天生不适合结婚。”

“真是的！”她嚷起来。她心里慌了，决心要引逗他放肆一下，“我也不愿意，就是跟你亲吻也不愿意。”

“那你干吗把嘴噘成这种滑稽模样？”

“哎呀！”她朝镜子里瞥了一眼，见自己噘起红唇，一副期待亲吻模样。“哎哟！”她又嚷了一声，顿时心头火起，使劲跺脚，“我从没见过你这么可恶的男人，我再也不要见到你了。”

“要是你真的这么想，就该把帽子丢在地下踩。我的天，你发这么大脾气，准知道踩帽子更解恨吧。好啦，斯佳丽，把帽子丢到地上使劲踩踩，好让我看看你多么讨厌我和我送的礼物。”

“看你敢碰这顶帽子。”她紧紧抓住帽带上的蝴蝶结，连连往后退。他轻声笑着追上去，一把抓住她的手。

“唉，斯佳丽，你太幼稚了，闹得我心里难过。”他说道，“既然你盼望我亲你，那我就亲亲你。”说完俯下身漫不经心地用小胡子在她脸蛋儿上蹭了一下，“现在，你看是不是该抽我一耳光，好维护自己的体面呢？”

她噘起嘴，露出不屑神色，翻起眼睛来看他的眼睛，只见他深邃的黑眼睛里满是滑稽神情，她不禁扑哧一声笑了。这家伙真爱捉弄别人，真可气！既然他不想娶她，甚至不愿亲吻她，那他想要的到底是什么呢？要是他不爱她，干吗频频来访，还送她礼物？

“这样好多了。”他说道，“斯佳丽，你跟着我只会学坏，要是你有点儿脑筋，就该赶我走。就看你有没有这个本事了，我可是很难让人撵走的。不过你跟我在一起没好处。”

“是吗？”

“你不至于看不出来吧？自从我在义卖会上见到你以来，你做的事都让城里人吃惊，该受责备的其实是我。是谁怂恿你跳舞的？是谁迫使你承认说，我们光荣的事业既不光荣，也不神圣？是谁刺激你承认说，为夸夸其谈的原则丢掉性命的人都是大傻瓜？是谁让你变成老太婆们说闲话的对象？又是谁使出绝招，引诱你接受了一件礼物？要知道，淑女一旦接受这种礼物就失了身份。”

“巴特勒船长，你也太自命不凡了吧。我还没干出什么太不像话的事情，再说啦，就是没有你插手，我也照样做得出你说的这些事情。”

“我看未必。”他说道，他的脸色忽然沉下来，活泼神色也消失了，“要是没有我，你仍然是查尔斯·汉密尔顿的伤心寡妇，因为照顾伤员有个不错的名声。可结果呢……”

她已经不再听他说些什么，只顾喜滋滋地对着镜子端详自己，心里想着今天下午就戴这顶帽子去医院，给疗养的军官送花。

她并没有想过，他最后这番话说得颇有道理。她没明白过来，是瑞特替她撬开了寡妇生活的监牢，虽然她受人青睐的美女时代早已过去，可他却放她出来，让她在未婚姑娘堆里称王称霸。她同样没明白，在他的影响下，她已经远远背离了埃伦的教诲。变化是在循序渐进中发生的，摒弃一个小规矩似乎跟对抗另一个小规矩没什么相关，而且一切看上去都跟瑞特无关。她并没有意识到，正是在他的怂恿下，她才将母亲关于礼数的严厉教诲全然抛在脑后，把淑女的艰深课程全都忘了个精光。

眼下，她只知道这顶帽子跟她再不能更相称了，而且她一个子儿都没花，这么看来，不管瑞特口头上是不是承认，他准是爱上她了。她当然想找法子让他自己承认。

第二天，斯佳丽站在镜子跟前，手里抓着一把梳子，嘴里叼满了发卡，要做个新发型。梅贝尔最近去里士满探望丈夫，说这种发型是州府最时兴的。发型还有个名字，叫“猫、鼠、耗子”，做起来挺难的，要先把头发从中间分开，每边分成三绺，一绺比一绺小，靠近中缝的那绺最大，就是“猫”，“猫”和“鼠”还好梳，可就是小“耗子”不好对付，发卡总是滑落，让她气恼。不过她打定主意要做好这个发型，因为瑞特要来吃晚饭。只要她的服饰或头发有一点儿新花样，他总能看在眼里，还少不了评论两句。

她苦苦应付那两绺浓密的鬈发，忙得额头上汗水直淌，这时，她忽然听见楼下门厅里传来急匆匆的脚步声，知道是玫兰妮从医院回来了。她发觉玫兰妮是一步两阶奔上楼来，不由得心里一怔，停下手中的活计，手里拿的发卡定在半空中，她知道准是出事了，因为玫兰妮向来举止稳重，像个贵族遗孀似的。她连忙跑过去一把拉开门，玫兰妮冲进屋子，只见她满面通红、神色惊恐，像个做了错事的孩子。

她脸颊上沾着泪水，帽子落在脑后，帽带勒在脖子上，裙箍猛烈摆动着。她手里抓着个东西，一股廉价香水的气味随着她飘进屋子来。

“哎呀呀，斯佳丽！”她关住门，跌坐在床上，“姑妈回来了吗？怎么，还没回来？啊，谢天谢地！斯佳丽呀，我难过死了，真不想活了！我差点儿晕过去，彼得大叔吓唬我，说要把这事告诉佩蒂姑妈！”

“告诉她什么？”

“说我跟那位小姐……也可能是位太太……”玫兰妮用手帕扇着发烫的脸，“就是那个红头发女人，她名叫贝尔·沃特林！”

“哎呀，玫荔！”斯佳丽嚷起来，惊得目瞪口呆。

贝尔·沃特林就是她来亚特兰大的第一天在街上遇见的那个女人，如今她肯定是城里最臭名昭著的女人了。许多妓女追随着士兵涌到亚特兰大来，其中最惹眼的就是这个贝尔了，因为她有一头红发，还身穿过分花里胡哨的衣服。她很少在桃树街或者其他上等住宅地段露面，即使她来了，规矩人家的女人见了都赶紧躲到街对面，避她唯恐不及。可玫兰妮竟然跟她说话，怪不得把彼得大叔给气坏了。

“要是让佩蒂姑妈知道了，我就不活啦！你知道的，她会哭闹，还会把这事传得城里人人都知道，闹得我没脸见人。”玫兰妮哭哭啼啼地说道，“再说，本来不是我的错。我……我不能见了她躲开，那多无礼呀。斯佳丽，我……我替她感到难过。你觉得我这么想对不对呢？”

可斯佳丽并不关心这事的道德方面，她像一切有教养而且天真的年轻女子一样，对妓女都有一种好奇心。

“她有什么事？说起话来怎么样？”

“噢，她说话语句不通顺，可我看得出她想显得文雅，可怜的人儿。我从医院出来，彼得大叔没赶车去接我，我就想步行回家。走到埃默森家院子外面，只见她在他家树篱后面藏着呢！谢天谢地，幸亏埃默森一家都去了梅肯！她对我说：‘韦尔克斯太太，求你跟我说句话吧。’我也不知道她怎么会知道我的名字。我知道应该马上躲开她才对，可是……斯佳丽，我见她那么可怜，再说她是在求我呢。她身上穿的是黑衣服，头上戴着黑帽子，脸上没化妆，看上去挺正派，只不过头发是红的罢了。我还没来得及搭腔，她就说：‘我知道不该跟你说话，可我找过那个老家伙艾尔辛太太，要跟她谈谈，可没等我开口，她就把我从医院赶出来了。’”

“她真的管她叫老家伙？”斯佳丽听了乐开了怀。

“哎哟，别笑了，没什么好笑的。看来，这位小姐……就是说……这个女人，想去医院帮忙呢——你想得出吗？她提出每天上午可以在医院看护伤员，当然，艾尔辛太太准是一听这话就险些吓死，命令她从医院滚出去。然后她说：‘我也想出一份力。我也是邦联的人，跟你还不一样？’斯佳丽，我听她说想来帮忙，心里真的很感动。你想，既然她愿意为事业出力，就说明她并不是个彻头彻尾的坏人。你认为我有这想法很糟糕吗？”

“看在老天的分儿上，玫荔，谁会操心你的想法是不是糟糕呢？快说说她还讲了些什么吧。”

“她说，她经常见太太们走这条路上医院去，觉得我……我……面善，就拦住我。她手头有点儿钱，要我拿去捐给医院，还要我千万别说出钱的来路。她说，要是艾尔辛太太得知钱是怎么来的，肯定不会接受。那是笔什么钱哪！我一想到这个就犯晕！我当时心烦意乱，急于脱身，就说了声：‘啊，好吧，你真好。’还说了点儿诸如此类的傻话，她笑了笑说：‘你真是个厚道人。’说完把这个脏兮兮的手帕塞到我手里。瞧，你闻得出这香水味吧？”

玫兰妮伸出手，只见那是一块男人的脏手帕，香水味浓得呛人，上面打了个结，里面包着不少硬币。

“她向我道谢，还说以后每礼拜都要带些钱给我。正这么说着，彼得大叔赶着马车来了，看见了我们俩！”玫荔说着放声大哭，身子一歪，脑袋靠在枕头上，“他一见我身边那个人，他……斯佳丽，他冲着我就咆哮起来！我一辈子还没听人家对我那么咆哮过呢。他还嚷着说：‘你赶紧给我上车！’当然，我只好服从。他一路上把我数落了个够，半句都不容我分辩，还说要把这事告诉佩蒂姑妈。斯佳丽，你快下楼求求他，求他别告诉姑妈。你的话他大概会听的。要是姑妈知道我哪怕正眼看过那个女人，就准得气死。你替我说说情，好吗？”

“好的，我去。不过咱们还是先看看这里面有多少钱吧，掂着挺沉的。”

她解开手帕四角的结子，一把金币滚在床上。

“斯佳丽，有五十块呢！全是金币！”玫兰妮数完黄灿灿的硬币，嚷起来，“你说，这种东西……这种钱……这种来路，用在士兵身上行吗？你觉得上帝会理解她的好意吗？她一片诚心想要帮忙，上帝不会计较钱不干净吧？我一想起医院什么都缺……”

可是，斯佳丽这时无心听她的话了，眼睛盯着那方手帕，心里充满了羞辱和愤怒。手帕的角上有三个字母“R.K.B.”，是姓名的第一个字母。在她柜子的第一个抽屉里，恰好有块一模一样的手帕，那是瑞特·巴特勒昨天借给她的，当时他们在采野花，她用那块手帕包在花茎上。她本打算等他今晚来访时还给他的。

这么说，瑞特居然跟这个坏女人沃特林有来往，还给她钱。她捐给医院的钱就是这么来的。闯封锁线赚的金币。瑞特跟那种人鬼混，还敢正眼看规矩人家的女人！她居然还相信他爱上了自己！这事证明他不可能爱自己。

在她看来，坏女人和跟她们有关系的事全都很神秘，让人厌恶。她知道，男人光顾这种女人和他们干的勾当，淑女根本就不该提，就是提起也要压低声音，用委婉隐晦的说法。她一向以为，只有粗鄙的男人才会找这种女人。在此之前，她从没想过上流男人也可能干出这种事——至于什么是上流男人，具体说，就是在上流人家遇到的男人，陪她跳过舞的男人。这给她的思路打开了一个全新的领域，让她感到毛骨悚然。说不定所有男人都这么干！他们逼着自己的妻子跟他们干那种事已经够丑陋的了，还要到外面去找下流女人，花钱买那种乐子！啊，男人全是下流坯，瑞特·巴特勒更是男人里最坏的家伙！

她要把这块手帕摔在他脸上，赶他出门，再也不理睬他了。可是，不行，她当然不能那么做。她绝对不能让他知道她了解这个女人，更不该知道他找这女人的事。一位淑女绝对不该知道这种事。

“哼！”她想着想着，心头火起，“假如我不是个淑女，我什么话不敢跟那个恶棍说！”

她把手帕揉成一团，下楼去厨房找彼得大叔。经过火炉时，把手帕塞进炉子里，看着它变成火苗，心里虽燃起怒火却不能发作。

第十四章

一八六三年夏天来临时，南方人个个心里又充满了希望。尽管生活窘迫艰难，尽管有粮食投机之类人祸，尽管几乎每家人都经受过死亡和病痛的折磨，可是，南方人如今又在说：“再打一场胜仗，战争就要结束了。”而且大家说这话的口吻比去年夏天更加自信得意。北佬倒是颗硬核桃，不过这颗核桃终于要给砸碎了。

亚特兰大和整个南方在一八六二年过了个欢乐的圣诞节。因为邦联军队在弗雷德里克斯堡打了场漂亮的胜仗，北佬的伤亡人员成千上万。圣诞期间，南方到处欢欣鼓舞，人人庆幸战局有了转机。身穿胡桃色制服的士兵已经锻炼成老练的战士，将军们个个表现出英勇气概，大家都相信，等到春天重开战，北佬一定会给彻底打败。

春天来了，战火重起。到了五月，邦联军队在钱斯勒斯维尔又打了一场大胜仗，让南方人个个兴高采烈。

当时联邦的一支骑兵部队冲进来，深入到佐治亚腹地，结果反倒让邦联军队瓮中捉鳖打了个大胜仗。人们至今谈论起来还乐得相互拍着对方的脊背说：“真棒！老纳桑·贝德福德·福雷斯特一出马，他们个个都屁滚尿流啦！”那是四月末的事情，斯特赖特上校率领一千八百名联邦骑兵突袭佐治亚，企图攻占亚特兰大北面六十多英里处的罗马镇。他们野心勃勃，打算切断亚特兰大跟田纳西州之间的重要铁路干线，然后挥师南下，打进亚特兰大，摧毁邦联这个重镇的工厂和集中在那里的军需物资。

这倒真算得上个大胆的行动，要是得手，南方的损失准会非常惨重。可是南方有福雷斯特，他只带了不多的人马前去御敌，数目只有对手的三分之一，然而，他们个个骁勇善战！敌人还没抵达罗马镇，就受到他日夜骚扰。最后他将敌人全部俘获了！

这个捷报几乎跟钱斯勒斯维尔大捷的消息同时传到了亚特兰大。全城顿时欢声雷动、笑语喧天。钱斯勒斯维尔大捷更加重要，不过俘获斯特赖特突袭队却让北佬大丢了面子。

“他们休想愚弄咱们的老福雷斯特。”亚特兰大人反复讲述之余，总要添上这么一句。

邦联不但时来运转，而且势头正旺，百姓受了感染，个个眉开眼笑。不错，北佬在格兰特将军率领下，自从五月中旬以来倒是包围了维克斯堡。石墙将军杰克逊在钱斯勒斯维尔负重伤不治身亡，让南方遭受了痛苦的损失。而且 T.R.R. 科布将军在弗雷德里克斯堡阵亡，佐治亚失去一位最勇敢、最优秀的儿子。然而，北佬再也吃不起弗雷德里克斯堡和钱斯勒斯维尔那样的败仗了。他们非投降不可，到时候，这场残酷的战争就要结束了。

到了七月初，先是听到传闻，后来又经正式函件证实，说李将军已经打进宾夕法尼亚，深入敌人腹地了！李将军逼敌人决战啦！终于要打最后一战了！

亚特兰大全城欣喜若狂，个个激动不已，人人渴望复仇。如今，该让北佬尝尝战火烧到自家土地上的滋味了，也该让他们尝尝痛苦的滋味，让他们也失去沃土，牛马被抢，房子被烧，男人关监牢，女人、孩子挨饿。

人人都知道北佬在密苏里、肯塔基、田纳西和弗吉尼亚干的坏事。他们每占一片土地，就干尽骇人听闻的坏事，连孩子们战战兢兢说出来都恨得咬牙切齿。亚特兰大城里已经到处是从田纳西州逃来的难民，城里人都听过他们诉说自己亲身经历的苦难。在他们那里，拥护邦联的人占少数，战争给他们带来的灾难也就更加深重，邻居相互告发、弟兄骨肉相残，边境几个州的情况都是这样。难民们个个盼望看到宾夕法尼亚烧成一片火海，就连心肠最慈祥的老太太们此时脸上也浮出幸灾乐祸的笑容。

可是，消息渐渐传来，说李将军下达了军令，严禁部队在宾夕法尼亚侵害私人财产，抢劫者一律处死，征用一切物品都要付款。幸亏将军平素广受百姓尊敬，这才勉强维持住他的声望。打进那么富庶的州里，还不准士兵在满屯的谷仓里放纵一下？这个李将军脑子里打的是什么主意呀？难道我们的子弟兵肚子没挨饿，他们脚上不是没鞋穿，身上不是缺衣服，行路不是没马骑？

达西·米德匆匆给大夫写来一封信。整个亚特兰大七月初得到的战场直接消息只有这一封信，大家便传着看信，看完后，大家的心情渐渐酝酿成愤怒。

“爸，你能不能设法给我弄双靴子？我打赤脚已经有两个礼拜了，看来也没希望再弄双鞋。要是我的脚没这么大，本来能像别的弟兄们那样，从敌人尸体上扒下鞋子穿，可我一直没找到脚跟我差不多大的北佬死尸。要是给我弄到靴子，别交给邮局寄来，中途会让人截走，可我也不能怪人家。让菲尔坐火车来一趟，把靴子送来。我会尽快再写信给你，告诉你我们在什么地方。现在我还不知道，只知道我们在向北挺进。现在我们在马里兰州，大家都说，我们要开进宾夕法尼亚州……

“爸，我本来想，对北佬应该以其人之道，还治其人之身，可将军不准。说实在的，要是能放火烧个北佬的房子该有多痛快，不过干这种事要被枪毙的。爸，今天我们行军穿过一片你从没见过的大玉米田。我们家乡种的玉米长势没这么好的。说实在话，我们在那片玉米田里都干了点儿抢劫的勾当，因为我们都饿坏了，再说将军眼不见，心也就不烦。不过玉米太嫩，吃了反倒惹了麻烦。弟兄们本来就拉肚子，吃了嫩玉米就更止不住了。行军的时候拉肚子比腿上挂彩还难受。爸，一定要给我弄双靴子。我现在是上尉了，上尉就是穿不上新军装，戴不上新肩章，至少该有鞋穿。”

但是，部队已经在宾夕法尼亚了，这是最要紧的。再打一场胜仗，战争就要结束，到时候，达西·米德想穿多少靴子都随他挑。而且子弟兵都要凯旋，人人都要像原来一样幸福了。米德太太的眼睛湿润了，心里想象出儿子终于回家的情景，啊，再也用不着离开家了。

七月三日这一天，一个电报也没从北方发来，沉寂状态一直持续到四日中午，后来，亚特兰大的司令部才开始断断续续收到些混乱的电文。在宾夕法尼亚州一个名叫葛底斯堡的小镇附近爆发过激战。战斗规模很大，李将军投入了全部兵力。消息并不确定，而且来得很慢，因为战斗是在敌人的领土上打响的，消息先是通过马里兰传到里士满，然后才能转发到亚特兰大。

城里人越来越不放心，恐惧慢慢袭上大家心头。不了解真实情况比什么都让人提心吊胆。凡是自家有儿子在前线的家庭，都虔诚祈祷，但愿自己的儿子没开往宾夕法尼亚。明知自家亲人跟达西·米德在一个部队的人，就横下心来，说亲人能参加彻底打垮北佬的战斗，是他们的光荣。

在佩蒂姑妈家里，三个女人面面相觑，掩饰不住心里的恐惧。阿希礼也在达西所在的那个团。

到了七月五日，传来了坏消息，不是来自北边，而是西面。维克斯堡受到长期围困和猛攻，终于失陷了。这样，从圣路易斯到新奥尔良，整个密西西比河都落入北佬手中。邦联被截成了两半。要是换了平时，亚特兰大人听说这场灾难，准会惊恐交加，悲伤不已，可现在人们都无心顾及维克斯堡了。他们一心挂念着李将军在宾夕法尼亚的大决战。只要李将军在东部取胜，丢了维克斯堡也算不得什么大灾难。东部有费城、纽约、华盛顿呢，能拿下这些城市就能让北方瘫痪，就能远远抵消在密西西比河上的失败。

时间一小时一小时熬过去，灾难的阴云笼罩在城市上空，仿佛遮盖住了毒烈的太阳，到后来，人们猛然抬头看看，才发现原来是个大晴天，天空湛蓝，并没有乌云压顶，大家几乎不敢相信这是真的。到处都有三五成群的妇女，她们聚在门廊上，围在人行道上，甚至站在路当中，相互安慰说，没消息就是好消息，大家都努力表现出勇敢的样子。但还是传来了可怕的消息，坏消息就像到处翻飞的蝙蝠，破坏了街道上的宁静。有的说李将军已经阵亡，有的说他吃了败仗，传来的伤亡名单人数多得吓人。虽然大家都不肯相信，可整个街区的居民还是按捺不住心头的惊恐，纷纷涌向城里，涌到报社，涌到司令部，打听消息，什么消息都想听，就是坏消息也不在乎。

火车站里挤满了一群群人，大家都希望进站的火车能捎来新消息。人群也拥挤在电报局里，聚集在焦头烂额的司令部门外，围在报馆关闭的大门外。人群越聚越多，肃静得出奇。没有人开口讲话，时而有个老人尖声说话，乞求透露点儿消息，回答总是一个样："北面还没有新电报，只知道战斗还在进行。"人群听了并不相互嘀咕，反而更加肃静。人群外圈的妇女有的站着，有的坐在马车上，人越围越多，挤作一团的人群热气腾腾，人们的脚不安地踢踏着，扬起的灰尘让人呛得喘不上气来。女人们都不开口说话，但是，她们沉默苍白的面孔上都露出祈求的神情，模样比号啕痛哭更让人难过。

城里几乎每家都有亲人参加这次战役，有儿子，有兄弟，有父亲，有情人，有丈夫。大家都战战兢兢等待着，唯恐噩耗传回家。他们等待着噩耗，却从来没想过会传来战败的消息。吃败仗的念头，他们想都没想过。他们的亲人此刻或许已经倒在宾夕法尼亚的山丘上，在烈日下的枯草丛中奄奄一息。南军的部队此刻也许像受到冰雹袭击的庄稼一样成片倒下，但是他们为之献身的事业却永远不会失败。成千上万子弟兵或许会战死在沙场，但是更多身穿灰制服和胡桃色服装的士兵就像种下龙牙[1]般涌出来，嘴里高呼战斗口号接替他们。这些人会从什么地方涌出来？这谁也不知道。大家只知道李将军能创造奇迹，弗吉尼亚军队是不可战胜的，这就像天堂里有个正直的上帝在守护一样可靠。

斯佳丽、玫兰妮和佩蒂帕特小姐坐在马车里，等候在《每日观察》报馆门前。马车车篷折在后面，她们各自撑着阳伞。斯佳丽的手抖得厉害，阳伞在脑袋上方乱晃，佩蒂紧张得要命，那张圆脸上，鼻子像兔鼻子一样不停地抽动，只有玫兰妮像尊石像一般端坐着，可她的两只黑眼睛越睁越大。两个小时以来，她只说过一次话，当时她从手袋里取出一瓶嗅盐递给佩蒂姑妈，她一辈子说话从来没像现在这样不留情面。

“拿着，姑妈，要是犯晕就闻闻。我可告诉你，要是你晕倒，就随你晕，只好让彼得大叔送你回家。我听不到消息就不离开这儿——不得到准信我就不走。再说，我也不让斯佳丽撇下我。”

斯佳丽并不想走，不愿阿希礼有消息的时候自己在听不到消息的地方待着。她不能走，就是佩蒂小姐死了，她也不离开这地方。阿希礼在前方打仗，也许就要战死了，只有在这个报馆，她才能得

[1] 种下龙牙：希腊神话中，卡德摩斯屠龙后将龙牙埋入土中，却长出许多武士报复他。——译注

到确切消息。

她朝周围人群望望，认出了朋友和邻居们：米德太太歪戴遮阳帽，紧紧挽着十五岁儿子菲尔的胳膊；麦克卢尔家姐妹使劲闭上哆嗦的上嘴唇，好遮住满嘴龅牙；艾尔辛太太站在那里一动不动，活像个斯巴达式的母亲，只有从发髻散落下的几绺白发暴露出她内心其实非常不安；范妮·艾尔辛脸色煞白，活像个鬼魂，她总不至于在为弟弟休担心吧？她该不是有个情人在战场上，让大家都蒙在鼓里吧？梅里韦特太太坐在马车上，轻轻拍着梅贝尔的手。梅贝尔的肚子已经很大了，虽然她裹了一方披肩，仔细将穗子垂下来掩饰，毕竟在众人面前露脸有失体统。她又何必这么着急？谁都没听说路易斯安那州的部队打进宾夕法尼亚。她那个毛发浓密的小个头儿义勇兵此刻可能稳稳当当在里士满待着呢。

人群外面有人散开，只见瑞特·巴特勒骑着马小心翼翼地从人群中挤过来，凑近佩蒂姑妈的马车。斯佳丽想道："这人胆子可真不小，在这个时候还敢上这儿来，就凭他没有参军打仗，人们就能把他撕成碎片。"他走近她们，她自己就想先动手撕扯他。他怎么胆敢骑在那匹骏马背上，脚蹬亮闪闪的靴子，身穿漂亮的白亚麻套装，嘴里叼着昂贵的雪茄烟，露出一副脑满肠肥的模样？可阿希礼和其他弟兄却光着脚打北佬，个个热得汗流浃背，饿得头晕眼黑，还得忍受肠胃病痛！

他缓缓穿过人群走来，人们纷纷向他投去怨恨的目光。留着长胡子的老人们低声咆哮，梅里韦特太太对什么都无所畏惧，坐在马车上挺了挺腰杆儿，用清晰的声音吐出几个字："投机商！"这个字眼从她嘴里吐出来，就成了最难听恶毒的咒骂。他对谁的态度都不在意，只是向玫荔和佩蒂姑妈抬了抬帽子致意，然后打马来到斯佳丽身旁，俯身悄悄说："你不觉得米德大夫现在该发表他那老生常谈了吗？说胜利就像我们旗帜上仰天长啸的雄鹰。”

斯佳丽正紧张焦急得要命，猛然朝他转过身，模样像只激怒的猫，一串恶狠狠的咒骂已经到了嘴边，可他做了个手势，没让她说出口。

“我来这儿为的是告诉你们几位夫人，”他大声说，“我去过司令部，第一批伤亡名单已经到了。”

周围的人一听这话，嗡嗡人声立刻响起，人群纷纷转身，打算涌向白厅街，去司令部打听消息。

“别去！”他在马镫上站起身，举起手喊道，“名单已经送到两家报馆，正在赶印。留在原地等吧！”

“啊，巴特勒船长！”玫荔朝他转过身去，眼眶里滚动着泪花，“真是太感谢你了，专门跑来告诉大家！他们什么时候才能公布出来？”

“马上就该公布了，夫人。名单送到报馆已经有半个小时了。负责这事的少校不愿提前公布消息，要等印好再说，唯恐打听消息的人群挤破报馆的办公室。啊！瞧！”

报馆的一扇侧窗打开了，里面伸出一只手，拿着一捆狭长的校样，上面还沾着新油墨，上面密密麻麻打印着人名。人群纷纷争抢，有的纸让人撕成两半，有的人抢到手连忙退出人群，后面的人纷纷往前挤，嘴里嚷着：“让我过去！”

瑞特翻身下马，把缰绳扔给彼得大叔，说了句：“拉住马。”便挤进人群。她们只看见他结实的肩膀露在人群上面，使出蛮劲一路推搡过去。不一会儿，他就返回来，手里拿着好几份名单。他丢给玫兰妮一份，把其余几份散发给坐在附近马车里的妇女们，给了麦克卢尔家小姐、米德太太、梅里韦特太太，还有艾尔辛太太。

斯佳丽的心都要跳到嗓子眼儿了，见玫荔手抖得厉害，根本没法儿看名单，她不由得心头火起，嚷道：“快给我，玫荔。”

“拿去吧。”玫荔低声说。斯佳丽一把夺过名单，径直找 W 开头的姓氏。W 开头的名字在哪儿？噢，在最后，字都涂抹得不清楚了。“怀特，”她边看边读出声，“威尔金斯……韦恩……泽布伦……啊，玫荔，没有他的名字！他不在名单上！天哪，姑妈！玫荔，捡起那个瓶子！扶起她来，玫荔！”

一股幸福感涌上玫荔心头，她按捺不住激动，当众哭出声来。她把佩蒂姑妈耷拉在一旁的脑袋扶正，将嗅盐瓶子凑到她鼻子底下。斯佳丽在另一边搂住这个胖女人，心里乐得像在歌唱。阿希礼还活着。他甚至没有负伤。感谢上帝保佑他！多么……

她听见有人轻轻放出悲声，扭头一看，见范妮·艾尔辛的脑袋耷拉下去，靠在母亲胸脯上，手中的伤亡名单落在马车地板上，艾尔辛太太把女儿搂在怀里，两片薄嘴唇止不住颤抖着，却平静地对车夫说：“回家，快。”斯佳丽匆匆浏览一眼名单，没看见休·艾尔辛的名字。范妮准是有个情人，如今已经死了。人们默默为艾尔辛家的马车让开路，脸上露出同情。麦克卢尔家姑娘乘坐的藤条轻便小马车跟在她们后面。赶车的是费思小姐，只见她脸绷得像石头一样，这一回她的嘴唇倒把牙齿遮了个严严实实。霍普小姐面如死灰，直挺挺坐在她身旁，紧紧抓住姐姐的裙子。两个姑娘突然变得像上了年纪的老太婆。她们的弟弟达拉斯是两位姐姐的心肝儿宝贝，也是两位老姑娘在世上仅有的亲人。达拉斯死了。

“玫荔！玫荔！”梅贝尔嚷嚷着，声音里带着欢乐，“勒内健在！阿希礼也活着！啊，谢天谢地！”她的披肩早已从肩膀上滑落，大腹便便的模样暴露无遗，到了现在，她和梅里韦特太太母女俩谁也不在意了，“啊，米德太太！勒内……”她马上改变口吻，“玫荔，看哪！——米德太太，求求你！达西该不是……”

米德太太耷拉下眼皮，目光盯在自己腿上，听见有人叫自己的名字也不抬头看，在她身旁，小菲尔的举止让大家什么都明白了。

“别这样，别这样，妈妈。”他不知所措地嚷着。米德太太抬起头，正好跟玫兰妮四目相对。

“弄来的靴子如今他用不着了。”她说。

“哎呀，天哪！”玫荔倒先哭了，把佩蒂姑妈推给斯佳丽，自己爬下马车，跌跌撞撞朝大夫的太太走去。

“妈妈，还有我呢。”菲尔竭力安慰着，身旁的母亲脸色煞白，“你让我去吧，我要去杀北佬……”

米德太太死死抓住他的胳膊，仿佛永远也不打算松手，开口说道：“不！”那声音就像让人掐住了喉咙，气都喘不上来了。

“菲尔·米德，住嘴吧！”玫兰妮一边制止他，一边爬上车来，坐在米德太太身旁，把她搂在怀里，“你以为让你也去送死能安慰母亲？从没听过这么傻的话。赶车送我们回家，快！”

菲尔抓起缰绳，她转向斯佳丽说：

“你把姑妈送回家就上米德太太家来。巴特勒船长，你能给大夫捎个口信吗？他在医院呢。”

马车穿过渐渐散开的人群离去。有的女人乐得哭了，但是，大多数女人显得神情恍惚，还没有意识到自己遭到了多么沉重的打击。斯佳丽低下头，匆匆看那份字迹模糊的名单，查找自己朋友的名字。既然阿希礼安然无恙，她才能分出心来考虑其他人。啊，多长的名单啊！亚特兰大付出的代价多大啊！佐治亚付出的代价又有多大啊！

天哪！“雷福特·卡尔弗特中尉。”雷福特！她突然回忆起那一天，那是在很久以前，他们俩一起离家出走，不过夜幕降临时，他们决定还是得回家，因为两人肚子都饿了，再说他们都害怕黑暗。

“约瑟夫·K. 方丹，列兵。”是那个坏脾气乔！萨莉才刚刚生了他的孩子！

“拉斐特·芒罗，上尉。”拉夫跟凯瑟琳·卡尔弗特订了婚。可怜的凯瑟琳！她遭受了双重损失，既失去了哥哥，又失去了情人。可萨莉遭受的损失更大——她失去了哥哥，丈夫也死了。

啊，这真是太可怕了，她简直不敢再看下去了。佩蒂姑妈靠在她肩膀上又是喘粗气，又是长叹气。斯佳丽顾不得什么礼节，把她推到车厢一角，自己接着往下看。

当然，一张名单上当然不该有三个“塔尔顿”的名字。大概——大概是排印工匆忙中错把名字排重复了。然而，并不是错误。他们的姓名都在上面：“布伦特·塔尔顿，中尉。”“斯图尔特·塔尔顿，下士。”“托马斯·塔尔顿，列兵。”他家还有个博伊德，早在战争刚打响的那一年就牺牲了，天知道埋在弗吉尼亚的什么地方了。塔尔顿家兄弟简直是全军覆没了。汤姆和那两个懒洋洋的长腿孪生弟弟生前喜欢说人闲话，搞起恶作剧来荒唐透顶，博伊德像个舞蹈教师一样风度优雅，一条舌头刺起人来像只大黄蜂。

她再也看不下去了，不愿知道是不是还有从小一起长大、一道跳舞、跟她调情亲嘴的小伙子也在名单上。她真想放声痛哭，或者设法让喉咙好受一些，喉咙里好像卡着几根铁杵，不断插向喉咙深处。

“我很难过，斯佳丽。”瑞特说。她抬起头望了他一眼，刚才都忘记他待着没走。“上面有你的不少朋友吧？”

她点了点头，勉强开口说：“县里差不多每家都有……还有……还有塔尔顿家全部三个兄弟。”

他面色平静，几乎表现出肃穆，眼睛里也没有了嘲弄神色。

“事情还没完呢。”他说，“不过是第一批名单，而且还不完整。

明天还会公布更长的名单。”他压低声音，免得让附近马车上的人们听见，“斯佳丽，李将军准是打了败仗。我在司令部听说，他已经撤向马里兰了。”

斯佳丽抬起头望着他，目光中露出惊恐，她倒不是为李将军打了败仗感到惊恐，是因为听到明天还有更长的伤亡名单！明天！她从没想过还有明天，一看到名单上没有阿希礼的名字，她已经高兴得忘乎所以了。明天。说不定就在此刻，他已经死了，不到明天她还不会得到这个噩耗，说不定明天过后还要等上一个礼拜。

“啊，瑞特，为什么会发生战争呢？要是当初北佬出钱把黑奴赎出去多好——就是我们白白把黑奴给他们，也比发生这些事情好啊。”

“斯佳丽，关键不是黑奴。黑奴不过是个借口罢了。战争从来免不了，因为男人热爱战争。女人不爱打仗，不过男人喜欢打——真的，胜过喜欢女人。”

他的嘴角往上挑，露出平时那种微笑，严肃神色不见了。他抬了抬宽边巴拿马草帽。

“再见，我要去找米德大夫了。由我把他儿子的死讯告诉他，这可真是个讽刺，不过我估计他现在也看不出这是个讽刺。过后他也许一想到这事就怀恨在心，一位英雄的噩耗竟然是个投机商传来的。”

斯佳丽调了杯加水威士忌，让佩蒂姑妈喝下去，然后送她上床，让普莉西和厨娘陪着她，自己去米德家。米德太太和菲尔上了楼，等她丈夫回家，玫兰妮坐在客厅里，压低声音跟一群来表示同情的邻居交谈，手里忙着裁剪缝纫，改一条艾尔辛太太借给米德太太的丧服裙。屋子里弥漫着刺鼻的土制染料味，厨房里一口大洗衣盆里正煮染米德太太的丧服，厨师一面搅动，一面抽噎。

“她怎么样了？”斯佳丽轻声问道。

“一滴泪都没流过。”玫兰妮说，“女人哭不出来是桩可怕的事情。我不清楚男人遇到伤心事不哭怎么受得了，我猜是因为他们比女人坚强勇敢。她说，她自己要去宾夕法尼亚，把儿子的遗体带回家，因为大夫不能离开医院。”

“她独自去太可怕了！菲尔为什么不一道去？”

“她怕他趁机溜走去参军。你看，他年纪虽小，可身子长得高大，现在准能让人看成十六岁的小伙子。”

邻居们不忍心在家里见到大夫，一个个悄然离去，只剩下斯佳丽和玫兰妮在客厅缝纫。玫兰妮看上去心情悲哀，眼泪不停地滚出来，落在手头缝纫的衣服上，不过她的态度平静。她显然没想到战斗可能还在打，说不定阿希礼此刻已经战死了。斯佳丽心里惴惴不安，不知道该不该把瑞特的话告诉玫兰妮，是说出来心里好过些，还是藏在心底不说更好。最后她决定缄口不语。让玫兰妮感觉到她对阿希礼过于关心那就糟了。她觉得庆幸，因为包括玫荔和佩蒂在内，大家这天上午都忧心忡忡，谁也没留意她的举止。

她们默默做着针线活儿，不一会儿，听见门外有声音，她们就从窗帘缝朝外望，只见米德大夫正在下马。他的两肩耷拉、脑袋低垂，山羊胡子铺散在胸脯上，有气无力走进屋子后，放下帽子和手提包，默默无言地跟两位女子行了亲吻礼，然后吃力地登上楼梯。片刻之后，菲尔下楼来了，长长的胳膊腿儿显得不知所措。两位女子用表情示意他过来坐下，可他却走到外面门廊里，坐在台阶上，脑袋耷拉下去，双手捂住面孔。

玫荔叹了口气。

“他正在火头上呢，因为他们不准他上前线去打北佬。才十五岁哪！唉，斯佳丽，要是有这么个儿子真是福气！”

“也让他去送死？”斯佳丽想起了达西，就没好气地说。

“哪怕儿子战死疆场，也比没儿子好哇。”玫兰妮的声音有点儿哽咽，“你不理解，斯佳丽，你有小韦德，可我……啊，斯佳丽，我多想有个孩子！我知道，你以为我害怕说出口，可这是我的真心话，哪个女人不想要孩子呢，你自己就有亲身体验嘛。”

斯佳丽按捺住自己，才没有嗤之以鼻。

“要是老天安排让阿希礼——被俘，我想我还挺得住；要是他死了，我也不活了。要是他被俘，老天会给我力量，让我承受住。不过他要是死了，我可受不了，我身边没有——没有他留下的孩子给我安慰。啊，斯佳丽，你多幸运啊！虽然你失去了查理，可你还有他的儿子。要是阿希礼离开人世，我就什么都没有了。斯佳丽，请你原谅我，可我有时候真的很嫉妒你呢……”

“嫉妒……我？”斯佳丽感到内疚，不由得叫出声来。

“你有儿子，可我没有。有时候，我暗自把韦德当成自己的儿子，因为没有个孩子真是太难受了。”

“胡扯！”斯佳丽这才放了心，匆匆瞟了一眼她那孱弱的身体，不禁红了脸，连忙埋头做针线。玫兰妮心里倒是想要孩子，就是没有怀孩子的身体。她身材比个十二岁的孩子也高不了多少，臀部小得像个娃娃，胸部还很扁平。斯佳丽一想到玫兰妮生孩子这种事心里就反感，尤其是引起她无法忍受的联想。假如玫兰妮真的要给阿希礼生个孩子，那就像剜了她斯佳丽的一块心头肉。

“求你原谅我那么说韦德，你知道我非常爱他，你不会生我的气吧？”

“别说傻话了。”斯佳丽没好气地说，“去门廊上安慰一下菲尔吧，他在哭呢。”

第十五章

葛底斯堡战役失利后，精疲力竭的军队被迫撤回弗吉尼亚，在拉皮丹河畔扎营过冬。圣诞将至，阿希礼回家来度假了。斯佳丽与他阔别已经两年有余，相见之下，她心情激动得自己都感到诧异。当年她站在十二橡树庄园的客厅里，望着他跟玫兰妮结婚的场面，为自己永远失去他的爱难过得心都要碎了，那是她平生从未有过的痛苦。如今她才懂得，自己在很久以前那个夜晚的感情，不过像个宠坏的孩子没得到想要的玩具。经过漫长岁月中对他的思念，加上不得不克制自己，一个字也不敢说出来，她的感情酝酿得日益炽烈了。

阿希礼·韦尔克斯身穿褪色的补丁制服，一头金黄头发也让夏天的烈日晒得褪成了亚麻色，他与以前那个随和懒散的小伙子已经判若两人，不再是战前她疯狂热爱过的那个人了。但是，他比以前更加让她心动，更让她着迷。他以前白皙孱弱，现在，皮肤晒成古铜色，身材瘦削，两撇骑兵式的金黄色小胡子长长垂在嘴巴两边，一副十足的军人形象。

他身穿旧军装，却很有军人风度，手枪装在破旧的枪套里，斑驳的刀鞘在长筒靴上碰出咚咚声，显得很有气派。马刺虽已失去光泽，却也不乏铮铮光亮——站在她们面前的是南部邦联陆军少校阿希礼·韦尔克斯。由于习惯于发号施令，神色中就有了一股平静的自信和威严，嘴角也开始出现严酷的皱纹。端正的肩膀和冷静明亮的眼睛里显出某种新奇而陌生的品质。原先他的模样懒散，如今却像只扑食的猫一样警觉，紧张的神情仿佛浑身的神经都是永远绷紧的提琴弦。眼睛里的神情让人看出疲惫和受过的磨难，秀气的额头和颧骨上阳光晒黑的皮肤紧绷绷的——还是她心中那个英俊的阿希礼，然而又跟昔日大不相同了。

斯佳丽本打算回塔拉庄园过圣诞节，但是，一收到阿希礼的电报，她说什么也不愿离开亚特兰大，埃伦非常失望，自己出面召她回家，也没让她回心转意。假如阿希礼计划回十二橡树庄园，她准会赶到塔拉庄园，好跟他离得近些。可是阿希礼已经写来信，说要在亚特兰大跟家人团聚。再说，韦尔克斯先生、霍尼和印第亚已经上城里来了。两年多没见面了，难道能让她回塔拉去，错过见他的机会？她听见他的声音，心跳就会加快；从他的眼神里还能判断他是不是还在怀念她，难道她能错过这一切？绝对不能！就是母亲也不能让她离开。

阿希礼是在圣诞节前四天回到家的，跟他同行的还有县里一群回家度假的小伙子。葛底斯堡战役后，县里的小伙子所剩无几了。其中有凯德·卡尔弗特、芒罗家两兄弟、方丹家的亚力克斯和托尼。凯德瘦得都没人样了，还咳嗽个不停。芒罗家两兄弟自一八六一年参军以来，这还是第一次休假呢，两人都兴奋得要命。方丹家两兄弟喝得醉醺醺的，没完没了地吵闹。这群人要在车站等两小时，等着转火车，没喝醉的几位就设法跟他们周旋，免得方丹家两兄弟在车站打闹，也免得他们跟陌生人打起来。阿希礼只好把他们全都带回佩蒂帕特姑妈家来。

两兄弟酒喝多了，一见佩蒂姑妈，马上像好斗的公鸡一样打闹起来，都想抢先跟她亲吻，弄得姑妈又是害怕又是兴奋。凯德见状愤愤地说："这两个家伙，在弗吉尼亚还没打够，一到里士满，他们就酗酒打闹，结果让宪兵抓起来。要不是阿希礼好说歹说替他们解围，这个圣诞节他们只能在牢房里过了。"

他的话斯佳丽一个字也没听进去，又跟阿希礼在同一间屋子里团聚了，她乐得如痴如狂。在这两年里，她怎么见了别的男人也觉得好看、英俊，也觉得动心？既然阿希礼还在人世，她怎么能容忍跟别的男人调情？他现在又回家了，两人中间仅仅隔着一块地毯的距离。她每次朝他望一眼，就忍不住要涌出幸福的眼泪，不得不使出全部力量才能克制住自己。他坐在沙发上，身旁一边坐着玫荔，另一边坐着印第亚，背后还有个霍尼趴在他肩膀上。要是她有那个名分，能坐在他身旁，挽着他的胳膊，那该多好哇！要是她能不停地摸摸他的袖子，好证明这一切都是真的，那又有多好！她还想抓住他的手，用他的手帕擦掉自己喜悦的泪水。可是，此刻做这些事情的却是玫兰妮，而且她一点儿也不觉得害臊。她太幸福了，完全忘记了什么是害臊、什么是体面，只顾挽着丈夫的胳膊，脸上挂着微笑，眼眶里滚动着泪珠，丝毫也不掩饰心中的敬慕之情。斯佳丽也太高兴了，见了这情景并不讨厌，也没有感到嫉妒。阿希礼终于回家了！

她不时摸摸自己的脸颊，那是他亲吻过的地方啊，她回味起刚才的激动心情，就朝他微微一笑。当然，他第一个亲吻的并不是她。玫荔当时扑到他怀抱里，泣不成声，死死搂着他，仿佛再也不愿放开似的。后来，印第亚和霍尼先后拥抱他，简直是把他从玫兰妮的怀抱中抢过来的。接着，他亲吻了父亲，父子俩的拥抱既体面又亲热，平静的表面下看得出父子情深。接着是亲吻佩蒂姑妈，老小姐兴奋得要命，拖着两只与身体不相称的小脚，一直上下忙乱着。最后他才转向斯佳丽。她这时已经让那帮小伙子包围在中间，个个抢着要亲吻她。阿希礼说了句："哎呀，斯佳丽！你这个漂亮妞！"说着亲了亲她的脸颊。

得了他这一吻，她原先想好要对他说的欢迎词全都忘了个精光。好几个钟头过后，她这才想起，他并没有亲吻她的嘴唇。她竭力想象着，假如他俩是单独待在一起，他俯下高高的身体，紧紧搂着她，她踮起脚尖，长时间跟他拥抱成一团。她越想越幸福，便相信他准会那么做。他要在家里待一个礼拜呢，做什么事都有的是时间！她当然会想办法单独跟他在一起，还要对他说："你还记得我们以前骑马走的那些秘密小径吗？""你还记得我们坐在塔拉庄园门前台阶上的那个月夜吗？你还记得你朗诵的那首诗吗？"（天哪！他朗诵的那首诗到底叫什么名字来着？）"你还记得那天傍晚吗？当时我的脚脖子扭了，你在暮色中把我抱回家。"

啊，"你还记得吗"，这几个字能让她勾起多少往事，唤起他多少珍贵的回忆啊。在往昔那些美好的日子里，他们像无忧无虑的孩子一样在县里到处游荡，有多少话题能让他们想起玫兰妮·汉密尔顿露面前的日子啊。他们谈话间，她或许还能从他的目光里看出某种激越的情感，看出某种迹象，让她感到，他越过与玫兰妮的夫妻情分障碍，真心喜欢的仍然是她，就像野外烧烤宴那天他脱口说出的真心话一样真实。可她并没有想过，假如阿希礼真的说出爱她，而且说得明白无误，她打算怎么办。在她心里，只要阿希礼真的喜欢她，她就心满意足了……对，她可以等，让玫兰妮尽管搂着他的胳膊哭闹吧，让她享受幸福的时光好了。她的机会总会到来。说实在的，像玫兰妮这样的姑娘，还懂什么是爱情？

"亲爱的，你这模样活像个叫花子。"最初的激动过后，玫兰妮说，"是谁给你补的制服，干吗用蓝色补丁？"

"我以为自己的模样挺帅的呢。"阿希礼看了看自己的外表说，

“要是你拿我跟前方衣衫褴褛的士兵比一比，就会更加赞赏我啦。替我补制服的是摩西，我觉得他补得挺好，要知道，他战前连针线都没摸过。至于蓝色补丁，我们没什么好选择的，要么任凭马裤上有多少窟窿也不管，要么去弄件北佬的军装，剪下来补一补。嗨，反正没什么别的办法了。至于说我这叫花子模样嘛，你还真得感谢上苍呢，你丈夫总算没有光着脚板回家。上个礼拜，我那双旧靴子彻底磨穿了，要不是碰巧打死两个北佬侦察兵，其中一个的靴子我穿着再不能更合脚了。要不然，我只好脚上裹着麻袋片回家了。

他伸展开两条长腿，让她们欣赏那双高筒靴，靴子上满是破绽。

“可另一个侦察兵的靴子我穿着就不合脚。”凯德说，“比我的脚小两号，现在还把我的脚蹩得生疼。话说回来，回家总得有个模样才对。”

“你这头自私的猪猡，就是不肯把靴子让给我们兄弟，”托尼说，“我们方丹家的贵族小脚穿着肯定合适。真该死，脚上穿着这么双大笨鞋，怎么好意思见母亲呢。换了战前，就是我家的黑奴，她也不准穿这种鞋。”

“别担心，”亚力克斯瞅了凯德的靴子一眼，“回家坐火车的时候，我们替他扒下来好了。我倒不在乎回家让母亲看见这模样，可我他妈的——噢，我是说，我不想让迪米蒂·芒罗看见我的脚指头露在外面。”

“得了吧，这靴子本来该归我，是我先口头占住的。”托尼说着板起脸瞅了兄弟一眼。玫兰妮吓了一跳，方丹家兄弟好闹事是出了名的，她怕他们又要争斗，赶紧出面调停，事态这才恢复平静。

“我本来留了长胡子，想让你们几个姑娘看看。”阿希礼说着摸了摸脸，脸上让剃刀割开的口子还没完全愈合，“照我看，我那口美髯比斯图尔特将军和福雷斯特将军也不逊色。可我们一到里士满，这两个坏蛋，”他指向方丹家兄弟，“就决定剃光胡子，还逼我也剃掉。他们按倒我，硬给我剃了个光。他们没把我的脑袋一块儿给剃掉，我倒真觉得奇怪呢。幸亏埃文和凯德出面干涉，才算保住了我的小胡子。”

“满口胡话！韦尔克斯太太，你真得感谢我们呢，要不然，你根本认不出他是谁，准会让他吃闭门羹。”亚力克斯说，“我们这么做是表示对他的感谢，多亏他花言巧语，才没有让宪兵抓我们去蹲大狱。你再说，就连你的小胡子也一块儿剃光，我们马上动手。”

“噢，好了，好了，多谢你们啦！”玫兰妮吓得连忙抓住阿希礼，那两个皮肤黑黝黝的家伙凶神恶煞，看来什么不像样的事都干得出来，“我觉得这模样十全十美啦。”

“这才是爱情。”方丹兄弟异口同声说着，一本正经对视一眼，点了点头。

后来，阿希礼不顾寒冷，用佩蒂姑妈的马车送小伙子们去火车站，玫兰妮挽住斯佳丽的胳膊。

“他的军装真够难看的，不是吗？我把新做的上衣送他，会不会是个惊喜？啊，要是有足够的布料再做条马裤该多好！”

一谈起给阿希礼送衣服，就触到了斯佳丽的痛处，她真心希望送他这件衣服做圣诞礼物的人是她自己，而不是玫兰妮。做军装的灰色毛料如今比红宝石还珍贵。阿希礼身上穿的也是普通土布军装。眼下就连胡桃色土布也不多了，许多士兵就穿北佬俘虏身上扒下的军装，用胡桃壳做的染料煮一煮，染成深褐色。玫兰妮弄到一大块灰色毛料替他做军装，这事纯属走运，虽然有点儿短，不过总算是件上衣。当时她在医院护理一名查尔斯顿的伤兵，小伙子死后，她剪下他的一绺头发，连同他口袋里的一点点遗物寄给他母亲，还附了封信，叙述他临终的情形，没提起他死前受的痛苦，只说了些安慰话。从此两人的通信就没断过，那位母亲得知玫兰妮的丈夫在前线，就给她寄来一大块灰色毛料和一套铜纽扣，这料子本来是她打算给儿子做衣服用的。衣料很漂亮，又厚实又暖和，表面有柔和的光泽，显然是偷越封锁线弄来的，准是花了大价钱。现在衣料送到裁缝那里，玫兰妮不断催促他，要他务必在圣诞节早上把衣服做好。斯佳丽真希望自己能为他做条裤子，好凑成完整的一套军装，可所需的衣料在亚特兰大休想买到。

她已经为阿希礼准备了一份圣诞礼物，但是，与玫兰妮要送给他的灰军装相比，她的礼物便显得微不足道，而且黯然失色。那不过是一只法兰绒做的针线包，里面装的是瑞特从拿骚为她搞来的稀有缝衣针，还装着她的三块麻纱手帕，也是瑞特送她的礼物，另外还有两个线团和一把小剪刀。她真希望送他些代表自己心意的东西，就像妻子送丈夫衬衫啦、手套啦、帽子啦什么的。对了，最好是一顶帽子。阿希礼头上戴的那只平顶军帽真难看，斯佳丽怎么看都觉得讨厌。石墙将军杰克逊倒是宁肯戴这种帽子也不戴宽边软帽，那毕竟是他自己的偏好，并不能让大家显得气派。可惜亚特兰大能搞到的毛呢帽子都是些粗制滥造的货色，比他的滑稽军帽更不堪入目。

她想到帽子便联想到瑞特·巴特勒。他有那么多帽子，夏天有宽边巴拿马草帽，出席社交活动有高筒礼帽，还有打猎戴的帽子，以及褐色、黑色、蓝色的宽边软帽等。瑞特有那么多帽子，可她心爱的阿希礼冒着雨骑马打仗，雨水却要顺着小帽子往下流，直往领子里灌。

“我要让瑞特把他的黑呢帽给我一顶。”她打定了主意，“我还要在帽边上缀一条灰色丝带，把阿希礼家的徽章也缀上，准会十分漂亮的。”

她踌躇起来，心想，要是找不着个好借口，恐怕很难弄到那顶帽子。她根本不能对瑞特开口说，要这帽子为的是给阿希礼，要不他准会挑起眉毛，露出满脸捉弄人的难看神色。以前她一提起阿希礼，他总是那副模样。那他肯定不会给她帽子的。她得另编个故事，引他动恻隐之心。就说医院有个伤兵想要这帽子，瑞特根本不会先弄个水落石出。

那天她整整一个下午都想找个单独跟阿希礼在一起的机会，哪怕只有几分钟也好，可玫兰妮一直陪在他左右，寸步不离，印第亚和霍尼也是屋里屋外都围着他团团转，她们俩的眼睛没有睫毛，向来暗淡无光，这天倒显得熠熠放光。就连约翰·韦尔克斯也没机会跟儿子从容谈话，看得出他有这么个儿子感到十分自豪。

吃晚饭的时候也是一个样，大家净拿战争的问题缠住他不放。该死的战争！谁操心什么战争呢？斯佳丽觉得，阿希礼对这个话题也不很感兴趣。他说得很多，欢笑不断，成了谈话中的主角。她以前可没见他这么健谈过，不过他说的话里没什么正经内容。他谈起朋友们的趣闻，讲起生活中凑合应付的事情显得乐不可支，把忍饥挨饿在雨中行军说得轻描淡写，还绘声绘色说起李将军从葛底斯堡撤退时的模样，说他骑在马背上问他们："先生们，你们是佐治亚的部队吗？可不是嘛，我们上哪儿都少不了你们佐治亚人！"

斯佳丽觉得，他说得这么起劲，为的是避免他们提出他不愿回答的问题。后来，她看到，在他父亲的注视下，他显得踌躇，眼皮耷拉下去。她心中升起一丝隐隐的担忧和迷惑，不知道阿希礼心里有什么隐情。不过那种想法转瞬即逝，她今天满心喜悦，容不下其他情绪，一心只想单独跟他在一起。

她的喜悦心情没有维持多久。大家围在炉火旁坐久了，开始打哈欠，后来韦尔克斯先生和两个姑娘便起身去旅店。他们走后，彼得大叔打着亮，送阿希礼、玫兰妮、佩蒂帕特和斯佳丽上楼睡觉。

斯佳丽这才觉得心灰意懒。在此之前，大家站在二层楼道里，阿希礼仿佛属于她，尽管她一下午都没单独跟他说过一句话，可他还是只属于她一个人。可现在呢，她道了声晚安，就看见玫兰妮的脸颊突然涨得通红，身子哆嗦着，眼皮耷拉下去，望着地毯，显得又惊又喜又羞怯。阿希礼推开卧室门，玫兰妮头也没抬就加快脚步跑进去。阿希礼匆匆说了声晚安，甚至没朝斯佳丽看一眼。

他们进去把门带上，斯佳丽这才突然张口结舌，心里无比凄凉。阿希礼不再是她的了。他属于玫兰妮。只要玫兰妮活着，就能跟阿希礼走进卧室把门关上——把世人统统关在门外。

转眼阿希礼要走了，要回到弗吉尼亚去冒着凄风苦雨长途行军，饿着肚子在雪地上宿营，去忍受痛苦艰难，去拿他的高贵脑袋、上流气质和自豪孱弱的身体冒险，片刻之际就可能像蚂蚁般让人随意踩死。过去这一个礼拜如梦如幻，色彩斑斓，每个钟头都充满了幸福，一切就这么过去了。

这一礼拜快得就像一场梦，其中充满了圣诞树的松枝气息，烛光和自制装饰在其中闪烁，匆匆逝去的每一分钟都短暂得像心跳一样。多么紧张的一个礼拜，让人气都喘不上来，斯佳丽百感交集，有痛苦也有喜悦，她不由自主每分钟都忙碌个不停，为的是他走后能留下许多回忆，好在今后的岁月中从容回味，从中找出一点点安慰——她跳舞，歌唱，为阿希礼跑腿，揣摩他想要些什么东西。他微笑，她便赔着笑；他谈话，她就倾听；他有任何动作，她就盯着看，看他笔直身体上的每一根线条，看他一次次扬起眉毛，留神他嘴角的每一次抽动，这些全都深深刻在她心里。一个礼拜很快便过完了，可战争却仿佛没有尽头。

她坐在客厅的长椅上，手里捧着要送他的礼物，等待他跟玫兰妮话别，心里盼望他独自下楼，好让她单独跟他在一起待上珍贵的片刻光阴。她竖起耳朵倾听楼上的动静，可屋子里静得出奇，她自己的呼吸反而显得十分响亮。佩蒂帕特姑妈待在自己屋里，正趴在枕头上哭泣，阿希礼半个钟头前已经向她道过别。玫兰妮的卧室门紧闭，一丁点儿声音也传不出来，没有喃喃话语声，也听不见哭泣声。斯佳丽觉得他已经在那间屋子里待了好几个钟头了，斯佳丽每分每秒都在恼火，哼，跟他老婆道别，时间过得飞快，再过片刻工夫他就得动身了。

她想起整整一个礼拜自己把想对他说的话闷在心里，根本没机会跟他说，她现在明白了，那些话根本没机会对他说。

有些是无聊废话："阿希礼，多保重，好吗？""别把脚弄湿，你太容易感冒了。""别忘了在衬衫下面垫上层报纸，遮住胸脯，挡风挺管用的。"不过，她还有别的话要说，是些比较重要的话。更重要的是，她想听他说一句话，就是他不说，她也想从他眼睛里分辨出来。

有那么多话要说，可现在根本来不及了！就算还有区区几分钟，要是玫兰妮跟着他一道下楼，还要送他到门外上车，她就休想得到机会。她恨自己为什么不在过去这一个礼拜找个机会，可玫兰妮总是陪在他身旁，她的眼睛总是死死盯着他，露出爱慕的眼光。屋子里总是挤满了朋友、邻居和亲戚，阿希礼从早到晚片刻不得闲。到了晚上，那扇卧室门又总是闭得紧紧的，只有玫兰妮跟他在一起。过去这几天，他从来没有朝斯佳丽投来一个会意的眼色，也没有说过任何一句稍稍出格的话，只有兄妹朋友的情谊，要说有什么特殊，无非是终生的友谊。他这一走恐怕就是永别，她怎么能不弄明白他是不是还爱自己？只要他对她的爱仍然存在，他就是死了，她也能终生珍藏起那份温馨的隐情。

仿佛足足等了一辈子，她才听见上面卧室里他的靴子走动的声音，随后是房门打开又闭上。她听见他下楼的脚步声。没有人陪着他！谢天谢地！玫兰妮准是为生离死别悲痛得瘫倒了，独自待在屋里伤心。她终于得到了单独陪他的几分钟宝贵时间。

他缓缓走下楼梯，靴子上的马刺丁零零作响，她听得见他的马刀碰在靴帮上发出的嗵嗵声。他走进客厅，目光阴郁，勉强努出点儿笑容，可他面色苍白，仿佛有内伤在淌血。见他进来，她站起身，一股拥有他的得意涌上心头，觉得从来没见过这么英俊的士兵。他长长的枪套皮带闪闪发亮，银色的马刺和刀鞘也闪烁着亮光，这些都是彼得大叔辛勤打磨抛光的结果。新上衣不很合身，因为把裁缝催得太紧，有些地方做得歪歪扭扭。崭新的灰上衣十分夺目，可下身却是打了补丁的粗布裤子，靴子上破口斑驳，他的服装显得很不协调。不过在她眼里，即使他身穿银制甲胄，也不如眼前这身装束更像个迷人的骑士。

"阿希礼，"她突然乞求道，"我可以送你上火车站吗？"

"请你别去。我父亲和妹妹要在车站送我。再说，我宁愿跟你在这儿道别，免得在火车站看着你浑身颤抖。往日的记忆已经够多了。"

她立刻打消了原来的念头。印第亚和霍尼都不喜欢她，要是她们去送行，她就休想在那儿跟阿希礼说句知心话了。

"那我就不去了。"她说，"看，阿希礼！我还有件东西要送你。"

终于有了送他礼物的机会，她反而有点儿害羞。她打开一个包，里面露出一条长长的黄腰带，厚厚的缎子上缀着浓密的流苏。几个月前，瑞特·巴特勒从哈瓦那给她弄来一块黄色披肩，上面绣满了俗气的花鸟。过去这一个礼拜，她使出全部耐心，把上面的花鸟全都拆掉，把方披肩裁剪拼接成长腰带。

“真是太漂亮啦，斯佳丽！是你亲手做的？那我就更加珍惜了。给我戴上吧，亲爱的。弟兄们见了我的新上衣和腰带准会眼红。”

斯佳丽把这条显眼的腰带系在他的细腰上，盖住他的皮带，腰带两头拉回来系了个同心结。玫兰妮倒是送了他件新上衣，这条腰带可是她自己的礼物，是她深深的心意，好让他戴着上战场一看见就想起自己。她退后几步望着他，心中感到得意，觉得斯图尔特将军虽然围着腰带，帽子上插着羽毛，可是比起她的骑士也要略逊一筹。

“太漂亮啦。”他摩挲着腰带的流苏，又夸了一句，“我知道你准是剪了条裙子，要不就是改了一块披肩。你真不该那么做，斯佳丽。如今这些漂亮装饰太不容易搞到手。”

“啊，阿希礼，我会……”

她开口要说：“我会把自己的心割下来让你带着，只要你愿意。”可话到嘴边，连忙改成：“只要你喜欢，我什么都愿意做！”

“真的吗？”他说着眉头的忧郁神情消散了一点儿，“斯佳丽，那我就请你替我做点儿事，要是你答应，我在外面就放心多了。”

“什么事？”她兴致勃勃地问，心里什么都愿意承担下来。

“斯佳丽，你能替我照顾玫兰妮吗？”

“照顾玫兰妮？”

她大失所望，心顿时变得沉甸甸的。这就是他临行前的嘱托，可她还一心盼望他承诺某种美妙的事情，做出某种让她着迷的举动呢！她顿时怒上心头。这是她跟阿希礼单独相处的时刻，不容别人插进来。然而，尽管玫兰妮不在场，可是她暗淡的影子却插在他们两人之间。他怎么敢在两人离别的时刻提起她的名字？他怎么敢求她做这种事情？

他没有留意她脸上的失望。他还是从前那副模样，眼睛看着她，却心不在焉，目光仿佛透过她的身子望着她后面的某种东西，他根本就没看见她这个人。

“对，请你多关心她、照顾她。她太虚弱，自己却不明白。她又要看护伤员，又要参加缝纫会的活动，最后会把身体搞垮的，可她生性又那么温柔、胆怯。除了佩蒂帕特姑妈、亨利伯伯和你，她在世界上再没有别的亲人了，在梅肯倒是有个名叫伯尔的表亲，不过是个隔了三层的表亲。佩蒂姑妈呢，你如今知道她其实就是个孩子。亨利伯伯又上了年纪。玫兰妮跟你情深意笃，这不单单因为你是查尔斯的妻子，还因为你人品好，她喜欢你就像喜欢自己的亲姐妹。斯佳丽，我一想到她，晚上就净做噩梦。假如我战死沙场，她没个可依靠的人，真不知道她会发生什么事。你能答应吗？”

她根本就没听见他最后提出的要求，一听他说出“假如我战死沙场”几个不吉利的字眼，她早就吓呆了。

她每天都要看伤亡名单，每次心都要跳到嗓子眼儿了，要是他有个三长两短，她的世界末日就到了。她心中暗暗相信，就是邦联军队全军覆没，阿希礼也准会幸免。可他这时却说出让她心惊肉跳的字眼！她立刻浑身起了层鸡皮疙瘩，心里一阵恐惧。迷信产生的恐惧不容易用理智克服。她有足够多的爱尔兰血统，相信预感，尤其相信对死亡的预感，她从阿希礼那双大睁的灰眼睛里看到了深沉的悲哀，她只能解释作死神冰凉的手已经搭在他肩膀上，他已经听到了报丧女巫的哭号。

“千万别这么说！想都别想。好端端的说个‘死’字多不吉利！啊，快祷告两句吧。”

“你替我祷告吧，再点上几支蜡烛。”听她的口吻那么气急败坏，他倒笑了。

她心里看见一幅可怕的画面，吓得话都说不出来了，她仿佛看见阿希礼倒在弗吉尼亚的雪地上，离她那么遥远。阿希礼这时还在说话，话语中有一种特别伤感的口吻，有一种自暴自弃的味道。她愈发感到恐怖，忘记了气恼和失望。

“斯佳丽，我就是因为这才求你的。我说不准自己会发生什么事，谁也不知道自己有什么命运。不过，末日到来时，我在遥远的地方，就算我还活着，也离玫兰妮太遥远，照顾不上玫兰妮。”

“末日？”

“战争的末日——也就是世界的末日。”

“可是，阿希礼，你当然不会认为北佬要打败我们吧？整整一个礼拜，你都说李将军多么坚强……”

“整整一个礼拜，我都在撒谎，所有休假的士兵都像我一样谎话连篇。时候还不到，何必让玫兰妮和佩蒂姑妈担惊受怕呢？不错，斯佳丽，我相信北佬会打败我们。葛底斯堡战役为我们的失败结局开了个头。后方还蒙在鼓里呢，哪里知道我们的处境，可是，斯佳丽，我们有些弟兄如今连鞋子都没得穿，弗吉尼亚却下了厚厚的雪。我一看到他们冻肿的脚上包着破布片和麻袋片，看到他们走过雪地留下的血脚印，可我自己却穿着完整的靴子，就觉得应该丢掉靴子跟大家一道光着脚行军。”

“哎呀，阿希礼，千万别丢掉靴子，你要向我保证！”

“看到这种情况，再看看北佬——我就看出一切都完了。你知道吗，斯佳丽，北佬从欧洲招募的雇佣兵，一来就是成千上万！我们最近抓到的俘虏连英语都不会说。都是些德国人、波兰人，还有说盖尔语的爱尔兰野蛮人。我们的人死一个少一个，没法儿补充兵源。我们的鞋子一穿破就没鞋子可穿了。我们走进死胡同啦，斯佳丽。我们抵挡不住整个世界的。”

她满脑子的胡思乱想：“邦联要垮就垮个彻底算了，世界末日要来就让它来吧，可你千万不能死！你死了，我也活不成！”

“斯佳丽，我说的话你千万不能对任何人说，我可不想让大家惊慌失措。亲爱的，要不是我求你照顾玫兰妮，我也不会说这些惹得你惊慌。她弱不禁风，可你呢，斯佳丽，你很坚强。不论我是死是活，只要知道你们能在一起，我就放心了。你答应我，好吗？”

“啊，当然答应！”她嚷道，死神仿佛已经降临到他头上，她什么都愿意答应，“阿希礼，阿希礼啊！我不让你走！我实在没有勇气跟你分别！”

“你必须鼓起勇气。”他突然变了个腔调，声音变得响亮而深沉，仿佛急不可耐，“你一定要勇敢，要不然我怎么受得了？”

她迅速扫视他的面孔，心中一阵喜悦，暗自想道，他这意思是不是不忍心跟她分手，她此时跟他也是难舍难分。他的脸又像刚才告别玫兰妮下楼时一样了。他的眼神没什么特别含义。他俯身双手托起她的面孔，在她额头上轻轻印下一吻。

“斯佳丽啊斯佳丽！你高尚坚强、心地善良，不但脸长得美，亲爱的，而且你的身体、你的心地、你的灵魂，一切都美。”

“阿希礼啊！”她浑身沉浸在幸福中了，他的话、他的吻、他的接触让她激动不已，她压低声音说，“除了你，没有哪个人……”

“我从来都认为，我可能比大多数人更了解你，我看得出，你有些深藏不露的美好品质，其他人太粗心、太浮躁，看不出这些。”

他没有再说下去，捧着她脸蛋儿的双手也耷拉了下去，可他的双眼仍然盯着她的眼睛。她屏住呼吸，期待他接着说下去，盼望听他说出那三个神奇的字。可他没有再说。她慌乱的目光扫视他的面孔，嘴唇哆嗦着，她终于明白，他的话已经说完了。

她的希望又一次破灭，她的心承受不起失望，嘴里禁不住像个孩子似的叫了声：“哦！”便跌坐下去，眼泪把眼睛都刺疼了。接着，她听见窗外车道上传来一个不祥的声音，她这才感到更加痛心，阿希礼马上就要走了。古希腊人听见卡隆渡船[1]的划桨声，心中的绝望也不会比她更强烈。彼得大叔身上裹了条被子，把马车赶过来，要送阿希礼上火车。

阿希礼轻轻跟她说声“再见”，从桌上抓起斯佳丽从瑞特那里骗来的宽边呢帽，便走进前面黑暗的门厅。他的手抓在门钮上，又转身望着她，两眼直勾勾地、长时间盯着她，仿佛要把她的容貌和身体上每一个细小的东西都印在自己脑子里带走。她的一双泪眼望着他的脸，嗓子难受得像被扼住了脖子。他要走了，再也得不到她的照顾，离开这座像安全避风港一样的房子，离开自己身边，也许这一去就是永别，可他始终没说出她渴望听到的那三个字。时光似箭，如今已经太晚了。她踉踉跄跄追到门厅，抓住他的腰带。

“亲亲我，”她小声说，“跟我吻别吧。”

他轻轻搂住她，低头朝她的脸庞凑过去。嘴唇一接触到她的嘴唇，她就死死搂住他的脖子不放，勒得他气都喘不上来。有那么一刹那，他也搂紧她的身子。接着，她感到他浑身肌肉猛然抽搐，他猛地把手中的帽子丢在地上，抬手掰开搂在他脖子上的胳膊。

“不，斯佳丽，不要这样。”他低声说着。她的两只手腕让他抓在一起，扭得生疼。

“我爱你。”她气喘吁吁地说，“我从来都爱你。我从来没爱过其他人，我跟查尔斯结婚是……是为了激你生气。阿希礼啊，我实在太爱你了，我要一步步走着去弗吉尼亚，好跟在你身边！我能为你做饭，为你擦靴子，替你喂马……阿希礼，跟我说声你爱我吧！有你这句话，我后半辈子才活得下去啊！”

---

[1] 卡隆渡船：希腊神话中，卡隆是夜神的儿子、黑暗的化身，他划船将亡灵渡过斯泰克斯河，送往冥国。——译注

他忽然弯下腰，捡起帽子。她瞥见他的脸色，只见那张脸上露出痛苦不堪的神情，她还从来没见过他这副模样。他的沉着傲气荡然无存。她从这张面孔上看出的是他对自己的爱，还看出他感到的欣喜，那是因为她爱他，还有与这种感情激烈冲突的羞愧和绝望神情。

“再见。”他嗓音粗哑地说。

门咔嗒一声开了，一阵寒风灌进屋子，把窗帘刮得哗啦啦乱响。斯佳丽打了个寒噤，望着他顺着步道走向马车，军刀在冬日暗淡的阳光下闪烁，腰带上的流苏轻浮地飘动着。

第十六章

一八六四年一月和二月终于过去了。两个月来的凄风冷雨，给人们心头笼罩了阴森森的忧郁气氛。葛底斯堡战役和维克斯堡战役失利后，中部战线也在大片沦陷。虽经苦战，但田纳西州如今几乎全部被联邦军队控制。尽管遭受了如此重大的损失，但是南方的士气并没有崩溃。南方民众原先得意扬扬的乐观希望已经不复存在，如今却变成了坚韧不拔的决心，但人们还是能从滚滚乌云的边缘看到一线银色的光亮。上一年九月，北佬军队仗着在田纳西州连连大捷，试图乘胜攻入佐治亚，结果被南军坚决击退了。

这是开战以来首次在佐治亚土地上打硬仗，交战发生在州西北边界的奇卡茅加。北佬先攻下查塔努加，然后挥师穿越山口进入佐治亚，结果遭到痛击，伤亡惨重，只得仓皇逃回去。

亚特兰大及其铁路网在南军奇卡茅加大捷中发挥了重要作用。朗斯特里特将军率领的部队就是通过铁路调来的，他们从弗吉尼亚经亚特兰大北上进入田纳西，迅速抵达战场。几百英里长的线路全都畅通无阻，能调用的车皮全都征集过来，供这次调兵。

亚特兰大人亲眼看见了一趟又一趟列车不断穿城而过，一列列客车、闷罐车、平板车装满了呐喊的战士。将士们没吃没睡，又不能骑马，没有救护车，也没有给养车，一到战场，跳下火车就参加战斗。终于将北佬打出佐治亚，赶回田纳西了。

这是开战以来最了不起的战绩了，亚特兰大人个个无比自豪，都为自己的铁路线为这场胜仗做出的贡献感到得意。

南方早就需要奇卡茅加这样的捷报来鼓舞士气，好熬过严冬。如今谁也不敢否认，北佬骁勇善战，他们终于出了个像样的将军。格兰特是个刽子手，为了取胜，杀多少人都不眨一下眼，他要的仅仅是胜利。有个让南方人闻风丧胆的名字，叫谢里登。还有个人们谈论越来越多的名字，叫谢尔曼。这个人在田纳西州和西部的许多战役中崭露头角，都说他打仗坚韧不拔、无比残酷，名声就越来越响亮。

当然啦，他们谁也比不上李将军。人们对将军和军队的信心仍然是坚定的，对最终获胜的信心从来没有动摇过。不过，战争有点儿太旷日持久了。伤亡也太惨重，还有太多的人终生成了残废，太多的妇女成为寡妇，太多的孩子变成孤儿。前面还有漫长而艰苦的斗争，不消说，还有更多的人会战死，更多的人要受伤，更多的妇女要变成寡妇，更多的孩子要沦为孤儿。

还有一种情况更糟糕，那就是老百姓心里渐渐有点儿不信任高层领导人了。许多报纸公开指责戴维斯总统本人，指责他施战不利。邦联政府内阁意见分歧，戴维斯总统与他的将军们看法不统一。此时货币急剧贬值，军服军鞋奇缺，军火和药物供应更是不足。铁路车皮需要更新，让北佬破坏的铁轨需要补充新轨。前线的将军请求救兵增援，能派出的后备部队却越来越少。最可恶的是，有些州的州长不肯将自己州的民兵和地方武装派往境外，佐治亚州的州长布朗就持这种态度。各州的部队里有成千上万强壮的兵员，但是，尽管政府一再恳求，就是讨不到救兵。

随着货币再次贬值，价格又一次飞涨。牛肉、猪肉、黄油都卖到三十五块钱一磅，一桶面粉要卖一千四百块，发酵粉一磅要卖一百块，茶叶竟高达五百块一磅。至于御寒衣，就算能买到，价格也高得吓人，于是，亚特兰大妇女们就在旧衣服上用破布片缝个衬里，中间填上报纸当棉絮，凑合着挡风御寒。鞋子价格从每双两百块到八百块不等，这要看鞋子是用“纸板”做的，还是真皮做的。妇女们如今就利用旧的毛披肩或地毯，改成高筒靴的鞋帮，鞋底就凑合用木头做。

虽然大多数人还没有意识到，但是北方实际上已经将南方团团包围住了。北佬的炮舰已经收紧了各港口的包围圈，没有几条船能偷越封锁线。

南方向来靠卖棉花换来的钱购买自己不生产的货物，如今既卖不出去，也就买不进来。杰拉尔德·奥哈拉三年的棉花收成都存在塔拉庄园，堆放在轧棉作坊旁的棚子里，可是棉花放在那儿对他几乎没用。要是运到利物浦，足能换回十五万块钱，可如今想把棉花运到利物浦根本没希望。杰拉尔德变了，他向来是个殷实的财主，如今不得不苦苦思索，靠什么养活家人和黑奴，怎么才能熬过这个冬天。

在南方各地，棉花种植园主多半陷入了同样的困境。海上的封锁越来越紧，根本没办法把用来换钱的收成运往英国市场，也没办法像往年那样，用卖掉棉花换来的钱买回日用必需品。单一农业的南方与工业发达的北方一交战，人们这才发觉自己缺乏的东西实在太多，在太平年间，谁会为这种东西犯愁呢？

这可是投机商和奸商求之不得的好局面，想趁机发财的人可是大有人在。食品和衣物极度短缺，价格扶摇直上，百姓谴责投机商的呼声也越来越响亮，越来越猛烈。一八六四年年初，没有一份报纸不天天登载措辞激烈的社论，严厉谴责投机商，指责他们贪得无厌，称他们是吸血鬼，呼吁政府采取严厉手段取缔投机。政府虽然尽了最大努力，但是丝毫没有效果，因为政府有太多的难题，早已被搞得焦头烂额了。

人们最痛恨的就是瑞特·巴特勒。他见闯封锁线变得越来越危险，便卖掉了自己的所有船只，如今公开搞起了粮食投机生意。有关他的说法从里士满和威尔明顿传到亚特兰大，以前接待过他的人家都觉得羞愧难当。

虽然亚特兰大人受到这么多磨难，可城里原来的一万人口在战争时期却增长了一倍，就连封锁也让亚特兰大增添了声誉。不论在商业上还是在其他方面，南方自古都是沿海城市占支配地位。如今，港口封锁了，许多港口城市不是失陷就是被包围，南方只能靠自救。南方要想打赢战争，只能指望内地，亚特兰大如今成了个核心城市。城里的居民也像邦联其他地方的百姓一样，备受艰难困苦，饱尝了病痛和死亡的滋味。但是，战争带给亚特兰大城的不是损失，而是益处。亚特兰大是邦联的心脏，如今仍然跳动得生机勃发、强劲有力。一条条铁路就是它的动脉，随着搏动，将兵员、军火、给养源源运出。

要是换了往常，斯佳丽穿着如此寒碜，鞋子上还打着补丁，准会觉得痛苦难忍，可现在她觉得什么都无所谓了，反正她唯一的心上人看不见她这副模样。这两个月她感到幸福，多年来都没体验过这么幸福的感觉了。难道她紧紧搂住阿希礼的脖子时没有感觉到他的心在狂跳？难道他的绝望神情不是比任何言辞都更能表露心声吗？他爱她。她现在对此确信无疑。这一信念太让她兴奋了，她的态度发生了变化，甚至对玫兰妮也变得比较和蔼了。现在她有点儿可怜玫兰妮，怜悯中还为她的迟钝和愚蠢隐隐感到一丝轻蔑。

“等到战争结束！”她想道，“等仗打完……到那时……”

有时候，她心头闪过一丝畏惧：“到那时要怎么样呢？”可她把这个念头甩在脑后，反正打完仗，一切都会有着落的。既然阿希礼爱她，他哪能继续跟玫兰妮过呢？

不过，离婚是不可想象的。埃伦和杰拉尔德都是坚定不移的天主教徒，绝对不会允许自己嫁给一个离过婚的男人，因为那等于叛离天主教！斯佳丽仔细考虑着这事，最后打定了主意。如果在天主教与阿希礼之间做出选择，她当然要选阿希礼。但是，天哪，那会引来多少闲话啊！离婚的人不但教会不容，而且不能出入社交场合。离婚的人没一个能受到上流社会接纳。不过，为了阿希礼，她敢冒这种风险。只要是为了阿希礼，她什么都愿意牺牲。

战争结束后，一切终归都要有着落。既然阿希礼爱她那么深沉，他会想出办法的。她要逼他拿出办法来。随着时间一天天过去，她心里越来越确信他衷心爱自己，等到最后打败了北佬，他会把一切都安排得十分满意。当然啦，他说过，北佬要消灭他们。斯佳丽觉得那不过是胡话，他是在又疲惫又沮丧的时候说那番话的。再说，北佬是胜是败，她才不在乎呢。要紧的是战争尽快结束，好让阿希礼回家来。

三月份，就在雨夹雪把人们困在家里的时候，最可怕的打击降临了。一天，玫兰妮眼睛里闪烁出喜悦的光芒，脑袋垂下去，尴尬中夹杂着得意，告诉斯佳丽说，她怀孕了。

她说：“米德大夫说，预产期在八月底到九月初。我原想……不过今天以前我心里还没底。斯佳丽啊，真是个大喜事，不是吗？我一直都羡慕你，因为你有韦德。我多想有个孩子啊，我真怕自己一个孩子也生不下呢。亲爱的，我真想生上十来个娃娃！”

斯佳丽当时正在梳头，准备上床睡觉了。听了玫兰妮这番话，她那只抓着梳子的手僵在了半空中。

“我的天哪！”她禁不住喊了一声，可是一时还没回过神来。后来，她脑海里突然浮现出玫兰妮那扇紧闭的卧室门，心头顿时疼得像刀扎，仿佛阿希礼是自己的丈夫，仿佛丈夫干出了不忠的勾当。孩子！阿希礼的孩子。啊，他爱的是她，不是玫兰妮，怎么能跟玫兰妮有了孩子？

“我知道你觉得意外。”玫兰妮喋喋不休地接着说，激动得上气不接下气，“这事太美妙了，不是吗？斯佳丽啊，我真不知道该怎么告诉阿希礼才好啦！为了免得太不好意思，最好对他说……要不就……对了，先什么也别说，慢慢让他知道吧。你看……”

“天哪！”斯佳丽几乎哭出了声，梳子从手里滚下去，连忙伸手撑住梳妆台的大理石台面。

“亲爱的，别急成这样子！你知道生孩子算不了什么，你自己也这么说过。你也用不着替我担心，不过你这么心疼我，真让我感动。当然，米德大夫说，我……我，”玫兰妮脸红了，“有点儿狭窄，可能有点儿麻烦。不过，斯佳丽，告诉我，你发觉自己怀了韦德后，是自己写信告诉查尔斯的，还是你妈妈或者奥哈拉先生写的？啊，亲爱的，要是我有妈妈能替我写该多好！我简直不知道该怎么……”

“别说了！”斯佳丽怒气冲冲地嚷道，“别说了！”

“噢，斯佳丽，我太糊涂了！实在对不住。恐怕人有了喜事就只顾自家而不考虑别人了。我一时忘了，不该当着你的面提起查尔斯……”

“别说了！”斯佳丽再次嚷道。她竭力控制自己的表情，克制住情绪。她绝对不能让玫兰妮看出自己的心事，也决不能让她犯猜疑。

玫兰妮是个绝顶聪明周到的女子，见触痛了人家心灵的创伤，自己眼眶里马上滚动着泪水。韦德是在可怜的查尔斯死后好几个月才出世的，她怎么能让斯佳丽回忆起那段痛苦的往事？怎么能这么不假思索呢？

“我来帮你脱衣服吧，亲爱的。”她赔着小心说，“我替你揉揉脑袋。”

“你走，别管我。”斯佳丽死死绷着面孔说。玫兰妮悔恨不已，心里拼命自责，不禁放声大哭，拔脚从屋子里逃出去，把斯佳丽独自留在屋里。斯佳丽欲哭无泪，只觉得自尊心受了伤害，满怀的希望全都灰飞烟灭，为自己没有同床共枕的伴侣心生妒意。

她觉得自己不能再跟那个女人一起住在这座房子里了，那女人竟然怀着阿希礼的孩子。她要回塔拉去，回她自己的家去。要是她再看玫兰妮一眼，心里的想法不流露出来才怪呢。第二天早上，她起床后打定了主意，早饭后要收拾东西立刻动身。大家吃早饭的时候，斯佳丽一声不吭，脸色阴沉沉的，佩蒂觉得莫名其妙，玫兰妮则是愁容满面。

突然有人送来一份电报，是阿希礼的贴身仆人摩西发给玫兰妮的。

“我到处寻找，找不着他。要我回家吗？”

三个女人面面相觑，都不明白这是什么意思，吓得瞪大了眼睛。斯佳丽把回家的念头撇在了脑后。她们早饭也没吃完就坐车进城，要给阿希礼的团长发个电报。可是她们一进电报局，就接到了团长打给她们的电报。

“韦尔克斯少校三日前执行侦察任务时失踪，专此奉告，深表遗憾。一俟有信，当即奉告。”

回家的路上，马车里一派凄凉，佩蒂姑妈掏出手帕掩面而泣，玫兰妮脸色煞白，直挺挺僵坐着，斯佳丽瘫在车厢角落里呆若木鸡。一到家，斯佳丽就跌跌撞撞跑上楼，从桌子上抓起念珠，跪下来打算祈祷，可就是嘴里什么词也念不出来。心里只感到无尽的恐惧，隐约感到上帝已经不再理睬她，因为她的罪孽太深重了。她爱上一个有妇之夫，还想把他从自己的妻子身边夺走，上帝为了惩罚她，所以把他杀了。她想祈祷，可她不敢抬起头仰望上苍。她想哭，却流不出眼泪。眼泪似乎全都涌进她胸膛里了，在她心口沸腾，可就是一滴也流不出来。

门开了，玫兰妮走进来。她脸白得像纸，周围衬着黑发，眼睛像小孩子在黑暗中迷了路似的睁得很大，露出惊恐神色。

“斯佳丽。”她伸出双手说道，“你一定要原谅我，我昨天不该说那些话，因为你……如今你是我唯一的依靠了。斯佳丽啊，我知道我亲爱的丈夫已经死了！”

她不觉倒在斯佳丽的怀抱里，两只娇小的乳房随着抽噎上下起伏。两人紧紧相拥着，不由自主倒在床上。斯佳丽也哭了，两人的脸紧紧贴在一起，泪水顺着对方的脸颊纵横流淌。两人痛哭流涕，难过得死去活来，不过，至少比哭不出来还好受些。“阿希礼死了……死了。”斯佳丽想道，“是因为爱他才害得他送了命！”想到这里，她禁不住又是一阵难过，哭得更起劲了。玫兰妮见她哭泣反倒觉得安慰，两条胳膊搂紧她的脖子。

她说道：“至少我怀了他的孩子。”

斯佳丽想道：“可我呢，我什么也没有……他什么也没给我……只让我记住了他临别时的表情。”

在起初的伤亡报告中，他的名字列在“失踪——相信已阵亡”一栏下。玫兰妮给斯隆上校发过十几份电报，最后才收到上校一封信，对她表示同情，说阿希礼带领一个班的士兵外出侦察，至今未归。有消息说，北佬阵地后面发生过小规模冲突。摩西悲痛欲绝，冒着生命危险寻找阿希礼的遗体，但没有找到。玫兰妮反倒出奇冷静，电汇给摩西一笔钱，召他回家。

后来，阿希礼的名字出现在“失踪——相信已被俘”栏下，全家人才从悲哀中看到一丝希望，转忧为喜了。玫兰妮总是守在电报局，谁也休想把她拉走，每来一趟火车，她都要去接站，希望收到来信。她看上去病恹恹的，怀孕又增加了许多不适，可她拒不听从米德大夫的嘱咐，说什么也不卧床休息。她的情绪高度亢奋，根本平静不下来。到了晚上，斯佳丽上床很久以后，还听得见她在隔壁来回踱步。

一天下午，她却是让马车从城里送回来的，赶车的彼得大叔惊慌失色，还有瑞特·巴特勒坐在身旁搀扶。原来她晕倒在电报局了，瑞特正巧从旁经过，目睹了当时混乱场面，便把她送回家来。他把她抱上楼，送进卧室，家人慌慌张张，到处跑来跑去，忙着找热砖、取毯子、拿威士忌。他把她安顿在床上，让她靠着几个枕头躺下。

“韦尔克斯太太，”他唐突地问道，“你怀孕了，是不是？”

玫兰妮脑袋昏沉沉的，身体又虚弱，要不然，她听了这话也准得晕倒。就是跟女性朋友在一起，她也不好意思提起自己怀孕的事，每次上米德大夫那里检查，都是忍受精神上的折磨。一个男人提这样的问题，尤其是瑞特·巴特勒这样的人提问，就更不像话了。但是，她软绵绵地躺在床上，浑身无力，只得点了点头。点头之后，倒觉得没什么可怕的，因为他看上去完全是出于好意，也是关心她。

“那你可得多保重。成天这么忧心忡忡、东跑西颠的，对你没好处，还可能害了孩子。韦尔克斯太太，假如你允许的话，我会利用在华盛顿的关系了解韦尔克斯先生的下落。如果他被俘，联邦俘虏名单上就有他的名字，要是他没有被俘——那也比悬着一颗心好。不过，老天在上，你一定要许诺保重自己，否则我就不管这事。”

“啊，真太感谢你了。”玫兰妮嚷道，“你这么好，人们怎么会说你那么多坏话呢？”话一出口，她才发觉自己太欠考虑，而且还跟一个男人讨论自己怀孕的事，不由得心慌意乱，有气无力地哭了。斯佳丽拿着块热砖，用绒布包裹着快步奔上楼梯，见瑞特拍了拍她的手。

他说到做到。大家根本不知道他牵的是哪根线，可也不好打听，免得逼他承认自己跟北佬关系密切。过了一个月，他得到消息了，大家听了立刻欢腾起来，过后又心急如焚。

阿希礼没有死！他受了伤当了俘虏，记录显示，他被关在伊利诺伊州罗克艾兰的俘虏营里。起初大家乐成一片，只想到他还活着，其他都属次要问题。可是，恢复平静后，大家面面相觑，异口同声说："罗克艾兰！"那声音仿佛是说："简直是地狱！"在北方人眼里，安德森维尔是个臭名昭著的地方，罗克艾兰也是个可怕的地方，凡是有亲属关在那里的南方人，一听见这个名字就胆战心惊。

林肯拒绝交换俘虏，他相信，看守联邦俘虏并给他们提供生活给养，这对邦联是个沉重的包袱，有助于加快结束战争。当时关押在佐治亚州安德森维尔的联邦俘虏有数千名，邦联军队的供应本来就紧张，自己的伤病员都断了药物绷带，自然没有多少东西分给俘虏，前线的士兵吃什么，就给俘虏吃什么。可是，北佬吃了肥猪肉、干豆子之类食物就成批死亡，有时候一天就有上百名俘虏死去。北方人得到报告后怒不可遏，就用更苛刻的手段对付邦联俘虏，其中条件最糟糕的俘虏营就是罗克艾兰。食物少得可怜，毯子三个人才有一条，天花、肺炎、伤害蔓延，那地方完全变成隔离病院了。进去的俘虏四个里就有三个不能活着出来。

阿希礼就关在那个可怕的地方！阿希礼倒是还活着，可他不但受了伤，还给关在罗克艾兰那个地方，他给押解到那儿的时候，伊利诺伊州肯定是冰天雪地。在瑞特得到消息后这几天里，他会不会伤重不治已经死了呢？他会不会染上天花？他会不会得肺炎，发烧得神志不清，却没有毯子可盖？

“啊，巴特勒船长，有没有什么办法……你能不能利用你的关系，把他换回来？”玫兰妮嚷道。

“林肯先生既慈悲又公正，他曾为比克斯比太太失去五个儿子痛哭落泪，可他并不为关押在安德森维尔的几千士兵落泪，不顾他们全都在生死边缘上挣扎。”瑞特撇了撇嘴说，“他们就是全都死了，他也不会在意。命令已经发出去了。不交换俘虏。我……我先前没告诉你们，韦尔克斯太太，你丈夫本来有个机会出来的，可他拒绝了。”

“哎呀，不可能吧！”玫兰妮不敢相信自己的耳朵。

“是真的。北佬正在招募士兵去边疆打印第安人，就从邦联俘虏中招人。俘虏只要宣誓效忠，就能参军打印第安人，服役期两年，到期就能释放，送到西部。可韦尔克斯先生拒绝了。”

“啊，他怎么能拒绝呢？”斯佳丽嚷道，“他干吗不宣个誓，等出了俘虏营，开小差回家不就行了？”

玫兰妮勃然大怒，转身对着她发火。

“亏你想得出让他干那种事！先是卑鄙宣誓背叛邦联，然后背叛对北佬的誓言！我宁愿他死在罗克艾兰，也不愿让他宣那个誓。要是他死在战俘营，我倒替他自豪呢。要是他干出那种事，我就不见他了，永远不见！好在他拒绝发誓。”

斯佳丽送瑞特到门口时，愤愤不平地问他：“要是换了你，会不会先加入北佬，免得死在那个地方，然后再逃走？”

“当然会。”瑞特说着小胡子下面露出两排牙齿。

“那阿希礼为什么就不干呢？”

“他是个上流绅士嘛。”瑞特说。

斯佳丽觉得奇怪，好端端的字眼，怎么从他嘴里说出来就满是轻蔑挖苦的味道？

第三部

第十七章

一八六四年五月来临了。这年五月天气无比燥热，花蕾还没开放就让烈日炙烤得枯萎了。谢尔曼将军统率的北佬军队再次打进佐治亚州，攻占了亚特兰大西北一百英里外的达尔顿一带。谣传说，在佐治亚州和田纳西州交界的地方会有一场恶战。北佬正在集结兵力，准备袭击亚特兰大通往西部的铁路线，就是去年秋天奇卡茅加战役中南部赶运援兵的那条铁路线。

不过，达尔顿即将来临的大战并没有让亚特兰大人感到过分不安。北佬的兵员集结地在奇卡茅加战场东南，距离只有区区几英里。敌人试图穿过山口的时候被打回去了，他们这次还会落得同样下场。

亚特兰大人和佐治亚人都知道，这个州对邦联太重要了，乔·约翰斯顿将军绝不会让北佬在境内久留。老乔和他的部队也绝不会让北佬深入达尔顿以南，因为邦联要依赖佐治亚州发挥作用，容不得敌人干扰它。这个州是南方的粮仓、机械工厂和给养库，绝对不能让它受战乱影响。军队使用的大部分弹药武器都是在这里制造的，大部分棉毛产品也是这个州生产的。在亚特兰大和达尔顿之间，罗马城有大炮铸造厂和其他工业门类，埃托瓦和阿拉托那的钢铁厂在里士满以南规模最大。至于亚特兰大，这里不仅制造手枪、马鞍、帐篷和军火，而且还拥有南方规模最大的轧钢厂、几座主要的铁路修车厂和几所大医院。亚特兰大还是邦联四条铁路命脉交汇的车站。

所以，谁也不是很焦急。毕竟，达尔顿靠近田纳西州界，离这儿还远着呢。三年来，人们对田纳西州不断交火都习以为常了，觉得那不过是个遥远的战场，仿佛那地方远在弗吉尼亚州或远在密西西比河畔。再说，还有老乔和他的士兵保卫亚特兰大免遭北佬入侵，人人都知道，石墙将军阵亡后，现在除了李将军，就数约翰斯顿将军最出色了。

在五月份一个暖意融融的傍晚，米德大夫在佩蒂姑妈家阳台上谈论到这个问题，他归纳了老百姓的普遍看法，说亚特兰大人没什么可担心的，因为约翰斯顿将军据守山地天堑，如铜墙铁壁般可靠。听他说这话的人各有各的心事。虽然大家表面上十分平静，在暮色渐浓的黄昏中坐在摇椅里享受着闲适，一边摇动一边观赏随季节出现的第一批流萤，望着它们在暮色中飞舞，但是，大家心头都很沉重。米德太太的手搭在菲尔胳膊上，心里唯愿大夫说得没错。假如战火烧得更近些，她知道菲尔也得上战场。他如今十六岁，已经加入了自卫队。范妮·艾尔辛自从葛底斯堡战役后就一直面色苍白，竭力避免回顾当初那痛苦的一幕。过去几个月里，那一幕深深刻在她脑子里，把她折磨得疲惫不堪——部队冒雨狼狈撤退，在退回马里兰州的长途跋涉中，一辆颠簸的牛车上躺着奄奄一息的达拉斯·麦克卢尔中尉。

凯利·阿什伯恩上尉那条残废的胳膊又让他疼痛不堪了，而且一想到追求斯佳丽毫无进展，他的心情就十分沮丧。自从阿希礼·韦尔克斯被俘的消息传来后，两人之间的关系就僵住了，不过，他并没有想过把这两件事联系在一起。斯佳丽和玫兰妮两人都在思念阿希礼，一旦眼前没有要紧的事情要办，只要用不着跟别人说应酬话，两人就总是思念阿希礼。斯佳丽心里又痛苦又悲哀："他准是死了，要不然怎么听不到他的消息呢？"玫兰妮心头不断涌起一阵阵忧虑，她心里不断对自己说："他不可能死。要是他死了，我会感觉到的。"瑞特·巴特勒懒洋洋靠在阴影中的一张椅子上，两条长腿跷着二郎腿，露出脚上考究的靴子，黝黑的脸上毫无表情，显得高深莫测。他怀里抱着小韦德，孩子睡得正香，小手里抓着一根啃得干干净净的鸡叉骨。遇上瑞特来访，斯佳丽就准许韦德晚些上床睡觉，因为孩子虽然胆怯，却喜欢瑞特，说来也怪，瑞特好像也挺喜欢这孩子。平时，孩子总是把斯佳丽闹得不得安宁，可他让瑞特抱在怀里却从来表现得很乖。佩蒂姑妈今晚老是打嗝儿，搞得情绪紧张，因为晚饭吃的是只公鸡，肉实在太老了。

这天早上，佩蒂姑妈做出个决定，虽然她心里遗憾，却认为最好马上把鸡群的老族长宰掉，免得它自己老死。一窝母鸡早已一个个下了人们的肚子，这只老公鸡便神色怏怏，思念自己已故的妻妾。近日来它整天耷拉着脑袋，萎靡不振，鸣都不打了。等到彼得大叔把鸡宰了，佩蒂姑妈又觉得自家独享美味有点儿过意不去，毕竟她的许多朋友已经多时没尝过鸡肉的滋味了。于是，她便建议晚上请客。玫兰妮如今已有五个月的身孕，几个星期都不出门、不见客了，一听姑妈的话就吓得胆战心惊。可佩蒂姑妈这次却态度坚定。她说，独自吃鸡显得太自私了，玫兰妮只要把裙箍稍稍抬高一点儿，谁也看不出来，反正她的胸脯很扁平。

"姑妈，可我不想见客人，你知道，阿希礼他……"

"倒像是阿希礼已经……已经没了似的。"佩蒂姑妈虽然嘴硬，声音却在颤抖，她心里已经认定，阿希礼已经死了，"他跟你一样活得好好的，再说，见见客人对你有好处。我还要请范妮·艾尔辛来。艾尔辛太太求过我，要我帮帮她，好让她恢复正常，让她答应跟人见面……”

“哎呀，姑妈，她可怜的达拉斯去世还没几天，就逼她见人，这有点儿太勉强人家了吧……”

“得了吧，玫荔，你再跟我争，把我惹恼，我可要哭啦。我可是你姑妈，懂得该怎么办事。这次请客就这么定了。”

就这样，佩蒂姑妈自作主张请来了客人。最后一刻，来了位不速之客，她并不十分情愿见到这位客人。就在满屋子烤鸡飘香时，瑞特·巴特勒又一次神秘旅行后返回来，敲响了她家的门。只见他胳膊下夹着一大盒包装精美的糖果，进门后对她满嘴一语双关的恭维话。佩蒂姑妈只得请他留下来做客，可米德大夫和他太太对瑞特的看法她心里很清楚，也知道范妮见了没穿军装的男人就恨之入骨。要是米德夫妇和艾尔辛家的人在街上见了，绝对不会搭理他，不过这是在朋友家，他们当然总得对他表示一下礼貌。再说，虽然玫兰妮身体虚弱，保护他的态度却比以前更坚决。自从瑞特替她打听到阿希礼的消息后，她便公开宣布说，不论别人怎么议论，她都永远欢迎瑞特来家里做客。

佩蒂姑妈见瑞特行为格外得体，一颗焦虑的心这才放下。瑞特诚心诚意问候范妮，不但对她表示同情，也带着深深的敬意，她甚至开恩对他面露微笑，于是晚餐的气氛颇为和谐，饭菜算得上奢侈了。凯利·阿什伯恩带来一点儿茶叶，是他押送北佬俘虏去安德森维尔途中，从一名俘虏的烟荷包里搜出来的，于是每人都分享到一杯香茶，只是稍稍有点儿烟草气味而已。每人都分到一小块硬邦邦的老鸡肉，外加一点儿由玉米粉和洋葱构成的调味料，每人还分到一碗干豌豆，还有丰盛的卤汁浇米饭，只是因为没有面粉，卤汁稀如水。甜点是红薯饼外加瑞特带来的糖果。瑞特拿出地道的哈瓦那雪茄请男宾享用，大家边抽烟，边喝黑莓酒，都觉得像是参加了卢库勒斯[1]家的盛宴。

烟酒过后，男宾来到前门廊，与女士们会合，大家便谈起了战争话题。如今人们一交谈，自然要转到战争话题。凡是交谈总离不开战争，不是从战争话题说开来，就是回到战争话题上——有时说来丧气，但愉快的内容居多，不过总离不开战争话题。战时的爱情，战时的婚姻，牺牲在医院里或战场上的事迹，军营里、战场上、行军中的趣闻逸事，有人勇敢，有人胆怯，有的故事幽默，有的故事悲哀，有的让人痛苦，有的给人希望。希望总是存在，尽管前一年夏天接连打了几场败仗，人们心中的希望却十分坚定。

阿什伯恩上尉向大家宣布说，他提出离开亚特兰大回部队的申请，已经得到批准，要上达尔顿前线去。女士们便以亲切的目光打量他那条僵硬的胳膊，大家心里为他骄傲，嘴上却连连说他不能走，他走了，谁来陪伴她们呢？

年轻的凯利听她们说了这么多恭维话，心里又欢喜又烦恼，因为恭维他的是米德太太、玫兰妮、佩蒂姑妈和范妮。不过，他但愿斯佳丽说的话是出自真心，而不是敷衍。

“不消说，他很快就能回来。”大夫搂着凯利的肩膀说，“只要再打一场小战役，北佬就得逃回田纳西。他们到了那儿，就有福雷斯特将军照顾啦。你们妇女用不着大惊小怪，北佬根本打不过来，因为约翰斯顿将军率领的部队据守在山间，就像铜墙铁壁。不错，就像铜墙铁壁。”他重复了一遍，加强自己的语气，“谢尔曼绝对打不过来，他绝对奈何不得老乔。”

女士们面露微笑，表示赞同。他随意说的话都被视作颠扑不破的真理。男人对这种事情的见识毕竟比女人高明多了，既然他说约

[1] 卢库勒斯：古罗马将军兼执政，以家道豪富、盛宴宾客闻名。——译注

翰斯顿是铜墙铁壁，那就准没错。这时瑞特开口说话了。晚饭后，他一直默默坐在暮色中，耳朵倾听人们谈论战争，嘴角往下撇着，熟睡的孩子靠在他肩头上。

“有传言说，谢尔曼的增援部队已经过来，眼下他有十万多人马，对不对啊？”

大夫一进门就觉得有气，没想到同席的还有这么个人，他打心眼儿里讨厌这家伙。只是出于对主人佩蒂帕特小姐应有的尊敬，他才克制住自己，没明显露出心中不快。此刻听他这么说，就干脆利落地接应了一句。

“那又怎么样，先生？”大夫吼叫着反问。

“记得刚才阿什伯恩上尉说，约翰斯顿将军只有四万人马，还把逃兵都算在里面了，是些见上次打了胜仗又重新归队的逃兵。”

“先生，”米德太太愤愤然说道，“邦联部队里可没有逃兵。”

“请你原谅。”瑞特的话显得谦恭，口吻中却露出嘲弄，“我说的是好几千名回家探亲忘记归队的士兵，还有伤愈已经半年的士兵，他们却待在家里干起了原来的行当，要不就搞起了春耕。”

他眼睛笑眯眯的，把米德太太气得直咬嘴唇。斯佳丽见她那副窘态，直想发笑，因为瑞特一句话就顶得她张口结舌了。事实上，有好几百人躲进沼泽地和深山里，让宪兵没法儿把他们抓出来送回部队。他们声称这场战争是“穷人送命，富人受益”，他们实在受够了。还有一种人比这种人更多，在伤亡名单上，这些人属于“开小差”者，但他们并不打算长期当逃兵。他们都是熬三年都没轮上回家探亲，家里频频写信来诉苦，信上连篇都是错别字：“咱们都在爱俄（挨饿）。”“今年庄家（稼）没收成啦——根本没人中（种）地。咱们都得爱俄（挨饿）。”“受（收）粮的把小猪都受（搜）走了。”“家里几个月没受（收）到你的钱了。咱只好吃干完（豌）

豆维持生活。”

这些人收到的信上总是同样的话：“咱全家都在挨饿，你媳妇、你娃娃、你父母都在饿肚子。这事啥时候才到头？你啥时候才能回家？我们都在挨饿啊。”士兵回家探亲让部队人数越来越少，部队干脆不准假，结果这些士兵干脆不请假就回家耕地、修房子、筑篱笆。部队的长官了解这种情形，眼看大战在即，他们写信给这些人，告诉他们说，只要归队，过去的事可以既往不咎。通常情况下，这些人把家里安顿好，大家都不至于挨饿，就返回部队了。大敌当前，回家享受“耕地假”的人也就不做逃兵处理了，不过部队的战斗力毕竟受到了削弱。

米德大夫连忙打破难堪的沉默，他的口吻冷冰冰的：“巴特勒船长，我军人数与北佬军队悬殊，不过这从来就算不得什么。一个邦联军人抵得上十几个北佬。”

妇女们点了点头，这种说法人人都知道。

瑞特说：“战争刚打响的时候这话没错，也许如今也不错，只是邦联士兵的枪里得有子弹，脚上得有鞋穿，肚子要能吃饱。你说呢，阿什伯恩上尉？”

他仍然保持着温和口吻，表面一副谦恭态度。凯利·阿什伯恩不悦，因为他显然十分讨厌瑞特。他倒很乐意赞同大夫的观点，可他不能说谎。尽管他已经残废，可还是申请改派上前线，就是因为他意识到局势严重，可一般老百姓并不知道。许多伤残军人干了后勤工作，他们有的装了假腿，有的瞎了一只眼，有的手指给炸掉了，有的断了一条胳膊，可大家都悄悄调离原来干的军需、医院服务、邮政和铁路服务工作，纷纷回前线找自己原来的部队。大家知道，老乔兵员不足，多一个人是一个。

他没吭声，可米德大夫按捺不住脾气，吼起来：“我们的士兵以前没鞋穿也打过仗，饿着肚子也打过胜仗。他们照样能打，而且准能打赢！我告诉你们，约翰斯顿将军是打不垮的！山涧要塞自古就是抵御入侵的坚固堡垒。想想——想想塞莫皮莱[1]山隘吧！”

斯佳丽拼命回忆，可根本想不起塞莫皮莱是怎么回事。

“塞莫皮莱守军全都战死了，一个也没剩下，对不对，大夫？”瑞特问完话，紧紧绷住嘴，免得笑出来。

“年轻人，你这是要侮辱我吗？”

“大夫！我求你原谅！你误会了！我不过是向你讨教呢。我记性差，古代史都记不得了。”

“如果万不得已，我们的军队就是打到只剩最后一个人，也不会放北佬进佐治亚。”大夫厉声嚷道，“但是不会发生这种情况。他们只要打个小战役，就能把敌人从佐治亚赶出去。”

佩蒂帕特姑妈连忙起身，请斯佳丽为大家弹几首钢琴曲，唱一支歌。她看得出，大家的谈话中火药味太浓，继续下去准得出事。她早知道邀请瑞特吃晚饭就没好事。他一露面总要惹是生非。至于他怎么挑起的事端，她从来都搞不清楚。天哪，我的天！斯佳丽怎么会从这个人身上看出优点？玫兰妮怎么要保护这么个人？

斯佳丽遵命回客厅去了，门廊上一时寂静无声，寂静中，人人感到对瑞特的憎恨情绪。谁能不全心全意信赖无敌的约翰斯顿将军和他率领的将士？信赖是一种神圣的职责。就算有人离经叛道不肯信赖，至少应该懂点儿礼貌，免开尊口。

斯佳丽弹了几个音符，歌声也从客厅飘出来。她的嗓音柔美，如泣如诉，唱出一首流行歌曲：

---

[1] 塞莫皮莱：希腊东部山地。公元前四八〇年，古波斯战争期间古希腊王莱奥尼达斯一世率兵固守此山隘，波斯人久攻不下，后埃菲亚蒂斯出卖希腊，波斯人从后面包抄，一千四百名希腊将士全军覆没。——译注

病房里面四壁洁白，
伤员死者一字排开——
枪林弹雨打得遍体鳞伤——
那天姑娘的情郎也躺进来。

姑娘的情郎年轻勇敢！
苍白的面孔还是那么帅——
可惜留不住这青春的风采——
坟头的黄土将他掩埋。

“金黄的鬈发蓬乱潮湿。”斯佳丽唱出的女高音走了调，范妮欠身说：“唱首别的歌吧。”她声音微弱，心烦意乱。

斯佳丽吃了一惊，一时不知所措，琴声戛然而止。她连忙改唱《灰军装》，刚唱出半句，就赶紧打住，她想起这也是一首伤感的歌。钢琴又一次哑了。她一时愣住了，脑子里一时想不出其他歌曲，净是些生离死别的伤心曲调。

瑞特立即起身，把韦德放在范妮腿上，自己走进客厅。

“弹那首《我的老家肯塔基》。”他口气温和地提议，斯佳丽心里很感激他解围，琴声马上响起，瑞特附和着她歌唱，原来他唱男低音嗓音十分浑厚。两人唱到第二段，门廊上的人们这才舒了口气，可这首歌的歌词也不轻松：

还得再挑几日，这艰难的重担！
眼见它一天重似一天！
还得再挑几日，脚步越来越艰难！
到了我的老家肯塔基，跟你道晚安！

米德大夫的预言没错——至少就现状的预言是对的。约翰斯顿将军的确像堵铜墙铁壁，挡在一百英里外的达尔顿山涧。他死守阵地，挫败了谢尔曼穿过山口直插亚特兰大的奢望，最后，北佬只得撤回去商量对策。正面进攻没有突破南军的防线，他们就在夜幕的掩护下走山路迂回了一个弧线，打算袭击约翰斯顿的后路，从达尔顿以南十五英里处的雷萨卡切断他们的铁路线。

邦联军队见宝贵的铁路面临危险，连忙抛下拼命捍卫过的工事，星夜兼程抄近路扑向雷萨卡。等到北佬军队从山里朝他们冲过来时，南方的军队早已严阵以待。他们架起大炮，刺刀闪闪发亮，挖下深深的战壕，工事像达尔顿一样坚固。

达尔顿下来的伤员讲述起老乔撤退到雷萨卡的情况，难免有点儿走样，亚特兰大人一时感到意外，也有点儿惊慌，仿佛西北方向的天空出现一小片乌云，预示着夏天的暴风雨即将来临。将军到底是怎么考虑的？为什么放北佬深入佐治亚腹地十八英里？难道山地不是天然屏障？老乔干吗不在那里拒敌？就连米德大夫也这么说了。

约翰斯顿的军队在雷萨卡殊死战斗，再次打退北佬。但是谢尔曼故技重演，指挥他为数众多的士兵再次迂回过来，渡过乌斯坦瑙拉河，打算捣毁邦联军队后方的铁路线。邦联军队再次奉命行军，撇下红土地上挖的战壕，迅速赶去保卫铁路。他们行军加苦战，拖得疲惫不堪，既缺乏睡眠，又忍饥挨饿，而且总是吃不饱肚子。但是，他们又一次沿山谷急行军，抢在北佬前面抵达雷萨卡南面六英里处的卡尔霍恩镇。待北佬军队出现时，他们已经掘好战壕，再次做好战斗准备。进攻开始后，双方又是一场恶斗，北佬最终还是被打退了。邦联军队疲惫不堪，个个抱着枪躺倒在地上，但愿能松口气，喘息一下。但是他们休息不成。谢尔曼冷酷无情，步步进逼，一次次迂回包抄他们后方，逼得他们不得不一再后撤，保护背后的铁路线。

邦联士兵疲于行军，连睡觉的时间都没有，人们实在太疲惫了，难得有时间动动脑筋，动脑子的时候，也只有一个想法，信赖自己的将军老乔。他们明白是在撤退，不过大家也清楚目前还没有被打败。他们只不过兵源不足，不能既守住阵地，又出兵打退谢尔曼的迂回包抄。不过，凡是跟北佬打阵地战，每次都把他们打得片甲不留。至于究竟要撤退到何时才到头，他们就不得而知了。不过老乔心里有数，他们都满足于知道这一点。老乔部署后撤手段十分高明，因为他们自己的伤亡很小，却让北佬损失惨重，战死的、被俘的人数多极了。他们的部队连一辆马车都没损失，只丢了四门大炮，背后的铁路也没丢。谢尔曼的部队又是正面进攻，又是骑兵突击，又是侧翼包抄，结果还是没有碰到他们的铁路。

啊，铁路。这两条细细的铁轨穿过阳光灿烂的山谷，通往亚特兰大。如今铁路仍然在他们的掌握之中。士兵们夜晚睡觉，要找个能在星光下看见铁路闪烁的地方；烈士鏖战至死，迷惘的目光也要朝烈日下热气袅袅的闪亮铁路望上最后一眼。

他们沿着山谷后撤。大批难民抢在他们前面撤离，难民中有庄园主，有扛长工的，有富人，有穷人，有黑人，有白人，有女人，有儿童，老、弱、病、残、孕，什么人都有，都汇入这股逃往亚特兰大的难民潮中。他们有的坐火车，有的步行，有的骑马，有的赶着马车，车顶上高高捆放着衣箱家具。部队在后面撤，难民在前面逃，相距只有五英里。难民每到一个地方就暂时停下，在雷萨卡、卡尔霍恩、金斯敦都打住脚步，希望听到北佬被击退的消息，好转身返回老家。可他们就是不能沿着这条阳光灿烂的道路往回返。身穿灰色军装的邦联部队一路撤退，只见路旁的宅子人去楼空，田地没人耕种，小屋连门都没闭上。偶尔见几个无亲无友的妇女待在家里，陪伴她们的是几个惊恐万状的奴隶，这些人来到路旁向士兵们欢呼，提来几桶井水给士兵解渴，替伤员包扎伤口，把牺牲的战士埋在自家坟地里。不过，山谷里虽然阳光灿烂，却难得见到一个人，到处是抛弃的房子和撂荒的干土地。

约翰斯顿在卡尔霍恩再次遭到侧翼包抄，只得后撤，退守阿代尔斯维尔，在那里发生激战后撤退到卡斯维尔，然后又撤到卡特斯维尔以南。到这时，敌军已经从达尔顿推进了五十五英里。南军继续败退，又后撤了十五英里，到了一个名叫新希望教堂的地方，开始构筑工事，决心死守。北军像条无情的巨蟒，盘起身子恶狠狠扑过来，一段身子受伤后暂时退缩回去，但是不久便再次扑来。在新希望教堂打的殊死一战持续了十一天，北佬每次进攻都被打退，敌军伤亡惨重。后来约翰斯顿又受到两翼包抄，只得再次后撤，兵员也越来越少了。

邦联军队在新希望教堂战役中伤亡惨重。一列列火车满载伤员涌进亚特兰大，把全城的人都吓坏了。亚特兰大从来没见过这么多伤员，就连奇卡茅加那一仗打完后，伤员也没有这么多。医院人满为患，伤兵只好躺在空荡荡的仓库地板上、库房的棉花包上。每家旅店客栈都住满了伤兵，就连私人住宅都塞满了痛苦不堪的伤员。佩蒂姑妈家也不例外，她为此提出抗议，说玫兰妮不但有了身孕，而且身子虚弱，让陌生人住在家里极为不妥，因为她见了这番景象难免受惊吓，万一闹得她早产就麻烦了。可是玫兰妮并不为难，只把裙箍往上提一提，掩盖住渐渐隆起的肚子，让自家那座红砖宅子住满了伤兵。从此她们得没完没了地做饭，搀扶伤兵，帮他们翻身，给他们扇扇子，一天到晚洗绷带，卷绷带，找麻布做绷带。炎热的夜晚整夜都有伤兵在隔壁呻吟，让她们无法入睡。到后来，这座城市再也容纳不下更多伤兵了，只好把继续涌来的伤兵转送到梅肯和奥古斯塔的医院。

从前线退下来的伤兵带来的消息相互矛盾，本来就人满为患的城市又不断涌进惊恐万状的难民，亚特兰大完全乱套了。形势迅速恶化，像天边一小团乌云随着疾风迅速铺散开来，眼看暴风雨将至，让人不寒而栗。

谁也没有对不可战胜的军队失去信心，但是大家对约翰斯顿已经失去了信心，反正老百姓已经不信赖他了。新希望教堂距离亚特兰大只有三十五英里哪！这位将军没出三个礼拜就让敌人打得后撤了六十五英里！他怎么不抵挡住北佬，却要不断地撤退呢？他是个蠢材，完全是个白痴！自卫队的老头儿和州里的民兵安安稳稳待在后方亚特兰大，这些人说得挺起劲，声称自己出战也不至于打得这么糟糕，还在桌布上画地图说战事，证明自己有理。约翰斯顿的兵员一日少似一日，不得不进一步撤退，将军向布朗州长紧急求援，要他派地方部队增援。可州里的部队置之不理。原先杰弗逊·戴维斯总统要求增援，州长尚且不理睬，他哪会答应约翰将军的请求呢？

一交火便撤退！一交火便撤退！邦联军队整整打了二十五天，一天也没停歇过，也一连撤退了七十英里。如今南军把新希望教堂丢了，那地方已经变成他们脑子里的一个记忆。他们的脑袋糊里糊涂，各种记忆模糊一片：滚滚的热浪，飞扬的尘土，饥肠辘辘，疲惫难当，啪嗒啪嗒践踏着轧满了车辙的红土路，扑哧扑哧穿过红色泥泞地，撤退、挖战壕、打仗——再撤退、再挖战壕、再打仗。新希望教堂战役简直是场噩梦，如今回想起来已经恍若隔世，在名叫大棚屋的地方打的战役也没什么两样，那一仗他们扭过头跟北佬死拼，把北军士兵打得尸横遍野，军装把地面都盖成了一片蓝色，可北佬的部队源源不断开来，老是没个完。北军总是使狠招，从东南方向插向邦联军队的后方，直插铁路线——直逼亚特兰大！

军队人困马乏，撤离大棚屋，退守肯纳索山，在小镇玛丽埃塔附近摆开十英里长的弧形防线。士兵在陡峭的山坡上挖下射击掩体，硬是人推肩扛把一门门大炮推上山坡，设下炮位。人们浑身冒汗，咒天骂地，把沉重的大炮推上险峻的山坡，骡子倒是有力气，可就是在这么陡峭的地方派不上用场。信使和伤兵来到亚特兰大，给恐慌的市民带来让人安慰的消息。肯纳索高耸的山头无论如何是攻不破的。附近的松山和隐山也设了防，一样固若金汤。北佬休想撼动老乔的部队，如今再也不能靠迂回战术对付他了，因为大炮都安置在山顶上，方圆几英里都在射程之内。亚特兰大人这才舒了口气，但是……

但是肯纳索山离亚特兰大只有二十二英里哪！

从肯纳索山下来的伤兵送到亚特兰大那天，梅里韦特太太一大早就坐着马车来到佩蒂姑妈家门外，时间是早上七点钟，她以前从没有这么早来拜访过。黑用人利维大叔传话上去，要斯佳丽赶紧穿戴好，马上去医院。马车后座上，范妮·艾尔辛和邦内尔家姑娘已经坐在那里，姑娘们连连打着哈欠，一大早就让人叫起来，她们还没完全睡醒呢。艾尔辛家的黑妈妈坐在车夫座位旁，看上去心绪恶劣，腿上放着一篓洗熨过的绷带。斯佳丽满心不情愿，却不能不去。她昨晚在自卫队的舞会上跳了一个通宵，两只脚累得还没缓过来呢。普莉西服侍她穿上那条最破旧的裙子，她去医院帮忙总是穿这条裙子。她心里暗暗咒骂梅里韦特太太，骂这老太太精明强干，从不知疲倦，骂那帮讨厌的伤兵，骂整个南部邦联。她匆匆喝了几口替代咖啡的炒玉米红薯粉糊糊，便出门上车，跟姑娘们坐在一处。

护理伤兵的差事让她腻味透了，今天她非得跟梅里韦特太太请假不可，就说埃伦来信了，要她回家探望。结果根本没用。那位体面的太太当时袖子管卷得高高的，肥壮的腰间系着条大围裙，恶狠狠瞪了她一眼，说："别再对我说这种傻话了，斯佳丽·汉密尔顿。我今天就给你母亲写信，告诉她说我们这里非常需要你，我肯定她能理解，会让你留在这儿。得了吧，快围上围裙，上米德大夫那儿去，他需要人帮着包扎呢。"

"噢，天哪。"斯佳丽闷闷不乐地想道，"这话还真让她说着了，母亲听了准会让我待在这儿。可这种臭味再闻下去，非要了我的命不可！我要是个老太太该多好，要是那样，我不但用不着受欺负，还能欺负年轻女人，我还要狠狠咒骂梅里韦特太太这种刁老太婆！"

说实在的，斯佳丽厌恶了医院，讨厌这里的臭气，讨厌这里的虱子，讨厌这帮伤员的病痛，讨厌他们肮脏的身体。原来她倒是觉得护理工作挺新奇的，不过那种感觉早在一年前就烟消云散了。再说啦，这帮撤退中的伤兵不像早先的伤兵讨人喜欢。他们对她一点儿都不感兴趣，话也不多，开口只会说："仗打得怎么样啦？老乔如今使出什么招儿了？老乔真是足智多谋。"她可不觉得老乔有什么谋略。他的谋略只是让北佬打进佐治亚八十八英里。没错，这帮伤兵一点儿都不讨人喜欢。不少伤兵奄奄一息，无声无息就死了，死得真快。早在来到亚特兰大看病前，这些人就患了败血症、坏疽、伤寒、肺炎，体力早已耗尽，根本没力气跟疾病做斗争。

天气炎热，苍蝇从敞开的窗户蜂拥而入，硕大的苍蝇赶都赶不走，比伤痛更让伤员心烦。斯佳丽被包围在阵阵恶臭和喧嚣的呻吟声中。她托着盆子，跟在米德大夫身后，浑身冒出的汗水把新浆过的衣服浸得透湿。

给大夫当助手实在太恶心啦，看着他用明晃晃的手术刀切开腐肉，让人恶心得直想呕吐！听着手术间做截肢手术时传出的阵阵惨叫，足能让人汗毛倒竖！伤兵个个脸色苍白、神情紧张，等着大夫来检查，那模样让人看了满心的不忍，却又无可奈何。他们听到的都是惨叫声，轮到自己时，只有那几个可怕字眼："真替你难过，孩子，那只手得截掉。没错，没错，你的意思，我明白，可你瞧，看见这些红线了吧？非截肢不可。"

麻醉用的氯仿如今奇缺，只有最严重的截肢病例才能使用。鸦片更是稀罕宝贝，不能让活人减轻病痛，只能给垂死的伤员用，好让他们从容升天。如今奎宁和碘酊根本没货了。这一切都让斯佳丽厌恶，那天上午，她真希望自己能像玫兰妮一样怀了孕，免得出来受这番罪。这些日子里，要想不出来干护理工作，大家唯一能接受的理由也就是有孕在身。

到了中午，她见梅里韦特太太正忙着替一个不识字的山里青年写信，就急忙摘下围裙溜出医院。斯佳丽觉得再也受不了啦，这副担子太沉重，她实在挑不起来。她知道，中午那趟火车又会送来伤员，又会有大量工作让她天黑前都忙不完，说不定连口饭都吃不上呢。

急匆匆没走多远，过了两条街，她来到桃树街上。虽然紧身衣系得很紧，可她尽量使劲吸了几口新鲜空气，站在街角上，拿不定主意下一步该怎么办了。她觉得没脸回去见佩蒂姑妈，可又打定主意决不回医院去了。正在这时，只见瑞特·巴特勒驾车从旁经过。

"嘿，你这身打扮真像个捡破烂儿的。"他打量着斯佳丽身上那套打过补丁的淡紫色印花布裙子，只见上面汗渍斑斑，还有从刚才端的盆子里溅出的污水痕迹。斯佳丽又尴尬又气恼。这个人怎么总是注意女人的衣着，她这副模样心情已经够糟了，他还拿她取笑，真是太无礼了。

"我可不想听你胡扯。快来搀我上车，送我去个谁也见不着的地方。就是要我的命，我也不去医院了！我的天，这战争又不是我惹起的，我干吗为它累得死去活来，再说……”

“好哇，你要背叛我们的‘光辉事业’！”

“你这是锅底笑话壶底黑。扶我上车，去哪儿我都不在乎，带我走。”

他翻身从车上跳到地上。她忽然感到，能看见一个完好无损的男人真不错，眼前这个人没有缺胳膊少腿，也没有瞎一只眼，既没有疼得脸色惨白，也没有让疟疾闹得浑身蜡黄。这个人营养良好，身健体壮，而且衣着还很讲究。他的上衣和裤子不但合身，而且还是同一种衣料做的，不似那种要么松松垮垮裤脚袖管都卷起来，要么紧绷绷动弹不得的样子。他的衣服还是崭新的，不像其他人那样肮脏不堪、衣衫褴褛，把满是污垢的肉体和毛茸茸的腿都露出来。他的神情显得无忧无虑，单单这一点就让人吃惊，如今谁不是眉头紧锁、忧心忡忡？他扶她登上马车，古铜色的脸上表情温和，棱角分明的嘴唇像女人的嘴唇一样红，丝毫不掩饰嘴角放肆的微笑。

他登上马车坐在她旁边。瑞特身躯魁梧，合体的衣服下肌肉饱满，充沛的体力从来都让斯佳丽禁不住心头为之震颤。她望着他，浑圆有力的肩膀把衣服高高架起，让她着迷，让她心动，也让她稍有点儿害怕。看起来他不但思维敏捷让她难以招架，而且他的身体结实健壮，一样让她不好对付。他文雅随和的外表下隐藏着力量，像一头懒洋洋晒太阳的黑豹，却保持着警觉，随时准备一跃而起扑向猎物。

“你这个小骗子。”他说着吆喝马儿起步，“你陪那帮大兵通宵达旦地跳舞，又是献玫瑰花，又是送彩带，还满嘴的誓言，说自己愿为事业而死，如今为几个伤员包扎伤口，逮几只虱子，你就连忙开小差了。”

“你就不能说点儿别的，不能把车赶得快点儿？要是撞上梅里韦特老爷子从店铺出来，我又该倒霉了，他准会告诉老太太——我说的是梅里韦特太太。”

他轻轻抽了一鞭，马就快步小跑起来，穿过五角广场，越过横贯城市的铁路。运伤兵的列车已经到站，担架员顶着烈日忙碌着，把伤员抬上救护车，抬上遮了篷布的军需马车。斯佳丽望着这一切，并不感到良心受到责备，只觉得大大松了口气，庆幸自己逃了出来。

“那座旧医院让我恶心，我在那儿简直烦透了。”她说着整了整风刮起的裙裾，然后紧了紧下巴上的帽带，“送来的伤兵一天比一天多。都怪约翰斯顿将军，要是他在达尔顿顶住北佬，伤兵就……”

“你真是个傻孩子，他本来顶住了，可他不敢死守，要不然谢尔曼从两翼包抄，准得把他全军歼灭掉，要是那样，铁路就保不住了。约翰斯顿的目的就是保住铁路。”

“可是，”斯佳丽对军事战略一窍不通，“反正得怪他。他本该想法子抵挡的，我看该撤他的职。他干吗总是撤退，怎么就不想着抵抗？”

“这话就像其他人说的一样，因为他办不成不可能的事情，大家就嚷嚷着‘砍他的头’！在达尔顿，他还是救世主耶稣基督，退到肯纳索山，他就成了出卖耶稣的犹大，前后不过六个礼拜。要是他现在能打退北佬，让他们后撤二十英里，他就又成了耶稣基督啦。我的宝贝，要知道谢尔曼的人马有约翰斯顿的两倍，就是用两个人跟我们一个英勇献身的战士拼，他也赔得起。可约翰斯顿却损失不起，他的人马拼一个少一个。他急需增援，可他的援兵在哪儿？只有‘乔·布朗州长的宝贝’。可那帮人有什么用？”

“民兵真的要出动了？自卫队也要参战？我还没听说过，你怎么知道的？”

“外边到处这么风传，是今天早上从米勒奇维尔来的火车上传出来的。据说民兵和自卫队都要派去增援约翰斯顿将军。可不是嘛，布朗州长的宝贝们终于该闻闻火药味了。我看他们大半会吃惊的，他们从没想过要参战。州长原来几乎向他们打过保票，说不会让他们上战场。哈哈，结果开了他们个大玩笑。他们自以为有保护伞，原来州长对杰弗逊·戴维斯总统的命令都顶住不执行，拒绝派兵去弗吉尼亚作战，说是保留有生力量保卫自己的州。谁料想如今战争会打到后院来呢？谁想过真的需要他们保护自己的州呢？”

“你这个没心肝的家伙，怎么还笑得出来！怎么就不想想自卫队里那帮胡子兵、娃娃兵！哎呀，小菲尔·米德也得去，梅里韦特老爷子和亨利·汉密尔顿大叔也免不了。”

“我说的不是那帮小娃娃和墨西哥战争中的老兵。我指的是威利·吉南那种勇敢的年轻人，他们平日总是身穿漂亮军服，舞刀弄剑，耀武扬威……”

“还有你自己！”

“亲爱的，你这话不会让我伤心！我既不穿制服，也不舞刀弄剑，而且我根本就不关心邦联的命运。再说啦，我就是进了自卫队或者随便什么部队，也不会束手待毙。我在西点军校受过军事训练，足够我一辈子受用了……但愿老乔走运。李将军派不出援兵救他，他自己在弗吉尼亚对付北佬也自顾不暇。所以，眼下佐治亚州的这支部队是约翰斯顿唯一的救兵了。人们不该那么责怪他，他其实是个了不起的战略家，每次都抢在北佬前头占领要地。可他得保护铁路，就不得不一撤再撤。你记住我这句话吧：等到北军把他逼出山地，撤到这里的平原上，他就要彻底被歼灭了。”

“撤到这儿来？”斯佳丽嚷了起来，“你知道得清清楚楚，北佬永远不会打到这儿来！”

“肯纳索不过在二十二英里以外，我敢跟你打赌……”

“瑞特，快看街上！看那群人！是一群士兵。到底怎么回事！哎呀，是一群黑人！”

只见街上一团红尘迎面扑来，飞扬的尘土中，杂沓的脚步声与低沉的嗓音混杂在一起，百十条黑人汉子乱哄哄唱着一首圣歌。瑞特把车停在路旁，斯佳丽望着这群汗水淋漓的黑人，心里觉得奇怪。黑人个个肩扛镐头铁锹，旁边有一位军官和一个班的士兵压队，士兵戴的是工兵的肩章。

“到底怎么回事？”她再次问道。

接着，她的目光无意间落在前排一个正在唱歌的黑大汉身上。这条汉子身高近六英尺半，活像个巨人，他肤色乌黑，步伐轻快有力，像头强壮的野兽。他领头唱着《去吧，摩西》，嘴巴一动，两排白牙就闪闪发亮。原来是她家塔拉庄园的工头大个子山姆！这世界上除了他，哪个黑人有这么高的个头儿和这么洪亮的嗓音呢？可他上这么远的地方来干吗？何况他现在是庄园唯一的监工，还是杰拉尔德的得力助手。

她刚从马车上欠起身，那个巨人就认出她了，黑黝黝的脸上马上绽开笑容。他收住脚步，放下肩头的铁锹，朝她这边跑来，嘴里还朝身边的黑人嚷着：“老天爷！是斯佳丽小姐！嘿，你看哪，以利亚！使徒！先知！是斯佳丽小姐！”

队伍一下子乱了，大家莫名其妙，都停下脚步，脸上露出笑容。大个子山姆身后跟着三个黑人，穿过马路朝马车跑来。压队的军官紧跟在他们身后大声呵斥。

“归队，你们这帮家伙！都给我归队。不然我……哎哟，是汉密尔顿太太。早上好，夫人，早上好，这位先生。你们在这儿干吗？惹得这帮人不服从命令。天知道，今天上午这帮家伙让我伤透了脑筋。”

“哦，兰德尔上尉，别责怪他们！这几个都是我家庄园上的人。这是大个子山姆，我家的工头，这几个名叫以利亚、使徒、先知，都是塔拉庄园的。他们见了我当然得跟我说句话。你们都好吗，伙计们？”

斯佳丽跟他们一一握手，她的小白手落在他们的大黑爪子里，简直就没了。四个汉子乐得欢呼雀跃，既为这次会面高兴，也想让同伴们看看他们家小姐有多漂亮。

“你们离开塔拉上这么远的地方来做什么？我看准是逃出来的吧？你们不知道巡逻队肯定会把你们抓回去吗？”

听了她这番打趣的话，几个汉子乐得直叫。

“逃出来？”大个子山姆说，“哪儿的话呀，小姐！咱可不是逃出来的，是他们派人要我们的。论个头儿、论力气，咱四个在塔拉庄园是最好的。”他露出两排雪白的牙齿，得意地笑了，“他们专门派人去要我，因为我歌唱得好。真的，小姐。是弗兰克·肯尼迪老爷来要咱的。”

“可这是为什么呢，大个子山姆？”

“天哪，斯佳丽小姐！你没听说过吗？要咱去挖沟呀，北佬来了，咱白人老爷好有个地方躲躲。”

听他把挖掩体说得这么天真，兰德尔上尉和马车上的这两位几乎忍不住要笑出来。

“他们要我走，杰拉尔德老爷差点儿发了脾气，说他没我管不了庄园。可埃伦太太说：‘带他去吧，肯尼迪先生。邦联比我们更需要山姆。’她给了我一块钱，要我听白人老爷的吩咐。我们就来了。”

“兰德尔上尉，这到底是怎么回事？”

“噢，这事很简单。我们得加强亚特兰大的工事，要把掩体延长几英里，将军从前线抽不出人，我们就从乡下招募最身强力壮的黑人干这活儿。”

“可是……”

斯佳丽心头一颤，不由得感到一丝恐惧。还要挖好几英里的掩体！为什么需要更多掩体？过去一年里，已经在距离市中心一英里外筑起了一圈巨大的土围子炮阵地。这些大型工事与一个个步枪掩体用战壕连接起来，把亚特兰大整个围住了。现在还要挖步枪掩体！

“可是……我们已经有了工事，为什么还需要更多的工事？现有的也用不着。将军肯定不会……”

“现有的工事离城太近。”兰德尔上尉简短地说，“只有一英里，让人不放心，也不安全。新挖的工事比较远。你看，部队再后撤，就要退进亚特兰大了。”

话一出口，他就后悔了。斯佳丽听了这话，吓得瞪大了眼睛。

“当然，部队不会再后撤了。”他连忙补充说，“肯纳索山一带的阵地是不可能攻克的。山坡上架满了大炮，控制了四面八方的道路，北佬休想通过。”

但是，斯佳丽见瑞特锐利的目光不经意扫了他一眼，上尉垂下了眼皮。她惊呆了，这时才记起瑞特刚才的话：“等到北军把他逼出山地，撤到这里的平原上，他就要彻底被歼灭了。”

“哦，上尉，你认为……”

“这还用说，当然不会！你千万别多虑。老乔办事谨慎，只是为了提防。我们多挖战壕就是为这个……哎呀，我得走了。很高兴跟你交谈……伙计们，跟你家小姐说再见，我们得上路了。”

“再见，伙计们。听我说，要是你们谁生了病、伤着了，或者遇上什么麻烦，就给我捎个信来。我就住在桃树街那头，一直走到尽头，差不多是最后一家。等一等……”她伸手到包里掏了掏，“哎呀，我一个钱都没带。瑞特，借给我点儿钱吧。拿着，大个子山姆，拿去买点儿烟让大家抽抽。要听话，听兰德尔上尉的话。”

队伍重新排好，大队人马出发，又扬起滚滚红尘。大个子山姆又唱起了歌：

> 去吧，摩西！到遥远的埃及去吧！
> 去恳求那老法老
> 把我的百姓——放掉！

“瑞特，兰德尔上尉刚才是骗我呢，男人都会骗人，把真情瞒着我们女人，害怕我们听了会晕过去。他难道不是骗人？你说，瑞特，要是没有危险，他们干吗要挖那么多新战壕？部队要不是那么缺人，他们会用黑人吗？”

瑞特对着马儿吆喝一声。

“部队缺人缺得厉害，要不然干吗要自卫队增援？至于战壕嘛，万一城市受到包围，战壕还是有点儿用处的。将军准备在这里做最后的顽抗了。”

“被包围！哎呀，快掉头。我要回家，回塔拉老家去，马上就走。”

“你这是怎么啦？”

“城市被包围！老天哪，围城！我听说过围城是怎么回事！我爸爸就让围住过，要不就是他爸爸，反正他对我说过……”

“那是什么时候的事？”

“是德罗赫达城让克伦威尔包围那回事，他打败了爱尔兰人。当时弄得城里一点儿吃的都没有了，爸爸说街上到处是饿死的人，后来人们把猫儿、老鼠都吃光了，最后连蟑螂之类虫子都拿来充饥。

他说后来闹到人吃人的地步也没投降。不过我也不知道该不该相信那种话。克伦威尔攻下那座城以后，城里的所有妇女都……哎呀，围城！我的老天哪！”

“像你这么无知的小姐我还真没见过。德罗赫达那一仗是十七世纪的事，当时奥哈拉先生还没出世呢。再说，谢尔曼又不是克伦威尔。”

“不错，可他更坏！人们说……”

“至于说爱尔兰人在围城里吃的那些异味——我个人倒觉得，与其吃旅馆最近供应我的那种膳食，还不如来一锅老鼠肉浓汤呢。我看我得回里士满了。只要有钱，在那儿总能吃上好饭菜。”他望着她恐惧的神色，眼神里带着嘲弄。

斯佳丽为自己表现出惊慌感到难堪，便大声说：“我真不懂你干吗在这儿待这么久！你满脑子想的不就是贪图享受，吃好的享口福，反正……反正就是这类事情！”

“我看没什么事情比吃好的更让人愉快了，反正……反正就是这类事情。”他说，“至于说我为什么待在这儿不走，这个嘛，我在书上读到过许多有关围困城市、围攻城市的事情，可我还从来没亲眼见过。所以我想最好留在这里亲眼看看。我不是参战人员，不会有危险，再说我也想亲身体验体验。斯佳丽，千万不要错过新体验，会让人增长见识的。”

“我的见识够多了。”

“这一点，你自己最清楚。不过要是让我说……这话说出来显得不恭敬……等到城市被包围了，我待在这儿也许能营救你。我还从来没干过英雄救美的事，那也算得上一种新的人生经历。”

斯佳丽知道他说这话是揶揄她，不过也感觉到他话说得很认真，她就把脑袋一仰。

“我用不着你来营救。多谢你啦，我自己照顾得了自己。”

“斯佳丽，这种话别说出口！你心里有这种想法尽管留着，就是别说出口，绝对不要对一个男人这么说。北佬的姑娘都犯这种毛病。她们本来倒是挺讨人喜欢的，可就是爱说什么自己能照顾自己之类的话，结果惹人讨厌。好在她们说的大半是实话，所以男人也就随她们自己照顾自己了。”

“你的话可真多。”斯佳丽的口吻冷淡，因为他把她比作北佬姑娘，这简直是对她的极大侮辱，“我看你这围城的说法纯粹是一派谎言，你知道北佬永远也打不到亚特兰大来。”

“我可以跟你打赌，他们不出这个月准来。我输了给你一盒夹心糖，赢了……”他的两只黑眼睛在她脸上扫视着，目光落在她的嘴唇上，“你跟我亲个嘴。”

刚才她担心北佬打过来，心里紧张了片刻，一听见“亲个嘴”这几个字，立刻把恐惧抛在脑后。这才是她熟悉的话题，再说比军事行动之类的话题有趣多了。她好不容易才忍住，没有喜形于色。瑞特自从那天早上送了她那顶绿色遮阳帽，就再也没有进一步对她做过明显的求爱表示。她使出各种手腕，结果都没有逗他说出一句绵绵情话。可现在呢，她什么暗示都没有，他便自己谈起了亲吻的话。

“我可不愿听这种调情打趣的话。”她口吻冷淡，皱起了眉头，“再说，我还不如跟一头猪亲嘴的好。”

“人各有好，不能相强，我从来听说爱尔兰人特别喜爱猪，据说还把猪养在床底下呢。可是，斯佳丽，我知道你特别想亲嘴，却总是没人跟你亲，这就是你的问题。天晓得那帮追求者为什么对你过于尊敬，要不就是他们害怕你，结果没奉承到点子上。结果你总是把嘴噘得高高的，让人看了受不了。应该有个人来亲吻你，而且应该是个亲吻高手才对。”

谈话越来越不合她的意了。她跟他交谈，从来就是这样，总像是一场角斗，结果总是她败下阵来。

“大概你觉得自己就是那位高手吧？”她好不容易压住心头怒火，挖苦道。

“啊，不错，假如我愿意费心，的确够格。”他漫不经心地说，“人们都说我精通亲吻之道。”

“啊！”斯佳丽怒不可遏了，他对自己的魅力居然不屑一顾，“原来，你……”可是她连忙垂下眼皮，顿时心慌意乱。他脸上挂着微笑，可乌黑的眼睛深处却闪过一个亮光，像一朵火苗。

“当然啦，你大概觉得奇怪，我这人到底怎么回事，那天送你帽子时轻轻吻了一下，怎么就没下文了……”

“我从来没有……”

“那你就不是个诚实姑娘，斯佳丽。听了你这话我真觉得难过。真正诚实的姑娘都会奇怪，男人为什么不亲吻她们？她们知道不该让他们亲吻，要是让他们亲了，也该表现出受了委屈的模样，可反正她们喜欢男人亲吻。好啦，亲爱的，振作起来吧。我总有一天会跟你亲嘴，会让你心满意足的，可是现在还不行，所以请你别太性急。”

她知道他是逗她开心，可他的玩笑总是惹她发火，因为他说的全都是事实，太赤裸裸了。嗨，不跟他说了。要是他将来敢对她无礼，看她怎么收拾他。

“巴特勒船长，请你掉头往回赶好吗？我想回医院去了。”

“这话当真？我救死扶伤的天使？这么说，跟虱子污水打交道也胜似跟我交谈？好吧，既然人家心甘情愿为‘我们的光辉事业’效劳，我哪敢拉后腿呢？”他掉转马头，循原路返回五角广场。

“至于我没有采取进一步行动的原因。”他口吻冷淡，接着往下说，仿佛没有注意到她不愿再谈的意思，“我想等你再成熟一点儿。要知道，现在要跟你亲嘴没多大乐趣，我十分看重享乐，从来没想过跟孩子亲吻。”

他想笑却忍住了，因为他从眼角瞥了一下，见她气得胸脯剧烈起伏，却没作声。

“再说，”他口气温和地接着说，“我还要等到那位可敬的阿希礼·韦尔克斯从你的记忆中消失掉呢。”

一听他提起阿希礼的名字，她心里立刻感到一阵痛苦，眼眶里突然涌出热辣辣的眼泪，蜇得眼睛生疼。消失掉？阿希礼永远不会从她的记忆中消失，就是他死了一千年，她也不会忘掉他。她想起阿希礼受了伤，此刻正在远方一个北佬的监狱里奄奄一息，睡觉没有毯子，也没有亲人握住他的手，可眼前这个家伙脑满肠肥，说话慢吞吞的，毫不掩饰自己的嘲讽，她心里不由得充满了憎恨。

她气得说不出话来，两人默不作声坐了一段路。

“其实，我已经了解到你和阿希礼之间的全部情况了。”瑞特重新开口说，“最初我是在十二橡树庄园撞见你那个不雅举止，后来便时时留意观察，发现了许多事情。要问是些什么事情，哦，比方说吧，你对他还怀着女学生般的浪漫痴情，他呢，在体面允许的范围内做出反应。我还知道，韦尔克斯太太对你们俩的事完全蒙在鼓里，你一直在耍手腕欺骗她。我其实对一切都了如指掌，只有一件事不知道，所以想问问，那位高尚的阿希礼先生有没有不顾危害自家灵魂跟你亲过嘴？”

他得到的回答是她扭过头去，死也不吭一声。

“啊，他果然跟你亲过嘴。我猜是在他回家探亲那阵子发生的。现在他可能已经死了，你就能把这段秘密永远藏在心底啦。不过我肯定，你将来会忘记的，等你忘掉他那一吻，我会……”

她怒不可遏，猛然扭过头来。

“见你的鬼！”她憋足了全身力气迸出这几个字，一双绿眼睛闪烁出怒火，“让我下车，不然我跳车了。我再也不想理你了。”

他把车停下，还没来得及下车扶她，她已经跳下马车。她的裙裾让车轮挂住了，里面的衬裙、裤子一时展现在五角广场众目睽睽之下。瑞特连忙弯腰替她解开。她一句话也没说，转身走开，连头也没回一下。他轻声笑了笑，赶车离去。

第十八章

开战以来，亚特兰大人头一次听见了枪炮声。清晨，城市尚未苏醒，喧嚣声还没有恢复，这时，肯纳索山的隆隆炮声虽然遥远微弱，但依稀可辨，人们往往把它当成夏日闷雷。偶尔会听到响亮的炮声，甚至能压过中午时分的车马喧闹声。人们竭力听而不闻，继续有说有笑，办自家的事，仿佛北佬并没有打过来，并没有近在二十二英里外，但是，人人都禁不住竖起耳朵倾听。全城居民都显得心事重重，不论手头做什么活计，大家耳朵都在倾听，一刻也不松懈。一天足有一百回，大家的心脏会怦怦狂跳。炮声是不是更响亮了？或许只是自己心里觉得更响亮了吧？约翰斯顿将军这次能抵挡住吗？到底能不能抵挡住呢？

在镇定的外表下，大家心里都惊恐万状。部队一再后撤，人们的神经一天比一天绷得更紧，如今已经快要绷断了。谁也不说出自己的恐惧，因为它是个禁忌话题，人们只好大声批评将军来发泄紧张情绪。公众情绪已经达到狂热的地步。谢尔曼的军队已经打到亚特兰大城外了。邦联军队要是再后撤，就要退进城里了。

给我们换一个拒不撤退的将军吧！给我们换一个能打敢拼的男子汉吧！

远方隆隆炮声不断传来，“乔·布朗州长的宝贝”民兵部队和当地自卫队终于从亚特兰大开拔，去防守约翰斯顿阵地背后查塔霍奇河上的桥梁和渡口。那天乌云密布，天色阴郁，队伍穿过五角广场走上玛丽埃塔路，这时天开始下毛毛雨了。全城市民都出来给他们送行，桃树街两旁铺面外的遮阳檐下，密密匝匝站满了人，大家强打精神，为他们欢呼。

斯佳丽和梅贝尔·梅里韦特·皮卡德获准离开医院去为自卫队送行，因为亨利伯伯和梅里韦特老爷子都要随自卫队出行。两位姑娘跟米德太太一道挤在人群中，大家都踮起脚尖，想看得清楚些。斯佳丽也像所有南方人一样，只愿意相信最入耳、最乐观的说法。不过，今天她望着眼前这支杂牌军，不禁感到心寒意冷。这帮乌合之众，老的老，小的小，本该待在后方躲避战乱，如今却奉命出征，足见局势已万分危急！当然，开过的队伍中也不乏年轻体壮的人，他们身穿民兵上层官员的漂亮军装，帽子上插着羽毛来回飘荡，腰上系着丝带流苏翻飞。但是，队伍中更多的是老人和年幼的孩子，让斯佳丽见了又是怜悯又是担忧，感到一阵阵揪心。有的白胡子老头儿比她父亲年龄都大，却装出一副精神抖擞的模样，在乐团的鼓声和笛声伴奏下，迎着毛毛雨丝，跟着队伍行军。梅里韦特爷爷把梅里韦特太太最好的方格子披肩披在肩头挡雨。他走在第一排，看见两位姑娘，就咧开嘴笑了笑。姑娘们挥动手帕，装出快乐口吻高喊再见。梅贝尔抓住斯佳丽的胳膊，对她耳语道："唉，可怜的老人！暴风雨大一点儿，就能要了他的命！他腰痛的老毛病……"

亨利伯伯在梅里韦特爷爷后面那一排，他把黑色外套的领子竖起来，护住耳朵，腰里别了两把手枪，那还是墨西哥战争时用过的，手里提着个厚绒布包。他的黑人跟班跟在他身旁，年纪跟他不相上下，撑起一把伞遮在两人头顶上。与这些老长辈并肩行军的是年幼的男孩儿，看上去都没满十六岁，其中不少是从学校逃学出来参军的，时而还能看到三三两两身穿军校制服的学员夹杂在队伍中，帽子上插的黑羽毛沾满雨水，胸前洁白的帆布武装带也淋得透湿。菲尔·米德也在其中，他自豪地佩带着兄长生前用过的马刀和马枪，帽子一侧还傲然插了支羽毛。米德太太竭力装出一脸微笑，朝队伍挥手，等到儿子过去后，她脑袋一歪，靠在斯佳丽肩头，一时不会动弹，仿佛浑身的力气骤然泄走了。

这些人有的完全是赤手空拳，因为邦联根本没有枪支弹药可供发放，他们便指望从战死和被俘的北佬身上弄到武装。不少人靴筒子里插着猎刀，手里端着根粗木棍，一端装着铁尖头，称作“乔·布朗矛”。有些人比较走运，肩膀上扛着带燧石发火装置的毛瑟枪，腰带上还别着个牛角火药筒。

约翰斯顿将军在撤退中损失兵员数以万计，需要补充一万生力军。“可他得到的就是这种货色！”斯佳丽想到这里，不由得感到恐惧。

炮队隆隆驶过，溅起的泥浆都飞到旁观者身上了。一门大炮旁，一个骑在骡子背上的黑人吸引了她的注意。这是个年轻黑人，肤色如鞍皮色，脸色一本正经，斯佳丽一见他便嚷起来：“这不是摩西吗？这不是阿希礼的跟班摩西吗？！他怎么在这儿？”她挤出人群，来到路边，高声喊道：“摩西！快停下！”

那黑人见了她，连忙拉住马，脸上笑逐颜开，准备跳到地上。可他身后有个浑身透湿的军士，那人骑在马背上嚷道：“不准下来，要不我崩了你！队伍要抓紧时间赶到山里。”

摩西不知所措，看看那位军士，又看看斯佳丽。斯佳丽踏着泥泞，跑到车轮滚滚而过的马路中间，抓住摩西的马镫皮带。

“喂，长官，我只说几句话！别下来，摩西。你怎么跑到这儿来了？”

“我又要去打仗了，斯佳丽小姐。上次陪阿希礼少爷，这次是陪老约翰老爷。”

“韦尔克斯先生！”斯佳丽惊呆了，老韦尔克斯先生已经快七十岁了哪，“他在哪儿？”

“他在最后头那门大炮旁边，斯佳丽小姐。就在后面！”

“对不起，小姐。快走，小子！”

大炮歪歪斜斜从旁经过，斯佳丽在齐脚脖子深的泥泞里站了一会儿，想道：“怎么会有这种事！他都那么大年纪了。再说，他也跟阿希礼一样不喜欢战争！”她朝路边退了几步，细细打量行军队伍中的每一个人。最后一门炮拖在弹药车后面，嘎吱嘎吱驶来了，她终于看见韦尔克斯老先生了。他身子虽然瘦弱，骑在马背上却腰板笔直，一头长长的雪白头发湿漉漉的，紧贴在脖子上，骑着那匹枣红色小牝马，显得神态自若。这匹马儿在泥潭之间落脚非常仔细，步伐讲究得活像一位身穿缎子裙袍的夫人。哎哟，那不是内利吗？真的是塔尔顿太太的内利！是贝特丽丝·塔尔顿最心爱的宝贝马儿！

韦尔克斯先生见斯佳丽站在泥泞路上，便乐呵呵拉住马，下马朝她走来。

“我一直想见你呢，斯佳丽。你家很多人要我捎给你口信，可惜没时间了。我们今天早上才到，你看，马上就催我们出发了。”

“喂，韦尔克斯先生，”她拉住他的手，拼命嚷道，“别去！你干吗非去不可呢？”

“啊，你觉得我太老了！”他微笑道，那简直就是阿希礼的微笑，只是脸老了，“我这把年纪，行军是嫌老了，不过骑马射击还行。承塔尔顿太太的情把内利借给我，我走路没问题，只希望内利别发生什么意外，要不然我就无颜面见塔尔顿太太啦。内利是她仅剩的一匹马了。”他放声笑了笑，为的是驱散她心中的恐惧，“你妈妈、你爸爸，还有妹妹们都好，他们要我代问你好。你爸爸今天几乎要跟我们一道来呢！”

“爸爸可不能来！”斯佳丽吓得喊起来，“爸爸可不能来！他不会跟着去打仗吧？”

“他本打算跟着一道去的，后来不去了。他膝关节强直，路都走不了几步，可他硬要骑马跟我们一道来。你妈妈同意了，不过有个条件，他必须跳过牧场的篱笆，说是跟着部队行军，道路崎岖难行，不是闹着玩儿的。你爸爸心想，骑马跳篱笆不过小菜一碟，可是，说来让你难以相信，他的马跑到篱笆跟前，突然四蹄一蹬，站住了，害得你爸爸从马头上飞出来，摔在地上。他没把脖子摔断可真是个奇迹了！你知道他脾气犟，当下爬起身又跳，一连摔了三回，最后才让奥哈拉太太和波克扶上床去休息。你爸爸为这事气得要命，硬说是你妈妈‘跟那畜生串通好了’。要上前线，他其实不够格，斯佳丽，你用不着为这事觉得脸上无光，毕竟得有人留在后方种庄稼供应军队。”

斯佳丽根本没觉得脸上无光，反而感到大大舒了口气。

“我把印第亚和霍尼打发到梅肯去住在伯尔家了，奥哈拉先生除了照管塔拉庄园，还帮着照料十二橡树庄园。我得走了，亲爱的，让我亲亲你漂亮的脸蛋儿吧。”

斯佳丽仰起脸噘起嘴唇，只觉得喉咙里一阵哽咽。她非常喜欢韦尔克斯先生。很久以前，她还满心盼望着要做他的儿媳妇呢。

“这个吻是给佩蒂帕特的，这个是给玫兰妮的，你一定要替我转达。”他说着轻轻多吻了两下，“玫兰妮好吗？”

“她很好。”

“啊，那就好！”他的眼睛虽然望着她，但是漠然的灰色眼睛却像阿希礼的一样，也是透过她的身体，望着她身后，望着另一个世界，“真盼望见到第一个孙子。再见，我亲爱的。”

他腾身骑在内利背上，小步慢跑而去，帽子还抓在手里，任凭雨丝浇着满头银发。斯佳丽回到梅贝尔和米德太太身边，突然她意识到老先生刚才最后那句话的意思，迷信念头让她心里顿时涌起一阵恐惧，便连忙在胸前画了个十字，想祷告一下。老先生那句话等于说自己要去赴死，阿希礼原来也说过这种话，结果呢，阿希礼……死可是个禁忌，谁也不该提起！一说起死就有可能招灾惹祸。三个女人默默动身，冒雨返回医院。斯佳丽就祷告说：“愿主保佑他，不要降灾给他，不要召他走，也不要召阿希礼走！”

从达尔顿撤退到肯纳索山仅仅用了五月初到六月中旬这点儿时间，然而，多雨的六月过去了，谢尔曼却没有把邦联部队从陡峭滑溜的山坡上赶走。希望再次抬起头来。大家心情变得愉快，说起约翰斯顿将军，话也不那么难听了。多雨的六月过后，七月份雨水更多，邦联军队拼死据守高地据点，谢尔曼的军队仍然寸步难移。亚特兰大人欣喜若狂了，他们被希望冲昏了头脑，如灌醉了香槟一样。大家不断地欢呼，我们抵挡住北佬啦！一时办聚会、开舞会蔚然成风。只要前线有几个战士进城来过夜，总有人设晚宴款待，饭后还要跳舞，姑娘们的人数总是十倍于男伴，便反过来奉承男伴，争着跟他们跳舞。

亚特兰大挤满了外来人口，其中有探亲的，有逃难的，有住院伤兵的家属，有在山上作战的将士的妻子和母亲，她们希望离亲人近些，万一受伤也好照顾。另外，乡间美女成群结队涌进城里，因为乡间剩下的男人要么还不到十六岁，要么已经六十出头。佩蒂姑妈对这批人很不以为然，她觉得她们上亚特兰大来不为别的，只是为了捞个丈夫，这么不知羞耻的事情都能干出来，真不知道世界将来会变成什么样子。斯佳丽也不赞成这帮美女，可她并不怕这帮乳臭未干的丫头跟她展开激烈竞争。她们无非脸蛋儿鲜嫩、笑容灿烂，让人顾不得注意她们的衣着了，其实她们的上衣都是改了又改，鞋子也打了补丁。可斯佳丽的衣服却比大多数姑娘的漂亮，也比她们的衣服新。这都多亏了瑞特·巴特勒最后一次闯封锁线给她送来的衣料。话说回来，她毕竟已经十九岁，不再年轻了，可男人总是喜欢追求傻里傻气的小妞儿。

她清楚，一个拖带着孩子的寡妇，跟这些漂亮的疯姑娘相比，的确处于劣势。但是，这是一段让她兴高采烈的日子，她很少像以前一样，把自己做寡妇、当母亲看作沉重的包袱。她白天要在医院尽义务，晚上要参加聚会，难得见到韦德。有时她甚至忘记自己还有个孩子，很长时间都不念不想。

在那些炎热多雨的夏夜，亚特兰大家家户户向保卫本城的士兵敞开大门。从华盛顿街到桃树街，大户宅第全都灯火辉煌，在家里款待士兵。士兵们从战壕来到城里，仍然浑身泥污。班卓琴和小提琴乐声悠扬，嚓嚓舞步声和爽朗的欢笑声飘入远远的夜空。人群簇拥在钢琴旁引吭高歌，唱着略带伤感的《收到你的信已经太迟》。勇士们身穿褴褛衣衫，情意绵绵地望着用羽毛扇遮面而笑的姑娘，求她们别再等待，免得错过良缘。姑娘们只要不是无奈，就没一个迟疑的。狂欢和激越的浪潮席卷了全城，姑娘、小伙子匆匆完婚。约翰斯顿把敌军阻挡在肯纳索山下的那个月里，结婚的人实在太多了，新娘个个羞红了脸蛋儿，身上穿的漂亮行头都是分别从十几位亲戚那里匆匆借来的。新郎则挎着马刀，刀鞘不断碰在裤子补丁上。聚会一个接一个，群情激奋，万分热闹！欢呼吧！约翰斯顿把北佬挡在二十二英里以外啦！

没错，肯纳索山周围的防线是无法攻克的。经过二十五天的战斗，就连谢尔曼将军也信服了，因为这一战役让他遭受了惨重的伤亡。他不再从正面进攻，改用老办法，绕一个大圈子迂回包抄南军，打算把部队直插到南军阵地与亚特兰大之间。这一策略再次奏效了。约翰斯顿被迫放弃一直成功固守的阵地，回兵去救后方。这一仗他损失了三分之一兵员，剩余人马疲惫不堪，拖着沉重的步子，冒雨穿过田野，朝查塔霍奇河方向转移。南军再也没有增援部队了，而北佬控制住田纳西南部到前线的铁路，天天都有新部队、新给养源源送来。身穿灰色制服的防线就这样在泥泞的原野上撤退，朝亚特兰大撤退。

原以为不可攻克的阵地全丢了，全城百姓立刻掀起一阵恐惧的浪潮。亚特兰大人度过二十五个欢天喜地的日子，大家相互保证，说山头阵地丢不了。结果现在已经丢了！不过，将军总该把北佬挡在河对岸吧。天哪，这条河离城只有七英里！

但谢尔曼再次采取包抄战术，从他们上游渡过河，疲惫不堪的南军士兵只得连忙撤过这条黄水河，挡在亚特兰大与入侵的敌军之间。他们在城北面桃树河谷匆匆挖下浅浅的工事。亚特兰大人痛苦了、惊恐了。

一交火就撤退！一交火就撤退！每撤一次，北佬就离城近一些。桃树河离城只有五英里啦！将军到底是怎么想的？

“给我们换一个能打敢拼的男子汉吧！”这个口号甚至传到了里士满。里士满的人都知道，如果亚特兰大失守，这场战争就算输了。敌人渡过查塔霍奇河之后，约翰斯顿将军被解除了指挥权，他的一位军长胡德将军接替他指挥。全城人舒了一口气。胡德不会撤退。这位将军是个肯塔基人，身材高大，长髯飘动，目光炯炯有神。他绝不会撤退！他的勇猛是出了名的，准会把北佬打过河，没错，还会把敌人一路打回去，一直打退到达尔顿。但是军队里响起了另一种呼声：“还我老乔！”因为将士们历经磨难，从达尔顿一路转战到此，老百姓并不了解部队的艰难处境。

谢尔曼并不给胡德留下部署反攻的时间。南军更换主帅后的第二天，这位北佬将军便发动突袭，一举拿下距离亚特兰大六英里处的迪凯特镇，从那里切断了铁路线。这条铁路可是经奥古斯塔、查尔斯顿、威尔明顿通往弗吉尼亚的交通要道。谢尔曼这一拳真狠，把南部邦联打瘸了。此时不行动尚待何时！亚特兰大人大声疾呼，要求采取行动！

七月份一个热浪滚滚的下午，亚特兰大人终于如愿了。胡德将军不愿死守阵地，把掩体中的部队拉出来，不顾敌军人数两倍于自己，在桃树河一带向谢尔曼的阵地发动猛攻。

老百姓个个胆战心惊，祈祷上天保佑胡德进攻得手，把北佬赶回去。人人仔细分辨着轰隆隆的炮声和几千支步枪射击的噼啪声，虽然战场离市中心有五英里之遥，可枪炮声响亮得就像只隔着一条街。人们不但听得见大炮的轰鸣声，还能越过树梢看见滚滚的浓烟。几个钟头过去了，谁也不知道战斗进行得怎么样了。

到了傍晚，第一批消息传了过来，不过内容不大确切，相互矛盾，让人听了毛骨悚然。最初的消息是战斗刚打响不久便负伤的战士带来的。伤兵零零散散来到城里，有的独自回来，有的结伴而行，伤势较轻的搀扶着一瘸一拐的。不久，伤员源源不断涌来，步履艰难地走进城，朝医院挪去。硝烟混合了尘土和汗水，把他们的脸弄得像黑人一样，他们的伤口没有包扎，流出的血都干了，成群的苍蝇扑在伤口上。

佩蒂姑妈家在城北边缘，伤兵一进城最先到的就是这一带。他们一个个踉踉跄跄来到大门口，瘫倒在草坪上，沙哑着嗓子嚷道：

“水！”

天热得像着了火，整整一个下午，佩蒂姑妈带着全家的白人和黑人一齐忙碌，顶着烈日打水，拿绷带，舀水给伤员喝，替他们包扎伤口，一直到绷带全都用完，最后连被单都撕了用光，毛巾都用完了。佩蒂姑妈顾不得见了血就犯晕，她不停地为伤员包扎伤口，后来她的两只小脚肿了，鞋又太小，站都站不住了。玫兰妮如今已是大腹便便，却顾不得害羞，跟着普莉西、厨娘和斯佳丽一道没命地干活儿，她的神情紧张得像伤兵一样。最后，她再也坚持不住，晕倒了，不过大家也只能把她扶到厨房里，让她在饭桌上躺下。因为屋子里每一张床上都躺满了伤员，就连椅子、沙发都没有一张是空的。

混乱中，大家把小韦德忘了，他独自蹲在正面门廊的栏杆后面，像只笼中小兔，吓得瞪大两眼，望着眼前的草坪，吮着大拇指，不住地打嗝儿。斯佳丽一眼瞥见他，厉声喝道："韦德·汉普顿，上后院玩去！"可是孩子被眼前这番乱糟糟的景象吓呆了，母亲的命令让他不知所措，动弹不得。

草坪上躺满了伤员，伤痛加疲惫，不但一步也走不动了，甚至虚弱得动都不想动一下。彼得大叔把他们装上马车，运到医院，跑了一趟又一趟，把马都累得浑身是汗水。米德太太和梅里韦特太太也派出自家的马车帮着运伤员，满车的伤兵把车的弹簧压得扁扁的。

漫长炎热的夏日黄昏降临了，前方的救护马车和盖着帆布、满是泥污的军需车陆续抵达，后面跟着军医部队征用的农家马车、牛车，甚至有私人马车。车辆从佩蒂姑妈家门外经过，道路不平，车子颠簸，车上装满了负伤和垂死的人们，滴答的鲜血一路洒在红色的尘土里。车上的人见几个女人手里提着水桶拿着水瓢，便停下车，有人大声呼喊，有人轻声乞求：

"水！"

斯佳丽扶住伤兵的脑袋，让他们干裂的嘴巴喝上几口水。伤兵满身尘土，浑身发烧，她就朝他们身上一桶桶泼水，也冲冲他们的伤口，好让他们享受片刻的轻松。她还总是踮起脚尖朝每一个车夫递上一瓢水，向他们打听消息：“情况怎么样？情况怎么样？”

所有回答都一样：“还不清楚，夫人。现在还很难说。”

夜色降临了，这天晚上十分闷热，一点儿风都没有，黑人手里举着松明子照亮，把空气烤得更热了。斯佳丽的鼻孔里灌满了尘土，嘴唇也让尘土弄得干巴巴的。身上的淡紫色花布裙是早上才换的，原先浆洗得干干净净，现在却沾满了斑斑污渍、血渍、汗渍。她想起阿希礼在信上说，战争并没有什么荣耀可言，只有肮脏和痛苦，原来就是这个意思。

她疲惫不堪，觉得周围的一切都那么虚幻，整个像一场噩梦。这一切不可能是真实的——假如这是真的，那准是世人全都发了疯。如果是假的，难道她不是站在佩蒂姑妈家宁静的前庭里，在火把照明下朝垂死的男朋友们身上浇水？这些伤员中有许多是她的男朋友，他们见了她还勉强笑笑。黑暗中，伤员让颠簸的马车从这条尘土迷漫的路上送下来，其中有许多人她都认识，许多人已经半死不活，成群的蚊蚋扑在他们满脸的污血上；然而，许多人曾经跟她一起跳舞欢笑，她还为他们弹奏歌唱，逗他们开心，安慰他们，对他们还颇有好感呢。

她在一辆牛车上发现了凯利·阿什伯恩，只见他被横七竖八的伤员压在最底下，脑袋上中了一枪，已经奄奄一息了。她想把他拉出来，可是要动他就得把另外六个伤员先搬开，她只好任牛车送他去医院了。后来她听说，大夫还没来得及给他做检查，他就死了，然后就匆匆埋了，谁也说不准到底葬在哪儿。那个月在奥克兰公墓埋葬的人多得数不清，大都是挖个浅坑匆匆掩埋起来。玫兰妮一直耿耿于怀，怪自己没能剪下凯利的一绺头发，寄到亚拉巴马给他母亲。

炎热的夜晚慢慢煎熬着，她们腰酸背疼，累得膝头都挺不直了，可斯佳丽和佩蒂还是逢人便问："情况怎么样？情况怎么样？"

一个钟头又一个钟头慢慢熬过去，她们终于得到了回答，一听这消息，两人面面相觑，变得脸色煞白。

"我们败下来了。""不撤不行哪。""他们的人比我们多好几千呢。""北佬在迪凯特附近分割包围了惠勒率领的骑兵，我们只好去增援。""我们的部队很快就要撤进城里来了。"

斯佳丽和佩蒂相互抓住对方的胳膊，这才没有瘫倒。

"那……那北佬要打过来了？"

"是啊，太太，是要打过来，不过他们进不了城，夫人。""别害怕，小姐，他们夺不下亚特兰大。""没事，太太，我们这座城周围有数不清的工事。""我亲自听老乔说过：'我永远不会丢掉亚特兰大。'""可老乔已经不在位了。现在的统帅是……""住嘴，你这个傻瓜！你想把太太们吓坏，还是怎么着？""夫人，北佬不会攻下这座城市的。""夫人们，你们干吗不上梅肯或者其他安全的地方避一避？在那儿没有亲戚吗？""北佬倒是不会打下亚特兰大，不过话说回来，他们攻打起来，对太太们的健康不利吧。""会有很多炮弹落下来爆炸的。"

第二天，败军在热气腾腾的小雨中撤进亚特兰大，成千上万的士兵涌进城里，士兵们经过七十六天的鏖战和撤退，又累又饿，个个精疲力竭了，他们的马匹都饿得只剩下骨架子，却还在拉车，用绳头破皮带凑合拖拉着大炮和弹药车。但他们并不像彻底溃败的乌合之众那么散乱，进城时井然有序，虽然破衣烂衫，却意气勃发，雨丝中，红色破战旗仍然在翻卷。他们跟随老乔学会了撤兵战略，老乔把撤兵与进攻都同样看作了不起的战略功绩。这支衣衫褴褛、胡子拉碴的队伍在音乐伴奏下，踏着《马里兰！我的马里兰！》的节奏，摇摇摆摆从桃树街开过。全城百姓一齐出来欢迎。胜也好，败也罢，这毕竟是他们的子弟兵。

州民兵部队不久前才开上前线，当时他们个个身穿崭新的军装，好不风光，如今也弄得肮脏蓬乱，跟身经百战的部队老兵难分彼此了。他们的眼神与先前不同了。三年来，他们一直找各种借口，为自己不上前线做各种解释，如今再也不用为这种事操心了。他们放弃了后方的安全，投入艰苦的战斗，许多人放弃了舒适生活，在战场上壮烈牺牲。他们如今已经成了有资格的士兵，虽然仅仅打过一仗，不过仍然是有资格的。他们在战场上表现相当出色。他们在欢迎的人群中寻找朋友的面孔，找到了便得意地盯着他们看，像挑战一般。他们如今可以抬起头做人了。

自卫队的胡子兵和娃娃兵过去了。胡子花白的老头儿们累得几乎抬不起腿来，娃娃兵脸上都挂着苦相，仿佛孩子遇上大人的问题，感到不知所措。斯佳丽看见了菲尔·米德，她差点儿没认出他来，只见他脸上黑乎乎的，沾满了硝烟和尘埃，愁眉苦脸显然是因为紧张和疲惫。亨利伯伯一瘸一拐走过去，他的帽子没了，一块旧油布弄了个窟窿套在脖子里当雨衣，脑袋只能淋雨了。梅里韦特老爷子坐在一辆炮车上，他的鞋没了，脚上缠满了破布条。斯佳丽找来找去没找着约翰·韦尔克斯的影子。

不过，约翰斯顿麾下的老兵却显得精神饱满，迈着三年来转战南北的无畏步伐从街上走过。他们仍然有精力跟路旁的漂亮姑娘咧开嘴笑笑、挥挥手，见了没穿军装的男人就说粗话挖苦几句。他们要赶往环城防御工事——这些工事可不是草率挖出的浅沟，都是齐胸高的掩体，上面还堆着沙袋和尖木桩。红土沟边上堆起红土墩，战壕绵延数英里环绕全城，专等守城将士去把守。

百姓朝军队欢呼，就像欢迎凯旋的将士。每颗心里都藏着忧虑，不过，大家既然已经了解真情，既然最糟的事情已经发生了，战争已经打到自家的前院，城里百姓的态度也就发生了变化。人们不再感到恐慌，不再歇斯底里。大家的心事也都深藏不露。尽管有点儿做作，但人人都显得非常欢乐。大家努力在部队面前表现出勇敢自信的神色，人人嘴里都重复老乔离职前说的那句话：“我永远不会丢掉亚特兰大。”

既然胡德接了班也得往后撤，不少人就跟士兵有同感，希望老乔复出。不过他们并不把话说出来，只是用老乔的话给自己打气：

“我永远不会丢掉亚特兰大。”

胡德并不使用约翰斯顿的谨慎战术，对北佬东路进攻，西路袭击。谢尔曼正团团围住亚特兰大，像个摔跤手一样等待对方出招，好扭住动手，可胡德并不守在掩体里等待北佬袭击。他贸然出战，狠狠扑向对方。没出两天，亚特兰大和埃兹拉教堂两场战役就打响了，都是大战役，相比之下，桃树河之战只能算作小冲突。

但是北佬总是不断地紧逼。他们伤亡惨重，但承受得起损失。他们的大炮不断轰击亚特兰大城区，炸死在家的百姓，掀掉民房的屋顶，在街上炸出一个个巨大的弹坑。市民躲在地窖里，藏在地洞里，趴在铁道路口的浅隧道里。亚特兰大成了座围城。

胡德将军接任统帅仅仅十一天，损失的兵员就超过约翰斯顿七十四天且战且退中的伤亡总数，而且亚特兰大如今三面被围。

从亚特兰大到田纳西的铁路已经全线落入谢尔曼手中，他的军队正在穿越东去的铁路线，并且切断了向西南通往亚拉巴马的铁路。只有通往南面梅肯和萨凡纳的一条铁路还通车。但是眼下城里挤满了士兵、伤员、难民，人满为患的城市只有唯一的铁路搞运输，根本无法应付急需。但是，只要这条铁路线还能使用，亚特兰大就能坚守下去。

斯佳丽认清了眼前的形势，不禁吓呆了。她意识到这条铁路的重要性，明白谢尔曼必将拼命夺取铁路，胡德也必将拼死守卫它。这条铁路经过自己县里，经过琼斯博罗，而塔拉距离琼斯博罗只有五英里！比起这座人间地狱般的亚特兰大城，塔拉就像个天堂般的避难所，但是塔拉距离琼斯博罗只有五英里！

亚特兰大战役刚打响那天，斯佳丽和许多夫人、太太坐在店铺的平屋顶上，撑起阳伞观战。后来街道上第一次落了炮弹，她们吓得连忙躲进地窖里。到了这天晚上，老弱妇幼开始大批撤离，目的地是梅肯。当晚乘车离开的人里面，许多人随着约翰斯顿一路从达尔顿撤退，已经逃离过五六个地方了。他们的行装比初到亚特兰大时轻了许多。大多数人只随身带个编织包，还有印花手帕里包的一丁点儿午餐。时而能见到战战兢兢的仆人提着银水壶、拿着银刀叉，捧着一两幅家族人物肖像，那是他们最初逃离家乡时抢出来的。

梅里韦特太太和艾尔辛太太不愿走，医院里少不了她们，另外，她们得意地声称自己不害怕，说北佬休想把她们从自己家里赶出去。但是梅贝尔带着娃娃与范妮·艾尔辛一起去梅肯了。米德太太结婚以来第一次不服从丈夫，丈夫要她搭火车去安全的地方避一避，她一口回绝，说是丈夫需要她。再说，菲尔还在城外的战壕里，万一发生什么事，她要在跟前照应。

但是怀廷太太以及与斯佳丽有交往的其他太太们却走了。佩蒂姑妈当初带头谴责老乔的退却策略，如今也带头打点起行装要逃难。她说，自己神经衰弱，听不得炮声，恐怕听见炮弹爆炸就会晕倒，根本来不及跑进地窖躲藏。她说自己根本不是害怕，不过她的娃娃嘴想表现出勇敢模样，却怎么装也不像。她要去梅肯投奔表姐伯尔老太太，要两位姑娘陪她一道去。

斯佳丽不想去梅肯。她虽然害怕炮轰，可她宁愿待在亚特兰大也不想去梅肯，因为她打心眼儿里讨厌伯尔老太太。那是几年前的事了，当初斯佳丽在那里参加韦尔克斯家举办的聚会，其间与她儿子威利接了个吻，让老太太撞见，老太太就骂她"轻佻"。所以斯佳丽一口回绝佩蒂姑妈说："我要回塔拉老家去，让玫荔陪你去梅肯吧。"

玫兰妮一听这话就吓得放声大哭，哭得伤心极了。佩蒂姑妈连忙撇下她们，找人去请米德大夫。玫兰妮抓住斯佳丽的手，央求道：

"亲爱的，别去塔拉，别把我扔下！没你做伴，我太孤独了。好斯佳丽，生孩子的时候没有你陪我，我还不如死了的好！是的……没错，有佩蒂姑妈陪我，她人挺好的，可她毕竟没生过孩子。再说啦，她有时候真惹人心烦，气得我简直要嚷起来。别丢下我，亲人儿。你就像我的亲姐姐，况且，"她说着惨然一笑，"你还向阿希礼答应过要照顾我的。他临走的时候告诉我说，要请你照顾我。"

斯佳丽低下脑袋，眼睛直勾勾瞪着她，心里觉得纳闷儿。她一向讨厌这个女人，这种感觉强烈得甚至掩饰不住，可玫荔怎么竟然会喜欢她？玫荔怎么是个傻瓜，竟然猜不出她心里秘密爱着阿希礼？过去一个月里，她心里承受着煎熬，等待他的消息，泄露真情的情形足足有一百次，可玫兰妮什么都没看出来。这个玫兰妮，她对自己喜爱的人只能看到人家的长处，其他全都不去注意……没错，她答应过阿希礼要照顾玫兰妮。她自忖道："阿希礼啊阿希礼！你准是死了，准是死了有好几个月了吧！可我对你的许诺却把我的手脚都捆住了！"

“唉。”没过多久，斯佳丽开口说，“我是答应过他，我不会失言。不过，我可不去梅肯，我才不投奔伯尔那个老刁婆呢。要是见了她，不出五分钟，我准得扑上去抠出她的眼珠子。我要回塔拉老家去，你可以跟我一道走。你去了我家里，妈妈准会喜欢的。”

“嗯，我也愿意！你妈妈待人可亲切了。不过，你知道，我生孩子的时候姑妈要是不在身边，她准得气死，我也知道她不肯去塔拉。那儿离战场太近，姑妈想去个安全的地方。”

米德大夫赶来了，他跑得上气不接下气，刚才见佩蒂姑妈急匆匆派人请他，以为玫兰妮出了什么大事，至少认为她要早产了。听了她们争执的事，不由得生气了，埋怨了几句，然后斩钉截铁几句话就把事情说定了。

“玫荔小姐，你去梅肯根本不可能。要是你走，我就对你概不负责了。火车拥挤得要命，还靠不住，要是碰上需要用火车运伤员或运部队，说不定中途会被征用，旅客随时都得下车，待在林子里进退两难。你有身孕……”

“要是我跟斯佳丽去塔拉的话……”

“我告诉你，我不同意你出门。去塔拉的车就是去梅肯那趟车，情况没什么两样。再说啦，如今谁也说不准北佬到了哪儿，反正到处都有他们的人。上了火车，说不定还会被逮走。就算你平安抵达了琼斯博罗，到塔拉还要坐马车走五英里的颠簸道路，怀着孩子根本别想走那条路。另外，自从老方丹大夫参军后，那个县连个大夫也没有。”

“接生婆还是有的……”

“我说的是大夫。”大夫不客气地打断她的话，两眼不由得打量了一番她的瘦小身躯，“我不同意你们出门，弄不好会发生危险。你总不至于想把孩子生在火车上、马车上吧？”

这句在行的大实话让几位女士窘得涨红了脸，个个哑口无言。

“你们就待在这里，我也好随时来照看你。你必须卧床休息，别上楼下楼钻地窖，就是炸弹在窗子外面响了也别动。毕竟这里没多少危险，我们用不了多久就能把北佬打退……好啦，佩蒂小姐，你就赶快去梅肯吧，把两位小姐留在这儿好啦。”

“家里不留个长辈照应？”她吓得哭出来。

“她们都是妇人啦。”大夫说得都冒火了，“隔两座房子，还有我太太在家呢。反正玫荔小姐怀着孕又不会有男人找上门。天哪，佩蒂小姐！这是战争时期，现在谁还顾得上讲究中规中矩，多为玫荔小姐考虑考虑吧。”

他说完大踏步走出屋子，站在前门廊上等斯佳丽出来。

“我跟你实话实说，斯佳丽小姐。”他使劲捻了捻花白胡子，“你是一位通情达理的小姐，我的话你听了用不着脸红。我再也不想听什么让玫荔避难的话了，我怀疑她经不起旅途上的折腾。就是在最好的环境中，她也不能顺产——你也知道，她的产道太窄，生产的时候恐怕得用产钳，所以，说什么也不能让那帮接生婆插手。她这种体格的女子根本就不该生孩子。唉……话说回来，你去给佩蒂小姐收拾行李，让她去梅肯好啦。她那副大惊小怪的模样会把玫荔小姐吓坏的，对大家都没好处。听我说，小姐，”他用锐利目光盯住她，“别再说什么回家的话了，好好陪着玫荔小姐，等她把孩子生下来。你该不是害怕吧？”

“噢，我才不怕呢！”斯佳丽斩钉截铁地说了句假话。

“真是个有骨气的姑娘。米德太太会随时来陪伴你们，要是佩蒂小姐想把她的用人一块儿带走，我就叫贝齐过来给你们做饭。等不了多少时间啦，再有五个礼拜，孩子就该出生了。不过这是头一胎，如今炮又打得这么凶，谁也说不准什么时候生。”

于是，佩蒂帕特姑妈带上彼得大叔和厨娘去梅肯了，临走时眼泪流成了河。她一时心血来潮，本着爱国之心，将马车和马匹都捐给了医院，事后马上就后悔了，便流了更多的眼泪。现在家里只剩下斯佳丽和玫兰妮，陪着韦德和普莉西。虽然外面炮声不断，可屋子里却清静多了。

第十九章

围城的最初几天，北佬对亚特兰大各处的防御工事展开炮轰。炮弹爆炸时，斯佳丽吓得两手捂住耳朵缩成一团，担心炮弹随时会要了她的命，除此，毫无办法。她一听见炮弹飞来时的呼啸声，就冲到玫兰妮屋子里，扑到她床上，两人搂作一团，脑袋拼命往枕头里钻，嘴里"哎呀、哎呀"直叫。普莉西和韦德就连忙钻进地窖里，蜷缩在布满蛛网的暗处，普莉西扯起嗓子尖声号叫，韦德就压低声音啜泣，还不停地打嗝儿。

空中是呼啸而过的死神，压在羽毛枕头下面憋得气都喘不上来。斯佳丽心里暗自咒骂玫兰妮，怪她害得自己不能躲到楼梯下面比较安全的地方。可是大夫不准玫兰妮走动，斯佳丽只好守在她身边。她既害怕让炮弹炸得粉身碎骨，又担心玫兰妮的孩子会随时出生。斯佳丽一想到这事，就不由得急出一身冷汗。要是孩子这时候出生，她可怎么办呢？她心里清楚，宁可让玫兰妮送了命，她也不敢出门去找大夫，因为外面炮弹密得就像春雨。她也知道，普莉西宁愿挨打也绝不愿出门去冒险。孩子这时候出生，她可怎么办呢？

一天晚上，她们为玫兰妮安排晚饭的时候，斯佳丽跟普莉西商量起这事。普莉西的几句话让她大吃一惊，也让她完全打消了疑虑。

"斯佳丽小姐，玫荔小姐生娃娃的时候，就是没大夫，你也用不着伤脑筋。我会对付，接生的事我全懂。我妈不是接生婆吗？难道她没教我怎么给人接生吗？这事交给我好了。”

斯佳丽得知身边就有个老手，大大松了口气。不过她还是盼望这场磨难早早结束，她迫不及待地想离开这个遭炮轰的鬼地方，回到平静的塔拉去。她夜夜祈祷，但愿孩子第二天就出生，到时候她就能摆脱自己诺言的束缚，就能离开亚特兰大了。在她看来，塔拉是个远离所有苦难的安全所在。

斯佳丽渴望回家，盼望见到母亲，她觉得一辈子从来没有过这么强烈的渴望。只要在埃伦身边，就是有天大的事，她也不会害怕。一整天炮弹呼啸，爆炸声震耳欲聋，到了上床时间，她天天都打定主意，第二天早上就对玫兰妮说，在亚特兰大遭受的这种苦难她一天也忍受不下去了，一定要回塔拉去，玫兰妮可以去米德太太家住。可是，她的脑袋一靠在枕头上，记忆中总是浮现出最后见到阿希礼时他的脸孔，就会看见他的一脸愁容，体会到他内心的痛苦，他嘴角上还是挂着那丝淡淡的苦笑：“请你照顾玫兰妮，好吗？你很坚强……答应我。”她当时是答应过的。如今，也不知道阿希礼长眠在何处。不论他长眠在哪里，他的眼睛都会盯着看她，要求她信守自己的诺言。她也不管他是生是死，反正不会让他失望，多大的代价她都会承担。所以，她还是一天又一天挨下去。

埃伦多次来信求她回家，她回信中把围城的危险说得轻描淡写，还解释说，玫兰妮处境困难，答应孩子一生下马上就回家。埃伦对亲戚关系看得很重，本家的亲戚和亲家关系都一样，便回信勉强赞成她留下，不过要求马上把韦德和普莉西送回家。这话最合普莉西的心意了，这丫头现在一听见异常声响，就吓得牙齿直打战，模样活像个白痴。平时她总是躲在地窖里不出来，要不是米德太太派来个感觉迟钝的老贝齐，斯佳丽姑嫂俩简直连像样的饭也吃不上了。

斯佳丽也像母亲一样急着想把小韦德送出亚特兰大，她不仅为孩子的安全着想，也因为孩子总是吓得丢了魂似的，让她看了心烦。打炮时，韦德吓得话都说不出来，炮声停歇了，他还是吓得紧紧抓住斯佳丽的裙子不放，想哭又哭不出来。到了晚上，他害怕黑暗，不敢上床睡觉，怕北佬来抓走他。夜里，他紧张不安，不断地呜咽，让斯佳丽本来就紧绷的神经愈发紧张了。其实斯佳丽自己也害怕得像孩子一样，可是孩子神经质的面孔总是在眼前晃来晃去，让她的恐惧心情片刻不得松弛，让她恼火不已。没错，应该把韦德送到塔拉去，让普莉西送他回去，然后马上回来，好给玫兰妮接生。

可是，斯佳丽还没来得及打发他俩动身回家，就有消息传来，说北佬已经挥师南下，在亚特兰大和琼斯博罗之间的铁路沿线发生了军事冲突。假如韦德和普莉西乘坐的火车被北佬截住……想到这种事，斯佳丽和玫兰妮顿时吓得脸色煞白，因为大家都知道，北佬对无依无靠的孩子都会下毒手，甚至比糟蹋妇女还残忍。她到底没敢送孩子回家，韦德就继续留在亚特兰大，成天胆战心惊，一句话也不说，像个小幽灵，两只小脚噼噼啪啪跟在妈妈身后到处跑，死死抓住妈妈的裙子，片刻不敢松手。

在七月份炎热的日日夜夜里，城市一直受包围遭攻打。夜晚一片阴森不祥的死寂，到了白昼，天天炮声隆隆。城里人倒也渐渐适应了，形势既然已经到了最坏的一步，他们仿佛也就没什么可害怕的了。人们原来害怕城市受围困，现在亚特兰大已经成了座围城，结果也没什么大不了的。日子看来照样可以过，也的确在一天天地过，跟原先似乎没什么两样。大家知道自己是坐在火山口上，但是，火山爆发前，谁也无可奈何，因此现在何必操那份闲心呢？再说，或许这火山根本就不会爆发。看，胡德将军已经把北佬挡在城外了！骑兵也守住了通往梅肯的铁路！谢尔曼休想夺走这条铁路！

面对雨点般落下的炮弹和口粮日渐短缺，尽管亚特兰大人表面上显得满不在乎，对区区半英里外的北佬装作视而不见，对步枪掩体中衣衫褴褛的守军将士寄予无限的信任，但是，亚特兰大人的表面下却掩盖着不知所措的脉搏，掩盖着焦虑、担忧、悲哀、饥饿，过了一天还不知第二天会发生什么事，希望与失望交替的磨难把他们这层表面磨得越来越薄了。

渐渐地，朋友们勇敢的表面感染了斯佳丽，局势如大病不治，唯有忍受，慈悲的上天赐给人的适应能力也让她获得了勇气。虽然她听到爆炸声还是会吓一跳，但她不再惊呼呐喊着冲到玫兰妮身旁，不再把脑袋埋进枕头下面了。如今她会倒抽一口冷气，战战兢兢说上句："这一炮打得挺近，不是吗？"

她的恐惧少了几分，还因为这种日子有点儿像个噩梦，梦境太可怕了就不可能是真实的。她斯佳丽·奥哈拉不可能沦落到如此险境，竟然时时刻刻都有死于非命的危险，她平静的生活也不可能在如此短的时间里彻底变了样。

这一切既荒唐又虚幻。破晓时还湛蓝宜人的天空，怎么能转眼就遭到大炮硝烟的亵渎，如孕育着雷电的乌云沉沉低垂着笼罩全城；中午时分的滚滚热浪中本来花香四溢，茂密的忍冬草和攀缘的蔷薇花芬芳浓郁，沁人心脾，如此美景哪能骤然变得让人恐惧；炮弹呼啸着落在街道上，骤然天崩地裂，弹片四射，把方圆几百码内的人畜炸得血肉横飞，这不可能是真的。

人们不能在午睡中度过恬静倦怠的下午时光了。虽然炮火时而也有沉寂，可桃树街上却一天到晚从来没有安静的时候，炮车和救护马车隆隆驶过，从步枪掩体里下来的伤兵踉踉跄跄退进城里，急行军的部队飞步赶往战事吃紧的另一处工事增援，传令兵沿街飞奔，冲向总部，仿佛邦联的命运完全有赖于他们。

炎热的夜晚能带来些许安宁，可安宁中总是掺杂着不祥。夜色虽然是静悄悄的，可就是太寂静了——仿佛树蛙、纺织娘和昏昏欲睡的模仿鸟都吓得不敢放开歌喉，不敢加入往日的夏夜大合唱了。沉寂时而会被最后一道防线上传来的噼噼啪啪毛瑟枪声打破。

深夜时分，灯都熄了，玫兰妮也已睡熟，全城笼罩在死一般的寂静中，斯佳丽往往躺在床上睡不着，这时，她常常听到大门的门闩咔嗒一响，屋门便响起轻轻的急促敲门声。

黑暗中，门廊里总是站着看不见面孔的士兵，跟她说话的人嗓门儿各不相同。有时候，黑暗中传来的声音很斯文："夫人，我非常抱歉打扰你，请问，你能不能给点儿水，让我解解渴，饮饮马？"有时候是山里人浓重的喉音，有时候是南边远方的草原牧民的奇怪鼻音，偶尔也能听到海边居民那种慢声慢气的腔调，斯佳丽听了心都会收紧，联想起母亲讲话的声音。

"小姐，我这里有个伙伴，本打算送他去医院，可他恐怕坚持不住了，你能收留下吗？"

"太太，求你给点儿吃的吧。要是有玉米饼，请给一个吧。"

"夫人，恕我冒昧，我能在你家门廊上过一夜吗？我看见你家的蔷薇花，闻到忍冬草的芳香，觉得太像自己家了，所以我斗胆……"

不错，这些夜晚全是梦境！整个是一场噩梦。那些士兵也全是噩梦中的幻影，没有身体，没有面容，只有疲惫的声音在热烘烘的黑暗中跟她说话。她打水，准备食物，在前门廊上放枕头，给伤员包扎伤口，托起垂死士兵的脑袋……啊，这一切都不可能是真的。

七月下旬的一天晚上，前来敲门的竟然是亨利·汉密尔顿伯伯。他的雨伞和绒线编织包不见了，连大肚子也没了。亨利伯伯原先面色红润，脸蛋儿圆圆胖胖的，如今瘦得满脸褶皱，脸皮松弛，像叭喇狗的皮一样耷拉下来。他的一头白发肮脏蓬乱，不成形状。脚上几乎什么也没穿，身上爬满了虱子，肚子饿得瘪瘪的，只剩下火暴脾气依然如故。

尽管他嘴上说："这场战争真荒唐，连我这把年纪的老糊涂都得扛枪打仗。"可姑嫂俩感到，亨利伯伯能参战心里挺高兴。他像年轻人一样受到召唤，不但干年轻人的工作，而且能抵得上个年轻人。他喜滋滋地对姑嫂俩说，梅里韦特家老爷子就没他这能耐。老爷子的腰痛毛病犯了，疼得死去活来，上尉要打发他回家，可老头儿说什么也不肯。他说话直率，称宁愿受上尉的咒骂和欺负，也不肯回家让儿媳妇伺候，因为儿媳妇要他戒掉嚼烟的嗜好，逼他每天洗胡子，天天对他喋喋不休，让他受不了。

亨利伯伯不能久留，他只请了四个钟头的假，从城外的工事到这里步行往返还要花去一半时间。

他坐在玫兰妮的屋子里，斯佳丽给他端来一盆凉水，他把起了泡的双脚浸在水里洗了个痛快，说："孩子们，我有一阵子不能来看你们啦，我们连明天一早就要开拔。"

"去哪儿？"玫兰妮吓得一把抓住他的胳膊问道。

"别抓我，"亨利伯伯的口吻很烦躁，"我身上爬满了虱子。要是打仗不会让人生虱子、得痢疾，那倒挺像一场野餐。我上哪儿去？还没有宣布，不过我已经十分清楚了。要是我没看错，我们明天一大早准是往南朝琼斯博罗开。"

"噢？为什么朝琼斯博罗开？"

"因为那边要打一场恶仗，姑娘。北佬千方百计要夺取那条铁路，一旦铁路到了他们手里，亚特兰大就完了。"

"哎呀，亨利伯伯，你认为他们能得手吗？"

"当然不可能，姑娘们！有我在，他们哪能得逞？"亨利伯伯见她们满脸惊恐，便咧开嘴笑了笑，接着又一本正经地说，"姑娘们，会有一场恶仗。我们非胜不可。你们当然知道，其他铁路线已经全让北佬夺去啦，如今只剩这一条去梅肯的铁路了。你们大概也知道了，他们不但控制了铁路，还把所有马车路和马道全控制住了。只有麦克多诺车道还在我们手里。假如北佬夺取了那边的铁路，就要收紧包围，我们就成瓮中之鳖了，所以我们决不能让他们占领那条铁路……我也许要走一阵子，姑娘们，我是来跟你们道别的。玫荔，斯佳丽还陪伴着你，我就放心了。”

“这还用说，她当然会陪伴我。”玫荔深情地说，“你别替我们操心，亨利伯伯，千万保重自己。”

亨利伯伯在破擦脚垫子上把脚擦干，叹了口气穿上破烂不堪的鞋子。

他说道：“我得走了，有五英里路程呢。斯佳丽，你给我弄点儿吃的，我带走。随便什么都成。”

他吻别玫兰妮，下楼来到厨房，斯佳丽正用一方餐巾为他包一个玉米饼和几个苹果。

“亨利伯伯……局势……局势真的这么严重？”

“严重？天哪，当然是真的！别糊涂啦，我们已经被逼到最后一步啦。”

“你看北佬会打到塔拉吗？”

“嗨……”亨利伯伯生气地开口说，她不顾大局只考虑自家私事，完全是妇人见识。可是，见她愁眉苦脸、神色惊恐，他的口吻软了下来。

“当然不会。塔拉离铁路线有五英里远，北佬要夺取的是铁路。小姐，你真是只糊涂虫。”他突然改变了话题，说，“我今天大老远地来，不只是为了向你们道别的。我给玫荔带来了噩耗，可话到嘴边又不忍心开口告诉她，所以由你转告她吧。”

“不是……阿希礼……你没听到他的什么消息吧……是他，

死了？”

“嗨，我整天站在战壕里，泥泞浸到裤裆上，动都动不了，哪会有阿希礼的消息呢？”老先生恼火地反问道，“没他的消息。是他父亲。约翰·韦尔克斯死了。”

斯佳丽突然跌坐下去，手里还抓着没有完全包起来的食物。

“我来是为了告诉玫荔的……可我开不了口，就由你替我说吧。把这些东西给她。”

说着，他从口袋里掏出几样东西：一只沉甸甸的金怀表，表链上挂着几枚印章；一幅小画像，画上是早已过世的韦尔克斯太太；还有一对硕大的衬衫纽扣。斯佳丽无数次见过约翰·韦尔克斯手里拿着这只怀表，如今见了这表，心里完全明白，阿希礼的父亲真的死了。她顿时惊呆了，既哭不出来，又说不出话来。亨利伯伯慌了，站也不是，坐也不是，连忙干咳一声，把目光避开，免得见她流泪，自己也心酸。

“斯佳丽，他是位勇敢的老人。你把这话告诉玫荔，告诉她，写信也把这话告诉他的女儿们。虽然他年迈，却是个好军人。一颗炸弹打中他，正好落在他和那匹马身上。把马撕得……可怜的畜生，我只好亲自开枪结束它的痛苦。真是匹好牝马。你最好给塔尔顿太太写封信，把这事也告诉她。她非常珍视这匹小牝马的。孩子，把我的饭包起来吧，我非走不可了。好啦，孩子，别太难过。一个老人担负起年轻人的工作，最后以身殉职，还有什么死法比这更光彩的呢？”

“可他根本就不该去送死！他根本不该去打仗。他本该好好活着，看着孙子们成长，最后寿终正寝。唉，他为什么要去打仗哪？他并不赞成脱离联邦，也反对这场战争，可他……”

“有这种想法的人不在少数，可这有什么用呢？”亨利伯伯气呼呼地擤了擤鼻子，“你以为我这么一把年纪了，还喜欢让北佬步枪手拿我当靶子？可是，这年头要想保住自己的绅士地位，就非这么办不可。孩子，亲亲我，跟我道别吧。别为我操心，仗打完了，我准能平安归来。”

斯佳丽亲吻他后，就听见他走下台阶，脚步声渐渐消逝在黑暗中，最后听见院门的门闩咔嗒响了一声。她望着手中的遗物直发愣，过了一会儿才上楼告诉玫兰妮。

到了七月底，坏消息传来了。亨利伯伯的预言果然没错，北佬再次挥师，朝琼斯博罗扑去。他们曾在琼斯博罗以南四英里的地方切断铁路，邦联骑兵扑过去打退他们，工兵在烈日下挥汗苦干，修复了铁路线。

斯佳丽急得要命。她心急如焚，足足等了三天，最后才收到杰拉尔德的来信，这才放了心。敌人并没有到塔拉，他们听到过枪炮声，可是，连北佬的影子都没见过。

杰拉尔德在信中对北佬从铁路线上被击退的事大吹大擂，让人觉得仿佛是他独自立下了这一大功。他用了三页的篇幅写军队的英勇事迹，写到末尾才顺便提到卡丽恩生病了。奥哈拉太太说她得了伤寒，不过病得不重，叫斯佳丽不必操心。不过现在说什么也别回家，就是铁路安全畅通了也别回来。奥哈拉太太如今反而感到庆幸，觉得斯佳丽和韦德在围城之初没回家是对的。奥哈拉太太嘱咐说，要斯佳丽一定要去教堂做礼拜，多念几遍《玫瑰经》，祝卡丽恩康复。

最后这句话让斯佳丽感到良心不安，因为她已经有好几个月没去教堂做礼拜了。要是换了以前，她会觉得不做礼拜是一宗道德上的罪过，可现在却渐渐觉得不去教堂没有原先想得那么罪孽深重。不过她还是遵从母命，回到自己房间，跪下来匆匆念了遍《玫瑰经》。念完起身后，心里并没有体会到原先祷告后的那种宽慰。有好长一段时间，她觉得上帝不再眷顾自己，也不再眷顾邦联和南方了，尽管南方人天天祈祷千百万遍，结果全都无济于事。

那天晚上，她怀揣杰拉尔德的信坐在前门廊上，不时摸一摸那封信，仿佛塔拉和埃伦就近在身边。客厅窗户里射出的灯光在藤蔓繁茂的、黑黢黢的门廊上投下斑驳的金色光影，黄色攀缘玫瑰和忍冬草缠结成厚厚的一片，散发出浓郁的芬芳把她团团包围其中。夜里寂静无声。日落后连一声枪响都没听到，她似乎远离尘世了。斯佳丽坐在摇椅中前后摇晃，自从收到塔拉的来信后，她就感到非常寂寥凄凉，真希望有个人能来陪陪她，什么人都行，就是梅里韦特太太她也不嫌。可是梅里韦特太太正在医院值夜班，米德太太正在家里为前线回来的菲尔做一顿好饭，玫兰妮此时已经入睡。就连不速之客也不可能有。最近一个礼拜，上门的客人已经完全断绝，因为凡是能走路的人，不是守在战壕里，就是在琼斯博罗附近的乡下追击北佬。

她难得像这样不与人交往，心里觉得不是滋味。独自一人就难免想心事，这些日子里实在没什么好事可想。她就像大家一样，习惯于缅怀往事、追思故人了。

这天晚上亚特兰大十分平静，她便闭上眼睛想象着自己回到塔拉庄园的乡间宁静中，想象着那里的生活没有改变，也不会改变。可她知道，县里的生活再也不可能回到老样子了。她想起了塔尔顿家的四兄弟，想起那对红头发的孪生兄弟、汤姆和博伊德，一时觉得心头悲哀，喉头都哽咽了。本来斯图尔特或者布伦特有可能成为她的丈夫，可如今呢，战争要结束了，她回到塔拉庄园去住，却再也听不到两人骑马从杉树林荫道奔来时的呼喊声了。还有那个跳舞本领高强的雷福特·卡尔弗特，他再也不会选她做舞伴了。还有芒罗家的小伙子们和小个子乔·方丹，还有……

“啊，还有阿希礼！”她耷拉下脑袋，双手捂住脸呜咽起来，“我永远也不相信你已经不在人世了！”

她听见院门咔嗒响了一声，连忙抬起头，匆匆抹去泪水。站起身一看，见是瑞特·巴特勒沿步道走来，手里抓着宽边巴拿马草帽。自从那天在五角广场从他的马车上跳下来后，她还没见过他的面。当时她说过，再也不愿见到他了，可她此时却很高兴有个人跟她说说话，好让她别深陷在对阿希礼的思念中。她马上把原先那段往事撇在脑后。瑞特显然已经忘却了那个尴尬场面，至少也是装作已经忘了。他登上台阶，靠在她脚边坐下，并没有提起上次的不和。

“这么说你没去梅肯避难！我听说佩蒂小姐已经逃了，自然以为你们也走了。所以，来到你家门口，见里面亮着灯，就来查看一下。可你为什么不走呢？”

“陪玫兰妮。你清楚，她……嗨，这种时候她哪能去避难呢。”

“啊！”灯光下，只见他眉头紧紧拧在一起，“你是说韦尔克斯太太还待在这儿？从没听说过这种糊涂事。她有身孕，这该多危险呀。”

斯佳丽没吭声，她觉得有点儿尴尬，她哪能跟男人谈论玫兰妮怀孕的事呢。瑞特知道玫兰妮有危险，这也让她发窘，按说单身男人不该懂这种事。

“你怎么就没想过我也可能受伤，太不够殷勤了吧？”她的口吻尖酸。

他眨巴几下眼睛，觉得好笑。

“你要是跟北佬斗争，我会随时来支持你。”

“我看这算不得恭维吧。”她不以为然地说。

“根本不是恭维。”他回答道，“你什么时候才不指望听男人轻浮的恭维话？”

“等我死了以后。”她说完微微一笑，心里想的是，即使瑞特永远不恭维，也总会有男人恭维自己的。

“虚荣啊，虚荣。”他说，“不过你至少还算实话实说。”

他打开雪茄烟盒，取出一支上等雪茄，放在鼻子底下闻了一阵，这才划了根火柴点上。他靠在一根柱子上，双手抱膝，抽着烟，一时没吭声。斯佳丽重新晃动起摇椅。这是个炎热的夜晚，周围黑暗而寂静。巢居在蔷薇和忍冬草丛中的模仿鸟从睡梦中醒来，怯生生婉转啼鸣一声，后来，仿佛觉得保持安静是上策，便不再作声了。

门廊阴影中突然传来瑞特的笑声，声音低沉温和。

“这么说是你陪着韦尔克斯太太！我还从没遇过这么怪的事！”

“有什么大惊小怪的。”她立刻警觉起来，口吻显得不安。

“没有？那就是你没有从客观角度看问题。我一向感到，你从来瞧不起韦尔克斯太太。你觉得她又愚蠢又乏味，她的爱国观念让你讨厌。你可是习惯抓住各种机会，在言谈中插两句话贬低她。所以我觉得奇怪，你居然自告奋勇干这么无私的事，在大炮轰城的时候留下来陪她。你跟我说说，这么做到底是为了什么？”

“因为她是查理的妹妹——就像我自己的妹妹一样。”斯佳丽尽量装出一副体面口吻，不过脸上觉得有点儿发烫。

“你是想说因为她是阿希礼·韦尔克斯的寡妇吧。”

斯佳丽霍地站起来，竭力压住心头怒火。

“我本想宽恕你，原谅你以前的粗鲁行为，可现在不能宽恕你了。本来我今天心情不好，要不然我就不会让你登上这个门廊……”

“坐下来消消气嘛。”他改变一下口吻说道，还伸出手拉着她坐回到摇椅里，“你为什么心情不好？”

“唉，我今天收到塔拉的来信。北佬离我们家很近，我小妹妹又生了病，患了伤寒，我倒是想回家，可……可……可我就是能回，妈妈也不让我回去，怕我给传染上。唉，天哪，我多想回家啊！”

“好啦，别哭了。”他的声音变得亲切了，“就是北佬真的来了，你在亚特兰大也比回塔拉安全得多。北佬不会伤害你，可伤寒却不会放过你。”

“北佬不会伤害我！你怎么能说这种谎话呢？”

“我亲爱的姑娘，北佬又不是妖魔鬼怪，他们头上没长角，脚也不是蹄子，才不是你想象的那么可怕呢。他们跟南方人很相像，只是不太讲礼貌，当然啦，他们的口音很难听。”

“难道北佬不会……”

“强奸你？我看不会。不过，他们心里当然有那种念头。”

“你再说这种不三不四的事，我可要进屋去啦。”她嚷道，幸亏她藏在阴影里，虽然脸涨得通红也不会给看见。

“说老实话吧，你心里想的是不是这种事？”

“才不是呢！”

“不是才怪！让我看出你的心事，你也犯不着发那么大的火啊。咱南方出身高雅、灵魂纯洁的女士，哪个心里没这种念头？她们脑袋里老是转这种念头。我敢打赌，就连梅里韦特太太那种老寡妇都……”

斯佳丽忍住没有开口。她没有忘记，在最近这段饱受煎熬的岁月里，只要有两三个妇女聚在一起，就会压低嗓音议论这种事，大家说的事情总是发生在弗吉尼亚、田纳西或路易斯安那，却没有一件发生在附近一带。她们说北佬强奸妇女、刺刀戳穿儿童的肚子、放火烧死老人等，虽然这种消息并不公开传播，可人人都知道这是真事。要是瑞特懂点儿体面，就该意识到这些都是真的，却不该公开谈论。再说，也不是什么可笑的事情。

她听见他在压低声音笑。有时候，他真惹人讨厌，说实在的，他大多数时候都惹人讨厌。一个男人家，硬要把女人心里想的、口头上讨论的事弄个一清二楚，真是太可恶了。姑娘遇上这种事，肯定觉得浑身像一丝不挂似的。而且男人永远不会从正派女人嘴里听到这种事。斯佳丽觉得怒不可遏，因为他看透了她的心思。她希望自己在男人面前永远有神秘感，可她却知道，自己在瑞特面前就像是透明的，像玻璃一样透明，他一眼就全看穿了。

“既然说到这种事，”他接着说，“你们这屋子里有没有保护人或者陪伴人？是可敬的梅里韦特太太，还是米德太太？她们从来都用那种眼光看我，好像准知道我上这儿的来意不善。”

“平时米德太太晚上过来，”斯佳丽也乐于换个话题，“可今晚不能来。她的儿子菲尔回家来了。”

“多走运哪，”他温和地说，“正好你今天独自一人。”

他的声调有点儿特别，她听了不由得乐得心跳加快，脸颊发烧。男人的这种语调她听得多了，知道这是向她表示爱慕的前兆。啊，太妙了！等他一吐出爱她的话，她就要狠狠捉弄他，把三年来受过的讽刺挖苦统统倒回去，报复个够。她要好好整治他一番，甚至要洗刷自己打阿希礼耳光时让他看到的奇耻大辱。等到自己解了气，就亲亲热热告诉他说，自己只愿意跟他保持兄妹般的关系，然后便凯旋退兵。想到这些，她喜不自禁，不由得笑出了声。

“别笑。”他说着拉住她的手，翻转过来，把她的手心贴在自己嘴唇上。他温暖的嘴唇一接触到她，一阵触电般的感觉立刻传遍她全身，一股强大的力量流到她身体上，像在她全身上下抚动，他让她全身都激动起来。他的嘴唇渐渐朝她手腕上挪过来。她心跳加快了，怕他感觉到自己急促的脉搏，便赶忙把手缩回来。她没料到会这样，没想到自己会动了情，她几乎想要伸手抚摩他的头发，嘴巴想凑过去感觉他的嘴唇。

她慌忙告诫自己，说自己爱的是阿希礼，不是他。可她手在发抖，心窝里感到一丝冰凉的震颤，这种感觉该如何解释呢？

他轻声笑了。

“别抽走！我不会伤害你的！”

“伤害我？我才不怕你呢，瑞特·巴特勒，世上的男人我谁都不怕！”她气急败坏地嚷道，可她的声音和手都在颤抖。

“精神值得钦佩，不过你声音轻点儿吧，会让韦尔克斯太太听见的。请你镇定些。”听他的口吻，似乎为她的气恼觉得开心。

“斯佳丽，你喜欢我的，不是吗？”

这句话才比较合她的心意。

“这个嘛，有时候还行。”她小心翼翼地回答道，“你的举止不像个恶棍的时候还行。”

他又笑了，拉着她的手，贴在他结实的面颊上。

“我看，正因为我是个恶棍，你才喜欢我。你生活在封闭的小圈子里，没见过几个十足的恶棍，可我是个非常与众不同的人，就有一种奇妙的魅力了。”

她没料到话题会岔开，使劲想把手挣出来，却不成。

“你错了！我喜欢正派男人，喜欢能让人信赖的男人，喜欢从来不失绅士风度的人。”

“你是说那种永远能由你摆布的男人？说法不同罢了，反正没什么关系。”

他再次亲吻她的手心，她又觉得脖子后面像有东西在蠕动，不由得再次动了情。

“可你的确喜欢我。斯佳丽，你能爱我吗？”

“哈！”她得意地自忖道，“这下我可把你抓在手心里了！”她故意装出冷淡口吻，“说实话，不能。除非你改头换面，变得规规矩矩。”

“我倒不想改。这么说你不能爱我喽？我本来就希望这样。因为我虽然非常喜欢你，却并不爱你，要是你两次爱情都落空，对你可太惨了，对不对，亲爱的？我能用‘亲爱的’称呼你吗，汉密尔顿太太？反正我要称呼你‘亲爱的’，你喜欢不喜欢都无所谓，不过，社交习惯总得遵循，所以就问问你。”

“你不爱我？”

“说实话，不爱。你希望我爱你？”

“别这么放肆！”

“你肯定有这个愿望！真可惜，让你的希望落空啦！我本该爱你的，因为你漂亮迷人，没用的本事样样精通。可许多女士也一样的迷人，没用的本事也像你一样多。可是，我不爱你。不过我的确非常喜欢你，因为你的良心伸缩性很宽，你自私，却很少故意掩饰，你的处世精明、讲究实用，恐怕是从爱尔兰农民祖先那里继承来的。”

农民！哎呀，他这是侮辱她呢！她气得语无伦次地嚷嚷起来。

“别打断我的话。”他捏了捏她的手央求道，“我喜欢你，因为我自己也有同样的品质，同类才能意趣相投嘛。我知道你仍然怀念那个愚蠢的偶像韦尔克斯先生，不过他恐怕早在六个月前就进坟墓了。你的心里一定有容下我的地方。斯佳丽，别挣扎了！我有话跟你说。自从在十二橡树庄园的门厅第一次见到你，我就对你动了心，你当时却迷住了那个可怜的查理·汉密尔顿。我喜欢你胜过喜欢任何女人，我也从来没有这么长时间等过其他女人。”

斯佳丽听了他最后这句话，惊得气都喘不上来了。虽然他表面上总是侮辱她，可他内心里真的爱她，他只是脾气执拗，不愿直话直说，害怕遭她讥笑。好哇，她马上就要给他点儿颜色看看。

“你这是向我求婚吗？”

他放开她的手，忽然放声大笑，她连忙靠回椅子里。

“老天哪，不！难道我没跟你说过，我不想结婚？”

“可是……可是……那你这是……”

他站起身，一只手贴在胸口，模样滑稽地朝她鞠了一躬。

“亲爱的，”他语气平静地说，“我赞赏你的聪明才智，并不事先引诱试探，便冒昧求你做我的情妇。”

情妇！

她心里喊出这个字眼，心里大声嚷道，这是对自己的无耻欺侮。可她刚才一听到这个字眼，并没有觉得受到侮辱，只觉得怒火直往上冒，因为他把自己当成个大傻瓜了。他一定认为她是个傻瓜，因为她原以为他会提出求婚，结果却提出这样的要求。怒火、破灭的虚荣心、失望——她的脑袋里乱作一团。她还没来得及想到该从道德方面如何谴责他，可话已经到了嘴边，脱口而出：

“情妇！我为你养上一窝崽子，能得到什么好处？”

话说出口，她才意识到自己说了些什么，吓得目瞪口呆了。他放声大笑，笑得气都喘不上来了，两眼斜瞅着她。她坐在阴影里呆若木鸡，用手帕使劲捂着嘴巴。

“这就是我喜欢你的原因！我认识的女人里，只有你心眼儿直，讲究实际，不装腔作势，也不会满嘴说罪过、论道德。要是换了其他女人，准会先晕过去，醒过神来就赶我出门。”

斯佳丽跳起身，羞得满脸通红。自己怎么会说出这种话！她是埃伦的女儿，受过良好教养，听他说这么下流的话，怎么能坐在这里无动于衷，还用这么丢人的话回答！她当时的确该大嚷大叫，应该晕倒，应该默不作声地转身离开门廊。可现在已经太迟了！

“我是要赶你出门。”她大声喊道，并不在乎让玫兰妮听到，也不在乎米德太太或者整条街道的人都听见，“滚出去！你怎么敢对我说出这种事！我到底做过什么，竟然让你想到……让你以为……滚出去，永远别再上这儿来。这次我可是当真的。永远别再上门，别以为送点儿针线丝带，我就会原谅你。我要……我要告诉我父亲，他准会要了你的命！”

他捡起帽子，鞠了一躬。借着灯光，她看见他小胡子底下露出两排牙齿，他还在笑呢。他并不觉得羞耻，反而为她的话觉得好笑，机灵的眼光正兴致勃勃注视着她呢。

这个人太可恶了！她猛然一个转身，大步朝屋子走去，抓住门，想狠狠把门摔上。可是让门保持敞开的风钩太紧，她怎么也弄不开，折腾了半天，累得气喘吁吁。

“让我帮你，好吗？”他问道。

她觉得，要是再不赶紧走开，准有一条血管会爆裂，便大步冲上楼梯。上楼后，只听见他举止得体地替她关上了门。

第二十章

八月份暑热难当，炮声震天。就在这个月即将结束时，炮轰突然停止了。突然降临的寂静反倒让城里人惊恐不安。邻居在街上见了面，彼此面面相觑，拿不准接下来会发生什么事，都感到忐忑不安。炮弹呼啸了这么多天，如今寂静下来了，人们的紧张心情不但没有放松，反而更加紧张了。谁也解释不出北佬的大炮为什么沉寂下来，军队这方面也没有消息，只是听说他们大批撤出城市周围的战壕，开到南面去保卫铁路线了。谁也不知道现在有没有战斗，不知道在哪里打，假如现在还有战斗，也不知道战况如何。

眼下，由于纸张缺乏、油墨短缺、人手不足，各家报纸都在围城开始后纷纷停刊，消息就全靠口耳相传，于是最荒诞不经的谣言不知从哪儿冒出来，传遍了全城。寂静把人们煎熬得心急火燎，成群的人涌向胡德将军的司令部，要求发布消息，成群的人挤在电报局和火车站附近，盼望打听到消息，希望听到好消息。人人一心希望，谢尔曼的大炮哑了，意味着北佬全线溃退，邦联一路追击，正把敌人赶往达尔顿。然而什么消息也没有。电报线路没有动静，仅剩的一条铁路线没有列车抵达，邮政服务已经中断。

秋天正悄然来临，飞扬的尘土和闷热随之而来，使饱受死寂、焦虑煎熬的城里人更加干热难熬，人们觉得几乎喘不上气来。斯佳丽盼望塔拉的消息，急得都快疯了，可她表面上还尽量装出勇敢的样子。自从围城以来，仿佛已经过了数不清的岁月，在这片不祥的寂静降临前，她觉得似乎一辈子就是这么听着隆隆炮声过来的。其实，围城开始至今才不过三十天。啊，被围困的这三十天！城市四周让红土墩、步枪、掩体紧紧围了起来，千篇一律的大炮声片刻不停，尘土翻卷的街道上，救护马车和牛车络绎不绝，鲜血淋漓在通往医院的路上。掩埋队把余热尚存的尸体拉出去，像滚木头一样填进一排排浅坑，队员个个没日没夜地干活儿，累得死去活来。仅仅三十天！

而且，自从北佬从达尔顿向南进攻以来，时间也只有四个月！才四个月！斯佳丽回首那个遥远的日子，觉得简直恍若隔世。啊，不可能！绝不可能只有四个月，时间长得足足有一辈子了。

啊，四个月以前！可不是嘛，四个月以前，达尔顿、雷萨卡、肯纳索山对她不过是些铁路沿线的地名。如今这些地方都成了战场，成了约翰斯顿一路撤到亚特兰大前浴血奋战又接连战败的战场。眼下，桃树河、迪凯特、埃兹拉教堂和乌托伊河也变了样，不再是让人赏心悦目的地方，听了这些名字也不再让人心旷神怡了。她再也不会把这些地方联想成密友云集的幽静村庄，再也无法想象，在水流舒缓的河流旁，在绿树遮阴的松软河岸上，曾与英俊的军官一道野餐。这些地名也都与无数次战斗联系在一起。她坐过的柔软草地早被炮车轮子碾得稀巴烂，被交战双方短兵相接时踩得一塌糊涂，被伤兵痛苦的挣扎碾成平地……佐治亚的土地从来没有把一条条舒缓的河水染成现在这么红。据说，北佬跨过桃树河以后，河水曾变成猩红色。桃树河、迪凯特、埃兹拉教堂、乌托伊河不再是寻常地名，如今已经变成埋藏友人的坟岗，还有尚未掩埋的尸体在杂乱的灌木和茂密的树林中腐烂，这四处地名如今成了亚特兰大的四条边疆，谢尔曼的军队正试图从这四面打进城，胡德的部下拼死顽抗，一次次把他们打回去。

后来，从南面传来消息，让神经紧张的市民感到惊慌，斯佳丽听了尤其惊慌。谢尔曼再次从城市的第四边进攻，在琼斯博罗攻打铁路线。此次北佬是大兵压境，并非小股骚扰部队，也不是骑兵分队，而是北佬的大部队。邦联连忙从城防线上抽调成千上万兵员，准备迎头痛击敌人。这就是当地突然静下来的原因。

“为什么要打琼斯博罗？”斯佳丽自忖道。一想到琼斯博罗离塔拉那么近，她的心就吓得直打战，“他们干吗非打琼斯博罗不可？为什么不找个其他地方攻打铁路？”

足足有一个星期没收到塔拉的来信了，杰拉尔德上次寄来的短信让斯佳丽更加紧张不安。信上说，卡丽恩病情恶化了，现在病得很重。眼下一时半会儿不可能通邮，要想得知卡丽恩是死是活，还得过很多日子。唉，要是刚围城的时候回家去就好了，管它玫兰妮不玫兰妮呢！

亚特兰大人只知道琼斯博罗在打仗，至于战况如何就谁也说不上来了。于是，最离奇的谣言折磨着城里人。最后，从琼斯博罗来的一名信使带来了宽慰的消息，说北佬被打退了。不过敌人一度攻占琼斯博罗，放火烧了火车站，切断了电报线路，撤退前破坏了三英里路轨。工程兵正拼命抢修铁路，不过要花费很多时间，因为北佬把枕木架起来当篝火烧，把铁轨堆在上面烧红了盘绕在电线杆上，弄得像一个个巨大的瓶塞起子。如今任何铁制的东西坏了都难修复，要想重铺铁路谈何容易。

那个给胡德将军送急件的信使向斯佳丽保证说，北佬没有打到塔拉。大战之后，他在琼斯博罗还见过杰拉尔德，时间就在他动身来亚特兰大之前，杰拉尔德还求他给斯佳丽捎来一封信。

可是爸爸去琼斯博罗干吗？她向信使问起这事，可年轻的信使看上去回答不出来，他说杰拉尔德当时正寻找一名军医，要带到塔拉庄园去。

斯佳丽站在阳光明亮的前门廊上，感谢那位年轻人费心，她只觉得两膝发软。卡丽恩准是命在旦夕，埃伦的医术已经救不了卡丽恩，才不得不让杰拉尔德上琼斯博罗去找军医！信使策马离去，卷起一小团红尘。斯佳丽连忙撕开杰拉尔德的信。如今邦联的纸张奇缺，杰拉尔德的信就写在斯佳丽上次写给他的信的空行里，读起来十分吃力：

> 亲爱的女儿：
>
> 你母亲和两个妹妹都得了伤寒，她们病得厉害，可咱们一定要抱着希望，愿她们好转。你母亲病倒后，要我写信告诉你千万不能回家，免得你自己和韦德也传染上。她要我告诉你说她爱你，还要你替她祈祷。

“替她祈祷！”斯佳丽立刻飞步上楼，跑进自己房间跪倒在床边祈祷，她以前祈祷时从来没有这么虔诚过。她念的不是正式的《玫瑰经》，嘴里只是翻来覆去念着：“圣母啊，求您别让她死！只要你不让她死，我一定做个好人！求你别让她死！”

接下来的一个星期里，斯佳丽像头困兽一样在屋子里急得团团转，渴望得到消息，一听见马蹄声就惊得跳起来。夜里只要有士兵敲门，她就摸黑奔下楼梯，可是根本没有塔拉的消息。她离家只有二十五英里的尘土路，可如今却像远隔重洋。

两地仍然不能通邮，谁也不清楚邦联军队目前在哪儿，也不知道北佬下一步要干什么。人们只知道在亚特兰大和琼斯博罗之间某个地方，聚集着成千上万的军队，一方身穿灰色军装，另一方穿的是蓝军装。整整一个星期，塔拉方面全无音讯。

斯佳丽在亚特兰大的医院里见过许多伤寒病人，知道生了这种病一个星期后会发生什么事。埃伦一星期前就得了这种病，现在或许已经奄奄一息了，可斯佳丽却困在亚特兰大一筹莫展，还得照顾一个孕妇，在她和自己家之间却横亘着两支军队。埃伦病倒了——说不定已经生命垂危。可是埃伦根本不可能病倒啊！她从来没生过病的。这种事想想都让她难以置信，简直是动摇了自己安全生活的根基。随便哪个人都可能病倒，可埃伦不可能病。埃伦总是照看其他病人，帮他们恢复健康。她决不能生病。斯佳丽真想插翅飞回家，她想念塔拉，就像个受了惊吓的孩子盼望回到自己唯一的避难所。

家！那座宽大的白房子，白色窗帘迎风哗啦啦作响，草坪上三叶草浓密茂盛，蜜蜂在上面忙着采蜜，黑孩子在前门台阶上嘘赶鸭子、火鸡，不让它们跑近花圃，红土田野安宁静谧，绵延数英里的棉花田在阳光下渐渐变成一片雪白！啊，家！

围城之初其他人纷纷逃离，要是她那时回家去该多好！她本来能在玫兰妮生孩子前几个星期把她平安带走。

“嗨，该死的玫兰妮！”她心里一遍又一遍诅咒，“她干吗不跟佩蒂姑妈一起去梅肯？那才是她该去的地方，那里有她的亲戚。她不该跟我待在一起，我跟她没有血缘关系。她干吗要死死拖住我不放？要是她去了梅肯，我就能回家到母亲身边。即使是现在——对，即使是到了这时候，要不是因为她怀了孩子，我照样能冒险回家去，管它路上有没有北佬。说不定胡德将军还会派兵护送我呢。胡德将军是个好人，我看他准能派人护送我，再给我一面免战旗，让我越过战线。可我却不得不待在这儿等那个孩子出生！……啊，妈妈！妈妈啊！你不能死！……这个孩子怎么就是不生？我今天就去找米德大夫，问他有没有什么催生的办法，完事后我好赶紧回家去——只要能找到人护送，我就回家。米德大夫说过，玫兰妮这孩子恐怕要难产。好老天哪！要是她万一死了可怎么办？万一玫兰妮死了，玫兰妮要是死了，那阿希礼不就……不，我决不能这么想，想想也缺德。不过阿希礼……不，我不该这么想，因为他恐怕已经死了。可他却让我许诺照顾玫兰妮。要是我没有照顾好玫兰妮，结果她死了，可他万一还活着……不，我不该这么想。简直是罪过。我向上帝许过愿的，要是上帝让母亲活着，我要做个好人。唉，这个孩子，快点儿生出来吧。但愿我能离开此地，回家去，要不就上哪儿都行，就是别待在这地方。”

斯佳丽原来喜爱过亚特兰大的平静，可如今痛恨这里不祥的死寂。亚特兰大不再是个快乐的地方，不再是她以前热爱过的、可以纵情狂欢的地方。这座城市已经变成个凶险的地方，就像个瘟疫肆虐的城市，围城的隆隆炮火过后，突然变得无比寂静，寂静得可怕。炮轰的危险和轰鸣声还能带来刺激，可继之而来的死寂中却只有恐怖。城市似乎潜伏着鬼魅，让人产生不断的恐惧、焦虑和对往事的回忆。人们的面孔憔悴了。斯佳丽见过的不多的几个士兵显得精疲力竭，就像早已输掉比赛的选手硬撑着要跑完最后一圈。

到了八月份的最后一天，城里风传着言之凿凿的谣言，称亚特兰大之战开始以来最激烈的战斗正在进行。战场在南面某个地方。亚特兰大人等待着消息，期待着战斗的转机，人们露不出笑容，也无心开玩笑。士兵们两个星期前已经清楚的事情，现在人人都知道了——亚特兰大已经濒临绝境，如果通往梅肯的铁路失陷，亚特兰大也会陷落。

九月一日早晨，斯佳丽醒来后，感到一种窒息般的恐怖。昨晚她入睡前就感到过这种恐怖。她昏沉沉思索着：“昨晚上床前，我惦记的是什么事情来着？啊，想起来了，打仗。昨天在一个地方打仗了！到底哪一方胜了呢？”她匆匆爬起来，揉了揉眼睛，焦急的心里又压上了昨天那番沉沉心事。

现在才清晨时分，空气已经闷热得让人透不过气来，到了中午势必晴空刺眼，烈日炙人。外面街道上一片寂静，没有吱吱呀呀驶过的一辆辆货运马车，没有士兵行军荡起的红尘，邻居家厨房里没有传来黑人懒洋洋的嗓音，也没有做早餐时种种悦耳的声音，因为除了米德太太家和梅里韦特太太家，近邻们都逃难去了梅肯。可她也没听见那两家有什么动静。街上稍远的地方，店铺和办事机构都关门上锁，窗户上钉了木板，里面的人全都手握步枪到乡下打仗去了。

她每天都要经历的奇怪寂静已经持续了一个星期，可这天早上的死寂似乎分外不祥。她平时醒来总要赖在床上躺一会儿，伸伸懒腰，今天却匆匆下了床，来到窗前，希望看到某个邻居的面孔，或者看到某种让人振奋的景象。可街上空空荡荡。她注意到树叶仍然葱翠，却有些干枯，并且覆盖着一层红色的尘土，前院的花朵因为没人照料，显得枯萎凄惨。

她正站在那里望着窗外，这时远处传来了沉闷微弱的声音，乍听上去像暴风雨来临前远处的一阵闷雷。

“要下雨了。”她马上这么想道。她在乡下形成的观念进而让她想道：“地里的确需要雨水。”但是，她片刻之后就明白了：“下雨？不对！不是要下雨！这是炮声！”

她的心怦怦狂跳着，探身窗外，竖起耳朵倾听远方的轰鸣，想辨别它究竟来自哪个方向。但是，隐隐约约的轰鸣声离得太远，一时让她辨别不出方向。她祷告说：“主啊，让这声音从玛丽埃塔来吧！或者从迪凯特、桃树河来吧。就是别在南面响起！千万别从南面来！”她把窗户抓得更紧，更加屏息静听，遥远的轰隆声似乎响亮了些。声音是从南面来的。

炮声在南面！南面可是琼斯博罗和塔拉——那里还有埃伦哪。

此刻，说不定北佬已经打到了塔拉庄园！她再次倾听，可是耳朵里脉搏声突突直跳，掩盖了远方的炮声。不，他们还不可能打到琼斯博罗。要是他们打到那么远，声音该微弱模糊得多。不过，他们肯定在通往琼斯博罗的铁路线附近，大约十英里的地方，也许在马虎镇附近。不过琼斯博罗也不过在马虎镇南面十英里哪。

南面响起炮声，差不多就算敲响了亚特兰大陷落的丧钟。但是，斯佳丽一心牵挂着母亲的平安，南面开战仅仅让她担心仗打到塔拉附近了。她在地板上踱来踱去，双手无可奈何地绞在一起。她第一次意识到了南军战败的全部含义。谢尔曼的千军万马离塔拉庄园这么近，她才终于意识到这场战争的可怕之处。以前，不论是隆隆的围城炮火震碎窗玻璃，不论是衣食匮乏，也不论是一排排垂死的伤兵，都没有让她真正体会到切肤之痛。谢尔曼的军队离塔拉庄园只有几英里了！就算北佬被击退，他们也会退往塔拉方向。杰拉尔德带着三个生病的女人，不可能逃避他们的劫掠。

唉，要是她此刻能跟家人在一起该多好哇！就是有北佬，她也不会在乎了。她光着脚在地板上来回踱步，身上的睡袍总是绊她的脚，越走，心里的不祥预感就越强烈。她想回家去，她想回到埃伦身旁。

她听见楼下杯盘磕碰的声音，那是普莉西在楼下准备早餐，可她没听见米德太太的用人贝齐的声音。普莉西扯着刺耳的嗓子唱起哀怨的调子：“累人的重担，还得再熬几天……”歌声让斯佳丽心烦，歌词含义更让她惊恐。她披上件睡衣，啪嗒啪嗒穿过走廊，来到后楼梯口喊道：“闭嘴，普莉西，别唱了！”

底下传来个怏怏不快的“是，小姐”。她深吸一口气，为自己发火觉得惭愧。

“贝齐在哪儿？”

“我不知道，她没来。”

斯佳丽走到玫兰妮的房间门外，把门推开一道缝，只见屋子里阳光明媚。玫兰妮身穿睡袍躺在床上，两只眼睛闭着，眼圈发青，瓜子脸有点儿水肿，原先苗条的身材如今不成形状，变得非常难看。斯佳丽产生幸灾乐祸的想法，真希望让阿希礼看看她这副模样。斯佳丽见过的孕妇没一个这么难看的。她正瞅着，玫兰妮睁开眼睛，嫣然一笑。

“快进来。”她一面笨拙地翻了个身，一面说道，“太阳刚升起来我就醒了，脑子里一直胡思乱想。斯佳丽，有桩事我要求求你。”

斯佳丽进屋坐在床沿上，刺眼的阳光正好射在床的这一边。

玫兰妮伸手握住斯佳丽的一只手，轻轻捏了捏，表示出充分的信赖。

“亲爱的，”她说道，“我听到炮声了，心里很难过。在琼斯博罗那边，对不对？”

斯佳丽说了声：“嗯。”刚才的想法再次回到脑子里，她的心跳加快了。

“我知道你有多担心，要不是为了我，你上个星期听说母亲生病，本该回家去的，不是吗？”

“是的。”斯佳丽并不顾忌礼貌。

“我亲爱的斯佳丽，多谢你对我这么好，就是亲姊妹也不可能比你更体贴、更勇敢。为此我更加爱你。我拖累了你，心里实在难过。”

斯佳丽瞪着她，心想：“她真的爱我？这个傻瓜！”

“斯佳丽，我躺在这儿一直思来想去，我想请你帮我个大忙。”

她的手握得更紧了，“要是我死了，你能收养我的孩子吗？”

玫兰妮睁大了眼睛，目光温柔而恳切。

“你愿意吗？”

斯佳丽连忙把手抽出去，心里顿时充满了恐怖，说话的声音都粗哑了。

“嗨，别说傻话，玫荔。你不会死。每个女人生第一个孩子前都以为自己非死不可，我自己就这么想过。”

“你没有。你从来什么都不害怕，说这话是想给我壮胆。我不怕死，可我害怕撇下这孩子，要是阿希礼……斯佳丽，要是我死了，你向我保证要收养这孩子，那样我就不怕了。佩蒂帕特姑妈年纪太大，带不了孩子。霍尼和印第亚心地挺好，不过……我还是想要你养我的孩子。斯佳丽，答应我。如果是个男孩儿，把他养得像阿希礼一样；如果是个女孩儿，我希望她能像你。”

“真是见鬼！”斯佳丽霍地从床边跳起身，“你还嫌事情不够糟，还要说什么死不死的？”

“对不起，亲爱的，不过请你答应我。我觉得就是今天。肯定就是今天。请你答应我。”

“噢，好啦，好啦，我答应。”斯佳丽不知所措地垂下脑袋望着她。

玫兰妮真的这么傻，没看出我爱阿希礼？要么就是她什么都知道，正因为我有这份爱，才会爱护阿希礼的孩子？斯佳丽心里一阵冲动，几乎要脱口而出，大声这么问她。幸亏这时玫兰妮把她的手贴在自己脸颊上，斯佳丽话到嘴边才没吐出来，表情又恢复了平静。

“你怎么觉得是今天，玫荔？”

“自从黎明起，我的肚子就一直疼，不过还不太厉害。”

“真的？那你干吗不叫我？我叫普莉西去找米德大夫。”

“别，现在别去，斯佳丽。你知道他有多忙，他们那边人人忙得要命。只要给他捎个话就行，告诉他说，我们今天要他过来一下。再告诉米德太太一声，要她过来陪陪我，她知道什么时候该去请米德大夫。”

“哎呀，别这么总是替别人着想了，你知道你跟医院的病人同样需要大夫，我马上叫人找他来。”

“别，请你别叫。生孩子往往一整天都生不下来，我不能让大夫在这儿一待几个小时，医院里可怜小伙子们更需要他。只要请米德太太来就行了，她知道该怎么办的。”

“嗯，那好吧。”斯佳丽说。

第二十一章

普莉西上楼给玫兰妮送去早餐后，斯佳丽打发她去请米德太太，她自己坐下来，和韦德一起吃早餐。但是，生平第一次，她没了胃口。玫兰妮临盆让她焦虑不安，同时她不由自主地竖起耳朵听大炮声，这种时候哪有心思吃饭呢？她的心跳也变得古怪了，正经跳几分钟，接下来怦怦狂跳一阵，把她折腾得直想呕吐。稠稠的玉米粥像胶团一样黏在喉咙里，炒玉米面加甘薯粉冲成的茶一向用来替代咖啡，今天喝到嘴里比平时更让她恶心。没有糖和奶油，玉米粥喝起来苦得像胆汁，用来“增甜”的高粱也难以改善味道。她勉强咽了一口，就把杯子推开。就算没有其他理由，就凭北佬让她喝不上加糖加稠奶油的咖啡，她也痛恨北佬。

韦德比平日安静，没有照例抱怨玉米粥难吃。他把斯佳丽喂给他的每一匙粥都静悄悄吃下去，还咕嘟咕嘟喝水，把黏糊糊的粥送下肚。那双柔和的棕色眼睛盯着斯佳丽的每一个动作，眼睛瞪得像硬币一样又大又圆，好像斯佳丽难以掩饰的恐惧感染了他，他眼神中充满稚气的慌张。吃完早餐，斯佳丽打发他到后院去玩，看着他脚步蹒跚穿过杂乱的草丛走进游戏室，她感到一阵轻松。

斯佳丽站起身，站在楼梯前犹豫不决。她应该上楼和玫兰妮待在一起，让她从即将到来的痛苦中分散一下注意力，但是她没这个兴趣。早不生，晚不生，她玫兰妮干吗偏偏挑这么个日子生娃娃！

还偏偏挑了这么个日子谈生论死！

她坐在最下面一级台阶上，竭力让自己静下心来，又惦记起打仗的事，不知昨天的仗打得怎么样，今天战况又如何。几英里外正在打仗，而自己却对此一无所知，真是怪事。与那天在桃树河的激烈战斗相比，现在亚特兰大市这头几乎是鸦雀无声，安静得出奇。佩蒂姑妈家的房子在亚特兰大最北边，战斗发生在城市的南面，因此这里看不到急行军的增援部队，看不到救护马车，也看不到步履艰难撤回的伤员。她想象得出，城南面正是这番景象，幸好她不在那里。现在除了米德家和梅里韦特家，住在桃树河北面的人家都逃难去了。这让她感到分外孤寂。要是大家没有走就好了！她真希望彼得大叔当初能留下来，要是那样他就能到指挥部去打探一些消息了。要不是因为玫兰妮，她自己也能到城里打听消息，但是在米德太太来之前她不能走。米德太太，她为什么还不来呢？普莉西又跑到哪儿去了？

她站起身，走到前门廊上，不耐烦地眺望，但是米德家的房子在街角一个背阴的拐弯处，她什么也看不见。过了好一会儿，普莉西才出现，她独自一人，磨磨蹭蹭地走着，两手来回晃动裙裾，还不时回头看看效果美不美，似乎要磨蹭一整天。

“你比冬天的蜗牛爬得还慢。”斯佳丽打开大门，冲普莉西喊道，“米德太太怎么说？她什么时候过来？”

“她不在家。”普莉西回答说。

“她上哪儿了？几时回来？”

“嗯，是这么档子事，小姐。”普莉西拖长腔调卖关子，“他家厨娘说，米德太太一大早得到信儿，说菲尔少爷受伤了，米德太太立刻坐马车走啦，还带上老塔尔博特和贝齐去接他回家。厨娘还说，菲尔少爷伤得挺重，所以米德太太大概不能来咱这儿了。”

斯佳丽瞪着她，恨不能马上赶她走。黑人带来坏消息，还总是得意扬扬。

“得了，别像个傻子似的站在那儿，去梅里韦特太太家，请她或她们家保姆过来。现在就去，要快！”

“她们都走了，斯佳丽小姐，回来的路上我顺便去向她们家黑妈妈问了声好。她们都走了，屋都锁了，她们可能都去医院了。”

“难怪走了这么久！以后我派你去哪儿就去哪儿，不准‘顺便’找别人。你去……”

她顿住了，苦苦思索着，留在城里没走的朋友中，还有谁能帮上忙呢？对，还有艾尔辛太太。当然，艾尔辛太太这些日子一直不太喜欢她，但是她一直很喜欢玫兰妮。

“去找艾尔辛太太，仔细告诉她每一件事，请她来这儿一趟。还有，普莉西，听我说，玫荔小姐马上就要生孩子了，她现在可能随时需要你，所以你去了要马上回来。”

“是，小姐。”普莉西答道，转过身，扭着身子慢慢悠悠走出院子。

“快走，别磨蹭！”

“是，小姐。”

普莉西装作加快步伐，其实跟原先的速度没什么两样。斯佳丽转身回屋。上楼看玫兰妮时，她又有些犹豫。她得向玫兰妮解释一下为什么米德太太不能来，但是菲尔·米德受伤的消息又可能会让玫兰妮难过。她还是撒个谎算了。

她走进玫兰妮的房间，见她的早餐放在那里原封未动。玫兰妮侧身躺着，面色苍白。

“米德太太去医院了，”斯佳丽说道，“不过艾尔辛太太马上就来。你觉得难受吗？”

“没什么。”玫兰妮撒了个谎，“斯佳丽，你生韦德用了多久？”

“没多久。”斯佳丽的口吻欢快，其实她心里根本高兴不起来，“当时我在院里，快得几乎没时间进屋。妈妈说，太丢人了，就像黑人似的。”

“我希望也能像黑人那样。”玫兰妮说着努出个笑容，但是很快就让疼痛扭曲了面孔，笑容立刻消失了。

斯佳丽向下看了看玫兰妮瘦小的臀部，知道顺产没什么指望，但还是安慰说：“哦，也确实没什么可怕的。”

“哦，我知道没什么可怕，大概是我太胆小。艾尔辛太太马上就来吗？”

“是啊，马上就来。”斯佳丽说道，“我下楼端点儿凉水，给你拿海绵擦擦。今儿太热啦。”

她打水的时候尽量拖了很长时间，每隔两分钟就跑到大门口，看看普莉西是不是回来了。可是普莉西影儿都没有，她只好回到楼上，给玫兰妮拿海绵擦擦汗湿的身体，仔细给她梳长长的黑发。

足足过了一个小时，她才听见街上传来黑人走路特有的拖沓声，朝窗外一看，只见普莉西正慢吞吞往回走，像以前一样扭扭捏捏，脑袋前后摇晃，仿佛当着大批饶有兴致的观众表演。

“总有一天，我会拿鞭子好好抽一顿这个小贱人。”斯佳丽恶狠狠地想道，赶快下楼迎上去。

“艾尔辛太太在医院里。她家厨娘说，早晨的火车送来一大群伤兵。这会儿她正做了一大锅汤，要送到医院去。她还说……”

“别管她说什么了。”斯佳丽打断她的话，她的心往下一沉，“换上条干净的围裙，再去一趟医院，你给米德大夫送张便条，如果他不在，就把便条交给琼斯大夫或别的大夫。这次你要还不赶快回来，我就活剥了你的皮。”

“是，小姐。”

“再问问那儿随便哪位先生，仗打得怎么样了。如果他们不知道，就顺路到火车站，问问送伤员来的司机，问一下仗是不是在琼斯博罗或附近打。”

“万能的上帝啊，斯佳丽小姐！”普莉西黑色的小脸上顿时现出惊恐，“北佬难道都打到塔拉庄园了吗？”

“我不知道，不是让你去打听消息嘛。”

“万能的上帝啊，斯佳丽小姐！他们对妈妈会做什么呀？”

普莉西突然放声号叫，洪亮的声音加剧了斯佳丽自己的不安。

“别叫了！会让玫兰妮小姐听到的。赶快去换围裙。”

催促之下，普莉西赶快朝里屋走去，斯佳丽匆匆在杰拉尔德最后一封来信的边上写了张潦草的便条，这封信是家里唯一能找到的纸。她把它叠起来，让便条露出在最上面，她一眼看见杰拉尔德的字：“你的母亲——伤寒——无论如何——别回家。”她几乎忍不住哭了起来。如果不是因为玫兰妮，她此刻就动身回家，哪怕一步步走回去也不在乎。

普莉西小跑着离开了，手中抓着信，斯佳丽转身上楼，想编个合理的谎言，解释艾尔辛太太不能来的原因。但是，玫兰妮什么都没有问。她仰面躺着，面容祥和平静，她的样子使斯佳丽也感到片刻安宁。

她坐了下来，试着说些无关紧要的事，但是塔拉的命运和北佬可能会打赢的想法总是刺痛她的神经。她想到埃伦正奄奄一息，北佬正打进亚特兰大，烧杀掠夺。伴随着这些想法的是持续不断的沉闷的炮声，声音滚滚涌入她的耳朵，在心中激起层层的恐惧。最后，她实在无法说下去了，一言不发地盯着窗外炎热安静的街道，看着树上纹丝不动、满是灰尘的叶子。玫兰妮也默不作声，但是她安详的面容不时被疼痛所扭曲。

每次阵痛后她都说："真的没什么，真的。"斯佳丽知道她是在撒谎。她倒宁愿她大声叫喊，而不是默默地忍受。她知道自己应该为玫兰妮感到难过，但是不管怎么样，她都无法生出一点儿恻隐之心。她的心情被自己的苦恼弄得支离破碎。有一回她瞪着玫兰妮被痛苦扭曲的脸，不由得觉得奇怪，天底下那么多人，怎么偏偏要她在这个时刻陪着玫兰妮？她与玫兰妮没有任何共同点，又不喜欢玫兰妮，甚至希望看到她死。说不定她这个愿望能实现，不等天黑就能实现。想到这里，她突然感到一种不祥，心里害怕了。希望别人死就像诅咒别人一样，是要倒霉的。黑妈妈说过："诅咒别人，必自作自受。"她赶紧默默祈祷玫兰妮不要死，喃喃低语十分热切，自己也不知道说了些什么。后来，玫兰妮伸出一只滚烫的手搭在她手腕上。

"别费心说话了，亲爱的。我知道你有多担心，给你添了这么多麻烦，我真是太抱歉了。"

斯佳丽不出声了，但是她也坐不住了。如果医生和普莉西都不能及时赶来，她该怎么办？她走到窗口，朝下望望外面的街道，然后又走回来坐下，接着又站起来，朝屋子另外一端的窗口望去。

一个小时过去了，又一个小时过去了，到中午时分，艳阳高照，没有一丝风吹动落满灰尘的树叶。玫兰妮现在疼得厉害了。她的长发都被汗水浸湿，一大片一大片的汗液使睡袍黏在身上。斯佳丽默默地用海绵给她擦擦脸，但是她心里感到阵阵恐惧。天哪！要是孩子在医生来之前就出生，可怎么办？！她对接生可是一无所知。这正是她几个星期以来一直担心的事。假如医生来不了，她本来指望普莉西能应付的。普莉西也反复保证过，可她在哪儿？怎么还不回来？医生为什么也不来？她走到窗前，再次朝外望去。她屏息细听，突然怀疑这是真的，还是自己的幻觉：远处的炮声似乎停止了。如果炮声远去，那就意味着战斗离琼斯博罗更近了，也就是说……

她终于看见普莉西一路小跑出现在街上，她探身出窗外。普莉西抬头看见了她，便张口要喊。斯佳丽见普莉西那张小黑脸上满是惊恐，担心她会喊出坏消息，吓着玫兰妮，赶快将一个手指放在嘴上示意，然后离开了窗口。

“我去打点儿凉水。”她看着玫兰妮深陷的黑眼睛，努力装出个笑容，便赶忙离开房间，小心关上门。

普莉西坐在门厅楼梯最下面一阶，大口大口喘着气。

“斯佳丽小姐，他们现在打到琼斯博罗了！听说我们的人吃了败仗。啊，天哪，斯佳丽小姐！我娘和波克会怎么样？啊，天哪，斯佳丽小姐，要是北佬打到这儿，我们可怎么办？啊，天哪……”

斯佳丽伸手捂住普莉西肥厚的嘴。

“看在上帝的分儿上，住嘴！”

是呀，要是北佬来了，她们会出什么事儿呢？塔拉会出什么事儿呢？她把这些想法统统抛在脑后，集中思绪处理眼前急迫的情形。如果她去想这些问题，那她也会像普莉西一样尖叫号哭起来。

“米德大夫在哪儿？他什么时候来？”

“我根本就没看见他，斯佳丽小姐。”

“什么！”

“没看见他，他不在医院。梅里韦特太太和艾尔辛太太也不在那儿。有一个人告诉我，说大夫在车站里，和那些从琼斯博罗来的伤兵在一起。可是，斯佳丽小姐，我可不敢去那里……那里好多人都快死了，我最怕见死人……”

“那其他大夫呢？”

“斯佳丽小姐，老天做证，我实在没有办法，他们没人愿看你的便条。大家在医院里忙得像发了疯。一个大夫冲我说：‘离远点儿！别添麻烦！这儿不知有多少人就快死了，你还拿什么生孩子来烦我，找个女人去帮你吧。’我只好到处走，按你的吩咐，找人问问消息，人家都说仗都打到琼斯博罗，所以我……”

“你说米德大夫在火车站？”

“是的，小姐，他——”

“听着，好好听我说。我自己去找米德大夫，我要让你坐在玫兰妮小姐身边，她让你干什么，你就干什么。如果你敢把仗打到什么地方的消息告诉她，我就把你卖到南方去，而且说到做到。你也不许告诉她说其他大夫不愿来。听见了吗？”

“是，小姐。”

“擦干眼泪，打一罐清水，上楼去，给她拿海绵擦擦。告诉她，我去找米德大夫了。”

“她是不是就要生了，斯佳丽小姐？”

“我不知道。我想可能是，但是我不清楚。你应该知道的。上去吧。”

斯佳丽从壁台上抓起她的宽边大草帽往脑袋上一扣，照了照镜子，下意识地捋了下松散的头发，但是她并没有看见自己在镜子里的模样。她胸口里泛起阵阵寒栗，正向全身放射，直到她摸着脸颊的手指都变得冰凉，可身体的其他部分却汗流不止。她急匆匆走出了屋子，来到了炎热的太阳下。日头火辣辣的，刺得人睁不开眼，她匆匆沿桃树街走去，太阳穴都热得怦怦直跳。从街这一头，她就远远听见鼎沸的人声，人们的呼喊声时高时低。到了她看得见莱登宅院时，她已经因为草帽系得太紧，开始气喘吁吁了，但她并没有放慢脚步。喧闹声越来越大了。

从莱登家的宅院到五角广场这一段，人头攒动，就像是掘了蚂蚁窝似的。黑人在街上到处乱跑，一脸惊恐；门廊上，白人孩子坐在那里大哭，没人照料。街上满是军车和运送伤员的救护车，还有堆满旅行箱和家具的马车。骑着马的男人从小巷里冲出来，在桃树街上横冲直撞，向胡德司令部骑去。在邦内尔家门前，老阿莫斯站在那里，手抓着已经套上车的马的笼头，眼睛骨碌碌转着瞅了斯佳丽一眼。

"你还没走，斯佳丽小姐？我们这就要走了。我们家老小姐正在打点东西呢。"

"走？上哪儿？"

"天知道，小姐。反正得离开这儿，北佬就要来了。"

她连忙走开了，连再见也没说。北佬就要来了！在卫理会教堂前，她站住喘了口气，让自己怦怦乱跳的心稍稍平静一下。如果她不能定下神来，准得晕倒。她抓住灯柱子以免摔倒，忽然看见一名军官骑着马从五角广场那边疾驰而来。她一个冲动跑到街当间，朝那人挥手。

"喂，停一下！请停一下！"

他猛地拉住马，勒得马前蹄都腾空了。他满脸疲惫和焦虑神色，但他还是迅速摘下破旧的灰色军帽，行了个礼。

"夫人？"

"告诉我，这难道是真的？北佬就要来了？"

"我恐怕是这样。"

"你知道真的是这样？"

"是的，夫人。据我所知，确实如此。半个小时前，司令部刚收到从琼斯博罗的战场来的电报。"

"琼斯博罗？你能肯定吗？"

"是的。现在用不着说假话了，夫人。电报是哈迪将军发的，他说：'这一仗我打输了，军队正在撤退。'"

“哦，天哪！”

这名疲劳军官黝黑的脸上面无表情，他重新抓起缰绳，戴上帽子。

“哦，先生，就一分钟。我们该怎么办？”

“女士，这我没法儿说。军队很快就要撤出亚特兰大了。”

“就这么走了，把我们留给北佬？”

“我恐怕是这样。”

靴刺一踢，马像上了簧似的疾驰而去，斯佳丽留在路中央，脚上落满了厚厚的红尘土。她该怎么办呢？她该逃到什么地方去？不，她不能逃跑。玫兰妮还躺在床上待产。唉，为什么女人要生孩子啊？如果不是因为玫兰妮，她本可以带着韦德和普莉西藏进树林里，在那里北佬永远不会找到他们。不行，现在不行。唉，要是她早点儿生孩子就好了，哪怕就是昨天也好，她们就可以找辆救护车，把她藏到什么地方。但是现在，她必须找到米德大夫，让他跟她回家。也许他能让孩子早点儿生出来。

她提起裙裾，沿着街跑了起来，脚步像在打拍子："北佬就要来了！北佬就要来了！"五角广场挤满了人，他们到处瞎闯乱撞，到处都是马车、救护车、牛车、装满伤员的马车。人群中发出惊涛骇浪般的喧哗。

接着她看到一个非常不和谐的景象。一群群妇女肩扛火腿从火车站那边走来，她们身边的孩子拿着一桶桶滴答流淌的蜂蜜，被大人赶着摇摇晃晃地向前走。大一点儿的男孩子拖着一袋袋玉米和土豆。一个老人竭力朝前推着一个装了一小桶面粉的手推车。男人、女人和孩子，有黑人也有白人，都绷着脸，匆匆忙忙搬运成包成捆、成箱成袋的粮食——这些粮食多得比斯佳丽一年中见到的粮食都多。突然间，人群为一辆倾斜的马车让出一条道，从这条道驶来的是身材纤弱、风度优雅的艾尔辛太太，她站在四轮马车上，一手握着缰绳，一手抓着马鞭。她没有戴帽子，面色苍白，长长的灰色头发披在身后，她用鞭子抽打马的样子就像复仇女神。她们家的黑妈妈美立西坐在马车后座上随着车颠来颠去，一只手里抓着一块油腻腻的熏肉，同时努力用另一只手和双脚按住身边的箱子和袋子。一只装干豆子的袋子破了，于是豆子撒了一街。斯佳丽朝她们大声喊，但是人群的喧哗吵闹淹没了她的声音，马车发疯似的疾驰而过。

一时间，斯佳丽弄不明白这到底是怎么回事，然后她想起军队粮库就在火车站那里，这下她明白了，军队开仓了，让人们在北佬进城前尽可能把粮食拿走，以免落入北佬的手中。

她很快在人群中推开路向前走，穿过挤满了五角广场的歇斯底里的民众，尽快地走近路，朝火车站走去。透过挤成一堆的救护车和滚滚的烟尘，她看见医生和担架队的人有的弯腰，有的抬人，忙个不停。谢天谢地，她很快就找到了米德大夫。她转过亚特兰大旅店的拐角，整个火车站展现在她眼前，她停住脚步，惊呆了。

无情的烈日下，成百上千名伤兵肩挨着肩、头抵着脚，躺在路轨两侧和站台上，一排排延伸到车库棚子下，一眼望不到尽头。有的僵硬地躺在那里，一动不动，更多的人在毒日头下痛苦地挣扎、不停地呻吟。到处都是成群的苍蝇，在这些人头上盘旋，爬在他们脸上，嗡嗡叫个不停。担架队抬着伤员，到处是血污肮脏的绷带，到处响起呻吟声和痛不欲生的诅咒声，汗臭、血腥味、多日未洗澡的体臭和粪便的恶臭随着滚滚热浪升起，扑鼻而来的恶臭几乎让斯佳丽恶心得要吐出来。救护人员在躺着的身体间来回忙碌，经常踩到伤员，因为他们排得太密了，被踩到的人麻木地朝上面看看，等着轮到自己被抬走。

她一只手捂着嘴向后退，因为觉得自己马上就要吐了。她无法继续往前走。她以前在医院见过伤兵，桃树河之战后在佩蒂姑妈家的草坪也见过伤兵，但是从来没有见过这种景象。从来没见过浑身恶臭、鲜血淋漓的身体暴晒在烈日下。这简直就是一座地狱，充满了痛苦、恶臭、嘈杂。快、快、快！北佬就要来了！北佬就要来了！

她挺起肩，还是从他们中走过，将眼光停留在站立的人身上，寻找米德大夫。可她找不到米德大夫，因为如果她迈步不小心的话，就会踩到某个可怜的伤员。她提起裙裾，在伤员中择路而行，向几名指挥抬担架的人走去。

当她这么走时，有人伸出滚烫的手拉住她的裙子，嘶哑的声音对她说："夫人——水！夫人，请给点儿水！看在上帝的分儿上，给点儿水！"

她把裙子从紧抓的手中抽出，汗水从脸上淌下来。如果她踩到一个人，她一定会尖叫起来晕倒在地。她从死人身上迈过去，也迈过那些还活着的人，他们有的目光呆滞、双手按在肚子上，而肚子上凝固的血块把制服和伤口粘在了一起，有的人胡子沾了血变成硬邦邦的，他们伤残的嘴咕哝着想说话，意思肯定是：

"水！水！"

如果她无法很快找到米德大夫，她一定会歇斯底里地大叫起来。她向车库下的那群人望去，然后扯开嗓子喊道："米德大夫！米德大夫在哪儿？"

那群人中的一个人走了出来，朝她这边看。正是米德大夫。他没有穿外套，袖子一直撸到了肩膀上，衬衫和长裤红得像屠夫，甚至铁灰色的胡子上也沾上了鲜血。从他脸上的表情可以看得出，他显然已经极度疲劳，可他满腔义愤，怀着强烈的同情心。他的脸上满是尘土，一片灰蒙蒙，汗水顺着一道道沟壑从面颊上流淌下来，但是他招呼斯佳丽时的声音平静而果断。

“感谢上帝，你来了，我正需要人手。”

一时间，她迷惑地瞪着他，慌乱中抓着裙裾的手也放开了。裙裾落在一名伤员的脸上，他虚弱地挣扎着，想把自己的脑袋从裙子上令人窒息的褶皱里摆脱出来。米德大夫的话是什么意思？救护车扬起的尘土扑面而来，令人透不过气，腐烂的气味朝鼻子里灌进一股股恶臭。

“快点儿，孩子！上这儿来。”

斯佳丽提起裙裾，尽可能快地穿过一排排的伤员，走到米德大夫那里。她伸手抓住他的胳膊，发现它已经因为疲惫而发抖了，但是大夫脸上依然很坚定。

“啊，大夫！”她喊道，“你必须来一下，玫兰妮就要生孩子了。”

他看着她，仿佛听不懂她的话。她脚下躺着一名男子，头枕在水壶上，听到她的话，友善地咧嘴冲她笑了。

“这事儿交给他们好了。”他幽默地说。

斯佳丽看都没看那人一眼，只是摇着米德大夫的胳膊。

“是玫兰妮，还有孩子。大夫，你必须来，她……”这种时候顾不上挑选优美的措辞，但是也很难在成百上千个陌生男人面前说出口。

“她的阵痛越来越厉害了。求求你，大夫！”

“生孩子？天哪！”医生吼道，脸色突然露出厌恶和愤怒，这愤怒不是冲她或其他什么人，而是冲着能发生这种事情的世界，“你疯了吗？我不能离开这些人。他们就要死了，而且这儿有成百的伤员。我不能为了一个该死的孩子离开他们。找女人帮你吧，去找我妻子吧。”

她张口想告诉他为什么米德太太不能去，但是马上又闭嘴了。他还不知道自己的儿子也受伤了呢！她不知道如果他得知这一消息是否还会留在这里，不过，一种感觉告诉她即使菲尔要死了，他还是会继续站在这里，帮助众多的伤员，而不是去照料某一个人。

“不，你必须来，大夫。你记得自己曾经说过她会难产的……”大夫不敢相信这是她斯佳丽的所作所为。难道她真的站在这里，面对地狱般的酷热和呻吟竟然大声喊出这句可怕无礼的话？“如果你不来，她会死的！”

他粗暴地甩开了她的手，仿佛没有听到她的话或不明白她说的话，说：“死？是啊，他们全都得死——所有这些人。没有绷带，没有油膏，没有奎宁，没有氯仿。哦，天哪，要是有点儿吗啡也好啊！只要给那些情况最糟的人一点儿吗啡、一点儿氯仿。该死的北佬！该死的北佬啊！”

“让他们都进地狱，大夫！”躺在地上的那个人说道，只见他的牙齿在胡子中闪现。

斯佳丽开始颤抖，眼睛中充满了恐惧的泪水。大夫不能跟她一起回去了。玫兰妮会死的，她还希望过她死呢。大夫不来了。

“看在上帝的分儿上，大夫！求求你！”

米德大夫咬着嘴唇，下巴变得僵硬起来，面色也重新平静下来。

“孩子，我争取吧。我不能向你保证，但是我会尽力的。先等我们照料完这些人。北佬就要来了，我们的军队正在撤出城市。我不知道他们会怎么处理这些伤员。火车也没了，去梅肯的铁路被北佬占领了……不过我会尽力的。现在快回去，别打扰我，生孩子没什么大不了的，只需要把脐带系好……”

一名护理员碰了一下他的胳膊，他转过身开始连珠炮似的发号施令，一会儿指着这个伤员，一会儿又指着那个伤员。他脚下的那个伤员同情地看了看斯佳丽，她只好转身离开了，因为大夫已经全然忘记了她的存在。

她从伤兵堆里迅速退了出来，回到了桃树街。医生不来了，她必须自己挑起这副担子了，幸好普莉西对接生全都了解。斯佳丽一路上让太阳晒得头都疼了，感觉自己的胸衣让汗水浸透了，紧紧贴在皮肤上。她的脑子里一片麻木，双腿也一样麻木，就像在想跑却跑不动的噩梦里一样。她想到回家的路，觉得这条路漫长得没有尽头。

然后，“北佬就要来了”又在她的脑海中反复打着节拍。她的心开始重新有力地跳动，新的生命力注入了她的四肢。她匆忙挤进了五角广场的人群中，人群现在更拥挤了，窄窄的人行道上都没有一点儿空儿，她只好在街上走。遇到长长的一队士兵，他们个个满身灰尘，模样疲惫不堪。这队士兵好像有上千人，个个胡子拉碴、灰不溜秋，步枪松松垮垮地挂在肩膀上。他们以行军的步伐迅速向前走。大炮被拖过时，赶车的人用皮鞭猛抽瘦骨嶙峋的驴子。盖着破帆布的军需车沿着前边车子压出的痕迹晃晃悠悠地向前走。一队没完没了的骑兵经过时，扬起呛人的尘土。斯佳丽从来没一下子见过这么多士兵。撤退！撤退！军队正在撤出亚特兰大。

急匆匆行进的队伍把她又推回到拥挤的人行道上，她闻到了玉米酿造的廉价威士忌的臭味。迪凯特街附近出现一些妇女，打扮得花里胡哨、俗气不堪，色彩艳丽的服装和涂脂抹粉的脸孔，仿佛在过节，与周围的气氛很是不和谐。其中大多数人都喝醉了，而且她们挎着的士兵也醉得不轻。她瞥见一个满头红卷发的女人，认出是那个宝贝——贝尔·沃特林，她紧贴在一个独臂士兵身上，醉醺醺的笑声十分刺耳，那个士兵走路也是一步三摇，趔趔趄趄。

斯佳丽在人群中又推又挤，走出五角广场一个街区后，人群变得稍稍不那么拥挤了，于是她便提着裙子，拔脚奔跑。到了卫理会教堂时，她已经跑得头晕眼花、上气不接下气，甚至有点儿恶心想吐。她的紧身衣简直要把她的肋骨勒成两半。她跌坐在教堂前的台阶上，双手捧住面孔，休息到呼吸比较平和时。她只希望多深吸一口气，只希望心不要怦怦乱跳，只希望在这个疯狂的世界上有个人能帮帮她。

的确，她这辈子自己什么都没有操过心。总是有人替她做这做那，照顾她、呵护她、宠爱她。她真的不敢相信竟然陷入这样的困境，没有一个朋友、没有一个邻居能帮帮她。以前总是有朋友、邻居帮忙，有既能干又忠心耿耿的黑人帮助她。如今在这个最需要帮助的节骨眼儿上，却没人帮了。真叫人无法相信，她居然这样孤独无助、担惊受怕，而且远离自己的家。

家！要是她在家就好了，管它有没有北佬。只要在家，哪怕埃伦生病也没关系。她渴望见到埃伦恬静的面容，渴望被黑妈妈强壮的胳膊搂在怀里。

她站起身来，不顾头晕眼花，继续往前走。当屋子进入视野时，她看到韦德在前门上晃来晃去。他也看见她后，眉头一皱便哭了，举起一根擦破点儿皮的脏兮兮的指头。

“疼！”他哭着说，“疼！”

“嘘！嘘！嘘！要不，妈妈打屁股。到后院去做泥饼子，待在那儿别走远。”

“韦德饿了。”他继续哭，把破了的手指放在嘴里。

“我才不管呢，去后院……”

她抬起头看见普莉西从楼上的窗子探出身来，一脸的惊恐和忧虑；但是当她看见女主人，立刻换上一脸的轻松。斯佳丽招手示意她下来，然后走进了屋子。她解开帽子，把它扔在桌子上，抬起胳膊擦了擦额头上的汗水。她听到楼上的门开了，传出一阵由极度痛苦引起的低沉呻吟之声。普莉西一步三台阶跑下楼。

“大夫来了吗？”

“没有，他来不了了。”

“天哪，斯佳丽小姐！玫荔小姐的情况可糟了。”

“医生来不了，谁也不能来。你得给孩子接生了，我给你做帮手。”

普莉西目瞪口呆，舌头僵住了说不出话。她斜着眼看着斯佳丽，两只脚交替搓着地板，瘦小的身体不停地扭啊扭的。

“别像个傻子似的！”斯佳丽被她愚蠢的表情给激怒了，冲她喊道，“怎么啦？”

普莉西向楼梯慢慢退去。

“看在上帝的分儿上，斯佳丽小姐……”普莉西两只骨碌碌乱转的眼睛里充满了害怕和羞愧。

“怎么？”

“看在上帝的分儿上，斯佳丽小姐！我们一定得找个大夫。嗯……嗯……斯佳丽小姐，我一点儿都不知道怎么接生孩子。妈妈接生的时候，从来都不让我到跟前看。”

斯佳丽吓得长喘出一口气，这才勃然大怒。普莉西想开溜，弯下身子就逃，斯佳丽一把抓住她。

“你这个骗人的小黑鬼——你这话是什么意思？你一直说自己对接生孩子什么都知道。你告诉我，到底哪句是真话？”她抓着她使劲摇晃，直到这个满头卷发的家伙像喝醉了一样乱晃悠。

“我撒谎了，斯佳丽小姐！我也不知道为什么撒这个谎。我只偷看过一回生孩子，还挨了妈妈一顿鞭子。”

斯佳丽瞪着她，普莉西向后退缩，想从斯佳丽手中挣脱出来。斯佳丽一时间不愿接受这个事实，但最终意识到普莉西对接生不比她自己了解得更多，怒气就像烈火烧遍她全身。她这辈子还从来没有打过一个黑人，但是她使出疲惫胳膊上剩下的全部力气，狠狠地抽向面前的这张黑脸。普莉西扯起嗓子没命地尖叫，其实是害怕多于疼痛，她上下乱跳，挣扎扭动，想逃出斯佳丽的手掌。

她尖叫的时候，楼上的呻吟停止了，过了一会儿，传来玫兰妮虚弱颤抖的声音："斯佳丽？是你吗？来，快来！"

斯佳丽放开了普莉西的胳膊，那个小贱人坐在楼梯上呜咽。斯佳丽一动不动站了片刻，听见楼上低沉的呻吟又响起来了。她站在那儿，觉得仿佛有一副沉重的轭具套在了脖子上，只要她一迈步，就能感觉到拉的负荷有多重。

她努力回想韦德出生时，黑妈妈和埃伦当时为她做的一切，当时生孩子的阵痛使一切都模糊了。不过她还是记起了一些事，于是她用权威的口吻很快地向普莉西吩咐。

"把炉子生着，火上放个水壶煮开水。能找到的毛巾都找来，还有那团线。再把剪刀给我找来，别跟我说你找不着东西。去找，赶快去找。马上去，要快。"

斯佳丽把普莉西拉起来，使劲朝厨房一推，然后打起精神上楼。她要告诉玫兰妮，只能由她自己和普莉西来为她接生了，开口说这事就够难的。

第二十二章

从来没有过这么漫长炎热的下午，也从来没见过这么多懒惰讨厌的苍蝇。斯佳丽不停地用扇子扇，但一团团苍蝇就是要落在玫兰妮身上。斯佳丽摇着一把大蒲扇，两只胳膊都摇酸了。可她的努力似乎全都不管用，她把苍蝇从玫兰妮汗湿的脸上扇走，苍蝇又落在她湿乎乎的腿上、脚上，叮得她有气无力地直蹬腿，轻声说：“帮帮我！在我脚上！”

房间里光线昏暗，因为斯佳丽为了遮挡外面的炎热和刺眼的光亮，把窗帘放了下来。几道很细的阳光从窗帘上的小洞和边上的缝隙射进来。屋里就像个蒸笼，斯佳丽被汗浸湿的衣衫从来没有干过，一小时比一小时更湿、更黏。普莉西蹲在一个角落，也是汗流不止，她身上散发出阵阵恶臭，斯佳丽恨不得马上把她打发到屋外，只是担心这丫头一没人管就会溜之大吉。玫兰妮躺在床上，身下的床单被汗水浸成黑乎乎的一片，有些地方是斯佳丽洒了的斑斑水渍。玫兰妮不断地翻身，一会儿朝这边，一会儿朝那边，一会儿朝左，一会儿朝右，一会儿又仰面躺着。

有时候，玫兰妮想挣扎着坐起来，但又跌回到枕头上，重新开始辗转扭动。起初，她尽量不喊出声来，就使劲咬着嘴唇，把嘴唇都咬破了。斯佳丽的神经紧张得像玫兰妮的嘴唇一样，她实在看不下去了，就沙哑着嗓子对玫兰妮说：“玫荔，看在上帝的分儿上，别充英雄了，想喊就喊吧。除了我们俩，没人能听见。”

下午的时间慢慢过去，不论玫兰妮是不是想表现得勇敢，都忍不住呻吟起来，有时甚至要尖声叫嚷。玫兰妮一尖叫，斯佳丽就双手捂住耳朵，不停地扭动身体，恨不得自己马上就死。她宁愿做任何事也不愿坐在这里，眼睁睁看着别人如此痛苦，自己却一点儿忙都帮不上。干什么都比耗在这里等孩子出生好。再说，她知道北佬恐怕已经打到了五角广场，她却得在这里等待。

她真希望以前多留点儿心，听听那些上了年纪的妇女窃窃私语谈论怎么生孩子，可惜当时没留心！要是她对这种事有几分兴趣，现在就知道玫兰妮是不是还需要很长时间了。她模模糊糊地记得，佩蒂姑妈的一个朋友生孩子折腾了两天，结果母子双亡。要是玫兰妮也像那样折腾两天，那可怎么办？！玫兰妮身体孱弱，不可能忍受那么长时间的痛苦。如果孩子不很快生出来，玫兰妮很快就会送命。到时候，假如阿希礼还活着，她还有什么脸见他？难道告诉他说玫兰妮死了？可她许过诺要好好照顾她的。

开始，玫兰妮疼得厉害了，还想抓住斯佳丽的手，但她抓得太狠，几乎要把斯佳丽手上的骨头都捏碎了。这样过了一个小时，斯佳丽的双手已经被捏得又青又肿，都弯不过来了。斯佳丽就把两条长毛巾系在一起，拴在床柱上，一头打个结，塞在玫兰妮手中。玫兰妮紧紧抓着毛巾，好像这是根救生索，一会儿拼命抓紧，一会儿放松，一会儿又撕扯个不停。整整一个下午，玫兰妮就像只落入陷阱的垂死困兽，不停地号叫。偶尔她也会放开毛巾，揉揉双手，一双眼睛在疼痛折磨下睁得老大，抬头望着斯佳丽。

“跟我说说话吧，求你跟我说说话吧。”她低声请求道，然后斯佳丽就跟她说些无关痛痒的事儿，直到玫兰妮再次抓起毛巾，重新开始痛苦地扭动。

昏暗的房间里闷热难当，充满了痛苦和嗡嗡叫的苍蝇，时间过得缓慢极了，斯佳丽几乎都想不起早晨发生过的事情。她觉得好像在这个又黑又热的蒸笼里已经待了整整一辈子。每次玫兰妮尖声叫喊，她自己也想跟着叫，但她只能使劲咬住自己的嘴唇，感觉一下疼痛，免得自己歇斯底里发作起来。

有一次，韦德蹑手蹑脚地上楼来，站在门外，呜咽地说：“韦德饿了！”

斯佳丽站起身，打算朝门外走，但玫兰妮低声请求道：“别撇下我，求求你。你在这儿，我还能挺得住。”

斯佳丽就让普莉西下楼，把早晨剩下的玉米粥热热，喂给韦德。至于斯佳丽自己，她觉得这个下午后，她永远用不着吃东西了。

壁炉架上的钟停了，斯佳丽说不上现在是几点钟，但是屋子里已不太热了，而且那些细细的光亮已经渐渐昏暗了，她便把窗帘拉开。她感到奇怪，已经快到黄昏时分了，太阳像个橘红色的大圆球，已经低垂在天边。不知为什么，她还以为炽热的正午时分恐怕永远不会变样了。

她迫不及待想知道城里到底怎么样了。军队是不是已经撤走了？北佬是不是已经来了？邦联军队是不是一枪未发就撤了？然后她忽然心里一沉，想起邦联的军队人数少得可怜，而谢尔曼的军队却人多势众、兵强马壮。谢尔曼！就是听见撒旦的名字，她也不会害怕成这样。但是现在没时间想这些，玫兰妮不断地要水喝，要块凉毛巾敷在额头上，要人帮她把脸上的苍蝇扇走。

黄昏降临时，普莉西像个幽灵一样，跑过来点燃一盏灯。玫兰妮更加虚弱了，她开始一遍又一遍地呼喊阿希礼的名字，像说胡话一样，她喊的声音是那么单调，斯佳丽恨不能用个枕头捂住她的嘴。说不定大夫最后会来呢。要是他能快点儿来就好了！斯佳丽心中又重新燃起了希望，她转身吩咐普莉西，让她赶快跑到米德大夫家看看米德大夫或米德太太是不是回来了。

“如果他不在家，就问问米德太太或他们家厨娘该怎么办，求她们最好能来。”

普莉西小跑着走了，斯佳丽望着她沿街道跑去，斯佳丽做梦也想不到这个没用的丫头能跑这么快。可还是过了挺长的时间，普莉西才独自一人回来。

“米德大夫一整天都不在家，他们家人说他可能是跟军队一起走了。斯佳丽小姐，菲尔少爷死了。”

“死了？”

“是的，小姐。”普莉西煞有介事地补充说，“是他们家赶车的塔尔博特跟我说的。菲尔少爷中了弹……”

“别管他怎么死的。”

“我没见到米德太太。厨娘说米德太太在给菲尔少爷清洗收拾尸体，要趁北佬没来把他给埋了。厨娘还说要是玫荔小姐疼得实在受不了，就在她床下放把刀，刀能把疼割成两半。”

斯佳丽听了这“有用”的信息，真想再扇她两个耳光，但是玫兰妮睁开一双受惊的大眼睛，悄悄问：“亲爱的……是不是北佬来了？”

“没有。”斯佳丽非常肯定地回答，“普莉西撒谎呢。”

“是的，小姐，我就爱撒谎。”普莉西立刻随声附和。

“他们就要来了。”玫兰妮并没有上当，把脸埋枕头里，然后以闷哑的声音说：“我可怜的孩子啊，我可怜的孩子。”过了好长时间，又继续道：“哦，斯佳丽，你不要留在这儿了，你赶快带着韦德走吧。”

玫兰妮的话正是斯佳丽心里想的，但是听到有人说出来，斯佳丽却大为恼火，而且羞愧难当，仿佛自己掩藏起来的胆怯清清楚楚写在了脸上。

“别傻了，我才不怕呢。你想我怎么会离开你呢？”

“你走不走都没两样，我就要死了。”玫兰妮又开始呻吟了。

斯佳丽慢慢在黑暗中摸索着走下楼梯，就像一个上了年纪的人，抓着栏杆生怕自己掉下去。她的腿像灌了铅一样，疲惫和紧张让两腿颤巍巍站不稳，浑身浸透了汗水让她凉得发抖。她就这样有气无力地走到前门廊，坐在最高一级台阶上。她朝后倒去，身子靠在门廊柱子上，颤抖着手将胸衣解开一半。夜色温暖柔和，而她却像头牛一样呆呆地望着无涯的黑暗。

一切都结束了。玫兰妮没有死，那个刚出生的男婴哭叫的声音像只小猫，普莉西正给他洗平生第一个澡呢。玫兰妮已经睡着了。可是斯佳丽经历了这番痛苦后，哪里还能入睡呢？耳朵里还响着痛苦的尖叫，眼前还是初次帮人接生的手忙脚乱，简直是一场噩梦。她竟然没有死！斯佳丽知道，要是自己让人这么折腾一番，肯定活不成。但是，一切结束后，玫兰妮甚至还用微弱得让她不得不伏在她身上才能听见的声音说：“谢谢你。”说完后，玫兰妮就昏睡过去了。她怎么能就这么睡了呢？斯佳丽忘记自己当初生了韦德后，也是这么睡着的。她什么都不记得了，她头脑里一片空白，整个世界也是一片空白；这天之前没有任何生命，此后也不会有——只有炎热的沉沉夜色，只有她自己因为疲倦而发出的粗重喘息声，只有冰凉的汗水从腋下滴答着流到身上，从大腿流到膝盖，又湿又黏。

斯佳丽感到，自己的呼吸从平稳的大喘气变成间歇式的抽噎，她的眼睛却干涩得发烫，仿佛再也不会流泪了。她慢慢地、费力地动了动身体，把沉重的裙裾拽到大腿上。她感到忽热忽冷，而且到处黏糊糊的，晚风吹在胳膊和腿上倒是令人惬意。她呆呆地想，要是佩蒂姑妈看到她这个样子倒在前廊上，把裙裾都拽起来，连衬裤都露出来，还不知要怎么说呢，她才不管呢。她什么都不管了。时间似乎在这一刻停顿下来。现在可能是刚刚过了黄昏，或许已经到午夜了。她不知道，也不关心。

她听到楼上有人走动的脚步声，于是想："可能是该死的普莉西吧。"然后就闭上了眼，好像睡着了一样。就这样在黑暗中过了一会儿，普莉西来到她身边，兴高采烈地聊起了天。

"我们干得可真不赖，斯佳丽小姐。我看就是我妈在这儿，也不会干得更好了。"

斯佳丽在阴影中瞪了普莉西一眼，实在是太累了，提不起精神训斥她、责骂她、数落她的种种不是——她夸口自己有接生经验，实际上却一无所知；她惊慌失措、笨手笨脚，遇到紧急情况毫无用处，一会儿不知把剪刀放在了什么地方，一会儿又把水洒了一床，还差点儿把刚出生的婴儿掉在地上。现在她又吹嘘起自己多么能干了。

北佬还要来解放黑奴！当然，黑奴是欢迎北佬来的。

斯佳丽没有说话，重新靠到柱子上，普莉西看出她情绪不好，踮着脚走回黑暗的门廊。过了好长一会儿，她的呼吸才恢复稳定，思绪也恢复了常态，这时斯佳丽听到从路的北边隐约传来人说话的声音，还有许多人的脚步声。当兵的！斯佳丽慢慢地坐了起来，把裙裾放下来，尽管她知道在黑暗中不会有人看清她的样子。当这些人走到房子附近，不知有多少人，像影子一样往前走，斯佳丽向他们喊道：

"喂，请等等！"

一个影子从人群中走出来，来到门前。

"你们要走了吗？你们是不是要把我们留在这里不管了？"

这个影子似乎是脱下了军帽，从黑暗中出来一个平静的声音。

“是的，夫人。我们是在撤离。我们是从工事撤出的最后一批，离这里大约一英里。”

“你们……军队是不是真的撤退了？”

“是的，夫人。你看，北佬就要来了。”

北佬就要来了！她把这事给忘了。她感到喉咙一阵发紧，再也说不出话了。那个影子离开了，又融入其他的影子中去了，脚步声消失在黑暗中。“北佬就要来了！”“北佬就要来了！”他们的脚步声踏出这样的节奏，同时斯佳丽骤然加快的心跳也随着这个节奏怦怦跳动。北佬就要来了！

“北佬要来了！”普莉西哭叫起来，蜷缩起身体靠向斯佳丽，“哦，斯佳丽小姐，他们会把我们都杀死的！他们会用刺刀把我们的肚皮捅穿！他们会……”

“哦，住嘴！”这些事光想想就够让人害怕的了，听到普莉西用发抖的声音讲出来，让斯佳丽感到一阵新的恐惧席卷了全身。她该做些什么？怎么才能逃出去？该找谁帮忙？人人都不管她了。

突然间，她想起了瑞特·巴特勒，心里一下子平静了许多，也不再那么害怕了。她这天早晨像个被剁了脑袋到处乱飞的鸡，怎么就没想起他呢？虽然她讨厌他，但他既强壮又聪明，还不怕北佬。而且他此刻就在城里。当然，上次见他的时候，他对她说了些不可饶恕的话，让她气得发疯。不过，既然到了这种时候，她可以把那种事情抛在脑后。他还有一匹马和一辆马车呢。哦，干吗没有早想到他！他能带着他们离开这个鬼地方，逃到离北佬远远的地方，去任何地方都行。

斯佳丽转身冲着普莉西迫不及待地说：“你认得巴特勒船长住的亚特兰大旅店吗？”

“认得，小姐，可是……”

“得啦，赶紧跑着去，告诉他，我要他马上来，赶上马拉上车，要是能弄到，带救护车来也行。告诉他玫兰妮生孩子的事。告诉他，我想让他带我们大家一起走。去吧，现在就去，快！”

她坐直身子，推了普莉西一把，让她加快脚步。

“万能的上帝啊，斯佳丽小姐！黑灯瞎火的，我害怕一个人在外面跑！要是让北佬抓住可怎么办？”

“只要跑得快，就能赶得上刚才那些大兵，他们不会让北佬把你抓走的。快去！”

“我还是害怕！要是巴特勒船长不在旅店怎么办？”

“那就问问他去哪儿了。你难道就一点儿脑子都没有？他不在旅店，就上迪凯特街上的酒吧找，要不就去贝尔·沃特林家去瞧瞧。你这个傻瓜，难道看不出，要是不赶快找到他，北佬肯定会把我们都抓走。”

“斯佳丽小姐，要是我进酒吧或妓院，我妈会用棉花棍抽我的。”

斯佳丽站了起来。

“哼，要是你不去，我就抽你一顿。你总可以站在外面喊他吧？或者问问别人他是不是在里面。快去吧。”

普莉西还在那里磨蹭，两脚来回磨地，嘴里嘟嘟囔囔个没完，斯佳丽又推了她一把，差点儿推得她倒栽葱掉下去。

“你赶快去，否则我把你卖到河的下游，让你永远见不到你妈和其他熟人，我还要把你卖给人去种地。赶快！”

女主人的手坚决有力，普莉西迫不得已动身下台阶。前面院门打开了，斯佳丽喊道：“快跑，你这个懒鬼！”

斯佳丽听到普莉西啪嗒啪嗒开始小跑，声音慢慢消失在柔软的泥土路远处。

第二十三章

普莉西离开后，斯佳丽疲惫地走进楼下的门厅，点了盏灯。房子里热得像蒸笼，仿佛四壁把中午的热浪都吸进去了。她现在清醒了一些，肚子饿得咕咕叫。她这才记起自从昨天晚上以来，除了一勺玉米粥，再没吃过别的东西，于是端起灯走进厨房。壁炉里的火已经熄灭，但是屋子里还是热得让人喘不上气。她在锅里找到半块硬邦邦的玉米饼，便狼吞虎咽地啃起来，一边继续寻找，看还有什么别的东西可吃。罐子里还剩了一点儿玉米粥，她等不及，没把它盛到盘子里，就用一把炒菜用的大勺子舀着喝。玉米粥太淡，可她也顾不得找盐了。喝了满满四勺后，实在忍受不了屋子里的闷热，她一手端着灯，另一只手抓着剩下的玉米饼走到外面门厅里。

斯佳丽知道，现在该上楼陪着玫兰妮。如果现在出了什么事，玫兰妮虚弱得连喊都喊不出声。但是一想到要回到那个她度过了噩梦般时光的房间，斯佳丽就觉得厌恶。就算玫兰妮要死了，她也不愿上去。她再也不愿看见那个房间了。她把灯放在窗前的烛台上，返身又来到前门廊。虽然夜色中依然余热未消，可外面凉快多了。她坐在台阶上，灯在她周围投下一圈昏暗的光，她继续啃那块玉米饼。

吃完后，身体重新有了一股力量，这时一阵刺骨的恐惧也随之而来。她听到从街的远处传来嗡嗡的喧闹声，但她不知道这声音代表着什么。她什么也分辨不出，只听得出声音时高时低。她使劲朝前探着身子，努力分辨，肌肉没多久就紧张得酸疼了。现在她比任何时候都更希望听到马蹄声，也不会在乎瑞特那双漫不经心、充满自信的眼睛嘲笑她的恐惧。瑞特会带他们走，逃到某个地方。她不知道要去什么地方，她也不关心去什么地方。

就在她竖着耳朵倾听城里的动静时，一团微弱的红光出现在树梢上方。她觉得莫名其妙，望着这团亮光，看着它越来越亮。黑色的天空变成了粉红色，又变成了暗红，后来，她突然在树顶上方看到一条巨大的火舌蹿起来，直冲天空。斯佳丽一下子跳起身，心又开始怦怦狂跳，肚子里七上八下地翻腾着。

北佬已经来了！她知道一定是他们已经来了，正在放火烧这座城市呢。火焰好像在市中心的东面，火苗越烧越高，很快烧成一大片红色，她目瞪口呆了。准是整个街区都给烧了。一股微风带着烟尘味飘进她鼻子里。

她逃回楼上自己的房间里，身子探出窗外想看得更清楚些。天空已经变成可怕的血红色，浓烈的黑烟盘旋而上，在空中形成翻滚的巨浪。现在空气中烟尘的气味更重了。斯佳丽脑子里一下子满是各种念头，这场大火什么时候会烧到桃树街来，烧毁这幢房子？北佬什么时候会冲过来抓着她？她该跑到什么地方？她该怎么办？此时仿佛地狱里所有的鬼怪都在她耳朵里放声尖叫，她的脑海中一片混乱与惊慌，使得她不得不靠在窗棂上，以免站不稳。

“我一定得想个法子。”她对自己说了一遍又一遍，“我一定得想个法子。”

但是思想似乎离她而去，像受了惊的蜂鸟在脑海中到处乱冲。正当她这样靠在窗棂上，一声震耳欲聋的爆炸声在她耳边响起，这声音比她以前听到过的大炮声都要大。巨大的火焰撕破了天空，接着又传来更多的爆炸声。大地在颤动，她头顶上的窗玻璃也在乱晃，随即噼噼啪啪掉下来，落在她身边。

整个世界仿佛变成了一个充满噪声、火焰的炼狱，大地在颤动，震耳欲聋的爆炸声不绝于耳。一连串的火焰射向空中，接着又穿过血红的云层懒洋洋缓缓落下。斯佳丽听到隔壁房间传出一声微弱的声音，但是她并没有在意。这时候她没工夫管玫兰妮。她什么都顾不上，只感到恐惧像她看到的火焰一样在体内的血管里流淌。此时她就像一个孩子，吓得要命，就想把头埋在妈妈腿上，不要看到这种可怕的景象。要是在家就好了！在妈妈身边就好了！

在这些令人紧张颤抖的声音中，斯佳丽听到了另外一种声音，那是在惊慌的驱使下，一步三个台阶的上楼声，同时她还听到如同丧家之犬一样的叫喊声。普莉西冲进了屋子，向斯佳丽飞奔而来，一把死死抓住斯佳丽的胳膊，仿佛要把她的肉都掐下来。

“北佬……”斯佳丽喊道。

“不是的，小姐，是我们自家人！”普莉西一边大口喘气一边嚷，指甲深深地掐进斯佳丽的胳膊里，“他们在烧铸铁厂、军需库和货栈，哦，天哪，斯佳丽小姐，他们还把七十车皮的炮弹和炸药统统炸掉，耶稣啊，我们也要给烧死了！”

普莉西开始重新号啕，同时还使劲地掐着斯佳丽的胳膊，掐得斯佳丽又疼又气，使劲甩开她的手。

原来北佬还没来呢！还有时间逃跑！斯佳丽刚才吓得魂飞魄散，这时重新振作起来。

“要是我自己稳不住神，就会像只烫伤的猫一样尖叫！”她想道。普莉西惊慌失措的可怜相让她镇定下来。斯佳丽抓住普莉西的肩膀，使劲摇晃她。

“别说废话，说正经事。北佬还没来，你这个傻瓜！你看见巴特勒船长了吗？他说什么了？他来吗？”

普莉西停止了哭喊，但是牙齿仍然上下打战。

“见到了，小姐。我总算找着他了，就像您跟我说的，在一家酒吧里，他……”

“别管在哪儿找到他的。他来吗？你告诉他要带着马来没有？”

“主啊，斯佳丽小姐，他说我们的人把他的马车征去拉伤兵了。”

“我的天哪！”

“不过他会来的……”

普莉西缓过气来，稍稍恢复点儿平静，但是眼睛仍然慌得骨碌碌乱转。

“是的，小姐，就跟您告诉我的，我在一家酒吧里找着了他。我站在外面喊，他就出来了。他看见了我，刚要说话，我们的人把迪凯特街的一个货栈给烧着了，火一下就烧了起来，他说：‘快来！’一把抓住我跑到五角广场。在那儿，他对我说：‘有什么事？赶快说。’我把你的话对他说了，我说：‘巴特勒船长，快带着马车来，玫荔小姐生了个孩子，斯佳丽小姐急着逃出城去。’然后他说：‘她说要去哪儿了吗？’我说：‘我不知道，不过先生你一定得来，北佬就要来了，她要跟你一起走。’他笑了，说他的马车被拉走了。”

斯佳丽听到最后一线希望也落了空，心不由得往下一沉。她真是个傻瓜，她怎么会想不到撤退的军队很自然地会带走城里剩下的所有车辆和牲口呢？一时间她就呆在那里，任凭普莉西喋喋不休，但是她还是打起精神听完事情的经过。

“后来他又说：‘告诉斯佳丽小姐，让她别担心。我会给她从军队里偷匹马，哪怕他们只剩下一匹也有她的份儿。’他还说：‘今天晚上就偷匹马来。告诉她，即使我因此要吃枪子儿，也要为她偷一匹出来。’然后他又笑了，对我说：‘快跑回家去吧。’我刚要跑，又是轰隆隆的爆炸声，我差点儿摔倒。他告诉我：‘没什么可害怕的，不过是我们的人在炸弹药，以免落到北佬手里……’”

“他要来？还要带着马来？”

“他是这么说的。”

斯佳丽放心地长喘一口气。瑞特准会有办法弄到马的。瑞特是个聪明人。只要他把他们带出这个是非之地，她会原谅他以前的一切。逃出去！跟瑞特在一起，她什么都不怕，瑞特会保护他们。感谢上帝送来了瑞特！有了安全保障，她立刻变得实际起来。

“叫醒韦德，给他穿好衣服，再把我们每个人的衣服装几件放到一个小箱子里。别对玫兰妮小姐说我们要走。现在还别说。把孩子用几块厚毛巾包起来，别忘了带上孩子的衣服。”

普莉西还是两手紧紧抓着斯佳丽的裙子，翻着白眼看着她，眼睛里除了眼白什么都看不见。斯佳丽猛推了她一把才让她松开手。

“赶快！”斯佳丽喊道，普莉西这才像只兔子一样跑开了。

斯佳丽知道自己应该进去别让玫兰妮害怕，知道玫兰妮现在一定被持续不断、丝毫没有减弱的炮声和冲天的火光吓坏了。这番景象就像世界末日。

但她还是无法让自己回到那间屋子，现在还不行。她跑下楼，想去把佩蒂帕特小姐逃到梅肯时留下的瓷器和银器收拾一下。但是她到了餐厅，双手抖得厉害，一下打碎三个碟子。她跑到门廊听了一会儿，又回到餐厅，这次又把银器稀里哗啦掉了一地。什么东西只要经她一动，就会掉在地上。匆忙间，她竟在地毯上绊了一下，摔倒在地上，不过她立刻爬了起来，都没感到疼。她听到普莉西在楼上像只受惊了的动物一样横冲直撞，这种声音让她听得发慌，因为她自己同样漫无目的，四处横冲直撞。

她已经往门廊上跑过二十次了，不过这次她没有回屋继续徒劳地收拾。她坐了下来，这时候想把东西收拾起来是不可能的。这时候除了坐在这里，听着自己怦怦的心跳，等瑞特来，其他什么事都做不了。似乎过了好几个小时，瑞特才终于来了。在路的远处，她听到车轴没有上油的吱吱尖叫声，像是在抗议，还听见沉重缓慢的马蹄声。他干吗不能动作快点儿？干吗不让马跑起来呢？

声音离得越来越近，斯佳丽起身喊瑞特的名字。她看见他模糊的身影从小马车上爬下，朝她走过来，听见门打开的声音。现在看得见瑞特了，在灯光下，斯佳丽看清了他的样子。他打扮得衣冠楚楚，就像要去参加舞会，一身裁剪得体的白色亚麻衣裤，外加一件灰色的绣花波纹绸马甲，衬衣胸口还露出些褶边。宽大的巴拿马帽子歪在一边，皮带上挂着两把象牙柄长筒手枪。上衣口袋里鼓鼓囊囊装满了弹药。

瑞特像野蛮人一样，步履轻盈、大步流星地走过来，头昂得像个异教徒的王子。这天晚上斯佳丽经历的危险让她吓得失魂落魄，可对他只不过像喝了杯烈酒。他黝黑的脸上有一股精心掩饰起来的凶相，如果斯佳丽能看得出他这种冷酷无情，准会给吓坏的。

他的眼睛在闪烁，似乎发生的一切都让他开心，似乎这种天崩地裂的声音和刺眼可怖的火光只是用来吓唬小孩儿的。他走上台阶，斯佳丽脚步蹒跚朝他迎上去，她脸色苍白，绿幽幽的眼睛像要燃烧起来似的。

“晚上好。”瑞特拖着长腔说，一边动作潇洒地摘下帽子行了个礼，“今儿的天可真不错啊。我听说你要出门旅行。”

“如果你再开玩笑，我就再也不跟你说话了。”斯佳丽声音颤抖地说。

“别对我说你给吓坏了！”他故作惊奇，斯佳丽恨不得把他推下台阶。

“对，我是给吓坏了！我怕得要死，你要是有上帝赋予山羊的那么点儿头脑，也会害怕的。但是我们现在没时间闲聊，必须赶快离开这儿。”

“愿为您效劳，夫人。但是您是否可以先说清楚要去哪里。我可是出于好奇才到这儿，想知道你到底打算去哪里。你既不能朝北走，也不能朝东走；不能朝南，也不能朝西。到处都是北佬。现在出城只有一条路还没落到北佬的手里，我们的人正从那条路撤退呢。不过这条路也通不了多久了。罗伯特·李将军的骑兵正在马虎村和罗迪村附近打后卫战，要坚持到军队撤离为止。如果你跟着军队走麦克多诺路，他们会抢走你的马。尽管这只不过是一匹马而已，但我可是费了好大劲才把它偷出来的。那么，你到底要去哪儿？”

斯佳丽站在那里，浑身颤抖，她听到他在说话，可是几乎没听见他说的是什么。但是，他一问话，她就明白自己要去哪儿了，其实整个倒霉的一天里她都清楚地知道要去什么地方，也只有这么一个地方。

“我要回家。”她回答道。

“回家？你是说塔拉吗？”

“对，对！回塔拉！哦，瑞特，我们必须赶快就走！”

他看着她，那眼神仿佛认为她失去了理智。

“回塔拉？老天哪，斯佳丽！你难道不明白他们这一整天都在琼斯博罗打仗吗？现在塔拉甚至整个县里可能到处都是北佬。没人知道他们现在在哪儿，但他们就在附近。你不能回家！你不能专朝北佬的军队穿过去啊！”

“我就要回家！”她喊道，“我要嘛！我要嘛！”

“你这个小傻瓜！”瑞特语气干脆、声音粗暴，“你不能朝那边走。即使碰不上北佬，树林里也满是双方掉队的士兵和逃兵。何况我们的军队中还有很多人正从琼斯博罗往回撤，他们和北佬一样会抢走你的马。你唯一的机会就是跟着部队向麦克多诺那条路走，这还得求上帝保佑你们，别让他们在黑暗中发现。你可不能回塔拉。即使你能到了那儿，也很可能发现它已经被烧毁了。我可不会让你回家。这简直是发疯。”

“我就要回家！”她喊道，声音失去了控制，开始尖叫起来，“我就要回家！你不能阻止我！我要回家！我想见我妈妈！如果你不让我走，我就杀了你！我要回家！”

斯佳丽在压抑了这么长时间后，终于崩溃了，惊恐、慌乱的泪水顺着脸颊流淌。她用拳头捶打着瑞特的胸脯，继续尖叫：“我就要！我就要！即使得一步步走回去，我也要回家！”

突然间，她倒在了瑞特的怀里，泪湿了的脸颊蹭在他衬衣硬邦邦的褶边上，两个拳头仍然不停地打着他。瑞特用手轻柔地安抚着她颤抖的脑袋，他的声音也温柔了起来。那声音是那么温柔、那么安详，没有了一丝嘲讽，变得一点儿都不像是瑞特·巴特勒了，那是另外一个身体强壮的陌生人，身上散发着白兰地、烟草和马匹的气味，这气味让她感到宽慰，因为让她想起了父亲杰拉尔德。

“好啦，好啦，亲爱的，”瑞特柔和地说，“别哭了。你会回家的，我勇敢的小姑娘。你这就能回家，别哭了。”

斯佳丽感到有什么东西蹭着她的头发，惶恐中她猜想那可能是他的嘴唇。他是如此温柔，让人感到无限的安慰，她都想永远就这么待在他怀里。有这么强壮的胳膊搂着她，当然什么也不会伤害到她的。

瑞特伸手在口袋里摸索，掏出一块手帕，给她擦眼泪。

“现在，像个好孩子那样擤干净鼻子。”他命令道，眼睛里含着一丝笑意，“然后告诉我该做什么，我们得赶快了。”

斯佳丽顺从地擤了擤鼻子，但是还在发抖，而且想不出该让他做什么。看到她嘴唇哆嗦，两眼无奈地望着他，瑞特开始自己下命令。

“韦尔克斯太太刚生完孩子？挪动她会有危险，让她在颠簸的马车里走二十五英里更危险。我们最好把她留给米德太太照看。”

“米德家没人，我不能留下她。”

“那好吧，把她抬到马车上。那个头脑简单的小贱货跑哪儿去了？”

“在楼上收拾箱子。”

“箱子？马车上放不下箱子。车太小，刚刚坐得下人，而且车轮也不知什么时候就会飞出去。快告诉她带上家里最小的一床羽绒被，放进车里。”斯佳丽还是动弹不得。瑞特使劲抓住她的胳膊，他体内的一些力量似乎流进了她的身体。但愿她能像他一样冷静轻松就好了！他把她向走廊里推，但她还是站在那里不知所措地看着他。他嘴角向下一撇，嘲弄地说：“难道这就是那位向我保证既不怕上帝也不怕凡人的勇敢女子吗？”

瑞特突然笑了起来，放开了她的胳膊。斯佳丽被气得目瞪口呆，怒气冲冲地看着他，心中生起一股恨意。

“我不是害怕。”她说。

“不，你害怕了。再过一会儿，你就要晕倒，我身上可没有嗅盐。”

斯佳丽想不出该做些什么，只好无可奈何地跺了跺脚，然后一言不发地端起灯，站起身。瑞特就在她身后不远处，她听见他轻轻的笑声。他的笑声让她挺起了脊梁。她走进了韦德的房间，发现他正抓着普莉西的胳膊坐在那里，衣服穿了一半，独自在那里打嗝儿。普莉西还在呜咽个不停。韦德床上的羽绒被很小，于是斯佳丽命令普莉西把被子拿到楼下，放到马车里。普莉西放下韦德，按吩咐去做。韦德跟着她下了楼，周围发生的事分散了他的注意力，他不再打嗝儿了。

“来吧。”斯佳丽转身到了玫兰妮的房门前，瑞特跟在身后，手里抓着帽子。

玫兰妮安静地躺在那里，被单一直拉到了下巴。她的脸色苍白得没有生气，但是一双凹陷、发青的眼睛却露出安详。看到瑞特出现在自己的卧室，她一点儿都没有显出惊讶，而是当成件理所当然的事。她虽然虚弱却努力想笑笑，可笑容还没到嘴角就消失了。

“我们要回家，去塔拉。”斯佳丽匆匆解释道，“北佬要来了，瑞特带我们走，这是唯一的办法了，玫荔。”

玫兰妮努力虚弱地点点头，指了指婴儿。斯佳丽抱起孩子，赶紧用一块厚毯子把他包了起来。瑞特走到床边。

“我尽量不伤着你。”瑞特平静地说，用被单包起她，“试着把胳膊搭在我脖子上。”

玫兰妮费了好大的劲，但是胳膊还是无力地垂了下去。瑞特弯下身子，一只胳膊放在她肩下，另一只放在膝盖下，然后轻轻把她托起来。玫兰妮没有发出任何声响，但是斯佳丽见她使劲咬着嘴唇，脸色变得更苍白了。斯佳丽把灯举得高高的，好让瑞特看清路，走到门口，玫兰妮虚弱地冲墙做了个手势。

“什么？”瑞特温柔地问。

“等等，”玫兰妮低声说，努力想抬起手指指，“查尔斯。”

瑞特向下看着她，好像认为她有点儿神志不清，但是斯佳丽明白了，心里不禁生起气来，她知道玫兰妮想要的是挂在墙上的剑和手枪下面的查尔斯的照片。

“等等，”玫兰妮又低声说，“还有剑。”

“好的。”斯佳丽答应道。当她举着灯给瑞特照着路小心地下了楼后，她又走回来解下剑和手枪。手中同时拿着这些东西，还抱着孩子、拎着灯，真有点儿不容易。自己命都快没了，北佬就在眼前，还顾得上查尔斯的东西，只有玫兰妮才会这样。

她取下查尔斯的照片时，瞥见了查尔斯的脸。他棕色的大眼睛与她的眼睛对视着，她停下来，好奇地看着他。这个男人曾经是她的丈夫，曾经在她身边睡了几个晚上，还给她留下个有双和他一样的棕色眼睛的孩子，而她都几乎记不起他来了。

她怀中的孩子挥舞着小拳头，嘴里发出轻轻的叫声，她朝他看了看。她第一次意识到这是阿希礼的孩子，突然间她鼓起剩下的全部激情，激动地希望这个孩子是自己的，是她和阿希礼的孩子。

普莉西脚步轻盈地上楼来了，斯佳丽把孩子交给她。她们快步下楼，灯光在墙上投下晃动的影子。斯佳丽在穿堂里看见一顶帽子，就抓来戴在头上，把颌下的丝带系好。这是玫兰妮的那顶居丧戴的黑帽子，斯佳丽戴着并不合适，但是她记不起把自己的帽子放在什么地方了。

斯佳丽拎着灯走出了屋子，走下门廊的台阶，尽量不让那把军刀撞着膝盖。玫兰妮横躺在马车的后部，她身边是韦德和裹在毛巾里的婴儿。普莉西也爬进马车里，把婴儿抱在怀中。

马车很小，而且两边车帮的木板也很矮，轮子上面还朝里歪，仿佛只要一动起来就会飞出去。斯佳丽又打量了一眼拉车的那匹马，她的心不由得往下一沉。这匹马瘦小得可怜，站在那里，头无精打采地垂着，几乎垂到了两条前腿间。马背上被磨得皮开肉绽，而且喘得简直不像匹马。

“这牲口不怎么样，是吧？”瑞特笑着问，“看上去会死在车辕里，但这已经是我能找到的最好的马了。等哪天我会添油加醋地向你描述我是在哪儿、如何偷到这匹马的，而且还差点儿挨了枪子儿。我对你的一片痴心才让我在这种时刻去当偷马贼，而且偷到的是这样一匹马。让我扶你上车。”

他从她手中接过灯放在地上。马车前座不过是架在车帮上的一块窄木板。瑞特把斯佳丽整个抱起来，放在木板上。斯佳丽一边把宽大的裙裾掖在身边，一边不禁想到，要是能做一个像瑞特一样强壮的男人该多好啊。有瑞特在身边，她就什么都不怕，既不怕大火和炮声，也不怕北佬。

瑞特爬到车座，坐在她旁边，拿起了缰绳。

“哦，等一下！”斯佳丽喊道，“我忘记锁前门了。”

瑞特爆发出一阵大笑，挥起鞭子抽在马背上。

“你笑什么？”

“笑你啊，还想把北佬锁在门外。”他说，这时马慢吞吞、不情愿地朝前走开了。放在路边的灯还继续亮着，照出一个黄色的小圈，他们越走越远，灯光也越来越微弱。

瑞特赶着那匹跑不快的马离开桃树街向西行驶，摇摇晃晃的马车猛地拐进一条坑坑洼洼的小巷，玫兰妮被颠得不由得发出一声低低的呻吟。黑黢黢的树顶交叉纵横，路边的房屋死一般沉寂，房屋的轮廓若隐若现，一排排白色的栅栏像墓碑一样矗立在路旁。狭窄的小巷像条昏暗的隧道，红色发亮的天空只是透过头顶密实的树叶微微露出，影子像疯狂的鬼怪相互追逐着。烟火的气味变得越来越浓，而且随着滚滚的热浪还从城里传来纷乱的喧嚣——叫喊声、军车沉重的轰隆声、军队行进的咚咚脚步声。瑞特猛地一拽缰绳，把马拉向另一条街，这时又传来一声震耳欲聋的爆炸声，只见西边的天空腾升起一股浓烟烈焰。

“准是在炸最后一辆弹药车。”瑞特镇定地说，“这些傻瓜！他们为什么今天早晨不把它转移走呢？当时时间还很充分。唉，太糟了。我本想绕过市中心，就可以躲开大火和迪凯特街上的那帮醉鬼，顺顺当当从西南角出城。可现在不得不穿过玛丽埃塔街，要是我没猜错，刚才的爆炸就在玛丽埃塔附近。”

“非得……我们非得穿过大火吗？”斯佳丽颤抖地问。

“不一定，不过得抓紧时间。”瑞特说完，从马上跳了下去，消失在一个黑黢黢的院子里。当他回来时，手中拿了根短短的树枝，用它狠狠地抽马背。马开始缓步小跑起来，大口大口喘着粗气，疲惫不堪，马车猛地向前摇晃，他们在车里颠得像爆筒里的玉米花。婴儿呱呱直哭，普莉西和韦德撞在车帮上，疼得叫喊起来，只有玫兰妮什么动静都没有。

快到玛丽埃塔街时，这里树木渐渐稀疏，冲天的火焰在房屋上空燃烧，把街道和房子照得比白昼还亮，投下可怕的影子跳动着缠绕在一起，像行将沉没的船上许多破帆在疾风中乱飘。

斯佳丽的牙齿上下打战，但是她简直吓傻了，什么都感觉不到。尽管炙热的火焰冲他们扑面而来，可她还是觉得冷得发抖。这就像地狱一样，而她正身处其中，要是她的两腿不再颤抖，她一定会跳下马车，尖叫着沿那条黑暗的来路跑回去，躲回佩蒂帕特小姐的屋子。她蜷缩起身子，靠近瑞特，用发抖的手指抓住他的胳膊，抬头看着他，希望他能说点儿什么让她安慰宽心的话。在可怕的红光的映衬下，瑞特黑色的侧影就像硬币上的头像一样清晰、优美、冷酷、玩世不恭。当斯佳丽碰了碰他后，他转过身来，双眼发光，像大火一样令人害怕。斯佳丽觉得，瑞特看上去既兴奋又自大，仿佛此刻的情形让他获得了巨大的乐趣，他们正一步步走近地狱，他却仿佛向它伸出了欢迎之手。

“听着，”他说，一只手抓住枪带上插的一支长筒手枪，“如果有人跑到马车两边，想爬上来，或者伸手夺马，别管他是白人还是黑人，先冲他开枪再说。不过，看在上帝的分儿上，千万别一时紧张打着马。”

“我……我有枪。”她说，伸手抓紧大腿上放的手枪，可她心里明白，到了生死关头，准会吓得连扳机也扣不住的。

“你有枪？从什么地方弄到的？”

“是查尔斯的。”

“查尔斯？”

“是的，查尔斯，我的丈夫。”

“亲爱的，你真有过一个丈夫吗？”他低声说，轻柔地笑了。

他怎么就不能正经点儿！怎么不快点儿！

“你以为我的孩子是怎么有的？”她厉声叫道。

“除了丈夫，还有别的方法——”

“你能不能闭上嘴，赶快走？”

但是他猛地勒住了缰绳，这时他们马上就到玛丽埃塔街了，马车停在一座没有着火的仓库的阴影里。

“快！”斯佳丽脑袋里就这一个字，快！快！

“有当兵的。”瑞特说。

一支小部队沿玛丽埃塔街走来，他们耷拉着头，以行军的步伐走在两边起火的房屋中间，他们疲惫不堪，扛枪的姿势东倒西歪，既没劲赶路，也不操心左右是否有燃烧的木头掉下来，不注意周围的滚滚浓烟。他们个个衣衫褴褛，连军官和普通士兵都辨认不出来，只是偶尔一顶破烂的军帽上还缝着代表南部邦联的“C.S.A”三个字母。其中许多人都光着脚，还有几个人用肮脏的绷带绑着头或胳膊。他们就这样朝前走，压根儿不朝左右看，而且一声不响，要不是他们整齐沉重的步伐，倒真像一群幽灵。

“仔细看看吧。”瑞特嘲笑地说，“以后你就可以跟自己的孙子说，当年你看到过为光荣事业而战的后卫是如何撤退的。”

骤然间，斯佳丽痛恨起瑞特来，这种痛恨一时竟压倒了她的恐惧，使恐惧显得卑微渺小。她明白自己和车里人的安全都得依靠瑞特，而且他是大家唯一的依靠，但是她还是不禁要恨他，恨他不该嘲笑那些衣衫褴褛的士兵。她想起了死去的查尔斯和生死不明的阿希礼，以及所有穿灰色军服、意气风发的年轻人，他们现在都可能在简陋的坟墓里化为朽骨。她忘了自己也曾一度把他们当成傻瓜。她说不出话，但是她恶狠狠瞪着瑞特，目光里充满了痛恨和憎恶。

部队行进到最后一名士兵，那是个殿后的小个子，枪托拖在了地上，东倒西歪的，他停下来，望着其他人，肮脏的脸上面无表情，仿佛是在梦游。这个人跟斯佳丽差不多身材，个子矮得只有步枪那么高，满是尘垢的脸还没长出胡子。斯佳丽脑子里闪过一个不合时宜的念头，他顶多不过十六岁，准是个志愿兵，要么就是个逃学的孩子。

就在她注视的时候，那个男孩儿的膝盖慢慢弯曲了，倒在了土路上。有两个人从后排出来，一言不发地朝他走去。其中一个又高又瘦，胡子一直留到腰间，他一声不吭把自己的枪和男孩儿的步枪交给另一个人，然后蹲下，像变戏法一样把男孩儿轻松扛在肩上。他跟在撤退队伍的后面慢慢前行，肩膀在重负下稍稍弯曲，那个男孩儿被激怒了，像个受大人戏弄的小孩儿，尽管声音虚弱，却放声喊道：“放我下来，该死的！放我下来，我自己能走！”

留胡子的人一句话都没说，步履沉重，缓慢地向前走，在路的拐弯处走出了斯佳丽一行的视线。

瑞特一动不动地坐着，松开了手里的缰绳，眼睛追随着这些人，黑黝黝的脸上泛起奇特的忧郁之色。忽然，附近响起一阵木料坠落的断裂声，斯佳丽看到货栈仓库的屋顶上蹿起一条窄窄的火舌，而他们正歇在这仓库的阴影下。紧接着，他们头顶上的各种旗子像欢庆胜利似的烧了起来，耀眼的火光直冲天空。浓烟呛进了她的鼻孔，韦德和普莉西也开始咳嗽，不过婴儿倒是发出轻微的鼾声。

“哦，天哪，瑞特！你疯了吗？快走！快走！”

瑞特什么也没说，只是狠狠地拿鞭子抽打马背，打得马直向前蹦，竭尽全力拉着他们一颠一簸地穿过玛丽埃塔街。他们前面出现一条火的隧道，通往铁路的那条狭窄街道两边，房屋都起火了，而且火势凶猛。他们投身到这一片火海之中。火光比十几个太阳还耀眼，令他们头晕目眩，皮肤被烤得炙热难当，而轰隆声、倒塌声和爆裂声又震得耳朵生疼。似乎他们在火海中的煎熬将永无止境，但是突然间，他们又再次进入一片黑暗中。

他们驾车冲过街道，穿过铁路，瑞特一直机械地挥舞着鞭子。他看上去表情凝固，而且心不在焉，仿佛已经忘了自己身在何处。他宽阔的肩膀稍向前耸，下巴朝前伸，似乎心里想着什么不高兴的事。大火的高温使得汗从他的前额和脸颊往下淌，可他也不擦一擦。

他们拐进一条小路，又拐进另一条，又从一条狭窄的街道拐到另一条，就这样在小巷里绕啊绕，最后斯佳丽彻底迷失了方向，而大火也消失在他们身后。瑞特还是一言不发，只是有规律地挥动手中的鞭子。现在天空中红色的光亮已经逐渐消退，路变成一片漆黑，让人害怕。斯佳丽此刻希望瑞特能说话，说点儿什么都行，哪怕是冷嘲热讽、尖酸刻薄的话也好。但是，他就是不开口。

管他开不开口说话呢，有他在身边，斯佳丽已经感谢上帝了。身边有个男人真好，能够紧紧靠着他，感觉他胳膊上结实的肌肉，知道有他拦在自己和莫名的恐惧之间，尽管他只不过是坐在那里看着别处。

“哦，瑞特。”斯佳丽低声说，抓紧他的胳膊，“要是没有你，我们可不知该怎么办了。我真高兴你没有参军。”

他转过头来看了她一眼，那眼神让斯佳丽放开了他的胳膊，往后缩去。此时他的眼睛里不再有冷嘲热讽。一双眼睛赤裸裸的，充满了愤怒，并带着某种类似狂乱的神情。他的嘴唇往下撇了撇，又把头扭到别处。他们默默地驾车颠簸前行，好长时间都没人说话，只有婴儿微弱的哭泣声和普莉西不停的抽鼻子声打破了寂静。当斯佳丽再也无法忍受普莉西稀里哗啦的抽鼻子声，她转过身去狠狠地掐了她一把，掐得普莉西使劲尖叫了起来，接着便被吓得一声不发了。

最后，瑞特赶车朝右拐，不一会儿，他们就走上一条比较平坦的宽马路。房屋模糊的形状越来越远，现在周围是些连续不断、密实得像墙一样的矮树丛。

“我们出城了。”瑞特拉住缰绳简短地说，“这条路通往马虎村。”

“快走啊，别停下！”

“也得让马喘口气。”说完，他转过身慢慢地问道，“斯佳丽，你还是决心做这件疯狂的事吗？”

“做什么？”

“你还想回塔拉吗？这简直像是自投罗网。罗伯特·李将军的骑兵和北佬的军队正好拦在你跟塔拉中间。”

哦，上帝啊！难道在经历了这么可怕的一天后，他打算拒绝送她回家？

“哦，我要回家！我要回家！求求你，瑞特。我们赶快走吧，马并不累。”

“就一分钟。你不能沿着这条路去琼斯博罗，也不能沿着铁路走，这一整天他们都在南边的马虎村一带交战。你还知道有其他路吗？不需要穿过马虎村与琼斯博罗的小道或小巷？”

“有。”斯佳丽松了口气，喊道，“如果我们离马虎村近了，我就能找到一条绕开琼斯博罗主道的小路，这条路要绕几英里。爸爸和我曾经骑马走过，就在麦金托什家附近，那儿离塔拉只有一英里了。”

“好的。你也许能平安地绕过马虎村。罗伯特·李将军下午的时候还在那里掩护军队撤退，北佬可能还没到那里呢。而且，当你到那儿，罗伯特·李手下的人也许不会抢走你的马。”

“我……我到那儿？”

“是的，你。”他口气生硬地说。

“但是，瑞特……你……你难道不打算带我们走吗？”

“不了，我要在这儿跟你们分手。”

斯佳丽狂乱地看了看四周，看着他们身后铁铅色的天空，看着两边像牢狱高墙一般黑黢黢的树丛，看着马车后面几个被吓得魂飞魄散的人影，最后她的目光落在瑞特身上。她自己疯了吗？是不是自己听错了？

现在瑞特笑了起来。在昏暗的光线下，她只能看见他雪白的牙齿，久违的嘲讽又回到了他的眼睛里。

“分手？那——那你去什么地方？”

“亲爱的姑娘，我嘛，要去参军了。”

斯佳丽听了，如释重负地叹了口气，心里又有点儿气恼。他干吗偏偏选这么个时候开玩笑呢？瑞特要参军！他常说傻瓜才会因为一阵鼓声和演讲家的几句豪言壮语就被骗去送命——傻瓜枉自送命，聪明人坐收渔利。

“哦，我真想掐死你，把我吓成这样！我们继续走吧。”

“我可不是开玩笑，亲爱的。我觉得受到伤害了，斯佳丽，你竟然把我高贵的牺牲精神当作儿戏。你的爱国心哪儿去了？对我们伟大事业的爱哪儿去了？现在是你让我光荣凯旋或战死沙场的时候。但是，要快点儿说，我还要在离开你们参军前进行一场慷慨激昂的演说呢。”

他慢条斯理的话在斯佳丽耳中成了一种嘲讽。他是在嘲笑她，而且她听出来他也嘲笑自己。他干吗谈什么爱国心、凯旋、慷慨激昂的演说？他可能是认真的。只是他怎么能随便把她留在这么黑黢黢的路上，撇下一个或许已经奄奄一息的产妇、一个刚出生的婴儿、一个傻乎乎的黑丫头和一个被吓破胆的孩子？怎么能让她负责带领他们穿过数英里的战场，那里到处都是掉队的士兵、北佬、大火，老天知道那里还有什么。

有一次，当她只有六岁的时候，她从树上摔了下来，趴在那里动弹不得。她至今还能想起当时恢复呼吸前那种难受的感觉。现在，她看着瑞特的时候，她又有了和当时一样的感觉，呼吸不上来，脑袋昏昏沉沉，而且恶心想吐。

“瑞特，你是在开玩笑！”

她抓住他的胳膊，害怕的泪水吧嗒吧嗒地落在了手腕上。他抬起她的手，轻轻地亲着。

“太自私了吧，亲爱的？只想着自己宝贵的身体，怎么不想想我们伟大的邦联？想想由于我在危机时刻出现，我们的军队该受到多大的鼓舞啊。”他的声音里有一点儿略带恶意的温柔。

“哦，瑞特。”斯佳丽呜咽起来，“你怎么能这样对待我？你为什么要离开我？”

“为什么？”瑞特得意地笑了起来，“可能是因为，我们每个南方人身上都隐藏着难免外露的感情冲动吧。也许，我感到羞愧了。

谁说得准呢？”

“羞愧？你应该羞愧死的。把我们丢在这里，孤零零、无依无靠……”

“亲爱的斯佳丽！你可不是无依无靠。任何像你一样自私而又坚决的人永远都不会无依无靠的。如果北佬抓住你，倒是他们该祈祷上帝保佑了。”

瑞特猛地下了车，斯佳丽目瞪口呆地看着他绕到她坐的这边。

“下来。”他命令道。

她瞪着他。瑞特不客气地伸出胳膊把她抱了下来，放在自己身旁。他紧紧地抓着她，把她连拉带拖地拽到离马车几步之外的地方。斯佳丽感到鞋里的沙土和石砾把脚磨得生疼，周围的闷热与黑暗像梦一样笼罩着她。

“我不指望你能理解或原谅我，我也不在乎你是否能理解或原谅，因为我恐怕永远也不会原谅自己这种愚蠢行为。我也很生气自己如今还摆脱不掉这种不切实际的念头，但是我们亲爱的南方现在需要每一个人。我们勇敢的布朗州长不是这么说的吗？反正我这就去上战场。”瑞特突然笑了起来，笑得那么响亮，那么无所顾忌，在阴森黑暗的树林里激荡起阵阵回声。

“‘若不是我更爱荣誉，亲爱的，我也不会如此爱你。’这诗句现在正用得上，不是吗？至少比我自己此刻能想起来的都更好。因为，尽管上个月那天晚上我在门廊上说过那种话，可我确实很爱你，斯佳丽。”

他慢条斯理的话里满是爱恋，温暖有力的双手沿着斯佳丽的胳膊往上抚摩：“我爱你，斯佳丽，因为我们俩有那么多相似之处。亲爱的，我们俩都是叛逆，都是自私的无赖。只要我们能平平安安，过得舒舒服服，即使整个世界崩溃了，我们也毫不在乎。”

他的声音在黑暗中继续，斯佳丽听到了这些话，但是这番话对她毫无意义。她的思绪徒劳地努力接受他要把她一个人留在这里面对北佬这样残酷的事实。她的心里一直说："他要离开我了，他要离开我了。"但是没有激起任何感情。

接着他的胳膊搂住了她的腰和肩膀，她感到他大腿上结实的肌肉抵着她的身体，他衣服上的扣子压在她的胸脯上。她全身涌过一阵热浪，感到又狂乱又惊慌，她忘却了身处何地、何时、何种情况。她觉得自己软得像个布娃娃，浑身发热，四肢乏力、无依无助，而靠在他的胳膊上让人那么舒服。

"对上个月我提的建议你不想改主意了吗？没什么比死亡与危险更刺激的了。斯佳丽，有点儿爱国心嘛，想想你是如何让一个士兵在牺牲之前能拥有一段甜蜜的回忆。"

现在他开始吻她了，他的小胡子蹭着了她的嘴，他的嘴唇滚烫，吻得慢条斯理，仿佛整个夜晚都属于他。查尔斯从来没有这么吻过她，塔尔顿家孪生兄弟和卡尔弗特家兄弟的吻也从来没有让她这样忽热忽冷，浑身发抖。他把她的身体稍稍向后仰，他的嘴唇从她的喉咙向下，滑到紧身衣上的装饰扣。

"亲爱的，"他悄声说，"亲爱的。"

她看到了黑暗中马车模糊的轮廓，听到韦德尖着嗓子喊：

"妈妈，我害怕！"

清醒的意识一下子回到她眩晕恍惚的头脑中，她记起了自己一时间忘记的事情，那就是她自己也感到害怕，瑞特要离开她了，离开她，这个该死的无赖。最主要的是，他厚颜无耻到了极点，竟然用他那个无耻的提议来侮辱她。想到这里，她不禁涌上一阵恶气，挺起了背，猛地一下挣脱出他的怀抱。

"哦，你这个浑蛋！"她不假思索地脱口喊道，努力找出些更脏的词来骂他，就像她爸爸杰拉尔德骂林肯、骂麦金托什一家、骂不听话的骡子那样，但是就是一时找不到词，“你这个下流、胆小、讨厌、肮脏的家伙。”她实在想不出还有什么词，所以抽出胳膊用尽力气狠狠地打了他一耳光。他朝后退了一步，抬手摸了摸脸。

他镇定地“啊”了一声，一时间两个人就这么面对面地站在黑暗中。斯佳丽能够听到他重重的喘息声，以及自己上气不接下气的呼吸声，仿佛刚刚急跑了一阵。

“大家都是对的！人人都是对的！你根本不是绅士！”

“亲爱的姑娘，”瑞特说，“这多乏味啊。”

斯佳丽知道他又笑了，这笑声刺激了她。

“滚！现在就滚！我希望你马上就走，我再也不想见到你了。我希望有颗炮弹正好落在你头上，把你炸成碎片。我……”

“什么也别说了，我会按你的意思去做的。当我为国捐躯的时候，我希望你的良心会让你难受。”

斯佳丽听到他一边转过身朝马车走去，一边还在笑。她看到他站在马车旁，听到他开口说话，语气迥然不同，又客气又尊敬，他和玫兰妮说话时总是这种语气。

“韦尔克斯夫人？”

马车里传来的回答，是普莉西吓坏了的声音。

“上帝啊，是巴特勒船长！玫荔小姐在里头昏过去了。”

“她没死吧？她还有呼吸吗？”

“是的，先生，她还在出气呢。”

“这样可能对她更好。如果她有知觉，我倒怀疑她是不是能受得了那样的疼痛。好好照顾她，普莉西。这些钱给你，你已经够笨的了，别干出更傻的事来。”

“是的，先生，谢谢你，先生。”

“再见啦，斯佳丽。”

斯佳丽知道他转过身来，面对着自己，但是她没有说话。她已经给气得什么都说不出来了。瑞特两脚踏在鹅卵石地上，有一会儿斯佳丽能看见他的肩膀隐约在黑暗中晃动。他走了。有一段时间斯佳丽能听到他的脚步声，然后它们逐渐消失。她慢慢走回马车，两腿发抖。

他为什么要走，要走进黑暗，走向战场，走向一个已经失败了的事业，走向一个疯狂的世界？他为什么要走？瑞特素爱美酒女色，喜欢佳肴软卧，喜欢穿上等的亚麻和皮衣，他痛恨南方，嘲笑那些为之战斗的傻瓜。而现在他却穿着锃亮的靴子，踏上了苦难的征程，那里饥饿横行，伤痛、疲倦和心碎像不停号叫的狼群。而这条路的尽头就是死亡。他本来用不着走，他既安全又富有，完全可以过得舒舒服服。但他还是走了，把她独自留在伸手不见五指的黑暗中，而且就在她和家之间还隔着北佬的军队。

现在她想起所有想骂他的恶毒的词来了，但是已经太晚了。她把头靠在马儿弯下来的脖子上，哭了。

第二十四章

清晨明亮的阳光从头顶的树叶间照下来，照醒了斯佳丽。斯佳丽的睡姿别扭，浑身麻木，一时记不起自己在什么地方。头顶的阳光照得她睁不开眼，身下硬邦邦的马车厢抵着身体，腿还让沉甸甸的东西压着。她挣扎着坐起来，发现原来压在腿上的重量是枕着她膝盖沉睡的韦德。玫兰妮的光脚几乎挨着她的脸，普莉西蜷缩在马车的座位下，像只黑猫，把婴儿夹在她和韦德两人之间。

斯佳丽把一切都想起来了。她一下子坐起身，匆忙朝四周看。感谢上帝，没有北佬！他们的藏身之地晚上没被人发觉。现在她记起发生的一切了，瑞特的脚步声消失后，漫漫长夜中那段行程简直像噩梦，他们摸黑驾车驶过满是石砾的坑洼小道，马车不时陷进路两边的水沟，恐惧让她和普莉西产生疯狂的气力，竟然将轮子推出了水沟。她胆战心惊地想起，她一听到有士兵接近就把不情愿的马赶到田地或树林里，不知道这些人是敌是友；她还想起，当时要是有人咳嗽一声、打一个喷嚏，或是韦德打嗝儿，都可能会把他们暴露给那些当兵的，为此，她曾紧张不安。

哦，当时路上多黑啊，走动的人就像幽灵，谁都不说话，只有行军那种落在柔软土地上重重的脚步声和马笼头咔嗒咔嗒的声音，以及皮带绷紧了的吱吱声！有一阵子，马儿不肯再走了，而黑暗中骑兵和拖着轻型大炮的车轰轰隆隆从他们坐的地方驶过，离他们那么近，近得她伸手就能摸得到他们，近得她都能闻到士兵身上发出的臭汗味，他们吓得大气不敢出，真是可怕的一刻啊！

最后，他们接近了马虎村，有几处营火依然亮着，罗伯特·李将军的断后部队正等着撤退的命令。斯佳丽驾车在田地里绕了约一英里，直到身后再也看不见营火。然后，她在黑暗中迷失了方向，她怎么也找不到自己曾经熟悉的小道，忍不住哭了起来。不过，最终还是找到了那条路，马陷进了坑里，怎么也不肯走了，斯佳丽和普莉西两人使劲拽笼头，它也不肯再站起来。

于是斯佳丽只好给马解开缰绳，自己累得浑身大汗，爬到马车后边，舒展开酸痛难忍的两腿。她模模糊糊记得，睡魔合上她的双眼前，玫兰妮虚弱的声音像是道歉又像是乞求，她说："斯佳丽，能给我点儿水吗？"

她当时想回答："没水。"话还没出口，人就已经睡着了。

现在天亮了，四周平静而肃穆，绿荫中点缀着金色的光斑。目之所及没有士兵的影子。斯佳丽又饿又渴，浑身酸痛，腿脚抽筋，她斯佳丽·奥哈拉只有睡在细亚麻床单和最柔软的羽绒床垫上才能休息好，怎么能像个庄稼汉似的睡在硬邦邦的木板上呢？

她在明亮的阳光下眨了阵眼，目光落在玫兰妮身上，一下子吓得喘不上气来了。玫兰妮躺着一动不动，面色苍白，斯佳丽以为她一定已经没气了。玫兰妮看上去真像已经断了气，像个死去的老妇人，乱蓬蓬的黑发垂在备受蹂躏的脸庞上。不过她接着看出玫兰妮在微微呼吸，身体上下起伏，这才松了口气，知道玫兰妮挺过了昨天晚上。

斯佳丽用手挡住阳光，向四下里张望。他们显然是在某家人前院里的树下过的夜，因为她面前是一条沙石铺的车道，蜿蜒消失在松柏相夹的大道上。

“哦，这不是马洛里家嘛！”斯佳丽想到，一想到即将有朋友帮助，她的心不由得乐得狂跳起来。

但是死一般的寂静笼罩着这个种植园。由于马蹄、车轮和人脚在上面来回反复践踏碾压，草坪上的土都被翻了出来，灌木丛和花草被糟蹋得支离破碎。斯佳丽向后面的房子望去，没看见曾经非常熟悉的白色墙板，只有一条长长的花岗岩矩形地基熏成黑色，两根高高的烟囱让烟熏黑的砖块伸向烤焦的静止树叶中。

斯佳丽颤抖着深吸了一口气。塔拉会不会也跟这儿一样，被夷为平地，笼罩在死一般的寂静中呢？

“我现在可不能这么想。”她连忙对自己说，“我决不能这么想，要不然我又要害怕了。”她的心跳不由自主地加快了，而且跳得怦怦直响，每跳一下都像打雷似的，“回家！快！回家！快！”

要回家必须动身赶路，但首先必须找点儿吃的和水，尤其是找水。她把普莉西推醒。普莉西朝四下里张望，两眼骨碌碌直转。

“上帝啊，斯佳丽小姐，我以为醒来的时候我们准会到天国呢。”

“你离那儿还远着呢。”斯佳丽说，抬手捋捋自己蓬乱的头发。她的脸上湿乎乎的，身上也汗湿了。她感到自己的模样又脏又乱，甚至有点儿臭烘烘的。因为穿着衣服睡觉，衣服被压得皱巴巴的，斯佳丽这辈子从未感到过像现在这么累，浑身从没有这么酸痛过。由于昨天晚上用力过度，身上的肌肉痛得厉害，她以前都不知道自己还有肌肉，现在每动一下都疼得要命。

斯佳丽低头看了看玫兰妮，玫兰妮的黑眼睛睁开了。这双眼睛看上去病恹恹的，因为发着烧看上去亮晶晶的，深陷的眼眶下眼袋黑黑的。她张开干枯的双唇，低声请求道：“水。”

“快起来，普莉西。”斯佳丽命令道，“我们到井那儿去打点儿水。”

“可是，斯佳丽小姐，那儿会有鬼魂，说不定有什么人死在那儿呢。”

“如果你不从车上给我下来，我就把你变成个鬼。”斯佳丽威胁道，她可没心情跟她讲道理，自己也一瘸一拐下了车。

这时候她想起了那匹马。上帝啊！要是马在晚上已经死了可怎么办？昨晚上斯佳丽给它解缰绳的时候，它看上去已经不行了。她绕过车，看到马侧身躺着。要是马死了，斯佳丽可要诅咒上帝，然后自己也倒地而死。《圣经》里不是就有人这么做嘛，诅咒上帝，自己也倒地而死。她如今知道那人的感觉。不过马还活着——重重地喘着气，眼睛半闭着，不过还活着。可能喂点儿水，对它也有帮助。

普莉西从车上爬下来，她老大不情愿，嘟囔个没完，胆战心惊地跟在斯佳丽后面，走上那条林荫道。废墟背后，一排粉刷成白色的黑奴棚屋寂然无声，在层层树荫下十分寂寥。在黑奴棚屋和烧焦的房基之间，她们找到口井，上面的遮棚还在，桶在井下老远挂着。斯佳丽和普莉西两人合力绞动绳索，当水桶装着清凉的井水从黑乎乎的井下吊上来时，斯佳丽把桶斜凑在嘴边，咕嘟咕嘟开怀痛饮，把全身都弄湿了。

斯佳丽就这么喝啊喝，直到普莉西壮起胆说：“哦，我也渴哩，斯佳丽小姐。”这才让她想起别人也需要水喝。

“解开绳子，把桶拎到马车那儿去，给他们也喝一点儿，然后把剩下的水喂了马。你是不是觉得玫兰妮小姐该喂孩子了？他一定饿了。”

“天啊，斯佳丽小姐，玫荔小姐没奶——她不会有奶喂孩子的。”

“你这么知道？”

“像她这样的我可见得多啦。”

“别跟我这儿装腔作势，昨天你还对婴儿一窍不通呢。现在，动作快点儿。我去找点儿吃的东西。”

斯佳丽找了半天毫无收获，最后在果园里找到几个苹果。在她以前有士兵已经来过，树上的果子已经给摘光了。她在地上发现几个，几乎都要烂了。她挑了几个最好的，用裙子兜着，穿过软土地往回走，不断有小石子往鞋里灌。昨天晚上干吗没想到换双结实的鞋子呢？怎么没记着戴上她的太阳帽呢？为什么没带点儿吃的东西？她就像个傻瓜一样。但是，当然了，她当时以为瑞特会照顾他们呢。

瑞特！她呸地朝地上唾了一口，一想到这个名字就觉得不是滋味。她恨死他了！他真是太可耻了！而她竟然站在那里让他亲吻——而且还很喜欢。昨晚她一定是疯了。他真是太可恶了！

回到马车跟前，她给大家分了苹果，把剩下的几个扔到车厢后面。现在马站起来了，可是水似乎没让它恢复多少体力。它在白天看起来比昨晚更惨。它的屁股像只老牛似的朝后撅，肋骨像搓板，背上满是伤痕。给它套上缰绳的时候，斯佳丽都不敢碰着它。往它嘴里塞马嚼子的时候，她发现它一颗牙都没有了。真是老掉牙啦。瑞特偷马的时候，怎么不偷匹好点儿的？

斯佳丽爬上驾车座，用根胡桃树枝抽打马背。马艰难地喘息着开始朝前走，斯佳丽把它赶上了路，它走得实在太慢了，斯佳丽觉得自己步行也能不费吹灰之力超过它。唉，要是没有玫兰妮、韦德、那个婴儿和普莉西拖后腿就好了。她自己走着回家该有多快啊！哦，她干吗不跑着回家，跑着一步步离塔拉和妈妈更近。

他们离家不到十五英里了，但是照这匹老马的速度还得走一天才成，因为她得让它不时歇一歇。一整天！她低头看着耀眼的红土路，路上满是炮车和急救车轧出的坑坑洼洼。也就是说要知道塔拉是否还完好、妈妈是不是还在家，必须再等好几个小时。她还得在九月酷热的太阳下再走好几个小时。

她朝后看了看玫兰妮，玫兰妮躺在那里病恹恹的，双眼紧闭，避免晒着，斯佳丽扯开帽带，把帽子扔给普莉西。

“罩着她的脸，这样太阳就不会照着她的眼睛了。”这样，斯佳丽毫无遮拦的头就暴露在炎炎的烈日下，她不禁想：“这么一天下来，我准会晒得像颗珍珠鸡蛋一样，长出满脸的雀斑。”

她这辈子还从来没有不戴帽子或面纱在阳光下待过，也从来没有不戴手套握过缰绳，她那双尽是小圆窝窝的双手和雪白的皮肤从来都受到仔细的保护。而此时此地，她却赶着一匹老马，拉的车破得要散架，暴露在太阳之下，浑身肮脏、满身汗臭、饥饿难当，除了像只蜗牛一样在一片荒芜的土地上慢慢爬行，没别的办法可想。不过短短几个星期前，她还过着那么安全稳定的生活！不久之前，她和其他所有人还都以为亚特兰大永远都不会失陷，佐治亚州永远都不会被占领。但是四个月前出现的一朵小小的云彩酝酿成了一场猛烈的风暴，继而酿成一个狂呼怒吼的龙卷风，将她的世界横扫而去，她自己也被抛出安乐窝，扔在这片漫无人烟、鬼怪出没的荒凉之地。

塔拉是否依然是故园？还是被这场横扫佐治亚的风暴席卷而去了？

她用鞭子抽着马背，催它朝前快走，来回摇摆的车轮却让他们像醉汉一样，摇摇晃晃地朝前驶去。

空气中充满了死的气息。在傍晚的阳光下，斯佳丽熟悉的田野和树林绿油油、静悄悄的，这种非尘世的寂静让斯佳丽心中感到阵阵恐惧。他们那天经过的每一所墙壁斑驳的、空荡荡的屋子，看到每片熏黑的废墟上竖立着孤零零像站岗一样的烟囱，都增加了斯佳丽心中的恐惧。自从前一天晚上起，他们没有看到一个活人和牲畜。见到的都是死人、死马、死骡子，倒在地上，腐烂水肿，爬满了苍蝇，就是没有活人，也没有活动物。没有远处的牛哞、鸟叫，甚至没有微风吹动树枝。只有啪嗒啪嗒疲惫的马蹄声和玫兰妮的婴儿轻声啼哭打破这片寂静。

乡村景象仿佛中了可怕的魔法。或者比这还糟，它就像一位母亲熟悉可亲的脸，经历过临终前的痛苦后，最终恢复了平静和美丽，斯佳丽想到这儿，不禁打了一个寒战。她觉得曾经熟悉的树林里到处游荡着鬼魂，成千上万的人在琼斯博罗附近的战斗中死去，他们的鬼魂就在这片树林里游荡，西斜的阳光怪异地穿过一动不动的树叶，仿佛鬼魂不论敌友，都在朝马车里窥视，朝她窥视，他们的眼睛都蒙着一层鲜血和红土，目光呆滞，令人恐惧。

“妈妈！妈妈！”她低声喊道。但愿她能回到埃伦身边！但愿能够出现奇迹，让塔拉安然无恙，她可以赶着车驶过林荫车道，走进屋子，看到母亲那张和蔼温柔的脸，再次让妈妈那双能赶走恐惧的手抚摩自己，而她就抓着埃伦的裙子，把头埋进裙子里。妈妈知道该怎么做，她不会让玫兰妮和婴儿死的，她会“嘘、嘘”地赶走一切鬼魂和恐惧。但是妈妈生病了，可能已经奄奄一息了。

斯佳丽朝有气无力的马屁股上抽了一鞭。他们得赶快走！他们已经在这条没有尽头的路上爬行了整整一天，这是漫长而炎热的一天。夜晚即将降临，他们又被孤零零留在荒野上，那将意味着死亡。斯佳丽的双手已经满是水疱，她把缰绳握得更紧些，使劲抽打马背，这么一动，她本来已经酸痛的胳膊疼得像火烧一样。

但愿她能投入塔拉和埃伦的怀抱，卸下这些远非她年轻的肩膀所能承担的包袱——生命垂危的产妇、奄奄一息的婴儿、她自己饥饿的小孩儿和惊慌失措的黑奴，他们都指望从她这里寻求力量、寻求指引，他们都在她挺直的身躯中获得勇气和力量，而实际上她自己并不具备这种勇气，她的力量也早已消耗殆尽了。

筋疲力尽的马对鞭子和缰绳已经没有任何反应了，仍然摇摇晃晃地蹒跚而行，不时地被小石子磕绊一下，踉踉跄跄仿佛马上就要摔倒。不过，当黄昏降临时他们漫长的行程已经到了最后阶段。他们的马车在小路上拐过一个弯，拐上了主路。到塔拉只剩下一英里的路了！

前面隐约可见的黑黢黢桑橙树篱是麦金托什家地界的边缘。又往前走了一会儿，斯佳丽在一条两边是橡树的大道前拉住了缰绳，这条路通向老安古斯·麦金托什家的房子。她透过越来越重的暮色从两排古树间望去。到处一片黑暗，房子里和棚子里一丝光亮都没有。黑暗中，斯佳丽使劲睁大眼睛搜索，经过这么可怕的一天后，她似乎隐约辨认出熟悉的景象——两根高高的烟囱像墓碑一样矗立在已是废墟的二层楼上，破碎的窗子在墙上留下一个个黑窟窿，像盲人呆滞的眼睛。

“喂！”斯佳丽使出全身气力喊道，“喂！”

普莉西慌得伸手抓住斯佳丽，斯佳丽转过身，见普莉西的眼睛骨碌碌直转。

“别‘喂’了，斯佳丽小姐！求求你，别喊‘喂’了！”她低声颤抖地说，“还不知道回答我们的会是什么呢！”

“哦，上帝啊！”斯佳丽这么一思量，身上一阵战栗，“我的上帝啊！普莉西是对的。从这里什么东西都可能跑出来！”

她抖动缰绳，催马前行。麦金托什家的景象使她剩下的最后一点儿希望也破灭了。房子和她这一天早些时候路过的庄园一样，被烧成一片废墟，已经人去楼空了。塔拉只有半英里路之遥，而且也在这条路上，在军队的必经之路上。塔拉也被夷为平地了！她只会看到熏黑的砖块，还有星光照在没有屋顶的墙壁上，埃伦和杰拉尔德已经走了，妹妹们走了，黑妈妈走了，所有的黑人都走了。而且天知道他们去哪儿了，到处都只有这死一般的寂静。

她为什么非要不按常理，拖着玫兰妮和婴儿逃难呢？与其在烈日的酷晒下和颠簸的马车里折磨这么一天，最后死在荒无人烟的塔拉的废墟上，还不如留在亚特兰大城里等死呢。

但是阿希礼把玫兰妮托付给她照料。“照顾好她。”那美丽而令人心碎的一天，他亲吻她跟她道别，随后便一去无音讯！“你好好照顾她，好吗？答应我！”她答应了。如今阿希礼已经不在了，她为什么要让这个承诺加倍束缚自己呢？即使是累得筋疲力尽的时候，她还是痛恨玫兰妮，痛恨婴儿那打破寂静越来越微弱的哭泣声。但是她许下了诺言，现在他们都要由她管，就像韦德和普莉西归她管一样，只要她还有力气，还有一口气，就要为他们拼命斗争。她本可以把他们留在亚特兰大，把玫兰妮扔在医院不管，但是她要是这么做了，无论是在这个世界还是在阴间，她都永远无法面对阿希礼，她没法儿告诉阿希礼，她把他的妻子和孩子扔下不管，听任他们死在陌生人中间。

哦，阿希礼！当她和他的妻儿在这条鬼影憧憧的路上艰难前行时，他在什么地方？他还活着吗？他躺在罗克艾兰监狱里是否还在思念着她斯佳丽？或者他已经在数月前死于天花，如今正和成百上千名邦联士兵一起在沟壑里腐烂？

突然，附近草丛中有个响声，几乎把斯佳丽绷紧的神经吓断。普莉西放声尖叫，吓得趴在马车上，把婴儿压在身下。玫兰妮虚弱地动了动身子，伸手想找孩子，韦德捂住眼睛，缩成一团，吓得连喊都不敢喊。然后，附近的草在笨重的蹄子下分向两边，一声低沉的吼叫灌进他们耳朵里。

“不过是头母牛而已。”斯佳丽说道，她的声音也由于惊慌变得沙哑了，“别犯傻了，普莉西。你都把孩子压坏了，还把玫荔小姐和韦德吓得够呛。”

“那是鬼。”普莉西抽搭着说，仍然把脸埋在马车里。

斯佳丽慢慢转过身，举起一直当作马鞭使的树枝抽在普莉西身上。她自己实在太疲惫，而且恐惧让她变得虚弱，再也忍不了别人的脆弱。

“坐起来，你这个傻瓜，”她说，“免得我把鞭子在你身上打断。”

普莉西哭喊着抬起头，偷偷地朝马车边看，发现果然是头红白相间的母牛，站在那里睁着一双受惊的大眼睛可怜巴巴望着他们。母牛又张开嘴，像是喊疼似的又叫了一声。

“它是不是哪儿在疼？这声音不像普通的牛叫。”

“我听着好像是它的奶胀哩，它需要有人给挤奶哩。”普莉西多少恢复了一点儿意识，“这大概是麦金托什家的牛吧，他一定是让黑人把牛赶到树林里，所以没有给北佬抓去。”

“那我们带它走。”斯佳丽立刻做出决定，“然后我们就有奶给婴儿吃了。”

“我们可怎么带牛呀，斯佳丽小姐？我们带不走牛的。而且好长时间没有给挤奶的牛也没有什么用，它的奶子都快给胀破了，所以它才叫个不停。”

“既然你这么在行，那你就脱掉衬裙，撕成条系起来，把它拴在车后。”

“斯佳丽小姐，你知道我已经一个月没穿过衬裙了，就算有也不会白白给牛用。我从来没跟牛打过交道，我怕牛怕得要死哩。”

斯佳丽放下缰绳，撩起裙子，镶着花边的衬裙是她剩下唯一还算漂亮也是唯一完好的衣裳了。她解开背心的带子，褪到脚上，用手压平柔软的亚麻褶边。这是瑞特偷越封锁线的最后一船货带回来的，是瑞特专门从拿骚给她买的亚麻衣料和花边，她缝了一个星期才做好这件衣服。可她坚决抓住裙边使劲拽，还放进嘴里用牙咬，直到衣料哗地被撕开个口子，撕成长长的一条。她狠命地咬，用两只手一起撕扯，衬裙在她手中变成一段一段的布条。她的手指都磨出血了，而且还累得发抖，但她还是用手把这些布条接起来。

“把这个套在牛角上。”她吩咐道，但是普莉西畏缩不前。

“我对牛怕得要死哩，斯佳丽小姐，我从来也没跟牛打过交道。我不是种地的黑鬼，我是屋子里的使唤丫头。”

“你是个傻得要命的黑鬼，爸爸干的最糟糕的一件事就是买了你。”斯佳丽慢条斯理地说，她已经累得生不起气来了，“我要是能抬起胳膊，一定狠狠抽你一顿。”

“哦，我也说‘黑鬼’了，要是让妈妈听了一定会不高兴的。”斯佳丽不禁想到。

普莉西拼命转动眼珠子，先是偷瞧一眼女主人拉下的脸，然后又看看哀号的母牛。这两者相比之下，还是斯佳丽看起来安全些，所以普莉西抓着车帮，一动不动。

斯佳丽僵硬地从马车座位上爬下来，每动一下，肌肉都会被牵得生疼。并不是普莉西一个人对牛“怕得要死”，斯佳丽从来就怕牛，即使是最温驯的母牛在她看来也像是凶神恶煞，但是如今种种巨大的恐惧像乌云一样笼罩在她头顶的时候，没时间屈服于这种芝麻大的小恐惧。幸亏这头牛脾气温和，它身上疼痛，正向人类寻求陪伴和帮助，斯佳丽拿着衬裙做的绳索向它的角套去，它没有任何威胁动作。斯佳丽用已不听使唤的指头尽可能牢固地把绳子的另一端系到马车后，然后她自己转身准备走回车座，这时一阵巨大的疲惫向她袭来，她身子左右摇摆，她赶快抓住车帮，以免摔倒。

玫兰妮睁开眼，看到斯佳丽站在她身边，便低声问："亲爱的，我们到家了吗？"

家！听到这个字，两行热泪涌上斯佳丽的眼睛。家！玫兰妮还不知道家没有了，他们孤零零留在一个狂乱的世界里，举目无亲。

"不，还没到呢。"斯佳丽的嗓子哽咽了，她尽量温柔地说，"不过我们很快就到了。我刚刚找到头母牛，你和孩子很快就有奶喝了。"

"我可怜的孩子。"玫兰妮低声说，她伸出一只虚弱的手慢慢伸过去想摸孩子，可是没够着。

斯佳丽使出浑身力气才爬上马车，一坐回去，就立刻抓起缰绳和马鞭。马儿低着头，没精打采地站在那里，不想举步。斯佳丽狠心挥动鞭子，她希望上帝能原谅她这样伤害一匹疲倦不堪的生灵。即使上帝不原谅她，她也不会感到抱歉。毕竟，塔拉就在前面，再走四分之一英里就到了，马要是在车辕里倒下，就让它倒下吧。

马终于缓慢地迈开步子，马车吱呀吱呀作响，那头母牛每走一步就哞哞叫一声。牲畜痛苦的叫声折磨着斯佳丽的神经，直到她都想要停下车去解开它的绳子。如果塔拉空无一人，这头母牛对他们有什么用呢？她自己不会挤牛奶，而且即使她会，那牛十有八九也会朝碰它酸胀乳房的人尥一蹄子。但是她既然已经有了这头牛，那她最好还是留着它。如今她在这个世界上几乎是一无所有了。

当他们最终到达一个小斜坡的底下时，斯佳丽的眼睛变得模糊了，过了这道坡就是塔拉了！紧接着，斯佳丽的心不由得下沉。这匹衰弱的老马是无论如何也爬不上这个坡的。在以前，斯佳丽骑着她那匹快腿小母马疾驰而上的时候，这个坡显得那么微不足道、那么徐缓。她简直不能相信从上次见它以来，这个坡会变得这么陡峭。

老马拉着那么重的车，绝不可能爬上去。

斯佳丽拖着疲惫的身子下了车，伸手拉住马笼头。

“下来，普莉西。”她命令道，“让韦德也下来。要么抱着他，要么让他自己走。把婴儿放在玫兰妮小姐身边。”

韦德抽抽搭搭地哭了起来，斯佳丽从他的啜泣中听得出他在说：“黑……黑……韦德害怕！”

“斯佳丽小姐，我走不动。我的脚给磨出了疱，鞋也磨坏了，而且我跟韦德也没多重，要不……”

“下来！要不我就把你拖下来！到那时候我可要把你一个人留在这个黑黢黢的地方。快下车，快！”

普莉西呜咽起来，偷眼瞧瞧路两边黑黢黢的树木，如果她下了马车，这些树仿佛会伸出手来抓走她。但她还是把婴儿放在玫兰妮身边，爬下了马车，然后又伸手把韦德抱了出来。韦德缩在他的小保姆身边，仍旧不停地抽噎。

“让他别哭了，我真受不了。”斯佳丽一边说，一边拉着笼头，让马勉强起步，“韦德，做个男子汉，别哭了，要不我这就过去扇你个嘴巴。”

斯佳丽的脚脖子在黑黢黢的路上扭得生疼，于是她恶狠狠地想，上帝干吗要创造出小孩儿来呢——又帮不上人的忙，总哭哭啼啼惹人讨厌，而且还总是要人照顾、碍手碍脚。当她筋疲力尽的时候，根本顾不上同情吓坏了的小孩儿，韦德被普莉西拽在身边，一边小跑，一边抽鼻子，斯佳丽觉得生下他只是徒增烦恼，而且她生出了一种困惑——自己怎么会嫁给查尔斯·汉密尔顿？

“斯佳丽小姐，”普莉西一面低声说，一面抓住了女主人的胳膊，“我们还是别去塔拉了吧。他们都不在那儿了，他们都走了，说不定他们都死了——妈妈和所有的人都死了。”

听普莉西说出自己心中的想法，斯佳丽勃然大怒，她甩开普莉西的手。

“那让我拉着韦德，你就坐在这里一直待着吧。”

“不，小姐！不，小姐！”

“那就闭嘴！”

马走得多慢啊！从它嘴里流出的口水滴在斯佳丽的手上。她的脑海中响起了以前曾经和瑞特一起唱过的一首歌，她只记得一句词，其余的都想不起来了：

累人的重担，还得再熬几天……

“还得再熬几步。”斯佳丽在心里一遍遍地唱，“累人的重担，还得再熬几步。”

他们终于登上了坡顶，前面就是塔拉庄园的橡树林，黑压压的一片耸立在越来越黑的天空下。斯佳丽慌忙远眺，看有没有灯光，但是一点儿光都没有。

“他们走了！”她心里暗说，胸中像是压了一块冷冰冰的铅，“走了！”

她将马头转向通往房子的车道，头顶上方树冠相连的杉树将他们笼罩在午夜一般的黑暗中。斯佳丽使劲从这条黑暗的隧道中看去，她看到前面——她真的看到了吗？是不是她疲劳的双眼看走眼了？朦胧中，她看到塔拉庄园白色的砖墙。家！家！亲爱的白色砖墙、飘动的窗帘、宽阔的门廊——难道这一切都在前面的幽暗中？还是怜悯的夜色隐藏起与麦金托什家一样骇人的景象？

通往家的车道仿佛有数英里之遥，尽管斯佳丽使劲用手牵着马朝前走，但马的步伐还是越来越慢了。斯佳丽的眼睛在黑暗中努力搜索。房子的屋顶似乎还是完整的。是真的呢，还是……不，这不可能。战争不会放过任何东西，即使能够屹立五百年的塔拉也不会例外。战争不可能放过塔拉的。

慢慢地，朦朦胧胧的轮廓开始化作具体的形状。斯佳丽牵着马加快了脚步。透过黑暗，白色的砖墙确实在那里，而且并没有被烟熏黑。塔拉庄园逃过劫难了！家啊！斯佳丽扔下马笼头，跑完最后几步，朝前扑过去，迫不及待地要把墙拥抱在怀里。此刻，她看到一个模糊的影子出现在漆黑的门廊上，站在台阶上。塔拉并非一座空宅，家里有人！

从她喉咙里涌上一声欢呼，但是却没有发出声来。屋子里太黑太安静了，那个影子既没动也没喊她的名字。什么地方出岔子了？什么地方出岔子了？塔拉虽然安然无恙地矗立在那里，但是却笼罩着和遭了难的整个乡间同样的怪异的寂静。接着那个影子动了，它僵硬而缓慢地走下了台阶。

“爸？”斯佳丽沙哑地轻轻叫了一声，她几乎不相信真是他，“是我，凯蒂·斯佳丽。我回家来了。”

杰拉尔德朝斯佳丽走了过来，安静得像个梦游者，拖着一条僵硬的腿。他走到斯佳丽面前，眼神迷离恍惚，仿佛觉得斯佳丽是梦中景象的一部分。他伸出一只手放在斯佳丽肩上。斯佳丽感到这只手在颤抖，颤抖得仿佛他从一场噩梦中惊醒，还处于半梦半醒之间。

“女儿，”他费力地说，“女儿。”

说完，他便不作声了。

“怎么……他怎么老成这样了！”斯佳丽想到。

杰拉尔德的肩膀佝偻了。斯佳丽看不清他的脸，但是杰拉尔德以前那种意气风发、精力充沛的劲儿已经荡然无存，那双盯着斯佳丽的眼睛几乎和小韦德一样充满了恐惧。如今他已经成了个小老头儿，彻底垮了。

一下子，对许多事情一无所知的恐惧从黑暗中呼地跳了出来，慑住了斯佳丽，她只能站在那里，看着杰拉尔德，一连串的问题涌上嘴边，却又说不出口。

从马车上又传来微弱的啼哭声，杰拉尔德似乎努力让自己振作起来。

“那是玫兰妮和她的孩子。”斯佳丽轻轻地很快说道，“她病得很厉害——我就把她带回家来了。”

杰拉尔德把手从斯佳丽肩膀上拿下来，挺直了肩膀。他慢慢地走向马车时，显出昔日塔拉庄园老主人欢迎客人的模样，但是如今却只有幽灵般一个空壳，而且仿佛他说的话也是从模糊的记忆中挖掘出来的。

“玫兰妮，我的侄女！”

玫兰妮的声音含糊不清，低声作答。

“玫兰妮侄女，这就是你的家。十二橡树庄园已经被烧了，你得跟我们待在一起。”

想到玫兰妮连续吃了那么多苦，斯佳丽必须得采取行动。她又回到了现实中，必须把玫兰妮和婴儿放到一张柔软的床上，还得为她做那些能够完成的琐碎的事情。

“她得有人抬，她没法儿走路。”

这时响起一阵拖着脚走路的声音，然后一个黑色的人影出现在前厅的门洞。波克跑下了台阶。

“斯佳丽小姐！哦，斯佳丽小姐！”他放声喊着。

斯佳丽紧紧抓住他。波克是塔拉不可分割的一部分，就像这白砖和凉亭一样令人感到亲切！波克笨拙地拍着斯佳丽，一边哭着说：“真是太高兴了，你回来了！真是太……”她感到他的眼泪滴在了她的手上。

普莉西也放声哭了起来，一边语无伦次地咕哝：“布克！布克！亲爹呀！”小韦德见大人们都哭了，也壮着胆开始抽噎：“韦德渴！”

斯佳丽指挥大家。

“玫兰妮小姐和婴儿还在马车上。波克，你得非常小心地把她抬到楼上，安顿到后面的客房。普莉西抱着小宝宝，带着韦德进屋去，给韦德倒杯水喝。波克，黑妈妈在家吗？告诉她，我需要她。”

斯佳丽一副命令口吻，波克顺从地走到马车旁，在后车板上小心摸索着，把玫兰妮半抱半拖从她躺了数十小时的羽绒被上托起来，玫兰妮呻吟了几声，波克有力的臂膀把她抱住，她的头像个小孩儿似的垂在他的肩膀上。普莉西抱着婴儿，拉着韦德，跟在他们身后走上宽阔的台阶，消失在漆黑的走廊里。

斯佳丽伸出淌血的手指，急忙抓住父亲的手。

“她们都好点儿了吗，爸？”

“闺女们都快好了。”

两人一时没说话，沉默中，一个可怕的念头让人不敢说出来。她不敢开口，不敢说出口。她咽了口唾沫，接着又吞咽了一下，忽然觉得口干舌燥，仿佛喉咙给堵死了。塔拉寂静得让人恐惧，难道这个谜底就是母亲？这时候，杰拉尔德开口了，好像在回答她心中的疑问。

“你母亲……”他一开口就停顿下来。

“母亲？”

“你母亲昨天死了。”

斯佳丽紧紧搀着杰拉尔德的胳膊，摸索着走进宽敞的走廊，里面一片漆黑，但斯佳丽对它了如指掌。她绕过一把把高背椅，躲开空荡荡的枪架，从香炉腿、旧橱柜旁经过，凭直觉走进房子后面那间小账房。以前埃伦总是坐在那里，没完没了地算账。斯佳丽确信，她走进那间屋子，妈妈一定还坐在写字台前，她会抬起头，停下手中的羽毛笔，带着馥郁的芳香站起身，裙裾窸窣着上来迎接旅途劳顿的女儿。尽管爸爸像只学舌的鹦鹉一遍又一遍反复说："她昨天死了……她昨天死了……她昨天死了。"可埃伦不会死。

奇怪的是，她这会儿什么感觉都没有了，只觉得浑身疲惫，四肢像绑着沉重的铁链，还觉得饿，饿得两腿瑟瑟发抖。待会儿再去想妈妈吧。现在她得先把妈妈抛在脑后，否则她准会像杰拉尔德那样，变得痴痴呆呆，要么就像韦德似的哭个没完没了。

波克从宽阔的楼梯上摸黑朝他们走来，像只怕冷的野兽奔向火堆似的，急匆匆来到斯佳丽身边。

"灯呢？"斯佳丽问道，"屋里干吗这么黑，波克？拿蜡烛来。"

"他们把蜡烛都拿走了，斯佳丽小姐，只剩了一截儿，我们晚上找东西才用，也快用完了。黑妈妈把布条捻成灯绳浸泡在一盆猪油里当灯使，用来服侍卡丽恩小姐和苏埃伦小姐。"

"把那截儿剩下的蜡烛拿来。"斯佳丽命令道，"把它拿到妈妈的……拿到账房来。"

波克啪嗒啪嗒走进餐厅，斯佳丽摸索着走进那间漆黑的小屋，颓然倒在沙发上。她父亲的手臂仍然挎在她的胳膊上，像天真的孩子或年迈的老人那样无能为力，把自己交付给别人，处处指望别人帮助。

"他老了，又老又乏。"斯佳丽又一次这么想到，可她暗自觉得奇怪，自己对此竟然无动于衷。

一簇光亮摇曳着投进屋里，波克走进屋子，手中高举半支粘在碟子上的蜡烛。黑暗的巢穴有了生气：他们身下塌陷的沙发，高耸的写字台仿佛能挨住天花板，写字台前妈妈那把精雕细琢的椅子，一排排分类格里仍然装满了妈妈用娟秀的字体书写的文件，地上的旧地毯——一切都保持着原样，只是埃伦不在了，再闻不到她身上那种淡淡的美人樱香袋散发的清香，再看不见她那吊眼梢了。斯佳丽感到心里隐隐作痛，仿佛一道深深的伤口让神经都变得麻木，麻木的神经在顽强挣扎，要恢复感觉。但她现在不能纵情悲哀，这辈子来日方长，有的是时间痛定思痛。但是，现在不行！上帝啊，现在千万别让我失声痛哭！

斯佳丽望着杰拉尔德油灰色的脸孔，她平生头一回发现他没刮胡子，一向红润的脸上长满了银灰色的胡楂儿。波克把蜡烛放在蜡台上，走到斯佳丽身边。斯佳丽觉得，假如波克是只狗，准会把嘴搭在她腿上，然后呜呜叫着要人抚摩它的头。

“波克，这儿还有多少黑人？”

“斯佳丽小姐，那些狼心狗肺的黑鬼们都跑了，有的还是跟北佬跑了的，也有的——”

“那剩下多少？”

“就我，斯佳丽小姐，还有黑妈妈，她整天都在服侍两位年轻的小姐。还有迪尔西，她现在正在楼上和两位小姐在一起。就我们三个，斯佳丽小姐。”

原先一百多个黑人，现在“就我们三个”。斯佳丽费力地扭动酸痛的脖子，把头抬了起来。她知道自己必须要保持平和的语气。让她自己都奇怪的是，她的话听起来既从容又自然，仿佛从来没有过战争，而自己好像招招手就会有十来个黑奴过来服侍。

“波克，我饿了，家里有什么吃的吗？”

“没有，小姐，全都给他们拿走了。”

“那么菜园呢？”

“他们把马放到菜园里去了。”

“难道连种在山坡的红薯也没了？”

波克厚厚的嘴唇掠过一丝得意的笑容。

“斯佳丽小姐，我把红薯给忘了。我想它们一定还在呢。那些北佬从来没种过地，把那当成草根了……”

“月亮就要出来了。你出去给我们挖点儿烤来吃。没有玉米面？没有一点儿干豆子？没有鸡？”

“没有，小姐。没有，小姐。他们在这儿没吃完的鸡，都拴在马鞍上给带走了。”

他们……他们……他们……“他们”干的事儿到底有完没完？杀人放火还嫌不够？他们打劫一空不说，还想把当地的妇女、儿童和可怜的黑人统统饿死？

“斯佳丽小姐，我们还有些苹果，黑妈妈给藏在地窖里了，我们今天吃的就是苹果。”

“那你挖红薯前先拿几个过来吧。波克，我……我……头晕得厉害。酒窖里还有酒吗？哪怕有点儿黑莓酒也好。”

“哦，斯佳丽小姐，酒窖可是他们先去的地方。”

饥饿、睡眠不足、筋疲力尽和沉重的打击混合在一起向斯佳丽袭来，她感到一阵恶心，不得不紧紧抓住雕刻成玫瑰状的沙发扶手。

“没有酒。”她闷闷地说，想起以前酒窖里堆放着一排排看不到尽头的酒瓶。突然，她的记忆萌动了。

“波克，爸埋在葡萄架下装在橡木桶里的玉米威士忌呢？”

又一丝微笑掠过波克黑黝黝的脸，笑容中包含着高兴和钦佩。

“斯佳丽小姐，你真是了不起的孩子！我早就把那桶酒忘得一干二净了。但是，斯佳丽小姐，那种威士忌不好喝，它才埋了不到一年，而且小姐们也不适合喝威士忌啊。”

黑人就是傻！他们自己永远都不会动脑子想，总得别人告诉他们该怎么做。北佬竟然要解放他们。

“这会儿小姐正需要呢，爸爸也要。快去吧，波克，把它挖出来，给我们拿两个杯子、一点儿薄荷和糖，我来调一杯凉薄荷酒。”

波克脸上出现了责备的神情。

“斯佳丽小姐，你知道，塔拉庄园已经很长时间没糖了。他们的马把所有的薄荷都吃光了，杯子也都让他们砸了。”

“如果他再说一次‘他们’，我就要尖叫了，我再也受不了啦。”斯佳丽自忖道。接着她说：“好吧，那就快去把威士忌取来，要快。我们就喝不加薄荷不加糖的。”波克刚转过身，她又说，“等一下，波克。要做的事太多了，我都理不出个头绪了……哦，对了，我带回一匹马和一头母牛，牛得赶紧挤奶，马得松开缰绳，喂点儿水。去告诉黑妈妈照看一下母牛，让她无论如何想办法把牛养起来。玫兰妮小姐的小宝宝要是再吃不上东西的话会给饿死的，还有……”

“玫荔小姐她不能……”波克小心翼翼打住话头。

“玫兰妮小姐没奶水。”上帝啊，要是给妈妈听到这话非得晕过去不可！

“好吧，斯佳丽小姐，我们家迪尔西会给玫荔小姐的宝宝喂奶，我们家迪尔西自己也刚刚生了个娃娃，她的奶多得足够喂两个娃娃。”

“你们又添了一个孩子，波克？”

孩子，孩子，孩子。上帝干吗创造这么多孩子呀？哦，不，不是上帝创造出来的，是没头脑的人生出来的。

“是的，小姐，是个又胖又壮的黑男孩儿，他……”

“告诉迪尔西别守着我那两个妹妹了，我会照料她们的。让她去照料玫兰妮小姐的小宝宝，再好好服侍玫兰妮小姐。让黑妈妈去照看一下那头母牛，把马牵到马厩里。”

“马厩没了，斯佳丽小姐，他们把它拆了当柴烧。”

“别再对我说‘他们’做过什么了。告诉迪尔西去照料玫兰妮小姐和孩子。你嘛，波克，去把威士忌挖出来，然后再挖点儿红薯。”

“但是，斯佳丽小姐，我没亮可怎么挖呀？”

“你难道不会找根柴火用吗？”

“这儿没有柴火……他们……”

“自己想点儿办法……我可管不了那么多。去把那些东西挖出来，而且要快。现在就去，快。”

听到斯佳丽的口气变粗，波克赶忙走出屋子，把斯佳丽和杰拉尔德两个人留在屋里。斯佳丽轻轻捶打着杰拉尔德的腿。她注意到，原先骑马练出来的两条结实大腿现在都萎缩了。她必须让父亲脱离麻木状态，可她又不能询问妈妈的事情。那得等以后，等她能受得了的时候再说。

“他们为什么没有放火烧塔拉？”

杰拉尔德瞪着看了她一会儿，仿佛没有听到她的问话，于是她又重复了一遍。

“为什么……”他费力地说，“他们把这里当作司令部。”

“北佬……用这座房子？”

她顿时感到自己心爱的墙壁被人玷污了。因为埃伦曾经住在这座房子里，所以对斯佳丽来说，这房子是神圣的，然而那帮人……那帮人……竟敢住在这里。

“他们是在这里待过，我的女儿。他们来之前，我们就看到河对岸的十二橡树庄园浓烟滚滚。不过，霍尼小姐和印第亚小姐，还有几个黑奴已经逃到梅肯去了，所以我们也不替她们担心。但是我们没法儿去梅肯。你的两个妹妹生病了……还有你妈……所以我们走不了。我们的黑奴跑了……我也不知道他们跑到哪儿去了。他们还偷走了马车和骡子。黑妈妈和迪尔西，还有波克……他们没跑。你妹妹……你母亲……我们没法儿挪动她们。”

“嗯，嗯。”他现在可不能说起妈妈，说点儿其他的什么都行。说谢尔曼将军本人曾经用过这间屋子，说他把妈妈的账房当作司令部。说其他的什么都行。

“当时北佬正朝琼斯博罗进攻，要切断铁路线。他们从河那边来到大路上，有成千上万的人，大炮和马匹也是成千上万。我去前门廊见他们。”

“哦，好样的小个子杰拉尔德！”斯佳丽心里不禁为父亲感到骄傲，想想吧，杰拉尔德在塔拉庄园的台阶上面对敌人，仿佛不是一个人面对一支军队，而是身后有一支军队在做他的后盾。

“他们让我离开，说他们要烧房子。我说除非把我也一起烧了。我们不能离开……你的两个妹妹还有你妈都在……”

“然后呢？”他难道非得把话题转到埃伦身上吗？

“我告诉他们屋里有人生病了，是伤寒，挪动她们等于要了她们的命，他们要烧就把我们一起烧死吧。我哪儿也不去，决不离开塔拉……”

他心不在焉地看着四周的墙壁，停下不说了，斯佳丽明白，众多爱尔兰祖先站在杰拉尔德身后，他们死在自己仅有的几亩田地上，宁可战斗到最后，也不愿离开家园，他们在这里生活，在这里谈情说爱，在这里辛勤耕作，在这里生儿育女。

“我说他们要烧房子除非把三个垂死的女人一起烧死，但是我们决不离开。那个年轻的军官是个……是位绅士。”

“北佬会是绅士？你怎么会这么说，爸！”

“他是位绅士。他骑马走了，很快带着一名上尉军医返回来，那名军医给你两个妹妹和你母亲诊断了病情。”

“你让一个该死的北佬进了她们的房间？”

“他有吗啡，我们什么也没有。是他救了你的妹妹，苏埃伦当时已经大出血。那大夫为人和善，而且医术高明。他向上司报告这里有病人，他们就没烧这幢房子。一位将军和他的几个手下住了进来，他们占用了所有的房间，只剩下病人住的那间。士兵们……”

他再次打住，好像说话太累，需要歇歇才能接着说。他那短短粗粗的下巴深深陷进胸前一棱棱松弛的肉褶里。他费了好大的劲才接着说下去。

“他们在房子周围到处扎营，棉花地里、玉米地里，无处不在。牧场上都因为到处是他们的人而变成了一片蓝色。那天晚上点起的营火有上千处。他们拆了篱笆，用它们烧火做饭，他们还把谷仓、马厩和熏肉房也都拆了。他们把牛、猪、鸡都杀了，甚至把我的火鸡也杀了。”这么说，杰拉尔德那些宝贝火鸡也没了。“他们什么都拿，甚至连照片都不放过……还有一些家具和瓷器……”

“银器呢？”

“波克和黑妈妈把银器藏了起来……藏在井里吧……我现在记不清了。”杰拉尔德的声音有点儿不耐烦，“然后他们就从这儿……从塔拉指挥打仗，到处一片乱糟糟，士兵来来往往、吵吵闹闹。后来，大炮在琼斯博罗打响了，那声音听着像打雷，连你两个生病的妹妹都能听到，她们不停地说：‘爸，让雷别打了。’”

“那……那妈妈怎么样？她知道北佬住在我们家吗？”

“她一直什么都不知道。”

“感谢上帝。”斯佳丽说。妈妈没受这份儿罪。妈妈什么都不知道，也听不到敌人就在楼下的屋子里，听不到琼斯博罗的枪炮声，永远也不知道自己付出心血的土地已经给北佬践踏了。

“我也没见过几个北佬，因为我一直待在楼上和你的妹妹们与母亲在一起。我见到最多的就是那位军医。他人很好，非常和善，斯佳丽。他每天照顾完伤员后，就会上来看看你妹妹们与你母亲。他甚至还留下些药品。他们的军队开拔前，他告诉我，你的两个妹妹会好起来的，但是你母亲——她身体太虚弱了，他说，身体已经虚弱得熬不过去了。他说她已经把自己的力气都用光了……”

谈话陷入了沉默，斯佳丽仿佛看到了母亲生命中最后几天的样子，她身体瘦弱，却是塔拉的精神支柱，她照顾家人、辛勤工作，自己废寝忘食，却让其他人都吃好睡好。

“然后他们就开拔了。然后他们就开拔了。”

杰拉尔德半天没出声，一会儿摸索着寻找女儿的手。

“我真高兴你回家来了。”他简单地说。

从后门廊传来擦脚底的声音。可怜的波克四十年来已经训练出进屋前把鞋底擦干净的习惯，即使在这种时候也忘不了。他仔细拿着两个葫芦走进屋，葫芦上滴下的烈酒在他进来前已经飘香入室了。

“我给洒了不少，斯佳丽小姐。把酒从桶里倒进葫芦可真不容易。”

“没关系，波克，谢谢你了。”她从波克手中接过湿湿的葫芦，呛人的酒味让她不禁皱起了鼻子。

“喝点儿这个，爸。”她说着把装威士忌的奇怪容器递给他，然后从波克手中接过第二个装着水的葫芦。杰拉尔德像个听话的孩子，举起葫芦，大口吞咽，发出很大的声音。斯佳丽又把水递给他，他却摇了摇头。

斯佳丽从杰拉尔德手中取过威士忌送到自己嘴边，她看到杰拉尔德的目光追随着她，眼中露出不赞同的神色。

“我知道，大家闺秀是不喝烈性酒的。”她简短地说，“但是今天我可不当大家闺秀，爸，而且今天晚上还有好多事要做呢。”

她把酒葫芦斜过来，深吸一口气，迅速吞下去。令人发烧的液体顺着喉咙流进胃里，把她呛得眼泪都流出来了。她吸了口气，再次举起酒葫芦。

"凯蒂·斯佳丽，"杰拉尔德说道，自从回来后，斯佳丽还是第一次听到他的威严口吻，"够了。你不懂酒性，这酒会让你喝醉的。"

"喝醉？"她发出一阵刺耳的笑声，"喝醉？我倒希望它能让我醉了呢。我希望自己能醉倒，把这一切全忘掉。"

她又喝了起来，一股热流在血管里慢慢流淌，不知不觉流遍了全身，最后连手指尖都感到火辣辣的。这种温暖的火焰流遍全身，感觉真妙！它似乎穿透了她那冰封的心，使力量重新回到了她的体内。看到杰拉尔德脸上困惑难过的神情，斯佳丽拍拍父亲的膝盖，努力挤出一个曾经深得他欢心的大胆微笑。

"这种酒怎么会让我喝醉呢，爸？我可是你的女儿呀。我难道没有从您那儿继承了克莱顿县最沉稳的头脑吗？"

杰拉尔德冲着斯佳丽那张疲惫的脸，几乎笑了起来。威士忌也让他振作了一些，她又把酒递给他。

"你再喝一口吧，然后我送你上楼睡觉。"

斯佳丽停了下来。怎么，这可是她对韦德说话的口气，她怎么能对父亲这么说呢？这是对长辈的不敬。但是杰拉尔德把她的话听进去了。

"没错，送你上床睡觉。"斯佳丽轻松地补充说，"再让你喝一口，也许把葫芦里剩下的酒都给了你，然后让你睡觉。你得好好睡一觉，凯蒂·斯佳丽在这儿呢，所以你什么也不用担心。喝吧。"

他顺从了，又喝了一口，斯佳丽把胳膊伸到他的胳膊下，扶他站起来。

"波克……"

波克一只手拿着酒葫芦，另一只手搀着杰拉尔德的胳膊。斯佳丽举起点着的蜡烛，三个人慢慢地走进了黑黢黢的走廊，登上弧形楼梯，朝杰拉尔德的房间走去。

苏埃伦和卡丽恩的屋子里有一股令人作呕的气味。两人合睡在一张床上，不断地辗转反侧，梦中还嘟嘟囔囔说胡话。布条捻成灯芯浸泡在猪油里做成油灯，便是屋里唯一的亮光。斯佳丽第一次打开房门，屋里混浊的气味几乎把她熏倒，屋子里窗户紧闭，空气里弥漫着病房的气味、药物的气味和猪油的恶臭。大夫可能说过，新鲜空气对病人来说是致命的，但要是让她在这里待上一段时间，她要么得呼吸新鲜空气，要么非得闷死不可。她把三扇窗户统统推开，橡树和土地的气味飘了进来，但是这点儿新鲜空气一时难以吹散屋里的恶臭，这间屋子已经门窗紧闭了好几个星期。

卡丽恩和苏埃伦脸色苍白憔悴，昏昏然似睡非睡，醒了就睁大眼睛，嘴里还嘟嘟囔囔说着胡话。她们俩躺在那张有四根床柱的大床上，就是在这张床上，在过去的美好日子里，她们姐妹三个挤在一起说悄悄话。在屋子的一个角落里放着一张窄窄的法国皇室风格的空床，两头都有卷边雕饰，是埃伦从萨凡纳带来的陪嫁。埃伦病倒时就躺在这张床上。

斯佳丽坐在两个妹妹身边，木然地望着她俩。威士忌在饿了好长时间的空腹里跟她玩起了恶作剧。她的两个妹妹时而看起来很遥远很渺小，她们语无伦次的声音传到她耳朵里就像虫子叫。她们时而变成庞然大物，仿佛闪电般朝她扑过来。斯佳丽太累了，累到了极点。她要是能躺下，准能一连睡上好几天。

斯佳丽真希望能倒头就睡，醒来时发现埃伦轻轻摇着她的胳膊对她说："不早了，斯佳丽，你可不能懒成这样。"但是妈妈永远也不会这么照顾她了。要是埃伦活着多好！要是有人像埃伦那样，年纪比她大、见识比她广、精力比她充沛，能让她寻求帮助，那该多好！她可以把头靠在那人的腿上，能把自己肩负的重担交付给那个人承担，要是那样该多好！

门轻轻打开了，迪尔西走进来，胸前抱着玫兰妮的小宝宝，手中拿着装威士忌的那个酒葫芦。透过冒烟摇曳的灯光看去，迪尔西似乎比斯佳丽上次见到时瘦了一些，脸上的印第安特征更加明显了。高高的颧骨愈发突出，鹰钩鼻也更弯了，古铜色的皮肤泛着光泽。她穿着褪了色的印花布衣服，前襟一直开到腰间，露出两只硕大的古铜色乳房。玫兰妮的婴儿紧紧贴在迪尔西身上，苍白稚嫩的小嘴贪婪地吸着黑黑的乳头，两只小拳头抵着她柔软的皮肤，就像一只小猫蜷缩在母猫温暖的皮毛中。

斯佳丽颤巍巍地站起来，一只手搭在迪尔西的胳膊上。

“你能留下真是太好了，迪尔西。”

“我哪能跟那些下流黑鬼跑掉呢，斯佳丽小姐？你爸爸对我那么好，把我买下来，还买下我家小普莉西，你妈妈心地也那么好。”

“坐下，迪尔西。小宝宝挺能吃的吧？玫兰妮小姐怎么样了？”

“娃娃没事儿，就是饿了。反正我有的是奶，再饿的孩子也能喂饱。玫兰妮小姐也没事儿，她会活下来的，斯佳丽小姐。你放心吧，像她这种样子的我见多了，白人、黑人都有。她只是累坏了，又太担心，生怕这个孩子出事。不过我已经让她安定下来，给她喝了点儿这里面剩下的酒，现在她已经睡了。”

这么说全家人都喝过这玉米威士忌了！斯佳丽产生了一个疯狂的念头，恐怕该让小韦德也喝一点儿，看能不能治好他打嗝儿的毛病——玫兰妮不会死。如果阿希礼能活着回来……不，她还是以后再想这些吧。有这么多事要考虑——以后吧！有这么多事要解决——要自己拿主意。要是她能把该办的事情无限期推迟该多好！突然，一阵吱吱呀呀的声音和有节奏的“扑哧——扑哧——”的声音打破了屋外的寂静，把斯佳丽吓了一跳。

“那是黑妈妈在打水，准备给两位小姐擦身子呢。她们得常常洗澡。”迪尔西解释道，把酒葫芦放在桌子上，插在药瓶和玻璃杯子之间。

斯佳丽失声笑了。绞水的井辘轳声，她从小就熟悉，如今竟然会吓得她魂飞魄散。斯佳丽笑的时候，迪尔西却不动声色地盯着她，脸上保持着庄重神情，但是斯佳丽觉得迪尔西心里明白。斯佳丽又重新坐在椅子上，要是能脱掉她的紧身衣，摘掉卡脖子的衣领，还有灌满沙子的鞋就好了，她的脚已经给磨得到处起疱了。

辘轳吱呀吱呀地响，井绳慢慢地拉上来，随着每一个响声，水桶离井口越来越近。马上就要见到黑妈妈了，那可是埃伦的保姆，也是她的保姆呀。斯佳丽安静地坐着，什么都不想，这时婴儿虽然已经吃饱了奶，却因为发现找不到可亲的奶头呜呜哭闹起来。迪尔西也不出声，重新让孩子含起奶头，让他在自己怀里安静下来，斯佳丽则聆听黑妈妈拖着脚穿过后院。夜晚的空气多么静谧啊！一点点细微的声音听上去都像隆隆的雷声。

黑妈妈笨重的身躯走向门口时，楼上的过道似乎都跟着摇晃了起来。接着黑妈妈进屋了，两肩被两只沉重的木桶往下拽，慈祥的黑脸上笼罩着哀愁，就像猴子莫名其妙的忧伤一样。

黑妈妈一看到斯佳丽，眼睛顿时亮了起来，她放下水桶，露出一口雪白的牙齿，斯佳丽向她跑过去，把头埋在她宽阔、松软的胸前，这胸脯曾经抚慰过好多脑袋，有黑的，也有白的。斯佳丽心想，总算还有点儿稳定可靠的东西，往日生活中还有些东西没有变。但是黑妈妈一说话，一下就驱散了她这种幻觉。

“黑妈妈的孩子回家了！哦，斯佳丽小姐，如今埃伦小姐已经躺进坟墓，我们可怎么办呢？哦，斯佳丽小姐，我就盼着能跟埃伦小姐一起死！没有了埃伦小姐，叫我可怎么活？如今除了痛苦和倒霉的事，什么都没了，只有累人的重担，宝贝，只有累人的重担。”

斯佳丽把脑袋紧紧地贴在黑妈妈胸前，最后几个词引起了她的注意，“累人的重担”。这几个词不就是整个下午一直在她心中萦绕不去的那几个词吗？它们在她脑海中单调地反复出现，让她恶心得都想吐。现在她怀着一颗沉重的心记起这首歌剩下的词：

还得再挑几日，这艰难的重担！
眼见它一天重似一天！
还得再挑几日，脚步越来越艰难……

“眼见它一天重似一天”，这句歌词又钻进她疲惫的脑袋。她的担子永远不会减轻吗？回到塔拉来难道不是意味着可以放下重担，难道要扛起更重的担子吗？她从黑妈妈怀中抽出手，拍了拍那张满是皱纹的黑脸。

“宝贝，瞧你的手！”黑妈妈抓住斯佳丽的那双小手，瞧着上面的水疱和擦伤，满脸的惊愕和责备神色，“斯佳丽小姐，我告诉你多少次了，是不是大家闺秀只要看她的手就知道——哎哟，你的脸也晒黑了！”

可怜的黑妈妈，尽管战争和死亡刚从她头上掠过，她还对这些鸡毛蒜皮的小事斤斤计较。再过一会儿，她肯定该说年轻小姐们要是手上长水疱、脸上长雀斑，一定找不到如意郎君，于是，斯佳丽抢先转移了话题。

“黑妈妈，我要你说说我妈妈的事，听爸爸说让我受不了。”

黑妈妈弯腰把水桶提起，眼泪从她眼中流下来。她静静地把水桶拎到一边，掀开被单，开始把苏埃伦和卡丽恩的睡衣往上撸。斯佳丽借着昏暗的灯光仔细地打量两个妹妹，看到卡丽恩穿着一件睡袍，虽然干净，却已破烂不堪，苏埃伦则裹在一件旧晨衣里，棕色亚麻布料，下面还镶着好多爱尔兰式花边。黑妈妈一边默默地流着眼泪，一边给两个骨瘦如柴的姑娘擦身体，用一块从旧围裙上扯下来的布条充当毛巾。

“斯佳丽小姐，这都得怪斯莱特里一家，就是斯莱特里家那些讨厌、混账、下流的穷白佬害死了埃伦小姐。我一次次地告诉她，为那些讨厌鬼做事没个好，但是埃伦小姐一向乐于助人，而且心肠也太软，她对求她帮助的人从来都不会说个‘不’字。”

“斯莱特里家？”斯佳丽问道，她感到非常奇怪，“跟他们有什么关系呀？”

“他们先害上那该死的病。”黑妈妈用破布条指指两个裸着身子的姑娘，布条上淋下的水滴到了床单上，“老斯莱特里的女儿埃米先病倒了，斯莱特里太太急忙来找埃伦小姐，她一遇到麻烦总是这样。她干吗不自己照看自己的孩子呢？埃伦小姐已经够忙了，但她还是去照看埃米了。埃伦小姐自己身体也不很好，斯佳丽小姐，你妈她身体不好已经有一阵子了。又没有什么好吃的，地里长的全让拿去当了军粮。埃伦小姐吃得跟小鸟一样少。我告诉她多少回，让她别管那些穷白佬，可她就是不听我的。然后，就在埃米要好起来的时候，卡丽恩小姐也得了这种病倒下了。是啊，伤寒会沿着大路飞，把卡丽恩小姐给逮着了，接下来，苏埃伦小姐也病倒了。于是埃伦小姐就得照料她们俩。

“大路上一直在打仗，北佬都打到了河对岸，我们不知道会发生什么，每天晚上都有种地的黑人逃跑。我都要发疯了，可是埃伦小姐仍旧跟没事儿似的。她只是非常担心两位小姐的病，因为我们没有药，什么也没有。一天晚上，我们给姑娘们擦了十来次后，她跟我说：‘黑妈妈，假如灵魂也能卖的话，我愿意把我的灵魂卖了换一块冰敷在女儿头上。’

“她不让杰拉尔德先生进这间屋，也不让罗莎和蒂娜进来，只除了我，因为我以前得过伤寒。后来她也得了这病，斯佳丽小姐，我一下就看出她没救了。”

黑妈妈直了直腰，撩起围裙擦干眼泪。

“她很快就不行了，斯佳丽小姐，就连那位好心的北佬大夫也没法儿帮她。她一直不省人事。我一遍遍地喊她的名字，她连自己的保姆都不认得了。”

“她有没有提到我，叫过我的名字？”

“没有，宝贝。她以为自己回到了萨凡纳，还是个小姑娘，她谁的名字也没叫过。”

迪尔西动了一下身子，把睡着的孩子放在自己腿上。

“不，小姐，她叫过的。她叫过一个人的名字。”

“你给我闭嘴，你这个印第安黑鬼！”黑妈妈转身威胁迪尔西说。

“别这样，黑妈妈！她叫过谁，迪尔西？是爸爸吗？”

“不是，小姐。不是你爸。那是烧棉花地的那天晚上……”

“棉花地给烧了？快告诉我！”

“是的，小姐，地给烧了。那些当兵的把大捆大捆的棉花从仓库里滚到后院，喊什么：‘快来看佐治亚最大的火堆！’然后就把它们点着了。”

存了三年的棉花——价值十五万美元——就这么化为灰烬了！

“火光把这里照得就跟白天一样——我们在屋里吓得要命，担心整个房子也会一道烧起来，当时这间屋子也亮得可以捡起地下的针。火光从窗户照进屋里的时候，埃伦小姐好像也给惊醒了，她从床上爬起来，一遍遍大声喊：‘菲利普！菲利普！’我从没听过这个名字，可她喊的确实是那个名字。”

黑妈妈像变成根石柱子一样站在那里，瞪着迪尔西，但是斯佳丽把脸埋在双手中。菲利普是谁？他和妈妈是什么关系？妈妈临死前为什么会叫他的名字？

从亚特兰大到塔拉庄园的长途跋涉结束了，原本以为这条路会通向埃伦的怀抱，没想到却结束在一堵没有门窗的墙上。斯佳丽再也不能像个孩子一样在父亲的屋檐下安然入睡，让母亲的爱像一床柔软的羽绒被把她裹在里面。如今安乐窝没了，也没有可以帮她的人了。无论怎样拐来拐去，她都无法避免这条死胡同。她无法把包袱卸给其他人。她的父亲如今已变得衰老呆滞，两个妹妹正在生病，玫兰妮身体虚弱，孩子们无依无靠，黑人们对她像孩子般听话，围在她裙子周围转，都知道埃伦的女儿会像埃伦一样成为大家的避风港。

窗外，月亮初升，微弱的月光下，斯佳丽望着展现在眼前的塔拉庄园。黑人都跑了，仓库烧毁了，塔拉像淌血的躯体，也像她自己的身体，在慢慢滴着血。这就是她逃难的终点，浑身颤抖的老人、生病的妹妹、饥饿的一张张嘴巴、抓住她裙子的一双双无奈的手。在这条路的尽头，什么也没有，只有她斯佳丽·奥哈拉·汉密尔顿，可她才十九岁，不过是个拖带着孩子的寡妇。

她究竟能做些什么？佩蒂姑妈和伯尔家会让玫兰妮带着孩子去梅肯。两个妹妹身体康复后，可以去姥娘家，埃伦娘家的人会收留她们，不管他们喜欢不喜欢。她自己和父亲杰拉尔德可以去投靠詹姆士伯伯和安德鲁伯伯。

斯佳丽看着两个妹妹骨瘦如柴的身体在面前辗转反侧，身边的床单上淋着一摊摊水迹。她一向不喜欢苏埃伦，现在她更加清楚地认识到了这一点。她从来就没喜欢过她。她也不太喜欢卡丽恩，总之她不喜欢任何生病的人。但她们都是她的同胞，都是塔拉的一部分。不，她不能让她们在姨妈家作为穷亲戚客居一辈子。奥哈拉家的人成了穷亲戚，寄人篱下，靠嗟来之食和看人脸色度日！不，绝不能这样！

难道就没法子逃出这条死路？她疲惫的脑筋实在动不快了。她把手举过头顶，像在水中挣扎那样划动。她拿起放在玻璃杯和瓶子中间的酒葫芦，朝里面瞅，见底下还剩有一点儿威士忌，因为光线太差，剩下多少她可说不准。奇怪的是她的鼻子已经感觉不到那种刺鼻的气味。她慢慢地呷着，这次这种液体的味道不再是火辣辣的，她只觉得浑身热乎乎、懒洋洋。

斯佳丽放下空葫芦，朝四下张望。一切都像一场梦——烟雾腾腾的昏暗房间、两个骨瘦如柴的妹妹、黑妈妈蹲在床边的庞大身影、古铜色雕像般的迪尔西棕色胸脯前那个熟睡的粉红色娃娃。她会从梦中醒来，再次闻到厨房里飘香的熏肉，听到黑人们的欢声笑语，听到朝田里驶去的马车吱嘎吱嘎的车轮声，还会感觉到埃伦温柔而坚定的手催她起床。

后来，斯佳丽发现已经回到自己屋里，睡在自己床上，朦胧的月光划开黑暗照进来，黑妈妈和迪尔西在给她脱衣服。勒人的紧身褡不再勒疼她的腰，她可以深呼吸了，一直吸到肺底和小腹。她觉得有人替她轻轻把长筒袜脱下来，她一边任由黑妈妈给擦洗长满水疱的脚，一边还听到黑妈妈发出令人宽慰的喃喃声。水好凉快啊，这样躺在温柔乡里真是太舒服了，像个没长大的孩子一样！她长舒一口气，浑身放松下来，过了像是一年或两年那么长的时间，最后屋里只剩下她一个人，月光洒在床上，屋里比先前亮了许多。

她不知道自己醉了，疲惫和威士忌让她脑袋昏沉沉的。她只知道自己离开了那副疲惫的躯体，漂浮在身体之上，这里没有疼痛、没有劳顿，她的大脑能以超人般的明亮眼光看清世界。

如今她正以一种新的眼光看待事物，在返回塔拉的那条漫长道路上，她已经把少女时代甩在身后了。她不再是一团任人捏来捏去的黏土，会印下每一种新经历。现在黏土已经变硬，变化就发生在仿佛持续了上千年的某一天中的某个时刻。今天晚上，她最后一次被人当成个孩子服侍。从现在起，她已经长成一个成熟女人，不谙世事的少女时代结束了。

不，她不能也不会投靠杰拉尔德家族或埃伦家族的亲戚。奥哈拉家的人从不接受施舍。奥哈拉家的人有事从不求人。她自己承担的责任属于她自己，因此自己就要有能挑得起这副担子的肩膀。她从目前的高度俯视，认为自己的双肩如今挑得起任何重担，她丝毫也不感到惊讶，因为她已经经历过最糟糕的情况。她无论如何也不能抛弃塔拉，与其说这片红色的土地属于她，不如说她属于这片土地。她的根深深地扎在这片血红色的土地上，她像棉花那样从地里吸取养料。她要留在塔拉，无论如何也要把它维持下去，照料她的父亲、两个妹妹、玫兰妮、阿希礼的孩子和所有剩下的黑人。明天——对，明天！明天她要亲自把这副牛轭戴在自己脖子上。明天有许多事等着她去做。到十二橡树庄园和麦金托什家去一趟，看看他们遗弃的园子里有没有剩下的东西；到河边沼泽地去一趟，看看有没有走失的猪和鸡；再带上埃伦的首饰到琼斯博罗和拉夫乔伊，那儿一定有人愿意拿食品跟她交换。明天——明天——她的脑袋像只发条走松的表，缓缓嘀嗒着，但是心中的想法无比清晰。

猛然间，她自小听过的家族故事一下子变得像水晶般清澈，这些故事她那时都差不多听厌了，听得都腻了，但是一直似懂非懂的。身无分文的杰拉尔德白手起家盖起了塔拉庄园；埃伦克服了神秘的不幸振作起来；外祖父罗比亚尔在拿破仑帝位倾覆后死里逃生，在肥沃的佐治亚海岸重建家业；外祖母的父亲普柳多姆曾在海地丛林里建立过一个小王国，后来被推翻，后来在有生之年获得萨凡纳人的尊敬。在斯佳丽的家族中，许多人都曾参加爱尔兰的志愿军，为爱尔兰的自由进行过不屈不挠的斗争，直至被绞死，奥哈拉家族中也有人为捍卫属于他们的权利而战，直至战死在博恩河边。

所有的这些人都经历过巨大的不幸，但是都没有被压垮。帝国倾覆、造反奴隶的大刀、战争、叛乱、被放逐、财产被没收——这些都没有把他们压垮。厄运也许让他们掉了脑袋，却从来不曾摧垮他们的意志。他们从不哭天喊地，他们只会去战斗。他们会由于弹尽粮绝、精疲力竭而死，但他们决不屈服。所有这些祖先的幽灵似乎在屋子里静静地游荡，他们的血液在斯佳丽体内流淌。斯佳丽看到他们一点儿都不感到奇怪，这些祖先接受了命运最恶劣的礼赠，却将其打造成最美好的结果。塔拉就是她斯佳丽的命运，就是她要面对的战斗，她必须获胜。

她昏沉沉翻了个身，她的意识渐渐笼罩在一片黑暗中。祖先们真的在屋里悄悄给她鼓励？或许这不过是她的梦中情景？

“不管是不是个梦，”斯佳丽困倦极了，喃喃自语道，“祝你们大家晚安，也谢谢你们。”

第二十五章

前一天走了那么多路又在车上颠簸了那么久，第二天早晨，斯佳丽浑身僵硬酸痛，每动一下都疼得厉害。她的脸给晒成了深红色，双手磨得满是水疱，让她感到阵阵刺痛。她长出了厚厚的舌苔，喉咙干得仿佛被火烤焦了一样，似乎再多的水也无法让她解渴。她的头昏沉沉的，转一下眼睛都疼得受不了。她胃里感到怀孕时那种恶心，一看到桌子上作为早餐的热山芋就想吐，甚至连热山芋的味都闻不得。杰拉尔德本来应该告诉她，这是她第一次喝烈性酒的正常反应，但是杰拉尔德什么都没有注意到。他坐在桌子的上首，看上去完全是一个老人，他头发花白，心不在焉，没神的眼睛盯着门，抬着头仿佛在聆听埃伦裙裾发出的声音，在闻埃伦身上美人樱香囊飘出的气味。

斯佳丽坐下后，他喃喃地说："我们等等奥哈拉太太吧，她有事来晚了。"斯佳丽吃了一惊，顾不得头疼，抬头举目，疑惑地望着父亲，却遇上了站在杰拉尔德身后的黑妈妈恳求的目光。斯佳丽颤巍巍站起来，一只手放在喉咙上，在清晨的阳光下仔细打量父亲。他看着女儿，眼神痴痴呆呆，斯佳丽发觉父亲的手在颤抖，头也在轻轻晃动。

直到这一刻斯佳丽才意识到，她多么渴望依赖杰拉尔德发号施令，依赖父亲告诉她该做什么，然而现在却——这究竟是怎么回事，昨天晚上他看上去还几乎是好好的。虽然当时他不像往日那么喜欢吹嘘，精力也显得不很充沛，但是他叙述往事至少还算连贯，可现在——现在他甚至记不得埃伦已经去世了。北佬进犯、埃伦去世，这两桩打击加在一起，让他神经错乱了。斯佳丽打算开口说话，但是黑妈妈使劲冲她摇摇头，撩起围裙擦擦发红的眼睛。

“哦，爸难道是神经错乱了？”斯佳丽想，她的头本来就一阵阵地疼，这一新添的烦恼简直要让她的头裂开了，“哦，不，他只是给吓蒙了。看起来他生病了，他会好起来的。他必须要好起来。他要是好不了，我可怎么办？我现在先不想它。我现在先不去想爸爸、妈妈或其他那些可怕的事情。不，我先不去想它们，等到我能受得了的时候再想吧。还有许多其他事需要考虑，这些事我想想还算有点儿用，我可不去想那些我无能为力的事。”

斯佳丽什么都没吃就离开了餐厅，走到后门廊时遇上了波克，波克光着脚，身上穿着已经破破烂烂的制服，正坐在台阶上剥花生。斯佳丽的头就像挨了锤子砸一样疼，耀眼的阳光刺疼了她的眼睛。她得竭力控制自己才站得稳，于是她说话尽量简短，不顾母亲以前教她跟黑人说话时该有的一般礼貌。

她开口提问时口气唐突无礼，发号施令时斩钉截铁，波克觉得迷惑，不禁挑起了眉毛。埃伦小姐跟任何人说话时都没用过这种口吻，甚至抓住他们偷鸡、偷西瓜的时候也不会用这种口气说话。接着斯佳丽又问起田里、菜园、牲畜的情况，她的绿眼睛中闪着严峻的目光，波克以前从来没见过她这样。

“没错，小姐，那匹马死了，就倒在拴它的地方，鼻子伸在它自己打翻的水桶里。对啊，小姐，那头牛没有死。你不知道吗？昨晚它下了头崽子，怪不得它叫成那样呢。”

“你的普莉西将来一定会成为了不起的接生婆。”斯佳丽挖苦道，“她说牛叫是因为它需要人给它挤奶。”

“斯佳丽小姐，普莉西学的可不是给牛接生。”波克谨慎地说，“我不会抱怨上帝赐给我们的东西，因为这头小牛会长成一头好奶牛，年轻小姐们就会有许多奶油吃了，那个北佬大夫说她们正需要这些。”

“好啊，接着说下去。我们的牲畜还剩下没有？”

“没有，小姐。只有一头老母猪和一窝小猪。那天北佬来的时候，我把它们赶进了沼泽地，但是现在老天才知道我们怎么才能抓到它们。那头老母猪胆小得很。”

“我们会抓住它们的，你和普莉西现在就去找那头母猪。”

波克又吃惊又愤怒。

“斯佳丽小姐，那是地里的黑人干的活，我可一向是做屋里活的。”

斯佳丽恶狠狠瞪着他，活像眼珠子后面站着个小魔鬼，手握一副火钳子逼视着他。

“你们俩要不去抓那头猪，就像地里的黑人一样离开这里。”

波克受了伤害，眼睛里闪烁着泪水。哦，要是埃伦小姐在就好了！她对人体贴入微，知道地里黑人和屋里黑人的工作之间存在着天壤之别。

“离开，斯佳丽小姐？我离开这里能干什么呢，斯佳丽小姐？”

“我不知道，也不关心。塔拉的人，谁不想工作都可以去投奔北佬。你可以把这话告诉其他人。”

“是，小姐。”

“现在，告诉我那些玉米和棉花怎么样了，波克？”

“玉米？上帝，斯佳丽小姐，他们在玉米地里放马，没有吃掉和没有踩坏的都让他们给带走了。他们还拖着大炮、赶着马车在棉花地里走，除了河尽头的几亩没有给他们发现，其他的棉花全让他们给压坏了。可是那儿的棉花也不值得去摘，因为最多不过三包。”

三包。斯佳丽想起塔拉通常能产好几十包，她的头疼得更厉害了。三包，那简直和最不中用的斯莱特里家产的一样了。更糟糕的是，还有交税的问题。邦联政府规定可以用棉花代替钱纳税，三包棉花连交税都不够。不过这对她和邦联都没有任何意义了，因为所有种地的黑人都跑了，没有人去摘棉花了。

“好了，我不再去想这两桩事了。”斯佳丽对自己说，“交税怎么说也不是女人该管的事，爸爸会照看这些事的，但是爸爸——我现在不去想爸爸的事。邦联得不到它的税款了。我们现在需要的是吃的东西。”

“波克，你们有没有人去过十二橡树庄园或麦金托什庄园？那里的菜园里不知道有没有剩下什么。”

“没有，小姐！我们没人离开过塔拉，北佬会抓住我们的。”

“我让迪尔西去趟麦金托什庄园，说不定她能在那儿找到什么吃的呢。我自己去趟十二橡树庄园。”

“跟谁一块儿去，孩子？”

“就我自己。黑妈妈必须留下来照顾两个姑娘，杰拉尔德先生不能……”

波克极为不满地叫了起来。十二橡树庄园那里可能会有北佬或不规矩的黑人，她可不能一个人去。

“别说了，波克。告诉迪尔西马上出发。你和普莉西去把那头母猪和它的小猪崽儿抓回来。”斯佳丽简短地吩咐完，转身走了。

黑妈妈那顶旧太阳帽虽然褪色却还干净，挂在后门廊的钩子上，斯佳丽摘下来戴在自己的头上，恍如隔世一般地想起瑞特给她从巴黎买的那顶绿色带羽毛的帽子。她拿起一只橡树皮编的大篮子，走下后面的台阶，每走一步脑子都要震一下，她的脊椎骨仿佛要从头顶裂开了。

通往河边的红土路晒得滚烫，两边是毁坏了的棉花地。路边没有树木遮阴，阳光透过黑妈妈的太阳帽照下来，仿佛帽子不是由厚实的夹层棉布做的，而只是一层上了浆的薄纱。扬起的灰尘飞进斯佳丽的鼻子和喉咙里，让她觉得只要一开口说话，口腔黏膜就得干裂。马拖着沉重的大炮曾在这里驶过，路面上留下了一道道深深的车辙，路边的红土沟也被车轮轧出深深的口子。炮兵把骑兵和步兵从狭窄的道路上挤到绿色的棉花地里，棉花苗被践踏、碾碎在土地里。田里和路上到处散落的都是马鞭、马具上的皮子、马蹄和辎重车轮压扁的水壶、军服上的扣子、蓝色的军帽、穿破的袜子、带血的破布，凡是行进中的军队可能留下的痕迹，这里都应有尽有。

斯佳丽经过一小片雪松林，迈过了标志着家族墓地的矮砖墙，那里有三个小土堆，里面埋葬着她的三个夭折的小弟弟。她努力不去想这三个小土堆旁新添的坟头。哦，埃伦！斯佳丽继续向前跋涉，走下了尘土飞扬的山冈，当她经过斯莱特里家的一堆灰烬和一根短烟囱的时候，她恶狠狠地想，要是他们全家人都变成灰烬才好。要不是因为斯莱特里一家，要不是因为那个可恶的埃米——她竟然和他们的管家生了个野种，否则埃伦就不会死。

一块尖利的石块扎进了斯佳丽满是水疱的脚里，她不由得发出了呻吟。她到底在这里干什么呢？她斯佳丽·奥哈拉，全县的美人、塔拉庄园的骄傲，干吗几乎光着脚在这条土路上跋涉？她那双小巧玲珑的脚生来是跳舞的，而不是为了一脚高一脚低走土路的。她那双小巧的跳舞鞋是用来在柔亮的绸裙下隐隐闪现的，而不是用来装沙石灰土的。她生来是被人宠爱、伺候的，而现在她却形容狼狈、衣衫褴褛，为饥饿所迫，不得不在邻居家菜园里找吃的。

高高的山冈下是小河，水面上枝丫婆娑，多么凉爽宁静啊！斯佳丽倒在河岸上，拽掉脚上的跳舞鞋和袜子，把脚伸进清凉的河水中。要是一整天都坐在这里该有多舒坦啊！远离塔拉那些无助的眼睛，这儿只有沙沙的树叶声和汩汩的流水声打破寂静。但她还是无可奈何地穿上袜子和鞋，离开树荫下长满苔藓的柔软河岸，继续向前跋涉。北佬烧毁了小桥，但是她知道再往前一百码左右，在河流比较狭窄的地方有一个独木桥。她小心翼翼走过独木桥，又顶着炎热爬了半英里的山坡才到了十二橡树庄园。

那十二棵橡树早在印第安人的时代就矗立在那里了，不过树叶已经被火烤得焦黄，树枝也被烧得一片乌黑。约翰·韦尔克斯家房子就被这些橡树环抱在中间。这座曾经富丽堂皇的房子以前像一顶王冠君临小山之巅，白色的柱子更为它增添一分庄严，如今它却被烧得只剩下一堆废墟。原先的地窖现在成了一个大坑，再加上烧黑的石块地基和两根结实的烟囱，表明这里曾是房屋的所在。一根没有完全熏黑的长圆柱倒在草坪上，把茉莉花丛压得稀烂。

斯佳丽坐在那根圆柱上，望着眼前的景象，心里难受得无法继续朝前走。她以前从未感觉过这样的悲哀。这里曾是韦尔克斯家族的骄傲，如今却成为她脚下的一片灰烬。这个亲切友好、礼貌殷勤的家竟然落得如此下场。在这里她总是受到热情欢迎，她曾渴望成为这里的女主人，结果终归枉然。她曾在这里跳舞、用餐、调情，也曾望着玫兰妮抬头对着阿希礼微笑，心里又嫉妒又伤心。也是在这里，在橡树的清凉树荫下，她说愿意嫁给查尔斯·汉密尔顿，他兴高采烈，紧紧抓着她的手。

“唉，阿希礼。”她想，“你还是死了的好！真不忍心让你看到这一切。”

阿希礼在这里娶了他的新娘，但是他的儿子，还有他儿子的儿子再也无法带着他们的新娘住在这座房子里了。斯佳丽曾经那么喜爱这座房子，那么渴望主宰它，然而在这个屋檐下不会再有人结婚生子了。这座房子已经死了，在斯佳丽看来，仿佛韦尔克斯家所有的人都和这座房子一样化作灰烬了。

“我现在不能想这些，让我受不了，以后再去想它吧。”斯佳丽一边大声对自己说，一边把目光转向了别处。

为了寻找菜园在哪儿，斯佳丽在房子的废墟上艰难跋涉，她踩着韦尔克斯家的姑娘们热衷照料的玫瑰花坛，穿过了后院，走过了熏肉房、谷仓和鸡舍的废墟。菜园四周的篱笆已经被人推倒了，曾经整整齐齐的一畦畦绿色蔬菜也和塔拉庄园的蔬菜一样，遭到同样的摧残。松软的土地被马蹄和沉重的车轮蹂躏得一塌糊涂，蔬菜被踩成了稀泥。她在这里什么都没有找到。

她又穿过院子往回走，然后选择一条小路，通往下面一排刷得雪白的小屋，一边走一边喊：“有人吗？”但是没有回答，甚至连狗叫声都没有。显然韦尔克斯家的黑人都跑光了，要不就是跟北佬走了。她知道每个黑人都有自己的菜地，她来这里就是希望这些小块的菜地能够幸免于难。

她的搜索果然有收获：大头菜和卷心菜虽然由于缺水而蔫巴巴的，却依然活着；蔓生的腰果和蚕豆虽然枯黄，却还能吃。但是她已经累得看到这些蔬菜都高兴不起来了。她索性坐在菜畦里，用手哆哆嗦嗦把菜挖起来，慢慢装进篮子里。虽然没有肋条肉和菜炖在一起，今天晚上塔拉庄园的人还是可以美餐一顿。说不定迪尔西用来点灯的熏猪油可以用来调调味。她得记着让迪尔西改烧松树枝照明，把熏猪油节省下来做饭。

在紧挨着一间小屋后台阶的菜地里，她发现一小排萝卜，她顿时感到自己饿得发慌。辛辣的萝卜正是她饥饿的肚子渴望的美餐。

她几乎等不到用裙子把萝卜上的土擦去就一口咬下半个，匆匆啃起来。萝卜又老又干，还辣得她差点儿落泪。这团食物刚咽下去，她饥饿多时的胃就火烧火燎，她站不稳当，倒在松软的土地上，有气无力地呕吐起来。

从小屋里隐约散发出黑人的气味，这更加剧了她的恶心，她浑身无力，止不住心里的恶心，难受得只能继续呕吐，她头晕得厉害，周围的小屋和树木仿佛迅速旋转起来。

过了很长时间，她脸朝下趴在那里，土地柔软舒服得像是个羽毛枕头，她的思绪疲惫得飘忽不定。她斯佳丽·奥哈拉竟然躺在一个黑人小屋后面，身处一幢宅院的废墟中，又恶心又疲惫，动弹不得，而这个世界上却没一个人知道，也没人关心她。即使有人知道，也没人关心她，因为现在人人都有许多自己的麻烦事要操心，根本顾不上管她。而所有这一切竟然发生在她斯佳丽·奥哈拉身上，她以前连掉在地板上穿脏的袜子都不会伸手捡起，连系一下自己跳舞鞋的鞋带都不会；只要有一点儿小病，立刻会得到悉心照顾，而她发脾气又总是被人迁就，一辈子都是如此。

她疲惫不堪地躺在那儿，虚弱得无法驱散记忆和担忧，各种记忆和担忧像秃鹰一样在她周围盘旋，等待着分享死尸。她再也没有力气说："等我以后再想妈妈、爸爸、阿希礼，还有这片废墟——对，以后等我能忍受的时候再去想这些。"现在她是受不了，但是不管她愿意不愿意，她却不能不想这些事。这些思绪仿佛在她头顶盘旋，还猛然俯冲下来，把尖牙利爪插进她的思绪。她脸埋在地上，趴在那里一动不动，不知过了多长时间，炙热的太阳照在她身上，她在回忆那些死去的人和逝去的往事，回忆那种一去不复返的生活，思考一片黑暗的未来中的种种艰难困苦。

当她最终从地上站起身来，再次看到十二橡树庄园烧黑的废墟，她把头抬得高高的，青春、美貌和温柔融为一体的那种气质永远从她脸上消失了。过去的已经过去。死去的人不会复活。昔日的慵懒奢华一去不复返。斯佳丽把重重的篮子挎在胳膊上，她拿定了主意，决定了自己的生活道路。

既然无路可退，她就朝前走。

今后五十年里，南方会有愁眉苦脸的妇女追忆往昔的岁月，怀念逝去的时代，缅怀死去的男人，唤起徒增伤悲的记忆。但是斯佳丽永远都不会回首往事。

斯佳丽最后一次盯着熏黑的石头地基，在她眼中，十二橡树庄园又恢复了以前富丽堂皇的骄人模样，又成了代表过去上层社会生活的象征。然后她转身下山走上了回塔拉的路，重重的篮子简直要勒进她的肉里。

饥饿又在啃噬她空空如也的胃，她大声发誓说："上帝做证，上帝做证，北佬休想把我整垮，我会熬过这一切，我再也不要挨饿了，我的家人也绝不再挨饿了。上帝做证，哪怕我得去偷，去杀人，我也再不要挨饿了。"

接下来的几天，塔拉庄园就像是《鲁滨孙漂流记》里描述的孤岛，一切都是那么安静，那么与世隔绝。世界虽然距这里只有几英里之遥，却好像在塔拉与琼斯博罗、费耶特维尔、拉夫乔伊之间，甚至在塔拉和邻近的庄园之间隔着千万里的惊涛骇浪。那匹老马死去后，他们失去了唯一的交通工具，他们既没力气也没时间在红土路上跋涉数英里，那太令人疲倦了。

在干活儿累弯了腰的日子里，为了得到食物而拼命挣扎，还要无休止地照顾三个生病和产后的女子，有时候，斯佳丽不由自主竖着耳朵屏息静听以前那些熟悉的声音——黑人小屋里传来孩子的清脆笑声、从地里回来的马车吱嘎声、杰拉尔德骑马疾驰穿过草场的嘶鸣声、车道上的辚辚车轮声，还有上门聊天的邻居欢快的说话声，但她什么也听不到。路上静悄悄的，没有一个人，没有飞扬起的红尘通报有客来访。塔拉仿佛成了绿山丘和红土地包围的一座小岛。

在其他地方，有的人家在自家屋檐下安心吃饭，放心睡觉。在其他地方，姑娘们像斯佳丽自己几个月前那样，身穿改过三次的衣服与男人兴致勃勃地调情，唱着《无情战争结束后》。还有的地方正在经历战争，炮声隆隆，城镇在燃烧，男人躺在到处散发着汗臭的院里慢慢腐烂。有的地方正有一支身穿脏兮兮便服的军队在赤着脚打仗，在野地里睡觉，在忍饥挨饿，在体验绝望后的身心疲惫。在某些地方，佐治亚州的群山之间，举目望去，到处是北佬的蓝色军服，那里的北佬个个脑满肠肥，战马都膘肥体壮。

塔拉以外的地方有战争，有社交生活，但是在庄园里，战争和社交生活都不存在，只有偶然在脑海里出现的一些记忆，遇上精疲力竭时，什么回忆都被掩盖起来了。外面的世界虽大，但是为了填饱空空如也或半饥半饱的肚子，什么都是次要的，只剩下两个概念与生活有关：食物，以及如何得到食物。

食物！食物！为什么肚子比脑子的记性好？斯佳丽能够忘却心痛的事情，却无法不去想饥饿。每天早晨，她半梦半醒躺在床上，想起战争和饥饿前，她懒洋洋地蜷起身子，期待闻到油煎熏肉和烤面包卷的甜香。每天早晨，她都是在渴望闻到食物飘香中醒来的。

塔拉的餐桌上有苹果、山芋、花生和牛奶，但即使是这些简单的食物也从未有过充足的时候。一天三次看到这些食物，斯佳丽就会想起过去，想起过去的那些大餐，餐桌被烛光照亮，空气中充满美食佳肴的香味。

他们那时不在乎食物，曾经多么浪费啊！一顿饭里就摆上面包卷、玉米饼、甜饼、威化饼，还有柔软欲滴的黄油。餐桌一端摆着火腿，另一端还摆着炸鸡，小锅里油彩绚丽的油汤上漂浮着一层厚厚的甘蓝叶，花色图案艳丽的瓷盘里豆子堆成山，还有炸倭瓜、炖秋葵，以及稠得都可以用刀切的萝卜奶酪酱。每餐都有三种甜点，因此每个人都可以随心挑选：巧克力夹心蛋糕、香草牛奶冻和鲜奶油蛋糕。死亡和战争都未曾让她落泪，可是想起这些美味的食品却让她不禁眼睛泛潮，让她咕噜噜叫的肚子一阵阵恶心。黑妈妈过去一直为她胃口小而担心，现在由于从事以前闻所未闻的艰苦劳作，一个十九岁姑娘健康的胃口足有以前的四倍。

塔拉再也没有胃口不好的麻烦了，斯佳丽的目光遇到的都是饥饿的面孔，黑色的、白色的。不久，卡丽恩和苏埃伦就会从伤寒病中康复，她们的胃口更是难以满足。小韦德已经不断嘟囔抱怨："韦德不喜欢吃山芋，韦德肚子饿。"

其他人也怨声不断：

"斯佳丽小姐，除非我吃饱一点儿，要不这两个孩子我一个也喂不好。"

"斯佳丽小姐，要是我吃不饱肚子，就没力气劈柴火了。"

"我的小羊羔，我都要给饿扁了。"

"女儿，我们难道每天非吃山芋不可吗？"

只有玫兰妮从不抱怨，玫兰妮的脸庞越来越窄，脸色也越来越苍白，甚至在睡梦中都会因为疼痛扭曲了面容。

"我不饿，斯佳丽，把我的那份牛奶给迪尔西吧，她正需要喝牛奶喂孩子。病人是不会感到饿的。"

可是，玫兰妮温柔中显露出的刚毅比其他人的唠叨和哀怨更能激怒斯佳丽。她可以用尖酸刻薄的话让其他人闭嘴——她也确实是这么做的，可她在玫兰妮的无私面前就是无能为力，她因为自己的无能为力而厌恶玫兰妮。杰拉尔德，黑人，还有韦德现在都喜欢接近玫兰妮，因为即使是生病，玫兰妮还是那么和蔼而富有同情心，而近来斯佳丽却两者都没有。

韦德尤其爱赖在玫兰妮屋子里。韦德有些不对劲，但是斯佳丽没时间弄清楚。黑妈妈说孩子肚里有虫，她接受了这种说法，给他灌了些以前埃伦给黑孩子打虫的干草根和树皮。但是喝下打虫药后，孩子只是脸色变得更加苍白了。这些日子，斯佳丽简直没把韦德当人考虑。他只是她的一个担心，一张需要喂饱的嘴。等这段紧急时候过去，她会跟他玩，给他讲故事，教他学识字，可她现在没时间，也不想做这些。而且总是在她最疲惫不堪、最心烦意乱的时候，他就在身边碍手碍脚，所以她经常对他恶声恶气。

韦德一受到斯佳丽斥责，总是吓得瞪圆双眼，让她一见就有气，恨他露出低能的傻样。她没有意识到，这个小男孩儿受到的恐惧太强烈了，即使成人也未必能经受住这样的恐惧。韦德生活在恐惧中，恐惧震撼着他的灵魂，让他夜晚从梦中惊醒尖叫。任何不寻常的声音和严厉的话都会让他发抖，因为在他的头脑中声音和严厉的话都和北佬联系在一起，他害怕普莉西讲的鬼怪，更害怕北佬。

在围攻的隆隆炮声响起之前，韦德一直过着快乐而平静的生活。尽管母亲很少注意他，他仍然习惯于得到别人的爱抚，听别人讲和蔼的话。可是，那天晚上，他被人从睡梦中拖起，发现天空充满火焰，空气中充斥着震耳欲聋的炮声。那个晚上和接下来的一天，他第一次挨了妈妈的耳光，第一次听妈妈提高嗓门儿责骂他。他以前只是幸福地生活在桃树街那幢砖房里，可是那种幸福生活从那天晚上后已经一去不复返，他自己永远无法再把它找回来了。在逃离亚特兰大的路上，他除了知道北佬在身后追赶外一无所知，现在他仍旧生活在恐惧中，生怕北佬会抓住他，把他砍成碎块。斯佳丽一提高嗓门儿责骂他，他就心惊肉跳，幼小的记忆便联想起母亲第一次责骂他的情景。如今北佬和责骂声在他小小的脑袋里永远联系在了一起，所以他很惧怕母亲。

斯佳丽不可能不注意到孩子在躲避她，她在无休止的劳作中偶尔休息一下，总会想起这一点，让她烦心。这比先前让韦德一天到晚跟在自己裙边更糟，斯佳丽觉得受到了伤害，因为韦德把玫兰妮的床当作避难所，他在那里安静地按玫兰妮的指示做游戏，或者听玫兰妮给他讲故事。韦德崇拜这个声音柔和的姑姑，因为她总是对他微笑，从来也不会对他说："嘘，韦德！你真让我头疼。"也不会说："看在上帝的分儿上，韦德，别让人心烦！"

斯佳丽没有时间也不想爱抚韦德，但是当她看到玫兰妮这么做时却感到妒忌。一天她发现韦德在玫兰妮的床上拿大顶，倒下来压在玫兰妮的身上，她动手打了他一耳光。

"你就不知道干点儿别的？姑姑生病的时候还压在她身上。去，到院子里玩，以后再也不许上这儿来。"

但是玫兰妮虚弱地伸出一只胳膊，把孩子拉到身边。

"来，来，韦德。你不是故意压在姑姑身上的，是吧？斯佳丽，他一点儿都没打扰我，就让他留在我这儿吧，让我来照顾他。这是我病好前唯一能做的事了，你够忙了，哪有时间管他。"

"玫荔，别傻了。"斯佳丽生硬地说，"像这样让韦德压在身上，对你的身体没好处，你怎么会好起来？现在，韦德，如果让我再抓到你在姑姑的床上玩，看我怎么教训你。别哭了，你怎么总哭个没完，要像个男子汉。"

韦德呜咽着跑下了楼。玫兰妮咬住嘴唇，泪水蒙上了双眼。黑妈妈站在客厅里，看到这一幕，皱着眉头，发出重重的叹息。但是这些日子里，没人敢跟斯佳丽说话，他们都害怕斯佳丽那副伶牙俐齿，都害怕这个附在她躯体里却与以前判若两人的斯佳丽。

如今斯佳丽统治着塔拉，于是就像其他大权在握的人一样专横，本性中所有恃强凌弱的性格便暴露出来。倒不是斯佳丽本人没有善良品质，只是因为她太害怕，对自己太不自信，生怕别人发现她并不胜任的底细，结果拒绝服从她的领导。除此，冲别人叫喊，看到他们害怕还有一种乐趣，斯佳丽发现这样做能够缓解自己绷得过紧的神经。她也发觉自己的性格在发生变化。有时，当她粗鲁地下命令，波克默默地紧咬下嘴唇，或是让黑妈妈嘟囔："如今有些人还真抖起来了。"斯佳丽就会感到奇怪，不知自己以前良好的风度上哪儿去了。所有埃伦下功夫向她灌输的礼节、温柔都从她身上消失得无影无踪，速度快得如萧瑟秋风扫落叶。

埃伦曾反复说："对下人要严厉，但更要和蔼，对黑人尤其该这样。"但是如果她斯佳丽总是和颜悦色，黑人就会整天坐在厨房，讨论过去的好时光，可那时屋里的黑人无须做地里黑人的活计。

"要爱护妹妹，照顾她们。对病人要慈悲。"埃伦这么说过，"要体贴不幸的人，关心患难的人。"

可如今她怎么也没法儿爱两个妹妹，她们不过是自己肩头的累赘。至于照顾她们，难道她没给她们洗澡，没替她们梳头，没喂她们吃饭？不是她每天步行好几英里去给她们找蔬菜吃？那头吓人的母牛冲她晃动两只角，把她吓得心都跳到嗓子眼儿里，难道她没有不顾恐惧学会挤牛奶？至于说和蔼，那纯粹是浪费时间。如果对她们和善，她们会赖在床上不起，而她却希望她们能尽快重新站起来，好添上四只手帮她干活儿。

苏埃伦和卡丽恩恢复得很慢，两个姑娘虚弱地躺在床上，骨瘦如柴。当她们不省人事的时候，世界发生了天翻地覆的变化。北佬来过，黑人都逃跑了，母亲也去世了。她们接受不了这三桩难以置信的事。有时她们认为自己一定还是处于昏迷之中，这些事情压根儿没发生过。斯佳丽变成这样，也一定不是真的。当斯佳丽站在她们床头，向她们描绘她希望她们身体复原后做的活儿，她们瞪着她，仿佛她是个妖怪。她们无法理解不再拥有一百名为家里干活儿的黑奴了，她们更无法理解奥哈拉家的小姐怎么可以干体力活儿。

“可是姐姐，”卡丽恩说，她那充满稚气的甜甜的脸被吓得发青，“我可不能劈柴火呀！它会弄坏我的手！”

“看看我的手吧。”斯佳丽把自己起泡长茧的手掌伸向卡丽恩，微笑中满是鄙夷。

“我讨厌你这么跟我和卡丽恩说话！”苏埃伦喊道，“你在撒谎，想吓唬我们。如果妈妈还在，她一定不会让你这么跟我们说话！劈柴，亏你想得出！”

苏埃伦身体虚弱，却憎恶地瞪着姐姐，心想斯佳丽说这些是存心跟她们过不去。她苏埃伦差点儿就活不了，母亲也死了，她又孤单又害怕，需要有人爱抚她、照顾她。然而斯佳丽却每天在床头看着她们，一双绿眼睛斜瞟着她们，射出憎恶的光芒，判断着她们的恢复程度，一面还跟她们谈论以后干的活儿，诸如铺床、做饭、拎水、劈柴等。而且她似乎还以说这些可怕的事情为乐。

斯佳丽确实以此为乐。她欺负黑人、伤害两个妹妹的感情，倒不仅仅因为她操心的事太多，紧张和劳累让她没有其他选择，还因为这样能帮助她忘却自己的苦恼：怎么母亲对她讲的一切全都错了？

母亲以前教她的东西如今没有一点儿价值，斯佳丽感到又痛心又茫然。她没有认识到，埃伦无法预料到她养育大三个女儿的文明环境会崩溃，更没料到她苦心培养女儿，让她们去占据社会地位，结果这个社会却不复存在了。斯佳丽也没有认识到，埃伦教她要行为文雅、举止得体、高尚可亲、谦虚可信，她把今后的生活想象得如同自己平静如水的生活，认为不会有波澜。所以埃伦说，女子只要学会这些品质，生活就不会亏待她们。

斯佳丽绝望地想：“不，不对，全错了，妈妈教的对我一点儿帮助都没有！如今和善有什么用？文雅有什么价值？还不如教我像黑人一样耕地摘棉花呢！哦，妈妈，你错了！”

她也不想想，埃伦那个秩序井然的世界已经瓦解，取而代之的是一个残酷的世界，一个一切标准、价值都发生变化的世界。她只是看到或认为自己看到母亲的错误，她便赶忙改弦更张，迎合这个她还没有准备好的新世界。

只有她对塔拉的感情没有变。她从地里拖着疲惫的身体回家，看到那座宽大的白房子，心里就充满了爱，满是回家的喜悦。每当她望着窗外的绿色牧场、红土田野，以及沼泽地上浓密挺拔的树丛，胸中就会涌起一种美的感觉。其他一切都发生变化时，斯佳丽身上没有发生改变的就是她对这片土地的热爱，这里有柔和起伏的山丘，有鲜红艳丽的土壤，土壤的红色又有血红、石榴红、砖红、朱砂红各种色彩，而这片红土地上又会神奇地长出绿油油的灌木丛，白色的绒毛点缀其间。世界上任何地方都没有这么美的土地。

斯佳丽望着塔拉庄园时，就有点儿理解人们为什么要打仗了。瑞特说人们打仗是为了钱，他错了。不，人们是为了连绵起伏的土地，为了精耕细作的土地而战，是为了刈打牧草后整整齐齐的绿色牧场而战，是为了潺潺流淌的黄色河流和木兰丛中的白色房子而战。这些才是值得为之战斗的东西，红色的土地是他们的，并且将属于他们的后代子孙，红土地上长出的棉花属于他们的子孙，以及子孙的子孙。

如今，塔拉遭受过践踏蹂躏的土地便是她拥有的一切，因为妈妈和阿希礼都死了，爸爸杰拉尔德由于惊吓而衰老，金钱、黑奴、安全、地位都在一夜之间化为乌有。斯佳丽恍如隔世地想起了和父亲的一次谈话，是关于土地的谈话，她奇怪自己当初怎么那么幼稚、那么无知，当父亲说土地是世界上唯一值得为之而战的东西时，她竟然不理解父亲的意思。

因为这是世界上唯一永恒的东西……对于任何一个身上流淌着爱尔兰血液的人，土地就像母亲……这是唯一值得为它辛苦、为它战斗、为它牺牲的东西。

是的，塔拉值得为之而战，斯佳丽二话不说就接受了这场战斗。没有人能从她手中把塔拉夺走，没有人能迫使她和她的家人背井离乡乞求亲戚的施舍。她要把塔拉维持下去，即使她不得不把这里每一个人的脊梁都累断，她也在所不惜。

第二十六章

斯佳丽从亚特兰大返回塔拉后已经两个星期了，脚上最大的一个水疱开始溃烂，脚肿得连鞋都穿不上，路也不能走，只能用脚后跟着地一瘸一拐地走路。她看着自己脚上肿痛的伤口，心里感到一阵绝望。要是像那些士兵的伤口一样生了坏疽，又找不着大夫，她会不会死去？眼下生活虽然苦，可她绝不愿撒手而去。要是她死了，谁来照顾塔拉呢？

斯佳丽刚回家的时候，还希望杰拉尔德能恢复昔日的精神，重新发号施令，但是从这两个星期看，这个希望落空了。现在她知道无论自己愿不愿意，庄园以及这里所有人都要依靠她这一双缺乏经验的手，因为杰拉尔德仍然安静地坐在那里，像个做梦的人一样，温顺安详得让人恐惧，对塔拉的事充耳不闻。斯佳丽向他请教，他唯一的答案就是："女儿，你认为怎么做好就怎么办吧。"或者更糟："小姑娘，去跟你妈妈商量吧。"

他再也不会有什么变化了。现在斯佳丽已经意识到这个事实，也已经心情平静地接受了这一事实：杰拉尔德会一直这样等待着埃伦，永远竖起耳朵留意埃伦的声音，到死都不会变。他处在朦胧的阴阳界，在那里，时间停滞不前，而埃伦仿佛就在隔壁房间里。埃伦的死带走了他活下去的主要动力，他狂妄的自信、莽撞和永不疲倦的活力也随之消失了。埃伦是他杰拉尔德·奥哈拉热情表演的唯一观众。如今幕布已经永远落下，舞台上的灯光也渐渐暗淡，观众突然消失，只剩下目瞪口呆的老演员仍旧留在空荡荡的舞台上，等着有人提示台词。

那天早晨，屋子里静悄悄的，除了斯佳丽、韦德和三个生病的女子，其他人都在沼泽地里抓那头老母猪。就连杰拉尔德也振作了一些，一手搭在波克的胳膊上，一手拎着一卷绳子，磕磕绊绊穿过犁过的地向前走。苏埃伦和卡丽恩哭过后睡去了，她们每天至少会想起埃伦两次，一旦想起母亲，悲伤和虚弱的泪水就顺着凹陷的脸颊流淌下来。玫兰妮那天第一次靠在枕头上坐起身，她身上盖着打补丁的被单，坐在两个婴儿中间，一条胳膊搂着长出亚麻色绒毛头发的孩子，另一条胳膊同样温柔地搂着迪尔西长着黑色卷发的孩子。韦德坐在床脚边听她讲童话。

对斯佳丽来说，塔拉静得令人无法忍受，因为这会让她想起从亚特兰大逃回家那漫长的一天路过的荒村弃乡死一般的沉寂。连母牛和小牛都一连几个小时没有动静。窗外没有鸟叫声，甚至已经在木兰树沙沙作响的树叶丛里住了好几代的模仿鸟那天也不放声鸣唱。斯佳丽搬了一把矮背椅子坐在卧室敞开的窗前，裙子拉起放在膝盖上，胳膊支在窗棂上，两手托着腮帮，望着屋前的车道、草坪，还有路那边空无一人的绿色草场。她身边的地板上放着一桶井水，她不时把长满水疱的脚放进桶里，刺痛让她难受得龇牙咧嘴。

她下巴支在胳膊上坐着发愁。就在她最需要力气的时候，偏偏脚趾开始溃烂。那些傻瓜们永远也抓不住那头老母猪。他们花了一个星期的时间才把那几头小猪一头一头抓回来，可是都过了两个星期，那头老母猪却仍然没有就范。斯佳丽知道，要是她和他们一起去了沼泽地，她就会把裤腿高高卷起，抓住绳索抛出套索，不等老母猪明白过来，就把它套住了。

但是，就算抓住那头老母猪，又怎么样呢？把老母猪和它的一窝小猪崽儿吃掉后又该怎么办？生活还要继续，人们的胃口还是需要有东西来填饱。冬天就要到了，那时候就什么吃的也没有了，连从邻居菜园里捡来的蔬菜也要吃光了。他们必须储存干豌豆、高粱、肉、大米……有很多东西要储存。还需要明年春天播种用的玉米种子、棉花种子，还有新衣服。从哪儿能弄到这些东西，她该从哪儿弄钱买这些东西啊？

她私下里翻过杰拉尔德的口袋和钱箱，只找见一沓沓的邦联债券和三千元邦联钞票。她自嘲地想如今邦联钞票一文不值，这些钱只够他们大吃一顿。再说啦，即使她有钱，也能找到卖食品的，她又该怎么把食品运回塔拉？上帝为什么让那匹老马死了？哪怕是瑞特偷来的那匹孱弱不堪的牲口也会给他们的生活带来新景象。哦，当初在路那边牧场上溜达的毛皮发亮的骡子、那些拉马车的漂亮马儿、自己那匹小母马、妹妹们的小马驹和杰拉尔德扬蹄奔驰的大公马，奔跑时草皮在马蹄下四溅——唉，要是剩下一匹，哪怕是那头最倔强的骡子能留下也好啊！

不过，没有关系，等她的脚好了，她可以步行去琼斯博罗，她平生还没走过那么长的路，但她会走到的。即使北佬把琼斯博罗给彻底烧光，她也一定能在附近什么地方找到人告诉她在哪里能弄到食物。韦德饿得瘦瘦的小脸浮现在她眼前。他总是说他不喜欢吃红薯，想吃鸡腿、米饭和肉汤。

屋前院子里明媚的阳光仿佛突然被阴云笼罩，泪水模糊了树影。斯佳丽的头垂下来，耷拉在胳膊上，她努力不让自己哭出来。现在哭没有任何用，只有身边有个男人，你想得到他的帮助时，哭才能发挥作用。斯佳丽蜷缩在那里，使劲闭上眼睛，不让眼泪流下来，突然一阵马蹄声把她惊起来。她没有抬头。这两个星期的许多日日夜夜里，她不知多少回想象听到这种马蹄声，也想听到埃伦裙裾窸窣声。每次在这种时刻，她的心就像过去一样怦怦乱跳，然后她对自己说：“别犯傻了。”

然而马蹄声渐渐慢了下来，变成了走路声，声音真实得让人吃惊，接着石子路上传来嘎吱嘎吱的声音。真是有人骑马来了——塔尔顿家还是方丹家的？斯佳丽赶忙抬起头，来的竟然是个北佬骑兵。

斯佳丽不由自主往窗帘后一躲，透过窗帘布磨得透光的褶子惊恐万分地盯着那人，吓得大气也不敢出。

那人懒洋洋地骑在马鞍上，只见他身材矮壮、长相粗鲁，乱蓬蓬的黑胡须散落在敞开的蓝军服上，一双老鼠眼离得很近，在刺眼的阳光下眯成一条缝，不紧不慢地从紧绷绷的蓝军帽檐下打量这座房子。他慢吞吞地翻身下马，把缰绳扔过来套在拴马桩上，这时斯佳丽又突然恢复了喘息，呼吸得非常痛苦，就像有人朝她肚子上猛击了一拳。一个北佬，一个屁股后面挂着长筒手枪的北佬！而此刻房子里她正孤身一人，另外还有三个生病的女子和两个婴儿！

当那人溜溜达达朝房子走来，两个小眼珠滴溜溜左顾右盼，斯佳丽脑海中像万花筒一样闪现出各种情景，佩蒂帕特姑妈压低声音讲的故事，没有任何防御能力的妇女受到袭击，有的被割断喉咙，垂死的女人倒在地板上，房子开始燃烧，孩子因为哭喊，结果让刺刀挑死。一切难言的恐惧都与“北佬”这个词联系在了一起。

斯佳丽受到惊吓的第一冲动就是想尽一切办法远离这个北佬，躲在橱柜里、趴在床下，或是从后面的楼梯飞奔而下，尖叫着跑到沼泽地。然后她听到他小心翼翼地走上屋前的台阶，鬼鬼祟祟地踏进门厅，她明白逃跑的路被切断了。她由于害怕浑身发冷，连动都动不了，只听到那人在楼下从一个屋子走到另一个屋子，因为没有发现有人，他的脚步声变得越来越响亮、越来越大胆。此刻他进了餐厅，马上就会从餐厅走进厨房。

一想到厨房，斯佳丽胸中立刻充满愤怒，这愤怒来势凶猛，像一把尖刀一样刺痛她的心，在她压倒一切的愤怒面前，害怕退却了。厨房！在厨房的炉笼上有两口锅，一口里面盛着炖苹果，另一口里面是大杂烩，做大杂烩的蔬菜是费尽千辛万苦从十二橡树和麦金托什家的菜园弄来的，这两样东西两个人吃都不够，却要让九个饥肠辘辘的人晚饭时充饥。斯佳丽好几个小时以来一直抑制自己的食欲，为的是等其他人回来再吃。想到那个北佬会吃掉他们有限的食物，斯佳丽不禁气得浑身发抖。

这帮天杀的！他们像蝗虫一样从天而降，然后让塔拉的人慢慢饿死，如今他们又回来偷他们可怜的残余食物。斯佳丽空空如也的胃一阵痉挛。老天在上，这个北佬再也别想偷东西了！

斯佳丽轻轻脱掉脚上那只破旧的鞋子，光着脚吧嗒吧嗒迅速走到写字台前，甚至连那个溃烂的脚趾都没觉着疼。她悄没声地打开最上面的一个抽屉，抓起她从亚特兰大带回来的那把沉甸甸的手枪，查尔斯佩带过这把枪，可他从来没用它开过火。她从墙上军刀下挂着的皮枪套里摸出一颗子弹，塞进枪膛，手一点儿都没抖。接着她迅速而无声地跑到楼上的过厅，一只手抓住楼梯扶手，另一只手藏在裙褶里，紧贴着大腿握住手枪，飞跑下楼。

“什么人？”一个鼻音很重的声音喊道，斯佳丽停在楼梯半中间，耳朵里脉搏嗵嗵响得厉害，让她几乎听不清那人说话的声音。“站住，不然我开枪了！”那个声音再次喊道。

那人紧张地半蹲半站在餐厅的门口，一只手拿着手枪，另一只手里抓着花梨木的针线盒，里面有金顶针、金柄剪刀和一枚金刚玉小锥子。斯佳丽的腿一直凉到膝盖，但是愤怒烧红了她的脸庞。他手里拿的是埃伦的针线盒。斯佳丽想对他大喊：“把它放下！把它放下，你这个卑鄙的……”但是她喊不出来。她只能越过扶手瞪着那人，看着他的脸由凶狠紧张变成半轻蔑半冷笑的模样。

“原来还有人在家呀。”他说着把手枪插回皮套里，一面走进门厅，就站在斯佳丽下面，“就你一个，小妞儿？”

说时迟，那时快，斯佳丽猛地把枪举过栏杆，对准那张胡子拉碴的脸，那人惊恐万状，还没来得及摸着枪，斯佳丽已经扣动扳机。手枪的后坐力让她头晕目眩，爆炸的声音震耳欲聋，呛人的硝烟直冲鼻孔。那人朝后倒在地板上，四肢伸开，身子一半倒在餐厅里，倒下去的力量把家具都震得摇晃了。针线盒从他手里滑落，里面的东西哗啦一声撒在他周围的地上。斯佳丽不由自主地跑到楼下，站在他身边，俯视着那张脸，看着他胡须以上挨了枪子儿的部分，原来是鼻子的位置现在成了一个大血窟窿，被火药烧焦的双眼呆滞不动。就在斯佳丽仔细观察的时候，两股血流到了锃亮的地板上，一股从脸上流，一股从后脑勺流。

是的，他死了。这一点毫无疑问。她杀了人。

硝烟缓缓向上飘到屋顶，两股殷红的血流在斯佳丽脚边蔓延开来。她站在那里的一刻仿佛无限长，在静谧炎热的夏日清晨，任何一种无关的声响和气味都似乎变得比平常明显了许多倍，其中有她敲鼓般的怦怦心跳、木兰树叶轻微的沙沙声、远处一只沼泽野禽的悲鸣，还有窗外花朵的芳香。

她杀了一个人，以前遇上打猎，她总是尽量避开捕杀场面，她以前连杀猪时猪的哀号和陷阱中兔子的尖叫都忍受不了。凶手！她木然地想。我成了凶手。哦，这事不可能发生在我身上！她的目光落在地板上那只指头短粗、汗毛浓密的手上，手离针线盒非常近，她一下子又回过神，感到一种冷酷残忍的快感。她都想用脚后跟踩在原来是鼻子的伤口上，让自己的光脚沾上热乎乎的鲜血，体会解恨的快意。她这一枪是为塔拉报仇，为埃伦报仇。

楼上的过道里传来一阵匆匆忙忙、踉踉跄跄的脚步声，停顿了一下后，脚步声变成了有气无力拖着脚走的声音，其间夹杂着叮叮当当的金属碰撞声。斯佳丽恢复了对时间和现实的感觉。她抬头一看，只见玫兰妮站在楼梯顶上，只穿着一件充当睡衣的破衬衣，她无力地握着查尔斯的军刀，胳膊耷拉下来。玫兰妮看了一眼便全明白了——一具身着蓝色军服的尸体倒在血泊中，身边是针线盒，斯佳丽光着脚，脸色发白，手里抓着长筒手枪。

她的目光与斯佳丽的目光默默相遇。玫兰妮平素温柔的脸上闪烁着严峻而骄傲的微笑，表示出赞许和喜悦，跟斯佳丽心中汹涌翻腾的感情恰好吻合。

“怎么，怎么，她竟然和我一样！她理解我现在的感受！”斯佳丽心中在那长长的一刻闪现出这样的念头，“她会做出跟我一样的举动。”

斯佳丽激动地抬头看着这个弱不禁风的女人，她以前对玫兰妮只有讨厌和瞧不起两种感情。如今，一种新的感情油然而生，既有欣赏，也有同志般的情谊，压倒了对阿希礼妻子的厌恶。在胸襟坦荡、不受任何其他感情影响的一刻，斯佳丽看出在玫兰妮柔和的嗓音和像鸽子一样温和的眼睛里，有一种如钢刀般不屈不挠的坚韧意志，她还感到在玫兰妮娴静的性格中有冲锋陷阵的勇气。

“斯佳丽！斯佳丽！”从关闭的门中传来苏埃伦和卡丽恩惊恐而虚弱的尖叫，韦德则拼命地喊：“姑姑！姑姑！”玫兰妮连忙伸出一个手指堵在嘴上，示意斯佳丽不要出声，然后她把军刀放在楼梯顶上，挣扎着穿过楼上的过道，打开病室的房门。

“别害怕，胆小鬼！”她用戏谑的声音说，“不过是你们姐姐想把查尔斯那把枪上的土擦一擦，枪走火了，还把她吓得半死！”“哦，韦德·汉密尔顿，妈妈用你爸爸的枪开了一枪，等你长大了，她也会让你打枪的。”

“不动声色的谎言！”斯佳丽暗生佩服，“我的反应可没她快。但是干吗撒谎呢？应该让他们知道我做的事。”

她再次低头看了一眼脚下的尸体，这下她不再感到愤怒和恐惧了，而是感到深深的厌恶，她的双膝出于反作用开始发抖。玫兰妮又挣扎着回到楼梯顶上，抓着扶手向楼下走来，牙齿咬住发白的下嘴唇。

“回到床上去，傻瓜，你会要了自己的命！”斯佳丽喊道。但是衣衫不整的玫兰妮还是挣扎着下了楼，来到楼下的走廊。

“斯佳丽，”她低声说，“我们必须把他从这里弄出去埋掉。他可能不是一个人，要是他们发现他在这儿……”她抓住斯佳丽的胳膊，免得摔倒。

“他肯定是一个人。”斯佳丽说，“我从楼上的窗户没看见其他人，他肯定是个开小差的。”

“就算他是一个人，也不能让其他人知道。黑人嘴巴不严，北佬会来抓你的。斯佳丽，我们必须在家里人从沼泽地回来前把他藏起来。”

玫兰妮急切的话开始让斯佳丽苦思冥想。

“我可以把他埋在花园角落的凉棚下面——那里土是松的，因为波克前不久才从那儿把威士忌挖出来。但是我怎么才能把他弄到那里？”

“我们一人抬一条腿把他拖出去。”玫兰妮口气坚定地说。尽管不情愿，斯佳丽对玫兰妮更加佩服了。

“你连只猫也拖不动，我来拖吧。”斯佳丽生硬地说，“你回床上躺着。你会要了自己的命。别再想着帮我了，要不我就动手把你抬上楼。”

玫兰妮苍白的脸上露出一丝甜美的笑容表示理解。“你真是太好了，斯佳丽。”说着，她的嘴在斯佳丽面颊上轻轻擦了一下。没等斯佳丽从惊讶中定下神，她接着说，“你要是一个人能把他拖出去，那我把这儿擦干净，这里乱糟糟的一片，要在家里人回来前收拾好。斯佳丽……”

“什么事？”

“你认为检查一下他的背包算不算不道德呢？说不定他身上有吃的。”

“我认为不算。”斯佳丽答道，同时暗暗懊恼为什么自己没有想到这一点，“你去搜背包，我来搜他的口袋。”

斯佳丽嫌恶地弯下腰，解开死人军服上剩下的扣子，一个接一个地搜他的口袋。

“哦，上帝啊。”她低声说，拽出一个破布包着的鼓鼓囊囊的钱包，“玫兰妮……玫荔，这里面一定装满了钱。”

玫兰妮什么也没说，只是一下子坐在了地上，背靠在墙上。

“你看吧。”她声音发颤，“我觉得有点儿累。”

斯佳丽撕开破布，双手颤抖地打开了皮夹。

“瞧啊，玫荔，你瞧！”

玫兰妮抬头一看，眼睛都瞪大了。皮夹里乱糟糟地塞满了各种钞票，联邦政府的绿色钞票里夹杂着邦联政府的钞票，其间还闪烁着一个十美元和两个五美元的金币。

“现在先别数钱。”看到斯佳丽开始点这些钞票，玫兰妮说，“我们没时间……”

“你难道没明白吗，玫兰妮？这钱意味着我们有吃的了。”

“是的，是的，亲爱的。我明白，但是我们现在没时间数钱。

你搜一下他的其他口袋，我搜他的背包。”

斯佳丽不情愿地放下了钱夹。她面前展现出光明的前景：有了真正的钱、北佬的马，还有食物！上帝保佑啊！这一切都是上帝赐予的，尽管上帝赐予的方式不同寻常。斯佳丽蹲下身，傻笑着盯着钱夹。食物！玫兰妮从她手中抽出钱夹。

“快点儿搜吧！”玫兰妮说。

除了一支蜡烛头、一把小折刀、一小块嚼烟和一点儿麻线以外，裤子口袋里再没有其他东西了。玫兰妮从背包里搜出一小包咖啡，她使劲闻闻，就好像那是最醇香美妙的香水，还有一块硬饼子，接着她的脸色一下子变了，一个嵌有小姑娘袖珍肖像的珍珠金相框、一枚石榴石胸针、两只带有细细金链子的黄金宽手镯、一枚金顶针、一只婴儿小银杯、金刺绣剪刀、单枚钻石戒指和一对带梨形钻石坠子的耳环，尽管斯佳丽和玫兰妮都是外行，可她们也能看得出，每颗钻石都远不止一克拉。

“他是个贼！”玫兰妮悄声说，同时身体向后缩，想离尸体远一些，“斯佳丽，这些一定都是他偷来的。”

“当然啦。”斯佳丽说，“而且他到这儿也是想从我们这里再多偷点儿。”

“我真高兴你杀了他。”玫兰妮说，温顺的眼睛里目光严峻，“亲爱的，现在快点儿把他从这里弄出去吧。”

斯佳丽弯下腰，抓住死人的靴子往外拖。他怎么这么重！斯佳丽一下感到自己是那么无力！要是拖不动他怎么办？她转过身背对着尸体，一只胳膊从底下拽住一只沉重的靴子，然后自己重心向前。尸体被拖动了，她又向前拽一下。刚才一时兴奋忘记疼痛的脚，现在才觉得疼得要命，不得不咬紧牙关，把身体的重量挪到脚后跟上。她使劲把尸体一点儿一点儿往前拽，汗珠从额头上滴下来，就这样把尸体拽下穿堂的台阶，经过之处留下鲜红的血迹。

“他要是穿过院子也这么流血，我们就没法儿掩盖了。”斯佳丽气喘吁吁地说，“把你的内衣脱下来给我，玫兰妮，裹在他头上。”

玫兰妮苍白的面孔变得绯红。

“别傻了，我又不会看你。”斯佳丽说，“要是我穿着内衣或内裤，也会脱下来用的。”

玫兰妮靠着墙蜷缩成一团，把那件破亚麻衬衫从头上褪下来，一声不吭扔给斯佳丽，然后努力用两只胳膊护住自己的身体。

“感谢上帝，我可不会这么害羞。”斯佳丽心里想，在用破布裹住被打烂的脸时，她虽然没有看到玫兰妮的窘态，心里却感到了。

斯佳丽瘸着腿连拉带拽，把尸体从过道拉向后门廊，她停下来用手背擦拭额头的汗水，回头瞥见玫兰妮坐在地上靠着墙，曲起两个瘦瘦的膝盖掩盖裸露的乳房。斯佳丽气恼地想：玫兰妮真是够傻的，这种时候还顾得上难为情。正是玫兰妮这种永远不失规矩的举止，才让斯佳丽对她心生轻蔑。不过斯佳丽立刻感到惭愧。毕竟……毕竟玫兰妮刚生了孩子不久，不但从床上爬起来，而且还拿着一把她几乎都拎不动的武器来帮她。这需要勇气。斯佳丽承认自己并不具备这种柔若绢丝而坚韧如钢的勇气，在亚特兰大陷落的那个可怕的晚上以及逃跑回家的漫漫旅途上，玫兰妮都表现出这种勇气。韦尔克斯家族所有成员都拥有这种不可捉摸、不引人注目的勇气。斯佳丽虽然不理解这种品质，却不由得心生敬意。

“回到床上去。”斯佳丽朝身后说，“再不回去，你会要了自己的命的。我把他埋了后，再回来收拾这里乱糟糟的一团。”

“我用一块破布来收拾吧。”玫兰妮小声说，看着地上那摊血，她的脸色非常难看。

“随你的便，要是你自己不想活了，我才不管呢！万一在我弄完前家里有人回来，想办法让他们待在屋里，告诉他们马不知是从什么地方跑来的。”

玫兰妮坐在清晨的阳光里瑟瑟发抖，她捂住耳朵，害怕听到死人被拖下门廊台阶时发出令人恶心的咚咚声。

没有人问马是从什么地方跑来的。近来有一场战斗，显然马是从战场上跑来的，大家都很高兴有了匹马。斯佳丽把那个北佬埋在葡萄架下自己挖的一个浅坑里。支撑着粗粗葡萄藤的柱子已经腐烂，那天夜里斯佳丽用切菜刀对着柱子一气乱砍，直到把柱子砍倒，葡萄藤散落得满地都是，把那个坟墓覆盖了起来。在整修过程中，斯佳丽唯独不提替换这些柱子的事，即使有黑人猜出了其中的原委，他们也保持着沉默。

在那些由于过度疲劳而无法入睡的漫漫长夜中，没有鬼魂从那个浅浅的坟墓中爬出来纠缠她。想到这事，她既不害怕也不后悔。她自己也奇怪怎么会这样，要知道假如是在一个月前，她绝对不会做出这种事。年轻妩媚的汉密尔顿夫人，面带酒窝，整日晃着叮咚作响的耳坠子，简直什么都不会做，居然把一个人的脸打得稀烂，然后又把他埋在匆忙挖成的坑里了事！想到要是给那些认识她的人知道了，他们会给吓得目瞪口呆，斯佳丽不禁龇牙苦笑。

“我再也不去想它了。”斯佳丽暗下决心，“事情已经过去，我要是不杀他就是个傻瓜。我承认……我承认自从回家后我有点儿变了，否则我做不出这种事。”

尽管她有意不去想它，但是每当她遇到令人不快而又棘手的难题时，在她脑海深处就会蹦出一个念头给她力量：“我连人都敢杀，这种事当然不在话下。”

其实，斯佳丽发生的很多变化，就连她自己都没有意识到。当初她趴在十二橡树庄园的黑人菜园里时，她的心就开始变硬，而且正慢慢越变越硬。

如今有了一匹马，斯佳丽可以亲自去看看邻居们的情况了。自从她回家以来，她已经绝望地想了上千回：“县里难道就剩下我们几个人？别人被烧死了呢，还是都逃到梅肯去了？”十二橡树庄园、麦金托什庄园和斯莱特里小屋都化为废墟的景象在她脑海中还历历在目，让她有点儿害怕去发现真相。不过知道了最糟糕的情况也比一无所知好，所以她决定先骑马去方丹家，这倒并非因为他们是最近的邻居，而是因为老方丹大夫可能在家。玫兰妮需要位医生，她恢复得不好，苍白虚弱的模样着实让斯佳丽担心。

所以当斯佳丽的脚好得能穿上鞋了，就骑上那匹北佬的马。一只脚伸进改短的马镫，另一条腿曲起来搁在马鞍的鞍头上，这样就大致和女士的侧鞍差不多了，然后她出发，穿过田地朝含羞草庄园方向骑去，心里做好了准备，估计会看到那里被烧成废墟的景象。

结果她又惊又喜，看到那座已经褪色的黄墙房子仍然矗立在含羞草草丛中，看上去依旧是昔日的模样。方丹家的三个女人从房子里出来迎接斯佳丽，她们又是亲吻，又是欢呼，让斯佳丽感到温暖和幸福，几乎幸福得流下眼泪。

然而当初次见面的兴高采烈平静下来后，她们簇拥着走进餐厅坐了下来，斯佳丽感到一阵悲凉。北佬没有到含羞草庄园来，是因为它远离大路。所以方丹家的牲口和粮食都保存了下来，但是它和塔拉及整个县一样，也笼罩在一种异样的寂静中。除了四名做家务的女奴，其他的奴隶听说北佬逼近后全给吓跑了。除非萨莉未出襁褓的小儿子乔算作男人，这里再没有其他男丁。偌大的房子里只剩下七十多岁的方丹老奶奶、她那已经五十多岁仍被称作“少奶奶”的儿媳，还有刚满二十岁的萨莉。她们没有近邻，也没人保护，但如果说她们担惊受怕，她们的脸上倒没有表现出来。斯佳丽想可能是萨莉和少奶奶太惧怕那位看上去像瓷器一样脆弱，但实际不屈不挠的老太太，所以即使有什么不安也不敢说出来。斯佳丽自己就很害怕这位老太太，过去她曾经领教过老太太犀利的眼光，更领教过她刻薄的话语。

尽管这三个人没有血缘关系，年龄也悬殊，但是相似的精神和遭遇把她们紧紧联系在一起。三个人都穿着自家漂染的丧服，看上去都那么憔悴、悲伤、郁闷，尽管她们没有不满，没有抱怨，然而从她们微笑和欢迎话语的背后却能让人感到她们内心的苦痛。她们的奴隶跑了，钱变得一文不值，萨莉的丈夫乔在葛底斯堡战死，少奶奶也是寡妇，因为小方丹大夫在维克斯堡死于痢疾。其余两个小伙子亚力克斯和托尼则在弗吉尼亚州的什么地方，没人知道他们是死是活；老方丹大夫则跟随惠勒的骑兵到了其他地方。

“老傻瓜都七十三岁的人了，还不服老，他浑身患风湿疼痛的关节比猪身上的跳蚤还多。”老太太虽然嘴上这么说，其实很为自己的丈夫骄傲，她神采奕奕的目光表明她讽刺挖苦的话语不是真心的。

“你们有没有亚特兰大的消息？”等大家都坐好后，斯佳丽问，“我们在塔拉彻底与世隔绝了。”

“啊呀，孩子，”老太太照例控制着谈话，“我们的情形还不和你们一样？除了知道谢尔曼最终占领了亚特兰大，我们也是一无所知了。”

“这么说他到底还是把城给占了。那他如今在干什么？眼下在哪儿打仗？”

“我们三个孤身女人待在乡下，几个星期看不到一封信、读不到一张报纸，怎么会知道打仗的事？”老太太尖刻地说，“我们的一个黑奴跟另外一个黑人聊天，那个黑人遇见过一个去过琼斯博罗的人，除此，我们再没听到过其他消息了。他们说北佬赖在亚特兰大不走了，他们的人马都在休息，不过这消息是真是假，你比我更清楚。我们把他们打得够呛，他们是得好好休息一下。”

“这些日子你一直在塔拉，我们却什么都不知道！”少奶奶插话说，“哦，都怪我没有骑马过去看看！可是自从大部分黑人都跑掉后，这里要干的活儿太多了，我实在走不开。不过我还是应该抽时间过去，我太不像个邻居了。当然，我们以为北佬放火把塔拉烧了，就像他们把十二橡树和麦金托什家烧了一样，你们逃到梅肯去了。斯佳丽，我们做梦也没想到你在家。”

“对啊，奥哈拉先生的黑奴打这儿路过时，吓得眼珠子都要掉出来了，他们告诉我们北佬要烧塔拉了，我们还能有别的想法？”老太太插嘴道。

“我们以为……”萨莉开始说。

“我正说着话呢。”老太太毫不客气地说，“他们说北佬在整个塔拉扎了营，你们家的人打算往梅肯逃。就在那天晚上我们看见塔拉那边火光冲天，持续了好几个小时，把我们可怜的黑鬼吓坏了，结果他们全跑了。那火烧的是什么？”

“那是我们所有的棉花，值十五万美元呢。”斯佳丽痛心地说。

“应该感谢上帝，烧的不是你们的房子。”老太太把下巴支在拐杖上说，“棉花你们还可以种出更多，房子可是种不出来的。对了，你们开始摘棉花了没有？”

“没有呢。”斯佳丽回答说，“反正大部分都给毁了。我想剩下的最多不会超过三包，还都长在河谷底下，离家远得很。而且收了又有什么用？我们地里干活儿的黑奴都跑光了，没人摘。”

“哎呀，听听‘我们地里干活儿的黑奴都跑光了，没人摘’！”

老太太学着斯佳丽的腔调说，还挖苦地瞥了斯佳丽一眼，“小姐，你自己这双漂亮的爪子有什么不对的地方吗？还有你两个妹妹的呢？”

“我！让我去摘棉花？”斯佳丽吓得叫了起来，仿佛老太太让她去干最见不得人的罪恶，“像个干地里活儿的黑鬼那样？像个穷白佬那样？像斯莱特里家的女人那样？”

“穷白佬，真是的！你们这代人倒真娇气，真有小姐派头！让我来告诉你吧，小姐，当我还是个小姑娘的时候，我爹破了产，一文不名，我可不是就凭着双手干活儿，包括干地里的活，直到爹挣到足够的钱又买了几个黑奴为止。我自己犁过地，摘过棉花，要是有必要我还会这么做。现在看来好像还真有必要。穷白佬，真是的！”

“哦，不过，方丹妈妈，”她的儿媳插话说，一边向两个姑娘央求地看，请她们帮她让老太太消消气，“那可是很久以前的事了，那个时代和现在完全不同，如今世道变了。”

“只要正当劳动的需求存在一天，世道就一天不会变。”目光锐利的老太太拒绝别人调解，“斯佳丽，听你刚才站在那里说，仿佛干正当劳动的白人就不够高尚，我真替你妈感到羞愧。‘亚当耕地，夏娃纺纱……’”

为了换个话题，斯佳丽赶忙问：“塔尔顿家和卡尔弗特家怎么样了？他们的房子是不是给烧了？他们逃到梅肯去了没有？”

“北佬从来没有去过塔尔顿家。他们跟我们一样离大路远。不过北佬去了卡尔弗特家，偷了他们全部的牲口和家禽，还挑拨所有黑人跟他们跑掉了……”萨莉说。

老太太又打断了她的话。

“嗬！他们向所有的黑人娘儿们许诺，让她们穿绸戴金——他们就是这么说的。凯瑟琳说，有的北佬骑兵走的时候马鞍后面还驮着个愚蠢的黑娘儿们。哼，她们只会养个不黑不白的小杂种，其他什么都得不到。而且我敢说，北佬的血统不会改良这个种族。”

“哦，方丹妈妈！”

“别摆出这么张大惊小怪的脸，简。我们难道不都是结过婚的吗？而且上帝知道，我们以前不也见过白黑混血的小孩儿吗？”

“他们为什么没有烧了卡尔弗特家的房子呢？”

“房子是第二位卡尔弗特太太跟那个北佬监工希尔顿两人的口音救下来的。”老太太说，她总是把那位以前的家庭教师称作“第二位卡尔弗特太太”，尽管第一位卡尔弗特太太已经去世二十年了。

“‘我们坚决拥护联邦政府。’”老太太故意憋住细长的鼻子模仿道，“凯瑟琳说他们两个拼命赌咒发誓，说卡尔弗特家的人都是北佬。可怜的卡尔弗特先生死在了荒野中！雷福特死在了葛底斯堡，凯德还随军在弗吉尼亚打仗！凯瑟琳感到蒙羞受辱，她说自己宁愿房子被烧了。她还说要是凯德回来听到这事，一定会把肺都气炸。男人娶个北佬就会落得这么个下场——他们没有自尊，不懂得体统，只会关心自己的皮肤……北佬怎么没烧塔拉，斯佳丽？”

斯佳丽回答前迟疑了片刻，她知道下一个问题就该是：“你的家人都好吧？你亲爱的母亲怎么样了？”而她知道自己不能跟她们说埃伦已经死了。她知道要是她说出这句话，甚至只要想到在这些富有同情心的妇女面前这么说，她肯定会哭得泪如雨下、心肺俱裂。她不能哭。自从回家后她就没有真正哭过，因为她明白只要这道闸门一开，她那有限的勇气就会一扫而光。但是当她矛盾地看着这些友好的面孔，她也明白要是她隐瞒埃伦的死讯，方丹家的人永远都不会原谅她。老太太尤其钟爱埃伦，在县里很少有人能让老太太用瘦骨嶙峋的手打榧子称赞。

“说出来吧。”老太太尖利的目光盯着她催促说，“你难道不知道吗，小姐？”

“你们知道，我是仗打完后第二天才回去的。”斯佳丽赶忙回答道，“那时北佬都已经走了。爸——爸告诉我——他请求他们别烧房子，因为苏埃伦和卡丽恩得了伤寒，病得正厉害，动弹不了。”

“我还是头一回听说北佬干了桩好事。”老太太说，她好像后悔听到关于入侵者的好话了，“两个姑娘现在怎么样了？”

“哦，她们好些了，好多了，就是还十分虚弱。”斯佳丽回答说。接下来，她看出她最害怕的那个问题已经到了老太太嘴边，就赶紧换了一个话题。

“我……我不知道你们能不能借给我们一些吃的？北佬像蝗虫一样把我们洗劫一空。不过，如果你们自己也不富裕，就对我实说……”

“你让波克赶辆马车，把我们有的大米、面粉、火腿、鸡肉都拿去一半。”老太太说着突然目光锐利地看了斯佳丽一眼。

“哦，这有些太多了！真的，我……”

“什么也别说了！我不想听。这是当邻居应该做的。”

“你们真是太好了，我都不知该怎样……不过现在我必须得走了，要不家里人该替我担心了。”

老太太猛地站起身，抓住了斯佳丽的胳膊。

“你们俩留在这儿。”她命令道，然后把斯佳丽朝后门廊方向推，“我跟这孩子有句话想私下里说。斯佳丽，扶我走下这几级台阶。”

少奶奶和萨莉向斯佳丽道别，并答应不久去看她。她们满心好奇，想知道老太太到底要和斯佳丽说什么，不过除非老太太自己主动告诉她们，否则她们休想知道。当两人开始继续做针线活儿的时候，少奶奶悄悄对萨莉说，老太太们脾气都不好。

斯佳丽一只手牵着马笼头站在那里，心里一片阴暗。

"现在。"老太太盯着她的脸说，"告诉我塔拉出什么事了？你隐瞒什么了？"

斯佳丽看着老人犀利的眼睛，知道自己可以不用哭天抢地就说出事情的真相了。不经方丹老太太的许可，谁都不能在她面前哭泣。

"母亲死了。"斯佳丽直截了当地说。

斯佳丽胳膊上的手抓紧了，紧得斯佳丽都感到疼痛，直到老人黄眼珠子上满是皱纹的眼皮又开始眨巴，手才放松。

"是北佬杀死的吗？"

"她是害伤寒死的。就在我到家的前一天。"

"别再想了。"老太太口气坚决地说，斯佳丽看到她的喉咙哽咽，"你爸爸怎么样？"

"爸爸他……他不是原来的他了。"

"你的意思是什么？说出来吧。他生病了？"

"他受了刺激……变得非常奇怪，他不是……"

"别对我说他不是原来的他了。你是说他头脑糊涂了吗？"

听到真相被这样不加掩饰地说出来，斯佳丽感到如释重负。这样真好，老太太没有表示同情，否则她一定会痛哭流涕。

"是的。"斯佳丽神情黯然地说，"他神经不正常了。整天心不在焉，有时，他连妈死了都记不得。唉，老太太，看他在那里一坐几个小时，那么耐心地等妈回来，我真受不了。他以前的耐心还不如个孩子。当他想起妈已经死了的时候，情况更糟。时常会有这样的情况，他大气不出一声坐在那里竖着耳朵听妈的声音，突然跳起来，跌跌撞撞地走出屋子，往墓地里去。然后，他满脸泪水地拖着脚回来，一遍一遍地说：'凯蒂·斯佳丽，奥哈拉太太死了。你母亲死了。’每次听他这么说，我都觉得像第一次听到一样，几乎忍不住想放声尖叫。有时候，到了深夜，我听见他叫妈的名字，我就下床，走到他跟前告诉他，妈在楼下黑人的屋里照顾生病的黑人。他就变得烦躁起来，因为妈总是不辞辛苦照料别人。让他再回到床上可就难了。他就像个孩子。唉，我多希望方丹大夫在家啊！我知道他一定会帮助我爸！而且玫兰妮也需要位大夫，她生了孩子后恢复得不好，应该……”

“玫荔……生孩子啦？她和你在一起？”

“对。”

“玫荔跟你在一起干吗？她怎么不跟她姑妈和家里其他人待在梅肯？我一直觉得你并不喜欢她呀，小姐，尽管她是查尔斯的妹妹。来，你倒是跟我说说清楚。”

“说来话长，老太太，要不我们回屋坐下来说？”

“我可以站着听。”老太太斩钉截铁地说，“你当着她们的面讲你的事，她们准会一阵号啕，弄得你也垂头丧气。来吧，我们就在这儿说吧。”

斯佳丽从围攻和玫兰妮即将临盆的情形说起，开始时磕磕巴巴，老太太一眼不眨、目光犀利地盯着她，后来随着故事的展开，她慢慢能够用有分量的词语描绘当时的恐惧。她又回到过去：婴儿出生时那种让人头晕的闷热，极度的恐惧，逃亡途中的种种经历，以及瑞特如何甩手离去。她讲到那个夜晚荒凉中黑得伸手不见五指，不知是敌是友的耀眼的营火，沐浴在清晨阳光里孤零零的烟囱，沿途见到的死人、死马，还有饥饿、荒凉，以及害怕塔拉已经烧成废墟的担忧。

“我以为只要回家见到母亲，她能把一切都处理好，我就可以放下这累人的担子。回家的路上，我以为最糟糕的情形已经过去了，可是当我知道她已经不在了，我才明白什么是最糟糕的情形。”

说完她低下头望着地面，等老太太发话。沉默持续了好长时间，她甚至都怀疑是不是老人家没有理解她的绝望处境。最后，老太太终于说话了，语气和蔼，斯佳丽从未见她对人这么和蔼过。

“孩子，对女人来说，面对最糟糕的事本身就是件糟糕的事，因为当她面对最糟糕的事后，她就再也不会惧怕任何事了。可女人要是什么都不怕可就糟糕了。你肯定以为我不理解你说的话，不理解你经历过的一切，是吧？其实，我非常理解。我在你这么大的时候，正好赶上克里克族人暴动，对了，就发生在米姆斯要塞大屠杀后没多久。”她的声音听上去那么遥远，“我就是你这么大，因为那已经是五十多年前了。我设法藏进灌木丛中，我就躲在那里，眼睁睁地看着我家的房子给烧了，看着印第安人剥下我兄弟姐妹的头皮。而我呢，只能躺在原地，求上帝保佑火光别暴露我藏身的地方。他们把母亲拖出来，就在离我不到二十英尺的地方杀害了她，还把她的头皮也给剥下来，不时有一个印第安人过来用短斧劈她的头颅。我……我是母亲的心肝儿宝贝，而我却躺在那里目睹这一切。第二天早晨我出发朝最近的定居点走，有三十英里远。我走了整整三天才到了那里，路上穿过沼泽和印第安部落。后来大家都以为我发了疯……我就是在那里遇到方丹大夫的。他对我悉心照料……就像我刚才说的，这是五十年前的事了，从那以后我就再也不怕任何事，也不怕任何人了，因为我已经经历过最糟糕的事情。不知害怕也给我带来很多麻烦，让我牺牲了许多快乐。上帝要女人成为羞怯胆小的生物，不知道害怕的女人就会多少有点儿不正常……斯佳丽，任何时候都要心留余悸，就像你任何时候都心有所爱那样。”

老人的声音渐渐低下去，她默默地站在那里，眼睛望着半个多世纪前那个自己曾经知道惧怕的日子。斯佳丽不耐烦地动了动身子。

她本以为老太太能够理解她，说不定还可以给她指条解决的途径，可是老太太却像所有的老人一样忘乎所以地谈起人家还没有出生前那些没人感兴趣的事。斯佳丽真希望自己没有对老太太讲述实情。

“好了，孩子，回家去吧，要不他们该替你担心了。”老太太突然说道，“今天下午就让波克赶马车过来……别想你什么时候能够放下这副担子，因为你放不下了，这我知道。”

那年的秋老虎迟迟不去，一直持续到十一月，对塔拉庄园的人来说，这段温暖的日子过得十分乐观。最糟糕的时光已经熬过去了。如今他们有了一匹马，他们可以骑马出门，不用再徒步跋涉。早餐他们能吃上煎鸡蛋，晚饭不仅仅是红薯、花生和苹果干，还有煎火腿来换换口味，有一回过节他们甚至吃了次烤鸡。那头老母猪最后也终于给逮住了，现在正和它的小崽子在房子下面的地窖里一边用鼻子拱食吃，一边还发出呼噜呼噜欢快的叫声。有时它们发出响亮的尖叫声，屋里的人都没法儿相互交谈，不过这声音让人高兴，因为这意味着等天冷了，就到杀猪的时节，白人可以吃上新鲜的猪肉，黑人能吃到下水，而且全家人整个冬天都不愁没吃的了。

斯佳丽去方丹家这一趟让她振作了起来，她自己都始料未及。单是知道还有邻居，以及一些世交和朋友都幸存了下来，就驱散回塔拉这几个星期一直萦绕在心头的强烈的失落感和孤独感。方丹家和塔尔顿家的种植园不在军队行进的路上，他们都非常慷慨，与塔拉分享他们仅存的食物。邻里相互帮助是县里的一大传统，他们拒不接受斯佳丽的一文钱，说换了她也会这么对待他们的，等明年塔拉恢复了生产，她可以用食物还给他们。

现在斯佳丽有了供一家人吃的食物，有了匹马，还有从那个北佬逃兵身上搜到的钱和首饰，剩下最紧迫的需要就是新衣物。她知道让波克南下买衣服很冒险，因为马说不定就会被北佬或邦联士兵夺走。但至少她有买衣服的钱，有这趟旅途需要的马匹和马车，说不定波克不会被抓住。对，最糟糕的已经过去了。

每天早晨起床的时候，斯佳丽都会为淡蓝色的天空和温暖的阳光感到庆幸，因为每一个好天气都把需要厚衣服的日子往后推，尽管冷天最终还是要来临。而且暖和的日子多一天，堆在黑人小屋里的棉花就会多一些。黑人小屋现在已经成了庄园仅存的仓库。地里的棉花比她和波克预计的多，大约有四包，很快那些小屋就会被堆满了。

虽然让方丹老太太奚落了一顿，斯佳丽还是不打算亲自动手摘棉花。她是奥哈拉家的小姐，塔拉目前的女主人，在地里干活儿，这太令人难以置信。要是那样，她岂不是沦落到和那个头发乱糟糟的斯莱特里太太和埃米一样的地步了？她打算让几个黑人下地干活儿，而她自己则和慢慢恢复的姑娘料理家务。可是她却遇到了比她自己更加强烈的等级观念，波克、黑妈妈和普莉西一听说要下地干活儿就大呼小叫起来，他们反复说他们是宅子里的黑人，不是地里干活儿的。尤其是黑妈妈愤慨地声明说，她甚至连院子里的活都没干过，她出生在罗比亚尔家的大房子里，而不是黑奴住的小屋里，是在老太太的卧室里长大，一直睡在床脚的地毯上。只有迪尔西一个人什么都没说，她一眼不眨地盯得普莉西局促不安。

斯佳丽拒不听从他们的抗议，把他们统统赶到了棉花地里。但是黑妈妈和波克干得太慢，还伤心得哭个没完，斯佳丽只得让黑妈妈回厨房做饭，让波克到树林里布陷阱捉野兔和负鼠、到河边钓鱼。摘棉花有损波克的尊严，打猎和钓鱼就另当别论了。

接下来斯佳丽试着让两个妹妹和玫兰妮去地里干活儿，但是效果也一样不好。玫兰妮棉花摘得又快又干净，而且心甘情愿，可是在火热的太阳下干了一个小时就晕倒在地，不得不在床上躺了一个星期。苏埃伦面色阴沉、泪眼汪汪，也假装晕倒，可是当斯佳丽照她脸上浇了一葫芦凉水后，她立马恢复知觉，像只愤怒的猫一样气得大叫。最后，她干脆彻底不干了。

“我可不会像个黑鬼一样在地里干活儿！你不能逼我干。要是我们的朋友听说怎么办？要是肯尼迪先生听说了怎么办？哼，要是母亲知道这事……”

“你要是敢再提起妈的名字，苏埃伦·奥哈拉，我就抽你个嘴巴子。”斯佳丽也冲她喊，“妈妈干的活儿比这里任何一个黑人都更加辛苦，这你也知道，娇小姐！”

“就不是！至少她没下地干过活。你不能逼我，要不我到爸爸那里告你去，他肯定不会逼我干活儿！”

“不许拿我们的麻烦打扰爸爸！”斯佳丽怒斥道，对苏埃伦的恼怒和对杰拉尔德的惧怕让她心烦意乱。

“我来帮你，姐姐。”卡丽恩听话地主动提出，“我来干我和苏埃伦两个人的活儿。她身体还没恢复好，不能老在外面太阳下待着。”

斯佳丽感激地说：“谢谢你，小甜妞。”但是她担心地看着自己的小妹妹。卡丽恩一向如同盛开的樱花一样细嫩粉白，现在却如春风吹落的花瓣，昔日粉嘟嘟的脸色再也没有了，只有沉思时恬静的脸庞依稀流露出樱花般的气质。她自从恢复知觉后，发现埃伦去世了，斯佳丽变成了一个悍妇，整个世界都变了，如今每天都是干不完的活儿，于是她变得沉默寡言，茫然不知所措。卡丽恩天生柔弱，不善于适应变化。她无法理解发生的一切，她就像是在梦游一样在塔拉走来走去，叫她干什么，她就干什么。她看上去非常脆弱，实际也确实脆弱，但她干活儿心甘情愿，平时顺从听话，还有责任心。当斯佳丽没吩咐她做事的时候，她总是手里拿着念珠，嘴唇翕动，为母亲和布伦特·塔尔顿祈祷。斯佳丽从未想到布伦特的死对卡丽恩打击这么大，她的悲痛难以愈合。对斯佳丽来说，卡丽恩仍旧是个年纪尚小的妹妹，不会有真正的爱情。

斯佳丽头顶着日头站在棉花地里，因为长时间弯腰而背痛，干棉桃把手弄得粗糙不堪，此刻她多么希望有个集苏埃伦的精力和卡丽恩的温柔性格于一身的妹妹。因为卡丽恩摘得又勤快又认真，可是一个小时下来，很明显，身体没有恢复到足以干这活儿的是她，而不是苏埃伦。于是斯佳丽只好也让卡丽恩回家了。

现在和她留在一垄垄棉花地里的只剩下迪尔西和普莉西。普莉西摘棉花磨磨蹭蹭，干一会儿便歇下来抱怨脚疼、背疼、肚子疼、浑身乏力，直到她母亲拿起一根棉花棒抽得她放声尖叫。然后她干得稍微好一些，小心翼翼地与她母亲保持足够远的距离。

迪尔西不知疲倦默默地干活儿，像台机器似的，斯佳丽自己扛棉花包累得腰酸背痛，肩膀也给磨破了皮，这时她便暗想，迪尔西真是比金子都值钱。

“迪尔西，”她说，“等好日子来了，我不会忘记你所做的一切。你真是好样的。”

这个古铜肤色的高个子女人不像其他黑人受到称赞那样高兴得咧嘴傻笑，或忸怩不安，她转向斯佳丽，神情一成不变，不卑不亢：“谢谢，小姐。但是杰拉尔德先生和埃伦小姐对我都很好。杰拉尔德先生为了不让我难过，还买下了我家普莉西，我是不会忘记的。我是半个印第安人，印第安人不会忘记有恩于他们的人。我替普莉西向你道歉，她什么都不会。她和她爸一样完全是个黑人，她爸就不负责任。”

尽管斯佳丽指派别人摘棉花遇到不少问题，尽管她自己干活儿干得精疲力竭，但当棉花不断从地里摘下，运到小屋里时，她还是为之一振。棉花有种让人宽心的作用。塔拉就是靠种棉花起家的，甚至整个南方都是如此，斯佳丽作为南方人，相信塔拉和南方都会从这片红土地上重新站起来。

当然，她收获的这点儿棉花数量有限，但是聊胜于无。可以卖了它换点儿邦联钞票，这样她就能省下北佬钱夹里搜到的绿钞票和金币，到需要的时候再用。明年春天，她争取向邦联政府要回被征用的大山姆和其他几个地里干活儿的黑奴，要是政府不放，她就用北佬的钱跟邻居雇几个劳力。明年春天她要种好多好多……斯佳丽挺直累弯了的腰，放眼望着秋天正在变成棕色的田野，她仿佛看到明年地里庄稼长得挺拔、油绿，一亩连着一亩，一眼望不到头。

明年春天！说不定到明年春天的时候仗已经打完了，过去的好时光又回来了。无论邦联赢了还是输了，日子都会变得好过起来。只要不受到两边军队的袭击，什么都好说。等打完了仗，庄园就能过上安居乐业的生活。哦，仗快点儿打完该多好啊！人们就可以种上庄稼，不用担心能不能收获了。

现在算是有盼头了。仗不会总打下去。她收了点儿棉花，弄到了食物，有一匹马和数目不多却非常宝贵的钱。是啊，最糟糕的时期已经过去了！

第二十七章

十一月中旬的一天中午，大家围坐在餐桌前，吃着黑妈妈用玉米面、干越橘和高粱糖做的最后一点儿点心。天气冷飕飕的，这是今年的第一阵秋寒。波克站在斯佳丽椅子后面，跃跃欲试地搓着手问道：“斯佳丽小姐，是不是到了杀猪的时候了？”

“你是不是已经闻到猪下水的味了？”斯佳丽笑着说，“好吧，我也想吃新鲜猪肉了，要是天气再这么冷下去，过几天我们就……”

玫兰妮打断她的话，她的勺子还停留在嘴边：

“听，亲爱的！有人来了！”

“有人在叫喊。”波克不安地说。

秋天凉爽的空气中传来了清晰的马蹄声，马蹄声急促得像怦怦的心跳，还有一个女人的声音在高声尖叫：“斯佳丽！斯佳丽！”

一时间大家围坐在餐桌旁面面相觑，过了一会儿所有的人才纷纷拉开椅子，站起身来。尽管声音由于恐惧而变得尖厉，但大家还是听出是萨莉·方丹，不过一个小时前她在去琼斯博罗的路上经过塔拉，还停下来说了几句话。大家蜂拥到前门，看见萨莉像阵风似的骑着一匹满身是汗的马跑上门前的车道，她的头发披散在身后，帽子用丝带系在脖子上迎风摇摆。她朝他们狂奔而来，到了面前却并没有勒住缰绳，而是挥舞胳膊朝身后的方向指去。

“北佬来了！我看见他们了！就在这条路上！北佬——”

马儿就要冲上台阶那一刻，她狠命一扯缰绳，于是马猛地一转身，三个跳跃便跑过了侧草坪，萨莉像是在狩猎场一样，纵身跳过四英尺高的围栏。斯佳丽他们听着沉重的马蹄声穿过后院，然后又穿过黑人小屋间的窄巷，于是明白萨莉是要穿过田地直奔含羞草庄园。

大家一时站在那里不知所措，接着苏埃伦和卡丽恩开始抽泣，互相紧紧抓住对方的手。小韦德站在那里，像是脚底生了根，吓得浑身发抖，连哭都哭不出来。他从逃离亚特兰大那天晚上起一直担心发生的事情终于发生了，北佬要来抓他了。

“北佬？”杰拉尔德浑浑噩噩地说，“北佬不是已经来过了吗？”

“圣母啊！”斯佳丽喊了出来，她的目光遇到了玫兰妮失魂落魄的目光。就在短短的一瞬间，她的记忆中闪现出在亚特兰大最后那晚的恐怖场面，被烧毁的房屋在乡间如星云散落，还有那些关于强奸、迫害、杀戮的描述。她又一次看见那个北佬士兵站在厅堂，手中拿着埃伦的针线盒。她心想：“我要死了，我要死在这儿了。我本来以为我们已经熬过了这一切，可是这次我死定了，我再也忍受不了了。”

这时，她的目光落在已经上好鞍、拴在马桩上的马身上，波克正准备骑马到塔尔顿家办件事。这是她的马啊！是她仅有的一匹马！北佬会夺走这马、母牛、小牛，还有那头老母猪和她的小——哦，他们花了多少个小时才费劲地抓住那头老母猪和那些动作敏捷的小猪崽儿！北佬还会拿走方丹家给他们的一只公鸡、几只正在孵蛋的母鸡和那几只鸭子，还有食品柜里的苹果和红薯，还有面粉、大米和干豆子，还有那个北佬士兵钱夹里的钱。北佬会拿走一切，让他们活活饿死。

“他们什么都不能拿走！”斯佳丽大声喊道。大家都转过脸看她，脸上挂着一副惊恐万状的表情，担心她听到这个消息后脑筋给吓出了问题。“我不要再挨饿！他们什么都不能拿走！”

“怎么了，斯佳丽？怎么了？”

“我们的马、牛，还有猪！他们休想拿走！我决不让他们拿走！”

她猛地回身转向挤在门口的四个黑人，他们黑色的脸吓成了土色。

“沼泽地。”她匆匆说道。

“什么沼泽地？”

“河边的沼泽地，你们这些傻瓜！把猪都赶到沼泽地。你们四个都去，赶快！波克，你和普莉西爬到屋子底下的地窖去，把猪赶出来。苏埃伦，你和卡丽恩把食物装在篮子里，提着去树林里，能拿多少拿多少。黑妈妈，把银器再藏回井里。还有波克！波克，听我说，别站在那里发傻！带着爸爸一起走。别问我该去哪儿！哪儿都行！爸，跟波克去吧。这就对了，好爸爸。”

即使在慌乱中，她还是想到如果让杰拉尔德看见蓝色的军服，可能会加剧他原本就已混乱的头脑损害。她略停片刻，扭紧双手，这时候小韦德抓着玫兰妮的裙子吓得呜呜地哭了起来，让斯佳丽更增添几分焦虑。

“我干点儿什么，斯佳丽！”在号啕、哭泣和慌乱的脚步声中，传出玫兰妮沉着的声音。她的脸像纸一样惨白，浑身发抖，但是她镇定的语气让斯佳丽定下心来，明白大家都在望着自己等她下命令。

“母牛和小牛，”斯佳丽简短地说，“它们在老牧场。骑上马，把它们赶到沼泽地……”

还没等她说完，玫兰妮已经甩开韦德的手，走下屋前的台阶，撩起宽宽的裙裾朝马跑去。斯佳丽只瞥见两个细瘦的小腿，裙子和衬衣一闪，玫兰妮已经坐在马鞍上，两脚够不着马镫悬在空中。她拿起缰绳，脚后跟在马肚子上一夹，接着又突然拉住马，脸吓得都变了样。

“我的孩子！”她喊道，“哦！我的孩子！北佬会杀了他的，把孩子抱给我！”

她一只手放在马鞍桥上，准备翻身下马，但是斯佳丽喊住了她。

“去吧！去吧！去把牛赶走！我会照看好孩子的！去吧，听我的话！你难道以为我会让他们动阿希礼的孩子？快去吧！”

玫荔绝望地回头看了一眼，不过还是用脚后跟使劲一夹马肚子，一阵沙石飞起，她已经骑马跑过车道朝牧场奔去。

斯佳丽心想：“我从未想到玫荔·汉密尔顿能跨骑着马奔跑！”然后她跑进屋里。韦德紧跟身后，一边呜呜地哭，一边竭力想抓住她飞扬起的裙裾。斯佳丽一步三个台阶往楼上去时，看见苏埃伦和卡丽恩胳膊上挎着橡树皮编的篮子朝储藏室跑，波克不大客气地拉着杰拉尔德的胳膊，拽着他往后门廊走，杰拉尔德嘴里不满地嘟嘟囔囔，像个孩子一样。

她听到黑妈妈的声音从后院传来：“来，普莉西！你爬到屋下把小猪递给我！你明知道我个头儿大爬不进去。迪尔西，你这个没用的孩子……”

“我本来以为把猪养在屋下地窖里是个好主意，以为这样就不会有人把它们偷走了。”斯佳丽一面朝屋里跑，一面心里暗想，“哦，为什么我不在沼泽地里给它们垒个猪圈？”

她拉开衣柜最上边的抽屉，在衣服里乱摸一气，找到了北佬的那个钱夹。她又匆忙从针线篮中找出藏着的单粒钻石戒指和钻石耳环，把它们也塞进钱夹里。但是把钱夹藏在什么地方好呢？藏在床垫里？烟囱里？井里？怀里？不，都不行！钱夹会从紧身胸褡里被人看出来，要是北佬看出来，他们一定会把她剥个精光搜查。

“他们要是敢那么干，我就不活了！”她狂乱地想。

楼下跑来跑去的脚步声和呜咽声乱作一团。斯佳丽感到一阵狂乱，她真希望玫兰妮能在身边，玫荔说话从容镇定，她开枪杀死北佬的那天，玫荔表现得那么勇敢。玫荔一个人顶他们三个。玫荔——玫荔说什么来着？哦，对了，孩子！

斯佳丽手里紧紧抓着钱夹，穿过走道跑到另一间屋子里，小博还在低低的摇篮里熟睡。斯佳丽一把抱起孩子，孩子醒了，挥舞着两个小拳头，瞌睡兮兮地流着口水。

斯佳丽听到苏埃伦喊：“快走，卡丽恩！快走！我们已经拿得够多了。哦，妹妹，快点儿！”后院里小猪没命地尖叫，老母猪则愤怒地发出呼噜呼噜的声音。斯佳丽跑到窗前，看见黑妈妈一只胳膊底下夹着一只小猪，正摇摇摆摆匆匆穿过棉花地。波克跟在她身后，也抓着两只小猪，一边还推着杰拉尔德在他前面走。杰拉尔德挥舞着手杖，跌跌撞撞地走过一垄一垄的棉花地。

斯佳丽从窗户上探出身大声喊道：“迪尔西，抓住老母猪！让普莉西把它赶出来。你可以把它从地里赶过去。”

迪尔西抬起头，她古铜色的脸上显出几分尴尬。她的围裙里装了一堆银餐具。她指指屋下。

“老母猪咬了普莉西，还把她堵在地窖里出不来。”

“这头老母猪也真厉害。”斯佳丽心想。她赶忙回到自己的屋里，把藏起来的从那个被她打死的北佬身上找到的手镯子、胸针、袖珍肖像、银杯等一一取出。可是，把它们藏到什么地方？一手抱着小博，另一只手拿着钱夹和这些零碎的饰物，真是麻烦。她把孩子放到了床上。

离开她的怀抱，孩子开始哭了起来，倒让她想到了一个可行的主意。有什么地方比小孩儿的尿布更好藏东西呢？她迅速把孩子翻了个身，撩起他的衣服，把钱夹挨着屁股塞进了尿布。这么一折腾，孩子哭得更响了，她赶快在他又踢又踹的小腿上系紧了三角尿布。

“现在，”她深吸一口气心想，“现在，我该到沼泽地去！”

一手抱着哇哇大哭的孩子，一手紧紧抓着那些珠宝首饰，她跑到楼上的过道。突然她停下脚步，恐惧让她双膝发软。屋子里好安静啊！静得可怕！难道大家都走了，就剩下她一个人？难道没有人等等她？她对他们一向不薄，他们却把她一个人孤零零地留在这儿。这种时候，北佬马上就到了，一个单身女子什么事都可能发生——

一个轻微的声音吓得她跳了起来，她很快转身一看，发现她那被遗忘的儿子蜷缩在楼梯扶手处，睁得大大的眼睛里充满了恐惧。他想说话，可是喉咙却发不出声音。

“起来，韦德·汉普顿。”斯佳丽快快地命令道，“起来跟我走，妈妈现在没法儿抱你。”

他朝她跑过来，像个受了惊吓的小动物，紧紧地抓住她宽宽的裙摆，把脸埋在里面。斯佳丽能够感觉到他的小手隔着裙褶想抱住她的腿。斯佳丽朝楼下走，可是每走一步都会受到韦德手拖拽的羁绊，于是她厉声说：“放开我，韦德！放开我，自己走！”孩子反而抓得更紧了。

她走到楼梯平台上的时候，楼下的景物整个向她迎面扑来。所有亲切熟悉的家具似乎都在低语：“再见！再见！”她的喉咙里一阵哽咽。那个开着门的小屋是账房，埃伦曾经在那里辛勤地工作，此时斯佳丽能够瞥见那张旧写字台的一角。那里是餐室，里面的椅子东倒西歪，盘子里还有刚才没吃完的食物。地板上铺着的旧地毯是埃伦亲自织染的。还有外祖母罗比亚尔的旧画像，画上的罗比亚尔酥胸半露，头发梳得高高的，鼻孔刻画得那么深，让她的脸上呈现出一副有教养的讥笑模样。斯佳丽童年记忆里的每一件物品，与她心底最深处紧密相连的每一件东西都在悄悄冲她说：“再见！再见，斯佳丽·奥哈拉！”

北佬就要烧毁这一切了！

这是她对家看的最后一眼，或许她还会从树林里或沼泽地看到家里高高的烟囱被浓烟团团围住，屋顶在烈烟中倾覆倒塌。

“我不能撇下你不管。”她想，牙齿由于恐惧上下打战，“我不能撇下你，爸也不会这么把你撇下。他曾经对北佬说要烧房子除非把他一起烧死。那么，现在他们要烧你，除非把我一起烧死，因为我也同样不能把你撇下不管。我现在就只有你了。”

这么决定后，她不再感到那么害怕了，只是胸中有一股冰冷的感觉，仿佛所有的希望和恐惧都冻结在一起。就当她这么站在那里的时候，她听见从大路上传来许多嘚嘚的马蹄声、马笼头和军刀在鞘里发出的咣当声，有一个人声音粗哑地下命令：“下马！”斯佳丽迅速弯下腰冲身边的韦德说，语气急迫却异常温柔：

“放开我，韦德，乖宝宝！你快跑下楼，从后院出去往沼泽地跑。黑妈妈在那里，玫荔姑妈也在那里。快跑，乖宝宝，别害怕。”

听到她突然变得语气柔和，韦德奇怪地抬起头，斯佳丽看到他的眼神吓了一跳，韦德看上去活像一只掉进陷阱的小兔子。

“哦，圣母啊！”斯佳丽祈祷，“千万别让他吓傻了。别，可不能在北佬面前吓傻，决不能让他们知道我们害怕。”看到孩子只是把她的裙子拽得更紧了，她便一字一顿地对他说：“要做个男子汉，韦德。他们不过是一帮该死的北佬而已！”

于是她走下台阶，朝他们走去。

谢尔曼的军队横穿佐治亚州，从亚特兰大一直打到海边。亚特兰大在他们身后变成一堆焦土废墟，因为蓝军离开时放了一把火。谢尔曼的军队如今面对的是三百英里土地，除了州民兵团和由老人、孩子组成的自卫队，再没有其他什么防备，所以实际上这三百英里土地根本没有设防。

这里有佐治亚州肥沃的土地，土地上星罗棋布的种植园里还居住着妇女、小孩儿、老人和黑人。北佬在一条八十英里长的地带烧杀劫掠，数以百计的房屋化为灰烬，数以百计的人家回响着他们的脚步声。然而，对斯佳丽来说，看到蓝制服涌入前厅倒并不是一个和国家紧密相连的事情。对她来说，这纯粹是个人的事，是专门和她以及她一家人蓄意作对。

她站在楼梯下，怀里抱着婴儿，韦德紧紧地靠在她身上，把头埋在她的裙子里，这时，北佬涌进屋里，粗鲁地从她身边经过，冲上楼去，把家具拖到屋前的门廊，用刺刀和匕首刺破家里各种陈设，看里面是不是藏有值钱的东西。冲上楼的北佬则撕开床垫和羽绒被，直到过道里到处都是羽毛，纷纷扬扬地落在斯佳丽的头上。斯佳丽无可奈何地站在那里，看着北佬恣意劫掠、偷窃、毁坏，无能为力的愤怒压过了心里残余的恐惧。

领头的中士是个小个子，两腿罗圈儿，头发灰白，嘴里嚼着一大片烟草叶。他第一个来到斯佳丽面前，肆无忌惮地朝地板和斯佳丽的裙子上吐了一口，直截了当地说：

“把你手里的东西交给我，小姐。”

她忘了自己手里还拿着打算藏起来的小首饰，于是她面带冷笑一把扔在地上，她希望自己的笑容能和画像上外祖母罗比亚尔脸上的笑容一样令人印象深刻，而看到北佬士兵立刻贪婪地哄抢成一片，她几乎感到一种快意。

“我得麻烦您把戒指和耳环也摘下。”

斯佳丽为了把婴儿夹得更安全，把孩子都头朝下倒过来了，于是孩子脸涨得通红，放声尖叫起来。她先摘下了那对石榴石耳环，那是杰拉尔德送给埃伦的结婚礼物；然后她又褪下镶着一颗大蓝宝石的戒指，这是查尔斯送给她的订婚戒指。

“别扔，递给我。”中士一边说，一边伸出双手，“那些杂种已经拿得够多了。你还有别的什么没有？”他的目光锐利地盯在了她的胸衣上。

一时间斯佳丽觉得头晕目眩，仿佛已经能感到那双粗鲁的手伸进了她的胸脯，摸索着想解开系胸衣的带子。

“就这么多，不过我想你们的规矩是要剥光被你们抓住的人吧？”

“哦，我相信你的话。”中士好脾气地说，转身离去前又吐了一口唾沫。斯佳丽抱正了宝宝，努力想哄他不哭。她一边把手放在藏在钱夹的尿布上，一边感谢上帝让玫兰妮有一个宝宝，而宝宝又包着尿布。

斯佳丽听见楼上沉重的军靴咚咚作响，家具被拖来拖去发出抗议般刺耳的声音，还有瓷器和镜子破碎声，以及由于没有发现什么贵重东西而发出的诅咒声。院子里有人大喊大叫：“拦住它们！别让它们跑了！”同时鸡、鸭、鹅绝望地发出吱吱嘎嘎的叫声。当她听到一声枪响后，痛苦的尖叫顿时消失，心里感到一阵难过，因为她明白那头老母猪完了。该死的普莉西！她自己一个人跑了，把老母猪扔下不管。但愿那些小猪能够平安无恙！但愿家里人能够安全地躲进沼泽地，可是她也没法儿知道。

斯佳丽默默地站在厅堂，而那些北佬士兵则又喊又骂，乱成一锅粥。韦德恐惧地抓紧她的裙子。她能感觉到韦德紧挨着她的小身体不停地发抖，可是她也没办法说点儿安慰他的话，因为连她自己都对那些北佬说不出一句话，既无法做出请求，也无法表达自己的抗议或愤怒。她只能感谢上帝，她的双膝还有力量让她站稳，她的脖子也还有力量让头高高抬起。这时一群胡子拉碴的人从楼上吵吵闹闹地走下来，拿着各种各样搜刮出来的东西，斯佳丽看见其中一个人手里拿着查尔斯的军刀，她立刻叫了出来。

那把军刀是韦德的。军刀曾经属于他的父亲和祖父，韦德上次过生日的时候，斯佳丽把它送给了儿子。他们为此还举行了一个像模像样的仪式，玫兰妮因为替韦德感到骄傲以及回忆起伤心的往事而流下了眼泪，她还吻了他，说他长大了一定要像他父亲和祖父那样做一名勇敢的军人。韦德对此十分自豪，经常爬到军刀下的桌子上摸摸它。斯佳丽可以忍受看着自家的财物落入这些可憎的外人手中，但是看到儿子引以为豪的军刀被人抢走，她可绝对不允许。韦德听见她的叫声，从她的裙子后偷偷打量外面，使劲哭了一声后，反倒有了说话的勇气。他伸出一只手，哭喊道：

“是我的！”

“你不能拿走这东西！”斯佳丽干脆地说，也伸出一只手。

“我不能？”拿军刀的小个士兵冲她厚颜无耻地讥笑说，“哦，我能！这是把叛军的刀！”

“它——它不是。它是一把墨西哥军刀，你不能把它拿走，它是我儿子的，它是他祖父留下来的！哦，上尉，”她转向中士喊道，“请让他把刀还给我！”

中士听到自己一下升了级别，向前走了一步。

“让我看看这把军刀，鲍勃。”他说。

小个子骑兵不大情愿地把刀递给他。“刀柄可是纯金的。”他说。

中士在手中把刀转来转去，握着刀柄拿刀在阳光下仔细辨认上面镌刻的文字。

“威廉·R. 汉密尔顿上校惠存。”他读道，“参谋部全体幕僚恭赠以表对上校勇武精神之敬意。一八四七年于布埃纳维斯塔[1]。”

“哎，小姐，”中士说，“我也参加过布埃纳维斯塔一战呢。”

“是吗？”斯佳丽冷冰冰地说。

“当然。我告诉你那仗打得才叫激烈，我从来没有在这场战争中见到那么激烈的战斗。这么说这把军刀是孩子他爷爷的？”

“是的。”

“好吧，他可以把它留下。”中士说，他已经满足于手帕里的首饰和饰物。

“可是这刀的刀柄是纯金的。”小个骑兵坚持说。

“我们给小姐留下做个纪念吧。”中士笑着说。

斯佳丽接过军刀，连声“谢谢”也没说。她干吗要感谢这些强盗把她自己的东西还给她？她把军刀握在胸前，那个小个骑兵还在跟中士争辩个没完。

最后，中士也不再那么好脾气，让那个骑兵见鬼去，不许再还嘴，于是那个骑兵恼恨地喊道：“好啊，我也给这些叛乱分子留点儿纪念让他们记住我。”说完，他到后院扫荡去了，斯佳丽松了口气。他们没有提到烧房子，他们没有叫她离开，这样他们就可以放火了。或许——或许——北佬士兵们从楼上和屋外慢吞吞回到厅堂。

“找到什么没有？”中士问。

“一只母猪、几只小鸡和鸭子。”

“一些玉米、红薯和豆子。我们刚才看见的那个骑马的野猫一定给他们通风报信了，没错儿。”

---

[1] 布埃纳维斯塔：墨西哥萨尔提略城附近的一个古战场。一八四七年二月美国和墨西哥两国军队在此发生激烈战斗，结果美国获胜。——译注

“十足的保罗·里维尔[1]啊？”

“这儿没什么，中士。我们得到的不过是点儿破烂。趁我们到来的消息还没有传开，我们还是赶快前进吧。”

“你们有没有挖熏肉房下面？他们经常把东西埋在那里。”

“这儿没熏肉房。”

“黑人小屋那儿挖了没有？”

“那里只有点儿棉花，我们把它烧了。”

斯佳丽一下子想起在棉花地里头顶着烈日熬过的那些漫长的日子，又重新感觉到可怕的腰酸背痛和被磨得皮开肉绽的肩膀。所有的苦都白受了，棉花都完了。

“你们这儿没多少东西啊，你说是吧，小姐？”

“你们的军队已经来过这儿了。”斯佳丽冷冷地应道。

“这倒是真的。我们九月份来过这一带。”其中一个人说，手里一边摆弄着一件东西，“刚才我忘了。”

斯佳丽看到他手中拿的是埃伦的金顶针。过去她有多少次看着埃伦做刺绣活儿，这个顶针就在埃伦手中闪闪发光。看到它，斯佳丽心中涌起太多关于那只戴着它的细细纤手伤心的回忆，现在它却落到了这个陌生人满是老茧肮脏的手中，不久就会被带到北方，戴在某个以佩戴偷来的赃物为荣的北佬女人的手指上。那可是埃伦的顶针呀！

斯佳丽垂下头，不让敌人看见她在哭，泪水慢慢滴在婴儿的头上。透过朦胧的泪眼，她看见北佬都朝门外离去，她听到那个中士粗喉咙大嗓门儿地喊着口令。他们走了，塔拉安全了，但是想起埃伦让她感到伤心得无法高兴起来。北佬沿着大路渐渐离去，

[1] 保罗·里维尔（1735—1818年）：美国的爱国志士。一七七五年四月十八日，英军入侵诸塞乡间，他骑马四处奔走报警。——译注

每个人都拿着偷来的衣物、毯子、画像、鸡鸭、母猪。然而军刀铿锵声和马蹄嘚嘚声都无法让她宽心，她站在那里，突然感到一阵虚弱和无力。

接着，她的鼻子闻到一股冒烟的味道，于是转过身，但是她神经放松后太虚弱，已经顾不上什么棉花了。通过餐室开着的窗户，她看见烟从黑人小屋里徐徐飘出。棉花完了。交税的钱完了，他们过冬的钱也完了。但是除了眼睁睁地看着它烧，她什么办法也没有。她以前见过棉花起火，所以知道即使有一大群壮劳力，想要扑灭着火的棉花也非常困难。感谢上帝，黑人小屋跟正屋隔着这么远！感谢上帝，今天没什么风，不会把火星吹到塔拉的屋顶上来！

她猛地转过身，像只猎狗一样一动不动地僵在那里，两眼恐惧地往下盯着厅堂，盯着通往厨房的过道。有烟从厨房里冒出来！

她把婴儿放在厅堂和厨房之间，又不知在什么地方摆脱了韦德抓着自己的小手，把他推到了墙上。她冲进浓烟弥漫的厨房，又立刻退了出来，呛得又是咳嗽又是流泪。她用裙子捂住鼻子，再次冲了进去。

屋里只有一个小窗户，采光本来就不亮，现在又被浓烟笼罩，她几乎什么都看不见，但是她能够听见火焰发出嗞嗞和噼里啪啦的声音。她一只手使劲在眼前扇，眯起眼睛瞥见一道道细长的火焰从厨房的地板蹿起，朝墙的方向烧去。有人把壁炉里燃烧着的木头扒拉出来扔了一地，干干的松木地板吮吸着火焰，然后又如同喷泉般拔地轰然喷出浓浓的火焰。

斯佳丽冲回餐室，从地上抓起一块破布，同时撞倒了两把椅子。

“我永远也无法把火扑灭——永远无法做到！哦，上帝啊！要是有人来帮我一把就好了！塔拉完了——完了！哦，上帝啊！原来那个卑鄙小人说他要给我留点儿什么做纪念，指的是这个意思！哦，早知如此，我就让他拿走那把军刀好了！”

走过过道的时候，她看见儿子拿着军刀躺在角落里。他双眼紧闭，脸上呈现出一副松懈、奇怪的平静。

“我的上帝！他死了！他们把他给吓死了！”她伤痛万分地想，但她还是从他身边跑了过去，去拿那桶总是放在厨房门口的饮用水。

她把地毯的一端放进水桶里蘸湿，然后深吸一口气，再次冲进浓烟滚滚的房间，同时把门重重地碰上。她呛得咳个不停，一边咳一边用手中地毯扑打一道道火焰，可是火苗很快又蹿到她够不到的地方，她就这样扑打了一段仿佛无限长的时间。有两次她的长裙着了火，她用手把火拍灭。她的头发从发卡中滑落下来，披散在肩膀上，她都能闻到自己头发烤焦发出的恶心气味了。火焰燃烧的速度总是比她扑火的速度快，一直向过道烧去，仿佛数条火蛇翻滚跳跃，斯佳丽越来越疲倦，她明白这火是扑不灭了。

就在这时门开了，火焰随着吸进来的气流蹿得更高。门又砰的一声关上了，在盘旋的火焰中、烟雾中，斯佳丽看见玫兰妮正用脚踩火焰，同时还用一个又黑又重的东西不停地扑打。斯佳丽看到她身体摇摇晃晃，听见她不停地咳嗽，瞥见她虽然脸色苍白却是一副专心致志的样子，眼睛被烟熏得眯成了一条缝，还看见她上下挥舞手里的地毯时瘦小的身体前后不停地扭动。她们肩并肩地挥舞着地毯用力扑打，又过了一段无限长的时间，斯佳丽看得出那一道道火焰正在缩短。就在这时，玫兰妮突然朝她转过身，大叫一声，用尽全身气力在她肩膀上狠抽了一下。斯佳丽随着一股烟流，两眼一黑，倒在了地上。

当斯佳丽睁开眼睛的时候发现自己躺在后门廊，她的头舒服地枕着玫兰妮的大腿，午后的阳光照在她脸上。她的两只手、脸庞和肩膀都被火烧伤了，疼得难以忍受。黑人小屋那里仍然有烟不断冒出，那些屋子都笼罩在一层厚厚的烟云之中，空气中弥漫着强烈的烧棉花的气味。斯佳丽看见一小股烟从厨房里冒了出来，她立刻疯狂地爬了起来。

但是她被人拉住，玫兰妮用她那镇定的声音说："躺着别动，火已经扑灭了。"

斯佳丽闭上眼睛，如释重负地长出了口气，她静静地躺在那里，听见身边小宝宝咯咯地咂着流口水的嘴，而韦德则又在打嗝儿。感谢上帝，这么说韦德还活着！她睁开眼，看见了玫兰妮的脸。玫兰妮的卷发也烧焦了，脸熏黑了，不过眼睛却兴奋得熠熠生辉，她正对着斯佳丽微笑。

"你现在的样子像个黑人。"斯佳丽喃喃低语道，疲倦地把头埋进柔软的枕头里。

"而你的样子活像草台班子里的排尾[1]。"玫兰妮心平气和地回敬道。

"你刚才干吗打我？"

"亲爱的，因为你的背上着了火。我做梦也没有料到你会昏过去，虽然上帝知道，今天你遇上的事足够送了你的命……我把牲畜在树林里藏好后就立刻回来了。想到就你一个人和宝宝在家，我都要急死了。北佬欺负你没有？"

"如果你指的是强奸，没有。"斯佳丽一边回答，一边想坐起身，但身上疼得她不由得叫出了声。尽管玫兰妮的大腿非常柔软，但是躺在门廊上可一点儿都不舒服。"但是他们抢走了我们的一切，我们什么都没有了……嘿，你有什么可高兴的呀？"

---

[1] 草台班子里的排尾：美国十九世纪的一种流动戏团，由白人装扮成黑人表演黑人歌舞。表演时站在第一排两端的演员需要有能够插科打诨的本事。——译注

“我们还在一起，我们的孩子们也都安然无恙，我们还有房子。”玫兰妮说，声音中洋溢着轻快活泼，“如今大家希望有的我们都有……天啊，小博尿湿了！我希望北佬没有连他的尿布也偷走了吧。他……斯佳丽，他尿布里究竟藏的什么东西？”

她惊恐地猛地把手伸进宝宝的屁股下，然后掏出了那个钱夹。一时间她盯着钱夹，仿佛以前从来没有见过，接着她放声大笑，那是高兴的笑声，一点儿也没有歇斯底里。

“只有你才能想出这种花招。”玫兰妮大声道，一边搂住斯佳丽的脖子亲吻她，“你是我最亲的嫂子！”

斯佳丽没有反对玫兰妮的拥抱，因为她太累了，累得没有气力挣扎，因为玫兰妮赞美的话语像药膏一样抚慰着她的心灵，因为在那个浓烟笼罩的黑暗的厨房里，她已经对这个小姑子产生更深的敬意和更亲密的友情。

“我该为她说句公道话。”斯佳丽心里不情愿地想，“遇上需要帮助的时候，她总是在身边。”

第二十八章

一场严霜过后，天气骤然变冷。冷风飕飕地从门缝下钻进来，松动的窗户被吹得吱嘎吱嘎响个不停。最后几片树叶从光秃秃的枝头落下，只有松树绿装依旧，矗立在苍白的天空下显得黑森森、冷冰冰的。被车轮轧得坑坑洼洼的红土路冻得硬邦邦，饥馑横扫着整个佐治亚州。

斯佳丽苦恼地想起上次和方丹老太太的谈话。两个月前的那个下午仿佛已是数年前，当时她对老太太说自己已经经历了最糟糕的情况，这话是发自心底的。可如今听起来，却像是个上学的小姑娘在说大话。谢尔曼的军队第二次光顾塔拉之前，斯佳丽还有一点儿食物和钱，有一些比她运气好一点儿的邻居，和能够让她过冬挨到明年春天的棉花。现在棉花没有了，食物没有了，钱对她毫无用处，因为即使有钱也压根儿买不到食物，而且邻居如今的处境比她还糟糕。她至少还有母牛、小牛、几只小猪崽儿和一匹马，而她的邻居们却除了藏在树林里和埋在地下的一点儿东西，别无所有。

塔尔顿家的宅子费尔希尔被烧得只剩下地基，塔尔顿太太和四个女儿现在住在监工的房子里。拉夫乔伊附近的芒罗家也被夷为平地。含羞草庄园的木制厢房也被烧毁，房子的主体幸亏墙上的灰泥厚实，再加上方丹家几个女人和她们的黑奴用湿毯子、被子拼命扑救才保存下来。由于北佬监工希尔顿的求情，卡尔弗特家的房子再次安然渡过危险，但是他们既没有一头牲口，也没有一只家禽，连一穗玉米都没有。

在塔拉乃至整个县一个严峻的问题就是怎么弄到食物。大多数的家庭一无所有，只剩下自己地里种的一点儿红薯和树林里找到的像花生这样的野味。但他们还是像生活富足时那样把自己有的一切分给比他们更不幸的朋友。然而，很快大家都沦落到没有什么可与人分享的境地。

在塔拉，要是波克运气好的话，大家就可以吃得上野兔、负鼠和鲇鱼。其他时候，就靠吃一点儿牛奶、几个山胡桃、烤橡实和烤红薯度日。他们总是没有饱的时候。斯佳丽觉得自己无论转到哪个方向都会碰到向她伸出乞怜的手，遇到恳求的目光。看到家里人这种光景她都要发疯，因为她也跟他们一样饿得发慌。

斯佳丽让人把小牛给宰了，因为它要喝掉那么多宝贵的牛奶，结果那天晚上每个人都吃了好多牛肉，撑得人人都肚子疼。她明白该杀一头小猪，但是她把杀猪的日子一天一天往后推，希望能把小猪养大。小猪崽儿们现在还太小，要是现在就杀来吃，只有一点儿肉，要是能多养一段时间，能吃的肉就会多一些。每天晚上她都与玫兰妮讨论是否可以让波克骑马带上些绿钞去买食物。但是，由于担心马和钱会被抢，总是让她们下不了决心。她们不知道北佬在什么地方，他们可能远在千里之外，也可能与她们只隔一河。有一次，斯佳丽在绝望中打算自己骑马出去找食物，但是全家人因为对北佬的恐惧哭得死去活来，让她放弃了这个念头。

波克为了搜寻食物常常走得很远，有时整夜不归，斯佳丽从不问他去哪儿了。他有时带回点儿野味，有时带回几穗玉米、一袋干豆子。有一次他带回来一只公鸡，说是在树林里发现的。一家人吃得津津有味，心里却感到内疚，因为大家都明白，那些干豆子、玉米和鸡其实都是波克偷来的。这之后不久的一个晚上，大家早已入睡后，波克敲开斯佳丽的房门，不好意思地给斯佳丽看他一条挨了铅砂弹的腿。斯佳丽给他包扎的时候，他窘迫地解释说他企图溜进在费耶特维尔的一个鸡舍时叫人发现了。斯佳丽没有问他是谁家的鸡舍，只是轻轻地拍拍波克的肩膀，眼睛里噙着泪水。黑人虽然又蠢又懒，有时还惹人生气，可是他们却有一种用金钱都买不来的忠诚，他们与自己的白人主人总是一条心，为了让桌子上有食物，情愿拿自己的生命去冒险。

要是换了其他时候，波克的小偷小摸算是重罪，很可能招来一顿鞭子。要是在其他时候，斯佳丽至少会把他狠狠教训一顿。“你要永远记住，亲爱的。”埃伦曾经说，“上帝把这些黑人托付给你照管，你就要对他们的身体健康负责，同样还要对他们的道德品行负责。你必须要明白他们就像孩子一样，所以要像照顾孩子一样照顾他们，而且你必须给他们树立一个好榜样。”

然而现在，斯佳丽把埃伦的忠告抛在脑后。她鼓励偷窃，甚至鼓励偷那些比她处境还糟糕的人家，而且还不觉得受到良心的谴责。实际上，这件事的道德意义在她看来无足轻重。她没有惩罚或斥责波克，只是为波克挨了枪子儿而难过。

“你以后一定要小心，波克，我们可不愿失去你。要是没有你，我们可怎么办呀？你一直都是好样的，而且一直都忠心耿耿，等我们有了钱，我一定给你买块大金表，上面刻上一句《圣经》里的话：‘奖给优秀、尽职、忠诚的仆人。’”

听到斯佳丽的夸奖，波克面露笑容，小心翼翼地揉了揉那条缠上绷带的腿。

“你这么说真是太好了，斯佳丽小姐。什么时候能有那笔钱？”

“我也不知道，波克。不过总有一天我会想办法弄到钱的。”

斯佳丽用一种视而不见的目光看着他，眼神中流露出强烈的痛苦，看得波克心神不安地扭动身体。“总会有那么一天的，等战争结束，我就会有很多很多钱，我再也不会挨饿受冻，我们家谁都不会再挨饿受冻。我们都要穿上好衣服，每天都有炸鸡吃，还要……”

说到这里，斯佳丽停住了。她在塔拉立下了最严厉的规矩，那就是任何人不许谈论他们以前吃过的美味佳肴，也不许谈论他们若有机会现在就想吃的东西。这条规矩她一直严格执行着。

波克溜出了屋子，留下斯佳丽在那里神情忧郁地盯着远方。在那些已经逝去的美好日子里，生活是那么多姿多彩，充满各种错综复杂的问题。比如她得想主意如何赢得阿希礼的爱，把十几个其他求爱者笼络在身边，让他们饱尝可望而不可即之苦。她得想办法把自己的越轨行为瞒过长辈；对那些嫉妒她的姑娘们或是嘲弄，或是抚慰；她得决定选择哪种样式、哪种质地的衣服，尝试各种不同的发型，哦，还有好多事情需要她做决定！现在生活简单得让人吃惊。整个生活都围绕着是不是有足够的食物让他们免于挨饿，是不是有足够的衣服让大家不要受冻，另外就是保证头上的屋顶不要漏得太凶。

就是在这样的日子里，斯佳丽开始一遍又一遍反复做一个同样的噩梦，这个噩梦后来一直折磨了她很多年。她总是做着这个梦，连细节都不曾有过变化，但是噩梦带给她的恐惧一次比一次更强烈，她甚至在醒着的时候都害怕再梦到它。她还清楚地记得第一次做这个梦那天发生的事情。

连绵的阴雨一连下了数日，屋子里阴冷潮湿，穿堂的寒风呼呼地吹。连壁炉里的木头都受了潮，光冒烟不发热。从早饭开始，家里除了点儿牛奶，就再没有其他吃的了，因为红薯已经吃完，波克靠陷阱捕猎、在河边钓鱼都一无所获。第二天必须得杀一头小猪了，要不大家就得饿肚子。家里的人都盯着她，不论黑人还是白人，个个愁眉苦脸、面黄肌瘦，无声地向她要吃的。看来她必须冒着丢马的危险，派波克出去买点儿东西了。而且屋漏适逢连阴雨，韦德偏偏在这个时候病了，他喉咙疼，发高烧，可是家里既请不到大夫，也没有药给他吃。

斯佳丽自己又饿又累，便把韦德交给玫兰妮照看一会儿，回自己床上躺着打个盹儿。她的双脚冰凉，心里又担心又绝望，辗转反侧无法入眠。她一次又一次地想："我该怎么办？该到哪儿求助？这个世界上到底有没有人能帮助我？"以前那个安逸的世界究竟上哪儿去了？有没有一个强壮、有头脑的人扛起她肩上的这副重担？她生来不是挑重担的，她不知道该怎么挑起这副担子。然后，她就这样不舒服地进入了梦乡。

她来到一个陌生荒凉的地方，四周围绕着层层浓雾让她伸手不见五指。她脚下的地面摇晃不定。这是个鬼怪出没的所在，到处笼罩着可怕的寂静，而她迷失在里面，像个夜晚迷路的孩子一样感到恐惧。她又冷又饿，而且害怕潜藏在四周浓雾里的危险，她想大声尖叫却叫不出声。浓雾中好多只沉默、无情、幽灵般的手伸出来抓她的裙子，想把她拖倒在摇晃的土地上。然后，她知道在周围这片混沌的黑暗中有一个避难所，在那里能够得到帮助、得到庇护、得到温暖。但是它在哪里？在这些紧紧抓着她的手把她拖到流沙底下之前，她能不能到达避难所？

突然间，她不由自主地奔跑起来，疯了似的在浓雾中乱冲乱撞，还一边又哭又叫，她伸出胳膊抓住的却只有空气和湿漉漉的雾霭。避难所在哪里？这个避难所总是在躲避她，但是它肯定就藏在什么地方。但愿她能到达那里！只要到达那里，她就安全了！但是恐惧让她两腿发软，饥饿让她头晕目眩。她绝望地大喊一声，醒来发现玫兰妮担忧地低头看着自己，玫兰妮的手正把她从梦中摇醒。

这以后，只要斯佳丽空着肚子入睡，这个梦就会反复缠住她。而空着肚子的时候实在够多的，于是斯佳丽吓得不敢睡觉，尽管她拼命对自己说这个梦没什么可怕的，梦见大雾不该把自己吓成这样，压根儿什么都没有——然而想到一入睡就会掉进那个浓雾笼罩的地方，还是让她心惊肉跳，于是她开始和玫兰妮一起睡，她一哼哼，身体开始抽动，便显然又陷入梦魇的手掌，玫兰妮就会把她叫醒。

斯佳丽的精神受到这么大的折磨，变得苍白、消瘦，脸上不再有迷人的圆润了。她的颧骨高高耸起，更加突出了她那双碧绿的吊梢眼，让她看上去像一只觅食的饿猫。

"白天本来就像一场噩梦，只是没有我梦到的那些东西而已。"斯佳丽绝望地想，她就把白天的口粮省下来，留到上床前吃。

圣诞节时节，弗兰克·肯尼迪和一小队人马受军需部命令为南军征集粮食和牲畜，来到塔拉庄园，结果一无所获。他们个个衣衫褴褛，看上去像群流浪汉，骑的马都又瘸又喘，显然是无法担任更剧烈的任务了。这群人和他们的马一样，也是无法作战，退出了前线，除了弗兰克，其他人都缺胳膊少眼，要么就是关节无法伸展。大多数人都穿着从北佬俘虏身上扒下来的蓝军装，塔拉的人乍一看见他们，吓得魂飞魄散，以为谢尔曼的队伍又回来了。

那天晚上他们就留宿在塔拉，睡在客厅的地板上，他们已经好几个星期没有在屋里睡过觉了，不是睡在松针上，就是睡在硬邦邦的土地上，如今能躺在柔软的丝绒地毯上，真是莫大的享受。尽管他们胡子肮脏、衣衫褴褛，但是他们仍不失为有教养的人，擅长情绪愉快地聊天说笑，恭维别人。能够按照昔日的传统，身边簇拥着漂亮女士，在大房子里度过圣诞之夜，让他们都感到十分高兴。他们拒绝谈论战争这类严肃的话题，只是对姑娘们讲些无伤大雅的谎话，逗得她们开怀大笑，第一次给这个被扫荡得空荡荡的地方带来一点儿轻松愉快，这么多日子来，屋子里第一次有了节日的气氛。

“这看起来简直跟过去我们家开的宴会差不多，是不是？”苏埃伦兴高采烈地跟斯佳丽耳语道。如今家里又有了苏埃伦的男友，她幸福得心里乐开了花，眼睛几乎离不开弗兰克·肯尼迪。斯佳丽惊奇地发现，苏埃伦除了因为生病显得有点儿瘦骨嶙峋，现在看上去几乎算得上漂亮。她的面颊绯红，眼中闪烁出一股柔情。

“看来她还真喜欢他。”斯佳丽不屑地想，“我看她有了自己的丈夫会变得多少有点儿人情味，哪怕这个丈夫是婆婆妈妈的老弗兰克也行。”

那天晚上卡丽恩也振作了一些，眼中少了些平日那种梦游般的神情。她发现这些人中间有一个人认识布伦特·塔尔顿，而且布伦特战死的那天他还跟他在一起，便决定晚饭后跟他私下里长谈一番。

晚饭时玫兰妮努力克服了自己的羞怯，看上去几乎算得上快活，让大家都感到非常意外。她谈笑风生，跟一名独眼士兵差点儿没打情骂俏，那人也乐得向玫兰妮大献殷勤。斯佳丽明白玫兰妮这么做，无论是精神上还是体力上都付出了巨大的努力，因为在任何男性面前，玫兰妮都会变得极端羞怯，况且她的身体还远远没有恢复。她坚持说自己很健康，甚至比迪尔西干的活儿还要多，可斯佳丽知道她身体不行。她一抬东西，脸就发白，用力过后会猛地跌坐下来，仿佛两腿再也支撑不住身体了。但今天晚上，她跟苏埃伦和卡丽恩一样，使出浑身解数让这些士兵们尽情享受圣诞之夜。只有斯佳丽一人没有因为客人的到来感到高兴。

黑妈妈把干豌豆、炖苹果干和花生摆在客人面前，他们则拿出自己配给的烤玉米和肋条肉，并宣称说，他们几个月都没吃过这么美味的一顿饭了。斯佳丽看着他们吃，感到非常不舒服。她不仅连一口食物都舍不得给他们吃，而且觉得心神不宁，生怕他们发现昨天波克宰的那头小猪。小猪现在正吊在食品室，斯佳丽已经严厉告诫过全家人，谁要是胆敢对客人提起这头小猪，或者说出这头小猪的兄弟姐妹安全躲在沼泽地的猪圈里，她就把他的眼珠子挖出来。这群饿狼一顿饭就能吞下一整头猪，而且要是让他们知道还有猪活着，他们一定会把它们统统拿走补充给养。斯佳丽还担心那头母牛和那匹马，后悔没有把它们藏到沼泽地，而只是拴在树林草场下。要是让军需队拿走她的牲畜，塔拉说什么也熬不过这个冬天了。这样的损失无法弥补。至于军队吃什么她才不关心呢，让军队自己养活自己吧——愿他们能做得到。她能养活自己的家人已经够难了。

客人们从背包里拿出通条卷当作饭后甜点，斯佳丽头一回看见邦联军队的这种食物，关于它的笑话几乎和说虱子的笑话一样多。这东西是螺旋形的，看上去像烧焦的木炭。士兵们力劝斯佳丽尝一口，斯佳丽咬了一口，发现烟熏黑的表皮下原来是没有加盐的玉米饼。士兵们把分到的玉米面和水搅和起来，要是能弄到盐就再加点儿盐，然后把稠稠的面团裹在通条上，一排排放在营火上烤。这东西像冰糖一样硬，像锯末一样没味，尝了一口后，斯佳丽在一片哄笑声中连忙把它还给主人。她遇到了玫兰妮的目光，两张脸上清楚明白地显出同样一个念头：“就靠吃这种东西，他们怎么能继续打下去？”

晚饭吃得相当愉快，就连心不在焉地坐在桌子上首的杰拉尔德也恢复了点儿做主人应有的礼节，脸上挂着一丝捉摸不定的笑容。男士们高谈阔论，女士们面带微笑，曲意逢迎，只有斯佳丽突然转身向弗兰克·肯尼迪打听佩蒂帕特小姐的消息时，见到他脸上的表情，让她忘了自己打算说什么。

他的眼睛从苏埃伦身上移开，在屋子里游荡，落在杰拉尔德像小孩儿一样困惑的眼睛上，落在光秃秃、没有地毯的地板上，落在没有了装饰的壁炉上，落在弹簧塌陷了的沙发上，落在北佬用刺刀刺破的家具上，落在餐具柜被打破的玻璃上，落在墙上劫掠者来之前挂着画像如今成了一片片没有褪色的方块上，落在没有餐具的餐桌上，落在姑娘们经过精心修补却难掩破旧的衣衫上，落在用面袋给韦德改成的苏格兰短裙上。

弗兰克回忆起他记忆中战争之前的塔拉，他的脸上显出一种悲哀的表情，一种无可奈何却又疲惫无力的愤怒。他爱苏埃伦，爱她的姐妹，尊重她的父亲杰拉尔德，对塔拉庄园有一种由衷的喜爱。自从谢尔曼的军队横扫佐治亚州，弗兰克骑马在州里四处征收给养时，已经看到许多惨不忍睹的景象，但是最让他痛心疾首的还是看见塔拉现在的状况。他想为奥哈拉家做点儿贡献，尤其想为苏埃伦做点儿贡献，自己却无能为力。他与斯佳丽的目光相遇时，他不由得同情地摇摇脑袋，舌头抵着牙齿发出啧啧声。他看到斯佳丽眼中燃烧着自尊受伤时那种愤怒的火焰，他赶忙垂下眼，不好意思地盯着自己的盘子。

姑娘们渴望听到新闻。自从亚特兰大陷落到现在，已经有四个月不通邮了，至于北佬现在打到了什么地方、邦联军队的仗打得如何、亚特兰大和老朋友们的近况，大家都一无所知。弗兰克因职务所需跑遍了整个地区，他的消息简直比报纸还灵通，从梅肯以北到亚特兰大，这片地方的人不是跟他沾亲带故就是彼此熟悉，所以他能提供许多报纸一般不会刊登的个人趣闻。为了掩饰刚才让斯佳丽看穿的窘态，他连忙向大家报告各种新闻。他告诉大家说，谢尔曼的军队离开后，邦联重新收复了亚特兰大，不过这已毫无意义，因为谢尔曼的人已经把它彻底烧毁了。

“可我以为亚特兰大是在我离开的那天晚上烧的。”斯佳丽糊涂了，“我以为是我们自己人放火烧的！”

“哦，不是，斯佳丽小姐！”弗兰克吃惊地喊道，“我们从来不放火烧有我们自己人的城镇！你看见起火的是仓库和军需用品，我们不希望留给北佬，还有铸造厂和弹药库。仅此而已。谢尔曼攻进城里时，民宅和店铺都完好无损。谢尔曼的部队就驻扎在那里。”

“可是老百姓怎么样了？他……他杀过人没有？”

“他杀了一些——不过没用子弹。”那个独眼士兵冷冰冰地说，“他进入亚特兰大后不久便告诉市长，城里所有的人都必须离开，每个人都得走。可是那里有许多无法远行的老人，还有许多不能动身的病人，还有妇女——妇女也不该挪动。可是他在一场史无前例的暴雨中把他们从城里赶了出去，数以千计的人，都给扔在马虎村附近的树林里，还派人给胡德将军捎去信，让他去接。许多人都因此得肺炎死了，还有的因为忍受不了这样的虐待也死了。”

“哦，可他干吗要那么做呢？老百姓对他又没有危险。”玫兰妮喊道。

“他说，他想把他的人马留在城里休养。”弗兰克回答说，“他让人马在那里一直待到十一月中旬才离开。走的时候他放火烧了整座城市，把一切都烧毁了。”

“哦，不会真的把一切都烧了吧？”姑娘们惊愕地喊道。

实在无法想象，那座城市她们那么熟悉，那么繁荣，有那么多居民，曾经驻扎过那么多士兵，就这么给毁了。那些树荫下的美丽房屋，那些大商店和富丽的旅店——这一切不可能就这么消失掉！玫兰妮看上去马上就要掉眼泪了，因为她就出生在那里，她的家在那里，别的地方再没有她的家了。斯佳丽的心也直往下沉，因为除了塔拉，她最喜欢的就是那个地方。

“噢，的确是差不多把一切都烧了。”弗兰克见大家面露不安，连忙改口说。他努力装出高兴的样子，因为他不希望让女士感到心烦意乱。见到女士们心烦意乱，他就心慌，让他觉得自己无能为力。他不能把最糟糕的消息告诉她们，还是让她们找别人了解真相吧。

他不能告诉她们邦联军队回驻亚特兰大时看到的景象：一根根熏黑的烟囱竖立在废墟上连绵数英亩；街上满是一堆堆没有烧完的垃圾和倒塌的砖块，难以通行；一棵棵被大火烧死的古树倒在地上，烧焦的枝杈被寒风吹落下来。他还记得见到那番景象时感到的恶心，记得邦联士兵见到劫后的亚特兰大时发出怀恨的咒骂。他希望女士们永远不要听到墓地被劫掠的恐怖场面，怕她们永远忘不掉那种梦魇。查理·汉密尔顿和玫兰妮的父母就埋葬在那里。弗兰克看到墓地的景象后常常做噩梦。北佬士兵为了找到死人身上的珠宝，不惜弄破坟墓的穹顶，挖起墓穴，搜夺死尸，撬下棺材上的金银铭牌，银制装饰和银把手。骷髅和尸体被扔在破碎的棺材之间，暴露在光天化日之下，景象令人惨不忍睹。

弗兰克也不愿告诉她们猫狗的情况，因为女士们总是非常重视宠物。可是宠物们的主人被野蛮逐出城后，数以千计的饥饿小动物无家可归，那幅景象让弗兰克感到的震惊不亚于在墓地的感觉，因为弗兰克也喜欢小猫小狗。小动物们受了惊吓，又挨饿受冻，变得像森林里的野兽一样，强壮的袭击弱小的，弱小的等着比它们更弱小的死去，然后吃它们的尸体。在城市废墟的上空，盘旋的秃鹰身影矫健不祥，映衬在冬日的苍穹中。

弗兰克在脑海中努力搜寻那些能让女士们稍感快慰的消息。

“城里还有一些房屋没有被烧。”他说，“凡是独自盖在一大块地上，远离其他房屋的房子，都没有着火。教堂和共济会堂也幸存了下来。还有几家店铺。但是商业区、铁路沿线和五角广场……女士们，亚特兰大的那个部分已经被夷为平地了。”

“这么说，”斯佳丽伤心地喊道，“查理留给我的铁路附近的那座仓库也完了？”

“要是它靠近铁路的话，恐怕是没了，但是……”说到这里他突然面露微笑，他怎么没早想起来呢？“高兴点儿，女士们！佩蒂帕特姑妈的房子还在。虽然有些损坏，但还是保留下来了。”

“那座房子是怎么幸免的？”

“唔，房子是砖砌的，而且有亚特兰大绝无仅有的石板屋顶，所以我猜即使有火星也不会着火。还有嘛，就是它几乎是城最北边的最后一座房子，那里的火烧得不算太大。当然，驻扎在那里的北佬也把房子折腾得够呛。他们甚至把护壁板和红木扶手也当柴火烧了，不过这些都无关紧要！房子还完整无损。我上周在梅肯见到佩蒂小姐……”

“你见到她了？她怎么样？”

“她很好。很好。我告诉她房子还完好无损，她决定立即动身回去。但是……要看那个老黑奴彼得让不让她走。许多人已经返回亚特兰大了，因为他们在梅肯也不放心。谢尔曼虽然没有攻占那里，可是人人都担心威尔逊的骑兵不久就会打到那里，他比谢尔曼还可怕呢。”

“可是房子都没了，他们回去不是太傻了？他们上哪儿住呢？”

“斯佳丽小姐，目前他们住在帐篷、棚子、木屋里，或者六七户人家挤在少数依然保留下来的房子里。他们正打算重建家园呢。斯佳丽小姐，你别说他们傻。你和我一样了解亚特兰大人，他们跟那座城市是一个整体，就像查尔斯顿人对查尔斯顿的感情一样，北佬和大火是无法把他们赶走的。亚特兰大人——请原谅，玫荔小姐——他们对亚特兰大的感情顽固得就像骡子。我不懂为什么，因为我一直觉得这个城市是个激进、自负的地方。不过，我生来是个乡下人，从来都不喜欢城市。我跟你们说，越是早回去的人越聪明。那些最后回去的人会发现他们的房子连一根木头、一块砖石都没有了，因为大家都在满城搜刮材料重建自己的房子。就是前天的时候，我还遇到梅里韦特太太和梅贝尔小姐，还有她们家的老女仆推着一辆手推车在外面捡砖头。米德太太告诉我她打算等米德大夫回来帮她，建一座小木屋。她说她刚到亚特兰大的时候就住在木屋里，那时候亚特兰大还叫马萨斯维尔，所以她一点儿也不介意再住在木屋里。当然，她不过是在开玩笑，但是你可以看出他们现在的心情。”

“我觉得他们很勇敢。”玫兰妮自豪地说，“你说呢，斯佳丽？”

斯佳丽点点头，感到一种异样的喜悦，同时为自己的第二故乡感到自豪。就像弗兰克刚才所说，这个城市是有些激进、自负，但那正是让她喜欢的原因。它不像老城镇那么僵硬死板、墨守成规，而是无所顾忌、生机勃勃，和她性格非常相似。“我喜欢亚特兰大。”斯佳丽想，“北佬和大火同样无法把我摧垮。”

“要是佩蒂姑妈打算回亚特兰大，我们最好也回去跟她在一起，斯佳丽。”玫兰妮打断了斯佳丽的思绪，“她一个人会给吓死的。”

“玫荔，现在我怎么能离开这儿呢？”斯佳丽毫不委婉地说，“你要是想走，就一个人去吧，我不会拦着你。”

“哦，我不是这个意思，亲爱的。”玫兰妮急得满脸通红，“我没有考虑到！你当然不能离开塔拉，我……我猜彼得大叔和厨娘会照顾好姑妈的。”

“这里没什么能拴住你。”斯佳丽唐突地说。

“你知道我不会离开你。”玫兰妮回答，“而且我……要是没有你，我会给吓死的。”

“随便你吧，反正我不跟你回亚特兰大。等他们刚盖起几座房子，谢尔曼又会回去，再把房子烧掉。”

“他不会回去了。”弗兰克说，他努力控制自己，可脑袋还是不由得耷拉下去，“他已经横穿整个佐治亚州打到海边了。这个星期他攻下了萨凡纳，人们说北佬要向北进入南卡罗来纳州。”

“萨凡纳给占领了？！”

“是的。这不奇怪，女士们，萨凡纳没法儿不丢。那里没有足够的兵力，尽管他们把每一个能用到的人都派上了用场——只要两条腿能动的人都用上了。你们知道吗，北佬向米勒奇维尔进军的时候，他们召集军校所有的学生，也不管他们有多大，他们甚至打开监狱大门扩充队伍。是的，他们把那些愿意参军的犯人都放了出来，向他们许诺要是他们能活到战争结束，就赦免他们的罪行。看到年轻的学生兵和小偷、杀人犯列队站在一起，让我简直毛骨悚然。”

“他们把犯人放了害我们！”

“哦，斯佳丽小姐，你别紧张。他们离这儿还远着呢，而且他们正在变成好士兵。我猜小偷不一定做不了好兵，不是吗？”

“我觉得这主意不错。”玫兰妮柔声说。

“哼，我看是个馊主意。”斯佳丽淡淡地说，“这里的盗贼已经够猖狂了，还有北佬和……”她及时停了下来，但是男士们还是都笑了。

“还有北佬和我们军需队。”他们把她的话补充完，斯佳丽羞红了脸。

“可是胡德将军的队伍在哪里啊？”玫兰妮赶紧插话解围，“他一定能守住萨凡纳。”

“怎么，玫兰妮小姐，”弗兰克听到后吃了一惊，然后责备地说，“胡德将军压根儿不在那里。他一直在田纳西作战，努力把北佬拖出佐治亚州。”

“他的绝妙计划非常有效吧？”斯佳丽大声挖苦道，“他让一些学生、罪犯和自卫队来保护我们，让我们饱受该死的北佬折磨。”

“女儿，”杰拉尔德一边说，一边站起身，“你怎么说脏话？你母亲听到会伤心的。”

“他们就是该死的北佬！”斯佳丽情绪激昂地喊道，“我不知道还能用什么别的字眼称呼他们。”

一提起埃伦，大家都觉得尴尬，谈话一时停了下来。玫兰妮再一次打破沉默。

“你在梅肯的时候有没有见过印第亚和霍尼·韦尔克斯？她……她们有没有阿希礼的消息？”

“哦，玫荔小姐，你知道，要是我有阿希礼的信儿，我肯定立刻从梅肯骑马上这儿来告诉你。”弗兰克埋怨地说，“没有，她们没有任何消息，不过……你别替阿希礼担心，玫荔小姐。我知道你已经有很长时间没有他的消息了，可是一个人给关在监狱，你总不能指望听到他的消息吧？北佬关俘虏的地方要比我们的强。毕竟，北佬有足够的食物、足够的药品和毯子。他们不像我们——连自己都喂不饱，更别说俘虏了。”

“哦，北佬是什么都有。”玫兰妮极端痛苦地嚷道，“但是他们不会把东西给俘虏。你知道他们不会这么做，肯尼迪先生，你这么说只是为了让我好受些。你知道我们的小伙子在那里因为寒冷而冻死，因为没有医生和药品而死去，这就是因为北佬太恨我们！哦，真希望我们能把所有的北佬都从地球上消灭掉！哦，我知道阿希礼已经……”

“别说了！”斯佳丽喊了出来，她的心提到了嗓子眼儿。只要没人说阿希礼死了，她的心中就有一丝微弱的希望，希望他还活着，她仿佛觉得，要是她听到有人说阿希礼死了，他真的会在说话的那个时刻死去。

“哦，韦尔克斯夫人，别替你丈夫发愁。”独眼士兵安慰说，“我在第一次马纳萨斯战役后被俘虏，后来通过交换俘虏才回来，我在监狱里的时候，他们给我们吃的是最好的食物，有炸鸡、刚出炉的小点心……”

“我看你是个大骗子。”玫兰妮一边说，一边浅浅微笑，斯佳丽头一回看见她和男人开玩笑，“你说呢？”

“我也觉得自己是个骗子。”独眼士兵附和道，一边笑着拍了一下自己的大腿。

“要是大家都去客厅，我就给你们唱圣诞颂歌。”玫兰妮提议，心里很高兴可以换个话题，“钢琴是北佬没法儿搬走的东西之一。苏埃伦，它是不是走音走得厉害？”

“走得吓人。”苏埃伦一边回答，一边兴高采烈地含笑示意弗兰克跟她去。

但是当大家都离开餐厅时，弗兰克却落在后面，趁机轻轻拽了一下斯佳丽的袖子。

“我能单独和你说句话吗？”

有那么可怕的一瞬间，斯佳丽以为他要问她关于牲畜的事，她立刻振作起来，准备好用谎话应付。

其他人都离开后，他俩站在壁炉边，刚才弗兰克脸上当着众人装出来的欢乐消失了，斯佳丽如今看到的弗兰克简直像个小老头儿。他的脸像塔拉草坪上让风吹来吹去的落叶一般干涩枯黄，他的姜黄色胡须又稀又乱，竟然已经花白了。他下意识地摆弄着自己的胡子，说话前先清了清嗓子，令斯佳丽非常不舒服。

“我对你母亲的事非常难过，斯佳丽小姐。”

“请别提这事了。”

“还有你父亲……他这个样子是从那事儿……”

“是的，他……他不太正常了，你看到了。”

“你母亲对他太重要了。”

“哦，肯尼迪先生，请别再说这些……”

“对不起，斯佳丽小姐。”他紧张不安地在地上蹭着双脚，“其实我本来想和你父亲商量一件事，现在我看没什么用了。”

“或许我能帮你，肯尼迪先生。你看……现在这个家由我管。”

“好吧，我……”弗兰克开口，又紧张不安地挠挠胡子，“其实……是这样，斯佳丽小姐，我是打算跟你父亲提我和苏埃伦小姐的事。”

“你是说，”斯佳丽惊讶地喊道，心里感到非常好笑，“你还没有跟爸提起跟苏埃伦的事？你不是已经追了她好几年吗？”

弗兰克的脸窘得通红，难为情地笑了笑，看上去像个腼腆害羞的大男孩儿。

“我……我不知道她是不是喜欢我。我比她大得多，而且以前总有那么多英俊小伙在塔拉团团转……”

“哼！”斯佳丽心想，“他们是围着我转，才不会围着她呢！”

“而且我现在也不知道她是不是喜欢我。我从没问过她，但她一定知道我的心。我……我想我应该征得奥哈拉先生的许可，跟他说清楚。斯佳丽小姐，现在我身无分文。以前我有过许多钱，请原谅我这么说，现在我全部的家当就是我的那匹马和身上穿的衣服啦。你瞧，我入伍时卖掉了大半的土地，把钱都买了邦联债券，你也知道如今这些债券一文不值了，连印它的纸都值不了。而且我现在连这些债券都没有了，因为北佬烧我妹妹家的时候把它们一起烧了。我知道我现在向苏埃伦小姐求婚太委屈她了，因为我身无分文，可是……情况就是这样。我常常想我们不知道这场战争会发展成什么样。对我来说，这就像世界末日。我们对什么都没有把握，所以我想如果我们订婚的话，对我是一种极大的安慰，对她可能也一样。这样我们俩都有了着落。等我有能力照顾她时，再跟她结婚，斯佳丽小姐，我也不知道要等到什么时候。但是如果你认为真爱是有价值的，你可以放心，苏埃伦小姐在这方面是富有的，尽管除此之外一无所有。”

他最后一句话显出一种幼稚的尊严，斯佳丽虽然觉得好笑，却也被打动了。她无法理解怎么会有人喜欢上苏埃伦。她这个妹妹对她来说简直是个自私透顶、牢骚满腹的怪物，她只能把这种人描述为十足的大刺儿头。

“瞧你说的，肯尼迪先生。”她温和地说，“这样很好嘛。我肯定我能替爸爸答应你的请求。他一向器重你，总是希望苏埃伦能嫁给你。”

“真的吗？”弗兰克失声喊道，脸上洋溢着幸福。

“当然是真的。”斯佳丽回答，心里却想起杰拉尔德以前曾经多次朝餐桌那边的苏埃伦毫不客气地大声问：“喂，小姐！你那位热情洋溢的男朋友还没提那个请求吗？是不是要我去问一下他的打算？”想到这里，斯佳丽竭力隐藏起自己的笑容。

“我今天晚上就去问她。”弗兰克说，他的脸都有点儿发抖，然后一把抓住斯佳丽的手，“你真是太好了，斯佳丽小姐。”

“我让她去找你。”斯佳丽微笑着说，说完朝客厅走去。

玫兰妮正要开始弹钢琴。钢琴虽然音跑得厉害，不过有些和弦还是很动听，玫兰妮提高嗓门儿，带领其他人一起唱《听，报信的天使在歌唱！》。

斯佳丽停下脚步，听到这首古老甜美的圣诞赞美诗，让人觉得他们仿佛并没有两次饱受战争的侵害，不可能住在饱受蹂躏的乡村，不可能身处饥饿的边缘。她猛地朝弗兰克转回身。

“你刚才说这像世界末日是什么意思？”

“我可以坦率地告诉你。”弗兰克慢吞吞地说，“但是我希望你不要把我的话告诉其他几位女士，免得她们惊慌。仗打不了多久了，我们已经没有新鲜血液补充我们的队伍了，而且开小差的人越来越多，数字远远高于军方承认的数字。当人们得知他们的家人在挨饿，他们怎么能忍受得了远离自己的家人，所以他们跑回家，设法维持生活。这不能责备他们，但是这样一来军队的战斗力削弱了。军队没有食物无法作战，可是我们一点儿粮草也没有。这个我知道，因为我的职责就是搞粮草。从我们收复亚特兰大以来，我已经跑遍了这个地区，这儿的食物连只鸟都喂不饱。从这儿到萨凡纳，方圆三百英里到处情况都一样。所有的人家都在挨饿，铁路被破坏，没有新的枪支弹药，没有皮革做军靴……所以，末日就要来临了。”

不过，斯佳丽并不关心邦联前途渺茫，她关心的倒是缺少食物的那些话。她曾经打算派波克赶上马车，带上金币和联邦钞票，到乡下去寻找食物和衣料。如果弗兰克说的是真的……

但是梅肯没有被攻破，梅肯一定有食物，等军需队走得够远了，她就让波克冒着宝贝马被军队抢走的危险，去一趟梅肯。她必须铤而走险。

“好吧，今晚我们别说这些令人不愉快的事情了。肯尼迪先生，”

她说，“你去我母亲的小账房里坐坐，我让苏埃伦去找你，这样你们……你们就有点儿私人空间。”

弗兰克红着脸笑呵呵地溜出了屋，斯佳丽目送他离去。

“他现在不娶走苏埃伦，真是太遗憾了！”斯佳丽心想，“要是那样就可以少张吃饭的嘴了。”

第二十九章

第二年四月，约翰斯顿将军重新受命指挥旧部残兵败将，在北卡罗来纳州投降，战争至此便结束了。但是塔拉庄园两个星期后才得知这一消息。塔拉的每个人都有许多活要干，根本没时间出门打听消息，他们的邻居也一样忙碌，人们很少来往，所以消息传得很慢。

正值春耕大忙时期，他们把波克从梅肯带回来的棉花种子和菜籽播下。波克从梅肯回来后几乎再没干过什么活儿，他带着满车的衣料、种子、家禽、火腿、肋条肉和面粉平安回来，自己骄傲得不得了，一遍又一遍地跟人讲述他多少次险路逢生，说自己如何抄小道和乡间小径，经人迹罕至的马道才回到塔拉。他在路上走了五个星期，那段时间斯佳丽坐立不安。但是波克回来后，斯佳丽没有责备他，因为她对波克此行取得的成功非常满意，而且很高兴地发现她给波克的钱还剩下不少。照她猜想，波克能剩下这么多钱十有八九是因为那些家禽和食物并不全是买来的。路上有无人看管的鸡舍和唾手可得的熏肉房，要是再花斯佳丽给他的钱，波克会觉得连自己都对不起。

现在他们有了点儿食物，大家自然想让塔拉的生活恢复一些往日的模样。每一双手都有干不完的活儿要做。前一年干枯的棉花秆要拔掉，为今年的耕种腾出地方，马没耕过地，不愿踏进田地。菜园的野草必须拔掉，然后种上蔬菜种子，还要劈柴火、修猪圈、修复北佬随手烧掉的数英里围栏。波克一天要去看两次野兔陷阱，还要给河里的钓鱼线换鱼饵。除此，还得铺床、扫地、做饭、洗碗、喂猪养鸡、捡鸡蛋。母牛需要挤奶，而且把它放到沼泽附近的牧场得整天有人照看，免得让北佬或肯尼迪手下的人回来把它拉走。就连小韦德也有活儿干，每天早晨，他一本正经挎只篮子出去捡柴火。

县里最早从战场归来的是方丹家的两个小伙子，他们带来了南方投降的消息。亚力克斯脚上还有双靴子，便步行回家；托尼光着脚，却骑了一头没有鞍具的骡子。家里的好东西总是让托尼得去。四年的风吹日晒让他俩变得比以往什么时候都更黑、更瘦、更结实，从战场回来，两人留着又浓又密的大胡子，人彻底变了样。

他们回含羞草庄园路过塔拉，两人归心似箭，只在塔拉待了一小会儿，礼节性地吻了吻姑娘们，告诉她们投降的消息。他告诉大家说，一切都结束了，什么都完了，而且他们似乎既不在意也不想谈论。他们关心的只是含羞草庄园有没有被烧掉。从亚特兰大南下的路上，他们路过许多朋友的房子，如今只剩下一根根烟囱，因此他们对自家的房子幸免于难没抱多大希望。听说家还在，他俩长出了一口气，斯佳丽告诉他们说萨莉骑马如何疯狂，跳过塔拉的篱笆如何干净利落，他俩乐得直拍大腿。

“这姑娘有胆量。”托尼说，“就是命不好，乔给打死了。你们这儿有没有嚼烟，斯佳丽？”

“没有，只有点着火抽的兔草烟，爸爸把它放在玉米棒子里抽。”

“我还没沦落到这种地步。”托尼说，“不过我离这一步恐怕也不远了。”

“迪米蒂·芒罗好吗？”亚力克斯问道，他的口吻显得急切，略有点儿难为情，斯佳丽隐隐约约想起他对萨莉的妹妹有意思。

“哦，不错。现在她和她的姑妈住在费耶特维尔。她们家在拉夫乔伊的房子给烧了，家里的其他人都逃到了梅肯。”

“他的意思是问——迪米蒂是不是嫁给了自卫队一位英勇的上校？”托尼开玩笑说，亚力克斯恶狠狠瞪了他一眼。

“她当然没嫁人。”斯佳丽说，觉得蛮有趣。

“她还是嫁了人的好。”亚力克斯郁郁寡欢地说，“见鬼……对不起，斯佳丽。但是，一个男人家，黑奴都给解放了，牲畜全没了，口袋里一分钱都没有，还怎么能让姑娘嫁给他？”

“你知道迪米蒂不会在乎这些的。”斯佳丽说。她乐得帮迪米蒂个忙，为她说些好话，因为亚力克斯·方丹从来都不是她的追求者。

“该死的……哦，我再次请你原谅。我得戒了这诅咒的毛病，要不老奶奶非揍我一顿不可。我不能让一个姑娘嫁给一个叫花子，她可能不在乎，可是我在乎。”

斯佳丽和这哥儿俩在前门廊说话的时候，玫兰妮、苏埃伦和卡丽恩一听到南方投降的消息，就悄悄溜回了屋子。等哥儿俩告辞出来，穿过塔拉后面的田地回家后，斯佳丽走进屋，听见姑娘们躲在埃伦的小账房里，正挤在沙发上哭成一片。一切都完了，她们那个光辉灿烂的美好梦想和希望全完了，她们的朋友、爱人、丈夫为之付出生命、她们为之倾家荡产的事业完了。她们以为永远不会失败的事业彻底失败了。

但是斯佳丽没觉得想落泪。她听到这消息的最初一瞬间心想：“感谢上帝！现在我的牛不会被偷了，马也安全了。现在我们可以把银器从井里取出来，人人都可以用上刀叉了。我可以赶车到处走动，可以去买吃的，再也不用担心了。”

终于可以松口气了！她再也不用听到马蹄声就担惊受怕，再也不用在漆黑的夜晚醒来，屏息静听，疑心梦境中听到院子里的咔嗒声、马蹄嘚嘚声和北佬刺耳的口号声是真的。最让人欣慰的是塔拉终于安全了！从现在起，她那可怕的噩梦再也不会成为现实。从现在起，她再也不可能站在草坪上，看着心爱的房子上冒出滚滚浓烟，听着屋顶倒塌时火焰发出轰鸣。

不错，他们的事业完了，但是她一向觉得战争是愚蠢的，还是和平好。她看见星条旗升起的时候从来都不会激动得热泪盈眶，也从不会听到《迪克西》响起，就感到肃然起敬。她并不是像其他人一样对他们的事业抱有狂热的激情，才承受住困苦贫穷、令人作呕的看护、身陷围城的恐惧和近几个月来的饥饿。现在一切都完了，一切都结束了，而她并不打算为这一切哭泣。

一切都结束了！这场看似没有尽头的战争，这场不请自来、不受欢迎的战争把她的生活切成两段，而且界限是如此明显，以至于她都记不起那段无忧无虑的日子。现在她可以无动于衷地回想起以前那个漂亮迷人的斯佳丽，脚穿着纤巧的摩洛哥皮绿舞鞋，衣裙荷叶边香气缭绕，她只是怀疑那个少女怎么会是自己。全县的青年才俊都曾拜倒在她斯佳丽·奥哈拉的脚下，一百名黑奴任她使唤，塔拉的财富像堵坚实的墙壁支撑着她的生活，还有溺爱她的父母想方设法满足她的任何要求。娇生惯养、无忧无虑的斯佳丽除了阿希礼这件事受挫，再没有遇到过不如意的事。

然而，这漫长曲折的四年让那个身带香囊、脚穿舞鞋的少女消失了，变成个眼睛碧绿、目光犀利的妇人，她斤斤计较，能动手干许多下人干的活儿，经历了这场大难后，她什么都没有了，只剩下脚下这片无法摧毁的红土地。

当她站在厅堂听姑娘们抽噎哭泣时，她的脑子却在忙着思考。

“我们可以多种些棉花，种很多很多棉花，我明天就让波克去梅肯多买些种子。现在再不会有北佬来烧它了，我们的军队也不需要它了。上帝啊！今年秋天棉花的价钱肯定会飞上天！”

她走进小账房，没有理睬沙发上哭作一团的姑娘们，自己坐在写字台前，拿起支羽毛笔，打算计算一下买更多的棉花种子得从她剩下的现金里再花掉多少。

“战争结束了。”她想，突然间心中涌起一阵狂喜，羽毛笔都从手中跌落了。战争结束了，阿希礼……要是阿希礼还活着，他就会回家来！她不知道玫兰妮在替失败的事业哀悼的时候，有没有想到这一点。

“很快我们就会收到他的信……不，不会有信，我们收不到信，但是很快……哦，他反正会想办法让我们知道的！”

但是，日子一天天地过去，几个星期都过去了，还是没有阿希礼的消息。南方的邮政仍不稳定，在乡下压根儿不通邮。偶尔有人从亚特兰大路过带来佩蒂姑妈的一个便笺，佩蒂帕特姑妈的口吻可怜，恳求玫兰妮和斯佳丽回去。却没有阿希礼的消息。

南方投降后，斯佳丽和苏埃伦因为用马经常发生争执，最后导致姐妹爆发了争吵。现在没有遇到北佬的危险了，苏埃伦想去拜访邻居。苏埃伦孤独了那么久，加上对往日美好社交活动的怀念，她渴望拜访朋友，哪怕只是让自己证明全县的情况都和塔拉一样糟。但是斯佳丽硬是不答应。马是要干活儿的，要把木柴从树林里拉回来，要耕地，波克找吃的也要赶马驾车。星期天，马有权在牧场吃草休息。要是苏埃伦想去串门，她可以走着去。

到去年以前，苏埃伦这辈子从来没有一次走路超过一百码，因此她对这个建议非常不满。于是她待在家里，又是唠叨，又是哭闹，唠唠叨叨地说：“哦，要是妈妈在就好了！”听到这话，斯佳丽给了她一记渴望已久的耳光，打得苏埃伦尖叫着倒在床上，弄得全家鸡犬不宁。那以后，苏埃伦抱怨得少多了，至少在斯佳丽面前不敢放肆。

斯佳丽说要让马休息这话不假，不过这仅仅是一半原因。另一半她不愿承认的原因是投降后的一个月里，她到县里转了一圈，看到老朋友和老庄园的景象大大动摇了她的勇气。

多亏当时萨莉驾车东奔西走，方丹家的日子过得比谁家都好，但这仅仅是和其他邻居艰难的景况相比而言。方丹老奶奶那天带领大家扑灭大火，力保宅院，当时犯了心脏病，以后始终没有彻底恢复。老方丹大夫截掉一只胳膊，正在渐渐康复。亚力克斯和托尼正在笨拙地扶犁握锄耕地。斯佳丽去拜访时，他俩隔着篱笆跟斯佳丽握握手，取笑了一番她那辆摇摇晃晃的破车，但是他们的黑眼睛中流露出苦涩，因为他们取笑斯佳丽其实也是在取笑自己。斯佳丽想跟他们买玉米种子，他们答应了，然后就开始讨论起农活儿来。他们有十二只鸡、两头母牛、五头猪，还有那头他俩从战场上带回来的骡子。一头猪刚刚死掉，他们担心其余的也快保不住了。这两个昔日的花花公子以前最认真的时候也不过是考虑什么样的领结更时兴，现在却这么认真地谈论猪，斯佳丽听着不禁笑了，这次她的笑声中也带有苦涩。

含羞草庄园的人都欢迎斯佳丽，而且坚持把玉米种子送给她，拒不收她的钱。斯佳丽把一张绿票子放在桌子上，方丹家的急性子一下爆发了，断然不要她的钱。斯佳丽收下玉米种子，悄悄把一美元的钞票塞进萨莉手中。萨莉与八个月前斯佳丽刚回到塔拉第一次来拜访时判若两人。那时她虽然苍白、悲伤，但是身上还有一股活力。现在这股活力也消失了，仿佛投降把她全部的希望都带走了一样。

“斯佳丽，”她拿住钱后悄悄说，“这一切有什么用呢？我们为什么要打仗？哦，我可怜的乔！哦，我可怜的孩子！”

“我不知道我们为什么打仗，我也不关心，”斯佳丽回答说，“而且我也没兴趣知道。我从来都不感兴趣。战争是男人的事，和女人没关系。现在我所关心的就是棉花能有个好收成。你收下这钱，给小乔买件衣服，他实在需要件衣服。尽管亚力克斯和托尼那么客气，但是我可不能白拿你们的玉米。”

小伙子们把她送到马车旁，扶她上了车，尽管哥儿俩穿的是破衣烂衫，态度却彬彬有礼，带着方丹家兄弟特有的欢快，然而斯佳丽赶车离开含羞草庄园时，看到他们穷困潦倒的状况，感到不寒而栗。她已经厌倦了这种贫困交加、节衣缩食的生活。要是能看到人们生活富足，不用为能不能吃上下一顿饭而担忧，那该多好！

斯佳丽去拜访时，凯德·卡尔弗特已经回到松花庄园。在昔日的好时光，斯佳丽经常来这座古老的宅院跳舞，现在她走上屋前的台阶，发现凯德脸上呈现出不久人世的痕迹。他躺在安乐椅上晒太阳，腿上盖着一条披肩，形容枯槁，还咳个不停，不过他看到斯佳丽，立刻面露笑容。他说自己不过是胸中积了一点儿寒气，一面还打算起身欢迎她。他说都是因为老是淋雨睡觉，不过很快就会好起来，那时他就可以干活儿了。

凯瑟琳·卡尔弗特听到声音从屋里出来，在凯德的脑袋上方与斯佳丽的目光相遇了，从她的眼中，斯佳丽看出了痛苦的绝望。凯德可能不知道自己的状况，但是凯瑟琳明白得很。松花庄园看上去满目疮痍，到处杂草丛生，松树苗都在田里长起来，屋子也破旧零乱。凯瑟琳身体瘦弱、神情忧郁。

姐弟俩和他们的北佬继母、四个同父异母的小妹妹，以及那个北佬监工希尔顿住在这座静悄悄、空荡荡的房子里。斯佳丽一向不喜欢希尔顿，就像她一向不喜欢他们家自己的监工乔纳斯·威尔克森一样，现在看见他不紧不慢走来，以一种身份平等的态度迎接她，她就越发讨厌这个人。以前，他和威尔克森一样，当面卑躬屈膝，背地里粗鲁无礼。现在卡尔弗特先生和雷福特死在战场，凯德又生了病，他就彻底抛开了卑躬屈膝的一面。第二位卡尔弗特太太从来不知道如何让黑奴尊重她，更别指望得到一个白人的尊重了。

"经过了这么多艰难时光，希尔顿先生一直和我们在一起，真是个好人。"卡尔弗特太太紧张不安地说，同时飞快地瞥了一眼她那个沉默不语的继女，"真是好人啊。我猜你已经听说，谢尔曼在这里时，他两次救下这房子。我不知道要是没有他，我们该怎么办，我们又没有钱，而且凯德又……"

凯德苍白的脸一下涨红了，凯瑟琳垂下长长的睫毛遮住眼睛，同时咬紧了嘴唇。斯佳丽明白他俩内心因为欠了他们北佬监工的人情而感到窝火、痛苦。卡尔弗特太太看上去就快哭出来了。她又说错了话，她总是不会说话。尽管在佐治亚住了二十年，她还是无法理解南方人。她从不知道什么不能和她的继女继子说，而且无论她说什么，他们总是对她像外人一样客气。于是她默默发誓要带着自己的孩子回北方跟自己人待在一起，离开这些难以捉摸、顽固傲慢的南方佬。

拜访了这两家后，斯佳丽不想去塔尔顿家了。塔尔顿家的四个儿子都死了，房子烧毁了，一家人挤在监工的小屋里，斯佳丽实在不愿意去。但是苏埃伦和卡丽恩再三央求，玫兰妮说不去拜访一下，对塔尔顿先生从战场上归来表示一下欢迎，那太不像邻居，于是她们在一个星期天去那里拜访。

这次拜访看到的塔尔顿家确实是最惨的。

马车来到房子的废墟跟前，她们看见贝特丽丝·塔尔顿穿着一件破破烂烂的骑装，胳膊底下夹着一根马鞭，坐在牧场的围栏上，眼神忧郁地盯着前方发呆。一个罗圈儿腿的小黑人坐在她身边，这个黑人以前负责训练她的马儿，现在看上去也和他的女主人一样神情忧郁。牧场以前满是撒欢儿跳跃的小马驹和脾气温和的种母马，现在却空荡荡的，只剩下一头骡子，还是塔尔顿先生投降后骑回家的。

“哎呀，现在我那些宝贝都没了，我自己真不知该怎么办。”塔尔顿太太一边说，一边从围栏上爬下来。陌生人会以为她是在说那四个死去的儿子，不过塔拉的姑娘们知道她脑子里想的是她那些马儿。“我那些漂亮的马儿都死了。哦，还有我可怜的内利！哪怕只留下内利也好啊！可现在这儿只有一头该死的骡子。一头该死的骡子。”她嘴里反复念叨，一面恶狠狠地盯着那头骨瘦如柴的牲口，“在我那些纯种宝贝的牧场里放了一头骡子，真是对它们的亵渎。骡子是畸形杂种，是不自然的畜生，本来就不该繁殖它们。”

吉姆·塔尔顿留了一口浓密的胡须，彻底变了样，他从监工的小屋走出来欢迎姑娘们，并和她们亲吻问候，他那四个红头发的女儿穿着打了补丁的衣服跟在他身后，鱼贯而出，几乎让十几条黑色、棕色的猎狗绊倒，这些狗听见生人的声音冲到门口，汪汪乱叫。塔尔顿一家人都故意装出一副欢乐的样子，却比苦涩悲痛的含羞草庄园或死亡笼罩的松花庄园更让斯佳丽感到一种透骨的凄凉。

塔尔顿坚持要姑娘们留下来吃晚饭，说这些日子来他们没什么客人，很想知道各种新闻。斯佳丽不想逗留，因为这里的气氛让她感到压抑，但是玫兰妮和她的两个妹妹想多待一会儿，于是她们四个人留下来，很小心地吃着招待她们的肋条肉和干豆子。

大家解嘲地说起如今寒酸的饭菜，塔尔顿家的姑娘们说起缝补衣服的种种方法，像讲最有趣的笑话一样咯咯大笑。玫兰妮附和她们，令斯佳丽惊奇地用轻松欢快的口吻谈起塔拉如何应付困难的种种尝试。斯佳丽几乎什么都没说。塔尔顿家没了四个人高马大的儿子，没有他们懒洋洋倚在沙发上，喷云吐雾，互相揶揄，屋子就显得空空荡荡。她来拜访都觉得屋子里空空荡荡，塔尔顿一家在邻居面前强颜欢笑，心里又是一种什么滋味？

吃饭时，卡丽恩说得很少，但是吃完饭，她悄悄走到塔尔顿太太身边，跟她低语了几句。塔尔顿太太的脸色一下变了，嘴角淡淡的笑容消失了，她伸手搂住卡丽恩的纤纤细腰。她俩离开了屋子，斯佳丽觉得没法儿在屋子里多待一分钟，也跟在她们后面走了出去。她俩穿过菜园，斯佳丽看出她们是朝墓地走去，但是现在她不能就这么回屋里去，要不就显得太没礼貌了。贝特丽丝·塔尔顿努力做出勇敢的样子，卡丽恩却拽着塔尔顿太太去她儿子的坟墓，究竟想怎么样？

砖墙围住的一块地上，在几株肃穆的雪松下，有两块新制的大理石墓碑——上面没有一点儿雨水溅起的红土。

“我们上星期刚买回来。”塔尔顿太太自豪地说，“是塔尔顿先生去梅肯买下，用马车拉回来的。”

墓碑！这两块墓碑一定值不少钱！斯佳丽顿时觉得塔尔顿家不像她最初想的那么可怜。在食物如此珍贵、如此匮乏的时候，竟然有人把宝贵的钱用来买墓碑，他们不值得同情。而且每块墓碑上还都刻着好几行字。字刻得越多，花的钱也越多。这家人一定都疯了！再说，把三个儿子的尸体运回家也得花钱。只有博伊德的尸体没有找到，连点儿线索都没有。

布伦特和斯图尔特的坟之间立着一块墓碑，上面写着：“生前手足情深，死后难弃难舍。”

另一块墓碑上刻着博伊德和汤姆两人的名字，以及一些拉丁文，开头几个词是“Dulce et——”，但是斯佳丽在费耶特维尔女子学校读书时，总是想方设法逃避拉丁语课，所以她根本看不懂。

把那么多钱都花在墓碑上！哦，他们真够傻的！斯佳丽感到非常愤怒，就好像自己的钱给挥霍了一样。

卡丽恩的眼睛却放出异样的光芒。

“我觉得它可爱极了。”她指着第一块墓碑低声道。

卡丽恩当然觉得它可爱，一切感伤的东西都会打动她。

“是啊，”塔尔顿太太温柔地说，“我们觉得这句话非常恰当——他俩几乎是同时死的，斯图尔特先倒下，然后布伦特接过他手中落下的军旗。”

姑娘们回塔拉的路上，有一段时间斯佳丽一言不发，心里想着她拜访过的这几个人家，不由得想起县里辉煌时的景象，豪门世家宾客满堂、财源旺盛，下屋里黑奴人丁兴旺，精心耕作的田里长着茂盛的棉花。

“再过一年，这些田里就会长满松树苗。”她望着四周的树林暗自思忖，不由得打了个寒战，“没有黑奴，我们最多也只是勉强度日。没有黑奴，没人能经营一个大种植园，这么多田地没人耕种，天地会退化成树林。没人能种得了那么多棉花，那时我们可怎么办？乡下人的命运会怎么样？城里人不管怎么样总能活下去，他们总是有办法。但是我们乡下人要倒退一百年，像当年的拓荒者那样，只能住小屋，只有几亩薄田，那可简直没法儿活了。”

“不……”她不屈不挠地在心里暗下决心，“塔拉绝不会变成那样，我就是亲手下地耕作也不能让塔拉变成那样。整个县、整个州如果没人管都可以再变回森林去，可我不会让塔拉荒废掉。我可不打算把钱浪费在墓碑上，也不会浪费时间为战争失败痛哭流涕。我们一定能挺过去。我知道要不是男人都死光，我们肯定能挺过去。失去黑奴并不算最糟的，最糟的是失去了男人，失去了青壮劳力。”

她又想起了塔尔顿家四兄弟、乔·方丹、雷福特·卡尔弗特、芒罗兄弟，还有她在伤亡名单上看到的费耶特维尔和琼斯博罗的小伙子，“要是男人够多，我们就能挺过去，可是……”

她猛地产生了另一个念头——要是再嫁一回怎么样？当然啦，她是不愿改嫁的。嫁一次已经足够了。更何况，她除了阿希礼谁都不想嫁，但是即使阿希礼活着，他也是有妇之夫。可是假使她愿意再嫁，谁会来娶她？这个念头让她担忧不已。

“玫荔，”她说，“南方的姑娘可怎么办呢？”

“你指的是什么？”

“就是我刚才说的，她们可怎么办？没人娶她们了。玫荔，小伙子们都死了，南方有成千上万的姑娘要一辈子做老处女了。”

“而且永远不会有孩子。”玫兰妮补充道，因为对她来说孩子是最重要的。

坐在车后的苏埃伦显然并不觉得这个想法新鲜，突然放声大哭。自从圣诞节以后，她就没有弗兰克·肯尼迪的消息了。她不知道是因为没有通邮，还是因为他玩弄她的感情，然后又把她忘了。要不就是他在战争结束前几天给打死了！后者当然要比把她忘掉的情况好得多，因为像卡丽恩和印第亚·韦尔克斯那样，爱人死于战场是很荣耀的，可被遗弃的未婚妻就没有这种荣耀了。

“哦，看在上帝的分儿上，别哭了！”斯佳丽说。

“哦，你说得容易。”苏埃伦哭诉道，“那是因为你已经结过婚，还有一个孩子，而且人人都知道有人想要过你。但是，看看我吧！你真卑鄙，竟然在我难受的时候，专门冲我说我是老处女，你真是太可恶了。”

“嗨，住嘴！你知道我有多讨厌整天号啕的家伙。你自己心里清楚得很，你那个姜黄色胡子的先生并没有死，他会回来娶你的。

除了看上你，他还能看上谁。不过，要我说，我宁愿做个老处女也不愿嫁给他。”

马车后面安静了一会儿，卡丽恩心不在焉地拍拍苏埃伦，安慰她，心里却想起三年前她和布伦特·塔尔顿在小道上并肩骑马，她的眼中闪烁着兴奋的光芒。

“唉，”玫兰妮悲伤地说，“没有我们那些好小伙，南方会变成什么样子？要是他们还活着，南方又会是什么样？我们可以依靠他们的勇气、他们的活力、他们的头脑。斯佳丽，我们有儿子的，一定要把孩子养大，好让他们取代死去的男人，要像他们一样勇敢。”

“再也不会有他们那样的男人了。”卡丽恩的声音十分柔和，“谁也不能替代他们。”

回家的路上，她们再也没有说话。

不久后的一天，凯瑟琳·卡尔弗特在日落时分骑马来到塔拉。她的马鞍绑在一头骡子上，斯佳丽以前还从来没有见过这么可怜的畜生，两耳耷拉，又瘸又拐，而凯瑟琳的模样也跟她胯下的动物一样萎靡不振。她穿一件褪了色的方格布裙，那种样式以前只有屋里的用人才穿，头上戴的太阳帽则用一根细麻绳系在下巴底下。她骑到前门廊，却没有下马，斯佳丽和玫兰妮正在那里看日落，便走下台阶迎接她。凯瑟琳像斯佳丽那天看见的凯德一样脸色苍白，而且表情僵硬而脆弱，仿佛一说话，脸就会裂成碎片。但是她冲斯佳丽和玫兰妮点头的时候，背却挺得直直的，头也抬得高高的。

斯佳丽突然想起韦尔克斯家开野餐会那天，她和凯瑟琳悄悄谈论瑞特·巴特勒。那天凯瑟琳穿着蓝色薄纱裙子，腰带上插着香气四溢的玫瑰，小巧的黑丝绒舞鞋系在细细的脚腕上。现在僵坐在骡子上的这个人身上哪里还有原来那个少女的影子。

"我就不下来了，谢谢你们。"凯瑟琳说，"我只是来告诉你们一声，我要结婚了。"

"什么？！"

"和谁？"

"凯茜，太好了。"

"什么时候？"

"明天。"凯瑟琳平淡地说，她的语气让斯佳丽和玫兰妮收起了热情的笑容，"我来是告诉你们明天我要结婚，婚礼在琼斯博罗——我不邀请你们参加。"

她们默默地体会这话的意思，抬起头困惑地看着她。后来，玫兰妮又开口问：

"是我们都认识的人吗，亲爱的？"

"是的。"凯瑟琳简略地回答道，"是希尔顿先生。"

"希尔顿先生？"

"是的，是希尔顿先生，我们家的监工。"

斯佳丽惊讶得连"啊"都说不出来，但是凯瑟琳突然低头盯住玫兰妮，低声凶巴巴地说："你要是敢哭，玫荔，我就受不了，我会死的！"

玫兰妮什么也没说，拍了拍她的脚，那只脚踏在马镫子上，穿着难看的自制鞋，她低下了头。

"别拍我！这个我也受不了。"

玫兰妮放下手，但是仍然低着头。

"好了，我得走了，我就是来告诉你们一声。"她脸上又换成一副苍白、脆弱的面具，手里抓起了缰绳。

"凯德好吗？"斯佳丽问，她完全不知所措，随便找句话来打破令人尴尬的沉默。

“他快死了。”凯瑟琳直截了当地回答，她的声音里似乎没有任何感情，“我会尽我所能让他安静舒服地死去，不让他担心他死后没人照顾我。是这样，明天我的继母和她的孩子要去北方，再也不回来了。好了，我得走了。”

玫兰妮抬起头，与凯瑟琳倔强的目光相遇。玫兰妮的睫毛上挂着晶莹的泪水，目光里充满了理解，在玫兰妮的注视下，凯瑟琳扭曲嘴唇挤出一个笑容，像个努力不哭的勇敢孩子。这一切对斯佳丽来说太难以理解，她还在思考凯瑟琳·卡尔弗特要嫁给一个监工是怎么回事。凯瑟琳可是个富有的庄园主的千金哪，以前，县里除了她斯佳丽，就数她的追求者最多。

凯瑟琳弯下腰，玫兰妮踮起脚尖，她们互相亲吻道别。然后凯瑟琳猛地一抖缰绳，那头老骡子拔腿走了。

玫兰妮的目光随着她远去，潸然泪下。斯佳丽也凝视着她的背影，在那里发呆。

“玫荔，她是不是疯了？你知道她是不会爱他的。”

“爱？哦，斯佳丽，你怎么会有这么可怕的念头？哦，可怜的凯瑟琳！可怜的凯德！”

“瞎扯淡！”斯佳丽开始觉得有些恼火。真是令人气愤，玫兰妮好像总比她更善于把握形势。凯瑟琳的这桩婚事对斯佳丽而言与其说是桩灾难，不如说是件怪事。当然啦，嫁给一个穷北佬不是什么令人愉快的想法，但是一个姑娘家毕竟不能孤身一人住在庄园吧，她非得有个丈夫帮她经营。

“玫荔，这不就像我那天说的，姑娘们没人可嫁，可她们总得嫁个什么人吧。”

“哦，她们也不是非嫁人不可！一辈子不结婚也没什么丢人的。看看佩蒂姑妈不就是这样吗？哦，我宁愿凯瑟琳死去！我知道凯德也宁愿她死。卡尔弗特家完了。想想她——他们的孩子会是什么样。哦，斯佳丽，快让波克给马上鞍，你去追上她，让她和我们一起过！”

“上帝啊！”斯佳丽吓坏了，玫兰妮当真要让人住到塔拉来？斯佳丽当然不愿再多喂一张嘴。她开口打算这么说时，看到玫兰妮愁苦沮丧的表情，又把话咽了回去。

“她不会来的，玫荔。”她换了个说法，“你知道她不会来的。她太骄傲了，会觉得这样做是对她的施舍。”

“这倒是真的，倒是真的！”玫兰妮心烦意乱地说，眼睛望着一小团红尘消失在大路的尽头。

“你在我家住了四个月，”斯佳丽看着自己的小姑子，气恼地自忖道，“怎么从来不觉得是受人施舍？我猜我得养你一辈子了。你属于那种没让战争改变的人，做事、思考问题还和什么都没发生过一样，好像我们仍然十分富足，食物多得不知该怎么办，客人再多也无所谓。我想我这辈子是摊上你了。但我可不愿再养活一个凯瑟琳。”

第三十章

和平到来后的那个温暖的夏天，塔拉突然间失去了往昔的宁静。那之后的几个月里，一队队士兵拖着艰难的脚步，吃力地翻过那座红色的山丘来到塔拉，在门前台阶的阴凉处歇息，衣衫褴褛、胡子拉碴、步履蹒跚、饥肠辘辘，盼望得到食物，想要投宿一夜。他们是正在返家的南军士兵。火车将约翰斯顿残部的士兵从北卡罗来纳州运送到亚特兰大，将他们扔在那儿，从此，这些士兵们便开始了徒步跋涉。约翰斯顿的士兵过去后，从弗吉尼亚军队中退下来的老兵们又到了，接着是从西部军队里下来的士兵。他们艰难地向南部跋涉，走上回家的路，可是，他们的家或许已经不复存在，家里的人也许是死的死、散的散了。他们大多数人都是徒步跋涉，只有少数幸运的家伙骑着瘦骨嶙峋的马或骡子，这是投降条款允许他们保留的。然而即使是最没经验的人也能看出来，这些骨瘦如柴的牲口无论如何也撑不到遥远的佛罗里达和佐治亚南部。

回家！回家！这是这些士兵们脑子里的唯一念头。他们中一些显得又沮丧又沉默，另一些则显得兴高采烈，对眼前的困难不屑一顾，一切都结束了，他们正在往家里赶，这是他们唯一的支撑。他们很少有人觉得痛苦，他们将痛苦留给了自己的女人和老人们。他们打仗已经尽了全力，结果被打败了，如今他们很愿意安定下来，在他们反对过的旗帜下安居乐业。

回家！回家！他们再没有什么别的好谈论了，没有什么战争、伤痛、监狱和未来。在以后的日子里，他们会重温这场战争，向他们的儿孙们讲述这中间的奇遇、突击、饥饿、急行军和负伤等，但不是现在。他们中间的一些人缺胳膊少腿或失去了眼睛，如果活到七十岁的话，很多人的伤口会在雨天隐隐作痛，但现在看来，这些都是小事。以后，一切将是另一番情形。

不论老的还是少的，健谈的还是沉默寡言的，富有的种植园主还是面带菜色的穷苦农民，他们都有两样共同的东西：虱子和痢疾。南军士兵显然对自己满身虫子的状况太习以为常了，以致即便是在女士面前也满不在乎地挠来挠去。至于痢疾，女士们都文雅地称呼它为腹泻。它好像一个人都没放过，不管是士兵还是将军。四年来的半饥半饱，四年的定量配给——而且都是粗粮、夹生的或半腐烂的食物，正是这些给他们带来了痢疾。每个在塔拉歇脚的士兵不是刚刚恢复，便是肚子正闹得欢。

“整个南军士兵没有一副好肠子！”黑妈妈这样断言道。她正挥汗如雨地在火上熬着黑莓根汤，这可是埃伦医治这种病的灵丹妙药。

“我们的伙计们不是被北佬打败的，都是他们的肚子作的怪。这些家伙满肚子都是水，还怎么打仗啊。”

黑妈妈一个接一个地给他们服药，根本无暇问一些关于他们肚子状况的愚蠢问题，而且，他们也一个一个扭曲着脸，顺从地喝下她的药，可能他们正想起那遥远的地方另外一张严厉的黑色面孔，以及那双拿着药勺的坚定黑手。

在隔离措施方面黑妈妈做得同样坚决，任何一个长着虱子的士兵都休想进入塔拉的宅子。她把他们赶到一处茂密的灌木丛后面，扒掉他们的军装，扔给他们一盆水和一块浓碱皂，还给了他们一些被子和毛毯来遮挡他们赤裸的身子，他们洗刷自己的时候，她就在那个巨大的洗锅里煮他们的衣物。女孩子们认为这种做法会让那些士兵们丢脸，因此激烈反对，但是毫无用处。黑妈妈回答说，如果女孩子们在自己身上发现了虱子才更丢脸呢。

几乎每天都有士兵们到来，黑妈妈坚持反对让他们进入卧室，她总是生怕漏掉一只虱子。斯佳丽也不在这种事上跟她争，她在客厅里铺上厚厚的毛毯，便成了一个宿舍。黑妈妈同样大声叫喊，因为允许士兵们睡在埃伦小姐的毯子上，这简直是亵渎，但是斯佳丽很坚决。士兵们总得有个地方睡。在投降后的几个月里，厚重柔软的毛毯已经开始有磨损的迹象了，最后，在士兵们的脚跟和靴刺不经意的磨损下，一些地方开始露出了织物的经线。

她们向每一个士兵急切地打听阿希礼的消息，苏埃伦则总是态度傲慢地打听肯尼迪先生的消息。但是谁也没听说过他们两人的消息，而且他们也不愿谈起失踪人员的事情。他们自己活着就足够了，他们不关心也不愿去想那数以千计躺在无名坟墓里永远也回不了家的人。

每次失望后，家里人都努力安慰玫兰妮，让她保持信心。阿希礼肯定没有死在俘虏营中，否则北佬的牧师会写信通知他们的。他准是在回家的路上，不过他的俘虏营离得那么远。天啊，这么远的路，火车都得走好几天，要是阿希礼和这些人一样步行的话……那他为什么不写信呢？哦，亲爱的，你也知道现在的邮政状况，即使是通邮的地方也没个准儿。但是他要是——要是死在路上呢？哦，玫兰妮，那肯定会有某个北佬女人写信通知我们的！……北佬女人！哼！她们！……玫荔，北佬女人里也有一些好心的。哦，是的，一定有好心人！上帝不会让一个国家没有一些好心的女人！斯佳丽，你记得我们那次在萨拉托加遇到的那个好心的北佬女人吗？斯佳丽，快把这事告诉玫荔！

“好心？好心才怪！”斯佳丽接茬儿道，“她问我家里养了多少只猎犬对付逃跑的黑奴！我同意玫荔的看法，我从来没有见过一个好心的北佬，无论是男的还是女的。不过别哭了，玫荔！阿希礼会回家来的。只是路太远，而且可能——可能他连双靴子也没有。”

一想到阿希礼可能光着脚，斯佳丽差点儿哭出来。别的士兵尽可以破衣烂衫，用布袋或地毯片裹住脚蹒跚而行，阿希礼可不能这样。阿希礼回家应该骑着昂首阔步的大马，穿着整齐的军服和闪亮的军靴，帽子上还插着羽毛。想到阿希礼沦落到和这些士兵一样的境地，实在让斯佳丽难以忍受。

六月的一个下午，塔拉的人都聚集在后门廊，热切地看着波克切开这年第一个半生不熟的西瓜，他们听到屋前的碎石路上传来了马蹄声。普莉西不情愿地朝前门走去，其他人则在她身后激烈地讨论，要是来者是个当兵的，他们是该把西瓜藏起来呢，还是留下来晚饭时招待客人。

玫荔和卡丽恩低声说应该给当兵的客人分一份，而苏埃伦和黑妈妈则支持斯佳丽，让波克赶快把西瓜藏起来。

“别傻了，姑娘们！这西瓜我们自己人还不够吃呢，要是外面来的是两三个饿死鬼转的士兵，我们就连尝也别想尝一口了。”斯佳丽说。

波克抱着小西瓜站在那里，不知该听谁的，这时他们听到普莉西的喊声。

“老天爷啊！斯佳丽小姐！玫荔小姐！快来！”

“是谁啊？”斯佳丽一边喊，一边从台阶上跳了起来，穿过厅堂朝外冲去，玫荔紧跟在她的身后，其他人也都跟着往外跑。

“是阿希礼！”斯佳丽心想，“哦，可能……”

“是彼得大叔！佩蒂帕特家的彼得大叔！”

大家都跑到了前门廊，看见佩蒂姑妈那个高个子、灰白头发的老管家正从一匹绑着被子当马鞍、长着一条老鼠尾巴的老马背上往下爬。他那张宽宽的黑脸上总是摆出一副自尊的表情，现在看见了老朋友虽然非常高兴却又不想放弃尊严的神情，结果是他的眉头紧锁，嘴巴却咧开，看上去像只开心的没牙老猎狗。

大家都跑下台阶迎接他，黑人、白人都和他握手，问长问短，不过玫荔的声音比谁都大。

“姑妈是不是生病了？”

“没有，小姐，她还好，感谢上帝。”彼得回答的时候先狠狠瞪了玫荔一眼，然后又瞪了斯佳丽一眼，她俩一下子觉得自己犯了错，可又想不出做错了什么。“她还好，就是在生你们两位小姐的气，不客气地说一句，我也生气！”

“哦，彼得大叔！到底是什么……”

“你们俩别为自己开脱。佩蒂小姐难道没有一封接一封地写信叫你们回去？难道我没有看见她写信，看见她收到你们回信说这个老农场的活儿太多回不去就伤心落泪？”

“可是，彼得大叔……”

“你们怎么能撇下佩蒂小姐一个人担惊受怕呢？你们和我一样知道得很清楚，佩蒂小姐从来没有一个人住过，她从梅肯回来后总是两腿发抖。她要我给你们捎话，说她怎么也弄不明白你们怎么能在她最困难的时候扔下她一个人不管。”

“哦，你住嘴吧！”黑妈妈老实不客气地说，因为她听到有人把塔拉称作“老农场”心里就不舒服。城里长大的黑人就是无知，连农场和种植园的区别都不懂。“难道我们就不是处于困难的时候？

难道我们不比你们更需要斯佳丽小姐和玫荔小姐？要是佩蒂小姐要人帮助，她干吗不找她的哥哥去？”

彼得大叔恶狠狠地瞪了黑妈妈一眼。

“我们已经好多年不和亨利先生来往了，而且我们现在都老了，没必要重新开始。”说完，他又转过身冲着斯佳丽和玫兰妮，她俩正努力忍着，免得笑出来。“你们两位年轻的小姐把佩蒂小姐孤身一人扔下不管，应该感到羞愧才对，如今她一半朋友都死了，另一半朋友在梅肯，而且亚特兰大到处都是北佬士兵和自由黑鬼。”

斯佳丽和玫兰妮尽量神情严肃地接受这番责骂，但是想到佩蒂姑妈竟然打发彼得来斥责她们，还要把她俩亲自带回亚特兰大，她们实在忍不住了，终于放声大笑起来，笑得两人不得不互相扶住肩膀才不至于摔倒。波克、迪尔西和黑妈妈听出大家根本没把这个胆敢诽谤他们心爱的塔拉的家伙当回事，当然也不加掩饰得狂笑起来。苏埃伦和卡丽恩也咯咯地笑着，就连杰拉尔德的脸上都出现一丝模糊的笑意。除了彼得大叔，其他人都笑了，彼得愈发生气了，一双八字脚左挪右换。

“你怎么了，黑鬼？”黑妈妈讥笑地问道，“你是不是太老了，老得保护不了你的女主人了？”

彼得忍不下去了。

“太老了！我太老了？才没有呢，女士！我能和以前一样保护好佩蒂小姐。难道不是我保护着她逃到梅肯的？北佬打到梅肯时，她害怕得动不动就晕倒，难道不是我保护她的？难道不是我搞到马把她带回亚特兰大，一路上保护着她，还有她爸爸留下的那些银餐具？”彼得为自己辩护时挺直了腰板，“我不是在说保护不保护的事儿，我说的是会怎么看。”

“怎么看？谁怎么看？”

“我说的是别人看见佩蒂小姐一个人住会怎么看。没出嫁的小姐一个人住，人们会说闲话的。”彼得继续道，听他说话的人于是都明白，在他心目中佩蒂帕特还是那个年方二八、圆润丰满、惹人喜爱的小姐，需要人保护她的名誉不受流言蜚语的攻击。“我不希望有人对她说三道四。不行，女士们……我不希望她为了能有个伴儿，就随便让人住进来。我已经跟她这么说了。我说：‘只要你有亲人在，就绝对不行。’可现在她的亲人却不管她。佩蒂小姐还是个孩子……”

听到这里，斯佳丽和玫荔扑哧一声大笑起来，比刚才笑得更响了，两人不得不坐到了台阶上。最后，玫荔擦掉笑出来的眼泪。

“可怜的彼得大叔！我笑成这样真对不起。我是真心这么说的。好啦，请原谅我！斯佳丽小姐和我现在真的回不去，我说不定会等九月份摘完棉花后回去。姑妈难道让你跑这么远的路，为的就是让我们俩骑这头瘦成皮包骨的牲口回去？”

听到玫兰妮的问话，彼得的下巴一下子耷拉下来，他那张满是皱纹的黑脸上显出内疚和惊慌失措的神情，噘出来的下嘴唇也立刻收了回去，快得像只乌龟把头缩进壳一样。

“玫荔小姐，我真是老了，我刚才把她让我来干什么都给忘了个干干净净。佩蒂小姐对寄信不放心，而且除了我对谁都不放心……”

“信？给我的？谁写的？”

“哦，小姐，是这样——佩蒂小姐对我说：‘彼得，你一定要小心告诉玫荔小姐。’所以我现在就告诉……”

玫荔一只手按住心口，从台阶上站了起来。

“是阿希礼！阿希礼！他死了！”

“不是的，小姐！不是的！”彼得连忙叫道，急得声调都变成了尖叫，同时伸手在破烂的大衣内的口袋里摸索，“他还活着！这里有他一封信，他就要回家了。他——老天啊！赶快扶住她，黑妈妈！让我……”

“你别碰她，你这个老傻瓜！”黑妈妈吼道，一面使劲扶住玫兰妮瘫下去的身体，不让她摔倒在地，“你这个虚情假意的黑猩猩！还小心跟她说呢！波克，你去抬她的脚。卡丽恩小姐，你来扶住她的头，我们把她抬到客厅的沙发上去。”

除了斯佳丽，每个人都涌到晕倒的玫兰妮跟前，要么大呼小叫，要么跑进屋里取水拿枕头，乱作一团，只有斯佳丽和彼得大叔两人留在步道上。斯佳丽站在那里，仿佛脚跟生了根，身体保持她听到彼得那番话后跳起来的姿势，动弹不得，两眼看着老头儿站在那里，无力地挥舞着一封信。彼得大叔那张苍老黝黑的面孔现在活像一个被妈妈责骂的孩子，脸上的尊严荡然无存。

一时间，斯佳丽站在那里既说不出话又挪不了步，但是她的心里在呐喊：“他没有死！他就要回家来了！”但是这个消息既没让她觉得高兴，也没让她觉得兴奋，只是感到一种震惊和麻木。彼得大叔的声音仿佛从很遥远的地方传来，声音带点儿忧郁，又令人安慰。

“我们那个在梅肯的亲戚威利·伯尔先生把这封信交给了佩蒂小姐。威利先生和阿希礼先生关在同一所俘虏营。威利先生弄到一匹马，所以很快就回来了。但是阿希礼先生是步行，所以……”

斯佳丽一把从他手中把信夺过来。信上佩蒂小姐的笔迹是写给玫荔的，但是斯佳丽没有因此迟疑片刻，就撕开了信，佩蒂小姐附在里面的便条掉在了地上。信封里有一张折着的纸，因为曾经被放在脏口袋里带来带去，所以纸脏兮兮、皱巴巴的，而且边也给磨破了。上面是阿希礼的笔迹：佐治亚州亚特兰大或琼斯博罗十二橡树庄园阿希礼·韦尔克斯夫人收（烦请萨拉·简·汉密尔顿小姐转交）。

斯佳丽手哆哆嗦嗦地展开信，读道：

“我的爱人，我就要回到你身边了——”

眼泪顺着她的面颊淌了下来，于是她读不下去了，她的心膨胀起来，直到自己都感到无法承受这样的喜悦。她紧紧地抓住信，跑上门廊的台阶，从客厅穿过厅堂，只见塔拉的所有居民都在不省人事的玫兰妮周围。斯佳丽径直走进埃伦的账房，关上门，又上了锁，自己倒在那个弹簧塌陷的老沙发上，又哭又笑，同时不断地亲吻着那封信。

“我的爱人，”她低声喃喃道，“我就要回到你身边了。”

常识告诉他们，除非阿希礼长出翅膀，否则他从伊利诺伊走到佐治亚得花几个星期甚至几个月的时间，但是即使如此，每当有士兵走上通往塔拉的大路，大家的心就会一阵狂跳。每一个胡子拉碴、衣衫褴褛的人都可能是阿希礼。即使来的当兵的不是阿希礼，他也可能有阿希礼的消息或有佩蒂姑妈捎来关于他的信。所以，每次一听到脚步声，家里不管是白人还是黑人都会冲到前门廊。只要看到穿军装的身影就足以让所有人从柴火堆、老牧场、棉花地飞奔过来。收到那封信后的一个月，一切工作都基本上停了下来。大家都不想阿希礼回来的时候自己不在家，斯佳丽尤其如此。自己都无法安心工作，她也无法要求别人尽职尽力。

但是，日子一个星期一个星期地过去了，阿希礼既没有回来，也没任何信，塔拉又回到往日的生活轨道上。思念再重的心也无法承受这么多的思念之苦。斯佳丽的心中隐约产生一丝不安，不知道他在路上会不会遇上什么危险。罗克艾兰岛离得那么远，他从俘虏营放出来，说不定又弱又病。而且他身无分文，还得穿过一片痛恨邦联的地区。她要是知道他在哪里就好了，那样她就可以给他寄钱过去，哪怕把她全部的钱都寄给他，让全家人挨饿，只要他能坐火车快点儿回家。

“我的爱人，我就要回到你身边了。”

当这些字第一次进入她的眼帘时，它们的意思只是阿希礼就要回到她斯佳丽的身边了。现在，随着头脑变得理智后，她明白他是要回到玫兰妮的身边，回到这些日子无论走到哪儿都兴高采烈地唱个不停的玫兰妮身边。有时，斯佳丽会苦恼地想玫兰妮干吗没在亚特兰大生孩子的时候死了呢，那样一切就都称心如意了。过一段适当的时间后，她就可以嫁给阿希礼，成为小博的好继母。每当有了这样的想法，她并不急着向上帝祈求宽恕，说自己实际上并无此意。她已经不再惧怕上帝了。

来塔拉的士兵有时是一个人，有时是成双结对，有时一来便是十几个，而且总是饥肠辘辘。斯佳丽绝望地想，就是一群蝗虫也没这群人可怕。她再次诅咒好客的传统，这个传统盛行于那个生活富足的时代，对所有路过的人，无论贫贱都必须留宿一晚，并且向来者及其马匹提供食物，极尽地主之谊。斯佳丽明白那个时代已经永远逝去了，但是家里的其他人不明白这一点，那些当兵的也不明白，于是所有的士兵都被当作期盼已久的客人而盛情款待。

来塔拉的士兵源源不断，斯佳丽的心变得越来越硬。这些人吃掉了塔拉本不宽裕的口粮，吃掉了她累得腰酸背痛种出的一垄垄蔬菜，吃掉了她赶车跑了老远买回来的食物。食物是费了老大劲儿才买到的，那个北佬钱包里的钱也是会用完的，现在里面只剩下不多的几张钞票和两枚金币。凭什么她得喂养这群如狼似虎的饿汉？战争已经结束了，他们不再保护她免于危险，于是她命令波克，屋子里有当兵的，就尽量少往桌子上摆吃的。这道命令一直在执行着，后来她发现，玫兰妮自从生了小博后一直很虚弱，可她让波克把她盘子里那点儿少得可怜的食物也分给了士兵。

“你可不能再这样了，玫兰妮。”斯佳丽责备道，“你自己身体那么差，要是再不吃东西，非得病倒在床上不可，我们还得伺候你。让那些人挨饿去吧，他们能受得了。他们已经忍受了四年啦，再多忍受一会儿对他们也没什么。”

玫兰妮朝斯佳丽转过身，脸上带着一种不加任何掩饰的表情，斯佳丽还是头一回见她宁静安详的眼中露出这样的表情。

“哦，斯佳丽，别责怪我！让我这么做吧。你不知道这样做让我好过得多。每次我把自己的食物分给一个可怜的人，我就会想可能在这条路的北头，有一个女人也正在把她的食物分给我的阿希礼，这样他就能回到我身边了！”

“我的阿希礼。”

“我的爱人，我就要回到你身边了。”

斯佳丽无言地转过身去。从那以后，玫兰妮发现有客人的时候，桌上的食物就会多一些，尽管斯佳丽其实连一口饭也舍不得给他们。

有时候，士兵病得太厉害，没法儿继续赶路——这种情况还不少，斯佳丽只好一点儿不客气就让他们留宿在塔拉。每个生病的人都意味着又多了一张要吃饭的嘴，还得有人照顾他，这又意味着少了一个人修围栏、锄地、除草、犁耕。一次，一个骑马去费耶特维尔的士兵把一个脸上刚长出金色绒毛的少年放在了塔拉的前门廊。他发现这个少年不省人事地倒在路边，便把他驮在马鞍上，带到离得最近的塔拉。姑娘们认为这个少年一定就是当谢尔曼的军队逼近米勒奇维尔时，那些从军校里征集的娃娃兵中的一个，但是她们始终也没弄清楚他的身份，因为他就那么不省人事地死了，从他身上的口袋里也没找出什么线索。

那是一个相貌英俊的少年，显然出身豪门，而且在南边的某个地方，有个女人正在翘首期盼，渴望知道他在哪里，什么时候能回到家中，就像斯佳丽和玫兰妮现在这样，心里怀着希望，盯着走上屋前小路所有长着大胡子的身影。她们把这个学生兵埋在了塔拉的墓地，紧挨着奥哈拉家的三个男孩儿，波克往坟坑里填土的时候，玫兰妮失声痛哭，她的心里暗自思忖，不知是不是有一些素不相识的人也正在这样对待阿希礼高大的身体。

威尔·本蒂恩和那个无名的少年一样，也是不省人事地由一个伙伴驮在马鞍上带来的。威尔得的是肺炎，姑娘们把他抬到床上时，担心他不久也会与墓地的那个少年为伴。

他长着一张佐治亚州南部穷白人的脸，像得了疟疾那样脸色焦黄，淡红色的头发，淡蓝色的眼睛即使神志不清仍然平静而和善。他的一条腿从膝盖被截去，套着一根粗制滥造的木腿。他一看就是个穷白人，就像她们不久前埋的那个男孩儿一看就是个庄园主的儿子一样。至于姑娘们是怎么看出来的，她们也说不清。威尔一点儿也不比到塔拉的许多上等人更脏、毛发更重，身上的虱子也不比他们更多。在他昏迷不醒时说的话里，语法错误也一点儿不比塔尔顿兄弟俩多。但是她们出于本能就知道他不属于她们那个阶级，就像她们一下子就能分得清良种马和劣等马一样。不过，知道他的身份并没有让她们不尽力挽救他的生命。

他在北佬的俘虏营里关了一年已是身心交瘁，然后又戴着这条粗制滥造的木腿长途跋涉，他实在没有力气再与肺炎抗争，一连好几天，他躺在床上呻吟，挣扎着要爬起来，实际上是在一次次重温打过的那些战斗。他一次也没有呼喊过母亲、妻子、姐妹或爱人的名字，这让卡丽恩很是不安。

“每个人都应该有自己的亲人啊。”她说，“可他好像在这个世界上一个亲人也没有。”

尽管他长得瘦高，身体倒还结实，加上精心照料，他竟然挺了过来。终于有一天，他那双淡蓝色的眼睛能够完全看清楚周围的一切，他的目光落在了坐在他身边的卡丽恩身上，卡丽恩正在诵读《玫瑰经》，她金黄色的头发在早晨的阳光照耀下闪闪发亮。

“你不是在我梦中吧？”他用一种没有顿挫、没有起伏的语调说，“我希望没给你添太多麻烦，小姐。”

他用了很长时间才康复过来，他安静地躺在那里，看着窗外的木兰花，尽量不麻烦任何人。卡丽恩喜欢他，因为他总是那么心平气和，而且安静得让人觉得和他在一起很自在。漫漫炎热的夏日，她经常坐在他身边给他扇扇子，一句话也不说。

这些日子，卡丽恩的话一直很少，她纤弱的身体像个幽灵一样在屋里走动，做些自己力所能及的事。她经常祈祷，每次斯佳丽不敲门走进她屋里，总会看见她双膝着地跪在床前。看到这幅情景，斯佳丽总是很生气，因为她觉得需要祈祷的那个时代已经过去了。如果上帝认为应该惩罚他们，再祈祷也没有用。斯佳丽总是和宗教谈条件，她向上帝保证要行为规矩，为了换取上帝的垂青。按照斯佳丽的想法，上帝三番五次地不履行他们谈好的条件，那么她也就不欠上帝什么。每当斯佳丽发现卡丽恩在该午睡或该缝补衣服的时候跪在那里祷告，她就会觉得卡丽恩是在逃避自己应尽的责任。

一天下午，威尔能够坐在椅子上，斯佳丽告诉他自己的想法，却因威尔一番没有起伏的话吃了一惊。

“随她去吧，斯佳丽小姐，这样她会好过一些。”

“她好过一些？”

“是的，她是在为你们的母亲和他祈祷。”

“‘他’指的是谁？”

威尔那双像是褪了色的蓝眼睛从沙黄色的睫毛后看着她，一点儿没有露出惊奇的神色。什么都不会让他吃惊或激动，或许是他经历的意想不到的事情太多，所以对什么都不会感到吃惊了。斯佳丽不明白自己妹妹心里想的是什么，他一点儿都不奇怪。他觉得这很正常，就像卡丽恩喜欢和他这样一个陌生人交谈一样，都很正常。

“是她的男朋友，那个叫布伦特的男孩儿，在葛底斯堡给打死的。”

“她的男朋友？”斯佳丽唐突地说，“她的男朋友，真是的！他，还有他的哥哥以前都是我的男朋友。”

“不错，她告诉过我，好像这县里大多数小伙子都是你的男朋友。不过，尽管这样，你拒绝了他之后，他就成了她的男朋友，因为他最后一次休假回来的时候他们订了婚。她说那是她唯一爱过的小伙子，为他祈祷，她心里会好受一些。”

“嗨，瞎扯！”斯佳丽说，觉得一支小小的嫉妒之箭扎进心里。

她好奇地打量着这个男人，他个子瘦高，肩膀瘦骨嶙峋，头发呈淡红色，目光安详坚定。她家的一些事情，她自己都懒得弄清楚，可他却知道。原来卡丽恩是因为整天祷告才显得痴痴呆呆的。没关系，她会没事的。好多姑娘死了心上人，还有死了丈夫的，不都挺过来了吗？查尔斯死了，她自己不也没事吗？而且她还听说亚特兰大有个姑娘因为战争当了三回寡妇，还继续对男人感兴趣。她把这话对威尔说了，威尔却摇摇头。

“卡丽恩小姐不是那样的人。”他斩钉截铁地说。

和威尔交谈令人愉快，因为他说得不多，却非常理解对方。斯佳丽和他说起诸如除草、锄地、播种、喂猪、养牛的问题，他总能提出些好主意，因为他曾经在佐治亚南部有一个小农场和两名黑奴。

他知道自己的黑奴现在已经被解放了，农场也早已变得杂草丛生、松苗遍地。他唯一的亲戚是一个妹妹，也在几年前，跟随丈夫搬到了得克萨斯州，如今他在这个世界上已是孑然一身。但是，最使他难过的是他在弗吉尼亚失掉一条腿。

是的，和威尔说话对斯佳丽是种慰藉，这些日子她听到的都是黑人的嘟囔、苏埃伦的唠叨哭喊，还有杰拉尔德不时询问埃伦在哪儿。她可以向威尔尽情倾诉，她甚至连如何杀死那个北佬的事儿都告诉了他，而且听到他简单评论说："干得好！"她自豪得容光焕发。

最后全家人都跑到威尔的屋里诉说他们的麻烦，连黑妈妈也不例外，虽然她起初总是与他保持一段距离，因为觉得他地位不够高，家里只有两名奴隶。

后来威尔能在屋里一瘸一拐地走路了，他便帮着用橡树皮编篮子，修理被北佬弄坏的家具。他精通削刻木块，韦德时常跟在他身边，因为他会给他削木头做玩具，这个小孩儿从来没有过其他玩具。有威尔在屋里，大家外出干活儿时，把韦德和两个小宝宝留在家就都放心了，因为他能够像黑妈妈那样精心照顾他们，只有玫荔比他更会哄哭闹的一黑一白两个婴儿。

"你们大家对我太好了，斯佳丽小姐。"他说，"我和你们素不相识，也不沾亲带故。我给大家带来一大堆麻烦，还让大家替我担忧，要是你们愿意，我想留在这里帮你们干点儿活儿，报答你们对我的恩情。我知道你们对我的恩情，我是永远都报答不完，因为救命之恩是无论如何都报答不完的。"

于是他留了下来。慢慢地，塔拉的一大部分担子不知不觉从斯佳丽的肩头换到了威尔·本蒂恩那瘦骨嶙峋的肩上。

九月到了，到了摘棉花的日子。在早秋午后温暖的阳光下，威尔·本蒂恩坐在屋前台阶上斯佳丽的脚边，用他那没有起伏的声音慢悠悠地说着费耶特维尔附近的新轧棉机轧棉花索取高价的事情。不过他那天在费耶特维尔听说，要是把马和车借给轧棉机主用两个星期就可以少付四分之一的价钱。他要先和斯佳丽商量后，再跟人达成这笔交易。

斯佳丽看着这个靠在门廊柱子上，嘴里嚼着根草秆的瘦高个儿。就像黑妈妈经常断言的那样，威尔一定是上帝派来的，斯佳丽经常想，要是没有他，塔拉该怎么熬过最艰难的那几个月啊。他从来不多说，总是一副无精打采的样子，看上去似乎对周围发生的一切都不感兴趣，但是他对塔拉每个人的每件事都了如指掌。他还不停地干活儿，而且默默无闻地干，既耐心又出色。虽然只有一条腿，他却能比波克干得更快，还能调动波克的工作热情，这一点快让斯佳丽将他视为神人了。有一次，母牛得了绞痛，马也得了一种奇怪的病，好像要不久人世，威尔守着它们几宿未睡，竟把它们救活了。他还是个精明的商人，能在早晨带着一两蒲式耳的苹果、红薯和其他蔬菜赶车出去，然后满载着种子、布料、面粉和其他必需品回来，尽管斯佳丽自己也算得上是一个不错的商人，但她知道自己无论如何也换不到这么多东西。

威尔不知不觉地成了家庭的一员，他睡在杰拉尔德隔壁那间小更衣室的帆布床上。他从不提要离开塔拉的事，斯佳丽也小心避免问他，担心他会离去。有时，斯佳丽会想，要是换了别人，只要有些魄力，即使家不复存在，他也会回去。不过，即使有这样的想法，斯佳丽还是热切地祈祷他能永远留下来。屋里有个男人多么方便啊。

她还想，只要卡丽恩有老鼠那么多的头脑，就该看得出威尔对她有意。如果威尔向斯佳丽提出想娶卡丽恩的话，斯佳丽一定会一辈子感激他。当然啦，要是在战前，威尔是绝对没有资格做候选人的。虽然他不是个穷白佬，但他毕竟不属于庄园主这个阶级。他只不过是个普通白人，一个小农民，没受过多少教育，不知文理，不懂奥哈拉家所习惯的绅士礼节。实际上，斯佳丽曾经问自己他是否能被称为绅士，答案是不能。玫兰妮激烈地为他辩护，说任何人要是像威尔一样宽厚仁慈，处处替他人着想，肯定是上等人家出身。斯佳丽知道，埃伦要是得知自己的一个女儿嫁给这样一个人，肯定会晕过去，但是如今斯佳丽由于生活所迫，早已经背离了埃伦的教诲，所以心里并不因此不安。男人稀少，姑娘们总得嫁人，塔拉必须有个男人撑家。可是卡丽恩越来越深陷在她的祈祷书中，与现实世界的接触一天比一天少，对待威尔就像对待一位兄长那样悉心，就像对波克一样亲切。

“要是卡丽恩对我为她所做的一切有一点儿感激的话，就该嫁给他，别让他离开这里。”斯佳丽愤愤不平地想，“可是，她却偏偏把时间浪费在怀念一个或许从来没有认真想过她的傻小子身上。”

威尔就这样留在了塔拉，至于是为了什么，斯佳丽也不清楚，不过她倒是觉得他为人有条不紊、坦率真诚、令人愉快，而且对自己也有帮助。威尔对痴呆恍惚的杰拉尔德毕恭毕敬，不过他把斯佳丽当作真正的一家之主。

斯佳丽同意把马租出去的计划，尽管这样会使一家人暂时没了任何交通工具。苏埃伦肯定特别不喜欢这个主意，因为她最大的乐趣就是趁威尔赶车出去办事的时候，跟他一起去琼斯博罗或费耶特维尔。她把家里最好的行头穿戴上，拜访老朋友，打听县里各种流言蜚语，觉得自己又成了塔拉的奥哈拉小姐。苏埃伦只要有机会就离开庄园，在外人面前摆摆小姐的谱，因为他们不知道她在菜园子里除草、在家睡觉还得自己铺床。

“那位摆谱小姐会有两个星期不能出去闲逛了。”斯佳丽想，“我们不得不忍受她的唠叨和哀号。”

玫兰妮怀里抱着孩子也凑到门廊上，跟他们聚在一起，她把一条旧地毯铺在地上，放下小博让他在上面爬。自从收到阿希礼那封信后，玫兰妮不是容光焕发、兴高采烈地哼着小曲，就是惴惴不安地等待。不过，不管高兴还是忧虑，她总是脸色苍白、身体瘦弱。她毫无怨言地干着自己分内的活，可她老是病病歪歪的。老方丹大夫对她的诊断是妇女病，同意米德大夫的说法，说她当时本不应该要小博。老方丹大夫还老实不客气地说，她要是再生个孩子，一定会送命的。

“今天我在费耶特维尔发现一件非常有趣的事。”威尔说，“我想你们女士会感兴趣，所以就把它带回来了。”他从后面的裤兜里摸索了一阵，拿出一个钱包，是卡丽恩把布粘在树皮上做成的，从里面掏出一张邦联的钞票。

“威尔，你可能认为邦联钞票有趣，我可一点儿都不觉得有趣。”斯佳丽毫不客气地说，她一看见邦联钞票就气得要命，“现在爸爸的箱子里还有三千元这种东西，黑妈妈追着我要，让我给她去糊阁楼墙上的缝儿，这样风就不会吹着她了。我决定给她，至少还算有点儿用处。”

“‘天威赫赫的恺撒，死后化为尘土[1]，’”玫兰妮苦笑着念道，“可别那样，斯佳丽。把它们留给韦德吧，有朝一日他会为它们自豪的。”

“我对什么天威赫赫的恺撒是一窍不通。”威尔宽容耐心地说，

---

[1] “天威赫赫的恺撒，死后化为尘土”：引文选自莎士比亚悲剧《哈姆雷特》中第五幕第一场。——译注

“不过我发现的东西正好和你说要留下给韦德的意思一样，玫荔小姐。它是一首诗，粘在一张钞票背后。我知道斯佳丽小姐对诗歌没有多少兴趣，不过我想她说不定会对这首诗感兴趣的。”

他把那张钞票翻过来，钞票背后粘着一张粗糙的牛皮包装纸，上面用淡淡的自制墨水写着几行字。威尔清了清嗓子，然后缓慢而又费力地开始读。

“题目是《邦联钞票背后的诗句》。”他说。

在这片上帝护佑的土地上，
它的价值已经无异于零。
这是不复存在的国家的象征，
亲爱的朋友，留下给后人看个究竟。

留给那些愿意聆听的人，
向他们讲述这不名一文的废纸典故，
它包含着多少爱国者自由的梦想，
还有那摇曳在暴风雨中国家的倾覆。

“哦，真是太美了！太动人了！”玫兰妮喊了出来，“斯佳丽，你可不能把那些钞票给黑妈妈去糊阁楼。它不仅仅是张纸，就像诗里说的，是一个‘不复存在的国家的象征’！”

“哦，玫荔，别那么感情用事！纸就是纸，我们如今正缺纸，我可不想老听黑妈妈抱怨阁楼上的裂缝。我希望等韦德长大后，我有好多绿票子给他，而不是这些毫无用处的邦联破纸。”

她俩争论的时候，威尔一直用那张钞票逗小博爬，听到这里，他抬起头，用手挡住阳光，朝车道远处望去。

“又有人来了。”他说，在太阳下眯着眼睛，“又是一个当兵的。”

斯佳丽顺着他凝视的方向望去，看到一个熟悉的景象，一个胡子拉碴的人正慢慢沿着雪松遮阴的大道走来，身上穿着胡乱凑在一起的蓝灰两色军服，疲惫的脑袋耷拉着，拖沓的双脚缓缓挪动过来。

“我以为我们已经接待完士兵了，”斯佳丽说，“希望这一个不要饿得太厉害。”

“恐怕他是饿得厉害。”威尔简单地说了一句。

玫兰妮站起身。

“我去让迪尔西多准备一个盘子。”她说，“还得告诉黑妈妈给这个可怜的人脱衣服时别太使劲……”

她猛地停了下来，斯佳丽不禁转过头瞧她。玫兰妮瘦瘦的小手按在喉咙上，好像痛苦难忍一般抓着不放，斯佳丽看见她苍白的皮肤下血管突突直跳。玫兰妮的脸色变得更加苍白，棕色的眼睛瞪得老大。

“她要晕倒了。”斯佳丽心想，站起来，抓住玫兰妮的胳膊。

但是，玫兰妮甩开她的手，一下子就跑下了台阶。她沿着碎石路飞奔而去，轻快得像只小鸟，褪了色的裙子在身后飞舞，两只胳膊伸向前方。于是斯佳丽明白是怎么回事了，像是挨了当头一棒。她一阵眩晕靠在了门廊的柱子上，这时那个人正好抬起那张长着脏兮兮金色胡子的脸，望着塔拉停住脚步，好像已经累得一步都走不动了。斯佳丽的心怦怦乱跳，接着又静了下来，后来当玫荔语无伦次地叫喊着扑入那个肮脏士兵的怀抱，他朝她的脸俯下头，斯佳丽的心又开始怦怦狂跳了。斯佳丽欣喜若狂，迈步朝前跑了两步，不料却被威尔伸手紧紧抓住了裙裾。

“别去打扰他们。”他轻轻地说。

“放开我，你这个傻瓜！放开我！那是阿希礼！”

威尔仍然紧紧抓住不放。

“无论如何，那是她的丈夫，对不对？”威尔平静地问道，斯佳丽又是高兴，又是着急无奈，低头看着威尔，在他那双平静的眼睛深处，斯佳丽看到了理解和同情。

GONE WITH THE WIND

飘

[美] 玛格丽特 · 米切尔　著
贾文浩　贾文渊　贾令仪　译

(下册)

陕西师范大学出版总社

第四部

第三十一章

一八六六年一月份一个寒冷的下午，斯佳丽坐在账房里给佩蒂姑妈写信，这是她第十次写信详细向她做出解释了，她再次解释为什么自己、玫兰妮和阿希礼不能回亚特兰大陪她同住。她写信的时候觉得很不耐烦，因为她心里清楚，佩蒂姑妈一看了信的开头就会把信抛在一边，立刻给她回信，用哀怨的口吻说："可我独自一人住在这儿害怕！"

她的双手冰凉，停下笔搓搓手，还把两只脚往裹住腿脚保温的破棉被里伸了伸。她那双舞鞋的后跟已经磨穿了，用一点儿破地毯块补在上面。破地毯总算没让她赤脚挨着地板，却不能为她的脚保温。这天早上，威尔牵着马去琼斯博罗钉马掌了。斯佳丽心里怪别扭的，马倒有鞋穿，人却像狗似的光着脚，真是太不像话啦。

她抓起羽毛笔继续写信，这时听见威尔从后面进来，她又搁了笔。她听见他那条木制假腿在账房外面笃笃响，停在了账房门外。她等他进来，可他没动静了，她便叫了他一声。他进了屋，耳朵冻得通红，一头发红的头发乱蓬蓬的，低着脑袋看她，嘴角露出一丝淡淡的幽默。

"斯佳丽小姐，"他问道，"你到底有多少现钱？"

"威尔，该不是你看中我的钱，要娶我吧？"她有点儿不高兴地说。

“不是的，小姐，我只是想知道一下。”

她感到莫名其妙，两眼瞪着他。威尔的样子不像一本正经的，可他从来就没显出过严肃的样子。她觉得准是有麻烦了。

“我有十美元的金币。”她说，“那个北佬的钱就剩这么点儿了。”

“噢，小姐，这钱不够。”

“不够做什么？”

“不够纳税。”他说完一瘸一拐走到壁炉旁，弯下身子，一双冻红的手伸出来，对着火苗烤火。

“纳税？”她重复着他的话，“天哪，威尔！我们已经缴过税了。”

“没错，小姐。可他们说，你没缴够，我是今天在琼斯博罗听说的。”

“威尔，我不明白。你说的到底是怎么回事？”

“斯佳丽小姐，我真不愿再给你添烦心事，你的麻烦实在够多了，可我不能不把这事告诉你。他们说，你得补缴税款，数目比你已经缴过的大得多。我敢肯定，他们给塔拉庄园估定的税额高得要命，比县里其他庄园的都高。”

“可他们不能让我们重复纳税啊，我们已经缴过了。”

“斯佳丽小姐，你现在难得去一趟琼斯博罗，我看不去也好，那地方如今不是个太太、小姐能去的地方了。不过，要是你常去的话，就知道最近来了一帮无赖、一群共和党人和投机商，他们控制了那个地方，那帮人能把你气得暴跳如雷。还有，黑鬼们在街上横冲直撞，白人都得躲他们三分，而且……”

“可这些跟我们纳税有什么关系呢？”

“我正要说到这事呢，斯佳丽小姐。也不知道为什么，那帮恶棍把塔拉庄园的税赋定得特别高，好像这地方每年能出产一千包棉花似的。我听了这消息后，就溜进酒吧，听几个人闲聊说，有人看

中了塔拉这块地方，要是你缴不出这笔额外的税金，有人想等到县当局拍卖这地方时，捡个便宜。大家都知道，你根本付不出那么高的税金。我还没打听出是谁想买这地方，不过我看娶了凯瑟琳的那个呆小子准知道，因为我向他打听的时候，他朝我笑了笑，一副不怀好意的模样。”

威尔在沙发上坐下，揉了揉那截儿断腿。他的断腿每逢冷天就疼，再说木头假肢做得不合适，戴着不舒服。斯佳丽瞪大了眼睛盯着他，他这话等于是给塔拉敲响了丧钟，可他的语气却那么随便。县当局拍卖塔拉庄园？大家到时候上哪儿去呢？塔拉庄园落进别人手里！绝对不行，简直是不能想象的！

她近来埋头经营，要让塔拉庄园多出产品，对外面发生的事很少关心。要是在琼斯博罗和费耶特维尔有什么事与她有关，都由威尔和阿希礼照料，所以她难得离开庄园。每天晚饭后，她父亲大谈战前的战争话题，威尔和阿希礼讨论战后重建，她全没听进去。

当然啦，她听说过那帮无赖，那帮家伙都是南方人，后来参加了共和党，为的是投机牟利，她也听说过那帮投机商，那是一群秃鹰般的北佬，趁南方战败了一股脑儿扑过来，他们的全部家当都装在一只旅行提包里。她跟那个奴隶解放事务局还有过几次不愉快的交往。有传闻说，获得自由的黑奴态度十分傲慢，可她怎么也无法相信，因为她一辈子还从没见过傲慢无礼的黑人呢。

不过，有许多事威尔和阿希礼都瞒着她。战争的灾难过去后，接踵而来的是重建带来的灾祸，而且更加深重。两个男人讨论家乡形势的时候，都心照不宣地避免说出让人惊慌的具体事情。就算斯佳丽愿意费心听他们谈话，也多半是左耳朵进，右耳朵出。

她听阿希礼说过，北佬把南方当作被征服的外省对待，征服者的主要政策是报复性的。可这种说法在斯佳丽听来没有丝毫意义，

政策不过是男人的事。她还听威尔说过，他认为北方的目的是让南方永远翻不了身。斯佳丽自忖，嗨，男人永远有愚蠢的念头，搞得自己不得安宁。在她看来，北佬的鞭子一次也没抽住她，这次他们也不能把她怎么样。现在只有拼命干活儿，别替北佬政府瞎操心，毕竟战争已经打完了。

斯佳丽没有意识到世道已经变了，规规矩矩干活儿不再能得到正当报酬。如今佐治亚实际上处在戒严令管制下，北佬驻兵到处都是，奴隶解放事务局控制着一切，正在制定符合自己利益的法律。

奴隶解放事务局是由联邦政府组建的，专门照料原先的黑奴，这帮黑人个个无所事事，兴高采烈，事务局号召他们离开种植园，然后把成千上万的黑人送到村子里和城市里去。事务局供养黑人，教他们游手好闲，毒化他们的思想，让他们跟原来的东家作对。杰拉尔德家原来的监工乔纳斯·威尔克森就当了本地分局的头目，他的助手正是凯瑟琳·卡尔弗特的丈夫希尔顿。这两个人极力散布谣言，说南方人和民主党人正伺机反扑，要把黑人拉回去当牛做马，黑人只有受到奴隶解放事务局和共和党的保护，才能免遭吃二遍苦的厄运。

威尔克森和希尔顿还告诉黑人说，他们跟白人在任何方面都没什么两样，不久就会允许白人与黑人通婚。用不了多久，他们就要分东家的土地，每人要分得四十英亩地和一头骡子。他们还编造白人奴隶主如何用残酷的谎言来煽动黑人，结果，在这块奴隶与奴隶主感情淳厚的土地上，憎恨与怀疑开始滋生。

事务局有军方做后盾。军方发布了许多相互抵触的法令，管制被征服者的行为。人们轻易就遭到逮捕，哪怕怠慢一下事务局的官员也会遭拘禁。一切都在军法管制之下，大到学校、卫生机构，小至衣服上的纽扣、商品销售，一切都不例外。威尔克森和希尔顿有

权干涉斯佳丽搞的任何交易，不论她出售任何东西或搞任何物品交换，他们都有权指定价格。

幸亏斯佳丽与这两个人很少打交道，是威尔劝她专心经营庄园，买卖的事情由他去照料。威尔生性温和，几桩让人挠头的事都让他给应付过去了，甚至对她只字未提。迫不得已的话，威尔也能跟那帮投机商和北佬周旋。可是眼下的难题实在太大，他应付不了啦。这笔额外的税款和失去塔拉庄园的危险就不得不告诉斯佳丽，而且要马上让她知道。

她望着他，眼睛在闪闪发亮。

“哎呀，这帮该死的北佬！”她嚷起来，“他们打败我们，让我们变成叫花子还不够，现在又放出这帮流氓来对付我们！”

战争是结束了，也宣告了和平，但是北佬照样可以抢劫她，照样能让她饿肚子，照样可以把她赶出家园。她真是太傻了，在疲惫忧虑的那几个月里，以为熬到春天就有转机，一切都会好起来。大家累死累活，苦了整整一年，结果盼回威尔带来这么个灾难性的消息，她再也承受不了啦。

“威尔啊，我还以为，战争打完咱们的麻烦就到头了！”

“不行啊，小姐。”威尔抬起一张乡下人的瘦脸，长时间盯着她，“咱们的麻烦才刚刚开了个头呢。”

“他们要咱们额外缴多少税金？”

“三百块钱。”

她惊得目瞪口呆，半晌说不出话来。三百块！这跟三百万有什么两样。

“这……”她结结巴巴说，“这……这，这么说，我们非得筹措三百块不可啦？”

“没错，小姐——就像筹措一道彩虹和一两个月亮。”

“可是，威尔，他们不能卖掉塔拉庄园，这还用说吗……”

他那对温和暗淡的眼睛里，憎恨和痛苦的神色十分强烈，让她吃了一惊。

“他们不能？他们当然能，他们巴不得那么干呢！斯佳丽小姐，这个国家他妈的简直下地狱啦。请你原谅我说粗话。那帮投机商和恶棍都有选举权，可我们大半民主党人却没有。这个州的民主党人凡是在六五年的征税册上纳税超过两千美元的，都没有选举权。这么一来，你爸爸、塔尔顿先生、麦克雷一家和方丹家兄弟都没有选举权了。还有呢，斯佳丽小姐，凡是战争中在南军的军衔是上校以上的，都不能参加选举。我敢打赌，本州的上校比邦联其他州的都多。另外，凡是在邦联政府里担任过公职的人员都不能参加选举，上至法官，下至公证员都一样，这种人如今都躲在树林里藏身呢。虽然北佬搞了个大赦宣言，但事实上凡是战前有头有脸的人物都被剥夺了选举权，可他们都是有名望、有地位、有财产的人哪。

“哈！我倒是可以参加选举，只要我愿意搞那种该死的宣誓。我八六年那阵子一个子儿都没有，既没当过上校，也不是什么了不起的人物。可我就是不宣那个誓。看了他们的所作所为，我才不干呢！要是北佬行为正当，我可能会宣誓效忠，如今这局面，我才不干呢。他们可以控制我的身体，可他们不能洗我的脑。就是一辈子不给我选举权，我也不宣那个誓。可是像希尔顿那种渣滓却有选举权，像乔纳斯·威尔克森那种流氓也有选举权，像斯莱特里那种穷白人、像麦金托什那种没地位的人倒有选举权了。如今一切都是他们说了算，他们要是想让你增加十几倍的税款，也干得出来。就是个黑鬼杀了白人，也用不着受绞刑，而且……”他打住话头，有点儿尴尬，因为他跟斯佳丽都记起一桩事，那是一个单身白种女人在拉夫乔伊附近一个荒凉的农场上的遭遇……“那帮黑鬼对付我们，

什么事都干得出来，他们背后有奴隶解放事务局，还有军队的枪炮为他们撑腰，我们没有选举权，完全无可奈何。”

“选举！”她嚷道，“选举！威尔，这一切跟选举有什么相干呢？咱们说的是税金……威尔，人人都知道塔拉是个好庄园，万不得已咱们可以把它抵押出去，筹款缴税。”

“斯佳丽小姐，你不傻，可说起话来却很幼稚。你这份财产能抵押给谁来筹款呢？除了那帮投机商，谁又有钱借给你？可他们却千方百计要把塔拉从你手里夺走哪。你想想，人人都有土地，大家都自身难保，你抵押不出去的。”

“我还有从那个北佬身上弄来的钻石耳坠，可以拿去卖掉。”

“斯佳丽小姐，如今这边谁还有钱买耳坠呢？人们连买好猪肉的钱都没有了，谁会花钱买这种华而不实的东西。既然你有十块钱的金币，我敢打赌，你已经比大多数人富有了。”

他们再次沉默下来，斯佳丽觉得自己简直是在拿脑袋撞石壁。过去一年来，她碰的壁真够多的。

“我们怎么办呢，斯佳丽小姐？”

“我不知道。”她有点儿懵懵懂懂，心里并不担心，这不过是又一堵石壁而已。她忽然觉得非常疲惫，全身骨头都觉得疼了。她的每一次奋斗结果终归枉然，都受到命运的嘲弄。她干吗还要这样拼命干活儿、奋斗，累得精疲力竭？

“我不知道。”她说，“不过别告诉爸爸，免得让他担心。”

“我不告诉他。”

“你跟别人说起过没有？”

“没有，我是径直上你这儿来的。”

可不是吗，谁有了坏消息都来找她，可她都听厌了。

“韦尔克斯先生在哪儿？说不定他能出点儿主意。”

威尔温和的目光盯在她脸上，她觉得他就像阿希礼回家头一天那样，什么都知道得清清楚楚。

“他在果园劈木头做栏杆呢，我拴马的时候听见他抡斧子劈木头。可他一个钱也没有，比我们更穷。”

“我跟他商量商量还行吧？”她没好气地说，说完把脚腕上的破棉絮踢开，站起身。

威尔没再分辩，继续对着火焰搓手：“最好围上披肩，斯佳丽小姐，天气糟透了。”

她没围披肩就走了出去，披肩还在楼上，可她急着要见阿希礼，向他倾诉自己的烦心事，实在等不及了。

要是阿希礼独自一人在那里，就太幸运了！他回家后，她还从来没跟他单独说过一句话呢。家里人总是围在他身边，玫兰妮总是守在他身旁，不时摸摸他的袖子，仿佛想证明他真的在自己身边，完全属于自己，这才安心。斯佳丽见状，心中的妒火又死灰复燃。几个月来，她以为阿希礼准是死了，心中的嫉妒已经熄灭。现在谁也不能阻拦她，她要单独跟他谈谈。

她穿过树枝光秃秃的果园，树下潮乎乎的野草把她的脚都打湿了。她听见阿希礼抡板斧劈木头的声音，他正把沼泽地运来的圆木劈成做栅栏用的木片。修复北佬烧毁的栅栏是桩费时又费力的差事。她不禁疲惫地心想，一切工作都费时费力，她觉得疲惫、烦恼、厌恶。假如阿希礼是她丈夫，而不是玫兰妮的丈夫，她现在就能扑到他跟前，把脑袋伏在他肩膀上哭一场，将自己肩上的重担推卸给他，让他尽力挑起这副担子。要是能那样该多美啊。

她绕过一片寒风中摇动着枯枝的石榴树丛，看见他正倚着板斧，用手背擦额头。他下身穿一条破旧的灰胡桃色军裤，上身穿着杰拉

尔德的一件衬衫，在过去的好时光中，只有在旁听法院审判或参加野外烧烤时，杰拉尔德才穿这件带褶边的衬衫，可阿希礼穿在身上实在太短了。他把上衣挂在一根树枝上，干这活儿实在太热，她走过来的时候，他正在休息。

看到阿希礼衣衫褴褛，手里握的是把龌龊的板斧，她心里涌起一阵怜爱，也为命运的不公感到怒火满腔。她的阿希礼温文儒雅、高尚完美，真不忍心看他身穿破衣烂衫，干这种粗活儿。他那双手天生不是干活儿的，他的身子只应该穿呢料服装和细布衣服。上帝造了他本来是让他坐在豪华厅堂里，与上流人物愉快交谈，弹奏钢琴，写漂亮难懂的文章。

她自己的孩子裹在粗麻布围裙里，妹妹们身穿邋遢的旧格子布衣裳，这些她都不在乎，威尔跟田里的奴隶一样卖命苦干，她也受得了，可是阿希礼干苦工却让她难受。他太娇贵，太让她爱怜，他不该干这种活儿。她宁愿自己动手干这种活儿也不忍心看着他干。

“有人说，亚伯拉罕·林肯也干过劈栏杆片的活计。”他见她走过来这么说道，“看来我未来也要身居高位！”

她皱起了眉头。他谈论起目前的艰难处境，口吻总是这么轻松。可她觉得这些都是顶严肃的事情，有时候听他说这种话让她心里恼火。

她直截了当把威尔带来的消息告诉他，说得简洁明了，说完觉得心头轻松了不少。他当然会提出有用的建议。但他什么都没说，见她身子在发抖，就取下外套披在她肩上。

“我说，”她后来开口说，“你是不是觉得我们该想法子搞这笔钱？”

“是啊，”他说，“可从哪儿搞呢？”

“我在问你呢。”她有点儿恼火。刚才卸下担子的轻松感消失

了。即使他帮不上忙，也该说点儿安慰的话才对啊，哪怕仅仅说上句：“唉，我真难过。”

他微微一笑。

“我回来这几个月，只听说过一个真正的有钱人，那就是瑞特·巴特勒。”他说道。

佩蒂帕特姑妈上个星期给玫兰妮写来信，说瑞特又回到亚特兰大了，说他驾着两匹好马拉的马车，兜里装满了绿花花的联邦钞票。不过，她暗示说，他的钱来路不正。佩蒂姑妈有一种论调，说瑞特弄走了邦联国库里一笔神秘的巨款，亚特兰大也有不少人这么说。

“咱们别提那个人。”斯佳丽的口吻很干脆，“他是个少有的下流坯。我们大家该怎么办呢？”

阿希礼放下板斧，目光转向别处，仿佛看到她无法企及的远方。

“我不知道。”他说，“我不知道咱们塔拉庄园的人会怎么样，也不知道所有南方人将来会怎么样。”

她真想怒气冲冲地脱口而出：“让所有南方人见鬼去！我说的是咱们自己！”可她没开口，因为疲惫的感觉再次回到她身上，而且比先前更加强烈。阿希礼根本帮不上忙。

“到头来，将来要发生的事情与过去一种文明瓦解时的情况没什么两样。有头脑有勇气的人得生存，没头脑没勇气的人遭淘汰。能亲眼看见‘众神的末日’，虽然要遭受苦难，但至少也算有趣。”

“目睹什么？”

“众神的末日。不幸的是，我们南方人以前都把自己看作神祇呢。”

“看在老天分儿上，阿希礼·韦尔克斯！别站在我面前对我说废话，现在要遭淘汰的是我们自己了！”

她激怒的声调疲惫不堪，仿佛让他受到了触动，把他迷失的遐

思召回到现实中来。他抓起她的双手，翻过来看她的手掌，见上面长满了老茧。

“这是我见过的最美的手。”他说着在每只手掌上轻轻印下一吻，“说它们美，是因为它们强壮，每一个茧子就是一枚奖章。斯佳丽，每一个水疱就是一份勇敢无私的奖赏。这双手是为我们大家才变得这么粗糙的，为你的父亲，你的两个妹妹，为玫兰妮和她的婴儿，为家里的黑人，还有我。我亲爱的，我知道你心里在想什么。你在想：‘我面前站着一个不讲实际的傻瓜，满嘴的傻话，说什么死去的神祇，却不顾活人正面临危险。’我说的对不对？”

她点了点头，心里真希望他就这么永远拉着自己的手，可他却放开了。

“你来找我，希望我能帮你。唉，可我没办法。”

他望着那把板斧和那堆圆木，眼睛里流露出痛苦神色。

“我的家没了，所有的钱也没了，那些钱我原来理所当然认为属于自己，便根本没意识到拥有不拥有的问题。这个世界没我的位置，因为我归属的那个世界已经不复存在了。我没法儿帮你，斯佳丽，只能尽量学着做个笨拙的农夫，可那么做根本不能帮你保住塔拉庄园。别以为我没意识到目前的窘境，我们在靠你的施舍度日——唉，没错，斯佳丽，是靠你的好心施舍。你好心为我和我的家人做的事情，我永远也报答不完。这一点，我一天比一天认识得更清楚。我每天都看得更清楚，自己对面临的困境无可奈何，自己逃避现实的可恶态度每天都让我更难以应付新的现实。你懂我的意思吗？”

她点了点头。其实他的话她似懂非懂，可她在屏息静听他的每一个字眼。这是他第一次对她说真心话，可他表面上却显得与她相隔甚远。她心里激动不已，仿佛马上就要发现他心中的秘密了。

“我不愿正视活生生的现实，这是祸根。战争爆发前，在我看来，生活本来就像幕布上的影子戏一样虚幻，可我喜欢那样，我不喜欢事物的轮廓过分清楚，我喜欢柔和的模糊，稍带点儿朦胧。”

他停顿下来，淡淡微笑一下。一阵冷风刮过来，他上身只穿了件衬衫，不禁轻轻打了个寒战。

“换句话说，斯佳丽，我就是个懦夫。”

她听不懂他说的影子戏和朦胧的轮廓是什么意思，可他最后说的话她听懂了。她知道他说的不是真话，他可不是个懦夫。他瘦长身躯上的每一根线条都反映出，他祖辈多少代都英勇果敢，斯佳丽对他在战争中的功绩也铭记在心。

“这不是真话！一个懦夫能在葛底斯堡战役中爬上大炮重整旗鼓吗？难道将军会亲自写信给玫兰妮赞扬一个懦夫吗？再说……”

“那不是勇气。”他说得有气无力，“作战如同香槟酒，能让一个英雄陶醉，也能麻痹一个懦夫。上了战场，就是个傻瓜也会变得勇敢，要不勇敢就会掉脑袋。我说的是另外一码事。我的懦夫性格比听见第一声炮响就想逃跑更糟糕。”

他的话说得很慢、很吃力，仿佛说出这些话让他感到痛苦，他仿佛站在一旁倾听，听了自己说出的这番话让他心里悲哀。要是听到别人也这么说话，斯佳丽准会认为是故作谦虚，企图博得听众的称赞，她会报以轻蔑的驳斥。可阿希礼说得像是真心话，而且他的眼神让她无法理解——既不是恐惧，也不是歉意，而是一种紧张，是一种无法避免也无法抗拒的紧张。一阵寒风扫过她湿漉漉的脚踝，她不禁又打了个寒战，不过这一回主要不是因为寒风，而是因为听了他的话。

“阿希礼，可你到底害怕什么呢？”

“唉，是些不好用语言表达的东西，一旦用语言说出来，就

显得非常可笑。主要是因为生活突然变得太真切，被迫与生活中的简单事实发生面对面接触，太直面人生了。我并不在乎站在泥地里劈木头，可我对它的意义十分在意。我很在意丧失昔日生活中美好的东西，我热爱那种生活。斯佳丽啊，战前，生活是美好的，就像一件古希腊的艺术品，匀称完整、尽善尽美、富有魅力。或许并非对每个人都是这样。我现在明白这一点了。对我自己来说，生活在十二橡树庄园是真正美好的。我属于那种生活，我是那种生活的一部分，可如今呢，那种生活没了，恐怕这种新的生活里没我的位置。现在我明白了，昔日我不过是在观看影子戏。我躲避一切并非幻影的东西，一切人和事都太真实、太生气勃勃了，我讨厌他们闯进我的生活。斯佳丽，我也竭力躲避你。你太富有生气、太真实了，可我却太怯懦，宁愿去寻找虚幻的影子和梦境。”

“但是……但是……玫荔呢？”

“玫兰妮是个最温柔的梦，也是我梦境中的组成部分。假如没有这场战争，我本来可以躲在十二橡树庄园里，安享自己的生活，也心满意足地旁观社会生活，却并不涉足其中。但是战争来临了，活生生的现实生活朝我逼来。我第一次参加战斗，你一定记得，那是在布尔伦河谷，我亲眼看见儿时的朋友被炸得血肉横飞，听到垂死的马匹惨烈的嘶鸣声，体会到随着我的枪响有人应声倒下流血的恶心感觉。但是，斯佳丽，这些还算不得战争中最糟糕的事情。战争中最糟的是我不得不跟人们相处。

“以前我一向避免与人接触，交朋友也很谨慎。可这场战争让我了解到，过去我创造的完全是一个自家的梦中世界，其中的人物也都是虚幻的。战争还让我明白了，真正的人是怎么回事，却没有教会我如何与他们相处。看来我这辈子都学不会跟人相处了。如今我又懂得了，要想养活老婆孩子，就得跟那些毫无共同之处的人交

往。你呢，斯佳丽，你却能抓住生活的双角，按自己的意愿摆布它。可这个世界哪里有适合我的位置呢？告诉你吧，我觉得害怕。”

他的话声音低沉，鼻音共鸣，音调却很凄凉。斯佳丽并不理解其中的感情，只是东抓个字眼西抓个词，绞尽脑汁想解开其中含义。可是，一个个字眼都像野鸟儿似的扑棱着从她的把握中飞走了。好像他身后有某种东西在逼迫他，像用鞭子抽打他，可她并不理解那是什么东西。

“斯佳丽，真不知道从什么时候开始，我意识到自己的影子戏已经收场，心里便觉得凄凉。大概是在布尔伦河谷吧，当时我开枪打死的第一个人倒下后，在最初那五分钟里，我开始明白，那场影子戏已经落幕，我知道自己再也当不成观众了。而且还不止此呢，我发觉自己的影子给投在幕布上，成了个伶人，摆出荒唐姿势，在那里忸怩作态。我内心的小天地没了，让那些与我没有共同语言的人打进来占据了，在我眼里，他们的行为就像非洲霍屯督部落的人一样陌生。他们用泥泞的脏脚践踏我的小天地，让我失去藏身之地，形势变得忍无可忍时，我的思想连退路也没有了。我在俘虏营里自忖道：‘等战争打完了，我就能回到昔日的生活中，重温旧梦，重看我的影子戏。’可是你看，斯佳丽，结果根本没有归途。如今大家面临的境遇比战争时期还糟，比俘虏营里还糟，对我来说，甚至比死了还糟糕……所以，你看，斯佳丽，我正在受惩罚，为我的胆怯受惩罚。”

“可是，阿希礼，”这番话让她听得稀里糊涂，她仿佛在泥潭里挣扎，“要是你害怕，大家都得饿死，为什么……为什么……唉，阿希礼，我们会有办法的！我知道我们能熬下去！”

有一刻，他收回目光看着她，一双清澈的灰眼睛睁得老大，眼神里含着敬佩。接着，那眼光忽然变得深邃迷离，她的心不禁一沉，

知道他刚才并没有思考挨饿的事。他们交谈时从来就像各自使用一种不同的语言。她爱他太深，他像现在这样撤回目光时，她就觉得一轮温暖的太阳已经西沉，把她丢弃在暮色中忍受寒露的冰凉。她想抓住他的肩膀，把他搂在自己怀抱里，让他意识到她是个有血有肉的人，而不是书中读到的概念或梦中见到的幻影。很久很久以前，当时他从欧洲回来，站在塔拉的台阶上抬起头朝她微笑，她心里便产生了与他心心相印的感觉，打那以后，她一直渴望再次体会那种感觉。

“挨饿是不好受，”他说，“这我知道，因为我挨过饿。可我不怕，我害怕的是面对一种不同的生活，其中失去了昔日生活圈子中舒缓生活的美。”

斯佳丽感到非常失望，她想道，玫兰妮听得懂他这话。玫荔跟他在一起总是说这种傻话，谈论诗歌、书籍、梦想、月光、星辰什么的。她担惊受怕的事情他却不怕，他不怕肚子饿得咕咕叫，不怕冬天刺骨的寒风，也不怕让人从塔拉撵出去。可是，让他畏缩的事情她从来就不懂，也无法想象。老天在上，世界已经变得支离破碎，如今除了挨饿挨冻和失去家园，还有什么让人害怕的？

她以为，要是仔细倾听，本来是能与阿希礼对答的。

“唉！”她的声音里带着失望，就像孩子打开漂亮的包装，发现盒子是空的一样。听到她的声音，他苦笑一下，仿佛在道歉。

“斯佳丽，请原谅我说这番话。我没法儿让你明白，因为你不懂害怕的含义。你有狮子般的勇气，却丝毫没有想象力，你这两样品质都让我羡慕。你永远不在乎面对现实，也永远不会像我这样总是要逃避现实。”

“逃避！”

他说了那么多，她好像只懂得这个字眼。阿希礼跟她一样，也

厌倦了斗争，他也想逃避。她的呼吸急促了。

“阿希礼啊，”她嚷道，“你错了，我也想逃避，对这一切，我都厌倦透了！”

他不以为然地挑了挑眉毛。她一只手热切地搭在他的胳膊上。

“听我说，”她匆匆开口，词语倾泻而出，“我告诉你，我对一切都厌倦了，实在厌倦透顶，再也忍受不住了。我为吃的拼命、为钱斗争，我拔草、锄地、摘棉花，甚至还得犁地。这种生活我一分钟也过不下去了。我告诉你，阿希礼，南方已经灭亡！它完了！北佬和自由黑鬼，还有投机商，他们统治了这地方，没我们的份儿了。阿希礼，咱们逃走吧！”

他低下头，敏锐的目光凝视着她，见她的脸红得像着了火。

“对，我们逃走，把他们统统丢下！为这些人干活儿让我厌倦了。会有人照看他们的，凡是不能自理的人总会有人照看的。阿希礼啊，我们逃走吧，就你和我。我们可以去墨西哥，墨西哥军队里需要军官，我们到了那儿会幸福的。我会为你干活儿，阿希礼，我什么都愿意为你做。你知道自己心里并不爱玫兰妮……”

他一脸惊讶，刚想开口，却被她滔滔不绝的语流打断了。

“那天你对我说过，你爱她不及爱我——噢，你一定记得那一天！我心里清楚你没变！我看得出你没变！你刚才还说过，她不过是你的一个梦。阿希礼啊，我们走吧！我能让你生活得非常幸福。”她又恶狠狠地补充说，“反正玫兰妮不会让你幸福的……方丹大夫说过，她不可能再生孩子了，可我能给你……”

他的手紧紧抓住她的肩膀，她都感觉到疼了，这才气喘吁吁地打住话头。

“我们该忘掉那天在十二橡树庄园的事。”

“你以为我能忘掉？你忘掉了吗？说真心话，你难道不爱我吗？”

他长喘一口气，匆匆回答道：

“当然，我不爱你。”

“撒谎。”

“就算是撒谎。”阿希礼的声音平静极了，“这种事不能再讨论了。”

“你是说……”

“就算我讨厌玫兰妮和孩子，你以为我能丢下他们不管一走了之吗？难道我能让玫兰妮心碎，让他们母子俩靠朋友的施舍度日？斯佳丽，你疯了吗？你心里还有没有忠诚？你不能丢下父亲和两个妹妹。你对他们负有责任，我对玫兰妮和博也同样负有责任。不管你是不是觉得厌倦，他们在这儿，你非忍受不可。”

“我可以丢下他们……我讨厌他们……他们让我厌倦……”

他俯身朝她靠过来，一时让她怦然心动，以为他马上要把她搂进怀抱，可他只是拍了拍她的胳膊，像哄孩子似的开了口。

“我知道你难过，也知道你厌倦了，所以才会说出这种话。你肩负着三个男人才挑得起的重担，以后我会帮助你……不会老是这么笨手笨脚的……”

“你要帮我只有一条路，”她面色阴郁，“那就是带我离开这儿，我们在别处开始新生活，寻找幸福的机会，这里什么都不值得我们留恋。”

“什么都没有了。”他的口气平静，“除了荣誉，其他什么都没有了。”

她压抑住心中的渴望，举目望着他，仿佛平生第一次发现他浓密的金色睫毛像熟透的麦穗，他的头颅傲然耸立在光裸的脖子上，虽然他的一身破衣烂衫显得滑稽，却遮盖不住高挑身材透露出的门第和尊严。她的目光与他的相遇了。她的眼神里赤裸裸流露出乞求，

而他的眼睛却像灰色天空映衬下遥远的两泓天池。

从他的眼睛里，她看到自己的梦想已经幻灭，那是放肆的梦想、疯狂的欲望。

她又伤心又疲惫，不能自持，双手捂着脸哭了。他从没见她哭过，也从没想过她这种刚强的女人也有哭的时候，一阵怜悯和悔恨不由得涌上心头，连忙靠上去，把她搂在怀里，把她的脑袋和一头乌发靠在自己胸前，安慰她，低声对她说："亲爱的！我勇敢的人儿，别哭，千万别哭！"

在他的接触下，他觉得她在自己怀抱里变化着，搂着的这个苗条身体迸发出狂热和魔力，那双绿眼睛抬起来，热辣辣地望着他。突然间，萧瑟冬景不见了，春天回到了阿希礼心田，他早已将春天大半忘掉了，如今春天的芬芳、婆娑的绿枝、呢喃的微风、洋洋的暖意又回到他心里。苦难的日子给抛在了脑后，他看见两片嘴唇仰起来向他凑近，鲜红的嘴唇颤抖着，他不禁亲吻了她。

她耳朵里嗡地响起一阵低沉的耳鸣，就像耳朵贴在海螺壳听到的声音，急促的怦怦心跳声也隐隐传进耳朵里。她的肉体似乎整个融化了，融进了他的身体。他俩就这样静静站了不知多长时间，两人的身体紧紧贴在一起，他如饥似渴般亲吻着她，仿佛永远没个够。

后来，他突然放开了她，她觉得站不住，连忙手抓栏杆支撑住身子。她两眼闪烁出爱情和狂欢的火焰，抬起目光望着他。

"你真的爱我！你真的爱我！说爱我……说出来吧！"

他的双手仍旧搭在她肩膀上，她感到他的手在颤抖，也喜欢他这样颤抖。她热情洋溢，又朝他靠过去，可他挡住她朝她看，眼睛里没有了那种遥远的漠然神色，却充满了饱受折磨的绝望。

"别这样！"他说，"别这样！要不然我马上就要你，就在这儿。"

她粲然一笑，笑容热情奔放，忘却了时间与空间，也忘却了一

切，只留下他亲吻她的销魂记忆。

突然，他双手使劲晃动着她的身体，直到把她一头乌黑的头发摇得披散在肩膀上，仿佛对她大发雷霆——也对自己怒不可遏。

“我们决不能做这种事！”他说，“我告诉你，我们决不能做这种事！”

要是他再这么摇晃她，她的脖子准会啪的一声折断。她的眼睛被自己披散的头发遮住了，他这种举止让她脑袋发晕。她挣出身子，呆呆地瞪着他，只见他额头上渗出细细的汗珠，两只手痛苦地痉挛着，一双灰眼睛正面瞪着她，仿佛要把她看穿。

“这都是我的错——你没有过错。这种事再也不会发生了，因为我这就带着玫兰妮和孩子走。”

“走？”她叫起来，声调十分痛苦，“噢，不！”

“老天在上，我要走！你以为经历了这种事，我还能在这儿待下去？这种事还可能发生……”

“阿希礼啊，你不能走。你为什么要走呢？你爱我的……”

“你想要我说出口？好吧，我就说给你听。我爱你。”

他蓦然朝她靠过去，模样十分凶狠，吓得她连连后退，靠在栅栏上。

“我爱你，爱你的勇气，爱你的固执，爱你火一般的感情，爱你不留情面的冷酷。我爱你有多深？爱到片刻之前险些凌辱这个家对我的盛情，爱到几乎忘记这座庄园收留了我的全家，爱到忘记了世上难得的贤妻，爱到险些要在这泥潭里要了你，就像一只……”

她的思绪乱作一团，心里像冰凌刺穿了似的又冷又痛。她结结巴巴地说：“既然你心里有这种感觉，却又不要我，那你就不是真心爱我。”

“你永远也不会了解我。”

他们不再开口，面面相觑。忽然，斯佳丽浑身冷得发抖，仿佛刚刚长途跋涉归来，这才发现此时正值严冬，周围一片凋敝凄凉。她冷得要命。她还看到，阿希礼脸上重新换上她熟悉的那副冷漠神色，但脸孔有点儿扭曲，含着痛苦和悔恨。

她本想当下转身离开他，逃回屋子里躲起来，可她浑身疲惫，走不动了，就连开口说话也仿佛成了桩累人的劳役。

“什么都没留下，”她终于开口说道，“我什么都没留下。没有值得爱的人，没什么东西值得奋斗。你变了，塔拉庄园也要失去了。”

他长时间盯着她，然后弯下身子抓起一块红泥。

“不对，还是留下了一些东西。”他说着，脸上重新泛起那种神秘的微笑，像在嘲弄她，也像嘲弄他自己，“有一样东西你爱它胜过爱我，只是你也许没有意识到，你还拥有塔拉庄园。”

他抓起她一只无力的手，把那团潮湿的泥巴塞进她手心，又把她的手指掰过来合上。他的两只手已经没有了激情，她的手也没有激情了。她朝那团泥巴望了片刻，并没有明白任何意义。她望着他，朦胧意识到他的精神仍然非常健全，她激情洋溢的手或其他人的手都不能撕碎他的精神。

他到死都不会离开玫兰妮了。就算他到死都对斯佳丽怀着火热的感情，也永远不会要她，他会竭力与她保持距离的。她再也不可能打破这层盔甲。他比她更加重视诺言、友情、忠诚和荣誉。

那团泥土抓在手里冷冰冰的，她再次低头看去。

“没错。”她说，“我还拥有这个。”

起初，她觉得这话没什么意义，不过是团红泥巴。可她不禁联想到塔拉庄园周围一望无际的红土地，觉得它非常珍贵，她费了多大的力气才把它保住啊，要想继续保住它，她还得耗费多大的功夫

啊。她再次朝他望去，心里不由得诧异，刚才那种热血沸腾的激情上哪儿去了呢？她又能思索了，却没了感觉，对他的感觉，对塔拉的感觉全没了，她的一切感情全都枯竭了。

“你用不着走。”她明确地说，“我不能因为自己发疯似的爱你，就让你们全家挨饿。刚才那事再也不会发生了。”

她转过身子，穿过高低不平的田野朝宅子走去，一面动手将头发绾起来，在脖子后面结成一个髻。阿希礼目送她远去，见她两只瘦削的小肩膀高高耸起，这个姿势深深打进他心里，比她说的任何话都更加明确。

第三十二章

她登上正门台阶时，手里还握着那团红泥巴。她仔细避开后门，因为黑妈妈眼睛敏锐，瞅见她准会发现出了大乱子。斯佳丽不想见黑妈妈，她谁也不见，也不想再跟任何人交谈。此刻她并不觉得丢人，也感觉不到失望或痛苦，只觉得两膝有点儿发软，心里空荡荡的。她使劲捏着那团红泥，泥巴都从她的拳头里挤出来了。她像鹦鹉学舌似的一遍遍重复说："我还拥有这个。没错，我还拥有这个。"

她什么都没有了，只剩下这片红土地，仅仅几分钟前，她还愿意把这片土地像一方破手帕那样随意丢弃掉呢。现在，她又觉得这土地非常珍贵，心里不禁呆呆地觉得奇怪，不知道自己刚才怎么昏了头，竟然那么轻视它。假如刚才阿希礼向她让步，她会撇下家人和朋友，跟他私奔，头也不回一下。但是，即使现在心里一片空虚，她也知道，要离开这片可爱的红土山丘，离开流水潺潺的小溪和挺拔的黑松树，她准会觉得心都要碎了，她有生之年都会如饥似渴地怀念这一切。要是把塔拉从她心里挖走，就是阿希礼也填不起那片空虚。阿希礼多聪明啊，他太了解她了！仅仅把一团泥巴塞进她手里，就让她恢复了理智。

她在门厅里刚打算关上门，就听见外面有马蹄声，便朝车道上望去。她这个时候可没心思接待客人，她想推说头疼，打算赶紧跑回自己房间。

但是，等到马车驶近了，她才大吃一惊，不禁停住了脚步。那是一辆簇新的马车，油漆闪闪发亮，马具也都是新的，到处还点缀着亮晃晃的铜饰。肯定是个陌生人，她认识的人没一个有钱置办这么豪华的新马车。

她站在门口张望着，冷飕飕的穿堂风吹动她的裙子，在湿漉漉的脚踝边飘来飘去。马车停在房子跟前，乔纳斯·威尔克森下了车。斯佳丽见是自己家原来的监工，见他驾着这么漂亮的马车，身穿这么高级的大衣，一时不敢相信自己的眼睛了。威尔跟她说过，这人自从在奴隶解放事务局当差后，看上去像发了大财。威尔说，他不是吃政府就是吃黑人，要么两头诈骗，赚了大钱。他还没收老百姓的棉花，硬说是邦联政府的库存。在这种艰难岁月里，他的钱肯定来得不正当。

这时他从一辆精美华丽的马车里走出来，还搀下一个女人，只见那女人打扮得花枝招展，简直是要美不要命。斯佳丽扫视她一眼，见她的服装说不出的花哨俗气，不过她的目光还是贪婪地把她打量个够。斯佳丽审视着她的大红色格子呢长裙，心想：噢！这么说，今年的裙子不时兴宽边了。斯佳丽又看着她那件黑色天鹅绒宽外套，心想，这外套多短啊！那顶帽子真够漂亮的！无边软帽准是过时了，因为这个女人头上戴的是个红色天鹅绒做的扁壳，就像在脑袋上顶了块硬邦邦的烙饼。帽子的丝带不是像软帽的带子那样结在下巴底下，却是系在帽子后面的一束头发下。斯佳丽不禁看出，那束头发不论颜色还是质地，都与这个女人的头发不同。

那女人站到地面上后，朝房子打量一眼，斯佳丽看出，这张抹了厚厚一层白粉的兔子脸有点儿眼熟。

“哎哟，这不是埃米·斯莱特里吗？”她嚷起来。她觉得太意外了，禁不住大声说出来。

“是的，小姐，是我。”埃米谄媚似的微笑一下，仰起脑袋朝台阶走来。

埃米·斯莱特里！这个原来浑身肮脏、头发蓬乱的娼妇，她养的那个私生子还是埃伦给行的洗礼，就是这个埃米把伤寒传染给埃伦，结果要了妈妈的命。这个粗俗卑贱的穷白佬竟然打扮得花枝招展，要登上塔拉庄园的台阶，还趾高气扬、面带笑容，仿佛这座宅子是她的一样。斯佳丽想起了埃伦，空虚的脑袋里顿时充满激情，那是一股杀气腾腾的愤怒，像疟疾般传遍她全身。

“从台阶上滚下去，你这下流荡妇！”她大声喝道，“从这块地上滚出去！快滚！”

埃米顿时张口结舌，朝乔纳斯瞟了一眼。乔纳斯皱起了眉头，压住怒火，竭力装出一本正经的模样。

“你不该这么对我太太说话。”他说。

“太太？”斯佳丽说完放声大笑，笑声里充满利刃般的轻蔑，“你是该娶她做老婆了。你把我妈害死了，再养下崽子让谁行洗礼哪？”

“哎呀！”埃米叫了一声，连忙后退，乔纳斯拦住她逃往马车的退路，抓住她的胳膊。

“我们是来拜访的——友好拜访。”他嚷道，“还有点儿生意要跟老朋友谈……”

“朋友？”斯佳丽的声音像甩鞭子一样脆，“我们什么时候跟你这种人交上了朋友？斯莱特里一家靠我们施舍过日子，结果以怨报德害死我妈……你……你……我爸解雇你就是因为你跟埃米养了那个小杂种，你知道得清清楚楚。朋友？赶快从这儿滚出去，免得我叫本蒂恩先生和韦尔克斯先生来赶你们。”

埃米听了这番话，羞得挣脱她丈夫的手，朝马车奔逃，匆匆跳上车，闪露出缀着红穗子的红色漆皮鞋。

乔纳斯一时怒不可遏，气得浑身发抖，不亚于斯佳丽的愤怒，一张黄脸涨得像发怒的雄火鸡冠子。

“你还这么趾高气扬，嗯？说实在的，你们的底细我全掌握了。我知道你脚上没鞋穿，我也知道你父亲变成了个白痴……”

“滚出去！”

“哼，你这高调唱不了几天啦。我知道你一文不名了，连税款都付不出。我本来是要买这个宅子的，还打算出个好价钱，埃米很想住这个地方。老天在上，现在我一个子儿也不给你了！你这个不知天高地厚的爱尔兰乡巴佬。等到拿不出税款拍卖这房子，你就知道这地方由谁说了算。到时候我会把这地方全买下——家具、存货、木桶、锁头一样不剩，然后我就搬来住。”

这么说，是乔纳斯·威尔克森想打塔拉的主意——乔纳斯和埃米在这座宅子里受过羞辱，如今他们想住进这宅子，用这种迂回方式洗雪自己。斯佳丽的每根神经都恨得嘎巴作响，就像那天用枪指着那个北佬的脸扣动扳机时一样。她真希望此刻手里抓着把手枪。

“我宁愿把这房子的石头一块块拆掉，放火烧光，在田里撒满盐，也不让你们踏进这道门槛。”她喝道，“你们给我滚！快滚！”

乔纳斯眼睛直勾勾瞪着她，开口又说了几句话，然后朝马车走去。他登上马车，在呜咽个不停的老婆身旁坐下，掉转了马头。马车驶走的时候，斯佳丽恨不得朝他们脸上唾一口。她朝他们的背影唾了一口，心里知道那只是个孩子气的平常举动，不过是让心里觉得好受一些，可她宁愿当着他们的面唾他们。

这两个亲黑鬼的该死家伙竟敢上这儿来嘲笑她穷！这个卑鄙小人哪里是来出价买塔拉的？他分明是找借口，为的是当着她的面炫耀自己和埃米。这两个肮脏的无赖、卑鄙下流的穷白佬，竟敢吹嘘要来塔拉住！

接着，她忽然感到一阵恐惧，怒气也消散了。活见鬼！他们要来这儿住！她无法阻拦他们买塔拉，没法儿阻止他们扣押家里的每一面镜子、每一张桌子、每一张床、埃伦那些闪闪发亮的红木和花梨木家具，这些家具虽然让北佬强盗糟蹋得满是伤痕，可是在她眼里每一件都是珍贵的。啊，还有罗比亚尔家族的银器。“我决不让他们得逞。”斯佳丽情绪激昂地想道，“就是把这地方烧成灰，也不让他们得手！这是母亲走过的地板，埃米·斯莱特里休想把脚伸进来！”

她关上门，背靠在门上，心里非常恐惧，甚至比那天谢尔曼的士兵来家里抢劫还害怕。那天她最害怕的糟糕情况无非是匪徒纵火烧塔拉，可这一次更糟糕——这帮下流的家伙要住进这所宅子，还会向他们的卑鄙同伙吹嘘，说他们把高傲的奥哈拉一家撵出了家门。他们甚至会把黑人带到这儿来吃饭睡觉。威尔对她说过，乔纳斯大肆叫嚷什么与黑人平等，跟黑人一起吃饭，上他们家拜访，带他们乘坐自己的马车兜风，还搂着他们的肩膀套近乎。

她一想到塔拉可能遭受这样的侮辱，心就怦怦狂跳，让她几乎喘不过气来。她竭力静下心思考自己的难题，设法想对策，可每次想集中思想，就有一阵怒火和恐惧袭上心头。准能找到出路的，她肯定能找到个有钱人借给她钱。钱又不能化成灰烬飞走，有钱人肯定是有的。后来，阿希礼笑着说出的那句话重新浮现在她脑子里：

“……一个真正的有钱人，那就是瑞特·巴特勒。”

瑞特·巴特勒！她连忙走进客厅，随手带上门。客厅里所有窗帘都拉上了，此时正值冬天的黄昏，屋子里暮色沉沉。谁也不会想到她在这儿，她需要静静思索，不容人打扰。刚才出现在她脑袋里的念头非常简单，她奇怪自己原来为什么没想到。

“我要从瑞特那儿弄到这笔钱。我要把钻石耳坠卖给他，要不

就跟他借这笔钱，让他留下耳坠，等我还了钱再把耳坠要回来。”

她心里宽慰极了，浑身的紧张一时松懈下来。她会付清税款，然后当面去嘲笑乔纳斯·威尔克森。但是，有了这一愉快念头后，她紧接着又意识到一个严酷的事实。

“我不仅今年需要税金，还有明年，我只要活一年就要付一年的税金。要是我这次付清了，他们下次会提高税额，直到把我撵走为止。要是我的棉花收成好，他们可以把税金定得高高的，让我一个子儿也留不下，要么就说这是邦联政府库存的棉花，把收成整个没收掉。北佬和那帮流氓勾结起来，可以随心所欲对付我。我只要活着，就得一辈子提心吊胆，担心他们变着法子来收拾我。我一辈子都得拼命挣钱，累死累活到头一场空，棉花让他们夺走……借三百块钱付税金不过是权宜之计，更重要的是永远摆脱这种困境——到时候每天晚上就能睡安稳觉，用不着担心明天有什么不测，也不用为下个月或明年犯愁了。”

她的脑子一刻不停地思索着，后来，她脑子里形成一个冷静而合理的念头。她想到了瑞特，脑海里浮现出他黝黑的皮肤，衬托着那口雪白的牙齿，那双爱恋地打量她的黑眼睛总是带着嘲弄神色。她回想起当初在亚特兰大的那个炎热夜晚，围城将破，他坐在佩蒂姑妈家的门廊上，门廊半掩在夏夜的黑暗中，他的手搭在自己的胳膊上。她仿佛再次感到他热辣辣的手，听到他对她说：“我喜欢你胜过喜欢任何女人，我也从来没有这么长时间等过其他女人。”

“我要嫁给他，”她冷冷地想道，“然后我就再也用不着为钱犯愁了。”

啊，多美的想法啊，比希望进天堂还美呢，再也不用为钱犯愁，塔拉从此安全了，家人能吃饱肚子、穿上衣服，她再也用不着撞石壁，用不着碰得头破血流了！

她忽然觉得自己上了年纪，这天下午发生的事情把她的感觉磨得迟钝不堪：先是听到关于税金的惊人消息，接着是跟阿希礼的接触，最后又是冲着乔纳斯·威尔克森大发雷霆。不错，她现在什么情感都没有了。要是她的感情还没有丧失殆尽，准会有个声音反驳脑子里形成的计划，因为她憎恨瑞特胜过憎恨世界上的任何人。可她已经没有感觉，此刻的想法便非常实际。

“那天夜里，他在半路撇下我们，我对他说了许多难听的话，可我会让他忘掉的。”她这么想着，心里含着轻蔑。她确信自己仍然很有魅力。“我去见他的时候，可以对他甜言蜜语。我可以让他相信，我从来都爱他，只是那天夜里心烦，也吓得要命。哼，男人都很自负，只要一听奉承话，就什么都相信……我无论如何不能让他猜到我目前的境遇，等我把他弄到手再说。噢，千万不能让他知道！哪怕他仅仅猜到我们如今有多穷，他就知道我图的是他的钱，不是爱他这个人。话说回来，他根本没法子了解实情，因为就连佩蒂姑妈也不知道最糟糕的情况。等我跟他结了婚，他就得伸手帮助我们，他不能让妻子家的人挨饿。”

做他的老婆，做瑞特·巴特勒的太太。在她冷静的思维深处，隐藏着一种反感，那种感觉稍稍挣扎一下后，又重归平静。她记起自己跟查尔斯的短暂蜜月，其中发生过好些让她尴尬的事情，让她感到厌恶——他的手在她身上乱摸，他的举止笨拙，他那种让她难以理解的感情，结果生下了韦德·汉密尔顿。

“我现在不考虑这种事了，等嫁给他以后再费心考虑吧……”

等嫁给他以后！这又唤醒了她的记忆，她顿时感到一丝冰凉顺着脊柱往下蹿。她再次记起那天晚上在佩蒂姑妈家门廊上的情景，记起问过他是否打算向她求婚，可他当时一副可恶模样，笑道：“我不是个想结婚的男人。”

假如他还是不想结婚，那可怎么办呢？假如她一再向他献媚，一再引诱他，可他就是不愿娶她，那可怎么办呢？假如……唉，可怕的念头！说不定他已经完全把她忘掉了，正在追求另一个女人呢。

“我喜欢你胜过喜欢任何女人……”

斯佳丽的指甲都掐进手心里了：“就算他已经忘掉我了，我也要让他想起我，让他重新想要我。”

就算他不愿跟她结婚，可是仍然喜欢她，那就有法子弄到钱了。毕竟他还请求过她，要她做自己的情妇。

在客厅的昏暗中，她与心灵中最强大的三种约束力量进行着殊死决战，一种是对埃伦的回忆，一种是她的宗教信仰，另一种是对阿希礼的爱。她知道，如果母亲在天有灵，得知自己脑袋里的念头，即使是在遥远温馨的天堂里，也一定会觉得骇人听闻。她知道，通奸是一宗大罪。她也清楚，既然自己心里爱着阿希礼，她的计划便构成了双重堕落。

但是，她这时内心已经变得冷酷无情，迫不及待要去拼命，这些约束力全都失去了效力。埃伦已经死了，或许死能谅解一切。宗教不准通奸，威胁要用炼狱之火和痛苦来惩罚通奸者，但是，即使为了保住塔拉，让全家人不挨饿，教会仍然认为有些事情不能做，那就让教会去伤脑筋吧，她才不操这份心呢，至少现在不打算操心。最后就是阿希礼——可阿希礼并不要她。不错，他不要她。她的嘴唇上还印着他的热吻，可他不会带她私奔，这一点不会记错。奇怪的是，她觉得跟阿希礼私奔算不得罪过，但是跟瑞特……

从亚特兰大失陷的那个夜晚开始，斯佳丽一直在一条漫长的旅程中跋涉，在这个冬日的苍茫黄昏，她总算走到了尽头。刚刚踏上这段旅程时，她还是个不知人间甘苦的小姑娘，自幼受宠，自私自利，充满青春活力和激情，很容易受到生活的迷惑。如今，到了这

段旅程的终点，原来那个小姑娘已经彻底变了。她饱尝饥饿和辛劳，备受恐惧和紧张，经历过战争带来的恐惧和重建强加的惊骇，她的青春、热情和温存都不复存在了。在她生命的核心周围生成了一层硬壳，在这漫长的几个月里，这层壳长得越来越厚了。

就在今天之前，一直有两种希望支撑着她。她希望战争结束后，生活能渐渐恢复原先的面貌。她也希望阿希礼归来后，能给生活带来某种意义。现在，两种希望都破灭了。她在塔拉门前的车道上见到乔纳斯·威尔克森后，这才意识到，对她和整个南方来说，战争将永远不会结束。最残酷的战争、最野蛮的报复行动才刚刚开始。而阿希礼则用词语把自己禁锢起来，他那些词语比任何具体监狱更牢不可破。

她对和平的愿望破灭了，对阿希礼的希望幻灭了。这两桩事发生在同一天，仿佛她生命外壳上的最后一道裂缝也封死了，最后一层壳也硬化了。她走上了方丹老奶奶告诫她避免的道路，她有过最糟糕的经历，结果成了个什么都不怕的女人。她不怕生活中的种种遭遇，不怕母亲的责备，不怕失去爱情，也不怕舆论对她说三道四，让她感到害怕的只有饥饿和饥饿的威胁。

如今她硬起心肠摆脱了对她的一切束缚，不再是昔日那个斯佳丽了，心里便感到轻松自由，让她自己也觉得奇怪。她已经打定了主意，谢天谢地，她并不感到害怕。她什么都不会失去，她的主意已定。

只要能甜言蜜语诱使瑞特跟她结了婚，一切就圆满了。可是，倘使她不能如愿呢？嗨，她照样能搞到钱。有那么一瞬间，她冷漠而好奇地想象着，做情妇会怎么样。瑞特会不会硬要她留在亚特兰大？人们说他在那里养着那个叫沃特林的女人。要是他想把她留在亚特兰大，那他就得花大钱才成，要足够补偿她离开塔拉

的损失。斯佳丽对男人生活中不为人知的一面完全不了解，自然不知道那种生活会怎么安排。她不知道会不会跟他生个孩子，那显然是桩倒霉事。

“那种事我现在不考虑了。等以后再说吧。”她把这种不愉快的念头抛在脑后，免得它动摇自己的决心。她今晚就告诉大家，说她要去亚特兰大借钱，如果有必要，就拿农场做抵押。目前让他们知道这点就够了，最后倒霉的日子来临时，他们会了解到其他不同情况的。

想到要采取行动，她昂起了脑袋，挺起了胸脯。她知道这事并不简单。从前，是瑞特在求她，操权柄的是她。现在是她要去求他，求人就不好规定条件了。

“可我去见他不能显得像个叫花子，我要显得像个女王给他恩赐。决不能让他看出来。”

她走到穿衣镜前，高高昂起头，望着自己在镜子里的模样。铸花镀金镜框满是裂纹，镜子里竟是个陌生人。仿佛一年来她第一次真正意识到自己的面貌。她每天早上都要朝镜子里瞅一眼，看看脸洗干净没有，头发是不是整齐，但是，成天总有许多事让她操心，她对自己的模样并没有在意。可眼前她竟成了个陌生人！这个形容憔悴、脸颊深陷的女人不可能是斯佳丽·奥哈拉！斯佳丽·奥哈拉有一张漂亮的脸蛋儿，既迷人又生气勃勃。她眼前这张面孔一点儿也不漂亮，也根本没有她记忆中的妩媚。这张脸又苍白又疲倦，一双吊眼梢的碧眼上面，两道黑眉毛在白皮肤的映衬下，像受惊的鸟儿一样跃起。这张面孔上有一种饱经沧桑和落难的神色。

“要想把他搞到手，我不够漂亮！”她想道，心里又涌起了绝望，“我瘦了，唉，我瘦得吓人！”

她拍了拍自己的脸颊，又狂乱地摸着自己的锁骨，能感觉到

锁骨从紧身衣里突了出来。她的乳房也太小了，几乎像玫兰妮的一样小。她也不得不用褶边掩饰，才能显得乳房丰满，可她向来小瞧女孩子使用这种骗人的把戏。褶边！说起褶边，又让她产生了另一个想法——她的服装。她低下头看了看自己的裙子，双手把补过的褶皱扯平。瑞特喜欢穿着讲究的女子，喜欢穿时髦服装的女人。她热切地回忆起自己刚刚脱下丧服的情景，当时她穿上那套带荷叶边的绿裙子，还戴上他为她买回的那顶插着绿羽毛的遮阳帽，她回忆起他还对她说了不少赞许的话。她又想起埃米·斯莱特里穿的红格子呢外套，脚上穿的那双带穗子的红帮漆皮鞋，头上顶着烙饼似的帽子，嫉妒使她更增添了心中的憎恨。那种服装俗不可耐，却是新的，也很时髦，而且肯定很炫目。噢，她多想打扮得炫目啊！尤其想打动瑞特·巴特勒！要是让他看到自己身穿旧衣服，他准会知道塔拉境况不妙。千万不能让他得知真相。

她多傻，竟然以为就这么上亚特兰大去，还能让他向自己求婚呢，就她这副模样！骨瘦如柴，衣衫褴褛，眼睛像只饿慌的猫！当初在她美貌巅峰时期，身穿最漂亮的衣服，都没有得到他求婚，如今人又丑，衣服又破旧，还指望引诱他求婚？假使佩蒂姑妈的说法真实可靠，瑞特一定比亚特兰大任何人都有钱，那他也许能在所有漂亮女人里随意挑，不管她们是好是坏。“哼。”她冷冷地想道，“我有一样其他女人没有的东西，那就是我坚定的信心。要是我有一件漂亮衣服……”

塔拉庄园一件漂亮衣服也没有，庄园上没有一件衣服不是翻了两次面，缝补过无数遍。

“穷成这样。”她闷闷不乐地自忖着，耷拉下脑袋，望着地板。她看着埃伦那块苔藓绿的天鹅绒地毯，无数士兵曾在上面睡觉，地毯已经给糟蹋得破破烂烂、污渍斑斑了。看到的东西让她心绪更加

恶劣，她意识到，塔拉如今跟她一样，也是一派破败景象。整个屋子的光线越来越暗淡，她觉得心情压抑，就走到窗前，抬起窗扇，打开外面的百叶窗，让冬天落日后的余晖射进屋子。她关上窗子，脑袋靠在天鹅绒窗帘上，望着窗外，目光越过荒凉的牧场，遥望坟地上那片黑黢黢的雪杉树。

苔藓绿的天鹅绒窗帘贴在脸颊上，既柔软又有点儿刺人，她就像只猫似的用脸蛋儿在上面摩擦，觉得挺惬意。忽然间，她认真端详起那窗帘来。

片刻之后，她便动手从屋子另一头拖拽那张大理石台面的厚重桌子，四个脚轮生了锈，吱吱呀呀叫个不停，仿佛在提抗议。她把桌子拖到窗下，拉起裙子，爬到桌子上，踮起脚尖抓那根粗粗的窗帘杆。窗帘杆很高，她刚刚够得着，便不耐烦地使劲一拉，结果把钉子都从木头窗帘盒上拽出来了，窗帘、窗帘杆和上面的所有东西哗啦一声掉在地板上。

仿佛她在变魔术似的，客厅门骤然打开，黑妈妈宽阔的黑脸从门外闪进来，只见她脸上每一条皱纹都露出诧异和狐疑。她望着斯佳丽，露出一脸责备神色。斯佳丽正把裙边撩到膝盖上，准备从桌子上往下跳。她显得又激动又得意，黑妈妈马上生了疑心。

“你干吗糟蹋埃伦小姐的窗帘？”她质问道。

“你干吗躲在外面偷听？”斯佳丽动作轻灵地跳到地板上，把沉甸甸的窗帘收拾起来，天鹅绒布上吸满了灰尘。

“这么大动静还用得着偷听？”黑妈妈反驳道，她挺了挺身子，像是要拼命，“埃伦小姐的窗帘碍你什么事，干吗把窗帘杆也拽下来，弄得满地尘土。埃伦小姐特别爱惜这些窗帘，我不能让你这么瞎折腾。”

斯佳丽那双绿眼睛转过来盯着黑妈妈，眼睛里流露出热情和欢

乐，活像昔日让黑妈妈直摇头的那个捣蛋鬼小姑娘。

“黑妈妈，快爬到阁楼上去，把我那箱服装纸样找来。”她一边嚷，一边轻轻推了黑妈妈一把，“我要做件新衣裳。”

黑妈妈非常恼火，她两百磅的身子不论让差使到哪儿都够呛，别说上阁楼了，她开始怀疑要发生什么可怕的事情了。她一把夺过斯佳丽手里的窗帘，贴在自己下垂的硕大乳房前，仿佛那是件神圣的遗物。

“埃伦小姐的窗帘不能让你拿去做衣裳，你想打它的主意？哼，只要我还有一口气，就休想。”

年轻的女主人脸上顿时浮出一种表情，黑妈妈心里总是把这模样叫作“牛犟”，可它很快就转变成一脸微笑，让黑妈妈难以招架。微笑并没有骗过老女人。她知道斯佳丽小姐使出微笑这一招，不过是想让她屈服，可她决心已定，在这桩事情上决不屈服。

“黑妈妈，别小气了。我要上亚特兰大借钱，得有身新衣裳才成。”

“你用不着穿新衣裳，别的小姐也没新衣裳，大家都穿旧衣裳，也觉得挺体面。埃伦小姐的孩子干吗不能穿？你穿破衣裳，大家照样看重你，跟你穿绸缎没两样。”

“牛犟”表情又慢慢浮上斯佳丽的脸庞。老天爷，可真奇怪哪，斯佳丽小姐越大越像杰拉尔德老爷，越来越不像埃伦小姐了！

“听着，黑妈妈，佩蒂姑妈来信说，范妮·艾尔辛小姐这个礼拜六要结婚，我当然要去参加婚礼，我得有身新衣服才行。”

“你这身衣裳就跟范妮小姐的结婚礼服一样好。佩蒂小姐信里说过，艾尔辛一家穷得要命呢。”

“可我一定要有条新裙子！黑妈妈，你还不知道我们多需要钱吗，税款……”

“知道的，小姐，税款的事我全知道，可是……”

“你知道？”

“可不是嘛，小姐，老天不是给我安了对耳朵吗，让我什么都听得见。威尔先生说话还从不费心压低嗓门儿。”

难道黑妈妈什么都偷听到了？老女人身子笨重得一走路地板都会跟着震动，可她偷听别人说话却神不知鬼不觉，真让斯佳丽觉得纳闷儿。

“噢，既然你什么都能听到，我看你也听见乔纳斯·威尔克森和埃米……”

“没错，小姐。”黑妈妈眼睛里冒着火。

“那就别这么倔了，黑妈妈。难道你看不出？我非去亚特兰大借来钱缴税不可。我非弄到钱不可，一定得这么办！”她双手攥成拳头，相互砸了一下，“老天在上，黑妈妈，他们想把我们全都撵到外面，让我们到处流浪，到时候我们该上哪儿去呢？害死母亲的那个贱货埃米·斯莱特里要住进这房子，还想睡在妈妈睡过的床上，你还为妈妈的窗帘这点儿小事跟我争？”

黑妈妈把身子重心从一条腿挪到另一条，活像个不肯安静的大象，她隐隐约约感到自己要屈服了。

“小姐，我当然不愿意看着那贱货进埃伦的家，也不愿大家给赶到马路上，不过……”她忽然死死盯住斯佳丽，一脸的谴责神情，“你非穿新裙子不可，是打算跟谁借钱？”

斯佳丽吃了一惊：“那……那是我自己的事。”

黑妈妈死死盯住她端详，就像斯佳丽小时候做了错事还想花言巧语搪塞时一样。她好像看出了斯佳丽的心思，斯佳丽耷拉下眼皮，这才头一次对自己打算做的事有点儿羞愧。

“这么说，你为了借钱需要一条崭新的漂亮裙子。我觉得这个

理不正。你还不说出要跟谁借钱。”

“我什么也不说，”斯佳丽怒气冲冲道，“那是我自己的事。你到底给不给我这窗帘，帮不帮我做裙子？”

“好吧，小姐。”黑妈妈口气软下来，突然让了步，斯佳丽顿时起了疑心。“我帮你做。窗帘里面的缎子衬里还能做条衬裙，花边还能做内裤的镶边。”

她把窗帘递还给斯佳丽，脸上浮出狡黠的笑容。

“斯佳丽小姐，玫荔小姐也要一道去亚特兰大吧？”

“不。”斯佳丽厉声说，她开始明白黑妈妈的念头了，“我独自去。”

“那是你的想法。”黑妈妈的口吻同样强硬，“可我要陪你去，带着你的新裙子。没错，小姐，半步也不离开。”

斯佳丽马上想象出她这趟亚特兰大之行，她跟瑞特谈话时，旁边守着黑妈妈，她两眼瞪得恶狠狠的，活像阴曹地府的看门狗。她脸上重新挂出微笑，手搭在黑妈妈胳膊上。

“我亲爱的黑妈妈，你这是好心，想陪在我身边帮我，可是，没有你，这里的其他人怎么活呢？塔拉的什么事都离不开你哪。”

“哼！”黑妈妈说，“你这套甜言蜜语没用，斯佳丽小姐。自打给你垫第一块尿布起我就一直养着你，你那点儿心思我还不知道？我说要陪你去亚特兰大，就一定要去。你一个人去亚特兰大，埃伦小姐在坟墓里也不得安宁，那地方到处是北佬，还有自由黑鬼和其他坏人。”

“可我要住在佩蒂帕特姑妈家的。”斯佳丽情绪激动地说。

“佩蒂帕特小姐是个好女人，她自以为什么都懂，可她什么都不懂。”黑妈妈说完转身就走，威风凛凛地结束谈话，径自走进走廊。她大声喊叫，走廊里的地板、墙板却都震动了。

“普莉西，小鬼！快上阁楼去，把斯佳丽小姐的衣裳纸样盒取来，再找把好剪刀来。你别给我磨蹭上老半天！”

“这下事情闹大了。”斯佳丽自忖道，觉得丧气，“就是身后跟上条大猎犬也比这强哪。”

晚饭过后，斯佳丽和黑妈妈在收拾过的餐桌上摊开纸样，苏埃伦和卡丽恩忙着拆窗帘上的缎子衬里，玫兰妮用一把毛刷清理天鹅绒上的灰尘。杰拉尔德、威尔和阿希礼坐在屋子里抽烟，望着一屋子女人忙乱的样子，觉得好笑。斯佳丽的兴奋情绪感染了大家，可大家都不懂为什么要这么兴奋。斯佳丽脸色红润，两眼熠熠放光，还不断发出笑声。听到她的笑声，大家都高兴，因为他们已经有好几个月没听见她大声笑过了。杰拉尔德的眼睛也不像平时那么痴呆，他看着女儿在屋里走动，听着她衣裙窸窣，尤其觉得快活。只要斯佳丽走到杰拉尔德跟前，他总要满意地拍拍她。另外两个女儿也兴致勃勃，仿佛在为舞会做准备。她们又是撕，又是剪，又是剥衬里，仿佛在为自己做参加舞会的裙子。

斯佳丽要去亚特兰大借钱，如果有必要，她可能要抵押塔拉借钱。但抵押究竟是怎么回事呢？斯佳丽说，等到明年收了棉花，他们轻而易举就能把塔拉赎回来，而且钱还绰绰有余。她说得斩钉截铁，大家都觉得没有疑问。大家问她打算向谁借钱，她说：“沉住气的有肉，管闲事的没汤。”话说得太调皮了，大家都放声大笑，还逗乐说，她有个百万富翁朋友。

“我猜准是瑞特·巴特勒船长。”玫兰妮狡黠地说。大家听了哄堂大笑，觉得荒唐，因为大家都知道斯佳丽恨这个瑞特·巴特勒，她每次提起他的名字，都免不了咬牙切齿地叫他“瑞特·巴特勒那个流氓”。

斯佳丽听了却没笑。阿希礼刚才也笑了，可他看见黑妈妈朝斯佳丽投去匆匆一瞥，眼神里藏着警惕，他忽然打住不笑了。

苏埃伦让聚会气氛感染了，慷慨贡献出她那条镶着爱尔兰花边的领子，这件宝贝稍有点儿旧，却仍然漂亮。卡丽恩也执意要斯佳丽穿她的鞋去亚特兰大，在塔拉庄园，这双鞋比任何人的鞋都好。玫兰妮恳求黑妈妈给她留点儿天鹅绒布头，让她给遮阳帽换个面，还指着帽子开玩笑说，要是这只老公鸡不赶紧钻进泥沼里，它的古铜和墨绿相间的漂亮尾羽就要从身上掉下来了。大家一听立刻捧腹大笑。

斯佳丽看着大家手忙脚乱地干活儿，听着大家的欢声笑语，也就把满腹伤心事和对他们的轻蔑都藏进了心底。

“他们都不知道我正遭遇到什么事，也不知道他们自己和整个南方要发生什么事。已经沦落到这步田地了，他们还以为没什么大不了的，就因为他们姓奥哈拉、韦尔克斯、汉密尔顿，他们脑袋上就不会降临什么可怕的灾难。就连这里的黑人也是这想法。唉，整个一群傻瓜！永远也清醒不过来！他们还是过去的老脑筋，还是过去的生活习惯，怎么也不转变。玫荔倒是穿得破破烂烂，下田摘棉花，还帮我杀人，可她还是改不了老做派，还是那个羞答答、有教养的韦尔克斯太太，还是那位十全十美的淑女！阿希礼倒是目睹了战争和死亡，受伤后还住过战俘营，可他回到几乎一贫如洗的家里，却还是那副绅士派头，跟他拥有十二橡树庄园时毫无二致。威尔却不同。他了解真实处境，可他也绝不会有什么损失。至于苏埃伦和卡丽恩，这姐妹俩以为眼前的一切不过是暂时的。这些人都不愿改变自己去顺应环境，以为用不了多久，一切都会过去，以为上帝会特别为他们创造奇迹，可上帝不会这么做的。这里唯一可能发生的奇迹得由我利用瑞特·巴特勒来创造……他们不会改变。大概他们

也不能改变。只有我改变了……要是行得通，我也宁愿不改变。”

后来黑妈妈让男人都离开餐厅，把门关上，让斯佳丽试衣。波克扶杰拉尔德上楼去睡觉，阿希礼和威尔单独待在前门厅的灯光里。两人一时默默无语。威尔像一只安静的反刍动物一样嚼着烟草，可他脸上的神色却并不安静。

他终于开了口，缓缓地说：“我不赞成她去亚特兰大这事，一点儿也不赞成。”

阿希礼匆匆瞟了威尔一眼，然后望着别处，没开口，他拿不准威尔是否跟自己一样，心里也是一团狐疑。可这是不可能的。威尔不知道果园发生的事，所以不会了解斯佳丽因此才自暴自弃的。威尔不可能注意到刚才提起瑞特·巴特勒的名字时，黑妈妈脸上的表情，再说，威尔不知道瑞特有钱，也不了解他臭名昭著。至少阿希礼认为，他不可能了解这些事情。不过，自从他回到塔拉后，便渐渐意识到，威尔的直觉像黑妈妈的一样灵，仿佛用不着别人说，就能了解情况，事情发生前就有预感。阿希礼觉得气氛不祥，可究竟是什么原因，他也说不准。可他没能力搭救斯佳丽。整整一个晚上，斯佳丽就没正眼看过他一下，而且当着他的面表现出强烈的喜悦，这让他感到恐惧。他心头的疑虑太强烈了，简直不敢说出口。他不能要她证实自己的疑虑，因为他无权这样侮辱她。他握紧了拳头。他没有丝毫权利过问她的任何事。这天下午，他彻底丧失了所有权利。他不能帮她，谁也帮不了她。不过，他想起了黑妈妈，想起她刚才剪裁天鹅绒窗帘时，脸上露出冷冰冰的果断表情，心里才稍感振奋。不管斯佳丽愿意不愿意，黑妈妈都会照顾斯佳丽。

“这一切都是我造成的。”他心里感到绝望，“是我把她逼到这步田地的。”

他想起今天下午发生的事，记起她当时一副倔强模样，昂着脑

袋，挺起胸脯，转身离开他。他喜爱她，他为自己无能为力而痛心，也因为钦佩她而伤心。他知道，她根本不懂“豪侠”这个字眼，如果对她说，她是他认识的人里最豪侠的，她准会瞪着眼睛迷惑不解。他把她的许多美好品质归结为她的豪侠，可他知道，她自己并不懂。他知道，她能够适应生活，用自己刚强的意志应付生活中的各种坎坷，奋斗时果敢顽强，决不认输，明知道失败不可避免，照样不中途退缩。

但是，四年来，他见过许多不认输的人，明知前面是灾难，却无所畏惧，勇敢向前，因为他们有豪侠气概。不过他们终归还是失败了。

在这间灯光昏暗的门厅里，阿希礼盯着威尔，心想，他绝对不了解这种豪侠气概，斯佳丽·奥哈拉这是要穿着用母亲的天鹅绒窗帘改制的裙子，插上公鸡尾巴上的羽毛，以自己的豪侠气概去征服世界。

第三十三章

次日下午，斯佳丽与黑妈妈乘火车抵达亚特兰大。当时寒风凛冽、乌云滚滚。城市遭战火焚毁后，车站一直没有重建，她们就在烧焦的车站废墟外几码远的灰烬和烂泥地下了车。斯佳丽习惯成自然，朝四周张望着，寻找彼得大叔和佩蒂姑妈的马车。打仗那几年，她从塔拉庄园来到亚特兰大，总是彼得大叔赶着马车来接她。她不禁为自己心不在焉哑然失笑。彼得大叔自然没来，因为她事先并没有把自己来亚特兰大的事通知佩蒂姑妈，再说，老小姐在一封信里十分伤感地说起过，彼得大叔的那匹老马已经死了，那匹马是在南方投降后彼得从梅肯“弄到的”，还用这匹马拉车送她回到亚特兰大。

她环顾车站周围，见地面凹凸不平，到处布满了车辙。她满心希望能遇到个熟人，好搭他们的车去佩蒂姑妈家。可她一个熟人也没见着，不论黑人还是白人，没有一张面孔是熟悉的。也许佩蒂姑妈信里说得没错，如今她的熟人里没一家有马车了。岁月艰辛，如今养活人都困难，谁还养得起牲畜呢？佩蒂姑妈的朋友们跟她自己一样，出门都得步行。

有几辆马车在货车车皮旁边装货，公共马车上溅满了泥浆，赶车的是面孔陌生的粗野车夫，而且只有两辆公共马车。一辆是轿车，另一辆是敞篷车。敞篷车上坐着一位衣着整齐的女士和一位北佬军

官。斯佳丽一见那身制服就不禁猛吸了一口气。佩蒂姑妈来信说过，亚特兰大驻扎着军队，满街都是士兵，可是，她乍一见他们身上的蓝色军装，还是免不了吃惊。她几乎忘记战争已经结束了，也没有意识到这个军人不会来追赶她、抢劫她的东西，也不会侮辱她。

车站周围不像过去拥挤了，她不由得回忆起一八六二年那天早上的情景，当初她刚刚成了寡妇，身上披着黑纱，来到亚特兰大时心里烦得要命。她记起那天这里挤满了人，火车、客车、救护马车挤作一团，车夫谩骂叫嚷，人们跟朋友大声寒暄，一片人声鼎沸。回想起战争年月的轻松和激动心情，她不禁叹了口气，一想到不得不一路走到佩蒂姑妈家，她又叹了口气。可她还不死心，以为到了桃树街上，说不定能遇到个驾着马车的熟人让她们搭车。

就在她东张西望的时候，一个皮肤深棕色的中年黑人赶着一辆轿车朝她驶来，只见那人弯下腰，问道："要马车吗，夫人？两毛钱，在亚特兰大上哪儿都成。"

黑妈妈恶狠狠瞪了他一眼。

"出租马车！"她嘟囔着说，"黑鬼，你当我们是什么人？"

虽说黑妈妈是乡下的黑人，可她并不是生来就待在乡下，她知道，没有家里男人陪着，正经女人是不坐出租马车的，尤其不能乘坐封闭的轿车。就算有个黑女佣陪着，也还是不合礼节。她见斯佳丽眼巴巴想坐这辆车，就狠狠瞪了她一眼。

"你给我过来，斯佳丽小姐！出租马车，加上个自由黑鬼！哼，真够得意的。"

"俺可不是个自由黑鬼。"车夫口气激烈地说，"俺是老塔尔博特小姐家的，这车是她家的，我赶车是为了给家里挣几个钱。"

"你说的是哪个塔尔博特小姐？"

"是米勒奇维尔的苏珊娜·塔尔博特小姐。老东家战死后，我

们家就搬这儿来住了。”

“你认得她，斯佳丽小姐？”

“不认识。”斯佳丽感到遗憾，“米勒奇维尔的人我认识得很少。”

“那咱就走着去。”黑妈妈口气严厉地说，“把你的车赶开，黑鬼。”

黑妈妈提着绒线包，腋下夹着个印花布包袱。绒线包里装的是斯佳丽那件天鹅绒新裙袍，还有她的一顶帽子和一件睡衣，包袱里装着自己的东西。她就这样带领着斯佳丽，徒步穿过大片湿漉漉的焦土。斯佳丽很想坐马车，可并没有为这桩小事跟黑妈妈争执。自从黑妈妈昨天下午发现她摘天鹅绒窗帘开始，眼睛里就一直露出怀疑和警惕的神色，让斯佳丽觉得不舒服。她很难逃避黑妈妈的陪伴，不到万不得已，不想激怒黑妈妈。

她们俩沿着狭窄的人行道朝桃树街走，一路上，斯佳丽觉得又沮丧又悲伤。没想到亚特兰大这么荒凉，与她记忆中的情景大不相同了。她们从亚特兰大旅馆旁边走过，瑞特和亨利伯伯以前都住在这里，可这座豪华旅馆如今成了一片废墟，只剩下个框架和烧焦的残垣断壁。早先，沿着铁路有四分之一英里长的货栈，里面装着成吨成吨的军需物资，如今这地方仍然没有修复，只剩下长方形的地基暴露在黑黢黢的天空下，显得十分凄凉。铁路两旁没有建筑物的墙壁，车棚也没了，车站的铁路光秃秃的无遮无拦。在这片废墟之间，本来有一间仓库，那是查尔斯遗留给她的财产，如今也无法辨认了。亨利伯伯替她缴纳这间仓库的税赋，一直缴到去年，她将来得偿还这笔钱，这又是桩让她头疼的事。

她们拐进桃树街。斯佳丽朝五角广场望去，不禁失声叫起来。弗兰克曾经告诉她说，这座城市被烧成了平地，可她从来没料到破坏竟如此彻底。在她的想象中，这座她非常热爱的城市仍然是建筑

林立、楼宇豪华。然而，桃树街上连一个熟悉的标志都没了，让她觉得非常陌生，仿佛她从未来过这里。战争年月里，她不知多少次赶着马车驶在这条泥泞的街道上，围城的日子里，炮弹在脑袋上呼啸而过，她曾低头弯腰，脚步匆匆在这条街道上奔逃。她最后一次见到这条街道，是在那个撤退的夜晚，当时炎热不堪，心里着急得要命。如今这条街道面目全非了，让她看了真想大哭一场。

谢尔曼的军队离开这座燃烧的城市，邦联军队返回来。一年来这里雨后春笋般建起不少房子，可五角广场一带仍然十分空旷，到处是一堆堆破砖烂瓦和垃圾荒草。有几座残留的楼房她还认得出，可这些房子的屋顶都没了，只剩下了砖墙，白昼惨淡的光线透过没有玻璃的窗户照进去，烟囱耸立着，显得孤零零无依无靠。她不时看见几座熟悉的店铺，心里觉得高兴，这些店铺在战火中没有完全毁坏，又经过修缮，崭新的红砖在乌黑的残垣断壁衬托下，显得分外惹眼。在几座店铺的橱窗上，她看到熟悉的人名，心里觉得高兴，但是更多的名字是她不熟悉的，有几十个招牌上，医生、律师和棉花商的名字她更是从来没见过。以前，亚特兰大的人她基本上都认识，如今看到这么多陌生的名字，她觉得心情压抑。但是，看到整条街都在盖新房子，她的精神才振奋了些。

新盖的房子有好几十座，其中有些还是三层楼！到处都在建造房子，她的目光顺着街道望去，想适应一下新亚特兰大的气氛，各种愉快的声音声声入耳，有锤子钉钉子的声音，有锯子锯木头的声音。举目望去，脚手架高高耸立，人们身背砖块，顺着梯子往上爬。她望着自己热爱的这条街道，眼睛让泪水模糊了。

她自忖道："他们焚烧你，他们把你夷为平地，可他们不能消灭你，他们就是不能消灭你。你会成长起来，恢复往日的繁荣和时髦！"

她沿着桃树街一路往前走，黑妈妈步履蹒跚跟在她身后，她发现人行道上像战争最激烈的时候一样拥挤。这座正在复兴的城市仍然是一派忙碌气象。很久以前，她第一次来到这里探望佩蒂姑妈，这座城市让她热血沸腾。如今，在泥泞坑洼中颠簸行驶的车辆，似乎跟当初一样多，只是看不见邦联军队的救护马车了。店铺的木棚马槽旁，拴的骡马也像以前一样多。虽然人行道上挤满了人，可是人们的面孔都像头顶上悬挂的招牌一样陌生。许多人相貌粗鲁，还有许多装束俗气艳丽的女人，她全不认识。到处有闲荡的黑人，街道上显得黑压压一片，黑人们有的斜靠墙壁站着，有的坐在路边石沿上，望着来来往往的车辆，脸上的神情像孩子观看马戏团游行一样好奇。

“哼，自由的乡下黑鬼。”黑妈妈嗤之以鼻，“一辈子没见过像样的马车。瞧那模样，多粗鲁。”

斯佳丽也有同感，他们的样子的确显得粗鲁，因为他们一个个瞪着她看，都是傲慢无礼的模样。接着，她又看见一群身穿蓝军装的士兵，心里又是一惊，就不再想那些黑人了。城里到处都是北佬士兵，有骑在马背上的，有步行的，有坐在军用马车里的，有的在街头闲逛，有的从酒吧走出来，嘴里胡言乱语说个不停。

她握紧了拳头自忖道：“我永远也习惯不了这帮人，永远习惯不了！”她扭回头说：“快走，黑妈妈，赶快离开这个人堆。”

“我得把这个挡道的黑鬼贱货撵开。”黑妈妈大声回答着，甩动手里的绒线包，把一个在她前面慢吞吞闲逛的黑人狠狠撞到一边，“我讨厌这座城市，斯佳丽小姐，到处是北佬和自由黑人！”

“人不多的地方还是不错的，穿过五角广场就没这么讨厌了。”

她们踩着一个个滑溜溜的踏脚石墩，穿过泥泞的迪凯特街，朝桃树街走去，人群渐渐稀少了。两人来到卫理会教堂前，斯佳丽望

着教堂放声大笑，笑声爆发得既突然，声音又恐怖。一八六四年，斯佳丽飞奔着去找米德大夫，当时跑得上气不接下气，曾在这儿停住脚喘气。黑妈妈满腹狐疑，一双敏锐的眼睛疑惑地盯着她，结果她的好奇心并没有得到满足。斯佳丽回想起当初吓得魂都要丢了，心中不禁一阵羞愧。那时她吓得胆战心惊，吓得不知所措，害怕北佬，也害怕玫兰妮的孩子生出来。现在她觉得纳闷儿，不知自己怎么会害怕成那副模样，就像个孩子听见一声巨响一样。她当时也真幼稚，竟然以为平生最糟糕的事情，莫过于见到北佬，遭遇火灾和军队战败。后来她经历了埃伦去世、杰拉尔德痴呆、挨饿受冻、干活儿累得半死、生活担惊受怕，比起这些磨难，原来害怕的事情多么微不足道啊。她发现，面对入侵的军队原来如此简单，但是要对付威胁塔拉庄园的危险，却非常困难。对，她如今什么都不怕了，只有贫穷才让她心悸。

一辆轿车沿桃树街驶来，斯佳丽连忙跑到路边石沿跟前，看看马车上坐的是不是熟人，因为佩蒂姑妈家离这儿还有好几条街呢。马车驶近时，斯佳丽和黑妈妈都探过身子去看。车窗里掠过一个女人的脑袋，一顶精致的帽子下面露出一头火红的头发，斯佳丽本来装出一脸微笑，见状却几乎喊出声来。斯佳丽倒退一步，两人都认出对方是谁。那是贝尔·沃特林，斯佳丽瞅见她鼻翼厌恶地扇动了一下，然后那张脸就看不见了。真怪，她见到的第一个熟人竟是贝尔。

“那是谁？”黑妈妈存着疑心问道，“她认识你，却不跟你打个招呼。我一辈子从没见过那种颜色的头发，就是塔尔顿一家的头发也没那么红。看上去……嗨，我看准是染的。”

“没错。”斯佳丽接应一句，连忙加快了脚步。

“你认识这个染发的女人？我问你，这女人是个什么人？”

“是城里的坏女人。”斯佳丽不愿多说，“我告诉你，我不认识她，你闭嘴吧。”

“我的天老爷！”黑妈妈压低声音说完，张开嘴巴朝远去的马车望去，露出一脸的好奇。自从二十多年前随埃伦离开萨凡纳以来，她还没见过一个专门卖淫的女人呢，心里后悔没把贝尔看个仔细。

“她的衣裳真够讲究，坐这么漂亮的马车，还有个车夫。”她喃喃地说，“我真不知道上帝是怎么想的，让坏女人这么享福，咱好人倒得饿肚皮，脚上连鞋都穿不上。”

“上帝好些年前就不想我们了。”斯佳丽放肆地说，“别对我说什么母亲听了这话在坟墓里也不得安宁。”

她心里想显得清高，在美德方面胜过贝尔，可她办不到。如果她的计划能奏效，她或许能跟贝尔处在同等地位，让同一个男人供养。她对自己的决定丝毫也不后悔，可这种事情的真相却让她心烦。“我现在不考虑这事。”她心里这么想着，便加快了脚步。

她们经过米德家房子的位置，如今，这里只留下两条孤零零的台阶和一条步道，步道尽头什么都没有了。怀廷家的房子无影无踪了，只剩下光秃秃的地面，连墙的基础和砖砌的烟囱也没了，运走房子材料的马车车辙倒是清晰可见。艾尔辛家的砖房还在老地方，而且还加盖了一层，建起了新屋顶。邦内尔家的屋顶用粗糙的木板代替木板瓦凑合，虽然看上去有点儿破败，还算能住人。这两家的窗户里和门廊上一个人影都没有。斯佳丽心里倒觉得高兴，她眼下不想跟任何人交谈。

再往前走，佩蒂姑妈那所石板屋顶的红砖房出现在眼前了，斯佳丽的心怦怦跳起来。上帝真是有眼，没让这房子夷为平地，也没有把它糟蹋得无法修复！这时彼得大叔胳膊上挎着篮子从前院走出来，他一见斯佳丽和黑妈妈蹒跚而来，一张黑脸上立刻绽开惊异的

笑容。

“我真想亲吻你这个老黑傻瓜，见到你真高兴啊。”斯佳丽自忖道，心里非常兴奋，嘴上大声说：“彼得，快把治姑妈头晕的药取来！我真的来了！”

那天晚上，佩蒂姑妈家餐桌上照例只有玉米糊糊和干豌豆。斯佳丽一边吃，心里一边发誓说，等她有了钱，决不让这两种东西摆上餐桌。无论她得付出什么代价，反正她要弄到钱，她要弄到足够多的钱，不仅要够支付塔拉庄园的税金。反正她总有一天会弄到大笔的钱，就是非杀人不可，她也不在乎。

吃饭的时候，斯佳丽借着昏黄的灯光，询问佩蒂姑妈家里的经济情况，暗自希望查尔斯家或许能借给她所需的那笔钱。她的问题提得并不含蓄，佩蒂巴不得有个家人能聊天，也没留意问话有多唐突，当下哭得泪流满面，说起自己的种种不幸遭遇。她根本不知道自己的农场、城里的财产和钱财都上哪儿去了，反正一切都没了。她哥哥亨利就是这么对她说的。他自己都没钱为自己的产业支付税款了。除了她住的这座房子，其他一切都没了，佩蒂也没有仔细考虑，其实这房子原来也不是她的，而是玫兰妮和斯佳丽的共同财产。她哥哥亨利也仅仅支付得起这房子的税款。他每月给她一点点生活费。虽然接受他的钱让她觉得丢脸，可她没别的法子，只好接受。

“哥哥亨利说，他负担太重，税赋又那么高，实在不知道该怎么应付了，可他准是在说谎，他准有一捆一捆的钱，就是不多给我。”

斯佳丽心里清楚，亨利伯伯没说谎。她收到过他的几封信，说起关于查尔斯的财产的事务，信中说得很有道理。这位老律师为了保住这所房子和市中心那个仓库这两份财产，确实拼命抗争过，为的是让韦德和斯佳丽还能在劫难后得到点儿东西。斯佳丽知道亨利

替她负担这些税款，做出了极大的牺牲。

“他当然一点儿钱都没有了。”斯佳丽冷冷地想道，“唉，那就把他和佩蒂姑妈从我的名单上画掉好了。现在除了瑞特就什么人也没有了。我不得不这么干，一定得这么干。不过我现在不考虑这事……我得引她谈谈瑞特，到时候随便提个建议，让她邀请他明天过来拜访。”

她脸上露出微笑，双手紧紧握住佩蒂姑妈的两只胖手。

“亲爱的姑妈，”她说，“咱们别说钱了，怪让人扫兴的。把那种事抛到脑后，说点儿高兴的事吧。快跟我说说咱们的老朋友，说说他们的消息吧。梅里韦特太太怎么样了？梅贝尔好吗？我听说梅贝尔的小个头儿克里奥尔人平安回家了。艾尔辛一家怎么样？米德大夫和米德太太好吗？”

换了个话题让佩蒂帕特面露喜色，那张娃娃脸不再挂满泪水了。她细细叙述老邻居的事，述说他们的生活起居，连穿什么、吃什么、想什么都说了个齐全。她说起勒内·皮卡德复员以前，梅里韦特太太和梅贝尔靠做馅儿饼卖给北佬士兵维持生活，讲述的声调挺吓人的。想想那种情景吧！有时候，梅里韦特家后院待着二十多个北佬士兵，等着馅儿饼烤熟。后来勒内回来了，每天就赶一辆破马车去北佬兵营，把蛋糕、馅儿饼、松饼之类卖给士兵。梅里韦特太太说，她要多赚点儿钱，以后要在闹市区开一间面包房。佩蒂不想批评别人，不过，这毕竟……佩蒂说，她自己就是饿死也不跟北佬做买卖。她坚持立场，每次在街上见了北佬当兵的，总是对他们鄙视一眼，便穿过马路，尽量表现出侮辱他们的样子。她说，遇上下雨天，这么做就不很方便啦。斯佳丽体会到，佩蒂帕特小姐这种人，虽然过马路要把鞋沾满了泥浆，可她那么做毕竟能显出对邦联的一片忠心。

米德太太和米德大夫的家毁了，北佬纵火烧城的时候，房子化

作灰烬，他们既没钱也没心思重盖房子了，菲尔和达西都死了，米德太太说，她从此再也不要家了，儿子、孙子都没有，还算个家吗？这夫妇俩非常孤独，就搬去跟艾尔辛家住在一起。艾尔辛家把战火破坏的房子修好了。怀廷先生和怀廷太太也在那儿弄了座房子，邦内尔太太也要搬过去住，希望有幸找个北佬军官带着家眷来，好把房子租给他们住。

“可是，他们那么多人怎么挤得下呢？”斯佳丽嚷道，“房子里住着艾尔辛太太、范妮和休……”

“艾尔辛太太和范妮睡在客厅，休睡在阁楼上。”佩蒂解释得很详细，因为她对所有朋友家的安排都了解得一清二楚，“我亲爱的，我真不愿告诉你，可是艾尔辛太太把他们叫作‘付费的客人’，因为，”佩蒂压低声音说，“他们其实就是房客。艾尔辛太太竟然开起了客栈！真够可怕的，不是吗？”

“我倒觉得挺好。”斯佳丽的口吻挺干脆，“要是塔拉庄园的房客在去年一整年都付费，那我倒求之不得呢，要不是他们都免费居住，我们也不至于这么穷了。”

“斯佳丽，这话是怎么说的？塔拉庄园向客人收住宿费！你可怜的母亲在天有灵，躺在坟墓里也不得安宁。当然啦，艾尔辛太太也是迫不得已，她自己替人做精细针线活儿，范妮搞瓷器绘画，休卖木柴挣几个小钱，一家人总是入不敷出。你能想象得出吗，休这个宝贝儿子不得不沿街叫卖烧火柴！他本来一心一意要当个好律师的！看到咱的小伙子们沦落到这步田地，我就伤心得直掉泪！”

斯佳丽心里想着明亮刺眼的天空下塔拉庄园的一垄垄棉花，想起自己弯腰干活儿累得腰都要折了。她记起了自己不在行的手握紧犁把，手上长满水疱的感觉。想到这些，就觉得休·艾尔辛并不特别值得同情。佩蒂真是个天真的老傻瓜，她也真够幸运的，周围成

了一片废墟，可她却安然无恙。

“既然他不喜欢沿街叫卖木柴，干吗不开业干律师呢？难道亚特兰大如今没有律师从业了？”

“啊，亲爱的，从业律师多的是。这年头，人人都在打官司。那场大火把一切都烧了，地界线毁了，弄得谁也不知道自家的土地从哪儿是始，哪儿是终。可是，大家都是一个子儿也没有，律师替人打官司根本挣不上钱。所以休只好去卖木柴……哎哟，我差点儿忘了！我写信告诉你没有？范妮·艾尔辛明晚举行婚礼，当然你必须参加。艾尔辛太太知道你进城，见了你准会高兴得要命。真希望你除了这身衣裳还带着套好衣裳。倒不是说这套衣裳不够好，亲爱的，不过……就是显得有点儿破旧。啊，你还有一套漂亮外衣？那我就太高兴了。这可是亚特兰大失陷以来城里举行的第一次婚礼。婚礼上有蛋糕，有葡萄酒，接下来还有舞会。艾尔辛家那么穷，我真不晓得他们怎么操办得起。”

“范妮怎么会结婚呢？我原以为达拉斯·麦克卢尔在葛底斯堡战死后……”

“亲爱的，千万别责备范妮。你对死去的查尔斯忠心耿耿，但不是人人都能像你这么守节。让我想想，那人叫什么名字来着？我从来记不住人的名字……叫汤姆，可他姓什么，我记不起来了。我跟他妈妈很熟，我们在拉格兰奇女子学院是同学……让我想想，珀金斯？帕金森！对了，就是帕金森。是斯巴达的人。门第不错，不过反正没什么两样……嗨，我知道不该这么说，可我不清楚范妮怎么会嫁这么个人！”

“他酗酒还是……”

“亲爱的，不是的！他的人品好极了，不过，他下半身受过伤，一颗炮弹炸伤了他的两条腿，弄得他两条腿……两条腿……嗨，我

不愿那么说，可他两条腿走路总得叉开，难看极了，反正不受看。真不晓得她干吗要嫁他。”

“女孩子总得嫁人嘛。”

“才不见得呢。”佩蒂显得挺不高兴，“我就一辈子不想嫁人。”

“嗨，亲爱的，我又不是说你！大家都知道你当年多讨人喜欢，现在还是一样。谁不知道老法官卡尔顿见了你总是瞟着你，我还……”

“哎哟，斯佳丽，快别说了！那个老傻瓜！”佩蒂咯咯笑了，一肚子气顿时全消了，“不过，范妮毕竟是个讨人喜欢的好姑娘，本来可以找个好男人的，我就不信她真的爱那个叫汤姆的。我看达拉斯·麦克卢尔战死后，她根本没有忘掉他。可她不能跟你比，亲爱的。你有过几十个改嫁的机会，可始终对查尔斯守贞节。虽然不少人说你没心没肺、举止轻佻，可我和玫荔常常说起你，钦佩你一直把查尔斯记在心里。”

斯佳丽并不细究这些笨拙的贴心话，老练地将佩蒂的话头从一个朋友转向另一个，心里迫不及待想把话题引向瑞特。她们才刚到亚特兰大，直截了当问起他绝对不行。老小姐说不定会朝不该想的地方动脑筋。要是瑞特拒绝跟她结婚，到时候佩蒂有的是时间犯猜疑。

佩蒂姑妈高兴得像个孩子终于找到个听她说话的人，说得滔滔不绝。她说，亚特兰大现在一团糟，都怪那帮卑鄙的共和党人。他们干的坏事数也数不清，可最糟糕的就是他们往穷光蛋黑鬼脑袋里灌输他们的想法。

“我亲爱的，他们还要给黑鬼选举权呢！还有比这更荒唐的事情吗？不过……我搞不懂……我琢磨这种事，反正彼得大叔比我见过的共和党人都懂规矩，彼得大叔当然很有教养，他才不会要什么

选举权呢。不过这种念头把黑人搞得神魂颠倒，如今他们都给调教坏了，有些黑鬼非常无礼。天一黑，在马路上走都不安全，有时候他们光天白日地就把上等女人从人行道往街上的泥泞地里推。要是哪个正人君子敢出面打抱不平，他们就会把他抓起来——我亲爱的，我告诉过你没有，巴特勒船长也给关进监狱了。”

“瑞特·巴特勒？”

虽然消息十分惊人，可斯佳丽还是感到庆幸，因为佩蒂姑妈这么说，就省得她自己在交谈中提起他的名字了。

“对啊！”佩蒂激动得脸蛋儿都涨红了，还坐直了身子，“他此刻正在坐牢，因为他杀了个黑人，他们说不定要让他上绞架呢。想想看，巴特勒船长要上绞架了！”

斯佳丽一时气都喘不上来，惊得目瞪口呆，两眼盯着这位胖乎乎的老小姐看。老小姐见自己的话竟然如此打动人，高兴得不亦乐乎。

“他们还没有得到证实，不过那个黑人侮辱了一个白种女人，后来有人把那个黑人杀了。北佬非常头疼，因为近来有许多傲慢的黑人被杀。他们不能证实这事是巴特勒船长干的，不过米德大夫说，他们这是想敲山震虎。大夫说，要是北佬真的把他绞死，那倒是他们干的第一桩好事，可我不知道这话对不对……巴特勒船长上个礼拜还来过，送了我一只特别可爱的鹌鹑，他还打听你的消息，说是恐怕在围城那阵子得罪了你，怕你永远也不能原谅他了。”

“他在牢里要关多久？”

“谁知道呢。说不定一直关到绞死他为止，说不定最后他们无法证明是他干的。不过，北佬要想绞死人，才不管到底有罪还是没罪呢。”佩蒂帕特煞有介事地压低声音接着说，“他们让三 K 党闹得坐立不安。你们乡下有三 K 党没有？亲爱的，我看准有，只是阿

希礼不告诉你们姑娘罢了。三 K 党的人都守口如瓶。他们晚上骑马出来，打扮得跟鬼魂似的，专门收拾那些偷大家钱财的投机商和傲慢的黑人。有时候，三 K 党的人只是吓唬他们一下，警告他们，要他们离开亚特兰大，要是他们干的事出了格，就会吃一顿鞭子。”佩蒂压低声音说，“有时候，三 K 党的人杀死他们，把他们的尸体丢在最容易让人找到的地方，还要把三 K 党的名片留在尸体上……所以北佬为这种事气得要命，想找个人杀杀他们的威风……不过，休·艾尔辛告诉我说，照他看，北佬不会绞死巴特勒船长，因为他们认为他知道钱在什么地方，只是不愿说出来。他们想让他开口。”

“钱？”

“你不知道？我写信没跟你说过？我亲爱的，你在塔拉消息真闭塞哪。巴特勒船长返回这里时，坐着一辆漂亮马车，拉车的是匹骏马，这里家家吃了上顿没下顿，可他口袋里却装满了钱，闹得全城议论纷纷。大家都怒不可遏，因为这个满口说邦联坏话的家伙竟然这么富有，可我们大家却这么穷。大家都渴望了解他的钱是怎么弄来的，可谁也不敢开口问，只有我问过他，他听了只是笑了笑，说：‘反正你知道来路不正。’你知道他那个人，说话从来没正经。”

“他的钱当然是闯封锁线挣来的……”

“当然是，亲爱的，不过那只是其中的一部分。比起那个人拥有的财富，那不过是一篮子米中的一粒。人人都相信当初邦联政府把千百万块钱的金元藏了起来，后来落到他手里了，就连北佬也相信这话是真的。”

“千百万块——金元？”

“嗨，亲爱的，我们邦联的金元都上哪儿去了呢？准是有人弄走了，巴特勒船长就是这帮人中的一个。北佬原以为是戴维斯总统从里士满撤退时带走了，可他们后来逮住可怜的戴维斯后，发现他

一个子儿也没有。仗打完后，国库里的钱全没了。大家就认为准是几个闯封锁线的家伙弄走了钱，还守口如瓶。”

“千百万——金元！可他们怎么……”

“巴特勒船长把成千上万包棉花运到英国和拿骚，替邦联政府卖，不是吗？”佩蒂得意扬扬地问道，“他卖的不但有自己的棉花，也有政府的，难道不是？你准知道战争期间棉花在英国是个什么价钱吧！你要什么价就是什么价！他当时是全权替政府办事，本来应该卖掉棉花买枪炮，把枪炮给我们运进来。后来封锁越来越紧，军火运不进来，卖棉花的钱用来买了枪炮的连百分之一都不到。所以，巴特勒船长和另外一些闯封锁线的商人就把千百万块钱存在英国的银行，等待封锁线松动。你当然不相信他们会以邦联政府的名义存钱，他们都是用自己的名字存的，钱还在那边……投降后，人人都在说这种事，大家都严厉谴责闯封锁线的商人。北佬以杀那个黑人为由逮住巴特勒船长前，准是早就风闻此事了，因为他们一直逼他说出钱在哪里。你知道，如今我们邦联的资金都属于北佬了，至少北佬认为钱该归他们所有。可巴特勒船长说，他什么都不知道……米德大夫说，无论如何应该绞死他，他是个贼，是个投机商，上绞架是他罪有应得……亲爱的，你脸色这么难看！头晕吗？我说这些惹你难过了？我知道他原来追求过你，可我以为你们早就闹翻了。说句良心话，我从来就不喜欢他，他是个十足的流氓……”

“他不是我的朋友。”斯佳丽打起精神说，“围城的时候我跟他吵过一架，是在你去梅肯以后。他……他关在哪儿？”

“在公共广场附近的消防队！”

“在消防队？”

佩蒂姑妈咯咯笑了。

“对，他给关在消防队里。北佬如今把那儿改成军事监狱了。

北佬部队在市政厅周围驻扎下来，搭了许多木棚当营房。消防队就在附近的一条街上，所以就把巴特勒船长关在那里了。斯佳丽，昨天我还听人说起巴特勒船长的一桩滑稽事，我忘记是谁说的了。你知道他这人总是讲究打扮，完全是个花花公子，可他们把他关在消防队里，不让他洗澡，他就天天闹着要洗澡，后来他们把他提出牢房，带到院子里，那里有个长长的马槽，整个一团士兵都用这个马槽，用同一槽水洗澡！他们允许他在里面洗澡，可他一口拒绝了，说是宁愿留着浑身南方牌号的污垢，也不换成北佬的污垢，再说……”

斯佳丽耳朵里听着她兴致勃勃地说个不停，可她心里在想自己的心事。这会儿，她心里只记得两件事，一件是瑞特的钱比她预料的多得多，另一件是瑞特给关在监狱里。他还可能上绞架，这事把事情搞得有点儿乱，事实上，她反倒觉得这事比较乐观了。瑞特就是上绞架，她也不同情他。她现在急需要钱，急得什么都顾不上了，哪有闲心管他是死是活？再说啦，她也颇为同意米德大夫的说法，认为他上绞架是罪有应得。一个男人，竟然深更半夜把一个女人丢在两军交战的地方不管，自家去投身一个败局已定的事业，这种人上绞架真是罪有应得……要是能趁他关在牢里的时候跟他结婚，等他被处死了，那千百万金元就归她独自所有了。要是不可能结婚，或许她能跟他借一笔款子，答应等他释放后跟他结婚，要不就答应他……嗨，答应他什么都行！要是他们把他绞死了，她就用不着还他的钱了。

她的念头一时像着了火一样热烈，想象着北佬政府干预这事，让她再做一次寡妇，那就等于是对她做了件善事。千百万块钱的金元哪！她能穿漂亮裙子，想吃什么就吃什么，苏埃伦和卡丽恩也是一样。韦德也能穿上暖和衣裳，吃有营养的东西，让塌陷的脸颊变

得圆圆胖胖的，还要给他请个家庭教师教他，日后还要上大学……用不着从小光着脚丫子，像穷白佬那么无知。她还要请个医生来照料爸爸。至于阿希礼……她还有什么事不能为阿希礼做的呢！

这阵子一直是佩蒂姑妈独自喋喋不休地说，可她突然打住话头，问道："怎么啦，黑妈妈？"斯佳丽也从自己的白日梦中回过神来，见黑妈妈站在门口，两手插在围裙下面，目光敏锐地盯着她。斯佳丽不知道她在那里站了多久，也不知道她听到些什么。不过，从她炯炯有神的眼睛中判断，她大概什么都听到了，什么都看到了。

"斯佳丽小姐显得累了，我看她最好上床去休息。"

"我的确累了。"斯佳丽说着站起身，两眼望着黑妈妈，脸上的神情像个无依无靠的孩子，"恐怕路上还着了点儿凉。佩蒂姑妈，要是我明天在床上多躺躺，不陪你去拜访客人，你看行不行？拜访客人有的是时间，可明天晚上我一定要去参加范妮的婚礼。要是我变成重感冒，就去不成了。在床上睡一天简直是最美不过的事了。"

黑妈妈摸了摸斯佳丽的双手，又看了看她的脸色，马上显出焦急神色来。斯佳丽脸色的确不好。她激越的思潮消退后，脸色有点儿苍白，身子也有些发抖。

"宝贝，你的手凉得像冰。赶快上床去，我给你煮杯茶，再烫块热砖焐一焐，让你出出汗。"

"我真是太不体贴人了。"胖老太太嚷着从椅子上跳起身，拍了拍斯佳丽的肩膀，"我只顾说个没完，就没为你着想。宝贝，你明天就待在床上好好睡，养养身子，我来陪你说说话……噢，天哪，不！明天不能陪你。我已经答应明天去陪邦内尔太太。她得了流行性感冒，她家厨娘也病倒了。黑妈妈，你能来我真高兴。明天早上你跟我一道去，帮帮我的忙吧。"

黑妈妈匆匆把斯佳丽赶上楼梯，嘴里嘟嘟囔囔说个不停，说小姐的手冰凉，说她脚上的鞋穿得太单薄。斯佳丽一脸的顺从模样，而且心甘情愿。要是她能进一步消除黑妈妈的疑心，明天早上让她离开这个家，那就一切顺她的心了。到时候，她就能去北佬的监狱里探望瑞特了。她登上楼梯的时候，听见外面隐隐传来雷声，她站在熟悉的楼梯平台上，觉得这雷声就像当初围城时的炮声。她不禁打了个寒战。她永远会觉得雷声就是炮声，就是战争。

第三十四章

第二天早上，阳光时隐时现。疾风吹动一团团乌云，迅速从太阳面前飘过。风刮得窗玻璃嘎吱吱乱响，整个房子里都是一片呜呜的风声。斯佳丽匆匆祈祷几句，感谢上苍让昨夜的雨在早上停了。夜里，她辗转反侧，倾听外面的雨声，要是雨继续下，她的新天鹅绒裙袍和新遮阳帽非弄得一塌糊涂不可。此时，太阳断断续续露出脸，她便觉得精神振奋了。她捺住性子赖在床上，装出没精打采模样，说话还装出嘶哑的声音，好不容易才熬到佩蒂姑妈带着黑妈妈和彼得大叔出门，朝邦内尔太太家走去。终于听到大门砰的一声关上，家里只剩下厨娘在厨房里哼着小调，她立刻从床上蹦起来，从衣橱的挂钩上取下自己的新衣服。

睡了一觉后，她觉得精力旺盛，也从自己内心中那颗冰冷坚硬的核心里汲取到了勇气。她就要跟一个男人斗智了。哪怕是跟随便哪个男人斗智斗勇，这种前景就能让她感到勇气十足。过去几个月里，她历经无数挫折，如今她知道要最终向一个实实在在的对手挑战，她可以用自己的能力把他挑下马背，她心里产生一种轻快的感觉。

穿裙袍没人帮忙很费劲，可她最终还是穿戴完毕，把遮阳帽戴在头上，帽子上插着一支羽毛，显得很神气。她急忙跑进佩蒂姑妈房间，对着一面穿衣镜把自己打扮一番。她看起来多漂亮啊！帽子

上的公鸡羽毛让她显得精神抖擞，苔藓色的天鹅绒衬托下，她的两眼几乎像翡翠一样碧绿，显得炯炯有神。身上的裙子简直无与伦比，看上去那么豪华漂亮，又那么庄重大方！能再次穿上漂亮裙子，感觉真好。自己还是这么美，仍然富有魅力，她觉得得意极了，不禁俯身亲吻了一下自己的镜中映象，接着又嘲笑自己的幼稚举动。她披上埃伦的一方细毛披肩，可这方披肩褪了色，跟苔藓绿色的裙袍一比，显得既寒碜，又刺眼。她便打开佩蒂姑妈的衣橱，挑了件黑色的细布斗篷披在身上，这可是佩蒂星期日做礼拜才舍得穿的秋装。她又往自己刺了孔的耳垂上戴了一对从塔拉带来的钻石耳坠，摇晃一下脑袋，看看效果。耳坠叮当作响，声音非常悦耳。她暗自嘱咐自己，跟瑞特在一起要记着经常摇动脑袋。耳坠晃动起来，姑娘就显得活泼，男人见了就会着迷。

真可惜，佩蒂姑妈只有一双手套，让她戴在自己的胖手上了。女人不戴手套就显得不像个淑女，可斯佳丽自从离开亚特兰大后，就再也没有拥有过手套。一连几个月干繁重的体力活，她的手变得粗糙了，如今这双手可算不得漂亮啦。唉，反正没办法了。她就把佩蒂姑妈的一个精致的海豹皮暖手筒拿出来，套在自己裸露的手上。斯佳丽觉得暖手筒就像最后一抹神来之笔，她显得富贵高雅，什么都不缺了。任何人见了她现在这模样，都不会怀疑她贫穷拮据，不会以为她肩上压着沉重的负担。

可不能让瑞特产生疑心，这一点非常重要。必须让他认为，她纯粹是为了感情去探望他，不是为了其他原因。

她蹑手蹑脚下了楼梯，厨娘独自在厨房扯着嗓子唱小调，没注意到她，她悄悄走出房子外面，匆匆沿贝克街走去，免得让熟人瞅见。走到常春藤街一座让火焚毁的房子前面，她在一块下车台上坐下，盼望有辆马车经过，好搭个便车。飞渡的云彩后面，太阳时隐

时现，阳光时而洒在街面上，却丝毫没有温暖，风不停地吹动着她裤脚上的花边。天气比她预料的还冷，她冷得哆嗦起来，把佩蒂姑妈那件斗篷紧紧裹在身上，心里觉得烦躁。她正打算干脆长距离步行，穿过整个城区，去北佬的兵营，这时街头出现一辆破旧的马车。赶车的是个老婆婆，上嘴唇沾着鼻烟，土褐色的遮阳帽下，露出一张饱经风霜的脸，拉车的是一头有气无力的老骡子。车正朝市政厅方向驶去，老婆婆勉强答应让斯佳丽搭车。她显然看不惯斯佳丽的裙子、帽子和暖手筒。

“她把我当成个荡妇了。”斯佳丽自忖道，“或许她没看错。”

她们最后来到市中心的广场上，前面，市政厅的白色圆顶高高耸立。她向老婆婆道谢后下了车，望着那乡下女人赶车离去。斯佳丽朝四周小心翼翼张望一圈，看看有没有人注意她。她使劲捏了捏脸蛋儿，好让脸上露出些血色，又狠狠咬了咬嘴唇，想把嘴唇弄得红一点儿。她整了整遮阳帽，抹了抹头发，再次朝广场扫视一周。眼前这座二层楼的红砖市政厅经历了战火，却依然完好，但是，在灰蒙蒙的天空下，这座楼显得破旧凄凉。市政厅在广场中央，楼房周围布满了一排排肮脏的军营木棚，上面溅满了泥浆。北佬士兵在四处闲荡，斯佳丽望着他们，心里忐忑不安，勇气顿时泄了不少。她怎么能闯进敌人的营地去找瑞特呢？

她朝那条街上的消防队方向望去，只见拱形门下两扇大门紧闭，两名哨兵在房子两边来回巡逻。瑞特就在里面，可她怎么跟那些北佬士兵开口呢？他们又会怎么对她说呢？她挺了挺胸，杀死一个北佬都没怕过，跟另一个北佬说说话有什么害怕的？

她小心翼翼踩着泥浆中的踏脚石穿过马路，径直走到消防队前面，一个哨兵上前来拦住她，那士兵把扣子一直扣到脖子下，为的是遮挡寒风。

“什么事，太太？”他操一口奇怪的中西部口音，不过话倒说得蛮客气，态度也恭敬。

“我要探望这里的一个人——是个犯人。”

“这可难说啦。”哨兵挠了挠头，“对探监的管得可严啦，再说……”他打住话头，瞅了她一眼，“天哪，夫人！别哭哪！你到那边警备司令部跟长官说说，他们准会让你探视的。”

斯佳丽本来就没打算哭，这时朝他绽开一丝笑容。哨兵转身对另一个正慢吞吞巡逻的士兵说：“嗨，比尔，上这儿来。”

另一个哨兵是个大个头儿，蓝色军大衣把身子裹得紧紧的，一脸黑黑的连鬓胡露在外面，像个恶棍。他穿过泥泞朝他们走来。

“你带这位夫人去司令部。”

斯佳丽谢过他，跟着大个头儿走。

“当心，脚在踏脚石上别崴脚脖子。”那士兵扶着她的胳膊，“最好把裙子撩起一点儿，免得沾上泥。”

从连鬓胡子里传出的声音鼻音浓重，声调却还友善，让她听着心里愉快，扶她的手既坚定又显得恭敬。原来北佬并不坏嘛！

“天真冷，夫人不该挑这种天气出门的。”护送她的士兵说，“走了挺远的路吗？”

“啊，没错，从城那头来的。”她说。他的话挺和气，让她心里觉着舒服。

“这种天气，夫人真不该出门。”那士兵的口吻带着责备，“到处还流行感冒。这就是司令部啦，夫人……你怎么啦？”

“这房子……这房子就是你们的司令部？”斯佳丽抬头看看这座临广场的老房子，见了这座熟悉的建筑，她几乎要嚷起来。战争期间，她在这里参加过无数次聚会。当时这是个漂亮而欢乐的所在，可现在呢——屋顶上飘扬着一面美利坚合众国的旗子。

“你怎么啦？”

“没什么……没什么……我以前认识住在这房子里的人。”

“噢，那可太糟了。我猜他们自己回来也认不出这地方了，里面弄得乱七八糟的。好啦，夫人，你进去吧，跟那位上尉说。”

斯佳丽抚摩着残破的白色扶手走上台阶，推开正门。门厅黑黢黢的，冷得像地窖，一个瑟瑟发抖的哨兵，身子靠着一扇关闭的折门站着。在过去美好的日子里，折门里面是餐厅。

“我要见你们的上尉。”她说。

他把门拉开，让她走进屋子，她心跳加快了，心里又尴尬又激动，脸涨得通红。屋子里有一股不通风的陈腐气息，夹杂着火炉的烟味、烟草味、潮湿的毛料军装味，还有很久不洗澡的身子散发的臭味。她隐隐约约看见光秃秃的墙壁上有撕破的壁纸，墙上挂着一排排军大衣和不成形状的军帽。她见屋子里炉火熊熊，一张长桌子上放满了文件，一群军官身穿钉着铜纽扣的蓝制服。

她咽了口唾沫，总算能开口说话了。她不能让这帮北佬觉得自己胆怯，她得让他们看到自己最漂亮的模样，就显出满不在乎的样子。

“哪位是上尉？”

“我就是个上尉。”一个没系上扣子的胖子说。

“我要见个犯人，瑞特·巴特勒船长。”

“又是个见巴特勒的？他这人交际真广。”上尉把嘴上叼的雪茄抓在手里笑道，“你是他亲戚吗，太太？”

“是的……是他……他妹妹。”

那人又笑了。

“他的妹妹可真不少哇，昨天还来过一个妹妹呢。”

斯佳丽的脸红了。准是跟瑞特厮混的一个女人，没准儿就是沃

特林那女人。这帮北佬准是把她当成那种女人了。简直让她难以忍受。就是为了塔拉庄园，她也一分钟都待不下去，再也忍受不了这种侮辱了。她气得转身去抓门把手，可是另一位军官连忙走到她身边。这是个年轻人，脸刮得干干净净，露出愉快和蔼的眼神。

“等一等，夫人。请你在火炉旁烤一烤，我看能不能帮你的忙。你叫什么名字？昨天那位夫人来，他拒绝会见。”

她在指定的那张椅子上坐下，朝那个一脸尴尬的胖上尉瞪了一眼，报出自己的姓名。和蔼的年轻军官匆匆披上大衣走出屋子，其他人挪到桌子另一头，伸手抓那些文件，压低声音交谈。她把脚伸向炉火，心里满是感激，这才意识到脚已经冻得冰凉，心里埋怨自己忘了在鞋底的破洞里垫块硬纸板。过了一会儿，门外传来喃喃交谈声，她听见瑞特的笑声。门开了，随着一阵刮进屋子的冷风，瑞特走了进来，他没戴帽子，身上随便披了件肮脏的长斗篷，身上脏兮兮的，脸上胡子没刮，脖子上没系领带。虽然衣着随便，可仍然显出得意扬扬的神色，一见到她，那双乌黑的眼睛便闪烁着欣喜的光芒。

“斯佳丽！”

他就像往常一样，把她的双手握在自己手里。让他的手握着，总是让她感到激动，感到热情洋溢，感到生气勃勃。她还没来得及考虑他打算做什么，他就弯腰在她脸蛋儿上亲了一下，小胡子搔得她怪痒痒。他感到她的身体在吃惊地骚动，想挣脱出来，便立刻搂住她的双肩说：“我亲爱的小妹！”他低头望着她，满脸带着笑容，好像喜欢看她不让自己爱抚的那副无奈相。她见他趁机跟她亲热，不禁以笑容回报。真是个流氓！坐牢也没让他丝毫有所改变。

那个胖上尉叼着雪茄跟那个目光愉快的军官嘟嘟囔囔说了两句。

“太出格了，他应该待在消防队，你知道这是命令。”

"啊，看在上帝的分儿上，亨利！这位夫人在仓库里会冻僵的。"

"嗯，好吧，好吧！你得为这事负责。"

"我向你们保证，先生们。"瑞特转身面对着他们，手仍然把斯佳丽搂得紧紧的，"我……我妹妹绝对没带锯子、锉子之类帮我逃跑的东西。"

他们都笑了，斯佳丽匆匆环顾一圈。我的天，难道她得当着这六个北佬军官的面跟瑞特谈话？他真是个危险的犯人，非得一直受到监视不可？那个和善的军官看出她眼睛里的为难神色，便推开一扇门，压低声音对里面的两个士兵简短交代了两句，那两个士兵立刻跳起身，端起步枪出来，关上门走进门厅。

"要是你们愿意，可以坐在连部办公室。"年轻上尉说，"不过，不准闩门。外面有人值守。"

"你看，他们把我看成个亡命徒了，斯佳丽。"瑞特说，"谢谢你，上尉，你真是太体贴人了。"

他满不在乎地鞠了个躬，抓着斯佳丽的胳膊把她拖得站起身，带她走进那间肮脏的连部办公室。她永远也记不得这间屋子里到底是什么样子，只记得屋子很小，光线暗淡，一点儿也不暖和，剥落的墙皮上钉着许多手写的字条，椅子座上铺着牛皮，可是牛皮上还残留着不少牛毛。

瑞特随手带上门，马上走到她跟前，低下头朝她靠过来。她知道他想吻她，连忙把脑袋转开，不过从眼梢向他递了个媚眼。

"我现在还不能真正亲吻你吗？"

"在额头上吻一下吧，就像个好哥哥。"她得体地说。

"不，谢谢你。我宁可等待，希望将来情况会好转。"他的目光盯在她嘴唇上，静静地看了一会儿，"不过，你能来看我，太谢谢你了，斯佳丽！我受到监禁后，你是来看望我的第一个上等公民，

关在监狱里才珍视来探望的朋友。你是哪天来城里的？”

“昨天下午。”

“今天一早就来看我？我亲爱的，你真是太体贴我了。”他笑吟吟地看着她，这种真心的愉快表情，斯佳丽还从来没见过。斯佳丽心里激动，垂下脑袋，仿佛腼腆的样子。

“当然，我马上来看你。昨晚佩蒂姑妈把你的事告诉我，我……我简直整夜不能入睡，没想到会发生这么倒霉的事。瑞特，我太难过了！”

“怎么，斯佳丽！”

他的嗓音温柔，还带点儿颤抖。她抬起头望着他那张黝黑的面庞，见他的表情里丝毫没有平时那种怀疑神色，也没有她非常熟悉的嘲弄。他两眼直勾勾盯着她，她再次低下头，心里真的慌乱起来。事情进展得比她料想的还要好。

“能再次见到你，又能听你这么说，坐牢也值了。他们刚才向我通报你的名字，我简直不敢相信自己的耳朵。你知道，那天晚上我出于爱国心，在马虎村附近干出那种事，我没料到你会原谅我。你能来看我，我认为你已经原谅我了。”

虽然事隔这么久了，可一想到那天晚上的事，她心里还是马上升起一股怒火，可她还是按捺住心头怒火，脑袋晃动一下，让耳坠舞动起来。

“不，我没有原谅你。”她说着噘了噘嘴。

“希望又一次破灭了。我把自己贡献给国家，光着脚在富兰克林的雪地上战斗，得过最严重的疟疾，受过的苦你听都没听说过。事到如今，你还不能原谅我？”

“我才不想听你说你吃过什么苦呢。”她还是噘着嘴，不过眼睛睇视着他，对他微笑，“我仍然认为你那天晚上的行为非常可恶，

永远也不会原谅你。把我孤零零丢下，也不管我会发生什么事！”

“可你什么事都没发生哪。你看，我对你的信心还是对的。我知道你能平安回家，上帝保佑，也没有北佬拦你的路！”

“瑞特，你到底干吗要做那种蠢事呢？到了最后一分钟才报名参军，可你早知道我们马上就要打败了。而且你还说过，傻瓜才拿自己的身体给人家当枪靶子呢！”

“斯佳丽，饶了我吧！我一想到这事就觉得惭愧。”

“嗯，你为那么对待我感到惭愧，我听了觉得高兴。”

“你搞错了。我抛下你不管那桩事，我的良心一点儿都不觉得有愧，抱歉这么说。但是，至于我报名参军——想起当初参军穿上贼亮的皮靴、雪白的细布制服，腰间仅仅插着两把决斗用的手枪——想起靴子穿破了，在寒风凛冽的雪地上行军几十英里，身上没有大衣，肚子里饿得直打鼓……直到现在我都不明白，当时为什么没有开小差。当初全凭一时的狂热。不过，我的血液中有那种狂热。南方人永远无法容忍失败。但是，我也不讲什么道理了。只要你原谅我就够了。”

“可我没原谅你。我认为你简直是一头猎犬。”不过她说最后这个字眼时，语调非常亲热，简直可以用“宝贝”取而代之。

“别骗我了，你已经原谅我了。一位年轻女士不怕北佬哨兵，来探视犯人，难道仅仅来表示一下仁慈？还身穿天鹅绒裙袍，帽子上插着羽毛，戴着暖手筒。斯佳丽，你多漂亮啊！谢天谢地，你还没有弄到衣衫褴褛的地步，也不再穿丧服了！我一看见女人身穿破衣烂衫，或者披着黑纱，心里就烦。你现在看着就像巴黎街头的时髦女子。转个身，我亲爱的，让我好好看看你。”

这么说，他注意到这条裙子了。当然，瑞特总是留意这种事情的。她乐了，激动得舒展双手，踮着脚尖旋转了一圈，还让裙箍向一侧

倾斜，把裤脚上的花边露出一点儿。他的一双黑眼睛上下打量着她，从遮阳帽到鞋后跟，什么都没遗漏，还是原先那种粗鲁的目光，看得她仿佛赤身裸体站在他面前似的，从来都能让她起一层鸡皮疙瘩。

“你看上去非常富有，打扮得非常整洁，几乎称得上秀色可餐啦。要不是外面有北佬把守——不过你放心好了，我不会把你怎么样，亲爱的。坐下吧，我不会像上次那样欺负你了。”他装作悔恨的样子，揉搓一下脸颊，“斯佳丽，你说老实话，难道不觉得那天晚上你有点儿自私？想想我为你做的事情吧，我冒着生命危险为你偷了匹马，而且是那么好的马！然后跑去参军，为的是保卫‘我们壮丽的事业’！我吃了那么多苦，得到什么回报呢？一通臭骂，脸上还挨了狠狠一记耳光。”

她坐下来。谈话并没有顺着她希望的思路走。他刚见到她时显得那么温柔，为她来探望他而真心感到高兴。他刚才几乎显得像个普通人，而不是她熟悉的那个恶棍。

“你吃了苦头都要得到回报才行吗？”

“这还用说，当然是！我是个自私自利的妖怪，这你还不知道？我给人东西总是要得到回报的。”

这话让她不禁微微打了个寒战，不过她又振作起来，再次把耳坠摇晃得叮当作响。

“噢，瑞特，你其实并没有那么坏，不过做做样子而已。”

“哎哟，你变了！”他笑道，“你怎么变成个慈悲的基督徒了？我经常从佩蒂帕特小姐那里打听你的消息，可她并没有说你多了些女性的温柔。斯佳丽，说说你的事吧。我跟你分手后，你过得怎么样？”

原先他激起她的心头怒火和对抗情绪，至今她还耿耿于怀，恨不得说两句刻薄话解解心头恨。可她克制住自己，脸上浮出微笑，

脸颊上还露出一对酒窝。他拉过一把椅子，坐在她身旁，她下意识地把身子靠过去，一只手轻柔地搭在他胳膊上。

“噢，我挺好，谢谢你。如今塔拉庄园一切都好。当然，谢尔曼的军队来扫荡那阵子，我们吃尽了苦头，幸亏他们没有烧我们的房子，黑人把牲口赶进沼泽地藏起来，大半保住了。今年秋天收成还不错，棉花有二十包。当然，跟塔拉庄园原先的产量不能比，可我们人手太少。爸爸说，明年情况会好点儿。但是，瑞特，如今乡下实在乏味死了！想想看，根本就不举行舞会，也没有野外烧烤宴。人们聚在一起交谈，开口闭口只说生活艰难！天哪，我真是烦透了！上个礼拜，我再也受不了啦，爸爸就说，我该出门走走，散散心。我就上这儿来了，打算先做几套衣裳，然后上查尔斯顿去看看姨妈。能再次参加舞会真是太好了。”

她心里觉得得意，自忖道：“刚才这故事编得恰到好处，既没说得太富有，也没说得太穷。”

“你穿起跳舞裙真漂亮，我亲爱的，糟糕的是你自己心里也清楚！我看你这回出来串亲戚，真实原因是跟乡巴佬在一起待厌了，想到远处找几个新朋友吧。”

斯佳丽觉得庆幸，她知道瑞特最后几个月是在国外度过的，最近才回到亚特兰大，要不然他绝对不会说出这么可笑的话。她脑袋里匆匆闪过县里那帮乡巴佬，方丹家兄弟穿得破破烂烂，日子过得非常艰难，芒罗家兄弟穷得叮当响，琼斯博罗和费耶特维尔两个地方的花花公子，如今都忙着犁地、劈木头做篱笆，喂养又老又病的牲口，大家早把舞会抛到脑后了，哪里还顾得上调情作乐那种事呢。但是，斯佳丽把思绪拉回来，故意嗤笑两声，好像承认让他说对了。

“唉，得了吧。”她恳求道。

“你是个没心肝的家伙，斯佳丽，不过这大概正是你的魅力所

在。”他笑了。笑容还是原来那模样，一个嘴角歪着。她知道，他这是在恭维她呢。“你自己当然也知道，你的魅力超出了法律允许的范围。结果，就连我这么感情僵化的人也让你迷住了。我常常感到奇怪，到底是你的什么东西让我老是想起你。我认识许多女人，她们都比你漂亮，肯定比你聪明，而且我恐怕她们比你诚实，心地比你善良。可我就是总要想起你。即使是在投降后那几个月，我到过法国和英国，既见不着你，又听不到你的声音，还在许多社交场合跟许多漂亮女人交往，可我总是想起你，惦记着你的近况。”

她心里一时怒火升腾，因为他说别的女人比自己漂亮、聪明、善良，可他说起她更富有魅力，还说起对她的想念，这立刻就把她心头的怒火扑灭了。这么说，他没有忘记她！那她的计划就好办多了。再说，他在此时此地的言谈举止差不多像个谦谦君子。她需要做的就是把话题转到他自己身上，这样她就能含蓄地表示她也没有忘记他。于是她开始行动了。

她再次轻轻捏了捏他的胳膊。

“嗨，瑞特，你总是逗我这个乡下姑娘寻开心！我准知道你自从离开我就再也没想过我。你成天跟那些漂亮的法国姑娘和英国姑娘厮混在一起，还敢说你脑袋里有我。我来……我来……是因为……”

“是因为什么？”

“唉，瑞特，我替你难过得要命！也为你害怕得要死！他们什么时候才放你离开这个可怕的地方？”

她那只手还搭在他的胳膊上，他伸手紧紧按住那只小手。

“你替我难过，我真心感激。现在还说不准他们什么时候放我，说不定要等到绞索拉紧一点儿的时候。”

“绞索？”

“对，我估计得等到挂上绞索才能离开这里。”

“他们不会真的绞死你吧？”

“只要能找到一点儿证据，他们就会绞死我。”

“哎呀，瑞特！”她把手压在胸口上喊起来。

“你会为我伤心吗？要是你非常伤心，我就在遗嘱里提到你。”

他那双乌黑的眼睛盯着她，鲁莽地笑了，也把她的手握得更紧。

他的遗嘱！她连忙垂下眼睛，害怕暴露自己的真实想法，可她的动作不够快，因为他的眼睛忽然闪出好奇的神色。

“北佬说，我该立个内容详细的遗嘱，他们好像对我目前的经济状况特别感兴趣。他们每天都要提审我，每次换一班人来审问，问的可都是愚蠢的问题。外面流传着一种谣言，说我侵吞了邦联政府一笔神秘的黄金。”

“那么……你侵吞了没有？”

“多巧妙的诱导性问题！你跟我知道得一样清楚，邦联只有印钞厂，没有铸币厂。”

“你的那么多钱是打哪儿搞来的？靠投机生意？佩蒂帕特姑妈说……”

“你可真会盘问哪！”

这家伙真该死！他当然掌握着那笔钱。她情绪太激动，不能用温和的口吻跟他说话了。

“瑞特，你关在这里我真替你难过，你觉得有机会出去吗？”

“我的座右铭是‘天无绝人之路’。”

“这话是什么意思？”

“意思是‘也许有希望’，我无知的美人儿。”

她浓密的睫毛眨巴几下，瞅了他一眼，又把头耷拉下去。

“哼，你这么聪明，哪会让他们绞死！我知道你会想出好办法

打败他们，离开这里！等你出去……”

“等我出去怎么样？”他身子靠得更近些，声音温柔地问道。

“嗯，我……”她装出一脸尴尬模样，脸也涨红了。脸红并不难，因为这时候她正气喘吁吁，心跳得像打鼓。“瑞特，那天晚上，我……我对你说了那种话，心里很难过……你知道……就是在马虎村。我当时……嗯，害怕极了，心里烦得要命，可你又那么……那么……”她耷拉下脑袋，见他古铜色的手把她的手抓得更紧了，“当时……我想，我永远也不能原谅你了！可佩蒂姑妈昨天把你的事告诉我……说他们说不定会让你上绞架……我突然难过得受不了，我……我……”她立刻装出一副哀求的神情，抬起头望着他的眼睛，还装出痛不欲生的样子，“瑞特啊！他们要是真的送你上绞架，那我也不活了！我受不了！你知道，我……”她受不了他炽热闪亮的目光，眼皮再次垂下来。

“我马上就要哭出来了。”她在惊异和激动的火头上心里暗自想道，“我该不该哭呢？要是哭了，是不是显得更自然？”

他匆匆说道：“我的天哪，斯佳丽，你不是要说……”他的手抓得更紧，把她的手都捏疼了。

她紧闭双眼，想挤出点儿眼泪，可她又想到，应该把头抬得高一点儿，好让他亲吻自己。这下子，片刻之后，他的嘴唇就会跟她的嘴唇接触啦。她忽然清清楚楚记起他激烈的热吻，她曾经让他吻得浑身瘫软。可他却没有吻她。她心里充满失望，眼睛睁开一条缝，壮着胆子瞅了他一眼。她看到他满头乌黑的头发，正俯下脑袋看她的一双手，她正瞅着，只见他抓起她的一只手亲吻一下，又把另一只手挨在自己脸颊上贴了一会儿。她原以为他的举动会十分激烈，没想到他举止如此文雅缠绵，倒让她吃了一惊。她不知道他脸上这时有什么表情，因为他正低着脑袋呢。

她连忙垂下眼皮，免得他猛然抬起头，看到自己此刻的表情。她知道，自己眼睛里肯定流露着得意，他只要看一眼就能看透。用不了多一会儿，他就要向她求婚了——至少也会对她吐露衷肠，然后……她的目光从睫毛缝隙中看着他，只见他把她的手掌翻过来，让手心朝上，还在手心里亲吻了一下。忽然，他倒抽了一口冷气。她低头望去，看见了自己的手掌心，她这可是一年来头一次真正注意自己的手掌，心里顿时凉了半截儿，感到非常担忧。这准是个陌生人的手掌，不是她斯佳丽·奥哈拉那双绵软、白皙、关节处有小窝的纤手。这只手因为干活儿变得粗糙了，让太阳晒成了古铜色，上面布满了污渍。破损的指甲长短不齐，手心长出许多老茧，大拇指上还有个没有干缩的水疱。上个月让沸腾的猪油烫伤的红疤十分难堪，显得很惹眼。她看着这只手，心里害怕了，连忙把手攥成拳头。

他仍旧低着脑袋，她还是看不见他的脸。他一点儿情面也不讲，使劲掰开她的手，盯着看那只手掌，又把另一只手抓起来，把两只手并排放在一起，一句话也没说，低头看着这两只手。

“看着我。”最后，他抬起头，声音非常平静，“别那么假正经。”

她不情愿地抬起头望着他的眼睛，脸上的表情既带着挑衅又有烦乱。他的两道黑眉毛向上挑，眼睛闪闪发亮。

“这么说，你在塔拉庄园过得不错，是吗？靠棉花收益可观，所以能到处串门了。你这双手到底干过什么活儿？扶犁把子耕地吧？”

她使劲扭动双手，想挣脱出来，可他紧抓不放，还用大拇指触摸她的老茧。

“这可不是一双淑女的手。”他说着把那双手丢在她腿上。

“闭上你的嘴！”她嚷起来，一时觉得轻松了不少，因为她可

以说出自己的心里话了，“我干什么活儿关谁什么事？”

“我真傻。”她心里暗自恼火，“早知这样，该借用佩蒂姑妈的手套才对，或者偷出来戴戴。可我没想到这双手这么难看。他当然会注意到的。现在我又发了脾气，恐怕计划全砸了。没想到出了这么桩小事，本来他马上就要向我求婚了！”

“你的手当然不关我的事。”瑞特冷冷地说着，身子靠向椅背，脸上变得一片漠然。

看来他这人不好对付了。形势竟然急转直下，她要想取胜就得逆来顺受，心里不愿意也不行。要是对他甜言蜜语几句，也许……

“你这么随便摔我的一双小手实在太粗鲁了。我不过是上个礼拜骑马没戴手套，把手弄伤了……”

“骑马？见你的鬼！”他仍旧是一副平淡腔调，“你这双手一直在干粗活儿，像个黑鬼一样干粗活儿。你还有什么话说？你干吗骗我，说什么塔拉一切都好？”

“听我说，瑞特……”

“咱们最好实话实说。你来看我的真实目的是什么？你对我卖弄风情，说你替我担心，为我难过，我差点儿相信了你的话。”

“我真的为你难过！说实在的……”

“你才不会难过呢，他们把我吊得比哈曼[1]都高，你也不会在乎。你的心思都清清楚楚露在脸上，就像一看你的手就知道你干过苦活一样。你想从我这儿得到什么？看来还很迫切，所以当着我演了这么一出戏。你要什么干吗不直截了当告诉我？要是那样，你得到的机会要大得多，因为我只看重女人的一种品性，那就是坦率。可你却没有表现出坦率，你一会儿把耳坠摇得乱响，一会儿噘嘴，

[1] 哈曼：波斯宰相，阴谋杀绝犹太人，阴谋败露后，被悬于七十五英尺高的木架上绞死。——译注

一会儿忸怩作态，活像个拉客的妓女。”

他说到最后几个字眼并没有提高嗓门儿，也没有一板一眼加重语气，可斯佳丽听了却觉得像甩鞭子一样锐利刺耳，她绝望了，看来想逼他求婚的希望已经落空。换了别的男人，准会因为虚荣心受到伤害气得暴跳如雷，说不定还会责骂她一顿，要是那样她倒不难对付。可他的声调却极其平静，让她感到恐惧，不知该怎么下台了。虽然他现在是个囚犯，隔壁房间还有北佬看管，可她突然觉得，瑞特·巴特勒是个不该惹的危险人物。

“恐怕我的记性越来越差了。我本该想到你跟我同属一类人，做什么事都别有用心。等等，让我猜猜你心里有什么打算，汉密尔顿太太，你不至于错打算盘，以为我会向你求婚吧？”

她的脸涨得通红，没有开口。

“你不可能忘记我那句口头禅，我常说自己不是个能结婚的男人。”

见她依然一声不吭，他突然发作了：

“你没忘吧？回答我。”

“我没忘。”她可怜兮兮地说。

“斯佳丽，你简直是个赌徒！”他讥讽道，“你趁我关禁闭，没有女人做伴，就想试试机会，以为我像条鳟鱼，一见鱼饵就上钩。”

“你刚才就上了钩。”斯佳丽怒气冲冲地自忖道，“要不是因为我的这双手……”

“好啦，我们已经明白了大部分事实真相，就剩下你的动机了。你能不能告诉我，为什么想把婚姻枷锁套在我脖子上？”

他的话说得很温和，还带着点儿戏弄的语调，她稍稍振作起来，觉得毕竟还没有一败涂地。她的结婚希望当然已经破灭了，不过，尽管她懊恼不已，却仍然觉得庆幸。这个顽固的人身上有一种品质

让她惧怕，此时想到跟他结婚，还心有余悸。不过，假如她耍点儿手腕，激起他的同情心，勾起他对往昔的回忆，说不定能向他借一笔钱。她脸上浮出息事宁人的幼稚表情。

“唉，瑞特，你能帮我个大忙——要是你愿意行行好。”

“我最喜欢做的事莫过于对人行好事。”

“瑞特，看在老朋友面上，我想请你帮我个忙。”

“这么说，这位手上长满老茧的夫人终于谈到正题了。恐怕‘探视病人和囚犯’不是你此行的真正目的吧？你想要什么？钱？”

这话说得太直率了。她本希望用打动感情的手段委婉提出来，看来这个希望也落空了。

“别小气，瑞特。”她嗲声嗲气地说，“我的确需要点儿钱。我想跟你借三百块钱。”

“终于说实话了。嘴上说的是爱情，心里想的是钱。多么真实的女性本质！你急需这笔钱吗？”

“对……不过也不是太急，我就是想用这笔钱。”

“三百块。这可是一大笔钱哪。你要这钱做什么？”

“缴塔拉庄园的税金。”

“这么说你想要借点儿钱。既然你的口吻听上去是公事公办，我也同样公事公办。你打算拿什么做担保呢？”

“什么是……”

“担保，就是对我这笔投资的安全保障，我当然不想白白丢掉这笔钱。”他说这话的声调平淡得像是在哄骗她，几乎有点儿嘲弄的口吻，可她并没有在意。或许事情的结局会比较顺利。

“我的耳坠。”

“我对耳坠子没兴趣。”

“我用塔拉庄园做抵押。”

“嗨，我要农场有什么用？”

“你可以……你可以……那可是个好庄园，你不会有什么损失的。等明年的棉花收了，我就能还你的钱。”

“我可没把握。”他把身子靠回椅背上，双手插进裤兜里，“棉花在落价，日子不好过，钱紧得很哪。”

“瑞特，你这是跟我开玩笑吧！你明知道自己有千百万块钱！”

他审视着她，眼神里跳动着强烈的恶意。

“这么说，你过得不错，也不急需这笔钱。我听了这话觉得高兴。得知老朋友过得好，我心里舒服。”

“啊，瑞特，看在上帝的分儿上……”她绝望地说，勇气和镇定都崩溃了。

“小声点儿，我看你不想让北佬听见吧。是不是有人对你说过，你的眼睛像猫——就像只黑暗中的猫？”

“瑞特，别这样！我把一切都告诉你。我急需这笔钱。我说日子过得好，那不是真话，一切都糟透了。父亲……他……他失常了。自从母亲死后，他就变得非常古怪，帮不上我的忙，简直像个孩子。一个干农活儿种棉花的人都没有，倒有好多张嘴等着吃饭，家里一共有十三口人。再说那税金——税额高得厉害。瑞特，我什么都告诉你。一年多来，我们都在挨饿，几乎要饿死了。啊，你不知道！你不可能知道！我们从来吃不饱肚子，早上醒来肚子饿得厉害，晚上又饿着肚子上床睡觉。我们没有保暖的衣裳，孩子们总是受冻，还有病……”

“你这条漂亮裙子是哪儿弄来的？”

“是用母亲屋子里的窗帘改做的。”她回答道，急得编不出谎话来掩饰了，“挨饿受冻我还能忍受，可是……可是那帮投机商提高了我们的税金，还得马上缴清。我只有一枚五块钱的金币。我非

得弄到这笔税款不可！你知道吗？要是我缴不出，我就……我们就会丢掉塔拉庄园！我决不放弃塔拉！”

“那你一开始干吗不把一切都告诉我，偏要折磨我这颗伤感的心呢？凡是跟漂亮女子有关的事，从来都让我变得脆弱。别，斯佳丽，别哭。你什么手腕都耍过，可是还从来没耍过这种手段，我可受不了。我感到大失所望，你要的是我的钱，不是我这个富有魅力的人，你伤害了我的感情。”

她记起，他常常嘲讽别人，也嘲讽自己，在这种时候，说的往往是实话。她连忙抬头望着他，他的感情真的受了伤害？他真的喜欢她？他看她的手掌前，真的有意向她求婚？还是像前两次那样，打算再次向她提出那种恶心建议？假如他真的爱她，她说不定还能征服他。可他那双黑眼睛在滴溜溜乱转，分明是在细细研究她，根本没有柔情蜜意。他轻声笑了。

“我不喜欢你的抵押品，我又不会经营农场，你还有什么可抵押的没有？”

哎哟，他终于谈起这个话题了，得赶紧抓住机会！她深吸一口气，正视他的眼睛，她的全副精神都用来应付这个最害怕的事情，根本顾不上装出一副假面具来卖弄风情了。

“我……我还有我自己。”

“噢？”

她的下巴绷得紧紧的，眼睛绿得像翡翠。

“你还记得围城时期那天晚上，在佩蒂姑妈家门廊上，当时你说……你说你想要我。”

他松松垮垮靠在椅背上，望着她紧张的面孔，他黝黑的面孔上露出莫测高深的表情。他的眼睛深处仿佛在闪烁，他一句话都没说。

“你说过……你说过喜欢我胜过喜欢任何女人。要是你还想要

我，你可以得到我。瑞特，你要我做什么都行，可是，看在上帝的分儿上，开张支票，给我这笔钱吧！我说话算话，我发誓说到做到。要是你愿意，我就给你写张字据。”

他望着她，眼神十分古怪，脸上还是那副莫测高深的表情。她匆匆说话的时候，拿不准他到底是感到可笑，还是觉得反感。他干吗不开口说话？随便说句什么话都行！她的脸蛋儿越来越烫了。

“瑞特，我马上就需要这笔钱。他们要把我们赶出家门，我父亲原来那个总管要来占我们家的地方，还要……”

“你等等。你怎么知道我还想要你？你凭什么认为自己值三百块钱？大多数女人可没有这么高的价码。”

她的脸一直红到了发际，心里的羞辱达到了顶点。

“你干吗非这么做不可？干吗不放弃庄园，住在佩蒂帕特小姐家？那房子一半归你所有嘛。”

“天哪！”她嚷道，“难道你是个傻瓜？我不能放弃塔拉。那是家，我不能不要家。只要还剩一口气，我决不放弃！”

“嗨，这些爱尔兰人，”他说着把椅子放正，两手从裤子口袋里掏出来，“真是个该死的民族，总是把微不足道的东西看得那么重。比方说土地吧，这片土地跟那片土地有什么不同？斯佳丽，咱们把事情挑明吧。你这次是来跟我谈生意的，我给你三百块钱，你做我的情妇。”

“是的。”

这个可恶的字眼说出口以后，她倒觉得轻松了，心里又产生了希望。他刚才说了“我给你”这几个字。可他的眼睛里闪烁出恶魔般的光芒，好像为这事乐不可支。

“不过，以前我厚着脸皮向你提出同一个意思，你却把我赶出家门，还用许多恶毒字眼臭骂我一顿，说你不想给我生‘一窝崽子’。

不，我亲爱的，我这不是老调重弹，只是你脑袋里的奇怪逻辑让我惊讶。你这么做并不是为了自己快乐，而是为了不让豺狼进你家的门。这就证明了我的一个观点：一切美德不过是个代价问题。”

“噢，瑞特，你还有完没完！要是想侮辱我，就请便吧，接着说下去，不过你得给我这笔钱。”

她这阵子呼吸轻松了。瑞特这人她了解，他自然想要尽量折磨她、侮辱她，既为以前受过她的种种轻蔑发泄心头恨，又为刚才受她耍弄报复她。随他吧，她能忍受得了。她什么都能忍受。为了塔拉庄园，忍受这一切也值了。她脑子里一时想象出一幅景象，在仲夏的午后，天空湛蓝，她懒洋洋躺在塔拉庄园浓密的三叶草坪上，仰望像空中楼阁般的云朵不断翻滚，满地白花芬芳阵阵，无数蜜蜂繁忙的嗡嗡声听着让人愉快。午后的寂静中，红土田野里盘旋而上的道路那边隐隐传来辚辚马车声。为了这些，什么代价都值得付出，再多代价也值得。

她抬起头。

“你打算给我钱吗？”

他仿佛在那里自得其乐，可是他开口讲话时，温和中却带着残忍。

“不行，我不给。”他说。

她的思路一时扭不过来，没听明白他的话。

“我就是愿意给，也没法儿给。我身上一个子儿也没有。在亚特兰大一块钱都没有。没错，我是有点儿钱，可是不在这儿。我不能告诉你钱在哪儿，也不能说出有多少钱。要是我给你开出一张支票，北佬就会像鸭子捕虫一样扑过来，你我都拿不到钱。你明白了吗？”

她的脸色顿时变得铁青，十分难看，鼻子尖上似乎冒出许多雀

斑，嘴唇扭曲起来，活像杰拉尔德大发雷霆时的模样。她猛地从椅子上跳起身，嘴巴呜里哇啦乱嚷，闹得隔壁嗡嗡的谈话声也突然中止了。瑞特像只豹子一样扑到她跟前，有力的手掌一把捂住她的嘴，一条胳膊紧紧搂住她的腰。她发疯似的挣扎，想咬他的手，踢他的腿，想尖声嘶喊，把心中的怒气、绝望、憎恨、自尊心受伤的痛苦统统发泄出来。她拼命弯腰、扭动，想从他铁一般强壮的臂膀里挣脱出来，她的心快要迸裂了，她的紧身衣绷得她喘不上气。他紧紧抓着她不放，动作粗鲁得让她疼痛，捂在她嘴上的手非常残酷，手指都掐进她下巴里了。他黝黑的面孔变得煞白，目光既严厉又担忧，把她抱得离开地板，扭过来贴在自己胸脯上，自己在椅子上坐下，把她放在自己腿上，可她还是扭动个不停。

"宝贝，看在上帝的分儿上！别动了！住口！别嚷！不然他们马上就要进来了。请你安静。你真想让北佬看到你这副模样？"

谁看见她都不在乎，她什么都不在乎，一心想杀了他。她脑子忽然感到一阵眩晕。他还捂着她的嘴，堵得她喘不上气。她的紧身衣忽然变得像一排致密的铁箍，他的两条胳膊紧紧搂着她，让她满腹痛恨和怒火没处发泄。后来，他的嗓音似乎越来越微弱，越来越模糊，他俯视着她的那张脸让一层恶心的迷雾遮住了，那张脸旋转起来，迷雾越来越浓，最后她看不见他了，什么都看不见了。

她头晕目眩苏醒过来时，只觉得浑身虚弱、疲惫不堪、神志恍惚。她躺在椅子上，遮阳帽不见了，瑞特正拍打着她的手腕，一双黑眼睛盯着她的脸孔，满脸焦急神色。那位和蔼的年轻军官正端着一杯白兰地，想往她嘴里灌，大半洒到嘴外面，顺着脖子往下流。另外几个军官在她周围无可奈何地徘徊，他们低声交谈，做着手势。

"我猜……我准是晕过去了。"她说道，她的声音好像是从远处传来的，让她自己吃了一惊。

“把这个喝下去。”瑞特把一个玻璃杯靠在她嘴边。她这才记起刚才的事，有气无力地瞪了他一眼，可她疲惫得连发火的力气也没了。

“看在我的面上，求你喝下去。”

她喝了一口就呛住了，咳嗽起来，可他再次把杯子靠在她嘴边。她喝了一大口，那股热流顿时烧得她喉咙热辣辣的。

“我看她现在好些了，先生们，”瑞特说道，“谢谢你们。她得知我可能会被处决，一时吓坏了。”

这群身穿蓝军装的人满脸尴尬，几个人清了清喉咙，慢吞吞走出屋子。那位年轻军官在门口停下脚步。

“要是还有什么我能帮得上忙……”

“没有，谢谢你。”

他走出去，随手带上门。

“再喝点儿。”瑞特说。

“不。”

“喝点儿。”

她又吞了一口，觉得一股热流涌遍全身，身上渐渐有了力气，两腿也不发抖了。她把杯子推开，挣扎着想站起来，可他一把将她按住。

“把手拿开，我要走了。”

“现在别走，等一会儿，你会再次晕倒的。”

“我宁愿晕倒在路上也不想跟你待在一起。”

“反正我不能让你晕倒在路上。”

“放我走，我恨你。”

听她这么说，他脸上浮出淡淡的微笑。

“这才像你的本色。看来你好多了。”

她全身放松，又躺了一会儿，想鼓起心中怒气帮自己打起精神。可她觉得太疲惫了，疲惫得既没精力憎恨，也没精力顾虑任何事。失败像铅块一样沉沉压在她心头。她已经把自己的一切都当赌注押上了，结果输得一败涂地，连自尊心也没剩下。她的最后一线希望幻灭了。塔拉庄园完了，家人全没指望了。她闭上眼睛，重新躺下，耳朵里听到他在自己身边喘着粗气。她躺了很久，感觉到白兰地热乎乎地缓缓在身体中涌动，让她感到一种虚幻的力气和温暖。最后她睁开眼睛，望着他的面孔，心里又一次激起憎恨。她那对吊梢眉紧紧皱在一起，瑞特见了，脸上又出现她熟悉的那种微笑。

“这下你好多了，从你的一脸怒气我就看得出。”

“我当然没事。瑞特·巴特勒，我从来没见过你这么可恶的流氓！我刚才一开口，你心里就很清楚，知道我要说什么了，你也清楚不准备给我钱。可你还是要让我把话都说出来。你本来可以让我避免这么做……”

“不让你说，错过听你说的机会？我才不呢。这儿供我消遣的机会实在太少啦，我还从没听过这么迷人的事呢。”说完他突然笑了，声音带着嘲弄。她一听到这声音，马上跳起身，抓起自己的遮阳帽。

他突然抓住她的肩膀。

“别这么走。你觉得好多了？能认真谈一谈吗？”

“放开我！”

“我看你的确好多了。那就回答我一句话，我是不是你尝试的唯一机会？”他的目光敏锐，仔细注视她脸上的每一个变化。

“你这是什么意思？”

“你想用这办法借钱，是不是只打算找我一个人？”

“跟你有什么关系？”

“关系大着呢，只是你没意识到。你的名单上是不是还有别人？告诉我！”

“没有。”

“难以置信。你手头没有五六个候补人选才怪呢。肯定有人会接受你的建议，这我能肯定，所以想给你个忠告。”

“我不要你的忠告。”

“可我还是要说，眼下我也只能给你个忠告了。你该听听，因为这是个很好的忠告。你要想跟一个男人索取点儿东西，别像刚才对我那样不假思索，把一切都脱口说出。你应该做得委婉些，应该更加诱人，结果会好得多。你以前懂得如何做得尽善尽美，可你刚才提出你的……抵押品，向我借钱，态度僵得像根铁钉。我记得见过这种眼神，那是个二十步开外举着枪跟我决斗的人，他的眼神让人看了不舒服。这种眼神在男人心里激不起热情。不能这样对付男人，我亲爱的。你都快把早年受过的训练忘掉了。”

“用不着你教我怎么做。”她有气无力地戴上帽子，心里觉得纳闷儿，这个脖子已经套在绞索里的人，已经面临绝境了，怎么还会谈笑风生。她甚至也没注意到，他的双手紧紧攥成拳头把裤兜撑得鼓鼓的，仿佛在与自己的无奈抗争。

“高兴点儿。”他看着她把帽子的丝带系上，“你可以来看我上绞架，看了感觉会好得多。到时候咱俩的旧账就结清了，眼下这笔账也就清了。我会在遗嘱里提起你的名字。”

“谢谢你，可他们也许一直拖着不绞死你，到时候就来不及付税款了。”她突然恶毒地开口说，为的是跟他针锋相对，而且她说的真是心里话。

第三十五章

斯佳丽从那座房子里出来时，天又下起了雨，天色阴暗，变成了铅灰色。广场上的士兵都钻进木棚去躲雨，街道上没有行人。一眼望去，一辆马车都见不着，她知道只好一路走回去了。

她拖着沉重的脚步走啊走，白兰地的酒劲也渐渐消失了。寒风刮得她瑟瑟发抖，冷雨像针扎似的打在她脸上。佩蒂姑妈的那袭薄斗篷很快就湿透了，黏糊糊交叠着耷拉在身上。她知道天鹅绒裙子也得弄坏，帽子上的羽毛湿漉漉耷拉着，就像原先长在塔拉的大公鸡尾巴上遭遇连阴雨一样。人行道上的铺路砖破烂不堪，有些路段铺路砖都没了，泥泞能没到她的脚脖子，而且像胶水似的粘住她的鞋，有时拔出脚却带不出鞋。她弯腰去拾鞋，裙边就会挨住泥浆。她根本没打算绕道，拖着又湿又重的裙裾，径直朝泥潭闯过去。裙边和裤脚裹在她脚脖子周围又冷又湿，可她无心照料这套曾经押下无限希望的服装，任凭它搞得一塌糊涂。她浑身发冷，灰心丧气，无比绝望。

她如今还有什么脸回塔拉庄园呢？她曾当着大家的面夸下海口，如今怎么能告诉他们说，大家都得离开家到处流浪？啊，那片红土田野、那些挺拔的松树、那些黑油油的沼泽地，还有雪杉浓荫下埋葬着埃伦的肃穆坟地，她怎么能舍得下这一切呢？

她在泥泞的道路上一步一滑，心里燃烧着对瑞特的仇恨。真是

个无比可恶的流氓！她真希望他们绞死他，让她再也用不着见他的面，也让自己蒙受的耻辱从此再也没人知道。毫无疑问，只要他愿意给她那笔钱，他准有办法。啊，绞死他实在是太便宜他了！谢天谢地，他现在见不着她，看不到她这副惨相。她衣服淋得透湿，头发凌乱，冻得牙齿咯咯响。要是他看见自己这副模样，准会幸灾乐祸，放声大笑。

她在烂泥路上滑得东倒西歪，还不时停下脚步喘口气，把陷在泥巴里的鞋拽出来重新套在脚上。路旁的黑人们见了都放肆地嘲笑她，还相互对视，哈哈大笑。这帮黑猩猩，怎么胆敢笑她！怎么胆敢嘲笑她斯佳丽·奥哈拉？她可是塔拉庄园的主人哪！她真想叫人用皮鞭抽他们，把他们的脊背抽得皮开肉绽、鲜血直流，才能解她心头之恨。给他们自由的北佬真是魔鬼，竟然放纵他们肆意嘲笑白人！

她沿着华盛顿街走去时，眼前景色沉闷得不亚于她忧郁的心情。这里没有桃树街那种繁忙和愉快的气氛。原来这里有许多漂亮的宅子，在废墟上重建的却没有几座，到处是烟火熏黑的房子基础，黑黢黢的烟囱孤零零耸立着，人们把它们戏称作“谢尔曼的哨兵”。这幅景象让人看了心情沮丧。原来通往房子的步道上长满了杂草，原先的草坪上布满枯叶，一个个下车台上还留着她非常熟悉的名字，拴马桩却再也没有人把缰绳系在上面了。凄风苦雨中，这里一片寂静，只有泥泞和光秃秃的树木，让人感到悲哀。她的两脚都湿透了，回家的路多漫长啊！

她听见身后传来马蹄走在泥路上的噗噗声，连忙朝狭窄的人行道里面避让，免得把佩蒂帕特姑妈的斗篷溅得更脏。一匹马拉着一辆单座轻便马车走来，她转身望了一眼，如果赶车的是个白人，她一定得请求搭个便车。马车驶到跟前时，虽然雨丝模糊了她的视线，

可她还是从防水油布上面看见了赶车人，那块油布从马车的挡泥板一直遮到这人的下巴。她觉得这人有点儿面熟，就走下路阶来到路中间，想看得清楚些。那人有点儿尴尬，干咳一声，接着，一个熟悉的声音叫起来，显得又惊又喜：“哎呀，这不是斯佳丽小姐吗？”

“哎哟，是肯尼迪先生！”她边嚷边溅着泥泞走到路心，靠在沾满泥巴的车轮上，也不顾把斗篷搞得更加肮脏，“没想到会见到你，我还从没这么高兴过呢。”

斯佳丽的话显然出于真心诚意，他听了乐得脸都红了，赶忙朝马车另一侧吐了口满是嚼烟的唾沫，敏捷地跳下车，跟她热情握手，然后掀起油布扶她上了车。

“斯佳丽小姐，你独自一人跑到这种地方来干什么？你不知道如今这地方很危险吗？看你浑身都湿透了。来，用这条车毯把脚裹上。”

他大惊小怪围着她团团转，声音像只咯咯叫的母鸡，她也乐得享受让人照料的奢侈。有个男人嘟嘟囔囔围在身边忙乱，这感觉真不错，即使是眼前这个婆婆妈妈的弗兰克·肯尼迪，嘴里还喋喋不休地责怪她，她也觉得很舒服。刚才受过瑞特那番野蛮对待，此刻她心里特别舒坦。离家那么远，此时此地见到一个老乡，心里真高兴。她这才注意到，他衣着很整齐，马车也是新的。这匹马看上去还不老，显然喂养得很好。不过弗兰克显得老多了，与他的实际年龄不相称，比起他去塔拉跟她家人度圣诞节那阵子，人显得老多了。他看上去身体瘦削、形容憔悴，两只眼珠发黄、目光无神，深陷在皱巴巴的松弛皮肤里。他的姜黄色胡须稀疏了，上面沾着嚼烟汁，乱蓬蓬的好像他总是搔动胡子。不过他还是显得伶俐又欢乐，跟斯佳丽从其他人脸上看到的悲伤、担忧和疲惫表情大不相同。

“见到你真高兴。”弗兰克热情地说，“我不知道你在城里。

我上个礼拜还见过佩蒂帕特小姐，她没告诉我说你要来。还有谁……塔拉的人还有谁跟你一道来？”

他心里想的是苏埃伦，这个老傻瓜。

“没别人。”她把那块暖和的车毯裹在身上，尽量往上拉，想把脖子也裹住，“我是独自来的。事先也没跟佩蒂姑妈打招呼。”

他对马吆喝一声，马便沉重地起步了，还尽量在滑溜溜的路上挑好路走。

“塔拉庄园的人都好吗？”

“噢，还过得去。”

她得想出点儿话来说说，可她觉得难以开口。刚刚遭受的惨败让她心情沉重，她只想裹着这条车毯靠在车座上，心想：“我现在不去想塔拉，等以后心里不太难受了再考虑吧。”她一心想引诱他说话，随便说什么都成，一路说到车到她家门口，自己用不着多开口，只需要不时接应一下，说上句“多好哇”或者“你真了不起”之类。

“肯尼迪先生，没想到会遇上你。我知道自己礼数太不周到了，没有跟老朋友们保持联系，不过我也不知道你在亚特兰大。我记得有人说过，你在玛丽埃塔。”

“我在玛丽埃塔做生意，生意做得可不少呢。”他说道，“后来我在亚特兰大定居下来，这事苏埃伦小姐没跟你说过？她没跟你说过我开店的事？”

她隐隐约约记得苏埃伦唠叨着说起弗兰克和什么店铺的事，可苏埃伦说的话她从来都不往心里去。只要知道弗兰克还活着，将来有一天他会把苏埃伦这个负担从她肩头接过去，她觉得就够了。

“她没说过。”她撒了个谎，“你开了爿店铺？真能干！”

苏埃伦竟然没宣布过这个消息，他听了稍稍有点儿伤心，不过

听了她的恭维，脸上又露出愉快神色。

“是啊，我开了家店铺，我认为经营得还不错。有人对我说，我天生就善于做生意。”他咯咯地笑了，笑得喜滋滋的。斯佳丽听见这种嗤笑声从来就觉得心烦。

她自忖道：“真是个老傻瓜，哼，自吹自擂。”

“噢，肯尼迪先生，你干什么都在行。你这爿店铺是怎么开的呢？前年圣诞节见到你，你还说自己身无分文嘛。”

他清了清沙哑的嗓子，挠了挠自己的连鬓胡，面带羞涩地微笑着。

“嗨，说来话长啦，斯佳丽小姐。”

她想道：“谢天谢地！这下他就能一直说到我家门口了。”于是她说道：“快讲给我听听！”

“你还记得我最后一次上塔拉庄园征粮吗？那以后没多久，我就去服现役了，我说的是真正参加战斗，不再当军需官了。斯佳丽小姐，其实也没必要搞军需，因为当时军队什么也征不到了。我觉得自己身强力壮，上前线作战才能真正发挥作用。后来呢，我就在骑兵队作战，直到肩膀上吃了颗子弹才退下来。”

斯佳丽见他挺得意，就说：“真可怕啊！”

“噢，伤得不重，没伤着骨头。”他的口吻轻松，“他们把我送进一家医院，我的伤快要痊愈的时候，北佬来突袭。天哪，当时可真紧张！我们事先没得到消息，当时凡是能走动的人都帮着转移军用物资，把医院设备装上火车运走。我们刚刚装好一列车皮，北佬的骑兵就打进城那头了，我们连忙从城这头撤退。哎哟，那情景真惨。我们坐在火车皮顶上，看着北佬放火焚烧我们留在车站没法儿带走的物资。斯佳丽小姐，他们把沿铁路堆了半英里长的物资都给烧了。我们只是人逃出来了。”

“太可怕了！”

“是的，的确是太可怕了。我们的人回到亚特兰大，火车也开到这儿来了。唉，斯佳丽小姐，没过多久，战争就结束了。当时到处扔着瓷器、折叠床、床垫、毛毯，就是没人认领。我看那些东西按理归北佬所有。这也算投降的条件，不是吗？”

“嗯。”斯佳丽心不在焉地说。她身子暖和了，有点儿昏昏欲睡。

“直到现在我也不知道做得对不对。”他情绪有点儿恶劣，“不过我觉得北佬拿那种东西一点儿用也没有，他们准会放一把火烧掉，可这些东西是我们的人实实在在花钱买来的，所以我认为它们应该属于邦联和南部人民。你懂我的意思了吗？”

“嗯。”

“斯佳丽小姐，我很高兴你同意我的看法，可我一直觉得良心上过不去。很多人对我说：‘别这么想，弗兰克。’可我心里老是忘不掉。我要是觉得做了错事，就老是抬不起头来。你觉得我做得对吗？”

“当然。”她说道。可她心里在纳闷儿，不知道这个老傻瓜在说些什么，只知道他良心有些不安。一个男人像弗兰克一样上了年纪，应该学会不考虑那些无关紧要的事才对。可这人总是心情紧张，像个老女人似的大惊小怪。

“你这么说我很高兴。投降的时候，我身上除了十块钱的银币，其他什么都没有。你知道他们在琼斯博罗干的事，我的房子和店铺都毁了，我当时不知道该做什么了。可我花了十块钱把五角广场的那个店铺盖了个屋顶，把医院的设备搬过去卖。人人都需要瓷器、床垫之类的东西，我卖得很便宜，因为我觉得这些东西其实不能算我的，它们本来就是大家的。我赚了点儿钱，又进了些货，结果店

铺办得挺兴隆。要是周转得快，我能赚很多钱的。”

斯佳丽一听见“钱”这个字眼，脑子一下子清醒过来。

“你说你赚了钱？”

见她来了兴致，他说得更起劲了。除了苏埃伦，其他女人跟他交往不过是敷衍一下而已，他没想到斯佳丽这个以前的美女竟然对他的话发生了兴趣。他让马走得慢些，好让他到家前把话说完。

“斯佳丽小姐，我现在还不是个百万富翁。跟以前的钱相比，现在这点儿钱只是个小数目。不过今年我赚了一千块。当然，我花了五百块进货、修店铺、付租金。可我净赚了五百块。生意越来越兴隆，明年我肯定能赚两千。这两千块我已经想好怎么用了，我已经有了计划。”

一听他说起钱，她立刻变得兴致盎然。她垂下浓密的睫毛，稍稍向他靠近一点儿。

“是什么计划，肯尼迪先生？”

他笑了，用缰绳在马背上抽了一下。

“恐怕我让你觉得厌烦了吧，斯佳丽小姐，我净谈生意经。像你这样年轻漂亮的小姐，根本用不着知道生意上的事情。”

这个老傻瓜。

“噢，我对生意一窍不通，不过我非常感兴趣！快跟我说说，遇上我不懂的，你就跟我解释解释。”

“好吧。我的另一个计划是开个锯木厂。”

“一个什么？”

“一个把木材锯成木板的工厂。我还没有买下那个工厂，不过我打算买。桃树街那头有个名叫约翰逊的，他拥有一家锯木厂，因为急需用钱，打算卖掉厂子。他本人还愿意留在厂里帮我经营，我每星期付给他工钱。这一带没剩下几家锯木厂，他那个厂就是其中

一家。北佬把大多数厂子都毁了。拥有锯木厂等于拥有一座金矿，这年头，木材简直可以漫天要价。北佬把这里的很多房子都烧掉了，人多房子少，人人都急着想重建房子。可木材不够，供货期也长。如今人们都朝亚特兰大涌，因为没有黑人，地没法儿种了，乡下人都想进城，北佬和投机商也涌进来，我们已经给敲诈得一无所有了，可他们还想在我们身上榨出更多油水。告诉你吧，用不了多久，亚特兰大就会变成一座大城市。他们盖房子就得用木头，所以我打算尽快买下这个锯木厂。等我收回部分欠账，就把它买下。我……我猜想，你知道我为什么想尽快挣钱，对不对？”

他脸红了，再次咯咯笑起来。斯佳丽厌恶地想道：“他在想苏埃伦。”

她动了一下念头，想跟他借三百块钱，可她还是打消了这个念头。他准会吞吞吐吐找各种借口，拒绝她。钱是他辛辛苦苦挣来的，为的是到了春天可以娶苏埃伦。要是这笔钱没了，他的婚期就得往后推，还不知道要推到什么时候呢。就算她能激起他的同情心，让他意识到自己对未来岳父家的责任感，答应借这笔钱，她也知道苏埃伦不会同意。苏埃伦如今越来越着急，觉得自己已经是个老姑娘了，凡是耽搁她婚期的事，她准会坚决反对。

那个满腹牢骚的姑娘到底有什么魅力，竟然能让这个老傻瓜迫不及待，要为她筑个安乐窝？苏埃伦不配得到个痴情丈夫，也不配享受一爿店铺和一座锯木厂的收益。苏埃伦只要手里有了钱，就会摆出一副派头，让人受不了，更不会掏一分钱帮助维持塔拉庄园。苏埃伦肯定不会帮忙！她会为自己能离开塔拉感到庆幸，根本不关心塔拉缴不上税金让人家拍卖，就是塔拉烧成平地，她也不在乎，只要自己能穿上漂亮衣服，有人称呼她太太，就感到心满意足。

一想到苏埃伦的终身大事有了着落，可她自己和塔拉却没有保

障，斯佳丽不禁怒从心头起，恨生活对她不公平。她连忙扭头望着车外泥泞的街道，唯恐弗兰克注意到自己的神情。她要失去一切，而苏埃伦却……突然，她心里做了个决定。

不能让苏埃伦得到弗兰克，不能让她得到他的店铺和锯木厂！

苏埃伦不配。斯佳丽自己要拥有这一切。她想到了塔拉庄园，回忆起乔纳斯·威尔克森站在家门台阶下的情景，那个响尾蛇一样歹毒的家伙。她的生命之船就要沉没，她要抓住这最后一根救命稻草。瑞特见死不救，可上帝却把弗兰克赐给了她。

“但是，我能得到他吗？”她握紧了拳头，目光恍惚地望着雨丝，“我能让他忘记苏埃伦，然后让他很快向我求婚吗？既然我差一点儿就让瑞特向我求婚，我一定能把弗兰克搞到手！”斯佳丽把目光转向弗兰克，眼皮眨巴了几下。“这个人实在算不得好看。”她冷冷地想道，“他的牙齿长得难看，一嘴的口臭，年纪大得像我父亲。再说，这个人还这么神经质，胆小怕事，从没见过哪个男人有这么讨厌的品质。不过，他总算是个正人君子，我看跟他一起生活比嫁给瑞特好忍受些。当然，要想驾驭他也比较容易。无论如何，如今沦落到了叫花子的地步，也就不能挑挑拣拣了。”

他是苏埃伦的未婚夫，这丝毫也没让她的良心有所顾虑。她能来亚特兰大找瑞特，自己的道德观念就已经完全崩溃了，夺走妹妹的情人无非小事一桩，如今哪顾得上为良心烦恼呢？

心里有了新的希望，她挺直了脊梁骨，忘记了两脚又冷又湿，两眼眯成一条缝，目不转睛地盯着弗兰克，盯得他心里惊慌，赶忙垂下眼皮。她想起瑞特说的那句话：“我记得见过这种眼神，那是个二十步开外举着枪跟我决斗的人……这种眼神在男人心里激不起热情。”

“斯佳丽小姐，怎么回事？你着凉了吗？”

“是啊。”她的声音里充满了无奈，“你能不能……”她迟疑着，声音显得很腼腆，“你能不能让我把手插在你上衣口袋里？天真冷，我的暖手筒都湿透了。”

“这还用说……这还用说……当然可以！你连手套都没戴！天哪！我太怠慢了，喋喋不休说个没完，可你却要冻僵了，需要赶紧去烤火。驾！萨丽！顺便问问，斯佳丽小姐，我只顾忙着说自己的事了，都没来得及问你，天气这么糟糕，你出来是要干吗？”

“我刚才去了北佬的司令部。”她想都没想就脱口而出。

他沙黄色的眉毛惊得挑起来。

“可是，斯佳丽小姐！那些士兵……你为什么……”

“圣母马利亚！让我想出一套真正管用的谎话吧。”她心里连忙祈祷。要是让弗兰克疑心她去看望过瑞特绝对不行。弗兰克认为瑞特是个最下流的流氓，规矩女人不该跟那种人谈话。

“我上那儿去……我上那儿去……为的是兜售刺绣活儿，看看哪个军官愿意买回去给自己的太太。我的刺绣手艺好极了。”

他吓得目瞪口呆，身子靠在车座上，迷惑中夹杂着愤怒。

“你去找北佬……哎呀，斯佳丽小姐！你可不该那么做。这……这……你父亲准不知道！佩蒂帕特小姐也肯定……”

“哎呀，你要是告诉佩蒂帕特姑妈，我就不活了！”她真急了，不禁放声大哭。这时候哭鼻子很现成，她本来冷得要命，心里又苦恼极了。可她这一哭，却产生了惊人的效果。弗兰克突然手足无措了，就是她突然当着他的面把自己脱得精光，他也不会更尴尬。他舌头抵住牙齿，一连啧啧了几声，嘴里嘟囔着“天哪！天哪”，对她做了几个安慰的手势，却没有任何作用。他脑袋里突然产生个大胆的念头，想把她拉过来，让她的脑袋靠在自己肩膀上，拍拍她。可他从来没跟女人做过这种事，几乎不知道该如何是好。斯佳丽·奥

哈拉既风流又漂亮，竟然在他的马车里哭了。斯佳丽·奥哈拉简直是高傲的化身，竟然跑到北佬那里去兜售针线活儿。他的心里燃烧着愤怒的烈火。

她继续呜咽着，嘴里不时喃喃唠叨几个字眼，他便了解到，塔拉庄园境况不妙。奥哈拉先生仍然“神志不清”，那么多人都吃不饱肚子，她这才不得不上亚特兰大来，设法挣点儿钱，既为自己，也为自己的孩子。弗兰克再次啧啧几声，忽然发现她的脑袋已经靠在他肩膀上，他也不清楚这事是怎么发生的，肯定不是他动手把她搂过来的。可斯佳丽的脑袋已经过来了，还依偎在他干瘦的胸脯上，啜泣着，显得无比绝望。他体会到一种异常激动和新奇的感觉。他胆怯地拍了拍她的肩膀，发现她并不反抗，就壮起胆子拍着她。这是个多么甜蜜无助的弱女子啊。她也真有点儿蛮勇，靠针线活儿想赚点儿钱，而且是跟北佬做买卖——这可太过分了。

“我不告诉佩蒂帕特小姐，不过你得答应我，斯佳丽小姐，以后别再干这种事了。想想吧，你父亲的女儿竟然……”

她一双湿润的绿眼睛无可奈何地向他的眼睛望去。

“可是，肯尼迪先生，我总得干点儿什么才行。我必须照料我可怜的孩子，如今没人照料我们啦。”

“你是个勇敢的女子。”他说道，“不过，我可不能让你做这种事，你家里人会把脸都丢尽的。”

“那我该怎么办呢？”她抬起一对恍惚的眼睛望着他，仿佛知道他有办法，正等待着他出主意。

“这个嘛，我一时也没办法，不过我会想办法的。”

“噢，我就知道你有办法！你真有本事，弗兰克。”

她以前从未称呼过他的教名，他听了又惊又喜。这个可怜的姑娘准是心烦意乱得要命，甚至没注意自己说漏了嘴。他心里涌起一

股对她的好感，也觉得自己有能力保护别人。要是他能为苏埃伦的姐姐帮上什么忙，他肯定愿意效劳的。他掏出一块印花手帕递给她，她揩了揩眼睛，战战兢兢露出笑容。

“我真是个小傻瓜。”她不好意思地说，“请你原谅我。”

“你可不是个小傻瓜，你是个非常勇敢的年轻女子，想要挑起一副非常沉重的担子。恐怕佩蒂帕特小姐对你没什么帮助，我听说她的大部分财产都散失了，亨利·汉密尔顿先生自己的经济状况也很糟。可惜我不好给你提供个房间来住。不过，斯佳丽小姐，你记住我这话，等我跟苏埃伦小姐结了婚，我们家有你和韦德·汉密尔顿住的地方。”

机不可失！如此天赐良机，准是天上诸位圣贤和天使在为她守望。她竭力装出一副既吃惊又窘迫的模样，仿佛打算脱口而出说点儿什么，又赶忙闭上了嘴。

“别假装不知道我开春就是你的妹夫了。”他装作打趣，心里却紧张不安。接着，看见她眼睛里满含泪水，慌忙问道：“怎么回事？苏埃伦生病了，是不是？”

“噢，没有！没有！”

“准是出什么事了，你一定得告诉我。”

“啊，我不能！我不知道！我想她自己会写信告诉你的——唉，多丢人哪！”

“斯佳丽小姐，到底是怎么回事？”

“啊，弗兰克，这话我本来不该说，可我以为你一定知道了……以为她已经写信告诉你了……”

“写信告诉我什么？”他浑身颤抖。

“唉，你是这么好的人，她却做出那种事！”

“她做了什么事？”

“她真的没写信告诉你？啊，我猜她准是羞得不敢给你写信了。她的确该感到羞愧！唉，没想到我有这么个丢人现眼的妹妹！”

这时候，弗兰克连提问的勇气都没了。他呆坐在那里，两眼瞪着她，脸色变得死灰，手里的缰绳松松垮垮耷拉下去。

“她下个月要跟托尼·方丹结婚了。唉，弗兰克，我真替你难过，真不该由我告诉你这事。她等不及了，害怕变成个老姑娘。”

弗兰克搀扶着斯佳丽下车时，黑妈妈早已在门廊上等待多时了。她显然在那儿已经等了好一阵子，包头布都湿了，紧紧裹在脖子上的旧围巾也落了不少雨滴。那张皱纹满面的黑脸露出愤怒和焦急，斯佳丽从来没见过她的嘴唇噘得那么高。不过，她朝弗兰克瞟了一眼，马上认出他来，脸上的表情立刻变了，立刻露出喜悦，还有点儿迷惑，脸上变成一种类似羞愧的表情。她踉踉跄跄朝弗兰克走来，兴高采烈地与他寒暄，跟他握手时，她咧开嘴笑了，还行了个屈膝礼。

“看见老朋友回来，我真是打心眼儿里高兴哪。”她说道，“你好吗，弗兰克先生？老天爷呀，你气色真好！早知道斯佳丽小姐是跟你在一起，我就不担惊受怕啦。我准知道你会照顾她的。我回来见她不在，就像只没脑袋的鸡，急得团团转，以为她独自在城里乱跑，可街上到处是自由黑鬼。你怎么事先也不跟我打声招呼，宝贝？你还着了凉！”

斯佳丽顽皮地朝弗兰克眨巴了一下眼睛。弗兰克刚刚听到坏消息，心情非常沮丧，不过还是微笑了一下，因为他明白，她这是在叮嘱他要为他俩的愉快同谋保守秘密。

“黑妈妈，你赶快去替我准备几件干衣服，”她说道，“再端点儿热茶来。”

“天哪，你这身新裙子全糟蹋了。”黑妈妈嘟囔着抱怨道，“我

得花功夫替你刷洗刷洗，好让你晚上去参加婚礼。”

黑妈妈走进屋子，斯佳丽靠近弗兰克，压低声音说：“今晚你一定要来吃晚饭，我们太孤单了。晚饭后我们去参加婚礼，一定要请你陪我们去！请你千万别对佩蒂姑妈说起……说起苏埃伦的事。她听了会伤心的，让她得知妹妹的事，我也受不了……”

“嗯，我不说！我不说！”弗兰克连忙说，说这种事让他想想都害怕。

“你今天帮了我的大忙，真是太谢谢了，我又觉得勇气十足了。”她紧紧握着他的手跟他道别，一双眼睛向他发动全面调情进攻。

黑妈妈在门扇后面等着她，意味身长地瞪了她一眼，然后气喘吁吁跟在她身后上了楼，走进卧室。斯佳丽脱下衣服丢在椅子上，黑妈妈一声没吭，服侍斯佳丽上床睡觉。她给斯佳丽端来一杯热茶，拿来一块包在法兰绒里的热砖，低下头望着斯佳丽。接着她开口说话了，斯佳丽从来没听她这么说过话，声调里几乎带着歉意：“乖宝贝，你怎么也不说说你这趟到底要干啥？我可是你的黑妈妈呀，要不然我也犯不着一路跟你来亚特兰大嘛。我上了年纪，身子也太重，不能跟你跑来跑去。”

“你这话是什么意思？”

“宝贝，你瞒不过我，我了解你。我刚才看见你跟弗兰克先生的脸色，知道你脑袋里在动啥念头，就像念《圣经》一样明明白白。我还听见你跟他低声说苏埃伦小姐的事。要是早知道你追的是弗兰克，我就待在家里不出来了。”

“噢。”斯佳丽接应一声，身子在毯子下面舒舒服服蜷缩起来。她心里清楚，要想蒙骗黑妈妈是不可能的。“你当我是来找谁的？”

“闺女，我不知道，不过你昨天那张脸我可不喜欢。记得佩蒂

帕特小姐写信告诉玫荔小姐说，那个叫巴特勒的流氓有的是钱，这话我可没忘。弗兰克先生长相不中看，不过他可是个正人君子。”

斯佳丽狠狠瞪了黑妈妈一眼，黑妈妈回瞪她一眼，平静的目光中带着无所不晓的神情。

“噢，你打算怎么办？对苏埃伦翻闲话？”

“我会想方设法帮你，从各方面逗弗兰克先生高兴。”黑妈妈说着替斯佳丽掖了掖毯子。

黑妈妈在屋子里忙乱的时候，斯佳丽静静躺了一会儿，心里觉得宽慰，这事两人非常默契，用不着多说。黑妈妈没有要求她解释，也没有责备她。黑妈妈心里明白了，嘴上就不再多说。斯佳丽发现，黑妈妈比她自己更讲求实际。一旦自己的宝贝面临危险，一双老眼虽然昏花，却能立刻清清楚楚看透事态，就像个野蛮人那么直率，也像孩子一样无忌。斯佳丽就是她的宝贝，只要她的宝贝孩子想要的东西，尽管这件东西属于别人，黑妈妈也愿意帮她弄到手。她脑子里丝毫都没替苏埃伦和弗兰克考虑过，只是心里暗自冷笑几声而已。斯佳丽正面临困难，正在尽全力搏斗，而斯佳丽是埃伦小姐的孩子，黑妈妈毫不迟疑地支持她。

斯佳丽感觉到，这阵沉默就是对她的认可，脚下的热砖让她全身暖烘烘的，刚才乘车回家时心里产生的希望火花，此时变成了熊熊火焰。她浑身燃起了激情，怦怦心跳使热流涌遍全身。她又恢复了力量，兴奋得几乎要放声大笑。她兴高采烈地想道，我还没有输。

“把镜子递给我，黑妈妈。”她说道。

“把肩膀盖住。”黑妈妈一边下命令，一边把镜子递给她，两片厚嘴唇上露出笑容。

斯佳丽看看自己的镜中形象。

“我的脸白刷刷的，像个鬼。”她说道，“我的头发乱得像马

尾巴。”

“你跟以前不一样了。”

“嗯……外面雨很大吗？”

“你还不知道，跟瓢泼似的。”

“反正都一样，你得替我上街走一趟。”

“雨这么大，我才不去呢。”

“你得去，要不我自己去。”

“有什么不能等的大事？好像这一天还没干够似的。”

斯佳丽对着镜子仔细端详着说道：“我要一瓶香水。你替我洗洗头发，往头发里喷点儿香水。再买一瓶榲桲籽汁，把头发定定型。”

“这种天气，我才不帮你洗头呢，也不让你学那些放荡女人往头发上喷香水。只要我还有一口气，就不让你那么干。”

“我就要这么干。从我钱包里取出那个五块钱的金币，上街去买。另外……嗯，黑妈妈，到了城里，顺便给我买一罐胭脂。”

“胭脂是什么东西？”黑妈妈狐疑地问道。

斯佳丽盯着她的眼睛，眼神里带着一股她自己都感觉不到的冷漠。她从来摸不准，到底能把黑妈妈逼到哪一步。

“你别管，去店铺里买就是了。”

“我不知道的东西绝不买。”

“好吧，是一种颜色，这下清楚啦？往脸上搽的颜色。别站在那儿把腮帮子鼓得像癞蛤蟆，快去。”

“颜色！”黑妈妈嚷起来，“往脸上搽的颜色！要不是你已经长大了，我准得揍你！我从来没丢过这种脸！你准是昏了头！埃伦小姐这阵子准是在坟墓里翻身呢！把脸抹得像个……”

“你知道得清清楚楚，罗比亚尔外婆也搽脸的，还……”

“没错，她还不穿裤子只穿条衬裙，上面还要喷上水，连腿的

形状都看得见，可这不等于说，你也可以那么干！老一代小姐们年轻时候，风气不好，可是时代变了，她们干的事……”

“我的天哪！”斯佳丽捺不住性子，大声嚷起来，把盖在身上的毯子掀起来，“你趁早回塔拉去！”

“我不愿回塔拉你就休想打发我回去，我有这个权利。”黑妈妈怒气冲冲道，“我哪儿也不去，就待在这儿。你给我回床上去。想得肺炎，啊？躺下，盖上！躺下，盖上，好乖乖。听话，斯佳丽小姐，这种天气哪儿都不能去。上帝呀！你就像你爹！回床上去，我可不给你买什么颜色！人人都会知道是我家孩子要用这东西，把我羞死了！斯佳丽小姐，你这么漂亮可爱，用不着什么颜色。宝贝，只有坏女人才用那种东西呢。”

“可是，她们搽了不是挺好看吗？”

“耶稣基督呀，听她说的是什么话！宝贝，不准说那种坏话！快把湿袜子脱下来，宝贝。我不准你买那种东西，埃伦小姐晚上会找我算账的。回床上去。我走了。我找一家不认识我们的店铺去买好了。”

那天晚上，艾尔辛太太家按时为范妮举行婚礼。老利维和其他乐师来为婚礼舞会伴奏，斯佳丽环顾周围，心里充满喜悦。能再次参加聚会，她心里实在太激动了。她也为受到大家的热情欢迎感到喜悦。她挽着弗兰克胳膊走进屋子时，大家都朝她涌过来，人们乐得直嚷，欢迎她，亲吻她，跟她握手，述说对她无比想念，还要她再也别回塔拉了。人们都宽宏大量，男人都忘掉她曾经竭尽全力伤他们的心，女子也忘记了她曾引诱她们的情人撇下她们。就连梅里韦特太太、怀廷太太和米德太太之类的老女人，原来战争快要结束时曾对她十分冷淡，这时也忘掉了她的轻浮行为，忘却了对她的指

责，只记得她跟大家一样，在共同的失败中饱受折磨，只记得她是佩蒂的侄媳，是查尔斯的寡妇。大家亲吻她，含着眼泪谈起她慈母的去世，还详细询问她父亲和妹妹的近况。大家也询问玫兰妮和阿希礼的情况，要她解释他俩为何不回亚特兰大。

虽然斯佳丽因为受到欢迎心里喜悦，可她还是感到一丝不快，竭力想掩饰起来，那是因为这身天鹅绒裙袍是一副邋遢模样。黑妈妈和厨娘下了很大功夫，又是用开水壶烫，又是用一把干净梳头刷子刷，又是拼命在火苗上扇动，可它膝盖以下仍然湿漉漉的，裙边上还是沾着污渍。斯佳丽生怕有人注意到自己的裙子曾在泥水中弄脏，进而意识到她只有这么一条漂亮裙子，幸亏其他客人的衣服远不如她，心里这才稍感欣慰。大家的裙子都很旧，看上去都是仔细织补熨烫过的。而她自己这身裙子却是完整的、全新的，虽然有点儿湿，但是，在聚会上除了范妮那身白缎子婚纱裙袍，唯一身穿新裙袍的就是她了。

想起佩蒂姑妈对她说过艾尔辛家的经济状况，她觉得纳闷儿，不知道做这条白缎子婚纱裙袍的钱是打哪儿来的，另外，她们买点心、买装饰、请乐师的钱也不知是怎么弄来的。这些一定花了很多钱。钱准是借来的，要么就是艾尔辛家上上下下都为这场奢侈的婚礼出了力。在当前困难时期，举办这样规模的婚礼，简直像塔尔顿家为儿子立墓碑一样铺张浪费。她当时站在塔尔顿家墓地上，心里也有过同样的恼火和反感。昔日那种挥金如土的时代已经一去不复返了，这些人干吗硬要追随逝去的岁月，摆出这番架势呢？

不过她耸了耸肩，把这个短暂的念头抛在脑后。反正不是她自己的钱，她才不愿为别人的愚蠢生气，不愿毁了自己今晚的兴致。

她发现新郎是自己的熟人，就是家住斯巴达的汤米·韦尔伯恩。一八六三年他的肩膀受了伤，她曾在医院看护过他。当时他是个身

高六英尺的帅小伙，是放弃医学专业参加骑兵团的。可现在他看上去像个小老头儿了，因为臀部受过伤，身体佝偻得厉害。他走路有点儿吃力，佩蒂姑妈说他走路叉着腿，模样很难看。可他本人好像完全没有意识到自己的外表，或者说并不在意，一副对别人无所求的态度。他已经彻底放弃了继续学医的希望，现在当了名承包商，管理着一批爱尔兰建筑工，正在承建一座新旅馆。斯佳丽心里纳闷儿，不知道他这般身体状况怎么应付那么繁重的工作，可她什么也没问，心里不无苦涩地想，人到无奈时，什么都能干。

汤米、休·艾尔辛、一副猴子长相的小个头儿勒内·皮卡德三个人跟她站在一旁聊天。其他人正把椅子和家具往墙边移，腾开空地准备跳舞。自从斯佳丽与休在一八六二年最后一次分手以来，他没什么变化，还是原来那个身材瘦削、神色机敏的小伙子，前额照旧耷拉着一绺浅棕色头发，一双手还是她记忆中的那么纤细，不像个能干活儿的样子。但是，勒内自从那次休假时跟梅贝尔·梅里韦特结了婚，有了很大变化。一双黑眼睛还是像法国人似的闪闪发光，还是像克里奥尔人一样对生活充满热情，虽然他的笑容十分开心，可是战争初期那种轻松表情已经变成了现在的艰难神情，身穿义勇兵制服时脸上那种目空一切的傲慢神色已经荡然无存了。

“你的脸颊如玫瑰，眼睛像翡翠！”他与斯佳丽行吻手礼时恭维道，接着又称赞胭脂让她显得更漂亮，“就像我最初在义卖会上见到你时一样漂亮。你还记得当时情景吗？你把戒指丢进我提的篮子，那情景我怎么也忘不掉，你真勇敢！可我绝对想不到，你过了这么久还没得到另一枚戒指！”

他调皮地眨巴一下眼睛，还用胳膊肘朝休的肋间捅了一下。

“我也绝对没想到，你会赶着车卖糕饼，勒内·皮卡德。”她说道。有人当面提起他干的低贱行当，可他似乎并不感到丢人，反而

显得开心，拍了拍休的脊背，放声大笑。

“说得好哇！”他嚷道，“是我岳母梅里韦特太太要我干的，这可是我一辈子干的头一桩活计。我勒内·皮卡德原来想养良种赛马、想拉小提琴！如今我赶着马车送糕饼，我喜欢干这个！我岳母能把男人培养得什么都干得了。她本该去当将军，那我们就能打胜仗了。对吗，汤米？”

“哼！”斯佳丽自忖道，“还说喜欢赶车送糕饼！他家当年在密西西比河畔拥有十英里的土地，在新奥尔良还有座大宅子！”

“要是我们原来让岳母参军，不出一星期，我们就能打败北佬。”汤米表示同意，眼睛扫视着他这位新岳母虽然瘦弱却顽强不屈的身影，“我们能坚持这么久，唯一的原因就是背后有不愿屈服的妇女在支持。”

“决不屈服的妇女。”休改正他的说法，脸上的微笑中带着自豪，不过稍有点儿挖苦味道，“今天到场的妇女没一个投降的，在阿波马托克斯投降的是她们的男亲属。她们现在比我们当时还难过，我们至少还能在战斗中出出气。”

“她们可以靠憎恨来出气。”汤米替他把话说完，“你说呢，斯佳丽？女士们见自己的男人沦落到如此地步，心里比我们还难受。休本来想当法官，勒内想当着欧洲观众演奏小提琴……”他低头躲过勒内打来的一拳，“我本想当个医生，可如今……”

“假以时日，”勒内嚷道，“我会成为南方的糕饼王子！我的休老弟就会成为木柴大王，你呢，我的汤米老兄，你养的不是黑奴，而是爱尔兰奴隶。多大的变化——多大的乐趣！斯佳丽小姐，你和玫荔小姐会有什么变化呢？你们挤牛奶、摘棉花吗？”

“才不干呢！”斯佳丽口气十分冷淡，她没有理解勒内接受艰苦生活的乐观态度，“那种活由我们的黑人干。”

“听说玫荔小姐给儿子取名叫‘博勒加德’。你捎个话告诉她，就说我勒内赞成这名字，就说除了‘耶稣’，没有比这更好的名字了。”

“可是，还有‘罗伯特·爱德华·李’。”汤米说，“我并不是有意贬低博的声誉，可我为长子起的名字叫‘鲍勃·李·韦尔伯恩’。”

勒内笑了，耸了耸肩膀。

“我给你们说个笑话，不过这是个真实故事。你们知道克里奥尔人怎么看待我们勇敢的博勒加德和你们的李将军吗？在一趟火车上，车快到新奥尔良的时候，一个李将军手下的弗吉尼亚人遇到一个博勒加德部队里的克里奥尔人。这个弗吉尼亚人对李将军的言行说个没完。那个克里奥尔人显出很有礼貌的样子，皱了皱眉头，若有所思，后来，他微笑着说：‘李将军！对啦，我知道！李将军！就是博勒加德将军称赞的那个人！’”

斯佳丽出于礼貌想陪他们一起笑，可她觉得这个故事没什么可笑的，只说明克里奥尔人跟查尔斯顿人和萨凡纳人一样高傲。另外，她从来就认为，阿希礼的儿子应该按阿希礼的名字命名。

乐师调准了音调，忽然演奏起《丹·塔克老伙计》，汤米转向她说：

“斯佳丽，跳舞吗？我不能跟你跳，不过休或者勒内……”

“不，谢谢你。我还在为母亲服丧呢，”斯佳丽连忙说，“我就坐着看看吧。”

她的眼睛找到弗兰克·肯尼迪，做个手势把他从艾尔辛太太身边叫过来。

“我想坐在那边的凹室里，要是你能给我端点儿点心过来，我们可以好好聊聊。”趁另外三个人走开了，她对弗兰克说。

他匆匆走去替斯佳丽端了一杯酒和一块薄蛋糕，她便坐在客厅另一端的凹室里面，还小心翼翼把裙摆弄好，把最难看的污渍掩盖

起来。见到这么多熟人，又听到了音乐，她心情激动，把早上跟瑞特在一起的羞辱场面抛在了脑后。明天她要回顾瑞特的行为，也要回忆起自己蒙受的耻辱，心里会感到痛苦。明天她会考虑是否给弗兰克惶惑难过的心里留下了什么印象。不过今晚她不愿思索。今晚她感到了勃勃生气，浑身的每一种感官都充满了希望，她的眼睛在熠熠放光。

她从凹室朝宽敞的客厅望去，看着人们跳舞，记起战争期间她初到亚特兰大时，这间屋子曾非常漂亮。当初，这里的硬木地板像玻璃似的闪闪发亮，头顶上的枝形吊灯装饰着几百块晶莹的玻璃棱柱，把吊灯上几十支蜡烛上的光芒反射出来，就像钻石，就像火焰，就像蓝宝石的光芒，照亮了整个房间。墙壁上悬挂的家人肖像尊贵而端庄，俯视着满堂宾客，神色显得矜持而好客。几张红木沙发柔软诱人，其中一张最大的曾经摆放在她此时坐的凹室中显著的位置上。以前举办聚会时，斯佳丽最喜欢坐在这个位子上。从这个位置可以看到整个漂亮的客厅，以及客厅另一端的餐厅。餐厅里摆放着一张可以围坐二十个人的椭圆形红木餐桌，周围靠墙摆放着二十把端庄的细腿椅子，一个大餐具柜里放着沉甸甸的银餐具，上面还放置着几个七叉蜡台，放着高脚酒杯、调味品瓶子、水瓶和亮晶晶的小玻璃杯。战争打响的头一年，斯佳丽曾多次在那张沙发上就座，身旁总有个英俊的军官陪着，耳畔响着小提琴、低音提琴、手风琴和班卓琴演奏的音乐，夹杂着人们的舞步在打过蜡的地板上擦出让人激动的沙沙声。

如今，枝形吊灯歪歪斜斜挂在那里，黑黢黢的，上面的菱形玻璃装饰大半破碎了，仿佛北佬占领者曾把这些美好的东西当成靴子蹂躏的目标。此时，照亮屋子的是一盏油灯和几支蜡烛，但大壁炉里燃烧的熊熊炉火成了主要光源。跳跃的火苗照耀下，旧地板失去

了光泽，上面斑痕累累，破烂不堪。褪色的壁纸上看得出几个长方形印渍，表明那里曾经悬挂过肖像。天花板上面宽宽的裂缝让人回忆起，攻城那天有一枚炮弹在屋子上面爆炸，把屋顶和二层楼的一部分都掀掉了。曾经摆放过蛋糕和玻璃水瓶的那张红木餐桌，如今仍然摆在显得空荡荡的餐厅里，桌面上布满了划痕，几条桌腿看得出经过笨拙的修理。餐具柜、银餐具、细腿椅子都不见了。屋子背面的拱形法式凸窗上，原来的暗金色窗帘也没了，只有不多几块带花边的窗帘还在，洗得挺干净，可是显然都修补过。

在这个凹室里，原先那张她非常喜爱的曲线沙发没了，放了张硬邦邦的长凳，坐着实在不舒服。她坐在上面尽量显出文雅姿态，心里却希望自己的裙子不是现在这模样，好让她参加跳舞。能够重新跳舞就太让她高兴了。但是，她不打算气喘吁吁地跳弗吉尼亚乡村舞，因为在这间僻静的凹室更能对弗兰克施加影响，她可以倾听他谈话，装出心醉神迷的模样，好鼓励他大犯傻劲。

音乐的确听着入耳。利维伸出一只大脚踢踏着打拍子，她也踢踏着脚上的软鞋热切地和着节拍踏动。老利维拼命弹拨着班卓琴，招呼大家跳弗吉尼亚乡村舞。两排舞伴相互靠拢，接着后退，转身，手臂搭成拱形，脚步在刮擦、踢踏。

> 丹·塔克老兄喝得醉醺醺……
> （舞伴们转个身！）
> 他倒在火堆里踢出火星星！
> （女士们轻轻跳一下！）

在塔拉庄园度过好几个月的沉闷时光，吃过精疲力竭的苦头，如今再次听到音乐，听到人们的舞步声，看到熟悉的友善面孔，大

家在微弱的灯光下欢笑，大声说起以前的笑话，用昔日的流行俚语打趣逗乐、挖苦嘲弄，这种感觉真好。如同死而复生，几乎让人觉得又回到了五年前的愉快岁月。假如她闭上眼睛不看眼前这些一改再改的旧衣服，不看那些打过补丁的靴子和舞鞋，假如她脑袋里不老是想着双人舞伴里缺少的小伙子们，她几乎能觉得一切都没变。可是，她看着眼前景象，望着老人们围在餐厅的玻璃水瓶跟前，妇女们手里没拿扇子沿墙站着聊天，旁观年轻人摇摆着身子跳舞，忽然感到不寒而栗，感到恐惧，觉得一切都彻底变了样，眼前的熟悉身影仿佛都是些鬼魂。

他们还是老面孔，却跟以前不一样了。这是怎么回事？仅仅因为他们长了五岁吗？不，远远不是因为时间在逝去。他们身上的某种东西不见了，他们生活圈子中的某种东西消逝了。五年前，一种安全感把他们包围其中，那是一种非常缥缈的东西，就连他们自己也没有察觉到。他们就是在那种安全感里成长起来的。如今这种感觉没有了，昔日那种随时存在的激动和喜悦，以及那种生活方式的魅力也随之丧失掉了。

她知道自己也变了，但变化没有他们大，他们变得让她迷惑不解了。她坐在那里望着他们，觉得自己与他们格格不入，就像来自另一个世界的陌生人一样孤独，仿佛自己说的是他们不懂的另一种语言，他们的语言她也听不懂。后来她明白了，她跟阿希礼在一起就有这种感觉。他和他那种类型的人构成了她的主要生活环境，可她觉得自己并不能融合在这个环境中，其中某些东西是她无法理解的。

他们的面孔没有多少变化，他们的礼貌一点儿也没变，可是她似乎觉得，她的老朋友们身上只留下这两种东西没有变。他们还是那一副永恒的尊严和那一套永恒的殷殷礼数，至死也不会改变。但

是，他们经历的苦难深重得无法用言语形容，心灵的伤痕到死也无法抚平。他们是谈吐温和的人，性格强悍，但已经精疲力竭，虽然遭受了失败，却不愿在失败面前低头，他们被打败了，却依然挺直腰杆儿。他们是被征服的土地上受镇压的人民，遭受蹂躏，得不到保护，他们眼睁睁看着自己热爱的州遭受敌人践踏，看着自己的法律受到恶棍们嘲弄，看着以前的奴隶威胁自己，看着自己的男人被剥夺公民权、自己的女人受尽侮辱。他们认为生活像地狱一样黑暗。

他们原来的世界发生了彻底改变，只剩下个旧的形式。旧习惯还会延续下去，也必须延续，因为这是他们仅有的财富了。他们紧紧抓住昔日自己最熟悉、最珍视的东西不放，那就是他们从容不迫的礼貌，他们的礼数，他们与人交往的随和风度，尤其突出的是男人保护女子的态度。男人们恪守着自幼习得的传统，他们彬彬有礼、温柔体贴，从来都能创造一种保护女性的气氛，使她们避免严酷的东西，使她们看不到女性不宜的场面。斯佳丽想，这实在是无比荒唐，因为在过去五年里，就是最与世隔绝的女子，也无不目睹其惨。她们看护伤员，合上垂死者的眼皮，遭受战火，经历毁灭，饱尝恐惧、逃难和饥饿的滋味。

但是，不论他们亲眼看见过何种景象，也不论他们执行过何等卑微的任务，他们仍然是绅士淑女，他们是被流放的贵族，生活痛苦，但精神照旧高贵，对一切都失去了兴趣，但依然友爱待人。他们虽然像头顶上那盏枝形吊灯的水晶一样破碎了，但意志仍然像钻石一样坚强。往昔的岁月已经一去不复返了，但是这些人会继续走老路，仿佛昔日的生活仍然存在，仍然富有魅力，仍然是原来的悠闲从容。他们打定了主意，决不仿效北佬那种见钱不要命的疯狂，决心丝毫不偏离旧的生活轨道。

斯佳丽心里清楚，她自己也发生了极大的变化，否则哪会干出

最后离开亚特兰大以来的这一切，否则，她也不会像现在这样煞费苦心，迫不及待地满足自己的愿望。但是，她的顽强与他们的宁折不弯是有区别的，可她一时也说不清楚到底区别何在。或许在于她什么事都干得出，而许多事其他人宁死也不愿做；也许在于他们虽然绝望却依然笑对生活，态度优雅地朝生活鞠一躬，然后从旁边绕过。斯佳丽可做不来这个。

她不能无视生活。她得过日子，生活太残酷了，充满了敌意，她不可能漠然笑对生活。斯佳丽觉得，朋友们的温和、勇气、气节都没什么价值。她只觉得那是一种愚蠢的倔强，因为他们看到了严酷的现实，却仅仅面露微笑，不愿正视现实。

她旁观着跳舞的人们，见他们跳乡村舞乐得满面通红，不知道他们是不是也有像她这样紧迫的事情要办。当然，他们也经历过各种压力——情人战死，丈夫残废，孩子挨饿，土地不再属于自己，心爱的家园里住进了陌生人。她只是关注别人的事较少，操心自家的事更多而已。其实，他们的损失也是她自己的损失，他们受到的贫困与她受到的贫困原因相同，他们面临的问题与她面临的问题性质一样。然而，他们对这些问题做出的反应却不同。她在这间屋子里见到的面孔并非他们的真实面目，那不过是他们的假面具，是他们永远不愿摘下的假面具。

但是，既然他们像她一样饱尝了残酷生活中的苦头——他们当然饱尝了苦头——那他们怎么还能这么欢乐轻松呢？他们究竟为什么要这样表现呢？她难以理解他们，因此心头隐隐约约感到一丝恼火。她不可能模仿他们，她不能装出无动于衷的态度面对这片生活的废墟。她像一只受到追捕的狐狸，奔逃得心都要破裂了，指望在猎犬追上前钻进巢穴。

她忽然对所有这些人心生憎恨，因为他们跟她不同，因为他们

承受失败的态度，自己永远也学不会，也永远不愿仿效。她恨他们，恨他们的微笑，他们是些步履轻盈的陌生人，是些狂妄的傻瓜，明明是些失败者，还觉得自豪，仿佛在为自己失去某些东西而骄傲。这些女人的仪态举止像淑女，她心里也知道她们的确是淑女，可她们日常干的却是卑微的活计，还不知道什么时候才能得到下一套新衣服呢。可她们还是淑女！虽然她自己现在身穿天鹅绒裙袍，头发上喷了香水，尽管她身世高贵，拥有过引以为傲的财富，可她感觉自己不再是个淑女了。在塔拉的红土地上干苦活已经让她斯文扫地，她心里清楚，除非餐桌上摆满银餐具和水晶杯盘，摆上丰盛的菜肴，香气扑鼻，除非她的马厩里有马匹和车辆，除非在塔拉庄园的棉花田里摘棉花的是一双双黑人的手，而不是白人的手，否则自己再也不会感到是个淑女了。

“唉！”她喘了口气，愤愤然想道，“差别就在这里！他们虽然穷，却依然觉得是淑女，可我就没这种感觉。这些愚蠢的女人好像没意识到，没钱当不了淑女！”

尽管心里突然有了这个新发现，可她还是隐隐约约意识到，尽管她们看起来傻，但她们的态度仍然是正确的。要是埃伦活着，也会这么想的。她心里感到不安。她知道，自己应该与这些人想法一致，可她不能。她知道自己应该像她们一样虔诚，相信一个女子生下是淑女，一辈子就是淑女，即使沦落到一贫如洗，也还是个淑女。可她现在不能逼自己相信这个。

她有生以来一直听人们嘲笑北佬，说他们以拥有的金钱多少论斯文，而不论出身高贵与否。尽管这是一种歪理邪说，可她此刻不禁想到，北佬在其他问题上可能全是错的，不过这一点却没错。要成为淑女得有钱。她清楚，要是埃伦听女儿说出这种话，准得晕过去。无论穷到什么地步，埃伦都不会觉得羞愧。羞愧！不错，斯佳

丽感到的正是这个字眼。她为贫穷而感到羞愧，为沦落到囊空如洗不择手段而羞愧，为不得不干黑人的活计而羞愧。

她心里恼火，耸了耸肩膀。也许这些人是对的，自己错了，但是，这些骄傲的傻瓜不像她一样往前看，他们竭尽全力，不惜牺牲荣誉和名声，想要夺回已经失去的东西。他们中间的许多人认为，努力挣钱有失体面。可这是个野蛮而艰难的时代，要想生存，就得付出野蛮而艰难的斗争。斯佳丽知道，家族传统会阻止他们中的许多人投身这种斗争，因为不得不承认，赚钱是这种斗争的目的。他们都认为明显的赚钱行为是极端不雅的，甚至谈论钱也粗鄙不堪。当然，也有例外的情况。梅里韦特太太烘面包，休·艾尔辛砍木柴沿街叫卖，汤米承包建筑工程，这些就是例外。另外，弗兰克还雄心勃勃开了家店铺。他们干的算是什么阶层的活计呢？庄园主们如今却在不多几英亩地上勉强收获，过着贫苦生活。律师和医生可以恢复自己的老本行，等待当事人和病人上门，恐怕永远是空等待。还有那些靠年金过消闲日子的人，他们会怎么样呢？

她可不愿一辈子受穷。她不会坐在那里耐心等待，指望一种奇迹来帮助她。她要闯进生活，夺取自己想要的东西。她父亲当初就是从一个两手空空的移民孩子起家的，后来获得了塔拉庄园辽阔的土地。他能办到的事，他女儿也办得到。她跟这些人不一样，她不会像他们那样把赌注押在已经不复存在的事业上，还为事业失败心满意足，说为了这个事业做出多大的牺牲都值得。他们从昔日的生活中汲取勇气，可她却是从未来中汲取勇气。眼下弗兰克·肯尼迪就是她的未来。至少他有一家店铺，还有现钱。只要她能嫁给他，把握住那些钱，就能应付塔拉庄园又一年的开销。在这之后，弗兰克必须买下那个锯木厂。她自己也清楚城市重建的进展有多快，因为竞争对手很少，任何人现在搞木材生意都会

富有得像拥有一座金矿。

她的脑海深处响起了瑞特在战争初期说的话，当时他谈起自己闯封锁线是为了赚钱。她没费心去理解那番话，可是那句话的含义现在却好像非常清楚，她觉得奇怪，为什么当时没有理解，是因为她年轻，还是脑瓜子笨？

“有两种机会可以赚大钱，一种是国家初建，另一种是国家崩溃。”

“这就是他预见的崩溃吧。”她思忖道，“他说对了。谁不怕干苦活，谁不惜争夺，谁就能挣大钱。”

她见弗兰克穿过客厅朝她走来，手里端着一杯黑莓酒，另一只手端着个小碟子，上面放着一小块蛋糕。她脸上装出笑容。她甚至没有仔细思索，为了塔拉庄园而嫁给弗兰克，这到底值不值。她知道值得这么做，可她没有费心再想一遍。

她呷了口酒，抬起头对他微微一笑，知道自己的脸颊比跳舞的人都红，也更加诱人。她把裙摆挪动一下，让他坐下，还慵懒地挥动手帕，为的是把香水味扇到他鼻子里。她为自己的香水感到得意，因为这间屋子里没一个女人喷过香水。弗兰克也注意到了这一点，他一阵冲动，压低嗓音对她说，她就像玫瑰一样娇艳芬芳。

要是他不这么腼腆多好哇！他的模样让她想起田野上看到的棕色老兔。要是他能有塔尔顿家孪生兄弟的殷勤与热情，甚至有瑞特·巴特勒的粗野厚颜，那该多好。但是假如他具备那些品质，也许早已看出，在她频频眨巴的端庄眼睛后面，潜藏着绝望的挣扎。事实上，他对女人所知甚少，根本没有疑心她想达到什么目的。她够幸运的，可她对他的敬意并没有因此增加。

第三十六章

在弗兰克·肯尼迪旋风式的追求下，斯佳丽两个星期后便跟他结了婚。她红着脸对他说，他的追求让她透不过气来，实在无法再拒绝他的热情了。

可他并不知道，在那两个星期中，她每天夜里都在房间里踱来踱去，对他的反应迟钝恨得咬牙切齿，恨他不理解她的暗示和鼓励，她还在心中默默祈祷，但愿他别在这个节骨眼儿上收到苏埃伦的来信，毁了她的计划。幸亏她这个妹妹最懒得动笔，只喜欢收别人的来信，却不愿给别人回信。在漫长的深夜，她把埃伦那条褪色的披肩紧紧裹在睡衣外面，在卧室里冰凉的地板上来回踱着步，心里紧张得想了又想，妹妹写信的机会总是存在的，可能性总是存在的啊。弗兰克也不了解，她收到过威尔的一封短信，信中叙述说，乔纳斯·威尔克森又去过塔拉庄园，得知她去了亚特兰大，气得暴跳如雷，最后威尔和阿希礼把他赶出了庄园。威尔的信再次强调了一个她非常清楚的事实——那笔额外税金的缴纳期限越来越近了。看到时间一天天逝去，她急得坐立不安，恨不得抓住沙漏，阻止沙粒落下。

但是，她把自己的心情掩盖得滴水不漏，把自己的角色扮演得天衣无缝，结果弗兰克丝毫没有起疑心，只看到她做的表面文章——查尔斯·汉密尔顿年轻漂亮的遗孀无依无靠，每晚都在佩蒂帕特小姐的客厅里迎接他，心怀敬佩，屏息静听他的店铺经营计划，

倾听他说起买下那家锯木厂预期能赚多少钱等。她两眼闪闪发亮，对他说的每一句话都表示出同感和兴趣，这无疑是一剂药膏，治愈了苏埃伦所谓的变心带给他的创伤。苏埃伦的行为让他痛心也让他迷惑，他敏感而羞怯的虚荣心受到了深深的伤害，他是个中年单身汉，虽有虚荣心，却意识到自己对女人已经不再有吸引力了。他不能写信给苏埃伦谴责她的不忠，这种念头他想都不敢想。不过他可以跟斯佳丽谈论她，让自己的心情得到安慰。斯佳丽用不着说苏埃伦的一句坏话，她告诉他说，她理解自己的妹妹太对不起他，还对他说，像他这样的人理应得到一位有慧眼的女子真诚相待。

年轻的汉密尔顿太太竟是如此漂亮的红颜美女，她想起自己的悲哀处境禁不住忧伤叹息，听了弗兰克开导她的小笑话又会发出银铃般欢快的笑声。她身上那条绿裙袍让黑妈妈收拾得干净整洁，把她的纤细腰肢勾画得尽善尽美。她的手帕和头发总是飘出淡淡的幽香，令人着迷！如此娇艳孱弱的少妇竟然孤苦伶仃生活在这个乱世上，她甚至都不了解世道有多暴虐，这真是太遗憾了！如今没有任何人保护她，没有丈夫，没有兄弟，甚至连父亲也不能保护她。弗兰克认为，世界太残暴了，一个孤零零的女子简直无法单独生活下去，斯佳丽默默表示衷心的赞同。

弗兰克每晚都要来访，因为佩蒂家愉快的气氛能抚慰他那颗心。黑妈妈露出专门迎接贵客时的笑容，在正门前迎接他，佩蒂用咖啡掺白兰地招待他，嘴里还对他恭维备至，斯佳丽则倾听他说的每一句话。有时候，他下午出去做生意，请斯佳丽也坐他的马车一道去。让她坐在马车里真是件乐事，因为她总要提许多幼稚的问题。“真是女人见识。”他得意地自忖道。她对生意上的事务一窍不通，让他不禁发笑，她也附和着笑笑说：“嗨，我这种傻女人，当然不懂得你们男人的事啦。”

她让这个老男孩儿头一回感觉到，他拥有天造地设的优秀品质，比其他男人更具有堂堂男子汉气概，是专门为了保护无依无靠的幼稚女子来到这个世界上的。

他们终于站在教堂圣坛前结了婚。他握住她信赖的小手，看着她低垂的眼皮上浓密乌黑的睫毛，那睫毛如两弯新月，投在粉红的脸颊上。他稀里糊涂，这种事情是怎么发生的，他根本就没明白过来，只知道自己平生头一回干了桩又浪漫又激动的事。他弗兰克·肯尼迪，把这么个美人搞得神魂颠倒，竟然投入自己的怀抱，真是一种让他禁不住狂喜的感觉。

没有亲戚朋友参加他们的婚礼，证婚人是个从马路上叫进来的陌生人。斯佳丽坚持这么做，他也就勉强让了步。他原打算从琼斯博罗把妹妹和妹夫请来作陪，还想在佩蒂小姐的客厅举办一场招待会，让兴高采烈的朋友们向新娘敬酒，那样他心里才会感到喜悦，但是斯佳丽甚至不愿请佩蒂小姐参加婚礼。

“就我们俩，弗兰克。”她捏捏他的胳膊乞求道，“就像私奔一样。我心里一直盼望着私奔式的结婚！求求你，亲爱的，就按我的意思办吧！”

他耳畔至今还响着这些亲密的话语，还能看到她抬起头哀求般的目光，淡绿色的眼珠周围涌出亮晶晶的泪水。他被打动了。毕竟，男人对新娘应该迁就，尤其在婚事上更得迁就她，因为女人对感情之类的事情总是看得很重。

他还没完全明白过来，便结了婚。

弗兰克给了她那三百块钱。起初他很不情愿，因为这意味着马上买下锯木厂的希望要落空，但是她甜言蜜语解释，把事情说得非常紧迫，他当然不能眼看着她的家人被赶出家门。他见她乐得笑逐

颜开，失望情绪才有所减轻，她以缠绵的爱感激他的慷慨，让他彻底把失望情绪抛在了脑后。还从来没有女人如此对弗兰克表示过感激呢。这笔钱毕竟花得很值。

斯佳丽立刻为了三重目的打发黑妈妈回塔拉庄园：一是把钱交给威尔；二是宣布她的婚事；三是把韦德接到亚特兰大。没出两天，她便收到威尔写来的一纸便条，她不忍释手，把便条念了一遍又一遍，越念越欣喜。威尔在信里说，税金已经缴了，乔纳斯·威尔克森得知此事后“举止很尴尬”，迄今还没有进一步威胁。威尔在信末尾写了句祝福的话，无非是句简短的套话，并没有特别的意思。她知道威尔理解她做的事，也清楚背后的原因，因此既没有责备，也没有赞扬。“但是，阿希礼会怎么想呢？”她焦躁不安地想道，“我在果园跟他说过那番话才过了这么短的时间，他会怎么看我呢？”

她还收到苏埃伦一封错字连篇的信，用恶毒的词语狠狠咒骂她，信纸上泪痕斑驳，对她性格的评论倒也恰如其分，她永远忘不掉这封信，也忘不掉写这封信的人。但是，塔拉庄园安全了，至少暂时不会发生什么危险，她高兴还高兴不过来呢，苏埃伦的话并没有减轻她的愉快心情。

如今，她永久的家是在亚特兰大，而不再是塔拉庄园了，她几乎没有意识到这一点。她不择手段地设法搞那笔税金时，脑袋里除了塔拉及其命运，其他什么都没顾上考虑。即使是在结婚的那一刻，她也丝毫没想过，自己为保全家园要付出永远离开家的代价。如今买卖已经成交，她才意识到这一点，心里不禁涌起驱之不散的思乡情。但是事情已成定局。既然已经做成了交易，她就要信守诺言。弗兰克救了塔拉，她非常感激他，对他爱恋有加，心中打定主意，永远不为嫁给他而后悔。

亚特兰大的妇女对邻居家的事向来如数家珍，兴趣浓得超过对

自家事的关心。她们都知道弗兰克·肯尼迪已经跟苏埃伦·奥哈拉有多年的“默契”了。事实上，他自己还怯生生地说过，打算明年春天成婚。因此大家得知他跟斯佳丽举行过平静的婚礼后，各种传言、猜度、疑心一起出笼，这也就不足为奇了。梅里韦特太太从来不放过自己好奇的疑点，只要自己力所能及，就一定要尽快解开各种谜团。她直截了当问弗兰克，既然跟妹妹订了婚，为什么娶的却是姐姐？后来她向艾尔辛太太报告说，她费了老大的劲，得到的结果却是他的一脸傻相。不过，就连梅里韦特太太这么泼辣的女人，也不敢当着斯佳丽的面扯起这个话题。这些日子，斯佳丽显得非常温存妩媚，可她眼睛里有一种得意扬扬的神色，看了恼人，而且还有一副挑衅架势，谁也不想惹她。

她知道全城都在议论她，可她并不在乎，毕竟嫁男人并不是什么道德过错。塔拉庄园安全了，人们想说随他们去好了，她脑子里要操心的事多着呢。眼下顶要紧的是委婉地让弗兰克意识到，他应该设法让店铺尽量多赚钱。受过乔纳斯·威尔克森那顿惊吓后，她和弗兰克手头不积攒点儿钱，她就安不下心。即使没遇上紧急情况，弗兰克也需要多多赚钱，她得为缴纳明年的税金攒足钱才行。另外，弗兰克说的那个锯木厂让她一直放不下心。弗兰克得到这座厂子，准能赚大钱。现在木料贵得惊人，谁拥有一座锯木厂都能赚大钱。她心里暗自着急，因为弗兰克的钱缴了塔拉的税就不够买厂子了。因此她打定了主意，要想方设法在店铺里多赚钱，而且要快，这样弗兰克就能抢在别人前头买下锯木厂。她看得出这是桩划算的买卖。

假如她是个男人，她会买下那座锯木厂，为了筹钱就是把店铺抵押出去也行。她在婚后第二天就把自己的想法暗示给弗兰克，他听了微微一笑，要她别让漂亮的小脑袋费心考虑生意上的事。但是，

他感到吃惊，没想到她居然知道什么是抵押。起初他觉得可笑，可很快便觉得不那么可笑了，在他们新婚的日子里就换成了震惊的感觉。一次，他不经意地对她说，“有人”（他十分谨慎，没有提到人名）欠他的钱，可现在还不起，他也不愿讨债，因为毕竟都是老朋友啦，而且还都是上流社会的人。弗兰克真后悔不该当着她的面提起这事，因为她后来一再追问这事，总是装出一副孩子气，说自己只是好奇，想知道谁欠他钱，欠他多少。弗兰克对这事一再推托搪塞，往往不安地咳嗽几声，挥动一下双手，然后重复那套让她讨厌的老话，说些别让漂亮的小脑袋费心之类的话。

他开始意识到，这颗漂亮的小脑袋也是个“善于算计的脑袋”，其实比他自己的脑袋还精于计算呢。弗兰克发现这一点后，感到忧虑。他发现，她能靠心算迅速加起一长串数字，他不禁大吃一惊，因为他自己要算三个以上的数字就非用纸笔不可。她搞分数计算也一点儿不困难。弗兰克觉得，女人懂得分数计算和生意上的事似乎有失体统，即使一个女人不幸熟悉这种不符合上等女子身份的东西，也应该装作不懂才对。没结婚的时候，他喜欢当着她的面谈生意经，可现在他不喜欢跟她谈了。原先，他以为她的脑袋不可能理解，便乐于向她做解释。如今他发现，她对一切都了如指掌，便心生恼怒，像男人发现女子有双重性格时的感觉一样。另外，他还像男人发现女子颇有头脑时那样，不禁萌发出男人通常有的希望幻灭感。

谁也说不准弗兰克婚后多久才发现，斯佳丽嫁给他原来是个骗局。也许他是在托尼·方丹进城做生意时发现真相的，托尼自然绝对没有想象到其中的奥妙。也可能是她妹妹从琼斯博罗写信来，更为直截了当把事情告诉他的。他肯定不是从苏埃伦那里了解到的，因为她从来没给他写过信，他也自然不能写信向她做出解释。既然已经跟别人结了婚，解释又有什么用呢？一想到苏埃伦永远不了解

真相，还以为是他无情无义抛弃了她，他心里就觉得苦恼。或许人人都这么想，都在指责他呢。这的确让他处在尴尬境地，而且要想洗刷自己也毫无指望。一个男人哪能对别人说自己为一个女人昏了头，再说，一位绅士也不能公开说，老婆用谎言让自己落入了圈套。

斯佳丽是他的妻子，妻子就有权要求丈夫对她忠诚。再说，他无法让自己相信她嫁给自己并非出于爱情，男子汉的虚荣心不允许他在脑袋里给这种想法以立足之地。换一种角度来看，她是突然爱上他的，为了得到他才撒了个谎，这种想法才比较愉快。但是，这个想法的真实性大可怀疑。他知道，自己很难迷住年龄比自己小一半的女人，尤其迷不住漂亮精明的女子。但弗兰克是个正人君子，只能把自己的迷惑藏在心底。斯佳丽是他的妻子，他不能提出难堪的问题侮辱她，何况问了也于事无补。

弗兰克也不是特别想要挽回任何事，因为他的婚姻表面上十分幸福。斯佳丽是个最迷人不过的女人，总是令他怦然心动，他觉得她在各方面都十全十美——只是有点儿任性。婚后不久，弗兰克便体会到，只要依着她，生活就非常愉快，但是假如不由着她的性子来，那就……只要依了她，她就会欢乐得像个孩子，满屋子欢声笑语，满口说些傻乎乎的笑话，爬到他膝头上捋他的胡子，让他觉得自己年轻了二十岁。她的温柔和体贴有时出乎他的意料。他晚上回来，她把他的鞋放在炉前烘烤，遇上雨天他把脚弄湿了，或者一连几天感冒不好，她就大惊小怪忙个不停，她忘不了他喜欢吃鸡胗，也记得他咖啡里要放三匙糖。总之，与斯佳丽过夫妻生活既甜蜜又舒适——只是凡事都要依着她。

婚后过了两个星期，弗兰克染上了流行性感冒，米德大夫要他卧床休息。战争爆发后第一年，弗兰克患过肺炎，住了两个月医院，

打那以后，他一直害怕再得肺炎，所以心甘情愿躺在床上，盖上三层毯子发汗，每隔一小时就喝一次黑妈妈和佩蒂姑妈给他端来的热汤药。

一天天在床上养病，弗兰克越来越担心店铺里的事情。店铺由一个伙计掌管，这人每天晚上来家里报告一天的买卖，但是弗兰克不满意，心里焦急。斯佳丽一直在等待这样的机会，这时伸出一只凉凉的手摸了摸他的额头，说道："听我说，亲爱的，你老这样可让人担心死了，我去城里看看情况吧。"

他有气无力地说了些不赞成的话，都让她微笑着反驳回去，结果她去了。新婚后这三个星期里，她一直迫不及待地想查看他的账簿，想知道他的财产底细。如今他病倒了，这是个多幸运的机会啊！

那家店铺就在五角广场附近，翻新过的屋顶在烟火熏黑的旧墙衬托下显得格外醒目。人行道上的木质遮阳板一直搭到马路边，柱子间的长铁杆上拴着骡马，骡马背上披着破烂毯子和棉被，正低着脑袋淋着细细的雨丝。店铺里面的格局很像在琼斯博罗的布拉德家那家店铺，只是熊熊炉火旁没有一群闲散的人用刀切嚼烟，往沙箱里吐嚼过的烟草。这家店铺比布拉德家的大，但是里面的光线暗得多。门外的木质遮阳板把冬季的阳光大半挡住了，店里一片昏暗，只有山墙高处的几扇污渍斑驳的小窗户透进一线亮光。地板上尽是沾着泥的木屑，到处是灰尘和污垢。店堂正面还显得有点儿秩序，高高的货架一直高耸到黑黢黢的上方，货架上摆满了色彩鲜艳的布匹、瓷器、炊具和小饰物。可是用板壁隔开的店堂背面就是一片混乱了。

店堂背面没有铺地板，硬泥地上杂乱无章地堆放着各种货物。昏暗中，她看见装在箱子和麻袋里的货物，有犁头、马具、马鞍、廉价的松木棺材，还有各种旧家具，从橡胶木的到红木的、檀木的

都有，统统堆在黑黢黢的阴暗处，色泽艳丽但已经磨损的织锦面马毛垫子光彩夺目，与周围环境很不协调。一套套瓷盆、瓷碗、瓷水罐摆得满地都是，靠墙放着一圈木箱，箱子里黑黢黢的，她把灯举到箱子上面，才看清里面放的是种子、铁钉、门闩和木工工具。

“我原以为像弗兰克这么婆婆妈妈爱挑剔的人能收拾得整洁些呢。”她想道，用手帕揩了揩弄脏的手，“这地方简直是个猪圈。什么管理方法！要是他把这些东西上面的灰尘掸干净，摆在前面让人看见，准能卖得快些。”

他的货物尚且乱成这样，账目就更可想而知了！

“我去看看他的账目。”她想着，拿起灯走到店堂前面。那个叫威利的伙计挺不情愿地把一大本分类账递给她，账本封面积满了污垢。很显然，虽然他还年轻，却跟弗兰克观点相同，认为女人不该管生意上的事。斯佳丽厉声呵斥他一声，让他住了口，打发他出去吃午饭。他走之后，斯佳丽觉得情绪好了一点儿，店伙计也敢不赞成她查看账目，让她觉得恼火。她把一条腿盘起来，坐在火炉旁一张铺着破坐垫的椅子上，把账簿摊在腿上。这时候正是吃午饭的时间，街上行人稀少，没有顾客来买东西，铺子里就她一个人。

她慢慢翻看着账簿，仔细审视上面一行行的名称和数目，字迹娟秀却难以辨认。弗兰克缺乏生意意识，这一点她早有预料，她不禁皱起了眉头。至少有五百块钱的欠账，有几笔已经欠了好几个月，欠债的有些是她熟悉的人，其中有梅里韦特家和艾尔辛家。弗兰克不愿提到欠债者的人名，她以为数目很小呢，结果数目竟这么大！

“他们付不起钱，干吗还不断地来买东西呢？”她恼火地想道，“既然他知道他们付不起钱，干吗还不断地卖给他们东西？只要他催他们，这些人大半还是付得起的。艾尔辛家既然给范妮买得起缎子裙袍，办得起排场的婚礼，就当然付得起欠账。弗兰克心肠太软，

结果受人欺负。嗨，要是他收回半数欠账，早就买得起锯木厂，还能留点儿余钱攒下替我付塔拉的税金呢。”

接着她想道：“想象一下弗兰克会怎么经营那个锯木厂吧！活见鬼！他开这家店铺就像办慈善机构，怎么能指望他开锯木厂赚钱呢？开上一个月准会被收税官没收掉。这家店铺要是让我管，准比他干得好！尽管我对木材生意一窍不通，经营锯木厂也准比他干得好！”

这是个让她震惊的想法。女人能像男人一样搞生意，甚至能比他们干得好，这本身对斯佳丽就是个革命性的观念。在她生长的那个环境里，传统观念认为，男人无所不能，而女人却没一个聪明伶俐的。当然，她已经有过发现，认为这种观念并非完全正确。她脑子里至今仍然有一种根深蒂固的愉快幻想，她从来没有把这种奇妙的想法说出口。她静静地坐在那里，账簿摊开在腿上，嘴巴微微张开，心里感到惊讶。她回顾起在塔拉庄园的那几个月的艰难时光，自己干的可是个男人的活计，而且干得相当好。她从小受过的教诲让她相信，一个女人没有男人的帮助，什么事都干不成。但是在威尔来塔拉前，她并没有得到男人的帮助，却把庄园经营得不错。她脑子里断断续续自忖道：“没错，对，我相信，没有男人的帮助，世界上没有女人干不了的事，只有生孩子是个例外。上帝明白，凡是心智正常的女人，只要有半分奈何，没一个愿意生孩子的。”

想到自己跟男人一样能干，她心里不由得涌起一阵自豪感，迫不及待地想要证明自己的能力，要像男人一样为自己挣钱。那将是她自己的钱，用不着向别人索取，也用不着向哪个男人报账。

“要是我有足够的钱买下那家锯木厂就好了。”她把话说出了口，接着叹了口气，“我肯定能把它办得繁荣兴旺，而且我连一个小木片也不赊给人。”

她又叹了口气，她没有任何办法弄到钱，所以这个想法行不通。弗兰克只要把欠账收回，就能买下那家锯木厂。那是个可靠的赚钱途径。等他得到锯木厂后，她准能找到某种办法，让他具有经营头脑，不会像开这家店铺一样糊涂。

她从账簿背后撕下一页，开始抄录几个月没还钱的欠债人名单。等会儿回了家，她马上就把这个问题提出来跟弗兰克商量。她要让他意识到，尽管这些人是老朋友，尽管催账确实让他难为情，但他们得还账。这事可能让弗兰克感到心烦，他胆子小，还喜欢受朋友们称赞。他这人脸皮子太薄了，宁肯赔本也不愿公事公办去讨债。

说不定他会对她说，这些人谁都没钱还债。嗯，这话可能不假。贫穷不是桩新鲜事，这个她知道。但是几乎人人都有点儿银餐具或珠宝，手头也有点儿房地产。弗兰克可以把这些当现金收起来嘛。

她能想象出，假如把这种想法提出来跟弗兰克商量，他准会唉声叹气地抱怨。从朋友手里夺走珠宝和财产！她耸了耸肩想道："嗨，他唉声叹气随他的便，可我要告诉他，他可以为朋友甘愿受穷，我可不愿意。弗兰克要是没有点儿进取心，就休想干出一番事业！他一定得干出一番事业！就是我不得不在家里掌权逼他，也一定得让他赚钱。"

她颦蹙眉头，舌头从上下牙中间探出来，正忙着抄写，这时前门打开了，一阵冷风猛然刮进店里，一个高个头儿男子迈着印第安人似的矫健步伐走进这个邋遢的店堂。她抬头望去，见是瑞特·巴特勒。

他衣着华丽，崭新的衣服外面套一件厚大衣，宽阔的肩膀上披一袭短斗篷。她的目光跟他相遇时，他正脱下高顶帽，一只手按在胸口那件洁白无瑕的衬衫褶边上，向她深深鞠躬。他的牙齿在古铜色皮肤衬托下，显得雪白闪亮，十分炫目，一双鲁莽的眼睛扫视着

她的脸。

“我亲爱的肯尼迪太太。”他朝她走来，“我非常亲爱的肯尼迪太太！”说着爆发出一阵开心的大笑。

起初她吃了一惊，仿佛一个鬼魂闯进店铺来了，接着她匆匆把压在身子下面的那条腿放下来，挺直腰板，冷冷瞪了他一眼。

“你来这儿做什么？”

“我去过佩蒂帕特小姐家，得知你结婚了，便连忙赶来向你道喜。”

斯佳丽想起自己受到他那番羞辱，脸不由自主羞得通红。

“真想不出你还有什么脸来见我！”她嚷道。

“正相反！你怎么还有脸面对我？”

“哈，你这个最……”

“咱们吹响休战号好不好？”他低下脑袋对她微笑着，微笑中包含着厚颜无耻，却并没有为自己的行为感到羞愧，也没有对她的行为表示谴责的意思。她不由得失笑了，不过那是一种苦笑。

“真可惜，他们没有绞死你！”

“恐怕其他人也有同感。得了吧，斯佳丽，别激动。你这副模样像吞了根枪杆一样难看。过了这么久，你肯定已经忘记我的……哦……我那个小小的玩笑啦。”

“玩笑？哈！我一辈子也忘不掉！”

“嗯，不对，你会忘掉的。你装出这副怒气冲冲的模样，以为这样才得体，才能保住自己的面子。我能坐下吗？”

“不！”

可他跌坐在她身旁的一把椅子里，咧开嘴笑了。

“我听说你不愿等我，连两个礼拜都等不了。”他说着嘲弄般叹了口气，“女人真是反复无常哪！”

她没有回答，他便接着说下去：

“告诉我，斯佳丽，说点儿朋友间的知心话，你我是非常熟悉、非常要好的朋友嘛。难道你等我从牢里放出来不是更明智吗？你跟弗兰克·肯尼迪那个老头儿结了婚，难道比跟我偷情还有诱惑力？”

一如往常，他的讥讽总是惹得她满腔愤怒，他的厚颜无耻总是让她不知该放声大笑还是该义愤填膺。

“别胡说八道！”

“有件事让我百思不得其解，你能不能满足一下我的好奇心？你嫁的男人不但自己不爱，而且连好感都没有，可你嫁了一个还不算，还要嫁第二个，难道你没有一点儿女性的厌恶感，也没有一点儿娇弱的畏缩感吗？要不就是我误解了我们南方女性的敏感啦？”

“瑞特！”

“我有自己的答案。我从来感到女人有一种刚毅，男人却不具备这种品质。这与我自幼受到的教育不符。灌输给我一种思想说，女人是脆弱的、温柔的、敏感的。不过按照欧洲大陆的规范，若夫妻相爱，那可是一种非常糟糕的结合。的确是一种非常糟糕的趣味。我从来觉得欧洲人在这种事情上的观点是正确的。为方便而结婚，为快乐而恋爱，是一种合情合理的传统，你觉得不对吗？你比我更接近古老国家的观念。”

斯佳丽恨不得朝他大喊：“我不是为方便才结婚的！”然而，她不幸被瑞特言中了。她如果为自己的清白抗辩，只能引来他更加尖锐的挖苦。

“你还有完没完！”她冷冷地说，她急于改变话题，便问道，“你怎么会出狱呢？”

“噢，这种事！”他摆出一副满不在乎的样子回答道，“没什么大麻烦。他们今天早上释放了我。我有位朋友在华盛顿联邦政府

的参议院身居高位，我给了他点儿巧妙的敲诈，事情就解决了。那是个挺好的人，是坚定的联邦爱国者，我以前通过他为邦联政府购买毛瑟枪和带裙箍的裙袍。我使用适当方式让他得知我所处的困境后，他便连忙运用自己的影响力，于是他们就把我释放了。斯佳丽，影响力就是一切。万一你将来遭到逮捕，要记住这句话。影响力就是一切。至于是有罪还是无罪，那不过是个理论上的问题。”

“我敢发誓，你不是无辜的。”

“没错。既然我现在已经出狱了，我可以老实承认，我就像该隐[1]一样有罪。那个黑鬼确实是我杀的。他对一位女士态度傲慢，我们南方绅士哪能容忍？既然我对你坦白，我还得承认，我在一个酒吧里因为口角开枪打死过一个北佬骑兵。我没有因为这桩小事受到控告，说不定哪个倒霉鬼替我上了绞架，不过那是很久以前的事了。”

他说起自己杀人的行径，口吻竟这么轻松，让她不由得毛骨悚然。她几乎脱口而出给他一通道德训斥，可她突然想起埋在塔拉乱蓬蓬的葡萄架下的那个北佬。他并没有激起她良心上对他的谴责，就像她自己免不了一脚踏死只蟑螂。她自己也像瑞特一样有罪，哪能裁判他呢。

“既然我好像把自己的心都向你敞开了，我必须告诉你，不过这是绝对秘密，你千万不能告诉佩蒂帕特小姐！我的确有那笔钱，稳稳当当存在利物浦的一家银行里。”

“钱？”

“没错，就是北佬渴望查出的那笔钱。斯佳丽，我那天没给你钱绝对不是因为我吝啬。要是我给你开张支票，他们就会查出钱在

---

[1] 该隐：《圣经·旧约》中人物，亚当与夏娃的长子。他杀害了自己的亲弟弟亚伯。——译注

哪里，到头来，你一个子儿也拿不到。我的唯一希望就在于无所作为。我知道那笔钱非常安全，因为万一发生最糟糕的情况，假如他们搞清楚钱存在哪里了，并且设法把它夺走，我就会把战争期间卖给我子弹和机器的北方爱国者一个个供出来。那他们可就臭名远扬了。那些人有的正在华盛顿身居要职。事实上，我这次能出狱就是使用了威吓手段，以供出真情为筹码要挟他们。我……”

“你是说，你真的掌握着邦联政府的黄金？”

“不是全部。天哪，根本不是全部！除了我，另外还有五十多个闯封锁线的商人，他们把许多钱存在拿骚、英国和加拿大。邦联政府的人很不喜欢我们这种人，因为他们没有我们精明。现在我手头有五十万。斯佳丽，想想看，五十万块钱哪，要是你能控制住自己急躁的脾气，不急着再次套上婚姻枷锁，那该多好！”

五十万块钱。一想到那么多的钱，她就觉得像真的生了病似的难受。他后来那句挖苦她的话从她左耳朵进，右耳朵出，她压根儿就没听见。世道如此艰难贫困，竟然还藏着那么多的钱，她简直无法想象。那么多的钱，多得数不清的钱，却让别人拿去了，轻而易举地拿去了，而且没有多大用场。可她只得到这么个年迈多病的丈夫，还有这个肮脏邋遢的小店铺。除了这些，便是充满敌意的世界。简直太不公平了，瑞特·巴特勒这样的流氓拥有那么多钱，而她肩负重担却两手空空。她恨他，恨这个打扮成花花公子模样坐在面前奚落自己的家伙。她才不想恭维他耍的小聪明呢，否则他准会愈发得意忘形。她真想找几个恶毒刻薄的字眼刺一刺他。

“照我看，你拿了邦联政府这笔钱，还觉得挺正当吧。哼，那是歪门邪道。你自己清楚，这完全是偷窃。换了我，才不要那种昧良心的钱呢。”

“哎呀呀！如今这葡萄多酸呀！”他惊叫着，把脸使劲皱起来，

“那我这钱是从谁的腰包里偷来的？”

她不吱声了，仔细琢磨他到底偷了谁。毕竟，他跟弗兰克做的事性质一样，只是弗兰克干的规模小些罢了。

“这钱的一半是我正当赚来的，”他接着说，“是靠联邦爱国者们真诚相助赚得的，他们心甘情愿出卖联邦，销售他们的商品，而那些商品有百分之百的利润可图。一部分钱是我在战争初期做棉花生意赚的，我廉价买进棉花，后来见英国纱厂急需棉花，我就按一块钱一磅的价钱卖给他们。还有一部分钱是我搞粮食投机赚来的。我哪能让北佬夺走我辛辛苦苦劳动的成果呢？不过其余部分的确属于邦联政府，是卖邦联的棉花得到的。我闯过封锁线，把棉花运到利物浦以无比的高价销售掉。当初政府信任我，把棉花交给我卖，然后把卖得的钱用来买皮革、步枪和机器。我也诚心诚意收下货物，忠心耿耿去买办货物。我奉命把卖棉花得到的黄金以我的名义存在英国的银行里，为的是让我有良好的信用。你记得后来封锁线收紧了，我的船一条也驶不出邦联的港口，也驶不进来，因此钱就留在英国了。可我当时又有什么别的办法呢？难道能像个傻瓜一样把黄金从英国的银行提出来，设法运进威尔明顿港？然后让北佬夺走？封锁线吃紧难道是我的过错？我们的事业失败难道也是我的过错？钱的确属于南部邦联政府，可现在邦联政府已经不存在了，有些人说那可不一定，但是我该把这些钱给谁呢？交给北佬的政府？那样人们就会说我是个贼，我可不愿担这个名声。”

他从口袋里掏出一只皮匣子，从里面取出一支长雪茄烟，凑到鼻子下面惬意地闻着，一面装出一副焦急神色，好像在等待她的回答。

“遭瘟的家伙，”她想道，“他总是先我一步。他的说法里从来都有漏洞，可我就是找不出毛病在哪儿。”

她一本正经地说："你可以把这笔钱散发给最需要钱的人。邦联政府不存在了，可拥护邦联的人还多得很，他们的家人都在挨饿呢。"

他把脑袋朝后一仰，放肆地笑了。

"你装出这种伪善模样，就是最迷人的时候，也是最荒唐可笑的时候。"他嚷道，显得非常开心，"你最好一直说真话，斯佳丽，你不会撒谎，全世界最不善于撒谎的就是爱尔兰人了。行啦，说实话吧。你才不会关心那个该死的邦联政府，更不操心拥护邦联的人呢。要是我提出把钱全散发给人们，你准会惊叫着表示反对，除非让你得到最多的一部分。"

"我不要你的钱。"她努力装出冷淡庄重的神色。

"噢，你不要！你的手掌此刻已经发痒了。假如我把四分之一的钱拿给你看，你准会扑上去。"

"如果你来这儿为的是嘲笑我穷，我就跟你说再见了。"她反驳道，一边把沉重的账簿从腿上搬开，好站起身子加重语气说话。他立刻跳起身，俯身面对她，笑着把她重新推回椅子上。

"你什么时候才能听了真话不发脾气呢？你谈论别人的时候可是从来不在乎说实话的，干吗不许别人实话实说谈论你呢？我并没有侮辱你。我认为占有欲是一种很好的品质。"

她不太理解"占有欲"这个字眼的含义，但是，既然他赞扬这种品性，她也稍稍觉得有点儿心平气和了。

"我绝不是来嘲笑你穷，而是来祝福你长寿，祝你们婚姻美满。顺便问一声，苏埃伦妹妹对你的侵占行为有什么看法？"

"我的什么？"

"你从她鼻子底下偷走弗兰克。"

"我没有……"

“得啦，我们不要玩弄字眼了。她怎么说？”

“她什么都没说。”斯佳丽说。他的眼珠迅速上下打量她，像是指责她的谎言。

“她可真无私哪！那我们说说你的贫穷吧。既然你不久前去监狱请求过我，我当然有权知道。弗兰克的钱难道不像你希望的那么多？”

她躲不开他的粗鲁。此刻，她要么忍受，要么赶他走。可她没想要他离开，他说话带刺，但说得一针见血，都是事实。他知道她做过什么事，也知道她做那些事的缘故，可他似乎并不因此轻视她。尽管他的问题直率得让她难堪，却都是出于善意的关切。他是唯一可以让她吐露心里话的人。这倒是一种安慰，因为她很久没有向任何人吐露过心事和心里的打算了。她只要说出自己的心里话，别人听了都会感到吃惊。跟瑞特谈话嘛，就像跳舞后脱下紧绷绷的舞鞋换上双旧拖鞋那么舒服自在。

“你搞到缴税款的钱啦？塔拉门外那只狼已经不在了吧？”他说这话的语气变了。

她抬起头与他的目光相遇。他的表情先是让她震惊，让她不知所措，接着她忽然嫣然一笑，这种甜蜜妩媚的笑容近来难得在她脸上看到。他真是个不可救药的恶棍，但有时候心肠却好得难以置信！现在她明白了，他来的真正目的不是嘲弄她，而是询问她是不是弄到那笔急需的钱了。她知道，他一出监狱就赶来找她，虽然他表面上装得从容不迫，可是，假如她仍然需要钱，他会借给她的。可他仍然要折磨她、羞辱她，遇到她指责他时，他就拒不承认。他这个人让她完全无法捉摸。难道他心里真的喜欢她，只是口头上不愿承认？要不就是他别有用心？她想道，也许还是别有用心。但是谁说得准呢？他有时做的事真怪。

“对。”她说道，“门外的狼已经不在了。我……我弄到那笔钱了。”

“不过还是费了一番周折，这我敢保证。你一直忍着没说，直到戴上结婚戒指才开口，对吧？”

他对她的行为归纳得如此准确，她竭力忍住没笑，可还是露出了酒窝。他再次坐下，把两条长腿舒舒服服伸展开。

“好吧，说说你的贫穷状况吧。弗兰克那小子是不是以光明前景引诱过你？要是他这样欺骗一个弱女子，就该结结实实吃顿皮鞭。好啦，斯佳丽，把一切都告诉我吧。你我没有秘密，你最糟的情况我都了解。”

“唉，瑞特，你真是个最坏的……嗨，我都不知道该怎么说你了！他确实没有欺骗我，不过……”她突然有一种说出心里话的欲望，“瑞特，只要弗兰克愿意把欠他的钱收回来，我就什么都用不着担心啦。可是，瑞特，有五十个人欠他的钱，可他就是不愿跟人家要。他这人脸皮太薄。他说，正人君子不能那么对付另一个正人君子。这样一来，要想得到这笔钱，恐怕要等上好几个月，说不定永远也要不回来。”

“那有什么关系呢？难道收不回这些钱你们就没饭吃啦？”

“那倒不是，不过……唉，问题是，我现在要用点儿钱。”一想到那家锯木厂，她的眼睛顿时熠熠放光，也许……

“用钱做什么？又增加了新的税赋？”

“这关你什么事？”

“当然有关，因为你心里正想着向我借一笔钱。噢，你的心思我全知道。我愿意借给你，我亲爱的肯尼迪太太，还用不着你不久前提出的那种担保。当然啦，除非你坚持担保。”

“你是个最粗野的……”

“根本不是。我只是想让你放心罢了，我知道你在为这个条件担心。虽然我不担心，不过担心还是有一点儿。我愿意借钱给你，不过我想了解你打算怎么花这笔钱，我相信我有这个权利。假如你为的是买条漂亮裙子或购置一辆马车，我会心甘情愿借给你。但是，如果你用这钱给阿希礼·韦尔克斯买条新裤子，恐怕我就得拒绝借给你。”

她突然怒火中烧，一时气得结结巴巴说不出话来。

“阿希礼·韦尔克斯从来没要过我一分钱！他就是饿肚子也不接受我的一分钱！你根本不懂他的荣誉感和自豪感！当然啦，你也不可能理解他，因为你是个……”

“我们还是别谩骂的好。我有的是骂你的话，比你骂我的话更高明。你忘了，我通过佩蒂帕特小姐不断了解你的情况，她是个老好人，遇上知心朋友就无话不谈。我知道阿希礼离开罗克艾兰回了家，还一直住在塔拉庄园。我也知道你甚至容忍他带着妻子住在那里，你一定为此感到难过吧？”

“阿希礼是个……”

“啊，可不是嘛。”他挥了一下手，不愿听她说下去，“阿希礼太崇高了，我这种俗人不可理解。但是别忘了，我可是个见证人，目睹了你在十二橡树庄园跟他演出的那一幕。我还看得出，自从那时以来，他没发生变化，你也没改变。假如我没记错，他那天的角色演得并不崇高。我看他目前扮演的角色也不怎么高尚。他为什么不带着家眷出去找个工作？为什么要赖在塔拉庄园？当然啦，这不过是我一时心血来潮的想法，不过我可不愿借给你一个子儿，让你花在塔拉庄园供养他。要是哪个男人要靠女人养活，那在我们中间是桩非常丢人的事。”

“你怎么敢说出这种话？他一直在田里干庄稼活！”她一时怒

火满腔，想到阿希礼劈木头做栅栏的情景，心里又是一阵酸楚。

“我敢说，他那身子板可真够金贵的。那双手干起上粪之类活计……”

“他在……”

“噢，没错，我知道。我们可以承认，他在尽力干活儿，不过我看他对你没多大帮助。他们韦尔克斯家的人永远干不了庄稼活……也干不了任何有用的事。他们那种人纯粹是个摆设。行了，别像只好斗的公鸡奓起羽毛，我评论这位体面自豪的阿希礼，说的都是粗话，你可以抛在脑后别想。真奇怪，你这么坚定的女人怎么会一直抱着那种幻觉。说吧，你到底要多少钱？用来做什么？”

她缄口不语，他再次问道：

“你要钱做什么用？看看你能不能讲实话。说真话跟说假话一样有效，其实说真话更好，因为你说了假话，我肯定能发觉，想想看，那多尴尬。斯佳丽，这一点你永远要记住：我什么都能忍受，就是不能忍受说谎。我可以忍受你对我的厌恶，可以忍受你对我发脾气，可以忍受你对我耍恶毒手段，但是不能忍受你说谎。现在说吧，你要钱做什么？”

尽管她听了攻击阿希礼的话心里怒不可遏，恨不得唾他一口，渴望骄傲地回绝他借钱的提议，回敬他的嘲弄，她一时真想这么做，但是，仿佛有一只冷静的手拉回了她的判断力。她强咽下愤怒，却有点儿失态，又努力恢复和蔼庄重神态。他的身子靠回椅背上，两腿伸向炉火。

“我平生最大的乐趣，”他评论道，“就是看着你左右为难，在原则与金钱之类的实际问题之间拿不定主意。当然，我知道最终还是实际问题在你脑袋里占上风，不过我还是禁不住要看看，你的高尚本性会不会有一天突然胜出。等到那一天到来时，我就收拾

起行李永远离开亚特兰大。天下高尚品质永远占上风的女人多的是……噢，咱们还是谈生意吧。你需要多少钱？”

“我也不知道具体需要多少钱。”她神色阴郁地说，“不过我想买下一座锯木厂……我想价钱一定便宜。另外，我还需要两辆马车和两头骡子，我要的是两头好骡子，还要一匹马和一辆两轮轻便马车，供我自己用。”

“一座锯木厂？”

“对，如果你肯借给我钱，你能得到一半的利润分成。”

“我要个锯木厂干什么？”

“赚钱哪！我们可以赚很多钱呢。要不我可以付你贷款利息——我们谈谈，贷款利息多少为好？”

“百分之五十就很好了。”

“百分之五十——啊，你这是说笑话吧！别笑，你这个坏蛋，我是认真的。”

“所以我才笑。除了我谁都想不出，在你这张漂亮诱人的脸蛋儿后面，脑袋里都转些什么念头。”

“嗨，谁在乎呢？瑞特，你听听这对你算不算一桩好买卖。弗兰克告诉我说，桃树街上有个人有座小锯木厂要出手。他急等着钱用，打算廉价出卖。这一带没多少锯木厂，可是大家都在重建房子，我们的木料能卖大价钱，不是吗？那人要留在厂子里挣工钱管理工厂。是弗兰克告诉我的。弗兰克要是有钱，自己就会买这厂子。我猜，他给我缴税金的那笔款子，原本是打算买这个锯木厂的。”

“可怜的弗兰克！等到你告诉他说，你已经背着他买下厂子了，他会怎么说呢？你又打算怎么向他解释我借给你钱的事，才不会影响你的名声？”

斯佳丽一心想着锯木厂能替她挣钱，却没想过这种事。

“嗯，我干脆不告诉他。”

“他准会知道你的钱不是从树丛里捡来的。”

“那我就告诉他说……对了，我就告诉他说，我把钻石戒指卖给你了，我原本就打算给你的。当作我的抵……抵什么品吧。”

“我不会要你的耳坠。”

“我也不要了。我不喜欢这耳坠。其实，它们本来就不是我的。”

“那它们是谁的呢？”

斯佳丽脑子里立刻回想起那个炎热的中午，塔拉庄园沉浸在乡间的平静中，门厅里躺着那个身穿蓝军装的死人。

“是别人留给我的——那个人已经死了。现在是我的，拿走吧，我不要了，我宁愿用它们换成钱。”

“天哪！”他不耐烦地嚷道，“难道你脑袋里除了钱什么都不想了？”

“不想了。”她坦率地说，一双碧绿的眼珠转过来坚定地望着他，“假如你有过我的那种经历，你也会跟我一个样。我发现了，世界上只有钱最要紧，上帝做证，我再也不想过那种没钱的日子了。”

她脑子里又出现了炽热的太阳，想起脚踏松软的红土地，头晕目眩，又回忆起十二橡树庄园的废墟上臭气熏天的黑人小屋，回想起自己心里反复念叨过的话：“我再也不要挨饿了，我再也不要挨饿了。”

“将来我会有钱的，有很多的钱，我想吃什么就吃什么，再也不让我的餐桌上摆出玉米糊糊和干豌豆。我要买很多漂亮衣服，全都是丝绸的……”

“全都是？”

“对，全都是。”她说得十分干脆，对他的挖苦想都没想，脸

也没有红一下，“我要有足够多的钱，北佬休想夺走我的塔拉庄园。我还要在塔拉造新屋子，盖个新牲口棚，养一批好骡子用来耕地，种很多很多棉花，多得你从来没见过。韦德总是得不到自己需要的东西，我绝对不让这事再发生了！要让他需要什么就有什么。还有我全家人，他们再也不能挨饿了。我说到做到，每句话都要做到。这个你不懂，你这条自私自利的猎犬。从来没有哪个投机商要把你赶出家门，你从来没挨过冻，从来没穿过破烂衣裳，也从来没有为了不挨饿干活儿累折了腰！”

他平静地说：“我在邦联军队里干了八个月。要说挨饿，什么地方都没那儿凶。”

“军队！哈！可你从来没摘过棉花，没在玉米地锄过草。你从来没有……你别笑我！”

她提高嗓门儿，嗓音变得粗哑了，他的手再次按在她手上。

“我不是笑你。我是笑这种差别，你如今的模样与你的真实本色差别太大了。我想起在韦尔克斯家的野外烧烤宴上第一次见到你的情景。你当时身穿一条绿裙子，脚上穿着一双精致的绿舞鞋，男人绕膝，踌躇满志。我敢打赌，你当时恐怕连一块钱能换成多少分还不知道呢。那时候你脑袋里只有一个念头，那就是诱惑住阿希……”

她猛地把手从他手里抽回去。

“瑞特，要是你想好好待一会儿，就别跟我谈阿希礼·韦尔克斯。我们一谈他就吵架，因为你不理解他。”

“这么说，你对他了解得很深喽。”瑞特不怀好意地说，“不行，斯佳丽，要是我打算借给你钱，我就保留谈论阿希礼·韦尔克斯的权利，爱怎么说就怎么说。我放弃收利息的权利，但不放弃谈论他的权利。有关这个年轻人，我还有许多事情想要了解。”

“我没必要跟你讨论他的事。”她干脆地说。

“噢，有必要！你知道，我抓着扎钱袋口的绳子呢。等到有一天你富有了，可以用同样手段对付别人……显然你仍然喜欢他……”

“我不喜欢。”

“啊，这事是明摆着的，你这么气急败坏替他辩护，你……”

“我的朋友受人挖苦，让我受不了。”

“好吧，我们暂时不谈这事。他仍然喜欢你呢，还是关在罗克艾兰让他把你忘了？或许他终于认识到自己的妻子有多宝贵了？”

一说起玫兰妮，斯佳丽的呼吸就急促起来，几乎忍不住想说出真相，说出阿希礼仅仅是为了顾全名声才不愿离开玫兰妮的。话到嘴边，她又打住了。

“啊，这么说，他还是没有足够的头脑去赞赏韦尔克斯太太？在俘虏营吃的苦头仍然没有扑灭他对你的热情？”

“我看没必要讨论这个问题。”

“可我想讨论。”瑞特说。斯佳丽不理解他为什么用那么沮丧的声调讲话，只觉得讨厌。“哼，我一定要讨论这事，你要回答我。这么说，他还爱着你？”

“那又怎么样？”斯佳丽被激怒了，大声嚷起来，“我不愿跟你讨论他，因为你不理解他，也不理解他那种爱。你只知道……只知道对那个叫沃特林的那种爱。”

“嚯，”瑞特温和地说，“这么说我只有肉欲喽？”

“哼，这你自己最清楚。”

“现在我知道你为什么不愿跟我讨论这事了，怕我的脏手和脏嘴玷污他纯洁的爱。”

“嗯，没错……差不多吧。”

“我对这桩纯洁的爱倒挺感兴趣的……”

“瑞特·巴特勒，别那么下流。要是你卑鄙下流的脑子里认为我们之间有什么不正当……”

“噢，说真的，这我倒从来没想过。这也正是我感兴趣的地方。你们之间为什么不曾有过不正当的事情呢？”

“你以为阿希礼会……”

“啊，这么说，是阿希礼努力维护这种纯洁的爱，而不是你。斯佳丽，说真的，你不该这么轻易就说出真心话。”

斯佳丽望着他平静的面孔，他的神情让她难以理解，她既困惑又愤怒。

“我们不再谈这事了，我也不要你的钱了，快滚吧！”

“噢，不对，不对，我的钱你是要的，我们都谈了这么多了，干吗中断呢？既然你跟他没有不正当关系，谈谈这段纯洁的浪漫史也就没什么害处。这么说阿希礼爱的是你的心、你的灵魂、你的高尚品格喽？”

这番话让斯佳丽心里痛苦。当然，阿希礼爱的确实是她的这些方面。她正因为知道这个，才觉得生活还能忍受。她清楚，只有阿希礼才能看到自己身上深藏着这些美好的东西，只是受到名誉的束缚，他才只能在心里爱着她。但是，经瑞特把事情一挑明，尤其是让他用平静的声调和挖苦的口吻说出来，这些品质似乎便不那么美好了。

“这就让我回想起自己的孩提时期，那时有过一个理想，相信在这个肮脏的世界上，这种纯洁的爱情是可以存在的。”他接着说，“这么说，阿希礼的爱并不触及你的肉体？那么，假如你长得很丑，没有这么白皙的皮肤，他会照样爱你吗？假如你没有这双让男人想入非非的绿眼睛，他也会照样爱你？假如你不会扭动屁股，让九十岁以下的男人见了全都魂不守舍，他也会爱你？还有你的嘴唇，这

两片嘴唇……嗨，我不该让自己的肉欲掺进来。那么阿希礼对这一切都视而不见喽？还是他见了也毫不动情？”

斯佳丽脑子里不由自主回想起那天在果园里的情景，当时阿希礼搂着她的胳膊在颤抖，他的嘴唇热辣辣地贴在她嘴唇上，仿佛再也不愿放开她。那段回忆让她涨红了脸，她的反应自然没有逃过瑞特的眼睛。

“噢，”他的声音有点儿颤抖，仿佛来自心中的愤怒，“我明白了，他只是爱你的心灵。”

他怎么敢把肮脏的手伸进她的心灵，玷污自己生活中唯一美好而神圣的东西，让它显得卑鄙可耻？他既冷静又不可抵抗，正在打破她的最后一道防线，就要得到他想要的情况啦。

“不错，他就是爱我的心灵！”她克制住自己跟阿希礼亲吻的记忆，大声说道。

“我亲爱的，他甚至不知道你有没有心灵呢。假使吸引他的真是你的心灵，他就用不着跟你斗争，因为他本来已经在心里有了这种——我们就把它叫作‘神圣的爱’吧？他本来可以放心嘛，毕竟一个男人可以爱慕一个女人的心灵，同时还保持自己正人君子的荣誉，也保持对自己妻子的忠诚。看来他既想顾全他们韦尔克斯家的门风，又觊觎你的肉体，在这二者之间，他一定进退两难吧。”

“你自己心地龌龊，就以为人人都跟你一样了！”

“噢，我从来不否认渴望得到你的肉体，这是你指的意思吧？不过，谢天谢地，我用不着为名誉费心。凡是我想要的东西，只要能得到，我就拿，所以，我用不着跟天使或魔鬼搏斗。你给阿希礼造了个多么快乐的地狱啊！我几乎要为他感到难过了。”

“我……我给他造了个地狱？”

“没错，是你！你对他一直是个诱惑，可他就像他那种出身

的人一样，宁要那种叫作荣誉的东西，也不要一点儿爱情。照我看，这个倒霉蛋如今既没有爱情，也没有荣誉，没法儿让自己感到温暖！”

“可他有爱情的！我是说，他爱我！”

“真的吗？那么再回答我一个问题，然后我们就结束今天的谈话，你就能拿到钱了，你就是把钱丢进阴沟我也不管。”

瑞特站起身，把那支吸了一半的雪茄丢进痰盂。他的动作里有一种异教徒的无所顾忌和蓄积的爆发力，就像斯佳丽在亚特兰大陷落那天晚上注意到的一样，凶狠而吓人。“既然他爱你，那他到底为什么会允许你上亚特兰大来搞缴税的钱？要是换了我，让一个我爱的女人做这种事之前，我会……”

“他不知道！他一点儿也不知道我……”

“你想到过他本该知道吗？”他的声音里有一股几乎压抑不住的野性，“照你说的他爱你，那他就该知道在你绝望时该怎么办。上帝在上，他就是杀了你也不会让你上这儿来……找我，何况是来找我！”

“可他并不知道！”

“要是非得告诉他，他才知道，那他就是对你和你那珍贵的心灵一无所知。”

这话说得多不公平哪！仿佛阿希礼是个能猜透别人心思的人！好像阿希礼知道这事能阻止她似的！但是，她忽然意识到，阿希礼本来可以阻止她的。假如他那天在果园里稍稍给她点儿暗示，表示情况总有一天会好转，那她绝对不会想到去找瑞特。她去乘火车之前，假如他说上句温情的话，或者分别时接触一下她的身体，或许就能留住她。可他只是嘴上讲荣誉。然而……瑞特的话说得对吗？阿希礼能看出她的心思吗？她匆匆把这种不忠的想法抛在脑

后。他当然不会疑心她是去干这种缺德事。阿希礼心地太高尚，绝不会动这种念头。瑞特无非想破坏她的爱，想要撕碎她珍视的宝贝。她恶狠狠地想道，将来有一天，等她把这家店铺整顿好，把锯木厂办顺利，手头有了钱，她要让瑞特·巴特勒为她承受的这些痛苦和屈辱付出代价。

他站在她跟前，低头看着她，脸上露出一丝淡淡的好笑神色。刚才那阵让他激动的情绪消散了。

“这些到底关你什么事？”她问道，“那是我自己的事，也是阿希礼的事，跟你无关。”

他耸了耸肩。

“就这些了。我对你的忍耐力抱有深深的真诚敬意，斯佳丽，我不愿看到你让太多的负担压垮。你有个塔拉庄园的负担，那可是个男子汉才能挑起的担子哪。有你生病的父亲，他永远帮不上你的忙了。还有两个妹妹和那些黑人。如今你的负担上又加了个丈夫，说不定还有佩蒂帕特小姐。就是没有阿希礼·韦尔克斯和他的家眷，你的负担也够重了。”

“他不是我的负担，他帮助……”

“唉，看在上帝的分儿上，”他不耐烦地说，“咱们还是别再提这个了。他帮不上忙，他靠你养活，要一直靠你养活，就是不靠你也得靠别人，他到死都不会有用。我讨厌这个人，讨厌谈起这个人……你需要多少钱？”

一串难听的骂人话涌到她嘴边。受了他这么多侮辱，让他把自己心里最珍贵的东西都掏出来蹂躏得一塌糊涂，他还以为她会接受他的钱！

可她还是忍住没说出口。她多想痛痛快快拒绝他的钱，高傲地把他赶出店堂。但是，只有那些真正富有的人、生活有保障的人才

能享受这种奢侈。只要她还是个穷人，就不得不忍受眼前这种情景。但是，等她富有了——啊，那是个多么美妙诱人的想法哪——等她变得富有了，她决不忍受自己不喜欢的事情，她要随心所欲，对自己不喜欢的人决不客气。

“我要对他们说，全都去见鬼吧。”她想道，“瑞特·巴特勒就是头一个这种人。”

这么一想，心里乐了，一双绿眼睛闪亮了一下，嘴唇上也露出一丝微笑。瑞特也笑了。

“你真是个可爱的人儿，斯佳丽。”他说道，“脑子里转着恶作剧念头的时候就更可爱。就因为看见你这对酒窝，只要你需要，我就会买上十二头壮骡子送你。”

前门开了，那个伙计走进来，手里还拿着根羽毛管在剔牙。斯佳丽站起身，围上披肩，把帽带在下巴底下系好。她已经打定主意了。

“你今天下午有空吗？现在能不能陪我去？”她问道。

“上哪儿？”

“我想要你赶车带我去看那座锯木厂。我答应过弗兰克，独自一人不赶车出城。”

“这么大的雨去看锯木厂？”

“对，我现在就要买下那座锯木厂，免得你改变主意。”

他笑了，笑得那么响亮，把柜台后面那位伙计吓了一跳，瞪着一双好奇的眼睛望着他。

“你难道忘记自己已经结了婚？可不能让人看见肯尼迪太太跟巴特勒这个流氓乘车出城。凡是上等人家，都不欢迎我这个人，难道你不顾自己的名声了？”

“名声，瞎扯淡！趁你还没改变主意，也趁弗兰克没发觉，我

要买下那座锯木厂。瑞特，别磨蹭。这点儿小雨算什么？快走吧。”

该死的锯木厂！弗兰克一想起锯木厂就叹气，心里咒骂自己不该当着她的面提起这鬼地方。她把耳坠卖给巴特勒船长就够倒霉了——卖给谁不行，偏偏卖给那个人——而且跟自己丈夫都没商量一下就买了，更糟的是，她不把厂子交给丈夫经营。看样子不妙。好像不信任他，也不相信他的眼光。

弗兰克跟他熟悉的男人一样，认为妻子都该受丈夫指导，因为丈夫的头脑高她们一筹，因此该完全接受丈夫的意见，自己什么看法也不该有。大多数女人都有自己的主张，他是愿意依从的。女人都是些滑稽的小东西，迁就她们的心血来潮倒也没什么害处。他天性温和儒雅，并不会过分拒绝妻子的要求。他很乐意满足某个可爱的小女人提出的愚蠢念头，然后亲切地责备她没头脑、没节制。但是，斯佳丽一心想要的这些东西实在太过分了。

就拿这个锯木厂来说吧，她回答他的询问时嫣然一笑，说她打算自己管这个厂子，他听了大吃一惊。她当时说：“我自己去搞木材生意。”弗兰克一辈子都没这么吃惊过。她自己搞生意！这可简直太过分了。全亚特兰大都没一个女人搞生意的。弗兰克也从来没听说其他地方有女人经商的。就算如今过日子艰难，有些女人被迫挣点儿小钱贴补家用，也不过是做点儿女人的营生——就像梅里韦特太太那样烘饼子啦，像艾尔辛太太和范妮那样给瓷器彩绘啦、缝纫啦、收房客啦，像米德太太那样当当家庭教师啦，像邦内尔太太那样教教音乐课啦什么的。这些女子都挣钱的，不过都是在家里干活儿。但是，一个女人离开自己家庭的保护，冒险闯进粗俗的男人圈子，跟男人家挤在一起，跟他们竞争，就难免遭到诽谤和非议……何况她根本没必要这么做，她丈夫完全有能力供养她啊！

弗兰克原来希望这不过是她逗他开心，对他开了个小小的玩笑而已，不过这种玩笑的趣味实在有点儿俗。可他很快就发现，她不是开玩笑，真的经营起那座锯木厂了。她早上比他起得还早，然后就赶车驶出桃树街，晚上往往在他关上店门回到佩蒂姑妈家吃晚饭了，这才回家。她得赶车走好几英里路才能到锯木厂，经过的树林里到处是自由的黑鬼和北佬、地痞，而身边只有个彼得大叔保护她，彼得大叔还是满肚子的不情愿。弗兰克自己不能陪她去，因为店铺的事把他的时间全占住了。他一提出不同意见，她马上就反驳说："要是我不盯着，那个叫约翰逊的滑头就会偷我的木材，卖了木材把钱装进他的腰包。等我找到个合适的人经营这厂子，就用不着常常去了，到时候我就能待在城里卖木材了。"

她上城里来卖木材！那可是再不能的糟糕了。她的确有时抽出一天时间不去锯木厂，带着木材到处兜售。遇到这种日子，弗兰克就恨不得钻进黑黢黢的店堂后面，什么人都不见。他老婆在外面卖木头呢！

人们风言风语议论她，说不定连他也一块儿议论上了，指责他不该允许老婆干这种不该由女人干的营生。在柜台前见到顾客，听他们说："我几分钟前还见过肯尼迪太太，她在……"弗兰克就难堪得要命。人人都不厌其详地告诉他斯佳丽干过什么事，人人都在谈论新旅馆工地附近发生的事。人们说，斯佳丽赶车经过工地，正赶上汤米·韦尔伯恩跟另一个人买木材，她把两轮马车停在一群粗鲁的爱尔兰泥瓦匠跟前，那些人正在那里打地基，她跳下马车，唐突地告诉汤米说，他让人骗了。她说，她的木材好，价格还便宜，还当即心算了一大串数字证明自己说得没错，当场给了汤米个估算的数字。她挤进那帮粗鲁的陌生泥瓦匠中间就够糟了，还当众显示自己会算账！后来，汤米接受了斯佳丽的报价，订了她的货，可她

并没有马上低眉顺目地走开，反而跟那群爱尔兰工匠的工头闲聊上了，那人名叫约翰尼·加勒吉尔，个头儿很矮，因为心狠手辣而声名狼藉。这事一连在城里议论了好几个星期。

她经营这个锯木厂确实赚了钱，这才是最重要的，然而，妻子搞这种不适合女人干的行当，还获得了成功，丈夫见了这种情况怎么高兴得起来呢？再说，她赚了钱也没交给丈夫放在店铺里用，她连一小部分都没给他。她把大部分钱都弄到塔拉庄园去了，还定期给威尔·本蒂恩写信，告诉他钱该怎么用。另外，她还告诉弗兰克说，等到塔拉庄园的修缮完工后，她打算把她的钱拿去放债，收物品做抵押。

"天哪！天哪！"弗兰克一想到这事就不住地叹息。一个女人甚至不该知道抵押放债是怎么回事，更不用说做这种事了。

这些日子里，斯佳丽满脑子都是各种打算，照弗兰克看来，她的计划一个比一个糟糕。她甚至谈论起要建个酒吧间，就在谢尔曼的人烧掉的她那个货栈地皮上建。虽说弗兰克不是个戒酒主义者，可他坚决反对这个计划。拥有酒吧房产是个名声不好的事，也不吉利，几乎像出租房子给人开妓院一样。至于为什么名声不好，他也跟她解释不清楚。听了他站不住脚的说法，她嗤之以鼻："瞎扯淡！"

"酒吧从来好出租，亨利伯伯就这么说过。"她对他说，"租酒吧的人总是按时付租金。再说啦，弗兰克，我可以用卖不出去的劣质木材廉价建起酒吧，还能收很高的租金。有了收来的租金、锯木厂的盈利，还有抵押放债收来的钱，我还能再买几家锯木厂。"

"哎哟，我的心肝儿，再也别买锯木厂了！"弗兰克吓得大喊，"你该把手头这个厂子也卖掉才对，你的精力都让它耗尽了。再说，你自己也知道，管理那些自由黑人干活儿把你麻烦死了……"

"自由黑人确实不是些东西。"斯佳丽表示同意，却全然不顾

他卖掉厂子的想法，“约翰逊先生说，他每天早上来上班，都拿不准人能不能来齐。黑人根本就靠不住，他们干上一两天，就丢下工作走了，等到把工钱花光了才想到回来再干。说不定整套人马会一夜之间都跑光。哼，解放黑人！这事我越看越觉得是桩罪过，简直是把黑人给毁了。成千上万的黑人根本就不干活儿，我们厂子里雇用的黑人又懒又笨，简直没什么用。你想让他们学好，不用说动手打了，就是骂他们两句，那个奴隶解放事务局就会像鸭子啄虫似的扑过来。”

“宝贝，你别让约翰逊先生打那些……”

“当然不让。”她不耐烦地打断他，“我刚才没说过吗？要是我那么干，北佬就会把我投进监狱。”

“我敢保证，你爸爸一辈子从没打过一个黑人。”弗兰克说。

“哦，只有一次。那是他一整天打猎回来，马夫没刷洗他那匹马。不过，弗兰克，那时情况不同。自由黑鬼是另一码事，对有些家伙，狠狠抽一顿鞭子对他们大有好处。”

弗兰克不但对妻子的观点和计划感到吃惊，而且对她结婚以来几个月的变化深感诧异。当初跟他结婚时，她是个温柔甜美的娇弱女子，可现在却完全变了个人。他向她求婚的短短几天里，觉得一生从没见过像她一样的女人，她对生活的反应充满女性的魅力，又天真，又羞怯，又无能。可现在呢，她的各种反应全都男性化了。虽然她脸颊粉红、酒窝迷人、微笑甜美，可她的谈吐和举止都像个男人了。她说话声音干脆、态度坚决，做决定迅速果断，没有女孩子那种犹豫不决的作风。凡是她需要的东西，她脑子里非常明确，总是像男人那样走最短的捷径追求它，而不采取女人的躲闪迂回方式。

弗兰克此前倒不是没见过泼辣女人。亚特兰大就像南方的所有

城市一样，也有些没人敢惹的有钱寡妇。要论泼辣，谁也比不上身材矮胖的梅里韦特太太；要论专横，谁也比不上体态瘦弱的艾尔辛太太；要论手腕高明，谁也比不上满头银发、嗓音甜蜜的怀廷太太。然而，不论这些夫人们采用什么手段达到自己的目的，也无非是些女性常用的手腕。听了男人的意见，她们依从与否权且不论，至少还表现出恭敬。出于礼貌，她们表面上还是听从男人意见的。这一点十分重要。但是斯佳丽只按自己的主张办事，别人的话一概不听，而且是按男人的方式处理自己的事务，所以全城人都对她议论纷纷。

弗兰克苦恼地自忖道："没准儿大家也谈论我呢，说我让她办事这么不守女人本分的。"

另外，还有那个姓巴特勒的人。他常常来佩蒂姑妈家拜访，这简直是家门最大的耻辱。弗兰克向来讨厌这个人，甚至战前与他一道做生意时就讨厌他。他常常暗自责备自己，想当初真不该把他带到十二橡树庄园，不该把他介绍给自己的朋友。弗兰克鄙视他，因为他在战争期间昧着良心搞投机生意，也因为他没有服兵役。瑞特倒是在邦联军队当了八个月的兵，可这事只有斯佳丽知道，瑞特曾装出一副害怕模样，恳求过斯佳丽别把这桩"丑事"宣扬出去。最让弗兰克瞧不起他的事，是他侵吞邦联政府的黄金，也有人跟他一样掌握着邦联的黄金，但是像海军上将布洛克和其他一些人都很诚实，把成千上万块钱交还给联邦政府的国库了。但是，不论弗兰克是不是喜欢，瑞特还是频繁光顾。

表面上，他来看望的是佩蒂小姐，佩蒂头脑简单，自然信以为真，他来了，她还矫揉造作一番。但是弗兰克感到吸引他来访的不是佩蒂小姐，心里便觉得不舒服。小韦德见了大多数人都怯生生的，却非常喜欢他，甚至还叫他"瑞特叔叔"。弗兰克更觉得恼火。弗兰克不禁回忆起，战争期间瑞特曾献殷勤追求斯佳丽，惹得大家议

论他们。他能想象出，人们如今对他们的议论或许更加难听。虽然朋友们常常当着他的面公开议论斯佳丽经营锯木厂的手段，可谁也没敢向他提起这方面的事。然而，弗兰克渐渐发现，邀请他和斯佳丽赴宴或参加聚会的情况不像原来那么多了，上他们家来拜访的人也越来越稀少。斯佳丽对大多数邻居都没好感，虽然有少数几家邻居跟她比较融洽，可是锯木厂的事让她忙得一点儿空闲都没有，抽不出时间去拜访，所以近来客人稀少，她并没有在意。但是弗兰克却敏锐地感觉到了。

“邻居们会怎么说呢？”弗兰克一辈子都在受这句话的支配。所以，他妻子一再不遵守惯例惹得他震惊不已，让他手足无措。他感觉到，人人都不赞成斯佳丽，也都瞧不起他，因为他允许她变得“不像个女人”了。按照他的观点，她做的许多事情是丈夫们不能允许的。但是，假如他出面阻止她，跟她争执几句，甚至批评她，那么，一场风暴立刻就会劈头盖脸地落到他头上。

他无可奈何地想道：“天哪！天哪！她发作得迅雷不及掩耳，发作起来就没个完，我从没见过像她这样的女人！”

就是在最和睦的时候，只要他开口说：“宝贝，假如我是你，我就不会……”暴风骤雨便突然降临，在屋子里到处哼着小曲的妻子本来顽皮多情，刹那就完全变了个人，把他惊得目瞪口呆。

只要她那两道乌黑的剑眉往鼻梁中间一拧，眉梢向上一挑，弗兰克马上就吓得瑟瑟发抖，几乎都能让人看出来。她的脾气像鞑靼人一样暴躁，发起火来凶猛得像只野猫，一旦发作，什么话都吐得出口，全然不顾别人受得了受不了。遇上这种时候，整个屋子都像阴云笼罩。弗兰克就早早去店铺，很晚才回家。佩蒂就像只兔子似的钻进自己的卧室，大气都不敢出。韦德和彼得大叔就躲进马车房，厨娘唱赞美诗也不得不把嗓门儿压得低低的。只有黑妈妈泰然忍受

着斯佳丽的坏脾气，黑妈妈多年侍奉杰拉尔德·奥哈拉，对他的火暴脾气早已见怪不怪，自己的忍耐力也有了道行。

斯佳丽并不是存心大发雷霆，也真心想做弗兰克的好妻子，因为她一来喜欢他，二来对他帮助拯救塔拉庄园心怀感激。可他常常用不同方式惹得她忍无可忍，把她逼到发作的地步。

她绝对不能尊敬一个甘愿受她摆布的男人。不论是跟她在一起，还是跟其他人在一起，凡遇到尴尬场面，弗兰克总是表现出怯懦和犹豫，让她忍不住火冒三丈。如今她手头日渐宽松，原本不必计较这些小事，甚至该高兴才对，但是，许多事情都让她看出，弗兰克自己不是个好生意人，还不想让她做个好生意人，她便时时怒上心头，断不了经常发作。

她原来预料得没错，不等她一再催促，他就是不肯催收那些欠账，即使去催，也是一脸的歉意，没打算真收。这种情形让她切实认识到，要不是当初自己决意动手挣钱，肯尼迪家就休想摆脱紧日子。她终于明白了，弗兰克会满足于一辈子靠那爿肮脏小店混日子。他好像没有意识到，如今时局不稳，靠那点儿微薄收入生活根本没有保障，也意识不到多多赚钱的重要性，因为唯有金钱才能让人应付五花八门的灾祸。

她想道，弗兰克在战前经商，或许能做个成功的商人，如今时代不同了，一切都变了样，可弗兰克顽固不化，还是想按老一套做生意，这真让她恼火。他完全缺乏适应这个残酷新时代的闯劲，可她却具有闯劲，也打算施展出来，她才不管弗兰克喜欢不喜欢呢。他们需要钱，虽然挣钱是桩辛苦营生，可她的确在挣钱。照她看来，弗兰克至少不干扰她的计划，而她的计划已经有了成效。

由于她缺乏经验，经营这座锯木厂绝非易事，加上如今竞争比起初激烈多了，所以，她晚上回家后总是又疲倦又担忧，脾气自然

好不了。所以，遇上弗兰克心怀歉意地咳嗽一声后开口说出“宝贝，我要是你的话，就不干这事，不干那事”之类的评论，她只能拼命耐住性子，不让自己发作，但她往往忍不住。既然他自己没胆量出去挣钱，干吗老是找她的碴儿？而且他喋喋不休说的还全是蠢话！赶上这种年头，她不像个女人又有什么关系？就算她经营锯木厂不像个女人，可她却能给他们挣回急需的金钱，她自己、她家人、塔拉庄园、弗兰克，大家都急需用钱哪。

弗兰克想要的是休息和平静。他忠心耿耿服役，结果战争毁了他的身体，断送了他的财产，把他变成个小老头儿。这些他倒并不感到遗憾，经历了四年战争，他对生活的全部要求就是和平与安宁，只求看到周围有一张张友善的面孔，只求听到朋友们的声声称赞。没过多久他便发现，要想实现家庭内部的和平，就要付出一定的代价，这个代价就是随斯佳丽按自己的意思行事，不论她想怎么搞，一概依她。因为他身心疲惫，就完全依从她的条件，这样就买到了和平。有时候，他在寒冷的暮色中从外面回到家，斯佳丽开门迎接他，对他嫣然一笑，还在他耳朵上、鼻子上或者其他不合适的地方没头没脑地吻上一下，晚上睡在温暖的被窝里，感觉到她沉睡的脑袋依偎在自己肩膀上，他便觉得为和平付出如此代价还是很值。只要事事依从斯佳丽，家庭生活就能过得十分愉快。然而，他实现的和平是空洞的，徒有一个和平的外表，因为他为了购买这和平，已经将婚姻生活理应享受的一切都拿来做代价了。

他想道：“一个女人应该把心思多花在自己家和家人身上，而不是像个男人那样在外面东跑西颠。假如她能有个孩子……”

一想到孩子，他脸上便露出微笑，从此他便常常想到孩子。斯佳丽公开说过不想要孩子了，但孩子是用不着请的。弗兰克知道，许多女人都说自己不想要孩子，可那不过是出于她们的愚蠢和恐惧

罢了。如果斯佳丽有了孩子，她准会爱孩子，还会像别的女人一样，乐于待在家里照顾孩子。到那时，她就不得不卖掉锯木厂，他的麻烦就解决了。只有孩子才能让女人真正感到快乐，弗兰克认为，斯佳丽并不快乐。虽然他对女人十分无知，可是，斯佳丽常常不快乐，这一点他还看得出来。

有时候，他半夜醒来，听见枕畔有压抑的啜泣声。他第一次感觉到床在微微颤动，还听到呜咽声，曾惊慌地问她："宝贝，怎么啦？"可得到的回答却是一声暴躁的呵斥："嗨，别管我！"

没错，有了孩子会让她快乐的，也能让她撇开不该干的蠢事。有时候，弗兰克叹息一声，觉得自己娶的妻子就像只羽毛艳丽的热带海鸟，其实，能有只养在家里的学舌鹪鹩本来就挺好，而且对他更适合。

第三十七章

四月里一个风雨交加的夜晚，托尼·方丹骑马从琼斯博罗飞奔而来，马跑得口吐白沫，累得半死，托尼深夜敲门，把斯佳丽和弗兰克从睡梦中惊醒，两人吓得心都要跳到嗓子眼儿了。这是斯佳丽四个月来第二回深深意识到“重建”到底意味着什么了。回忆起威尔说的“我们的麻烦才刚刚开了个头”，还有那天在寒风呼啸的果园里，阿希礼神色凄凉地对她说过“如今大家面临的境遇比战争时期还糟，比俘虏营里还糟，对我来说，甚至比死了还糟糕……”斯佳丽这才体会到，他们的话真是千真万确。

她第一次面对“重建”这个字眼，是在她得知乔纳斯·威尔克森可以凭借北佬的势力，把她从塔拉庄园驱逐出去。但是，托尼这次来就让她更加体会到“重建”这个字眼包含着可怕的意义。托尼冒着大雨跑夜路而来，几分钟后便匆匆离去，而且永远不会回来了。就在这短短几分钟里，他为她揭开了一层帷幕，让她看到一种新的恐怖景象。她感到绝望了，觉得这层帷幕永远也不会落下。

在那个暴风雨的夜晚，正门的门锤敲得那么急促，她站在楼梯上首，把睡衣紧紧裹在身上，朝门厅望去，刚刚瞥见托尼黝黑阴郁的面孔，托尼就探进身子一口把弗兰克手里的蜡烛吹灭。她匆匆摸黑跑下楼梯，抓住他湿漉漉、冷冰冰的手，听见他压低声音说：“他们在追我……我要去得克萨斯州……我的马快死了……我也饿得半

死！阿希礼说，你们会……别点蜡烛！别把黑人吵醒……要是有办法，我可不想连累你们。”

他们把厨房的百叶窗和窗帘都拉得严严实实，他才答应让弗兰克点起一盏灯，接着便急匆匆跟弗兰克谈话，斯佳丽四处搜罗，给他弄了顿饭来吃。

他身上没穿大衣，浑身淋得透湿，头上也没戴帽子，一头乌黑的头发紧紧贴在小脑袋上。他大口喝下她端来的威士忌后，那双闪亮的眼睛才流露出方丹家小伙子特有的欢乐，只是这天夜里他的欢乐让人毛骨悚然。斯佳丽觉得非常庆幸，因为佩蒂帕特姑妈在楼上睡得很熟，正在打鼾。要是让她看见这番离奇景象，肯定会晕过去。

“那个该死的畜生，比无赖汉还卑鄙。”托尼说着伸出酒杯，要求再斟一杯，“我拼命奔跑，要不然非让人剥了皮不可，不过还是值了。上帝在上，的确很值！我要跑到得克萨斯州，在那儿躲起来。阿希礼当时跟我在琼斯博罗，他要我来找你们。弗兰克，我还得要匹马，再给我点儿钱。我的马都快累死了……一路没命地奔跑到这儿来……我今天简直像个傻瓜似的从家里逃出来，深更半夜乱跑，活像只飞出地狱的蝙蝠，衣服没穿，帽子也没戴，身上一个子儿也没有。不过我们家也没多少钱。”

他笑了，大口大口吃一盘涂了厚厚一层白油脂的玉米饼和冷萝卜叶。

“你把我的马骑走吧。”弗兰克平静地说，“我身上只有十块钱，不过，要是你能等到明天早上……”

“地狱的火就要烧住我了，我可不能等！”托尼语气很重，不过仍显得很高兴，“说不定他们就在我身后追赶。我动身的时候很匆忙。要不是阿希礼把我从那儿拖出来，催我上马，我还像个傻瓜似的待在那儿，这阵子早就蹬了腿儿啦。阿希礼真是个好伙计。”

这么说，阿希礼跟这件吓人的事有牵连。斯佳丽全身一阵冰凉，伸手捂住喉咙。那么阿希礼现在已经让北佬逮住了？哎呀，弗兰克为什么不把事情问个明白呢？干吗这么冷漠，好像无所谓似的。她耸了耸肩，一个问题到了嘴边。

“是什么事……”她开口问道，“是谁……”

“你父亲原先那个监工……那个该死的……乔纳斯·威尔克森。”

“是你……他死了？”

“我的天，斯佳丽·奥哈拉！”托尼怒气冲冲地说，“我既然动手杀人，你当我拿刀背碰碰他就算了？当然不行，上帝在上，我把他割成一条一条了。”

“干得好。”弗兰克漫不经心地说，“我从来不喜欢那小子。”

斯佳丽顿时对他刮目相看。这可不是她熟悉的那个温顺的弗兰克了，不是那个老爱捋胡须、神情紧张、随便让人欺侮的弗兰克。他的态度干脆利索，神情非常冷静，面对紧急情况，一句废话也不说。他是个男子汉，托尼也是个男子汉，这桩暴力行动是男人的事，没女人的份儿。

“但是阿希礼……他……”

“没有。阿希礼想动手杀他，可我对他说，这是我的权利，因为萨莉是我弟媳妇，他最后明白这个道理了。他陪我去了琼斯博罗，免得威尔克森先下手干掉我。不过我看老伙计阿希礼在这桩案子里什么麻烦也没有。我希望没有。有没有果酱让我涂涂玉米饼？你给我包点儿吃的带上好吗？”

“你不把全部情况告诉我，我要大声叫啦。”

“等一等，我走以后，你想叫就叫吧。弗兰克备马的时候，我就告诉你好了。那该死的威尔克森坏事干得够多了。你知道你的税款就是他搞的鬼，那仅仅是他干的许多卑鄙勾当之一，最可恶的是

他老在那儿挑唆黑鬼。真没想到我这辈子会恨黑鬼恨得咬牙切齿！让他们的漆黑灵魂见鬼去吧，那帮流氓说什么他们都信，把我们待他们的好处全都忘了个一干二净。如今北佬在谈论给黑人选举权，却不让我们选举。凡是在邦联军队服过役的人都给剥夺了选举权，全县只有很少几个民主党人保留了选举权。假如他们给黑人选举权，那我们就完了。真该死，这是我们的州！这个州并不属于北佬！斯佳丽，老天在上，我们忍无可忍！也决不忍受这个！我们必须采取行动，就是再打一场战争也在所不惜。用不了多久，这儿就要有黑鬼法官、黑鬼立法议员了——可他们不过是些丛林里的猿猴……”

“请你……快点儿告诉我，你们到底干了些什么？”

“这块玉米饼，我咬一口你再包吧。嗯，当时大家传说，威尔克森搞的什么黑人平等越来越不像话了。噢，对了，在他按时给黑人作的讲演中，他竟对那帮黑鬼傻瓜胡扯说……说……”托尼结结巴巴说不下去了，“说黑鬼有权……有权跟白种女人……”

“啊，托尼，不可能！”

“老天在上，他是这么说的！你听了觉得反感，这我一点儿都不奇怪。不过，地狱着火了，斯佳丽，这对你也肯定不是什么新闻啦，他们在亚特兰大这地方也是这么宣传的。”

“我……我不知道。”

“噢，弗兰克可能还瞒着你呢。不管怎么说，那以后，我们在想，该趁着夜色去拜访一下威尔克森先生，照顾照顾他。可是，我们还没来得及……你还记得我们家当工头的那个黑鬼吗？他叫尤斯蒂斯。”

“记得。”

“这小子今天跑到我家厨房门口，当时萨莉正在做饭……我不知道他对她说了些什么，我看现在我永远也不会知道了。不过，

他确实说了些不像样的话，我听见萨莉尖声喊叫，就跑进厨房，见他在那儿喝得烂醉，活像条发情的野狗……对不起，斯佳丽，说漏嘴了。”

“没事，接着说吧。”

“我开枪把他打死，后来母亲赶来照顾萨莉，我就跳上马奔向琼斯博罗找威尔克森。他罪责难逃，要不是因为他，那该死的黑鬼绝不会想到这种事。路上经过塔拉庄园，遇见阿希礼，他听说这种事，当然就跟我一道去了。他说这事该让他动手，因为这个威尔克森在塔拉干的事让他忍无可忍了。可我说不行，这是我的事，因为萨莉是我亲兄弟的遗孀，他就陪我去了，我们争执了一路。我们进城后，天哪，斯佳丽，你知道吗，我连手枪都忘带了。我把枪忘在马厩里，我气昏了头，竟然忘记……”

他停下来咬了一口硬邦邦的玉米饼，斯佳丽浑身在发抖。方丹家的人一发火就杀气腾腾，在这桩事之前早已在县里出了名。

“所以我不得不用刀对付他了。我在酒吧里找到他。阿希礼拦住其他人，我把他逼到墙角，我先告诉他为什么找他算账，然后一刀捅进他身子里。我还没弄清楚是怎么回事，事情就搞完了。”托尼说完沉思起来，“我能记起的第一件事，就是阿希礼把我推上马背，告诉我来找你们。阿希礼在紧要关头是好样的，他头脑清楚。”

弗兰克肩膀上搭着件大衣走进来，把大衣递给托尼。他只有这么一件厚大衣，可斯佳丽什么话都没说。她在这桩事情里好像是个局外人，这纯粹是男人的事。

“但是托尼……你家里少不了你，要是你回去解释……”

“嘿，弗兰克，你娶了个傻瓜。”托尼咧开嘴巴笑了笑，他吃力地穿上大衣，“她以为保护自家女人不受黑鬼侮辱，还能得到北佬奖赏呢。他们的确会给奖赏，那就是军事法庭审判和一根绞索。

跟我亲吻一下，斯佳丽。弗兰克不会反对的，我也许永远见不着你了，得克萨斯州太远了。我也不敢写信，所以请你们告诉我家里人，说我在这之前一直平安无事。”

她让他亲吻了一下，两个男人就走到大雨倾盆的屋外，站在后门廊交谈了几句。接着，她听见一阵马蹄溅水声，知道托尼走了。她拉开一道门缝，见弗兰克把一匹马拉进马车房，那匹马气喘吁吁，一瘸一拐。她把门关上，觉得两腿瑟瑟发抖，就坐下来。

她现在才知道“重建”意味着什么，也明白自己的房子仿佛让野蛮人包围了起来，他们个个赤身裸体，腰间只围一条遮羞布。于是，许多她最近无心留意的事情一齐涌上心头，记得她偶然听到男人们私下交谈，一见她进屋，立刻打住话头，可她也并没有真正在意。她还记起弗兰克警告过她多次，不准她驾车去锯木厂，只有个身体虚弱的彼得大叔在身边保护她，可是弗兰克的一次次警告让她当成了耳边风。如今她把这一切联系起来，拼成一幅恐怖的画面。

如今黑人得势了，背后还有北佬的刺刀给他们撑腰。她在外面会被杀掉，会被奸污，到头来连个讲理的地方都没有。要是谁敢替她报仇，准得让北佬绞死，而且根本不用通过法律程序，既没有法官审判，也没有陪审团。北佬军官对法律一窍不通，也不在乎一桩案件应该通过法律程序解决，随随便便就能把绞索套上南方人的脖子。

“我们该怎么办呢？”斯佳丽想道，她感到一种无可奈何的恐惧，双手紧紧绞在一起，“托尼这样的好小伙子，为了保护自家女人，杀了个撒酒疯的黑鬼和一个流氓成性的无赖，那帮魔鬼要绞死他，我们又有什么办法呢？”

“我们是忍无可忍了！”托尼这么大声说过，他这话没错。我们的确是忍无可忍了。但是，大家处在这种无可奈何的境地，

除了忍受，又有什么办法呢？她不禁浑身发抖，平生头一次觉得，有些人和有些事她根本无法过问，她也看出，她斯佳丽·奥哈拉心里惊恐、无可奈何，也无足轻重。在整个南方，有成千上万妇女像她一样惊恐，也像她一样无可奈何。然而，也有成千上万在阿波马托克斯放下武器的男人，他们如今又拿起了武器，准备冒着生命危险随时保护他们的妇女。

弗兰克的脸上也展现出与托尼相同的神情，她近来也从亚特兰大其他男人脸上看到过这种神情，可她并没有费心仔细分析。这种神情与投降归来的男人脸上那种疲惫无奈的神情完全不同。那些男人除了想回家什么都不关心。如今他们又开始关心一些事情了，他们麻木的神经又恢复了生机，昔日的精神又开始燃起火焰。他们心里忍受着无情的痛苦，再次关心着各种事情。他们像托尼一样怀着同样想法："这种情况忍无可忍了！"

战前，她见过的许多男人说话声音柔和、谨小慎微，仗打到最后的绝望时期，男人们变得出言无忌、口吻强硬了。但是，片刻之前，在两个男人隔着烛光相互凝视的目光中，她看到一种完全不同的东西，既让她感到鼓舞，又让她心生恐惧，那是一种无法用言辞形容的怒火，是一种无比坚定的决心。

平生头一回，她感到与周围的人有一种亲密感，感到与大家同忧愁共患难，心怀一样的决心。不错，他们忍无可忍了！南方是个美好的地方，不能就这么拱手相让，南方也太可爱了，不能任凭北佬随意践踏。而北佬对南方人恨之入骨，巴不得将他们碾成烂泥才解恨呢。南方这片家园太珍贵了，不能把它交给陶醉在威士忌和自由中的无知黑人。

一想到托尼来去匆匆的行踪，她就觉得跟他有一种亲近，因为她想起了父亲离开爱尔兰的往事，他也是趁着夜幕匆匆离家，也是

因为杀了个人，但是那种杀人在他和家人看来，都算不得谋杀。她身上流动着杰拉尔德的血液，那是一种狂暴的血液。她回想起开枪打死那个北佬劫匪后心中的狂喜。大家虽然外表上彬彬有礼，但身上都流淌着这种狂暴的血液，随时会爆发出来。她认识的所有男人都是这样，就连睡眼惺忪的阿希礼和婆婆妈妈的老弗兰克，本质上也是一样，一旦需要，立刻变得无比狂暴、杀气腾腾。就连瑞特那个没良心的流氓，也因为一个黑人"对一位淑女无礼"便动手杀了他。

弗兰克浑身湿淋淋咳嗽着回到屋里，她一下子跳起身。

"啊，弗兰克，这种日子还要持续多久？"

"宝贝，只要北佬一天恨我们，这种日子就会继续一天。"

"难道谁也没办法了？"

弗兰克捋了捋湿漉漉的胡子："我们在想办法呢。"

"什么办法？"

"等有了点儿结果再谈不好吗？也许要等好几年。说不定……说不定南方永远是这个样子。"

"啊，不！"

"宝贝，上床去吧，你一定浑身冰凉了，你在发抖呢。"

"这一切什么时候才到头呢？"

"宝贝，要等到我们都有了选举权，等到每一个为南方战斗的人都有了投票权，能为南方人和民主党人投票，那时候才算到头。"

"投票？"她感到心灰意懒，"黑人都丧失了理智，北佬毒化了他们的心，让他们专门跟我们作对。投票又有什么用呢？"

弗兰克摆出他那套耐心的态度，认真解释给她听，但是，靠投票解决麻烦的思想太复杂了，让她无法理解。她心里只感到庆幸，好在乔纳斯·威尔克森再也不能威胁塔拉庄园了。她心里也在想着托尼。

“唉，方丹家真可怜！”她嚷道，“现在只剩下个亚力克斯，可他们含羞草庄园有那么多事要处理。托尼干吗不谨慎点儿，趁晚上动手不行吗？那样谁能弄清楚是他干的呢？开春能在自己家犁地还不比去得克萨斯州强吗？”

弗兰克伸出一条胳膊搂住她。平素，他搂她时不免提心吊胆，仿佛怕她不耐烦地甩开他，但是，今晚她的目光中有一种深邃的神情，他的胳膊有力地搂住她的腰。

“宝贝，现在有些事情比犁地更重要。给黑人点儿颜色瞧瞧，给那帮无赖一点儿教训就很重要。只要我们还有像托尼这样的好小伙子，我们就用不着为南方过分担心。上床吧。”

“但是，弗兰克……”

“只要我们能团结在一起，对北佬寸步不让，我们总有一天能赢。宝贝，别让你那颗漂亮的小脑袋费心啦，让男人们去操心这种事吧。说不定我们这一代看不到胜利的那一天，但它终究会到来的。等到北佬发现根本无法削弱我们，就会疲惫不堪，放弃跟我们纠缠，到那时，我们就有个像样的生活环境生儿育女了。”

斯佳丽想到了韦德，也想到几天来默默藏在心中的一个秘密。她不愿让自己的孩子生长在憎恨不安的世界上，这里只有痛苦和潜藏的暴力，只有贫穷、磨难和不安。她绝对不愿让自己的孩子了解这一切。她要得到一个安全而有秩序的生活圈子，可以展望美好生活，确信未来是安全的。她要让自己的孩子只知道柔情与温暖，只知道精美服装和上等饭菜。

弗兰克认为通过投票可以实现这一切。投票？投票有什么关系呢？南方有教养的人再也得不到选举权了。世界上只有一样东西能应付命运带来的灾难，那就是金钱。她兴致勃勃地想到，他们必须要钱，要有很多的钱来应付灾难。

她冷不防告诉他说，她怀孕了。

在托尼逃跑后的几个星期里，佩蒂姑妈家不断遭到一批批北佬士兵的搜查。他们事先一点儿警告都不给就随时闯进屋子，拥挤在每一个房间里，不停地盘问，打开所有柜子，朝碍手碍脚的衣服里乱戳，连床底下都不忘瞅上一眼。军事当局听说，有人告诉托尼该去佩蒂小姐家，就认为他仍然藏在她家，要不就是在邻近的地方藏着。

结果，佩蒂姑妈害了心病，彼得大叔把她这种病叫作“紊乱”。因为她随时提心吊胆，不知道什么时候就会有一个军官带着一班士兵闯进她的卧室。弗兰克和斯佳丽都没有对她提起托尼那次短暂的落脚，所以老太太就算愿意说出真相，也实在没什么可说的。她完全是实话实说，结结巴巴表白说，她这辈子只见过托尼·方丹一次，可那是在一八六二年圣诞节的事了。

她还主动向北佬士兵提供帮助，气喘吁吁地说：“而且，那时候，他醉得一塌糊涂。”

斯佳丽正在怀孕初期，身子难受，心绪恶劣，闯进家的北佬士兵频频拿走自己喜爱的小摆设让她觉得可恨，也非常害怕托尼连累大家。如今监狱里人满为患，凡是犯了比这小得多的事，都会给投入监狱。她心里清楚，只要他们抓住一丁点儿于他们不利的事实，不但她跟弗兰克不能幸免，就是无辜的佩蒂也不能幸免入狱。

一段时期以来，华盛顿煽起一股没收“逆产”偿还美利坚合众国战争债务的风，这股风让斯佳丽一直感到痛苦不安。如今又雪上加霜，亚特兰大有一种传言，说凡是触犯军法的，都要被没收财产，斯佳丽心里更是惴惴不安，生怕她和弗兰克不但会丧失自由，连房子、店铺和锯木厂也保不住。就算军事当局不没收他们的财产，假

如她和弗兰克进了监狱，他们的财产也等于是没了。自己不在了，谁还会照料他们的生意呢？

她对托尼心存怨恨，没想到他给他们惹来这么多麻烦。他怎么能对朋友干出这种事呢？阿希礼又怎么能把托尼打发到这儿来呢？要是以后再有惹得北佬蜂拥而来的麻烦，这种忙她绝对不帮。没错，凡是寻求帮助的人，她都要让他们吃闭门羹。当然，假如是阿希礼，那就另当别论了。托尼短暂落脚后的几个星期里，只要街上有一点儿响动，她就会从不安的睡梦中惊醒过来，唯恐阿希礼因为帮助托尼受追捕，怕他也要逃亡得克萨斯州。她不知道他那边的情况，也不敢写信给塔拉提起托尼那次深夜来访。他们的信会被北佬截获，要是那样，就连他们的庄园也要遭殃。不过，几个星期过去了，并没有传来坏消息，他们便认为阿希礼没事了。最后，北佬也不再来家里骚扰他们。

然而，尽管情况比较宽慰，斯佳丽也没有摆脱恐惧。从托尼敲响他们家门那一刻开始，她的心里便一直感到恐惧，甚至比围城的炮火还让她胆战心惊，比谢尔曼的士兵在战争结束前的劫掠更让她毛骨悚然。托尼雨夜来访似乎揭去了蒙住她双眼的善意眼罩，迫使她看清了自己不稳定的未来生活。

在一八六六年那个寒冷的春天，斯佳丽左思右想，意识到自己和整个南方面临着什么。她尽可以为生活做打算、做计划，她可以比自己的奴隶更加拼命干活儿，她也许能够克服一切艰难险阻，她也许能够靠自己的坚韧毅力解决平生从未经历过的难题。但是，不论她如何拼命，不论她做出多大的牺牲，不论她如何费尽心思，她付出巨大代价取得的那点儿初步成果，随时都可能被夺走。要是发生这样的情况，她没有任何法律权利，得不到一点儿合法的赔偿，只有托尼咬牙切齿提起的军事法庭那不容置疑的宣判。如今只有黑

人才有索赔权。北佬让南方屈服了，他们要永远保持这种状态。南方好像被一个邪恶的巨人打翻在地了，以前统治过南方的人，如今比他们过去的奴隶还无可奈何。

佐治亚州到处都驻有重兵，亚特兰大驻兵数目之众更是超过了其他地方。北佬驻各城市的司令官拥有绝对权力，甚至操着百姓的生杀大权，他们随时使用手中的大权。他们不但有权，也不惜使用权力借故或无故监禁百姓，攫取他们的财产，把他们送上绞架。他们不但有权，也使用手中权力折磨迫害百姓，他们制定各种相互矛盾的规定，控制商业操作，限定须支付用人的工钱，操纵公开与私下的言论和报纸上的文章。他们规定垃圾该在什么时间如何倾倒在什么地方，他们规定昔日邦联人员的妻女可以唱的歌曲，凡是敢唱《迪克西》或《美丽的蓝旗》之类歌曲者，罪名几乎与叛逆相当。他们规定，凡是去邮局取信，必须先宣誓效忠政府，有时，登记结婚双方若不发那种可恶的誓言，他们就不颁发给结婚证。

报纸全都受到压制，凡是抗议军事当局非法掠夺的舆论，一概禁止刊登。个人胆敢提抗议，一概关进监狱让他们闭嘴。监狱里人满为患，关的都是有声望的市民，对他们审讯的日期却遥遥无期。陪审制度和人身保护权法实际上已经废止了。虽然民事法庭表面上仍然存在，却完全受到军队的支配，军队有权也运用权力干预民事判决，所以，百姓一旦被捕，性命实际上就操在军事当局手里了。被捕的人实在是太多了。凡是被怀疑说过煽动反政府言论的，凡是嫌疑与三 K 党有染的，凡是某个黑人控告对自己无礼的白人，就是关进监狱的充足理由，根本不需要人证和物证，只要控告就够了。既然有奴隶解放事务局的怂恿，要找个愿意出面控告的黑人从来不是难事。

黑人还没有得到选举权，但是北方已经认定，他们应该得到选

举权，同样，他们也做出决定，要求黑人在选举中支持北方。黑人心里有了这个底，便觉得再不能的好了。黑人愿意干什么都有北佬士兵撑腰，白人敢对黑人抱怨半句，就非惹麻烦不可。

昔日的奴隶如今成了创造万物的上帝，有了北佬的支持，最卑贱愚昧的黑人也成了人上人。黑人中比较高尚的阶层蔑视那种自由，如今他们在与白人主子一起受苦受难。成千上万的家仆曾属于奴隶中最高阶层，他们仍然跟白人待在一起，干着先前低于自家身份的体力活儿。许多忠心耿耿的农奴不愿享受那份新自由，而大批“自由黑人渣滓”大多数来自农奴，麻烦大半都是他们惹出来的。

在奴隶制时代，家奴小瞧那些地位低下的黑人，觉得他们无足轻重。埃伦和南方所有庄园上的女主人一样，都要让黑人小孩儿接受训练，筛选出最好的，委以比较重要的责任。指派到田间干活儿的黑人，都是最不愿学习或最没有能力学习的，他们态度消极，不诚实，不可靠，性情恶毒，行为野蛮。如今就是黑人社会中最底层的这群人，把南方人的生活搅得痛苦不堪。

在奴隶解放事务局肆无忌惮的冒险家们的支持下，以前的农奴受到北方人对南方近乎宗教狂热般的憎恨所驱使，忽然登上了权力的宝座。他们智力低下，在那种职位上的所作所为就可想而知了。这就像把一群猴子或者一群小娃娃丢在许多宝贵物品中间，他们不懂这些东西的价值，随意折腾，要么为的是满足自己的破坏欲望，要么就是完全出于无知。

说句公道话，即使是最愚昧的黑人，也极少有受怂恿产生恶意的，这些极少数恶毒的黑人原来当奴隶时就是“下贱的黑鬼”。但是，这个黑人阶层头脑一般就像孩子一样简单，习惯于听从命令，容易受人操纵。以前向他们发号施令的是他们的白人主子，如今，他们有了一群新主人，那就是事务局和那群投机商，黑人得到的命令是:

“你们跟白人是平等的，所以要以平等的身份行事。等到你们有权为共和党投票了，就能得到白人的财产。他们的财产等于是你们自己的财产，能到手只管拿！”

这种说法蛊惑了黑人，自由成了永远没有终点的野餐，成了一周七天的野外烧烤宴，成了懒汉、窃贼和傲慢无礼者的狂欢节。乡下黑人涌进城市，搞得乡间土地无人耕种。亚特兰大已经挤满了黑人，却仍然有成百上千的黑人涌进来，他们受到新教条的影响，个个懒惰而危险。他们挤在一个个肮脏不堪的小屋子里住，结果在他们中间爆发了天花、伤寒、肺结核等疫情。当奴隶的时候，他们生了病习惯于受女主人的照顾，现在他们不懂得该怎么护理，也不知道如何养病。昔日他们依赖主人去照料他们的老人和孩子，如今他们对那些无自理能力的人毫无责任感。而事务局的人兴趣主要集中在政治方面，根本无心向黑人提供原庄园主对黑人的照顾。

受遗弃的黑人孩子像受了惊吓的动物一样满城乱跑，直到遇上好心肠的白人把他们带回去养活。许多从乡下来的老年黑人都被自己的晚辈遗弃了，他们待在这个喧闹的城市里感到失魂落魄，就坐在马路沿上向过路的女士哭喊：“太太，拜托给我在费耶特维尔的老主人写封信，就说我在这儿，他会把我这个老黑鬼接回家的。上帝在上，这种自由让我受够了！”

奴隶解放事务局招架不住涌进城里的无数黑人，这才意识到政策有误，想把他们打发回原来的主子那里，却已经太迟了。他们对黑人们说，要是现在愿意回去，身份已经是自由工人，不但受到书面契约的保护，而且日工资也有具体规定。于是，上了年纪的黑人高高兴兴返回庄园，给穷困潦倒的庄园主加重了负担，却不忍心赶他们出门。但是年轻黑人依然留在亚特兰大，他们不愿在任何地方干活儿。既然能吃饱肚子，为什么要干活儿呢？

黑人平生头一回能敞开肚皮喝威士忌了。当奴隶那阵子，除了过圣诞节接受主人礼物时能顺便分享“一滴”，其余时间根本尝不到威士忌的滋味。如今，不但有事务局的煽动者和投机商怂恿他们，威士忌也让他们饱受刺激，黑人的行为肆无忌惮实在不足为怪。居民的生命财产得不到安全保障，白人得不到法律保护，个个惊恐不已。男人在街道上公然受到黑人侮辱，房屋、马厩在夜里被纵火焚烧，马、牛、鸡大天白日就会被偷走，城市里各种犯罪行为层出不穷，罪犯却很少受到法律惩罚。

但是，比起白人妇女面临的威胁，这些羞辱和危险都算不得什么。许多妇女在战争中失去了男人的保护，独自住在城市边缘地区或人烟稀少的街道上。由于黑人对白人妇女的大量暴行，使南方的男人无不时时对自己妻子和女儿的安全提心吊胆，他们个个心里又恐惧又愤怒，三 K 党一夜之间冒了出来。北方的报纸便大声疾呼，要求镇压这个夜间活动组织，可他们并没有意识到三 K 党形成的悲剧原因。北方人想要捉拿住每个三 K 党人，把他们送上绞架，因为他们胆敢趁法律和秩序被入侵者推翻之际，自己动手惩治罪犯。

国家的一半以刺刀相威胁，强迫国家的另外一半接受黑人的统治，而这些黑人离开非洲丛林还不满一代呢。这真是一幅骇人的景象。黑人要获颁选举权，而他们原先的主人却要被剥夺选举权；北方一定要征服南方，征服的手段之一，就是剥夺白人的选举权。大多数为邦联而战的人、在政府里任过职的人、凡是帮助和慰劳过邦联军队的人，现在都失去了选举权，无法推举自己的公仆，他们完全处在外来统治者的强权控制下。有许多人头脑清醒，以李将军的话和行动为榜样，希望宣誓效忠政府，忘掉过去，再次成为公民。然而，北方却不允许他们宣誓。有些受到允许者却坚决拒绝宣誓效忠，他们蔑视那个一心想残酷镇压他们、羞辱他们的政府，自然不

愿对这个政府宣誓效忠。

斯佳丽听了一遍又一遍的宣传，烦得几乎尖声高叫起来：“我愿意重新当个合众国的公民。要是他们行为高尚，南方一投降，我就会发那个该死的誓言。但是，上帝在上，他们要想把我改造得服服帖帖，那可办不到！”

在这些让人焦虑的日日夜夜里，斯佳丽整天生活在恐惧中。无法无天的黑人和北佬士兵无时无刻不在威胁着她，折磨着她的心。她每时每刻都害怕财产遭没收，就连梦中也战战兢兢，害怕发生更糟糕的事情。她为自己和亲友乃至整个南方的无奈感到沮丧，难怪她脑子里常常回响着托尼·方丹那句情绪激昂的话：

“斯佳丽，老天在上，我们忍无可忍！也决不忍受这个！”

尽管亚特兰大经历了战争、大火和“重建”，但这座城市还是恢复了繁荣。这地方在许多方面与邦联初期亚特兰大蒸蒸日上的繁华很相像。只是拥挤在街头的军人身穿另一种军装，钱财掌握在另一批人手中，而且黑人过起了游手好闲的日子，而他们原来的主人却在饿着肚子苦苦挣扎。

虽然繁荣的表面下掩盖着痛苦与恐惧，这座城市的外表却是一派欣欣向荣的景象，城市正抖去废墟，重新站起来，成为一座繁忙喧嚣的城市。看起来，亚特兰大必将永远繁忙，处境并不能影响它。萨凡纳、查尔斯顿、奥古斯塔、里士满、新奥尔良等城市就从来不曾如此繁忙仓促过。这是一种缺乏风度的北方化气象。然而，在这一时期中，亚特兰大胸无城府，完全北方化了，这种情况是空前绝后的。“外来人口”不断从各地涌进城里，街道上从早到晚挤满了喧嚣的人群，让人喘不上气来。北佬军官的太太们和投机商们坐着锃亮的马车，在街道上飞驰而过，把泥浆溅在本地人破旧的马车上。

富有的外乡人造起华丽而俗气的房子，挤在老居民稳重的住宅之间。

战争确立了亚特兰大在南方事务中的重要地位，这个一向默默无闻的城市因而远近闻名了。谢尔曼为了夺取铁路曾打了整整一夏天的仗，牺牲过几千士兵的生命，这些铁路线如今又恢复运营，给这座城市带来生机。亚特兰大像毁灭前一样，又成为一个广阔地区的活动中心。城市正承受着大量涌入的人口，其中有的受到欢迎，有的不受欢迎。

外来投机商蜂拥而至，将亚特兰大变成了他们的大本营。在城里的大街上，他们与南方最古老的家族代表人物拥挤在一起。这些古老家族的遗老也是刚刚移居到这座城市里，谢尔曼的部队进军到南方，将他们的乡间宅子付之一炬，另外，没有黑奴替他们种棉花，他们在乡间的生活无着落，便跑到亚特兰大来谋生。每天都有新的移居者从田纳西州、南卡罗来纳州、北卡罗来纳州等地迁来，因为在那些州里，“重建”的手段比佐治亚更严厉。许多来自爱尔兰和德国的雇佣兵曾在北军服役，军队遣散后，他们便在亚特兰大定居下来。许多北佬驻兵的家眷经过四年战争后，对南方满心好奇，也加入到日益膨胀的城市人口中来。各种各样的冒险家也蜂拥而至，希望寻找发财机会，乡下的黑人照旧成百上千地涌进城里。

这是一座喧嚣的城市，就像西部村庄一样完全开放，也丝毫不掩饰自己的种种恶习和罪过。这里的酒店彻夜开放，每段街区都有两三家酒吧，入夜后，街上到处是跌跌撞撞的醉鬼，有黑人，也有白人，在人行道上醉醺醺得东倒西歪。暴徒、扒手、娼妓躲藏在没有灯火照明的小巷里和阴暗的街道上。赌场里人声鼎沸、嘈杂混乱，那里每晚都有开枪杀人或持刀打斗事件发生。亚特兰大还有了个规模又大又兴旺的红灯区，正派人见状都感到无比羞耻。在这里，刺耳的钢琴声在低垂的窗帘后面响个不停，粗俗的歌声、笑声、欢闹

声通宵达旦不绝于耳，时而还传出尖叫声和枪声。如今，住在这里的人比战争年代更放肆，竟然厚着脸皮从窗户里探出身子，向路人招呼拉客。到了星期日下午，红灯区的老鸨们乘坐窗帘低垂的漂亮马车招摇过市，马车里塞满了穿戴得花枝招展的姑娘，不时从窗帘后面探出脑袋，呼吸一下新鲜空气。

贝尔·沃特林就是其中最臭名昭著的老鸨。她自己开了家新妓院，那座二层楼的高大房子十分惹眼，周围破破烂烂的房子相比之下如兔子窝一样龌龊。这座楼房的一层是个大酒吧，墙上挂着许多高雅的油画，每天夜晚都有一支黑人乐队在这里演奏。据说，楼上的家具极其华丽，一色的长毛绒罩面。窗帘都是厚布料镶花边，墙上的镜子都是进口的，装在镀金框子里。房子里住着十来个标致的姑娘，她们浓妆艳抹，举止也比其他妓院的姑娘文静。至少，贝尔难得叫警察来妓院解决纠纷。

这家妓院成了亚特兰大妇女们悄悄谈论的话题，也成为牧师讲道时言辞谨慎的指责对象，称它是罪恶的渊薮，是该受唾弃和谴责的地方。大家都知道，贝尔这样的女人绝不会有那么多钱独自开这么豪华的妓院，她背后肯定有个富翁做靠山。瑞特·巴特勒从不掩饰自己跟她的关系，大家心里都明白，贝尔的靠山非他莫属。那贝尔坐在自己的马车里，由一个举止粗俗却神情怯懦的黑人赶着车外出时，显出一副奢侈相，人们偶尔从低垂的窗帘缝里朝她瞥上一眼。她的马车经过时，马路上的小男孩儿都设法摆脱母亲的束缚，跑过去朝精致的马车车厢里张望，还兴致勃勃地压低声音说："是她！是贝尔！我看见她的红头发了！"

投机商和发战争财的家伙盖起一幢幢华屋，房子都有大屋顶，有山墙，有塔楼，有花玻璃窗，屋前还有宽阔的草坪。这些华屋旁边，弹痕累累、战火熏黑的破砖朽木房子就相形见绌了。每天晚上，

在这些新建起的宅子里，窗口泻出瓦斯灯明亮的光线，飘出音乐和跳舞的脚步嚓嚓声。女人们身穿色彩艳丽、熨得笔挺的丝绸服装，在长长的阳台上漫步，身旁陪着身穿礼服的男子。香槟酒瓶的软木塞嘭嘭打开，针织雕花台布上摆上七道菜的晚餐。酒烹火腿、鸭肉冻、鹅肝酱、应时或错季的珍稀水果摆满了餐桌。

然而，那些老房子破旧的屋门后面，却住着贫穷和饥饿的人——这些人因为生来气质高雅、无所畏惧，表面上装出漠视物质需求的傲然态度，因而愈发显得贫穷痛苦。米德大夫能讲出许多让人不愉快的故事，说他们不少人家被赶出豪宅，住进公寓，又从公寓搬进背街陋巷里的龌龊小屋。他有过许多患“心力衰竭”和“憔悴”病的女病人。他和病人心里都清楚，这种病实际上源自慢性饥饿。他还知道全家染上肺结核的病例，还能告诉人们说，以前只有穷苦白人才会患的癫痫病，如今在亚特兰大最有名望的家庭里也不鲜见。有的婴儿患了佝偻病，两条腿细得可怜，母亲却没有奶喂孩子。以前，这位老大夫每接生一个婴儿都要虔诚地感谢上帝，可他如今并不觉得孩子是上帝的恩赐。这是一个让小婴儿吃苦的世界，许多孩子生下没几个月就死了。

在那些显赫的大房子里，夜晚灯火辉煌，餐桌上美酒佳肴，人们身上丝绸闪亮、毛料柔和，随着提琴奏出的音乐翩翩起舞。然而，就在街角旁边，那里的人却在挨饿受冻。征服者飞扬跋扈、冷酷无情，被征服者却忍受着痛苦、满腹仇恨。

第三十八章

斯佳丽把一切都看在眼里，白天就生活在这种环境中，到了晚上，又把这些带入梦境。她总是提心吊胆，不知道下一步会发生什么事。她心里清楚，因为托尼的事，她和弗兰克已经上了北佬的黑名单，灾难随时都会降临到他们头上。但是，在这种时候，她可经受不起前功尽弃的灾难，她不久就要生孩子，锯木厂也开始赢利了，而且塔拉庄园在秋天收获棉花前，要依靠她的钱才能维持。啊，要是一切都失去可怎么办！假如她不得不从头开始，以自己微薄的力量哪能与这个疯狂的世界搏斗！她不得不以自己的红唇碧眼和精明而浅薄的脑袋去对付北佬，以及北佬代表的一切。她又疲惫又害怕，如果非得从头再来，她宁肯一死了之。

在一八六六年春天的一派破败和混乱中，她专心致志投入全副精力，设法让锯木厂赚钱。亚特兰大还是有钱的。她心里清楚，只要不让人投入监狱，在重建房子的浪潮中有她赚钱的机会。但是，她一再告诫自己，办事必须谨慎，待人必须随和，遇到侮辱要逆来顺受，遭受不公正待遇要懂得屈服，绝对不得罪可能对自己有害的人，不论是白人还是黑人都不能得罪。她像出身与自己相同的人一样，对那些放肆无礼的自由黑人心怀憎恨，每次从一群群黑人身旁经过，他们对她说下流话，冲着她尖声大笑，她听了总要起一身鸡皮疙瘩，但是她甚至从来不朝他们投去蔑视的一瞥。她痛恨无赖汉

和投机商，他们轻而易举就成了暴发户，可她却不得不拼命干活儿，但是，她一句谴责他们的话都不说。亚特兰大人谁也不比她更痛恨北佬，只要看见他们穿的蓝军装，她立刻气得翻肠倒肚，可她即使是在家里，也绝不谈论他们。

她冷冷地自忖道："我才不当个心直口快的傻瓜呢。别人尽管为逝去的时光和不能再生的亲人伤心吧！让别人为北佬的统治和丧失选举权义愤填膺吧！让别人说出心里话遭监禁吧，让他们为加入三K党上绞架吧！啊，三K党这个名称真可怕，简直像'黑人'这个字眼一样让我心惊肉跳。让别的女人为他们丈夫加入三K党感到自豪吧！谢天谢地，弗兰克跟那个党从来没牵连！让其他人为不能挽回的事烦恼吧，愤慨吧，密谋吧，策划吧！与紧张的现在和不确定的未来相比，往昔有什么关系呢？现在面临的真正问题是要有面包吃，要有房子住，要避免坐牢，区区选票有什么要紧的？上帝保佑，让我平安过到六月份吧！"

只要挨到六月就行！斯佳丽知道，到了六月份，她就得被迫待在佩蒂姑妈家，足不出户地等到孩子出世。已经有人责怪她有了身孕还四处奔走。女人怀了孕就不该抛头露面。弗兰克和佩蒂一再恳求她，要她别再外出丢丑了，既丢自己的丑，也让他们丢脸。她向他们保证过了，到了六月就停止工作。

只要挨到六月就行！在六月份以前，她一定要把锯木厂经营得稳稳当当，自己可以放心离开。到了六月，她准能攒到足够多的钱，保护自己免受灾祸。她有太多的事情要做，可剩下的时间实在太少了！她真希望一天能多出几个钟头，紧张得一分一秒都不放过，一心扑在锯木厂拼命挣钱，多多挣钱。

由于她对胆小的弗兰克总是催促个没完，那个店铺如今经营得好了些，他甚至还收回点儿旧账。不过，她的希望还是寄托在了锯

木厂上。亚特兰大就像一棵砍倒的大树，如今又抽出更多粗壮的枝条，长出更加茂盛的树叶。建筑材料远远供不应求。木料、砖块、石块，这些建筑材料的价格都在猛涨，斯佳丽就忙着让锯木厂从黎明到掌灯时分不停地干活儿。

她每天都有一部分时间在厂里度过，什么事情都要亲自过问，竭尽全力阻止发生盗窃，可她心里知道，总有人偷她的木头。不过她大部分时间都是坐着马车在城里四处奔走，联系那些建筑师、包工头和木匠，甚至还跟完全陌生的人打交道，只要听说谁家有可能造房子，她就跑去找，甜言蜜语劝人家答应只买她的木材。

不久，她便成了亚特兰大街上人们熟悉的一道风景，只见她坐在她那辆轻便马车上，车毯一直盖到腰间，一双小手戴在手套里，搭在腿上，身旁坐着个黑人老车夫，那车夫神态庄重，脸上却显出老大的不情愿。佩蒂姑妈给她做了件漂亮的绿色短斗篷，好掩饰住她怀孕的身段，还给她做了顶绿色扁平帽子，跟她的碧眼恰好相配。她总是穿戴这套衣冠外出兜揽生意。她脸蛋儿上淡施胭脂，身上稍稍洒点儿香水，显得十分迷人。只要她坐在车上不下来，她的身孕就没人能看出来。她其实也难得需要下车，只要她嫣然一笑，招一下手，男人们就会跑到她的马车跟前，还往往光着脑袋淋在雨里跟她谈生意。

当然，除了她，还有许多人发现做木材生意是个发财良机，可她并不害怕跟人竞争。她心里十分得意，知道自己的精明生意头脑不亚于任何人。她是杰拉尔德的亲生女儿嘛，父亲精明的生意头脑自然遗传给她了，迫于需求，她的这种本能变得愈发敏锐了。

起初，别的商人还嘲笑她，嘲笑中怀着善意的轻蔑，看不起她这个女人跑出来经商。可是如今他们都不再笑了，看到她的马车经过，他们心里不免暗自诅咒。因为斯佳丽是个女人，所以做生意常

常十分有利，在许多场合显得可怜无助，反倒能打动买主的心。她不费吹灰之力，就能默默给人一种印象，让人觉得她是个既勇敢又胆怯的上等女人，迫于悲惨境遇才沦落到如此境地，仿佛她是个悲苦的小妇人，要是不买她的木材，说不定她还会挨饿呢。不过，遇到她这种上等女人的风度不能奏效时，她便会耍出冷酷的生意人手段，为了招揽一个新主顾，甚至不惜做赔本的买卖，压低价格击败对手。假如她觉得能瞒过买主，就会以次充好，还会毫不犹豫地咒骂其他木材商。她会叹一口气，装出不愿揭人家老底的姿态，悄悄告诉潜在的主顾说，她的竞争对手木材价格太高，卖的却是长满节孔的朽木，质量低劣得简直不能提了。

斯佳丽头一回说这种谎话时，还觉得心慌、内疚，为谎话这么容易、这么自然就脱口而出感到心慌，也因为忽然想到母亲得知这些会怎么想而感到内疚。

若知道女儿竟然说谎，行为不择手段，埃伦会怎么说是用不着怀疑的。她准会惊得目瞪口呆，不敢相信自己的耳朵，会用温和的口气说出言辞尖锐的话，还会对她谆谆教诲，说些对邻居要体面、要正直、要真诚、要敬重之类。斯佳丽脑袋里立刻看到母亲的尊容，不禁有点儿畏缩。接着，在一阵不顾一切的冲动中，母亲的容貌消逝了，那是一种贪欲的强烈冲动，产生于塔拉庄园衣食欠缺的日子里，如今又因为生活不稳定而变得更加强烈了。就这样，她像以前走过一座座里程碑一样，又走过一个新的里程碑。她一边为没有依照母亲的期望做人而叹息，一边又耸耸肩，重复念叨她那句口头禅："再说吧。"

不过，她做生意的时候再也没有想起过埃伦，再也没有因为跟木材商打交道时耍了卑鄙手段而感到内疚。她知道造他们的谣，自己是绝对安全的。南方人的绅士风度保护了她。一位南方女士可以

造谣中伤一位绅士，一位南方绅士却不会造谣中伤一位女士，更不可能把她说成是个撒谎者。其他木材商只能生闷气，当着自己家人会猛烈发作，说他们但愿上帝把肯尼迪太太变成个男人，只要五分钟也行。

迪凯特街上有个开锯木厂的穷白佬，他试着用斯佳丽的武器跟她斗，公开说她是个撒谎的骗子。不料他非但没有得手，反而遭了殃，因为大家听了他的话都感到震惊，没想到一个穷白佬还敢说这么难听的话攻击一位淑女，何况这位女士还迫不得已从事这种不适合女人做的生意。起初斯佳丽默默忍受了他那些话，表现得颇有风度，渐渐地，她把全部精力都用来对付那个人和他的顾客。她虽然有点儿心疼，却横下一条心，压低价格出售自己最优质的木材，证明自己说的是实话，结果他不久便破产了。然后，她得意扬扬地按照自己出的价码把他的锯木厂买过来。弗兰克得知后惊骇不已。

得到那间工厂后，马上出现一个伤脑筋的难题，她得找个信得过的人替她掌管。她可不想找个像约翰逊先生那样的人。她心里清楚，虽然她盯得很严，可他仍然背着她偷偷卖她的木材。不过她觉得，要找个恰当的人并不是桩难事。现在人人都是穷光蛋，街上有的是人，许多人从前还是有钱人，如今却连个活儿都找不着。弗兰克哪天都要掏钱接济几个饥饿的退伍兵，佩蒂和厨娘也是每天都要包起一点儿食物，送给骨瘦如柴的乞丐。

但是，斯佳丽不想雇用这些人，她自己也不明白到底是什么原因。她自忖道："我不雇用那些一年都没找到活儿干的人。要是他们还没有适应和平时期，就不能适应为我干的活儿。再说，他们全都是一副卑躬屈膝的奴才相，我才不要一副奴才相的人呢。我要的人应该精明强干，就像勒内、汤米·韦尔伯恩、凯尔斯·怀廷或者西蒙斯家小伙子那样的人，或者……或者属于他们那一类的人。因为

他们都没有露出士兵投降后那种满不在乎的神色，他们的模样都显得对什么都十分在意。”

但是，出乎她预料，西蒙斯兄弟开了座烧砖窑，凯尔斯·怀廷开业出售母亲在厨房配制的药，说是只要涂抹六次，就保证把黑人的小卷发拉直。他们都彬彬有礼地对她微笑，婉言谢绝了她的聘约。她又找过十几个人，结果都是一样。她无奈提高工资出价，但仍然遭到拒绝。梅里韦特太太有个侄儿，那人的话相当不客气，说他并不很喜欢赶货运马车，不过毕竟赶的是自家的马车，还说他宁愿为自己流汗，也不为斯佳丽干活儿。

一天下午，斯佳丽在勒内·皮卡德的糕饼车前拉住自己的马车，她见汤米·韦尔伯恩搭朋友的车回家正好也在车上，就向他们打了声招呼。

“哎，勒内，上我那儿去干活儿好吗？管理工厂总比赶车送小吃体面嘛，我看你干这事有点儿丢人吧。”

“我？我才不觉得丢人呢。”勒内咧开嘴巴笑了笑说，“如今谁还受人敬重呢？以前咱倒是受人敬重，后来战争把咱像黑人一样解放了。今后再也不想摆出高人一等的架子，过百无聊赖的日子啦。我像鸟儿一样自由，喜欢我的糕饼车，喜欢我的骡子，喜欢照顾岳母生意的北佬。没错，斯佳丽，我要做个糕饼大王呢。这就是我的命运！就跟拿破仑似的，我要追随自己的命运之星。”说完他像演戏似的挥舞一下手中的鞭子。

“可你生来不是卖糕饼的，汤米也不该跟一群粗野的爱尔兰泥瓦匠打交道，我那儿的工作比较……”

“那你生来就是开锯木厂的喽。”汤米撇了撇嘴角说，“不错，我都能想象出斯佳丽小时候坐在妈妈腿上背功课的模样了：‘坏木头能卖高价，就决不卖好木头。’”

勒内听了放声大笑，一双猴子眼使劲眨巴着，在汤米背上狠狠捶了一拳。

“别胡闹。”斯佳丽板下脸说，她没觉得汤米的话有什么好笑的，“当然，我生来也不是开锯木厂的。”

“我不是想无礼。不过你现在的确在开锯木厂，不管你生来是不是该干这个，可你干得相当好。嗯，照我看，咱们眼下干的事情都不是生来就该干的，可照样能凑合干。要是因为生活跟预料的不一样，就躺倒不干哭鼻子，那才是个可怜虫，才是个可怜的民族呢。你干吗不找个搞企业的投机商替你工作呢，斯佳丽？树林里那种人多的是，这我敢起誓。”

“我才不要投机商呢。投机商什么都偷，除非是烧得火红的东西或者死死钉着拿不走的东西。要是他们原来有点儿地位，就不会跑到这儿来搜刮我们了。我要个好人，应该是个出身好的人，要头脑灵活、诚实肯干，还要……”

“你的要求不算高嘛，不过你出那点儿价钱找不到这种人。你说的那种男人要不是严重伤残，早已找到活儿了，就算不太合适，至少也有干的。他们宁愿搞自己的事也不愿替一个女人干活儿。”

“你们那么低贱的活儿都肯干，可见男人没头脑。”

“也许没错，可他们有骨气。”汤米说得一本正经。

“骨气！骨气的味道真不赖，它的表皮又薄又脆，加上层蛋白酥皮味道就更好了！”斯佳丽挖苦道。

两人都笑了，不过有点儿勉强，斯佳丽觉得这两个男人是抱成团来反对她。她想道，汤米说的没错。她想起找过的那些男人，他们都在忙着干活儿，忙着做某种事情，而且干得很卖劲，要是换了战前，这种人干苦活儿简直是不可思议的事。他们做的事可能不是自己想干的，对他们来说既不轻松，也不是他们生来就该干的，但

他们手头都有活儿干。时代太艰辛，由不得他们挑拣了。就算他们为失去的希望感到悲哀，并且留恋失去的生活，那也只有他们自己心里知道。他们在打一场新的战争，这场战争比过去的战争更艰苦。而且他们重新开始关注生活，态度迫切而强烈，战争割裂他们的生活以前，就是这种强烈的心情让他们生气勃勃的。

“斯佳丽，”汤米神色有点儿发窘，“抱歉，刚才说了不礼貌的话，真不好意思再求你帮忙，可我还是想说出来，说不定对你还是有帮助的。如今除了北佬，大家都自己出门捡柴火，我家小舅子休·艾尔辛卖烧火柴买卖不好。我知道艾尔辛一家日子过得很艰难，我倒是尽力帮衬，可我得养活范妮，还得接济住在斯巴达的母亲和两个守寡的姐妹。休是个好人，你说过想找个好人，你知道他是好人家出身，人又诚实。”

“不过……嗯，休不够精明能干，要不然卖烧火柴也不至于干不成。”

汤米耸了耸肩。

“你的眼光真够凶的，斯佳丽。”他说道，“不过，你仔细考虑一下休这个人吧。恐怕你还能挑出不少毛病，可我觉得他诚实肯干，这些就能弥补他不精明的缺陷。”

斯佳丽没回答，她不想显得过分冒失，不过她觉得不够精明不能用其他品质来弥补。

斯佳丽找遍全城也没找到一个合适人选，许多投机商迫不及待来找她，都让她一个个回绝了。最后，她决定按汤米的建议找休·艾尔辛。休在战争期间是个智勇双全的军官，但是，打了四年仗，受过两次重伤，他的精力仿佛都消耗光了，如今变得像个不知所措的孩子了。他的眼神像条丧家犬，所以根本不是她想找的那种人。

“这人太傻，”她想道，“对生意一窍不通，我敢肯定，他连

二加二等于几都算不清，恐怕他也学不会什么东西了。不过，好在他人还诚实，不会骗我。”

这些日子来，斯佳丽倒不太重视诚实，不过自己诚实不诚实无所谓，要求别人诚实倒很重要。

“可惜约翰尼·加勒吉尔在汤米·韦尔伯恩的建筑工地有事干，”她想道，“要不然，他才是我要的那种人。这人态度硬得像蜗牛，脑子滑得像蛇，要是我花钱买他的诚实，他会诚实的。我了解他，他也了解我，我们两人合伙做生意准不会错。说不定旅馆盖完我能雇用他，不过在这之前，我得将就用休和约翰逊先生。要是我让休管起那家新厂，让约翰逊先生管原来那厂子，我就能腾出身子在城里照料销售，把锯木和运输都交给他们去管。雇到约翰尼之前，假如我一直待在城里，就得冒风险，因为约翰逊先生会偷我的木头。他要是不偷该多好！我看该在查尔斯留给我的那块地上建个木料场，另外一半本打算建个酒吧间的，可弗兰克总是扯着嗓门儿反对！哼，等我攒够了钱，就在上面建酒吧，才不管他怎么想呢。假如弗兰克脸皮不是那么薄就好了。唉，天哪，我早不生晚不生，怎么偏偏在这么个节骨眼儿上要生孩子呢！过不了多久，我的肚子就大得不能出门了。噢，我的天！假如没怀孩子就好了！假如可恶的北佬不来找我的麻烦就好了！假如……”

假如！假如！假如！没想到生活中有这么多假如，却没一样是确定无疑的，没一点儿安全感，总是提心吊胆，害怕失去一切，害怕重过挨饿受冻的苦日子。没错，弗兰克如今挣的钱倒是稍稍多了点儿，可他老是感冒，常常病倒在床上，一连几天不见好。假如他成了个老病号瘫在床上可怎么办！嗨，她不能指望弗兰克帮她太多的忙。除了依靠自己，她什么都指望不上，谁都靠不住。可她挣到的钱看来少得可怜。啊，假如北佬把这一切都夺走，她可怎么办呢？

假如！假如！假如！

如今，她的一半收入送到塔拉庄园，交给威尔，一部分用来偿还瑞特的债，剩下的一点点她就积攒起来。她数钱比任何守财奴都勤，也比任何守财奴更害怕失去自己的金钱。她不愿把钱存在银行，生怕银行倒闭，也怕北佬把钱没收掉。所以，她尽量把钱带在身上，塞在紧身胸衣里，把钞票分成一卷一卷，藏在屋里各处，塞进壁炉前松动的砖头下面，藏在垃圾袋里，夹在《圣经》里。她的脾气一星期比一星期更暴躁，因为她每攒起一块钱，遇上灾祸就会增加失去一块钱的危险。

每逢她发作起来，弗兰克、佩蒂和用人们就捺住性子忍受，把她的坏脾气归咎于她怀孕这事，却根本没有意识到真正的原因。弗兰克以为，对怀孕的女人凡事都得迁就，只好忍气吞声，便收敛起自己的傲然态度，再也没提她办锯木厂的事，也不说她到了这种时候还到处奔波，不像个女人。她的行为从来就让他难为情，可他觉得，还可以再容忍她干一阵子。等到孩子出世后，他知道她会变得甜蜜可爱，恢复他向她求婚那时的模样。然而，尽管他对她百般抚慰，可她的脾气照样不减，他常常觉得她像是中了邪。

谁也不知道她究竟中了什么邪，也不知道什么让她变得像个疯婆子。其实，她是想在坐月子前把一切都打理好，还要尽量多攒点儿钱预防灾祸再次降临。她要筑起一道金钱的堤坝，抵御北佬仇恨的潮水。近来，她脑子里只有一个“钱”字，即使有时想到即将出世的孩子，她脑袋里也只有怨恨，怪这孩子出世没挑对时候。

“死亡、纳税、生孩子！这三桩事永远不会挑个好时候来！”

一个女人家经营锯木厂，斯佳丽一开始就遭到亚特兰大人非议，随着岁月荏苒，大家对她有了定论，觉得她什么事都干得出来。她

做生意精明得让人吃惊，何况她母亲还是罗比亚尔家的人。现在人人都知道她身怀六甲，可她照样招摇过市，确实不成体统。体面的白种女人一旦怀疑自己怀了孕，就绝对不会再走出家门，就连有些黑人也遵守这种规矩。梅里韦特太太就愤愤然声称，照斯佳丽那模样，说不定要把孩子生在大街上呢。

但是，过去对她的所有批评跟眼下城里流传的风言风语相比，简直是小巫见大巫。斯佳丽不仅跟北佬做生意，而且看起来心里还挺乐意。

梅里韦特太太和许多南方人也跟北方新迁来的人做生意，不过这是有区别的，因为他们虽然跟北佬做生意，却显然不乐意。斯佳丽却心甘情愿跟他们做买卖，或者表面上显得喜欢，反正一样糟糕。她还去北佬军官家陪他们太太喝过茶！事实上，她跟他们交往毫无顾忌，就差没请他们上家里来做客了。城里人猜想，若不是因为佩蒂姑妈和弗兰克，她甚至会请他们来家里做客的。

斯佳丽知道城里人在谈论她，可她并不在乎，也没工夫考虑这事。她心里仍然像北佬打算烧毁塔拉时一样，对他们怀着深仇大恨，可她会掩盖起自己的仇恨。她知道，要想赚钱，就得赚北佬的钱。她学会了对他们微笑，说几句恭维话巴结他们，这可是为自家锯木厂兜揽生意的最可靠办法。

等到将来她非常富有了，自己的钱藏在北佬找不着的地方，她就能对北佬说实话了。她会对他们说，自己多憎恨他们、厌恶他们、鄙视他们，那该多么痛快哪！但是，在这一天到来之前，最合理的办法就是跟他们相处。假如把这说成伪善，亚特兰大人就该最大限度利用这种伪善。

她发现，跟北佬军官交朋友就像开枪打地上的鸟儿一样容易。他们就像孤寂的流放者，受命待在充满敌意的土地上，其中许多人

渴望与有教养的女性交往，然而在这座城市里，凡是体面人家的女子，对面遇上都会把裙子提起来侧身走过，脸上的表情仿佛想朝他们唾上一口似的。只有妓女和黑种女人才会跟他们和蔼交谈。但是斯佳丽显然是位淑女，而且是位上流人家的女子，尽管她干着目前的行当，可她的一双绿眼睛望着他们嫣然一笑，就让他们浑身激动不已。

斯佳丽坐在自己的轻便马车里跟他们交谈，还现出一对迷人的酒窝，她心里往往涌起对他们的无限憎恨，几乎按捺不住自己，想要当面咒骂他们，不过她总是能忍住心头恨。她发现，捉弄北佬并不困难，就像跟南方男子在一起作乐一样容易。不过，这可不是作乐，而是办正经事。她在扮演一个落难的南方夫人，性情高雅、妩媚可爱。她摆出一副庄重矜持神态，把她的猎物挡在恰当的距离以外。但是，她的态度仍然十分文雅，让北佬军官一想起肯尼迪太太，心里就感到暖洋洋的。

这种暖洋洋的感觉对斯佳丽有益，这也正是斯佳丽的意图。驻城部队的军官并不知道要在这里驻扎多久，许多人把自己的家眷也接来了。由于旅馆客栈全都住满了人，他们便自己建造许多小房子，就很乐意向这位态度高雅的肯尼迪太太买木料，因为她待他们比城里任何人都客气。投机商和无赖汉之类的暴发户在城里盖豪华住宅、店铺、旅馆，他们乐意找她做生意，因为他们发现她的态度让他们感到愉快，而那些前邦联士兵开的木料店就不同，虽然那里的人也是彬彬有礼，可是态度一本正经、冷冰冰的，比开口咒骂他们还难受。

由于她漂亮迷人，时而还装出孤苦伶仃的可怜相，北佬便乐意照顾她的木材生意，不但光顾她的锯木厂，还频频光顾弗兰克的店铺。北佬显然觉得，应该帮助这位有勇气的小妇人，因为她无依无

靠，除了这么一位窝囊丈夫，谁也指望不上。斯佳丽眼看生意日渐兴隆，便觉得不但现在能靠北佬的钱让生活得到保障，将来还能以北佬朋友做靠山。

与北佬军官保持一定关系比她料想的容易，因为他们似乎都对南方淑女怀有敬意。不过她不久便意外地发现，他们的太太倒成了个麻烦。跟北方女人交往并非她的初衷，她倒很乐意避开她们，可她就是避不开，因为这些官太太决意要见她。她们都对南方和南方女子怀有强烈的好奇心，斯佳丽是她们满足这种好奇心的第一个机会。亚特兰大的其他女人不跟她们交往，即使在教堂相遇，也不跟她们打个招呼，因此，斯佳丽上她们家谈生意的时候，就成了她们孜孜以求的目标。斯佳丽坐着马车停在一座北佬的房子跟前，跟这家的男主人谈造屋子的木柱和木瓦，女主人就常常走出来参加谈话，要么便执意请她进屋喝茶。斯佳丽对这种邀请很反感，却很少拒绝，因为她心里盼望得到机会，委婉地建议她们上弗兰克的店铺去买东西。不过，她的自制力多次受到严峻挑战，因为她们提的问题会涉及她的私事，也因为她们对南方的所有事物都摆出一副居高临下的姿态。

那群北方妇女把《汤姆叔叔的小屋》[1]看作仅次于《圣经》的启示，她们都想知道，南方人是不是都豢养着大猎犬，用来追捕逃跑的黑奴。斯佳丽回答说，她这辈子只见过一条猎犬，并不是那种大型猎犬，只是条温驯的小狗儿。她们听了，说什么也不肯相信。她们想了解庄园主给奴隶脸上烫烙印的可怕烙铁，想知道把农奴活

[1] 《汤姆叔叔的小屋》：美国女作家哈里耶特·比彻·斯托（1811—1896年）的代表作。书中揭露十九世纪美国黑奴在白人种族主义统治下南方庄园过的悲惨生活。该书深受林肯总统重视，林肯接见作者时，称她的书“引起了这场南北战争”。——译注

活打死用的那种九尾鞭。她们还让斯佳丽感到，她们对奴隶姘居表现出非常下流粗俗的兴趣。斯佳丽对这类事情尤其感到厌恶，因为自从北佬士兵在亚特兰大驻扎下来后，城里的黑白杂种孩子数量急剧增加。

要是让亚特兰大的其他妇女听了这种无知的话，准得活活气死，可斯佳丽竭力控制住自己。她总算忍住了，因为她们激起她的鄙视超过了她心中的愤怒。毕竟是北佬，北佬干得出什么好事呢？她们轻率地侮辱她的国家、她的人民、南方的道德观念，她只是嗤之以鼻，心里暗自鄙夷。但是，后来偶然发生了一桩事，让她怒不可遏，也让她深深看清了南方与北方存在着无法逾越的鸿沟。

那是一天下午，当时她同彼得大叔驾车回家，途经一幢北佬的房子。这幢房子是他们自己造的，用的木料是从斯佳丽的厂里买来的，房子里挤着三户人家。三家的女人当时正好站在门前的车道上，三个女人挥手招呼她停车，跑到下车台跟前，与她打招呼，说话的口吻十分难听，斯佳丽便觉得，她几乎能原谅北佬的一切，就是不能饶恕他们的说话口吻。

“我们正想找你呢，肯尼迪太太。”一位来自缅因州的瘦高个儿女人说，“我想跟你打听点儿事，是关于这座愚昧的城市的。”

斯佳丽心怀鄙夷，勉强忍住她对亚特兰大的侮辱，尽量装出笑容：

“你想打听什么事？”

“我的保姆布里奇特回北方去了，她说她在这帮‘黑鬼’中间一天也待不下去了，可我的几个孩子闹得我简直要发疯！告诉我上哪儿才能再找个保姆。我不知道该上哪儿找。”

“这不是什么难事嘛。”斯佳丽笑道，“要是你看见乡下来的黑人妇女经过，只要没让奴隶解放事务局调教坏，那就是最好的用

人了。只要站在大门口，见了黑人妇女就问一声，我管保你……”

三个女人气得同时大喊。

“你以为我们会把孩子托付给个黑鬼？”那个缅因女人嚷道，“我要的是个爱尔兰好姑娘。”

“恐怕你在亚特兰大找不着爱尔兰女用人。”斯佳丽的口吻冷淡，“我自己就从没见过一个白种用人，我家里也不愿雇白种用人。再说，”她不禁放纵自己用挖苦的腔调说，“我可以向你们担保，黑人不是吃人的野兽，他们都非常可靠。”

“天哪，不成！我家可不要黑人。馊主意！”

“我才不信任黑人呢，我看见他们就饱了，别说让他们照顾我的孩子了。”

斯佳丽想起黑妈妈那双骨节很大的温柔的双手，那双手在照顾埃伦、照顾她自己和照顾韦德的过程中变得粗糙了。这些外乡人哪里懂得黑人的手多么可亲，多么让人欣慰，多么善于爱抚呢？她顿时笑了。

“黑人是你们解放的，你们却这么看待他们，这倒真是怪了。”

“天哪！不是我，亲爱的。”那个缅因女人笑道，“我上个月来南方之前从来没见过一个黑人，我这辈子再也不愿见黑人了，他们让我浑身起鸡皮疙瘩。他们这种东西，我可一个也不能信赖……”

斯佳丽早已感觉到，彼得大叔呼吸变得急促了，他挺直腰板，两眼死死盯住马耳朵。后来，那个缅因女人突然放声大笑，指着彼得给她那两个同伴看，斯佳丽这才转身注意他。

“瞧那个老黑鬼，气鼓鼓的，活像只蛤蟆。”她咯咯笑个不停，“我敢打赌，他准是你们家的老宝贝吧，对不对？你们南方人不懂怎么对待黑人，把他们都惯坏了。”

彼得大叔喘了口气，额头上的皱纹显得更深了，他活了这么一

把子年纪，还从来没听哪个白人叫过他“黑鬼”呢。其他黑人倒是这么叫过他，可是白人从没这么叫过他。他彼得多年来一直是汉密尔顿家受人尊敬的台柱子，如今竟有人说他不可信赖，还让人说成是“老宝贝”！

斯佳丽虽然没看见，却感到彼得大叔的下巴在颤抖，他的自尊心受了伤害。她自己也不由得气疯了。以前，这几个女人耻笑过邦联军队，诽谤过杰弗逊·戴维斯总统，还造谣说南方人虐待黑奴、杀害黑奴，她不动声色地听着，心里怀着鄙夷。只要对她有利，她们就是侮辱她不贞节、不诚实，她也能忍受。但是，如今她们说了这么多蠢话，伤害了这位忠实的老黑人，这就像朝火药桶里丢了根火柴，顿时引爆了她的怒火。她的眼睛一时盯住彼得大叔腰带上挂的那支大手枪，恨不得伸手去拔。这帮傲慢无知、专横的征服者真该杀！她死死咬紧牙关，下颚上的肌肉都暴了出来，心里暗暗提醒自己，现在还不是时候。将来总有一天，她可以直截了当告诉北佬自己的心里话。总有那么一天的。老天在上，这一天总要到来！可现在还不是时候。

“彼得大叔是我家的人。”她说话的声音在颤抖，“再会。我们走，彼得。”

彼得突然朝马抽了一鞭，马吓得骤然扬起前蹄，马车颠簸着驶开后，斯佳丽听见那个缅因女人迷惑不解的声音：“她家的人？不会是个亲戚吧？他的肤色黑得很呢。”

“愿上帝惩罚他们！这些人应该统统从地球上消灭掉。等我将来有了足够的钱，我一定要朝他们脸上唾唾沫！我一定要……”

她朝彼得瞥了一眼，见一滴泪珠正顺着他的鼻子淌下来。她顿时涌起一阵强烈的同情和悲伤，两只眼睛为他受到的屈辱而感到刺痛，就像看到有人肆意虐待一个孩子。那些女人伤了彼得的心。可

是，跟随老汉密尔顿上校在墨西哥战争中南征北战的，就是这个彼得；东家死的时候正是让这个彼得抱在怀里；抚养玫荔和查尔斯，服侍傻乎乎的佩蒂帕特，也是这个彼得。彼得还在她逃难的时候保护她，战败后还“弄”了一匹马，把她从梅肯一路送回家，途中经过被战争破坏得满目疮痍的乡间土地。可她们却说“不信赖黑鬼”！

“彼得。”她把手搭在他瘦骨嶙峋的胳膊上，声音嘶哑了，“我替你丢人，哭什么。这种事还往心里去？她们不过是几个该死的北佬罢了！”

“她们当着我那么说话，好像我是头骡子，听不懂她们的话，好像我是个刚从非洲来的人，不懂她们说些什么。”彼得响亮地哼了一声，“她们叫我黑鬼，可我不是黑鬼，我一辈子都没听白人叫过我黑鬼！她们还说我是什么老宝贝，说黑鬼不可信赖！我不可信赖！当年老上校死的时候，对我说：‘彼得！你照顾我的孩子们。照料年轻的佩蒂帕特小姐，’他对我说，‘因为她脑筋简单得还不如只蚂蚱。’这么些年来，我一直好生照料她的……”

“除了大天使加百列，谁也没你干得好。”斯佳丽安慰道，“我们没你根本不能活。”

“可不是嘛，谢谢你这么说，小姐。这些我知道，你也知道，可他们北佬不懂，他们也不想知道。他们怎么会跑来打扰我们呢，斯佳丽小姐？他们根本不懂我们南方邦联的事。”

斯佳丽没吱声，刚才当着北佬女人的面好不容易才忍住心中的怒火，这会儿怒火还在心里燃烧着。两人默默无言地赶车回家。彼得不再抽鼻子了，下嘴唇渐渐噘出来，噘得高高的，让人看了吃惊。到了这会儿，他起初的伤心已经平息，心中的怒火却越烧越旺。

斯佳丽想道：这帮该死的北佬算是什么东西！那些女人见彼得大叔皮肤黑，就以为他没长耳朵，听不见她们说些什么，也没有她

们那么敏锐的感情，不会感到伤心。北佬不知道应该好心对待黑人，应该把他们当成孩子一样，指导他们、表扬他们、疼爱他们，有时也要责备他们。他们不了解黑人，也不懂得黑人与他们原来的主人之间的关系，可他们却发动了一场战争解放他们。如今他们把黑人解放了，却不愿与他们交往，仅仅打算利用他们给南方人带来恐怖。他们不喜欢黑人、不信赖黑人、不了解黑人，却不断大声疾呼，说南方人不懂得如何与黑人相处。

不信赖黑人！斯佳丽信赖黑人远远超过对白人的信赖，也绝对超过对北佬的信赖。黑人的忠诚、耐劳和仁爱不会因苦难而中断，也不是金钱能买到的。她想起了塔拉庄园，当时庄园面临入侵，少数忠心耿耿的黑人却留下没走，当时他们完全可以逃走，也可以参军过悠闲日子。可他们留下了。她想起迪尔西当初陪她在棉田干苦活的情景，又想起波克冒着生命危险偷邻居家的鸡给自家人吃，还想起黑妈妈陪她上亚特兰大来，为的是防止她做错事。她也想起邻居家的仆人们，他们全都忠心耿耿守在主人周围。男主人上前线打仗，他们就保护自己的女主人；兵荒马乱时，陪他们去逃难；主人受了伤，他们就护理，死了也由他们掩埋；主人家失去亲人，他们就给予安慰。他们替主人干活儿，代主人乞讨，帮主人偷窃，为的是让主人家餐桌上有食物。即使到了现在，尽管奴隶解放事务局对他们发下种种奇迹般的许诺，可他们仍然不离开自己的白种主人，比奴隶制时期更加吃苦耐劳。但是北佬根本不理解这些，也永远不会理解。

“可他们还要解放你们呢。”她不由得大声说出来。

“不，小姐！他们不是要解放我，我也用不着他们那种渣滓来解放。”彼得怒气冲冲地说，“我还是佩蒂小姐家的人，我死了，她会把我埋在汉密尔顿家的坟地里，那儿才是我的归宿……我的女

东家要是听说你让那帮北佬女人欺负我，准得犯病。”

“我没让她们欺负你啊！”斯佳丽惊得嚷起来。

“就是你让她们欺负我的，斯佳丽小姐。”彼得把嘴唇噘得更高了，“要是你和我不跟这帮北佬打交道，她们就没法儿欺负我。要是你不跟她们聊那种天，她们就没机会把我当成骡子，当成非洲黑鬼。你刚才连句话都没替我说。”

“可我说了！”她说。他的指责伤了斯佳丽的心。“我没对她们说你是我家的人？”

“那不算数。因为本来就是事实。”彼得说，“斯佳丽小姐，你不该跟北佬做生意，其他女士都不跟他们来往的。你就没见过佩蒂小姐跟这帮渣滓来往。要是她听到她们说我的那些话，准会不高兴的。”

彼得这番批评让斯佳丽深深触动了，远比弗兰克、佩蒂姑妈或邻居说的话更让她难受。她心烦意乱，恨不得抓住这个老黑人，使劲摇晃他，让他没牙的嘴巴闭上才罢休。虽然彼得说的句句是实话，可她就是不愿听黑奴说出这种话，尤其不愿意从自家的黑奴嘴里说出来。得不到仆人的敬重，是南方人的耻辱。

“叫我老宝贝！”彼得喃喃地说，“我看佩蒂小姐听了这话准不让我替你赶车了。这是肯定的，小姐！”

“佩蒂姑妈照样会让你给我赶车，”她严厉地说，“不许再说这种话了。”

“我脊背疼得厉害。”彼得沉下脸警告说，“这阵子我的脊背疼得直不起来了。我犯了病，女主人是不会让我赶车的……斯佳丽小姐，要是咱自家人全都不赞成你做的事，不管北佬怎么看得起你，也不管那帮白人渣滓怎么瞧得起你，对你都没好处。”

这话刺中了她的要害，她心里怒气冲冲，却一声没吭。没错，

征服者的确赞赏她，可她家人和邻居却不赞成。城里人议论她的话她全知道，现在连彼得也对她不满了，甚至不愿陪她当众露面，这可让她再也无法忍受了。

在这之前，她向来不屑于关心公众舆论，而且还对人们的议论心怀鄙夷。但是彼得的话让她怒火中烧，把她逼到守势了。她突然觉得邻居像北佬一样可恨。

“我做什么关他们什么事？”她想道，“他们准是认为我喜欢跟北佬交往，喜欢像个庄稼汉一样干活儿。他们让我的苦营生变得更苦了。但是，我才不管他们怎么想呢，我也不允许自己在乎他们，我现在顾不上操心。但是，将来有一天……有一天……”

啊，将来有一天！等到她的生活圈子重新有了保障，那时她就能正襟危坐，像埃伦以前那样双手操在一起，做个让人敬重的贵妇人了。她要像个贵妇人那样，显得娇弱无力，非有人保护不可，那样就能赢得人人赞赏。啊，要是她重新富有了，会变得多么了不起啊！到那时，她就能学着埃伦的样，既慈祥又温柔，既关心别人也重视礼仪。到了那时，她再也用不着日日夜夜提心吊胆，生活会变得平静从容，她就有时间跟孩子们玩耍，关心他们的功课了。在漫长温暖的下午，体面的太太们登门拜访，大家芭蕉扇轻摇，塔夫绸裙袍窸窣作响，她就为大家奉上香茗，端上美味的三明治和糕饼，招待大家，在悠闲的聊天中打发时光。她待受苦受难的穷人要非常仁慈，拿一篮篮食品去救济穷人，给病人送去汤和果冻，还要用自己的马车带不太走运的人兜兜风，摆摆阔气。她要像母亲以前那样，做一名真正的南方淑女。人人都会说她慷慨无私，称她是“女施主”。

对未来的幻想让她得到了乐趣，虽然她意识到自己并不想真正无私待人，也不愿慷慨仁慈，但她并没有因此感到扫兴。她想要获得这些品质，为的不过是个好名声。可她的脑袋就像一张网，网眼

太大太粗，滤不出如此细小的差别来。她只需要知道一样事情就够了，那就是等她有了钱，大家都会称赞她。

将来有一天！那还不是现在。现在还不是时候，人们想怎么说她，尽管去说吧。现在还不是个做贵妇人的时候。

彼得果然不是跟她说着玩儿的。佩蒂姑妈真的犯了晕，彼得的病一夜间突然加重，从此再也不能赶车了。这以后，斯佳丽只好自己赶车，手掌上渐渐消退的老茧又重新长了出来。

春天的几个月就这样过去了。四月的冷雨变成了五月的温馨，到处一片青翠。斯佳丽一连几个星期心急火燎忙于工作，身子越来越重，行动渐渐不便。老朋友们对她越来越冷淡，家人对她却愈发体贴，也更加为她担心，见她心急火燎的模样也愈发感到迷惑了。在这些怀着焦灼心情拼命奋斗的日子里，她心里只有一个人能靠得上，也只有这个人能理解她，这个人就是瑞特·巴特勒。说来奇怪，在芸芸众生里，偏偏这个人让她记在了心上，可他却像水银般不稳定，也像刚从地狱里冒出来的魔鬼一样可恶。但是他给了她同情，她还从来没从任何人那里得到过同情，也从来没料到瑞特会同情她。

他频频离开亚特兰大，神秘兮兮地去新奥尔良旅行。他从来没解释过去那儿的原因，不过她能肯定，他的旅行准是跟一个女人或几个女人有关，想到这一层，她心里隐隐感到一丝妒意。但是，自从彼得拒绝替她赶车后，他在亚特兰大待的时间就越来越长。

他只要待在亚特兰大，大部分时间就在时代女郎酒吧的楼上赌钱，或者泡在贝尔·沃特林的酒吧里，跟有钱的北佬和投机商讨论赚钱计划，全城人便认为这个人比他那帮狐朋狗友更可恶。如今他不上佩蒂帕特家来拜访了，大概是因为尊重弗兰克和佩蒂的感情吧，因为斯佳丽身怀六甲，遇上男客来访，他们准会感到恼火。可她几

乎每天都会碰巧跟他相遇。她赶车去锯木厂，经过僻静的桃树街和迪凯特街时，他往往会骑着马来到她的马车跟前，拉住缰绳跟她聊上几句，有时还会将自己的马拴在她车后，上车替她赶上一段。这些日子来，虽然她嘴上不承认，可她很容易疲劳，所以，瑞特接过缰绳，她心里总是默默感激。他总是在回到城里前离开她，可是整个亚特兰大都知道他们俩见面的事，这就给斯佳丽长长一串不合礼仪的行为清单上增添了新的议论话题。

她有时也疑心过，觉得一次次相遇不一定都是巧合。但是，几个星期过去了，城里的黑人越来越无法无天，他们的相遇也越来越频繁。可他为什么偏偏挑她模样最丑的时候来找她呢？就算他以前对她不怀好意，眼下也肯定不会有什么想法，可她连这一点也开始怀疑了。他已经有好几个月没有重提两人在北佬监狱里那段尴尬插曲了。后来他再也没提起过阿希礼，也没提过她对他的爱，更没说过想要“占有她”之类的粗话。她觉得最好别惹麻烦，就没有要求他解释两人频频相遇的原因。最后，她自己做出判断，认为他除了赌钱就再没其他事好做，加上他在亚特兰大几乎没有好朋友，所以来找她不过是跟她做做伴。

不论他有什么原因，她觉得他是个很令人愉快的伴侣。他倾听她伤心地说起失去顾客的事，抱怨欠债收不回来，说起约翰逊先生如何欺骗她，述说休太不称职。她讲述自己的成果，他就喝彩，而弗兰克听了只不过面露微笑，佩蒂听了只会露出吃惊的模样，说上句：“我的天！”她能肯定，瑞特经常暗地里把做生意的机会引给她，因为他跟有钱的北佬和投机商关系密切，可他矢口否认帮过她。她知道他是怎样一个人，也从来不信赖他，但是，一看见他骑着一匹大黑马从林荫曲径走来，她的心情立刻变得愉快。他跳上她的马车，从她手里接过缰绳，对她说上几句俏皮话，她立刻就会感到自己又

年轻愉快、富有魅力了，忘记了心中的焦虑，也忘了自己身子越来越臃肿。她跟他几乎无话不说，用不着掩饰自己的动机，也用不着隐藏自己的真实看法，可她跟弗兰克说话就不能这么直率。她心里对自己坦白说，就是跟阿希礼说话，也不能这么无话不谈。当然啦，在她与阿希礼的每一次交谈中，她都得考虑自己的荣誉，这就让她有许多话不能说出口。既然瑞特出于某种无法解释的原因对她以礼相待，有他这么个伴侣实在让她感到安慰。她确实感到非常安慰，因为近来她的朋友实在太少了。

“瑞特。”她怒气冲冲地问道，这是在彼得大叔对她发出最后通牒后不久的事，“城里人干吗待我那么无礼，干吗偏要议论我呢？没准儿他们把我说得比那帮投机商还坏呢！我一直操心自家生意，从来没做过什么坏事，再说……”

“你没做过坏事，那是你没机会做，他们心里恐怕是这么想的。”

“哎哟，说正经话嘛！他们都要把我逼疯了。我只不过是为了赚点儿钱，而且……”

“你做的事跟其他女人都不同，而且也的确比较成功。我以前对你说过，不论在什么社会里，这都是一种不可饶恕的罪过。与众不同就该倒霉！斯佳丽，你办锯木厂搞得很成功，仅仅这一点，对那些生意不成功的男人就是一种侮辱。要记住，女人若有教养，她的位置应该在家里，不该了解这个忙碌野蛮的世界，什么都不该知道。”

“但是，假如我一直待在家里，早就无家可归了。”

“按照规矩，你该怀着上流社会的自尊，待在家里挨饿。”

“嗨，别瞎扯！你瞧瞧梅里韦特太太吧。她卖糕饼给北佬吃，这不是比开锯木厂更糟吗？艾尔辛太太给人家做针线活儿、招房客，范妮在瓷器上画花儿，难看得谁都不想要，可大家为了帮衬她，人

人都买，还有……”

“不过你没有抓住要点，我的宝贝。她们搞的事情都不成功，所以没有伤害南方男人们的自尊心。男人还是能评论说：‘可怜的傻宝贝，她们干得多苦哇！唉，得让她们觉得还是干了点儿事的。’再说，刚才提到的那几位太太都不喜欢做手头的事。她们让人觉得，那种活儿不该由女人干，好像她们在等待某个男人帮着卸下这副重担，所以人人都会同情她们。可你显然喜欢工作，也公然不让任何男人来管你的业务，这样，谁也就不会同情你了。正因为这样，亚特兰大人永远也不会原谅你。可怜别人从来是一种愉快的感情。”

“我真希望你有时候能说点儿正经话。”

“你听说过一句东方谚语吗？说是‘狗咬不阻马帮道’。让他们去咬好了，斯佳丽。我看什么也阻挡不住你的马帮向前。”

“可他们干吗要反对我挣一点点钱呢？”

“你不可能二者兼得，斯佳丽。要么你继续照这样不守女人本分去挣钱，到处遭冷遇，要么就忍受贫穷，保持体面，拥有许多朋友。你已经做出了选择。”

“我不想受穷。”她连忙说，“不过，我的选择没错吧？”

“如果你看重的是钱，那就没错。”

“对，我想要钱，世界上最重要的就是钱。”

“那你只有这一种选择了。不过也有一种附带的弊病，其实你想要的任何东西都会附带一种弊病，那就是孤独。”

这话让她一时哑口无言了。这话不错。她凝神细想，觉得自己的确有点儿孤独，因为没有女性伴侣而感到孤独。战争年代中，她心情忧郁时还能回家看望埃伦。埃伦死后，身边总有个玫兰妮做伴，虽然她跟玫兰妮除了在塔拉庄园干活儿，再没有什么共同之处，可毕竟还是个伴。如今一个伴都没了。佩蒂姑妈除了在她那个小圈子

里闲聊，根本不懂什么是生活。

“我想……我想，”她迟疑着说，“我从来就是孤独的，跟女人没多少交往。亚特兰大的上流女子讨厌我不完全是因为我的工作。她们反正不喜欢我。除了母亲，没有哪个女人真正喜欢过我，就连我的两个妹妹也讨厌我，我也不知道是为什么。不过，即使在战前，即使在我跟查尔斯结婚之前，我做的事女士们样样不赞成……”

“你把韦尔克斯太太忘掉了。”瑞特说，眼睛里流露出不怀好意的光芒，“你做的事她可是完全赞成的。我敢说，除了不赞成你杀人，其他事她样样都赞成。”

斯佳丽恶狠狠地想道：“就连杀人她也赞成。”她不由得放声大笑，声音里含着鄙夷。

“哈，玫荔！”她说着心情一阵忧郁，“玫荔是唯一赞成我的女人，这肯定不能算我光彩。她的脑子还不如一只珍珠鸡呢，要是她有点儿头脑的话……”她感到有点儿困窘，连忙打住话头。

“要是她有点儿头脑的话，就能意识到，某些事情她不该赞成。”瑞特替她说完那句话，“嗯，这一点你当然比我更清楚。”

“哼，你这该死的记性和无礼的态度！”

“我不计较你的粗鲁，反正没道理，用不着反驳。还是回到刚才的话题吧。你该打定主意。要想与众不同，就得忍受孤独，不但你的同龄人会疏远你，就连你的长辈和晚辈也会不理睬你。他们不但永远无法理解你，而且你做任何事他们都会感到震惊。不过，你的祖辈也许会为你自豪，说：‘是我们家的种！’你的孙子辈会对你表示敬佩，叹息道：‘多了不起的老奶奶！’而且他们都会学你的榜样。”

斯佳丽觉得好笑，不禁笑了。

“你有时候说话真是一针见血！我家罗比亚尔外婆就是那个

样。我小时候一淘气，黑妈妈就拿出她来吓唬我。外婆是个冷冰冰的人，在行为举止方面，对自己对别人都一样严厉。可她结过三次婚，她的情人们争风吃醋不知决斗了多少回。她脸上搽胭脂，身上穿的裙子领口低得让人吃惊，而且……嗯……里面差不多什么都不穿。”

“看来你特别敬佩你这位外祖母，可表面上你总是尽力学母亲的样。我祖父就是个海盗。”

“真的？就是走跳板抢货船的那种海盗？”

“我敢说，只要用那种方法能弄到钱，他会逼着手下人走跳板的。不管怎么说，他发过大财，后来把财产留给我父亲，让我父亲成了个大富翁。不过，家里人说起他总是很小心，说他是个‘海船的船长’。后来他在一次酒吧械斗中让人杀了，那时离我出世还早得很呢。不消说，他死后家里晚辈都松了口气，因为那老先生整天泡在酒馆里，总是喝得酩酊大醉，一喝醉就忘记自己的身份是‘退休的海船船长’，他酒后吐真言，让晚辈吓得发指。不过我倒很敬佩这位祖父，宁愿学他的榜样，也不学父亲。父亲是个和蔼的绅士，举止检点，行为规范。你准知道那种情况。我肯定你的子女不会赞成你的行为，斯佳丽，就像现在梅里韦特太太和艾尔辛太太和她们那帮人不赞成你一样。你的子女恐怕既温柔又驯服，凡是艰苦奋斗的人，后代都是这个样。更糟糕的是，你会像所有其他母亲一样，恐怕绝对不肯让孩子再遭受你自己经历的苦难。那可就大错特错了。艰苦能造就一个人，也能毁掉一个人。所以只能等孙子辈来赞赏你了。”

“我真想知道我们的孙子辈是什么样！”

“你这‘我们’的意思，是不是说你和我会有共同的孙子辈呢？哼，肯尼迪太太！”

斯佳丽突然发现自己话里有错，不由得羞红了脸。她不仅为他那句玩笑觉得害羞，也忽然意识到自己已经大腹便便了。他们两人谁也没提起过她怀孕的事，只要跟他在一起，即使是在温暖的日子里，她也总是把车毯高高拉起，一直盖到腋下，心里还以一般女性的心理安慰自己，以为盖成这模样，别人就看不出她的大肚子了。现在，她突然为自己的身孕觉得恼火，也觉得丢脸，因为让他看出来了。

“快滚下车，你这个满脑袋龌龊念头的恶棍。”她的声音有点儿颤抖。

“我才不下车呢。”他回答的口吻十分平静，“不等你回到家，天就黑了。在下一个泉水附近的帐篷和窝棚里，住着一帮新来的黑人，听说都是些下流的家伙。我看你用不着成为牺牲品，让头脑发昏的三 K 党人今夜身穿白袍到处奔跑，为你报仇。”

“滚下车！”她一边嚷，一边伸手抓缰绳，可她突然感到一阵恶心。他连忙拉住马，递给她两块清洁手帕，熟练地托住她的头，让她上身探出车外。夕阳透过新抽嫩绿的枝叶投过来，在她眼里，这片金黄与翠绿一时交织成个旋涡，让她头晕恶心。等到这阵眩晕过去后，她双手捧住脑袋哭了，完全是出于羞辱的心理。她不但当着男人的面呕吐，而且肯定因此暴露出自己已经怀孕。呕吐本来就够尴尬了，女人遇到这种事总会觉得狼狈不堪。她觉得从此再也不敢正面看他了。这种事怎么偏偏让这个不尊重女人的瑞特撞上了！她哭个不停，预料他会说几句让她终生难忘的挖苦话。

“别傻了。”他平静地说，“要是因为难为情才哭，那你真是个傻瓜。得了吧，斯佳丽，别孩子气了。你应该清楚，我不是个瞎子，早看出你怀孕了。”

她惊得不由得说了声“哦”，把脸紧紧捂住。“怀孕”这个字

眼本身就够吓人了，弗兰克提起她怀孕的时候，总是尴尬地用“你的身子”这种说法。以前，杰拉尔德不得不提起这种事，习惯用“有喜了”这个微妙的字眼。上流女士一般把怀孕称作“有了”。

“要是你以为我不知道这事，那你真是个傻孩子。你用这块车毯遮住身子，一眼就能看出。我当然知道，要不然你以为我干吗一直这么……”

他突然打住话头，两人一时默默无言。他抓起缰绳，打了一下马。他接着谈话，口吻平静，慢条斯理，让她听了心里舒坦，她脸上的红晕渐渐散去。

“我没想到你会这么吃惊，斯佳丽。我总是把你当成个明白人，你让我失望了。难道你脑袋里还有那种怕羞的念头？恐怕因为我不是个绅士，所以才提起这种事，假如我是个上流绅士，见了女人怀孕应该觉得尴尬，可我没那种感觉。我觉得应该把怀孕女子当正常人看待才对，用不着眼睛假装看看天、看看地，扫视周围，就是不看女人的肚子——可他们还是禁不住要朝那肚子偷偷瞟上一眼，我看这种举止倒是最不礼貌的。我干吗要学他们的样呢？女子怀孕完全是正常现象。欧洲人就比我们通情达理多了，他们见了孕妇都会道喜，祝贺她即将做母亲。我并不主张全盘接受那种习俗，可仍然觉得比我们假装视而不见的态度更通情达理。怀孕是正常现象，女人应该感到自豪，用不着把自己关在屋子里，好像犯了罪似的。”

“自豪！”她声嘶力竭地嚷道，“自豪——哼！”

“难道你快有孩子了不觉得自豪？”

“噢，好上帝呀，我！我……我讨厌孩子！”

“你是说，讨厌弗兰克的孩子？”

“不……不管是谁的孩子都讨厌。”

她一时为说出这种话感到懊悔，可他继续平静地说下去，好像

没听见她的话。

“那咱俩就不一样喽，我喜欢孩子。”

“你喜欢孩子？”她嚷起来，惊得忘记了自己的尴尬，“你真会撒谎！”

“我喜欢初生婴儿，也喜欢小孩子，可他们长大以后，得到了大人的思维习惯，学会大人说谎、欺骗、干肮脏勾当，我就不喜欢了。你不该觉得新奇的，你知道我多么喜欢韦德·汉密尔顿，尽管他成长得不很理想。”

这话倒是真的，斯佳丽想着，不禁感到诧异。他看起来的确喜欢韦德，还常常买礼物给他。

“既然咱们把这个吓人的话题挑明了，你也承认不久要生孩子，我就跟你说点儿事情吧。几个星期来我一直想说——两件事。头一件是告诉你，独自驾车出来很危险，这你自己也清楚，人们对你说过多次了。即使你自己对受人奸污并不在意，可你该想想后果才对。由于你自己执意外出，可能会导致一种麻烦，本城勇敢的男人不得不为你报仇，结果是把几个黑人吊死。然后北佬就要搜捕他们，也许要把几个男人送上绞架。你想过没有，上流妇女不喜欢你，原因之一就是怕你的行为会害得她们的儿子或丈夫脖子套上绞索。进一步想，假如三 K 党人因此杀掉更多的黑人，北佬就会对亚特兰大实施高压政策。要是那样的话，相比之下，谢尔曼的所作所为倒显得像天使般仁慈了。我清楚自己的话是可靠的，因为我跟北佬交往密切。说来惭愧，他们把我当成自己人了，我就听他们公开这么说过。他们要彻底消灭三 K 党，为了达到这个目的，就是把全城再次烧光，把十岁以上的男子全都绞死也在所不惜。这对你也有损害的，斯佳丽，你会失去自己的金钱。野火烧起来，谁知烧到哪儿才会停。没收财产、提高税金、对可疑妇女征收罚款——这些我都听他们说过。

三 K 党……”

“你认识三 K 党的人吗？汤米·韦尔伯恩是不是三 K 党，休是不是，还有……”

他不耐烦地耸了耸肩。

“我哪知道呢？我是个变节者，是个叛徒，是个投机商。我能知道吗？可我知道哪些人受到北佬怀疑，他们只要走错一步，就等于套上绞索了。我知道，你就是害得邻居上绞架也不觉得后悔，可我敢肯定，你失去锯木厂会伤心的。从你的表情看得出，你不相信，我的话算是白说了。因此我只能对你再说一句话，你得一直把自己的手枪带在身边。我在城里的时候，会设法来替你赶车的。”

“瑞特，难道你真的……你是为了保护我才……”

“是的，我亲爱的，正是出于我经常夸耀的骑士精神，我才来保护你。”他那对黑眼睛又闪烁出嘲弄的光芒，刚才的一本正经的神色完全消失了，“我为什么这么干？因为我深深爱着你，肯尼迪太太。不错，我一直如饥似渴地默默爱着你，远远地崇拜着你。可我跟阿希礼·韦尔克斯一样，也是个体面的人，所以只好掩盖起满腔真情。唉，如今你已经是肯尼迪太太了，荣誉感让我不该说这种话。不过就连韦尔克斯先生的荣誉感有时也会出现裂痕，如今我的荣誉感也有了裂痕。我向你表白了自己心底的秘密感情，而且我……”

“噢，看在上帝的分儿上，住嘴吧！”斯佳丽打断他的话。一见他显得像个自负的傻瓜，她总是很恼火，她也不愿拿阿希礼和他的荣誉当话题。“你要告诉我的另一件事是什么？”

“怎么！我向你献上一颗火热而破碎的心，你却要改变话题？唉，说说另一件事吧。”他眼里的嘲弄光芒又消失了，平静的脸色十分阴郁。

“是关于你这匹马，这马的性子太拗，嘴巴硬得像铁，赶着挺费劲，不是吗？要是它惊了，你根本控制不住。要是车翻进沟里，说不定你和孩子都得送命。你该给它换一副最重的嚼铁，要不就让我替你换上匹比较温和的马，要嘴巴嫩一点儿的。”

她抬起头，望着他没有表情的脸，他的表情让她感到安慰，她的满腔怒火突然消失了，就像刚才说起她怀孕时，她心中的尴尬顿时消失掉一样。刚才她恨不得马上死掉，可他好心相劝，让她放心。现在他更表现出善意，对她的马都想得这么周到。她心中涌起一阵感激之情，又奇怪他为什么不能永远像这样。

“这匹马是不好驾驭。”她口气温和地表示同意，“有时候，因为拉缰绳，我的胳膊整夜疼得厉害。瑞特，你看怎么好就怎么办吧。”

他眨巴着眼睛露出调皮神色。

“这话听着非常甜蜜温柔，肯尼迪太太，没有你平时那种专横口吻啦。嗨，看来只要稍稍耍点儿手段，就能把你变成个依赖男人的女子。”

她皱起眉头，顿时又怒从心头起。

“现在你马上给我滚下车，要不我就拿鞭子抽你。真不知道干吗得容忍你，干吗还得对你客客气气。你不懂礼貌，你没有道德，你是个彻头彻尾的……哼，滚吧，我可不是跟你开玩笑。”

他从车上爬下去，把自己的马缰绳从车后面解下来，她拉动缰绳把车驶开。瑞特站在苍茫暮色中咧开嘴巴笑着逗她，她看了不禁扑哧一笑。

不错，他这个人很粗鲁，也很狡猾，跟他打交道不安全。你交给他一把钝刀子，可说不准在什么时候，突然就变成了一把锋利尖刀捅过来。可他毕竟能让人兴奋，就像偷偷喝了杯白兰地那么痛快！

这几个月里，斯佳丽学会了喝白兰地。傍晚回到家，浑身让雨淋得湿漉漉的，长时间坐在马车里身子又僵又酸疼，这时，她什么念头都没了，只想着瞒过黑妈妈警惕的目光，偷偷喝锁在衣柜顶层抽屉里的那瓶白兰地。米德大夫也没想过应该警告她，怀孕妇女不能喝酒，可他怎么也没想到一个正经女子，竟会喝酒精度数超过葡萄酒的烈酒。当然啦，在婚礼上喝杯香槟，重感冒发烧的时候喝上杯加热水的甜烧酒是另当别论的。有些不幸的女人喝酒，结果给家庭带来永久的耻辱，就像有些女人得神经病或者闹离婚一样丢人，也像苏珊·安东尼[1]闹妇女选举权一样丢人。但是，尽管大夫对斯佳丽的行为很不赞成，可他从未怀疑过她竟然会喝酒。

斯佳丽发现，晚饭前喝点儿纯白兰地，对精神大有帮助，只要嘴里嚼粒咖啡豆，或者用香水漱漱口，就能消除酒气。男人可以随意喝酒，醉得走路东倒西歪，为什么女人喝点儿酒，他们就有那么多愚蠢的说法？有时候，弗兰克躺在她身旁打鼾，可她却翻来覆去睡不着，为贫困发愁，害怕北佬，惦记着塔拉庄园，思念起阿希礼，这时候要不喝上口白兰地，她准会发了疯。那股熟悉而愉快的暖流涌遍全身时，她的烦恼便开始消退。三杯下肚，她就能对自己说：“这些事我明天再考虑吧，到时候我就能忍受这一切了。”

但是，在有些夜晚里，就是白兰地也镇不住心中的痛苦了，那是对塔拉的思乡之苦，它甚至比失去锯木厂的担忧更强烈。亚特兰大到处充满了喧嚣，到处盖起新房子，变得面目全非了，狭窄的街道里挤满了马匹、车辆，还有熙熙攘攘的人群，有时让她感到窒息。她爱亚特兰大，可是她思念塔拉庄园那甘醇的静谧和乡间的平静，思念那片红土田野和庄园后面的黑松林！啊，虽然那里的生活非常

[1] 苏珊·安东尼（1820—1906年）：美国著名改革家，她领导了争取妇女选举权的斗争。——译注

艰苦，可她多希望回塔拉庄园！她多希望靠阿希礼近些，只要能见到他的脸，听到他的声音，只要能知道他还爱她就行！玫兰妮的每封来信都说他们很好，威尔每次寄来的短笺都汇报耕地情况和棉花的长势。每次读到他们的信，都让她渴望再次回家。

“六月份我要回家去，那以后反正我在这儿什么都做不成了。再有两个月我就要回家了。”她这么想着，精神便振作起来。到了六月，她真的回家了，却并不是出于自己的愿望，而是收到威尔在六月初寄来的一纸便条：杰拉尔德去世了。

第三十九章

火车长时间晚点，斯佳丽在琼斯博罗下了火车，已经是傍晚时分。六月的黄昏相当漫长，深蓝的暮色笼罩在田野上，村子里所剩无几的店铺和房舍泻出暗淡昏黄的灯火。街上残留的建筑物之间，随处可见一个个骇人的缺口，那里原来的住宅不是让炮弹炸塌，就是被大火烧毁了。残垣断壁和屋顶上弹洞累累，黑黢黢的房子废墟悄无声息，仿佛暗中窥视着她。几匹上了鞍的马和几辆套着骡子的马车拴在布拉德那家店铺的木凉棚外面。那条尘土翻卷的红土路上空荡荡的，了无生气，寂静的暮色中，只听到几声喊叫和醉汉的大笑声从街上远处一家酒吧飘来，除此，村子里再没有半点儿声响。

这个车站在战火中毁掉后一直没有重建，只是在原来的地方搭了个木棚，却没有墙壁供乘客挡风避寒。斯佳丽走进木棚，里面放着几个显然当作座位用的空木桶，她在一个桶上坐下，目光扫视着街上，寻找威尔·本蒂恩。威尔本该来这儿接她，他该知道，她一接到杰拉尔德去世的那封短信，肯定会乘头一班火车回来的。

她走得太匆忙了，只往随身带的小绒线包里塞了件睡衣和一把牙刷，连件替换的内衣都没来得及拿。因为没时间为自己做丧服，就向米德太太借来件黑衣，穿在身上紧绷绷的，很不舒服。米德太太如今瘦了，而斯佳丽已近临产，所以这件衣服穿着特别不舒服。

即使是在奔父丧的时候，她也没忘记自己的外表。她低头看了看自己的身子，心里觉得厌恶，她的身段完全走了样，脸和脚脖子都水肿了。在这之前，她并不太关心自己的外貌，可是，不出一个钟头，她就要见到阿希礼了，因此她现在非常关心自己的形象。尽管她是在极度伤心的时刻，可她一想到自己正怀着另一个男人的孩子，还要跟他见面，心里就感到一阵畏缩。她爱他，他也爱她。这个不受欢迎的孩子似乎成了她对他不忠的证据。虽然她不愿让他看到自己纤细的腰肢和轻快的步伐已经不复存在，可她现在已经无法逃避现状了。

她不耐烦地踏着脚。威尔本该来接她的。当然，要是他来不了，她可以上布拉德的店铺去，询问一下他的情况，或者请个人驾车送她回塔拉庄园。可她不愿去布拉德家的店铺。这是个星期六的夜晚，说不定全县有一半男人在那儿呢。她不愿穿着这件不合身的衣服抛头露面，让人看见她怀孕的丑陋模样。这衣服不但遮盖不住自己走样的身段，反而突出了她胀鼓鼓的肚子。她也不愿听人们倾诉对杰拉尔德去世表示的慰问。她就是不要人们的同情。她害怕人们对她提起父亲的名字，她听了忍不住会哭，可她不愿哭。她知道，一旦哭出来，就会像逃出亚特兰大那天晚上一样号啕不止，记得在亚特兰大陷落的那个可怕夜晚，瑞特把她丢在城外黑黢黢的路上，她趴在马脖子的鬃毛上伤心痛哭，哭得撕心裂肺，怎么也止不住。

她不愿哭！她觉得嗓子里哽咽，仿佛有一团东西在往上涌，自从听到噩耗，她就常常有这种感觉。但是哭也于事无补，只会让她脑子糊涂，身心虚弱。为什么威尔不把父亲生病的消息写信告诉她？至少玫兰妮或者妹妹们也该写信告诉她的。她会马上搭头一班火车赶回塔拉照顾爸爸。如果需要，还可以从亚特兰大请一位大夫来。这群傻瓜，他们全都是傻瓜！难道没有她，大家就什么也应付不来？

她又没有分身术，上帝做证，她在亚特兰大可是尽最大努力为他们办事的。

她坐在桶上扭动身子，心里紧张烦躁，怎么威尔还是不来？他到底上哪儿去了？她听见身后铁轨间的煤渣上有嘎吱嘎吱的脚步声，扭过身子一看，见是亚力克斯·方丹正穿过铁路朝一辆马车走，肩膀上扛着一袋燕麦。

“老天哪！这不是斯佳丽吗？”他一边嚷，一边丢下袋子跑过来拉住她的手，那张黑黝黝的小脸饱经沧桑，此时露出喜悦神情，“见到你真高兴。我刚才看见威尔在那边的铁匠铺，正给马钉掌子。火车晚点了，他准是以为还有时间，我跑过去叫他来吧。”

“谢谢你，亚力克斯。”尽管她心里悲伤，可还是露出笑容。又见到县里的乡亲，心里真高兴。

“哦……嗯……斯佳丽，”他神情尴尬，仍然抓着她的手没放，“我为你父亲感到难受极了。”

“谢谢你。”她嘴上这么回答，可心里但愿他没那么说。他的话又让她眼前清清楚楚浮现出杰拉尔德那张红润的面孔，耳畔又响起他嘹亮的嗓音。

“我们这里的人都为他感到非常骄傲，斯佳丽，希望这对你多少是个安慰。”亚力克斯说着放开她的手，“他……唉，我们觉得他死得勇敢，像个士兵，是在斗争中死去的。”

他这话是什么意思？她脑袋里乱作一团。士兵？难道他是让人开枪打死的？难道他像托尼一样跟一个无赖搏斗过？可她再也听不下去了。要是谈起他，她准得放声大哭，可她不能哭，至少也得等到上了马车，跟威尔坐在一起，到了外人看不见她的乡间再哭。威尔不会在意，他就像个兄弟。

“亚力克斯，我不想谈这事了。”她口吻干脆地说。

"斯佳丽，我一点儿也不责怪你。"亚力克斯怒气冲冲，脸涨成紫红色，"假如是我妹妹，我准得……嗨，斯佳丽，我从来没当着女人说过一句粗话，可我认为，苏埃伦真该狠狠挨顿鞭子。"

她听了心里纳闷儿，他这是说的什么傻话？跟苏埃伦有什么关系？

"我很抱歉，不过这儿的人都是这么看的。只有威尔还搭理她，当然，还有玫荔小姐，可她是个圣人，任何人在她眼里都没短处，再说……"

"我刚才说了，我不想谈这事了。"她冷冷地说，可亚力克斯并不觉得受了冷遇。他那模样仿佛理解她为什么说话粗鲁，这让她觉得恼火。她不愿从外人嘴里听到自家人的坏话，也不愿让他知道自己对发生的事一无所知。威尔怎么不写信把事情仔细告诉她？

她真希望亚力克斯别这么盯着她看。她感到他已经察觉到自己怀孕了，就有点儿困窘。可是，亚力克斯在暮色中望着她的脸，心里想的是另一码事，他觉得她的面孔变化太大了，奇怪自己刚才是怎么认出她的。也许是因为她快要生孩子了。女人在这种时候模样十分可怕。当然，她准是为奥哈拉老人难过得要命，她向来是他的掌上明珠。不过，变化远不止这些。其实她的气色不错，比最后一次见她时好，至少显得一天能吃上三顿饱饭。眼睛里那种困兽似的神色差不多没了。如今，她的眼神变得严峻，不再像原来那么恐惧和绝望了。即使在她露出微笑时，也有一种发号施令的神态，显得信心十足、坚定果断。她跟老弗兰克日子一定过得挺快活！可不是嘛，她变了，变成个漂亮妇人了，可是，原先的妩媚、甜美、温柔统统从她脸上消失了，她抬起眼睛望着男人时那种讨人喜欢的模样，他比全能的上帝还熟悉，可那种表情也没了。

嗨，大家不是都变了？亚力克斯耷拉下脑袋看看自己身上的粗

陋衣服，又恢复了平时那一脸的愁容。有时候，他躺在床上难以入睡，不知道怎么才能弄到钱让母亲做手术，如何才能让可怜的乔身后留下的儿子接受教育，上哪儿弄钱再买头骡子。他真希望战争仍在进行，希望一直打下去。当时他们并不知道自己是幸运的。军队里吃饭从来不发愁，虽然吃的不过是玉米面包，可总是有吃的。而且总有人下命令，绝对不会发生面对难题无法解决的情况，不会有这种受折磨的感觉——什么都用不着操心，只是性命不保而已。说起迪米蒂·芒罗，亚力克斯想跟她结婚，可他知道这行不通，因为家里有那么多人要他养活。他跟她相爱已经那么久了，如今她的红颜逐渐从脸蛋儿上消退，眼睛里的欢乐神色也越来越暗淡了。要是托尼用不着逃往得克萨斯州该多好。家里再有个男人，情况就完全两样。他那个可爱的倔脾气弟弟，身无分文就去了西部。没错，大家都变了。怎么会不变呢？他深深叹了口气。

“我还没为托尼的事向你和弗兰克道谢呢。”他说，“是你们帮他逃走的，不是吗？你们真好。我间接了解到，他在得克萨斯州还算安全。我不敢写信向你们询问，不过你和弗兰克是不是借钱给他了？我来偿还……”

“嗨，亚力克斯，别说这些！现在不是时候！”斯佳丽嚷起来。她没把钱放在心上，这还是头一回。

亚力克斯一时沉默不语。

“我去把威尔找来。”他说，“明天我们都去参加葬礼。”

他扛起那袋燕麦，转身走开。只见从小路上驶出一辆摇摇晃晃的运货马车，嘎吱嘎吱朝他们驶来。威尔在车座上喊道：“对不起，斯佳丽，我来晚了。”

他吃力地爬下马车，一瘸一拐走到她身旁，俯身吻她的脸颊。威尔以前从来没吻过她，叫她的名字也从来不忘记加上“小姐”两

个字。虽然这次让她感到吃惊，却让她非常高兴，心里热乎乎的。他小心扶她翻过车轮，坐进车槽。她低头一看，发现这还是她逃出亚特兰大时用的那辆马车，又破又旧，歪歪扭扭。都过了这么久，这车怎么还没散架？准是威尔设法修补的。见了这辆车，斯佳丽不禁回忆起那天夜里的情景，心里有点儿难受。她暗自打定主意，就是自己脚上没鞋穿，佩蒂姑妈家吃不上饭，她也要给塔拉庄园买辆新马车，放火把这辆车烧掉。

威尔起初什么话也没说，可斯佳丽心里很感激。他把头上的旧草帽丢进马车后面，吆喝了马一声，他们便动身了。威尔还是老样子，身材瘦长，身子单薄，一头浅红色头发，一双温和的眼睛，像拉车马一样耐心。

车子出了琼斯博罗，他们拐上通往塔拉庄园的那条红土路。天边还残留着一丝淡淡的晚霞，一朵朵云团镶着金边，还镶着一丝淡淡的绿边。周围笼罩在一片乡间暮色的寂静中，如同祈祷时的气氛一样平静。她心里觉得奇怪，这几个月里，生活中没有这乡间的新鲜气息，没有耕种的土地，也没有这夏夜的馨香，自己到底是怎么挨过来的？这潮湿的土地多么芬芳，多么熟悉，多么亲切啊，她真想下车抓一把泥土。路旁的红土沟里，忍冬草枝叶繁茂，青翠欲滴，像雨后初晴时那样散发出醉人的芬芳，这是天下最美的香味。一群在烟囱上筑巢的燕子从他们头顶上匆匆盘旋掠过，不时有一只受惊的兔子穿过大路，白尾巴上下扇动，活像个鸭绒粉扑。马车穿过田间土路，她见棉花苗碧绿茁壮，长势很好，心里觉得喜悦。多美的景色啊！河边低洼地罩着一片薄薄的青雾，碧绿的棉花苗遍布在红土地上，舒缓的坡地上是一行行弯曲的绿色田垄，黑松林耸立在后面，像一堵威严的城墙。她怎么能在亚特兰大一住就那么久呢？

“斯佳丽，到家前我要把一切都告诉你，不过，说奥哈拉先生

的事情前，有件事我要征求你的意见。我看你现在是一家之主了。”

“什么事啊，威尔？”

他转过身子，用温和镇定的目光看了她一会儿。

“我只是要你同意我跟苏埃伦结婚。”

斯佳丽惊得险些倒向后面，连忙一把抓住座位。跟苏埃伦结婚！自从她把弗兰克·肯尼迪从苏埃伦手中夺走后，还从没考虑过有谁会跟这个妹妹结婚呢。谁会要苏埃伦呢？

“天哪，威尔！”

“那我就认为你不反对，对吗？”

“反对？不。可是……嗨，威尔，你把我吓了一跳！你跟苏埃伦结婚？威尔，我一直以为你喜欢的是卡丽恩呢。”

威尔的眼睛盯在拉车马上，用缰绳打了一下马。他的身影一动不动，可她感到他轻轻叹了口气。

“过去或许是这样。”他说。

“那么，是她不愿意？”

“我从没对她开过口。”

“啊，威尔，你真是个傻瓜。去向她求婚，她比两个苏埃伦都好！”

“斯佳丽，塔拉庄园发生的事你不了解，过去几个月你没怎么关心过我们。”

“我没关心？”她一时火起，“你当我在亚特兰大干吗呢？坐着四马拉的大马车在城里兜风？参加舞会？难道我没有按月给你寄钱？难道我没付税金，没花钱修屋顶，没有买新犁，没有买骡子？我没有……”

“行了，别发火啦。”他不动声色地打断她的话，“我最清楚你做的事，你干的是两个男人的活儿。”

她稍稍镇静一点儿，问道：“那你是什么意思？”

“嗯，是你让我们有吃有住，这我不否认，可你对塔拉庄园每个人的想法不太关心。我不是责备你，斯佳丽，那是你的做法，你对人们心里怎么想从来不大感兴趣。不过，我想跟你说，我从来没向卡丽恩小姐求过婚，因为我知道那没用。她就像我的小妹妹，我猜她跟我交谈比跟谁都坦率。可她就是忘不了那个牺牲的小伙子，我看永远忘不掉。我不妨告诉你，她一心想去查尔斯顿，进那里的一家修道院。”

“你开玩笑吧？”

“唉，我知道你听了会吃惊，我只是想求你，斯佳丽，别跟她争吵，也别责骂她、嘲笑她，让她去吧，她现在要的就是这个。她的心碎了。”

“真是活见鬼！许多人的心都碎了却没躲进修道院。你看看我，我就失去一个丈夫。”

“可你的心没碎。”威尔的话心平气和，从车板上捡起根干草，塞进嘴里慢慢嚼着。这句话一下子让她哑口无言了。她向来一听到有人说出事实本质，不管多么逆耳，起码的诚实本性还是要迫使她承认事实。她一时沉默不语，想让自己接受卡丽恩当修女的想法。

“请你答应别为这事跟她多说。”

“唉，好吧，我答应。”接着，她望着他，感到对他有了新的认识，也感到有点儿吃惊。威尔一直爱着卡丽恩，现在还爱着她，所以站在她那一边，支持她顺利进修道院，可他却要跟苏埃伦结婚。

“那么，关于苏埃伦的事是怎么回事？你并不喜欢她，不是吗？”

“嗯，不对，我还是喜欢她的。”他说着把那根干草从嘴里拿

出来，眼睛看着那根草，仿佛很感兴趣似的，“苏埃伦没你想的那么糟，斯佳丽。我觉得我们能过得很好。苏埃伦的唯一问题是要个丈夫，生几个孩子，每个女人都有这种需求。”

马车在车辙里颠簸着，有几分钟，两个人谁也没开口，斯佳丽的脑子却在忙着思考。威尔这么个脾气温和、谈吐平静的人，要跟苏埃伦那种满肚子怨气、成天唠叨个没完的女人结婚，事情恐怕没那么简单，准有深一层原因，恐怕也严重得多。

“威尔，你还没跟我谈起真正原因呢。既然我是这个家的家长，就有权知道。”

“没错。”威尔说，“我看你能理解。我不能离开塔拉，这个庄园就是我的家了，斯佳丽，是我唯一的家，真正的家，我热爱这里的每一块石头。我在这儿干活儿，把它当成自己的家。人在哪儿辛苦干活儿，就会喜欢那地方。你明白我的意思吗？”

她懂。他热爱自己最热爱的事物，让她心里涌起一阵亲切感。

“我想象了一下未来的情况。你爸去世了，卡丽恩去当修女，家里就只剩我和苏埃伦，我不跟苏埃伦结婚当然就不能待在塔拉庄园。你知道人们会怎么说。”

“不过……不过，威尔，还有玫兰妮和阿希礼呢……”

一听到阿希礼这个名字，威尔马上转过脸来望着她，他那一双淡灰色的眼睛里什么表情都没有。她又回想起原来那种旧感情，觉得威尔了解她跟阿希礼之间的一切，尽管如此，却既不指责，又不赞成。

“他们很快就要走了。”

“走？上哪儿？塔拉庄园不但是你的家，也是他们的家啊。”

“不，不是他们的家。阿希礼苦恼的就是这事。那不是他的家，住在那里让他难过，仿佛靠自己的力气不能养活自己似的。他根本

干不了庄稼活，他自己也知道。老天做证，他确实尽了最大的努力，可他天生不是干庄稼活的料，你跟我知道得一样清楚。让他劈柴，他很可能把自己的脚砍掉；让他犁地，他弄得歪歪扭扭，连小博都不如。种庄稼的事他一窍不通，不懂的事多得能写成一本书。那不是他的错，他生来不是干活儿的料。他总是想着自己本是个堂堂男子汉，却要靠一个女人发善心住在塔拉，自己没什么可贡献的，心里难过。”

“善心？他说过……”

“没有，他自己从来没说过这话。你了解阿希礼。虽然没说过，可我看得出。昨天夜里，我俩给你爸守灵，我告诉他说，我向苏埃伦求婚，她答应了。然后阿希礼说，那他就可以放心走了，因为他一直觉得自己待在塔拉就像条看家狗似的，他原来想，既然奥哈拉先生去世了，他和玫荔小姐就得继续住下去，免得人们对我和苏埃伦小姐说三道四。后来他告诉我说，他打算离开塔拉去工作。”

“工作？什么工作？上哪儿去？”

“我不清楚他要干什么工作，不过他说他要上北方去。他在纽约有个北方朋友，那人写信给他，说起在那儿的一家银行工作。”

“啊，不成！”斯佳丽简直是从心底喊出来的。威尔一听，转身用刚才那种表情望着她。

“也许他去北方对大家都好。”

“不！不！我不同意。”

她感到心烦意乱。阿希礼不能去北方！要不然她再也见不到他了。虽然在果园发生那桩重大事件后，几个月来都没见过他，也没跟他单独交谈过，可她没有哪天不思念他，心里一直为他住在自己家感到高兴，也为捎给威尔的每一块钱都能让阿希礼过得舒适些感

到喜悦。他的确不是个好农夫。她心里自豪地想，阿希礼生来就高雅，天生是个统治者，应该住华屋、骑骏马、读诗书，应该指挥黑人干活儿。尽管不再有华宅、骏马、黑奴，可他的气质并没变。阿希礼生来不是犁地、劈栅栏木的，难怪他要离开塔拉。

可她不能让他离开佐治亚州。如果必要的话，她可以逼弗兰克在店铺里给他个活干，把那个站柜台的小伙子辞掉。不过，不行——阿希礼既不该扶犁，也不该站柜台。韦尔克斯家的人去站柜台！噢，绝对不行！一定有个地方的……对啦，她的锯木厂！这个想法让她感到宽慰，她长长舒了口气，脸上露出微笑。可他会接受她的提议吗？他还会认为这是接受她的施舍吗？她一定要设法显得是请他帮自己的忙。她要把约翰逊先生解雇，让阿希礼管起那家老厂子，休继续管新厂。她要向阿希礼解释，说弗兰克身体不佳，店铺的事忙得让他腾不出手来帮她，还可以拿怀孕当另一个需要帮助的理由，求他帮忙。

她要设法使他相信，此时没有他的帮助，自己实在无法应付。如果他愿意接受，她可以把一半股息给他。她什么都愿意给，只要能让他待在自己身边，能让她看到他脸上露出欢乐的笑容，让她有机会偶然从他目光中觉察到他仍然爱她。但是，她心中向自己许诺，永远不会引诱他说出爱她的话，也永远不引诱他失去那愚蠢的荣誉感，因为他重视自己的荣誉胜于爱情。无论如何，她的手腕要巧妙，要把自己这个新决定传达给他。否则他可能会拒绝的，唯恐会发生上次那种可怕的事情。

“我可以给他在亚特兰大找份工作。”她说道。

“噢，那是你跟阿希礼的事。”威尔说着把那根干草再次塞到嘴里，“驾，谢尔曼。听我说，斯佳丽，还有件事我想先跟你说说，然后再把你父亲的事告诉你。求你别责怪苏埃伦。事情已经发生了，

你对她大发雷霆也没用，不能让奥哈拉先生复活。再说，她是真心为父亲好的。”

“我也一直想问你呢。苏埃伦怎么啦？亚力克斯刚才说了一通傻话，还说她该挨鞭子。她到底做了什么事？”

“没错，人们都怒气冲冲，恨她恨得要命。今天下午我在琼斯博罗，人人都说见了她一定要砍她的人头，不过他们的气会消的。好啦，你向我保证，别责怪她。奥哈拉先生的灵柩还停在客厅里，我不想听见有人争吵。”

“他不想听见有人争吵！”斯佳丽愤愤然想道，“他这口吻好像塔拉已经归他所有了！”

接着，她想起了杰拉尔德，爸爸死了，躺在客厅里。她突然哭了，哭得伤心极了，不停地抽噎着。威尔伸手搂住她，把她拉近些，让她舒舒服服靠在自己身上，可是一句话也没说。

马车在夜幕渐渐降临的路上缓缓颠簸着，她的脑袋靠在他肩膀上，帽子歪向一边，她脑子里已经记不清杰拉尔德在过去两年中的模样了，只记得他是个目光呆滞的老人，两眼直瞪瞪望着门，等候一个永远不会回来的女人。她回想起以前，父亲是个生气勃勃的老人，卷曲的白发又长又密，欢乐的嗓音像吼叫，两只脚穿着皮靴，走起路来铮铮有声，他笑话说得笨，性情很慷慨。她回想起自己小时候，那时认为父亲是天下最了不起的男人，他让她坐在马鞍前面，带着她跳跃围栏；她调皮的时候，他按倒她打她屁股，她叫他也叫，然后把她关在一个地方让她安静下来。她想起他从查尔斯顿和亚特兰大回家时，总是带回很多礼物，却没一件适合她的。她还想起，他在法院开庭日从琼斯博罗深夜回家，那天他喝得酩酊大醉，骑马跃过围栏，嘴里乐得高唱《身穿绿衣》，想到这里，她的泪眼不禁露出一丝微笑。那以后的几天早晨，他在埃伦面前害臊得要命。唉，

他现在跟埃伦团聚了。

“为什么你不写信告诉我他生了病？我本来能尽快赶回来的……”

“可他没生病，一分钟都没病过。听着，宝贝，拿着我的手帕，我把事情经过告诉你。”

她捂着鼻子擤了擤，又靠回到威尔的臂弯里。威尔真是个好人！什么也不能让他心烦意乱。

“事情是这样的，斯佳丽。你一直捎钱给我们，阿希礼和我，总之是我们吧，我们付了税金，买了头骡子，买了种子和各种东西，还买了几头猪和一群鸡。玫荔小姐把鸡养得很好，的确养得好极了。玫荔小姐真是个好女人。话说回来，我们给塔拉庄园置办各种东西后，就剩不下多少钱了，没钱买那些华而不实的东西，可我们谁也没怨言，只有苏埃伦一个人抱怨。

“玫兰妮小姐和卡丽恩小姐在家里待着，穿旧衣裳好像还觉得挺自豪，可是，苏埃伦的脾气你是知道的，斯佳丽，她没有新衣服怎么也不习惯。每次带她上琼斯博罗或者费耶特维尔，她穿着旧衣裙总是觉得难过。尤其是看见那帮投机商的情妇们，那种女人总是喜欢穿戴得花里胡哨到处转，还有奴隶解放事务局那帮北佬的老婆，她们也总是打扮得花枝招展！县里的上流女人身穿最难看的衣裙进城，大家都很自豪，为的是显出满不在乎的样子。可苏埃伦不行。她要一匹马，要一辆四轮马车，她说因为你有马车。”

“我那不是辆四轮马车，不过是辆旧的两轮轻便马车。”斯佳丽愤愤然道。

“行了，不管是什么吧。我最好还是告诉你真话。苏埃伦对你夺走她的弗兰克·肯尼迪这事还没消气呢。我倒是想责怪她，可不知道该怎么说。你知道，那可是对亲姐妹耍卑鄙手段。”

斯佳丽的脑袋猛地抬起来，活像条准备进攻的响尾蛇。

“卑鄙手段？嘿，威尔·本蒂恩！我倒要谢谢你的文雅谈吐。他要我不要她，我能拦住他吗？”

“你是个精明姑娘，斯佳丽，我看没错，你能设法让他要你不要她。姑娘们总有办法。我猜你准是用甜言蜜语引诱了他。你想显出迷人模样时，的确很有魅力，可他毕竟是苏埃伦的情人哪。这不是明摆着的吗？你去亚特兰大前一个礼拜，她还收到弗兰克一封信，对她情意绵绵地说，等他再挣点儿钱，他们就结婚。这事我知道，她给我看过那封信的。”

斯佳丽不吭声了，因为她知道他说的是事实，她一时不知道该怎么说才好了。她从没料到威尔这个人居然会坐在这里裁判她。她对弗兰克撒的谎从来就没让她觉得有什么良心不安，所以根本没有心理准备。一个姑娘连自己的情人都保不住，活该她丢掉情人。

“得了吧，威尔，话别说得那么尖刻。”她说道，“要是苏埃伦嫁了他，你以为她能给塔拉或者给我们花一个子儿？”

“我是说，你想显出迷人模样就能有魅力。”威尔转向她，咧开嘴笑了笑，“没错，我想我们不会得到老弗兰克一个子儿。可这改变不了别人的看法，仍然是个卑鄙手段。你想用正当目的为卑鄙手段辩护，那不是我的事，我用不着向任何人抱怨。不过，在那以后，苏埃伦一直像只大黄蜂似的。我看她倒也不怎么喜欢老弗兰克，可她的虚荣心受了伤害，她口口声声说你有好衣裳穿，有马车坐，住在亚特兰大，可她却守在这里受穷。她特别喜欢拜访朋友、参加聚会、穿漂亮衣裳，我也为这些责备她，可女人就是喜欢那些东西。

“大约一个月前，我带她上琼斯博罗，她自己去拜访朋友，我去办事，后来带她回家，她一直像耗子似的不吭声，不过我看得出她心里乐得要开花了。我还以为她听到有人怎么了，要不就是听了什么逗人的闲话，就没多留意。回家后，她有一个多礼拜

情绪激动得厉害，可她也不多说话。她去看望过凯瑟琳·卡尔弗特——斯佳丽，你要是见了凯瑟琳，准会哭个没完的。可怜的姑娘，她嫁给那个希尔顿还不如死了的好呢，那个北佬优柔寡断，把宅子和地都抵押出去，结果收不回来，你知道他们要搬走的事了吧？”

“不知道，也不想知道。我想知道爸爸的事。”

“我就要说到他了。”威尔心平气和地说，“她从那儿回来后，就说我们都错怪了希尔顿。她称呼他希尔顿先生，说他是个聪明男人，可我们只是笑笑。后来，她每天下午带你父亲去散步，我从地里收工回来常常看见她跟你爸坐在墓地的围墙上，她跟他手舞足蹈说得很起劲。可老先生听着直摇头，一脸的惶惑。你知道他一直就是那个样子，斯佳丽。他变得越来越糊涂，好像连自己在哪儿都不清楚，连我们是谁都不知道了。有一次，我见她指着你母亲的坟给你爸看，老人都要哭了。她回家后一副快活模样。我就对她说：‘苏埃伦小姐，你干吗那样折磨可怜的老爹？他几乎不明白她已经死了，可你却硬要把这事反复说给他听。’她听了只是把脑袋一仰，笑着说：‘别管闲事。将来你会为我做的事高兴的。’昨晚玫兰妮小姐对我说，苏埃伦把自己的计划告诉她了，可玫荔小姐说她不知道苏埃伦是不是当真的。她说这事她没对任何人说，因为她一想到苏埃伦那个主意就心烦。”

“是什么主意？你到底能不能谈到正经事？我们都走完一半路了，我要知道爸爸的事。”

“我就是跟你说这事呢。”威尔说道，“我们的确离家挺近了，我看还是把车停住，说完再走的好。”

他拉动缰绳，马站住，喷了个响鼻。马车停在生长旺盛的山梅花树篱跟前，那是麦金托什家地界的标记。斯佳丽朝黑黢黢的树下

扫视一眼，只见宅子已经倒塌，只有几根烟囱还像幽灵般静静矗立在那里。她真希望威尔选个其他地方停车。

“噢，长话短说吧，她的主意是要让北佬赔偿烧掉的棉花、赶走的牲口、拆毁的围栏和牲口棚。”

“让北佬赔？”

“你没听说过？北佬政府声称，对南方那些支持联邦政府的人，他们同意赔偿损失的全部财产。”

“我当然听说过。”斯佳丽说，“可那跟我们有什么关系？”

“照苏埃伦的说法，关系大着呢。那天我带她去琼斯博罗，她遇上麦金托什太太，两人闲聊时，苏埃伦禁不住留意到麦金托什太太身穿漂亮衣服，就不停地谈她的漂亮衣裳。那麦金托什太太神气十足，说她丈夫向联邦政府索赔战争中损失的财产，因为他是个忠诚的联邦支持者，从来没有通过任何形式向南部邦联提供过援助，也没提供过慰劳品。”

“他们从不帮任何人，也从不同情任何人。”斯佳丽厉声说，“这些假冒爱尔兰人的苏格兰吝啬鬼！”

“嗯，也许没错。我不认识他们。反正政府给了他们赔偿——我不记得是几千块钱了，不过数目的确很大。苏埃伦于是动了心，她整整一个礼拜都在想这事，却没向我露一点儿口风，因为她知道我们听了准会取笑她。可她不得不跟人说说心里话，就去找了凯瑟琳小姐，那个白人渣滓希尔顿给她出了不少主意。他指出说，你父亲不是在这个国家出生的，自己没打过仗，也没送过一个儿子上战场，也没在邦联政府里担任过任何职务。他说，可以一口咬定说，奥哈拉先生是个忠诚的联邦支持者。他给她灌了一脑袋这种花招，结果她回家后就去说服奥哈拉。斯佳丽，我敢拿性命打赌，你爸爸多半听不懂她在说些什么。可这正是她希望的，他会去宣誓效忠，

可他自己还不明白呢。”

“我爹宣誓效忠！”斯佳丽嚷起来了。

“嗨，他后来几个月变得越来越衰弱，我猜她也指望利用这个。你知道，我们几个都没怀疑过你父亲。我们知道她在打什么主意，可我们不知道她利用你去世的妈妈责怪他，说他本来可以从北佬那儿拿到十五万块钱，却让女儿们穷得像叫花子。”

“十五万块钱。”斯佳丽喃喃地说，心里对宣誓效忠的恐惧渐渐消失了。

那是多大一笔钱哪！只要在效忠美利坚合众国政府的宣誓书上签个字就能到手，宣誓书上陈述说，签名人从来支持政府，从未支持过政府的敌人，也未向敌人提供过慰劳品。十五万块钱！撒个小小的谎言就能得到那么大一笔钱！啊，她不能为此责备苏埃伦。老天哪！亚力克斯说要抽她皮鞭就是因为这？县里人说要砍她的脑袋也是因为这！真是一群傻瓜，他们个个是傻瓜。要是有了那么多钱，她什么事情办不成呢？县里随便哪个人有了那么多钱，什么事办不成呢？撒个小小的谎算得了什么？毕竟从北佬手里得到的钱是正当的，怎么弄到手有什么关系？

“昨天，大约中午时分，阿希礼和我正在劈木头做围栏，苏埃伦把这辆马车赶出来，把你爹扶上车，动身去县城，她跟我们谁都没说一句话。玫荔小姐倒是了解内情，可她当时正在祈祷，希望苏埃伦改变主意，所以什么也没跟我们说。她简直想象不出苏埃伦会干这种事。

“今天，我听说了发生过的一切。那个优柔寡断的家伙希尔顿在县里那帮共和党无赖中间有点儿影响，而且苏埃伦说愿意向他们支付一些钱，我也不知道她说给多少，要他们对事实睁一只眼，闭一只眼，承认奥哈拉先生是个忠诚的联邦支持者，证明他是个爱尔

兰人，没有参加过战争等，然后在证明信上签字。只要你爹在宣誓书上签字，这份材料就能送到华盛顿去。

“他们向他念了那份誓言，念得特别快，他在一旁什么都没说，事情进行得很顺利，后来苏埃伦要他在上面签字。这时，老先生忽然清醒了点儿，摇头拒绝了。我看他并不知道那是在干什么，可他就是不喜欢，苏埃伦经常办错事惹他发火。苏埃伦费了那么多口舌，经历了那么多周折，最后闹出这么个局面，她急得简直要发疯。她带着你爸出了办公室，坐上马车来回兜风，跟他说，他本来能让孩子们过好日子，却偏要让她们吃苦，你妈在坟墓里也会骂他。人们告诉我说，你爸坐在马车上哇哇大哭，像个孩子似的，往常他一听到你妈的名字就这样哭。城里人都看见他们了，亚力克斯·方丹走到车跟前，想看看发生了什么事，可苏埃伦恶狠狠把他赶走了，要他别管闲事。他只好气鼓鼓地走开。

“我不知道她哪儿来的鬼点子，到了下午，她弄来瓶白兰地，把奥哈拉先生重新带进办公室，为他斟酒。斯佳丽，一年来我们塔拉庄园没有烈酒，只有迪尔西自己酿的黑莓酒和麝香葡萄酒。奥哈拉先生已经不习惯喝白兰地了，结果喝得醉醺醺的，苏埃伦就跟他磨啊缠的，唠叨了两个钟头，他最后让步了，说是她想要他签什么他都会签。他们又把那份誓言拿出来，他正要拿笔在上面签字的时候，苏埃伦犯了个错误。她当时说：‘这下好了。我看斯莱特里家和麦金托什家不会当我们的面摆阔气了！’你知道吗，斯佳丽，斯莱特里家递交了一份索赔书，为北佬烧毁他们那座小木屋索赔一大笔钱，埃米的丈夫已经把索赔书送到华盛顿去了。

“他们告诉我说，苏埃伦一说出那两个名字，你爸爸立刻挺直身子，耸起肩膀，瞪着她，眼睛里露出警惕神色。他一下子清醒了，说：‘斯莱特里家和麦金托什家也签过这种东西？’苏埃伦一时紧

张了，结结巴巴一会儿说是，一会儿说不，他立刻吼起来：‘你告诉我，那帮该死的奥兰治分子和穷白佬也签这种东西吗？’希尔顿那小子油嘴滑舌，说：‘没错，先生，他们签过，得了许多钱，你签了也能得到很多钱。’

“老先生咆哮一声，声音大得像公牛吼。亚力克斯·方丹说，他在街上挺远的酒吧附近都听见了那声吼。你爸爸随即操一口浓重的土音说：‘你当塔拉庄园的奥哈拉没头脑，会跟着奥兰治分子和该死的穷白佬耍下流勾当？’说完，他把那张纸撕成两半，丢在苏埃伦脸上，吼道：‘你不是我女儿！’说时迟，那时快，他一阵风冲出办公室。

“亚力克斯说，他看见你父亲来到街上，像头公牛似的横冲直撞。说老先生就像恢复了原来的模样似的，自从你妈去世后，这可是头一回。还说你爹醉得身子都站不稳，却扯开嗓门儿高声大骂。亚力克斯说，他从没听过那么痛快淋漓的咒骂。亚力克斯的马就站在旁边，你父亲招呼也不打，爬上马背就跑了，在身后扬起一团浓浓的尘土，把人呛得气都喘不上来，他继续咒骂，骂得上气不接下气。

“日落时分，阿希礼和我坐在门前台阶上望着大路，心里非常着急。玫荔小姐躺在床上哭，什么也不告诉我们。忽然，我们听见路上传来一阵马蹄声，还有猎狐狸时人们那种尖叫声。阿希礼说：‘真怪！听上去像奥哈拉先生的嗓音。战前他经常骑马来看我们，就是这么叫的。’

“接着，我们看见他骑着马出现在牧场尽头，准是跳跃过那边的围栏。接着，他飞奔上山丘，扯开嗓门儿唱歌，开心得好像天下没有让他烦恼的事。我以前还不知道你父亲有那么大的嗓门儿。他一边唱着《佩格坐在低槽马车上》，一边用帽子打马，那匹马发疯

似的狂奔。他跑近山丘顶上也没有拉马，我们看到他要从牧场围栏上跃过去，都吓得跳起身，接着他嚷了声：‘瞧着，埃伦，看我跳过这道栏！’但那匹马突然在围栏跟前停住不跳，你父亲从马脑袋上飞了出去。他一点儿痛苦也没受。我们赶到跟前时，他已经死了。我猜他是摔断了脖子。”

威尔沉默了片刻，等斯佳丽说话，可她没开口。他抓起缰绳喝了声：“驾，谢尔曼。”马车朝家驶去。

第四十章

那天夜里，斯佳丽难以入睡。天亮后，太阳从山丘东边的黑松林后面露出面庞，斯佳丽从凌乱的床上爬起来，坐在窗前一张小凳上，脑袋搭在胳膊上朝外面眺望，目光越过谷仓前的院子，越过塔拉的果园，看到远处的棉花田。眼前的一切都那么鲜嫩，那么宁静，那么青翠欲滴。棉花田的美妙景象让她心中的痛楚得到些许慰藉。如今塔拉庄园的主人去世了，但是在初升的太阳照耀下，庄园仍然美好，显然受到了爱护，受到良好的照顾，这里的气氛十分祥和。低矮的木鸡棚和牲口棚外面抹了泥，刷上白灰，既保持着清洁，又能防止老鼠和黄鼠狼钻进去。菜园里玉米成行，南瓜金黄，扁豆和萝卜地杂草锄得干干净净，四面用劈好的橡木条围得整整齐齐。果园里，杂草和藤蔓一丝都不见，长长的一排排果树下只能看到雏菊花。阳光投在果树枝叶间，让她看到了掩映在绿叶间的苹果反射出柔和光亮，也看到粉红色毛茸茸的桃儿。远处是一行行弯曲的田垄，棉花苗在渐渐变成金色的天空下绿油油的，纹丝不动。鸭群摇摇摆摆，鸡儿神气十足，纷纷朝原野走去，到犁过的松软土地上寻找美味的蚯蚓和蛞蝓虫。

斯佳丽心里涌起一阵亲切与感激之情，这一切都是威尔做的。虽然她对阿希礼忠心不二，可她仍然不能把这归功于他，塔拉庄园欣欣向荣的局面不是一个庄园贵族的功劳，只能是一个辛苦劳作、

不知疲倦而且热爱自己土地的“小农夫”做出的贡献。庄园与往昔不可同日而语，不再是棉花玉米一望无际，牧场骡马不计其数的情况，目前只能算是个“只有两匹马”的小农场。不过，眼下的状况还是很好，等到时局好转后，可以把休闲的土地开垦出来，经过休耕，土地会更加肥沃。

威尔不仅仅种了几英亩田，而且把佐治亚州农场主的两种天敌拒之门外：松树苗和黑莓荆棘。在整个佐治亚州，这两种植物在无数农场里肆虐，占领花园、草场、棉花田、草坪，甚至长到门廊跟前，可是，塔拉庄园却没有这种情况。

一想到塔拉庄园几乎变成一片荒地，斯佳丽的心都收紧了。幸亏她和威尔齐心奋斗，不但挡住北佬和投机商的进攻，还抵挡住了大自然的侵袭。最妙的是，威尔告诉她说，等秋天收了棉花，就用不着她捎钱来了。当然，如果那帮投机商觊觎塔拉庄园，大幅度提高税金，那就另当别论了。斯佳丽心里清楚，没有她接济，威尔的日子会过得十分艰难，可她钦佩他自力更生的精神，也因此尊敬他。只要他还是个受雇的帮工，就会接受她的钱，不过，既然他要成为她的妹夫，成为庄园的当家人了，就打算靠自己的力气过日子。威尔真是上天惠赐给她的及时雨。

前天晚上，波克已经在埃伦的坟旁挖好了墓穴，现在他手持铁锹，站在潮湿的红土堆后面，准备把泥土填回原处。斯佳丽站在他身后，头顶上是一枝长满节瘤的雪松枝，六月早晨灼热的阳光在她身上洒下斑驳光斑，她的眼睛尽量不看眼前这个红土墓穴。吉姆·塔尔顿、小休·芒罗、亚力克斯·方丹和麦克雷老头儿最年轻的孙子，四个人用两根橡木杠子抬着杰拉尔德的棺材走出屋子，步履艰难地缓缓走来。他们身后是一群邻居和朋友，大家衣衫褴褛，沉默不语，

跟棺材保持着得体的距离。一行人穿过花园，沿着阳光灿烂的小径走来，波克手扶铁锹把儿，脑袋耷拉下来，哭了。斯佳丽看见他的一头卷发已经有些灰白了，心里不禁稍稍有点儿奇怪，她去亚特兰大时，波克的头发还是又黑又亮呢。

疲惫中，她感到庆幸，昨晚她已经把眼泪都哭干了，此时稳稳当当站在这里，一滴泪水都没涌出来。她听到苏埃伦在身后哭泣，心里觉得恼火，她不得不竭力忍住，免得自己突然转身抽她一耳光。不论苏埃伦有意还是无意，反正父亲是由于她才断送了性命，当着仇视她的邻居，她该懂规矩，克制住自己才对。那天早上，没一个人跟她说过话，也没人朝她投去同情的眼光。大家默默亲吻斯佳丽，跟她握手，对卡丽恩低声慰问，甚至对波克都表示同情，可大家都不看苏埃伦一眼，仿佛她根本就不在场。

照大家的看法，苏埃伦的罪行比谋杀父亲还恶劣，因为她是设法骗他背叛南方。乡里人家从来团结一心，她的行为简直是出卖大家的荣誉。她破坏了县里向世人展示的决心。她企图得到北佬政府的钱，这等于是跟那帮投机商和叛贼同流合污了，可大家痛恨这两种人甚于以前仇视北佬兵。她出生在一个坚定支持邦联政府的庄园主家庭，居然去找敌人乞怜，这简直让县里每一个家族蒙羞。

送葬的人个个心中燃烧着怒火，也全都感到悲哀。其中三个人的感情最强烈——麦克雷老头儿、方丹老奶奶、塔尔顿太太。麦克雷老头儿多年前从萨凡纳来到内陆地区后，一直是杰拉尔德的好朋友；方丹老奶奶喜爱杰拉尔德，因为他是埃伦的丈夫；塔尔顿太太跟杰拉尔德的亲近关系胜过其他邻居，因为她常常说，县里只有他分辨得出哪匹是牡马，哪匹是阉马。

当时杰拉尔德的灵柩停放在光线幽暗的客厅里，阿希礼和威尔一见这三位盛怒的面孔，心里立刻非常不安，连忙退进埃伦那间账

房商量对策。

“他们准有一个人会提出苏埃伦的事。”威尔把嘴里那根草咬成两段，突然开口说道，“他们以为自己该仗义执言。或许他们真有理，这不该由我来评论。不过，阿希礼，咱俩毕竟是宅子里的男子汉，他们话说出口，咱们就不得不表示不满，这就要闹出麻烦。麦克雷老头儿是个聋子，就是有人要他闭嘴，他也听不见。你也知道，方丹老奶奶要是打定主意说出心里话，任凭是天王老子也休想止住她。还有塔尔顿太太，你没看见她每次朝苏埃伦瞅一眼，眼珠子就骨碌骨碌直打转？她已经像塞住耳朵一样，谁的话也听不进，急着要开口说话了。要是他们说出来，我们就只能对抗，可眼下就是不跟邻居们闹，塔拉庄园的麻烦也够多了。”

阿希礼也感到担心，不禁叹了口气。他比威尔还熟悉这些邻居的脾气，他记得，战前发生的争吵和几起动枪事件，多半起因于县里在葬礼上致悼词的习俗。通常，人们在葬礼上的话都是极尽赞扬，可偶尔也并非如此。有时候，表示极度敬意的话会受到神经紧张的死者亲戚误解，最后几锹土还没填上，纠纷就发生了。

由于没有神父，只好由阿希礼拿着卡丽恩那本祈祷书主持葬礼。琼斯博罗和费耶特维尔的卫理会和浸礼会的牧师们曾提出愿意帮助，都被一一婉言谢绝了。卡丽恩比两位姐姐更笃信天主教，斯佳丽心里很不自在，怪自己没想到从亚特兰大请个神父来。后来有人提醒她说，等到神父来为威尔和苏埃伦主持婚礼时，可以为杰拉尔德做祈祷，她这才稍感安心。是她谢绝了基督教牧师，把这事交给阿希礼去办，在祈祷书上选了一段，请他朗读。阿希礼靠在旧书桌前，清楚自己有责任避免一场纠纷，也知道县里人的火暴脾气，不知道该怎么处理才好。

“威尔，这事没什么好办法。”他揉着一头金黄色的头发说道，

“我既不能把方丹老奶奶或者麦克雷老头儿打倒在地，也不能捂住塔尔顿太太的嘴巴。他们要是开了口，最和蔼的话不过是说苏埃伦是个凶手、是个叛徒，要不是因为她，奥哈拉先生也不会死。在葬礼上致悼词的风俗真该死，完全是不开化的习俗。”

“听我说，阿希礼。”威尔不动声色地说，“不管大家怎么想，我不想让任何人说半句责怪苏埃伦的话。这事交给我吧。你读完祈祷文，就说：‘有没有人愿意说几句话？’然后你就看着我，我就能抢先开口了。”

但是，斯佳丽望着那几个人抬着棺材吃力地走进狭窄的墓地入口，心里根本没想到葬礼后可能产生纠纷。她这时心情沉重，想到杰拉尔德埋葬后，她与昔日无忧无虑的幸福生活间最后一丝联系也埋葬掉了。

最后，抬棺材的几个人把棺材安放在墓穴旁边，站在那里活动一下疼痛的手指。阿希礼、玫兰妮和威尔通过入口走进墓地，站在奥哈拉家姐妹身后。能挤进墓地的邻居都站在他们身后，其他人则站在砖墙外面。斯佳丽回过神来，这才第一次看见有这么多人，不禁又惊奇又感动。虽然交通工具十分缺乏，可是参加葬礼的人却如此众多。在场的人足有五六十位，有的人来自很远的地方，她真不知道他们是怎么得知消息及时赶来的。有些人家是全家从琼斯博罗、费耶特维尔、拉夫乔伊赶来的，还带着家里的黑用人。许多是河对岸的小农户，也有的是林子另一边分散住在沼地上的穷苦白人。沼地上的男人们个个身材瘦削、个头儿高大，蓄着大胡子，身穿家里自纺的粗布衣服，头戴浣熊皮帽子，步枪随意挎在胳膊弯里，嘴里嚼着一块嚼烟。他们的妻子跟着一块儿来了，她们脚上没穿鞋，双脚踩进松软的红土里，下嘴唇上沾着鼻烟沫。这些妇女戴着遮阳帽，面孔显得憔悴，像害了疟疾似的，不过身上的衣服一尘不染，浆洗

熨烫过的印花布裙闪闪发亮。

附近的邻居全来了。方丹老奶奶拄着手杖，她干瘦干瘦的，满脸皱纹，肤色焦黄，像一只拔光了毛的鸟儿。她身后站着萨莉·芒罗·方丹和小方丹小姐，她们又是低声恳求，又是拉她的裙摆，想劝她在砖墙上坐下，可她就是不肯。老奶奶的老伴曾是位老大夫，两个月前去世了。她眼睛里原先那种对生活的喜悦和幸灾乐祸的光芒便失去了大半。凯瑟琳·卡尔弗特·希尔顿知趣地独自站在一旁，压低的帽檐遮住她低垂的面孔，导致这场悲剧的人正是她丈夫。斯佳丽不禁注意到，她的细棉布裙袍上竟有油渍，脏兮兮的手上满是雀斑，指甲下面甚至有洗不净的黑垢。如今凯瑟琳身上一点儿上等人的痕迹都没了，看上去连个穷白佬都不如。看上去，她像个生活邋遢、灰心丧气的穷白人。

"就算她现在不吸鼻烟，用不了多久，也会染上吸鼻烟的恶习。"斯佳丽惶恐地想道，"天哪！没想到她竟然沦落到这种地步！"

她不禁打了个寒战，目光从凯瑟琳身上移开，心里意识到上等人与穷白佬之间的差异竟是这么小。

"幸亏我不愿屈服。"她得意地想道。她意识到，投降后，她与凯瑟琳的处境完全一样，都是两手空空，脑袋里的念头也都一样。

"我干得还算不错嘛。"她想到这里，不由得抬起脑袋，脸上露出一丝微笑。

可她发现塔尔顿太太的那双眼睛正恶狠狠盯着她，连忙收敛起笑容。塔尔顿太太哭得眼圈通红，用责怪的目光瞥了斯佳丽一眼，又转过去盯着苏埃伦，那种恶狠狠的目光显然预示着凶兆。她和她丈夫背后站着塔尔顿家四个女儿，她们的红头发与这个庄严的场合不相称，四双黄褐色的眼睛看上去像几个活泼凶险的小动物。

大家站定后，男人脱下帽子，双手交叉，女人的衣裙不再发出

窸窣声，阿希礼便拿着卡丽恩那本祈祷书走到前面来。他垂下眼皮站立片刻，阳光下，他那头金发闪闪发亮。人群寂静无声，人们听得见远处木兰丛中的飕飕风声，也听得出远处一只模仿鸟悲哀的聒噪声。阿希礼开始念祈祷词，大家都垂下脑袋，听他用抑扬顿挫的优美嗓音念出简短而庄严的词语。

“啊！”斯佳丽想着，喉咙不禁感到一阵哽咽，“他的音色多美啊！既然需要为爸爸做这桩事，我很高兴做这事的人是阿希礼。我情愿要他也不要神父做，我宁愿让爸爸熟悉的人主持他的葬礼，也不要个陌生人主持。”

阿希礼念到卡丽恩划出来的那段灵魂进炼狱的祈祷文，突然把书合上了。只有卡丽恩注意到他没念完，吃惊地抬起头望去。阿希礼开始背诵《主祷文》，因为他知道，在场的人多半从未听说过什么是炼狱，听说过炼狱的人会觉得，这是在祈祷文中暗示奥哈拉这样的好人没有直接升入天堂，会觉得这是一种人身侮辱。因此，为了保护公众的意见，他把关于炼狱的部分完全省略掉了。在场的人都热烈附和着背诵《主祷文》。但是，他开始念起《万福马利亚》时，大家的声音渐渐低下去了，人群中一片尴尬的沉默。大家以前从未听过这篇祈祷文，便偷偷望着奥哈拉家姑娘、玫兰妮和塔拉庄园的用人作答：“现在为我们祈祷吧，直至我们寿终正寝。阿门。”

祈祷过后，阿希礼抬起头，沉默片刻，拿不准该怎么办了。邻居们的眼睛盯住他，等待着，换个舒服点儿的站姿，准备听长篇大论的演说。他们等着他继续主持仪式，谁也没想到，他按照天主教教规举行的仪式已经结束了。乡下的葬礼都很长，浸礼会和卫理会的牧师主持葬礼时没有固定的祈祷文，而是根据具体情况即兴演说，不惹得送葬者流下眼泪，不让女眷大放悲声，他们就不罢休。假如仪式如此简短，当着逝去的朋友念出的祈祷文如此草率，邻居

们准会感到震惊、感到悲哀、感到愤怒。这一点，阿希礼心里比谁都清楚。全县人都会在餐桌上把这事一连议论几个星期，肯定会认为奥哈拉家姐妹没有对父亲表现出应有的孝道。

于是，阿希礼匆匆朝卡丽恩投去一瞥，表示歉意，然后垂下头开始背诵基督教的葬礼祷词。以前在十二橡树庄园为奴隶下葬时，奴隶们就背诵这些祷词。

“我使人复活，使人生存……不论是谁……信奉我才能获得永生。”

这些祷词他不能脱口而出，因此背诵得很慢，偶尔还得思索一下才想得起，便不时有些中断。可是，他如此缓慢地背诵就显得抑扬顿挫，催人泪下。刚才没有落泪的人，此时也开始掏手帕了。这些人都是坚定的浸礼会和卫理会信徒，以为眼前搞的是天主教的仪式，一时竟改变了以往的成见，觉得天主教的祷词原来并不仅仅是冷冰冰的教义。斯佳丽和苏埃伦都不懂，只觉得这些话言辞华丽，给人安慰。只有玫兰妮和卡丽恩发现了问题，觉得一个笃信天主教的爱尔兰人，去世后竟然让人用英国国教方式举行葬礼，实在是最不恰当的。但是，卡丽恩一方面痛不欲生，另一方面被阿希礼的背叛行为惊得目瞪口呆，无力出面干预。

阿希礼念完祷词，一双灰眼睛睁得大大的，望着周围的人群。停顿片刻后，他与威尔四目相对，问：“在场哪位愿意说几句？”

塔尔顿太太不安地扭动了一下身子，可是，没等她开口，威尔就踉踉跄跄走到棺材头那端开了口。

“朋友们，”他操着他那种平淡的声调开始说，“也许大家认为我有点儿自以为是，竟然第一个说话，因为大约一年前我还不认识奥哈拉先生呢，而大家跟他已经有二十多年的交情了。但是，我有个理由。假如他多活一个来月，我就该叫他岳父了。”

人群里响起嗡嗡声，显然感到吃惊。大家都是上等人，自然不会窃窃私语议论别人，不过他们的目光纷纷转向卡丽恩耷拉的脑袋。人人知道他默默喜欢着她。威尔对大家的目光所向视而不见，接着说下去。

“只等神父从亚特兰大到来，我就跟苏埃伦小姐结婚，所以我觉得也许自己有权第一个讲话。”

他最后这句话淹没在人群的哄闹声中，仿佛一群蜜蜂在怒吼，声音里夹杂着气愤和失望。人人都喜欢威尔，大家都为他在塔拉干的一切对他心生敬意。人们也都知道他爱慕卡丽恩，因此听了这个消息，才觉得恼火。他要跟本地最不入流的女子结婚。老好人威尔要娶卑鄙可恶的苏埃伦·奥哈拉！

气氛一时紧张起来。塔尔顿太太的眼神仿佛打算咬人，嘴唇在嗫嚅着。一片寂静中，大家听到麦克雷老头儿大声向孙子询问，打听威尔说了什么话。威尔和颜悦色面对着大家，但是，眼神让人感到，他知道大家不敢对自己的未婚妻说半句坏话。一时间，人们心里的天平在衡量着，一边是人人对威尔的诚实产生的好感，另一边是对苏埃伦感到的轻蔑。最后威尔赢了。他接着往下说，仿佛刚才的停顿十分自然。

“我没有像大家一样见到过奥哈拉先生的鼎盛时期。我认识的是一位优秀的老先生，只是精神稍有点儿恍惚。不过，我听大家说过他以前的神采。因此我要说，他是位爱尔兰斗士，他是位南方绅士，他毕生对邦联忠心耿耿，没有任何人能将这些优点集于一身。我们再也不可能见到很多他这样的人了，因为培养他这种人的时代已经随他而去了。虽然他在外国出生，但我们今天下葬的这个人是个不折不扣的佐治亚人，比我们这些为他送葬的人更具有佐治亚州人的本色。他生前与我们过着同样的生活，他热爱我们的土地，他

在本质上就像士兵一样，是为我们的事业牺牲的。他属于我们大家，既有我们的优点，也有我们的缺点；既拥有我们的长处，也拥有我们的弱点。他拥有我们的优点，因为他一旦打定主意，就什么也不能阻止他，他不怕敌兵的践踏，任何外来力量都不能把他打垮。

“英国政府要把他送上绞架，可他并不惧怕。他只是匆匆出走，离开了自己的家园。他来到这个国家后，尽管身无分文，可他一点儿也不怕。他干活儿挣到了钱。当他来到这个地方时，这里还是一片蛮荒，刚刚赶走印第安人，可他丝毫也不怕。他在荒地上开垦出一个大庄园。战争爆发后，他的钱越来越少，可他并不怕重过穷日子。北佬闯进塔拉庄园，有可能把他烧死或杀死，可他一点儿也不担忧，也没有被打垮。他坚持自己的立场，并不让步。因此我说，他拥有我们的优点。任何外来力量都不能把我们任何人打垮。

“但是他也拥有我们的短处，因为他可以从内部被打垮。整个世界都不能把他打垮，可他自己的心却能从内部动摇。奥哈拉太太去世后，他的心也死了，他从内部被打垮了。后来我们看到的并不是他本人了。”

威尔停顿下来，从容的目光扫视周围人们的面孔。人们虽然站在灼热的阳光下，却仿佛着了魔似的，站在地上不能移步，原先对苏埃伦的怒火不论多么强烈，此刻全都化为乌有了。威尔的眼睛在斯佳丽脸上停留了片刻，眼角微微皱了一下，仿佛在会意地安慰她。斯佳丽确实感到安慰，把涌上来的眼泪压下去。威尔谈的是常识，而不是什么在另一个世界团聚、服从上帝的意志之类玄虚的废话。而人们从来能从常识的交流中获得力量。

“我不希望任何人因为他身子垮了就轻视他。你们大家和我本人都跟他相像，我们有同样的弱点和短处。任何人都不能打垮我们，就像任何人都不能打垮他一样，北佬不能打垮我们，投机商不能打

垮我们，艰难岁月不能打垮我们，甚至严峻的饥饿都不能把我们打垮。但是，我们的眼睛受到蒙蔽后，心中的弱点却能把我们自己打垮。并不是人人失去亲人后都会像奥哈拉先生那样垮掉，人们各自的主要动力是不同的。我要说，失去主要动力的人几乎跟死了一样。在当今的世界上没有他们的地位，他们死了倒更幸福……所以我说，大家不必为奥哈拉先生的死感到悲伤。应该悲伤的时候是谢尔曼的部队打过来那阵子，是在他失去奥哈拉太太的时候。如今他的身体已经与心灵会合，我便认为我们没有理由感到悲哀。要不然我们就是非常自私，我说这话是把他当作我的亲爹一样……如果大家不反对，就不要再多说了。他的家人此刻正承受着巨大的悲痛，不便听更多悲痛的话语，再多说对他们就算不得善意了。”

威尔停下来，向塔尔顿太太转过脸，压低声音说：“能不能请你扶斯佳丽回屋去，太太？她在太阳底下站得太久了。方丹老奶奶显然累了，不过我的话绝对没有不敬的意思。”

威尔忽然从歌功颂德转向谈论斯佳丽，她听了不禁大吃一惊。大家都把目光转向她，她窘得脸颊绯红。她的肚子本来就够大了，威尔干吗一定要公开提她怀孕的事？她又羞又恼，狠狠瞪了他一眼，但是威尔不动声色的目光让她低下了头。

“请吧。”他的目光仿佛在这么说，“我清楚自己在干什么。”

他已经是家里的男子汉了，斯佳丽也不愿当众惹事，便无可奈何转向塔尔顿太太。不出威尔所料，塔尔顿太太伸手扶住斯佳丽，她脑袋里的念头立刻从苏埃伦转向从来让她着迷的生育问题，不论是动物还是人，只要是生育就让她着迷。

“回屋去吧，宝贝。”

塔尔顿太太脸上露出慈祥而认真关注的神情。斯佳丽被迫在她的带领下，从人群让出的一条狭窄小路挤出去。两边的人嘴里喃喃

表示同情，还有人伸手拍拍她，表示安慰。斯佳丽走到方丹老奶奶跟前，老太太伸出瘦得只剩皮包骨的手，嘴里说："孩子，把胳膊伸给我。"还恶狠狠瞪了萨莉和那位年轻小姐一眼："你们别过来，我要的不是你们。"

她们缓缓穿过人群。走过去后，人群又围拢在一起。两人穿过树荫下那条小路朝宅子走去，塔尔顿太太十分热心，一只手有力地扶着斯佳丽的胳膊肘，每走一步都几乎把她从地面上托起来。

两人到了人们听不见她们说话的地方，斯佳丽气恼地叫起来："威尔这是干什么呀？他简直是当众宣布说：'瞧哇！她快要生孩子啦！'"

"行了吧，我的老天，你当然快要生了，难道不是吗？"塔尔顿太太说，"威尔做得对。你站在大太阳底下简直是犯傻，说不定会晕倒，结果闹个流产。"

"威尔才不为她流产操心哪。"方丹老奶奶有点儿气喘吁吁地说。她吃力地穿过前院，朝门前台阶走去，脸上露出一丝冷酷的会意微笑："威尔是个机灵鬼，贝特丽丝。他不想让你我待在墓地，怕我们说出心里话。他知道这是赶走我们俩的唯一办法……还有呢，他不愿让斯佳丽听到泥土落在棺材上的声音。这没错。斯佳丽，你记好了，没听到那声音，你就觉得人还没死。可一旦你听到那声音……唉，那可是世界上最可怕的声音，终极的声音……扶我上台阶，孩子，贝特丽丝，扶我一把。斯佳丽用不着你搀扶，也用不着拐杖。可威尔说得没错，我的精神不行了……威尔知道你是你父亲的掌上明珠，事情已经成了这样，他不想闹得更糟。他猜想，你们姊妹还不至于闹得太不像话。苏埃伦靠的是羞耻，卡丽恩靠的是上帝，可你却没有好依靠，对不对，孩子？"

"对。"斯佳丽扶着老太太上台阶，嘴里回答道，心里稍感惊讶，

没想到老太太尖锐的声音一语点破事实，“谁也不支持我，原来也只能靠母亲。”

“不过，你失去她后发现自己也能活下去，对不对？嗨，有些人却不行。你爸爸就是这么一个人。威尔说得没错。你别悲伤。没有埃伦，他不能过日子，还是待在现在那个地方快活些。我也一样，跟老大夫在一起会更幸福。”

她的话里丝毫没有渴望别人同情的意思，另外两个女人也没有对她表示同情。她的语气轻松自然，仿佛丈夫还活着，还待在琼斯博罗，只要坐上两轮轻便马车走上不长的一截儿路，两人就能会面。方丹老奶奶年纪一大把，见多识广，死已经不足畏了。

“可是，你也能独自活下去的。”斯佳丽说。

老太太瞟了她一眼，眼睛像鸟儿的眼睛一样明亮。

“没错，可有时候实在不舒服。”

“听我说，奶奶。”塔尔顿太太插进来说，“你不该跟斯佳丽说这种话，她心里已经够烦了。她身穿这身紧绷绷的衣裳一路赶回来，心里悲伤，天气又热，你就是不说这些让她忧伤悲哀的话，也能让她难受得流了产。”

“活见鬼！”斯佳丽怒气冲冲地说，“我什么事都没有！才不是那种弱不禁风的傻瓜呢，动不动就流产！”

“这可说不准。”塔尔顿太太说，显得无所不知，“当年我看到一头公牛挑伤我家一个黑人，结果我怀的第一个孩子就流产了，还有呢……你还记得我家那匹红牝马内利吧？表面上它壮实得哪匹马都比不上，可它特别胆小，总是神经紧张，要是我不盯着照看它，它就要……”

“住嘴，贝特丽丝。”方丹老奶奶说，“我敢打赌，斯佳丽不会流产。咱们就坐在门厅里吧，这儿凉快，有股凉快的穿堂风。贝

特丽丝，你去给我们端杯酪乳来吧，看看厨房有没有，没有就在食品间找，看看有没有葡萄酒，我不喝一杯就觉得难受。我们就坐在这儿，等着跟人们告别。”

“斯佳丽应该躺在床上。”塔尔顿太太坚持道。她上下打量她全身，仿佛自己是个专家，仿佛能把她的产期预测得一分钟都不差。

“去吧。”方丹老奶奶说着用拐杖戳了她一下，塔尔顿太太走进厨房，把帽子随意丢在餐具柜上，双手捋了捋湿漉漉的红头发。

斯佳丽身子靠在椅背上，把紧绷绷的裙子上面的两颗扣子解开。天花板很高的门厅里阴凉幽暗，阵阵凉风不时从屋后穿堂而过。从炎热的阳光下躲进这里，她觉得精神爽快多了。她的目光从门厅移向曾停放杰拉尔德灵柩的客厅，她竭力想让自己不去思考杰拉尔德，抬头朝挂在壁炉上方那幅外婆罗比亚尔的肖像望去。被刺刀划出道道伤痕的画像上，那位妇人头发高高拢起，胸部半裸，傲慢的表情冷若冰霜。这些从来对斯佳丽就是个刺激，让她感到兴奋。

“真不知道什么对贝特丽丝的打击最大，是失去儿子呢，还是失去马。”方丹老奶奶说，“你知道，她从来不怎么在乎吉姆和她那几个女儿。她正是威尔刚才说的那种人，她的主要动力毁掉了。有时候，我甚至怀疑她会走上你父亲走的那条路。要是看不到人生孩子、马下驹，她就不快活。可她那几个闺女一个也没嫁，看样子在本县也逮不住个丈夫，结果她没什么用心的地方。她本质上是个上流淑女，要不然准得堕落……威尔说要娶苏埃伦，这话当真？”

“是的。”斯佳丽正视着老太太的眼睛。天哪，她还记得以前对方丹老奶奶怕得要死！可是，后来她长大了。假如老太太干涉塔拉庄园的事情，斯佳丽会直截了当要她住口。

“他本该娶个好姑娘的。”方丹老奶奶坦率地说。

“噢，是吗？”斯佳丽的声调里带着傲慢。

“别摆出一副臭架子，小姐。”老太太口吻尖刻地说，“我不会批评你那个宝贝妹妹，要是在墓地，没准儿我会批评她。这儿四邻八舍缺的就是男人，威尔想娶哪个姑娘几乎能随意挑。贝特丽丝那四条野猫、芒罗家那几个姑娘，还有麦克雷家……”

“他要娶苏埃伦，这事定了。”

“你妹妹逮着他算走运。”

“塔拉庄园有他算是走运。”

“你喜欢这地方，对不对？”

“对。”

“这么说，你太喜欢这地方了，只要有个男人照料塔拉庄园，你妹妹屈身下嫁低阶级的男人，你也不在乎喽？”

“阶级？”这个观念让斯佳丽吃了一惊，“阶级？如今，只要姑娘找得到丈夫，能照顾自己，阶级算得了什么？”

“这问题能引起争议。”老太太说，“有人会说你说的是常理。有人却会说标杆一寸也不该让，可你在降低这根标杆。你家人有些算是上等人，可威尔肯定算不得上等。”

她抬起那双敏锐的老眼，朝墙上罗比亚尔外婆的肖像望去。

斯佳丽心里想着威尔，他个头儿瘦高，相貌平平，性情温和，嘴里总是嚼着根干草，外表给人一种死气沉沉的假象，就像大多数穷白佬似的。他数不出一长串富有显赫的高贵祖先，威尔家头一个来到佐治亚州的祖先大概是个奥格尔索普将军的债务人，要不就是个奴隶。威尔没上过大学，受过的全部教育就是在穷乡僻壤的一所小学里待过四年。他这人老实忠诚，有耐心，肯吃苦，可他算不得上等人。按照罗比亚尔家族的标准，苏埃伦肯定算是屈尊下嫁了。

“这么说，你赞成威尔上你家门喽？”

“没错。”斯佳丽的话恶声恶气，仿佛只要老太太说上句谴责

的话，就会朝她扑上去。

“你可以亲我一下。”老太太突然出人意料地说，脸上露出赞成的微笑，“以前我从来不怎么喜欢你，斯佳丽。你倔强得像颗山胡桃，从小就倔。可我不喜欢倔强女人，当然没把我自己算在里面。不过我确实喜欢你处理事情的态度，你对无可奈何的事情从不大惊小怪，即使非常不愉快也没抱怨过。你就像个好猎手，出手干脆利索。”

斯佳丽脸上露出疑惑的微笑，在她干瘪的脸上匆匆亲吻一下。再次听到有人恭维，心里觉得高兴，不过她对这番话的意思不很理解。

“这一带准有人说长道短，说你准许苏埃伦嫁给个穷白佬，虽然大家都喜欢威尔，可还是会这么说。大家一面说他这人有多好，一面说奥哈拉家姑娘倒了霉屈尊下嫁。你别让这种话烦心。”

“别人怎么议论我从来不往心里去。”

“这话我听你说过。”老太太老气横秋的声调里带有一丝刻薄，“好啦，别管人家怎么说，别往心里去就是了。他俩的婚姻或许很美满呢。当然，威尔会永远像个穷白佬，结婚也不能提高他的教育水平。就算他将来发了大财，也绝不会像你父亲那样给塔拉庄园增添一星半点儿光彩。穷白佬缺乏光彩。不过威尔骨子里倒是位绅士。他的本能没错。若不是位绅士，就不能像他那样在葬礼上指出我们的短处。整个世界都不能打垮我们，可我们对失去的东西念念不忘、耿耿于怀，难免把自己打垮。没错，威尔会善待苏埃伦和塔拉庄园。”

“那你赞成我让他们结婚？”

“天哪，我不赞成！”老太太苍老的嗓音显得既疲惫又痛苦，不过十分有力，“赞成穷白佬娶个世家小姐？呸！难道我会赞成劣种马

跟良种马相配？唉，穷白佬人缘儿好，肯卖力，待人诚恳，不过……”

“可你刚才还说他俩的婚姻是很美满的！”斯佳丽感到迷惑。

“啊，我认为苏埃伦能嫁给威尔是件好事，她嫁给谁反正都一样，因为她急着想嫁人。她上哪儿还能找个丈夫呢？你又能上哪儿找这么好一个人管理塔拉庄园呢？可这不等于说我喜欢这种安排。”

“可我喜欢。”斯佳丽边想，边揣摩老太太的意思，“威尔跟她结婚让我高兴。她怎么会认为我不满意呢？她以为我像她一样不高兴呢。”

斯佳丽感到迷惑，也有点儿局促不安。人们有了自己的看法，觉得她也该有同感，每逢这种时候，她总是感到迷惑，感到局促不安。

方丹老奶奶摇着芭蕉扇，口吻欢快地继续说：“我并不比你更赞成这门亲事，可我讲究实际，你也讲求实际。遇上虽不愉快却避免不了的事，我看惊叫踢闹也没用，那种手段解决不了生活中的变迁，这个我懂，因为我娘家和老大夫家经历过的变迁比我们自己家经历的多，要说我们有个座右铭，那就该是：‘别发牢骚，面带微笑，等待时机。’我们就是这样经历了一系列的变迁，带着微笑，等待我们的时机，在生存方面，我们都算得上专家了。我们也不得不苦熬，因为我们总是押错赌注。追随胡格诺教派，结果被撵出法国；因为投靠保皇党，到头来逃出英格兰；跟随漂亮王子查理，最终又逃离苏格兰；到了海地，又让黑人赶出来；如今，又让北佬打败了。不过我们总是没过几年就重新崭露头角，浮到最上层了。你知道是为什么吗？”

“不知道，确实不知道。”她口头上挺礼貌，心里却烦得要命，就像那天方丹老奶奶打开话匣子，大谈克里克族人暴动时一样。

“嗨，道理很简单。我们向不可避免的事情屈服。我们不是小麦，我们是荞麦，暴风一来，就把成熟小麦刮倒在地，因为麦秆是

干的，不能弯曲。可成熟的荞麦里有水分，能弯曲。风暴过去后，它挺立起来，又像以前一样茁壮了。我们不是那种倔头倔脑的人。遇上大风，我们特别柔软，因为我们知道柔软划得来。有了麻烦，我们二话不说就向不可避免的事情屈服，然后我们辛苦劳作，面带微笑，等待我们的时机。我们跟地位低下的人合作，从他们那里得到自己想要的东西。等到我们变得足够强大，能骑在他们脖子上了，就踢他们。我的孩子，这就是生存的秘密。”她停顿片刻后补充道，“我把这个秘密传授给你啦。”

老太太哑着嗓子咯咯笑起来，仿佛让自己的话逗乐了，可她这番话里却带着恶意。她仿佛预料斯佳丽会做出评论，可斯佳丽几乎没听明白，自然想不出该说点儿什么。

“可不是嘛，”老太太接着说下去，“我们的人败了个彻底，可后来又重新崛起。这一带的很多人却不是这样，看看凯瑟琳·卡尔弗特吧，你自己看得出她沦落到什么地步了。穷白佬！比她嫁的那个人糟得多。看看麦克雷家，垮了个完全彻底，毫无希望了。他们不知道该干些什么，不知道怎么干，甚至试都不愿试一下。他们把时间花费在怀念过去的好时光，整天抱怨个没完。再看看……嗨，县里几乎每个人都是这副模样，只有我家亚力克斯、萨莉、你、吉姆·塔尔顿、他家姑娘，还有不多几个人是例外。其他人全都沉沦了，因为他们就像麦秆里没水分似的，身上没了活力，也没有重新站起来的勇气。那些人除了钱和黑奴再没别的东西好想，如今钱没了，黑奴跑了，他们的下一代就只能变成穷白佬。”

“你忘记韦尔克斯家了。”

“我没忘。我原想，阿希礼是你家的客人，最好表示礼貌，别提他们的好。既然你提起这家的名字，那就说说他们吧！先说说印第亚，从各方面听到的消息判断，她如今已经是个老小姐了，因为

斯图尔特·塔尔顿战死了，她的举止神情变得完全像个寡妇，根本不打算忘掉他再找个男人。她的确上了点儿年纪，可她只要有意，还是能找个拖家带口的鳏夫。再说说霍尼吧，这个可怜虫向来是个见了男人就着迷的傻瓜，脑筋还不如只珍珠鸡呢。至于阿希礼，你瞧瞧他那模样！”

“阿希礼可是个好男人。”斯佳丽气呼呼地说。

“我从没说他不好，可他就像只脊背朝下的海龟一样不知所措。假如韦尔克斯家熬得过艰难岁月，那是玫兰妮的功劳，不是阿希礼。”

“玫荔！天哪，奶奶！你这是怎么说的？我跟玫荔一起过的日子不短了，知道她总是病恹恹的，总是害怕得要命，就连对一只鹅说上声‘呸’都没胆量。”

“真是的，人干吗要对鹅说‘呸’呢？我总是觉得这是浪费我的时间。也许她不敢对鹅说‘呸’，可她敢于出面对抗，跟整个世界、跟北佬政府、跟威胁到她那宝贝阿希礼的东西，跟威胁到她儿子的东西，跟威胁到她那上流阶层的思想对抗。她的风格跟你不一样，斯佳丽，跟我也不一样。假如你母亲没死，她就是那种风格。玫荔让我想起了你妈妈年轻时候……她或许能拉扯着韦尔克斯一家熬过去。”

“嗨，玫荔不过是个好心的小傻瓜。可你对阿希礼的说法不公平，他……”

“得了，别瞎扯！阿希礼从小是个念书的，别的什么都干不了。要想从眼下困境中摆脱出来，他那种人毫无用处。我听人们说，全县就数他干农活儿最差劲！你只要拿他跟我家亚力克斯比比就知道了。战前，亚力克斯是个顶没出息的花花公子，脑袋简单得只会考虑新领带，喝醉酒开枪打人，追逐没品位姑娘什么的。看看他现在

的样子！他学着干庄稼活儿，因为他不能不学，要不然就得挨饿，我们也得跟着挨饿。如今他种的棉花在县里数一数二！比塔拉庄园的棉花好多啦！他还懂得如何喂猪养鸡呢。哈！虽然脾气不好，可他是个好小伙子。他懂得如何等待时机，以万变应万变。等到重建时期的苦难过后，你会看到我的亚力克斯跟他爹一样富有，像他爷爷一样有钱。可是阿希礼……”

斯佳丽听了这些小瞧阿希礼的话，心里感到一阵阵刺痛。

“我觉得这完全是一堆空话。”她冷冷地说。

“绝对不是。”老太太敏锐的眼睛死死盯住她，“因为这恰好是你在亚特兰大用的办法。可不是嘛！虽然乡下消息闭塞，可你在城里的胡闹我们还是听说了。你也在随着变化的时代而变化。我们听说你为了赚钱怎么巴结北佬，巴结穷白佬，巴结投机商、暴发户。照我听人们说的，你表面上还装得一本正经。我说，接着干下去。把他们手里的每一个子儿都弄到手，将来有一天你手里的钱够多了，就朝他们脸上狠狠踢一脚，因为他们对你再也没什么用了。一定要这么干，而且要干得恰当，因为抓着你的衣摆不放的人能毁了你。”

斯佳丽皱起眉头望着她，努力想消化她这番话的意思，可她没明白多少，还是为老太婆把阿希礼说成背朝下的海龟，心里觉得气恼。

“我觉得你对阿希礼的看法不对。”她突然说。

“斯佳丽，你真是太不精明了。”

“那是你的看法。”斯佳丽的口吻生硬，恨不得打老太婆一耳光。

“哦，你算小账倒挺精明，可那是男人的精明。你在做女人方面倒不精明，跟人打交道一点儿也不机灵。”

斯佳丽气得两眼直冒火，双手不知所措。

“我把你气疯了，对不对？”老太太微笑道，“嗨，这正是我的目的。”

“你存心这么干？请问，这到底是为什么？”

“我有充分的理由，也很正当。”

方丹老奶奶身子靠在椅背上，斯佳丽忽然发觉她显得非常疲惫，也老得让人吃惊。一双小手像爪子，交叠起来压在扇子上，蜡黄的肤色像死人一样。斯佳丽产生一个念头，心头的怒气顿时全消了。她俯身过去，抓起老太太一只手。

“你真是个可爱的老骗子。”她说道，“说了一席话，其实全都不当真。你说这些为的是让我别老想着爸爸，对不对？”

“别跟我胡扯！”老太太没好气地说着，把手抽回去，“那算是一部分原因，另一个原因是我跟你说的全是真话，可你太没脑筋，怎么也听不懂。”

不过，她脸上露出一丝微笑，说话也不带刺了。斯佳丽心里也不再为阿希礼受到轻蔑而恼火，她很高兴方丹老奶奶的话其实并不是当真的。

“我还是要谢谢你，谢谢你跟我说了这么多。我很高兴你对威尔和苏埃伦的婚事看法跟我一样，尽管……尽管其他人很多都不赞成。”

塔尔顿太太从走廊过来，手里端着两杯酪乳。她干家务不在行，杯子里的奶直往外面洒。

“我一路走到储藏室才找到牛奶。”她说，“快喝吧，送葬的人马上就要回来了。斯佳丽，你真的要让苏埃伦嫁给威尔？倒不是他配不上你妹妹，可你知道，他是个穷白佬，再说……”

斯佳丽跟方丹老奶奶会意地对望一眼，她看见那双老眼里有一丝调皮的光芒，自己眼睛里也闪烁出这种神色。

第四十一章

斯佳丽送走最后一位客人，等到最后一辆马车的辚辚车轮声和嘚嘚马蹄声消失后，她走进埃伦的账房里，从写字台上的文件架里取出一件亮晃晃的东西，那是她昨天晚上藏在泛黄的文件里面的。她听见波克在餐厅里来回走动着安排晚饭，还不停地抽着鼻子哭泣，她便大声叫他。他走到她面前，他那张黑面孔显得十分凄惨，像一条丢了主人的丧家犬。

“波克，”她口吻严厉地说，“你再哭，我也要哭了，千万别哭了。”

“是小姐。我倒是努力来着，可每次想不哭就想起了杰拉尔德先生……”

“那就别想了。谁哭我都受得了，我就是受不了你哭。这个，”她突然温和地停顿下来，“难道你不明白？你哭让我受不了，因为我知道你跟他多么亲近。擤擤鼻子吧，波克，我要送你件东西。”

波克使劲擤了擤鼻子，眼睛一亮，不过那是出于礼貌，而不是兴趣。

“你还记得那天晚上吗？当时你去人家的鸡棚偷鸡，结果挨了枪子儿。”

“上帝啊，斯佳丽小姐，我从来没有……”

“好了，是你干的，都这么久了，你用不着向我撒谎。你记得

我说过，你这么忠心耿耿，我将来要送你一块表。”

“是的，小姐，我没忘。我以为你已经不记得这事了。”

“我没忘，我要把它送给你。”

她伸手向他递过去一只沉甸甸的金质大怀表，表壳上有复杂的浮雕图案，表链摆动着，上面挂着许多垂饰和印章。

“上帝啊，斯佳丽小姐！”波克嚷起来，“那是杰拉尔德先生的表！我见他看过这表足有一百万次呢！”

“没错，是爸爸的表，波克，现在我把它送给你。收下吧。”

“哎呀，那可不行，小姐。”波克吓得连连倒退几步，“这可是白人绅士的表，再说，还是杰拉尔德先生的。你怎么能把它给我呢，斯佳丽？这表该留给小韦德·汉普顿才对。”

“表是给你的。韦德·汉普顿为我爸爸干过什么事呢？爸爸衰老生病的时候，他照顾过他吗？他给他洗过澡、穿过衣裳、刮过脸吗？北佬来了以后，他对爸爸一片忠心吗？他甘心为他偷过东西吗？别傻了，波克，只有你才有权拥有这块表。我知道爸爸会同意的。拿着。”

她抓起他的黑手，把表搁在他手掌里。波克神态虔诚地望着那表，渐渐喜形于色。

“真是给我的，斯佳丽小姐？”

“当然是真的。”

“那我就谢了，小姐。”

“你愿意让我把表带到亚特兰大去刻字吗？”

“刻字是什么意思？”波克疑惑道。

“就是在表后面刻上几个字，就像是‘赠给波克：工作出色，忠心耿耿的优秀仆人。奥哈拉家赠’这种字。”

“不，小姐……谢了，别费心刻字了。”波克后退一步，紧紧

抓着那只表。

他扭曲嘴唇，露出一丝微笑。

“怎么啦，波克？你怕我不把表还给你？”

“不是的，小姐。我相信你，不过，小姐，你有时会改变主意的。”

“我不会那么干。”

“哎呀，小姐，说不定你会把表卖掉，我看这表值很多钱呢。”

“你当我会卖掉爸爸的表？”

“对，小姐……遇上你急需钱的时候你会卖的。”

“你真该为此挨顿揍，波克。我打算把表收回。”

“不，小姐，你不会的！”波克悲伤的面孔上这天头一回露出一点儿微笑，“我了解你……再说，斯佳丽小姐……”

“怎么，波克？”

“要是你把对黑人的好心拿出一半对待白人，我看世上的人待你会好得多。”

“人们对我够好了。”她说，“听我说，去把阿希礼先生找来，告诉他说我要在这儿见他，要他马上就来。”

阿希礼坐在埃伦那张写字台前的小椅子上，他身材颀长，椅子显得很矮小。斯佳丽提出把锯木厂的一半股份给他。他一次也不看她的眼睛，一句话也不插。他坐在那里，耷拉着脑袋看着自己的双手，两只手轮流翻过来，眼睛仔细打量着，仿佛以前从来没看见过自己的手。虽然工作辛苦，可那双手仍然纤细，看上去很柔嫩，保养得不像个庄稼汉的手。

他一声都不吭，让她觉得不安，便加劲描述那座工厂，把厂子说得很有吸引力。她还使出浑身解数，又是微笑，又是丢媚眼，结果什么用都没有，因为他就是不抬头看她一眼。他怎么就不抬起头

来看看她呢！她没提威尔告诉她阿希礼决定去北方的消息，心照不宣地断言说，没有任何障碍阻止他接受自己的计划。可他还是不开口，她的声音也越来越低，最后沉默下来。他瘦弱的肩膀耸得高高的，一副胸有成竹的模样，让她看了心慌。他肯定不会拒绝的！他有什么充分理由拒绝她呢？

“阿希礼。”她再次开口，接着停顿了一下。刚才她没使出自己怀孕这个借口，一想到阿希礼看见自己挺着大肚子的丑陋相，她心里就感到畏缩，可是既然其他理由都让他无动于衷，她便决定打出最后一手牌，把自己怀孕一事和没有帮手一事和盘托出。

“你一定要来亚特兰大，我现在真的急需你帮忙，因为我不能照料两个锯木厂。也许得等几个月后我才能重新照料，因为……你知道……唉，因为……”

“求求你！”他粗暴地打断她，“天哪，斯佳丽！”

他突然站起身，走到窗口，背对着她，望着外面一群鸭子，只见那群鸭子排成一行，堂而皇之横过谷仓前面的空地。

“这就是……这是你不愿看我一眼的原因？”她的声音显得很凄凉，“我知道我的模样……”

他猛然转身，一双灰眼睛盯着她，情绪激烈得让人害怕，她不禁捂住喉咙。

“什么模样不模样！”他恶狠狠地匆匆说道，“你知道我从来认为你的模样很美。”

她心中顿时涌出幸福的暖流，激动得热泪盈眶。

“你这么说真是太体贴人了！因为我让你看见这副模样，实在觉得害臊。”

“你害臊？你害什么臊？该害臊的是我，我心里确实羞愧。要不是因为我的愚蠢，你的处境就不会这么狼狈。你本来绝不该嫁给

弗兰克，去年冬天我说什么也不该让你离开塔拉庄园的。唉，我真是个傻瓜！我本该知道……知道你当时走投无路，那么绝望……我本该……我本该……”他的面色变得很难看。

斯佳丽的心在怦怦狂跳，他这是在后悔没带她私奔呢！

“你收留我们时，我们就像一群叫花子。我至少该上路抢劫，或者杀人抢钱缴税金。唉，是我把事情整个搞糟了。”

她大失所望，心都收紧了，幸福的感觉逐渐淡化着，因为她希望听到的并不是这种话。

“不管怎么说，当时我反正要走的。”她有气无力地说，“我可不能让你干出那种事，毕竟事情已经成了这样。”

“是啊，事情已经成了这样。”他说话缓慢，内心显得痛苦，“你不让我去干丢脸的事，可你却把自己出卖给一个你不爱的男人，还为他怀了孩子，为的是不让我和我的家人挨饿。我会记住你的好意，你在我绝望的时候保护了我。”

他语锋带刺，显然心中的创伤还没有愈合，还在作痛，可他的话让她眼睛里流露出羞愧。他很快便发觉了，面色立刻温和下来。

“你不会以为我是在责怪你吧，斯佳丽？天哪，绝对不是。我从没见过你这么勇敢的女人。我是在责怪自己呢。”

他又转身望着窗外。她盯着他看，他的肩膀好像耸得不那么高了。斯佳丽默默等待了很长时间，希望阿希礼能恢复谈论她如何漂亮的那种神情，希望他说上几句能让她永远铭记于心的话。上次见过面后，已经过了这么久，她一直是靠记忆生活，最后记忆也变得淡薄了。她知道他仍然爱她。这是个明显的事实，从他身体的每一个线条，从他的每一个痛苦表情，从他每一个自责的字眼，从他厌恶她为弗兰克怀了孩子，从所有这些都看得出他还爱她。她渴望听他说出自己的感情，也渴望自己说点儿话激他吐露心声，可她不敢

说。她记起去年冬天在果园里自己许下的诺言，无论如何，她都不会自己先提出这种事。她感到悲哀，心里清楚，即使阿希礼待在她身边，她也得信守那个诺言。一旦她表现出爱情的企望，一旦她露出要求他拥抱的眼神，一切就全完了。阿希礼当然会去纽约，可她绝不能让他去。

“嗨，阿希礼，别责备自己了！怎么会是你的错呢？你会来亚特兰大帮我的，对不对？”

“不。”

“阿希礼！”她又痛苦又失望，嗓音都变了，“我可是一直指望着你哪。我确实非常需要你。弗兰克帮不上我的忙，他照管店铺已经忙得不可开交，要是你不来，我上哪儿找人呢？亚特兰大人个个精明，大家都在忙自己的事，其他人又没能力，再说……”

“没用，斯佳丽。”

“你是说，你宁愿去纽约，跟北佬生活在一起，也不愿来亚特兰大？”

“这是谁告诉你的？”他转身面对着她，显得有点儿恼火，额头上露出浅浅的皱纹。

“威尔。”

“不错，我已经决定去北方。战前与我一道去欧洲旅行过的一位朋友给了我个职位，是在他父亲的银行里。这样好些，斯佳丽。我对你毫无用处，我根本不懂木材生意。”

“可你对银行业务知道得更少，所以更加困难！你缺乏经验，可我会比北佬更加体谅你！”

他的身子微微抽动了一下，她这才发觉自己说错话了。他再次转身望着窗外。

“我不要人体谅我，我要靠自己的能力自立。直到现在，我为

自己的生活做了些什么呢？我该自己干点儿事情了，就算靠自己败得一塌糊涂也好。我靠你养活过的日子太久了。”

“可是，阿希礼，我提出将一半股份交给你！你会自立的——你清楚，那是你自己的生意了。”

“那完全是同一码事。我没钱买下你这一半股份。还是接受你的礼物。我已经接受了你太多的礼物，斯佳丽。你给我吃，让我住，甚至给我、玫兰妮和孩子衣服穿，我却什么回报都没法儿给你。”

“可你给过我！没有你，威尔不可能……”

“我现在劈引火柴劈得非常好了。”

“哎呀，阿希礼！”听了他嘲弄的腔调，她的声音显得绝望，眼眶里涌出泪水，“我走后发生什么事啦？你说话这么生硬难听！你以前可不是这样哪。”

“发生什么事了？发生了一桩很不平常的事，斯佳丽。我一直在思索。我觉得从投降后到你离开这段时间里，我一直没有思索过。我当时脑子里非常恍惚，只要有点儿东西吃，有张床睡觉，就觉得满足了。可你去了亚特兰大，挑起一个男人的负担，我这才发觉自己远不及一个男人，甚至远不如一个女人。脑袋里有这种想法，过日子不会愉快，我也不打算长久这么下去了。其他人从战场上回来比我更是一无所有，可是看看人家现在，所以我要去纽约。”

“可我不懂！既然你想要的是工作，在亚特兰大工作怎么就比不上纽约呢？而且我的工厂……”

“不，斯佳丽。这是我的最后一个机会了。我要上北方去。假如我去亚特兰大为你工作，我就永远完了。”

“完了……完了……完了”，这个字眼像丧钟一样在她心头回荡，让她感到恐惧。她匆匆瞅了一下他的眼睛，只见他眼睛睁得很大，清澈的灰色眼珠望着她，却并不看她，眼神聚在她身子后面，

像是在望着某种命运，可她既看不见，又不理解。

“完了？你是说你干过什么事，到了亚特兰大，北佬会把你抓起来？是你帮托尼逃走的事，还是……还是……唉，阿希礼，你是三K党，对不对？”

他恍惚的眼神刹那回到她身上，脸上掠过一丝短暂的微笑，眼睛却没有笑。

“我都忘了，你总是按字面理解意思。不是的，我不是怕北佬。我是说，假如我去了亚特兰大，再次接受你的帮助，我自立的希望就永远埋葬掉了。”

“啊，”她马上感到宽慰了，“不过是这样！”

“对，”他又微笑了，比刚才笑得更冷淡，“不过如此。不过是我男子汉的自豪感，不过是我的自尊心，要是愿意这么说，那就不过是我不朽的灵魂罢了。”

“但是，”她换了个策略转弯抹角地说，“你可以渐渐把厂子从我手中买过去，变成自己的，到时候……”

“斯佳丽，”他口气严厉地干脆打断她，“我告诉你，不行！还有其他理由。”

“什么理由？”

“这理由你比谁都清楚。”

“噢——那个理由？但是——那是不成问题的。”她立刻保证说，“你知道我许过诺的，是去年冬天在果园里，我会信守自己的诺言，而且……”

“这么说，你对自己比我对自己更有把握了，可我不能指望自己信守这种诺言。我不该这么说，可我得让你理解。斯佳丽，这事我不愿再谈了，到此为止。等到威尔跟苏埃伦结婚后，我就上纽约去。”

他情绪激动，眼睛睁得很大，盯着她的眼睛看了一阵，然后匆匆走到门口，手抓住门把手。斯佳丽非常痛苦，眼睁睁地望着他。谈话结束了，她失败了。一整天的悲伤，加上此刻的失望，让她突然感到身心疲惫，紧绷的神经突然垮了，她尖叫一声：“阿希礼啊！”接着一下扑倒在那张塌陷的沙发上号啕大哭。

她听到他踌躇的脚步声走向门口，耳畔仿佛听到他无奈的声音一遍遍叫她的名字。一阵脚步声从厨房经走廊啪嗒啪嗒传过来，玫兰妮冲进屋子，眼睛瞪得老大，神色非常惊慌。

“斯佳丽……不是孩子要……”

斯佳丽把脑袋埋进满是灰尘的沙发垫里，继续尖声叫嚷。

“阿希礼……他太卑鄙了！太狠心了……太可恶了！”

“阿希礼？他对你干了什么？”玫兰妮扑倒在沙发旁的地板上，把斯佳丽搂在怀里，“你到底说了些什么？怎么能这样呢！会影响孩子的。好了，我亲爱的，把你的脑袋靠在我的肩膀上！到底是怎么了？”

“阿希礼……他那么……那么顽固，太可恶了！”

“阿希礼，你真让我吃惊！把她惹成这样，她身上有了，奥哈拉先生还刚刚下葬！”

“你别跟他说了！”斯佳丽语无伦次了，从玫兰妮肩膀上抬起脑袋嚷道，她声音嘶哑，一头乌黑的头发从发网里垂下来，脸上淌出一道泪痕，“他有权，想怎么干就怎么干！”

“玫兰妮，”阿希礼脸色变得煞白，“听我解释。斯佳丽好心给我在亚特兰大提供一个职位，在她厂子里当经理……”

“经理！”斯佳丽愤愤地喊道，“我提出给他一半股权，可他……”

“我告诉她说，我们已经安排好了，要去北方，她就……”

“呜，”斯佳丽说着又开始抽噎了，“我一再告诉他说，我多么需要他；告诉他，我靠不上任何人去管理这厂子；告诉他，我快要生孩子了，可他就是不愿来！现在……现在，我不得不把厂子卖掉啦，我知道根本卖不了个好价钱，我会亏本，说不定我们还得挨饿呢，可他一点儿也不在乎。他多狠心哪！”

她的脑袋又靠回到玫兰妮瘦削的肩膀上，心里闪出个希望的火花，真实的痛苦反倒减轻了。她感觉到，玫兰妮真诚的心就是自己的同盟，她感觉到玫兰妮会发火，有人敢把斯佳丽惹哭，她不会饶过这个人，即使是她丈夫也不行。玫兰妮像只奋不顾身的小鸽子，平生头一回扑过去反对自己的丈夫。

“阿希礼，你怎么能拒绝她呢？她为我们做过那么多事！你让我们显得忘恩负义啦！她如今怀着孩子，一点儿办法都没有……你也太不仗义了！我们需要帮助的时候，是她帮了我们，如今她需要你了，你却要拒绝她！”

斯佳丽鬼鬼祟祟朝阿希礼瞅了一眼，见他看着玫兰妮那双愤怒的黑眼睛，脸上的表情又吃惊又踌躇。玫兰妮的攻击也让斯佳丽感到吃惊，因为她知道，玫兰妮认为她丈夫是不该受到妻子责备的，认为除了上帝，她丈夫的决定就是最明智的。

“玫兰妮……”他两手一摊，显得无可奈何。

“阿希礼，你怎么能踌躇呢？想想她为我们做的一切吧，想想她为我做的一切！要是没有她，我生小博的时候准得死在亚特兰大！而且她……不错，她为了保卫我们，还杀过一个北佬。你知道这事吗？她为我们杀了一个人。你和威尔回来之前，她拼命干活儿，像奴隶一样苦干，为的是让我们能吃上饭。我一想到她扶犁耕地，亲自摘棉花，就不禁……啊，我亲爱的！”她猛然垂下脑袋，热烈亲吻斯佳丽的头发，心里怀着无限的忠诚，“现在她头一回开口要

我们为她做点儿事……”

“你用不着告诉我她为我们做的事情。”

“阿希礼，你想想看！除了帮她的忙，你想想这还意味着什么，我们要住在亚特兰大，跟自己人住在一起，用不着跟北佬生活在一起啦！那里有姑妈和亨利伯伯，还有我们那么多朋友，小博会有许多玩耍伙伴，将来还要上学。要是我们去了北方，就不能让他上学，不能让他跟北佬的孩子来往，班上还有那么多黑人孩子！我们就得请个家庭教师，我看我们付不起……”

“玫兰妮，”阿希礼的声调极为平静，“你真的这么想去亚特兰大？咱们谈起去纽约的时候，你根本没这么说过，你从来没有明白说过……”

“啊，可我们谈去纽约的时候，我认为你在亚特兰大找不到工作的。再说，我也没权说话。妻子的本分只能是丈夫去哪儿跟着去哪儿。可现在斯佳丽非常需要我们，而且还有个只有你才能担任的职务，这样我们就能回家啦！回家！”她紧紧搂着斯佳丽，声音里充满了狂喜，“我又要再次看到五角广场和桃树街了，还有……还有……啊，我多么想念那一切啊！说不定我们还能有一个自己的小家呢！我不在乎房子有多小，条件有多差，只要是我们自己的家就行！”

她的眼睛里闪烁出热情和幸福的光芒。阿希礼和斯佳丽盯着她看。阿希礼又奇怪又吃惊，斯佳丽却是意外和羞愧交加。她从没想到玫兰妮这么怀念亚特兰大，渴望返回自己的家。她一向显得对塔拉庄园很满足，所以斯佳丽见她这么想家感到十分震惊。

“啊，斯佳丽，你真是太体贴人了，为我们把这一切都计划好了！你知道我多想回家啊！”

玫兰妮总是把没什么价值的东西说成高尚的动机，每逢这种时

候，斯佳丽就觉得又羞又恼，忽然觉得不敢看阿希礼和玫兰妮的眼睛了。

“我们可以有一所自己的小房子。你没意识到我们结婚已经五年了，却从来没有自己的家吗？”

“你可以跟我们一道住在佩蒂姑妈家，那也是你们的家嘛。”斯佳丽咕哝着说，她手里玩弄着一只枕头，眼睛还是耷拉着，掩饰起渐渐流露出的得意神情。

“不，亲爱的，谢谢你的好意。那样就太挤了，我们要自己找个房子……哦，阿希礼，快答应吧！”

“斯佳丽，”阿希礼的声调很平淡，“看着我。”

斯佳丽吃了一惊，抬头望着他那双灰眼睛，只见他的眼神里露出痛苦和无可奈何的疲惫神情。

“斯佳丽，我去亚特兰大……我斗不过你们俩。”

他转身走出房间。她心中的得意让一种烦人的恐惧冲淡了。他说这句话时，神情就像刚才一样，当时他说，到了亚特兰大，他就永远完了。

苏埃伦和威尔结了婚，卡丽恩到查尔斯顿进了修道院。阿希礼、玫兰妮和博来到亚特兰大，把迪尔西带去做饭当保姆。普莉西和波克暂时留在塔拉庄园，要等到威尔找来别的黑人帮他在地里干活儿时，他们才能去城里。

阿希礼给自己家找了所小砖房，位置在常春藤街，就在佩蒂姑妈的房子后面，而且两家的后院是连在一起的，中间只隔着一道长期没修剪的水蜡树树篱。玫兰妮相中这所房子，主要原因就是跟姑妈家房子紧挨着。回到亚特兰大的第一天早上，她又是笑，又是哭，又是拥抱斯佳丽和佩蒂姑妈。她说，跟心爱的人们分开这么久了，

就是跟大家住得再靠近也不嫌过分。

这房子原来有两层，不过上层在围城时被炮火炸掉了，房主人在投降后回来，却没钱修复房子，只好凑合在残余的一层房子上面盖了个平屋顶，结果房子显得低矮难看，比例失调，活像个孩子用皮鞋盒子做的玩具房子。这房子离地相当高，因为它建在一个很大的地窖上面，一道弯弯曲曲的长楼梯通向地窖，使地窖显得有点儿滑稽。好在门外台阶旁有两棵形状优美的老橡树和一棵叶子上落满灰尘、点缀着白花的木兰树，才把房子的扁平低矮模样稍稍弥补了一点儿。门前草坪宽阔，三叶草长得很茂盛，绿油油一片。草坪边缘是未经修剪的水蜡树树篱，上面攀缘着芬芳的忍冬藤蔓。草地上点缀着斑驳的玫瑰花，花朵从踩断的老茎上冒出来，粉红色和白色的百日红开得非常繁茂，仿佛这些鲜花上空从来没发生过战争，北佬的战马也从未咬断过它们的枝条。

斯佳丽觉得自己从来没见过这么难看的房子，可是玫兰妮却认为，当初十二橡树庄园的全部华丽气派也不如它漂亮。这是她的家，她、阿希礼和孩子终于能在自己的房子里团聚了。

印第亚·韦尔克斯从梅肯回来了，她和霍尼在那里一直住到一八六四年，现在她挤进来跟哥哥家一起住。阿希礼和玫兰妮非常欢迎她。时代变了，钱又少，不过什么也改变不了南方人的生活规矩，家家都乐意腾出房间给贫困的亲戚或者没有结婚的女亲戚住。

霍尼已经结了婚，印第亚说她下嫁了一个定居在梅肯的密西西比州西部的人。那人是个红脸膛，声音洪亮，总是欢天喜地的。印第亚原先不赞成他们的婚事，待在妹夫家就觉得不快活。她很高兴听说阿希礼如今有了自己的家，好搬出那个格格不入的环境，用不着再看到妹妹跟一个配不上的男人生活，还呆头傻脑的整天乐不可支，让她看了心里烦不胜烦。

家里其他人私下却认为，头脑简单、一脸傻笑的霍尼干了桩了不起的事，没料到她居然能逮住个丈夫，大家都觉得简直是个奇迹。她丈夫是个有点儿资产的正人君子。可印第亚是生在佐治亚长在弗吉尼亚，凡不是出生在东海岸的人，在她眼里不是乡巴佬，就是野蛮人。印第亚很高兴离开妹妹家，或许霍尼的丈夫也很高兴她终于要离开，那些日子跟印第亚一起住实在不容易。

她现在已经俨然一副老小姐派头了。她二十五岁，看上去也是这个年纪，所以她再也用不着装出一副妩媚迷人的假象。她的睫毛稀疏，一双淡灰色眼睛毫不掩饰地正视着周围的一切，她的两片薄嘴唇总是抿得紧紧的，噘着嘴，显出一副高傲模样。如今，她身上有一股庄严高贵的神情，说来奇怪，这模样比当初在十二橡树庄园时那种既温柔又坚定的女孩子气更适合她。她的身份几乎像个寡妇。人人都知道，假如斯图尔特·塔尔顿没有在葛底斯堡牺牲，准会跟她结婚。所以，她虽然没结婚，却受到大家尊敬，把她当成个有人爱慕的女子。

不久，常春藤街上那所房子的六个房间里便摆放了很少几件家具，是从弗兰克的店铺里搬来的松木和橡木家具，价钱极便宜的。阿希礼身无分文，只得赊账，所以只要那些价钱最便宜的，日常最必不可少的家具。这让弗兰克觉得尴尬，也让斯佳丽难过。弗兰克挺喜欢阿希礼，他和斯佳丽心甘情愿将店铺里最好的红木和雕花黄檀木家具赠送给他们，可韦尔克斯夫妇说什么也不接受。他们的房子外表难看，里面空荡荡的，让人看了难受。斯佳丽不愿看到阿希礼住的房子没有地毯，没有窗帘，可他似乎对环境并不在意。玫兰妮为婚后第一次有了自己的家乐得欢天喜地，这个地方还让她感到自豪呢。斯佳丽觉得，要是让朋友们看见他们家没有床帐、窗帘，没有地毯、坐垫，椅子、杯匙不足，她就觉得难为情。但是，客人

来访时，玫兰妮的态度却仿佛自家既有长毛绒窗帘，也有锦缎沙发似的。

虽然玫兰妮表面上显得十分快乐，可她的身体却不好。怀孕时她的健康大受影响，生下小博后，她在塔拉庄园干艰苦的活计，让她的身体付出了很大代价。她瘦得皮包骨，仿佛身上细小的骨头随时都会刺穿白皙的皮肤扎出来。从远处望去，她在后院跟自己的孩子蹦跳游戏时，仿佛她自己也是个小女孩儿。她的身子简直没有女性的线条了，腰肢细得让人难以置信，胸部和臀部扁平得跟小博一样。她没有虚荣心，斯佳丽认为她不懂打扮，既不在裙子胸部缝上皱褶，也不在胸衣后摆使用衬托臀部的垫子，结果她身体的消瘦便一目了然了。她的那张脸也像身子一样瘦，而且太苍白了，两道柔弱的眉毛细得像蝴蝶的触须，在毫无血色的皮肤上，黑眉毛特别醒目。她的脸盘小，眼睛就显得太大，大得不好看了。在眼睛下面的黑眼袋衬托下，她的眼睛大得吓人，可眼神却没变，还是无忧无虑的少女时期那种模样。无论战争、长期的病痛，还是艰苦的劳作，都没有使那双清澈甜美的眼睛发生变化。那是幸福女人的眼睛，这种女人即使历经暴风骤雨，内心的平静也丝毫不受滋扰。

斯佳丽望着玫兰妮，心里怀着嫉妒，也觉得纳闷儿，她怎么能保持这种眼神呢？她清楚，自己的眼睛有时候显出饿猫似的神情。瑞特有一次说起玫兰妮的眼睛，也不知道他是什么意思，他说这双眼睛里那种大智若愚的神情就像烛光。啊，不错，就像混乱的世界上两条光明的道路。对，这眼睛的确像烛光，不受风吹的烛光，这是两道柔和幸福的光亮，为再次回家、再次生活在朋友中间而闪亮。

这座小房子里总是挤满了客人。玫兰妮几乎像个孩子一样总是受人喜爱。城里人都涌到她家来，欢迎她回家。人们拜访时送来各种小礼物，有小摆设、图画、一两把银匙子、亚麻布枕套、餐巾、

小地毯等，都是他们从谢尔曼手里抢救出的小玩意儿，一直珍藏在家里，可如今他们都发誓说，这些东西对他们毫无用处。

跟随她父亲在墨西哥作战的老人来看她，还带来客人，让大家见见“老上校可爱的女儿”。她母亲的老朋友常常围在她身边，因为玫兰妮对长辈非常恭敬，让老太太们感到极大的安慰，原来在那些疯狂的日子里，年轻人似乎把礼仪统统抛在脑后了。她的同龄人喜欢她，这些年轻的妻子、母亲和寡妇像她一样经历过苦难，可她却从不诉苦，还总是心怀同情倾听别人的苦处。年轻人也来拜访，不但因为他们在她的房子里十分愉快，而且还能在这里遇到自己喜欢的朋友。

玫兰妮与人交往得体而忘我，因此很快便在周围形成一个由年轻人和老年人组成的小圈子，这些人代表了亚特兰大战前社交界仅存的精华，是各阶层的中坚分子，大家虽然囊中空空，却都为家世而自豪。亚特兰大社交界被战争摧残得四分五裂，因死亡而枯竭，为变化而迷惑，如今似乎发现她是个不屈的核心，在她周围可以重组亚特兰大的社交圈子。

玫兰妮虽然年轻，可她身上却具有许多品质，让准备重整旗鼓的幸存者十分赞赏：贫穷却并不低下骄傲的头，勇敢却并不无端抱怨，心情欢快，热情好客，亲切仁慈，而且最重要的是对一切老传统忠贞不贰。玫兰妮决不改变自己，甚至不承认在变化的世界上有做出改变的理由。在她那所房子里，昔日的生活似乎又重现了，人们建立起了信心，对投机商的疯狂和暴发户、共和党人的高级生活潮流更加轻蔑了。

人们盯着她那张年轻的面孔，从她脸上看到了对昔日生活不屈的忠诚，这时，他们就能暂时忘掉自己阶级内部的叛徒，忘记由叛徒引起的愤怒、恐惧、悲伤。如今这种叛徒很多。他们出身名门，

却为贫穷所逼变节投敌，成为共和党人，接受了征服者赏赐的职位，好让家人衣食有着，用不着靠赈济活命。还有一些是以前当过兵的年轻人，他们没有勇气面对积累财富所需的漫长岁月，这些年轻人以瑞特·巴特勒为榜样，与投机商相勾结，策划种种无耻的赚钱勾当。

最可恶的叛徒是亚特兰大几个最显赫家族的女儿们。这些姑娘是在投降后长大成人的，对战争只有儿时的记忆，没有体会过长辈们的辛酸。她们既没有失去过丈夫，也没有失去情人，对昔日的财富和荣耀几乎一无所知。在她们眼里，北佬军官长相英俊，衣着讲究，精神无忧无虑，而且他们还举办豪华舞会，骑着矫健的骏马，还极其崇拜南方姑娘！他们待姑娘们像王后，总是小心翼翼避免伤害她们敏感的自尊心，既然如此，为什么不跟他们交往呢？

城里的本地青年衣着寒酸，神色沉着，干活儿辛苦，几乎没时间玩耍，相比之下，北佬军官的吸引力大得多。所以，有些姑娘跟北佬军官私下结婚，让亚特兰大的家人痛心疾首。兄弟在路上从这种姐妹身旁经过，理都不理，父母决口不提这种女儿的名字。一想起这种悲剧，那些以“决不投降”为座右铭的人心里就感到恐惧，难免打个冷战，然而，他们一看到玫兰妮那张温和却决不动摇的脸，心中的恐惧便烟消云散了。老太太们说，她是全城年轻姑娘中最优秀、最完美的榜样。由于她从不炫耀自己的美德，姑娘们也并不怨恨她。

玫兰妮根本没想过，自己已经成了一个新社交圈子的头面人物。她只是喜欢大家能来看望她，感谢大家请她参加她们人数不多的缝纫组，邀请她加入他们的沙龙舞俱乐部和音乐团体。尽管南方一些姊妹城市讥讽亚特兰大没文化，可亚特兰大人从来就喜欢音乐，也热爱上流音乐。如今，人们对音乐的兴趣又复兴了，尽管形势越来越艰苦、越来越紧张，可音乐一时成了热门活动。倾听音乐时，人

们更容易忘却街上一张张无礼的黑面孔和驻军的蓝军服。

玫兰妮发觉自己成了新组成的周末夜音乐社的头面人物，觉得十分尴尬。她不明白为什么大家如此推举她，只知道自己会弹钢琴为大家伴奏，甚至能为麦克卢尔家小姐伴奏，两位小姐虽然会二重唱，可她们一开口就走调。

其实，是玫兰妮下了些功夫巧妙说合，将妇女竖琴社、男子合唱俱乐部、女青年曼陀林与吉他音乐社拉过来，跟周末夜音乐社组成一个整体，使亚特兰大有了值得一听的音乐。其实，这个音乐团体演唱的《波希米亚女郎》据说比纽约和新奥尔良的专业水平还要高。就在她设法把妇女竖琴社拉过来后，梅里韦特太太对米德太太和怀廷太太说，必须让玫兰妮担当这个音乐团体的领导人。梅里韦特太太声称，要是她能跟妇女竖琴社的人相处，就能跟任何人合得来。梅里韦特太太本人在卫理会教堂的唱诗班弹奏管风琴，管风琴师从来对竖琴和竖琴师没什么好感。

玫兰妮还被推举为阵亡将士墓地美化协会，以及邦联孤寡缝纫会的负责人。她这个头衔是这两个团体在一次联席会议上决定的。那次会议开得异常不冷静，结果差点儿动武，两个团体也险些断绝终生不渝的友谊。会议上讨论拔草问题，邦联将士墓地附近的联邦士兵墓地也长满了杂草，十分难看，让太太们美化自己阵亡将士墓的努力变得徒劳，问题就出在这些杂草是否也该除掉。憋在紧身胸衣里的怒火顿时爆发出来，一时失去了控制，两个团体分裂成两派，相互仇视。缝纫会赞成除掉野草，墓地美化协会的妇女们却坚决反对。

米德太太表达了美化协会的意见，她说："给北佬的墓地拔草？没门儿！给我两分钱，我就把北佬全从坟里挖出来，扔到城里的垃圾堆上！"

听了这番斩钉截铁的话，两个团体顿时乱了，每一位太太都同时发表自己的看法，谁也不听别人在说些什么。会议是在梅里韦特太太家的客厅里举行的，她把梅里韦特爷爷撵到厨房里，后来爷爷说，客厅里的吵闹声就像富兰克林城战役打响似的。他还补充说，吵闹的场面真吓人，就是参加富兰克林战役也比待在女士们的会场上安全些。

玫兰妮想方设法挤进骚动的人群中央，她平时说话慢气吞声，那次开口，嗓音却压倒大家的吵闹。她自己也吓得心都跳到嗓子眼儿里了，没想到自己有那么大的胆量，居然当着愤怒的人群发表意见。她的声音在颤抖，不过她不断喊道："太太们！请静一下！"最后大家总算平静下来了。

"我要说的是……我已经想了很长时间了……我们不但应该除掉野草，还应当种上花。我……我不在乎你们怎么想，可是我每次给亲爱的查尔斯的坟上献花，也要在附近一个不知姓名的北军士兵坟上放点儿花。那个坟看上去挺……挺凄凉的！"

人们的激动情绪又爆发出来，这次声音更大了，两个团体合二为一，口吻全都一样。

"给北佬坟上献花！哎呀，玫兰妮，你怎么干这种事！""杀掉查尔斯的正是他们哪！""他们几乎把你也杀掉！""你不想想，你生博的时候，北佬几乎把孩子也杀掉！""他们还想在塔拉放火，把你们撵出家园！"

玫兰妮紧紧靠在椅背上支撑住自己，免得垮下来。她从来没遇到过这么多人同时反对自己的局面呢。

"噢，太太们！"她大声请求道，"请大家静一静，让我把话说完！我知道我没权利为这事说话，因为除了查尔斯，我没有一个最亲近的人战死，而且感谢上帝，我也知道他埋在哪里。但是，今

天在场的人中间，许多人不知道她们的儿子、她们的丈夫、她们的兄弟埋在哪里，而且……”

她哽咽得说不下去了，屋子里一片死寂。

米德太太眼睛里的火焰暗淡了。战争结束后，她长途跋涉赶到葛底斯堡，要把达西的遗体运回来，可是谁也说不出她的儿子埋在哪里，只知道是在敌人的土地上，在匆匆挖出的壕沟里。阿伦太太的嘴唇在哆嗦。她的丈夫和弟弟参加了在摩根指挥下袭击俄亥俄的战役，那是一次不幸的战役，她得到他们最后的消息说，在北佬骑兵的强大攻势下，他们倒在河岸上。她根本就搞不清楚他们埋在哪里。艾利森太太的儿子死在北方的战俘营里，可她就是在穷人中也算是最穷的，没能力把儿子的遗体运回来。还有些人在伤亡人员名单上看到过“失踪——相信已死亡”的字眼，她们眼睁睁望着自家的男人开赴前线，可这便是他们的最后消息。

她们转过脸望着玫兰妮，一双双眼睛好像在说：“你干吗要揭开这些旧疮疤？这是些永远无法愈合的创伤——我们永远不知道他们倒在哪里。”

房间里一片寂静，玫兰妮的声音越来越有力。

“他们的坟墓在北方土地上，在某个不知名的地方，就像北军士兵的坟墓在这里一样。啊，要是哪个北方女人说出，要把他们挖出来，那多么可怕，再说……”

米德太太嘴里轻轻吐出个畏惧的声音。

“但是，北方肯定有些好心的女人，我不在乎人们怎么说，可她们肯定不可能都是坏人。假如我们得知，某个好心的北方女人除掉我们男人坟墓上的野草，给他们送花，尽管她们是敌人，但我们会感到多么欣慰啊！假如查尔斯战死在北方，假如有人这样做，我会感到安慰的……我不管你们这些太太们把我看成什么人。”她的

声音又大声爆发了，“我要退出这两个团体，我要……我要把北佬坟墓上的每一根野草都除掉，我还要在周围种上花……我倒要看看，谁敢阻拦我！”

玫兰妮说完这句挑衅般的话，突然放声大哭，踉踉跄跄朝门口跑去。

一小时后，梅里韦特爷爷抵达现代女郎酒馆，既然这里是不受女人打扰的男人区，他就向亨利·汉密尔顿伯伯报告说，那帮太太听了玫兰妮最后那番话，个个都哭了，争着跟玫兰妮拥抱，会议开成个爱心盛会，大家一致推举玫兰妮为两个组织的负责人。

“她们要去拔草了。倒霉的是多莉说，我会非常高兴帮着拔草，因为我反正没多少事好做。我倒没什么事跟北佬过不去，也觉得玫荔小姐是对的，其他太太大错特错。不过我这么大把年纪了，腰上还有风湿疼，她们还要我去拔草！”

玫兰妮是孤儿院管理委员会的女管理人之一，还帮助新组建的青年图书协会收集书籍，就连每月举行一次业余演出的演员们也闹着要她参加。她太腼腆，不敢在剧场明亮的煤油汽灯下露面，不过既然没有其他料子，她可以用麻袋做成戏装，把自己包裹起来。在莎士比亚朗诵会上，是她投了关键的一票，决定朗诵会应该包罗万象，将狄更斯和布尔沃·利顿的作品也包括在内，但是不该包括拜伦爵士的诗歌。拜伦的作品是由一个年轻的单身会员提出的，玫兰妮暗自害怕这个生活非常放荡的年轻人。

那年夏末的夜晚，她那所灯光暗淡的小房子里总是挤满了客人。椅子从来不够使用，太太们便常常在前门廊的台阶上就座，男人们就坐在她们两旁的栏杆上、木箱上或者台阶下面的草坪上。有时候，玫兰妮的客人坐在草地上喝茶，韦尔克斯家唯一能招待客人的饮料就是茶了。斯佳丽见了不禁感到纳闷儿，不明白玫兰妮暴露自家的

贫穷怎么不觉得害臊。斯佳丽却要等到把佩蒂姑妈家房子恢复到战前的模样，能请客人享用上等葡萄酒、冰镇薄荷酒、烤火腿、冷鹿腿肉之类时，才打算请客人登门，尤其是像玫兰妮招待的那种显赫的客人。

佐治亚州的大英雄约翰·B. 戈登将军常带着全家去做客。邦联的诗人和教士瑞安神父只要途经亚特兰大，总要来拜访。他的睿智总能博得满堂彩，用不着别人再三敦促，他就会背诵自己作的《李将军的剑》或者他的不朽之作《被征服的旗帜》，太太们听了这首诗从来都会潸然泪下。前南部邦联副总统亚历山大·斯蒂芬斯只要在城里，就一定会来做客。他到玫兰妮家的消息传开后，那所房子就挤得满满当当，这位身体虚弱的残疾人声音洪亮，富有魔力，引得人们一坐几个小时，倾听他的话。通常总有十几个孩子在场，由于比正常上床时间晚好几个钟头，孩子由父母抱在怀里打瞌睡。谁都不愿意让孩子错过这个机会，多年以后孩子可以说，那位伟大的副总统曾吻过他们，他们还握过他的手，这可是帮助指导过那场事业的手啊。每一位重要人物来到城里，总会设法找到韦尔克斯家，而且往往要投宿一宿。那所平顶小房子就会挤得满满的，印第亚就被迫到改成育儿室的书房里睡在一个平台上。玫兰妮也只好打发迪尔西赶快穿过树篱，上佩蒂姑妈家跟厨娘借几枚做早餐用的鸡蛋。不过玫兰妮招待客人礼数十分周到，仿佛她家是一幢大华宅。

然而，玫兰妮从来没想过，人们集合在她周围，是把她当成一面军旗，虽然破烂却仍然受人爱戴。一天晚上，米德大夫在她家度过一个愉快的夜晚，口吻庄严地朗诵了一段《麦克白》，临别时吻了她的手，用当年谈起“我们光荣的事业”那种口吻说了一段话，她听了既惊骇又困窘。

“我亲爱的玫荔小姐，能来你家做客既让人愉快，又是一种特

殊的荣幸。因为你和跟你一样的女士们，代表了我们所有人的心，代表着我们仅存的一切。他们剥夺了我们男人的英年和年轻女人的欢笑，他们摧残了我们的健康，根除了我们的生活，改变了我们的习惯，他们毁掉了我们的财产，让我们倒退了五十年，在我们本该上学的孩子和本该在阳光下打盹儿的老人肩头压上太重的负担。但我们能恢复基业，因为我们可以信赖你们这样的人心。只要我们拥有你们的心，北佬把一切都夺走也无妨！”

直到斯佳丽的肚子越来越大，连佩蒂姑妈那条黑色披肩也遮掩不住时，她才跟弗兰克频频穿过后院的树篱，去参加玫兰妮家门廊前举行的夏夜聚会。斯佳丽总是坐在离光亮尽量远的地方，在阴影的保护下，不但不引人注意，还能在别人看不到她的情况下尽情望着阿希礼的脸。

把斯佳丽吸引到这座房子里来的原因仅仅是阿希礼，至于那些谈话，她觉得既乏味，又让她伤感。谈话总是老一套——首先是艰难时势，接着说起政治形势，然后就扯到战争。太太们哀叹物价太高，就问先生们昔日的好时光能不能再现。无所不知的先生们总是说，当然能，只不过是个时间问题，艰难时光不过是暂时的。太太们知道先生们是说谎，先生们知道蒙不过太太们，可他们还是照样说谎，太太们也假装相信他们的话。人人都知道艰难时势会持续下去。

说完艰难时势，太太们就谈起黑人越来越无礼，投机商越来越无法无天，北佬士兵在每个街角巡逻是大家的耻辱。她们问先生们，是不是认为北佬在佐治亚的“重建”会成功。先生们就向她们保证说，重建很快就会完成，也就是说，一旦民主党人获得选举权，重建就结束了。太太们也能体谅先生们，并不追问那要等到什么时候。

政治话题谈完了，大家就开始谈论战争。

不论在什么地方，只要原来邦联的两个人相遇，话题从来只有一个。如果是十几个这种人聚在一起，谈话结果完全可以预料得到：这场战争会重新打起，而且要大打。谈话中，有个字眼总是占据最突出的位置：“假如”。

“假如英国原来承认了我们……”“假如杰弗逊·戴维斯总统在收紧封锁圈之前征用所有的棉花，运到英国的话……”“假如朗斯特里特在葛底斯堡服从命令的话……”“假如杰布·斯图尔特没有在鲍勃老爷[1]需要他的时候不在战场上……”“假如我们没有失去石墙将军杰克逊的话……”“假如维克斯堡没有陷落……”“假如我们能再坚持一年……”谈话中，大家老是说：“假如当初没有用胡德将军替换约翰斯顿将军的话……”或者“假如用胡德将军在达尔顿指挥，而不用约翰斯顿将军……”

假如！假如！他们在寂静的黑暗中谈论起这些内容时，拖长的柔和声调变得急促，又唤回了昔日的激动情绪——步兵、骑兵、炮兵、往昔的回忆，当时大家总是处在生活的高潮。人们就像在冬天凄凉的夕阳中回首盛夏如火如荼的情景。

“他们除了这个什么都不谈。”斯佳丽自忖道，“除了战争就没别的好说了。老是谈战争，从来不谈别的，只有战争。看来到死都改不了。”

斯佳丽环顾周围，见小孩子们躺在父亲的臂弯里，听着这些仲夏夜的故事，听得呼吸急促，眼睛闪闪发亮：骑兵冲锋，军旗插上敌人的工事，等等。孩子们仿佛听到了战鼓咚咚，军号嘹亮，南军一片喊杀声，仿佛看到脚受了伤却仍然斜扛着破军旗的士兵在雨中

[1] 鲍勃老爷：南部邦联将军罗伯特·李，鲍勃是罗伯特的昵称。——译注

跑过。

斯佳丽想道："这些孩子也是一个样，永远不会谈别的。他们会认为最了不起的事情就是跟北佬作战，最大的光荣就是瞎了眼或者瘸了腿回家，或者干脆回不了家。大家都喜欢谈论战争，对战争念念不忘。我可不喜欢，我甚至不愿想起它。要是可能，我真希望忘掉它——啊，要是能忘掉这场战争该多好！"

玫兰妮讲起塔拉发生的事，把斯佳丽说成个女英雄，说她如何面对入侵者，如何抢救下查尔斯的战刀，还喋喋不休地说斯佳丽如何扑灭大火。斯佳丽听了总是浑身止不住要起鸡皮疙瘩。回想起那些事，斯佳丽既不愉快，也不骄傲，干脆想都不愿想。

"啊，他们怎么就不忘掉那些事呢？他们干吗不向前看，却要往后看呢？我们打那场战争完全是愚蠢，我们把它忘得越快就越好。"

可是谁也不愿忘掉战争，看来只有她是个例外。后来斯佳丽老实对玫兰妮说了心里话，这才觉得比较痛快。她说，尽管她待在黑暗中，可是每次在场听大家说那些话还是感到很尴尬。玫兰妮马上明白了她这解释的真正原因。玫兰妮对生孩子的一切问题都极为敏感，她特别想再生个孩子，可米德大夫和方丹大夫都说，再生个孩子，她就得送命。所以，她勉强接受，但并不完全认命，大多数时间都跟斯佳丽待在一起，分享着怀孕的乐趣，尽管怀孕的并不是自己。斯佳丽却并不想要这个即将出世的孩子，而且对孩子来得不是时候心生恼火。她觉得玫兰妮的感情简直愚蠢到了极点，但是，大夫对玫兰妮的医嘱让她暗自喜悦，就是说，阿希礼和他老婆之间不可能有真正的亲昵关系了。

现在，斯佳丽经常见到阿希礼，只是并非单独见他。他每天晚上从锯木厂回来，都要专门到她家汇报一天的工作，平时都有弗兰

克和佩蒂在场，最糟糕的是，玫兰妮和印第亚也往往在场。她只能问些事务性的问题，提些建议，然后说："谢谢你过来，晚安。"

要是她不生这个孩子该多好！每天早上他们都可以利用这种天赐良机一起乘车出门，穿过没人的树林，远远避开人们的耳目，可以在那里回顾战前在县里那种无忧无虑的时光。

当然，她不会逼他说出那个"爱"字！她不会以任何方式提到爱。她对自己起过誓，再也不那么做了。不过，假如她与他能再次独处的话，或许他会抛下那副假面具。自从来到亚特兰大后，他脸上的表情一成不变，像是戴着一副冷漠礼貌的假面具。说不定根本用不着提起"爱"这个字眼，他就能恢复以前他自己的模样，成为她在野外烧烤宴上熟悉的阿希礼。既然他们不能成为情侣，至少可以做朋友嘛。他热情的友谊能温暖她寒冷寂寞的心。

"要是我能早点儿把这孩子生下来该多好哇。"她一想到这个，心里就不耐烦，"到时候我们就能每天一起乘车、交谈……"

她不能出门感到无奈和厌烦，这并不仅仅因为想跟他在一起。锯木厂需要她，自从她不再直接掌管两个厂子，让休和阿希礼接手负责后，锯木厂就一直在亏本。

休尽管干活儿辛苦，可他实在太无能了。他做生意太笨，当工头更不能胜任，随便任何人都能逼他杀价。如果有个承包商随便开口说，木材是劣等货，不值开出的价钱，他就会认为，正派人该做的只能是道歉和压价。她听到他卖出一千英尺地板料的价格，气得直掉眼泪。那是锯木厂开办以来出产的最优质地板木，可他几乎是白白送给人家的！而且他管理不了工人。黑人坚持每天支付工钱，结果拿到钱常常喝得大醉，第二天早上就不来上工。遇到这种情况，休不得不临时招募新工人，锯木厂很晚才能开工。由于这种困难，休一连几天不能进城卖木料。

斯佳丽眼看利润从休的手指间漏出去，急得坐立不安，恨自己不能行动，气他愚蠢无能。她打定了主意，等孩子一出生，她能回去工作了，就辞掉休，另外雇个人。雇了谁都比他强。她再也不会浪费时间跟黑鬼周旋了。自由黑鬼总是不上工，谁能指望他们干活儿呢?

因为休找不到干活儿的工人，她狠狠责骂了休一顿。事后她说："弗兰克，我已经初步打定了主意，准备租用囚犯在锯木厂干活儿。前些时候，我跟汤米·韦尔伯恩的工头约翰尼·加勒吉尔一再谈到我们遇到的麻烦，说那帮黑人很难干出多少活儿，他问我，干吗不用囚犯。我觉得这主意不错。他说，转租囚犯几乎用不着花什么钱，而且给他们吃的都是最不值钱的饭菜。他还说，我可以爱让他们怎么干就怎么干，根本没有奴隶解放事务局的人像黄蜂似的在周围嗡嗡叫，指手画脚干涉与他们无关的事。等到约翰尼·加勒吉尔跟汤米的合同一到期，我就雇用他管理休现在管的厂子。既然他能把无法无天的爱尔兰工匠管束得干出活儿，当然能让囚犯干出很多活儿。"

囚犯！弗兰克哑口无言。租用囚犯比斯佳丽的各种疯狂念头更糟糕，甚至比盖酒吧的念头还糟糕。

至少在弗兰克和他那个保守圈子里，大家认为这个念头更糟糕。租用囚犯的新制度产生于州政府战后资金短缺，政府没钱白养囚犯，便把他们租给需要大量劳动力的机构，去修铁路、去松林里伐木、去锯木材。虽然弗兰克和他虔信宗教的朋友们意识到这个制度的必要性，可他们仍然为此感到难过。他们中间许多人不相信奴隶制度，可他们认为这比奴隶制度还恶劣。

斯佳丽竟然要租用囚犯！弗兰克清楚，假如她干出这种事，他永远也别想抬起头，这比她自己拥有锯木厂经营木材生意或者自己

干其他事情恶劣得多。他以前反对她做某件事情，总是跟一个问题联系在一起："人们会怎么说呢？"然而，这桩事情比害怕舆论更严重。他觉得这简直是贩卖人口，跟经营卖淫一样肮脏。假如他允许她这么做，那将是他灵魂上的罪孽。

弗兰克坚信这种事情是不正当的，便鼓起勇气反对斯佳丽那么做。他的言辞非常激烈，态度特别坚决，斯佳丽吃了一惊，没再吭声。最后，为了息事宁人，她换了副温顺态度，说自己并不是当真的，只因为休跟那帮自由黑鬼气得她发了脾气，说的不过是气话。可她仍然暗自打这个主意，而且盼望着这么干。囚犯劳动力能解决她一个最大的困难，但是，假如弗兰克对这事继续这么反对可怎么办？

她叹了口气。只要有一个厂子赚钱，她就能承受得住，可阿希礼经营得也不比休好多少。

起初，斯佳丽感到震惊，也感到失望，因为阿希礼没有立刻掌握局面，没有比她经营厂子的时候多赚一倍的钱。他那么聪明，念过那么多书，没理由不取得惊人的成功，不挣到许多钱，可他干得比休好不了多少。他跟休一样没有经验，一样犯错误，一样对业务完全缺乏判断力，对需要当机立断的买卖也是一样的犹豫不决。

斯佳丽对他的一片爱立刻找到借口为他开脱，并不以同样的眼光看待这两个人。休是个蠢货，傻得不可救药了，而阿希礼无非对业务不熟悉而已。不过，她不由自主地想到，阿希礼从来不能像她那样迅速心算一下，报出正确价格。有时候，她不知道他能不能区分开什么是方木，什么是木板。因为他是个可靠的正派人，所以他也信赖每一个上门的无赖。有几回，若不是她巧妙干预，他早把她的钱白白送给人家了。他什么人都喜欢，只要喜欢一个人，就把木材赊销给人家，从不考虑这些人在银行有没有钱，或者有没有财产。

在这方面，他跟弗兰克一样糟糕。

不过，他当然能学会！只要他在学习，她就能对他的错误表现出慈母般的放纵和耐心。他每天晚上来她家汇报，显得又疲惫又沮丧，她总是孜孜不倦地向他提出巧妙有用的建议。但是，尽管她一再鼓励，一再设法使他感到愉快，可他眼睛里总是有一种死气沉沉的古怪神色。她无法理解这种神色，心里觉得害怕。他变了，变得跟过去那个人不一样了。假如能单独跟他谈谈，或许能找出其中的原因。

这种情形让她好几个晚上无法入睡。她为阿希礼担忧，这既因为她知道他不快活，也因为她清楚，他不快活对他成为出色的木材经销商没好处。让休和阿希礼这两个对木材生意一窍不通的人经营自己的厂子，对斯佳丽是一种折磨，看到她的竞争对手们把她最好的顾客拉走，她觉得痛心，那可是她单枪匹马奋斗，仔细策划了好几个月的成果啊。唉，要是她能再回去工作该多好！她会手把手教阿希礼，他自然会学好的。让约翰尼·加勒吉尔掌管另一个锯木厂，她自己去应付销售，那样一切就顺利了。至于休，假如他还愿意为她工作，就让他去赶送货马车，他顶多能干干这种活儿。

当然，尽管加勒吉尔精明，可他看上去像个为所欲为的家伙，但是，她又能找谁呢？为什么其他既精明又诚实的人那么别扭，就是不愿为她干活儿呢？假如他们中间有个人现在就能代替休为她干活儿，她就用不着这么担心了。但是……

尽管汤米·韦尔伯恩脊背有残疾，却是城里最忙的承包商，人们都说他发了大财。梅里韦特太太和勒内生意兴隆，如今在闹市区开了家面包房。勒内以法国人的真正精明管理着那家面包房。梅里韦特爷爷很高兴用不着躲在烟囱旁的角落里了，他每天赶着勒内的送货车送糕饼。西蒙斯家的小伙子烧砖，忙得一天三班倒。

凯尔斯·怀廷靠理直头发液发了财，因为他对黑人说，假如长一头鬈发，就不能获准投共和党的票。

她认识的那些精明的年轻人都是一样，不论是大夫、律师、店主，大家都在忙碌。战争刚结束时人们的冷漠情绪完全消散了，大家都在忙着自己发财，谁也顾不上帮她赚钱。不忙的只有休那种类型的人，还有阿希礼这种类型的人。

既要亲自做买卖，又要生孩子，真是一团糟！

“我再也不生孩子了。”她打定了主意，“我才不会学其他女人的样，每年生个孩子。上帝啊，那等于一年有六个月不能到锯木厂去！可我一天不去厂子里都受不了。我要干脆告诉弗兰克，我再也不生孩子了。”

弗兰克想要很多孩子，可她能说服弗兰克的。她的主意已经打定了，这是她此生最后一个孩子，锯木厂比孩子重要得多。

第四十二章

斯佳丽生了个女儿。那孩子个头儿小，头发少，丑得像只秃毛猴，像弗兰克像得出奇。除了那位溺爱孩子的父亲，谁也找不出她有一点儿漂亮的地方，不过邻居们说话都很委婉，说凡是丑娃娃长大都漂亮。给她取了个名字叫埃拉·洛雷纳。埃拉是照外婆的名字埃伦取的，洛雷纳是个当时女孩子最流行的名字，当时男孩子流行的名字是罗伯特·E. 李、石墙将军·杰克逊，黑人孩子流行的名字是亚伯拉罕·林肯和“解放”。

孩子出生的那个星期，正值亚特兰大笼罩在狂暴情绪中，气氛紧张得像要发生灾难。当时，一个黑人吹嘘说犯过一桩强奸案，已经被逮起来，但是，没等这人受审，三 K 党人就偷袭了监狱，把他悄悄吊死了。三 K 党为的是拯救受害人，避免让她上法庭公开做证。其实，受害人的父兄宁肯开枪打死受害人，也不会让她上法庭公开蒙受耻辱，所以城里人都认为，对那个黑人处以私刑是个明智的解决办法。其实也是唯一可行的办法。但是军事当局被激怒了，他们认为那姑娘反对公开做证是毫无道理的。

士兵们到处搜捕，发誓说，即使不得不把亚特兰大的每一个白人都关进监牢，也要彻底消灭三 K 党。黑人都吓坏了，个个脸色阴郁，嘴里嘟嘟囔囔，威胁说要放火烧房子。一时谣言四起，有的说北佬找到犯罪分子会把他们成批成批绞死，有的说黑人正在酝酿一

场反白人的暴动。城里人锁上大门待在家里，连百叶窗也拉上，男人害怕妻儿老小没人保护，不敢外出做生意。

斯佳丽躺在床上浑身一点儿力气也没有，虚弱中她默默感谢上帝，幸亏阿希礼有头脑，弗兰克上了年纪，又生性怯懦，两人都不会参加三 K 党。心里老想着北佬随时会冲进来把他们逮走，这种担忧真折磨人。形势已经够糟了，三 K 党那帮没头脑的年轻傻瓜干吗不规矩点儿，还要这么招惹北佬？说不定那姑娘根本没遭强奸，没准儿她只是给吓傻了，结果很多男人因为她却可能断送性命。

人们的神经异常紧张，仿佛眼睁睁看着导火索越烧越短，马上就要点燃火药桶。在这种气氛中，斯佳丽迅速恢复了体力。她的体力很好，当初凭借自己的体力，从塔拉庄园艰苦的日子熬过来，如今生了埃拉·洛雷纳还不满两个星期，她已经恢复得能坐起身，开始为自己不能下地行动感到焦躁不安。没满三个星期，她已经起了床，说是非去工厂看看不可。两个厂子都处于半停顿状态，因为休和阿希礼都不敢整天把家人撇下不顾。

接着，打击来了。

弗兰克当了父亲十分得意，此时鼓起勇气，禁止斯佳丽在这么危险的形势下离家外出。他把她的马和马车停在马厩里，还吩咐说，除了他自己，任何人不得使用。若不是因为这个，她会把他的命令当成耳旁风，照样出去处理自己的生意。更糟糕的是，他和黑妈妈趁她坐月子的时候，把房子仔仔细细搜了一遍，把她藏的钱都找了出来。弗兰克还把钱存进银行，用的是他自己的名字。所以，现在她就是想租辆马车也办不到了。

斯佳丽对弗兰克和黑妈妈大发雷霆，然后又换了副乞求口吻，可全都没用。最后她整整哭了一上午，像个狂怒乖戾的孩子。但是，吃了这么多苦，听到的答复只有两句话：“听话，宝贝！你还是个

生病的小姑娘呢！”“斯佳丽小姐，要是你哭闹个没完，你的奶就会变酸，娃娃吃了肚子要疼，她肚子就会硬得像炮弹。”

斯佳丽怒不可遏，冲进后院，来到玫兰妮家，扯开嗓门儿高声诉苦，声称要步行去厂里，要在亚特兰大到处嚷，让大家都知道她嫁了个多么可恶的恶棍。她才不会让人当成头脑简单的淘气孩子对待呢。她要随身带把枪，谁敢威胁她，她就向谁开枪。她已经开枪打死过一个人了，没错，她还想再杀一个。她要……

玫兰妮如今连自家前门廊都不敢去，听了这种威胁，吓坏了。

“啊，你可不能拿自己去冒险！要是你出了事，我也活不成！噢，请你……”

“我要！我就要！我要步行……”

玫兰妮望着她，看出这并不是产后的虚弱女人那种歇斯底里的大发作。斯佳丽脸上有一种危险的倔强神情，跟杰拉尔德·奥哈拉先生打定主意时，玫兰妮常常在他脸上看到的神情如出一辙。她伸出双臂，紧紧搂住斯佳丽的腰。

“全是我的错，我不像你那么勇敢，一直把阿希礼留在家里陪我，可他应该去锯木厂的。啊，亲爱的，我真是个傻瓜！宝贝，我这就告诉阿希礼，说我一点儿也不害怕，然后我去陪你和佩蒂姑妈，让他回厂里工作，然后……”

斯佳丽内心中也不肯承认，她认为阿希礼无法独自应付局面，于是大声嚷道：“你别那么做！阿希礼随时替你担心，哪能干好工作呢？人人都这么可恶，就连彼得大叔也不愿跟我出去！可我不在乎！我要独自去。我要一步一步走着去，找上一帮干活儿的黑人……”

“哎呀，不行！你千万别那么干！你会惹出大乱子的。人们都说，迪凯特街的贫民区里尽是不安分的黑人，可你得经过那儿。让

我考虑一下……宝贝，答应我今天什么也别做，我想想办法。答应我，回家躺着。你瘦得厉害。答应我。”

斯佳丽发脾气已经把自己搞得精疲力竭，做什么都没力气了，便郁郁不乐地答应了，回家后她态度傲慢，拒绝与家人和解。

这天下午，一个陌生人踉踉跄跄穿过玫兰妮家的树篱，走向佩蒂家后院。显然，照黑妈妈和迪尔西的话说，这是玫兰妮从街上捡来，让他“睡在她家地窖里的一个下等人”。

玫兰妮那所房子的地窖里有三个房间，从前，两间让用人住，一间供藏酒。现在迪尔西占用了 . 一间，另外两间一直让境遇悲惨、衣衫褴褛的过路者临时使用。除了玫兰妮，谁都不知道这些人从哪儿来，上哪儿去；除了她，也没人知道她是从哪儿搜罗到这些人的。或许那两个黑用人的话没错，她也许真是从街上把他们捡来的。就这样，她的小客厅吸引了重要人物或比较重要的人物，而她家地窖也成了不幸的人们临时栖身的地方，他们在里面有东西吃，有床睡，上路的时候还能得到一包包路上吃的干粮。暂住在那两个房间里的人通常是些前邦联士兵，他们属于那种比较粗野无知的类型，是些没有家室、无家可归的人，到处流浪，盼望找个工作。

常常有些乡下女人带一群孩子在这里投宿一夜，孩子们头发蓬乱，沉默不语，女人皮肤晒成古铜色，形容憔悴，战争让她们成了寡妇，土地被剥夺，进城投亲靠友，却发现亲戚们走散了。有时候，居民对外来人口很反感，这些人勉强会说一点儿英语，有的根本不会说，他们是被一些骗人的发财说法吸引到南方来的。有一次，还有个共和党人睡在这里，至少黑妈妈一口咬定说，他是个共和党人，还说她闻得出共和党人的气味，就像马闻得出响尾蛇的气味一样。但是谁也不相信黑妈妈的故事，因为玫兰妮即使行善事，也还是有个限度的，至少大家都怀着这样的希望。

在十一月惨淡的阳光中，斯佳丽坐在侧门廊上，怀里抱着娃娃。“可不是嘛，”她想道，“这人是玫兰妮的一条瘸腿狗，这人还真是个瘸子！”

那人穿过后院踉踉跄跄走来，他跟威尔·本蒂恩一样，装着一条木头假腿。这是个又高又瘦的老头子，肮脏的秃头上泛出粉红色的光亮，灰白的胡子长得足能塞进腰带里。从他满是皱纹的粗糙面孔判断，他足有六十岁了，但他的体格不显得衰老。他身材瘦削、行动笨拙，但是，尽管装着一条假腿，走起路来却快得像条蛇。他登上台阶，朝她走来，还没开口讲话，就露出平原地带难得听到的鼻音和喉音，斯佳丽便知道他是个土生土长的山里人。虽然他衣衫褴褛、身子肮脏，却像大多数山里人一样，沉默中藏着一种强烈的自尊，既不容许别人对他放肆，也不能容忍别人的愚蠢。他胡子上沾着斑驳的嚼烟汁污渍，嘴里含着一大块嚼烟，让他的脸扭曲变形了。他鼻梁细，鼻子棱角分明，弯曲的眉毛相当浓密，像女巫的鬈发，他耳朵里长出的毛又粗又长，活像猞猁的耳朵。眉毛下，一只眼窝里没眼珠，脸上有道倾斜的伤疤，从眼窝一直到胡子里。另一只眼睛很小，眼珠浅灰色，眼神十分冷淡，这只眼睛一眨也不眨，露出不屈的神色。他的裤带上公然挂着一把沉甸甸的手枪，靴筒边露出一把长猎刀的刀柄。

斯佳丽盯着他看，他也冷冷地回瞪着她，开口讲话前朝栏杆外面吐了口唾沫。他的眼睛里流露出轻蔑，这倒不是对她个人的轻蔑，而是对整个女性。

“韦尔克斯小姐派我为你工作。”他的话很简短，声音刺耳，好像不习惯于说话似的，话说得很慢，也很吃力，“我叫阿奇。”

“对不起，可我没工作给你，阿奇先生。”

“阿奇是我的名不是姓。”

“对不起。你贵姓？”

他又吐了口唾沫。“跟别人不相干。”他说，“叫阿奇就行。”

“我也不管你姓什么！我没活儿给你干。”

“我看你有。韦尔克斯小姐听说，你要像个傻瓜似的独自去外面跑，她不放心，派我给你赶车。”

“是吗？”斯佳丽嚷道，这个人的粗鲁让她愤怒，玫荔干预她的事也让她生气。

他那只独眼露出厌恶神色，却并不针对哪个人：“没错。女人不该拒绝男人的好心保护。要是你非到处乱跑不可，我就给你赶车。我恨黑鬼，也恨北佬。”

他把那块嚼烟从嘴里的一侧挪到另一侧，没等招呼就坐在台阶最上面一级：“我并不是说，喜欢赶马车带着女人到处跑，可韦尔克斯小姐对我好，让我睡在她家地窖里，是她派我来给你赶车的。”

“但是……”斯佳丽的口吻显得无可奈何，她打住话头，望着他。片刻之后，她脸上露出微笑。她不喜欢这个老土匪模样的家伙，可是，有了他，事情就变得简单了。有他坐在她身旁，她就能进城，能坐车去锯木厂，能去找顾客了。跟他在一起，谁也用不着替她的安全担忧，而且他这副相貌也足能让她避免流言蜚语。

“那就这么定了。”她说道，“当然，还得我丈夫同意才行。”

弗兰克跟阿奇单独交谈后，勉强同意了，便传话给马厩，要他们不必再管束马和马车了。弗兰克感到痛苦，也感到失望，斯佳丽生了孩子后并没有变化，他的希望落空了。不过，既然她打定主意要去那个该死的锯木厂，阿奇倒像是上天派来的好保镖。

让亚特兰大人感到震惊的这种关系就这么开始了。阿奇和斯佳丽，这一对搭配实在太古怪了，一个是粗暴、肮脏的老头子，一条木腿直挺挺伸到挡泥板外，另一个是容貌漂亮、穿戴整洁的年轻女

子，总是皱着眉头出神。人们随时随地都能在亚特兰大城里和郊外看到他们，两人难得谈话，显然彼此不喜欢，但是彼此的需要将两人拴在一起，他需要钱，而她需要保护。城里的太太们说，至少这比厚着脸皮跟那个叫巴特勒的一起坐马车兜风好些。太太们感到好奇，不知道瑞特这些日子上哪儿去了，因为他三个月前突然离开亚特兰大，至今没一个人知道他在哪儿，就连斯佳丽也不知道他去了什么地方。

阿奇沉默寡言，从不主动开口，回答她的提问也是含糊不清。每天早上，他从玫兰妮家地窖里走来，坐在佩蒂家正门前的台阶上，嘴里嚼着嚼烟，吐唾沫，一直等到斯佳丽出门，彼得把马车从马厩赶出来。彼得大叔害怕这个人，几乎跟害怕魔鬼和三 K 党一样，就连黑妈妈也是提心吊胆，从他身旁走过总是轻手轻脚的。他恨黑人，他们也知道，所以才怕。他的名声在黑人中广为流传。他身上又多了把枪，可他从来用不着拔出手枪，甚至用不着把手靠在皮带跟前，单凭那股子威慑模样就够吓人了。没有哪个黑人胆敢在阿奇听得见的范围里笑他。

有一回，斯佳丽心里好奇，就问他，为什么恨黑人，他的回答让她惊讶，因为他平常的回答总是："我看那跟别人不相干。"

"我恨他们，山里人都恨他们。我们从来不喜欢他们，山里也从来没有黑人。发动战争的就是黑鬼，因为这我也恨他们。"

"可你也打过仗。"

"我看男人有权打仗。我也恨北佬，北佬比黑鬼更可恨，就像多嘴的女人一样可恨。"

听了这么坦率粗鲁的话，斯佳丽顿时哑口无言，憋了一肚子火，真想辞了他。可是，假如没有他，她自己又能干些什么呢？难道她还有别的法子得到这种自由吗？他又粗暴又肮脏，偶尔身上还有股

恶臭味，可他管用。他赶车送她往返锯木厂，去找她的顾客，她说话或者下命令的时候，他眼睛望着别处，嘴里吐唾沫。要是她下了车，他也下车，跟在她身后。她在粗野的工人、黑人或者北佬军人中间时，他跟她寸步不离。

不久，亚特兰大人便习惯于看到斯佳丽和她的保镖，习惯以后，太太们便越来越羡慕她的行动自由了。自从三 K 党施私刑杀人后，太太们等于给关了禁闭，甚至不敢进城买东西，要去也得六七个人同行。她们天生喜欢社交，如今变得坐立不安了，只好放下架子，开口恳求斯佳丽，要求借用阿奇。她十分通情达理，只要自己用不着他，就打发他去帮其他太太。

没过多久，阿奇就成了亚特兰大的特殊人物，太太们争着利用他的空闲时间。几乎天天早上都会有一个孩子或黑用人在早餐时间送来一张字条，上面写着："假如你今天下午不用阿奇，请让他来帮帮我，我要赶车上墓地去献花。""我非去女帽店不可。""我想让阿奇赶车送内利姑妈去兜兜风。""我一定得去看彼得·斯特里奇，可爷爷身子不舒服，没法儿带我去，能不能让阿奇……"

他赶车送各种人，有姑娘，有太太，有寡妇，对所有人都同样表现出毫不妥协的轻蔑。他显然不喜欢女人，就跟讨厌黑人和北佬一样，只有玫兰妮是个例外。起初，太太、小姐们为他的粗鲁感到震惊，后来也就习惯了。他总是那么安静，只是偶然吐一口烟汁，弄出点儿爆发般的声音。她们就把他当成他赶的马，忘却了他的存在，还觉得是理所当然的事。结果，梅里韦特太太把外甥女坐月子的琐事一股脑儿全讲给米德太太听，说完了才意识到阿奇坐在马车前座上。

要是换了别的时代，这种事绝不可能发生。假如是在战前，甚至不会允许他走进太太、小姐们的厨房。她们只能在后门口递给他

食品，然后打发他去干自己的事。如今，她们欢迎他在场。有他在场，太太们就觉得放心。虽然他粗鲁无知，身上肮脏，可他是一道壁垒，能保护太太们免受“重建”的冲击。他既不是朋友，也不是奴仆。他是个雇用的保镖，在男人外出工作时，或者晚上不在家时，保护家里的女人。

斯佳丽感到，自从阿奇为她工作以来，弗兰克晚上出去的次数就十分频繁。他说店铺的账目得结清，因为眼下生意相当忙，营业时间没工夫结账。有时候，他说有个朋友生了病，得去看望一下。遇上星期三，民主党晚上要开会，党员们在一起商讨重新获得选举权的策略，这些会议弗兰克一次也不缺席。可斯佳丽却认为，那个组织不干正经事，只是反复论证约翰·B. 戈登将军的功绩高于除李将军外的其他将军，还谈论重新开战的事。她当然看得出，重新获得选举权的事毫无进展。可弗兰克显然乐于参加那些会议，因为在那些夜晚，他要一直待到会议结束才回家。

阿希礼也去探望病人，也参加民主党的会议，通常在弗兰克外出的夜晚，他也要外出。每逢这些夜晚，阿奇就护送佩蒂、斯佳丽、韦德和小埃拉穿过后院，到玫兰妮家，两家人一起度过许多这样的夜晚。太太们做针线活儿，阿奇就伸展开身子躺在客厅沙发上打呼噜，每打一声呼噜，灰白色的长胡子就随着呼气飘动一下。没人请他躺在那张沙发上，因为那是家里最好的家具，所以太太们一看见他躺在上面，还把皮靴搁在漂亮的垫子上，就暗自叹息，可她们谁也没勇气向他提出抱怨。他喜欢说，他很幸运，脑袋一靠在垫子上就睡着了，大家听了就更不好说他了。要是女人们像群珍珠鸡似的叽叽喳喳说个没完，准能让他大发雷霆。

有时候，斯佳丽很想知道，阿奇到底是从哪儿来的，上玫荔家来之前，他怎么生活，可她什么也没问。恐怕由于他那张凶神恶煞

的独眼面孔，她总是鼓不起勇气满足自己的好奇心。她只知道他的口音属于北方山地，他当过兵，投降前不久受了伤，丢了一只眼和一条腿。有一次，她对休·艾尔辛发了一顿火，才引得阿奇讲出自己的身世。

那天早上，这位老头儿赶车送斯佳丽去了休管理的那家锯木厂，她发现工厂停了工，黑人一个也不见，休垂头丧气坐在一棵树下。他的工人早上没来上工，他不知道该怎么办才好。斯佳丽气急败坏，毫无顾忌地拿休出气，她刚刚接了个要大量木材的订单，而且还是张紧急订单。为了得到这张订单，她耗费了精力，运用了自己的魅力，经过艰苦地讨价还价，可现在锯木厂却鸦雀无声。

“送我去另一个厂子。”她对阿奇说，“没错，我知道这需要很长时间，饭都赶不上了，可我花钱雇你为的是什么？我必须去通知韦尔克斯先生，要他把手头活计停下来，给我赶出这批木材。没准儿他的工人也没干活儿。该死的家伙！我从没见过休·艾尔辛这么没用的东西！等约翰尼·加勒吉尔一建完那些店铺，我就把休打发走。加勒吉尔在北军待过有什么关系？他能干出活儿。我还从没见过哪个爱尔兰人干活儿偷懒呢！无论如何，我也不跟奴隶解放事务局打交道了，根本就不能信任他们。我要雇用约翰尼·加勒吉尔，让他给我租些囚犯来，他会让他们干出活儿的，他会……”

这时，阿奇朝她转过脸，那只独眼恶狠狠瞪着她，开口说话时，刺耳的嗓音冷冰冰的，带着愤怒。

“你哪天租到囚犯，我哪天离开你。”他说。

斯佳丽吃了一惊：“老天哪！为什么？”

“我了解租用囚犯。我看那是杀害囚犯。像买骡子一样买人。对待他们还不如对待骡子。打囚犯、饿囚犯、杀囚犯，谁会关心他们呢？州政府不关心他们，因为拿了租金。租到囚犯的人不关心他

们，只想给他们吃点儿廉价饭菜，逼他们尽量多干活儿。见鬼，太太。我从来看不起女人，现在更看不起她们了。”

“这跟你有什么相干？”

“有。”阿奇说得很干脆，停顿片刻后又说，“我当了将近四十年的囚犯。”

斯佳丽一时气喘吁吁，身子一缩，靠在了靠背上。原来这就是阿奇的谜底了，他不愿说出自己的姓氏，不愿说出自己的出生地，过去的生活他一点儿也不愿透露，他说话困难，态度冰冷，对世界心怀憎恨，这就是原因。四十年！他刚入狱时准是个小伙子。四十年！哎呀，他服的准是无期徒刑，而无期徒刑的犯人是……

“是……杀了人？”

“对。”阿奇的回答很简短，他抖了下缰绳，“我老婆。”

斯佳丽吓得拼命眨巴眼睛。

他的胡子后面，嘴唇似乎动了动，仿佛知道她害怕，他脸上露出狞笑：“我不会杀你，太太，别担心。杀女人只有一个理由。”

“你杀了自己的妻子！”

“她跟我弟弟睡觉。我弟弟逃了。我杀她一点儿也不后悔。放荡女人就该杀。法律无权为这事把人关进监狱，可他们把我关了起来。”

“那……那你是怎么出来的？越狱吗？还是赦免了？”

“你可以说那是赦免。”他浓密的灰白眉毛紧紧皱在一起，好像很难把字连成句。

“一八六四年谢尔曼打过来时，我在米勒奇维尔监狱恐怕已经住了四十年啦。狱吏把犯人全叫到一块儿，说北佬打过来了，正在外面杀人放火。要是有什么人让我更痛恨，比黑人和女人更可恨，那就是北佬。”

“为什么呢？你认识过……你认识哪个北佬吗？”

“不认识，太太。可我听人说起过他们，听说他们总是爱管闲事。他们上佐治亚来干吗？来解放我们的黑鬼，烧我们的房子，杀我们的牲口？那个狱吏，他说部队需要更多士兵，不管是谁，只要当兵，打完仗只要还活着，就自由了。可是，我们这些无期徒刑犯人——我们是杀人犯，狱吏说，部队不要我们，要把我们转到另一个监狱。我就跟狱吏说，我跟其他无期徒刑犯人不一样，我是杀了自家老婆，可她确实该杀。我说我要去打北佬。那个狱吏同情我，把我塞在其他犯人里放出来了。”

他停顿一下，哼了一声。

“哼，真滑稽。因为杀人，他们把我关进去，却给了我支枪和一纸赦免令，放我出来杀更多的人。当个自由人，手里还握着枪，当然不赖。我们从米勒奇维尔监狱出来的人打得好，杀敌多……我们中间很多人也被杀了。从没听说一个开小差的。南方投降后，我们自由了。我丢了这条腿，还有这只眼，可我不后悔。”

“噢。”斯佳丽说话有气无力。

她在努力回忆，记得当时听说过，放出米勒奇维尔监狱的囚犯，为的是抵挡谢尔曼潮水般涌来的军队，那可是绝望的挣扎了。一八六四年圣诞节，弗兰克也提起过这事。他是怎么说来着？可惜她对那个时候的记忆太混乱了。她仿佛又感到了那些疯狂的日子，感觉到当时的恐怖气氛，听到了攻城的炮声，看到了一排排马车，马车上淋漓的鲜血洒在红土路上，看见了自卫队在开拔，像菲尔·米德那么幼小的军校学生和亨利伯伯、梅里韦特爷爷那么老的男人也在其中。囚犯也行军上了前线，在邦联的黄昏将至时跑去送死，在雨雪交加的天气中挨冻，行军去打田纳西州，打最后一场战役。

有那么一刻，她觉得这个老头儿真傻，竟然为夺走他四十年生

命的州打仗，由于他自认为并非罪行的事情，佐治亚州夺走了他的青春和中年，可他却为佐治亚州慷慨贡献了一条腿和一只眼。她回忆起瑞特在战争初期说的那些刺耳的话，还记得他说过，他决不为一个遗弃他的社会作战。但是，面临紧急情况时，他还是去为这个社会作战了。阿奇也是这样。照她看来，不管是上等人，还是下等人，凡是南方的男子都是些感情用事的傻瓜，他们把几句空洞的话看得比自己性命还要紧。

斯佳丽望着阿奇骨节很大的粗糙双手，看着他那两把手枪和猎刀，心里又是一阵紧张。像阿奇这样以邦联的名义赦免的罪犯还有多少？他们是些杀人犯、暴徒、窃贼，如今都跑到社会上来了。哎呀，街上任何一个陌生人都可能是杀人犯！假如弗兰克得知阿奇的真相，不是要出乱子吗？要是佩蒂姑妈……那准得把佩蒂吓死。至于玫兰妮——斯佳丽真想把阿奇的真相告诉玫兰妮。那就活该她受一场惊吓，是她把捡来的渣滓硬塞给她的朋友和亲戚的。

“我……我很高兴你告诉我，阿奇。我……我不会告诉任何人的。要是韦尔克斯太太和其他太太们知道了，准会大吃一惊。”

“唔，韦尔克斯小姐知道。那天晚上她一定要请我睡在她家地窖里，我就告诉她了。你不会以为，我让她那么好心的太太带进家，却不告诉她真相吧？”

“圣徒保佑我们！”斯佳丽惊得喊起来。

玫兰妮知道这个人是个杀人犯，而且杀的还是个女人，可她并不拒绝这人进她家。她把自己的儿子、姑妈、小姑和她所有的朋友们都托付给这个人了。玫兰妮是个最胆小的女人，却不怕单独跟这个人待在房子里。

“虽然韦尔克斯小姐是个女人，可她真有头脑。她认为我不会再干坏事了。她认为骗子会一辈子撒谎，小偷永远改不了偷，可是

杀人的一辈子顶多杀一回。她相信凡是为邦联打过仗的人，干过的坏事就一笔勾销了。不过我认为我杀老婆不是桩坏事……可不是嘛，韦尔克斯虽说是个女人，可真的有头脑……我告诉你，你哪天租用囚犯，我哪天就离开你。”

斯佳丽没回答，可她想：

“你越早离开，我越放心，杀人犯！”

玫荔怎么能这样……这样……嗨，她收留这个老恶棍却不告诉朋友这是个囚犯，真不知道该怎么形容玫兰妮的行为了。在军队里服过役，就能把过去犯的罪一笔勾销！玫兰妮这是把当兵跟教堂受洗混为一谈了！凡是涉及邦联、邦联老兵，以及老兵的事情，玫荔就犯傻。斯佳丽暗自诅咒北佬，又给他们记上一笔罪状。他们该对这种情形负责，是他们强迫一个女人收个杀人犯在身边当保镖。

寒冷的暮色中，斯佳丽跟阿奇一道坐着马车回家，途经现代女郎酒馆时，她看见门外乱糟糟拴着许多配着马鞍的马匹，停着不少两轮轻便马车和大马车。只见阿希礼骑在他的马上，紧张的面孔保持着警惕。西蒙斯家兄弟从马车里探出头，打着紧急手势。休·艾尔辛挥舞着双手，脑门上那绺棕色头发耷拉下来，挡住了眼睛。梅里韦特爷爷送糕饼的马车挤在一片混乱的马车中心。斯佳丽的马车渐渐走近了，她看见汤米·韦尔伯恩和亨利·汉密尔顿伯伯跟他一起挤在车座上。

斯佳丽感到恼火，心想：“希望亨利伯伯不是坐着这辆新鲜玩意儿回家吧。让人看到他坐在这种车里，他该觉得害羞才对，好像他自己连匹马都没有似的。要是这样，他和爷爷就可以每天晚上一道上酒馆了。”

来到人群跟前时，尽管她比较迟钝，也感觉到大家的气氛紧张，

心里顿时一阵恐惧。

“啊！”她想道，“希望不是有人遭了强奸！三K党再用私刑杀个黑人，北佬准得把我们消灭掉！”她连忙对阿奇说：“停车，出事了。”

“你不该在酒馆外面停车的。”阿奇说。

“我说了，停车。各位晚上好。阿希礼……亨利伯伯……出什么事了吗？你们怎么都显得这么……”

人们都朝她转过身，抬起手碰碰帽檐，脸上露出微笑，可他们眼睛里都显出强烈的激动神情。

“是好事，也是坏事。”亨利伯伯嚷道，“主要看你从哪个角度看。照我看，州议会不可能另搞一套。”

州议会？斯佳丽想着，不禁舒了口气。她对州议会一点儿兴趣也没有，觉得议会很难对她有什么影响，让她害怕的是北佬士兵再来胡闹。

“现在州议会又做了什么事？”

“他们直截了当拒绝批准修正案。”梅里韦特爷爷说，声音里满是得意，“给了北佬个难看。”

“会他妈的付出代价的——噢，对不起，斯佳丽。”阿希礼说。

“修正案？”斯佳丽问道，她努力装作了解的样子。

政治超出了她的理解范围，她难得浪费时间考虑政治问题。以前某个时候批准过一个第十三号修正案，要不就是第十六号修正案，可修正案是什么意思她都不懂。男人总是为这种事情激动。她脸上露出迷惑神情。阿希礼微笑了。

“就是准许黑人投票的修正案。”他解释说，“修正案递交给州议会后，他们不批准。”

“他们多傻啊！你知道北佬会强迫我们吞下这剂苦药的！”

“所以我说会他妈的付出代价的。”阿希礼说。

“我为州议会而骄傲，为他们的胆量而骄傲！”亨利伯伯喊道，“我们不愿吃，北佬不能逼我们吞下去。”

“他们能，而且准会逼我们吞下去。”阿希礼声音平静，但眼神里露出担忧，“那会把我们的形势搞得更加困难。”

“噢，阿希礼，肯定不会！形势不可能比现在更糟了！”

“可能的，可能变得更糟，比现在糟得多。假如我们的州议会全由黑人组成怎么办？如果州长是个黑人怎么办？假如军事统治比现在更严厉怎么办？”

斯佳丽有点儿明白了，惊恐中眼睛越睁越大。

“我一直在想，怎么才对佐治亚州最好，怎么才对我们最好。”阿希礼的脸拉长了，“像州议会那样硬顶是不是明智呢？那样会激怒北方来对付我们，不管我们愿意不愿意，他们会把整个北方的军队都派来，强迫我们接受黑人选举权。要么……尽量忍气吞声，收起我们的尊严，体面地屈服，尽可能顺利地解决问题。从结果上看，反正都一样。我们毫无办法，我们一定得吞下他们硬塞给我们的这剂苦药。也许我们最好还是顺从。”

斯佳丽几乎没听见他在说些什么，当然话的内容就更不明白了。她知道阿希礼向来从两方面看问题，可她只看一面——给了北佬一记耳光后，对她自己有什么影响。

“要转变成激进派，投共和党的票，阿希礼？”梅里韦特爷爷口吻尖刻地讥讽道。

一阵沉默，气氛顿时紧张起来。斯佳丽看见阿奇的手迅速伸向手枪，接着又停住了。阿奇常常说，他认为梅里韦特爷爷是个多嘴的老头儿。阿奇不想让他侮辱玫兰妮小姐的丈夫，哪怕玫兰妮的丈夫说的是傻话。

阿希礼眼睛里的困惑神情顿时烟消云散，变成炽烈的怒火。但是，没等他开口，亨利伯伯就开了口，责骂梅里韦特爷爷。

“你他妈的……你这该死的……对不起，斯佳丽……爷爷，你这头蠢驴，不准你这么跟阿希礼说话！”

“没你保护，阿希礼也能替自己操心。”梅里韦特爷爷的口吻冷淡，“他说话活像个投机商。屈服，见鬼去！对不起，斯佳丽。”

“我不相信可能脱离联邦。”阿希礼说，他气得声音在颤抖，“但是，当时佐治亚脱离联邦，我全力支持了它，我也不相信战争能解决问题，可我参加了战争。如今北佬已经够疯狂了，我也不相信把北佬逼得更疯狂些会有益处。但是，倘若州议会做出了决定，硬要这么干，那我也拥护。我……”

“阿奇，”亨利伯伯突然说，“把斯佳丽送回家，这儿不是她待的地方。反正女人不该过问政治，而且这儿马上要骂脏话了。去吧，阿奇。再见，斯佳丽。”

马车顺着桃树街驶去，斯佳丽的心吓得怦怦直跳。州议会这个愚蠢的行为对她的安全有影响吗？他们激怒北佬后，她会失去自己的锯木厂吗？

“嗬，”阿奇的声音很低沉，“我听说过兔子朝斗牛犬脸上吐唾沫，以前还真没见过。州议会的人还不如干脆高喊‘杰弗逊·戴维斯总统万岁，南部邦联万岁’呢。喜欢黑鬼的北佬已经打定了主意，要让黑鬼当我们的主子。不过你不得不钦佩州议会的人有胆量！”

“钦佩他们？见他们的鬼！钦佩他们！该把他们统统枪毙掉！他们要把北佬招惹过来，像鸭子扑虫一样对付我们。他们干吗不批……批什么的……反正就是干他们该干的事，安抚北佬不好吗，干吗又要招惹他们呢？他们反正会让我们屈服的，与其将来屈服还

不如趁早。”

阿奇冷冷盯住她看。

“不搏斗一下就屈服？女人的自尊还不如只山羊。”

斯佳丽租用了十个囚犯，每个锯木厂五个，阿奇说话算话，再也不为她做任何事了。不论玫兰妮如何请求，也不论弗兰克如何保证提高他的工钱，都不能说服他再为斯佳丽操起缰绳。他心甘情愿保护玫兰妮、佩蒂、印第亚，以及她们的朋友们在城里走动，可就是不帮斯佳丽。要是斯佳丽跟太太们坐在马车里，他就拒绝赶车。这个老暴徒竟敢裁判她，这局面真让她尴尬，更加尴尬的是，她发现家里人和朋友们全都同意这老头子的看法。

弗兰克求她别走这一步。阿希礼起初拒绝使用囚犯，后来斯佳丽又是哭泣，又是哀求，又是保证，说时局好转后她会重新雇用自由黑鬼，他才违心地答应了。邻居们对这事直言不讳地表示不赞成，让弗兰克、佩蒂和玫兰妮觉得简直抬不起头来。就连彼得和黑妈妈都说，用囚犯干活儿不吉利，不会有好结果的。人人都说，利用别人的苦难和不幸是不正当的。

“可你们原来却一点儿也不反对用奴隶干活儿！”斯佳丽愤然嚷道。

但那是另外一码事。奴隶既没有苦难，也没有不幸。黑人在奴隶制度下比现在得到自由还好过，假如她不信，看看周围就知道了！像往常一样，越是有人反对，斯佳丽走自己的路就越是坚定不移。她把休从经理位置上撤换下来，让他赶马车运木材，确定了雇用约翰尼·加勒吉尔的合同细节。

她认识的人当中，他似乎是唯一赞成用囚犯的。他匆匆点了点圆脑袋，说这一着走得漂亮。斯佳丽望着这个以前当过职业赛马骑

师的小个子，只见他两条罗圈儿腿站得很稳，侏儒模样的面孔露出冷酷，一副公事公办的神情。她想道："谁愿意把马拿给他骑，谁就不是爱惜马的人，我可不让他靠近我的马。"

可她想都没想就把一帮囚犯交给他了。

"我有权随意管束这帮人？"他问道。他的眼睛像灰玛瑙一样冰冷。

"随意管束。我要的是保持这个锯木厂运转，我什么时候要木材，你什么时候运过来，要多少，就运来多少。"

"我是你的人了。"约翰尼说得很干脆，"我告诉韦尔伯恩先生，不在他那儿干了。"

他一摇一摆从那群泥瓦匠、木匠和运灰浆的小工中间走过去，斯佳丽觉得松了口气，精神振作了起来。约翰尼的确是她的人。他态度强硬、冷酷，不说废话，弗兰克轻蔑地称他是"野心勃勃的贫民区爱尔兰人"。可斯佳丽看重他的正是这个原因。她知道爱尔兰人若决心出人头地，就是个有价值的人，值得雇用，用不着管他品性如何。她觉得，她与这个人的关系十分亲近，甚至超过了与她同属一个阶级的男人，因为约翰尼懂得金钱的价值。

他接管锯木厂的第一个星期，就证明没有辜负她的期望，他用五个囚犯干出的活儿比十个自由黑人还多。而且还不止这些，他让斯佳丽得到了闲暇，自从去年到亚特兰大以来，她还从没有过这么多空闲时间呢。原因是他不喜欢她去锯木厂，而且直截了当把这话告诉她。

"你照管销售那一头，我照管锯木厂这一头。"他的话说得很简短，"囚犯营不是太太来的地方。要是别人没跟你说过，现在约翰尼·加勒吉尔告诉你了。我一直运出你要的木材，对不对？好啦，我可不想天天有人缠着我。我不像韦尔克斯先生，他需要

有人缠着，我不要。”

虽然斯佳丽不情愿，可她尽量不去约翰尼那个锯木厂，怕去得太频繁会让他辞职走人，那可就糟了。他说阿希礼需要有人缠着，这句话刺痛了她的心，因为她口头上不愿承认，可这话一点儿不假。阿希礼用囚犯干活儿比原来用自由工没多少起色，他也说不出是什么原因。另外，他看上去为使用囚犯干活儿感到羞耻，这些日子他很少跟她说话。

斯佳丽对他发生的变化感到担忧。他光亮的头发开始变得灰白，肩膀耷拉着，显得十分疲惫，脸上也很少露出微笑。他已经不再是原先那个让她着迷的温文尔雅的阿希礼了。他就像承受着难以忍受的痛苦，暗自感到苦恼，紧绷的嘴角露出冷酷神情，让她感到又沮丧又难过。她真想猛地把他的脑袋搂进自己怀里，抚摩他花白的头发，对他大声喊：“告诉我，是什么让你担忧！我会解决的！我会替你纠正过来！”

可他公事公办的疏远态度不容她靠近。

第四十三章

这是个十二月里难得的好天气，太阳暖和得像小阳春。佩蒂姑妈家院子里，橡树上仍挂着干枯的红叶，渐渐枯黄的草地上还泛着淡淡的绿意。斯佳丽怀抱孩子走出侧门廊，在一张洒满阳光的摇椅上坐下。她身穿一条绿色印花丝毛料的新裙子，裙边镶着一圈圈黑色波纹花边，头上戴着一顶佩蒂姑妈为她做的抽花新便帽。裙袍和帽子对她都很适合，她自己对此很了解，穿着就觉得很喜欢。好几个月来，她的模样丑得吓人，如今再次变得漂亮，她感觉好极了！

她坐在那里摇晃着娃娃，嘴里哼着曲子，这时，她听到侧街上传来嘚嘚马蹄声，觉得好奇，眼睛透过门廊上干枯的藤蔓望去，只见瑞特骑马朝这所房子走来。

他离开亚特兰大已经有好几个月了，走的时候杰拉尔德刚去世，离埃拉出生还早。她一直惦记着他，可现在又巴不得能避开他。一看见他那张黑黝黝的面孔，她心中便禁不住涌起一种愧疚，让她感到心慌。有关阿希礼的安排让她良心不安，她不愿跟瑞特讨论这事，可她知道，不管自己多么不情愿，瑞特都会逼她谈的。

他在大门口拉住马，动作轻盈地翻身下马。她盯着他，心里有点儿紧张，觉得他的模样就像一本书里插图上的人物，韦德老是缠着要她念那本书给他听。

“他该戴上副耳环，嘴里叼把弯刀，那就什么都不缺了。”她想道，“唉，不管他是不是个海盗，只要我应付得了，他反正不会割断我的喉咙。”

他沿着步道走来，她脸上堆出最迷人的微笑，大声跟他打招呼。多幸运，她正巧穿着新裙子，戴着合适的帽子，显得这么漂亮！他迅速上下打量她一眼，她知道他认为她漂亮。

“初生婴儿！哎呀，斯佳丽，这可真是个意外呀！”他笑着弯下腰，揭开毯子，露出埃拉·洛雷纳那张小丑脸。

“别说傻话！”她说着涨红了脸，“你好吗，瑞特？你不在城里已经很久了。”

“可不是嘛。让我抱抱娃娃，斯佳丽。噢，我懂得怎么抱娃娃。我有许多奇怪的本领。哎哟，他长得可真像弗兰克，只是没长络腮胡子，不过到时候他会长的。”

“恐怕不会。是个女孩儿。”

“女孩儿？那就更好了。男孩儿实在讨厌。斯佳丽，别再生男孩儿了。”

她想说句尖刻的话，说是不论男孩儿还是女孩儿，她再也不想生孩子了，可话到嘴边还是忍住了。她脸上浮出笑容，搜索枯肠找话题，想拖延时间，避免讨论她害怕的那个话题。

“瑞特，旅行愉快吗？这次你去哪儿了？”

“啊……古巴……新奥尔良……还有其他地方。给，斯佳丽，接着孩子。她要流口水了，我腾不出手拿手帕。她是个好娃娃，可她把我的衬衫、胸脯都弄湿了。”

她把娃娃接过来抱在腿上。瑞特懒洋洋坐在栏杆上，从银质烟盒里取出支雪茄。

“你老是去新奥尔良。”她微微噘起嘴，“可你从来不告诉我

去那儿做什么。”

“我是个干活儿勤奋的人，斯佳丽，去那儿总是有买卖好做吧。”

“干活儿勤奋！你？”她不禁放声大笑，“你一辈子从没干过活儿。你实在是个懒人。要说你干过活儿，那就是帮投机商偷窃，分得一半利润，还贿赂北佬官员，好让你参加他们的勾当，抢劫我们纳税人。”

他脑袋朝后一仰，放声大笑。

“你多想有足够的钱去贿赂官员哪，好让自己也参加进去。”

“仅仅有这个想法就……”她顿时火起。

“但是，或许你能赚到足够的钱，将来有一天搞大笔的贿赂。说不定你靠那帮囚犯能发大财。”

“哎哟，”她有点儿尴尬，“你这么快就知道我那帮囚犯了？”

“我昨晚回来的，在现代女郎酒馆消磨了一个晚上，那里能听到城里的各种新闻。那可是个流言蜚语的交易所，比太太们的缝纫会消息还灵通。人人都对我说，你租了一帮囚犯，交给名叫加勒吉尔的小个头儿恶棍监督干活儿，把他们逼得能活活累死。”

“那是撒谎。”她感到气愤，“他不会让他们活活累死，我会过问的。”

“你会过问？”

“当然会！你怎么转弯抹角说起这种事了？”

“噢，太对不起了，肯尼迪太太！我知道你的动机从来是无可非议的。不过，约翰尼·加勒吉尔是个冷酷的小恶霸，我从没见过那种人。还是留意他的好，要不然，督察员来了，你会有麻烦的。”

“你操心你的生意，我操心我的。”她愤愤然道，“我不想再谈囚犯了，人人都讨厌他们，我租囚犯是我自己的事……你还没告

诉我，你去新奥尔良做什么。你经常上那儿去，人人都说……”她停顿下来，不打算多说了。

“他们说什么？”

“好吧……说你在那儿有个情人，说你打算结婚。是这样吗，瑞特？”

她对这事感到好奇已经很久了，所以忍不住毫不掩饰地提了出来。一想到瑞特要结婚，一阵莫名其妙的嫉妒就轻轻刺痛着她，到底是什么原因，她也说不清楚。

他那双目光温和的眼睛忽然露出警惕神色。他迎上她紧盯的目光，直把她看得脸颊上微微露出红晕。

“对你很重要吗？”

“哦，我不愿失去你的友谊。”她的口吻拘谨，竭力装出漠不关心的神态，弯下身子去，拉了拉毯子，盖好埃拉·洛雷纳的脑袋。

他突然干笑了一声，说：“望着我，斯佳丽！”

她勉强抬起头望着他，脸都涨红了。

“你可以告诉你那些好奇的朋友们，说我要是结婚的话，那是因为我无论如何都没法儿得到自己想要的那个女人。我至今还没遇到一个深深爱着的女人，没遇到一个爱到想跟她结婚的女人。”

这时她真的尴尬了，觉得不知所措。她记起围城期间，那天晚上就是在这个门廊上，他说过：“我不是个想结婚的男人。”他还口吻轻松地提出，要她做他的情妇。她还记起他在监狱里的那个可怕的日子，一想到那天，她就觉得耻辱。他从她眼里看出她的心思，脸上慢慢浮出恶意的微笑。

“不过，既然你问了个这么尖锐的问题，我就满足你庸俗的好奇心吧。我去新奥尔良不是看什么情人，是个孩子，是个小男孩儿。”

“小男孩儿！”听了这个意外的消息，她的惊慌顿时全消了。

“没错，我是他的合法监护人，对他负有责任。他在新奥尔良上学，我经常去那儿看他。”

“还给他买礼物？”怪不得他从来就知道韦德喜欢什么样的礼物。

“对。”他的回答很简短，口吻有点儿勉强。

“哎哟，真没想到！他长得漂亮吗？”

“太漂亮了，漂亮得都对自己没好处了。”

“是个好孩子？”

“不是，是个十足的捣蛋鬼。我倒但愿他根本就没出生，男孩儿都会惹是生非。你还有什么想知道的吗？”

他看上去突然发火了，眉毛紧紧皱起来，好像对刚才说的话感到后悔。

“嗨，要是你不想再说什么，那就没了。”她一副超然口吻，可她巴不得了解更多的情况。“我可想不出你当保护人的模样。”她笑道，想让他感到狼狈。

“我看你也想象不出，你的想象力太差劲。”

他不再开口，默默抽了会儿雪茄。她搜肠刮肚，想找一句同样生硬的话刺刺他，可她想不出。

“要是你不把这事告诉其他人，我会感激的。”他最后开口说，“不过，我看要求一个女人守口如瓶，等于要求一件不可能的事。”

“我能保守住秘密。”她觉得自尊心受了伤。

“是吗？了解朋友的新面貌倒是桩有趣的事。好了，斯佳丽，别老噘着嘴。我很抱歉，说话有点儿生硬，不过你打听人家隐私，受这种对待也不冤枉。对我露出点儿笑容，咱们高兴一下，然后我再谈一桩不愉快的话题。”

“啊，天哪！”她想道，“他要谈起阿希礼和那座锯木厂的事了！”她连忙堆出点儿笑容，露出她那对酒窝，想转移他的心思，“瑞特，

你还去过什么地方？你走了那么长时间，不会一直待在新奥尔良吧？”

“对，我上个月在查尔斯顿，我父亲去世了。”

“哎呀，我很难过。”

“别难过。我能肯定他自己对去世并不难过，我也没为他难过。”

“瑞特！你怎么能说这么糟糕的话呢！”

“要是我不难过，却要假装，那就更糟。我们两人从来没有相互喜欢过。我都不记得，那位老先生什么时候赞成过我做的事了。我太像他自己的父亲，可他对他父亲打心底感到不满。我渐渐长大时，他对我的不满干脆变成了讨厌。我承认，我没做过什么努力让他改变对我的态度。我爹要我做的一切都让人烦。最后他把我赶出家门，让我身无分文在社会上闯。我什么本事都没有，只是个查尔斯顿的绅士，是个神枪手和打扑克很老练的赌徒。我非但没有饿死，反而靠打扑克赌钱过上奢侈生活，他觉得这简直是对他的个人侮辱。他认为巴特勒家的人成为赌徒是个莫大的耻辱，结果我离家后第一次回家，他不准我妈见我。整个战争期间，我在查尔斯顿城外闯封锁线，母亲只好撒个谎溜出家门来见我。这种情况自然不能增加我对他的喜爱。”

“噢，这些我并不完全了解。”

“他就是人们说的那种老派绅士，那种人无知、顽固、没肚量、没能耐，只会因循其他绅士的思想，自己根本没思想。因为他跟我断绝父子关系，当我这个人已经死了，人们就对他无比崇拜。‘若你的右眼让你跌倒，就剜出来丢掉。’[1]我就是他的右眼，是他的长子，他惩罚我，把我挖出来丢掉了。”

他脸上露出一丝微笑，回忆让他觉得有趣，他的目光中露出冷酷。

---

[1] “若你的右眼让你跌倒，就剜出来丢掉”：引语出自《圣经·新约·马太福音》第五章。——译注

“算了，我能宽恕这一切，可我不能宽恕战争结束以来他对待我母亲和我妹妹的态度。他们完全变得穷困潦倒了。庄园里的房子被烧了，稻田又变成了原来的沼泽地。城里的房子变卖了付税金，他们住在两间连黑人都不适合住的屋子里。我给妈妈寄钱，可我父亲把钱退了回来——说是臭钱——有几回，我去查尔斯顿，偷偷给妹妹钱。可我父亲总能发现，对她大发雷霆，骂得她几乎要寻短见，可怜的姑娘。钱还是给我退了回来。我不知道他们的日子是怎么过的。可我其实知道。我弟弟尽可能拿钱给他们，他拿不出多少，也不愿接受我的任何东西——说投机商的钱不吉利！他们要靠朋友的救济过活。你姨妈尤拉莉是个非常慈善的人，你知道，她也是我母亲最好的朋友。她给她们衣服穿，另外……天哪！我母亲在靠救济过日子！”

“尤拉莉姨妈！可是，天哪，瑞特，除了我寄给她的东西，她也没什么东西哪！”

“啊！原来出自你这儿！你真没教养，我亲爱的。我为这事害臊，你却当着我的面夸耀。你一定得让我用钱偿还你！”

“很高兴。”斯佳丽说着，嘴角一咧笑了，他也报以微笑。

“哟，斯佳丽，只要一想到钱，你的眼睛就闪闪发亮！你真的只有爱尔兰人血统，没有苏格兰人或者犹太人血统吗？”

“别讨厌！我并不是有意当着你的面说尤拉莉姨妈的，不过，说真的，她以为我钱多得花不完，总是写信跟我要钱。上帝知道，我手头钱倒是够多，可哪儿养活得起所有查尔斯顿人呢。你父亲是怎么死的？”

“我猜是摆上等人的架子饿死的——我也希望如此。那是他活该。他情愿妈妈和罗斯玛丽跟他一道饿死。如今他死了，我就能接济她们了。我在炮台区为她们买了所房子，还雇了几个用人照顾她

们。不过，当然啦，她们不能让人知道钱是我出的。”

“为什么不能？”

“我亲爱的，你肯定了解查尔斯顿吧！你去过那儿的。我家里人可以受穷，她们要维持一种地位。要是有人知道这是赌博赢来的钱，是投机赚来的钱，或者是跟投机商合伙弄到的钱，那个地位就维持不住了。不能那样。她们告诉人们说，我父亲有一笔数额很大的人寿保险金，说他生前情愿受穷挨饿，也没有停止支付保险费，为的是身后家人有依靠。这样一来，他就能让人看作比以前更了不起的老派绅士……其实是看作家庭的牺牲者了。尽管他当时百般阻挠，可妈妈和罗斯玛丽现在过得挺舒服。我倒真希望他在坟墓里有知，好辗转反侧不得安宁……从一个方面讲，我为他的死感到难过，因为他想死——他那么高兴赴死。”

“为什么？”

“哦，他是在李将军投降时死的。你知道那种类型的人，他们永远不能适应新时代，总是把时间消耗在谈论昔日好时光上。”

“瑞特，所有老人都是那个样吗？”她脑子里想的是杰拉尔德，还有威尔谈起他的那些情况。

“天哪，不是的！看看你家亨利伯伯吧，还有那条老野猫梅里韦特先生，看看这两个人就够了。他们跟自卫队出征，打那以后，好像获得了新生似的。我觉得，他们后来变得更加年轻，火气更旺盛了。今天早上我还遇见梅里韦特爷爷，见他赶着勒内那辆送糕饼的马车，像驯军骡子似的咒骂那匹马。他跟我说，自从逃出那所房子，不再让儿媳妇照顾，还能赶车送货，自己觉得年轻了十岁。还有你那位亨利伯伯，他喜欢在法庭上跟北佬做斗争，保护寡妇、孤儿，反对投机商，恐怕是免费为他们诉讼。若不是那场战争，他早已退休回家养他的风湿病去了。他们又年轻了，因为他们又有了用

处，感到有人需要他们。他们喜欢这个新时代，这个时代又给了老人一次机会。不过，有许多人跟我爹的想法一样，他们不能适应，也不愿做出调整。这种人有老人，也有年轻人。这就把我引到要跟你讨论的不愉快话题上了，斯佳丽。”

他话锋一转，给了她个措手不及。她结结巴巴说：“什么……什么……”可她心里却在呻吟：“啊，天哪！噢，要倒霉了。我得设法花言巧语平息这场风波。”

“既然我对你那么了解，本不该指望你会说真话、讲体面、公平待我，可我还是犯了傻，信了你的话。”

“我不懂你这话是什么意思。”

“我看你懂。不管怎么说，看来你还是觉得愧疚。刚才我来看你的路上，骑马走过常春藤街，有个人从一道树篱后面叫住我，不是别人，正是阿希礼·韦尔克斯太太！我当然拉住马跟她聊了几句。”

“真的？”

“没错，我们谈得挺愉快。她对我说，她一直想对我说，我在邦联的最后关头挺身而出，她认为我非常勇敢。”

“嗨，胡扯！玫荔真是个傻瓜。由于你的英勇行为，她那天晚上险些送了命。”

“我看，那她会认为她把生命献给了正义事业。接着我问她，她来亚特兰大做什么。她显得非常吃惊，没想到我什么都不知道，告诉我说他们如今住在这儿了，说你是个好人，让韦尔克斯先生在你的锯木厂做了合伙人。”

“嗯，那又怎么样？”斯佳丽立刻问道。

“我当初借钱给你买锯木厂，可是有个规定的，你也同意了。那就是厂子不能用来养活阿希礼·韦尔克斯。”

“你太无礼了。借你的钱我已经归还了，我是厂子的主人，我

怎么干是我自己的事。”

“能请你告诉我，你是怎么挣的钱还了我的贷款吗？”

“当然是靠卖木材。”

“你靠我借给你的钱起家，然后才挣了钱。这才是你该说的。你用我的钱去养活阿希礼了。你是个毫无信誉的女人，假如你没有还给我贷款，我会马上追回贷款，从中取乐。要是你付不起钱，我就当众拍卖你的厂子。”

他的口吻很轻松，可他的眼睛里却闪着怒火。

斯佳丽连忙把战火引开，让它烧到敌方领土上。

“你干吗这么痛恨阿希礼？我看你在嫉妒他吧。”

话一出口，她后悔得真想咬掉自己的舌头，他听了脑袋往后一仰，哈哈大笑，羞得她满脸通红。

“不讲信用外加狂妄自负。”他说，“你永远忘不掉自己是县里的美人，是不是？你永远都会认为自己是最乖巧迷人的姑娘，男人见了个个都爱你爱得不要命。”

“我没那么想！”她的口吻激烈，“可我就是不明白你干吗恨阿希礼，那不过是我能想出的唯一解释。”

“得了，想点儿别的原因吧，迷人的姑娘，那个解释错了。至于说恨阿希礼——我并不恨他，也不喜欢他。说实话，我对他和他那种人，唯一的感情就是可怜。”

“可怜？”

“对，还带点儿轻蔑。嘿，像雄鸡一样昂起你的头，摆出神气活现的模样，对我宣称，说他抵得上一千个我这样的恶棍，说我竟敢如此放肆，竟然敢觉得他可怜，还敢轻蔑他。等你说完大话后，我就会把我的意思告诉你，不知道你是不是感兴趣？”

“哼，我不感兴趣。”

“可我还是要告诉你，因为我受不了你的误解，你脑瓜里死死抱着你那个美妙的幻觉，以为我嫉妒他。但我是可怜他，因为他本该死掉却没死。我轻蔑他，因为他的世界已经不复存在，他便手足无措了。”

他说的这话有点儿耳熟，她混乱的记忆中有过类似的词语，可她记不起是什么时候在哪儿听过。她也没多考虑，因为她正气在火头上。

“要是你能为所欲为，南方正派男人都该死掉才对。”

“要是他们能为所欲为，我看阿希礼这类人宁愿不活。死后在墓碑上刻下这样的话：‘这里长眠着为南方牺牲的一位邦联士兵’，或者‘为国捐躯……’，或者随便什么流行的墓志铭。”

“我不懂为什么该这样！”

“除非字母有一英尺高，还要放在你鼻子底下，否则你什么都看不见，对不对？他们只有死了才能免去烦恼，也用不着面对自己无法应付的难题了。再说，他们的家族世世代代都会为他们而骄傲。我听说，人死了会感到快乐。你认为阿希礼·韦尔克斯快乐吗？”

“噢，当然啦……”她刚开口，就想起最近阿希礼露出的眼神，便住了嘴。

“他、休·艾尔辛、米德大夫，这些人快乐吗？他们谁比我父亲和你父亲快乐呢？”

“嗯，或许不怎么快乐，因为他们都没钱了。”

他笑了。

“不是因为他们没钱，我的宝贝。我可以告诉你，是因为他们的世界失去了——他们是在那个世界里长大成人的，如今就像鱼离开了水，或者像是猫长出一对翅膀。把他们养育大，原本是要让他们成为某种人，做某种事，占据某种地位的。可是李将军在阿波马

托克斯投降后，那种人、那些事情、那些地位永远消失了。噢，斯佳丽，别显得那么傻了！阿希礼·韦尔克斯如今还有什么事好干呢？他的家没了，他的庄园已经被收去抵了税款，时下二十个上流绅士都不值一文钱。他能靠自己的一颗脑袋和两只手劳动吗？我敢打赌，自从他接管那个锯木厂以来，你已经亏了大本。”

“我没有亏。”

“那可太好了！等哪个星期日晚上，你有了空，我可以看看你的账本吗？”

“别等你有空，现在就见鬼去。现在你可以走了，我没兴趣。”

“我的宝贝，鬼我是见过的，那是个乏味的家伙。我不愿再去了，就是为你也不去了……你那时急需用钱，你拿了我的钱，用了我的钱。至于这笔钱怎么用，我们达成过协议，可你撕毁了协议。记着我这话，我可爱的小骗子，有一天你会需要向我借更多的钱。你会要我提供资金，利息低得没法儿让人相信，好购买更多的锯木厂和骡子，盖更多的酒吧。到时候可别指望我再借给你钱了。”

“我需要钱，会从银行贷，谢谢你。”她冷冷地说，满腔怒火让她胸脯剧烈起伏着。

“你会？那就试试看。我在银行拥有很多股份。”

“是吗？”

“没错。我对某些正当企业感兴趣。”

“还有别的银行……”

“我在很多银行有股份。要是我不愿意，你就休想从任何银行贷到一个子儿。你急需钱可以找投机商借高利贷。”

“我很高兴找他们。”

“你会找的，可听了他们的利率，你就不高兴了。我的美人儿，在商业界，做买卖手段不正当是要受惩罚的。你本该对我诚实

才对。”

“你是个好人，对不对？有钱有势，干吗跟阿希礼和我这种潦倒的人过不去？”

“别把你自己归在他那一类里。你没有潦倒，什么也不能让你潦倒。可他潦倒了，而且会一直潦倒下去，除非有个精力充沛的人一辈子扶着他、指导他、保护他。我才不愿拿自己的钱帮这种人呢。”

“当初你不拒绝帮我，可我也潦倒，而且……”

“当时对你是个很好的风险投资，我亲爱的，是个有趣的风险投资。为什么？因为你并没有靠在你家男亲戚身上，抽泣着怀念过去的好时光。你走出家门，到处奔波忙碌，如今你的财产牢牢扎根在从一个死人的钱包里偷来的钱上，植根在从邦联偷来的钱上。你有各种优点。你杀过人，偷过别人的丈夫，企图私通，你撒谎，你做生意不择手段，耍一些经不起细究的欺骗手段。这些事全都让人佩服，表明你是个干劲十足的人，而且做决定果断。作为金钱风险投资，是个好项目。帮助愿意自立的人才有乐趣。我愿意借一万块钱给那个信天主教的老太婆梅里韦特太太，而且用不着打字据。她从一篮子糕饼起家，看看她现在！开了家面包房，还雇了六七个人，老爷爷乐呵呵赶着送货马车，小个头儿克里奥尔人勒内干活儿多勤奋，而且干得挺开心……再说说那个可怜虫汤米·韦尔伯恩吧，他身有残疾只能抵得上半个人，却在干两个人的活儿，而且干得很好，就说说……算了，我不说了，让你厌烦。”

“你确实让我厌烦，把我烦得都快疯了。”斯佳丽冷冷地说，暗自希望惹他发火，从阿希礼这个倒霉的话题上岔开。可他只是脸上匆匆掠过个笑容，并不接受挑战。

“像他们那样的人是值得帮助的。但是阿希礼·韦尔克斯——

呸！在我们这个翻天覆地的世界上，他那种人既没用处，又毫无价值。不论什么时候，只要发生翻天覆地的变化，首先被消灭的就是他那种人。怎么会不这样呢？他们不配存在，因为他们不愿斗争，也不知道如何斗争。这并不是世界第一回翻天覆地，也绝不是最后一次。这种变化以前发生过，以后还会发生。发生这样的变化时，人人都要失去一切，所以就人人平等了，然后大家都从一无所有的起跑线上重新开始。也就是说，除了灵活的头脑和坚强有力的双手，大家一无所有。但是，有些像阿希礼那样的人，他们既不灵活，又没有力气，或者虽然两样都有，却有所顾忌，不敢使用。所以他们潦倒，也应该潦倒。这是自然规律，没有他们，世界会更好。从来都有些坚强的人能熬过来，经过一段时间，他们又能回到世界翻天覆地前的位置上。”

“你原来也很穷！你刚才还说你父亲把你撵出家门时，你身无分文！”斯佳丽愤愤地说，“我以为你能理解阿希礼，对他有同情心呢！”

“我的确能理解。”瑞特说，“可我要是同情就该见鬼。投降后，阿希礼比我从家里出来有办法得多，至少有朋友收留他，我却是个以实玛利[1]。但是阿希礼为自己做了什么呢？”

“你这个自负的家伙。要是你拿他跟你对比，还用说吗——他跟你不一样，谢天谢地！他不会像你那样玷污自己的双手，不会跟投机商、叛贼和北佬同流合污捞钱。他为人谨慎，受人尊敬！”

“可是接受一个女人的帮助和金钱，恐怕算不得为人够谨慎，该受人尊敬吧？”

“他还能干什么别的事情呢？”

---

[1] 以实玛利：《圣经》中人物，被父亲亚伯拉罕摈弃。——译注

“怎么该让我说呢？我只知道自己在两种情况下干了些什么，一种是从家里撵出来时，一种是现在。我也知道其他男人是怎么干的。我们在一个文明毁灭的时候看到了机会，然后尽量利用这个机会。有些人采用了正当手段，有些人用的是不正当手段，我们仍然在尽量利用这种机会。但是，世界上像阿希礼那种人也有同样的机会，可他们却白白放过。他们根本不精明，斯佳丽，然而，只有精明的人才配存在。”

她几乎没听他正在说的话。几分钟前，他刚刚开口，就让她想起一桩事，现在她脑子里清清楚楚重现出当时的情景。她记起当时寒风呼呼刮过塔拉的果园，阿希礼站在一堆劈好的木栅栏板旁边，他那双眼睛恍惚地望着她，他说了什么来着？好像说的是个奇怪的外国名字，听起来好像有点儿亵渎的意思，还谈起了世界的末日。那些话她一直不懂，可现在隐隐约约有点儿懂了，反倒觉得又厌恶又厌烦。

“嗨，阿希礼说过……”

“噢？”

“在塔拉庄园的时候，有一次，他说了些关于众神的……黄昏，还有什么世界末日之类的傻话。”

“啊，众神的末日！”瑞特的眼睛忽然变得敏锐，显得饶有兴致，“还说什么了？”

“嗯，我记得不确切，我没怎么在意。不过……对了……还说什么强者能出头，弱者遭淘汰。”

“啊，原来他知道，那对他就更难了。大多数人并不知道，而且永远不会知道。他们会一辈子纳闷儿，生活中失去的魅力到底是在哪儿跑掉的，他们只会在骄傲和无所作为的沉默中遭受痛苦。但是他懂，他知道自己被淘汰了。”

“啊，他没有！只要我还有一口气，他就不会被淘汰。”

他默默望着她，古铜色的面孔看上去很平静。

“斯佳丽，你用了什么手段让他同意来亚特兰大，还让他同意管那个锯木厂？他强烈反对过你的计划吗？”

她脑子里闪过杰拉尔德葬礼后与阿希礼交谈的那一幕，然后很快把回忆撇开。

“嗨，当然没有。”她怒气冲冲地说，“我向他解释说，我需要他的帮助，因为我不信赖经营那个厂子的恶棍，弗兰克又太忙，帮不上我的忙，再说我就要……你知道埃拉·洛雷纳快要出生了。他很高兴帮我这个大忙。”

“运用母亲身份是一种甜美的感觉！原来你就是这么说服他的。如今你已经把他放在你想要他待的位置上了，可怜鬼，欠你的情分成了束缚他的锁链，就像你的囚犯们戴着枷锁一样。我希望你们俩都快乐。不过，我在这次讨论开始的时候说过，不论你耍什么不顾太太身份的花招，再也别想从我这里弄到一分钱，我两面三刀的夫人。”

她又气又恼又失望。本来她心里打算向瑞特再借点儿钱，想在商业区买块地皮，建个木料堆栈。

“没你的钱我照样能干。”她嚷道，“如今我不用自由黑鬼了，约翰尼·加勒吉尔那个厂在赚钱，赚很多钱，我还搞抵押贷款放债呢。我们的店铺跟黑人做买卖能赚大钱。”

“可不是嘛，这我都听说过。你真够聪明的，从那些走投无路者、寡妇、孤儿和无知无识的人那儿骗钱！不过，斯佳丽，如果你一定要偷，干吗不偷那些有钱有势的人，偏偏要偷贫穷软弱的人？自从绿林好汉罗宾汉那时起，人们就认为劫富济贫是道德高尚哪。”

斯佳丽马上接口说：“因为，这是照你的说法——偷穷人容易

得多，也安全得多。”

他哑然笑了，两只肩膀摇晃起来。

“你纯粹是个诚实的无赖，斯佳丽！”

无赖！他竟然用了这么刺激人的字眼。她心里涌起一阵冲动，对自己说，她不是个无赖，至少，她并不想做个无赖。她要做个身份高贵的太太。她脑海里一时回到了过去，看见了母亲，听见她走动时裙裾发出悦耳的窸窣声，闻到她熏衣香袋的气息，看见她那双小手不知疲倦地为别人忙碌，她受人喜爱，受人尊敬和怀念。她心里突然感到难受。

“要是你存心惹我发火，”她的声音显得疲惫，“那没用。我知道这些日子来，我没有……循规蹈矩，不像我自幼学到的那样善良可爱。可我没办法哪，瑞特。真的，我这是无奈呀。我还能怎么做呢？北佬闯到塔拉庄园的时候，要是我温文尔雅的话，我、韦德、塔拉和我们大伙儿会发生什么事呢？我本该保持文静的——可我甚至想都不愿想。乔纳斯·威尔克森要霸占我家园，假如我保持淑女的善良和礼数，那我们大家现在会在哪儿呢？要是我性情可爱、头脑简单，不缠着弗兰克收回那些欠债，那我们就……唉，算了。也许我成了个无赖，不过我不会永远做个无赖，瑞特。可是，过去这几年里——甚至包括现在——我又有什么别的好做呢？我又能有什么别的作为呢？我一直觉得我是在暴风雨中划一条船，船里装着重重的货物。仅仅是设法让船别沉下去，就有那么多的麻烦，哪顾得上为其他无关的事情操心，像礼貌周到之类可以轻易丢开也无伤大局的事，我根本就顾不上操心。我害怕我的船会沉下去，所以就把最不重要的东西从船上扔下去了。”

“自尊、信誉、诚实、美德、厚道，这些都扔了。”他沉下脸一一列举，“你说得对，斯佳丽。船要沉的时候，这些都不重要。

但是，你看看周围的朋友们，他们要么把整船货安全运到彼岸，要么傲然举着所有的旗帜心甘情愿沉没。”

“他们是一帮蠢货，”她干脆地说，“还有的是时间。等我有了很多钱，我会按照你喜欢的那样做个举止端庄的好人，到时候我就有条件了。”

“你有条件，可你不愿意。打捞丢在水里的货物很困难，即便打捞上来，也坏得无法修补了。恐怕到了有条件捞起你扔在海里的信誉、美德、厚道之类的东西时，会发现那些东西都让海水泡得走了样，恐怕都成了奇形怪状的东西了……”

他突然站起身，抓起帽子。

“你要走？”

“对。难道你不觉得松了口气？我让你跟你残存的良心做伴吧。”

他停下脚步，低头看了看孩子，伸出一根手指，让孩子抓。

“我看弗兰克准是乐得心里都开了花。”

“啊，当然是。”

“我看，为这个娃娃定了许多计划吧？”

“哼，你知道男人对待孩子时有多傻。”

“那么，告诉他，”瑞特突然住了嘴，脸上露出怪异的神色，“告诉他，要是他想实现为这个孩子定的计划，最好晚上常待在家里，别像现在这样老往外跑。”

“你这是什么意思？”

“就是我说的意思。告诉他待在家里。”

“哎呀，你这个坏蛋！你是暗示说弗兰克会……”

“啊，天哪！”瑞特突然放声大笑，“我不是说他在跟女人鬼混！弗兰克！老天哪！”

他走下台阶时仍然笑个没完。

第四十四章

三月份的那个下午，风刮得很大，天气寒冷。斯佳丽把车毯一直盖到胸脯上，掖在腋窝下面，赶车走迪凯特街去约翰尼·加勒吉尔管理的那个厂子。这些日子，独自赶车外出很危险，她自己心里也清楚，这比以往更加危险，因为黑人完全失去控制了。阿希礼预言过，由于州议会不批准修正案，“会他妈的付出代价的”。他们斩钉截铁拒绝了修正案，这等于朝北方脸上抽了一记耳光，北方顿时怒不可遏，立刻开始报复，决定在这个州强制实行黑人选举。为了达到这个目的，他们宣布佐治亚发生了叛乱，对它实施最严厉的军事管制。佐治亚作为州的地位被撤销了，同时被取消州地位的还有佛罗里达和亚拉巴马，这三个原来的州成了受联邦将军控制的“第三军管区”。

虽然在这之前人们担惊受怕，生活也不安定，但是现在的情况加倍糟糕。大家感到，去年的军管法太严厉，但是，与波普将军颁布的法令相比，却显得温和多了。面临受黑人统治的前景，全州人感到前途漆黑一片，毫无希望，人们在痛苦中伤心挣扎，却无可奈何。至于黑人，他们体会到自己如今变得重要了，意识到身后有北佬的军队做后盾，便愈发横行霸道了。谁也不能幸免受他们的危害。

在这个混乱和恐怖的时代里，斯佳丽感到害怕——虽然害怕，

却不打算走回头路，她把弗兰克的手枪塞在车垫下，仍然独来独往。她心里咒骂着州议会，怪他们给大家惹来更大的灾难。他们的勇敢立场和受人人夸耀英勇的行为到底有什么好处呢？无非把事情搞得更糟罢了。

她的马车驶进一条小路，那条路穿过树木稀少的林地，通向河边低洼地，贫民区就在那里。她向马吆喝一声，催马快跑。这里是一片抛弃的军用帐篷和木板屋，每次驶过这片肮脏破烂的地方，她心里就觉得不踏实。亚特兰大城内外就数这地方最臭名昭著，因为这片污秽的土地上住着无家可归的黑人、黑人妓女和社会最底层五花八门的穷白佬。人们谣传说，这是个黑人和白人罪犯的藏身处，但凡北佬士兵要通缉一个人，总是首先搜查这个地方。这里动刀动枪行凶的事件层出不穷，就连当局也懒得费心调查，往往留给贫民区居民自己去解决那些见不得人的勾当。树林深处有个出产劣质威士忌的酿造作坊，到了夜晚，河边低洼地就到处是醉汉们的嚷叫和诅咒声。

就连北佬也承认，这是个藏污纳垢的地方，应该被铲除掉，但是，他们并没有采取行动。有些市民不得不走这条路往返亚特兰大城和迪凯特镇，这些人大声咒骂，发泄心头的怒火。男人经过这个贫民区，个个解开手枪皮套，正经女人就是有自家男人保护，也不愿走这条路，因为路边总是坐着醉醺醺的黑人妓女，朝她们大声诅咒、辱骂。

原来有阿奇坐在身旁，斯佳丽根本没把这个贫民区放在心上，就连最放肆的黑人女人也不敢嘲笑她。但是，自从她不得不独自赶车以来，却发生过许多让她恼火，甚至让她怒不可遏的事情。每次她赶车经过，那群黑人荡妇都要招惹她。她毫无办法，只好装作没这回事，心里却憋了一肚子的火。她甚至不能从家人朋友那里寻求

安慰，因为她不能把这种事说出来，否则邻居们会露出得意扬扬的神色，挖苦她说："你还能指望别的反应吗？"她家人准会因此大惊小怪，设法阻止她，可她不能不出门。

路旁今天没有身穿破衣烂衫的女人，真是谢天谢地！这条小路通往低洼地那片聚居区，惨淡的斜阳投在那片拥挤的棚屋，她驶上这条路，不由得朝那里扫视了一眼，心里感到厌恶。寒风在呼号，她经过这片棚屋时，烟熏味、炸肉味、简易厕所的臭味一股脑儿刺进她鼻子里。她扭头避开气味，用缰绳使劲打了下马背，催马加快脚步，跑过小路的一个拐弯。

她刚要松口气，突然吓得心都要跳到嗓子眼儿了，只见一个身材高大的黑人正悄没声地从一棵大橡树后面走出来。她虽然吓坏了，却没有丧失理智，片刻工夫，她就把马拉住，手里抓起弗兰克那把手枪。

"你要干吗？"她鼓起全部力气，恶狠狠地嚷道。大个头儿黑人连忙躲回橡树后面，回答的声音战战兢兢。

"老天爷，斯佳丽小姐，别朝大个子山姆开枪！"

大个子山姆！她一时没听懂他的话。塔拉庄园的工头大个子山姆！哎呀，她最后一次见到他是在围城期间。他到底……

"出来，让我看看你是不是山姆！"

他老大的不情愿，慢慢从树后面露出来。斯佳丽看到一个高大的身躯，只见他上身穿着破破烂烂的联邦军上衣，穿在他身上太短，也太紧了，腿上穿着斜纹布裤子，两只脚赤裸着。她见真是大个子山姆，就把手枪插进车垫，脸上露出愉快的笑容。

"哎呀，山姆！见到你多高兴哪！"

山姆飞快地跑到马车跟前，乐得两眼骨碌骨碌转，露出两排闪闪发亮的白牙齿。两只火腿似的大黑手一齐抓住她伸出的小手。他伸出

的舌头像西瓜瓤一样红，身子乐呵呵扭动着，活像只大猛犬在耍闹。

“我的老天，能再次见到家里人真是太好了！”他嘴里嚷着，两只手把她的手抓得紧紧的，简直要把她的骨头折断了，“你怎么像个坏蛋，随身带起枪来了，斯佳丽小姐？”

“如今坏人太多了，山姆，我只好带把抢。你怎么住在这么个乌七八糟的贫民区？你可是个体面的黑人哪！干吗不上城里来看我？”

“上帝啊，斯佳丽小姐。我不住在贫民区，只不过暂时待在这儿。这种地方，就是让我白住，我也不住，我这辈子还从没见过这么下流的黑人。我不知道你在亚特兰大，我当你在塔拉庄园呢。我心想，一有机会，我就回塔拉庄园去。”

“围城以来，你一直待在亚特兰大吗？”

“不是的，小姐！我一直在到处跑！”他放开她的手，她活动一下手，看看骨头有没有毛病。“你还记得最后一次见我那回吗？”

斯佳丽记得围城前那个炎热的日子，当时她跟瑞特坐在马车里，大个子山姆走在一队黑人前面，唱着《去吧，摩西》，沿着尘土飞扬的街道，朝防御阵地走去。她点头表示记得。

“嗨，我没命地干活儿，挖战壕、装沙袋，一直干到邦联撤出亚特兰大。管我们的上尉军官战死了，没人告诉大个子山姆该做什么了，我就趴在树丛里躲着。我想，我能找回塔拉庄园去，可是后来听人说，塔拉那一带的房子全给烧掉了。再说，我也没法子回家，怕巡逻队逮住我，因为我没有通行证。后来，北佬军队进城了，一个北佬上校喜欢我，让我照顾他的马，给他擦皮靴。

“哎呀，小姐！我一下子神气起来，觉得自己跟波克一样啦，可我原来不过是田里干活儿的黑人。我没告诉那个上校我是个田里干活儿的，可是他……嗨，斯佳丽小姐，北佬啥都不懂！他不懂田

里干活儿的跟屋里干活儿的黑人有什么两样！我就这么跟他待在一起，谢尔曼将军去萨凡纳，我也跟着去了。天哪，斯佳丽小姐，我以前从没见过萨凡纳一路上的事情！到处是偷抢，到处烧房子——他们烧了塔拉没有，斯佳丽小姐？”

“他们放了火，可我们把火扑灭了。”

“啊，我太高兴了。塔拉是我的家，我一心想着回家去呢。战争结束后，上校跟我说：‘山姆，你跟我回北方吧，我付你高工资。’我跟所有黑人一样，都想尝尝自由的滋味，然后再回家。就这样，小姐，我们去了华盛顿、纽约，还有上校住的波士顿。可不是嘛，小姐，我是个没出过远门的黑人！斯佳丽，北方的马路上马匹和马车多得数不清，就是吓唬它们，它们也不怕！我老是害怕马车把我撞倒！”

“你喜欢北方吗，山姆？”

山姆挠了挠脑袋上的鬈发。

“也喜欢，也不喜欢。上校是个大好人，他理解黑人，可他老婆是另一种人。他老婆第一回见了我，管我叫‘先生’。可不是嘛，小姐，她是那么叫我的，我听了难受得要命。后来上校要她叫我‘山姆’，她这才改了口。可是，北佬们初次见了我，都管我叫‘奥哈拉先生’。他们还要我跟他们坐在一起，好像我跟他们是一样的。嗨，我从来没跟白人平起平坐过，我太老了，学不会了。他们对待我的样子，好像我跟他们是一样的人，斯佳丽小姐，可他们心里不是那么想的，他们不喜欢我……他们哪个黑人都不喜欢。再说，他们还害怕我，因为我个头儿太大了。他们还老是问我，追赶我的恶狗是什么样，我怎么挨打。天老爷呀，斯佳丽小姐，我可从来没挨过打！你知道杰拉尔德老爷从来不让我这么值钱的黑鬼挨打！

“我把这些都讲给他们听，还告诉他们埃伦小姐对待黑鬼有多好，告诉他们说，我得了肺炎那阵子，她坐在床边照顾了我整整一

个礼拜，他们听了都不信我的话。斯佳丽小姐，后来我再也受不了啦，就想回家，一天我趁天黑动身，一路上搭货车来到亚特兰大。要是你能给我买张去塔拉的车票，我就能回家去了。我盼望再见到埃伦小姐和杰拉尔德先生呢。自由让我受够了。我要有人给我一天三顿饭让我吃得饱饱的，告诉我该干什么，别干什么，还要在我生病的时候照顾我。要是我再得了肺炎，那个北方太太会照顾我吗？不会的，小姐！她会叫我‘奥哈拉先生’，可她不会照顾我。可是埃伦小姐会照顾我，还会……你怎么啦，斯佳丽小姐？”

“爸和妈都死了，山姆。”

“死了？你这是跟我开玩笑吧，斯佳丽？你不该这么对待我的。”

“不是跟你开玩笑，是真的。谢尔曼的军队到塔拉庄园的那阵子，妈死了，去年六月，爸也死了。哎呀，山姆，别哭，千万别哭，你哭我也要哭了。山姆，别哭！我受不了。我们现在别谈这事了，我以后会仔细讲给你听的，苏埃伦小姐在塔拉庄园，她嫁了个大好人，叫威尔·本蒂恩先生。还有卡丽恩小姐，她在……”斯佳丽没说下去，这个大个头儿就是不呜呜地哭个没完，也不会理解修道院是怎么回事。“她住在查尔斯顿。波克和普莉西还在塔拉庄园……听我说，山姆，擤擤鼻子。你真的要回家吗？”

“是的，小姐。可照我想那儿跟埃伦小姐在的时候不一样了，还有……”

“山姆，你就住在亚特兰大为我干活儿行不行？我要个人给我赶车，眼下有那么多坏人，我就急需有个人替我赶车。”

“可不是嘛，小姐，你的确需要有个人。我一直想跟你说，你不该独自驾车上这一带来，斯佳丽小姐。你不知道如今有些黑鬼有多坏，这个贫民区住的人特别坏，你上这儿来不安全。我在

这个贫民区刚待了两天，就听有人说起你。昨天你驾车走过，有几个下流黑女人还冲着你嚷，我认出是你，可你的马车跑得太快，我赶不上你。可我把那几个黑鬼揍了一顿。你没看见吗，她们今天一个也没了。”

“我注意到了，当然得谢谢你，山姆。那么你愿意替我赶车吗？”

“斯佳丽小姐，谢谢你，可我看我最好还是回塔拉庄园去。”

“嘿，为什么呢？我付你很多工钱，你一定要跟我待在一起。”

他那张黑黑的大脸露出一副蠢相，像孩子一样藏不住心事。他抬起头望着她，神情里露出恐惧。他走近马车，弯下腰低声说：“斯佳丽小姐，我一定得离开亚特兰大，非去塔拉庄园不可，到了那儿，他们就找不着我了。我……我杀了个人。”

“一个黑人？”

“不是，小姐，是个白人，是个北佬士兵。他们在找我，所以我才躲进这个贫民区。”

“是怎么回事？”

“他喝醉了，说了些难听话，我如今受不了别人骂，就掐住他的脖子……我不是有意杀他的，斯佳丽小姐，可我力气太大，还没留神他就死了。我吓坏了，不知道怎么才好，所以就溜到这儿躲起来。昨天，我见你从这条路上经过，我心里就说：‘上帝保佑！斯佳丽小姐！她会照顾我的，她不会让我给北佬抓走，她会送我回塔拉庄园。’”

“你说他们在追捕你，他们知道人是你杀的？”

“他们知道，小姐。我个子这么大，他们不会认不出来，我看我是亚特兰大个头儿最大的黑人了。他们昨天夜里就来过这里，要抓我，多亏一个黑人姑娘把我藏在树林里的一个洞里，直到他们走

了我才出来。”

斯佳丽坐在车里，皱着眉头思索了片刻。她一点儿也不为山姆杀人感到惊慌或者沮丧，却为不能留住他赶车心里很失望。要是有个像山姆这么大个头儿的黑人当保镖，就像有阿奇在身边一样安全。好吧，她一定得把山姆安全送到塔拉庄园去，当然不能让当局把他逮走。这个黑人太宝贵了，不能任凭他们把他绞死。难道他不是塔拉庄园最好的工头？斯佳丽心里丝毫也没把他当成个自由黑人。她认为他仍然属于她，就像波克、黑妈妈、彼得和普莉西一样，仍然是“我们家的人”。既然如此，就该受到保护。

“我今晚送你去塔拉。”她最后说，“听我说，山姆，我得再赶一段路，不过在太阳落下去以前，我要回这里。回来的时候，你在这儿等我。别告诉人你要上哪儿去，要是你有顶帽子，就戴上帽子遮住脸。”

“我没帽子。”

“拿着，这是两毛五分钱，跟随便哪个黑人买顶帽子，在这儿等我。”

“是，小姐。”终于有人告诉他该怎么办了，他心里宽慰，乐得眉开眼笑。

斯佳丽心事重重，赶车走开。威尔肯定欢迎这个田里的好手回塔拉干活儿。要说干田里的活儿，波克过去不行，将来也不是把好手。山姆接替波克后，波克就能上亚特兰大来跟迪尔西团聚了，杰拉尔德死的时候，她心里向他发过誓的。

她到锯木厂已经接近日落时分了，这比她计划在外面逗留的时间晚了些。约翰尼·加勒吉尔站在一个破木棚的门口，这个破木棚是锯木厂的食堂。在那间给囚犯睡觉的狭长棚屋外面，躺着一根圆木，斯佳丽交给约翰尼管的五个囚犯有四个坐在圆木上面。

囚犯的囚衣让汗水浸得又脏又臭，囚犯个个疲劳不堪，一走动，脚镣和铁链就在脚踝中间叮当作响，个个脸上露出冷漠和绝望的神情。斯佳丽目光锐利，仔细看着他们，心想，他们又瘦又不健康，可是不久前她租用他们的时候，这些人可是个个结实。她下马车的时候，他们甚至不抬起头望她，但是约翰尼向她转过身来，大模大样脱掉帽子，跟她打招呼，那张棕色的小脸绷得紧紧的，像只核桃。

“我不喜欢这帮人的模样。”她突然说，“他们看上去身体不好。还有一个在哪儿？”

“说是生病了。”约翰尼的话说得很简短，“在木板屋里。”

“生的什么病？”

“大半是懒病。”

“我看看他。”

“别去，他说不定没穿衣裳。我会照看他的，他明天就能干活儿了。”

斯佳丽迟疑了。只见一个囚犯抬起脑袋，模样显得疲惫不堪，朝约翰尼瞪了一眼，目光中露出强烈的憎恨，然后又耷拉下脑袋，望着地面。

“你是不是鞭打这些人？”

“我说，肯尼迪太太，请你原谅，是谁在管这个厂子？你交给我负责，告诉我管理厂子，你给我自由管理权，你不该对我抱怨吧？我干出的活难道没有超出艾尔辛先生的一倍？”

“不错，是这样的。”斯佳丽说着不禁打了个冷战，好像有只鹅从她坟头走过[1]。

---

[1] 有只鹅从她坟头走过：一种西方迷信说法，用来解释无缘无故打了个冷战。——译注

这个囚犯营棚屋十分难看，有一种不祥的气氛，休·艾尔辛经营的时候，就没有这种气氛，一种与世隔绝的荒凉感让她感到阴森森的。这些囚犯得不到任何保护，任凭约翰尼·加勒吉尔随意摆布，假如他想鞭打他们，或者用任何办法处置他们，她恐怕永远也不会知道。囚犯们不敢向她诉苦，怕她走后受到更重的惩罚。

“这些人看起来瘦弱得很。你能让他们吃饱吗？上帝做证，我在食品上花费了足够的钱，为的是让他们吃得跟阉猪一样胖。上个月，光面粉和猪肉就花了三十块。你晚饭给他们吃什么？”

她走到那个做饭用的棚子跟前看，一个黑白混血的胖女人站在一个锈迹斑斑的旧炉子旁，见到斯佳丽，稍稍弯了下膝盖，行个屈膝礼，接着继续搅锅里的豇豆粥。斯佳丽知道约翰尼·加勒吉尔跟她同居，不过她觉得最好不过问这种事。她看见，除了豇豆粥和一盘玉米饼，并没有其他食物。

“你们就不给这些人吃其他东西了？”

“没了，太太。”

“豇豆粥里也没有加肋条肉？”

“没有，太太。”

“没放咸肉？可是豇豆粥里没咸肉不行，他们吃了没力气。为什么不放咸肉？”

“约翰尼先生说，放肉没用。”

“你得加上肉。你把送来的食品放在哪儿了？”

那黑女人眼睛骨碌碌转着，朝一个当食品储藏间的小屋子扫了一眼。斯佳丽砰的一声把门打开。地上搁着一只开了盖的木桶，里面盛着玉米粉，另外还有一小袋面粉、一磅咖啡、一丁点儿白糖、一加仑高粱糖浆和两条火腿。架子搁板上有一条火腿是刚烤熟的，只切过一两片。斯佳丽怒不可遏，转身朝约翰尼·加勒吉尔望去，

正好跟他冰冷愤怒的眼睛四目相对。

“我上个礼拜送来的五袋白面在哪儿？那袋糖和咖啡又在哪儿？我还送来过五条火腿、十磅咸肉，天知道我送来的红薯和土豆有多少。你说，东西在哪儿？那么多东西就是让他们天天吃五顿饭，也够吃上一个星期。你把东西卖了！你干的好事，你这个贼！把我送来的食品卖掉，把钱装进了自己腰包。给这些人吃干豆子和玉米饼，怪不得他们这么瘦。你给我让开。”

她怒气冲冲从他身旁跑过去，走到门口。

“嘿，你，那边那个人——对，就是你，上这儿来！”

那人站起身，踉踉跄跄朝她走来，脚镣叮叮当当响着。她看见他赤裸的脚踝让铁镣磨伤了，又红又肿。

“你们最后一次吃火腿是什么时候？”

那人耷拉下脑袋望着地面。

“说呀！”

那个人站在那里，仍然默不作声。最后，他抬起眼睛望着斯佳丽的脸，目光中露出乞求的神色，然后又把脑袋耷拉下去。

“不敢说，嗯？好吧，到食品间去，把那条火腿从架子上搬下来。丽贝卡，把你的刀子递给他。把火腿分给那些人吃。丽贝卡，给这些人做些软饼和咖啡，多加些高粱糖浆。马上动手，好让我看到你在干活儿。”

“那是约翰尼先生自己用的面粉和咖啡。”丽贝卡战战兢兢地嘟囔着。

“约翰尼先生的，见鬼！我看你还要说那火腿也是他自己的吧。照我说的做，快干。约翰尼·加勒吉尔，跟我到外面马车跟前来。”

她大摇大摆穿过乱堆着木材的场地，登上轻便马车，看着那些人扯下一条条火腿，没命地塞进嘴里，觉得出了口恶气，这才感到

满意。他们那副模样，仿佛害怕火腿随时让人抢走似的。

“你是个少有的恶棍！”她冲着约翰尼喊道。约翰尼站在车轮旁边，耷拉着脑袋，帽子扣在后脑勺上。“你得把卖食品的钱还给我。以后，我要每天把食物送过来，不再按月算了，看你还敢不敢欺骗我。”

“今后，我不在这儿干了。”约翰尼·加勒吉尔说。

“你是说你要辞职？！”

斯佳丽一时想脱口而出：“走，那再好不过了！”可她立刻冷静下来，并没有把话说出口。假如约翰尼不干了，她可怎么办呢？他锯出的木材比休多一倍。眼下她刚接了个干木材生意以来最大的订单，而且要得很急。她得把那批木材运到亚特兰大去。要是约翰尼辞职走人，她找谁管理这个锯木厂呢？

“没错，我不干了。是你让我完全负责这里的，你还告诉我你要的只是尽量多出木材。你当初可没对我说该怎么管理，现在我也不准备受你限制。我怎么锯出木材用不着你管。你不能说我没按协议办事。我替你赚了钱，我挣到了工资……还顺便捞了点儿外快。可你现在跑来干涉我的事，提出这么多问题，当着那帮家伙破坏我的威信，以后我还怎么维持纪律？这帮家伙偶尔挨一下揍有什么关系？懒骨头就该受惩罚，我对他们还算轻的。他们吃得不痛快有什么关系？他们不配吃好的。要么你管你的事，让我管我的事，要么我今夜就走人。”

他那张冷酷的小脸比任何时候都强硬。斯佳丽犹豫了，要是他今夜就走，她可怎么办呢？她不能通宵待在这儿看管囚犯哪！

她的眼睛里流露出进退两难的神色，约翰尼的表情立刻有了点儿微妙的变化，冷酷神情缓和了一点儿。开口说话时，声调也变得从容悦耳了。

“肯尼迪太太，时候不早了，你还是回去的好。我们不会为这么点儿小事闹翻的，对不对？我看，你在我下个月工资里扣掉十块钱，这笔账就算清了。”

斯佳丽满心的不情愿，她望着那帮可怜巴巴啃着火腿的人，还想到那个躺在漏风的棚子里生病的人。她应该解雇这个约翰尼·加勒吉尔。他是个贼，还是个野蛮的家伙。谁说得准，她不在场的时候，他是怎么对待这几个囚犯的。但是，从另一方面说，他又是个精明强干的人。老天知道，她的确需要个精明强干的人。算了，她眼下还不能跟他分手，他在替她赚钱。她只要保证以后让囚犯吃上像样的伙食就行了。

“我要从你工资里扣二十块。”她干脆地说，“明天早上我再来跟你讨论这事。”

她抓起缰绳，可她心里清楚，不会再为这事讨论了。她清楚，这事结束了，她知道约翰尼也清楚这一点。

她赶车沿那条小路朝迪凯特街驶去，一路上，良心在与赚钱的欲望做斗争。她知道不该把几个人的性命交给那个严酷的小个子摆布，要是他把其中一个人折磨死了，她跟他同样有罪，因为她知道了他的种种野蛮行为后，仍然让他负责。可是，从另一个角度讲，人不该做坏事当囚犯嘛。既然干坏事让人逮住，就只好由人摆布了。这个想法多少让她良心有点儿安慰，但是，那几个囚犯没精打采的枯瘦模样一路上总是出现在她的脑子里。

“唉，我以后再去考虑这事吧。”她打定了主意，就把这个念头转到木材上，把别的事情统统抛在了脑后。

她抵达贫民区那条转弯路时，已经是日落之后了。太阳落下去后，茫茫四野笼罩在阴冷的暮色中，冷风刮过昏暗的树林，光秃秃

的树枝噼啪乱响，枯叶让风刮得发出瑟瑟声。她从来没有这么晚独自在户外活动过，心里觉得不安，真想赶紧回家去。

她拉住缰绳等山姆，可周围没有他的影子，她开始替他担忧，怕北佬已经把他逮走了。后来，她听见从棚户区传来脚步声，不由得舒了口气，心里觉得宽慰。她一定要数落山姆一顿，他竟然让她等候。

从拐弯处露面的人不是山姆。

那是个身穿破衣烂衫的大个子白人，还有个矮胖的黑人，这个黑人的肩膀和胸脯活像大猩猩。她连忙抖动缰绳使劲打马背，还抓住那把手枪。马开始小跑，但突然惊得倒退起来，因为那个白人忽然举起一只手把马拦住了。

“太太，”他说，“给我个两毛五的硬币吧，我饿坏了。”

“别挡我的道，滚开。”她尽量保持正常声调，回答道，“我一个子儿也没有。驾。”

那个男人突然伸手抓住马笼头。

“抓住她！”他向那个黑人喊道，“她的钱也许在胸口藏着！”

接下来发生的事情，对斯佳丽简直像一场噩梦，所有事情都发生得那么突然。她迅速举起手枪，可本能地感到，她不能朝那个白人开枪，免得打中自己的马。那黑人朝马车扑了过来，一张黑脸丑得吓人，还龇牙咧嘴嘲笑她。距离那么近，她举起枪开了火。她根本不知道打中他没有，紧接着，手枪被夺走了，她的一只手腕被紧紧抓住，几乎把她的手扭断。那黑人跑到她身旁，抓住她，要把她从马车上拉下来，她闻到他身上扑鼻的臭味。她挥动另一只手拼命搏斗，抓他的脸，接着，她的喉咙被他的大手掐住了。她的紧身上衣刺啦一声被扯开，一直扯开到腰部。那只黑手在她乳房中间摸索，她体会到一种从来没有过的恐惧和深恶痛绝的感觉，扯开嗓门儿疯

了似的高声尖叫。

“堵住她的嘴！把她拽下来！”听了那个白人的喊叫，那只黑手在斯佳丽脸上摸索着，要堵她的嘴。她没命地咬他，继续死命尖叫。她一边尖叫，一边听到那个白人的咒骂声，意识到黑暗中路上又来了一个人。那只捂她嘴的黑手放开了，黑人连忙闪身跳开，躲避扑上来的大个子山姆。

“快跑，斯佳丽小姐！”山姆一边大叫一边跟那个黑人扭打。斯佳丽浑身颤抖，尖声惊叫，抓起缰绳和马鞭，一齐打在马背上，马猛地一跃，奔跑起来，她感觉到车子从一个挡在车轮前的软绵绵的东西上碾过。是那个白人，刚才山姆把他打倒在地，正好让车轮碾过去。

她吓得快要疯了，一再打马，马跑得飞快，把马车拉得左右摇晃，上下颠簸。恐惧中，她感到身后有人奔跑的声音，她尖声吆喝马，催它快跑。要是让那个黑猩猩再次抓住她，不等他抓住她，她就会吓死。

身后有个声音在喊：“斯佳丽小姐，等一等！”

她并不放心，颤巍巍回头看，见是山姆一路在后面追，两条长腿像憋足了蒸汽的活塞一样迅速上下运动着。她拉住缰绳，让他赶上来，他纵身跳上马车，巨大的身躯把她挤到一边。汗水和血液从他脸上淌下来，他上气不接下气地问：

“你受伤了吗？他们伤着你没有？”

她话都说不出来了，可是，他朝她看了一眼便连忙把头扭开，她这才意识到她的上衣一直给扯开到腰部，露出她赤裸的胸脯和里面的紧身胸衣。她哆嗦着把两片衣襟拉在一起，低下头，吓得抽着鼻子哭了。

“把缰绳给我。”山姆说着把缰绳从她手里抓过去，“马儿，

快跑吧。”

鞭子啪地响了一声，受惊的马疯了似的飞跑起来，几乎把马车翻到沟里去。

“我真希望已经要了那个黑猩猩的命，可我没时间看就跑回来了。”他喘着粗气说，“不过要是他伤害了你，斯佳丽小姐，我就回去结果了他。”

“别……别……快赶车吧。”她抽泣着说。

第四十五章

那天晚上，弗兰克把她、佩蒂姑妈和孩子安顿在玫兰妮家，便跟阿希礼一道骑马沿街而去。斯佳丽又气愤又伤心，几乎发作起来。这天傍晚她刚刚受过袭击，想想都后怕，可他偏偏要挑这么个日子去参加什么政治会议！政治会议！他这人真是太自私无情了。再说说刚才的情形吧，她不停地啜泣着让山姆扶进家门时，上衣一直撕开到腰部，她哭着把事情经过讲出来时，他静静倾听着，甚至连胡子都没有搔一搔，沉着得简直要把人气疯了。他只是温和地问了声：“宝贝，你受伤了……还是吓坏了？”

她气得直掉眼泪，话都说不出来。山姆就代她回答说，她吓坏了。

“他们刚撕扯开她的衣服，我就赶到了。”

“山姆，你是个好伙计，我不会忘记你做的事，要是有什么事情我帮得上忙……”

“是，先生，请把我送到塔拉庄园，越快越好，北佬在追捕我呢。”

弗兰克听着他的陈述，态度同样平静，什么问题也没提。他的神情简直就像托尼那天夜里来敲他家的门时一样，仿佛这纯粹是一桩该由男人办的事务，仿佛处理这种事务应该尽量不动声色。

“你出去坐上轻便马车，我让彼得送你到马虎村，你在那儿的

树林里躲起来，天亮后搭火车到琼斯博罗。那样安全些……听我说，宝贝，别哭了。事情全过去了，你没伤着。佩蒂小姐，把你的嗅盐瓶子借我用用好吗？黑妈妈，给斯佳丽小姐倒杯酒来。”

斯佳丽再次伤心落泪，这回是因为气得。她原本希望得到他的安慰，听他说说为她的遭遇感到愤慨，听他说说要为她复仇。她甚至愿意听他对她大发雷霆，说他一直提醒她会遇上这种事的——可他对这一切全都显得漫不经心，仿佛把她遭受的危险当成一桩无足轻重的琐事。当然，他的态度是温和的，可他却显得心不在焉，仿佛心里惦记着更加重要的事务。

结果那桩重要事务不过是个小小的政治会议。

弗兰克告诉斯佳丽换好衣服，准备好，他要送她去玫兰妮家度过这个夜晚。她听了几乎不敢相信自己的耳朵。他应该知道这天傍晚的经历让她多么痛苦，也肯定知道她身心交瘁，急需躺在床上，盖上毯子，敷上块热砖，喝上杯掺水的热酒，好让身子放松。要是他真的爱她，什么也不能把他从她身边拉走，他会整夜守在家里，握住她的手，一遍遍对她说，要是她有个三长两短，他也不活了。等他今晚回来，两人单独在一起时，她就要这么对他说。

弗兰克和阿希礼走后，玫兰妮家的小客厅像往日一样宁静，女人们凑在一起做针线活儿。在炉火的光亮中，房间里温暖宜人，气氛欢快。桌子上的那盏灯射出柔和的黄色光芒，灯光下，四个人平心静气埋头做着针线活儿。四条裙袍微微颤动，八只娇小的脚姿态优雅地搭在低矮的跪垫上。育儿室的门敞开着，韦德、埃拉、博三个孩子都睡着了，大家听得到他们平静的呼吸声。阿奇背靠壁炉坐在一张小凳上，嘴里含着嚼烟，脸颊扭曲变形，手里使劲削一根木头。这个须发蓬乱的肮脏老头儿跟四位衣着整洁讲究的太太、小姐形成强烈对照，仿佛他是条凶猛的灰毛看家狗，而她们是四只小

猫儿。

玫兰妮温和的声音里夹杂着一点儿气愤，不停地讲述最近妇女竖琴社闹别扭的事情，太太们与男子合唱俱乐部的先生们在下一次音乐会的节目安排方面意见不合，这天下午，她们来找过玫兰妮，声称要彻底退出音乐团体。玫兰妮使出自己的全部外交手腕，才让她们暂时放弃了这个决定。

斯佳丽精神紧张得要命，恨不得大声嚷叫："啊，让妇女竖琴社见鬼去！"她想讲述自己的可怕经历，她迫不及待地想把当时的细节全都讲出来，让别人也担惊受怕就能让她减轻自己心里的恐惧压力。她想告诉大家，自己当时多么勇敢，其实，她只是想说出来给自己壮壮胆。但是，她每次扯到这个话题上，玫兰妮总是巧妙地把话岔开，谈起无关痛痒的话题。斯佳丽觉得恼火，几乎憋不住了，这些女人跟弗兰克一样自私。

她刚刚逃脱了那么可怕的一场劫难，她们怎么能这么沉着平静呢？她们甚至连一般的礼貌都不讲，不让她谈论那桩经历来宽宽心。

傍晚的遭遇对她产生了极大的震动，超过了她愿意承认的程度，她甚至不愿在心里承认那是个多大的震动。她每次回忆起那张面容可憎的黑脸，想起在暮色苍茫的树林里的那条小路，想起他在阴影里望着她，心里就忍不住直打哆嗦。她想起伸到她胸脯上的那只黑手，想到大个子山姆如果不来，会发生什么事情，心里就后怕得厉害，不由得把脑袋耷拉得更低，两眼紧紧闭上。她坐在这个平静的房间里勉强做着针线，听着玫兰妮的声音，可是，时间越长，她的神经就越紧张。她仿佛觉得自己浑身的神经会嘎巴一声绷断，就像班卓琴弦骤然绷断一样。

阿奇削木头的声音让她恼火，她不禁皱着眉头瞪了他一眼。忽然间，她觉得这事有点儿古怪，他怎么会坐在那儿削木头呢？平常

他晚上守着太太们，总是躺在沙发上睡觉，打着响亮的呼噜，呼出的气能把长胡子吹得飘起来。更奇怪的是，玫兰妮和印第亚都没有提醒他说，该在地板上铺张报纸，接住削下的木屑。他已经把那块炉前毯弄得一塌糊涂了，可她们仿佛并不在意。

她正望着他呢，突然他扭头把嘴里的烟汁吐进炉火里，吐的声音太大了，把印第亚、玫兰妮和佩蒂都吓了一大跳，好像听到一颗炸弹爆炸似的。

“你吐痰真需要使那么大劲吗？”印第亚紧张得声音都粗哑难听了。斯佳丽吃了一惊扭头望着她，印第亚一向是个沉得住气的人。

阿奇回瞪着她。

“我看确实需要。”他冷冷地回答完，又吐了一口。玫兰妮皱起眉头，朝印第亚瞟了一眼。

“我很高兴爸爸从来不嚼烟草。”佩蒂开口说，玫兰妮的眉头皱得更紧了，她猛地朝佩蒂转过脸，口吻严厉得斯佳丽从来都没听见过。

“哎呀，姑妈，快住嘴吧！你真没眼色。”

“哎呀，天哪。”佩蒂一下子把针线活儿丢在腿上，气得噘起了嘴，“真不知道你和印第亚今晚犯什么病了，脾气这么暴躁，活像两个神经病。”

谁也不接她的话茬儿，玫兰妮甚至没有为顶撞她赔不是，只顾低头做针线，动作稍稍有点儿猛。

“你的针脚大得都有一寸长了，”佩蒂姑妈有点儿幸灾乐祸，“完了非拆开重干不可。你到底是怎么啦？”

可玫兰妮还是不作声。

斯佳丽心里纳闷儿，不知她们到底有什么心事，是自己太操心受过的恐惧，没顾上注意她们？可不是嘛，虽然玫兰妮努力让这天

夜晚显得像以往五十个夜晚一样，可气氛却不同，有一种紧张气氛，看来不完全是因为这天傍晚的惊慌和震动。斯佳丽朝同伴偷偷瞥了一眼，还跟印第亚的目光碰在一起。印第亚的眼光让她觉得不自在，她长时间打量着斯佳丽，冷冰冰的眼光中带着比憎恨更强烈的神情，比轻蔑更侮辱人。

“仿佛我该为发生的事情受责怪似的。”斯佳丽愤愤然想道。

印第亚的目光从斯佳丽转向阿奇，她脸上对他恼火的神情消失了，换成一副隐藏着焦急的询问神色，可他没看她的眼睛。不过，他朝斯佳丽望了一眼，目光像印第亚一样冰冷。

玫兰妮不再谈话，屋子里一片寂静，静得让斯佳丽听得见外面起风的声音了。这个夜晚突然变得让人极不愉快。此时她觉得，空气里有一种不安气氛，她不知道是不是整个夜晚都有这种不安——也许是她太难过，刚才没留意到。阿奇的脸上有一种警惕戒备的神情，那对像猞猁一样毛茸茸的耳朵似乎一直在留神细听。玫兰妮和印第亚有一种拼命压抑住的不安神色，她们每听到路上传来一阵马蹄声，每听到光秃秃的树枝在呼啸的风中发出噼啪声，听到风吹枯叶在草坪上乱转的声音，就放下针线活儿，抬起头。壁炉里燃烧的木头发出轻微的爆裂声，她们也会惊得抬起头，仿佛那是鬼鬼祟祟的脚步声。

准是出事了，可斯佳丽不清楚到底出了什么事。正在发生某种事，可她自己并不了解。她朝佩蒂姑妈望了一眼，见她那张天真的胖脸上嘴噘得老高，她看得出这位老小姐像她一样给蒙在鼓里了。但是，阿奇、玫兰妮、印第亚，这三个人知道。寂静中，她都能感觉到印第亚和玫兰妮紧张的思绪了，她们的思绪像关在笼子里的松树一样，疯狂地打着转。她们知道正在发生的事情，尽管表面上显得像平常一样镇定，可她们在等待某种结果。她们不由自主把内心

的不安传递给了斯佳丽，让她比刚才更加紧张不安。她心不在焉地做着针线，一针扎进自己大拇指，又疼又恼火，不禁轻轻叫出了声，把她们俩吓了一大跳。她紧紧捏住大拇指，挤出一滴鲜红的血。

“我太紧张了，没法儿做针线活儿。”她说着把缝补的东西丢在地板上，“我紧张得要惊叫了。我要回家上床睡觉。弗兰克知道这情况的，所以不该出去。他老是说啊说，说什么保护妇女不受黑人和投机商的侵犯，可是轮到他该保护人的时候，他在哪儿？他在家里照顾我吗？没有。他跟一帮人出去闲逛，什么都不干，只会高谈阔论……”

气愤中，她的一对眼睛闪闪发亮，跟印第亚四目相对，她一时说不下去了。印第亚呼吸急促，睫毛稀疏的灰眼睛紧紧盯住斯佳丽的脸，冰冷的神情让人难以忍受。

“印第亚，”她突然带着挖苦口吻开了口，“要是说出来不会让你感到痛苦，请你告诉我，干吗一晚上你总是用这种眼神盯着我。我的脸变成绿颜色了，还是怎么的？”

“把事情告诉你不会让我感到痛苦，我会感到高兴的。”印第亚说着，眼睛闪闪发亮了，“我讨厌听你贬低肯尼迪先生那么高尚的人，要是你知道……”

“印第亚！”玫兰妮厉声警告她。她的双手紧紧抓着手头的针线活儿。

“我看我比你更了解自家丈夫。”斯佳丽打算跟印第亚吵一架，这是她头一回公开跟印第亚干仗，她顿时来了精神，紧张情绪突然烟消云散了。玫兰妮盯住印第亚的眼睛，印第亚不甘心地闭上嘴，可她立刻又开了口，冷冰冰的声音里带着强烈的憎恨。

“斯佳丽·奥哈拉，你让我恶心，你还谈什么让人保护！你还在乎有没有人保护！要是你想受人保护，这几个月就不会打扮得花

枝招展，在城里到处抛头露面，在陌生人面前卖弄，希望他们个个喜欢你！你傍晚的遭遇是你活该，要是有人伸张正义，你的遭遇会更糟。”

“嗨，印第亚，住嘴！”玫兰妮嚷道。

“让她说，”斯佳丽嚷道，“我喜欢听。我知道她从来恨我，可她太虚伪了，就是不愿承认。要是她认为那样可能受人崇拜，准会一丝不挂在马路上从早走到晚。”

印第亚受了侮辱，猛然跳起身，瘦削的身子气得直哆嗦。

“我的确恨你。”她的声音在颤抖，却很清晰，“不过，我一直没说出来并不是由于虚伪，是因为你不明白的道理，你连一丁点儿起码的礼貌和教养都没有；是因为我懂得大家必须团结一心，消除小小的憎恨，否则就不能打败北佬。可你……你……你却干尽各种龌龊事，降低正派人的声望。你做买卖，给你的好丈夫带来羞耻，让北佬和下流坯得到嘲笑我们的口实，让他们侮辱我们没教养。北佬不知道你并不属于我们这种人，而且你从来就不是我们这种人。北佬没脑子，不知道你根本没教养。你赶着马车在林子里乱闯，任凭自己暴露出来受人攻击，你等于在诱惑黑人和下流白人渣滓，让城里每一个上流女人处在受攻击的危险中。你还让我们的男人处在危险境地，因为他们不得不……”

“印第亚！你这该死的东西！”玫兰妮嚷起来。斯佳丽虽然怒在心头，却为玫兰妮竟然开口骂人惊呆了。“闭上你的嘴！她不知道，也……你闭嘴！你答应过的……”

“哎哟，姑娘们！”佩蒂帕特小姐恳求着，她的嘴唇在哆嗦。

“什么事瞒着我？”斯佳丽站起身，一脸怒气，面对印第亚冷冰冰的怒火，望着玫兰妮恳求的眼光。

“一群母珍珠鸡。”阿奇突然用轻蔑的口吻开了口。没等有人

斥责他，他猛然抬起灰白的脑袋，匆匆站起身，“有人来了。不是韦尔克斯先生。别咯咯叫了。”

他的声音带着男性的权威口吻，几个女人站在那里都默不作声，脸上的怒火立刻消失了。他一瘸一拐穿过屋子朝门口走去。

“谁呀？”客人还没敲门，他就开了口。

“巴特勒船长，让我进去。”

玫兰妮一听急忙奔跑过去，她的裙箍猛烈摇晃，都把里面的长裤露到膝盖上了。阿奇还没来得及伸手抓门把手，她已经砰的一声把门打开了。瑞特·巴特勒站在门口，一顶宽边黑呢帽低低压在眼睛上，狂风把他的斗篷刮得满是褶皱。这回他没顾上周到的礼数，既没脱帽，也没朝屋子里的人打招呼，一双眼睛只盯住玫兰妮，直截了当地问：

“他们去哪儿了？快告诉我，这是生死攸关的事。”

斯佳丽和佩蒂对视一眼，又惊奇又迷惑。印第亚像只老瘦猫，飞快地穿过房间，来到玫兰妮身边。

“什么也别告诉他。”她连忙嚷道，“他是个奸细，是个投机商！”

瑞特甚至看都没看她一眼。

“快，韦尔克斯太太！也许还有时间。”

玫兰妮好像吓傻了，只会盯着他看。

“到底是怎么……”斯佳丽开了口。

“闭嘴。”阿奇命令道，“玫荔小姐，你也闭嘴。喂，你给我滚出去，你这个该死的投机商。”

“别，阿奇，别这样！”玫兰妮一边喊着，一边伸出一只手颤巍巍搭在瑞特的胳膊上，好像要保护他不受阿奇伤害似的，“怎么回事？你怎么……怎么知道的？”

瑞特黑黝黝的脸上露出不耐烦的神色，还竭力保持点儿礼貌。

“老天哪，韦尔克斯太太，他们从一开始就受到怀疑，可他们一直自作聪明，直到今晚还不明白！我怎么知道的？我今晚跟几个北佬的上尉打扑克，他们喝得醉醺醺的，把消息透露给我了。北佬知道他们今晚要闹事，已经做好了准备。那几个傻瓜是自投罗网。”

玫兰妮像挨了当头一棒，一时站都站不稳了，瑞特连忙搂住她的腰，扶住她。

“别告诉他！他是要套你的话！”印第亚嚷道，说着恶狠狠瞪了瑞特一眼，“你没听他说，他今晚还跟北佬军官在一起吗？”

瑞特仍然不看她一眼，两眼仍然盯在玫兰妮那张煞白的脸上。

“告诉我，他们上哪儿去了？他们有个集会地点吗？”

斯佳丽尽管又害怕又摸不着头脑，可她从来没见过瑞特露出这么呆板平淡的表情，玫兰妮显然看出了别的东西，她信任了瑞特，挺起娇小的身躯，从瑞特扶她的手臂里脱出身子，声音带着颤抖，却很平静：

“在迪凯特街尽头的贫民区。他们在老沙利文家庄园的地窖里——就是那个烧得剩下一半的废墟。”

“谢谢你。我会马不停蹄赶过去。要是北佬来这儿，你们就说什么都不知道。”

他匆匆离去，黑斗篷立刻消失在夜幕中。他来去匆匆，大家甚至没来得及意识到他曾经来过。他已经走了，只听得小路上发出沙砾溅起的声音，接下来便是飞奔的马蹄声。

“北佬要来这儿？”佩蒂嚷了一声，小脚一软，倒在沙发上，吓得哭都哭不出来。

“这到底是怎么回事？他说的是什么意思？要是你们不告诉

我，我要发疯了！”斯佳丽抓住玫兰妮，拼命摇晃她，好像使劲摇她能摇出个答案似的。

“什么意思？这意思是因为你，阿希礼和弗兰克先生可能断送性命！”印第亚尽管心里受着恐惧的煎熬，声音里却带着一丝得意，“别摇晃玫荔，她要晕过去了。”

“我不会晕过去！”玫兰妮低声说着，紧紧抓住椅子靠背。

“我的上帝啊，我的上帝！阿希礼断送性命？求求你们，告诉我是怎么回事……”

阿奇的声音像生锈的铰链，打断了斯佳丽的话。

“坐下。”他命令道，“拿起针线活儿，像没事一样接着缝。没准儿北佬在日落后一直在房子周围暗中监视呢。嘿，我说，坐下，接着缝。”

几个女人哆嗦着服从了，就连佩蒂也抓起一只袜子，颤巍巍拿在手里，眼睛却像个吓傻的孩子一样睁得老大，东张西望，想听人解释。

“阿希礼在哪儿？他出什么事了，玫荔？”斯佳丽嚷道。

“你丈夫在哪儿？你不关心他吗？”印第亚淡灰色的眼睛里冒着恶意的怒火，把手里一条正在缝补的旧毛巾弄皱了又捋平。

“印第亚，求你别这样！”玫兰妮控制住自己的声音，可她煞白的脸在颤抖，流露出极度痛苦的眼神，显然她心里受着紧张和焦虑的煎熬，“斯佳丽，也许我们早该告诉你，可是……可是……你今天下午经历了那么多磨难，而且我们……弗兰克认为……你一向公开反对三 K 党……”

“三 K 党……”

斯佳丽刚说出这几个字的时候，仿佛她从来没听过似的，也好像不懂这个字眼的意思。

接着她几乎叫起来：“三 K 党！阿希礼不是三 K 党！弗兰克也不可能是三 K 党！他答应过我的！”

“肯尼迪先生当然是三 K 党，阿希礼也是，我们认识的男人都是三 K 党。”印第亚嚷道，“他们都是男子汉，难道不是吗？不但是白种人，还是南方人。你该为他们感到自豪，而不是让他们偷偷摸摸出门，好像是去干什么见不得人的事，再说……”

“你们从来都知道，可我却不……”

“我们是怕你心里不安。”玫荔难过地说。

“这么说，他们表面上说是去开政治会议，其实是去那儿了？啊，他答应过我的！哎呀，这下，北佬要来抢走我的锯木厂和店铺，把他关进监狱……嗨，瑞特·巴特勒的话是什么意思？”

惊恐中，印第亚与玫兰妮两人的目光相遇了。斯佳丽站起身，把针线活儿使劲扔在地上。

“要是你们不告诉我，我就上闹市去弄个明白。逢人便问，直到弄清楚为止……”

“坐下。”阿奇盯着她的眼睛说，“我告诉你。因为你今天下午赶车出去闲逛，惹出麻烦，这全是你的过错。韦尔克斯先生、肯尼迪先生和别的男人今夜出去，是要在那儿找到那个黑鬼和那个白人，干掉他们，要是找不着他们，就要把整个贫民区的人统统消灭掉。要是刚才那个恶棍说的话没错，北佬起了疑心，要不然就是得到了风声，他们已经派出部队，埋伏在那里等候。我们的人已经掉进圈套了。要是巴特勒说的不是真话，那他就是个奸细，要把他们的行踪报告给北佬，他们还是免不了一死。他要是真的报告了他们的行踪，我就要干掉他，哪怕这是我这辈子干的最后一件事。要是他们幸免一死，也不得不离开这里，逃亡得克萨斯，恐怕永远也回不来了。这都是你的过错，你的手上沾着他们的鲜血。”

玫兰妮见斯佳丽脸上渐渐露出理解的神色，紧接着又变成恐惧。玫兰妮脸上的恐惧渐渐变成了愤怒，她站起身，一只手搭在斯佳丽肩膀上。

“阿奇，你再说一句这种话，就别待在这儿了。”她口吻严厉地说，“不是她的错。她只是做了……做了她不得不做的事。你们男人也做了他们认为不得不做的事。人们肯定要做自己该干的事。我们大家的想法并不一样，行为也不一样，所以，不该拿我们自己去判断别人。你和印第亚怎么能说这么狠心的话，这时候，我的丈夫和她的丈夫说不定……说不定……”

“听！”阿奇轻声打断她的话，“坐下，太太们，有马蹄声。”

玫兰妮跌坐在一把椅子上，抓起阿希礼的一件衬衫，脑袋耷拉下去望着衬衫，手里不知不觉把褶边撕成小碎布条。

一群马朝这所房子奔来，马蹄声越来越响亮了，只听到外面有马嚼子的叮当声、勒缰绳的声音和人们的说话声。马蹄声在房子前面静下来，有一个人在发号施令，他的嗓门儿压过了其他人的声音，屋子里的人听见脚步声绕过房子侧面的院子，朝后门廊走去。他们觉得有一千只眼睛透过没有拉窗帘的窗户望着屋里。四个女人心里充满恐惧，耷拉下脑袋，手里继续做着针线活儿。斯佳丽的心里在尖叫：“是我害了阿希礼！我把他害死了！”在这个疯狂的时刻，她甚至没想过她可能也把弗兰克害死了。她脑子里想的只有阿希礼，再也没有容纳别人的余地了。她想象出一幅可怕的景象：阿希礼倒在北佬骑兵脚下，金黄色的头发上染着斑斑血迹。

听到一阵急促的敲门声，她朝玫兰妮望去，从她紧张的小脸上看到一种以前没见过的表情，就像瑞特·巴特勒刚才的表情一样呆板，仿佛一个扑克赌徒手头只有一对二，却板起面孔，要威胁对手摊牌认输。

“阿奇，开门。”她平静地说。

阿奇把刀子悄悄插进靴筒，解开手枪皮套，一瘸一拐走到门口，哐当一声把门打开。佩蒂看见门口挤进来一个北佬上尉和一队士兵，吓得轻轻尖叫一声，活像只老鼠感到捕鼠笼关上了门。不过其他人什么话也没说。斯佳丽发现她认识那个军官，稍稍松了口气。这人是汤姆·贾弗里上尉，是瑞特的一个朋友。他盖房子时，她曾卖给他木料。她知道他是个绅士。也许因为他是个绅士，就不至于把她们拉去坐牢。他一眼认出是她，就脱掉帽子鞠了个躬，模样有点儿发窘。

“晚上好，肯尼迪太太。你们哪位是韦尔克斯太太？”

“我就是韦尔克斯太太。”玫兰妮边回答边站起身，虽然她身材矮小，却浑身都显出了庄严，“请问，你们为了什么如此闯进我家？”

“对不起，我要找韦尔克斯先生和肯尼迪先生谈话。”

“他们不在家。”玫兰妮说，她柔和的声音里带着冷淡。

“你能肯定吗？”

“韦尔克斯太太的话你们还怀疑吗？”阿奇气得胡子都翘起来了。

“请原谅，韦尔克斯太太，我丝毫没有不敬的意思。如果你能保证，我就不搜查这房子了。”

“我向你保证。不过你们愿意的话，尽管搜查好了。他们在城里肯尼迪先生的店铺里聚会呢。”

“他们不在店铺里，今晚也没有聚会。”上尉厉声说，“我们要在外面等他们回来。”

他微微躬身后走出屋子，随手把门关上。屋子里的人听见他在呼呼风声中下了道严格的命令：“包围房子。每个窗口和门口站一

个人。”一阵杂沓的脚步声后，斯佳丽朦胧看见所有窗户外都有胡子拉碴的脸在朝里面看。玫兰妮坐下来，伸出一只不再颤抖的手，拿起桌子上的一本书。那是一本破旧的《悲惨世界》，这书深受邦联士兵的喜爱。他们以前借着营地的篝火读这本书，还苦中作乐，把书名开玩笑地叫成“李的悲惨世界”[1]。玫兰妮把书翻到中间，用清晰单调的声音朗读起来。

“做针线活儿。”阿奇用粗哑的声音低声命令道，玫兰妮的声音让另外三个女人精神振作了起来，大家抓起针线活儿，开始埋头缝纫。

斯佳丽根本不知道玫兰妮在那圈人的监视下念了多久，她觉得好像有几个钟头。玫兰妮念的内容，她一个字也没听进去。这时候，她不但想念阿希礼，甚至开始想弗兰克了。他傍晚时显得十分平静，原来就是这个原因！他可是答应过她的，说他不会跟三 K 党有任何牵连。唉，她从来都害怕这种麻烦降临到他们头上！去年的一切心血全都白费了。她冒着风雨严寒担惊受怕苦苦奋斗了一年，结果都将化为泡影。谁能想到，那个没精打采的老弗兰克竟然是个三 K 党人，还参加他们头脑发热的行动。此时此刻，没准儿他已经死了。就算没死，让北佬逮住也得上绞架。还有阿希礼！

她死死攥紧拳头，直到手心让指甲掐出四个红色的月牙形。阿希礼正处在被绞死的危险中，玫兰妮怎么还能平心静气念个没完？难道他没有生命危险？但是，玫兰妮朗读冉阿让[2]遭遇的种种不幸时声调平静，仿佛是一股力量，这力量支持着她，使她没有跳起身高声尖叫。

---

[1] 李的悲惨世界：《悲惨世界》的法语发音与英语“李的悲惨世界”发音相近。——译注

[2] 冉阿让：雨果的《悲惨世界》书中主要人物。——译注

她的思绪回到托尼·方丹来找他们的那天夜里，他受到追捕，精疲力竭，身上一个子儿也没有。要不是跑到他们家，得到一点儿钱和一匹精神饱满的马，肯定早让人绞死了。假如弗兰克和阿希礼此刻还活着，他们也处在原来托尼的境地了，而且更糟。房子已经让士兵包围起来，他们没法儿回家取钱取衣服，否则就要被逮走。说不定这条街上所有房子前都有一队士兵把守，他们想求朋友帮忙都没法子。也许此刻他们正骑着马逃往得克萨斯呢。

但是，瑞特……也许瑞特能及时赶上他们。瑞特口袋里从来都装着很多钱，也许能借给他们足够的钱，帮他们渡过难关。奇怪的是，瑞特怎么会替阿希礼的安全费心呢？他当然不喜欢阿希礼，还公开说对他表示轻蔑。那这是怎么回事呢？这个谜被心里涌起的一阵担忧淹没了，她在替阿希礼和肯尼迪担忧。

“唉，这全是我的过错！”她心里悲叹道，“印第亚和阿奇说得对，全是我的过错。可我从没想过，他们俩竟然那么傻，竟会参加三 K 党！我也从来没想过自己真的会遇上麻烦。玫荔说的是真话，人们必须做自己不得不做的事情，我不得不维持锯木厂开工！我也不得不赚钱！可如今我却可能失去所有的钱，而且还全是因为我自己的过错！”

过了很久，玫兰妮的声音变得结结巴巴了，声音越来越低，最后完全没声了。她朝窗口扭过头去，盯着外面看，仿佛外面没有北佬隔着玻璃看她似的。其他几个人也抬起头，看见她倾听的姿势，也屏神细听。

外面传来马蹄声，还有人在歌唱，尽管门窗紧闭，而且还是逆风，但声音虽小还是听得出来。那是一首最可恶不过的歌——谢尔曼的士兵唱的进行曲《进军佐治亚》。唱歌的人却是瑞特·巴特勒。

他还没唱完第一段，就听到另外两个人的声音醉醺醺地数落他，

说他唱得不好听，几个人的声音怒冲冲、傻乎乎的，结结巴巴，模糊不清。贾弗里上尉在前门一声令下，接着是一阵迅速跑动的脚步声。几位女士相互望了一下，惊呆了，因为刚才那两个责备瑞特唱得不好的醉醺醺的声音是阿希礼和休·艾尔辛的声音。

正门前的步道上，人们的声音越来越响亮，有贾弗里上尉的简短询问声，有休的傻笑和尖叫，有瑞特满不在乎的低沉声音，阿希礼古怪的声音显得很不真实："怎么他妈一回事！到底怎么他妈一回事！"

"这不可能是阿希礼！"斯佳丽疯狂地想道，"他从不喝醉酒！还有瑞特——嗨，瑞特酒醉后总是说话越来越少，从不这么吵闹的！"

玫兰妮站起身，阿奇也跟着站起来。他们听见上尉严厉的声音："这两个人被捕了。"阿奇的手按在枪柄上。

"别动。"玫兰妮压低声音说，她的态度十分坚决，"别动，让我来应付。"

斯佳丽看到，她脸上的神情就像那天在塔拉庄园楼梯上首看到北佬尸体时一样，当时她手里抓着那把沉甸甸的马刀，手腕都抬不起来——为环境所迫，一位温和腼腆的女子能鼓起勇气，变得像母老虎一样谨慎而凶猛。她猛地把屋门拉开。

"把他拖进来，巴特勒船长。"她的声音清晰，口吻恶毒，咬牙切齿地喊道，"我看你又把他灌醉了，把他拖进来。"

寒风扫过的黑黢黢的步道上，那个北佬上尉开口了："对不起，韦尔克斯太太，你丈夫和艾尔辛先生被捕了。"

"被捕？为什么？因为喝醉酒吗？要是亚特兰大人因为喝酒要关禁闭，那北方驻军个个都要住监牢。好了，巴特勒船长，要是你自己还能走，就把他拖进来。"

斯佳丽脑子迟钝，一时没明白发生了什么事。她知道，不管是瑞特还是阿希礼，两人都没喝酒。她也知道，玫兰妮清楚他们没喝醉。然而，平时温文尔雅的玫兰妮，此刻却当着北佬的面，像个泼妇似的尖声嚷叫，说他们醉得路都走不稳了。

接下来是一阵短促含混的争论，其中还夹杂着咒骂，然后是踉踉跄跄的脚步声走上台阶。门口出现了阿希礼，只见他脸色煞白，脑袋耷拉着，一头金发乱蓬蓬的，高高的身子从脖子到膝盖裹在瑞特那袭黑斗篷里。休和瑞特两人一边一个扶着他，其实他们自己也显得站不稳。看上去，要不是他们扶着，阿希礼准会倒在地板上。那个北佬上尉跟在他们身后，脸上的神色显出他既感到怀疑又觉得可笑。他站在敞开的门口，他的部下在他身后好奇地张望。寒风刮进屋里。

斯佳丽又害怕又迷惑，瞟了玫兰妮一眼，目光又落在虚弱的阿希礼身上，这时她有点儿明白了。她差点儿叫出声来："他不可能喝醉！"可她连忙把话憋住。她意识到自己是在看一场戏，这是一场生死攸关的危险游戏。她清楚，她和佩蒂姑妈不是戏中角色，可其他人却是演员，他们相互提词，像排演熟练的演员。她只懂得这出戏的一部分，但是她已经充分理解，自己必须保持沉默。

"把他丢在椅子上。"玫兰妮怒不可遏地说，"你呢，巴特勒船长，请你马上离开这屋子！你把他灌成这样，怎么有脸上这儿来！"

两个男人把阿希礼小心安顿在一张摇椅上，瑞特踉踉跄跄抓住椅背，对那个上尉开了口，声音里带着痛苦。

"瞧，我就得到这么个感谢，多好的谢意呀。帮他免遭警察逮捕，还把他带回家，他还又叫又嚷，不停地抓挠我！"

"还有你，休·艾尔辛，我替你害臊！你可怜的妈妈会怎么说

你呢？喝得烂醉，跟一个——跟一个喜欢北佬的叛贼出去！哎哟，再说说你吧，阿希礼先生，你怎么能干出这种事呢？”

“玫荔，我醉得不厉害。”阿希礼咕哝着说完，身子往前一倒，脸耷拉在桌子上，两条胳膊抱住脑袋。

“阿奇，像往常那样，送他回屋上床。”玫兰妮命令道，“佩蒂姑妈，请你跑过去替他整理一下床铺，哎呀，”她突然哭了，“他怎么能这样呢？他向我保证过不酗酒的！”

阿奇动手搀阿希礼，把胳膊插到他腋窝下，佩蒂站起身，心里害怕，有点儿不知所措。这时那个上尉开口了。

“别碰他。他被捕了。中士！”

中士提着枪走进屋子，瑞特显然想稳住自己的身子，一只手搭在那个中尉胳膊上，眼睛吃力地望着他。

“汤姆，你干吗逮他？他醉得不很厉害嘛，我见过比他醉得更厉害的人呢。”

“喝醉酒，见鬼，”上尉嚷道，“他就是躺在阴沟里我也不管。我不是警察。他和艾尔辛先生被捕，因为他们今晚同谋组织了一次三 K 党对贫民区的袭击。一个黑人和一个白人被杀。韦尔克斯先生是头目。”

“今晚？”瑞特哈哈大笑，笑得太凶了，不得不坐在沙发上，双手捧住脑袋。“今晚不可能，汤姆。”他渐渐缓过气来，说道，“这两个人一直跟我在一起——从八点钟起，本来他们打算开会来着。”

“跟你在一起，瑞特？可是……”上尉皱起了眉头，望着正在打鼾的阿希礼和他哭泣的妻子，“可是……你们刚才在哪儿？”

“我不愿说。”瑞特那双醉眼朝玫兰妮机灵地瞟了一眼。

“你还是说出来的好！”

“咱们到门廊去，我在那儿告诉你我们去哪儿了。”

“你就在这儿说。”

“当着太太们的面，怎么好说呢。那就请夫人们去别的房间吧……”

“我不走。”玫兰妮嚷道，她气呼呼地用手帕擦了擦眼睛，“我有权知道。说，我丈夫刚才在哪儿？”

“在贝尔·沃特林的妓院。”瑞特显出害臊的模样，“他在那儿，还有休、弗兰克·肯尼迪、米德大夫和……他们都在那儿。大家举办了个酒会，是个盛大的酒会。香槟、姑娘……”

“哇呀……在贝尔·沃特林那里？”

玫兰妮的声音越提越高，最后强烈的痛苦使她嘶哑得说不出话来了。人人都惊得朝她扭过头看去，她双手拼命撕扯自己的胸脯，阿奇连忙扶住她，她晕倒了。接着是一片混乱，阿奇扶起她，印第亚连忙跑进厨房端水，佩蒂和斯佳丽摇扇子扇她的脸，拍打她的手，休·艾尔辛一遍又一遍地嚷：“这下你高兴啦！这下你高兴啦！”

“哼，这下全城都知道了。”瑞特幸灾乐祸道，“我希望你感到满意，汤姆。明天，整个亚特兰大，谁家的妻子都不会搭理自家丈夫了。”

“瑞特，我没想到……”风刮进敞开的门，吹在那个上尉脊背上，可他却在淌汗，“我说，你能起誓，他们刚才在……嗯……在贝尔那里？”

“见鬼，当然是。”瑞特咆哮道，“你要是不信我的话，去问贝尔本人好了。好啦，让我把韦尔克斯太太抱进她房间去，把她交给我，阿奇。没错，我抱得动她。佩蒂小姐，拿着灯头里走。”

他从阿奇胳膊里轻松接过玫兰妮瘫软的身子。

“你送韦尔克斯先生上床去，阿奇。过了今夜，我再也不想看见他，再也不想碰他的身子了。”

佩蒂的手哆嗦得厉害，结果那盏灯成了个威胁房子安全的东西。可她总算拿稳了，快步走在前头，朝黑黢黢的卧室走去。阿奇哼了一声，一条胳膊伸到阿希礼身子下面，把他搀起来。

“可是……我得逮捕这两个人哪！”

瑞特从昏暗的走廊扭回头。

“那就明天早上再来逮吧。在这种情况下，他们不可能逃走——嗨，我还从没听说过在妓院喝酒是犯法的呢。老天哪，汤姆，有五十个人能证明他们刚才在贝尔那里。”

“从来都会有五十个证人，证明一个南方佬在一个他根本没去过的地方。”那上尉憋着一肚子气，“你跟我走，艾尔辛先生。既然有人起誓担保，我就假释韦尔克斯先生……”

“我是韦尔克斯先生的妹妹，我保证他到案。”印第亚冷冰冰地说，“好啦，你们该走了吧？这一夜你们惹的麻烦够多了。”

“我万分抱歉。”上尉形容尴尬，鞠了一躬，“我只是希望他们能证明自己在……嗯……沃特林小姐……嗯，沃特林太太那里。请告诉你哥哥，他明天一定要到宪兵司令部报到，接受讯问。好吗？”

印第亚冷冷地微鞠一躬，一只手抓住门钮，默默下了逐客令。上尉和中士带着艾尔辛出了门，她狠狠把门摔上。她看都没看斯佳丽一眼，匆匆走到各个窗口，拉下遮光窗帘。斯佳丽的膝盖颤抖得厉害，连忙抓住阿希礼坐过的那把椅子，稳住自己。她往下一看，见椅背上有一片黑乎乎的湿渍，比她的巴掌还大。她有点儿疑惑，摸了一下，手掌上显出一抹湿乎乎的红色黏液。

“印第亚，”她压低声音说，“印第亚，阿希礼……他受伤了。”

“你这个傻瓜！你以为他真的喝醉了？”

印第亚拉下最后一道遮光窗帘，然后拔脚朝卧室跑去。斯佳丽

紧紧跟在她身后，只觉得心都要跳到嗓子眼儿了。瑞特的高大身躯挡在门口，可斯佳丽的目光还是越过他的肩膀，看到阿希礼躺在床上，脸色煞白，一动也不动。玫兰妮刚才还晕倒过，现在却动作特别麻利，正用一把绣花用的剪刀剪开他浸满了血的衬衫。阿奇一手端着灯把光亮投在床上，另一只骨节嶙峋的手抓住阿希礼的手腕。

“他死了吗？”两个姑娘异口同声地问道。

“没有，只是失血过多晕过去了，子弹打穿了他的肩膀。”瑞特说。

“你干吗把他带到这儿来，你这个蠢货！”印第亚嚷道，“让我看看他！让我过去！你干吗把他带回这儿受逮捕？”

“他身体太弱，不能上路。没别的地方好去，韦尔克斯小姐。再说，难道你要他像托尼·方丹那样当逃犯吗？你不至于想要你的十几个邻居都去得克萨斯，换个假名字度过余生吧？有个机会能让他们逃避罪名，只要贝尔……”

“让我过去！”

“不行，韦尔克斯小姐。你得帮个忙，请个大夫来——米德大夫不行，他牵连在这事里，眼下可能正向北佬辩解呢。另请个大夫来。你独自出门害怕吗？”

“不怕。”印第亚说，她的灰眼睛闪闪发亮，“我不怕。”她一把抓起玫兰妮挂在走廊里的那件带兜帽的斗篷，“我去找老迪安大夫。”她努力迫使自己镇静下来，声音里没有兴奋的口吻了，“请你原谅，我把你叫成叛贼和蠢货，那是我以前不了解，我非常感谢你为阿希礼做的事——不过我仍然瞧不起你。”

“我欣赏坦率，也谢谢你的坦率。”瑞特向她鞠躬，嘴唇向下一撇，努出个滑稽的微笑，“好了，快去吧。要走小路。回来的时候，要是看到附近有士兵的影子，别走进这所房子。”

印第亚心情痛苦，朝阿希礼又瞥了一眼，裹上斗篷，匆匆穿过走廊，走到后门口，静悄悄出了门，投入夜色中。

斯佳丽的目光越过瑞特凝神看着，见阿希礼的眼睛睁开了，她的心怦怦直跳。玫兰妮从脸盆架上抓过一条折叠起来的毛巾，紧紧压住他流血的肩膀。阿希礼朝她微微一笑，显得十分虚弱，却让人放心。斯佳丽觉得瑞特敏锐的目光正盯着她，像是能看透她的心思。她知道自己心事全暴露在脸上了，可她并不在乎。阿希礼在流血，也许要死了。她爱他爱得那么深，如今却因为自己，害得他肩膀上打了个窟窿。她想跑到他床前，俯身把他抱在怀里，可她的膝盖直打战，让她没法儿走进房间。她捂住嘴巴，望着玫兰妮又拿起一条毛巾死死按住他的肩膀，仿佛能让他的鲜血重新流回他的身体。但是，毛巾很快就染成了红色，好像中了魔法似的。

一个人流了那么多血怎么还能活着呢？谢天谢地，好在他嘴唇没长血疱。没错，她知道血疱是死亡的预兆，她从桃树河之战就知道得清清楚楚了。那天真可怕，受伤的人都死在佩蒂姑妈家的草坪上，嘴里都淌着血。

“打起精神，”瑞特说，他的声音冷酷，带着一丝嘲讽意味，“他不会死的。听着，去给韦尔克斯太太端住灯。我要阿奇办点儿事。”

阿奇的目光越过灯望着瑞特。

“我不受你命令。”他的话说得很干脆，把嘴里的嚼烟块挪到嘴里另一侧。

“你按他的话去做，”玫兰妮严厉地说，“要快。凡是巴特勒船长的话句句都要听。斯佳丽，接着灯。”

斯佳丽走过去接过那盏灯，用双手端住，免得掉下去。阿希礼的眼睛又闭上了。他赤裸的胸膛缓慢隆起，很快就塌陷下去，鲜红的血从玫兰妮的小手指头间渗出来，那双手慌乱得像发了狂。斯佳

丽朦胧听到阿奇踉踉跄跄穿过房间，走到瑞特跟前，接着听到瑞特压低声音急促说话。她的心思全在阿希礼身上，只听到瑞特压低声音说话的开头一句："骑我的马去……拴在门外……拼命快跑。"

阿奇咕哝着问了句话，斯佳丽听见瑞特回答道："老沙利文家庄园。在烟囱里能找到塞在里面的长袍，都烧掉。"

"嗯。"阿奇哼了一声。

"地窖里有两个人，尽力把他们搭在马背上，把他们送到贝尔家后面的空地上，就是她那所房子和铁路路轨中间的那片空地。要当心，要是让人看见，你跟我们大家都得上绞架。把他们放在那片空地上，把手枪搁在他们旁边——塞在他们手里。给你——把我的手枪拿去。"

斯佳丽从屋子这头望过去，只见瑞特把手伸进礼服下摆，掏出两把左轮手枪。阿奇接过枪，插进自己腰带。

"每把手枪开一枪。要布置得像决斗的情况一样明显。你明白吗？"

阿奇点了点头，好像完全明白似的。接着，他那只冷冰冰的独眼闪出抹尊敬的光亮，却仿佛并不心甘情愿。但是，斯佳丽一点儿也不明白。过去的半个钟头简直像一场噩梦，她觉得自己再也弄不明白任何事情了。不过，瑞特似乎完全控制了这个混乱的局面，这对她倒是个小小的安慰。

阿奇转身要走，却转身用那只独眼探询着瑞特的脸。

"是他？"

"对。"

阿奇哼了一声，朝地板上唾了一口。

"真倒霉。"他说完一瘸一拐走向后门。

最后这两句压低声音的对话让斯佳丽心中产生了新的恐惧和怀

疑，像一股冰凉的泡沫涌上胸口，等那泡沫爆裂时……

“弗兰克在哪儿？”她嚷道。

瑞特快步走到床前，巨大的身躯尽量轻盈无声地挪动着，敏捷得像只猫。

“一切都很及时。”他说着脸上匆匆露出一丝微笑，“把灯端稳，斯佳丽，你不想烧着韦尔克斯先生吧。玫荔小姐……”

玫兰妮像个等待命令的小个子好兵。形势如此紧张，她根本没考虑到瑞特这是头一回用昵称叫她，这个昵称只有亲戚和老朋友才用的。

“我请你原谅，我想说的是，韦尔克斯太太……”

“噢，巴特勒船长，别要我原谅！你叫我‘玫荔’别加‘小姐’两个字，我会觉得光荣！我觉得你就像我的……我的哥哥，或者像我的堂兄。你的心多好，又多么聪明哪！我真不知道怎么感谢你才好啦。”

“谢谢你。”瑞特说，他一时几乎显得有点儿发窘，“我哪敢这么放肆呢。不过，玫荔小姐，”他的声音里带着抱歉的口吻，“对不起，我不得不说韦尔克斯先生刚才是在贝尔·沃特林的房子里。我很抱歉，把他和其他人牵连进这么一种……一种……不过我从这儿骑马离开的时候，不得不赶紧考虑，这是我想出的唯一计划。我知道这话他们相信，因为我在北佬军官中有许多朋友，他们几乎把我当成他们的自己人，结果让我的名声受到大家怀疑，他们知道我在城里人中间……不妨说是‘不受欢迎’吧。我今晚早些时候还在贝尔酒吧打过扑克，这事有十几个北佬士兵能为我做证。贝尔和她那儿的姑娘们很高兴撒谎说，韦尔克斯先生和其他人整个晚上都在楼上。北佬会相信她们的话。北佬就是这么怪，他们从来没想过，干那一行的女人也会有强烈的忠诚感、爱国心。亚特兰大正派女人

说出自己的男人在哪里开会，北佬一句也不信，可他们硬是相信那帮时髦女郎的话。我看，靠一个叛贼和十几个时髦女郎的名誉，我们有机会把我们的男人弄出来。”

说到最后几个字，他咧开嘴笑了笑，笑容里带着嘲讽。但是，玫兰妮带着感激神情抬头望着他时，他的微笑消失了。

“巴特勒船长，你真机智！你说什么我都不在乎，你就是说他们今晚下过地狱都没关系，只要能救他们就行！因为我知道，而且每一个跟他有关系的人都知道，我丈夫从来不去那种可怕的地方！”

“这个嘛……”瑞特有点儿尴尬地开了口，“其实他今晚真的在贝尔那里。”

玫兰妮挺直了身子，态度冷冰冰的。

“你怎么说都不能让我相信这种谎话！”

“玫荔小姐，请你听我解释！我今晚到了老沙利文那宅子时，发现韦尔克斯先生受了伤，休·艾尔辛、米德大夫、梅里韦特老头儿正陪着他……”

“那位老先生不可能去！”斯佳丽嚷起来。

“男人再老也难免干傻事，还有你家亨利伯伯……”

“噢，天哪！”佩蒂帕特姑妈嚷道。

“跟部队交火后，其他人都散了，没打散的这伙人来到沙利文的庄园，把长袍藏进烟囱里，察看韦尔克斯先生受的伤有多重。要不是因为他受了伤，大伙说不定这会儿已经在奔往得克萨斯的路上了，大伙儿全都会跑走。可他不能骑马，大家又不能抛下他。当时有必要证明他们去过某个地方，而不在他们去过的地方，所以我就带他们走小路去了贝尔·沃特林那儿。”

“噢，我明白了。请原谅我失礼，巴特勒船长，我明白必须带他们去那儿的原因了。可是……巴特勒船长，他们进去免不了让人

看见啊！”

“没人看到我们进门。我们走的是那扇朝向铁路的门，人们都不知道那扇后门。门从来都是黑黢黢的，上着锁。”

“那你们怎么……”

“我有把钥匙。”瑞特说得很简短，他的目光平静，与玫兰妮的目光相遇了。

玫兰妮让这句话的含义震惊了，顿时感到非常尴尬，正在扎绷带的手变得非常笨拙，绷带整个从手里滑落了。

“我不是有意打听……”她声音含糊地说，一张白皙的脸涨得通红，连忙把毛巾重新按在伤口上。

“我很抱歉，不得不向一位太太说这种事。”

“这么说，他真的在跟那个坏女人沃特林同居！”斯佳丽想道，心里不由得产生一种难以形容的痛苦，“那房子果然是他的！”

“我见了贝尔，把一切都解释给她听。我们还给了她一张名单，写着今晚在外面的人。她和她的那些姑娘会替我们做证，说他们今晚都在她那个地方。接着，为了让我们离开时更惹人注意，她叫来两个在她那儿维持秩序的保镖，把我们连推带搡轰下楼，经过酒吧，赶到街上，就像对付在那里闹事的醉汉一样。”

他回忆着当时的情景，不禁咧开嘴笑了：“米德大夫装得不太像个醉汉。即使到了那种地方，他也觉得扮演醉汉有损尊严。可你家亨利伯伯和梅里韦特老头儿倒演得出色极了，要是他们不上舞台表演，演艺界真是少了两个了不起的演员呢。他们似乎觉得这事挺有趣。恐怕亨利伯伯一只眼圈给打得发青了，因为梅里韦特的角色扮演得太热心，他……”

后门砰的一声打开，印第亚走进门，后面跟着老迪安大夫。大夫一头长长的白发乱蓬蓬的，破旧的皮包在斗篷下面鼓鼓囊囊。他

匆匆点了下头，没跟在场的任何人说话，马上揭掉阿希礼肩膀上的绷带。

“部位很高，没伤着肺。”他说道，“要是没伤着锁骨，就不严重。给我多拿些毛巾来，女士们，要是有棉花就拿点儿棉花来，还有白兰地。”

瑞特从斯佳丽手中接过灯，放在桌子上，玫兰妮和印第亚听从大夫吩咐，匆匆跑来跑去。

“你在这儿什么也干不成，到客厅的壁炉跟前去吧。”瑞特搀着斯佳丽的胳膊，把她扶出房间，他的手和声音都透露出一种以前没有过的柔情，“你这一天真够受的，对不对？”

她任由他扶着来到客厅，虽然站在炉前地毯上，却浑身哆嗦着。她心里的疑惑像气泡一样越涨越大，此时已经不只是怀疑，几乎变得确信无疑，确定得可怕了。她望着瑞特不动声色的面孔，一时说不出话来，后来她开口问道：

“弗兰克也去过贝尔·沃特林那里吗？”

“没有。”

瑞特的声音变得十分直率。

“阿奇此刻正要把他送到贝尔家那片空地上。他脑袋挨了一枪，死了。”

第四十六章

那天夜里，亚特兰大城北端没有几家人入睡，因为印第亚·韦尔克斯像个幽灵似的悄悄溜进一家家后院，把三 K 党遇到的灾难和瑞特的计谋迅速传播开来，她压低声音，把消息匆匆传进人们的厨房，然后便闪身钻进夜色，消失在狂风之中。她就这样一路上带给人们恐惧和绝处逢生的希望。

从外表上看，一座座房子黑黢黢的，寂静无声，仿佛笼罩在睡眠中，但是，房子里，人们在压低声音热烈地讨论，一直谈到天明。许多人准备远走高飞，其中不但有参加这次夜袭的人，而且包括每一个三 K 党人。桃树街上，差不多在每个马厩里，马都备上了鞍，人们的手枪插在皮套中，粮食装进干粮袋里。印第亚低声传递消息，才阻止了一次大逃亡："巴特勒船长说了，别逃走，大路上有人监视呢。他已经跟那个叫沃特林的女人安排好了……"男人在黑暗的屋子里低声说："我怎么能相信巴特勒那个可恶的投机商呢？没准儿是个圈套！"女人的声音在恳求："别走！既然他救了阿希礼和休，也许他能把大家都救下，就连印第亚和玫兰妮都相信了他的话……"大家将信将疑，留下来没走，因为其实大家并没有出路。

前半夜，士兵敲了十几家人的门。凡是说不出或者不愿说出这天晚上他们去过什么地方的人，都让逮走了。不少人在监狱里过夜。其中有勒内·皮卡德、梅里韦特太太的一个侄儿、西蒙斯家弟兄和

安迪·邦内尔，他们也参加了那次倒霉的袭击，但是，交火之后就给打散了。他们骑着马拼命赶回家，在听说瑞特的计划之前就被捕了。幸亏他们都一口咬定说，他们去过哪儿是自己个人的事，用不着北佬管。结果他们被关起来，要等到早晨再受审讯。梅里韦特老爷子和亨利·汉密尔顿伯伯却厚着脸皮称，他们晚上在贝尔·沃特林的妓院。贾弗里上尉不耐烦地指出，他们干那种事情，年纪未免太大了点儿，可他们听了气得要跟他打架。

贝尔·沃特林接到贾弗里上尉的传讯，亲自跑来见他。他还没来得及提问，她便高声嚷嚷着说，今夜妓院要关门。说是昨天天刚黑，就有一群醉汉闯进妓院，又吵又闹又打架，把她那地方闹了个底朝天，把最上等的镜子都砸了个稀巴烂，姑娘们都吓坏了，今晚的所有业务只好暂停。不过，贾弗里上尉如果想过去喝一杯，酒吧倒是还开着……

贾弗里上尉觉察到手下人都咧开嘴巴笑，觉得很尴尬，仿佛在跟迷雾搏斗。他怒气冲冲地说，他既不要年轻姑娘，也不喝酒，只想查出砸坏东西的顾客姓名。贝尔当然认识他们，说他们都是常客，每个星期三晚上都来，还自称是“礼拜三民主党人”。不过她可不知道他们这话是什么意思，也根本不关心。要是他们不赔偿在二楼走廊砸碎镜子的损失，她就跟他们打官司。她开了家有模有样的妓院，却……噢，他们的姓名？贝尔毫不犹豫就一口气写下十二个嫌疑人的名字。贾弗里上尉只有苦笑的份儿了。

“这些叛乱分子组织得跟我们的特务机构一样有效。”他说道，“你和你的姑娘们明天必须来见宪兵司令。”

“宪兵司令会赔我的镜子吗？”

“让你的镜子见鬼去！叫瑞特·巴特勒赔吧。那房子是他的，不是吗？”

天亮以前，城里每一个前邦联家庭都了解到了全部细节。他们家里的黑人也了解到了一切，虽然家人什么都没对他们说，可他们还是全都知道了。黑用人是通过自己的秘密消息渠道了解的，白人永远也不会了解他们的消息渠道。人人都知道那次袭击的细节，弗兰克·肯尼迪和瘸腿汤米·韦尔伯恩被打死，阿希礼在运走弗兰克的尸体时受了伤。

妇女们本来对斯佳丽恨得咬牙切齿，但是，听说她丈夫死了，她虽然知道却不敢承认，连认尸那一点点可怜的安慰也得不到，女人对她的憎恨便有所缓和。天亮后，那两具尸体会暴露出来，当局自然要通知她，但在这之前，她必须装作什么也不知道。弗兰克和汤米，两具冰凉的尸体手里握着枪，直挺挺躺在一片空地的枯草里。北佬会说，他们是酒醉后为一个姑娘争风吃醋，结果开枪相互打死的。人们非常同情汤米的妻子范妮，她刚刚生了孩子，却没有人在黑夜里溜到她那儿安慰她，因为一队北佬兵把她的房子包围起来，埋伏着等待汤米回家。另一队士兵守在佩蒂姑妈家周围，等着抓弗兰克。

天亮前，消息慢慢传开，说这天要进行军事讯问。城里人一夜没睡，都睁不开眼，个个等得心焦。他们清楚，城里几个最有名望的公民处在危险中，性命有赖于三个条件：阿希礼·韦尔克斯能否站直身子出现在军事委员会面前，好像他没什么大毛病，只是早晨过后有点儿头疼而已；贝尔·沃特林能否证明那些男人整个晚上都在她的房子里；瑞特·巴特勒能否证明当时跟他们在一起。

城里人对后面两个条件觉得苦恼！贝尔·沃特林！自己的优秀男子要靠她来救！简直让人受不了！妇女们以前见了贝尔就神气活现地穿过马路，不跟她打照面，不知道她是不是还嫉恨，她们心里为这事忐忑不安。男人跟女人的想法不同，他们并不觉得受她保护

有什么丢脸，许多男人还认为她是个好人。可他们心里暗自觉得痛苦，因为如今不得不靠瑞特·巴特勒这种投机商和叛贼救他们的命，让他们重获自由。贝尔和瑞特，一个是城里最有名的妓女，一个是最让人痛恨的男人。如今大家要靠他们施恩。

他们还有个有火没处发的痛苦，他们知道北佬和投机商会因此嘲笑他们！他们会笑得多开心哪！城里十二位最有名望的公民被揭露出来，结果他们竟是贝尔·沃特林妓院的老主顾！其中两个人还在一场决斗中丧了命，居然是为了争一个卑贱的小姑娘。其他人酗酒闹事，竟然让贝尔赶出她的妓院。还有几个遭到逮捕，虽然人人都知道他们去过妓院，他们自己却拒不承认！

亚特兰大人担心会受到北佬的嘲笑，他们的担心没错。北佬长期遭南方人冷眼和轻蔑，一直难受不堪，这件事让他们乐得发狂了。军官叫醒自己的同伴，转述这个消息。丈夫们一大早就唤醒妻子，把凡是不失体面的细节都告诉她们。女人都急忙穿上衣服，敲开邻居家的门，传播这个故事。北方女人个个乐不可支，笑得眼泪顺着脸颊直流。原来这就是你们南方的骑士风度和侠义精神！南方女人都高高昂起头，冷冰冰拒绝一切友好姿态，今后也许不会再那么盛气凌人了，如今人人都知道了，她们的丈夫本来该参加政治会议，结果却在那种地方消磨时光。政治会议！得了吧，别逗了！

不过，即使是在她们嘲笑的时候，也对斯佳丽和她经历的悲剧感到难过。毕竟斯佳丽是位上流夫人，也是亚特兰大城与北方人友好相处的少数几位太太之一。她已经赢得了她们的同情，因为她丈夫其实不能供养她，要不就是不愿供养她，她才不得不自己外出做生意。尽管她丈夫不是个好东西，但是，这个可怜人儿发现他对自己不忠，这对她实在是件可怕的事情。而且，他的不忠事实和死讯同时降临到她头上，这就加倍糟糕。毕竟，有个倒霉丈夫还是比没

丈夫好些。于是，北方女士们打定了主意，要对斯佳丽特别好心。至于其他人，就像米德太太、梅里韦特太太、艾尔辛太太、汤米·韦尔伯恩的寡妇，特别是阿希礼·韦尔克斯太太，她们每次见了这些女人，都要嘲笑她们，要让她们学得谦虚点儿。

那天晚上，亚特兰大城北端的一个个黑黢黢的房子里，人们压低声音谈论的多半是同样的话题。妻子们口吻热烈地告诉自己的丈夫说，她们一点儿也不会在乎北佬怎么看她们。但是，她们心中有不同的想法，她们宁愿受夹道鞭打刑罚，也不愿遭受北佬嘲笑的折磨，而且还不敢说出自己丈夫的实情。

米德大夫气得发狂，没想到瑞特把大家骗得落入尊严扫地的境地，他对米德太太说，要不是因为这事牵连别人，他倒真想坦白真相后上绞架，免得说他去过贝尔的妓院。

“米德太太，这对你是个侮辱。”他吹胡子瞪眼地说。

“可是人人都知道你没去那儿，因为……因为……”

“可北佬不会知道。要是我们保住性命，他们就会相信这话，他们就会嘲笑我们。一想到有人相信那种事，还要嘲笑我，我心里就冒火。再说，那对你也是个侮辱，因为……我亲爱的，我对你从来是忠心耿耿的。”

“这我知道。”黑暗中，米德太太微笑着悄悄把一只瘦削的手伸到大夫手里，“不过，我情愿你真的去过那里，也不愿让你的一根头发丝遭受危险。”

“米德太太，你知道你在说些什么吗？”大夫对妻子不容置疑的现实态度感到大为吃惊。

“我知道的。我失去了达西，又失去了菲尔，如今只有你了。与其失去你，还不如让你永远住在那个地方呢。”

“你怎么变得没心没肺了！简直不知道自己在胡说些什么。”

“你这个老傻瓜。”米德太太温柔地说着，把脑袋靠在他胳膊上。

米德大夫憋了一肚子的气，不作声了，他抚摩着她的脸，接着又发作了：“还欠了巴特勒那家伙的情！就是上绞架也比这好。哼，就算他救了我的命，我也不可能礼貌待他。他是个目空一切的小人、恬不知耻的投机商，他让我心里冒火。欠下他救命之恩，哼！这家伙从来没有参过军……”

“玫荔说，亚特兰大陷落那会儿，他入过伍。”

“那是撒谎。随便一个恶棍的话，玫荔小姐都会信。我真不懂，这个人为什么要这么做……把那么多麻烦揽过去。我不愿提，可是总有人议论他和肯尼迪太太。过去这一年，我就常常看见他们坐马车来来往往。他准是为了她才这么干的。”

“要是为了斯佳丽，那他手都懒得动一动，因为他会高兴看到弗兰克·肯尼迪给人绞死。我看是为了玫荔……”

“米德太太，你不至于暗示说，他们俩之间有什么事吧！”

“哎呀，别说傻话！不过，他在战争期间设法把阿希礼交换出来，打那以后，她一直对他好，好得没法儿解释缘故。我看我也得替他说句话，他跟玫荔在一起，脸上从来没有那种色眯眯的微笑，总是尽可能显出文雅态度，周到细致，简直像换了个人。从他跟玫荔的交往中，你可以说，他这个人要是愿意，还是能当个正派人的。对了，我知道他为什么这么干了……”她停顿下来，“大夫，你不喜欢我的想法吧。”

“我对整个事情一点儿都不喜欢！”

“算了吧。我看他这么干一方面是为了玫荔，不过主要原因是想跟我们大伙儿开个大玩笑。大家都恨他，也表现得明明白白，如今他让我们陷入两难境地，你们大伙儿不得不做出选择：要么说自

己当时在沃特林那个女人的房子里，让你们自己和妻子丢脸；要么说出真相，上绞架。他知道大家因此会欠他的情，还欠他那个……那个情妇的情，也知道我们几乎是宁愿上绞架也不愿欠他的情。啊，我敢打赌，他觉得很开心呢。”

大夫哼了一声：“他带我们上那房子的楼梯时，倒的确显得很开心。”

“大夫，”米德太太迟疑地问道，“那地方什么样儿？”

“你这是说什么呢，米德太太？”

“她屋里什么样儿？有没有嵌雕花玻璃的枝形吊灯？有红色长毛绒帷幕和十几面大镜子吗？那些姑娘全都一丝不挂，对不对？”

“上帝呀！”大夫嚷起来，他简直惊呆了，从没想过一个正派女人对不正经的女同胞有这么强烈的好奇心，“你怎么能说出这么不正经的话呢？你脑子出毛病了吧。我给你调一杯镇静剂吧。”

“我才不要什么镇静剂呢。我要知道嘛。喂，亲爱的，我想知道一所坏女人住的房子是什么样，这可是我唯一的机会，你却忸怩作态，不肯告诉我！”

“我什么也没注意，我向你保证，当时发现自己竟然去了那么个地方，立刻尴尬得要命，根本顾不上注意周围环境。”大夫一本正经地说。他不经意认识到妻子的本质，觉得比那天晚上经历的种种事情更让他心烦。“要是你现在能原谅我，我想睡上一会儿了。”

“那你睡吧。”她回答的声调里带着失望。接下来，大夫弯腰脱靴子，黑暗中，她的声调重新变得愉快了，“我想多莉已经从梅里韦特老头儿那里把一切都打听到了，她会告诉我的。”

“天哪！米德太太！你这不是要告诉我说，上流女人聚在一起就谈些这种事……”

“得了，上床吧。”米德太太说。

第二天，天下起了雨夹雪，冬日的暮色渐渐降临后，冰粒不再落下，不久寒风骤起。玫兰妮受到一个黑人神秘兮兮的召唤，觉得莫名其妙，裹上斗篷跟着他走出门前的步道，来到大门外一辆车门紧闭的马车跟前。车门开了，她看见车轿里坐着一个女人。

玫兰妮凑过去朝里面仔细瞅，开口说："谁呀？天气这么冷，进屋去好吗？"

"请进来，陪我坐一会儿，韦尔克斯太太。"车厢里面有人说，声音显得有点儿尴尬，她隐隐约约觉得耳熟。

"噢，你是沃特林小姐……嗯，沃特林太太！"玫兰妮嚷起来，"我真的很想见你！一定要请你进屋去坐。"

"这可不行，韦尔克斯太太。"贝尔·沃特林的声音显得很吃惊，"你进来陪我坐一会儿吧。"

玫兰妮跨进车轿，马夫连忙关上车门。她坐在贝尔身旁，握住她的手。

"真不知道该怎么感谢你今天做的事了！大家都对你感激不尽！"

"韦尔克斯太太，你今天早上不该派人送那张便条给我。我收到你的条子感到骄傲，但是，条子有可能会落入北佬手中。至于说你打算亲自来拜访我，对我表示感谢——哎哟，韦尔克斯太太，你准是失去理智啦！怎么能想出这种主意！所以天一黑我就赶到这儿来告诉你，千万别想这种事情。嗨，那对你……对我都不合适。"

"登门拜谢一位救我丈夫性命的好心人，还有什么不合适？"

"嗨，胡扯，韦尔克斯太太！你知道我的话是什么意思！"

这个暗示让玫兰妮觉得尴尬，她一时沉默不语。不管怎样，坐在车厢暗处的这个女人相貌漂亮、衣着大方，跟她想象中的坏女人和妓院老鸨不同，模样不一样，谈吐也不一样。这个女人的话听上去——有那么一点儿粗俗，也有点儿乡下人的味道，不过她这个人

倒是既亲切又热心。

“你今天在宪兵司令面前真是太了不起了，沃特林太太！你和其他……你的……年轻小姐们确实是救了我们男人的命。”

“韦尔克斯先生才了不起呢。我真不知道他怎么能站得稳，还讲了他那套编出的故事，他冷静的神情就不用提了。昨晚我看见他的时候，他流血流得吓人。他没事吗，韦尔克斯太太？”

“没事的，谢谢你。大夫说，他虽然失了不少血，不过只是皮肉受伤。今天早上，他……他喝了很多白兰地提精神，要不然，他再怎么也不会有精力应付得那么顺利。不过，沃特林太太，是你救了他们。你说起他们打碎你的镜子时，怒不可遏的态度，那么……那么令人信服。”

“谢谢你，太太。不过，我……我看巴特勒船长也干得很漂亮。”贝尔的声音里露出自豪，也带着腼腆。

“啊，他的确棒极了！”玫兰妮热情地喊道，“北佬没法儿不相信他的证词。他把事情整个安排得巧妙极了，我真不知道该怎么感谢他才好……还有你，我也不知道该怎么感谢你才好！你们真是人好心眼儿也好！”

“我真心感谢你，韦尔克斯太太。我很高兴做这事。我……我希望，我说韦尔克斯先生经常上我那儿去，你不至于难过。他从来没有，你知道……”

“对，我知道的。我一点儿也不难过，我对你只有感激。”

“我敢打赌，别的太太不会感谢我。”贝尔突然恶狠狠地说，“我也敢打赌，她们也不会感谢巴特勒船长。我敢打赌，她们更加憎恨他了。我敢打赌，你是唯一向我表示谢意的太太。我敢打赌，她们在街上见了我，甚至看都不会看我一眼。可我不在乎。她们的丈夫就是都让绞死，我也不会往心里去，可我真的关心韦尔克斯先生

生。你知道，我忘不了你在战争期间待我的好，把我捐的钱送给医院，城里别的太太、小姐没一个像你待我那么好过。我不会忘记别人的好意。我想过，要是韦尔克斯被绞死，你就成了寡妇，还带着一个孩子，可他……他是个好孩子。你的孩子是个好孩子，韦尔克斯太太。我自己也有个孩子，所以我……”

“噢？你有孩子？他住在……嗯……”

“啊，太太，不！他不在亚特兰大，他从没来过这儿。他在上学。他很小的时候，我就跟他分开住了。我……唉，不管怎样，巴特勒船长要我替那些男人撒谎的时候，我就要求知道那些人是谁。我一听说其中有韦尔克斯先生，就没有犹豫。我对我那些姑娘说：‘你们要是敢不说你们整个晚上都陪着韦尔克斯先生，我就要你们的命。’”

“啊！”玫兰妮听她随口说出“姑娘”这个字眼，愈发觉得困窘了，“啊，那是……嗯……那是你心眼儿好，她们也都好。”

“对你是应该的。”贝尔热情地说，“不过要是换了别人，我才不干呢。要是只有肯尼迪太太一个人，不管巴特勒船长怎么说，我都不会动一动嘴皮子。”

“那是为什么？”

“嗨，韦尔克斯太太，干我这一行的能了解很多事情。要是上流太太们得知我们什么都知道，准会大吃一惊。她不是个好人，韦尔克斯太太。她害死了自己丈夫和那个好人韦尔伯恩，简直等于是她开枪把他们打死的。这事整个是她引起的，她独自在亚特兰大到处乱闯，引得那些黑鬼和白人穷鬼起了歹心。嗨，就是我的姑娘们也没一个……”

“你可不能说我嫂子的坏话。”玫兰妮口吻强硬冷淡。

贝尔一只手搭在玫兰妮的胳膊上，想安慰她，接着连忙把手抽

回去。

“别冷淡我，韦尔克斯太太。你刚才对我那么亲切、那么热情，现在这么待我，我受不了。我都忘了你有多喜欢她，我不该说那些话。肯尼迪先生死了，我也感到难过。他是个好人，我从他的店铺里买过不少屋里需要的东西，他待我总是很客气。可是肯尼迪太太……她跟你不是一种人，韦尔克斯太太。她从来是个冷冰冰的人，我一想起她，就是这种感觉……他们什么时候给肯尼迪先生下葬？”

“明天早上。你对肯尼迪太太的看法不对。嗨，这会儿，她伤心得死去活来。”

“或许是吧。”贝尔的声音显得不相信，“好了，我该走了。我怕有人认出这辆马车，那就对你不好了。我说，韦尔克斯太太，要是你在街上看见我，你……你用不着跟我说话。我心里明白。”

“跟你说话我会觉得骄傲的，为欠你的恩情而骄傲。我希望……我希望我们能再见面。”

“不，”贝尔说，“那不合适。晚安。”

第四十七章

斯佳丽坐在卧室里，无精打采地吃着黑妈妈送来的一托盘晚饭，外面狂风的呼啸声声入耳，打破了夜色的寂静。屋子里一片死寂，比几个小时前弗兰克的尸体停放在客厅时更宁静、更吓人。那时还听得见人们踮着脚尖走路的声音、压低声音的交谈、模糊的敲门声、邻居们匆匆赶来压低嗓门儿吊唁，弗兰克的妹妹从琼斯博罗赶来参加葬礼，还不时呜咽几声。

此时，屋子笼罩在一片寂静中。虽然她的卧室门敞开着，却听不到楼下有一点儿声音。自从弗兰克的尸体运回家来后，韦德和埃拉就一直待在玫兰妮家，她盼望听到儿子啪嗒啪嗒的脚步声和女儿的咯咯笑声。厨房里也是一片平静，楼上听不到彼得、黑妈妈和厨娘在那里的争执声。就连佩蒂姑妈也不在楼下的图书室摇晃她那张嘎吱嘎吱的椅子，免得搅扰斯佳丽的悲绪。

没有人闯进来打扰她，人们都理解，她在悲痛中希望独自待着。可斯佳丽最不愿意独自待着。假如只有悲伤陪伴，她还能忍受，她已经忍受过几次同样的悲伤了。但是弗兰克的死带来的不仅仅是让她头晕目眩的失落感，还有恐惧、悔恨，以及良心忽然觉醒让她感到的折磨。她平生头一回为自己做的事感到懊悔，懊悔中带着强烈的迷信感觉，她不禁朝她和弗兰克睡的那张床瞟了几眼。

是她把弗兰克害死了，简直像是她亲手扣动扳机开枪把他打死

一样。他一再求过她，要她别独自到处闯，可她就是不听他的话。结果由于她的固执，他死了。上帝会为此惩罚她的。她良心上还有一个沉重的包袱，比导致他死亡更严重、更可怕。那件事以前从来没让她苦恼过，直到她望着棺材里他的那张脸，这才体会到。那张脸上有一种无可奈何的可怜相，那张脸在谴责她。他真心爱的是苏埃伦，可她却把他抢了过来，上帝会为此惩罚她的。她将来准会缩在被告席上受审判，交代自己从北佬军营出来搭他的马车回家时，对他撒的谎。

尽管她现在可以争辩说，她是为了达到目的，所以才不择手段；说她是迫不得已才对他设下圈套，说很多人的命运当时要依靠她，让她没法儿考虑他或者苏埃伦的权利和幸福，可这全都没用。事实是明摆着的，她只能缩起身子躲避。她冷漠地嫁给他，冷漠地利用了他。过去六个月里，她本来能让他非常开心，却使他非常不快。上帝会为她没有善待他而惩罚她的，她欺负他、刺激他，对他大发雷霆，对他说话尖刻，迫使他疏远朋友，还独自经营锯木厂、建造酒吧、租用囚犯。

她心里清楚，她让他过得很不幸福，可他像个绅士一样承受了她的一切。她唯一让他感到真正快乐的事情，就是给他生了埃拉。她知道，假如自己能避免生孩子，埃拉根本就不会出生。

她浑身颤抖，心里恐惧，但愿弗兰克还活着，自己一定会善待他，弥补过去的一切。啊，要是上帝不会发怒、不会报复她，那该多好！唉，要是时间别过得这么慢，房子里不是这么寂静，那该多好！假如她不是独自一人，那就好了！

要是玫兰妮陪着她该多好，玫兰妮会让她忘掉恐惧的，可玫兰妮在家里照料着阿希礼。斯佳丽一时想把佩蒂帕特叫来做伴，好让她分散一下良心的自责。可她感到踌躇，佩蒂或许会把事情搞得更

糟，因为她是真心诚意哀悼弗兰克，因为弗兰克的年纪与她相仿，比斯佳丽却高了一代。她一向对他忠心耿耿，因为他是“家里的男子汉”，能满足她许多需要。他送她小礼物，跟她聊些无伤大雅的闲话，对她开玩笑，给她讲故事。到了晚上，她替他补袜子，他就为她读报纸，把当天的新闻讲给她听。她一直格外关心他，费心烧他喜爱的饭菜，在他无数次感冒中，她总是悉心照料他。现在，她特别怀念他，一边轻轻擦自己红肿的眼睛，一边喃喃地说：“要是他不跟三 K 党出去，那该多好！”

要是有个人能安慰她，消除她心中的恐惧，并且把她的感觉解释出来，那该多好。斯佳丽感到恐惧，恐惧让她惊慌失措，仿佛心变得冰凉，正在往下沉，让她觉得恶心。要是阿希礼能……可是，她不敢往下想了。她杀了弗兰克，也几乎要了阿希礼的命。假如阿希礼得知真相，了解到她如何用谎言把弗兰克骗到手，了解她一向如何对待弗兰克，他就再也不会爱她了。阿希礼那么正直、那么真诚、那么和善，看问题那么清晰透彻。要是他了解到全部真相，准会明白的。啊，可不是，他会明白得一清二楚！他就再也不会爱她了。所以，千万不能让他了解真相，因为她一定要保住他的爱。他的爱就是她生命活力的秘密源泉，要是失去他的爱，她还怎么活下去呢？然而，要是能把脑袋靠在他肩膀上哭诉，卸下压在心灵上的愧疚负担，那该多舒畅啊！

死一般凝重的寂静沉沉地笼罩着她，最后，她觉得再也无法独自承受了。她小心翼翼站起身，把门半关上，然后在衣柜的底层抽屉里翻寻，掏出佩蒂姑妈那只盛着白兰地的“头晕药瓶”。瓶子是她藏在那里的。她把瓶子凑近灯光，见里面几乎半空了。哎呀，昨晚还是满的，她不可能喝了那么多吧！她朝自己喝水用的玻璃杯里足足倒了半杯，仰起脖子一口灌下去。天亮前，她得在酒瓶里兑满

水，放回酒柜里。葬礼前，抬棺材的人要喝一口，黑妈妈一直在找这瓶酒，黑妈妈、厨娘和彼得甚至相互猜疑，厨房里的气氛变得紧张了。

白兰地带给她一种火辣辣的快感。需要点儿刺激的时候，什么也比不上它。她觉得白兰地任何时候都很管用，比淡而无味的葡萄酒好多了。为什么女人只能喝葡萄酒，喝烈酒为什么就是不合规矩？在葬礼上，梅里韦特太太和米德太太毫不掩饰地闻她呼出的气息，接着便得意扬扬地交换一个眼色。这两只老猫！

她又倒了一杯。今晚就是喝得有点儿晕晕乎乎也没关系，她很快就要上床了，黑妈妈来帮她宽衣前，她可以用香水漱漱口。她真希望能像杰拉尔德那样，在开庭日喝得酩酊大醉，什么事都不去想，或许她就能忘记弗兰克那张凹陷的脸，看不出那张脸在谴责她毁了他的一生，最后把他害死。

她不知道城里人是不是都认为是她把他害死的。今天出席葬礼的人个个对她冷淡，只有跟她做过生意的北佬军官的太太们，向她表示同情时才露出一点儿温暖。嗨，她才不在乎城里人怎么说她呢。比起她必须向上帝交代的事情，人们怎么说完全是无关紧要的。

想到这里，她又喝了一杯，火辣辣的白兰地顺着喉咙流下去，她只觉得浑身在颤抖。这时她已经觉得挺暖和了，可还是没法儿把弗兰克从思绪中驱走。男人真是傻瓜，说什么喝酒让人健忘！除非她能喝得不省人事，否则弗兰克的脸总是在她眼前晃来晃去。那张脸就像最后一回求她别独自赶车外出一样，带着腼腆、责备和歉意。

正门响起一阵门锤敲门的沉闷声音，在寂静的房子里回荡着。接着，她听到佩蒂姑妈摇摇晃晃穿过走廊的脚步声和开门声。打招呼的声音和喃喃谈话都听不清楚，显然是某个邻居来说葬礼的事，要不就是送来了牛奶冻。佩蒂喜欢与吊唁的客人交谈，并从中得到

很大的安慰。

她心里感到淡漠，不过她想知道来人是谁，只听到一个男人低沉的拖腔盖过了佩蒂压低的悲声，她听出那是谁了，心中顿时涌起一阵喜悦和宽慰。那是瑞特。自从他向她说出弗兰克的死讯后，她还没见过他。她心里马上感到，今夜只有他才能帮助她。

“我想她会见我的。”她听见瑞特的声音传到楼上来。

“可她已经睡下了，巴特勒船长，谁都不会见了。可怜的孩子，她已经支撑不住了，她……”

“我想她会见我的。请告诉她说，我明天一早要走，也许要离开一些日子。事情很重要。”

“但是……”佩蒂帕特姑妈心烦意乱。

斯佳丽赶紧跑到走廊去看，为自己的脚步有点儿踉跄觉得吃惊，连忙靠在楼梯栏杆上。

“我马上就下来，瑞特。”她喊道。

她朝佩蒂帕特姑妈那张仰起来的胖脸瞥了一眼，只见她猫头鹰似的眼睛露出惊奇和责备神情。“这下全城都要知道了，在我丈夫举行葬礼的同一天，我的行为就很不得体。”斯佳丽想道。她匆匆跑回房间，动手梳头发，把身上穿的黑色紧身上衣一直扣到下巴底下，用佩蒂帕特的服丧饰针把领子别住。她朝镜子里看看，心想：“我看上去不很漂亮，脸色太苍白，神色太惊慌了。”她不由自主把手伸向藏着胭脂的小抽屉，可她还是决定不用。要是她下楼的时候面色红润，满面春风，可怜的佩蒂帕特准会慌得要了命。她抓起香水瓶，含了一大口，仔细漱漱口，然后吐进污水罐里。

她裙裾窸窣，匆匆下楼，朝他们两人跑去。斯佳丽的行为让佩蒂帕特心烦意乱，她都没顾上给瑞特让座，两个人仍然站在走廊里。他身穿得体的黑色礼服，衬衫饰边浆得又白又硬，举止符合习俗要

求，是来向一位老朋友的遗孀表示吊唁。不过，他扮演得太完美了，简直有点儿像演戏。不过佩蒂帕特并没有发觉他的做作。他恰如其分地为打扰斯佳丽表示歉意，也为不能赶来参加葬礼感到遗憾，因为当时忙着赶在离城前做完生意。

“他来干吗？”斯佳丽感到纳闷儿，“他说的没一句是真心话。”

“我不愿在这种时候还来打扰，不过我有桩生意要讨论，实在等不及了，是肯尼迪先生和我一直在计划的……”

“我还不知道你跟肯尼迪先生有生意往来。”佩蒂帕特姑妈几乎感到气愤了，没想到弗兰克的活动她竟然不知道。

“肯尼迪先生是个兴趣广泛的人。”瑞特的话里带着敬意，“我们进客厅谈好吗？”

“不。”斯佳丽朝客厅的折叠门瞅了一眼，大声说。她仍然觉得客厅里停放着棺材，但愿自己永远别再进去。佩蒂这次总算领会了一个暗示，不过心里老大不情愿。

“来图书室吧。我得……我得上楼去，把针线活儿拿出来做。天哪，整整一个礼拜我都没顾上做针线。”

她一边上楼，一边扭头瞟了一眼，目光里带着责备。不管是斯佳丽还是瑞特，都没有注意到她的目光。他闪身让她先走进图书室。

“你跟弗兰克搞过什么生意？”她突然开口问道。

他靠近她，低声说：“什么也没有，我不过是把佩蒂小姐打发走罢了。”他停顿片刻，向她俯身过来，“斯佳丽，没用的。”

“什么？”

“香水。”

“我实在听不懂你的意思。”

“我看你懂。你喝得太多了。”

“哼，那又怎么样？关你什么事？”

“即使是在深深的悲痛中，也要注意礼貌。别独自喝酒，斯佳丽。人们总会发现的，会毁掉自己名声的。再说，独自喝酒不是好事。怎么啦，宝贝？”

他把她搀到红木沙发前，她悄然坐下。

“我把门关上好吗？”

她知道，要是黑妈妈看到她关着门跟一个男人坐在屋里，准会大惊小怪，一连几天咕哝着训斥她。不过，要是黑妈妈无意中听到他们在谈论喝酒，而且那瓶白兰地还没找着，那就更糟了。她点了点头，瑞特把两扇推拉门合在一起。他回来坐在她身旁，两只黑眼睛敏锐地扫视她的脸。在他的活力光芒照射下，死亡的阴影消失了，房间里似乎又变得令人愉快，又像个人家了。玫瑰色的灯光投射出温暖的光芒。

“怎么回事，宝贝？”

瑞特能把这个表示亲热的愚蠢字眼说得十分甜蜜，这一点，世界上任何人都比不上他，哪怕是开玩笑也让人愉快，可他看来不像是在开玩笑。她抬起饱受痛苦的眼睛朝他望去，也不知是为什么，看到他那张毫无表情的脸，看到他谜一样的神情，能让她感到慰藉，她并不知道为什么会有这种感觉，可他是个冷酷的人，完全无法预测他下一步会怎么说、怎么做。也许他经常说的话没错，他们两人太相像了。有时候，她甚至想到，除了瑞特，她认识的其他人都是陌生人。

“你不能告诉我？”他握住她的手，温柔得让人奇怪，“不仅仅是因为老弗兰克去世吧？你需要钱吗？”

“钱？上帝啊，不！唉，瑞特，我害怕极了。”

“别犯傻，斯佳丽，你这辈子从来就没害怕过。”

“啊，瑞特，我真的害怕！”

她的话不断冒到嘴边，快得都让她说不过来了。她可以讲给他听，她什么话都可以当着瑞特的面说出来。他自己也一直是个坏人，不会做审判她的判官。世界上到处是诚实正直的人，他们为了拯救自己的灵魂而不愿撒谎，他们宁愿挨饿也不做不光彩的事，因此知道有个人行为不端、声名狼藉、会撒谎、搞欺骗，让她心里感觉真好！

“我恐怕我死后要下地狱。”

要是他嘲笑她的话，她当下就不想活了，可他没嘲笑她。

“你很健康——再说恐怕根本就没有地狱。”

“噢，有的，瑞特！你知道有地狱的！”

“我知道地狱是有的，不过是在活人的世界上，不是在我们死后。我们死后就什么都没有了，斯佳丽。你现在尝到的，就是地狱的滋味。”

“啊，瑞特，这可是亵渎神明的话！”

“不过让人听了特别宽慰。告诉我，你怎么会下地狱呢？”

他这是取笑她，她都能看到他眼睛里隐隐约约闪烁着亮光，可她不在乎。他那双手那么温暖结实，握着她让她感到宽慰。

“瑞特，我本不该跟弗兰克结婚。我错了。他爱的是苏埃伦，不是我。可我对他撒谎，对他说，苏埃伦要跟托尼·方丹结婚了。唉，我怎么能干出那种事呢？”

“啊，原来是这么回事！我一直感到纳闷儿呢。”

“后来我一直让他过得不开心，逼着他干各种他不愿做的事，就像让他逼人付账，可那些人没钱，确实付不起账。我经营锯木厂、建造酒吧、租用囚犯，这些都让他伤心，他在人前都抬不起头了。瑞特，是我把他害死的。没错，是我！我不知道他是个三K党人，也从没想过他有那么大的胆量。可我本该知道的。是我把他

害死的。”

“‘伟大的尼普顿啊，你的所有海洋能洗净我手上的鲜血吗？’”[1]

“什么？”

“没什么，接着说。”

“接着说？就这些了。难道还不够？我跟他结了婚，我让他不开心，我把他害死了。噢，上帝啊！我真不明白自己怎么会干出这种事！我为了嫁给他撒了谎，当时觉得没什么错，可现在才看出大错特错。瑞特，这一切仿佛都不是我干的。我并不是个卑鄙的人，可我对待他的行为太刻薄了，我受的教养不是那样的。妈妈……”她说不下去了，抑制住自己的感情。她整天都努力避免想到埃伦，可她现在再也躲避不开母亲的形象了。

“我常常想，不知她是个怎样的人。我觉得你非常像你父亲。”

“母亲是个……唉，瑞特，我这是头一回为她已经去世感到高兴，她看不见我现在的模样。她并不想把我养成个卑鄙的人，她待人那么和善好心，她情愿让我挨饿，也不会让我干出这种事。以前，我盼望在各方面都像她，可我一丁点儿都不像她。我以前从来没这么想过，因为总有那么多事情要考虑，可我希望像她，我不希望像爸爸。我爱爸爸，可他是那么……那么……头脑简单。瑞特，有时候，我真想和善待人，想对弗兰克好心，可那场噩梦总会出现在我脑袋里，让我吓得要死，我只想逃出噩梦，从别人手里把钱夺走，也不管是不是我的钱。”

眼泪顺着她的脸蛋儿直往下淌，她也不管，她紧紧抓着他的手，指甲都掐进他的肉里了。

---

[1] “伟大的尼普顿啊，你的所有海洋能洗净我手上的鲜血吗”：这句引语出自莎士比亚戏剧《麦克佩斯》第二幕第二场。尼普顿是希腊神话中的海神。——译注

“什么噩梦？”他的声音十分平静，让她感到安慰。

“噢，我都忘了，你不知道。唉，我每次想要好生待人，每次对自己说钱并不是一切，上床后就会做梦，梦见我妈妈刚去世那会儿的事，梦见回到了塔拉庄园，北佬刚刚去过。瑞特，你简直无法想象……我一想到当时的情景，就浑身发冷。我眼前的一切都给烧光了，到处是死一样的寂静，什么吃的东西都没有。啊，瑞特，我在梦中又在挨饿。”

“说下去。”

“我在饿肚子，大家都在挨饿，爸爸、两个妹妹、家里的黑人，大家都在挨饿，人们嘴上一遍又一遍地说：‘我们肚子饿。’我的肚子里空空的，饿得肚子都疼了，害怕得要命。我的脑子里一直在想：‘要是能摆脱这种情景，我再也不挨饿了，永远也不挨饿了。’接着，梦境变成一片灰蒙蒙的迷雾，我在雾中跑啊跑，没命地跑，跑得心都要炸开了，身后好像有个东西在追我，我气都喘不上来，我心里在想，要是能赶到那个地方，就安全了。可我也不知道到底要赶到什么地方去。接着我就醒了，吓得浑身发冷，心里又害怕会饿肚子。醒来后，我好像觉得，就是钱再多，也不能让我忘掉害怕饥饿。可弗兰克说话总是那么慢条斯理，让我急得发疯，我忍不住要发脾气。我猜，他并不理解这些，可我又没法儿让他理解。我总是想，等我们将来有钱了，等我将来不再害怕挨饿了，我会报答他的。可现在已经太晚了，他死了，太晚了。唉，我做那些事情当时总觉得没错，但是我做得大错特错。要是能从头开始，我一定不会那么做了。”

“嘘。”他说着把手从她狂乱的抓握中抽出来，掏出一块干净手帕，“擦擦脸。你哭得死去活来，脑袋都昏了。”

她接过手帕，擦擦脸上的泪水，心里不由得觉得轻松些，仿佛

把肩上的担子转移到他宽阔的肩膀上去了。他看上去能力那么强，就连嘴角的轻微扭动也让她感到安慰，仿佛让她觉得自己的苦恼和慌乱其实没有道理。

“现在觉得好点儿了吗？那我们就彻底谈谈这事。你说要是能从头开始，就不会那么做了。你能不那么做吗？想想看，能不能？”

“这个嘛……”

“不能。你还是会用同样的办法做。你有别的办法没有？”

“没有。”

“那你干吗这么难过呢？”

“我那么刻薄，结果他死了。”

“假如他没死，你还是照样会刻薄。照我看，你难过并不是因为嫁了弗兰克，也不是因为欺负他，或者无意中要了他的命，你是因为害怕下地狱才感到难受，对不对？”

“这……这话听上去很混乱。”

“你的道德观也很混乱。你跟一个当场被逮住的小偷处境一模一样，心里并不为偷窃感到难过，却为蹲监狱害怕得要命。”

“小偷？”

“别咬住字眼不放！换句话说，假如你没有这个下地狱让火烧的念头，就会认为终于摆脱了弗兰克。”

“啊，瑞特！”

“嗨，得了吧！你在忏悔，还不如在忏悔中把事实说成一个高雅的谎言呢。你那次感到良心不安没有……嗯，就是那次你打算用比生命还宝贵的首饰……就是说……要换三百块钱。”

白兰地的酒劲上来了，她觉得眩晕，有点儿什么都不在乎的感觉。对他撒谎有什么用？他似乎总能看透她的心。

“当时我的确没想过上帝……也没想过地狱。后来回想的时候，

就觉得上帝能理解我的心。”

“可你认为上帝不理解你为什么要跟弗兰克结婚吗？”

“瑞特，你自己不相信上帝，怎么能谈论上帝呢？”

“不过，你相信上帝会惩罚的，眼下这是个重要问题。为什么上帝不理解呢？塔拉庄园仍然归你所有，投机商没有把它夺走，你为这感到难受吗？你没有挨饿，没有衣衫褴褛，你会为这感到难过吗？”

“噢，不！”

“你当时除了跟弗兰克结婚，还有其他路子可走吗？”

“没有。”

“他不一定非跟你结婚不可，对不对？男人有自己的主动权。虽然你逼他干自己不愿做的事，可他也可以不做的，对不对？”

“这个嘛……”

“斯佳丽，干吗为这事难过呢？你要是能从头再来，还是不得不说谎，他还是不得不跟你结婚。你还是会到处乱闯，还是会遭遇危险，他还是非替你报仇不可。要是他跟你妹妹苏埃伦结了婚，也许她不会让他送命，可是，她很可能比你更让他不开心。事情不可能有什么不同。”

“可我原本可以对他好一点儿的。”

“你原本可以——除非你不是你自己。不过你生来就是要欺负能让你欺负的人。强者生来就是要欺负弱者，弱者生来就得屈服。弗兰克不拿马鞭抽你完全是他自己的过错……你真让我吃惊，斯佳丽，活到这个岁数了，居然长出良心来了。像你这样的机会主义者不该有什么良心。”

“什么是……主义？你那个字眼是怎么说的来着？”

“利用机会的人。”

“那样干不对吗？”

“那样干的人从来名声扫地……凡是得到同样机会却不干的人尤其有这种想法。”

“啊，瑞特，你在开玩笑，我原以为你会对我好些的！”

“我对你很好……我心里是这么想的。斯佳丽，宝贝儿，你喝醉了，所以才会有这副模样。”

“你怎么敢……”

“没错，我敢。你马上要——俗话说——‘哭鼻子’了。我看我还是换个话题的好，告诉你点儿感兴趣的消息，让你高兴高兴。这才是我今晚来访的原因，我要在出门之前，告诉你一些我自己的消息。”

“你要上哪儿去？”

“英国，也许要去几个月。忘掉你的良心吧，斯佳丽，我不想接着讨论你灵魂的益处了。你想听听我的消息吗？”

“可是……”她有气无力，刚一开口，又打住了。白兰地让她缓和了强烈的悔恨，瑞特说话尖刻，倒也带给她安慰，两样刺激作用下，弗兰克的苍白幽灵像影子似的渐渐消失了。也许瑞特的话没错。也许上帝真的理解。她的情绪在恢复，能够把那些想法抛在脑后了。她打定了主意：“这些我明天再去考虑吧。”

“你有什么消息？”她吃力地说，对着他的手帕擤了擤鼻子，把散在前面的头发掠到后面。

“是这样的。”他笑嘻嘻地低头望着她，“我仍然爱你，胜过我见过的任何女人。既然弗兰克已经去世，我觉得你知道这个会感兴趣的。”

斯佳丽猛地把手抽出去，一下子跳起身。

“我……你是个世界上最没有教养的人，偏偏挑了这么个时间，

满脑袋下流……我本该知道你永远不会改变的。弗兰克尸骨还没冷呢！要是你还懂点儿起码的礼貌……就请你离开这座……”

“小声点儿，要不然佩蒂帕特小姐马上要下楼来了。”他说道，他并没有站起身，只是伸出手握住她的两只小拳头，“恐怕你误会我的意思了。”

“误会你的意思？我什么都没误会。”她拼命用劲，想把手抽出来，“放开我，滚出去。我从来没听过这么没礼貌的话，我……”

“嘘，”他说道，“我是在向你求婚呢。要是我向你下跪，你会相信吗？”

她气喘吁吁地“噢”了一声，便跌坐在沙发上。

她目瞪口呆地望着他，不知道是不是自己的脑子让白兰地搞糊涂了。奇怪的是，她这时记起了他带着讥讽口吻说过的话：“我亲爱的，我不是个愿意结婚的人。”准是她醉了，要不就是他疯了。不过，他看上去没疯，反而显得挺平静，仿佛在谈论天气似的。她听到他平静的拖腔中丝毫没有特别的抑扬顿挫。

“斯佳丽，我一直想要你。自从在十二橡树庄园第一次见到你，你还嘴里骂着脏话扔了个花瓶，证明你不是个淑女，我就一直想要你，无论如何都想得到你。我知道，如今你跟弗兰克已经攒起一点点钱，你再也不会被迫来找我，向我提出借款和担保之类有趣的建议了。所以我明白如今不得不跟你结婚了。”

“瑞特·巴特勒，你这是在跟我玩恶作剧吧？”

“我把一颗心都掏给你了，你却在怀疑！不是恶作剧，斯佳丽，我这是最真诚体面地向你求婚。我清楚这时候提出求婚不太合时宜，但是，我这种缺乏教养的行为有个很好的借口。我明天早上要出门，要走很长时间，我怕等到回来的时候，你已经嫁给另一个稍稍有点儿钱的人了。所以我就想，你干吗不嫁给我，我的钱更多嘛。说真话，

斯佳丽，我不能一辈子老这样，老是在等，想趁你还没有嫁给另一个丈夫，把你逮住。”

他这话是认真的。毫无疑问了。她细细品味他的话，只觉得嘴里干干的。她吞咽了一下，盯着他的眼睛，想看出些线索。可他的眼睛里充满了笑意，不过她还发现一点儿以前从没看出的东西，那是一种难以分析的微弱光芒。虽然他的坐姿十分自在随便，可她感到他在留神观察她，眼神活像一只猫盯着老鼠洞。她感到他的平静下面隐藏着一股蓄势待发的力量，让她不能抗拒，也让她感到一点儿畏惧。

他真的在向她求婚，他这等于是做一桩让人无法相信的事。以前，她心里打算过，要是他有一天说出向她求婚，她要折磨他，让他丢人，解解自己的心头之恨。如今，他说出口了，可她却没想到那个计划。毕竟时过境迁，她如今不能主宰他了。其实，这个局面完全是由他控制的，她只能像个小姑娘第一次受到求婚似的，涨红了脸，结结巴巴，话都说不完整。

“我……我再也不结婚了。”

“啊，你会结婚的，你天生就是个要结婚的人，干吗不跟我结婚呢？”

“可是，瑞特，我……我并不爱你。”

“那算不得什么障碍。我用不着提醒你，你前两次冒险也没有爱情。”

“哎呀，你怎么能这么说呢？你知道我喜欢弗兰克的！”

他没开口。

“我喜欢他！我喜欢他！”

“好了，我们不用为这事争了。我出外旅行的时候，你会考虑我提出的要求吗？”

“瑞特，我不喜欢心里悬着一桩事情，宁愿现在就告诉你。我不久要回塔拉老家去，印第亚·韦尔克斯要来陪着佩蒂帕特姑妈。我想回家去待很长一段时间。再说，我……我……再也不想结婚了。”

“胡说。为什么？”

“唉，得了……别管为什么吧，我就是不喜欢结婚后的生活。”

“但是，我可怜的孩子，你从来没有过真正的婚后生活，哪能知道呢？我承认你的运气一直不好——头一回为赌气，第二回为弄钱。你想过纯粹为了乐趣结婚吗？”

“乐趣！别说傻话了，婚后的生活没乐趣。”

“没有？怎么会没有？”

她稍稍恢复了些平静，喝下的白兰地也让她说话干脆的天性完全暴露出来了。

“男人觉得有乐趣——天知道是怎么回事，我永远也理解不了。但是，所有女人结婚后只能得到点儿吃的，却要干大量活计，还要忍受男人的愚蠢——每年还要生一个娃娃。”

他放声大笑，声音大得在寂静的房间里回荡，斯佳丽听见厨房门开了。

“嘘！黑妈妈的耳朵灵得像猞猁。再说，现在就笑不合适，刚刚举行过……别笑了。你清楚这是真话。乐趣！简直是胡扯！”

“我刚才说你一直运气不好，你这话证明我说得没错。跟你结过婚的两个人，一个还是个孩子，另一个是个老头儿。我还能断定，你妈妈告诉过你，女人必须忍受‘这种事情’，因为有当母亲的乐趣做补偿。嗨，整个是个错误。干吗不跟个好男人结婚呢？虽然他的名声不好，可他跟女人在一起的功夫却棒极了。那是很有乐趣的。”

“你粗俗、你傲慢，我看这次谈话扯得够远了，太……太粗

俗了。”

“也很有趣，不是吗？我敢打赌，你以前从来没跟一个男人讨论过婚姻关系，甚至跟查尔斯或者弗兰克也没谈过。”

她望着他，皱起了眉头。瑞特知道的事情太多了，她觉得纳闷儿，不知道他从哪儿了解到关于女人的这么多事情。这是不体面的。

“别皱眉头，说个日子吧，斯佳丽。为了你的名声，我不催你马上结婚，我们要等到合适的时候。顺便问一句，这‘合适的时候’要等多久？”

“我没说过要跟你结婚，这种时候提这种事本来就不合适。”

“我已经告诉你为什么这时候提这种事。我明天要出门，可我胸中的激情太热烈了，再也按捺不住了。不过，我的求婚方式或许有点儿太鲁莽。”

他突然从沙发上滑下来，跪倒在地上，把她吓了一跳。他一只手姿势优美地按在胸口上，嘴里匆匆念道：

“我亲爱的斯佳丽……我是说，我亲爱的肯尼迪太太，请原谅我让你受此惊吓，实在是我的感情太强烈了。相信你不会没有注意到，很长时间以来，我心中对你的友情已经开花结果，变成了更深沉的感情，变成一种更美好、更纯洁、更神圣的感情。你允许我向你坦白这感情吗？啊！是爱情才使我变得如此鲁莽的！”

“快起来。”她恳求道，“你怎么像个傻瓜似的，要是黑妈妈进来看见你这副模样呢？”

“她一看见我的高雅举止，就会惊得目瞪口呆，不敢相信自己的眼睛。”瑞特说着动作轻快地站起身，“得了，斯佳丽，你不是个孩子了，也不是个女学生，何必用什么得体之类的愚蠢借口拒绝我？说你愿意等我回来跟我结婚，要不然，上帝做证，我就不走了，我要待在附近，天天夜里在你窗下弹着吉他，扯开嗓门儿大声唱歌，

损害你的名声，直到你为了挽救自己的名誉不得不跟我结婚。”

“瑞特，别蛮不讲理。我不想跟任何人结婚了。”

“不想？你没有说出真实理由，这不可能是小女孩儿的腼腆，到底是什么？”

她脑海里突然想到了阿希礼，仿佛清清楚楚看到他就站在自己身旁，他一头金发闪闪发亮，一双眼睛深邃有神，完全是一副尊贵气质，与瑞特完全不同。正是因为他，斯佳丽才不愿再次结婚，不过她并不讨厌瑞特，有时候还真心喜欢他。她属于阿希礼，永远都属于他。她心里从来都不属于查尔斯或弗兰克，也永远不可能真正属于瑞特。她的每一部分，她所追求的、得到的，这一切都属于阿希礼，她做的每一件事情几乎都是因为爱他才做的。她属于阿希礼和塔拉庄园。她给查尔斯和弗兰克的每一个微笑、每一次欢乐、每一个亲吻，心里都想着那是给阿希礼的，尽管他从来没有要求过，也永远不会向她提出要求。在她内心深藏着一个愿望，要把自己留给他，虽然她知道他永远都不会接受。

她没有意识到自己的脸色变了，也没有留意自己在出神地思索，脸上显出瑞特从来没见过的温柔神情。他望着她那双碧绿的凤眼，只见她两只眼睁得老大，眼神却是朦胧的，她的嘴唇曲线柔和，一时竟屏住了呼吸。接着，他的一个嘴角猛地往下一撇，不耐烦地狠狠咒骂她。

“斯佳丽·奥哈拉！你是个傻瓜！”

她还没来得及收回自己的遐思，他已经伸出双臂把她搂住了，就像很久以前在通往塔拉庄园的那条漆黑道路上，他把她紧紧搂住一样。她心中再次涌起那种无奈的冲动，那种屈服的沉落，她全身涌动着波涛般的暖流，让她浑身变得软绵绵的。阿希礼·韦尔克斯那张平静的脸被冲走、被淹没，变得模糊，最后消失在虚无之中了。

他把她的脑袋靠在自己臂弯里亲吻她，起初吻得十分温柔，很快就变得越来越热烈，她不得不紧紧抓住他，仿佛在这个动荡混沌的世界上，只有他才是唯一可靠的。他坚持不懈的热吻让她分开了颤抖的双唇，让她浑身的神经都在剧烈震颤，让她体会到从未有过的激动。没等那种天旋地转的眩晕感觉到来，她知道她已经在回吻他了。

“别这样……求求你，我要晕倒了！”她低声说着，想把脑袋转开，却感到有气无力。他紧紧地把她的头靠在自己肩膀上，眩晕中，她瞥了一眼他的脸。他的两只眼睁得老大，闪烁出奇怪的光亮，他瑟瑟发抖的胳膊让她感到恐惧。

“我想要你眩晕，我要让你眩晕。你等了多年终于尝到了这个滋味，你认识的蠢货没一个这样吻过你，对不对？你那个亲爱的查尔斯或者弗兰克或者你那个愚蠢的阿希礼……”

“求你……”

“我说就是你那个愚蠢的阿希礼。他们都是绅士——可他们对女人了解多少呢？他们对你又了解多少？只有我了解你。”

他的嘴唇又贴在她的嘴唇上，她毫不抵抗就屈服了，虚弱得连动一下脑袋的力气都没有，甚至连扭一下头的愿望都没有了。她的心怦怦直跳，浑身颤抖不已，强烈的恐惧传遍她全身，她畏惧他的力量，也畏惧自己的虚弱。他这是要做什么？要是他不停下来，她就要晕过去了。但愿他停下来——但愿他永远不要停。

“说同意！”他的嘴就在她的嘴上方，他的眼睛离她那么近，看上去大得惊人，仿佛把整个世界都充满了，“说同意，你这该死的东西，要不……”

她还没来得及思索，就脱口而出：“同意。”好像这个字眼表达的是他的意愿，她说出这个字眼并非出于自己的真心。但是，话一出口，她的情绪突然平静下来，她的脑袋不再眩晕，就连酒劲也

减轻了。她无意答应他的时候，竟脱口答应了。她简直没有明白这是怎么回事，可她并不后悔。此刻她说同意是非常自然的，几乎像是上天干预的结果，仿佛有一只强有力的手在干预她的事，为她了断难题。

她说出同意后，他立刻吸了口气，耷拉下脑袋，仿佛要再次亲吻她，她闭上双眼，脑袋向后仰去。可他没有亲吻，他却缩了回去，她稍感失望，他的吻让她觉得陌生，却非常激动。

他一动不动坐在那里，把她的脑袋靠在自己肩膀上。仿佛经过一番努力，他的双臂不再颤抖了。他把她挪开一点儿，低头望着她。她睁开眼睛，看见他眼睛里那种让她畏惧的光亮消失了。可她有点儿不敢正视他的眼睛，慌得垂下了眼皮。

他开始说话，声音十分平静。

“你说的是真心话？不会收回吧？”

“不会。”

“不仅仅是因为我用热情让你……怎么说呢……‘慌了手脚’吧？”

她没法儿回答，因为她不知道该说些什么，也不敢正视他的眼睛。他伸手托住她的下巴，让她抬起脸。

“我以前对你说过，你做什么我都能忍受，就是受不了你说谎。现在我想听你说实话，告诉我，你为什么说同意？”

可她还是不开口，可她的身体在做出反应。她的眼皮仍然垂着，嘴角扭动，露出一丝笑意。

“看着我，是为我的钱？”

“怎么啦，瑞特！这算个什么问题！”

“抬起头看着我，别跟我花言巧语躲躲闪闪，我可不是查尔斯或弗兰克，也不是县里随便哪个能让你眨巴眼皮就迷住的小伙子。是为我的钱？”

“嗯……是的，有一部分原因是的。”

“有一部分？”

他看上去并不恼火，匆匆吸了口气，吃力地掩盖起眼睛里的刻薄神情。她心情太慌乱，没看出那份刻薄。

“唉，”她无奈地结结巴巴地说，“钱是有用的，你知道，瑞特，上帝知道，弗兰克没留下多少。再说啦……嗯，瑞特，我们的确合得来，你知道的。我见过的男人里，只有你听得进女人说真话，有个不愿听我说假话的丈夫真不错，你还认为我不是个没头脑的傻瓜，另外……嗯……我也喜欢你。”

“喜欢我？”

“得了吧。”她烦躁地说，“要是我说我爱你爱得发疯，那我是说谎话，你也听得出来。”

“有时候，我觉得你真话说得太实了，我的宝贝儿。难道你不觉得说上句‘我爱你，瑞特’才得体？哪怕是句谎话，哪怕不是你的心里话。”

她不知道他有什么想法，心里更慌了。他的模样那么古怪，情绪那么激动，一副受了伤害还带着嘲讽的神情。他把搂着她的双手抽回去，深深插进裤兜里，她见他的手在兜里攥成了拳头。

“就算说真话会丢掉这个丈夫，我还是要说真话。”她想道，心情变得冷酷，血直往头上涌。瑞特捉弄她的时候，她总是这样。

“瑞特，那是个谎话，我们干吗做那种蠢事呢？我喜欢你，我就这么说。你知道是怎么回事。你以前告诉我说，你不爱我，可我们有许多共同的地方。我们俩都是无赖，你就是这么说……”

“唉，天哪！”他压低声音匆匆说，把头扭过去，“掉进我自己设的陷阱了。”

“你说什么？”

“没什么。”他看了她一眼，哈哈大笑，不过笑得并不愉快，“说个日子吧，我亲爱的。”说完再次哈哈大笑，弯腰亲吻她的双手。她见他不再难过，又恢复了好心情，自己脸上也露出了微笑。

他抚弄了一阵她的手，抬起头笑嘻嘻地看着她。

“你读小说的时候，是不是看到过一种情节，说是一个冷漠的妻子后来爱上了自己的丈夫？”

“你知道我不看小说的。”她说着心里打算跟他一样揶揄几句，便接着说，“记得你说过，夫妻相爱是最糟糕不过的情况了。”

“真见鬼，我以前说得实在太多了。”他突然站起身咒骂起自己来。

“别说脏话。”

“你得习惯我说脏话，而且自己也难免骂娘。你得习惯我的一切坏习惯。你……喜欢我，并且用你的漂亮小手抓我的钱，这算是一部分代价吧。”

“嗨，别因为我没撒谎，就让你自以为了不起，还发这么大脾气。你并不爱我，对不对？我干吗要爱你呢？”

“没错，我亲爱的，我不爱你，就像你不爱我一样。就算我爱你，也绝不会说出口的。愿上帝保佑那个真正爱过你的人吧，你会把他的心撕碎的，我亲爱的小猫咪，你一脸自信，满不在乎，你是个残忍的东西，专门搞破坏，甚至连自己的爪子都懒得缩回去。”

他猛地把她拉得站起来，再次亲吻她，不过这次的吻跟刚才不一样，他似乎不在乎是不是会弄疼她，好像是有意要让她疼，要欺侮她。他的嘴唇往下滑，滑过她的喉咙，贴在她胸脯的塔夫绸上，贴得那么紧、那么久，他的呼吸都让她感到发烫了。她挣出双手，把他推开，气呼呼摆出一副端庄模样。

“你不能！你怎么敢！”

“你的心怦怦乱跳，快得像兔子的心跳。”他嘲弄道，“跳得太快，显然不仅仅是喜欢，不知我是不是有点儿狂妄。别像好斗的公鸡一样奓起羽毛，不过假装摆出一副纯洁处女模样罢了。告诉我，我该从英国给你带什么回来。戒指？你喜欢什么样的？”

她一时踌躇了，对他最后说的话发生了兴趣，可她又像女子一样，想要耽搁一会儿，消消气。

“嗯……钻石戒指……而且，瑞特，要买个特别大的。”

“好让你在穷朋友面前摆阔，对他们说：‘瞧，我逮住什么了！’你会有个大戒指的，大得让你那些不幸的朋友们只好安慰自己说，戴这么大的钻石真俗气。”

他突然迈开脚步，穿过地板，走到紧闭的屋门前，她紧跟在他身后，不知道他要做什么。

“怎么啦？你上哪儿去？”

“回屋收拾行李。”

“啊，可是……”

“可是什么？”

“没什么，我希望你旅途愉快。”

“谢谢你。”

他拉开门来到走廊上，斯佳丽跟在他后面，有点儿不知所措，没料到他的举止如此虎头蛇尾，她稍感失望。他穿上大衣，抓起手套和帽子。

“我会给你写信的。给我写回信，让我知道你是不是改变了主意。”

“你就不……”

“不什么？”他好像急着要走。

“你就不跟我吻别吗？”她压低声音说，留意不让房子里其他

人听见。

“你觉得一个晚上接了那么多吻还不够？”他反驳一句，朝她低下头咧嘴一笑，“该想想自己是个端庄体面有教养的年轻女子……噢，我刚才说过，这会十分有趣的，对不对？”

“哎呀，你这个无可救药的家伙！”她气得大声嚷起来，也不在乎会不会让黑妈妈听见，“你就是永远不回来，我也不会在乎。”

她转身朝楼梯走去，心里盼望会感觉到他温暖的手抓住她的胳膊，拉住她。可他却拉开了正门，一阵冷风刮进了屋子。

“可我会回来的。”他说完就走出屋子，把她撇在楼梯下面，她眼巴巴望着已经关上的门。

瑞特从英格兰买回的戒指的确很大，大得斯佳丽都不好意思戴了。她喜欢华丽昂贵的珠宝，可她有点儿不自在，觉得人人都在说，这只戒指真俗气，他们这话还真是说得没错。戒指中间是一颗四克拉重的大钻石，周围镶着许多绿宝石。戒指大得能盖住她的指关节，仿佛压得她的手都抬不起来了。斯佳丽怀疑，准是瑞特费了很大功夫才定做了这枚戒指，而且纯粹是出于低级趣味，才把戒指做得尽可能绚丽夺目。

瑞特返回亚特兰大后，她戴上了那枚戒指。在这之前，她没有把自己的意图告诉过任何人，甚至家里人都不知道。她宣布婚约后，一场猛烈的议论风波爆发了。自从那桩三K党事件以来，瑞特和斯佳丽成了除北佬和投机商以外最不受欢迎的本城居民。很久以前，斯佳丽脱去为查理·汉密尔顿穿的丧服，人人都对她颇有微词。由于她办锯木厂不合妇道，怀孕期不守规矩到处抛头露面，还做过许多违反常规的事情，大家对她的反对日益强烈。后来，她给弗兰克和汤米带来杀身之祸，还危及十二个其他男人的生命，大家胸中厌

恶的火焰演化成了公开的谴责。

至于瑞特，由于他在战争期间做投机生意，所以一直受到全城人的憎恨，后来他跟共和党人过从甚密，就愈发不能让城里人喜爱了。奇怪的是，他虽然救了亚特兰大一些最显赫的居民，反倒激起亚特兰大的淑女们更加强烈的憎恨。

这倒不是因为她们为自家男人仍然活着感到懊悔，而是因为瑞特这个人要的那个花招让人无比尴尬，可大家还得感谢他的救命之恩，她们都对此心怀刻骨仇恨。几个月来，她们在北佬的嘲笑和轻蔑下受尽了煎熬。夫人们心里憋不住，竟然公开说，假如瑞特心里赞成三 K 党做的好事，本该用比较得体的方式处理这件事。她们说，他故意把贝尔·沃特林扯进来，让城里的正派男人都陷入受羞辱的境地了。所以，他不配得到人们的感激，他过去为非作歹的行为也不该受到宽恕。

这些女人最易于发善心，一遇到伤心事就心软，赶上时势艰难，她们不屈不挠，但是，一旦有人违背了她们那部不成文法的“法典”中的任何一个小条款，她们就怒不可遏，绝不通融。这部“法典”非常简单。那就是：崇敬邦联，尊重老兵，忠于老一套生活方式，为贫穷感到自豪，对朋友慷慨相助，对北佬心怀刻骨仇恨。斯佳丽和瑞特这两个人违反了这部法典中的每一条。

让瑞特救过性命的那些男人出于体面和感激，劝自家女人不要说长道短，可他们的劝阻并无效果。在斯佳丽和瑞特宣布婚约之前，尽管两个人很不受欢迎，可大家还能按照正常礼节对待他们。如今，就连冷冰冰的礼节也保持不住了。他们订婚的消息如同冷不丁的一声炸雷，惊天动地，把整个亚特兰大震得摇晃起来，就连最温和的女人也气呼呼说出了心里话。弗兰克去世才一年，她就要结婚了，不用说还是她害得他送了命的！而且还是跟那个巴特勒结婚，那家

伙拥有一家妓院不说，还跟北佬和投机商勾搭起来，干各种骗钱的勾当！他们俩不结合，大家还勉强能容忍，可是斯佳丽和瑞特竟然要厚着脸皮结婚，这可太过分了，如何能让人受得了。这两个人又粗鄙又下流，真是臭味相投！真该把他们撵出这座城市！

两人订婚的消息若是在平时宣布的，或许人们还比较易于容忍，但此时瑞特的投机商和叛贼同伙最受可敬的市民讨厌。亚特兰大人得知他们订婚的消息时，恰巧北佬和他们的同盟者受公众憎恨达到了白热化程度，因为佐治亚抵抗北佬统治的最后一个大本营陷落了。这场漫长的斗争自从谢尔曼从达尔顿南下时就开始了，斗争最后达到了高潮，结果以这个州的彻底耻辱而告终。

三年的“重建”期过去了，人们遭受了三年的恐怖统治。人人都以为，形势糟得不能再糟了，但是，如今佐治亚人才发现，“重建”时期最糟糕的形势才刚刚开了个头。

三年来，联邦政府一直在想方设法，要将不同的观念和不同的统治方法强加给佐治亚州，他们用一支军队强制推行统治，在很大程度上进展顺利。但是，新政权仅仅是靠军事强权支持着。本州是在北佬的统治下，却并没有得到全州人民的支持。佐治亚的领导阶层一直在斗争，争取按照自己的观念治理自己州的权利。北佬采取种种手段迫使他们屈服，并强迫他们将华盛顿的命令当作本州的法律，对此，他们进行着不断的抵制。佐治亚州政府从来没有停止抵抗，但这是一场徒劳的战斗，是一场永远吃败仗的战斗。这场战斗不可能取胜，不过战斗至少推迟了不可避免的结果。在南方的其他州，已经让黑人文盲在政府机关担任了高级职务，州议会已经被黑人和投机商控制了。但是佐治亚州靠顽强抵抗，迄今尚未一败涂地。在过去三年的大部分时间里，州议会仍然掌握在白人和民主党人手里。由于到处是北佬士兵，州政府的官员除了抗议和抵制，几乎无

所作为。他们仅仅掌握着有名无实的权力，但是，他们至少使州政府仍然掌握在土生土长的佐治亚人手中。如今，就连这个最后的堡垒也陷落了。

四年前，约翰斯顿率部节节败退，从达尔顿退守亚特兰大，如今，自从一八六五年以来，佐治亚州的民主党人也是被迫节节败退。联邦政府处理本州事务的权力，以及掌握本州公民生杀予夺的权力却在逐步加强。强制手段越来越严厉，越来越多的军管法令使文职官员日益变得无能为力。最后，佐治亚州的地位变成了一个军事管制区，不管州里的法律是否允许，对黑人选举权的限制已经明令取消了。

在斯佳丽和瑞特宣布他们的婚约前一个星期，举行过一次州长选举，南方民主党人推举约翰·B. 戈登将军做自己的候选人，戈登将军是佐治亚州最受爱戴和尊敬的一位公民，同他竞选的是共和党人布洛克。选举不是在一天进行而是一连持续了三天。一列列满载着黑人的火车从一个城市匆匆驶往另一个城市，让黑人在沿途每一个选区投票。最后当然是布洛克获胜。

谢尔曼占领佐治亚让当地人深受苦难，而投机商、北佬、黑人占领州议会带给人民的深刻痛苦则是前所未有的。亚特兰大市和整个佐治亚州群情沸腾，人人怒不可遏。

而瑞特·巴特勒却与这个万人憎恨的布洛克为友！

斯佳丽甚至不知道举行过什么选举，凡是没有直接发生在鼻子底下的事情，她向来漠不关心。瑞特没有参加选举，他与北佬的关系也跟以往没什么不同。不过，事实总归是事实，瑞特是个叛贼，是布洛克的同党。如果完成了婚礼，那斯佳丽也就成了叛贼。亚特兰大人个个心绪恶劣，无法忍受和宽恕敌人阵营中的任何人。订婚的消息一传出，城里人便想起这对男女的种种坏处，一点儿也记不

得他们的好处。

斯佳丽清楚城里人感到震动，却没有意识到公众已经愤慨到何等程度。后来梅里韦特太太在教会圈子里的朋友鼓动下，决定为了她好亲自跟她谈谈。

“因为你亲爱的母亲去世了，而佩蒂小姐没结过婚，自然没资格……嗯……跟你谈这事。我觉得我必须警告你，斯佳丽。任何好出身的女子都不该跟巴特勒船长那种人结婚，他是个……”

“他救了梅里韦特爷爷的命，还救了你侄子。”

梅里韦特太太生气了。不到一个小时前，她还跟老爷子谈过话，结果不欢而散。老人说，虽然瑞特·巴特勒是个叛贼、是个恶棍，可她要是对巴特勒没有一点儿感激之情，那她就是不怎么看重他那条老命。

“斯佳丽，他那么干，不过是对我们开了个下流玩笑，让我们在北佬面前受屈辱。”梅里韦特太太接着说，“你我都知道，这个人是个无赖，他从来就是个无赖，如今更是坏透了。他不是正派人应该接受的那种人。”

“噢？这就奇怪了，梅里韦特太太。战争期间，他可是经常出现在你家客厅里的，给梅贝尔送过做结婚礼服的白缎子，对不对？要不，也许是我记错了？”

“战争期间的情况是不同的，好人也要联合那些不太……那都是为了事业，也是非常正当的。你肯定不愿嫁一个没入过伍的男人，一个对应征入伍者满嘴讥讽的人吧？”

“他参过军，打过八个月的仗。他参加过最后一次战役，在富兰克林作战，一直跟随约翰斯顿将军，直到投降。”

“这我可没听说过。”梅里韦特太太说着显出一副难以置信的神情。“可他没负过伤。”她得意扬扬地补充说。

“许多人都没负过伤。”

“凡是好样的战士都负过伤。我认识的人没一个不负伤的。”

斯佳丽让她惹火了。

“那么，我猜你认识的男人全都是些蠢货，他们连什么时候该进屋躲避阵雨都不知道，也不知道躲避子弹。听着，梅里韦特太太，你可以把我的话带回去，告诉你那帮好管闲事的朋友，我要跟巴特勒船长结婚，哪怕他站在北佬一边打仗我都不在乎。”

那位可敬的太太怒气冲冲走出屋子，气得脑袋上的遮阳帽上下乱颠。斯佳丽明白，她树了个公开的敌人，而不是仅仅对她表示不赞成的朋友。不过，她并不在乎。梅里韦特太太的言行对她一点儿损伤都没有。任何人说三道四她都不会在乎，只有黑妈妈的话是个例外。

宣布婚约后，斯佳丽忍受了佩蒂的昏厥，硬着心肠看到阿希礼突然显得苍老，避开她的眼光，祝她幸福。宝莲姨妈和尤拉莉姨妈从查尔斯顿写来信，她看了又好气又好笑。她们让这个消息吓坏了，竭力阻止这门亲事，说这不但要毁掉她自己的社会地位，还会危及她们的社会地位。玫兰妮忧心忡忡地皱起眉头，说的话一片真诚：“当然，巴特勒船长比大多数人想的要好。他想出那套办法救阿希礼，这就说明他善良聪明，而且他的确为邦联打过仗。但是，斯佳丽，是不是别这么匆忙做决定？”斯佳丽听了不禁笑出了声。

不错，不管谁说什么，她都不在乎，只在乎黑妈妈的话。黑妈妈的话最让她恼火，也最惹她伤心。

“你干了这么一大堆事我全看见了，要是埃伦小姐看见的话，准会伤心的。我实在觉得难过。不过，你这件事干得最糟，嫁给一个渣滓！没错，小姐，我说的是渣滓！别跟我说他也是个好人家出身，反正一个样。上等人家出身的渣滓跟下等人一个样，他是个渣

滓！不错，斯佳丽小姐，我可是看着你从霍尼小姐手里夺走查尔斯先生，可你根本就不爱他。我还看着你从你亲妹妹手里夺走弗兰克先生。你干了那么多事，我可是什么都没说。你卖木料赚钱，说其他木料商坏话；独自赶车到处乱闯，在那群到处流浪的黑鬼面前露面，害得弗兰克挨了枪子儿；不给囚犯吃饱饭，饿得他们浑身没力气。你干这些事我可是什么都没说过，哪怕埃伦小姐在天堂说：‘黑妈妈，黑妈妈！你没照顾好我的孩子！’可不是，小姐，以前我什么都忍受了，可这一回我忍受不了，斯佳丽小姐。你不能跟那个渣滓结婚。只要我还有一口气，就不行。”

“我爱跟谁结婚就跟谁结婚。”斯佳丽冷冰冰地说，“我看你忘记自己的身份了，黑妈妈。”

“还忘了现在是什么时候！要是我不跟你说，谁还会说呢？”

“我已经把事情考虑过了，黑妈妈，我已经做了决定，你呢，最好是回塔拉庄园去。我会给你些钱，还有……”

黑妈妈神气地挺直身子。

“我是自由的，斯佳丽小姐，你不能把我打发到我不愿去的地方。要我回塔拉庄园，你就得跟我一道走。我不会撇下埃伦的孩子不管，不管用什么办法，都休想把我撵走。我也不会撇下埃伦小姐的外孙女，让一个渣滓后爹养活。我就在这儿，我要待在这儿！”

“我不会让你待在我家，对巴特勒船长粗暴无礼。我就要跟他结婚，再没什么好说的了。”

“要说的话多着哩。”黑妈妈慢吞吞地跟她针锋相对，一双昏花老眼闪烁出战斗的光芒。

“我以前可从没想过要跟埃伦小姐的亲骨肉说这话，可是，斯佳丽小姐，我跟你说，你不过是头骡子套上马挽具罢了。人可以擦亮骡子的蹄子，刷光它的毛皮，在它的挽具上挂满铜饰，给它套一

辆漂亮马车。可骡子还是骡子，它骗不了任何人。你其实就是这副样子。你身穿丝绸衣裳，自家有锯木厂、店铺，还有钱，你给自己装出的派头就像一匹好马，可你照样还是一头骡子。你也骗不了任何人。再说说巴特勒那个家伙，他是好人家出身，打扮得漂漂亮亮，活像匹赛马，可他跟你一个样，也不过是头套上马挽具的骡子。”

黑妈妈目光锐利地看着她的女主人。斯佳丽没想到受了这样的侮辱，气得浑身发抖，话都说不出来了。

“要是你想嫁给他，那就嫁吧，因为你跟你爹一样倔。不过，斯佳丽小姐，你记住我的话，我不会撇下你的。我就待在这儿，看这事怎么收场。”

黑妈妈没等回答就转身走了，把斯佳丽独自撇下，仿佛刚才说的是：“等着瞧，我不会放过你！”她声调里的不祥预兆再不能的明显了。

斯佳丽和瑞特在新奥尔良度蜜月期间，她把黑妈妈的那番话讲给他听。他听了黑妈妈那个骡子套上马挽具的比喻，不禁放声大笑，让斯佳丽又惊又气。

“这么浅显的话表达出一个深刻道理，我还从来没听到过呢。”他说道，“黑妈妈是个聪明的老人，我很想得到几个人的尊敬和善意，她就是其中一个。不过，既然我是头骡子，我看永远得不到她的尊敬和善意了。婚礼过后，我做了新郎头脑发热，拿出十块金币送她做礼物，她竟然不肯接受。我很少看到见钱眼不开的人，可她盯着我的眼睛，对我说谢谢，说她不是个新获得自由的黑鬼，不需要我的钱。”

“她干吗这么惹人生气呢？为什么人人都像珍珠鸡似的冲着我叽叽喳喳乱叫？我跟谁结婚，跟几个人结婚，这完全是我自己的事。我从来不管闲事，可别人干吗非要瞎操心不可？”

“我的宝贝儿，世人几乎什么都能宽恕，就是不能宽恕不管闲事的人。你干吗尖叫得像只挨了烫的猫？你以前经常说，不管别人怎么说你，你都不会在乎。干吗不用事实证明自己的话呢？你自己也知道，你因为一些小事还常常遭人批评，这么大的事哪能逃脱说长道短。你肯定知道，跟我这样的无赖结婚肯定会有人议论的。假如我出身低微，或者是个穷光蛋坏人，人们就不会气得发疯了。可是，一个蒸蒸日上的富有恶棍——那当然是不可饶恕的。”

“我真希望你有时候能说点儿正经话。”

“我现在说的就是正经话。虔诚的人从来就感到恼火，因为不虔诚的人总是像青翠的月桂树一样越来越兴盛。高兴点儿吧，斯佳丽，你从前跟我说过，你要有很多钱，为的是对每个人说，见鬼去吧。现在你有机会说这话了。”

“我主要想对你说，见鬼去吧。”斯佳丽说罢哈哈大笑。

“你真的还想对我说见鬼去？”

“嗯，不像过去那么经常想了。”

“什么时候想说就说，只要觉得开心就成。”

“那并不能让我觉得特别开心。”斯佳丽说着弯下腰漫不经心地吻他。他那双闪烁的黑眼睛扫视着她的脸，想从她眼睛里寻找某种东西，却没找到，便干笑了一声。

“别老想着亚特兰大了，把那群老猫抛在脑后吧。我带你上新奥尔良是来享乐的，我要让你玩个开心。”

第五部

第四十八章

斯佳丽的确过得很开心，自从战前那个春天以来，她还从没享受过这么多乐趣呢。新奥尔良实在是个又奇异又迷人的地方，斯佳丽就像个获得大赦的无期徒刑犯人，纵情享受这里的各种乐趣。在这里，投机商巧取豪夺，许多诚实的人被迫离开家园，有的人甚至吃了上顿没下顿，而一个黑人却坐上了副州长的宝座。但是，瑞特让斯佳丽看到的新奥尔良似乎是个她从来没见过的欢乐之乡，她见过的人仿佛个个有花不完的钱，生活无忧无虑。瑞特把她介绍给几十个女人，她们个个身穿艳丽服装，容貌十分漂亮，一双双嫩手没有半点儿干粗活儿的痕迹，这些女人听了一切都只会笑笑，从不谈论愚蠢的严肃话题，从不说起时势如何艰难。她见到的那些男人才够刺激呢！他们跟亚特兰大的男人完全不同，个个争着跟她跳舞，恭维她的漂亮话说得天花乱坠，仿佛她仍然是个年轻美貌的姑娘。

这些男人的神情像瑞特一样，个个显得顽强鲁莽。他们的眼睛时时保持着警觉，就像长期生活在危险中的人一样，丝毫不敢懈怠。这些人表面上仿佛没有过去，也没有未来，斯佳丽为了找话题，问起他们来新奥尔良前曾在哪里生活、做什么生意，他们就会彬彬有礼地把话岔开。这事本身就够奇怪的，因为在亚特兰大，凡是体面的陌生人，都急着亮明自己的身份，自豪地介绍自己的故乡和家世，甚至不厌其详地讲述自家遍布整个南方的亲戚关系。

然而，这些人却沉默寡言，一旦开口也是字斟句酌。有时候，瑞特独自陪他们交谈，斯佳丽在隔壁屋子里听到他们哈哈大笑，偶然听到他们谈话的只言片语，其中夹杂着一些她不熟悉的人名和地名——封锁时期的古巴和拿骚、淘金热和强占地盘、偷运枪炮和海盗、尼加拉瓜，以及威廉·沃克怎么在特鲁克斯利奥被枪决等。有一次，他们正在谈论康特里尔那帮游击队的遭遇，她突然闯进去，大家的谈话戛然而止，她无意间听到了弗兰克和杰西·詹姆士的名字。

不过他们个个身穿漂亮服装，举止彬彬有礼，显然十分崇拜她，她也就不在乎他们只顾眼前的生活。重要的是，他们是瑞特的朋友，他们拥有宽大的房屋、漂亮的马车，他们带她和瑞特出去兜风，请他俩吃晚饭，专门为他们夫妇俩举行晚会。斯佳丽非常喜欢他们，瑞特听她这么说，觉得愉快。

“我知道你会喜欢的。”他说着笑了。

“怎么会不喜欢呢？”她每次听见他笑，心里就犯猜疑。

“他们全是些下等人、害群之马、恶棍，全是些冒险家或投机商里的贵族。他们要么像你亲爱的丈夫一样靠粮食投机发了财，要么靠政府采购合同赚了钱，要么是靠经不起调查的勾当暗中装满了腰包。”

“我才不信呢，你这是逗我乐吧，他们是些最出色的人物……”

“本城最出色的人物正在饿肚子，”瑞特说，“举止端庄地住在棚户区。他们在自己的小棚屋里是否愿意接待我，这我可拿不准。你看，我亲爱的，战争期间我在这儿参与过好几起阴谋勾当，这些人记性好，过多久都不会忘记我！斯佳丽，你从来都让我感到有趣。你看中的总是那些不该看重的事和不该看重的人，而且从来没有例外。”

“可他们是你的朋友哪！”

“啊，不过我喜欢与恶棍交往。我年轻时候就在河上的一条小船上赌博混日子，我熟悉他们那种人。不过，我不会看不出他们的本性，可你呢……”他又笑了，“你没有识别人的本能，分不出卑贱者和高贵者。有时候，我觉得你接触过的高贵女性只有你母亲和玫荔小姐，可你对她们俩似乎都不怎么重视。”

“玫荔！嗨，她就像只旧鞋子一样不起眼儿，衣裳从来穿得那么俗气，对什么事都没有看法！”

“别犯嫉妒，夫人。貌美不能成高雅，华服并非皆淑女。”

“噢，是吗？！你等着瞧吧，瑞特·巴特勒，我会让你看看的。既然我……我们有钱了，我要做个你从来没见过的最了不起的淑女！”

“那我就等着瞧吧。”他说道。

斯佳丽对漂亮衣服更感兴趣，觉得比结识这些人更让她激动。她添置的新衣服从颜色到面料到式样，全是瑞特亲自选定的。裙箍已经不时新了，眼下时新的是迷人的筒裙，后面腰垫上有一圈花儿、蝴蝶结和一层层花边。回想起战争年代身穿有裙箍的裙子那么朴素，如今穿上这种新式裙子，连小肚子的形状都暴露无遗，她觉得有点儿难为情。再说说那些可爱的小遮阳帽吧，其实根本算不得遮阳帽，只不过是一个扁平的小东西，斜扣在脑袋上，遮住一只眼睛，帽子上插满了花朵、羽毛、随风飘舞的丝带之类。她买了个假发，为的是让卷曲的假发衬托自己的直发，瑞特竟然气得付之一炬，把假发给烧了，要不然小帽子后面露出一绺绺假鬈发，该多神气！还有修女们手工缝制的精致内衣！一套套全都非常可爱，那么多套全都是她的！衬衣、睡衣、衬裙用的全都是最细的亚麻布，上面有讲究的绣花和玲珑的褶皱。瑞特还给她买了缎面便鞋，后跟足有三英寸高，

上面的人造宝石鞋扣又大又明亮。还有一打长丝袜，没有一双的袜头是绵织的！多阔啊！

她大手大脚花钱给家人买礼物。给韦德买了只毛茸茸的小圣伯纳犬，因为韦德早想要这么一只小狗；给博买的是只小波斯猫；给小埃拉买的是珊瑚手镯；给佩蒂姑妈买的是一串沉甸甸的项链，上面带着宝石坠子；给玫兰妮和阿希礼买的是一套《莎士比亚全集》；给彼得大叔的是一副精致的马具，其中包括一顶马车夫戴的丝质礼帽，还带了把刷子；给迪尔西和厨娘买了整匹衣料，还给塔拉庄园的每个人都买了礼物。

“可你给黑妈妈买什么礼物了？”瑞特望着那一堆摊在旅馆房间大床上的礼物，把小狗和小猫都抱进了更衣间。

“什么也没买。她这人最可恶，把咱俩说成骡子，我干吗还要给她买礼物？”

“我的宝贝，你怎么一听有人说实话就嫉恨？你一定要给黑妈妈带一份礼物，要不然她会伤心的，她那么高贵的心可不该受到伤害。”

“我什么也不给她，她不配得到礼物。”

“那我就要给她备一份礼物了。记得我自己的黑妈妈以前常常唠叨说，她升天的时候要穿条塔夫绸衬裙，说是料子要硬得能独自立起来，还要能窸窣作响的，好让上帝认为那是用天使的翅膀做成的。我就给黑妈妈买块红色塔夫绸，让人替她做条漂亮雅致的衬裙。”

“她才不会要你的礼物呢，她宁肯死也不会穿在身上。”

“这我不怀疑，不过我总得表示一下心意嘛。”

新奥尔良的商店多得不胜枚举，令人激动，跟瑞特出去买东西简直就像一种探险。随他外出吃饭也像是探险，甚至比购物更刺激，

因为他知道该点什么菜，还会告诉人家怎么烧。新奥尔良的各种葡萄酒、甜酒和香槟她从没喝过，也让她十分愉快。以前她喝过的无非是家酿的黑莓酒、斯卡珀农葡萄酒，另外就是佩蒂姑妈的“头晕药”白兰地了。啊，瑞特点的菜真棒！新奥尔良最出色的东西就是美食了。回想起在塔拉庄园挨饿的痛苦日子，还有近来的贫困时光，斯佳丽觉得，这些美食自己怎么也吃不够。秋葵烧克里奥尔虾、醉鸽、奶油牡蛎馅儿饼、蘑菇烧牛肚火鸡肝、油纸包鱼在生石灰里即席烹调，等等。她的食欲始终旺盛不衰，因为她只要一想起在塔拉庄园只有花生、干豆子和红薯可吃，便食欲大增，恨不得把克里奥尔的法式菜肴全都吞进肚子里。

“瞧你这副模样，仿佛吃了这顿再也吃不上似的。”瑞特说，“别刮盘子，斯佳丽。我相信厨房里多的是，只要叫侍者送来就行了。要是你不停止暴饮暴食，用不了多久就会胖得像古巴女人，到时候我可要跟你离婚了。”

可她只是对他吐吐舌头，马上又要了份糕饼，上面厚厚涂了层巧克力。

想花多少钱就花多少，这真是人生一大乐趣，而且用不着考虑节省钱用来缴税，或者用来添置骡子。能跟这些又快活又富有的人做伴多痛快哪，他们可不像亚特兰大那帮穷酸的上等人。她身穿窸窣作响的锦缎衣裙，显示出腰肢的形状，袒胸露臂，心里明白男人个个崇拜自己，这感觉多惬意哪。想吃什么就吃什么，还用不着顾忌身旁有个专挑毛病的人指责她有失淑女风度，这又多么自在哪。再说，还可以放开肚量喝香槟，这又多么有趣。记得她第一次喝酒过量，第二天早上醒来头疼得都要裂了，而且还没忘记晚上回旅馆途中，坐在敞篷马车里高唱《美丽的蓝旗》，从新奥尔良大街上招摇而过，她不禁觉得害臊。她以前甚至从没见过哪位淑女喝酒喝到

头晕的地步，只是在亚特兰大陷落那天，才见过一个喝醉酒的女人，就是沃特林那个骚货。她觉得自己丢尽了丑，没脸再见瑞特了。但是，瑞特似乎只觉得这是桩滑稽事而已。他对她做的一切都觉得滑稽，仿佛她只是调皮的小猫咪。

他长得那么帅，跟他外出让她感到兴奋。她觉得奇怪，不知道为什么以前从来没想过他的相貌。在亚特兰大时，人人都谈论他的种种毛病，从来没人谈起他的长相。但是在新奥尔良，她注意到瑞特大受其他女人青睐，只要他弯腰对她们行吻手礼，这些女人就会激动得颤抖起来。斯佳丽意识到，其他女人不但为她丈夫着迷，说不定还嫉妒她，心里不禁感到自豪，因为大家总是看到她在瑞特身旁。

“嗬，我们可真是漂亮的一对呢。”斯佳丽心中暗喜。

瑞特当初的话没错，婚后的生活是有许多乐趣的。除了乐趣，她还学到了不少新东西。这事的确够奇怪的，斯佳丽原来觉得生活中没什么新鲜事了，如今她却觉得自己还是个孩子，每天都会有新的发现。

首先，她发现跟瑞特结婚与她以前跟查尔斯或弗兰克结婚完全不同。那两位都尊重她，也都怕她发脾气。他们俩都设法讨她欢心，她高兴的时候也屈尊俯就。瑞特却不怕她，她常常觉得，他还并不很尊重她。他喜欢怎么做就怎么做，要是她不赞成，他就嘲笑她。她并不爱他，不过，跟他这样的人生活在一起，无疑十分令人激动。最让她感到兴奋的事情，是在他激情迸发的时刻，在这种时刻往往略带点儿施虐的感觉，有时让她觉得又好气又美妙，他似乎总能控制住自己，从来都能约束住自己的情绪。

“我猜想，这是因为他并不真正爱我。”她想道，却为这种状况感到十分满意，“如果他在我面前完全放纵自己，我会讨厌他的。”

但是，他也有可能爱她，这激起了她强烈的好奇心。

跟瑞特生活在一起后，斯佳丽了解到他更多的方面，她原以为自己对他已经有了充分的了解呢。她发现，他的嗓音可以轻柔得像猫儿的皮毛一样，可转眼间就能变得声色俱厉，爆发出一连串咒骂。他能带着真诚与赞许的口吻讲述自己在各种地方的经历，谈起勇气、荣誉、美德和爱情，接着便会骤然换上一副冷冰冰的愤世嫉俗的口吻，讲起下流故事。她猜想，没有哪个丈夫会对自家妻子讲述这类故事，可这些故事恰恰迎合了她性格中粗俗的低级趣味，让她觉得趣味横生。他有时爱她爱得激情洋溢，几乎算得上温存了，但片刻之后就会变成个冷嘲热讽的魔鬼，刺激她炮筒般的脾气，逗她发作，自己取乐。她发现，他的恭维从来一语双关，就连他最温柔的说法也值得怀疑。在新奥尔良的那短短两个礼拜中，她了解到他的方方面面，就是不清楚他是个什么样的人。

有几天早上，他不让女佣动手，自己亲自给她端来早餐托盘，一口一口喂她吃，仿佛她是个小娃娃，还从她手里接过梳子，为她梳那一头长长的乌黑头发，最后竟然连梳子也给折断了。还有几天早上，他把她盖在身上的被单、毯子全掀掉，搔弄她的光脚，粗鲁地把她从酣睡中弄醒。有时候，他一本正经地倾听她谈起自己生意上的琐细事务，显得蛮有兴致，还点头称赞她聪明能干，但是，他有时却对她可疑的生意手段大扣帽子，说她是“扒死人的皮”“拦路抢劫”“敲诈勒索”。他带她去听戏，却跟她咬耳朵说，上帝大概不赞成这种娱乐，让她觉得恼火。他带她上教堂，却压低声音对她讲些滑稽的下流笑话，接着还责备她不该笑出声来。他鼓励她有话直说，怂恿她举止轻率鲁莽。她跟他学会了说话刻薄、讽刺讥笑的本事，也学着利用这些本事挖苦别人从中取乐。但是，她并不拥有他那种缓和恶毒口吻的幽默感，脸上也扮不出嘲笑别人同时自嘲

的微笑。

多年来，生活一向严酷艰辛，她几乎已经忘记如何做游戏了。如今他又带她做起了游戏，他懂得如何做游戏，也硬要拉她做伴。不过他绝不是像小孩子那样玩耍嬉戏，不论他做什么，都不会让她忘记他是个男子汉。她也不可能觉得自己高他一筹，不能像其他女子那样，总是嘲笑男人童心未泯的滑稽举动。

她一想到这一点，心中就难免气恼。要是能觉得自己高瑞特一筹，那多让她高兴。对于她认识的所有别的男人，她都能半带鄙夷地说上句“真是孩子气”，然后不理不睬。她父亲、塔尔顿家那对好捉弄人的孪生兄弟、方丹家那几个天性火暴爱发孩子脾气的兄弟，还有查尔斯、弗兰克，以及战争期间向她献过殷勤的所有男人，说来几乎人人如此，只有阿希礼是个例外。只有阿希礼和瑞特的心思让她摸不透，也让她无法驾驭，因为他们都是成年人，缺乏童心和稚气。

她不了解瑞特，也不愿费心去了解，不过，他的某些方面有时让她感到困惑。他有时会从旁打量她，还以为她没有察觉。她常常猛然扭头，发现他在盯着她看，眼神里带着警觉、渴望和期待。

“你干吗这么盯着我？”她有一回恼火地问道，“就像猫盯着老鼠洞似的！”

可他迅速换了副面孔，笑而不答。没过多久，她便把这事忘了，不再费神去解这个谜，也不再考虑瑞特的其他事情。这个人太让她摸不透了，干脆别去瞎操心，好在生活非常愉快——只有她惦记阿希礼的时候心里觉得苦闷。

瑞特给她安排很多活动，让她顾不上常常考虑阿希礼。白天她难得想到阿希礼，可是，到了晚上，她跳舞跳累了，或者香槟酒喝多了，脑子迷迷糊糊，就难免思念起阿希礼。夜里，她躺在瑞特的

臂弯里，月光泻在床上，她往往会想，假如是阿希礼把她紧紧搂在怀里，用他的面孔贴住她的一头乌黑头发，把她的头发搭在他脖子上，那生活该是多么十全十美啊。

有一次，她心里这么想着，不由得叹了口气，把脸转向窗户，片刻之后，她发现搂着她脖子的那条胳膊突然变得像铁一样坚硬，寂静中只听得瑞特在说："愿上帝惩罚你骗人的小心眼儿，让它永远堕入地狱！"

说罢，他穿上衣服离开卧室，她再怎么表示吃惊，再怎么辩解和质问都没用。第二天早上，她在卧室吃早饭的时候，他又露面了，只见他头发蓬乱，宿醉未消，心绪恶劣，既不找什么借口，也不解释昨夜上哪儿去过。

斯佳丽什么也不问，对他态度冷冰冰的，仿佛自己成了个受过侮辱的妻子，她吃过早饭后，在他一双充血的眼睛注视下穿戴好，径自上街去购物。她回来后，他不在屋里，直到吃晚饭时才露面。

两人吃晚饭时，谁也不开口，斯佳丽克制住自己的脾气，因为这是在新奥尔良的最后一顿晚餐，她要美美品尝一番小龙虾的滋味。可他在一旁瞪着她，让她无法尽兴。不过她还是吃掉一只个头儿挺大的小龙虾，喝了不少香槟。也许是由于这种古怪的气氛，那天晚上她又做起了噩梦，醒来时浑身冷汗，出声地啜泣起来。梦中，她又回到了荒凉的塔拉庄园。母亲去世了，把力量和智慧也从人世间带走了。她自己在人世间举目无亲，无依无靠。一个可怕的东西在追赶她，她拼命奔跑，跑得心都要爆裂了，她跑进一片浓雾，大声呼喊，寻找那个不知名的安全港湾，她觉得那个地方就在身旁。

她醒来时，见瑞特俯身望着她。他默默抱起她像抱起一个孩子，搂进自己怀里。他结实的肌肉让她觉得宽慰，他喃喃的哼声也让她

感到安慰，最后止住了啜泣。

“唉，瑞特，梦里我又冷又饿，累得要命，可就是找不着它。我在迷雾里到处奔跑，可就是找不着它。”

“找什么呢，宝贝？”

“我也不知道，要是知道就好了。”

“是你以前常做的那个梦？”

“嗯，是的！”

他把她放回床上，在黑暗中摸索着，点着根蜡烛。烛光下，只见他眼睛里布满血丝，脸的轮廓冷峻，像石刻般没有表情。他的衬衫一直敞开到腰上，露出长满黑毛的古铜色胸脯。斯佳丽仍然吓得浑身颤抖，觉得他的胸膛无比结实坚强。她低声说：“抱住我，瑞特。”

“宝贝儿！”他连忙说了一声，抱起她坐在一张大椅子上，像抱娃娃一样把她紧紧搂在怀里。

“唉，瑞特，挨饿的滋味真太可怕了。”

“吃了顿七道菜的晚餐，还有那只硕大的小龙虾，结果做梦还是挨饿，这滋味肯定够可怕的。”他微笑道，不过他的眼神十分慈祥。

“哦，瑞特，我不断地跑啊跑，怎么也找不着我要找的那个东西，那东西总是藏在雾里。我知道，要是我找到它，就永远安全了，再也用不着挨饿受冻了。”

“你要找的是个人，还是个东西？”

“我也不知道。我从来就没想过。瑞特，你认为我会不会有一天做梦时找到那个安全的地方？”

“不会的。”他说着捋顺她那头乱发，“我看不会。不可能做那种梦。不过我觉得，假如你习惯了安全、温暖、吃饱肚子的日常生活，就不会做那种梦了。再说，斯佳丽，我一定会让你的生活得

到安全保障。”

“瑞特，你真是太好了。”

“财主[1]太太，谢谢你餐桌上的面包屑。斯佳丽，我要你每天早上一醒来就对自己说：‘我再也不会挨饿了，只要瑞特在，只要合众国政府能维持下去，什么也别想触动我。’”

“合众国政府？”她不顾脸上还在流泪，惊得坐起来。

“前邦联的钱如今用在正道上了。我用那笔钱的大部分买了政府公债。”

“活见鬼！”斯佳丽嚷道，她在他腿上坐起身，全然忘记了刚才的恐惧，“难道你是说，你把钱借给北佬了？”

“利息挺高的。”

“哪怕是百分之百的利息我也不在乎！你一定要马上把公债卖掉。没想到你会让北佬用你的钱！”

“那我的钱干吗用？”他微笑着，注意到她不再让惊恐吓得睁圆眼睛了。

“嗨，这还用说吗？买五角广场的房地产。我敢打赌，凭你手里的钱，你买得下五角广场的全部房地产。”

“谢谢你的主意，不过我可不要五角广场。如今投机商政府其实已经把佐治亚整个控制住了，谁也说不准会发生什么事。一大群秃鹰正从四面八方朝佐治亚扑过来，我可不愿在那儿花冤枉钱。你知道，我像一个叛贼一样跟他们周旋，可我不信赖他们。我不会拿钱投资房地产，宁可买公债。公债可以保密，房地产却躲不过人们的耳目。”

[1] 财主：典出《圣经·新约·路加福音》第十六章，一个财主每日饮宴，极尽奢华，一乞丐每日靠其餐桌上的面包屑充饥。瑞特用此典故，显然是在讥讽她将残留的爱情赏给自己。——译注

“你认为……”她想到了自己的锯木厂和店铺，脸色变得煞白。

“我不知道。不过别吓成这副模样，斯佳丽，我们那位风度翩翩的新州长是我的一个好朋友呢。只不过是因为眼下时局不太稳定，我不愿把太多钱投资在房地产上。”

他把她挪到另一条腿上，身子靠向后面，伸手拿了支雪茄，点上火。她坐在他腿上，晃荡着两只光脚，看着他古铜色的胸脯上一块块肌肉随着动作隆起，心中的恐惧消失了。

“斯佳丽，既然咱们说起了房地产，”他说道，“我要造所房子。你可以逼弗兰克住进佩蒂小姐家，可我不愿意，我受不了她一天三次吹牛皮。再说，我看彼得大叔不等我住进汉密尔顿家神圣的宅第，就得把我暗杀掉。佩蒂小姐可以找印第亚·韦尔克斯小姐跟她同住，免得害怕。我们回到亚特兰大后，在我们自己的房子造好前，先住在国民饭店的新婚套房里。来新奥尔良前，我已经开始筹划买桃树街那的一大块地产，就是靠近莱登家宅子的那块地皮。你知道我说的那块地吧？”

“哎呀，瑞特，那真是太好了。我真的想有自己的一座宅子，要有个大宅子。”

“我们总算在一件事情上有了一致看法。那么，房子用白灰墙，外面用锻铁栏杆，就像这里的克里奥尔式房子，你觉得怎么样？”

“啊，不，瑞特。别像新奥尔良的老式房子。我知道要建什么样式。应该是最新式的，我见过一幅画片——让我想想在哪儿看到过——对了，是在《竖琴师周刊》上看到的。是瑞士牧人小屋的风格。”

“瑞士什么风格？”

“牧人小屋。”

“你拼一下这个单词。”

她照办了。

“噢。”他说着捻了捻小胡子。

“样式可漂亮呢。房子有高高的大屋顶，屋顶周围还围有一圈栏杆，每一头有个用上乘木瓦盖的塔楼，塔楼窗户用红蓝两色玻璃，样式非常时髦。”

“我猜想，门廊的栏杆还是锯齿形的吧？”

“没错。”

“门廊屋顶上还挂着一排蔓叶花样的饰板？”

“对。你准是见过这种房子。”

“我见过——不过不是在瑞士。瑞士是个非常聪明的民族，对建筑美独具慧眼。你真的想要一座这种房子？”

“啊，是的！”

“我原以为你跟我过了一段日子，趣味可能有所提高呢。干吗不要一座克里奥尔式的房子？或者盖一座有六根白柱子的殖民地式房子？”

“我告诉你，我可不要那种俗气的老式房子。屋子里面还要贴红色壁纸，所有折门都要挂上红天鹅绒门帘，对了，还要摆上许多豪华的胡桃木家具，铺上厚厚的地毯——啊，瑞特，我要让人们见了我们的房子，都嫉妒得脸色发青！”

“真有必要让人人都嫉妒吗？好吧，要是你喜欢，就让他们嫉妒得脸色发青吧。不过，斯佳丽，你想过没有，眼下大家都那么穷，把家搞得那么豪华，是不是趣味有点儿不高雅呢？”

“我就要搞成那样。”她执拗地说，“我要让所有对我刻薄的人都难受。我们要举行一场大型招待会，让全城人都后悔原来不该说那么刻薄的话。”

“但是谁会来参加我们的招待会呢？”

“这还用说，大家当然都会来的。”

“这我可拿不准，保守派人物可是宁死不屈的。”

“啊，瑞特，你怎么总是说这话！只要你有钱，人们就会喜欢你。”

“南方人才不这样呢。投机商的钱要想钻进上流客厅，那可比骆驼钻过针眼还难呢。至于你我这种叛贼，我的宝贝，只要大家别朝咱们脸上吐唾沫，就算万幸了。如果你打算试一试，我一定为你撑腰，我亲爱的。我肯定能从你搞的活动中大得其乐。既然我们现在谈到了钱，我要把话跟你说清楚。你盖房子和穿着打扮的所有费用都由我出。要是你想要珠宝，你也可以买，不过要由我来挑选。我的宝贝儿，你的眼光实在太糟了。还有你想给韦德或埃拉买的一切。假如威尔·本蒂恩销不出棉花，我也乐意助一臂之力，帮他把克莱顿县那种笨重的白色产品推销出去，至少你把它视为珍宝嘛。这够公平了，对不对？”

“当然，非常慷慨。”

“但是，你仔细听好，我一分钱也不花在你的店铺里，也不花在你的锯木厂里。”

“噢。”斯佳丽接应了一声，沉下脸来。在整个蜜月期间，她都在考虑如何提出要一千块钱，好购买五十英尺土地，扩大她的木材场地。

“我以为你一直在夸口，说自己胸襟开阔，不在乎别人对我做生意开厂子说闲话，看来你跟其他人没什么两样——也一样害怕别人说三道四，怕人说我这个女人在当家。”

“谁也不会怀疑巴特勒家谁当家。”瑞特拖长了腔调说，“我不会在乎那帮傻瓜说三道四。说实在话，我很缺乏教养，家里有个精明妻子，我还会引为自豪呢。我要你继续维持店铺和厂子，那是

你孩子们的产业。等韦德长大了，要是仍然由继父养活，他会觉得不自在的，到那时，他可以接过去经营。不过在这两个产业上，我一个子儿也不会投了。”

“为什么？”

“因为我不愿帮你养活阿希礼·韦尔克斯。”

“你这是要重提旧事了？”

“不。是你追问我理由，所以我才说清楚。还有一点，你别想虚报账目，从买衣服的钱和维持家用的开销里扣出钱，给阿希礼添置骡子或者再买下一家锯木厂。我打算亲自过问，还要仔细查账，我知道各种东西值多少钱。哼，不要觉得受了委屈。你会那么干的。我不会放手不管。说实在话，凡是牵涉塔拉庄园或阿希礼的事情，我绝不会让你随便行事的。对塔拉庄园我还不太在乎，不过，对阿希礼必须划清界限。我的宝贝儿，我驾驭你的缰绳不会拉得很紧，但是你别忘了，我还可以用马勒和马刺。”

第四十九章

艾尔辛太太竖起耳朵，听到玫兰妮的脚步声在走廊里远去，最后消失在厨房，还听到厨房里准备点心时盘子和银餐具发出叮当声。她扭头与客厅里坐成一圈的女士们压低声音交谈起来，大家腿上都放着一个针线筐。

“我个人不论现在还是将来，都不打算拜访斯佳丽。”她的声音里，冷峻高傲的腔调比平时更冷峻。

邦联孤寡缝纫会的其他成员个个迫不及待，放下手中针线，俯身把摇椅凑拢在一起。大家都想谈论斯佳丽和瑞特，但是，有玫兰妮在场就不便开口。昨天，这对夫妇从新奥尔良回来了，眼下住在国民饭店的新婚套房里。

“我家休对我说，看在巴特勒船长救他一命的分上，他一定要去做一次礼节性拜访。”艾尔辛太太接着说，“可怜的范妮也站在休那边，说她自己也要去拜访。我对她说：‘范妮，要不是因为斯佳丽，汤米现在还活在世上。你去看他们，这不是侮辱他的亡魂吗？’可范妮鬼迷了心窍，竟然说：‘妈妈，我不是去看斯佳丽，是去拜访巴特勒船长。他救汤米的命竭尽了全力，最后没救成也不是他的错。’”

“年轻人多傻呀！”梅里韦特太太说，“去拜访他们，真是的！”她胖乎乎的胸脯气得胀鼓鼓的。记得当初她规劝斯佳丽别嫁

给瑞特，却被斯佳丽抢白了一顿。“我家梅贝尔跟你家范妮一样傻。她说，她跟勒内要去拜访，要不是因为巴特勒船长，勒内就上了绞架。我就说，要不是因为斯佳丽抛头露面，勒内根本就不会有危险。还有我家梅里韦特老爹也要去拜访，他就像个老糊涂似的，说就算我不感激那个恶棍，他也感激。我敢说，自打梅里韦特老爹去过沃特林那个婊子的地方后，行为一直不正经。去拜访他们，真说得出口！我绝对不去拜访。斯佳丽竟屈身下嫁了这么个男人。他在战争期间搞投机生意，不顾大家饿肚子，靠粮食投机发财，这已经够可恶了，如今他又跟那帮投机商和叛贼穿一条裤子，还跟那个可恶的混账州长布洛克交朋友——没错，真是他的朋友。去拜访，哼！”

邦内尔太太叹了口气。她是个面目和善的胖女人，活像只棕色的胖鹪鹩。

“多莉，他们不过是出于礼节，去拜访一次而已，我觉得不该责怪他们。我听说，那天晚上参加行动的男人都打算登门拜访他们。我倒觉得他们该去。说来奇怪，斯佳丽的母亲竟然生了这么个女儿，实在让人难以想象。当年我在萨凡纳跟埃伦·罗比亚尔是同学，同学中没有比她更可爱的姑娘了，她对我非常亲热。要是她父亲不反对她嫁给她的堂兄菲利普·罗比亚尔就好了！那小伙子没什么大问题——男孩子难免要寻欢作乐，放荡一下。结果把埃伦赶出去，嫁了个奥哈拉老头儿，生了斯佳丽这样的女儿。话说回来，我觉得看在埃伦的分儿上，我也得去拜访一次。”

“感情用事的胡话！”梅里韦特使劲哼了一下鼻子说，“基蒂·邦内尔，你真要去拜访那种女人？丈夫死了还不到一年就改嫁，那种女人……”

“而且她就是杀死肯尼迪先生的凶手。”印第亚插嘴说。她的口吻冷冰冰的，而且尖酸刻薄。她一想到斯佳丽，就难免联想起斯

图尔特·塔尔顿，说话就连礼貌都顾不上了，“我总是觉得，她跟那个叫巴特勒的家伙早有勾搭，在肯尼迪先生送命前好久就有关系，而且比大多数人怀疑的关系还要不正当。”

一个未出嫁的处女竟然提到这种事，而且还说出这种话，大家个个大为震惊。没等大家从震惊中回过神来，玫兰妮已经站在门口了。女士们议论得太专心了，竟没听到她轻盈的脚步声，此刻女主人就站在她们面前，大家觉得像上课说悄悄话的女学生被老师抓住一样尴尬。玫兰妮脸色变了，她们仓皇中又添了几分惊恐。她胸中燃烧着怒火，脸涨得绯红，一双温和的眼睛直冒火，鼻翼在颤抖。以前谁也没见过玫兰妮发过火。在场的女士根本没想到她会发火。大家都疼爱她，认为她是年轻女人里最温和柔顺的，她对长辈毕恭毕敬，从来没表示过任何不同看法。

“你怎么敢这么说，印第亚？”她压低声音问道，大家听得出，她的声音在颤抖，“你的嫉妒心要把你引到哪条邪路上去啊？真丢人！”

印第亚的脸色变得煞白，可她仍然高高昂起头。

“我说过的话不想收回。”可她心里却在翻腾。

“我这是嫉妒吗？”她想道。斯图尔特·塔尔顿、霍尼、查尔斯，他们的事让她记忆犹新，难道她没理由嫉妒斯佳丽？难道她没有理由憎恨她？特别是，她还怀疑斯佳丽把阿希礼缠在自己的罗网里了。她想道：“关于阿希礼和你那个可敬的斯佳丽，我有许多话可以告诉你呢。”印第亚心情矛盾，既想保持沉默，好保护阿希礼，又渴望把自己的怀疑讲出来，让玫兰妮和世人都听听，那样就能迫使斯佳丽放弃对阿希礼的死缠了。不过现在还不是时候，她还没有确凿证据，只是心里怀疑罢了。

“我说过的话不想收回。”她重复了一遍。

“那么，幸亏你没住在我家里。”玫兰妮说，她的言语冷冰冰的。

印第亚一下跳起身，浅黄色的面孔涨得通红。

“玫兰妮，你……你是我嫂子……你要为那个骚货跟我争吵……”

“斯佳丽也是我的嫂子。”玫兰妮瞪着印第亚的眼睛，仿佛盯着个陌生人，“她跟我比亲生姐妹还亲，你可以忘记她对我的情义，我却不能忘。围城期间她本可以回家去，连佩蒂姑妈都逃到梅肯去了，可她却守在我身边。北佬几乎打进城来了，她还在为我接生。后来，她本来可以把我留在这里的医院里，让我任凭北佬摆布，自己回塔拉庄园去，可她不顾旅途劳累负担，带着我和博一道走。她不顾自己疲惫饥饿，照顾我，供养我。因为我又病又虚弱，我在塔拉庄园用了最好的床垫。等我能下床走动了，她把塔拉庄园唯一的一双鞋给我穿。印第亚，你可以忘记她为我做的这些事，可我不能。阿希礼回家来时，身体病弱，心情沮丧，自己的家没了，口袋里一个子儿也没有，可她像亲姐妹一样接待他。后来我们打算到北方去谋生，可又舍不得离开佐治亚州，左右为难时，又是斯佳丽伸手援助，让他去管理锯木厂。巴特勒船长救阿希礼的命完全是出于一颗善良的心。他当然不欠阿希礼的情！我对他们充满感激，感谢斯佳丽，感谢巴特勒船长。可你呢，印第亚！你怎么能忘记斯佳丽对我和阿希礼的恩义？你怎么能诬蔑你哥哥的救命恩人？难道你哥哥的命就那么不值钱？你就是跪倒在巴特勒船长和斯佳丽面前，也还不清他们的一片情义。”

“行了，玫荔。”梅里韦特太太恢复了镇定，换了副轻松口吻说，“别这么跟印第亚说话嘛。”

“你刚才说斯佳丽的话我也听到了。”玫兰妮转身朝那位矮胖女人嚷道，说话的神情仿佛要跟人决斗，似乎刚刚击倒一个对手，

又拔出血淋淋的剑扑向另一个，“还有你，艾尔辛太太。你那个小心眼儿怎么看斯佳丽我不在乎，那是你自己的事。不过你在我家里说她闲话，还让我听见，我就不能不管。你们怎么能动那么可怕的念头，更不用说还要说出口？你们就不把自家男人的性命当回事？宁愿让他们死，也不愿让他们活着？那个人冒着自己的生命危险救了他们，你们对他就没有感激之情？假如真相整个暴露出来，北佬很可能会把他看作三 K 党成员，送他上绞架。他是冒着生命危险救你们家人的，救了你梅里韦特太太的公公，救了你家女婿，还有你的两个侄儿，救了你邦内尔太太的兄弟，还有你艾尔辛太太的儿子和女婿。忘恩负义，这就是你们的本色！我要求你们大家为说过的话道歉。”

艾尔辛太太绷着嘴，站起身，把针线活儿往筐子里塞。

“怎么就没人告诉我说，你竟然如此缺乏教养，玫荔……我不道歉。印第亚说得没错。斯佳丽是个轻浮浪荡的骚货。我不会忘记她在战争期间的所作所为，也不会忘记她如今有了点儿钱，就变成个穷白佬渣滓……”

“最让你忘不了的，”玫兰妮打断她的话，两手握成小拳头，贴在自己腰际，“就是她降了休的职，那是因为他不够精明，管不了她的厂子。”

“玫荔！”在场的人异口同声嚷起来。

艾尔辛太太仰起头朝门口走去，手抓在门钮上后，站住脚扭回头来。

“玫荔，”她的口气缓和多了，“宝贝，这真让我伤心。我可是你母亲最要好的朋友，而且还是我帮着米德大夫把你接生到这个世界上来的，我爱你如同亲生女儿。要是真有什么严重事，你那么说说倒也能让人听进去。可是，为了斯佳丽·奥哈拉这种女人……

要知道，她最想伤害的是你，我们倒在其次。”

玫兰妮听到艾尔辛太太开头几句话，眼泪涌出了眼眶，可是这位老女士说到后来，玫荔的脸色沉下来了。

“我要大家听明白了，”她说道，“你们谁要是不去拜访斯佳丽，就再也不用来看我了。”

屋子里顿时叽叽喳喳响作一团，女士们全都站起身，一片混乱。艾尔辛太太的缝纫筐掉在地上，她又回到屋里，头上的假发刘海儿也歪了。

“我不接受！”她嚷道，“我不接受！你准是脑袋发昏了，玫荔，我不会把你的话当真。你还是我的朋友，我也是你的朋友。我不让这事破坏我们的友谊。”

说完，她哭了，玫兰妮不知怎么也倒在她怀里哭了，不过玫兰妮一边哭泣，一边说，她的话句句当真。另外几位女士也放声大哭，梅里韦特太太掏出手帕，捂住脸大声号啕，伸出胳膊搂住艾尔辛太太和玫兰妮。在这之前，佩蒂姑妈目睹眼前景象，一直呆若木鸡，此刻突然晕倒在地，这是她一生中为数不多的几次真正晕厥之一。人们有的在流泪，有的在忙乱，有的在接吻，有的在找嗅盐瓶、白兰地，只有一张面孔保持着平静，只有一双眼睛没有流泪，这就是印第亚·韦尔克斯。她趁人不注意，悄然离去。

几个钟头之后，梅里韦特爷爷在现代女郎酒馆遇到亨利伯伯，把上午发生的事情讲给他听。梅里韦特爷爷是从梅里韦特太太嘴里听来的，他讲得津津有味，心里乐开了花。他儿媳妇那么凶神恶煞的女人，如今竟然有人敢出面对付她，还把她给降伏了。他本人当然绝对没这个胆量。

“那么，这帮傻瓜最后决定怎么做呢？”亨利伯伯气恼地问。

“我还不清楚。”爷爷说，“不过照我看，这一回合玫荔好像

占了上风。我敢打赌，她们准会去，至少也得去一回。大家都买你侄女的账呢，亨利。”

“玫荔是个傻瓜，太太们说得没错。斯佳丽是个狡诈的骚货，真不知道查尔斯当初怎么会娶她。”亨利伯伯脸色阴沉，“不过玫荔的话也算有点儿道理。巴特勒船长救过大家命，他们的家眷按理说的确该登门拜访一次才对。说实在的，巴特勒船长还真没多少好挑剔的地方。那天晚上他侠肝义胆，舍身救大家的命。只是斯佳丽像扎在尾巴上的芒刺，让人不自在。她有点儿太精明了，反倒对自己不好。嗨，我反正得去拜访。叛贼不叛贼，斯佳丽毕竟是我侄媳妇。我打算今儿下午去。”

“我跟你一道去，亨利。多莉听说我已经去过，也准得去。等我再喝一杯。”

“别喝了，到了巴特勒船长那里，有你喝的。我会开口要的，他那儿从来备着各色好酒。”

瑞特说过，保守派绝对不会屈服，他这话没错。他心里清楚，不多几次登门拜访没有什么意义，他也知道大家为什么会来拜访。起初，参加三 K 党袭击的那帮倒霉蛋男人的女眷果然来拜访过，不过，在那以后，访客人数明显减少了。而且他们并不邀请瑞特·巴特勒夫妇去家里做客。

瑞特说，要不是因为害怕玫兰妮的高压手腕，他们干脆就不会来。斯佳丽不知道他从哪儿得知这一情况的，也不去追究这种不值一提的琐事。她想不出，玫兰妮怎么能左右得了艾尔辛太太和梅里韦特太太那种人呢？她们后来不再来访，并没有让斯佳丽稍感担忧，其实，她根本就没注意这些人不再来访，因为她的新婚套房里成天都有另一种类型的客人。亚特兰大当地人用比较委婉的说法称他们

是“外地人”。

国民饭店里住着不少这种“外地人”，他们也像瑞特和斯佳丽一样，住在这里等待自己的新宅子落成。他们跟瑞特在新奥尔良的朋友很相像，也是穿着讲究，纵情狂欢，钱多得花钱如流水，同样避讳谈起自己的身世。这些人都是共和党人，“在亚特兰大搞与政府有联系的商务”。至于他们具体搞些什么生意，斯佳丽不知道，也不愿操心了解。

瑞特倒是可以告诉她的，这些人的生意就跟兀鹰对付死兽一个样。他们远远闻到死亡的气息，就准确无误地朝它扑过去，吃个肚子滚瓜溜圆。本地公民选出的佐治亚政府已经死了，佐治亚州已经无能为力，于是冒险家们便蜂拥而至。

瑞特那帮投机商和叛贼朋友的女眷成群来访，客人中还有斯佳丽兜售木料时结识的那些买木料盖房的“外地人”。瑞特说，既然做过生意，就该接待，接待后，她发现跟这些人做伴也不无乐趣。他们穿戴漂亮，从来不谈战争，也不谈艰难时势，嘴里说的不外乎时尚、风流韵事、惠斯特牌。斯佳丽以前从没打过牌，现在迷上了惠斯特牌，没过多久便成了打牌好手。

只要她待在饭店里，就会在她套房里聚上一批惠斯特牌友。不过，这些日子她不常在套房里待，因为她正忙着建造新宅子，无暇接待客人。近来她更不关心有没有客人来访了。她想推迟各种社交活动，等到新宅子落成的那一天，她要以亚特兰大最大公馆的女主人角色出面，以全城最讲究的方式招待客人。

这些日子白昼长，天气暖和，她眼看着她那座红石墙、灰板瓦的新宅子拔地而起，高高耸立在桃树街，高出其他所有的房子。她顾不上店铺和锯木厂，成天待在工地上，跟木匠争执，与泥瓦匠讨价还价，闹得承包商不得安宁。随着屋墙迅速升高，她满意地自

忖，等到竣工，这就是全城最大、最出色的宅子了，甚至比旁边的詹姆士宅子更有气派，那座宅子刚刚被政府买去，用作布洛克州长的官邸。

州长官邸的栏杆和屋檐，都镶有华丽的锯齿形装饰，但是与斯佳丽这所宅子的蔓叶花饰相比，就显得黯然失色了。官邸内有个舞厅，但是与斯佳丽这所宅子的舞厅相比，就小得像个台球桌了。斯佳丽把三楼整个一层开辟成个大舞厅了。她的宅子在各方面都胜过了州长官邸或城里的任何一座宅子，圆屋顶、角塔、塔楼、阳台、避雷针，全都比别人家的多，彩色玻璃窗就更比别人的多了。

整座房子四周有回廊，房子四面各有一段台阶通往回廊。庭院宽大，一片葱绿，院子里散放着锻铁长椅，还建有一个铁柱亭子，按时髦说法，称作“凉亭”，斯佳丽认为，凉亭的设计纯粹是哥特风格。院子里还有两尊铸铁像，一尊是牡鹿，另一尊是一头猛犬，个头儿大如设得兰马驹。在韦德和埃拉眼里，这么宏伟堂皇的时髦豪宅让他们看了有点儿头晕，有了这两尊铸铁动物，才显出几分生气。

室内装潢完全是按照斯佳丽的设计，厚厚的红地毯铺满整个地板，门上挂着红色天鹅绒门帘，崭新的黑胡桃木家具锃光瓦亮，凡是可供雕刻的位置全雕上花，椅座上铺的马鬃垫子无比光滑，女士们坐上去必须当心，否则会滑下去。墙上到处挂着镀金框的镜子和长长的穿衣镜，瑞特不经意地评论了一句，说屋里镜子多得像贝尔·沃特林的妓院。镜子之间还有框架沉重的钢板饰刻，有的竟高达八英尺，是斯佳丽特别从纽约订购的。墙壁上装裱着华丽的深色壁纸，天花板很高，窗户上都严严实实挂上玫红色长毛绒窗帘，将阳光大半遮挡住，使房间里光线幽暗。

总而言之，这是一座让人惊叹不已的宅子。斯佳丽走在柔软的

地毯上，陷在厚厚的鸭绒床垫里，不由得回想起当初塔拉庄园冷冰冰的地板和填满干草的褥垫，觉得心满意足。她觉得这是她平生见过的最漂亮的宅子，里面的摆设也是最雅致的。但是，瑞特说简直像一场噩梦。不过，只要自己高兴，噩梦她也欢迎。

“一个对我们根本不了解的陌生人，只要看了这座房子，就知道这是用不义之财建造的。”他说，“你知道吗，斯佳丽，金钱来之不善，绝无善终，这座宅子就是个明证。只有暴发户才会建造这样的房子。”

但是，斯佳丽志满意得，正满心欢喜地筹划着，等到完全搬进来后，如何大开宴会款待各方宾客，便轻轻拧了拧他的耳朵，说：“胡扯！别喋喋不休了！”

如今她摸透了瑞特的脾气，他是专门驳她的面子，一有机会就扫她的兴，所以根本不能认真听他的嘲弄。要是把他的话当真，她就不得不跟他争吵，她可不想跟他唇枪舌剑，因为到头来总是她甘拜下风。所以他说的话她很少听得进去，遇上不得不听的话，她就当成耳旁风，一笑了之。至少有些时候这么做还管用。

在度蜜月和后来在国民饭店暂住的那段时间里，两人的关系还算和谐。但是，他们一搬进新宅子，斯佳丽邀请朋友聚在自己周围，他俩就开始不断爆发争吵。争吵往往很短暂，因为跟瑞特争吵不可能持久，他对她的激烈言辞总是抱以冷漠态度，然后瞅准时机戳她的破绽。她大吵大闹，瑞特却并不吵闹。他只是对她本人、对她的行为、对她的房子、对她结交的新朋友毫不含糊地表达自己的看法。他的有些看法性质严重，让她无法当成笑话不理不睬。

有一次，她决定将“肯尼迪杂货铺”改换个比较气派的名称，她要瑞特想个新名字，最好包含“商店”这个字眼，瑞特提议叫

“Caveat Emptorium ”[1]，说是这跟店铺出售的货色很般配。斯佳丽觉得这个店名叫得响，答应使用，甚至叫人漆上了店铺招牌。后来，阿希礼·韦尔克斯面有难色地翻译出这两个拉丁词的意思，她听了肺都气炸了，瑞特乐得放声大笑。

还有他对待黑妈妈的态度也让她恼火。黑妈妈从来没改变过自己的看法，始终认为瑞特是头配了马具的骡子。她对瑞特面子上还算客气，不过态度总是冷冰冰的。她一直称他“巴特勒船长”，从来不叫“瑞特先生”。瑞特送她的那条红衬裙，她甚至没道声谢，也从来没穿过。尽管韦德很崇拜瑞特叔叔，瑞特也喜爱这个孩子，可黑妈妈尽量不让埃拉和韦德接近瑞特。然而，瑞特不但没有辞退黑妈妈，也不扮起严厉面孔对她发脾气，反而对她毕恭毕敬，态度远远胜过对待斯佳丽新结交的那些女士。说实话，他对黑妈妈的敬意超过了对待斯佳丽本人的态度。他每次带韦德出去遛马，总要先征得黑妈妈的同意，给埃拉买布娃娃，也要先征求她的意见，可黑妈妈几乎从来对他没好气。

斯佳丽觉得，瑞特应该对黑妈妈硬一点儿，这才能显示出一家之主的地位，可瑞特只是笑笑，说黑妈妈才是真正的一家之主。

瑞特还口吻冷静地对斯佳丽说，他为她几年以后的前途很担忧，因为到时候共和党在佐治亚的统治会削弱，民主党人将会重新掌权。斯佳丽听了大为光火。

“等到民主党人选出自己的州长和州议会，你那帮俗不可耐的共和党新朋友就要统统给清洗掉，只好回去干老本行，当酒保倒垃圾。到那时，你在民主党这方面没朋友，在共和党那方面的朋友也走了，只剩下你孤零零一个人缩在角落里。嗨，话说回来，何必操

[1] Caveat Emptorium：拉丁词，意为“货物出门，概不退换”。——译注

心明天的事呢。”

斯佳丽笑了，觉得自己得意是不无道理的，因为眼下布洛克的州长位子坐得很稳，州议会里有二十七名黑人议员，而佐治亚州有成千上万的民主党人被剥夺了选举权。

“民主党人再也不可能复辟了。他们越闹腾，北佬越疯狂，只能把他们重新上台的日子往后推。他们眼下只会白天说大话，晚上搞三 K 党袭击。”

“他们会复辟的。我了解南方人，我也了解佐治亚人，他们是一群倔脾气的硬汉子。即使他们不得不再打一场战争才能复辟，他们也不惜再打一场。如果他们不得不模仿北佬的手法收买黑人的选票，他们也会那么做。如果不得不模仿北佬的手段，把成千上万死人列入选民册，把佐治亚州每一个公墓中的每一具死尸都抬到选举点来，他们也会那么干的。在我们的好朋友鲁弗斯·布洛克的仁政下，形势越来越糟，最终佐治亚会唾弃他的。”

“瑞特，别用这么粗俗的字眼跟我说话！”斯佳丽嚷道，“听你说话的口气，好像我不乐意民主党上台似的！你知道我不是这个想法！我很乐意看他们重新当政。你当我喜欢成天看着这帮大兵在街上到处巡逻，提醒我……你以为我喜欢……嗨，我自己也是个佐治亚人哪！我愿意让民主党人恢复统治。可他们不行，永远不行。就算他们能重新上台，对我们有什么害处呢？对我的朋友又有什么妨碍呢？他们仍然能保住自己的钱，难道不是？”

“他们要能保住自己的钱倒好了，可我怀疑他们照现在的花钱速度，没一个能维持五年的。来得容易，去得快。他们的钱对他们没有任何好处。我的钱也对你没什么好处。钱肯定没有把你变成一匹漂亮的马儿，不是吗，我漂亮的骡子？”

最后这句话又惹起了一场争吵，而且一连持续了好几天。四天

过后，斯佳丽的脸仍然是阴沉沉的，不跟他说话，显然是要求他道歉。可是瑞特不顾黑妈妈一再反对，带着韦德去了新奥尔良，一直待到斯佳丽消了气才回来。她从来不能杀杀瑞特的威风，这是她心中永远的气恼。

他从新奥尔良回来后，显得既冷静又温和，她只好尽量咽下那口恶气，等以后再做打算。此时她不愿让任何不愉快的事情扫了自己的兴致。她正兴致勃勃筹划在新宅子举办第一次晚会，满脑子都让这桩事占住了。她要把这次晚会办成个盛况空前的招待会。客厅要摆上盆栽棕榈树，要请一支管弦乐队演奏，要用帆布把回廊整个围起来，招待客人的点心让她自己一想起来也要流口水。凡是她在亚特兰大认识的人，她都打算邀请来参加晚会，不但邀请所有老朋友，还要邀请蜜月旅行回来后结识的所有迷人的新朋友。筹办晚会让她激动不已，大部分时间里她顾不上考虑瑞特那些带刺的话。她多年来没体会过张罗这次招待会的愉快心情了。

啊，有钱的感觉真美妙！举办晚会还用不着计较开支！购置最昂贵的家具、服饰、食品，也从来用不着考虑账单！她可以将一张张数目可观的支票寄给查尔斯顿的宝莲姨妈、尤拉莉姨妈，寄给塔拉庄园的威尔，这感觉真是妙不可言！哈，那帮嫉妒她的傻瓜还说什么金钱不是万能的！瑞特还说什么金钱对她没好处！

斯佳丽向所有朋友和熟人发去请帖，有老朋友也有新朋友，甚至还有她不喜欢的人，就连来国民饭店拜访时态度近乎粗暴无礼的梅里韦特太太，以及冷若冰霜的艾尔辛太太也没有忽略。她向米德太太和怀廷太太也发出了邀请，她知道她们不喜欢自己，也知道她们接到请帖后会感到左右为难，因为她们参加如此盛大的聚会连套合适的服装都没有。斯佳丽庆祝乔迁之喜的这次晚会，按眼下时髦

说法叫作“盛大招待舞会”，既是招待会，又是舞会。它是亚特兰大迄今为止最盛大高雅的一桩盛事。

那天晚上，室内和帆布遮盖的回廊上，到处挤满了宾客，大家喝着精心调制的香槟潘趣酒，吃着她订购的点心和奶油牡蛎，在乐队伴奏下翩翩起舞。乐队还特意用盆栽棕榈树和橡胶树构成的屏风遮挡起来。但是，瑞特所说的保守派一个也没来，只有玫兰妮、阿希礼、佩蒂姑妈、亨利伯伯、米德大夫、米德太太、梅里韦特爷爷光临了。

许多保守派勉强决定参加这次“盛大招待舞会”。有些人是受到玫兰妮的态度所迫才参加的，有些是碍于情面，觉得欠了瑞特的救命之恩，不是救自己，便是救了自己的亲戚。但是，在举行庆典前两天，亚特兰大谣言纷纷，说布洛克州长也收到了邀请。保守派表示不满，纷纷寄来明信片婉言谢绝邀请，只有少数几位老朋友光临招待会，而且州长在斯佳丽的宅子里一露面，他们便面露窘色，坚决退席而去。

斯佳丽见状又迷惑又气恼，兴致彻底败坏了。这可是她精心策划的高雅“盛大招待舞会”！但是，除了不多几位老朋友，她的宿敌一个也没看见如此精彩的盛会！第二天黎明时分，最后一位客人也离去时，她真恨不得哭闹一场。可她害怕瑞特放声大笑嘲弄她，也怕他嘴上不说，一双乌黑的大眼睛却对她眨巴，仿佛在说：“我早对你说过的。”她只得强咽下满腔怒火，勉强装出一副优雅冷漠的态度。

到了第二天上午，她只能对玫兰妮痛痛快快发泄出心头的怨气。

“你侮辱了我，玫荔·韦尔克斯，还让阿希礼和其他人也一起侮辱我！你知道得清清楚楚，要不是你把他们拉走，他们绝不会那么早就回家。啊，我亲眼看见你了！我正打算领布洛克州长过来，

把他介绍给你，你却像兔子一样溜了！”

“我原来不相信……我不能相信他真的会出席。”玫兰妮的口吻显得不快，“虽然大家都说……”

“大家？这么说，大家都在背地里说我的坏话喽？”斯佳丽怒气冲冲地嚷道，“你这是想对我说，假如你早知道州长要参加晚会，你自己也不来？”

“是的。”玫兰妮低声说，她的两眼望着地板，“宝贝，要是那样我肯定不能来。”

“真见鬼！这么说，你也要像其他人一样侮辱我了！”

“噢，天哪！”玫荔嚷起来，真心感到苦恼，“我不是有意要伤你的心。亲爱的，你我就像亲姊妹一样，你是我哥哥的遗孀，再说，我……”

她战战兢兢伸手搭在斯佳丽胳膊上，可斯佳丽猛地甩开她的手，恨不得像杰拉尔德那样扯开嗓门儿大声吼叫。但是，玫兰妮坦然面对她的盛怒，望着她那对冒火的绿眼睛，自己瘦弱的双肩挺得高高的，一副凛然不容冒犯的神情，与自己带有稚气的面庞和瘦削的身段十分不相称。

“我亲爱的，你感到伤心我很难过，但是我不能见那个布洛克州长，也见不得共和党人和投靠共和党的南方人。不论在哪儿，我都见不得他们，就是在你家里也不行。就是我不得不……不得不……”玫兰妮在寻找一个恶狠狠的字眼，“就是我不得不粗暴无礼，也不见他们。”

“你这是要批评我的朋友？”

“不，亲爱的。他们是你的朋友，但不是我的。”

“你这是批评我不该邀请州长来家里做客？”

玫兰妮被逼到无奈的境地了，可她仍然毫不退缩地望着斯佳丽

的眼睛。

“亲爱的，你那么做总是有充分理由的，我爱你，也信赖你，不该批评你。我也不允许任何人当着我的面批评你。不过，斯佳丽！”说到这里，她的话突然如泉水般喷涌而出，言辞锋利激烈，虽然声音不高，却饱含着不可动摇的憎恨，“难道你能忘记这些人对我们做的事吗？亲爱的查尔斯死在前线，阿希礼的健康受到摧残，十二橡树庄园被烧毁，这些你能忘记吗？斯佳丽啊，你不会忘记抓着你妈妈的针线匣子让你打死的那个人！你不会忘记谢尔曼的人闯进塔拉庄园，连我们的内衣都要抢走！他们还想把那个地方烧毁，甚至玩弄我父亲的那把军刀！斯佳丽啊，抢劫我们，折磨我们，让我们忍受饥饿的，正是你邀请的那帮人哪！正是那帮人煽动黑人造反，让他们骑在我们头上作威作福，那帮人如今还在抢劫我们，剥夺我们的选举权！我不能忘掉这些，也不会忘记。我不会让我的博忘记，如果上帝允许我长生不老，我还要教会我的孙子辈、孙子的孙子辈憎恨这帮人！斯佳丽，你怎么能把这些都忘掉呢？”

玫兰妮停顿下来喘口气，斯佳丽呆呆地望着她，玫兰妮说话时的激烈口吻和颤抖的声调把她惊呆了，也把她一肚子怒气都吓跑了。

“你当我是个傻瓜？”她不耐烦地反问道，“我当然没忘！但是，玫荔，那一切全都过去了。我们应该顺应潮流，尽量往好处努力，我正是这么做的。只要我们利用得好，布洛克州长和一些比较好的共和党人对我们是大有帮助的。”

“共和党里没好人。”玫兰妮断然说，“我不需要他们的帮助，也不准备顺应潮流，尤其不准备顺应北佬的潮流。”

“我的天哪，玫荔，干吗发这么大的火？”

“唉！”玫兰妮嚷了一声，显出内疚的神色，“瞧我说了些什么！斯佳丽，我不是有意要伤你的心，也不是要批评你。人人都有

自己的想法，人人也都有权保留自己的观点。听我说，亲爱的，我爱你，你也知道我爱你，不论你怎么做都不会改变我对你的爱。你仍然爱我，对不对？我没惹你恨我吧，斯佳丽？要是我们俩之间有了隔阂，我可受不了，我们毕竟一起共过患难的！对我说，什么事也没有。”

“哎呀，玫荔，你这是胡扯些什么哪，干吗小题大做呢。”斯佳丽说得有点儿勉强，不过这次她没有甩开玫荔探索着搂在她腰上的胳膊。

“那就好，我们言归于好了。”玫兰妮的口吻十分愉快，不过她委婉地补充说，“亲爱的，我希望我们还能像以往那样彼此经常来往。你只要事先告诉我一声，说哪些日子有共和党人和叛贼去看你，遇上这种日子，我就待在家里。”

“你来不来看我，我才一点儿也不在乎呢。”斯佳丽说着戴上帽子，怒气冲冲回家了。看到玫兰妮脸上伤心的神情，斯佳丽受伤的虚荣心得到了某种满足。

举行第一次晚会后的几个礼拜里，斯佳丽觉得很难对公众舆论全然不管不顾。除了玫兰妮、佩蒂姑妈、亨利伯伯和阿希礼，老朋友们没一个上门拜访的，她也没有再收到过邀请她去参加他们小型聚会的请帖，这时，她才真正感到伤心困惑了。难道她没有做出努力，并不在乎他们背后对她说三道四、议论纷纷，表示自己对他们并不心存恶意吗？他们肯定也知道，她也像他们一样并不喜欢布洛克州长，对他表示友善，无非是一种不得已的权宜手段。这帮白痴！假如人人都对共和党人表示亲善，佐治亚一定能尽快摆脱目前的困境。

她当时还没有意识到，由于她对那位州长的邀请，她已经永远

割断了与旧时代、旧朋友之间本来已经很脆弱的纽带。即使玫兰妮竭力运用自己的影响，也无法修复那条纤弱的断线。玫兰妮感到惶惑、感到伤心，不过仍然对她忠心耿耿，却并不想设法修复这层破裂的关系。如今，就是斯佳丽回心转意，想要回到老路上，回到朋友们身边来，也绝对没有可能了。全城人反对她的面孔都像花岗岩一样无情，包围着布洛克政权的憎恨也同样将她包围其中。这种憎恨没有多少怒火，也不带多少狂暴，却无比冷峻无情。斯佳丽已经把赌注押在了敌人一边，不论她原来有什么样的出身，有什么样的家世，有什么样的社会关系，她现在已经被归入变节者之列，成了个亲黑鬼分子、叛徒、共和党人——她成了个叛贼。

熬过一段苦恼的日子后，斯佳丽改变了态度，不再假装泰然自若，开始面对现实了。对于人们反复无常的反应，她不是那种会长期苦恼的人，也不会因此一蹶不振。因此，没过多久，她便不再考虑人们怎么看待她了。梅里韦特太太、艾尔辛太太、怀廷家的人、邦内尔家的人、米德夫妇，以及其他人，他们有什么看法她才不在乎呢。至少玫兰妮还来看她，而且还总是带阿希礼来，阿希礼才是她最关心的人。而且亚特兰大还有其他人，他们来参加她办的晚会，这些人比那些死板的老母鸡更投合她的情趣。只要她希望宾客盈门，总是能如愿以偿。这些宾客衣着漂亮，令人愉快，远比那帮身穿紧身衣、态度谨小慎微、成心跟她作对的老傻瓜有趣得多。

这是些新迁到亚特兰大来住的人，其中有的是瑞特的老熟人，有的与瑞特搞的那些神秘买卖有牵连，瑞特对那种买卖只是随口说上句“纯粹是生意呗，我的宝贝”。有些是他们住在国民饭店时结识的夫妇，还有些是布洛克州长任命的下属。

如今她交往的人三教九流，各色人物都有。格勒特夫妇曾在十几个州住过，每逢他们设下的骗局行将败露时，便匆匆逃离那个州。

康宁顿夫妇原来住在某个偏远的州，靠奴隶解放事务局的关系，拼命盘剥本该受他们保护的无知黑人，结果自己发了大财。迪尔夫妇曾把“纸板”做的靴子卖给邦联政府，事发后不得不逃往欧洲，在那里躲过战争的最后一年。许多城市的警察局都存有亨顿夫妇的档案，不过他们在投标承包政府工程时，往往能中标。卡拉汉夫妇靠赌博起家，如今押下更大赌注，筹划用州里的公共资金建造一条并不准备建造的铁路线。弗拉赫蒂夫妇在一八六一年以每磅一分钱的价格囤积了大量食盐，到了一八六三年盐价涨到五毛钱一磅，他们获取了暴利。巴特夫妇战争期间在北方某大都市开了一家规模极大的妓院，如今迁来混入投机商的一流社交圈。

这类人如今与斯佳丽过从甚密，不过，参加她家大型招待会的人也包括有些教养比较高雅的人士，许多人还是出身名门。除了投机商中的上层人物，许多从北方来到亚特兰大的人是受了这里机会的吸引，想在城市重建和扩展的商业活动中一展身手。北方富有的人家送年轻的儿子们到南方来开拓新疆界，北佬军官退役后，便在他们为之激战才占领的城里定居下来。这些陌生人初到一座城市，很乐意接受邀请，参加富有而好客的巴特勒太太举行的豪华招待会，但是，他们很快便离开了她那个圈子。他们都是些规矩人，与投机商及其政权交往无须多久，便像当地佐治亚人一样，对他们深恶痛绝了。许多人成为民主党人，而且比南方人更具南方特色。

还有些与斯佳丽社交圈子格格不入的人，他们依然来是因为在其他地方不受欢迎。他们更加喜欢老保守派平静的客厅，但是保守派不愿接纳他们。这些人有些是北方学校的女教师，她们来南方是出于提高黑人文化水准与道德水平的愿望；有些人是投机者，他们本来是很好的民主党人，但是，战败投降后却倒向了共和党。

很难说清楚本地居民最讨厌哪种人，是那些不切实际的北方女

教师，还是那帮叛贼，比较而言，大概人们更恨后一种人。对于那些女教师，人们不屑一顾，说上句："唉，亲黑人的北佬，你能对她有何指望？她们当然认为黑鬼跟她们一样出色！"至于那帮为了个人私利而投靠共和党的佐治亚人，大家便认为没有任何理由去原谅他们。

"我们尝过挨饿的滋味，你们也该尝尝才对。"这就是保守派的思想方式。许多在前邦联军队服过役的人体验过眼看家人挨饿的恐惧，他们对曾经是战友的变节者比较宽容，因为这些人变化政治立场，为的是让家人有饭吃。但是保守派中的女人不是这种态度，她们是支持社会权力的力量，不能通融，毫不动摇。在她们心目中，事业虽已失败，但它比鼎盛时期更加强大，更为珍贵，如今简直成了她们心中的偶像。与它相关的一切事物都仿佛罩上了一道神圣的光环：为事业捐躯者的墓地、为事业而战的战场、破损的军旗、挂在门厅的十字形军刀、从前线寄来的褪色信函，还有退伍老兵。对于以前的敌人，这些女人不给予任何协助、安慰，也不提供容身之所。如今斯佳丽也被划归敌方阵营了。

这是个各阶层各类人混杂的社会，迫于政治形势的压力聚集在了一起。这个社会中，人们只在一件事情上有共同点。这就是钱。战前，他们中的大多数人一辈子从来没一次见过多达二十五块钱的巨款，如今这些人却挥霍无度，构成了亚特兰大从来没见过的怪现象。

共和党人执掌政治权力后，亚特兰大城进入一个浪费铺张的新纪元，薄薄一层虚饰的风雅掩盖不住下面的邪恶与粗俗。暴富与赤贫之间的鸿沟从来没有这样宽。处在上层的人根本不考虑时运不济的底层众生。当然，黑人并不包括在内，他们必须给予最好的待遇，学校、住所、衣服、娱乐，一切都必须是第一流的，因为黑人是左

右政局的中坚力量，每一张黑人选票都至关重要。至于那些新近破落的亚特兰大市民，随他们饿死在大街上好了，共和党人、暴发户才不会理睬他们呢。

斯佳丽航行在这股庸俗的浪峰上，觉得志得意满。她是个结婚不久的新娘，衣着华丽，又美貌又活跃，背后还有瑞特的钱财支持着她。这个时代也符合她的品位——粗俗、炫耀、浮华，到处是穿戴过分讲究的女人，遍地是装饰过度的房屋，太多的珠宝，太多的马匹，太多的食物，太多的威士忌。斯佳丽偶尔也会静下心来思索眼前的事，她知道，按照埃伦的严格标准，她新结交的女子没一个能算得上淑女。但是，她记起，很久以前她站在塔拉庄园的客厅里，打定主意要做瑞特的情妇，自从那个遥远的日子以来，她已经多次打破了埃伦的标准，如今她甚至不会常常感到良心有什么不安了。

也许，这些新朋友严格地说算不得淑女和绅士，但是，他们就像瑞特在新奥尔良的朋友一样，也非常有趣！她最初来到亚特兰大时，结交的朋友态度温和，信仰虔诚，喜爱莎士比亚的作品，如今这些朋友比他们有趣得多。除了蜜月期间的短暂乐趣，她已经有很长时期没有过这么痛快的日子了，以前她也没有过这样的安全感。如今她安全了，她要跳舞，要玩耍，要放纵自己，要大吃大喝，要穿丝绸锦缎，要睡柔软的羽绒床，要挂天鹅绒帏幔。如今这一切都已如愿以偿了。她受到瑞特的怂恿和愉快的宽容，不再受到孩提时期的种种约束，甚至免却了对贫困持续不断的恐惧，她放任自己随心所欲，纵情享受梦寐以求的豪华生活，谁要是不喜欢她这样，她就要对他说：见你的鬼。

她领略到只有赌徒、骗子、冒险家才能体会到的那种陶醉，那些人都是靠自己的智慧才获得了成功，他们的生活本身就是故意朝

四平八稳的社会迎面抽了一记耳光。她想说什么就说什么，爱怎么干就怎么干，没过多久，她的傲慢就发展到无法收拾的地步了。

对新结识的共和党和叛贼朋友，她无所顾忌地表现出傲慢，对那些没有地位的人，她表现出的蛮横和粗鲁更胜过了她对卫戍部队的北佬军官及其家属的无礼态度。在涌进亚特兰大的混杂人群中，她既拒绝接待也不能容忍的就是军方人士。她甚至故意摆出一副架子，无礼对待他们。并非只有玫兰妮一人忘不掉蓝军装的意义。在斯佳丽看来，那种缀着镀金纽扣的军服就意味着围城的恐怖和逃难的仓皇，意味着抢劫和焚烧，意味着令人绝望的贫困，意味着塔拉庄园的苦役。如今她富有了，安全了，还有州长和许多共和党头面人物做靠山，她尽可以侮辱每一个身穿蓝军服的人。她真的在侮辱那些人。

有一次，瑞特漫不经心地向她指出，现在聚在他们家的大多数男宾客，不久前就身穿那种军服，可她反驳说，北佬只有身穿蓝军服才像个北佬。瑞特听了耸了耸肩，说道："始终是表面文章，你真是个宝贝蛋。"

斯佳丽痛恨北佬军官那身刺眼的蓝军服，北佬军官对此浑然不觉，她就愈发冷落他们、怠慢他们，自己因此觉得解恨。卫戍部队及其家属有理由觉得困惑，因为他们大多数性格文静，出身名门，在这片有敌意的土地上感到孤寂，渴望回到自己在北方的家乡去，被迫扶持那帮社会渣滓的统治让他们感到耻辱。他们所属的社会阶层不知比斯佳丽结识的那帮人高出多少倍。军官的太太们发现，这位浮华的巴特勒太太故意冷落她们，却将布里奇特·弗拉赫蒂那种平庸的红头发女子当成知己朋友，她们自然感到迷惑不解了。

不过，即使是让斯佳丽当成知己朋友的那些太太，也不得不忍

受她的百般无礼。然而她们心甘情愿地忍受着。在她们看来，她不仅是财富与风雅的象征，而且她还代表了旧政权和她们渴望攀附的名门世家和古老传统。她们渴望攀附的老世家或许已经把斯佳丽驱逐出门了，不过这些新贵的太太们对此并不了解。她们只知道，斯佳丽的父亲是位有名气的奴隶主，她母亲出身萨凡纳的望族罗比亚尔家，她丈夫是查尔斯顿的瑞特·巴特勒。这些对她们已经足够了。她是她们插入古老上流社会的一个楔子，她们渴望能进入那个社会，然而那个社会圈子里的人却蔑视她们，从不登门回访，即使在教堂迎面遇上，他们也只是冷冷躬一下身子。其实，斯佳丽还不仅仅是她们试图打入上流社会的一个楔子。在这些出身微贱的新贵眼里，她本人就是上流社会。那些冒牌的淑女缺乏辨别真伪的眼力，看不出斯佳丽装腔作势，其实不过也是个冒牌的淑女，她自己缺乏自知之明，也没有明白这一点。她们以她的自我评价来看待她，也一概忍受她的支配、她的装腔作势、她的恩赐、她的脾气、她的傲慢、她赤裸裸的粗鲁，以及她对她们的缺点直率的批评。

她们都是不久前才从一贫如洗暴发起家的，在社交场合不知所措，所以格外渴望表现得温文儒雅，不敢发脾气，更不敢顶撞反驳，唯恐别人说她们没有淑女风范。她们必须不惜一切代价成为淑女。她们假装得无比纤弱、谦卑、无知。听她们说话，人们还以为她们缺胳膊少腿，身体功能不全，对邪恶的世界浑然无知呢。布里奇特·弗拉赫蒂有一身不怕太阳晒的白皮肤，操一口浓重的爱尔兰土腔，谁也不会想到，这位红头发女人竟然是偷了父亲藏起来的钱财，偷偷来到美国的，还在纽约一家旅店当过侍女。人们若仔细观察孱弱的西尔维亚·康宁顿（以前的大美人赛迪）和梅米·巴特，谁也不会疑心前一位是在纽约鲍里街她父亲开的酒吧里长大的，遇上生意忙，还帮着招待顾客，后一位据说原来是她丈

夫开的一家妓院里接客的姑娘。如今不同了，她们都成了住在豪宅里的娇贵夫人。

男人虽然发了财，却不太容易学会新的生活方式，也许是因为他们不能容忍新的上流阶层那套繁文缛节。他们在斯佳丽举办的晚会上豪饮美酒，一次招待会结束后，往往有一两位客人喝得酩酊大醉，不得不留下来醉卧一宿。他们喝酒不像斯佳丽没结婚时见过的那些男人，这些人喝酒过量后变得呆头呆脑，要么就丑态百出，一副猥琐模样。更糟糕的是，不管她在显眼的地方摆上多少只痰盂，第二天早上总会发现地毯上到处吐的是嚼烟汁的污渍。

斯佳丽瞧不起他们，却觉得他们让她开心。因为她开心，所以她的宅子里总是宾客盈门。由于她瞧不起他们，遇上她心烦了，她就叫他们滚出去，他们倒也忍受得住。

他们甚至能忍受瑞特的轻蔑。瑞特让他们更难忍受，因为他能看透他们的本质，而且他们也清楚这一点。瑞特言辞锋利，会毫不迟疑地剥去他们的面具，也不管他们是家里的客人，往往说得他们张口结舌，无法对答。他先是谈起自己如何发财，口吻里丝毫也没有羞耻，在此基础上装出别人也不怕揭老底的样子，他难得错过任何一个机会，总要把别人心照不宣的隐秘揭出来，还要横加评论。

他举着一杯潘趣酒满面春风时，谁也不知道他什么时候就会冒出这么几句话："拉尔夫，当初我要是有头脑，绝对不会在封锁线上玩儿命，我要像你老兄一样，把金矿股票卖给孤儿寡母，毕竟安全多了。""嗨，比尔，我见你又添置了一对好马。又卖掉几千股假铁路股票吧？干得不赖，伙计！""恭喜你，阿莫斯，又捞到一份政府合同。打通关节破费了那么多，真是太划不来了。"

太太们觉得他可恶，简直粗鄙不堪。男人背着他，骂他是头猪，是个杂种。亚特兰大的外地人像本地居民一样不喜欢他，可他无意

博得这些人的好感，照样我行我素，对别人的种种议论他只觉得好笑，只报以轻蔑，不屑一顾，有时他表现出极其谦恭的态度，让人觉得他的谦恭本身就是一种对他们的侮辱。在斯佳丽看来，他仍旧是个谜，是个她不再费心去解开的谜。她深信，过去从来没有什么事让他感到过喜悦，以后也不会有让他喜悦的事情，要么就是他得不到自己渴望的东西，要么便是他无所求，所以对一切都无所谓。他对她做的一切都付之一笑，纵容她挥霍，放任她态度傲慢，嘲讽她的装腔作势——不过却替她支付账单。

第五十章

即使是在他俩最亲热的时候，瑞特也总是保持着一副平静、沉着的模样。但是，斯佳丽总觉得他在偷偷地观察自己，因为每当她突然转过头去，就会惊奇地在他眼中看到那种好奇的、伺机而动的神情，斯佳丽无法理解这种极度耐心的神情有什么含义。

瑞特不允许任何人在他面前撒谎、欺骗或虚张声势，这个习惯虽然让人不快，不过有时和他生活倒也非常舒服。斯佳丽和他谈店铺、锯木厂和酒吧的事儿，谈雇用犯人以及养活他们的开销等，他都耐心聆听，而且还给她出一些精明、切实可行的点子。斯佳丽喜欢跳舞，喜欢参加晚会，瑞特则有用不完的精力陪她。偶尔有几个晚上，他们独自在家，等餐桌收拾干净，摆上白兰地和咖啡的时候，他就讲一些粗俗的故事逗她开心，这样的故事他有一肚子。她发现只要她直截了当，瑞特会满足她一切要求，而且有问必答，但是，假如她拐弯抹角地暗示，或是像平常女人那样撒娇，他便什么都不给她。他总是能把她一眼看穿，对她冷嘲热讽，让她下不了台。

一想到他平日对自己总是彬彬有礼、漠不关心，斯佳丽经常不无好奇地纳闷儿，他干吗要和她结婚呢？男人结婚要么是为了爱情，要么是为了有个家、养孩子，再不就是为了贪图钱财，可是她自己也知道他娶她压根儿不是为了这几条理由。他肯定不爱她。他把她这座可爱的房子称作建筑界之一大不幸，说他宁愿住在管理良好的

旅店，也不愿住在家里。而且，他也从来不像查尔斯和弗兰克那样，暗示想要孩子。有一回，她故意和他卖弄风情，问他为什么要娶她，他竟然像是感到可笑一样眯起眼睛回答说："亲爱的，我是为了要个宠物才娶你的！"气得她勃然大怒。

是的，男人结婚的一般理由没有一条能解释瑞特娶她的原因。他娶她就是因为他需要她，而除了结婚，没有其他办法能得到她。他向她求婚那天已经这么承认了。他需要她，就像他需要贝尔·沃特林一样。这个想法令人不快。可以说，这是对她毫不掩饰的侮辱。但是她耸耸肩把它抛在脑后，因为她已经学会遇到所有不愉快的事都耸耸肩把它们抛在脑后。他们达成的是一笔交易，她对这笔交易相当满意。她希望他也同样感到满意，至于他是不是满意，她才不在乎呢。

可是一天下午，她因为胃肠消化问题去看米德大夫，却得到一个不愉快的消息，而且她无法耸耸肩就把它抛在脑后。那天黄昏，她满怀怒气地冲进卧室，眼光恶狠狠地告诉瑞特她有孩子了。

瑞特正穿着一件丝绸睡衣懒洋洋地躺在那里吞云吐雾，她说话的时候，他的眼睛尖利地盯着她，但是他什么都没说。他静静地打量着她，身体显得有点儿紧张，等她把话说完。但是斯佳丽丝毫没有注意到这些，她只觉得愤怒而绝望，其他什么都没感觉到。

"你知道我再也不要孩子了！永远不要了。每次情况好起来的时候，我就会怀上孩子。哦，别坐在那里笑！你不是也不要嘛。哦，圣母马利亚！"

如果瑞特是在等她把话说完，这些话可不是他想听到的。他的脸略略一沉，眼中一片惘然。

"好啊，那干吗不把它送给玫荔小姐？你不是告诉我她不听劝告想再要一个孩子吗？"

“哦，我真想把你杀了！我告诉你，我不要这孩子，不要！”

“不要？请继续往下说。”

“哦，是有些办法的。我已经不是以前那个乡下傻丫头，现在我知道要是一个女人不想要孩子，不一定非要不可，有办法……”

话音未落，瑞特已经腾地站起身来，一把搂住她的腰身，脸上露出强烈的恐惧。

“斯佳丽，你这个傻瓜，跟我说实话！你还没有做什么吧？”

“没有，不过我打算这就去做。你以为我好不容易才瘦下来的腰身，才开始过上好日子，就再把自己的体形彻底毁了……”

“你从哪儿听来的这个主意？谁告诉你这些的？”

“梅米·巴特，她……”

“只有妓院里的鸨母才知道这种把戏，以后再不允许那个女人迈进这个家门，明白了没有？这毕竟是我的家，而且我还是这家的主人。我还要你以后再也不许和她说话。”

“我想怎么着就怎么着。放开我。你干吗瞎操心？”

“我才不管你要一个孩子还是二十个，但是你要是死了，我可在意得很。”

“死？我？”

“是的，你会死的。我想梅米·巴特一定没有告诉你女人那样做会冒多大的险吧？”

“没有。”斯佳丽不情愿地承认道，“她只是说这办法挺管用。”

“上帝，我非杀了她不可！”瑞特喊道，他的脸都气黑了。他低下头看见斯佳丽满脸泪水，于是稍稍消了点儿气，但还是脸色阴沉。突然，他把她拥进怀里，坐在椅子上，紧紧搂着她，好像担心她会从他身边跑掉似的。

“听着，我的小乖乖，我可不能让你送了自己的性命。你听见

了吗？上帝啊，我和你一样不想要孩子，不过我还养得起孩子。我再也不想听你说傻话了，要是你胆敢尝试……斯佳丽，我曾经见过一个姑娘就那样送了命。她才……唉，人长得还挺漂亮。这样死可不轻松。我……”

“哦，瑞特！”斯佳丽失声喊道，瑞特声音里的那种强烈感情驱散了她自己的烦恼，她从来没有见他这么动情过。“在什么地方？是谁啊？”

“在新奥尔良……哦，已经是好多年前了。那时我还很年轻，容易动情。”他猛地低下了头，把嘴唇埋进她的头发里，“你要把孩子生下来，斯佳丽，即使这九个月我得用手铐把你铐在我手腕上，我也在所不惜。”

她坐在他腿上挺直了身体，惊诧地盯着他的脸。在她的注视下，他的脸突然变得平静温和起来，原来的怒气仿佛变戏法儿一样消失殆尽了。他扬起眉毛，嘴角下撇。

“我对你真的那么重要？”斯佳丽垂下眼睑问道。

他冷静地看了她一眼，似乎在估摸她的问题背后有多少卖弄风情的成分。明白了她这么做的真实意图后，他漫不经心地回答说：

“哦，当然啦。你瞧，我在你身上可是投了一大笔钱，我可不愿就这么丢掉。”

玫兰妮走出斯佳丽的房间，虽然身心疲惫，脸上却为斯佳丽生了个女儿挂着幸福的泪水。瑞特紧张地站在门厅，脚下四周满地扔的都是雪茄烟蒂，把上好的地毯烧得满是小洞。

“现在你可以进去了，巴特勒船长。”玫兰妮羞涩地说。

瑞特飞快地从她身边经过，走进房间，米德大夫关上门前的一瞬间，玫兰妮看见他弯下腰亲吻黑妈妈腿上抱着的光不溜秋的婴

儿。玫兰妮瘫坐在椅子上，她为自己无意间看到这样一个亲昵的场面窘迫得满脸通红。

“啊！”她心想，“真是太温馨了！可怜的巴特勒船长一直多么焦虑！这阵子他滴酒未沾！他人真好！好多男人在孩子出生的时候，都喝得酩酊大醉，我想他现在一定很想喝一口，我是不是该提出来呢？不行，那样会显得太冒失了。”

玫兰妮舒服地倒在椅子上，这几天她的背一直疼痛不止，现在更是疼得好像要从腰部裂成两段。哦，斯佳丽真是有福气，生孩子的时候巴特勒船长一直守在门外！要是她生小博那天，阿希礼能和她在一起，她一定不会觉得那么受罪。要是那几扇紧闭的房门后面的小女孩儿是她的而不是斯佳丽的有多好！“哦，我真是太坏了。”她内疚地想，“斯佳丽对我一直都那么好，而我却想要她的孩子。请宽恕我，上帝，我并不是真的想要斯佳丽的孩子……我只是太想自己要个孩子了！”

她抓过一个靠垫垫在自己疼痛的背后，心里满是奢望，要是自己能有一个女儿该多好。但是米德大夫在这个问题上一直不肯让步。虽然她自己情愿冒生命的危险再要一个孩子，可是阿希礼就是不答应。一个女儿，阿希礼多喜欢有个女儿啊！

女儿！天哪！她惊慌地坐了起来：“我还没有告诉巴特勒船长生的是个女儿呢！他当然是希望有个男孩儿。哦，太可怕了！”

玫兰妮知道，无论孩子是男是女，做母亲的都一样高兴，可是对男人来说，尤其是像巴特勒船长这样自命不凡的男人，生个女孩儿无异于当头一棒，有损他大丈夫形象。哦，她真是太感谢上帝了，幸亏她唯一的孩子是个男孩儿！她想，要是自己是那个可怕的巴特勒船长的妻子，她宁愿生孩子的时候死去，也不敢头胎就给他生个女儿。

但是黑妈妈咧着嘴，笑盈盈地从房间里蹒跚走了出来，玫兰妮看到这副情景松了一口气，同时她不禁纳闷儿巴特勒船长到底是个什么样的人。

“刚才我给小娃娃洗澡，”黑妈妈说道，“我跟巴特勒先生道歉说没给他生个儿子。可是，老天啊，玫荔小姐，你知道他怎么说？他说：‘嘘，小声点儿，黑妈妈！谁想要儿子啊？儿子才不好呢，只会惹来一大堆的麻烦。女儿最好，就是用一打男孩儿来换我这个女儿，我都不干。’然后他还想从我这儿把孩子抢过去，可小娃娃还是光不溜秋，我就掰开他的手腕，说：‘放规矩点儿，瑞特先生！我可要等你有个男孩儿的时候，看你不乐得大叫才怪。’他咧嘴笑呵呵地摇摇头说：‘黑妈妈，你是个傻瓜。男孩儿有什么好？我自个儿不就是个证明吗？’说句实话，玫荔小姐，他这会儿的举止倒真像个绅士。”然后，黑妈妈用一句宽容的话收了场，玫兰妮便明白，瑞特这回举止确实十分得体，就连黑妈妈都对他另眼相看了。“可能是我以前错怪瑞特先生了。玫荔小姐，今天对我可真是个好日子。我都给罗比亚尔家三代女孩儿换过尿布了，可真是个好日子呀。”

“哦，是的，是个好日子，黑妈妈！孩子出生的日子是最好的日子！”

这栋房子里只有一个人觉得这天不是个好日子。韦德·汉普顿这天不是挨大人骂，就是被撇在一边没人理睬，他一个人待在餐厅里闲得发慌。一大早，黑妈妈就粗暴地把他叫醒，匆匆忙忙地给他穿上衣服，把他和埃拉送到佩蒂姑妈那里吃早饭。人们只是告诉他，他妈妈病了，他在家里玩，弄出声音会让妈妈难受。佩蒂姑妈家一片混乱，因为老太太听到斯佳丽生了病，便倒在床上，还得厨娘在身边伺候，早饭是彼得大叔给孩子们做的，只有不多一点儿。上午

的时间一点点挨过去，韦德越来越害怕。要是妈妈死了可怎么办？有些孩子的妈妈就死了。他就见过灵车从屋子里驶出来，还听到小朋友呜呜大哭。要是妈妈也死了怎么办？韦德虽然非常害怕妈妈，但是也非常爱妈妈，想到妈妈要被放在黑色的灵车里，被马笼头上插着羽毛的大黑马给拉走，他的小胸口就不由得疼起来，疼得连气也喘不上来。

中午的时候，彼得大叔在厨房里忙着做饭，韦德从前门溜了出去，然后撒开小腿朝家跑去，由于心里恐惧，他跑得飞快。瑞特叔叔、玫荔姑姑或黑妈妈肯定会跟他说实话的。但是哪里都看不见瑞特叔叔和玫荔姑姑，黑妈妈和迪尔西拿着毛巾、端着一盆盆的热水在后楼梯上跑上跑下，谁也没有注意到他站在前厅里。楼上的房门偶尔打开时，他听到米德大夫简单干脆的声音。有一次他听到母亲的呻吟，吓得他抽噎起来，又开始打嗝儿了。他知道妈妈就要死了。为了寻求安慰，他朝着那只卧在前厅窗台上晒太阳的浅色猫咪哭诉。可是猫咪汤姆上了年岁，不喜欢被人打扰，摆动着尾巴，冲他低声吼叫。

最后，黑妈妈从前楼梯下来，围裙皱巴巴的，上面还满是污点，头巾也歪了。她看见韦德立刻皱起了眉头。黑妈妈一向是韦德的后台，看到她也冲他皱眉头，吓得韦德哆嗦起来。

“你是我见过的最不听话的孩子。”黑妈妈开口说，“我不是把你送到佩蒂小姐那里了吗？快回去！”

“妈妈是不是要……她要死了吗？”

“你可真是我见过的最让人心烦的孩子！要死了？上帝啊，才不会呢！老天，男孩子就是麻烦人。真不明白老天爷干吗要把男孩子送到世上来。现在，你快离开这儿。”

但是韦德并没有走。他躲在走廊的门帘后面，对黑妈妈的话将

信将疑。听到黑妈妈说男孩子麻烦人，他感到很伤心，因为他一直都在努力做个好孩子。又过了半个小时，玫荔姑姑从楼上跑了下来，虽然脸色苍白、模样憔悴，却自己一个人在那里微笑。她看见韦德躲在布帘影子里那副愁眉苦脸的样子，吓得像是给雷击中一样。玫荔姑姑平时总是有时间陪他，从不像妈妈那样老对他说："现在别来烦我，我正急着有事呢！"或者："走开，韦德。我忙着呢。"

但是今天早晨，玫荔姑姑说："韦德，你可太淘气了，你怎么不待在佩蒂姑奶奶家呢？"

"妈妈是不是要死了？"

"天啊，不会的，韦德！别变成个傻孩子。"然后玫荔用温和的语气说，"米德大夫刚刚帮你妈妈接生了个漂亮的小宝宝，这下你有个可爱的小妹妹跟你玩了。你要是听话，今天晚上就能看见她。现在，出去玩吧，别在屋里弄出声音来。"

韦德溜进静悄悄的餐厅，他那个原本就不太安全的小天地现在更是摇摇欲坠。在这个阳光明媚的日子里，大人们的举动都奇奇怪怪，难道就没有一个忧心忡忡的七岁小男孩儿可待的地方？他坐在凹室的窗台上，轻轻地咬了一口阳光下长在盆子里的秋海棠。那味道辣得他直冒眼泪，于是他哭了起来。妈妈可能要死了，没人注意他，所有人忙来忙去都是为了一个小娃娃，还是一个小女娃娃。韦德一点儿都不喜欢小娃娃，更别说是小女娃娃了。他唯一比较了解的小女孩儿就是埃拉，可她从来没有做过什么让他可以尊敬和喜欢的事。

过了很长时间，米德大夫和瑞特叔叔才一块儿从楼梯上走下来，站在厅里低声地交谈。送走大夫关上门，瑞特叔叔疾步走进餐厅，给自己从玻璃瓶里倒了一大杯酒，然后才看见韦德。韦德吓得往后一缩，以为又要被人责怪淘气，得回佩蒂姑奶奶家去，可是没承想

瑞特叔叔竟然冲他微笑起来。韦德从来没有见过他这样微笑过，也从来没有见他这么高兴过，于是他壮起胆，从窗台上跳下来，朝瑞特叔叔跑过去。

“你有了个小妹妹。”瑞特叔叔紧紧抓住他说道，“我打赌，你肯定没见过这么漂亮的小宝宝！哎，你哭什么呀？”

“妈妈……”

“你妈妈正吃大餐呢，有鸡肉、米饭、肉汤和咖啡，等会儿我们再给她弄点儿冰激凌，如果你也想要，也可以吃两碟。我还要带你去看看你的小妹妹。”

韦德虽然松了一口气，身体却软得连想为这个小妹妹说几句客气话都说不出来。大家都关心这个小女孩儿，再也没人关心他了，就连玫荔姑姑和瑞特叔叔也是一样。

“瑞特叔叔，”韦德开口问，“大家是不是都喜欢女孩儿不喜欢男孩儿？”

瑞特放下手中的玻璃杯，敏锐地盯着这张小脸，眼中一下子显出明白的神色。

“不是，我就不这样想。”他神情严肃地回答，好像在认真思考这个问题，“女孩儿比男孩儿更麻烦，不过，人们对麻烦多的孩子就得更加操心。”

“可是黑妈妈说男孩儿很麻烦人。”

“哦，黑妈妈肯定是心情不好，她只是随口那么说说而已。”

“瑞特叔叔，你是不是更想要个小男孩儿，而不是个小女孩儿呀？”韦德满怀期望地继续问。

“那倒不是。”瑞特随口答道，看见小男孩儿的脸上露出失望的表情，他又补充说，“你想，我已经有了一个小男孩儿，干吗还要一个呢？”

“你已经有一个了？”韦德叫了出来，听到这个消息，他惊讶得嘴都合不上了，“那他在哪儿呢？”

“远在天边，近在眼前。”瑞特把孩子抱起来，放在自己的膝盖上回答道，“有你这样一个男孩儿，对我来说就已经足够了，我的儿子。”

顿时，韦德感到一种有人需要的强烈幸福，激动得又哭了起来。他使劲憋住，不让自己哭出来，把头埋进了瑞特的怀里。

“你不就是我的儿子吗？”

“一个人能……能做两个人的孩子吗？”韦德问道，一方面想要忠实于那个从没见过的父亲，另一方面又抑制不住对这个如此理解他的继父的爱。

“能。”瑞特肯定地说，“比如说你既是妈妈的孩子，又是玫荔姑姑的孩子。”

韦德琢磨着这句话，他觉得挺有道理，于是他笑了，在瑞特怀里害羞地扭动着身体。

“你真明白小孩子的心，是吧，瑞特叔叔？”

听到这句话，瑞特黝黑的脸沉了下来，脸上出现一道道粗深的皱纹，嘴巴也扭歪了。

“是啊。”他苦涩地说道，“我是很明白小孩子的心。”

韦德一时间又害怕起来，不仅害怕，而且感到一种突如其来的嫉妒。瑞特叔叔这时心里并不是在想他，而是想别的孩子。

“你是不是有过别的小男孩儿？”

瑞特把他放在地上。

“我想喝上一杯，你也要喝一杯，韦德，你的第一杯酒，为你的小妹妹干杯。”

“那你有没有过别的……”韦德想问下去，然后看见瑞特已经

伸手去拿葡萄酒，觉得自己要跟大人一样举杯庆祝，兴奋得忘了继续往下问。

“哦，我不能喝，瑞特叔叔！我答应过玫荔姑姑要等到上大学毕了业才喝酒，要是我做到了，她就送给我一块表。”

“那我就送你一条表链……如果你想要，就把我现在戴的这条送给你。”瑞特说，脸上又露出了微笑，“玫荔姑姑说得没错。但她说的是烈性酒，不是葡萄酒。你要学会像个绅士那样喝酒，儿子，现在就是学喝酒的最好时候。”

他老练地从玻璃瓶倒出水和葡萄酒，掺和起来，直到酒只剩下淡淡的粉红色，然后才把杯子递给韦德。就在这时，黑妈妈走进餐厅。她换上了自己最好的衣裳，平时只有星期日才穿的黑裙子，而且她的围裙和头巾也是崭新的。她蹒跚走路的时候，裙子里传出丝绸窸窣的声音。她脸上着急的神情不见了，咧开几乎没牙的嘴笑着。

“该给生日礼物了，瑞特先生！”她说。

韦德端着酒杯停在嘴边。他知道黑妈妈一向不喜欢他这个继父。她总是把他叫作“巴特勒船长”，而且她对他的态度总是威严而冷淡。现在她却眉开眼笑，忸怩作态，还管他叫“瑞特先生”！今天可真是颠三倒四了！

“我想你更想喝朗姆酒吧。”瑞特说道，一边伸手到酒柜，拿出一个矮矮的酒瓶，“黑妈妈，小娃娃长得真漂亮，是不是？”

“可不是嘛。”黑妈妈赞同道，同时咂巴着嘴端起酒杯。

“你以前见过这么漂亮的小宝宝吗？”

“哦，那当然，斯佳丽小姐生下来的时候也差不多有这么漂亮。”

“来，再喝一杯，黑妈妈。黑妈妈呀……”瑞特虽然说话的声

音严肃，可是却眨巴着眼睛，“我听见的这个窸窣声是怎么回事啊？”

“老天爷，瑞特先生，就是我那件红绸衬裙！”黑妈妈哧哧地傻笑起来，巨大的身子都跟着晃了起来。

“只是那件衬裙吗？我才不信呢，你身上听起来像是有一大堆干树叶在那里沙沙作响。让我瞧瞧。把你的裙子拉起来。”

“瑞特先生，你可太坏了！哦，哟，老天爷呀！”

黑妈妈叫了一小声，然后往后退了一码远，稍稍把裙子拉起来几英寸，露出红色塔夫绸做的衬裙边。

“隔了这么久你才穿上它。”瑞特不满地嘟囔道，可是他的黑眼睛却在发笑、在跳舞。

“是啊，都好长时间了。”

接下来瑞特说了一句韦德听不明白的话。

“不再是配着马具的骡子了？”

“瑞特先生，斯佳丽小姐真是的，把这话也告诉你！你不会计较我这个老黑婆说的话吧？”

“不会的，我才不计较呢，我只是随便问问而已。再喝一杯，黑妈妈，把这一瓶都喝了吧。干杯，韦德！让我们来干一杯。”

“为了小妹妹。”韦德大声道，说完把酒一口喝下。酒把他给噎着了，于是他又是咳嗽，又是打嗝儿，另外两人忍不住哈哈大笑，一面给他拍拍背。

从女儿降临的那一刻起，瑞特的举止就变得让大家都迷惑不解。本来全城的人包括斯佳丽在内都对他已经有了一种不会轻易改变的看法，但是他现在却动摇了他们对他的观点。谁承想他竟然会这样不觉得难为情，竟然公开夸耀自己当了父亲？尤其是他的头胎所生只不过是个女儿又不是儿子，本来是够尴尬的了。

他一点儿都没有因为时间逝去而渐渐削弱当父亲的新鲜感。这让一些女人暗生嫉妒，她们的丈夫在孩子受洗之前许久就已经把孩子当成一件想当然的事了。他在街上拦住人就向人家讲述自己孩子的种种奇迹般的进步，甚至连一般出于礼貌说的客套话都不说，像什么“我明白谁都觉得自己的孩子聪明，可是……”他觉得自己的女儿实在了不起，其他人家的孩子根本不能与她相提并论，而且他也不在乎别人知道他这么想。一次，一位新来的保姆给孩子吸了一点儿肥肉，结果弄得孩子肚子疼，瑞特在这件事上的做法成为许多父母的笑谈。他急忙叫来米德大夫和另外两名大夫，而且大家费了老大的劲才把他拦住，没去拿鞭子抽打那个保姆。那个保姆被解雇了，随后雇的保姆如走马灯一样，最长的也不过待一个星期。没有哪个保姆能够满足瑞特定下的那些苛刻的规矩。

黑妈妈也和瑞特一样，没有哪个保姆能让她看顺眼，其实是她对雇来的黑人保姆嫉妒得不得了，不明白她怎么就不能带着韦德和埃拉，同时照看小宝宝。但是黑妈妈已经上了年纪，风湿病更是让她步履蹒跚、行动迟缓。瑞特掩盖起这些理由，不敢直言说明为什么要再雇个保姆，而是告诉她说，像他这种地位的人家里不能只有一个保姆，否则看起来太寒酸。他要雇两个人干粗活，让她做仆人总管。黑妈妈对这种解释非常满意。家里多雇些仆人，不仅瑞特脸上有光，而且也显得她有身份。但是她坚决地对瑞特说她可不要那些刚被解放的黑人来做保姆。于是瑞特派人回塔拉把普莉西接来，虽然他知道这个普莉西也有不少毛病，但是不管怎么说她也是个家里的黑奴。彼得大叔又推荐了他的一个孙侄女，名字叫卢，以前在佩蒂小姐的表哥伯尔家当女奴。

斯佳丽还没有下床，就注意到这个孩子占据了瑞特的全部心思，看到他在客人面前那么宠爱孩子，她竟然感到有一种气恼和尴

尬。一个男人喜欢自己的孩子本没有什么错，可是她觉得这样表现自己的父爱也太不像个男子汉了。他应该像其他父亲那样自然随便些。

“你都要变成一个傻瓜了。”她气恼地说，“我实在不明白这是为什么。”

“不明白？哦，你是不会明白的。为什么要这样，因为她是第一个完全属于我的人。”

“她也属于我！”

“不，你已经有两个孩子了。她可是我的。”

“见鬼去吧！”斯佳丽嚷道，“孩子是我生下来的，不是吗？再说，亲爱的，我自己都属于你呀。”

瑞特的目光越过孩子黑黑的头发望着她，脸上露出古怪的笑容。

“是吗，亲爱的？”

正在这时，玫兰妮走了进来，阻止了这场一触即发的口角，这些天来他们俩之间经常爆发这样的争吵。斯佳丽咽下怒火，看着玫兰妮把孩子抱了过去。孩子本来起名叫欧仁妮·维多利亚，可是那天下午，玫兰妮无心地为孩子定下名字，就像人们都叫佩蒂帕特这个名字，反而不记得萨拉·简这个原名了。

瑞特低头仔细观察孩子的时候说了句：“她的眼睛以后一定是浅绿色的。”

“才不是呢。”玫兰妮高声反驳道，忘了斯佳丽的眼睛就差不多是这种颜色，“她的肯定是湛蓝的，就像奥哈拉先生的眼睛一样，蓝得像……像美丽的蓝旗那么蓝。”

“那就叫美蓝·巴特勒。”瑞特笑着说，然后从玫兰妮手中把孩子抱过来，近近地盯着研究孩子的小眼睛。于是孩子就叫美蓝了，最后连她的父母都记不得当初曾经用皇后和女王的名字给她起的名字。

第五十一章

等到斯佳丽终于能外出走动了，她让卢帮她尽量拉紧腹带，然后她拿皮尺量了一下自己的腰围。二十英寸！她高声叹息。这就是生孩子给身段造成的结果！她的腰围要跟佩蒂姑妈一样，要跟黑妈妈的腰一样粗了！

“卢，再拉紧些。看能不能收到十八寸半，要不然我的裙子全都穿不上了。”

“带子会绷断的。”卢说道，“斯佳丽小姐，你的腰围粗了，没办法了。”

“总有办法的。”斯佳丽一边想，一边狠狠拆开衣服的线缝，放宽裙子，“我再也不生孩子了。”

美蓝长得很漂亮，她脸上当然也光彩，瑞特把孩子视作掌上明珠，可她以后再也不生孩子了。至于怎么才能避免生孩子，她自己也不知道，因为她不能像对付弗兰克那样应付瑞特。

因为瑞特不怕她，所以很难对付。虽然他口头上说，要是她生下的是儿子，不把他淹死才怪呢，可是看他溺爱美蓝的那副痴心模样，没准儿他来年还想要个儿子。嗨，她可不给他生了，不论是男孩儿还是女孩儿，反正不生了。三个孩子，随便哪个女人都受够了。

卢把撕开的衣缝放出来缝上，拿熨斗熨平，给斯佳丽穿戴好。

斯佳丽便叫人备好马车，自己赶车去锯木厂。她一路上兴致高涨，把腰围的事抛在了脑后，因为她要在锯木厂见到阿希礼了，还要跟他一道翻阅账目。要是走运的话，说不定还能跟他单独待在一起呢。她最后见到他还是在美蓝出生前好长一段时间，后来挺着大肚子，她就不想让他看见自己的丑陋模样了。

她想念以前那段时光，当时天天都能见到他，尽管总是有别人在身边。坐月子期间，她一直挂念着自己的木材生意，觉得那是生活中重要的部分。当然啦，如今她用不着亲自操劳了，完全可以把厂子卖出手，把卖得的钱用来为韦德和埃拉搞其他投资。可那样一来，她就难得见到阿希礼了，只有在正式的社交场合才能见到他，而且周围总是有一群群其他宾客。能在阿希礼身旁工作，是她莫大的乐趣。

马车驶近锯木厂时，她兴致勃勃地看到木料堆得像小山似的，许多顾客站在木料堆中间，正在跟休·艾尔辛谈生意。六队骡子运货车旁边，黑人车夫正在往车上装木料。“六个车队。”她得意地自忖道，“这是我一手搞起来的！”

阿希礼来到小小的办公室门口，看到斯佳丽又来到锯木厂，他眼睛里流露出喜悦神情，他搀她跨下马车，像迎接女王似的恭恭敬敬把她迎进办公室。

但是，她查阅他的账本，跟约翰尼·加勒吉尔那本账作对比时，心中的喜悦减少了。阿希礼管的这个厂子收支勉强相抵，可约翰尼·加勒吉尔那个厂子却有大笔的盈余。她嘴上什么都没说，只是比较着两个厂子的账目。阿希礼从她的脸色中看出她心里的想法。

“斯佳丽，我真抱歉。我想说，希望你能让我用自由黑人干活儿，别用囚犯。我相信我能干得好些。”

“黑人！你怎么啦，支付他们的工钱就能把我们压垮。囚犯便

宜多了，既然约翰尼用他们能赚这么多……”

阿希礼的目光越过她的肩头，茫然望着远处发愣，眼睛里的喜悦光芒消失了。

“我不能像约翰尼·加勒吉尔那样强迫囚犯干活儿。我不能强迫别人。”

“活见鬼！约翰尼·加勒吉尔干得很出色。阿希礼，你的心太软了，你该逼他们多出活儿才对。约翰尼对我说过，只要有个懒鬼找你请一天病假，你都会准假。天哪，阿希礼！那还能赚上钱吗？狠狠打他们两下，他们什么病都能治好，只要不打断他们的腿就行……”

“斯佳丽！斯佳丽！别说了！你这么说我受不了。”阿希礼嚷起来，他的目光又返回她身上，只见他眼睛里闪出凶光，她连忙住了口。“难道你没意识到他们也是人！他们中间有的人有病，营养不良，够惨的，再说……啊，我亲爱的，你一向那么温柔，我不忍心看到他把你教唆得这么残忍……”

“谁把我怎么样了？”

“虽然我没有这份权利，可我不得不说。就是你那位……瑞特·巴特勒。凡是让他碰过的东西，没一样不受毒害的。你虽然性子有点儿急，可心地温柔善良，为人慷慨，可他把你搞到手后，毒害了你，把你变成现在这个样子，你变得冷酷了、野蛮了。”

“唉。”斯佳丽喘了口气，内疚和喜悦在心里翻腾起来，没想到阿希礼对自己怀有如此深情，仍旧认为自己心地善良。谢天谢地，他认为她锱铢必较是瑞特的错。瑞特当然跟这些毫无关系，全是她自己的过错，不过，再给瑞特脸上抹点儿黑对他也没什么害处。

“要是换了别人，我不会这么担心……可偏偏是瑞特·巴特勒！

我清楚他对你干了些什么。你还蒙在鼓里呢，他已经扭曲了你的思想，把你引上他走的那条邪路了。啊，不错，我知道我不该这么说……他救过我的命，我很感激，不过我心里祈祷上帝，但愿娶你的不是他，而是别人！唉，我实在没权这么说……”

“噢，阿希礼，你有这份权利的……除了你，谁还有这样的权利呢？”

“我告诉你，我心里受不了。眼睁睁看着你的优雅被他变成粗鄙，你的美貌、你的妩媚落到这么一个人手里，这个人……我一想到他接触你，我就……”

“他要亲吻我啦！”斯佳丽心中一阵狂喜，“这可不是我的错！”她扭动身子朝他凑过去。可他猛然后退，仿佛意识到自己说得过火了——仿佛说了自己从来没打算说的话。

“我真心向你道歉，斯佳丽。我……我这是暗示说你丈夫不是个正人君子，我说出这话，其实也证明我自己也不是个正人君子了，谁也无权当着妻子的面说人家丈夫的坏话。我找不出任何借口，只是……只是……”他结结巴巴说不下去了，脸色变得很难看。她屏住呼吸，等他说下去。

“我找不出任何借口。”

赶车回家途中，斯佳丽一路胡思乱想。找不出任何借口，只是……只是因为他爱她！他一想到她躺在瑞特的怀抱里，心中竟会燃起怒火，她没想到他可能会这样。唔，这她能理解。幸亏她认为，他与玫兰妮的关系无非是兄妹情谊，否则她会觉得生活是一场磨难。由于瑞特拥抱她，使她变得粗鄙野蛮！嗨，既然阿希礼有这种想法，以后她可以不接受瑞特拥抱。虽然她和阿希礼都与别人结了婚，但是，假如两人都在肉体上暗暗为对方保持忠诚，那该多么甜美浪漫啊！这个想法激起她的想象，她从中获得了乐趣。再说，这么做也

有实际意义，因为她就不会再生孩子了。

回家后，她叫人把马车赶走，刚才听了阿希礼的话，心中的激越情绪开始消散，因为她想跟瑞特提出分卧室居住的要求，这一来她就得面对这么做的全部意义。这是桩难事。再说，她怎么才能启口对阿希礼说，她已经如他所愿拒绝与瑞特同床共枕了？自己做出牺牲，却没人知道，那又有什么用处呢？体面与娇柔，这两样真是压在淑女肩头的一副重担！要是她对阿希礼说话，也能像对瑞特说话一样坦率，那该多好！没关系，她总有办法向阿希礼做出暗示的。

她上楼推开育儿室的门，看见瑞特坐在美蓝的小床旁边，埃拉坐在他腿上，韦德把兜里的东西一一掏出来向他展览。瑞特喜欢孩子，也会善待孩子，这真是桩幸事！有些继父却总是痛恨前夫的孩子。

“我想跟你谈谈。”她说完就朝卧室走去。既然心里已经打定了不再生孩子的主意，而且阿希礼的爱情让她心里产生了力量，不如趁热打铁早点儿说出来。

他刚把卧室门在身后关上，她便马上开口说：“瑞特，我已经打定了主意，以后不再生孩子了。”

即使他听了这句没料想到的话心里感到吃惊，脸上也一点儿没表现出来。他懒洋洋坐在一把椅子上，身子往后仰，把椅子的两条前腿跷起来。

“我的宝贝，早在美蓝出生前我就告诉过你，你生一个孩子还是生二十个，对我都无所谓。”

他这人真可恶，一下子就巧妙回避了这个问题，仿佛不在乎要孩子跟孩子出生没什么必然联系。

“我想三个孩子已经足够了，我不打算每年生一个娃娃。”

“三个看来是个合适的数目。”

“你心里很清楚……”她欲言又止，窘得脸都红了，“你清楚我的意思吧？”

“我清楚。不过，你是不是意识到了，我可以跟你离婚，因为你拒绝我享受婚姻的合法权利？”

“你这人真下流，怎么想到那种事了。”她嚷道，心里为谈话偏离自己计划的轨道感到恼火，“要是你还有点儿骑士风度，就该……就该好一点儿，就像……嗨，你看看阿希礼·韦尔克斯。玫兰妮不能再生孩子，他就……”

“那个微不足道的小绅士，阿希礼。”瑞特说，他的眼睛里闪烁出异样的亮光，“请接着往下说。”

斯佳丽顿时说不出话来了，因为她的话已经说完了，没什么话好说了。她这才意识到自己有多傻，竟然以为能心平气和地解决这么重要的事情，何况对手还是瑞特这种自私的下流鬼。

“你今天下午去锯木厂了，是不是？”

“这有什么关系？”

“你喜欢狗吧，斯佳丽？你喜欢让狗待在狗窝里，还是喜欢让狗占着马槽[1]？”

她心里涌起一腔怒火，也感到失望，没理解这句话的暗示意义。

他轻轻站起身，走到她身边，托起她的下巴猛地一扭，让她面对自己。

“你真是个孩子！你已经跟三个男人生活过，却仍然不了解男人的脾性。你好像认为，男人就像过了绝经期的老太太一样没有欲望吧。”

---

[1] 狗占着马槽：典出《伊索寓言》，与汉语俗语中“占着茅坑不拉屎”的意思相似。——译注

他顽皮地在她下巴上捏了一下，放开手，一道黑眉往上一挑，俯下身子长时间凝视着她的脸。

“斯佳丽，你听明白了。只要你和你那张床对我还有点儿吸引力，不管你给门上锁，还是对我哀求，都别想阻止我。我什么事都干得出来，绝不会觉得羞耻，因为我跟你达成了一笔交易，我始终信守契约，可你要毁约。守着你那张贞洁的床吧，我亲爱的。”

“你的意思是说，”斯佳丽愤愤地嚷道，“你不在乎……”

“你已经对我感到厌烦了，是不是？哼，一般来说，是男人比女人更容易厌倦。守住你那份贞节吧，斯佳丽。这不会让我吃苦头的。没关系。”他耸了耸肩，咧开嘴笑了，“幸亏世界上有的是床，而且大部分床上睡的都是女人。”

“难道你真的会那么……”

“我亲爱的天真孩子！那是当然喽。这以前我要是一直规规矩矩，那才是怪事呢。我从来没觉得忠贞不贰是种美德。”

“以后我每天晚上都把门锁上！”

“何必费心？假如我需要你，什么锁也别想把我拦在门外。”

他转过身，仿佛这场谈话已经结束，径自走出屋子。斯佳丽听到他返回育儿室，孩子们欢呼起来，对他表示欢迎。她颓然跌坐下去。她如愿了，这正是她想要的，也是阿希礼想要的，但是并没有让她感到快乐，反而伤害了她的虚荣心。没想到瑞特对这事竟然满不在乎，而且是他不再需要她了。他把她跟别的床上躺的那群坏女人相提并论。一想到这些，她就觉得屈辱。

她原本希望以某种巧妙的方式告诉阿希礼，说她与瑞特已不再有实质性的夫妻关系了。可她知道，如今她讲不出口了。事情全搞得一团糟，她不禁有点儿后悔，觉得不该提起这种事。她会怀念与瑞特躺在床上的长时间交谈，谈话妙趣横生，他的雪茄烟头在黑暗

中闪闪发亮。她从迷雾中奔跑的噩梦里惊醒时，瑞特总是搂着她，给她安慰，她会怀念那份慰藉的。

忽然间，她觉得非常不幸，趴在椅子扶手上失声痛哭起来。

第五十二章

美蓝刚满周岁后的一天下午，外面下着雨，韦德待在起居室里闷闷不乐，时而走到窗前，把鼻子贴在外面有水滴的玻璃窗上。他是个瘦高个儿，虽然已经八岁了，可是显得不足这个年龄。孩子沉默寡言，近乎羞涩，别人不跟他说话，他从不先开口。他觉得烦闷，不知道该怎么消遣才好。埃拉在屋子一角摆弄她的布娃娃。斯佳丽坐在写字台前，嘴里低声嘟囔着，正在把一长串数字加起来。瑞特躺在地毯上，提着表链晃动怀表，逗美蓝抓，可她刚好抓不着。

韦德捡起几本书，又任它们落在地上，发出扑通扑通的响声，自己长叹一声。斯佳丽朝他转过身去，满脸的气恼。

“天哪，韦德！到外面玩去。”

“不行，外面下雨呢。”

“是吗？我没留意。那就找点儿事做，你在这儿晃来晃去，让我心烦。去叫波克套上马车，送你找小博玩去。”

“他不在家。”韦德叹了口气，“他去参加拉乌尔·皮卡德的生日聚会了。”

拉乌尔是梅贝尔和勒内·皮卡德的小儿子，斯佳丽觉得那是个讨人嫌的小家伙，不像个孩子，倒活像只猿猴。

“嗯，你想找谁就找谁，告诉波克带你去。”

“谁也不在家。”韦德回答道，“大家都去参加生日聚会了。”

他这言外之意就是“大家都去了——就我没去”。可斯佳丽正忙着算账，根本没注意听。

瑞特一骨碌坐起身，说：“孩子，那你干吗不去参加生日聚会呢？”

韦德侧着身子朝他挪近一步，满脸的不高兴。

“没人邀请我，先生。”

瑞特把怀表递给美蓝，任凭她抓着玩，他站起身。

“别算你那该死的账了，斯佳丽。他们为什么没邀请韦德参加聚会？”

“看在老天的分儿上，瑞特，现在别打扰我，阿希礼记的这糊涂账……噢，那个聚会？他们没邀请韦德有什么奇怪的，就是邀请了，我也不会让他去。别忘了拉乌尔是梅里韦特太太的外孙。梅里韦特太太宁肯请一个自由黑鬼进她家神圣的客厅，也不会放我们家人进去。”

瑞特若有所思地望着孩子的脸，看见孩子在往后退缩。

“上这儿来，孩子。”他把孩子拉到身边，“你想参加那个聚会吗？”

“不想，先生。”韦德说得很勇敢，眼皮却耷拉下去了。

“嗯，告诉我，韦德，乔·怀廷家的聚会、弗兰克·邦内尔家的聚会，还有别的小朋友家的聚会，你都去参加过吗？”

“没有，许多聚会都不邀请我。”

“韦德，你撒谎！”斯佳丽转过身来嚷道，“上礼拜你还参加过三个聚会呢，巴特家孩子的聚会，格勒特家的，还有亨顿家的。”

“你这是把套了马具的骡子拉来当上等货色。”瑞特拖着长腔温和地说，“你参加那些聚会玩得快活吗？说啊。”

“不快活，先生。”

“为什么？”

“我……我不知道，先生。黑妈妈说，他们是些白人里的垃圾。”

“看我不立刻剥了黑妈妈的皮！”斯佳丽跳起身，“还有你，韦德，怎么敢对妈妈的朋友说坏话……”

“孩子说的是实话，黑妈妈说的也是实话。”瑞特说，“当然，你从来看不出真实情况，就是在马路上遇到也看不出来……别担心，孩子。你不愿参加的聚会尽管别去。拿着。”他掏出一张钞票递给孩子，“告诉波克套上马车带你进城。买点儿糖果，要买多多的，放开肚子吃，吃个开心。”

韦德脸上绽开了笑容，把钞票揣进兜里，又不安地朝母亲望望，想征得她同意。可她正皱起眉头望着瑞特。瑞特从地板上抱起美蓝，偎在怀里，她的一张小脸贴在他脸上。斯佳丽看不清他脸上的表情，但隐隐约约感觉到，他眼睛里有种近乎恐惧和自责的神情。

继父的慷慨让韦德受到鼓舞，孩子脸上带着羞怯走到他跟前。

“瑞特叔叔，我能问你个事儿吗？”

“当然能。”瑞特显得焦躁，也有点儿心不在焉，他把美蓝的脑袋抱得更近些，“什么事哪，韦德？”

“瑞特叔叔，你……你打过仗吗？”

瑞特神色警惕地扭过头，目光十分敏锐，可他的口吻仍然漫不经心。

“你干吗问这个呢，孩子？”

“嗯，乔·怀廷说你没打过仗，弗兰克·邦内尔也这么说。”

“啊，”瑞特说，“你是怎么跟他们说的？”

韦德一脸的不高兴。

“我……我说……我对他们说，我不知道。”后来他匆匆说，

“可我不在乎，我揍了他们。你打过仗没有，瑞特叔叔？”

“打过。”瑞特的声音突然变得慷慨激昂了，“我打过仗。我在军队里待了八个月。我从拉夫乔伊一路打到田纳西州的富兰克林。约翰斯顿投降的时候，我就跟他在一起。”

韦德骄傲地扭动了一下身子，可斯佳丽听了哈哈大笑。

“我还以为你对自己的参战经历感到羞愧呢。”她说，“难道不是你告诉我别张扬出去吗？”

“嘘。”他说，“这让你满意了吗，韦德？”

“啊，是的，先生！我就知道你打过仗的。我知道你不是他们说的胆小鬼。不过……你怎么没跟其他小孩子的爸爸在一起呢？”

“因为那些小孩儿的爸爸都是些傻瓜蛋，只能编在步兵里，我在西点军校上过学，所以进了炮兵部队。是正规的炮兵部队，韦德，不是自卫队。只有脑子特别聪明的人才能当炮兵呢，韦德。”

“没错。”韦德脸上熠熠放光，“你挂过彩吗，瑞特叔叔？”

瑞特迟疑了一下。

“把你得痢疾的事说给他听听。”斯佳丽挖苦道。

瑞特小心翼翼地把娃娃放在地毯上，从裤腰里拽出衬衫和内衣。

“上这儿来，韦德，我让你看看我哪儿受过伤。”

韦德走过去，一脸的激动，盯着看瑞特指给他的地方。只见他古铜色的胸膛上有道隆起的伤疤，那道伤疤很长，一直延伸到肌肉发达的小肚子上。其实，那是他在加利福尼亚采金场跟人械斗时留下的纪念，韦德当然不知道。他喘着粗气，乐得要命。

“我就知道你跟我爸爸一样勇敢，瑞特叔叔。”

“差不多，不过不完全一样。”瑞特说着把衬衫塞回裤腰里，“好啦，现在去把你这张钞票花掉。要是有谁敢说我没打过仗，你就狠狠揍他。”

韦德乐了，连蹦带跳跑出去，高声叫波克。瑞特重新把娃娃抱起来。

“喂，干吗编造这么多谎言，我勇敢的士兵弟兄？”斯佳丽问。

“男孩儿需要为父亲——或者为继父感到自豪。我不能让他在其他小家伙面前觉得丢人。孩子们都是些残忍的家伙。”

“嗨，胡扯！”

“我从没想过这些对韦德这么重要。”瑞特慢吞吞地说，“我从没想过他为此难受。将来不能让美蓝受同样的罪。”

“什么罪？”

“你以为我会让我的美蓝为自己父亲感到羞耻？让她在八九岁的时候没人邀请她参加生日聚会？他们蒙受耻辱不是自己的过错，而是你我的过错。”

“噢，就为孩子的生日聚会？”

“先是孩子们的聚会，以后还有少女初入社交场的聚会。你以为我会让女儿从小到大让人排斥在亚特兰大上流社会之外？我不打算送她去北方上学，也不打算让她去北方游览，因为怕她在这里或在查尔斯顿、萨凡纳、新奥尔良这些地方受上流社会排斥。我可不愿眼睁睁看着她将来被迫嫁给个北佬或外国人，就因为她母亲是个傻瓜，父亲是个恶棍，上流家庭都不愿要她。”

这时韦德站在门口，听得津津有味，也觉得迷惑不解。

“美蓝可以嫁给博的，瑞特叔叔。”

瑞特转身面对韦德时，刚才那一脸怒气已经荡然无存了。他似乎在认真考虑韦德的话，他跟孩子们打交道时，总是认真听取孩子们的只言片语。

“没错，韦德，美蓝可以嫁给博·韦尔克斯，可你要娶谁呢？”

“哼，我谁也不娶。”韦德得意地说，此时他沉湎于像大人似

的跟一个成人面对面交谈。除了玫荔姑姑，只有这个人从不对他厉声呵斥，总是给他安慰和鼓励，“我要像我父亲一样上哈佛，当律师，以后还要像他那样当个勇敢的士兵。”

“真希望玫荔别当着孩子的面乱说。”斯佳丽嚷道，“韦德，你不能去哈佛念书，那是北佬的学校，我不让你进北佬的学校念书。你该进佐治亚大学，毕业后回来帮我管那家店铺。至于说你父亲是个勇敢的士兵……”

“嘘。”瑞特连忙打断她。他留意到，刚才韦德说起自己从未见过面的父亲时，兴奋得眼睛里闪着亮光。“你长大以后要像你父亲一样，做个勇敢的人，韦德。要努力像他一样，因为他是个英雄，要是谁敢说不一样的话，你就让他闭上嘴。他娶了你母亲，不是吗？这就足以证明他的英雄气概了。我会让你上哈佛当律师的。好了，快去叫波克带你进城。”

“你让我管教我的孩子，我会谢谢你的。”斯佳丽等韦德顺从地快步跑出屋子后，大声嚷起来。

“你的管教真他妈糟透了。你把埃拉和韦德该有的机会都毁了，我可不准你按那种方式管美蓝。美蓝一定要做个人人争着要的小公主，不能有任何地方她去不了。老天哪，你以为我会听任她在满屋子的社会渣滓中长大，跟他们交往？”

“他们对你够好了……”

“那种该死的景象对你再好不过了，亲爱的，但是不适合美蓝。你以为我会允许她嫁给一个成天跟你厮混在一起的亡命徒？野心勃勃的爱尔兰人、北佬、穷白佬、投机商、暴发户……哼。我的美蓝有巴特勒家的血统和罗比亚尔家的血缘……”

“还有奥哈拉家族的……”

“奥哈拉家族或许一度是爱尔兰的王室，可你父亲只不过是个

利欲熏心的精明的爱尔兰佬而已。你也好不了多少。不过，我也有过失。我过日子像只黑暗中乱飞的蝙蝠，对自己做的任何事从来不在乎，因为任何事对我都没关系。但是美蓝关系重大。天哪，我一向多糊涂哪！美蓝在查尔斯顿不会让上流社会接纳的，不管我妈妈、你尤拉莉姨妈或者宝莲姨妈怎么努力都不会管用……显然她在这里也不会让上流社会接纳，除非我们赶快采取行动……”

“嗨，瑞特，你把这种事看得太严重，简直有点儿滑稽，凭我们手里的钱……”

“让我们的钱见鬼去！把我们的钱全拿出来，也买不到我要给她的东西。我宁肯让皮卡德那种穷苦人家请美蓝去啃干面包，或者让艾尔辛太太请她去摇摇欲坠的谷仓里做客，也不愿看到她成为共和党要员就职舞会上的美人明星。斯佳丽，你从来是个傻瓜。你几年前就该为孩子们在社会中谋求个稳妥的位置，可你没有，你甚至不费心保住自己原有的地位。如今你就是想改邪归正，也太晚了，完全成了非分的念头。你赚钱的渴望太强烈了，太喜欢欺负人了。”

“我看你这番话纯粹是小题大做。”斯佳丽口吻冷淡，哗啦啦翻动着账簿，表示她不愿继续讨论了。

“愿意帮助我们的只有韦尔克斯太太了，可你却尽量疏远她、侮辱她。噢，请你以后别在我面前说她怎么穷、穿得怎么寒酸之类的啦。她是亚特兰大正气和灵魂的核心。谢天谢地，好在还有她。她会在这方面助我一臂之力的。”

“你打算怎么做？”

“怎么做？我要与本城保守派中的每一个母夜叉培养关系，特别是梅里韦特太太、艾尔辛太太、怀廷太太、米德太太。即使我不得不肚皮朝下趴在恨我的老恶婆面前，我也会照办。对她们的冷淡

我要逆来顺受，还要表现出痛改前非的样子。我要捐助他们该死的慈善事业，要去他们那令人讨厌的教堂做礼拜。我要公开承认并且吹嘘曾为邦联多方出力，如果万不得已，我还要参加他们该死的三K党——不过，慈悲的上帝大概不会用这种酷刑罚我赎罪吧。我还会毫不迟疑地提醒我救过命的那帮傻瓜，说他们欠我一份人情。你呢，夫人，请你高抬贵手，别背着我拆我的台，对我巴结的人，别取消他们抵押品的赎回权，别把劣质木料卖给他们，也别用其他方法侮辱他们。布洛克州长再也休想跨进这座房子。你听明白了没有？你结交的那帮高雅的小偷一个也不准再进这所房子。要是你盗用我的名义请他们来，到时候别怪我不赏脸，让你下不了台。要是他们上这所房子来，我就去贝尔·沃特林的酒吧消磨时间，还要告诉每一个愿意听我说的人，我不愿跟他们待在同一个屋顶下。”

斯佳丽听了这番话，心里一阵刺痛，干笑了两声。

“这么说，河船上的赌棍、封锁线上的投机商，如今要改邪归正，当正人君子喽！哼，你要想受人敬重，第一步该是卖掉贝尔·沃特林的妓院才对。”

这不过是摸黑放了一枪，因为她从来没有确凿证据，并不能肯定瑞特拥有那所房子。瑞特似乎看透了她的心思，忽然放声大笑。

“谢谢你的建议。”

瑞特选了个最困难的时机实施他恢复体面地位的计划。共和党人和叛贼的恶名已经达到了空前绝后的地步，因为如今投机商的政权已经腐败透顶，而邦联投降以来，瑞特的名字已经跟北佬、共和党人和叛贼密切交织在了一起。

在一八六六年，亚特兰大人无可奈何地愤然想道，恐怕没有比此时的军事统治更糟糕的世道了，如今在布洛克的统治下，他们这

才明白什么是更糟的。共和党人及其盟友借助黑人选票，牢牢占据住这个州的地盘，他们作威作福，任意欺凌没有权力还不愿屈服的少数派。

他们在黑人中间散布谣言，说《圣经》里只提到两大政治派别，一派是被逐出教会者，另一派是罪人。没有哪个黑人愿意加入一个完全由罪人组成的政党，所以他们纷纷加入了共和党。他们的新主子逼他们一再重复投票，选举穷白佬和叛贼，甚至选举黑人，担任重要职务。黑人议员坐在州议会里，大部分时间不是在吃花生，就是把脚上的鞋脱了穿，穿了脱，因为他们一时还穿不惯新鞋子。他们没几个识字的，都是刚刚从棉花田和藤蔓丛里出来，如今却有权投票决定税金征收、债券发行之类重大事务，并有权批准为自己及其共和党人朋友提供巨额开支。他们还投票推选共和党人。这个州被沉重的税金压垮了，纳税人缴纳税金时满腔怒火，心里清楚这些钱名义上是为公众，结果都流入私人腰包了。

州议会大厦被围得水泄不通，其中有众多推销商、投机商、寻求政府合同的承包商以及其他五花八门的人物，这些人都希望从政府的恣意挥霍中获取利益，许多人凭借这种巧取豪夺发了大财。他们根本不费什么周折就从州政府那里搞到资金，名义是用来修筑铁路、购买火车头和车皮、建造公共建筑物，其实这些项目只是些空头支票，根本就不存在。

公债的发行金额高达千百万，大部分是以欺骗手段非法发行的，然而照样行得通。该州的财务主管是个共和党人，不过为人诚实，他一遍遍大声疾呼，阻止一次次非法发行公债，还拒绝签署发行令，然而，尽管他和其他人努力制止各种滥用职权的现象，却无法抵挡滚滚浊流。

州属铁路曾是本州的一宗资产，如今却成了一笔债务，金额高

达百万元的危险警戒线。铁路已不成其为铁路，简直成了一条无底鸿沟，贪婪的猪猡可以在里面任意豪宴痛饮，快活地打滚。许多铁路官员是出于政治原因任命的，根本不管他们懂不懂铁路经营管理，雇员超过必要人数的三倍，共和党人可以凭证免费乘车，选举中，一车皮一车皮的黑人免费乘车，在州内各地旅游，同一次选举中在不同地点重复投票。

州属铁路管理不当特别惹纳税人恼火，因为公立学校的资金就来自铁路的收益。铁路非但没有收益，反而背上了沉重的债务，公立学校只得关门。没有多少家庭供得起孩子上费用高昂的私立学校，于是，整整一代儿童要在无知中成长，这些孩子又要在若干年里播下无知的种子。

南方人对挥霍浪费、管理不当、贪污渎职非常痛恨，但更让他们痛恨的是州长去了北方对本州人民恶意中伤。佐治亚州上下一致怒斥州政府的腐败，州长匆匆去了北方，出席国会听证会，称州里白人对黑人施暴，并预谋另一场叛乱，有必要对该州实施严厉的军事管制。佐治亚人谁也不想惹黑人，都想避免麻烦。谁也不想再打一场战争，谁也不希望、不需要刺刀下的统治。整个佐治亚州所需要的，就是不受人打扰，让该州恢复元气。但是，在州长的“造谣工厂”影响下，北方把这个州看作蓄意谋反的地方，需要采取强硬手段镇压。于是，佐治亚州便处在高压统治之下了。

对那些扼住佐治亚喉咙的团伙，这是个绝好的时机。他们肆意掠夺、横行无忌，政府要员公开谋私、寡廉鲜耻，令人不寒而栗。抗议和努力终归无用，因为州政府受到合众国军队的支持。

亚特兰大人诅咒布洛克，诅咒共和党，诅咒那帮叛贼，诅咒凡是与他们有关系的人。瑞特与他们有关系。他与他们过从甚密，大家便说，他们的种种阴谋他也有份儿。不久前，他还在随波逐流，

如今，他逆流而返，自然游得很艰辛。

他采用巧妙手段，缓缓展开自己的攻势，避免激起亚特兰大人的疑心，如果人们发现美洲豹一夜间竟褪去浑身花斑，自然要起疑心。他避免接触来历不明的老朋友，再也不让人看到与北佬军官、叛贼及共和党人混在一起。他参加民主党人的集会，公开让人看到他投民主党人的票。他不再参加高赌注的扑克牌赌博，饮酒也比较有节制了。有时他也去贝尔·沃特林那里，但他总是像城里的体面市民那样，天黑后才不动声色地前往，不再像以前那样大下午的把马拴在她门外，让人一看就知道他在里面。

星期日礼拜时，他等到圣公会教堂的椅子差不多坐满了人，礼拜已经开始了，才牵着韦德的手，踮着脚尖走进教堂。做礼拜的人见了瑞特跟看见韦德来此做礼拜同样感到惊讶，因为大家认为这孩子是信天主教的。至少斯佳丽是个天主教徒，或者应该算个天主教徒。多年来，她从不涉足教堂，她心目中已经没有宗教，也把埃伦的训诫抛在了脑后。大家认为她忽视了对自家孩子的宗教教育。如今瑞特努力弥补这事，尽管他没带孩子去天主教堂，却来了圣公会，可还是该受嘉许的。

瑞特只要愿意管住自己的舌头，不让他的黑眼睛乱转，也不露出恶意，他就能显出庄重迷人的绅士风度。多年来他一直打算这样做，可直到现在才付诸实施。他俨然一副稳重而有魅力的风度，就连贴身马甲也要挑选颜色稳重的。与自己救过性命的人们重建友谊并不困难。他们早已对他表示感激了，只是瑞特一直不把人家的感激当回事。如今，休·艾尔辛、勒内、西蒙斯家兄弟、安迪·邦内尔和其他一些人都发现，他还是挺讨人喜欢的。大家说起欠他的救命之恩，他反而显得有点儿窘迫，不好意思突出自己的作用。

“那没什么。”他总是态度谦虚地说，“换了谁都会那么做的。”

他为修缮圣公会教堂捐了一大笔款子，还为阵亡将士墓地美化协会提供了一笔数目可观却还不太张扬的捐款。他特意把款子交给艾尔辛太太，还态度尴尬地求她保守秘密，可他知道得很清楚，这么一说，她会更加迫不及待地把消息传播出去。艾尔辛太太很不情愿接受他的钱——因为这是“投机商的钱”——却无奈协会急需用钱。

“我不明白你怎么会跑来捐款。”她的口吻尖酸刻薄。

瑞特的态度稳重得恰如其分，说这是出于对战友的怀念，他们比他更勇敢，却没他那么幸运，如今躺在了无名将士的墓地里。艾尔辛太太听了，那个带有贵族气质的下巴耷拉了下去。多莉·梅里韦特曾告诉她，是斯佳丽说的，巴特勒船长入伍打过仗，可她当然不信这话。谁都不会相信。

“你参过战？在哪个连？哪个团？”

瑞特报出自己的部队番号。

“噢，炮兵！我认识的人不是在骑兵团就是在步兵团。怪不得……”她仓皇失措，没把话说完，心里预料他会投来恶意的目光。可他却低头不语，手里摆弄着自己的表链。

“我原打算参加步兵的。”他装作完全没有理解她的言外之意，接着说，“可我上过西点军校。不过我没毕业，艾尔辛太太，全是因为我年幼胡闹。他们得知我进过西点军校，就把我编进炮兵团，是正规部队，不是民兵自卫队。在最后的那次战役中，需要懂专业的人员。你知道当时损失有多惨重，很多炮兵都牺牲了。在炮兵团很孤单，一个熟人都没有。整个服役期没见过一个亚特兰大人。”

“哎呀！”艾尔辛太太有点儿不知所措了。假如他当过兵，那

就是她错怪他了。她说过他不少刻薄话，说他是个胆小鬼，想来觉得惭愧。“嗨！你服役的事干吗谁也不告诉？好像这让你觉得丢脸似的。”

瑞特正视着她的脸，一副怅然若失的模样。

“艾尔辛太太，”他恳切地说，“相信我，要是我说出，能为邦联效力是我一生最自豪的经历，我就会觉得……觉得……”

“嗨，你干吗瞒着不说？”

“因为……因为我过去的某些行为，我觉得羞于出口。”

艾尔辛太太把这笔捐款和那次谈话细细讲给梅里韦特太太听。

“多莉，我跟你说吧，他说到‘羞于出口’几个字时，眼睛里含着泪水呢！真的，眼泪！我自己也险些跟着哭了。”

“简直是胡说八道！”梅里韦特太太嚷起来，不信她的话，“我才不信他那种人会流眼泪，也不信他参过军。我马上就能搞清楚。要是他真的在那个炮兵团待过，我很快就能打听到，因为那个炮兵团的司令卡尔登上校是我一位老姑姑的女婿，我要给他写封信。”

她给卡尔登上校写了封信，上校的回信让她惊愕不已，上校在信中的口吻毫不含糊，对瑞特在军队里的表现大为褒扬，称他是天才的炮兵、勇敢的战士、无怨无悔的绅士、谦虚的好人，说他甚至拒绝接受上级授予他的军官军衔。

“哼！”梅里韦特太太把信拿给艾尔辛太太看，“你轻而易举就把我说服了！也许我们说这坏蛋没打过仗是错怪了他，也许该相信斯佳丽和玫兰妮的话，说他在本城陷落那天报名参了军。不过，这没什么区别，他是个叛贼，也是个流氓。我可不喜欢他！”

“话说回来，”艾尔辛太太有点儿拿不准，“话说回来，我觉得他还没那么坏嘛。凡是替邦联打过仗的人，就不可能太坏。要说

坏，是那个斯佳丽。你知道吗，多莉，我真的相信他……唉，他为斯佳丽感到害臊了，可他碍于体面才没那么说出口。”

“害臊！呸！他俩是一块料子上剪下的两块布。你这傻念头是从哪儿冒出来的？”

“这可不是什么傻念头。”艾尔辛太太怒气冲冲地反驳道，“昨天下那么大的雨，他坐着马车在桃树街来回兜风，还带着三个孩子，你知道吗，还有那个小娃娃。他还让我搭车，送我回家。我就说：‘巴特勒船长，你疯啦，这么大的雨，干吗让孩子在外面淋雨？怎么不送他们回家去？’他一副窘态，什么话都没说，可他家黑妈妈开了口：‘家里来了满屋子的白人垃圾，待在外面淋雨也比屋里干净！’”

“他怎么说？”

“他能说什么？他只是瞪了黑妈妈一眼，当没这么回事。你知道，昨天下午斯佳丽招惹一大帮子人在家里打惠斯特牌，把那帮下贱女人都请到家里去了。我猜他是不想让她们亲吻他的孩子。”

“是吗？”梅里韦特太太有点儿动摇，可仍然抱顽固态度。到了第二个星期，她也认输了。

瑞特此时在银行设了张办公桌，至于他坐在那张办公桌后面办什么公，银行职员都感到迷惑不解，可他在银行有相当大的股份，他们便不敢过问他的公干。过了一阵子，他们忘记自己曾反对他了，因为他态度和蔼、举止得体，而且真正懂得不少银行和投资业务。不管怎么说，他整天都坐在自己的办公桌前，显得十分忙碌。他说本城受人敬重的居民都在努力工作，他也要向大家看齐。

梅里韦特太太打算扩大她那蒸蒸日上的面包房，来这家银行，想以自家房子做抵押贷款两千元。结果，她遭到拒绝，因为她已经用房子做抵押借贷过两笔款子了。这位身材矮胖的老太太气得直嚷，

正要冲出银行时，瑞特连忙把她拦住，问明她遇到的困难后，他抱歉地说："准是他们搞错了，梅里韦特太太，这真是个严重错误。您这样的人贷款还要什么抵押！啊，您只要口头说一声，我就会把钱借给您。从您的业务经历上看，您这样善于经营的夫人是世界上信誉最好的客户，银行就是要给您这样的人发放贷款。请您在我的椅子上稍坐片刻，这事由我替您操办。"

他回来时满脸笑容，和蔼可亲地说，果然是出了个错误。两千元已经划拨到她账上了，她可以随时提取。至于她的房子——她可以签个字。

梅里韦特太太竟然得到这么一个人的帮助，觉得又羞又恼，这个人她可是既不喜欢又不信任的，所以，她道谢时没有显出应有的高雅风度。

可他并不在意。他送她到银行门口，说道："梅里韦特太太，我一向敬佩您丰富的知识，不知道能不能向您请教一件事？"

她微微点了点头，帽子上的那根羽毛甚至都没有抖动。

"你女儿梅贝尔小时候是不是也吮吸大拇指？你当时是怎么让她改掉这个习惯的？"

"什么？"

"我家美蓝总是吮大拇指，可我想不出办法制止她。"

"你一定要制止她。"梅里韦特太太口吻激烈地说，"要不然，她的嘴形就毁了！"

"我知道！我知道！她的嘴巴长得很美。不过我不知道怎么制止她。"

"哦，斯佳丽应该知道。"梅里韦特太太说得很干脆，"她先前有过两个孩子。"

瑞特耷拉下眼皮，望着脚尖，叹了口气。

瑞特没理会她对斯佳丽的说法，说道："我试过在她指甲缝里涂上肥皂。"

"肥皂！嗨！肥皂根本不管用。我原来是在梅贝尔拇指上抹奎宁，告诉你吧，巴特勒船长，她很快就不再吮那根拇指了。"

"奎宁！你不说，我怎么也不会想到！真不知该怎么感谢你才好，梅里韦特太太。这事让我太苦恼了。"

他面对着她，脸上露出微笑，显得那么愉快，带着真诚的感激，让梅里韦特太太一时不知所措。后来她跟他道别时，自己脸上也露出了微笑。她不愿对艾尔辛太太承认自己以前错怪了这个人，不过她是个诚实的人，就说，一个人爱自己的孩子，准有点儿好的地方。斯佳丽竟然不关心美蓝这么个漂亮的小东西，真是太遗憾了。一个大男人家，还得亲自养小女儿，这人也真有点儿可怜！瑞特心里十分明白，这个戏剧性场面必然激起她们的同情，即使这样会给斯佳丽脸上抹黑，他也不在乎。

自从孩子会走路后，他就经常带她四处走动，不是坐在马车里，就是让孩子坐在马鞍前面。下午他从银行下班回家，就牵着她的小手在桃树街上散步，自己放慢脚步配合孩子的蹒跚步伐，还耐心回答她的种种问题。到了日落时分，人们总是待在院子里或门廊上。美蓝长着一头乌黑的鬈发，一双湛蓝明亮的眼睛，长相漂亮，态度还十分可爱，人们见了都禁不住想跟她说两句话。遇上人们跟孩子交谈，瑞特从不插嘴，只是静静地站在一旁，看着人们这么喜爱自己的女儿，脸上便流露出父亲的得意和感激神情。

亚特兰大人并不健忘，大家对瑞特抱有戒心，一时难以改变成见。如今时势艰难，凡是与布洛克州长和他那帮人有关系的人，大家无不痛恨。但是，美蓝集中了斯佳丽和瑞特两人最迷人的优点，她便成了瑞特打入亚特兰大这堵冰墙的楔子。

美蓝一天天长大，长得越来越像外公杰拉尔德·奥哈拉了。她的两条小短腿粗壮结实，一对湛蓝的大眼睛一看就知道有爱尔兰血统，她的小下巴颏儿宽宽的，透出为所欲为的倔强。她的脾气也像杰拉尔德，发起脾气来嚷个没完，不过，凡事只要依了她，那股火气转眼就烟消云散了。平时只要父亲在她身边，她的愿望总是马上就能得到满足。黑妈妈和斯佳丽一再努力劝阻，可他还是把女儿给宠坏了。女儿事事让他喜悦，只有一样事除外，那就是孩子害怕黑暗。

美蓝两岁以前，同韦德和埃拉一起睡在育儿室里，她一上床很快就睡着了。后来，黑妈妈拿着灯脚步蹒跚地走出屋子，她就会无缘无故地啼哭。而且半夜还会突然醒来，吓得又哭又叫，把另外两个孩子也给惊醒，还惊动了全家人。有一次，他们不得不把米德大夫请来，大夫诊断后说，不过是做了场噩梦。瑞特对这个诊断结果很不满意。可是，不管大家怎么问美蓝，她的回答只有一个字："黑！"

斯佳丽对这孩子很不耐烦，想打她一顿屁股了事。她不赞成在育儿室点一盏灯迁就孩子，因为点着灯韦德和埃拉都睡不好。瑞特心里着急，可是态度很温和，想从女儿嘴里了解更多情况。他冷冷地说，要是打屁股，得由他自己来打，不是打女儿，而是打斯佳丽。

最终的解决办法是把美蓝搬进瑞特的房间，如今夫妇俩已经各住一间卧室了。美蓝的小床就放在瑞特的大床旁边，桌子上放了盏彻夜不熄的灯，上面遮着灯罩。这事在全城传开后，人们议论纷纷，说一个小女孩儿睡在父亲的卧室里，虽然孩子才两岁，但终归有点儿不雅。人们对斯佳丽的闲话就更多了。首先，这不容置疑地证实她跟丈夫分房居住的说法，这事本身就让人感到震惊。其次，如果孩子害怕单独睡，就该睡在母亲房里才对。斯佳丽又苦于无法向人们解释说，屋里点着灯，她自己睡不着，也不能解释说，瑞特不同

意让孩子跟她睡。

“孩子不尖声大叫你就醒不了，就是醒了恐怕也会打孩子一顿了事。”瑞特口吻干脆地说。

他把美蓝怕黑当大事对待，让斯佳丽感到很恼火。不过，照她想来，这事终究能平息下来，然后把孩子送回育儿室。所有孩子都怕黑，对付的办法只有一个，那就是态度要坚决。瑞特处理这事很荒谬，分明是要报复她把他赶出自己的卧室，让她显得不是个称职的母亲。

自从那天她提出再也不生孩子了，瑞特不但从来没跨进她的房门，甚至连她的门钮都没碰过一下。后来他因为美蓝怕黑才待在家里，可在这之前，他很少在家里吃晚饭，有时候甚至夜不归宿。斯佳丽锁上房门，躺在床上睡不着，听到钟敲一点钟、两点钟，心里嘀咕着，不知他上哪儿去了。她回想起瑞特说过的话：“幸亏世界上有的是床，而且大部分床上睡的都是女人！”想起这话，她心里就难受得直翻腾，可她毫无办法。她不好说什么，否则准会引起一场口角，他准会说起她分房锁门的事情，没准儿还要把阿希礼牵扯进来。可不是嘛，他让美蓝睡在亮着灯的屋子里——而且是在他的屋子里——这事看上去挺傻，可这分明是报复她的卑鄙手段。

在那个可怕的夜晚前，斯佳丽根本没意识到他迁就美蓝的愚蠢习惯到了何种痴迷的程度。全家人永远忘不了那个可怕的夜晚。

那天，瑞特遇到一位过去一道闯封锁线的同行，两人叙旧有说不完的话。斯佳丽不知道他俩上哪儿去喝酒聊天，可她怀疑准是在贝尔·沃特林那里。那天下午，他没回来带美蓝去散步，也没回家吃晚饭。美蓝整整一个下午都守在窗前，急不可待地等爸爸回家，渴望让他看看自己收集的一堆肢体残缺不全的甲虫和蟑螂。最后，卢不顾她又叫又闹，安顿她上了床。

不知是卢忘了点灯，还是灯自行熄灭了，谁也不知道是怎么回事，总之，瑞特最后带着几分醉意发着脾气回家时，家里正乱作一团。他在马厩前就听到了美蓝的尖叫声。孩子半夜在黑暗中醒来叫他，可他不在家，各种想象中的无名恐惧一下子让她吓得半死。斯佳丽和仆人拿来好几盏灯，怎么哄都哄不住她，瑞特一步三级奔上楼，脸色像见到死神似的。

终于把女儿抱在怀里了，只听女儿在抽泣的间歇中吐出个“黑”字。他立刻怒不可遏，转向斯佳丽和几个黑人仆人。

“是谁把灯熄掉的？谁把她单独丢在屋子里的？普莉西，看我不剥了你的皮，你这个……”

“万能的上帝啊，瑞特先生！不是我！是卢！”

“看在上帝的分儿上，瑞特先生，我……”

“闭嘴。你知道我的命令。天哪，我要……滚出去，再也别回来。斯佳丽，给她点儿钱，在我下楼前打发她走。现在统统给我出去！都出去！”

几个黑人连忙逃出屋子，不幸的卢撩起围裙捂住脸号啕大哭。斯佳丽没走。刚才斯佳丽把宝贝女儿抱在怀里，孩子哭得好可怜，现在躺在瑞特怀里却安静下来，她觉得挺不自在。刚才她怎么也没能从女儿嘴里问出句完整话，可现在女儿的两条小胳膊搂住父亲的脖子，却呜咽着诉说是什么把她吓坏了，斯佳丽见状，觉得心里难过。

“这么说，那个东西压在你小胸脯上了。”瑞特柔和地说，“是个挺大的东西吗？”

“哦，是的！大得吓人，还长着爪子。”

“哎呀，还长着爪子。好了，听着，我今晚不睡了，就守在这儿等它，它一来，我就开枪打死它。”瑞特的声音显得既关心又体

贴，美蓝的抽泣渐渐止住了。她的抽噎声越来越少，细细描绘刚才闯进来的那头怪物。瑞特便煞有介事地跟她讨论起来。斯佳丽让他们惹火了。

“看在老天分儿上，瑞特……”

瑞特抬起手做了个让她住嘴的手势。美蓝终于睡着了，他把她放在床上，给她盖好被单。

“我要活剥那个黑鬼的皮。”他悄悄说道，“你也有错，为什么不来看看灯是不是亮着？”

“别说傻话了，瑞特。”她压低嗓门儿说，“就是因为你娇惯她，才把她弄成这样。很多孩子都怕黑，慢慢就克服了。韦德就怕过，可我就没纵容他。只要让她哭闹一两夜……”

“让她哭闹！”他那架势让斯佳丽觉得要扑上来打她，“你要不是个傻瓜，就是个最没人性的女人。”

“我可不想让她长大变成个神经兮兮的胆小鬼。”

“胆小鬼？见你的鬼！她身上没一块胆小鬼的骨头！你这个人没一点儿想象力，当然无法体会富有想象力的人受过的折磨——特别是富有想象力的孩子受的折磨。要是有个头上长角、脚上带爪的怪物压在你胸口上，难道你不会大叫大嚷，要它滚开？你会死命尖叫呢！请你别忘了，夫人，我就亲眼见过你尖声惊叫着醒来，因为你梦见在雾中奔跑。这还是不久前的事呢！”

斯佳丽吓了一跳，她再也不愿回忆那个梦境了。另外，她想起当初瑞特安慰自己，就像刚才安慰美蓝一样，不由得觉得尴尬。她连忙岔开话题，发起另一场攻击。

“你一味地纵容她，她才……”

“我打算继续纵容她。只要我继续这么做，她慢慢就会变得不太怕黑，最后会把这事忘掉的。”

“那好吧。”斯佳丽的口吻酸溜溜的，“要是你真打算当她的奶妈，最好换换习惯，晚上守在家里，别喝得醉醺醺的。”

“我会早早回家的，至于酒，只要我高兴，照喝不误，而且要喝个痛快。”

打那以后，他真的回家很早，没到美蓝该上床的时候，他就守在家里了。他坐在她身旁，握住她的小手，一直等她睡着才松手。只有到了这种时候，他才会蹑手蹑脚下楼，让屋里的灯亮着，房门开着，万一她醒来害怕，他在楼下也能听见。他再也不愿让女儿因为黑暗受到上次那样的惊吓。全家对那盏灯不敢掉以轻心，斯佳丽、黑妈妈、普莉西和波克都常常踮起脚尖上楼，看看灯是不是还亮着。

他回家时也不再带着酒味了。不过，这倒不是斯佳丽的功劳。一连几个月，他喝酒一直很凶，不过从来没有喝得酩酊大醉过。一天晚上，他回家时，嘴里的威士忌味特别强烈。他抱起美蓝，把她搂在自己肩膀上，问她说：“跟你亲爱的爸爸亲个嘴好不好？”

她皱起小翘鼻子，使劲扭动身子要挣脱他。

“不，”她说得很老实，“讨厌死了。”

“你说我怎么了？”

“气味讨厌死了，阿希礼叔叔就不臭。”

“哼，我真该死。”他懊悔地说着，把她放到地上，“没想到自己家里竟然出了个搞戒酒宣传的。”

不过，自从这事以后，他节制饮酒，每天只是晚饭后喝一杯葡萄酒。他也允许美蓝喝酒杯里残留的几滴葡萄酒，好让她不再讨厌酒味。结果，他脸上原先出现的虚胖渐渐消失了，恢复了粗犷轮廓，一双乌黑眼睛下的眼袋也不再那么黑、那么肿了。因为美蓝喜欢坐在他的马鞍前面骑马，他在户外待的时间多了，那张黑黝黝的面孔

晒得更黑，人显得更精神了。他显得更加健康，经常欢声笑语，又成了战争初期迷住亚特兰大人的那个勇猛的小伙子了。

原先从来不喜欢他的人，见他骑马从他们身旁走过，马鞍前总是带着个小娃娃，不禁朝他微微一笑。以前女人们一直认为，妇女跟这个人在一起不安全，如今也在大街上停下脚步跟他聊几句称赞美蓝的话。就连最拘谨的老太太也觉得，既然这个人能向她们讨教孩子生病和坏习惯之类的问题，这人绝不可能一无是处。

第五十三章

阿希礼生日这天，玫兰妮打算给他个惊喜，晚上为他举行一次生日招待会。人人都得知招待会的事，只瞒着阿希礼一个人。就连韦德和小博都知道了，两人发誓保守秘密，心里为这事得意极了。亚特兰大每一位体面人物都受到了邀请，大家都答应出席。戈登将军携全家愉快地接受了邀请。亚历山大·斯蒂芬斯答应说，若健康状况允许，他也会出席。就连鲍勃·图姆斯也接受了邀请，图姆斯在邦联有“暴风雨中的海燕”之称。

整整一上午，斯佳丽、玫兰妮、印第亚和佩蒂姑妈四个女人在那所小房子里忙得团团转，她们指挥黑仆人挂上洗净的窗帘，擦拭银餐具，给地板打蜡，烹调佳肴，配制酒水，品尝点心。斯佳丽从没见过玫兰妮这么兴高采烈、这么喜气洋洋。

“你知道吗，亲爱的，已经很久没有给阿希礼举行过生日晚会了，上一次……上一次还是在十二橡树庄园举行烧烤野餐那次。就是在那一天，我们听说了林肯先生号召志愿兵参战的消息。打那以后，我们一直没给他做过生日。他工作辛苦，晚上回家总是累得要命，根本没想到自己今天过生日。晚饭后客人成群结队涌进家来，他准会大吃一惊的！”

“你们怎么对付草坪上的灯笼，才能不让阿希礼先生回家吃晚饭时看见？”阿奇瓮声瓮气地问道。

整个上午，大家忙着为招待会做准备，他就坐在一旁观看，心里挺感兴趣，表面上却不动声色。他从来没见过城里人怎么准备大型聚会，觉得挺新鲜。他嘴上说她们为请几个客人来，就忙得像家里着了火似的，可他心里蛮高兴，就是野马也休想把他拖走。艾尔辛太太和范妮为这次招待会特别制作了彩画灯笼，他看着觉得特别有趣。他以前从没见过“这种古怪玩意儿”。灯笼就藏在地窖下面他那间屋子里，所以他已经仔细看了个够。

“哎哟！我还真没想到呢！”玫兰妮嚷道，“阿奇，幸亏你提醒。天哪，天哪！该怎么办呢？灯笼应该挂在树丛和树枝上，里面要插上蜡烛，要赶在客人到来前点上。斯佳丽，你能派波克来趁我们吃饭的时候做这件事吗？”

“韦尔克斯太太，你比大多数女人都有头脑，怎么如今慌得乱了阵脚啦？”阿奇说，“哪能让波克那个笨手笨脚的黑鬼做这么精细的活儿呢？他准得把灯笼一把火都烧光的。那么漂亮的灯笼，”他总算说出了自己的感觉，“你跟韦尔克斯先生吃饭的时候，我来挂灯笼吧。”

“噢，阿奇，那就太谢谢你了！”玫兰妮眼睛里流露出孩子气的欢乐和感激，信赖地望着他，“没有你，我真不知该怎么办才好了。你能不能现在就把蜡烛插进里面？待会儿就省事了。”

“嗯，恐怕我能。”阿奇回答的态度显得不懂礼貌，瘸着一条腿朝地窖楼梯走去。

“真是请将不如激将。”玫兰妮见那个满脸胡须的老人嗵嗵走下楼梯，咯咯笑起来，“我本来就准备让阿奇挂那些灯笼，可你知道他是个什么样的人，你要他做，他偏不肯做。现在他总算暂时不碍我们的事了。黑人都怕他，有他在，他们大气都不敢出，活儿也做不成。”

“玫荔，要是换了我，我才不让那个老亡命徒待在家里呢。”斯佳丽气恼地说。她和阿奇两人相互憎恨，几乎从不说话。要不是在玫兰妮家，只要有斯佳丽在场，阿奇准会离去。即使在玫兰妮家，他冷眼睇视她的目光也充满狐疑和轻蔑。“相信我的话吧，他会给你惹麻烦的。”

“不会的，他这人没有恶意，只要你捧着他，好像要依赖他才行。”玫兰妮说，“再说，他对阿希礼和博忠心耿耿，有他在身旁，我从来都觉得很放心。”

“你是说他对你忠心耿耿吧，玫荔。”印第亚冷漠的面孔上露出一丝笑容，两眼深情地望着她嫂子，“我相信，自从他……他老婆死后，你是他钟情的第一个女人。照我看，他巴不得有人来侮辱你，那样他就能杀掉他们，好对你表示崇拜了。”

“天哪！你这是胡说些什么哪，印第亚！”玫兰妮涨红了脸，“你心里清楚，他把我当成个大傻瓜。”

“哼，我看不出，那个浑身恶臭的乡巴佬怎么想有什么要紧的。”斯佳丽唐突地说，她一想起阿奇竟敢评价她雇用囚犯的事，心里就冒火，“我现在得走了。我先去吃午饭，完了路过店铺进去看看，给伙计们发薪水，然后去锯木厂，给车夫们和休·艾尔辛发工钱。”

“噢，你要去锯木厂？”玫兰妮问道，“阿希礼傍晚要去那儿找休。你能不能把他拖到五点钟？要是他回来太早，肯定能看见我们做蛋糕、做其他准备，就不会觉得惊奇了。”

斯佳丽一听这话，心里觉得喜悦，忘了刚才的恼火。

“没问题，我去拖住他。”她说道。

她说这话的时候，印第亚的眼睛透过黄色睫毛瞪了她一眼。斯佳丽想道：“我一说起阿希礼，她就用这么古怪的眼光看我。”

“好，尽量把他拖到五点以后。”玫兰妮说，“印第亚会赶车去接他……斯佳丽，晚上一定要早点儿来，今晚的招待会我可不想让你迟到一分钟。”

斯佳丽坐车回家途中觉得闷闷不乐，自忖道：“招待会她不想让我迟到一分钟，这话当真？那她干吗不请我帮她、印第亚、佩蒂姑妈一道接待客人？”

平时，斯佳丽并不在乎玫荔请不请她帮着接待客人，可这一回是玫兰妮举办的最盛大的一次聚会，而且还是给阿希礼过生日，斯佳丽多想站在阿希礼身边，陪他一道接待来宾啊。可她心里清楚为什么玫荔没请她接待客人。即使她不明白，瑞特对这事的说法也足够坦率了。

“前邦联分子和民主党的名人都要去，能让一个叛贼接待客人？你的想法倒是迷人，可就是愚蠢透顶了。能邀请你去参加，也算玫荔够义气了。”

这天下午，斯佳丽比平时更加刻意穿着打扮了一番，这才去了店铺和锯木厂。她身穿一件闪亮的暗绿色新上衣，在某种光线下，衣服的颜色看上去带点儿淡紫色；头上戴一顶淡绿色的新软帽，帽子周围插着一圈深绿色的羽毛。假如瑞特不反对她在额前梳卷曲的刘海儿，戴上这顶帽子该多美啊！可他早已威胁过，说她敢把刘海儿梳成发卷，他就要把她的头发全剃光。这些日子来，他脾气暴躁得要命，没准儿真能做出来。

午后天气晴好，太阳并不太热，也不太刺眼。和煦的微风吹过桃树街，拂动得她帽子上的羽毛飞舞起来。她的心也乐得像在飞舞。每次要见到阿希礼，她的心就在飞舞。要是她早点儿给车队的车夫和休发放工资，他们说不定会早点儿回家，把她和阿希礼单独留在锯木厂中间那个小办公室里。近来，能单独见到阿希礼的机会太少

了。没想到玫兰妮竟然要求她拖住阿希礼！真滑稽！

她来到店铺时心里高兴，甚至没问问这天的生意如何，就把工钱发给威利和另外几个柜台伙计。这天是个星期六，是店铺最红火的一天，因为农夫们都挑这个日子来城里买东西，可她什么都没问。

去锯木厂途中，她停了十几次车，跟投机商的太太们打招呼聊天，她们衣着华丽，却比她稍逊一筹，她于是心里颇感得意。不时有男人在红尘飞扬的街上脱帽向她致意，她便一一对他们还礼。这是个美好的下午，她显得十分漂亮，一路上像皇家车辇般受到礼遇，心里快活极了。由于一路耽搁，到达锯木厂比她预计的时间晚了些。她见休和车队的车夫坐在一堆低矮的圆木堆上等她。

“阿希礼在吗？”

“在，他在办公室里。”休回答，见到她开心欢快的目光，他脸上的忧愁顿时一扫而光，“他想要……我是说，他正在查账呢。”

“噢，他今天不必操那份心了。”她压低声音接着说，“玫荔要我在这儿拖住他，好在他回家前做好一切准备。”

休的脸上露出了微笑，他今晚也要去参加招待会。他喜欢参加聚会，从斯佳丽今天下午的打扮上，他觉得她也一样喜欢聚会。她给车夫们和休发放薪水后，二话没说就朝办公室走去，那副神态显然是表示，她不愿有人打扰。阿希礼站在办公室门口迎接她，他那头金发闪闪发亮，嘴角浮出的微笑几乎像喜悦的笑容。

“哎呀，斯佳丽，你这个时候还跑来干吗？怎么不在我家帮着玫荔准备招待会？”

“啊！阿希礼·韦尔克斯！”她怒气冲冲地嚷道，“你怎么知道的？玫荔要是见你不感到吃惊，会大失所望的。”

“我不会让别人知道，我会装得比亚特兰大任何人都吃惊。”阿希礼的眼睛在笑。

“嗨，是谁这么讨厌，把这事透露给你了？”

“玫荔邀请的男人几乎人人都对我说过。第一个就是戈登将军。他说，根据他的经验，男人打算把家里所有枪支都擦一遍时，女人却出其不意挑这个日子举办招待会。接下来，梅里韦特爷爷对我发出警告。他说，梅里韦特太太有一次就为他举行过一个聚会，原想让他吃上一惊，结果她自己反倒大吃了一惊，因为梅里韦特爷爷为了‘治风湿病’，偷偷喝了一整瓶威士忌，结果醉得起不了床——凡是接受过这种意外惊喜的男人，都对我预先提示过了。”

“这些造孽鬼！”斯佳丽嘴上这么说，可脸上却露出了微笑。

他一露出这种笑容，就让她回想起在十二橡树庄园见到的那副迷人模样。这些日子来，他难得露出这种微笑了。空气如此柔和，阳光如此明媚，阿希礼的脸色如此愉快，他的谈吐如此无拘无束，她的心儿不禁乐得怦怦直跳，甚至让她乐得胸中感到胀痛了，仿佛承受不了如此强烈的喜悦。她的眼睛里不禁滚动着喜悦的泪水。忽然间，她仿佛回到了十六岁的青春年华，激动得气都有点儿喘不上来了。她心里一阵冲动，几乎想脱下帽子，抛向空中，高呼万岁。可她想到了阿希礼，知道他见状准会惊慌失措，不由得放声大笑，笑得泪都流出来了。他也跟着笑了，笑得前仰后合，仿佛他喜欢她的笑声，以为她是为男人们向他泄露了玫荔的秘密而笑呢。

“进屋来吧，斯佳丽，我正在查账呢。”

她走进斜阳夕照下明亮的小屋，在一张椅子上坐下，面前是一张桌面能翻起的桌子。阿希礼跟在她身后，坐在一张粗糙的桌子角上，两条修长的腿晃荡着，显得十分悠闲自得。

“嗨，阿希礼，今天下午咱们别费心看账本了！我没那份心思。

我只要戴上顶新帽子，脑袋里就容不下数字了。”

“头戴这么漂亮的帽子，数字肯定钻不进去。”他说，“斯佳丽，你真是越来越漂亮了。”

他的身子从那张桌子上滑下来，他脸上带着笑，拉住她的双手，朝两边张开，欣赏她的衣裙：“你真是太漂亮了！我相信你永远不会老！”

让他的手一接触，她不由自主地意识到，她希望的事情终于发生了。整整一个下午，她心里都在盼望接触到他温暖的双手，看到他眼睛里的柔情，听他说出个真正爱她的字眼。自从那年冬天在塔拉果园里那个寒冷的日子以来，他俩还是第一回单独待在一间屋子里，除了在正式社交场合上的礼节性接触，这也是他俩第一回握住对方的手。多少个月来，她心里一直渴望与他有更加密切的接触，可是如今……

他的双手在接触她，可她心里并不感到激动！从前，只要他靠近她身边，她就能激动得浑身颤抖。可现在呢，她仅仅感觉到一种奇特的满足感和温馨的友情。他的手掌没有向她传递狂热的情绪，她的心里只有愉快的宁静。这让她感到迷惘，有点儿仓皇。他还是她的阿希礼，还是让她着迷的亲人儿，还是她聪明的阿希礼，她爱他胜过爱自己的生命。那么，这到底是为什么……

可她把这个想法抛在了脑后。只要能跟他在一起，他能握住她的手，脸上挂着微笑，两人友好如初，心里既不紧张也没有狂热，这就足够了。她心里想的是两人之间从未说出口的一切甜言蜜语，表面上却能安于这种状态，这简直像个奇迹。他凝视着她，清澈的两眼闪闪发亮，脸上露出爱恋的笑容，仿佛两人之间除了幸福再没有发生过其他事情。如今，两人的目光中间没有其他障碍，没有让他们难堪的隔阂。她不禁笑了。

"唉，阿希礼，我越来越老了。"

"啊，那不过是表面现象！不会的，斯佳丽，你就是到了六十岁，在我眼里还是原来的模样。你在我心里永远是我们最后吃野外烧烤宴的模样，还是坐在一棵大橡树下，让十几个小伙子围在中间的模样。我还记得你当年穿的服装呢。你当时身穿一条白底绿花长裙，肩膀上围着一条白色雕花披肩，脚上穿一双小巧的绿色舞鞋，系着黑色鞋带，头戴一顶宽边的意大利里沃纳草帽，长长的绿帽带飘在身上。那身衣裙我记得非常清楚，因为我在战俘营里特别难过的时候，就像翻看画片一样回忆往事，反复回忆其中的每一个细节……"

他突然打住话头，脸上熠熠生辉的渴望神情暗淡下去，轻轻放开她的双手。她默不作声，等待着他的下文。

"自从那天以后，我们走过一条漫长的道路，我们俩都走过一条长路，对不对，斯佳丽？那些路完全出乎我们的预料。你走得步伐快捷，不绕弯路，可我呢，走得又缓慢，又勉强。"

他坐回那张粗糙的桌子上，脸上又浮出一丝微笑。不过这次的微笑跟片刻之前不同了，没有让她感到愉快，只是个苦笑。

"没错，你的步伐快捷，把我拖在你的轻便马车后面走。斯佳丽，有时候，我会不由自主地想，假如没有你，真不知道我会落到什么田地呢。"

斯佳丽连忙开口安慰他。她的反应脱口而出，主要是因为他这番话与瑞特谈起这事的口吻相似。

"可我并没有替你做什么事哪，阿希礼。没有我，你照样过得很好。将来有一天，你会变成个富有的人，会成为一个了不起的名人。"

"不会的，斯佳丽，我身上没有名人的种子。我知道，要是没

有你帮助，我早就灰飞烟灭了——就像可怜的凯瑟琳·卡尔弗特和许多其他人一样，尽管他们有古老显赫的姓氏，却落得默默无闻的下场。”

“哎呀，阿希礼，别这么说，听上去太伤感了。”

“我并不伤感。以前……以前我有过忧伤，可如今再也没有伤感了。如今，我只是……”

他又打住话头，她突然明白他在想什么了。阿希礼那双清澈的眼睛扫视她的时候，看上去心不在焉，可她却第一次摸透了他的心。当初，爱的激情拍击她的心房时，他的心扉却对她紧紧关闭着。如今，两人之间只剩下平静的友情了，她却可以举步探进他的心扉，稍稍观察一下他的心事。他不再有伤感了。南方投降后他感到过悲哀，她求他来亚特兰大时，他也有过悲哀。如今他完全是顺天从命了。

“我不喜欢你这么说，阿希礼。”她口吻激烈地说，“你这话就像瑞特说的一样。他总是喋喋不休说这类话，说什么适者生存，我听得烦透了，恨不得大声嚷叫。”

阿希礼微笑了。

“你想过没有，斯佳丽？其实瑞特跟我在本质上很相像。”

“噢，不一样！你这么高雅体面，可他……”她不知道该怎么说才好了。

“可我们很相像的。我们出生在同一种类型的家庭，在同样的影响下成长，自幼思维方式也一样，无非在生活道路上走上了不同的岔道。我们的思维方法仍然相似，只不过行为反应不同而已。就拿战争来说吧，我们俩都不相信战争有益处，可我还是去入伍打仗，他却一直等到战争行将结束才参战。我们两个人都清楚，这场战争完全是个错误。我们两个人都知道那是一场失败之战，我情愿去打

一场必败的战争，可他却不情愿。有时候，我觉得他是对的，可是，后来……”

“唉，阿希礼，你什么时候才能不这么左思右想呢？”她问道，不过她的口吻不再像以往那样不耐烦了，“老是左思右想又能得到什么呢？”

“这话没错，不过……斯佳丽，你到底要得到什么呢？我常常这么想。你清楚，我从来没想过要得到什么。只是想成为我自己。”

她想得到什么？真是个没头脑的问题，当然是金钱和安全保障。然而……她心里不禁犯了猜疑。她如今有了钱，也有了安全保障，在这个动荡的世界上，谁不希望有她这种地位呢。但是，现在想想，有了这些还不够。她仔细思索，觉得这些并没有让她感到特别幸福，只是减轻了她的烦恼，不太为明天担惊受怕了，如此而已。“金钱、安全保障，还有你，这些就是我想得到的。”她心里这么想着，两眼望着他，露出思慕之情。可她并没有说出这话，唯恐破坏两人之间的亲密气氛，害怕他会关上对自己敞开的心扉。

“你只想成为你自己？”她笑了，笑得有点儿苦涩，“我不能成为我自己向来是我最大的苦恼！至于我想得到什么，嗯，我看我已经得到了。我想变得富有，想得到安全保障，还想……”

“可是，斯佳丽，你想过没有，我并不在乎自己是不是富有。”

不在乎？她从没想过有人不愿富有。

“那你想要什么？”

“如今我也不知道了。以前我是知道的，可现在已经差不多忘掉了。大半是希望不受自己不喜欢的人打扰，别让人逼着干自己不喜欢的事。或许我希望重新过上昔日的生活，可它已经一去不复返了。我只能在回忆中见到往昔的日子，耳畔还不时响起那个世界崩溃的轰鸣声。”

斯佳丽紧闭双唇，显出倔强模样。她并非不理解他这番话的意思。他的声音最能让她回忆起昔日的好时光，她心里忽然感到一阵痛苦，因为她也记起了往昔的一切。不过，那回她在十二橡树庄园的花园里难过得要命，心里感到无依无靠，当时她说过："我绝不回头。"从此她毅然不回头，再也不愿回首往事了。

"我更喜欢现在的日子。"她说道，可她说话的时候并不看他的眼睛，"如今总有些让人激动的事情，晚会啦什么的，一切都光彩夺目，过去的日子太单调了。"她嘴上这么说，心里却无法否认自己怀念那悠闲的岁月，怀念乡间那些温暖宁静的黄昏！怀念庄园宅子里传出柔和响亮的欢笑声！那时的生活如金光灿烂，对明天即将发生的一切让人心驰神往！

"我更喜欢如今的日子。"她说这话的时候，声音却在颤抖。

他的身子从桌子上滑下来，轻声笑了笑，显然不相信她的话。他伸手托住她的下巴，让她的面孔对着自己。

"啊，斯佳丽，你太不会撒谎了！不错，现在的生活中有某些光彩夺目的东西，可这正是错误的所在。过去的日子不那么光彩夺目，却有一种魅力，有一种美，有一种悠然迷人的东西。"

她的心仿佛被拉向两个不同的方向，她耷拉下眼皮。他的声音、他的触摸，仿佛轻轻打开了她已经永远封上的几道门。在这些门后面，露出了昔日的美景，她心中又喷涌出对昔日的悲哀渴望。可她知道，不论门后面的景色有多美，它们也只能待在门后面。谁也不能背负着痛苦的回忆走向未来。

他放开她的下巴，双手抓起她的一只小手，轻轻托住。

"你还记得吗？"他说道。可她脑袋里却响起一阵警钟：不要回首往事！不要回首往事！

但是，一股幸福的浪潮涌遍她全身，让她很快不再顾忌那声声

警钟。最后，她终于理解他了，两人的心撞击在一起。这个时刻太珍贵了，不容她错过，不论接踵而来的是怎样的痛苦，她都不在乎。

“你还记得吗？”他的声音里有一种魅力，仿佛让她眼前这间小办公室的墙壁悄然消失了，他们又回到从前，在早已成为往事的那个春天，两人并肩骑马走在乡间小径上。他一边说话，一边握紧她的小手，他的声音里饱含着早已让她忘怀的那些古老歌曲中的忧伤魅力。她耳畔仿佛又响起了马辔头上悦耳的叮当声，仿佛又回到那条山茱萸树下的小道，他们无忧无虑地欢笑着，要去塔尔顿家参加野餐会，眼前仿佛又出现当年他骑在马背上那副自豪怡然的神态，看到他的头发让明亮的阳光镶了一圈闪闪发亮的银色光环。他的声音如音乐般悦耳动听，他们和着提琴和班卓琴的音乐在那所白色的大宅子里翩翩起舞，可那所宅子如今已不复存在了。在秋月的清凉中，黑黢黢的沼泽地偶然传来几声犬吠，让人昏昏欲睡；到了圣诞节，桌上摆出一杯杯芬芳的蛋奶酒，门上装点着冬青花环。一群群老朋友前来聚会，欢声笑语仍然响在她耳畔，仿佛这些年他们还活在人世间。腿修长的斯图尔特和布伦特兄弟俩一头红发，喜欢搞恶作剧；汤姆和博伊德狂放不羁，像两匹小马驹；乔·方丹的一对黑眼睛透出急躁神色；凯德和雷福特·卡尔弗特举止慵懒优雅。约翰·韦尔克斯和杰拉尔德见了白兰地就痛饮狂欢；埃伦说话总是慢声细气，身上飘逸着芬芳。所有这些人身上都透出一种安全感，让她感到明天还会像今天一样快乐。

他的声音停下来了，两人长时间对视着，重温着青春年华，他们共同享有过那段阳光明媚的时光，可如今已经在无意间逝去了。

“现在我明白你为什么感到不快活了。”她悲哀地自忖道，“我以前从来不明白其中的道理，甚至不明白为什么我也不快活。不过……嗨，我们的谈吐简直像两个老人！”想到这里，她心里不禁

又沉闷又诧异，“就像老人谈起五十年前的往事似的！可我们还没老呢！只是这些年发生的变故太多，一切都变得面目全非，仿佛足足过了五十年似的。可我们还没老呢！”

她望着阿希礼，这才发觉他已经不再年轻，已经失去了往昔的光彩。他低着头，两眼心不在焉地望着抓在自己手里的她那只手。她注意到他那头曾经光泽明亮的金发，如今已经花白，像投在平静水面上的月光。在她心里，这个四月的下午顿时失去了迷人的魅力，回忆带给她的悲哀甜蜜也变成一片苦涩。

“我真不该让他勾起我对往事的回忆。”她伤心地自忖道，“我说过永远不回首往事，看来这话没错，那只能让人感到痛苦，结果让人除了回首往事，眼前的事什么也不愿做了。阿希礼的错误就在这里，他不能向前看。以前我从来没理解到这一点。我以前从来没有了解阿希礼的心。唉，阿希礼啊，亲爱的阿希礼，你不该总是往后看！这么做有什么用处呢？我真不该引诱你谈起往昔的时光。你的痛苦、你的悲哀和不满，都是回忆往事的结果。”

她站起身，她的一只手还被他握在手中。她得走了，她不能待在这里回忆往昔，也见不得他那张憔悴悲哀的苍白面孔。

“阿希礼，我们已经走了漫长的道路，往昔的日子已经离我们很远了。”她努力克服喉咙的哽咽，让声音平静下来，“我们有过种种美好的愿望，对不对？”接着她换上一副匆忙的声调，“啊，阿希礼，到头来全都落空了！”

“生活从来没有如愿过。”他说道，“生活从来没有顺遂过人的愿望。我们只好得到什么就凑合着拥有什么，只要不是更糟，就谢天谢地了。”

她想到自从那时以来走过的道路，心中忽然感到隐隐作痛，觉得疲惫。她心中又记起原来那个自我，那个斯佳丽·奥哈拉喜欢小

伙子向她献殷勤，喜欢穿漂亮衣服，幻想将来有一天能像埃伦一样，做个了不起的贵夫人。

她眼里不知不觉涌出了泪水，顺着脸颊流淌，站在那里无声地望着他，活像个不知所措的孩子。阿希礼也没有作声，默默将她搂在怀中，把她的脑袋靠在自己肩头，低下脑袋，让脸颊贴住她的脸。她靠在他身上，全身觉得很放松。他的双臂让她感到快慰，眼泪很快干涸了。啊，在他怀抱中的感觉真好，没有激情、没有紧张，就像两个要好的朋友。只有阿希礼知道她记忆中的往事，分享过她的青春，他了解她的过去，知道她的现在。

她听见屋外有脚步声，不过并没有放在心上，只当是车夫们准备回家。她默默站了一会儿，屏息静听阿希礼的心跳声。忽然间，阿希礼挣脱她的搂抱，动作猛烈得让她不由得抬头朝他望去，只见他的目光越过她朝门口望去，目光中带着惊慌。

她转身望去，只见门口站着印第亚。印第亚脸色苍白，暗淡的眼珠像要喷火。她身旁站着恶狠狠的阿奇，像只独眼鹦鹉。他们身后是艾尔辛太太。

她记不得自己是怎么离开办公室的，可她按照阿希礼的吩咐马上匆匆离去，把阿希礼跟阿奇留在屋里交谈，印第亚和艾尔辛太太背对着她站在屋外。她又羞又怕，匆匆赶车回家，心里觉得留着满嘴大胡子的阿奇变成了《圣经·旧约》中的复仇天使。

家里一个人也没有，整座房子沐浴在四月夕阳的余晖中。仆人们都去参加一个葬礼了，孩子们正在玫兰妮家后院玩耍。玫兰妮……

玫兰妮！斯佳丽上楼回自己卧室时想到了玫兰妮，一时觉得浑身冰凉。玫兰妮会得知这事的。刚才印第亚说过，要把这事告诉

玫兰妮。唉，印第亚会告诉她，还会说得扬扬得意，她才不在乎这么做会不会给阿希礼的名声抹黑，会不会伤害玫兰妮，只要能伤害斯佳丽就行！艾尔辛太太专门搬弄是非，虽然她当时站在小木屋门外，被印第亚和阿奇挡在后面，什么也没看见，可她照样会说闲话。到了吃晚饭时分，这个消息就会传遍全城。到了明天早上吃早饭的时候，全城所有人都会知道，就连黑人也不例外。在今晚的聚会上，女人们会凑在角落里窃窃私语，个个幸灾乐祸。斯佳丽·巴特勒一个跟头从高高在上的地位跌下来了！传说会越来越离奇，根本别想阻止人们的传说。当时的事实非常简单，无非是她哭了，所以阿希礼把她搂在怀中。但人们不会满足于此，不等天黑，人们就会说，她跟人通奸时被逮了个正着。其实他们的拥抱那么纯洁、那么甜蜜！斯佳丽突然产生了一个疯狂的念头："假如那年我在门厅跟他吻别时让人发现该多好！假如我当年在塔拉庄园求他跟我私奔时让人发现又该多好！唉，那几次我们倒的确有点儿愧疚，却不像这次倒霉！可现在呢！现在！我无非像朋友般投入他的怀抱……"

可这话谁都不会信。她没有一个朋友，谁都不会出面替她说："我不相信她做错事了。"她早已把老朋友全都得罪完了，如今找不出一个人能替她说话的。至于她那帮新朋友，平时他们吃尽了她盛气凌人的苦头，个个敢怒而不敢言，如今终于得到个机会，巴不得臭骂她呢。没错，人人都会相信关于她的任何绯闻，不过，大家也会为阿希礼·韦尔克斯这么好的人卷入如此肮脏的绯闻感到遗憾。人们照例会把一切罪过归咎于女人，而对男人的过失则会耸耸肩不当回事。眼前这桩事他们也没错，因为的确是她投入了他的怀抱。

唉，城里人怎么挖苦、蔑视、窃笑、议论，要是她不得不忍受，她都能承受得住，可她就是不能面对玫兰妮！啊，她不能面对玫兰

妮！她也不知道为什么心里对玫兰妮可能知道这事耿耿于怀，她只是觉得过去的负疚感沉沉压在她心头，让她无法努力理解自己心里的感受。她想象出印第亚告诉玫兰妮，说她亲眼看见阿希礼跟斯佳丽在一起亲热，想象着玫兰妮的眼神，她不禁放声大哭。玫兰妮得知后会怎么做呢？离开阿希礼？为了保持尊严，她除了离开阿希礼又能怎么做呢？“那阿希礼和我又该怎么办？”她心里十分慌乱，泪水止不住地流淌着，“唉，阿希礼会羞死的，也会恨我害了他。”想到这里，她心里突然感到一阵恐惧，泪水突然止住了。那么瑞特呢？他会怎么做？

说不定他永远也不会知道。那句老俏皮话怎么说的来着？“妻子偷情事，丈夫最后知。”或许谁也不会告诉他。要把这种消息透露给他，得有胆量才行，因为瑞特有个先开枪后发问的恶名声。上帝啊，千万别让任何人壮起胆子告诉他！可她记起阿奇也在锯木厂的办公室露过面，他那只惨淡的灰色独眼冷酷无情，充满了对她和对所有女人的憎恨。阿奇天不怕地不怕，谁都不怕，他痛恨所有放荡女人，恨不得杀一个解解恨。他刚才就说过要告诉瑞特。不论阿希礼怎么劝，他都会告诉瑞特。除非阿希礼杀了他，否则阿奇准会告诉瑞特，他会觉得这是他在履行基督徒应尽的义务。

她匆匆扒去衣服，躺倒在床上，脑子里思绪万千。要是她能永远把自己锁在这个安全的地方，永远不再见人该多好。也许今晚瑞特还不会得知。她要推说自己头疼，不去参加招待会了。到了明天早上，她会想出一些借口，蒙混过去。

“我现在不考虑这事了。”她满心懊恼地说着，把脸埋在枕头里，“我现在不考虑这事了，等到我能忍受得了时再去考虑吧。”

夜幕降临时，她听见仆人们回来了。可她觉得，大家今天准备晚饭时动静很小，要不就是她自己疑神疑鬼？黑妈妈来敲门，她说

不想吃晚饭，把她打发走了。时间在一点点过去，她终于听到瑞特的脚步声走过来。他走到二楼过道时，她浑身紧张，鼓起全部勇气准备面对他，不过他没停下脚步，径直进了自己屋子。她松了口气。他还没听说。谢天谢地，他尊重了她冷冰冰的要求，再也没跨进她的屋门一步。要是他看见她现在的面孔，准会看出破绽。她必须鼓起全部勇气对他说，她难受得厉害，不能去参加招待会。嗨，她有足够的时间让自己平静下来，可她怀疑自己到底有没有这种时间。自从下午那个可怕的时刻起，生活中似乎失去了时间概念。她听见瑞特在自己房间里走动了很长时间，偶尔还听见他跟波克交谈，可她就是没勇气叫他进来。黑暗中，她静静地躺在床上发抖。

过了很久，他来敲她的门，她竭力控制住自己的嗓音，说："进来。"

"我真的有此荣幸，应邀进入你的圣殿吗？"他推开门问道。黑暗中，她看不见他的脸，也没从他声音里听出任何意义。他进了门，随手把门带上。

"该去参加招待会了，你准备好了吗？"

"很抱歉，我头疼。"真奇怪，她的声音听上去十分自然！幸亏屋子里漆黑一片！"我看去不成了。你去吧，瑞特，代我向玫兰妮道歉。"

他沉默许久，最后，黑暗中传来他拖长腔调咬牙切齿的声音。

"真是个胆小如鼠的骚货。"

他知道了！她躺在床上瑟瑟发抖，话都说不出来了。她听见他在黑暗中摸索，划着一根火柴，屋子里顿时亮得刺眼了。他走到床前，俯视着她。她见他身上穿着晚礼服。

"起来。"他的声音不带感情色彩，"我们去参加招待会，你得赶快。"

“啊，瑞特，我不能去，你知道……”

“我知道。起来。”

“瑞特，阿奇竟敢……”

“阿奇有胆量。阿奇是个非常勇敢的人。”

“你该杀了他，他撒谎……”

“我有一种奇怪的习惯，不杀讲真话的人。现在没时间争吵。起来。”

她坐起身，把身上的睡衣紧紧裹在身上，眼睛留意看他的脸，可是从他黝黑的脸上看不出表情。

“我不去，瑞特。我不能去，除非这种……误解能澄清。”

“你今晚不露面，这辈子休想在这座城市里露面了。老婆是个堕落女人，我还能忍受，可我不能忍受一个胆小鬼。你今晚一定要去，哪怕上至亚历山大·斯蒂芬斯，下至每一个人都冷落你，甚至韦尔克斯太太都对我们下逐客令，我们也一定要去。”

“瑞特，听我跟你解释。”

“我不想听，没时间了，快穿上衣服。”

“他们误会了——印第亚、艾尔辛太太，还有阿奇。他们都恨我。印第亚对我恨之入骨，为了让我丢人，不惜造她哥哥的谣。你让我解释一下好不好……”

她心里突然一阵苦恼，自忖道：“天哪，假如他说：‘那就请你解释吧！’我该怎么说呢？我可怎么解释呢？”

“他们准会对大家说这些谎言，我今晚不能去。”

“你非去不可。”他说，“要不然，我就卡着你的脖子，抬起靴子踢你的屁股，走一步踢一脚，一路把你踢过去。”

他眼睛里闪烁着冷冰冰的光亮，伸手把她拉下床，捡起紧身衣丢到她面前。

“穿上。我给你系带子。可不是嘛，我知道怎么系紧身衣的带子。不行，我不叫黑妈妈来帮忙，免得让你趁机反锁上房门，像个胆小鬼似的瑟缩在屋子里。”

“我才不是胆小鬼呢。”她被激怒了，全然忘记了恐惧，“我……”

“省下你的大话吧，说什么当年开枪打死北佬，正面跟谢尔曼的军队交锋。你不是别的，就是个胆小鬼。就算不替自己想，也得替美蓝想想，今晚非去不可。你怎么忍心再把她的前程也断送掉呢？穿上紧身衣，快。”

她连忙脱掉睡衣，上身只穿着一件内衣。要是他这时朝她看上一眼，见到她身穿内衣的漂亮身段，说不定脸上就不会有那么吓人的神色了，毕竟他已经有好长时间没见过她身穿内衣的模样了。可他此刻没看她，他在匆匆翻她的壁橱，为她找一条合适的裙子。他从壁橱里取下一条新做的碧玉色波纹绸裙子。这条裙子领口开得很低，腰衬把裙裾向后高高托起，腰衬上有一朵很大的粉红色天鹅绒玫瑰花结。

“就穿这件。”他说着把裙袍丢在床上，朝她走过来，“不能穿得太朴素庄重，不要鸽子灰或淡紫色裙子。你的大旗必须钉在桅杆上，否则必然会倒。而且要浓妆艳抹。我敢肯定，一个女人跟道貌岸然的男人通奸，脸色也不该这么惨白。转过身去。”

他拉住紧身衣的系带使劲一勒，她疼得嚷叫起来，心里又羞又怕，可对他的野蛮举止又无可奈何。

“疼了，是吧？”他冷笑一声，可她看不见他的脸，“可惜没有勒在你脖子上。”

玫兰妮家每一间屋子都灯火通明，他们在街上老远就能听见音乐。他们来到大门外时，听到宅子里飘出一阵阵欢声笑语和人们嬉戏的激越声音。宅子里满是宾客，就连门廊也挤满了人，许多客人

只好在昏暗的灯笼光照下坐在院子里的长椅上。

斯佳丽坐在马车上，手里紧紧攥着揉作一团的手帕，心想："我不能进去……我不能，我不去。我要跳下马车逃走，逃到某个地方，逃回塔拉庄园去。瑞特干吗要逼我上这儿来？人们会怎么对付我？玫兰妮会怎么对待我呢？她会摆出一副什么样的表情？啊，我没脸见她了，我要逃走。"

瑞特好像看透了她的心思，伸手牢牢抓住她的手臂，像个陌生人一样粗暴蛮横。她手臂上准会让他捏出一块青紫。

"我还真没见过这么胆小的爱尔兰人呢。平时自夸的勇气上哪儿去了？"

"瑞特，求求你，让我回家向你解释吧。"

"要解释有的是时间，进斗兽场殉难只有今天一个晚上。下车，宝贝儿，让我看看狮子怎么活活吃掉你。下车。"

她也不知道自己是怎么走上石阶的，她觉得自己挽着的不是手臂，而是坚硬的花岗岩，这让她平添了不少勇气。老天在上，她能够正视大家，她会面对大家的。他们算得了什么，无非一群只会号叫抓挠的猫儿，而且对她嫉妒得要命。她要给他们点儿颜色看看。她才不管他们怎么想呢。只是玫兰妮……她只在乎玫兰妮怎么想。

他们踏上门廊，瑞特手持礼帽，向左右频频点头打招呼，他的声音冷漠而柔和。他们进门时，音乐戛然而止。斯佳丽脑袋里一片混乱，忽然觉得人群如海啸般朝她涌过来，随后又退下去，呼啸的声音越来越低。人人都要藐视她？哼，活见鬼，让他们来吧！她高高仰起下巴，脸上露出微笑，眼角都皱了起来。

她还没来得及跟门口最近一个人打招呼，只见一个人从人群中挤过来。屋子里顿时一片死寂，斯佳丽不由得一愣。从人群闪开的

通道中，只见玫兰妮那双小脚匆匆跑出，来到门口迎接玫兰妮。她要抢在别人前同斯佳丽说话。她挺起瘦削的肩膀，下巴倔强地噘起来，仿佛眼里没有其他客人，只有斯佳丽。她来到斯佳丽身边，伸手搂住她的腰。

“亲爱的，你的裙子真是太漂亮了。”她的声音虽小，却十分清晰，“我的天使，你能帮我个大忙吗？印第亚今晚不能来帮我了，你和我一道接待客人好吗？”

第五十四章

安全回到自己房间后，斯佳丽不顾那身波纹绸裙袍，也不顾后面的裙垫和玫瑰花结，一头倒在床上。她一时动弹不得，只能直挺挺躺在床上，心里回想着站在玫兰妮和阿希礼中间，向客人们打招呼的情景。真是让人胆战心惊的场面哪！她宁愿再次面对谢尔曼的军队，也不愿重演这出戏了！过了一会儿，她从床上爬起身，在房间里来回踱步，心里紧张得厉害，一边走一边脱身上的衣服。

紧张的反应这才开始向她袭来，她浑身都在颤抖。手里抓的发卡不知不觉丁零零落在地上，她想如往常一样用刷子梳把头发梳上一百下，结果刷子背面打在太阳穴上，把她打得生疼。她十几次踮起脚尖走到门边，听听楼下的动静，可楼下过道就像个漆黑死寂的无底洞。

招待会结束后，瑞特送她上了马车，让她独自回家。她心里深深感谢上帝赐给的这次缓刑。他还没回家。谢天谢地，他还没回家。她羞愧难当，满心恐惧，浑身还在颤抖，今晚实在无法面对他。可他上哪儿去了？大概又去见那个妓女了。斯佳丽平生头一回觉得，幸亏有个贝尔·沃特林，幸亏除了这个家，瑞特还有个地方可去，好让他锋芒毕露的腾腾杀气能慢慢平息下去。她这想法纯属荒唐，哪有妻子知道丈夫找妓女反而会高兴的？可她此时也没别的办法了。就是他马上死去，她也几乎会感到高兴，因为那样她就用不着见他了，至少今晚她不要见他。

等到明天……嗯，明天就是另外一天了。明天她会想出借口来，还要想出办法向他发起进攻，设法找瑞特的碴儿。等到明天再回想，今晚就不再这么可怕了，也不会让她浑身发抖了。明天她就不会老想着阿希礼那张脸，用不着为他受到损害的自尊和他受到的耻辱耿耿于怀了。他的耻辱是她造成的，他自己几乎没什么责任。此时此刻，她亲爱的阿希礼是不是会为自己的尊严蒙受耻辱而憎恨她呢？他此刻当然会恨她——多亏了玫兰妮，他们俩才得救。玫兰妮挺起瘦弱的肩膀，抵抗了人们的好奇、恶意和不敢公开表示的敌意，她与斯佳丽手挽手穿过光滑的地板，言谈举止中充满爱意和信任。在这个可怕的夜晚中，玫兰妮一直陪在斯佳丽身旁，巧妙地镇压住了流言蜚语！人们的态度稍有点儿冷淡，也有些迷惑，不过大家还算彬彬有礼。

唉，最大的耻辱莫过于躲在玫兰妮的裙子后面，不过，这样她才躲避开了憎恨她的人，要不然，他们准会用无聊的闲话把她撕个粉碎！她不得不仰赖玫兰妮的盲目信赖！不是别人，偏偏是玫兰妮！

斯佳丽一想到这事，就不由得打了个寒噤。她一定得喝杯酒，恐怕得喝上几杯，否则就别想躺下睡着。她在睡衣外面披了件晨衣，快步走进走廊。周围寂静无声，她脚上拖鞋发出的啪嗒声就特别响亮。她下楼梯走到一半，这才看见关闭的餐厅门缝下有道亮光，心里一时有点儿发慌。是刚才回家时那盏灯一直亮着，当时心烦意乱没注意到？还是瑞特已经回家来了？没准儿他是走厨房门悄没声地进来的。要是瑞特已经回来了，她再想喝白兰地也只好不喝，她得蹑手蹑脚返回房间，免得让他撞个正着。等她回到自己房间，她就可以把门锁上，躲在里面就安全了。

她弯下腰，打算脱掉拖鞋，然后赶紧悄悄退回去，这时餐厅门

突然开了，里面泻出的昏暗烛光照出瑞特的轮廓。他看上去身材魁梧，仿佛比她平时所见更加高大，摇曳的烛光照在他背后，看不见他的面孔，整个身子黑魆魆的，十分可怕。

“请进来陪陪我，巴特勒太太。”他的声音有点儿粗重模糊。

他喝醉了，露出一副醉态。以前不管他喝多少，都没见他喝醉过。她站在那里犹豫不决，他挥了下手，做了个命令手势。

“上这儿来，你这个该死的东西！”他粗暴地说。

她心里一阵狂跳，想道：“他准是醉得厉害。”往常，他酒喝得越多，举止就越斯文，不过言谈中讥讽刻薄的字眼也就更多些，可他的举止与言谈从来配合得一丝不乱——而且十分严谨。

“我决不能让他以为我怕见他。”她这么想着，把晨衣领子抓紧，仰起头走下楼梯，让拖鞋后跟发出很大的啪嗒声。

他闪身站在一旁，微微向她鞠躬，把她迎进屋里，脸上的嘲弄神色让她心里一阵畏缩。她见他没穿上衣，领带耷拉在敞开的衬衫领口两边，他的衬衫没系扣子，露出胸脯上浓密的黑色胸毛。他的头发蓬乱，两只布满血丝的眼睛眯成一条缝。桌子上点着一支蜡烛，微弱的烛光给高大的屋子里投上一团团让人毛骨悚然的阴影，巨大的餐具柜和餐具架像蛰伏的巨兽。桌子上，一只银盘子上放着一只细颈酒瓶，雕花玻璃瓶塞打开了，周围摆着几只玻璃杯。

“坐下。”他说了一声，跟在她身后走进屋子。

这时，一种新的恐惧袭上她心头，相比之下，刚才怕见他的惊慌心情显得微不足道了。瑞特的表情、言谈、举止，全都像个陌生人。她以前从没见过瑞特举止如此粗鲁的一面。即使是在他们最亲昵的时刻，他也表现得相当淡漠，并不露出激动情绪。哪怕在他发怒时，他也显得态度温和，不过出语尖刻，喝多了威士忌也不过让这些品质更加突出而已。起初，她为此感到恼火，还想改变他这种

阴阳怪气的脾性，没过多久，她便发现，他的脾气对她没什么不方便的，就认可了。多年来，她觉得他对什么都不在乎，觉得在他眼里，生活中包括她在内的一切无非是些讽刺笑话。现在，她隔着桌子与他面对，这才忐忑不安地体会到，他还是在乎某些事的，而且非常在乎。

“虽然我回家来显得没教养，但也不妨碍你喝杯睡前酒嘛。”他说道，“要我为你斟酒吗？”

“我没打算喝酒。”她绷着脸说，“我听到有动静，就下来……”

“你没听到动静。要是听见我在家，你就不会下来。我一直坐在这儿听着你在楼上来回走动。你准是想喝一杯。喝吧。”

“我不……”

他抓起酒瓶，笨拙地斟酒，把酒倒得溢出酒杯。

“拿着。”他把酒杯塞到她手里，“你浑身打战。嗨，别装模作样了。我知道你偷偷喝酒，也知道你酒量不小。我一直想对你说，别费尽心机装模作样，想喝就公开喝。你以为我会在意你喝白兰地？”

她接过滴沥着酒的酒杯，心里默默诅咒他。她的任何心思他都能看透。虽然他对她了如指掌，可她就是想对他隐瞒起自己的真实想法。

“我说，喝吧。”

她举起酒杯，手腕都不弯曲一下，猛地一抬胳膊，把酒一饮而尽，简直跟杰拉尔德当年灌威士忌的姿势一模一样。可她就没想过，这么纯熟的姿势在她身上是多么有失体统。他把这一切都看在眼里，嘴角不禁耷拉下去。

“坐下，我们来个愉快的家庭讨论，好好谈谈刚才参加的那场高雅招待会。”

“你喝醉了。”她口吻冷淡地说，“我可要上床睡觉了。”

“我的确喝醉了，我今晚还打算喝个烂醉。可你不能去睡——现在还不能走。坐下。”

他的口吻还是平时那种不焦不躁的冷淡拖腔，可她却听得出一种弦外之音，仿佛一种狂暴的力量正蓄势待发，狂暴得就像噼啪作响的皮鞭。她摇摇晃晃站起身，他马上冲到她跟前，一把抓住她的胳膊，捏得她生疼。他把她的胳膊轻轻一扭，她疼得轻轻叫了一声，跌坐下去。她心里害怕，一辈子从来没这么怕过。他俯身盯住她，她见他黝黑的脸涨得通红，眼睛里闪烁出让她恐惧的光芒。他的眼睛深处有一种她无法理解的感情，它比愤怒更深沉，比痛苦更强烈，那种感情在逼迫他，让他的眼睛闪烁得像两块火炭。他久久地盯着她，直把她不屈的眼睛盯得垂下眼皮认输，这才回到她对面的座位上颓然坐下，又给自己斟了杯酒。她迅速思索着，想要筑起一道防线，可他还没开口，她并不知道他打算怎么指责她，也不知道该怎么说才好。

他慢慢呷着酒，眼睛从酒杯上面打量着她，她努力克制自己，设法不再颤抖。他的脸色好一阵子没有变化，最后才放声大笑，可眼睛仍然盯着她。她惊得浑身再次颤抖起来。

“今天晚上演的真是一幕滑稽喜剧，对不对？”

她一声没吭，脚趾在宽松的拖鞋里全都蜷缩起来，想要控制住浑身的颤抖。

“真是一场角色齐全的喜剧，令人赏心悦目。全村人聚集起来朝不守妇道的女人投掷石块[1]，戴绿帽子的丈夫以绅士风度维护老

[1] 全村人聚集起来朝不守妇道的女人投掷石块：典出《圣经·旧约》。按古以色列习俗，女子犯淫乱罪要被带到娘家门口，让村里人乱石打死。——译注

婆的面子，奸夫的妻子本着基督教精神出面遮掩，好在她平素洁白无瑕的名声就像一袭遮丑的斗篷。那个奸夫……”

“求你别说了。”

“我还没尽兴呢，今晚我要尽兴，那出戏实在太有趣了。那个奸夫显得像个十足的大傻瓜，好像恨不得一死了之。我亲爱的，感觉怎么样？让一个自己痛恨的女人站在身边替你遮掩罪孽，心里有什么滋味？坐下。”

她只好坐下。

“照我猜想，你并没有因此更喜欢她。你只是心里在想，假如她知道你和阿希礼的事，干吗会那么做……她那么做难道仅仅是为了保住自己的面子？你认为她那么做完全是个傻瓜，尽管那样会保住你的面皮，可是……”

“我不听了……”

“你要听。我对你说这些为的是让你宽心。玫荔小姐是个傻瓜，却不是你想象的那种傻瓜。显然，有人把你们的事告诉她了，可她并不相信。她那个人就是亲眼见了你们的龌龊事都不会相信的。她的荣誉感太强烈了，绝对无法想象出自己爱的人能干出那等无耻勾当。我不知道阿希礼·韦尔克斯要拿什么谎言哄她——反正说什么她都会相信，因为她爱阿希礼，她也爱你。我实在想不出她怎么会爱你，可她就是爱你。就让她的爱成为你的十字架吧。”

“你醉得一塌糊涂，出语伤人，我本来打算向你解释的。”斯佳丽恢复了一点儿尊严，“可现在……”

“我对你的解释不感兴趣。我对事情的真相比你自己更了解。上帝在上，要是你再敢从那把椅子上站起来……

“我还发现一桩比今晚的喜剧更有趣的事实。你这一向以我犯有种种罪孽为名，不让我享有与你同床共枕的乐趣，显得无比贞洁，

可你心里一直在跟阿希礼·韦尔克斯奸淫。这叫作‘意念的奸淫’，对不对？那本大书[1]里真是妙语连珠啊。”

“什么书？什么书？”她心乱如麻，满脑子都是些不相干的愚蠢念头。她的眼睛烦躁地环顾四周，昏暗的烛光下，她觉得眼前那只巨大的银盘子黯然失色，屋子里各个角落都黑魆魆、阴森森的，让她感到恐怖。

“我被你拒之门外，因为我的情欲太粗俗，配不上你的高雅，还因为你不想再生孩子了。我的心肝儿，这可让我太难过了！我心里像刀割一样难过！所以我不得不上外面另找安慰，让你恪守你的高雅。可你却把这些时光用在思念那个倒霉龌龊的韦尔克斯先生。见他的鬼，他到底犯了什么病？他精神上对自己的妻子不忠，还不敢在肉体上背叛她。这小子干吗不痛下决心？你不反对为他生儿育女，对不对……然后假装是我的亲生骨肉养在家里？”

她大叫一声，霍地站起身，他也从座位上跳起来，嘴里发出一个柔和的笑声，让她听了浑身的血都冷了。他伸出两只古铜色的大手，把她按回座位上，俯身对着她。

“看看我这双手，我亲爱的。”他说着把手伸到她眼皮底下，攥成拳头又放开，“我可以轻而易举用这双手把你撕成碎片，要是这么做能把阿希礼从你脑袋里赶走，我非这么做不可，但是不可能。所以，我打算这样把他从你脑袋里赶走。我要用双手抱住你的脑袋，像夹核桃一样把你的脑壳碾碎，把他挤出去。”

他双手贴在她鬓角以下，捧住她的脸，使劲抚摩，把她的脸扭过来对着自己。她看着眼前这个人，觉得这是张陌生人的面孔，他喝得酩酊大醉，说话拖着长腔。她从来不缺乏困兽的勇气，此时勃

[1] 那本大书：指《圣经》。《圣经·新约·马太福音》第五章：“凡看见妇女就动淫念的，这人心里已经与她犯奸淫了。”——译注

然大怒，挺直腰杆儿，眯缝起眼睛。

“你这个醉鬼蠢货，”她嚷道，“把手拿开。”

他真的把手放开了，这倒让她觉得有点儿惊奇。他坐在桌子边上，给自己又斟了一杯酒。

“我向来钦佩你的精神，我亲爱的。现在你走投无路了，还这么精神，让我尤其钦佩。”

她裹紧身上的晨衣，唉，要是能回到自己房间多好哇，她要把那扇坚固的门反锁上，独自待在屋里。现在无论如何要击退他、欺负他，让他投降，她还从没见过瑞特这副模样呢。她不慌不忙站起身，可她的膝盖在打战。她裹紧身上的晨衣，又把前额的头发捋向脑后。

“我没有走投无路。”她语气尖刻地说，“你永远不会把我逼到走投无路的地步，瑞特·巴特勒，也别想威胁我。你算个什么东西？一个醉醺醺的禽兽，一个寻花问柳的恶棍，脑袋里从来只有邪恶，别的一概不懂。你根本不理解阿希礼，也不理解我。你在污秽中生活太久了，除了污秽，什么都不知道。你在嫉妒自己不理解的东西。晚安。”

她若无其事地转身朝门口走去，突然身后爆发出一阵大笑，她不由得停住脚步。她转过身，见他踉踉跄跄朝她扑来。上帝啊，但愿他别再发出这种可怕的笑声了！这一切有什么好笑的？斯佳丽面对着他，一步步朝门口退，结果却撞在墙上。他双手使劲抓住她，把她的肩膀按在墙上。

“别笑了。”

“我笑是因为替你感到难过。”

“难过……替我？替你自己难过吧。”

“没错，上帝做证，我是替你难过，我亲爱的，我漂亮的小傻瓜。让你难受了，对不对？你既受不了嘲笑，也受不得怜悯，是吧？”

他止住笑，身体重重地往前压，使劲按住她的肩膀，她疼得厉害。他靠得越来越近，脸也扭曲了，嘴里喷出一股浓烈的威士忌酒味，她扭开脑袋避开他。

“嫉妒？我嫉妒了？”他说道，“我怎么能不嫉妒呢？啊，不错，我嫉妒阿希礼·韦尔克斯。怎么能不嫉妒呢？噢，别说话，也别解释。我知道你在肉体上对我是忠实的。你想说的就是这话吧？哼，这我从来就很清楚。这么多年了，我知道得很清楚。我怎么知道的？哼，我了解阿希礼·韦尔克斯和他那种人。我知道他是个体面的上等人。可这种话对你、对我就不合适了。我们不是上等人，我们不知廉耻，对不对？所以我们才会兴旺发达，就像月桂树一样繁茂。”

“放开我。我不能站在这儿听你侮辱。”

“我没有侮辱你，我在赞美你肉体上的贞节呢。不过你一点儿都骗不了我。你当男人都是傻瓜，斯佳丽？要是低估了对手的力量与智慧，准得吃大亏。我可不是傻瓜。你当我不知道，你躺在我怀里，心里却把我当成阿希礼·韦尔克斯？”

她目瞪口呆，脸上只剩下恐惧和惊讶神色。

“那倒是件有趣的事，就是有点儿可怕。就像本来只能睡两个人的床，结果上面躺着三个人。”他说着轻轻摇晃一下她的肩膀，打了个饱嗝儿，面露讥讽的笑容。

“啊，不错，你在肉体上一直是忠于我的，那是因为阿希礼不要你。见鬼，他要你的肉体，我可绝不会吝啬。肉体算什么——尤其是女人的肉体。可他要你的心，我却会吝啬，我也不会放走你这颗宝贵的、冷酷的、顽固的心。可那个傻瓜却不要你的心，我呢，又不要你的肉体。我可以廉价买到女人的肉体。可我却要你的情、你的心，到头来，我却永远得不到，你也永远得不到阿希礼的心。所以我才替你感到难过。”

尽管她又害怕又糊涂，可他的讥讽还是深深刺痛了她。

“难过……替我？”

“没错，替你难过，因为你是这么可爱的孩子，斯佳丽。你就像个嚷着要摘月亮的孩子。孩子真的摘到了月亮，又会拿它怎么样呢？就算你真的把阿希礼搞到手，又会拿他怎么样呢？不错，我替你难过——因为你抛弃了幸福，却伸出双手，要抓永远不会使你幸福的东西。我替你难过，因为你是个大傻瓜，不懂得只有同类相聚才会有幸福。假如我死了，假如玫荔小姐也死了，你最终得到了你那个可敬的宝贝情郎，你以为跟他在一起生活会幸福？见鬼，根本不会！你永远都无法了解他，永远也不知道他在想些什么。你永远也不会理解他，就像你理解不了音乐、诗歌、书籍一样，就像你无法理解金钱以外的一切。然而，我的爱妻，假如你愿意给我们半个机会，我们本来可以过得幸福，过得十全十美，因为我们是如此相像。我们俩都是无赖，斯佳丽，我们想要什么都会到手。我们本来可以过得很幸福的，因为我爱你，而且我了解你，斯佳丽，一直了解到你骨子里。阿希礼却永远不会理解你。假如他知道你是个什么人，他会鄙视你……可你偏偏一辈子痴心想要一个你无法理解的男人。我呢，我的宝贝，还得继续找那些婊子寻求安慰。我敢说，我们可以比大多数夫妇生活得好。”

他动作生硬地放开她，转身踉踉跄跄朝酒瓶走去。斯佳丽一时呆住了，脑袋里翻滚着万千思绪，却让她无法抓住一个仔细琢磨。瑞特说他爱她。他这说的是真心话？还是酒后胡言？要不就是一个可怕的玩笑？阿希礼……月亮……嚷着要摘月亮。她朝黑魆魆的走廊逃去，仿佛身后有魔鬼在追赶。啊，要是能赶快逃回自己房间就好了！她跑得崴了脚脖子，拖鞋也歪了。她停下脚步，想把拖鞋使劲甩掉。瑞特动作敏捷得像个印第安人，黑暗中立刻赶到她身旁，

他呼出的热气喷在她脸上，双手粗暴地伸到她晨衣下，搂住她的腰。

“你追求他，却让我在城里人面前丢丑。上帝在上，今晚我的床上只容得下两个人。”

他抱起她，朝楼上走去，把她的脑袋紧紧贴在他胸口上。她听到他的怦怦心跳像铁锤敲打一样响亮。他把她挤疼了，她大声惊叫，可嘴巴却给堵着，只能发出惊慌沉闷的声音。黑暗中，他一步步朝楼上走去，她心里惊恐万状。他是个疯狂的陌生人，她也从来没有经历过如此的黑暗，比地狱还黑。他就像死神，抱着她离去，让她浑身疼痛。她觉得要让他憋死了，放开喉咙尖声叫喊。他在楼梯平台上停下脚步，敏捷地让她翻了个身，俯身狂吻她，吻得粗野而酣畅，竟让她忘记了一切，只觉得正在堕入黑暗，只觉得他的嘴唇与自己的嘴唇紧紧贴在了一起。他浑身颤抖，仿佛站在狂风之中，他的嘴唇从她的嘴唇上往下滑，沿着滑落的晨衣渐渐向下，拼命亲吻她柔软的肌肤。他嘴里喃喃絮叨着，她一句也没听清，他狂吻的嘴唇激起她从未体验过的阵阵激情。她就是黑暗，他也是黑暗，在此之前从未发生过任何事情，只有黑暗和他亲吻她的嘴唇。她想开口说话，可这时他的嘴唇又压在她的嘴唇上了。突然，她体会到一种从未有过的狂野刺激，它糅合了欢乐、恐惧、疯狂、亢奋，向强有力的臂膀屈服、向疯狂的亲吻屈服、向迅速转折的命运屈服。她平生头一回遇到个比她更强的人，这个人她既不能欺负，也不能打垮，反而要欺负她，打垮她。不知不觉中，她的双臂搂在他脖子上，她的嘴唇也颤抖着迎上他的吻。他们重新一步步走上去，走向黑暗，走向那令人眩晕的黑暗，走向那笼罩一切的柔和的黑暗。

第二天早上她醒来时，他已经走了。若不是看到她身边那只皱巴巴的枕头，她真会以为昨晚发生的事不过是个荒诞的梦境呢。此

刻回想起来，她不禁羞红了脸，连忙拉起被单遮住脖子。她全身沐浴在阳光里，脑袋里想把纷乱的思绪理出个头绪。

她首先想到两桩最明显的事情。她已经与瑞特生活多年了，她与他同床共枕、同桌吃饭，与他争吵，还与他一道生了孩子——然而，她并不了解他。那个抱着她上楼走进黑暗的男人是个陌生人，她从来没想过世界上竟有这种人。如今，虽然她竭力迫使自己憎恨他，努力激起满腔愤怒，可她不能。他羞辱了她，伤了她的心，在整整一个疯狂的夜晚野蛮地凌辱她，可她却感到心花怒放。

唉，她应该感到羞愧，应该忘却黑暗中那炽热眩晕的记忆！经历了这样的夜晚后，一位淑女，一位真正的淑女再也抬不起头来了。但是，回忆那销魂的感觉，回味那屈服的狂喜，强烈的喜悦却胜过了羞愧。她平生头一回感到自己生机勃发，体会到一种不可阻挡的原始激情，它就像逃出亚特兰大时感到的恐惧一样强烈，也像击毙北佬时一样解恨。

瑞特爱她！至少他亲口说他爱她，现在她还有什么可怀疑的？这真是太让她奇怪，太让她迷惑不解了，他竟然爱她，可他是个野蛮的陌生人，她跟他生活在一起的气氛是那么冷漠。至于她对这一新发现有什么感觉，自己此刻也还颇感迷惘，不过，她突然动了个念头，不禁笑出声来。他爱她，这么说，她终于俘获他了。她几乎忘记以前渴望诱使他爱上自己，好对他那颗乌黑的脑袋扬起鞭子发号施令。现在她想起原来的愿望，不禁感到深深的满足。整整一个夜晚，他恣意摆布她，可是，如今她掌握了他的弱点。从现在起，她要随意摆布他。长期以来，她吃够了他冷嘲热讽的苦头，现在，她要捉弄他，只要她举起铁圈，他就得像猴子一样跳过去。

她一想到要再次与他相会，要在大白天里与他面对面清醒相见，她就觉得又紧张尴尬，又激动喜悦。

“我心跳得像个新娘。”她想道，“而且是为了瑞特而激动！”想到这一点，她不禁咯咯傻笑起来。

但是，瑞特没回家吃午饭，到了晚饭时分也没出现在餐桌旁。夜晚也过去了，那是一个漫长的夜晚，她彻夜未眠，耳朵竖起来仔细听锁孔里是不是有钥匙转动的声音。可他没回来。第二天也过去了，还是没有他的消息，斯佳丽焦急得坐立不安，感到又失望又恐惧。她去银行找他，可他不在那里。她去了自家的店铺，每次店门打开，她都要焦急地望着新来的顾客，希望来人是瑞特，结果她对店员个个没好气。她去了锯木厂，专找碴儿欺负休，弄得休躲在木堆后面不敢露面。但是瑞特没有上锯木厂去找她。

她怕丢人，不敢询问朋友们是否见过他，也不能向仆人打听他的消息。可她感觉到，她不知道的事他们可能知道。黑人向来消息灵通。这两天，黑妈妈一反往常的习惯，变得沉默寡言了。她用眼角注意着斯佳丽，嘴上却什么都不说。第二天晚上过去后，斯佳丽打定主意要找警察报案。没准儿他出事了，说不定他从马背上摔下来，此刻正无可奈何地躺在水沟里。也许……啊，这念头太可怕了……也许他已经死了。

第二天早饭后，斯佳丽回到自己房间，正要戴上帽子出门，忽然听到楼梯上有一阵轻快的脚步声。她感到一丝宽慰，倒在床上。瑞特走了进来，他刚刚理过发，修过脸，做过按摩，也没喝酒，可他眼睛里充满了血丝，脸也因为饮酒过度有点儿水肿。他动作潇洒地朝她挥了挥手：“嗨，你好哇。”

一个男人怎么能两天不回家，也不解释一句，只是说上句“嗨，你好哇”？他们度过一个那么不寻常的夜晚，他怎么还能如此若无其事？他不该这样，除非……除非……那个可怕的念头蓦然闯进她脑袋里——除非那种夜晚对他来说不过是桩寻常小事。她一时说不

出话来，原来计划好见了他要撒娇、要微笑，此时全都记不起来了。他甚至没过来像以往那样随便亲吻她一下，只是站在那里望着她，手指间夹着雪茄，咧开嘴巴微笑。

“你……你上哪儿去了？”

“别假装你不知道！我相信，到这会儿，全城都该知道了。说不定大家都知道，只瞒着你一个。你知道那句老话：‘妻子最后知。’”

“你这话是什么意思？”

“我以为警察前天察访贝尔那里之后……”

“贝尔……那个……那个女人！你一直跟……”

“当然啦。我还能去哪儿？我希望你没有替我担心。”

“你离开我去……呕！”

“行了，行了，斯佳丽！别扮演受骗妻子的角色啦。贝尔的事你早知道了。”

“你离开我去找她，还是在那一晚……之后……”

“噢，那一晚，”他做了个满不在乎的手势，“有时我难免忘记礼貌。我为上次相聚时的举止向你道歉。我当时醉得厉害，这你知道得很清楚，而且让你迷得神魂颠倒，你的魅力……要不要我一一列举出来？”

她忽然想哭，想倒在床上痛哭一场。他没变，什么都没变，她是个傻瓜，是个愚蠢、自负、可笑的傻瓜，还一心以为他爱她呢。不过是他酒醉后的又一个恶作剧而已，就像他撒酒疯欺负贝尔那个妓院的姑娘一样。现在他回家来了，还是满口的侮辱嘲弄，不可理喻。她咽下泪水，强打起精神。千万不能让他知道自己的心思，要不然，他准会耻笑她。哼，他永远也不会知道的。她迅速抬起头朝他望了一眼，瞥见他那双眼睛里闪烁出一贯让她难以捉摸的眼神，

他凝视着她——带着热情和渴望，似乎等着扑向她即将说出的字眼，期待她说出……他期待着什么？期待她犯傻，期待她大吵大闹，好授他以笑柄？她才不呢！她的吊梢眉拧在了一起。

“我自然早已怀疑你跟那个坏女人的关系了。”

“仅仅是怀疑？那你干吗不向我打听，好满足自己的好奇心呢？要是你问，我会告诉你的。自从你和阿希礼合谋，决定跟我分房居住，我就一直跟她同居。”

“你竟然这么无耻，站在那里对我吹嘘那种事，我可是你的妻子啊。”

“噢，省了这段道德说教吧。只要我付清家里的账单，你才不管我在外面怎么干呢。你知道我近来也不是个天使。至于说你是我的妻子，自从美蓝出生后，你算不上个贤妻良母，对不对？我对你的投资太糟了，斯佳丽。相比之下，贝尔要好得多。”

“投资？你是说你给了她……”

“我看，正确的说法应该是‘帮助她开张’。贝尔是个精明女人，我想看到她有所发展，她所需要的只是有钱买所属于自己的房子。你应该知道，一个女人只要有一丁点儿钱，什么奇迹都能创造出来。看看你自己就知道了。”

“你拿我比……”

“嗨，你们俩都是精明能干的女生意人，干得都挺成功。当然，贝尔比你略胜一筹，因为她心眼儿好、性情温和……”

“请你离开这个房间。”

他懒洋洋朝门口走去，挑起一道眉毛，露出嘲讽神色。他怎么敢如此侮辱她呢？她气得要命，伤心得要死。他这是存心欺负她，羞辱她。几天来，她眼巴巴盼望他回来，可他却喝得酩酊大醉，在妓院里跟警察争吵。

“滚出这间屋子，永远别再进来。我早就告诉过你，可你不是个正人君子，听不懂人的意思。从今以后，我要把门锁上。”

“别费心啦。”

“我会锁上的。那天晚上，你的行为实在可恶……喝得烂醉，让人恶心……”

“得了吧，宝贝儿！肯定不是恶心吧！”

“滚出去。”

“别急，我会走的，我还保证以后再也不来打扰你了，这是最后一次。我只是想告诉你，如果我的无耻行为让你无法忍受，我会答应你离婚的。只要把美蓝留给我，我绝不会提出异议。”

“我可不能败坏门风跟丈夫离婚。”

“要是玫荔小姐死了，你会巴不得败坏门风呢，对不对？想到你会迫不及待地要求跟我离婚，我就觉得头晕。”

“你到底走是不走？”

“走，我这就走。我回来就是要告诉你我这就走，要去查尔斯顿和新奥尔良，还有……噢，我要做一次漫长的旅行。今天就走。”

“啊！”

“我要带美蓝一道走。叫那个没头脑的普莉西收拾起她的小衣服。我还要把普莉西带上。”

“你绝对不能把我的孩子带出这所房子。”

“也是我的孩子，巴特勒太太。你当然不会反对我带她去查尔斯顿看祖母吧？”

“看祖母？见你的鬼！你以为我会让你带小娃娃离开这里？你每天都喝得烂醉，没准儿会带她上贝尔妓院那种地方……”

他猛地把雪茄扔在地毯上，烧焦的羊毛味刺进他们鼻孔。他快步冲到她身边，气得脸色铁青。

“假如你是个男人，我非扭断你的脖子不可。既然你是个女人，我只好对你说，闭上你该死的嘴。你以为我不爱美蓝，以为我会带她去那种……她可是我女儿啊！天哪，你这个傻瓜！你倒好，居然摆起母亲架子，你算了吧，要说做母亲，就是一只猫也比你强！你为孩子做过什么？韦德和埃拉见了你怕得要死。要不是有玫兰妮·韦尔克斯，他们根本就不知道什么是母爱。可美蓝呢，我的美蓝！你以为我照顾她不如你？你以为我会让你像对待韦德和埃拉一样，随意欺负美蓝，伤她的心？见鬼，决不！快让人收拾起她的东西，一个钟头之内给我准备好，不然的话，我警告你，那天晚上发生的事跟这事相比，不过是桩小事。我常常想，狠狠抽你顿皮鞭对你大有好处。”

没等她开口，他就疾步冲出房门。她听见他穿过走廊，到了育儿室，推开房门，里面顿时传来三个孩子欢快、清脆稚嫩的声音。她听见美蓝的嗓音特别响亮，压过了埃拉的声音。

“爸爸，你上哪儿去了？”

“寻找一块兔子皮，好把我的小美蓝包裹起来。过来，亲吻一下你最亲的亲爹……还有你，埃拉。”

第五十五章

“亲爱的，我不要什么解释，也不听你这话。”玫兰妮的话说得斩钉截铁，她伸出一只小手轻轻捂住斯佳丽噘起的嘴，不让她说下去，“要是你我之间还需要解释，哪怕动一动这种念头，也是对你自己、对阿希礼和对我的侮辱。这还用说吗？我们三个人多年来一直……一直像三个士兵一样团结奋战，共同打天下，要是你怀疑几句流言蜚语就能离间我们，那我可要替你害臊了。你以为我会相信你和我的阿希礼……嗨，这是什么鬼念头啊！难道你不知道吗？我比世界上任何人都更了解你。你以为我会忘记你对阿希礼、博和我的种种恩情？你无私、你好心，救了我的命，让我们避免忍饥挨饿！你以为我会忘记你赤脚扶犁，赶着北佬那匹马耕地，双手磨得都是血泡？你那么做，为的是让我的孩子和我自己有饭吃。我哪会相信人们说你的那些可怕的坏话呢？我可不想听你解释，斯佳丽·奥哈拉，一个字都不听。”

“但是……”斯佳丽结结巴巴说不下去了。

一个钟头前，瑞特带着美蓝和普莉西走了，在斯佳丽的羞愧与愤怒之上又增添了寂寞。此外，她对阿希礼的负疚感和玫兰妮的袒护都让她觉得再也忍受不住了。假如玫兰妮听信印第亚和阿奇的话，在招待会上蔑视她，或者虽然跟她打招呼，口吻却很冷淡，那她倒能仰起头施展浑身解数奋力反抗。但是，玫兰妮站在她前面，像一

柄闪闪发亮的利剑，对她无比信赖，眼睛里闪烁出战斗激情，抵挡住社会上的流言蜚语。一想到这些，她就觉得该与玫兰妮坦诚相见才对。不错，她应该推心置腹，从很久以前阳光明媚的塔拉庄园门廊上那次与阿希礼相见开始说起。

她受到了良心的驱使。虽然她的良心长久以来一直受到摧残，但她那天主教徒的良心仍能萌动。埃伦对她说过无数遍："忏悔你的罪孽，在悲痛和悔悟中赎罪。"面对眼前的危机，埃伦的宗教教诲又回到她的心头，支配着她的精神。她要忏悔——不错，她要说出一切，每个眼神，每一句话，还有不多的几次接触——这样上帝才能平息她心中的痛苦，让她得到心灵的安宁。她的话会造成一幅可怕的景象，玫兰妮的满脸慈爱会变成难以置信的恐惧和厌恶。噢，那将是对斯佳丽的惩罚，这种惩罚实在太严酷了。玫兰妮会看透她是个卑鄙、猥琐的小人，是个两面三刀的伪君子，没有忠诚可言，只有一副伪善面孔，玫兰妮会露出怎样的表情啊！她脑子里一辈子将无时无刻不浮现出玫兰妮的那种表情，想到这里，她心里不禁感到痛苦难忍。

斯佳丽曾经有过一个恶毒的想法，渴望当着玫兰妮的面嬉笑怒骂说出真相，亲眼看着她心中的天堂崩溃，自己反而会欣喜陶醉，为此，就是失去一切她都心甘情愿。但是，如今一切都骤然发生了变化，她最不愿意做的事莫过于此了。她不知道为什么会发生这种变化，她心乱如麻，心里矛盾重重，根本理不出个头绪来。她只清楚一点，就像她希望母亲把她看作一个谦恭、善良、心地纯洁的人一样，她如今也热切地盼望保持玫兰妮对她的好感。她只觉得，自己并不在乎世人怎么看待她，也不在乎阿希礼或瑞特对她有点儿什么想法，但是，她决不能让玫兰妮改变对自己的看法。

她害怕把真相告诉玫兰妮，她内心偶然闪现的诚实本能却站出来，不容她戴着假面具欺骗这位竭尽全力袒护她的女人。所以，这天早上瑞特带着美蓝刚走，她就匆匆赶到玫兰妮家。

但是，她刚刚说出：“玫荔，我一定要解释那天……”

玫荔就打断了她，不容她再说下去。

斯佳丽一脸的羞愧，望着她闪烁出慈爱和愠怒的黑眼睛，不禁感到心情沉重。她心里清楚，假如说出真相，她将再也得不到和平与宁静。玫兰妮刚才说的那番话，彻底打消了她忏悔的念头。

斯佳丽也稍有点儿成熟的情感，她意识到，这种忏悔是一种不折不扣的自私行径，等于把自己承受的磨难转嫁给一颗纯洁的心，嫁祸给一个信赖自己的人。她欠玫兰妮的恩情，因为玫兰妮竭力支持她、袒护她，这种恩情只能以沉默来报答。假如说出真相，让玫兰妮知道丈夫对她不忠，那个第三者恰恰是她的挚友，斯佳丽说出如此不受欢迎的真相等于以怨报德，简直能毁了玫兰妮的生活。

她心里感到悲哀，想道：“我不能告诉她，绝对不能，即使我的良心折磨得我痛苦一辈子，我也决不说。”她不由自主想起瑞特酒醉后说的那句话：“她绝对无法想象出自己爱的人能干出那等无耻勾当……就让她的爱成为你的十字架吧。”

没错，她不得不终生背起这个十字架，默默忍受这种痛苦的煎熬，忍受如芒在背的羞愧。在以后的岁月里，玫兰妮每一个温存的眼神和手势都会让她难受得坐立不安，她不得不永远控制住自己的冲动，不让自己脱口喊出来：“别对我这么好！别袒护我！我不配！”

“假如我不是这么一个大傻瓜该多好！假如我不是个讨人喜欢、让人信赖、头脑简单的傻瓜，事情倒简单多了。”她满心的无奈，“我挑过许多累人的重担，可没有哪副担子比眼前这副更沉重、

更累人。”

玫兰妮坐在她对面的一把小椅子上，两只脚一动不动蹬在一个高高的软凳上，两个膝盖像孩子的膝盖一样突起。若不是因为动了肝火，她绝对不会如此失礼的。她手里正在织一条花边，手里一支闪亮的针来回穿梭，猛烈得仿佛那是一柄搏斗用的利剑。

假如斯佳丽心里发这么大的火，准会跺着双脚，像杰拉尔德年富力强时那样扯开嗓门儿吼叫，要上帝来看看人类这种该受诅咒的欺诈行径，还会咬牙切齿地威胁，发誓报复。但是，玫兰妮只会颦蹙双眉，用飞针走线表现内心的激动。她的口吻冷静，话语比平时更凝练，但话说得很强硬，与她平时的风格完全不同。玫兰妮平时很少直抒己见，刻薄的字眼更是一个也不会说出口。斯佳丽这才忽然意识到，韦尔克斯家和汉密尔顿家的人发起火来，绝不亚于奥哈拉家的盛怒。

“亲爱的，人们说你的坏话我都听厌了。”玫兰妮说道，“这次我决不容忍，我要采取行动。这全是因为他们嫉妒你，因为你精明，你成功。许多男人干不成的事，你却做得很成功。亲爱的，我说这话，你别生我的气。我跟许多人说你的意思不一样，我可不是说你不守妇道，不顾性别差异，因为你并没有不守妇道。人们只是不理解你，不能容忍女人聪明能干。但是，他们凭什么因为你精明能干就说你和阿希礼……真该死！”

她最后说的这个字眼无非是个温和的咒骂，如果出自男人之口，无非被人认为是个随意带出的粗话。但是，从她嘴里突然说出，就让斯佳丽感到出乎意料，不由得惊得目瞪口呆了。

“他们居然编造出那么无耻的谎言，跑来对我说——阿奇、印第亚，还有艾尔辛太太！他们怎么敢？当然啦，艾尔辛太太没来，她没那个胆量。可她向来嫉恨你，亲爱的，因为你比范妮更讨人喜

欢。她还对你撤换休耿耿于怀，怪你不让他继续干工厂管理工作。不过你降他的职是对的，他是个游手好闲的懒虫，毫无价值可言！”玫兰妮很快把儿时的玩伴和少年时代的好友撇开不说了，“阿奇的事怪我不好，我不该收留这个老恶棍。人人都这么对我说，可我就是不愿听。因为你用囚犯的事，他一直不喜欢你，亲爱的。可他有什么资格对你指手画脚？一个杀人犯，而且杀的还是个女人！我对他算得上仁至义尽，可他却跑来对我说……就是阿希礼开枪打死他，我也一点儿不会觉得遗憾。哼，跟你说吧，我狠狠奚落了他一顿，叫他收拾起东西滚蛋，他已经离开亚特兰大了。

“还有印第亚那个可恶的东西！亲爱的，自从我头一次见到你俩在一起，就注意到她嫉妒你、憎恨你。因为你比她漂亮得多，身边还有那么多小伙子向你献殷勤。因为斯图尔特·塔尔顿的事，她尤其嫉恨你。她对斯图尔特痴情相思……嗨，我不愿这么说阿希礼的妹妹，可我认为她的脑子就是因为那种相思给搞坏了！否则根本没法儿解释她的行为……我告诉她说，再也不许她踏进这所房子，我还对她说，要是我再听到她哪怕暗示出这种恶毒的话来，我就要当众说她是个骗子！”

玫兰妮住了口，脸上的怒气突然消失了，露出满脸悲愁。佐治亚人有着特别强烈的家族观念，玫兰妮对家族更是忠心耿耿，一想到这场家庭纠纷，她就觉得痛心。她踌躇了。但是斯佳丽是她最亲爱的人，斯佳丽在她心目中占据着首要地位，她口吻中带着忠诚，接着说下去：

“她总是嫉妒你还因为我最喜爱的是你，亲爱的。她再也不会进这个家门了，而且，凡是她在的地方，我决不踏进门。阿希礼同意我的决定，不过他心里很难过，没想到他的亲妹妹竟然说出这种话。”

斯佳丽一听到阿希礼的名字，沉甸甸的心再也忍受不住了，不禁潸然泪下。难道她就不能不伤他的心？她一心一意想保证他幸福安定，可每走一步总是要伤他的心。她毁了他的生活，打碎了他的自尊，搅乱了他内心的平静，而忠诚才是他内心宁静的基石。如今又让他疏远了他真心热爱的亲妹妹。为了保全她的名声和他妻子的幸福，他不得不让印第亚成为牺牲品，让人看成个疯疯癫癫的说谎者、嫉妒心重的老处女——然而印第亚的每一个怀疑都没错，每一句指责全有理。只要阿希礼正视印第亚的眼睛，就会看到她的眼睛里闪烁着真实的光芒。热爱真诚，鞭挞虚伪，冷眼蔑视丑恶，韦尔克斯家族的人在这方面从不让步。

斯佳丽深知阿希礼把名誉看得重于生命，此时他一定痛苦万分。他也像斯佳丽一样，被迫依赖玫兰妮的保护。虽然斯佳丽知道他这样做是出于无奈，也知道让他蒙受不白之冤主要是她的错，然而……然而……从女人的角度看，假如阿希礼开枪打死阿奇，然后向玫兰妮和世人公开一切，她对他会更加敬重。她清楚自己这一感觉并不公正，但是她此刻伤心得心绪烦乱，顾不得仔细分析这些细微的差异了。她记起瑞特的那些蔑视嘲讽，心里也拿不准阿希礼在这桩事情上是否表现出了应有的男子汉气概。自从她爱上阿希礼以来，罩在他头上的那圈明亮的光环头一次开始在不知不觉中暗淡了。她不仅为自己感到羞愧和内疚，而且也渐渐为他感到内疚和羞愧。她心中竭力拨开这种念头，结果这种努力让她哭得更伤心了。

“别这样！别这样！”玫兰妮丢下手中的花边，转身坐在沙发上，把斯佳丽的脑袋靠在自己肩膀上，“都怪我，不该说这些惹你伤心。我知道你心里有多难受，我们以后再也不提这事了。不提了，我们之间不提，对别人也不提了，就当这事从来没发生过。不过，”

她口吻平静、措辞严厉地补充说，“我要让印第亚和艾尔辛太太知道点儿厉害。她们别想说我丈夫和我嫂子的坏话。我要让她们在亚特兰大抬不起头。谁敢相信她们的话，与她们交朋友，谁就是我的仇敌。”

斯佳丽不禁忧心忡忡，在今后漫长的岁月里，这个家庭和城里人要因为她而分裂不和。

玫兰妮说话算话，再也没跟斯佳丽和阿希礼提起这事，也不愿跟任何人谈论此事。要是有人胆敢暗示那件事，她就会立刻摆出一副冷若冰霜的面孔。那次令人吃惊的招待会后，瑞特神秘失踪，几个星期里，城里人议论纷纷，人心骚动，陷入派系之争。玫兰妮对诽谤斯佳丽的人毫不留情，不论是老朋友还是本家亲戚，全都一样对待。她什么话都不说，只是采取行动。

她像一枚欧龙牙刺果一样与斯佳丽紧紧黏在一起。她要斯佳丽一如既往地行动，每天上午去店铺、去锯木厂，她也跟斯佳丽一道去。她还要求斯佳丽下午驱车上街，斯佳丽很不乐意，因为她不愿满城的人瞪着热切好奇的眼睛看她。

玫兰妮也跟她并排坐在车座上。下午正式拜访朋友时，玫兰妮带斯佳丽一道去，态度和蔼地迫使她走进两年来没有涉足的客厅。玫兰妮与惊愕的女主人交谈时，脸上带着“爱屋及乌”的凛然神情。

在这些午后的聚会中，她要斯佳丽提前到来，一直待到最后一批客人离去，让那些太太们没有机会凑在一起谈论各种传闻和闲话。太太们因此稍感愠怒。斯佳丽在这些聚会中简直是活受罪，可她不敢拒绝陪玫兰妮同行。斯佳丽不愿坐在这群女人中间，因为她们心里都在暗自揣摩，她是不是真的有过奸情。她讨厌跟这些女人交往，

因为她知道，她们若不是害怕失去与玫兰妮的友谊，根本就不会与她交谈。但是斯佳丽也知道，她们一旦开始接待自己，以后就不好再冷落她了。

在看待斯佳丽的这桩事方面，人们的态度有个共同点，不论他们袒护她，还是批评她，都很少关心她自己是否诚实。“我可不愿管她的闲事。”这是人们的普遍态度。斯佳丽一向树敌太多，如今没多少人支持她。她的言行在太多的人心中留下了积怨，很少有人关心那桩绯闻是否伤了她的心。大家对玫兰妮或印第亚是否受到伤害却极为关切，人们争论的焦点不是斯佳丽，而是她们俩，最关键的一个问题是：“印第亚是否说了谎？”

站在玫兰妮一边支持她的人得意扬扬地指出一个事实：这些天来，玫兰妮总是与斯佳丽在一起。像玫兰妮这样坚持高度道德原则的人会支持一个有罪孽的女人吗？她会袒护一个与自家丈夫有不正当关系的女人吗？当然不会！印第亚不过是个头脑有问题的老处女，出于对斯佳丽的嫉恨才造她的谣，还诱使阿奇和艾尔辛太太相信她的谎话。

但是，维护印第亚的人们反问道，假如斯佳丽是无辜的，那巴特勒船长上哪儿去了？他为什么不留在妻子身边，支持自己的妻子？这是个无法回答的问题。几个星期之后，又传开一个谣言，说斯佳丽怀孕了。亲印第亚派更是点头得意，他们说，这不可能是巴特勒船长的孩子。很久以来他们夫妇关系不和就人尽皆知了。全城人长期以来一直为他们分房居住的事实感到吃惊。

流言蜚语就这么风传开来，让全城人分裂成两派，就连汉密尔顿家、韦尔克斯家、伯尔家、惠特曼家和温菲尔德家等关系密切的家族内部也发生了分裂。家庭中的每个成员都不得不做出支持某一派的抉择，根本没有中间地带。一边是玫兰妮冷峻的尊严，

另一边是印第亚的刻薄嫉恨。但是，不论亲戚们站在哪一边，心里都怀着怨恨，因为造成家庭不和的原因竟然是斯佳丽。大家谁都认为不值得为斯佳丽产生不和。亲戚们不论站在哪一边，心里都深感难过，没想到印第亚公然抖搂家丑，把阿希礼卷入这种有失体面的绯闻中。不过，既然她话已出口，许多人便连忙为她辩护，站在她那一边攻击斯佳丽，另外一些人喜欢玫兰妮，则支持玫兰妮和斯佳丽。

半数亚特兰大人不是与玫兰妮和印第亚沾亲带故，就是自称与她们有亲戚关系。亲戚关系五花八门，有堂兄堂妹、姑表姨表、姻亲连襟、隔山亲戚等，除了土生土长的佐治亚人，谁也理不清他们错综复杂的亲戚关系。他们的宗族观念从来很强，在以往的艰难时势中，不论家族内部对族人的行为有什么个人看法，但大家总是抱成一团，将层层叠叠的盾牌围起来抵御外敌。佩蒂姑妈与亨利伯伯之间游击战式的小冲突多年来一直是大家的笑柄，除此，这个大家族的和谐关系从来没发生过裂痕。这些人个个温文儒雅，说话心平气和，态度保守持重，甚至连亚特兰大城大多数家庭常有的亲热口角也很少在这个家族中听到。

然而，这个家族如今却分裂成两个阵营，在这场亚特兰大有史以来最具破坏性的绯闻中，让全城目睹家族中所有成员纷纷表态，就连五服六服的亲戚也不例外。这事给那些与他们不沾亲带故的另一半人造成极大的困难和障碍，因为印第亚与玫兰妮之争几乎给每一个社会团体都造成了不和。喜剧社、邦联孤寡缝纫会、阵亡将士墓地美化协会、周末夜音乐社、妇女夜沙龙舞俱乐部、青年图书协会等组织都卷进了这场纠纷，就连四个教会及其下属的妇女赈济会和传教会也卷进来了。这些社团在分组活动时不得不极其谨慎，避免将敌对派别的成员分在同一个小组里。

每逢下午拜客时间，亚特兰大的家庭主妇们在四点到六点这段时间里就感到苦恼，生怕玫兰妮和斯佳丽来访时，印第亚和她的忠实朋友还在客厅里。

全家最遭罪的当数可怜的佩蒂姑妈了。佩蒂别无他求，但愿亲人和睦、生活安逸。在这桩事情上，既想跟野兔跑，又想随猎狗追。但是，野兔和猎狗都不允许她这样。

印第亚同佩蒂姑妈住在一起，假如佩蒂按自己的意愿站在玫兰妮一边，印第亚就会搬走。要是印第亚离开了，可怜的佩蒂可怎么过呢？她独自一个人简直不能活，要么就得找个陌生人来与她同住，要么就关上门，搬到斯佳丽那儿去住。佩蒂姑妈隐约感到，巴特勒船长不喜欢她搬去住。要不然她就搬到玫兰妮家，睡在当作博的育儿室的那间小屋里。

佩蒂不很喜欢印第亚，因为印第亚脾气倔，说话干巴巴的，态度狂妄自大，让佩蒂觉得害怕。不过，要不是有印第亚，佩蒂就不可能维持住自己舒适的小天地，而且佩蒂注重个人舒适胜过道德问题。于是印第亚继续在她家住了下去。

但是，印第亚住在佩蒂姑妈家，就把她家变成个风暴的中心了，因为玫兰妮和斯佳丽都认为，这意味着她站在印第亚一边。斯佳丽干脆表示说，只要印第亚住在那里，她就不给佩蒂捐助生活费用。阿希礼每礼拜都派人给印第亚送去生活费，但印第亚每次都傲慢地默默把钱退回来。老太太见状既惊慌又遗憾。若不是亨利伯伯送钱来，住在这所红砖房里的人肯定会陷入绝境。然而，接受他的钱又让佩蒂觉得丢脸。

在这个世界上，佩蒂最爱的人除了自己就算玫兰妮了，如今，玫兰妮却成了个态度冷淡客气的陌生人。虽然她等于是住在佩蒂的后院里，可她一次也没有穿过树篱来家里串门，以前她可是每

天都要来回跑上十几遍的。佩蒂来访时，总要哭着说起自己多爱她，对她多忠心，可玫兰妮从来不跟她谈这种事，也从不上佩蒂家回访。

佩蒂对自己欠斯佳丽的情心里十分清楚，就连她这条老命也几乎是斯佳丽替她捡回来的。在战后那些艰难的日子里，佩蒂面临着要么搬去与哥哥亨利同住，要么就得忍饥挨饿，当然是斯佳丽把她收留在自己家里，供她吃，供她穿，让她在亚特兰大社交圈里重新抬起头。斯佳丽与瑞特婚后搬进自己家，对她一直非常慷慨。还有那位既让她害怕又让她着迷的巴特勒船长，他跟斯佳丽来访后，佩蒂常常发现那张香炉腿桌子上放着一只崭新的钱包，里面塞满了钞票，要不就是在她的缝纫匣子里找到个花边手帕扎起来的小包，里面包着金币，这些都是趁她不注意时偷偷放下的。瑞特总是赌咒发誓，说自己对此一无所知，甚至还开非常粗俗的玩笑，说她准是有个秘密崇拜者，一般总是指那位留着长胡子的梅里韦特爷爷。

可不是嘛，玫兰妮给了佩蒂爱，斯佳丽给了她安全保障，可印第亚又给了她什么呢？什么都没有，只是陪她住在一起，让她免于放弃眼下这种安逸的生活，让她不必事事由自己做主。唉，这桩事情太粗鄙，太让人沮丧了，佩蒂一辈子从来没有为自己做过什么决定，此时也只好听其自然，结果，她大部分时间都花在伤心落泪上，却没人来安慰她。

最后，一些人终于真心诚意相信斯佳丽是无辜的，这倒并不是由于她个人的美德，而是由于玫兰妮相信她是无辜的。有些人虽然心底有所保留，但是对斯佳丽还算礼貌，甚至登门去拜访她，因为他们热爱玫兰妮，希望保持与她的友情。印第亚的维护者们见了斯佳丽只对她冷冷地微鞠一躬，有几个人甚至公开冷落她。

最后这种人让她感到难堪恼火，不过斯佳丽意识到，没有玫兰妮的袒护和果断行动，恐怕全城人都会跟她作对，她恐怕早已为大家所遗弃了。

第五十六章

瑞特离家已经三个月了，在此期间，斯佳丽没有收到他的一封信。她既不知道他在哪儿，也不知道他多久才会回来。她其实连他到底会不会回来心里都没底。在这段时间里，虽然她仍然得意扬扬地处理各种业务，可心里却很难受。她身体不很舒服，不过在玫兰妮的要求下，还是每天去店铺，照样去锯木厂，表面上显得很感兴趣。但是，她头一回对那爿店铺失去了兴趣，虽然店铺的营业额高达去年的三倍，金钱滚滚而来，可她对这不感兴趣，进了店铺就怒气冲冲，对店员发火。约翰尼·加勒吉尔管的那个锯木厂生意兴隆，木料厂很快就把他的产品销售一空，可约翰尼怎么做怎么说都不能让她称心如意。约翰尼跟她一样，也是个爱尔兰人，再也忍受不了她没完没了的唠叨，终于发作了，威胁要辞职。他大发雷霆，咒骂连连，最后说："夫人，我可是双手清白干净，愿你像暴君克伦威尔一样受诅咒。"她不得不说好话、道歉，才算平息了他的怒火。

她再也没去过阿希礼管的那个厂子。去木料厂的那个办公室也专挑她认为阿希礼不在的时候。她知道他也在躲避她，也知道她应玫兰妮之邀总是去他家，对他是一种折磨。他俩再也没有单独交谈过。她真想知道他现在是不是恨她，也想知道那桩事他对玫兰妮是怎么说的，可他总是跟她保持一段距离，眼睛默默乞求她别跟他说话。眼看悔恨让他变得苍老憔悴，她心里十分难过，再加上他管的

厂子每星期都在赔钱，她心里更是恼火，却有苦难言。

他面对目前形势一筹莫展，这让她感到恼火。她不知道该如何扭转这种局面，可她觉得他应该采取某种行动才对。要是换了瑞特，他准会采取行动的。瑞特总是在行动，即使错了也会干下去。虽然有点儿违心，可她却为此敬佩他。

瑞特的侮辱起初激起她满腔的怒火，如今怒气渐渐消了，她开始想念他了，日子一天天过去，他音讯全无，她却越来越想念他。他走的时候，留给她的是狂暴的愤怒、撕心裂肺的伤心、自尊心的伤痕，如今这些情绪渐渐消失，变成了强烈的沮丧。她想念他，怀念他讲趣闻逸事用的轻松口吻，她常常给逗得捧腹大笑，也怀念他嘲讽的讥笑，她往往能因此消除心中的烦恼。她甚至怀念他那些惹她愤怒反驳的刻薄话。最让她怀念的是有他在就有个说话的人。瑞特是个最让她满意的听众，她可以厚着脸皮得意地讲述如何神不知鬼不觉盘剥人，他听了会乐得拍手叫好。这种事假如讲给其他人听，准会让他们惊得目瞪口呆。

身边没有他和美蓝，她感到寂寞。她没想到自己竟如此想念这个孩子。她回忆起瑞特临行前对她说起韦德和埃拉的话，当时她觉得非常刺耳，现在她努力留出点儿空闲时间陪两个孩子，结果毫无用处。瑞特的话以及孩子们的反应让她看到一个事实，这个事实让她触目惊心，也让她无比烦恼。在两个孩子的婴儿时期，她实在太忙了，只顾操心金钱方面的事情，而且她脾气太暴躁，动不动就发火，既没有赢得他们的信任，也没有得到他们的爱戴。现在，一方面，有点儿太晚了；另一方面，她也没有足够的耐心和智慧，无法打进他们幼小隐秘的心灵。

那个讨厌的埃拉！斯佳丽发觉埃拉是个傻孩子，心里觉得恼火，可她毫无疑问是个傻孩子。就像小鸟不能在树枝上站定一样，她的

小脑筋不能认真关注任何事情，斯佳丽想给她讲个故事，她就撒娇打岔，净提与故事毫不相关的问题，没等斯佳丽开始回答，她早已把问题忘了个一干二净。至于韦德呢，也许瑞特说的话没错。他或许真的怕她。真是桩怪事，让她觉得伤心。他是她的亲生儿子，而且还是唯一的儿子，怎么会怕她呢？她想引他开口说话，他却瞪着一双跟查尔斯一模一样的棕色眼睛看着她，窘得浑身蠕动，两脚踟蹰不安。但是，他跟玫兰妮在一起却唠唠叨叨说个没完，还把兜里的蚯蚓啦、破线啦都掏出来给她看。

玫兰妮确实会跟孩子们亲近，这事谁都不能否认。她自己的小博就是亚特兰大最讨人喜欢的乖孩子。他跟斯佳丽交往比她跟自己的儿子还亲热，因为小博在大人面前从不感到拘谨。只要他见到斯佳丽，不等她招呼，就会爬到她腿上。小博是个漂亮的金发男孩儿，长得跟阿希礼一样！要是韦德能像博一样就好了……当然，玫兰妮能带好孩子，主要原因是她只有一个孩子，而且用不着像斯佳丽一样操劳和工作。至少斯佳丽是这么替自己辩解的。不过，她心里对自己老实承认，玫兰妮确实喜爱孩子，就是有十几个孩子也一样欢迎。她也将自己洋溢的爱心倾注给韦德和邻居们的许多孩子。

斯佳丽永远不会忘记那天感到的震惊。那天她赶车来玫兰妮家接韦德回家，踏上门前的石阶时，只听得她儿子扯起嗓门儿，惟妙惟肖地模仿南军的喊杀声——可韦德回到家里却安静得像只耗子。接着是小博附和韦德的勇敢尖叫声。她走进起居室，只见两个孩子正手持木剑向沙发发起冲锋。一见她进来，两个孩子立刻羞得闭上了嘴。玫兰妮笑着从藏身的沙发后面站起身，手里抓着发卡和卷发器。

“这里是葛底斯堡战场。”她解释说，“我是北佬，当然已经被打得一败涂地了。这位是李将军。”她说着指了指小博，“这位

是皮克特将军。”她伸手搂住韦德的肩膀。

不错，玫兰妮跟孩子们交往确实有一套，斯佳丽却永远也无法了解。

她想道：“至少美蓝还爱我，喜欢跟我玩。”不过，她心里又不得不承认，美蓝喜欢瑞特远远胜过喜欢她。没准儿她再也见不到美蓝了。她猜想，瑞特说不定去了波斯或者埃及，没准儿打算永远待在那里不回来了。

米德大夫告诉她说，她怀孕了。她听了不禁大吃一惊，她原以为不过是消化不良或者神经紧张而已。接着，她脑海里浮现出那一夜狂欢的情景，不觉脸涨得通红。尽管后来发生的事情给那次狂喜的记忆蒙上了阴影，这孩子却是那些销魂时刻的结晶。她平生第一次为自己要生孩子感到高兴。但愿这是个男孩儿！应该是个好男孩儿，不像瘦小的韦德那样萎靡不振。她一定要好好养育他！如今她既有闲又有钱，要悉心照料他、培养他，她多幸福哪！她心里一阵冲动，想给瑞特写封信，寄给查尔斯顿他母亲，请她转交，把这个消息告诉他。老天哪，他一定要回来，现在就回来！要是等到孩子出生后他才回家，那她就永远也解释不清了！但是，假如她写信给他，他就会以为她想念他，想要他回家，就会得意扬扬了。千万不能让他觉得她想要他，需要他。

后来，宝莲姨妈从查尔斯顿写信来，告诉她瑞特的消息，她很高兴自己打消了写信的念头。这是她第一次得到瑞特的消息，看来瑞特在查尔斯顿看望自己母亲。虽然宝莲姨妈的信让她看了生气，但是，得知他仍然在美国，她心里觉得真宽慰。信中说，瑞特带着美蓝去看过她和尤拉莉姨妈，信里说了许多赞美孩子的话。

“真是个漂亮孩子！长大后准是个美人。不过照我看，谁要想追求她，必须先过巴特勒船长这一关，我还从来没见过像他那么痴

心的父亲呢。我亲爱的，我想对你坦白一桩事。见到巴特勒船长之前，我曾觉得你嫁给他是辱没了门第，当然，这是因为查尔斯顿没人听到过赞扬他的话，大家对他的家庭也都有微词。说实在的，尤拉莉和我起初拿不定主意，不知道该不该接待他，不过那可爱的孩子毕竟是我们的外孙女嘛。他来了以后，我们才感到又惊又喜，简直是喜出望外了，这才意识到轻信流言蜚语实在是有悖教义。我们觉得他魅力十足，人也长得很帅，举止庄重，礼貌周全，对你和孩子非常疼爱。

“另外，我亲爱的，我们偶尔听人说起一些事，我一定得讲讲。起初尤拉莉和我都不敢相信这是真的。我们听说，你有时候亲自过问肯尼迪先生给你留下的那爿店铺。先前也听说过这种流言，我们当然没有理会。可以理解，在战后那些可怕的日子里，这么做也许是必要的，当时就是那种条件嘛。如今你却没有这个必要了。照我看，巴特勒船长的境况相当宽裕。再说，他也完全有能力替你搞任何经营，管理你的一切产业。我们有必要了解这些传闻是否属实，因此不得不向巴特勒船长直接提出这个问题。当然，这种方式让我们感到极为尴尬。

“他显得很不情愿，不过勉强告诉我们说，你把每天上午都花费在那爿店铺里，还不让别人插手账目的事。他还承认说，你在一家或几家工厂拥有产权（我们还从来没听说过这事，心里觉得烦恼，没顾上追问），因此你不得不独自驾车奔忙，或者由一个亡命徒为你驾车。巴特勒船长还断言说，那人是个杀人犯。我们看得出，这事让他很伤心，也觉得他是个百依百顺的丈夫，恐怕有点儿过于溺爱你了。斯佳丽，这种情况必须终止。如今你母亲去世不能管束你了，我作为你的姨妈必须代她负起责任来。你要替你的孩子们想想，他们长大了得知母亲竟然是个做买卖的，会怎么想！他们知道你曾

抛头露面，耳闻目睹粗野男人和他们的污言秽语，还因为经营工厂而置身流言蜚语的危险之中，他们会蒙受怎样的屈辱啊。如此不守妇道的……”

斯佳丽没看完就骂了一句，把信扔下。斯佳丽想象得出宝莲姨妈和尤拉莉姨妈的模样，她们俩坐在炮台区那所破房子里，对她评头论足。她们穷得几乎一无所有，若不是斯佳丽按月寄钱去，她们只剩下挨饿的份儿了。不守妇道？假如她恪守妇道，没准儿宝莲姨妈和尤拉莉姨妈早已流离失所了。这个该死的瑞特，竟然把店铺、管账、工厂这类事全抖搂给她们了！他不情愿？她知道得清清楚楚，他在两个老太太面前装出举止庄重、礼貌周全、魅力十足的模样，装成个忠实的丈夫、慈爱的父亲，还不知道当时怎么开心呢。他肯定乐于讲述她经营店铺、工厂、酒吧的行为，以此折磨两个老太太，自己寻开心。这人真是个魔鬼！这么邪恶的勾当怎么能让他如此开心呢？

但是，不久之后，就连这股怒火也淡化了。近来，炽热的激情已经大半从她的生活中消失了。她多希望能重新唤起心中的激情，重新见到阿希礼脸上的熠熠光彩，她又多希望瑞特能回家来，逗得她放声大笑啊。

他们事先也没打个招呼就回来了。他们回家来的第一个迹象就是行李砰然蹾在门厅地板上，接着是美蓝大声叫喊：“妈妈！”

斯佳丽连忙走出房间来到楼梯上首，见女儿迈着胖乎乎的小短腿儿，吃力地一步步爬上楼梯，怀里抱着一只温驯的花狸猫。

“奶奶送我的。”她一边兴奋地高喊，一边揪住猫的领花皮，把它拎起来。

斯佳丽扑上去把女儿抱在怀里，亲吻她，心里觉得庆幸，有女

儿在场，她就能避免与瑞特久别重逢后单独相见的尴尬场面。她的目光越过美蓝的脑袋朝下面门厅望去，见他正在给马车夫付车钱。他抬头看见她，摘下礼帽，动作潇洒地向她鞠躬致意。她的目光与他那双黑眼睛相对时，心里不禁怦怦直跳。不管他是个什么人，也不管他做过什么事，他毕竟回家来了。她觉得高兴。

“黑妈妈在哪儿？”美蓝一边问，一边在斯佳丽怀里扭动身子。她虽然不情愿，却只好把孩子放下。

装出不经意的面孔跟瑞特打招呼，并且把怀孕的事告诉他，这些看来比原来料想的要困难。他上楼时，她望着他的脸，这张黝黑的面孔还是那么冷漠、那么无动于衷，还是毫无表情。不，她要等一等再告诉他。她不能马上说出来。这种事应该首先让丈夫知道，因为丈夫听了这种消息总是感到很幸福。可她觉得，他听了可能不会觉得高兴。

她站在楼梯平台上，身子斜椅着扶手，心想他也许会亲吻她。可他没吻，只是说了句：“你看上去脸色苍白，巴特勒太太。胭脂缺货了？”

连一句想念她的话都没有，就算心里不想，嘴里也该说上句吧。至少该当着黑妈妈的面亲吻她一下。黑妈妈嘴里嘟囔着对他行了个屈膝礼，就带领美蓝下楼去育儿室了。他跟她并排站在楼梯平台上，他的眼睛漫不经心地上下打量她。

“这副憔悴模样是不是因为想我想的？”他皮笑肉不笑。

看来他就打算用这种态度跟她交谈了。他还是以前那副可恶模样。忽然间，她觉得自己怀的这个孩子成了个让她讨厌的累赘，不再让她高兴了。站在她面前的这个男人满不在乎地将巴拿马礼帽搭在腰间，这个人突然间又变成了她的死敌，成了她一切苦难的根源。她开口回答时，两眼冒出凶光，她的恶毒那么明显，他一见，脸上

的那丝笑容也收敛起来了。

“要是我脸色苍白，那也是你的过错，不是因为我想念你，你这个自作多情的家伙。那是因为……”噢，她没打算把这个让人害羞的消息这么告诉他，可话已经到了嘴边，她也顾不得用人会不会听见，“那是因为我怀了孩子！”

他突然倒抽了一口冷气，眼睛迅速在她身上扫视一下。他一步跨到她跟前，仿佛要搀她的手臂，可她却一扭身躲开了。看到她仇恨的目光，他的脸绷紧了。

“真的？”他冷冰冰地说，“那么，这位幸福的父亲是谁呢？阿希礼？”

她连忙紧紧抓住楼梯支柱，直到支柱上木雕狮子的耳朵把她的手心都刺痛了才放手。她对他了解那么深，却没料到他会说出这么侮辱人的话。当然他是在开玩笑，可这个玩笑恶毒得让人无法忍受。她恨不得用尖利的指甲抓挠他的眼珠，把里面的阴阳怪气全抓碎。

“你该死！”她气得声音直打战，“你……你明知道是你的孩子。你不想要，我更不想要。没有……没有哪个女人愿意给你这种人生个下流坯。我真希望……噢，天哪，我真希望这不是你的孩子！”

她见他黝黑的脸突然变了脸色，露出愤怒和一种她分辨不出的神情，像被蜇了一下似的抽搐起来。

“哈！”她乐得心花怒放，“哈哈！这下可伤了他的心！”

可他转眼就恢复了平时那种冷漠面孔，捋了捋一侧的小胡子。

“得了，”他说着转身朝楼上走去，“也许是你行为不轨吧。”

她一时觉得眩晕，怀孩子的种种痛苦顿时涌上心头：撕心裂肺的呕吐、单调乏味的等待、身子越来越臃肿、分娩前一连几个钟头的阵痛。男人永远体会不到这些。他怎么敢拿这些开玩笑。她真想

狠狠撕扯他。此刻要是看到他那张黑脸上鲜血淋漓，才能解她心头之恨。她朝他扑过去，敏捷得像只猫，他吃了一惊，连忙闪身一旁，伸出一条胳膊抵挡。她正站在最上面一级楼梯边缘，地板又刚刚打过蜡，她扑过去时，整个体重都集中到他那条胳膊上，经他一挡，她脚往前滑，失去了平衡，连忙去抓楼梯扶手，却抓了个空，身子向后倒在楼梯上，肋间顿时一阵钻心的疼痛，脑袋眩晕，控制不住自己，一直滚到楼梯脚下。

这是斯佳丽平生第一次病倒在床上。当然，生那几个孩子时也卧床休息过，可那算不上生病。当时也不觉得孤寂凄凉，没有一点儿害怕的感觉，可这次她却觉得浑身虚弱，疼痛难忍，脑袋昏沉沉的。她知道自己病得很严重，大家都不敢对她说实话，她软弱无力，觉得自己可能要死了。她一呼吸，那根断裂的肋骨就像刀割似的疼。她脸上摔得青一块紫一块，头疼得厉害，好像无数恶魔用火热的铁钳撕她的皮，用钝刀子割锯她的肉，一阵剧痛刚刚过去，她还没缓口气，那些魔鬼就再次来折磨她了。噢，生孩子不是这种感觉。韦德、埃拉和美蓝出生后两个钟头，她就能吃个开心了。这次不一样，她一想到吃东西就觉得恶心，只想喝点儿凉水。

得到孩子非常容易，失去时却如此痛苦！奇怪的是，她得知孩子保不住了，心头感到一阵剧痛，甚至忘却了浑身的疼痛。更奇怪的是，这是她头一回真正想要个孩子。她竭力思索，为什么想要这个孩子，可她太疲惫了，脑子里只有对死亡的恐惧，其他事情全都顾不得去考虑。死神就在这间屋子里，她已经无力与之对抗，无力击退它，心里只感到恐惧。她要有个强壮的人站在自己身边，抓住她的手，把死神击退，直到恢复足够的体力，然后自己与死神搏斗。

疼痛淹没了她心头的怒火，她想要瑞特，可他不在这儿，而她

又不好意思要人叫他来。

她记起最后一次见到他的面孔，他把她从黑暗的楼梯底下抱起来，他面色苍白，脸上什么表情都没了，只剩下极度的恐惧。他大声叫黑妈妈，声音都嘶哑了。她还模模糊糊记得被人抬到楼上，然后脑袋里就是一片黑暗。后来，她感到一阵比一阵疼痛，听见屋子里人们嗡嗡的嘈杂声，佩蒂姑妈在抽泣，米德大夫用粗暴的声音下命令，还能听到上下楼梯的脚步声和踮着脚尖在过道走路的声音。接着，她仿佛看到刺眼的闪光，恍然明白自己要死了，恐惧突然迫使她拼命叫出一个人的名字，可她的声音不过是个低声耳语。

她绝望的喃喃低语马上从黑暗中得到了回答。她轻声呼唤的那个人就在她床边，那个人的声音轻柔而圆润："我在这儿，亲爱的，我一直都在这儿。"

玫兰妮抓住她的手，轻轻贴在自己凉爽的脸颊上。死神和恐惧悄然隐退了，斯佳丽想扭过头去看她的脸，可她动弹不了。玫兰妮要生孩子，北佬打进来了。全城在燃烧，她必须赶紧离开，要快。可是玫荔就要生孩子了，她不能走。她必须跟她在一起，直到孩子出生，要坚强些，因为玫荔需要她的力量。玫荔疼痛得要命——有滚烫的火钳和钝刀在害她，一阵又一阵疼痛。她一定要抓紧玫荔的手。

但是，好在米德大夫就在这里，虽然车站的士兵需要他，可他还是来了，因为她听见他在说："这是神志昏迷。巴特勒船长在哪儿？"

那天晚上时而黑暗，时而明亮，有时候她觉得自己要生孩子了，有时候又觉得是玫兰妮在嚷叫。玫兰妮一直守候在她身旁，她的双手冰凉，却丝毫没有表示出焦虑神色，也没有像佩蒂姑妈一样哭泣。只要斯佳丽睁开眼，就会叫上声："玫荔？"她便会立刻应答。她

总是想低声说："瑞特……我要瑞特。"却马上就会像大梦初醒一样记起瑞特并不要她。瑞特的面孔就像个印第安人一样黑，牙齿总是露出讥讽神色。她想要瑞特，可瑞特并不要她。

有一次，她开口说："玫荔？"黑妈妈的声音在答应："是我，孩子。"她把一块冷毛巾敷在她额头上，焦急地喊："玫荔……玫兰妮。"但是玫兰妮过了好久才过来。玫兰妮刚才正坐在瑞特的床边，瑞特喝得烂醉，瘫倒在地板上，脑袋枕在她腿上哭得伤心。

玫兰妮每次从斯佳丽屋里出来，都要过来看看他。他坐在床上，房门大开，眼巴巴望着过道对面的门。屋子里乱糟糟的，雪茄烟蒂扔得一地都是，一盘盘饭菜都没动过。他坐在凌乱的床上，被子也没叠。他满脸胡子拉碴，一下子显得消瘦了许多，坐在那里一支接一支抽雪茄。他看见她从来不提问。她总是在门口站立片刻，告诉他情况："我很难过，她病情恶化了。""没有，她没问起你。你知道，她现在神志昏迷。"或者对他说："巴特勒船长，你千万不能放弃希望。我给你煮杯热咖啡，做点儿吃的吧，你这样会闹出病来的。"

虽然她又累又困，几乎什么感觉都没有了，可她一见他这副模样，心里就觉得难过，不由得对他产生怜悯。她亲眼看着他日渐消瘦，满脸痛苦，人们怎么能说他那么卑鄙的坏话呢？怎么能说他没心肝，说他邪恶，说他对斯佳丽不忠呢？尽管她疲惫不堪，但她向他传达病房里的情况时，尽量表现出比平时更和蔼的态度。他就像个等候审判的囚徒，也像个突然让敌意包围其中的孩子。但是，在玫兰妮的眼睛里，人人都像是孩子。

最后，斯佳丽病情有了好转，她兴冲冲跑到他的门口告诉他这个消息，眼前的情景却出乎她的预料。床头柜上放着一只半空的威士忌酒瓶，屋子里散发着酒气。他抬起明亮的眼睛望着她，尽管他

咬紧牙关，可他下巴上的肌肉却在颤抖。

“她死了？”

“啊，不是的，她好多了。”

他说了声：“噢，我的上帝。”他的脑袋耷拉下去，双手捂住脸。她见他宽阔的肩膀在发抖，像打摆子似的。她望着他，心里涌起一阵怜悯，后来，她发现他在哭，心里顿时慌了。玫兰妮从没见过男人流眼泪，更没想到瑞特这么温和、幽默、坚定的男人也会哭。

他绝望的哽咽声把她吓坏了。玫兰妮以为他喝醉了，她一向害怕喝醉酒的人发酒疯。可他抬起了头，她瞅见他的眼睛，看出他没醉。她快步走进屋子，轻轻带上门，朝他走过去。她从未见过男人哭泣，却安慰过哭泣的孩子。她一只手轻轻搭在他肩上，他突然伸出双臂，搂住她的裙裾。没等她明白过来，她已经坐在床上，他跪倒在地板上，把脑袋埋在她腿上，他两手没命地抓住她，把她都抓疼了。

她抚摩着他满头乌黑的头发，安慰道：“好了！好了！她会好起来的。”

听了她的话，他手抓得更紧了，开始上气不接下气地讲话，他声音嘶哑，喋喋不休，仿佛在对永远不会泄露其秘密的坟墓说话。他平生第一次喃喃讲出真话，他无情地剖析自己，把自己的心里话讲出来。起初，玫兰妮有点儿摸不着头脑，只是像个慈母般听他说。他脑袋深深埋在她的两腿中间，使劲扯她的裙子褶皱，话说得结结巴巴。有时候，他的话含糊不清，声音很低，有时候却让她听得清清楚楚，他在忏悔，在严厉谴责自己，他的态度谦恭，心情沉重，说的事情就是一个女人也从来没当着她的面说过。那些忏悔的秘密让她听了羞红了脸，他没抬起过头还算让她觉得庆幸。

她像安抚小博一样拍了拍他的脑袋，说：“别说了，巴特勒船

长！你不该对我说这些事情的！你现在不舒服。别说了！”可他继续滔滔不绝地说，抓着她的裙子不放，好像那是他生活的希望。

他谴责自己的行为，可那些事她并不理解。他喃喃说出贝尔·沃特林的名字，接着拼命摇晃着她，大声嚷道：“是我杀了斯佳丽，我把她杀了。你不明白，她并不想要这个孩子，可……”

“快住嘴吧！你头脑发昏了！不想要孩子？哪有女人不想要……”

“是的！是的！你想要孩子，可她不想要，不想要我的孩子……”

“你一定得住嘴！”

“你不理解。她本来不想要孩子，可我逼她怀了孕。这个……这个孩子……全是我的错，我们很久没有同床了……”

“嘘，巴特勒船长，这话不该……”

“那天我喝醉了，脑袋发昏，想要伤害她……因为她害得我伤心。我想要……我做了……可她不想要我。她从来就不想要我。我努力过……我做过很大的努力，结果……”

“噢，求求你。”

“她从楼上摔下来之前，我不知道她怀了孕。她不知道我去了哪儿，没法儿给我写信告诉我……她就是知道我在哪儿，也不会给我写信的。我告诉你……我告诉你，要是我知道她怀了孕……不管她想不想要我回来，我都会直接回来的……”

“噢，是的，我知道你会这样做的！”

“天哪，这几个星期我简直是疯了，发了疯，还喝得烂醉！她在楼梯上告诉我怀孕的事情……我都干了些什么啊！我说了些什么浑话啊！我只是笑了笑，说：‘得了，也许是你行为不轨吧。’她就……”

玫兰妮突然脸色变得煞白，瞪大了眼睛，露出恐惧神色。低头望去，只见巴特勒那头乌黑的头发在她腿上痛苦地扭动。午后的阳

光从敞开的窗口泻进来，猛然间，她仿佛头一次注意到，他那双手竟那么大、那么黝黑、那么结实有力，手背上的黑毛长得那么浓密，她不禁身子往后一缩。这双手看上去这么凶狠残忍，然而，耷拉在她裙子上却显得如此虚弱无力。

这可能吗？难道他听信了关于斯佳丽和阿希礼的荒诞谣言，心里嫉妒了？不错，那种流言蜚语刚传开，他就出了城，但是……不，不可能。巴特勒船长出门旅行向来是说走就走。他不可能相信那些街谈巷议，他这人非常理智。假如是为了这种原因，他准会开枪打死阿希礼。至少也会要求一个解释的。

不，不可能是这个原因。只因为他喝醉了，心情紧张得厉害，脑袋糊涂了，就像个神志不清的人满脑子胡思乱想，满嘴说胡话。在承受紧张方面，男人不如女人。说不定是什么事让他心神不宁了，也可能是他跟斯佳丽有过一场小小的口角，他却把那事看得过重。没准儿他说的有些话是真的，但不可能全是真的。啊，最后那句话肯定不是真的！别说这个男人还深深爱着斯佳丽，随便哪个男人都不可能对一个自己爱的女人说那种话。玫兰妮从来没见过邪恶的事情，从未见过残忍的事情，今天头一回遭遇这种事，觉得一切根本无法想象，简直让她不敢相信。他准是喝醉了，糊涂了。对生病的孩子只能哄着、捧着。

“好啦！好啦！”她像哄孩子似的说，“现在别说了，我明白了。”

他猛地抬起头，狠狠甩开她的手，两只布满血丝的眼睛看着她。

“不，上帝啊，你不明白！你不可能明白！你……你的心太善良，不可能明白这种事情。你不相信我，可我说的话句句是真的，可我是个卑鄙小人。你知道我为什么会那么做吗？我疯了，嫉妒得发疯。她对我向来无情无义，我以为可以让她回心转意，可她从来

不理睬我。她不爱我，从来就没有爱过，她爱的是……”

他那双热情的醉眼与她的目光相遇了，他连忙打住话头，变得张口结舌，仿佛这才意识到是在跟谁说话。她脸色苍白、神色紧张，可她的目光还是那么坦然亲切，流露出怜悯，显然不相信他的话。她的眼睛闪烁着安详，深棕色的深邃眼睛露出的圣洁光芒等于打了他一记响亮的耳光，他的酒劲顿时大大消退了，连忙打住说到一半的疯话，嘟囔了几句，垂下眼皮躲避开她的目光。他使劲眨巴着眼睛，想让自己清醒过来。

“我是个卑鄙小人。”他嘴里喃喃着，脑袋疲惫地耷拉在她腿上，“可我还不是个彻头彻尾的卑鄙小人。假如我真的告诉你，你也不会相信，对不对？你心地太善良，不会相信我的话。以前我从来没见过像你这样真正的好人。你不会相信我的话，对不对？”

“对，我不会相信。”玫兰妮安慰道，又开始抚摩他的头发，“她会好起来的。好了，巴特勒船长！别哭了！她会好起来的。”

第五十七章

一个月后，瑞特把斯佳丽送上开往琼斯博罗的火车，她面色苍白、身体瘦弱。韦德和埃拉与母亲同行，见母亲那张苍白的面孔毫无表情，两个孩子都默不作声，感到局促不安。他们紧紧靠在普莉西身旁，两个孩子虽小，却能从母亲与继父冷冰冰的客套气氛中体会到某种可怕的东西。

斯佳丽虽然身体虚弱，却执意要回塔拉庄园。她觉得，在亚特兰大多待一天，她都会闷死。她精神疲惫，不禁一遍又一遍思索自己深陷的困境，虽然想也没用，可就是禁不住要想。她身心交瘁，活像个迷失在噩梦中的孩子，没有任何熟悉的路标指引她走出迷津。

在亚特兰大被入侵的军队攻占时，她曾经逃出这座城市，如今她要再次从城里逃走，把一切烦恼统统抛在脑后，心里又拿出抵御一切的那句老话："我现在不考虑它了。要是现在考虑，会觉得受不了的。我明天到了塔拉再考虑吧。明天就是另一天了。"好像只要回到家乡那平静碧绿的田野上，她的一切麻烦就会统统消散，她就有办法理顺支离破碎的思维，凝成自己生活的哲学。

瑞特目送着火车消失在天边，他心事重重，一脸的苦涩，不禁叹了口气，把马车打发走，自己骑上马背，沿常春藤街朝玫兰妮家奔去。

这是个温暖的早晨，玫兰妮坐在葡萄藤遮阴的门廊上，身边的

针线筐里堆满了要补的袜子。瑞特从马背上跳下，把马缰绳丢给像铁塔一样站在人行道上的黑仆人。她一见他，心里不由得一阵慌乱。自从那个可怕的日子以来，她再没有单独见过他。那天实在是太可怕了。斯佳丽病情那么严重，可他呢，却烂醉如泥。玫兰妮甚至不愿在脑子里想“烂醉”这个字眼。在斯佳丽恢复期间，她偶然见过他几次，不过都不好意思正视他的眼睛。好在他每次都露出和蔼的本色，神色和言谈中都仿佛两人之间没发生过那回事。阿希礼曾对她说过，男人往往记不起酒醉时说的话，玫兰妮便真心希望，巴特勒船长能忘记那天发生的事。她觉得，自己宁死也不愿他还记得那天吐露的真心话。见他沿着步道走来，她觉得胆怯，也觉得尴尬，脸上浮出红晕。或许他来只是为了叫小博去陪美蓝玩一天。他当然不至于为那天她为他做的一切专门来向她致谢吧，那未免显得太平庸了！

她站起身迎接他，见他身材如此高大，步伐却如此矫健，心里不禁像往常一样感到吃惊。

“斯佳丽走了？”

“走了。塔拉对她有好处。”他微笑道，“有时候我觉得，她就像巨人安泰，只要一接触大地母亲，马上会力气倍增。斯佳丽不适于长时间离开那片她热爱的红土地。看看生长的棉花苗，比米德大夫开的滋补药还管用。”

“请坐。”玫兰妮有点儿手足无措。他身材高大魁梧，极富男子汉气质。凡是遇上特别富有男子汉气质的人，她总是有点儿心神不宁。他们似乎散发出一种力量和活力，让她相形之下显得更加渺小虚弱了。他显得那么黝黑强大，肩膀上的肌肉把白色细亚麻上装撑得胀鼓鼓的，让她看了心里有点儿害怕。他身强力壮、风度翩翩，可她竟然目睹过他低声下气的可悲模样，而且还把这颗满头乌发的

脑袋埋在她两膝之间——这仿佛是不可能的。

“噢，天哪！”想起当初的情景，她不禁涨红了脸。

“玫荔小姐，”他的口气温和，“我来是不是惹你生气了？要是你想要我走开，请直说。”

“啊！”她心想，“他没忘！还清楚我心里感到不安！”

她抬头望着他，带着恳求的目光，可她的尴尬和慌乱顿时消失了。他的目光那么平静、那么慈祥、那么善解人意，甚至让她觉得刚才那番慌张有点儿傻。他脸上露出疲惫神色，甚至还透露出一丝悲哀，让她觉得意外。她怎么能胡思乱想，以为他会做出不体面的事，提起双方都想忘掉的旧事？

“可怜的人儿，他一直在为斯佳丽担心呢。”她心想，便连忙装出个微笑说：“请坐吧，巴特勒船长。”

他身子沉重地坐下，望着她重新拿起织布的袜子。

“玫荔小姐，我来是想请你帮我个大忙。”他微笑道，接着嘴角往下一撇，“请你参与一件事，帮我设个骗局。可我知道你不愿这么做。”

“一个……骗局？”

“没错。说实话，我是来跟你谈一桩生意的。”

“噢，天哪。你最好还是跟韦尔克斯先生谈，我对生意上的事可是一窍不通，我不像斯佳丽那么精明。”

“我恐怕斯佳丽太精明了，对她反倒不好。”他说道，“我想跟你谈的正是这事。你清楚她病得多厉害。等她从塔拉庄园回来，她又会不顾一切地经营那爿店铺和那两个工厂。我倒真希望有一天晚上工厂和店铺都炸毁算了。我是在替她的健康担忧，玫荔小姐。”

“可不是嘛，她干得太累了。你一定要让她住手，保重自己的身体。”

他笑了。

“你知道她有多顽固。我甚至从来没跟她争辩过。她简直就像个任性的孩子，不愿让我帮她，也不让任何人帮她。我曾试着说服她，要她把工厂的股份卖掉，可她就是不听。嗯，玫荔小姐，我还是谈正事吧。我知道斯佳丽绝不会把工厂的剩余股份卖给任何人，不过假如韦尔克斯先生想买，那就另当别论了。我就希望韦尔克斯先生把她的产权全部买下。”

“啊，天哪！那倒是桩好事，不过……”玫兰妮连忙打住，咬着自己的嘴唇。她不该跟外人谈论钱的事。虽然阿希礼有薪水，可她和阿希礼的钱总是不够花。他们的积蓄少得可怜，让她觉得担心。她也不知道钱是怎么花掉的。阿希礼给她的钱足够家里用，可需要额外的花销时，就往往捉襟见肘了。当然，她请大夫看病的费用不菲，阿希礼从纽约订购的书籍和家具也要一大笔支出。另外，他们还得供养地窖里住的那些流浪者。遇上前邦联部队里的人来借钱，阿希礼从来不忍心拒绝。除此……

“玫荔小姐，我愿意借给你们这笔钱。”瑞特说道。

“真感谢你这番好意，但是我们恐怕永远偿还不起。”

“我不要你们偿还。别生气，玫荔小姐，请你听我说完。只要斯佳丽用不着每天赶车好几英里，不必累得精疲力竭，那就是对我的最大补偿了。那爿店铺就足够让她忙的，也能让她感到愉快了……你明白了吗？”

“嗯……我明白……”玫兰妮迟疑道。

“你不是想让儿子得到一匹小马吗？你还想送他上大学，进哈佛，到欧洲游览观光，不是吗？”

“噢，当然想。”玫兰妮像往常一样，一提到儿子，脸上就熠熠放光，说话声音也提高了，“我想让他得到一切，可是……唉，

如今人人都这么穷，所以……”

“韦尔克斯先生买下那两座工厂，将来能赚大钱的。”瑞特说道，“我也愿意小博得到他应得到的一切。”

“哈，巴特勒船长，你可真是诡计多端哪！”她笑道，“利用一个母亲的愿望！我可看透你了。”

“我希望不是这么回事。”瑞特说着，眼睛里头一回闪烁出一线亮光，“那么，你同意让我把钱借给你了？”

“可你说的那个骗局是怎么回事？”

“咱们俩就是同谋，必须骗过斯佳丽和韦尔克斯先生两个人。”

“啊，天哪！我不能！”

“假如让斯佳丽知道是我在背后设下了阴谋，就算这是为她好，你知道她也会发作的。再说我恐怕韦尔克斯先生也不会接受我的借款。所以，不能让他俩知道钱是从哪儿借来的。”

“不过，如果韦尔克斯先生了解事情的真相，就不会拒绝了。他非常喜欢斯佳丽的。”

“是的，这我相信。”瑞特心平气和地说，“不过，他仍然会拒绝。你知道韦尔克斯家的人多么孤傲。”

“啊，天哪！”玫兰妮嚷起来，声音里露出痛苦心情，“我但愿……可是，巴特勒船长，我真的不能欺骗自己丈夫。”

“就是为了帮助斯佳丽也不能？”瑞特显得非常伤心，“可她多喜欢你啊！”

玫兰妮眼睛里涌出泪水。

“你知道为了她我什么事都愿意做。她为我做的事我永远也报答不完。这你是知道的。”

“没错。”他说得干脆利落，“我知道她为你做过什么。难道你不能告诉韦尔克斯先生说，钱是一位亲戚在遗嘱里留给你的？”

“唉，巴特勒船长，我可没有哪个亲戚能给他留下一个子儿的遗产！”

“那么，假如我通过邮局把钱寄给韦尔克斯先生，不让他知道是谁寄的，你能不能保证让这笔钱用于购买工厂，不花在赈济穷困的前邦联军人？”

听了他最后这句话，她觉得有点儿难过，仿佛这话隐含着对阿希礼的批评，但是看到他露出善解人意的微笑，她也报以微笑。

“当然能。”

“那么我们成交了？这可是我们两人之间的秘密，对吧？”

“可我跟丈夫之间从来没有秘密的！”

“这我相信，玫荔小姐。”

她望着他，心里觉得自己对他的一贯看法是多么正确，而其他人的看法却是大错特错。人人都说他野蛮、傲慢、没教养，甚至说他为人不诚实。不过，如今许多最体面的人都承认说，他们以前的看法是错误的。哈！她从一开始就认为他是个好人。他对她从来都无比和蔼体贴，他对她表现的只有深深的敬意和理解！他对斯佳丽爱得有多深哪！他多细致微妙，竟然想出这么巧妙的办法，为的是卸去斯佳丽肩上的这副重担！

她心里一阵冲动，不禁脱口而出：“斯佳丽有你这样一位体贴的丈夫真是福气！”

“你这么想？如果她听见你这番话，恐怕不会同意你的看法。另外，玫荔小姐，我也希望对你表示善意。我给你的比我给斯佳丽的还要多。”

“给我？”她迷惑不解地问道，“噢，你是说给小博吧？”

他抓起帽子站起身。他又稍站了片刻，低头望着她那张瓜子脸和尖尖的下巴颏儿，她的脸上神色平淡，乌黑的眼睛稳重端庄。如

此不谙世故的面孔，这个女人对生活丝毫也不持戒心。

“不，不是小博。我要给你一样比博更珍贵的东西，但愿你能想象得出。”

“我想不出。”她说着再次显得迷惑，“世界上没有什么比小博更让我觉得珍贵了，另外就只有阿希……只有韦尔克斯先生。”

瑞特没有开口，低头望着她，他黝黑的面孔上没有一点儿表情。

“你愿意帮我，我真是太感激了，巴特勒船长，我也太幸运了，一个女人在世上希望得到的东西，我都有了。”

“那很好。”瑞特说着脸色突然阴沉下来，“我希望你能保住它们。”

斯佳丽从塔拉庄园回来时，脸上苍白的病态不见了，脸蛋儿不但变得丰满，还有点儿红扑扑的。她的绿眼睛恢复了原先的机灵模样，闪烁着熠熠光彩。瑞特带着美蓝到车站去接她和韦德、埃拉这两个孩子，她乐得几个星期来头一回放声大笑。瑞特的帽檐上插着两根火鸡羽毛，美蓝身上那件最好的上衣破得不成样子，小脸蛋儿上画着两道靛青色斜线，鬈发上还插着一根足有她身高一半长的孔雀羽毛，让她看了既好气又好笑。显然，他们刚才正在玩印第安人的游戏，然后中断游戏来接站。从瑞特无奈的嘲讽表情和黑妈妈憋着一肚子火的模样看，美蓝显然不肯卸装就跑来接妈妈了。

斯佳丽说：“你真像个小叫花子！”她亲吻着孩子，转过脸让瑞特在脸上亲了一下。车站上人很多，否则她绝不会跟他如此亲热的。虽然美蓝的模样让她觉得尴尬，可她不禁注意到，车站上人人都对他们父女俩的打扮露出微笑，微笑中没有嘲弄，只有开心和善意。人人都知道，瑞特对斯佳丽的这位小女儿百依百顺，亚特兰大人个个觉得欣慰，也表示赞许。瑞特如此疼爱孩子，这事对他恢复

在公众心目中的形象起了很大作用。

回家的路上，斯佳丽滔滔不绝地讲述县里的新闻。由于天气炎热干燥，棉花苗长得飞快，让人几乎能听到它们生长的嘎吱声。不过威尔说，今年秋天棉花价格要下跌。苏埃伦又要生孩子了——不过她说“生孩子”这几个字时，特意用一个个字母拼出来，免得孩子们听懂。埃拉有一回气急败坏，竟咬了苏埃伦的大女儿一口。斯佳丽认为，那完全是小苏茜活该，因为那孩子就像她妈一样蛮不讲理。可是苏埃伦怒不可遏，两个女人又像以前一样大吵了一架。韦德打死一条有毒的水蛇，而且是独自一人干的。兰达·塔尔顿和卡米拉·塔尔顿在学校里教书，这不是开玩笑吗？塔尔顿家没一个人识字，就连个“猫”字也写不出来！贝齐·塔尔顿跟拉夫乔伊的一个独臂胖男人结了婚，他们夫妇俩加上塔尔顿家的赫蒂和吉姆，把费尔希尔庄园棉花种得很好，看来收成不错。塔尔顿太太养了一匹小牝马和一匹小马驹，日子过得很开心，就像拥有百万家产似的。黑人占了卡尔弗特家的宅子！有一大帮黑人呢，而且真的拥有了那个宅子！是在镇上拍卖时买下的。那宅子给破坏得一塌糊涂，让人见了就心酸。谁也不知道凯瑟琳和她那个没用的丈夫上哪儿去了。亚力克斯要跟萨莉结婚了，那可是他哥哥的遗孀哪！真想不出，他们俩在一个宅子里一起生活了这么多年，如今居然要结婚了！人人都说这桩婚姻是不得已的，因为庄园上的老小姐和年轻小姐都死了，只剩下他们俩，已经有人开始说闲话了。这事伤了迪米蒂·芒罗的心。可她也是活该嘛，要是她有点儿见识的话，早该替她另找个男人，用不着等到亚力克斯攒足了钱来娶她。

斯佳丽一路兴致勃勃说个没完，不过县里也有些事让她一想起来就伤心，那些事她只字未提。在县里的时候，她跟威尔赶着马车转过一圈。她努力不去回忆那片地方以前曾是连绵几千英亩的肥沃

的棉花田，到处都是一望无际的绿油油的棉花苗。如今一个个农场都被森林吞噬了，一片死寂的宅子废墟周围长满了扫帚菜和灌木，原来的棉花田里，橡树苗和松树苗悄悄蔓延开来。以前的棉花田只有百分之一还在耕种。他们那一趟简直像是在墓地周游。

“这片土地要想恢复原先的面貌，没有五十年根本不行。”威尔当时这么对她说，“塔拉庄园的农田是县里最好的，这都多亏了你我的努力，斯佳丽。不过，它已经称不上个庄园了，只能算个小农耕作的农场。排在塔拉庄园之下的是方丹家的庄园，再往下是塔尔顿家的庄园。塔尔顿家的庄园挣不了多少钱，不过还能维持，而且也很有信心。不过除此之外，大多数人，其他庄园全都……”

唉，斯佳丽脑子里不愿回想县里凄凉的景象了。与喧闹繁华的亚特兰大相比，那里就更让人伤心了。

“这里有什么事吗？”大家终于回到家，坐在门廊里后，她问道。回家来的路上，她滔滔不绝说得很快，害怕没人说话陷入沉默。自从那天从楼梯上摔下来，她就没有跟瑞特单独说过话，现在根本不急着跟他单独相处。她不知道他心里对她有什么想法。在她病后恢复期间，他对她一直充满善意，但那就像陌生人的善意一样并不带感情色彩。她需要什么他预先就能考虑到，还不让孩子们去打扰她，另外替她照料好店铺和锯木厂。可他从未说过一句：“对不起。”哼，大概他根本就没觉得有什么对不起她的地方，没准儿他仍然觉得她怀的根本就不是他的孩子。她哪能猜得透，怎么知道他那张黝黑的面孔后面到底是怎么想的。不过，他们结婚以来，他头一回显得彬彬有礼，也显出一种渴望，想要继续生活下去。斯佳丽心里难过地想，仿佛他们之间并没有发生任何不快的事情。既然他想要这样，她也可以继续扮演自己的角色。

“一切都好吗？”她又问了一遍，“店铺换了木瓦没有？换了新骡子没有？看在老天的分儿上，瑞特，把帽子上的羽毛摘了吧，看上去活像个傻瓜。没准儿你忘了，待会儿就这么进城去呢。”

“不。”美蓝夺过父亲的帽子护着不放。

“这里一切正常。”瑞特回答道，“美蓝和我过得很开心，我看你走后她根本就没梳过头。别把羽毛含在嘴里，宝贝儿，羽毛很脏的。对，木瓦已经弄好了，骡子换得很上算。这里没什么新闻，一切都很单调乏味。”

接着，他好像想起了什么事，补充说：“那位可敬的阿希礼昨晚来过，他想问问你是否愿意把你的工厂和你那部分股权卖给他。”

斯佳丽正晃动着摇椅，手里打着一把火鸡尾羽扇，一听这话，顿时停下不动了。

“卖给他？阿希礼哪来的钱？你知道，他连一个子儿也没有。他挣的钱，玫兰妮一到手就花个精光。”

瑞特耸了耸肩：“我一向以为她是个勤俭持家的小妇人，看来我对韦尔克斯家的事不如你更了解。”

这句话听上去又是瑞特那挖苦的老一套，斯佳丽心里渐渐恼火起来。

“你走开，亲爱的。”她对美蓝说，“妈妈要跟爸爸说话。”

“不。”美蓝断然拒绝，还爬到瑞特腿上。

斯佳丽皱起眉头瞪了女儿一眼，美蓝也皱起眉头回敬她一眼，小模样看上去与杰拉尔德·奥哈拉太相像了，逗得斯佳丽几乎笑出声。

“让她待着好啦。”瑞特怡然地说道，“至于他的钱是打哪儿来的，好像是个罗克艾兰战俘营的人送的，那人当时害了天花，阿希礼护理过他。这事让我恢复了对人性的信念，感恩戴德之心毕竟

还是有的。”

“那个人是谁？我们认识吗？”

“信上没有署名，不过信是从华盛顿寄来的。至于是谁寄的，阿希礼也一点儿都不知道。不过，阿希礼生性无私，走遍天下到处做好事，哪能记住那么多受他恩惠的人呢？”

她在塔拉庄园时心里打定了主意，将来凡涉及阿希礼的事决不跟瑞特争执，但是，若不是斯佳丽为阿希礼发了笔意外之财感到惊讶，听了瑞特这句嘲讽，准得跟他干仗。她对这桩事情完全摸不着头脑，只有完全弄明白自己与这两个男人的利害关系后，才肯表示看法。

“他想买断我的股权？”

“是的。不过，我当然告诉他说，你不会卖的。”

“我希望你让我自己处理我的生意。”

“嗯，可我知道那两家工厂你不会放手的。我告诉他说，他心里应该跟我一样清楚，你不插手管人家的事，心里就不舒服，假如你把股权卖给他，你就不能对他管理工厂指手画脚了。”

“你怎么胆敢当着他的面这么说我？”

“为什么不敢？我说的是实话，对不对？我看他真心同意我的话，不过他完全是个绅士，不至于有话直说。”

“你胡说！我会把两家工厂都卖给他！”斯佳丽怒气冲冲地嚷道。

此刻之前，她从没想过卖掉那两家工厂。她想保留自己的厂子有许多理由，金钱方面的理由倒是最次要的。过去几年中，假如她想把工厂卖出手，随时都能卖个好价钱，可她一一拒绝了有意购买者。这两家工厂是她过去几年所作所为的明确证据，她面对各种挑战独自奋斗，为自己创下的业绩感到骄傲，也为自己感

到骄傲。她不愿卖出这两家工厂，最主要的原因是那里是她与阿希礼接触的唯一途径。一旦失去对这些工厂的控制，就意味着她再难得见到阿希礼，恐怕永远都不可能单独与他见面了。可她不能不单独与他见面。现在这种状态她再也忍受不住了，她要知道他现在对她有什么想法，她想知道在那场可怕的生日晚会之后，他对她的爱是不是因为羞愧而消失殆尽了。在做生意过程中，她可以找到很多适当的机会跟他交谈，却不至于让人觉得她是有意找他。她心里清楚，假以时日，她一定能恢复在他心中的失地。但是，假如她把工厂卖掉……

不行，她才不想卖掉工厂呢。但是，瑞特当着阿希礼说的关于她的话是那么坦率露骨，让他这么一刺激，她反而立刻打定了主意。她要把工厂卖给阿希礼，而且价钱要特别低，让他认为她对他多么慷慨大方。

“我卖！”她怒气冲冲地嚷道，“你现在又有什么看法？”

瑞特眼里闪出淡淡的得意，他弯腰替美蓝系好鞋带。

“我看你要后悔的。”他说道。

她已经为自己脱口而出的话感到后悔了。假如她不是当着瑞特的面而是对其他人说这话，肯定会厚着脸皮把话收回。她说话干吗这么草率呢？她紧皱眉头，怒气冲冲望着瑞特，结果发现他也在注视着她，表情里还是那副机警神色，活像只猫守在耗子洞口。看见她颦蹙双眉的模样，他突然放声大笑，露出闪闪发亮的洁白牙齿。斯佳丽心里不安，觉得他骗自己上了当。

“你在这里面是不是插了一手？”她突然厉声问道。

“我？”他挑起眉毛，装出惊讶神色，“你对我还不了解？除非万不得已，我才不走遍天下做好事呢。”

当天晚上，她就把工厂所有权和她在工厂的全部股份都卖给了阿希礼。她并没有遭受任何损失，因为阿希礼不愿占她的便宜，没有按她提出的价格，而是以别人出过的最高价钱买下了两个厂子。她在契约上签过字后，就不可挽回地失去了这两家工厂。玫兰妮为阿希礼和瑞特送上两小杯葡萄酒，祝贺成交，斯佳丽心里感到的却是卖儿卖女般的痛苦。

这两座锯木厂一直是让她得意的心肝儿宝贝，是她那双贪婪的小手攫取的成果。在亚特兰大尚未从废墟和灰烬中挣扎着站起来的黑暗岁月中，她迫于生活的压力先办起一家小厂子。在那些黑暗的日子里，面临北佬没收财产的威胁，当时金钱奇缺，许多精明的人都破了产，可她奋力拼搏，精心策划，竭力保住工厂。如今亚特兰大正在从战争的创伤中恢复过来，每天都有外地人涌到城里来，到处都在大兴土木，她拥有了两家锯木厂、两个木材堆栈和十几支骡车运输队，还雇用了成本低廉的囚犯劳工干活儿。跟这一切告别，就像永远关上一扇门，将自己与过去的生活隔绝开来，那段生活有苦涩也有心酸，不过回想起来也有一种怀旧的满足感。

这份产业是她一手创造的，如今她却把它卖掉了。她感到心情沉重，因为她能确信，没有她掌舵，阿希礼会把她辛苦创造的一切都丧失掉。阿希礼什么人都相信，甚至分不清什么是 2 英寸 ×4 英寸的料、什么是 6 英寸 ×8 英寸的料。如今她再也不能向他提出有益的建议了——这全是因为瑞特对他说，斯佳丽喜欢对管理工厂指手画脚。

“噢，该死的瑞特！”她这么想着，两眼盯住瑞特，心里能肯定，准是瑞特在幕后策划了这一切。不过，他到底是怎么策划的，为的是什么目的，她就不得而知了。此时他正在跟阿希礼交谈，他的话又激起了她的心头之火。

“我猜你会马上把囚犯送回去吧？”他问道。

送回囚犯？怎么会想到把囚犯送回去呢？瑞特心里十分清楚，锯木厂的高额利润就是靠廉价的囚犯劳工创造的。瑞特谈到阿希礼要采取的行动时，语气为什么这样肯定？他对阿希礼了解多少呢？

“没错，要把他们马上送回去。”阿希礼回答道。他避开斯佳丽惊愕的目光。

“你疯了？”她嚷道，“你这是要损失囚犯的全部租赁费，再说你上哪儿去找人做工呢？”

“我要用自由黑人。”阿希礼说。

“自由黑人！胡扯！你知道他们的工资有多高吧，再说，北佬会死死盯住你，看你一日三餐给不给他们吃鸡，晚上睡觉给不给他们盖鸭绒被。要是你想让哪个黑人懒鬼快点儿干活儿，轻轻打了他两下，这下可就坏了，从亚特兰大到达尔顿的北佬都会大声疾呼，最后非把你关进监牢不可。这还用说，囚犯是唯一的……”

玫兰妮垂下脑袋，两只手耷拉在膝头上紧紧扭在一起。阿希礼显得不愉快，但不准备让步。他一时沉默不语，接着他朝瑞特望去，好像要从他那里得到理解和支持——斯佳丽留意到了他的目光。

“我不用囚犯，斯佳丽。”他平静地说。

“是吗，先生！”她气急败坏地说，“为什么不用？难道你怕人们像议论我那样议论你？”

阿希礼抬起头。

“只要我做得对，就不怕别人议论我。可我从来就认为用囚犯是不对的。”

“为什么不对……”

“我不能靠强迫别人吃苦受罪赚钱。”

“可你家从前蓄过奴隶的！”

“奴隶的生活并不悲惨。再说，即使没有这场战争解放他们，我也会在父亲死后让他们全部获得自由的。不过这是两码事，斯佳丽。这种做法引起的争议太多。也许你并不知道，可我了解。约翰尼·加勒吉尔至少在他的厂里杀害过一个人，这我知道得清清楚楚。说不定还不止一个。谁会多多少少关心犯人的死活呢？他说那人是在逃跑时被打死的，可我从别处听到的情况不是那样。我还知道他逼迫重病的犯人干活儿。你可以说我这是迷信，不过我不相信靠别人的痛苦挣钱会感到幸福。”

“活见鬼！你这意思是说……天哪，阿希礼，你不会全盘接受了华莱士牧师那套肮脏金钱的说教了吧？”

“我用不着接受他的说教。早在他布道之前，我就相信这一点了。”

“那你认为我的钱全都是肮脏的？”斯佳丽开始发火了，“因为我用囚犯干活儿，拥有酒吧产业，还有……”她突然打住话头，韦尔克斯夫妇显得难堪，瑞特却咧开嘴笑了。斯佳丽恶狠狠地想道：“见他的鬼。他又认为我在对别人指手画脚了，而且阿希礼也是这想法。我真恨不得把他们俩的脑袋砸在一起撞个稀烂！”她强忍下心中怒火，竭力摆出一副超然的神色，结果装得并不成功。

“当然，这并不关我的事。”她说道。

“斯佳丽，不要把我的话当成对你的批评！不是这样的，只不过我们对事物的看法不同而已。有的东西你认为是对的，但我可能认为不对。”

她突然希望她跟阿希礼两人是单独在一起，希望瑞特和玫兰妮远在天边，好让她大声对阿希礼喊叫：“我希望我对事物的看法跟你一样！告诉我，你这到底是什么意思，好让我理解，让我跟你保持一致看法！”

但是，玫兰妮就在眼前，她正浑身颤抖，为这一场面深感不安。瑞特却懒洋洋待在一旁，咧开嘴朝她发笑，她只能尽量保持冷静，尽量保持住体面说："当然这是你自己的事，阿希礼，根本用不着我告诉你该怎么管理厂子。不过我得说，我不能理解你的态度和你的说法。"

唉，要是他俩能单独在一起就好了，那样她就用不着被迫说出这么冷冰冰的话让他不快了！

"我惹你不高兴了，斯佳丽，我不是有意这么做的。你一定要相信我，也要原谅我。我的话里没有什么高深莫测的谜。我只是相信，用某种方法挣来的钱不会让人感到幸福。"

"可你错了！"她再也控制不住自己，大声嚷起来，"你看看我！你知道我的钱是怎么来的。你知道我挣到钱以前的状况！你还记得那年冬天在塔拉庄园的情况吧，当时冷得要命，我们把地毯割开做鞋子，吃的也不够，我们都发愁，不知道怎么才能让博和韦德接受教育。你记……"

"我记得，"阿希礼感到厌倦，"可我宁愿忘掉。"

"那你不至于说我们当时是幸福的吧，对不对？看看我们现在的光景！你有一个美满的家，有一个不错的未来。谁的家比我的更漂亮？谁的衣服比我的更华丽？谁家有我家那么好的骏马？谁家的餐桌上都没有我家的饭菜丰盛，谁家的招待会都没有我家的体面，我的孩子要什么就有什么。我做这些的钱都是哪儿来的？从树上掉下来的？不，先生！是靠囚犯干活儿，靠酒吧租金，还有……"

"别忘了，你还杀过一个北佬。"瑞特轻声说道，"其实你发家是从他那儿开了个头。"

斯佳丽突然朝他转过身去，满腔怒火正要脱口而出。

"不过，金钱还是让你感到非常非常幸福，对不对，亲爱的？"

他问道。他的话说得很甜蜜，却让她感到十分恶毒。

斯佳丽顿时张口结舌，说不出话来。她的目光匆匆扫视周围这三个人，见玫兰妮尴尬得几乎要哭了，阿希礼脸色苍白，陷入沉默，瑞特抽着雪茄，漠不关心的眼神里带着自得其乐的表情。她想大声喊出来："当然，金钱让我感到幸福！"

可她不知怎的却说不出口。

第五十八章

她生病后那段时间里，斯佳丽注意到瑞特身上发生了一种变化，她并不很喜欢他这种变化。他很少喝酒，变得沉默寡言、心事重重了。如今他常常在家里吃晚饭，对用人慈祥多了，对韦德和埃拉也更加疼爱了。他从不提起以前的事，不论是愉快的还是让她烦恼的事都不提，而且他保持着沉默似乎也让她不敢再提起那种话题。斯佳丽也保持着沉默，因为那种事还是不提的好。生活过得相当平静，至少在表面上是平静的。他对她一直表现出一种冷漠的谦恭态度，再也没有用冷嘲热讽挖苦过她。她这才意识到，虽然他以前用恶毒的话语激她发火争辩，可他那么做是出于对她言行的关心，如今她却拿不准他对自己做的任何事是否关心了。他现在态度彬彬有礼，对一切都漠不关心，反倒让她怀念以往他反复无常的关心，怀念往日那些争吵和反驳。

现在他让她感到愉快，几乎变得像陌生人一样客气。可他那双盯着她看的眼睛，如今却紧紧盯在美蓝身上，仿佛他生命的激流转上一条狭窄的河道。有时候，斯佳丽觉得，假如瑞特将倾注在美蓝身上的关爱拿出一半给她，生活就会变得美好。有时候，听到人们的议论她觉得难受："巴特勒船长真是太疼爱那个孩子了！"但是，假如她听了这话不露出笑容，人们会觉得奇怪。她甚至在心里都不愿承认自己嫉妒这个小女孩儿，况且这还是她最疼爱的孩子。斯佳

丽从来都想在周围人们的心目中占据首要地位，可现在瑞特和美蓝显然把对方看得比别人更重要。

瑞特在许多个夜晚要很晚才回家，不过回来时并没有喝得醉醺醺的。她常常听到他轻声打着口哨，经过她关闭的房门，沿着走廊过去。有时候，他深夜带几个男人回家来，在餐厅聊天、喝白兰地。这些人不再是他们婚后头一年的那种人了。如今他不再邀请投机商、叛贼、共和党人上家里来。斯佳丽往往踮起脚尖来到二层楼梯栏杆旁，偷偷听他们交谈。她感到大为吃惊，因为她听见说话的人竟然是勒内·皮卡德、休·艾尔辛、西蒙斯兄弟和安迪·邦内尔这种人的声音。而且梅里韦特爷爷和亨利伯伯每次都在场。有一回，她甚至听到了米德大夫的声音。可这些人以前都认为，就是把瑞特绞死，都算便宜他了！

在她心里，这些人从来与弗兰克的死联系在一起，这些人深夜来自己家，更让她联想起弗兰克丧生那天晚上三 K 党的袭击事件。她记起瑞特曾说过，如果不得不参加他们那个该死的三 K 党才能得到他们的尊敬，他也会那么干的。她不禁心里感到恐惧，她但愿上帝不让她承受那么沉重的酷刑。假如瑞特也像弗兰克一样……

一天夜里，他又是深夜未归，她再也忍受不了心中的紧张了。她听到钥匙在门锁里转动的声音，便急忙披了件晨衣走进点着煤气灯的走廊，在楼梯上首迎上他。他一见她，脸上心不在焉的沉思表情马上变成了惊讶。

“瑞特，我一定要知道！我要知道你……你是不是参加了三 K 党……你这么晚不回家是不是干那种事去了？你属于……”

摇曳的煤气灯下，他漠然瞥了她一眼，微微一笑。

“你的想法落后于时代了，”他说道，“亚特兰大如今没有三 K 党了，或许整个佐治亚都没有了。你那些关于三 K 党施暴的谣言，

都是从那帮叛贼和投机商朋友那里听来的。”

“没有三K党了？你不是想宽我的心对我撒谎吧？”

“亲爱的，我什么时候想过让你宽心？如今真的没有三K党了。我们认定，那么做害处大于益处，只能激怒北佬，给布洛克州长大人的造谣工厂提供更多原料。他知道，只有让联邦政府和北方的报纸相信，佐治亚到处搞叛乱，每一个树丛后面都埋伏着一个三K党人，他才能保住州长的宝座。他为了保住自己的位置，就拼命无中生有地制造关于三K党暴行的谣言，说什么忠诚的共和党人被双手捆着吊起来，说什么正直的黑人因为莫须有的强奸罪受私刑被处死。可他自己也知道那是无的放矢。谢谢你替我担忧，不过自从我背离叛贼成为一名恭顺的民主党人以后，很快就没有三K党的活动了。”

他说布洛克州长的那番话，大半从她左耳朵进右耳朵出，她听说已经没有三K党了，不禁大大舒了口气。瑞特不会像弗兰克那样送命了，她不会失去自己的店铺和他的钱了。但是他刚才谈话中的一个字眼引起了她的注意。他说的“我们”让她自然把他和那帮被他称作“保守派”的人联系在了一起。

“瑞特，”她突然问道，“你跟三K党的解散有什么关系吗？”

他久久盯着她，眼皮开始眨巴起来。

“我亲爱的，有关系。跟这事有关系的人主要是阿希礼·韦尔克斯和我。”

“阿希礼……和你？”

“没错，政治让陌路人结为同盟。这话听起来像陈词滥调，可道理却是真的。我不喜欢阿希礼，阿希礼也不喜欢我，但我们是政治同盟者……阿希礼从来不相信三K党的做法，因为他反对任何暴力形式。我也从不相信三K党，因为我认为他们的做法是愚蠢透顶的蛮干，绝不会达到我们的目的，那只能让北佬永远骑在我们脖子

上。阿希礼和我说服了那些头脑发热的家伙，让他们相信密切注视、耐心等待、勤奋工作比身穿长袍手持燃烧的十字架更有效。”

“你是说，那帮年轻人真的接受了你的忠告？可你却是个……”

“可我却是个投机商？是个叛贼？是个跟北佬狼狈为奸的家伙？你忘了，巴特勒太太，现在我可是个模范民主党人，为了从掠夺者手里收复我们热爱的州，我愿意贡献出最后一滴鲜血！我的忠告很好，他们都接受了。我在其他政治问题上的意见也都很好。如今我们民主党人在州议会里占了多数，对不对？我亲爱的，用不了多久，我们就要把一些共和党好朋友送到铁窗后面去了。他们近来有点儿太贪得无厌、太明目张胆了。”

“你会帮着把他们关进牢房？嗨，他们可是你的朋友啊！他们让你参加了那笔铁路公债交易，你从中还赚了几千块钱呢！”

瑞特忽然咧开嘴笑了，还是过去那种嘲弄的笑容。

“噢，我对他们倒没什么恶意。不过我如今站在跟他们对立的一边了，要是我能帮着把他们推到该去的地方，我会那么做的。那会大大提高我的信誉！我对他们那些交易的内幕有足够的了解，等到州议会开始调查时，我了解的情况就非常有价值——从目前的情况看，调查的日子不远了。他们还要调查州长，假如有可能，也要把他关进监牢。最好告诉你那些好朋友格勒特夫妇和亨顿夫妇，叫他们随时准备逃走。要是能逮捕州长，他们当然也会被捕。”

这么多年来，斯佳丽一直见共和党人在北佬军队的支持下掌握着佐治亚州的大权，所以对瑞特这番口吻轻松的话并不当真。州长的地位太牢固了，州议会休想撼动他，更别说把他关进监狱了。

“你可真是能说会道啊。”她评论道。

“即使不能把他关进监牢，至少也不让他当选连任。我们下一次要有个民主党人州长替换他。”

“我看这事你又要插一手了？”她挖苦道。

“我的宝贝，我会的。我正在为这事出力，所以这些天夜里回来挺晚。我干得挺卖力，比当年在淘金热潮里手持铁锹干得还欢，我努力帮着组织选举工作。另外，我还给我们的组织捐了许多钱，我知道你听了这话会伤心的，巴特勒太太。你还记得吗，多年前你在弗兰克的店铺里告诉我说，藏着邦联的金币是不正当的。如今我同意你的看法了，邦联的钱正用在使邦联分子重新掌权上。”

“你这是往老鼠洞里倒钱！”

“什么！你把民主党说成老鼠洞？”他的眼睛露出嘲弄她的表情，但很快又变得冷漠了，“谁赢得这场选举不关我的事，重要的是人人都会知道我为这次选举出了力，花过钱。人们记住这一点，对美蓝的未来十分有利。”

“听你刚才那番热心的谈话，我还担心你会换一副心肠呢，看来你对民主党和任何别的事情都没诚意。”

“心肠根本不会改变，只是换了层皮而已。你可以涂改豹子身上的花斑，可它还是只豹子。”

他们在走廊里的交谈声把美蓝吵醒了。美蓝在昏睡中用命令般的口吻喊道：“爸爸！”瑞特连忙离开斯佳丽，朝女儿走去。

“瑞特，等一等，还有件事我要告诉你。以后你下午出去参加政治聚会，决不能把美蓝带去。带小姑娘去那种地方太不像话了！让你自己显得像个傻瓜。不是亨利伯伯提起，我做梦也想不出你会带她去那种地方。亨利伯伯还当我知道呢，而且……”

他突然转身面对着她，脸色十分严厉。

“小姑娘坐在父亲膝头上听父亲交谈，你怎么连这也觉得不像话呢？你或许觉得这样很傻，可这并不傻。很多年后人们都会记得，我帮着把共和党人赶出这个州时，美蓝就坐在我腿上。人们很多年

后都会记得……”他脸上的严厉表情消失了，但眼睛里还闪烁着恶意的光芒，“你知道吗？人们问她，你最喜欢什么人？她总是说：‘爸爸和民主党人。’问她最恨什么人，她就说：‘叛贼。’感谢上帝，人们最容易记住的就是这种事。”

斯佳丽气得说话提高了嗓门儿：“我看你甚至告诉她说，我也是个叛贼！”

“爸爸！”孩子的声音这次变得怒气冲冲了。瑞特笑着朝女儿走去。

那年十月，布洛克州长辞去职务，逃出佐治亚。滥用公共基金、挥霍、腐败，他在任期间，这些丑行达到了令人无法容忍的地步，结果他的统治彻底倾覆了。由于公众义愤填膺，就连他自己那个党也分崩离析了。如今民主党人在州议会占了多数，这只意味着一件事。布洛克知道自己要受调查，担心遭弹劾，便没有等下去，连忙秘密潜逃了。出逃前还做好了安排，要等他安全抵达北方后，再宣布他辞职的消息。

他辞职的消息是在他出逃一周后宣布的，亚特兰大人顿时狂欢起来。人们涌上街头，男人相互握手道贺，女人相互亲吻欢呼。家家举办晚会庆祝。消防队忙得不亦乐乎，四处扑灭男孩子点燃篝火引起的火灾。

就要度过最困难的时期了！“重建”已近尾声！虽然代理州长仍然是个共和党人，但是十二月份就要举行大选，对选举结果谁也不会怀疑。选举的日子到来时，共和党人疯狂挣扎，但佐治亚还是选出了一位民主党人。

人们再次欢腾了，不过这次的激动场面与布洛克逃跑时不一样，这次人们的头脑更加清醒，喜悦更加深沉，心中充满了深深的感恩

之情。所有教堂都挤满了信徒，牧师们主持弥撒，虔诚地感谢上帝拯救了佐治亚州。人们在欢乐和喜悦中还交织着一种自豪感，大家为佐治亚州终于回到佐治亚人手里而感到自豪，尽管华盛顿当局设置重重障碍，尽管军队驻防在这里，尽管投机商、叛贼和本地共和党人百般阻挠，仍然无济于事。

国会曾七次通过对付佐治亚州的强制性法案，企图使它保持被占领区的地位。军事当局曾三次宣布取消民法。黑人曾聚在州议会狂欢，那帮贪婪的外乡人曾滥用政府职权中饱私囊，一些钻营的人利用公共资金变成了富翁。佐治亚在无可奈何中受尽了折磨、凌辱和压迫。如今，苦难重重的佐治亚州在佐治亚人的努力下又回到自己人民的手中了。

共和党人突然被推翻并没有给所有人都带来欢乐。那帮叛贼、投机商、共和党人惊慌失措了。没等布洛克州长辞职的消息公布出来，格勒特夫妇和亨顿夫妇显然已经有所耳闻，便突然离开亚特兰大不知去向了。留下来没走的投机商和叛贼个个心神不定，惶惶不可终日。他们常常聚在一起相互寻求安慰，却仍然提心吊胆，不知道州议会下一步调查会把他们的什么隐私揭露在光天化日之下。他们不再像以往那样傲慢了，个个惊慌失措，提心吊胆。上门来拜访斯佳丽的那些太太们嘴里一遍遍地说：

“谁想得出世道会变成这样呢？我们以为州长权力很大，我们以为他会永远待在这里，我们以为……”

斯佳丽也同样对时局变化感到迷惑不解，可是瑞特事先曾就局势的变化警告过她的。对布洛克下台她倒不感到惋惜，对民主党人重新当政她也没感到难过。说来别人不会相信，可她对北佬统治终于被推翻也感到高兴。她对自己在“重建”初期的挣扎和奋斗记忆犹新，也没忘记当初整天提心吊胆，害怕北佬军队和投机商没收自

己的钱财和财产。她没忘记当初自己无依无靠，心里为自己无可奈何感到恐慌；没忘记自己多么痛恨北佬，因为他们把那个可恶的制度强加给了南方。她心里对北佬的憎恨从来没有中止过，但是她随遇而安，为了得到安全保障，她又跟征服者打得火热。虽然心里不喜欢他们，却让那些人簇拥在自己周围，她断绝了与老朋友们的交往，也抛弃了以前的生活方式。如今，征服者的权力终止了，可她却把赌注押在布洛克州长的持久统治上，结果她输了个精光。

一八七一年的圣诞节是十多年来佐治亚人最快乐的一个圣诞节。可是，身边的一切都让斯佳丽厌烦。尤其让她气愤的是，瑞特这个最让亚特兰大人讨厌的家伙，如今摇身一变，竟变成最受欢迎的人物。因为他谦恭地摈弃了共和党的异端邪说，把自己的时间、金钱、精力、思想都贡献给了帮助佐治亚重新掌权的斗争。他搂着身穿一身蓝衣服的美蓝骑马走在街上，脸上挂着微笑，逢人便抬起帽子致敬，人们也都对他报以微笑，热情地跟他打招呼，并满心爱怜地望着他的小女孩儿。可她斯佳丽却……

第五十九章

毫无疑问，大家都认为美蓝·巴特勒的举止变得越来越放肆，需要好好管教一下。可她是众人的宠儿，谁也不忍心对她严加管教。最初，她是在跟随父亲外出旅行时变得不受管束的。那回她跟随父亲住在新奥尔良和查尔斯顿，她可以随心所欲玩到很晚不睡觉，跟着父亲去剧院、进餐馆、上赌台，瞌睡了就睡在父亲的怀抱里。从那以后，要想让她像百依百顺的埃拉一样早早上床睡觉，就非得动武不可。她跟随父亲在外面时，瑞特让她想穿什么自己挑。自从那时起，黑妈妈要想让她穿条纹上衣戴围嘴，不让她穿带花边领的蓝色塔夫绸裙子，就得大发一通脾气才行。

孩子离家在外时以及在斯佳丽生病和去塔拉期间养成的坏习惯，看来无法纠正了。美蓝年龄稍大一点儿，斯佳丽想要管束她，想让她不至于太任性乖张，结果却收效甚微。不论这孩子的念头多愚蠢、举止多蛮横，瑞特总是袒护孩子。他总是鼓励她讲话，把她当成大人看待，听取她的想法时显得一本正经，还假装按照她的意见行事。结果，美蓝总是随心所欲打断大人的话，还反对父亲，让他不敢管他。他只是哈哈一笑了事，甚至不许斯佳丽轻轻打她的小手惩戒她。

“要是这孩子不是这么甜蜜可爱，可真让人受不了。”斯佳丽沮丧地想道。她看出这孩子跟自己一样任性倔强。“她崇拜瑞特，

要是他想让她规矩点儿，他准有办法的。”

但是瑞特丝毫没有让美蓝循规蹈矩的意思。孩子做的事样样都对，就是想要天上的月亮，只要他能摘下来，也要让她得到。孩子的美貌、卷曲的头发、脸上的酒窝、优美动人的举止，样样都让他无比自豪。他爱她的傲慢、爱她的兴致、爱她对他撒娇时那种乖巧可爱的态度。虽然孩子给惯坏了，举止非常任性，可她这么可爱，他实在不忍心管束她。他就是她的上帝，是她小小心目中的核心，这一地位实在太珍贵了，让他不敢冒险申斥她。

孩子就像影子一样追随着他。早晨他还想多睡一会儿，可她却早早把他叫醒。吃饭的时候她坐在他身旁，既吃自己盘子里的菜，也从他的盘子里舀菜吃。他骑马，她就坐在他马鞍前面。晚上睡觉前，她只允许瑞特为她脱衣服，然后就睡在他旁边那张小床上。

斯佳丽见自己的小女儿把父亲牢牢控制在手心里，觉得既滑稽又感动。谁能想到，瑞特当父亲竟然如此一本正经呢？但是，有时候，斯佳丽心里又会涌起一阵嫉妒，因为美蓝虽然只有四岁，可她对瑞特的了解已经远远超过她对丈夫的了解，而且对父亲的控制也远远超过她的能力。

美蓝只有四岁的时候，黑妈妈就开始嘟囔着抱怨，说“一个女孩子家，叉开腿骑马，坐在父亲前面，让裙子都飞起来”，实在不成体统。瑞特认真听取黑妈妈的这一意见，他对黑妈妈养育小女孩儿的一切说法都言听计从。结果，他买来一匹红白相间的设得兰品种的小马，长长的马鬃毛和马尾巴像丝一般光滑。他还为马配了副精致的银边侧坐马鞍。名义上，这匹马是为三个孩子买的，而且瑞特还给韦德配了一副鞍子。但韦德喜爱那条圣伯纳犬远胜过喜欢这匹小马，而埃拉见了什么动物都害怕。所以，这匹小马就归美蓝独自所有了，还给小马取了个名字叫“巴特勒先生”。美蓝得到这匹

小马十分高兴，唯一美中不足的，就是不能再像父亲那样跨开双腿骑马，不过瑞特对她解释说，侧身骑马更加难学，她便感到心满意足，很快就学会了。美蓝坐在马上姿势优美，控制马儿十分稳当，瑞特心里得意极了。

“等到她足够大了，就能去打猎了。”他夸口说，“任何猎场上都没人比得上她。到时候我要带她去弗吉尼亚，那才是真正能打猎的地方呢。还要带她去肯塔基，那里的人欣赏好骑手。”

到了要给她做骑马服的时候，她照例挑选了自己喜爱的蓝颜色。

“我的宝贝！别选那种蓝色天鹅绒！蓝色天鹅绒是我做晚礼服用的。”斯佳丽笑道，“小姑娘该穿黑色细平纹布。”斯佳丽见孩子两道乌黑的眉毛皱在一起了，忙说：“看在上帝的分儿上，瑞特，告诉她蓝色天鹅绒对她不合适，而且很容易弄脏的。”

“哦，就让她选蓝天鹅绒吧，脏了我给她再做一套好了。”瑞特说得很轻松。

于是，美蓝就做了套蓝色天鹅绒骑马服，裙摆一直拖到小马的腹部，一顶黑帽子上还插着根红羽毛。这是因为玫荔姑姑给她讲故事的时候说过，杰布·斯图亚特的帽子上就插着羽毛，这激发了她的想象力。遇上晴朗的日子，人们就能看到他们父女俩在桃树街上并驾齐驱，瑞特拉住自己的大黑马，让它配合那匹小胖马的步调。有时候，他们到城里僻静的小道上狂奔，搞得鸡飞狗跳，小孩子四处逃窜。美蓝挥动短鞭抽打“巴特勒先生”，马儿飞奔，她那头乱蓬蓬的卷发也飞扬起来，瑞特紧紧拉住自己的马，好让美蓝认为她的“巴特勒先生”总是赢得比赛。

瑞特确信女儿已经能骑稳，双手也能把握住缰绳，丝毫没有恐惧感了，便认为该让她学习跳低栏了，“巴特勒先生”的四条小短腿可以轻而易举跳过低栏。为此，他在后院架了个栅栏，还把彼得

大叔的一个小侄儿沃什雇来，每天付给他两毛五分钱，要他教“巴特勒先生”跳栏。马儿刚开始跳的低栏只有两英寸高，渐渐提高到一英尺。

这一安排引起有关三方的不满。沃什、“巴特勒先生”、美蓝都不高兴。沃什害怕马，只是因为报酬丰厚，才接受了这份差事，每天教那匹倔强的小马从栅栏上跳过去几十次。“巴特勒先生”对小女主人随意拉扯它的尾巴，不断地检查它的蹄子并不在意，但是认为造物主让它来到这个世界上并不是让它滚瓜溜圆的身子跳跃栏杆的。美蓝不能容忍任何人骑她的小马，“巴特勒先生”学习跳跃课时，她站在一旁又跳又嚷，满心的不耐烦。

最后瑞特认定，小马已经训练好，可以胜任让美蓝骑着跳栏了。孩子激动得要命。她头一回跳栏就取得了成功，打那以后，跟着父亲骑马外出都引不起她的兴趣了。见父女俩那股子扬扬得意的劲头，斯佳丽不禁觉得好笑。不过，她认为，等到这股新鲜劲过去后，美蓝的兴趣会转移到别的东西上，街坊邻居就能清静了。但是，这项运动并没让美蓝觉得厌倦。从后院的凉亭到跳栏处，已经让马蹄踏出一条露出土面的小路，整整一上午，院子里激动的嚷叫声不断。梅里韦特爷爷一八四九年旅行曾穿越美国大陆，他说，这声音就跟阿帕切印第安人剥下敌人头皮时的呼喊声一个样。

第一星期过后，美蓝央求父亲提高栅栏，把栏杆提到一英尺半高。

“等你到了六岁才行。”瑞特说，“到那时，你个头儿长高了，我给你买匹大些的马才行。‘巴特勒先生’的腿不够长。”

“够长了。我跳过玫荔姑姑家的玫瑰花丛，那花丛可高了！”

“不行，你一定得等。”瑞特说，这次他口气很坚决。但是美蓝纠缠不休，不断地发脾气，最后他口气软下来了。

“好吧，好吧。”一天早上他笑着说道，把那根细细的白栏杆提高了一点儿，“要是你摔下来，可别哭，也别怪我。”

“妈妈！”美蓝转过身抬起头，冲着斯佳丽的卧室尖叫，“妈妈！看着我！爸爸说我可以跳了！”

斯佳丽正在梳头，来到窗前，脸上露出微笑，低头望着那个满心激动的小人儿。她身穿那身沾满泥土的骑马服显得十分可笑。

“我真该给她做套新骑马服才对。”她想道，“不过，天知道怎么才能让她放弃这身脏衣服。”

“妈妈，看着！”

“我看着呢，亲爱的。”斯佳丽微笑道。

瑞特把孩子抱起来放在马背上。斯佳丽见她挺直腰杆儿、仰起脑袋的模样，心里涌起一阵得意，喊道：

“你漂亮极了，宝贝！”

“你也漂亮极了。”美蓝大方地说完，脚后跟朝“巴特勒先生”肋间一踢，就朝院子里的凉亭奔去。

“妈妈，看我跳过这道栏！”她一面大声喊，一面用马鞭使劲抽打马。

看我跳过这道栏！

斯佳丽的记忆深处突然响起这声叫喊。这句话让她觉得是个不祥之兆。到底是什么呢？她怎么就想不起来？她低头望着小女儿，见她骑在马背上的姿势那么轻盈，忽然觉得心头一阵发冷，不禁皱起了眉头。美蓝飞驰而来，卷曲的黑发在飘荡，蓝色的眼睛闪闪发亮。

“这对眼睛就像爸爸的眼睛一样。”斯佳丽想道，“爱尔兰式的蓝眼睛，她各方面都像他。”

她一想到杰拉尔德，脑海中忽然闪现出刚才一直没有捕捉到的

那个记忆，清晰得像看到夏夜闪电瞬间照亮田野一样，让她心跳都要停止了，耳畔响起马蹄嘚嘚声越过塔拉庄园的牧场山丘，一个满不在乎的爱尔兰歌声与美蓝的呼喊声如此相像：“埃伦！看我跳过这道栏！”

“不！”她喊起来，“不！啊，美蓝，停下来！”

她探身窗外，只听见下面传来恐怖的木头劈裂声，瑞特声嘶力竭喊了一声，蓝色天鹅绒乱作一团摊在地上，马倒在地上四蹄乱蹬。接着，“巴特勒先生”挣扎着站起身，小跑着离去，背上只剩一副空马鞍。

美蓝死后的第三天晚上，黑妈妈脚步蹒跚地走上玫兰妮家厨房台阶。她头上披着黑头巾，身上穿着黑丧袍，脚上蹬一双男人的大鞋，为了让脚趾舒展开，特意把鞋子割开一道。她眼圈发红，一双昏花老眼布满了血丝，高大的身躯处处露出悲哀神色。她的表情悲哀而无奈，紧紧皱成一团，像只老猿猴，她的下巴却透出坚毅。

她与迪尔西轻声说了几句话，迪尔西和蔼地点了点头，仿佛达成了停战协议，将过去的不和一笔勾销了。迪尔西放下手中的盘子，悄没声地穿过餐具室，朝餐厅走去。玫兰妮很快便来到厨房里，手里还抓着餐巾，脸上挂着焦虑神色。

“不是斯佳丽小姐……”

“斯佳丽小姐倒是挺住了，跟往常一个样。”黑妈妈语气沉重地说，“我没想到会打扰你吃饭，玫荔小姐。我可以等一等，等你吃完再说。”

“我可以等一会儿再吃。”玫兰妮说，“迪尔西，接着上菜吧。黑妈妈，你跟我来。”

黑妈妈步履蹒跚地跟在她身后，穿过走廊进入餐厅，见阿希礼

坐在餐桌上首，旁边是他的小博，斯佳丽的两个孩子韦德和埃拉坐在他们对面，用汤匙把盘子敲得叮当响。屋子里到处听得到韦德和埃拉欢快的声音。在玫荔姑姑家长时间做客，就像野餐度假一样开心。玫荔姑姑对他们从来就很好，这次就更好了。妹妹去世并没有对他们产生多少影响。美蓝从马背上摔下来，母亲哭个没完，玫荔姑姑就把他们接到家里来，在后院跟小博一道玩，什么时候想吃点心都能随便吃。

玫兰妮把黑妈妈带进那间四壁摆满书的小起居室，关上门，示意黑妈妈在沙发上坐下。

“我本打算吃过晚饭就过去的。”她说道，“既然巴特勒船长的母亲来了，我猜明天早上就要举行葬礼了。”

“葬礼。我就是为这事来的。”黑妈妈说，“玫荔小姐，我们的麻烦大了，我来是向你求助的。家里乱得一团糟，亲爱的，简直乱成一团糟了。”

“斯佳丽小姐病倒了吗？”玫兰妮担忧地问道，“我难得见到她，自从美蓝……她一直把自己关在屋子里，巴特勒又一直不在家里，而且……”

黑妈妈顿时老泪横流。玫兰妮坐在她身旁，轻轻拍着她的胳膊，过了一会儿，黑妈妈撩起黑裙子擦了擦眼。

“玫荔小姐，你一定要帮帮我们。我已经尽了最大的力量，可是没用。”

“斯佳丽小姐……”

黑妈妈挺直了腰杆儿。

“玫荔小姐，对斯佳丽小姐你了解得跟我一样清楚。那孩子该忍受的，仁慈的上帝已经给了她力量让她忍受。这事让她伤透了心，可她能挺得住。我来是为了瑞特先生。”

“我一直想见他，可我每次去，他不是进了城，就是把自己锁在屋子里，陪着……斯佳丽的样子就像个幽灵，什么话也不说……快告诉我，黑妈妈，你知道我能帮得上忙的事一定会尽力的。”

黑妈妈用手背擦了下鼻子。

“我说过，对主的安排，斯佳丽小姐还是能挺得住，因为她经受过太多磨难了。可瑞特先生……玫荔小姐，他从来没经受过，从来就没经受过啊。我就是为了他来找你的。”

“可是……”

“玫荔小姐，你今晚一定要跟我上家里去一趟。”黑妈妈的声音很急迫，“也许瑞特先生会听你的话，他一向看重你的意见。”

“啊，黑妈妈，到底是怎么回事？你这是什么意思？”

黑妈妈挺了挺胸脯。

“玫荔小姐，瑞特先生他……他神经错乱了，不让我们把小小姐的尸体弄走。”

“神经错乱了？啊，黑妈妈，不会吧！”

“我可没说谎。上帝知道是真的。他不让我们埋葬那孩子。是他自己对我说的，这话说了还不到一个钟头呢。”

“可他不会……他不是……”

“所以我才说他神经错乱了。”

“可是为什么……”

“玫荔小姐，我都告诉你吧。这话我本不该说的，可你是我们家自己人，我只能对你一个人说这话。我都告诉你。你知道他多疼爱那孩子，不管是黑人还是白人，我从没见过哪个男人对孩子那么疼爱的。一听米德大夫说孩子的脖子摔断了，他马上发了疯，抓起枪跑出去把那匹可怜的小马打死了。天哪，看他那副模样，我只怕他连自己也要打死呢。斯佳丽小姐晕过去了，街坊邻居都来了，屋

里屋外都是人。瑞特先生只管抱着那孩子，我想给孩子洗洗脸上的血，他都不让。后来斯佳丽小姐醒过来了，我就想，谢天谢地，现在他们能相互安慰了。”

黑妈妈又流泪了，可这次她并不去擦。

“可她醒过来后，跑进他抱着美蓝待的那间屋子，对他说：‘你杀了我女儿，你还我的女儿。’”

“啊，不！她不会这么说的！”

“她是这么说的，小姐。她说：‘你杀了她。’我替瑞特先生难过，因为他就像只挨了顿鞭子的猎狗。我就说：‘把孩子交给黑妈妈吧，我去给我的小小姐收拾收拾。我从他手里接过孩子，到她屋子里去给她洗脸。他俩的争吵让人听了真寒心哪。斯佳丽小姐骂他是凶手，说他让孩子骑马跳那么高，是存心要害死孩子；他说斯佳丽从来没关心过美蓝小姐，也不关心另外两个孩子……”

“别说了，黑妈妈！别再对我说这些了。你不该对我说这话！”玫兰妮嚷起来，她不忍心接着看黑妈妈描绘的那番景象了。

“我也知道不该对你说这些，可我心里憋的话太多了，我也不知道该不该说了。后来瑞特先生抱着孩子去了殡仪馆，又把孩子抱了回来，放在他房间里的那张小床上。斯佳丽小姐说，孩子该入殓，停在客厅里。我看瑞特先生的样子像是要动手打她。他冷冰冰地说：‘这是她的房间。’他转身对我说：‘黑妈妈，你要让她待在这儿，不许人动，等我回来。’说完他就骑马出了门，直到日落时分才回来。他回家后，我见他喝得醉醺醺的，可他像往常一样，举止还正常。他直奔自己房间，不跟人说话，见了斯佳丽小姐和佩蒂小姐也一句话都不说，也不跟跑来吊唁的太太们说话。他一跑进自己屋里，就大声嚷嚷着叫我。我连忙跑上楼，屋子里漆黑一片，我连他在哪儿都看不见，因为百叶窗都给拉上了。

“他恶狠狠对我嚷：‘打开百叶窗，屋里太黑。’我连忙拉开百叶窗，他两眼直勾勾瞪着我。真吓人哪，玫荔小姐，吓得我两腿都要瘫了，他那模样真古怪。接着，他说：‘把灯点上。多拿些灯来。全都点上。不许拉窗帘，不许拉下百叶窗，你不知道美蓝小姐怕黑吗？’”

玫兰妮惊恐的眼睛跟黑妈妈的目光相遇了，黑妈妈的眼睛里露出不祥的目光，点了点头。

“他就是这么说的：‘美蓝小姐怕黑。’”

黑妈妈浑身打了个战：“我给他点上十二支蜡烛，他就说：‘出去！’然后他就把门锁上，在里面一直陪着小小姐。就是斯佳丽小姐叫也不开门，斯佳丽小姐又喊又叫拼命打门他也不开。这种样子已经有两天了。下葬的事他提都不提。每天早上，他就骑马进城，一直到日落时分才喝得醉醺醺地回家，然后就把自己锁在屋里，饭也不吃，觉也不睡。现在，他妈妈老巴特勒小姐从查尔斯顿来了，苏埃伦小姐和威尔先生也从塔拉庄园来了，可瑞特先生跟谁也不说一句话。哎呀，玫荔小姐，真是太糟啦！而且越来越不像样子，人们该有流言蜚语了。”

“今天晚上，”黑妈妈停顿一下，又用手擦了擦鼻子，“今天晚上，斯佳丽小姐在楼上截住他，跟他走进屋子说：‘葬礼定在明天早上。’可他却说：‘你敢那么干，我明天就要你的命。’”

“哎呀，他准是疯了！”

“没错，小姐。后来他们说话声音低了，他们的话我没全听见。只听见他又说了美蓝怕黑，说坟墓里黑得厉害。后来，斯佳丽小姐说：‘你这人真残忍，为满足自家虚荣心不惜害死孩子。’他说：‘你这人就没一点儿怜悯心？’可她说：‘我连孩子都没了，还有什么怜悯心。美蓝死后，你让我忍无可忍。全城人都对你议论纷纷，

你整天喝得醉醺醺的，当我不知道你在哪里鬼混，你这个傻瓜。我知道你一直在那个妓院，跟贝尔·沃特林搞在一起。”

“啊，黑妈妈，她不可能这么说的！”

“她就是这么说的，小姐。再说，玫荔小姐，那事也是真的。黑人的消息比白人来得快。我知道他就是在那儿，可我一个字也没提。他也没否认。他说：‘没错，我就是在那儿，你用不着假装，因为你根本不在乎。这个家成了地狱，婊子家就成了天堂。贝尔的心肠最软，她不会像你一样说我杀了自己孩子。’”

“哎呀呀。”玫兰妮痛心地喊道。

她自己的生活过得非常愉快，向来风平浪静，周围又有那么多慈爱的人，大家都那么友善，所以黑妈妈的这番话让她觉得难以理解。可她脑子里回忆起一段话，想起一幅景象，她连忙撇开不去考虑，就像看到一个人一丝不挂的模样连忙转开脸一样。她想起瑞特那天把脑袋埋在她两膝之间痛心地说出的那番话，其中提到了贝尔·沃特林。可他是爱斯佳丽的。那天的话她不可能听错。当然，斯佳丽也爱他。那他们之间怎么会搞成这个样子呢？夫妻俩怎么会如此出言不逊，把对方骂得体无完肤呢？

黑妈妈接着讲下去，她的声音非常沉重。

“后来，斯佳丽小姐走出那间屋子，她脸色煞白，下巴绷得紧紧的。见我站在那里，她对我说：‘黑妈妈，葬礼明天举行。’说完，她就像个鬼魂似的从我身旁走过去了。听了这话，我心里直翻腾，因为斯佳丽小姐向来说话算话。可瑞特先生说话也是算话的。他说了要是敢埋葬孩子就要杀她。我心里难过得厉害，玫荔小姐。因为我心里一直有愧，让我心神不定。玫荔小姐，小小姐怕黑都是我吓出来的。”

“唉，黑妈妈，这没什么关系的——现在已经完全没关系了。”

“不，有关系的。麻烦整个就是因为这事。我想我还是把事情告诉瑞特的好，哪怕说出来他把我杀了都行。因为我心里有愧，就趁他的房门还没锁上，赶紧走进去。我对他说：‘瑞特先生，我来向你悔罪。’他猛然转身冲着我吼：‘滚出去！’老天爷呀，我还从来没那么怕过呢！可我还是说了：‘瑞特先生，请你让我说出来，我不说出来，心里会难过得要死。小小姐怕黑是我吓出来的。’说完，玫荔小姐，我就耷拉下脑袋，等他来打我。可他什么也没说。我就接着说：‘我不是有意害她，可是，瑞特先生，这孩子胆子太大了，什么都不怕。别的孩子都睡下了，她却要偷偷溜下床，光着脚丫在房子里到处乱跑。我替她担心，怕她伤着，就对她说，黑暗里有鬼，有妖怪。’

“后来，玫荔小姐，你知道他做什么了吗？他脸上变得和蔼了，走到我跟前，把手搭在我胳膊上。他还是头一回这么对待我呢。他说：‘她挺勇敢的，对不对？除了黑暗什么都不怕。’我听了放声大哭，他拍拍我的肩膀对我说：‘好了，黑妈妈，好了，别哭成这样。你告诉我，我心里高兴。我知道你爱美蓝小姐，因为你爱她，所以没关系的。心好才是最重要的。’唉，小姐，我见他那么和气，就壮起胆子说：‘瑞特先生，你说葬礼的事怎么办？’他听了这话一下子又变成个疯子了，眼睛里像是在冒火，说：‘我还当别人不懂我的心你也会懂呢。既然孩子那么怕黑，你当我会把她埋在黑魆魆的地底下？我现在都能听到她从黑暗里醒来吓得直嚷了。’玫荔小姐，我这才知道他脑子不正常了。他光喝酒不吃饭，觉也不睡，还不止这些呢。他完全是疯了，把我推出房间，嘴里喊着：‘你从这儿给我滚出去！’

“我下楼的时候脑袋里在想，他说不举行葬礼，可斯佳丽小姐说明天下葬，可他说要敢这么干就开枪打死她。家里的亲戚和街坊

邻居已经在议论纷纷，叽叽喳喳像一群珍珠鸡。我想到了你，玫荔小姐，你可得来帮帮我们哪！”

“哎呀，黑妈妈，这事我不能插手！”

“要是你不能，谁能？”

“我能怎么办呢，黑妈妈？”

“玫荔小姐，我不知道，可你总有办法的。你可以跟瑞特先生谈谈，没准儿他听得进去。他很看重你的，玫荔小姐。大概你还不知道，可他很看重你。我就亲自听他说过一遍又一遍，说他认识的太太里，就数你最了不起。”

“可是……”

玫兰妮站起身，觉得不知所措，一想到要去安抚瑞特，心里就害怕。照黑妈妈的叙述，这个人精神失常了，想到要跟他面对面争论，她觉得浑身都发冷了。她又想到要走进一个烛光通明的屋子，里面还停放着她最喜爱的一个小女孩儿，她心里像刀扎一样疼。她能做些什么呢？她对瑞特怎么说才能减轻他的悲痛，让他恢复理智呢？她站在那里，一时犹豫不决。紧闭的房门外面传来餐厅里小博的欢笑声，她假设自己的孩子死了，心里不禁像刀割一样疼。假如她的小博停放在楼上，他的小尸体冷冰冰的，一动也不动，再也听不到他欢乐的笑声，她会有什么感觉呢？

“啊呀。”这一想法让她吃惊不小，她在想象中把孩子紧紧搂在胸前。她体会到瑞特的感情了。假如博死了，她哪舍得埋葬他，哪舍得把他独自留在黑暗中，哪舍得让他受风雨的肆虐呢？

“啊！巴特勒船长真可怜，太可怜啦！”她嚷道，“我现在就去，马上就走。”

她匆匆返回餐厅，口气温和地跟阿希礼说了几句话，然后紧紧搂住自己的孩子，动情地亲吻他金色的卷发，让孩子不免吃了一惊。

她匆匆出了门，帽子也没顾上戴，手里甚至还抓着餐巾。她的步伐快得把年迈的黑妈妈远远甩在身后。她走进斯佳丽家前厅，朝聚在图书室的人们匆匆鞠了一躬，里面有惊慌失措的佩蒂帕特小姐，有举止庄重的老巴特勒太太，还有威尔和苏埃伦。她快步走上楼梯，黑妈妈气喘吁吁地跟在她身后。她在斯佳丽紧闭的屋门前停了一下，黑妈妈压低声音说："不，小姐，别进去。"

玫荔放慢脚步，沿着过道走去，到了瑞特的门前，她停下来，稍稍犹豫了片刻，仿佛想临阵脱逃似的。接着，她下定了决心，像一名小兵投入战斗，她敲响了门，轻声说："请让我进去，巴特勒船长，我是韦尔克斯太太，我要看看美蓝。"

门很快打开了。黑妈妈连忙闪身藏在走廊的暗处，只见一片耀眼的烛光中，露出瑞特高大的身影。他站得不稳，黑妈妈都能闻得出他嘴里的威士忌酒味了。他低头看着玫荔，片刻之后抓着她的胳膊，把她拉进房间，关上了门。

黑妈妈悄没声地凑到门口，瘫坐在一把椅子上，肥胖的身躯把椅子挤得满满当当。她一动不动坐在椅子上，默默淌着眼泪，心里在祈祷，不时撩起裙摆擦一下眼睛。她尽量竖起耳朵细听，可屋子里的交谈她什么也听不清，只听到断断续续的低沉嗡嗡声。

也不知道过了多久，屋门才打开，玫荔的面孔出现了，她显得那么苍白憔悴。

"给我端一壶咖啡来，要快，再拿几块三明治。"

遇上紧急情况，黑妈妈的动作灵巧得像十六岁的小姑娘。由于她特别渴望进瑞特的房间看看，所以动作就更快了。但是她大失所望了，玫荔只把房门拉开一道缝，把托盘接了进去。她竖起灵敏的耳朵听了很久，但是，除了银餐具跟瓷器的碰撞和玫兰妮压低的柔和嗓音，其他声音都分辨不出来。后来，她听到沉重的身体倒在床

上的嘎吱声，紧接着又听到靴子砸在地板上的扑通声。随后，玫兰妮出现在门口。黑妈妈很想看看屋里的情况，可玫兰妮的身子把门缝堵得严严实实，她什么也没看见。玫兰妮看上去很疲惫，睫毛上还沾着泪珠，不过她的脸上重新露出安详的神色。

“去告诉斯佳丽小姐，巴特勒船长很愿意明天早上举行葬礼。”她压低声音说道。

“感谢上帝！”黑妈妈嚷起来，“你到底怎么……”

“声音轻点儿。他快睡着了。黑妈妈，去告诉斯佳丽小姐，我今晚留在这里不回家了。你再为我端点儿咖啡，送到这儿来。”

“送到这个房间？”

“对，我答应过巴特勒船长，要是他肯睡觉，我就坐一晚上，守着小小姐。现在去告诉斯佳丽小姐吧，免得她再担心。”

黑妈妈沿着过道走去，沉重的身体把地板踩得嗵嗵直响，心里宽慰得直唱：“赞美神！赞美神！”走到斯佳丽门前，她停下脚步，沉思一下，心里充满了感激之情，也感到好奇。

“真不知道玫荔小姐是怎么做的，我猜准是有天使在她身旁帮忙。我要告诉斯佳丽小姐，明天早上举行葬礼，不过，我看最好把玫荔小姐整夜守着小小姐的事瞒着她。斯佳丽小姐绝对不会喜欢这种事。”

第六十章

这个世界出了岔子，变得阴森恐怖，像一团拨不开的迷雾，将斯佳丽悄悄包围其中，甚至比美蓝的死还让她难受。如今，最初无法忍受的痛苦已经渐渐淡漠，变成对丧女之痛的无奈屈从。然而，一种灾难将至的怪异感觉却挥之不去，仿佛有个黑魆魆的蒙面怪物就趴在她肩上，仿佛她只要跺一跺脚，脚下的地面就会变成流沙。

她以前从未经历过这种恐惧。她这辈子从来以理智为立足点，让她感到恐惧的从来是看得见摸得着的事物，譬如伤害、饥饿、贫穷、失去阿希礼的爱等。她平生不善分析，如今尝试着分析，却一无所获。虽然她失去了最亲爱的女儿，可她总算承受住了这一打击，就像她也承受过其他毁灭性的打击一样。她有健康的身体，她有很多钱，多得让她心满意足，她还有阿希礼。这些日子来，她与阿希礼见面的机会越来越少了，虽然自从玫兰妮那次为了给阿希礼个意外惊喜而举办的倒霉生日晚会后，两人见了面总感到局促不安，可这并不让她感到担忧，她知道这也会成为过去的。不是这些原因，她的恐惧不是因为痛苦，不是因为饥饿，也不是因为失去了爱情。那些恐惧感从来没把她的精神压垮，不像这种若有所失的感觉更让她担忧。眼前这种恐惧在折磨她，让她感到怪异，就像她以前的那些梦境一样让她感到恐惧。这是一团将她紧紧包围其中的浓雾，她仿佛在其中狂奔，奔跑得心都要炸了，像个迷路的孩子想找到个安

全的庇护所，却不知那个地方在哪里。

她想起以前瑞特听她说感到的恐惧只是哈哈一笑，就让她感到放心了。她也记起他古铜色的宽阔胸膛和强壮的胳膊，让他搂着从来就让她感到宽慰。于是她投向他，仔细打量着他。几个星期来，她还是头一回仔细打量他。结果，他的变化让她感到了震惊。这个人再也不会笑了，也不会安慰她了。

美蓝死后，她一度对他怒不可遏，只顾沉浸在自己的悲痛之中，即使当着用人的面，也不过对他说两句客套话。她一直沉浸在记忆中，脑子里想起的是美蓝的两只小脚丫奔跑时啪嗒啪嗒的脚步声，想起孩子欢乐的笑声。可她根本就没想到，瑞特的脑子里也在回忆，他感到的痛苦可能比她更加深沉。在那几个星期里，两人见了面或者交谈时，就像陌生人在旅馆里见了面一样客气。两人虽然住在同一所房子里，在同一张餐桌上吃饭，却从不真正交流思想感情。

如今她感到又恐惧又孤独，巴不得冲破这道障碍。但是她注意到，他在努力与她保持一段距离，知心话仿佛一句也不愿与她谈。现在她的愤怒已经消散，她想对他说，她不为美蓝的死怪罪他了。她想靠在他肩上哭个痛快，对他说，自己也为女儿骑马的技术感到自豪，自己对女儿甜言蜜语的央求也过分纵容了。现在她情愿低声下气地承认，当初指责他的话说得重了，不过是因为她自己心里痛苦，指望伤他的心减轻自己的痛苦而已。可她从没找到说这种话的机会。他望着她时，阴郁的眼睛总是毫无表情，不给她开口的机会。赔礼道歉这种事，一旦拖下去，就变得越来越难开口，最后就干脆说不出口了。

她没想到事情会变成这样。瑞特是她丈夫，两人同床共枕，生过一个孩子，爱过这个孩子，最后眼睁睁看着这个孩子夭折，被埋葬在黑暗中，夫妇之间理应有一种牢不可破的关系。她只有依偎在

孩子父亲的怀抱里，相互倾诉往日的回忆和悲哀，才能有助于治愈最初的悲伤，得到心灵的安慰。但是，如今两人之间竟形同陌路了。

他很少待在家里。即使他们坐在一起吃晚饭，他也往往喝得烂醉。以前，他酒喝得越多，举止越文雅，话说得越尖刻刺耳，那些逗人的恶毒字眼总是惹得她不禁放声大笑。如今他喝多了酒就一声不吭，满脸郁闷，而且一天比一天喝得多，每晚都醉得一塌糊涂。有时候，到了黎明时分，她听见他骑马从后院回来，敲响用人的门，让波克扶他从后楼梯回房间睡觉。如今他自己竟要人服侍上床！瑞特跟人喝酒向来都是把人家灌醉了，自己却不动声色，然后把别人送上床。

他以前总是打扮得整整齐齐，如今他穿戴也邋遢了，波克为了让他在晚饭前换件衬衫，都得跟他争论一番。他脸上已经露出了醉汉模样，坚毅的下巴轮廓让脸上的水肿遮掩得模糊不清，两只布满血丝的眼睛下眼袋越来越大，高大的身躯上，原来结实隆起的肌肉如今变得松弛疲软，腰围也开始变粗了。

他常常夜不归宿，也不打发个人回来告诉一声。当然，他很可能喝多了酒，醉卧在酒馆楼上一个房间里打呼噜。每逢这种时候，斯佳丽总是认为他在贝尔·沃特林那里厮混。有一次，她在一家商店里遇到贝尔，见她如今变成了个臃肿的胖女人，显得又邋遢又粗俗，原先的丰韵已经大半不复存在了。尽管她浓妆艳抹、衣着华丽，但肥胖的体态已经像个老妇人了。其他轻浮女人见了上流淑女，要么垂下眼皮，要么露出挑衅的眼神怒目而视，可贝尔见了斯佳丽却与她正面对视，目光中显出热情，甚至还带着怜悯神色。斯佳丽不由得飞红了脸颊。

现在斯佳丽也不能责备瑞特，不能对他发火，不能要求他忠实，也不能想办法羞辱他了，她也不好为指责他杀死美蓝向他道歉。她

深深陷入一种莫名其妙的冷漠状态，一种从未体验过、自己也无法理解的深深悲苦之中。她感到孤独，她从来不记得自己有过如此孤独的感觉。也许在这之前她忙得顾不上感到孤独吧。她既感到孤独又觉得害怕，如今除了玫兰妮，谁也不会给她安慰了。就连她的主心骨黑妈妈也回了塔拉庄园，而且一去不复返。

黑妈妈走的时候什么也没解释。她向斯佳丽要回家的车费，一双昏花老眼盯住斯佳丽，露出悲哀神色。斯佳丽泪流满面，央求她别走，可黑妈妈只是说了句："我就像听到了埃伦小姐的声音：'黑妈妈，回家来吧，你的活儿已经干完了。'所以我要回家了。"

瑞特一直在旁边听着她们的交谈，这时他把钱给了黑妈妈，拍了拍她的胳膊。

"你说得对，黑妈妈。埃伦小姐是对的。你在这里的活儿是干完了。回家去吧。要是需要什么，尽管告诉我。"斯佳丽气得大发雷霆，他以不容置疑的口吻喝道："住嘴，你这个蠢货！让她走！如今谁还想待在这所房子里呢？"

他说话的时候眼睛里闪着凶光，把斯佳丽吓得直往后面退缩。

后来她无奈向大夫讨教："米德大夫，你觉得他是不是真的精神失常了？"

"不是的。"大夫对她说，"不过他整天这么狂饮下去，非要了自己的命不可。他爱那孩子，斯佳丽，我看他拼命喝酒，为的是设法忘掉她。小姐，我的建议是你尽快再给他生个孩子。"

"哈！"斯佳丽离开他的诊所时心里觉得辛酸。这话说来容易，要办就难了。要是能消除瑞特眼睛里的那种神情，也能把自己心中的痛壑填平，就是再生个孩子，甚至再生几个孩子她也情愿。她愿意再生个男孩儿，有瑞特那样的黑眼睛和他那样的英俊潇洒，还想再生个女孩儿。啊，要生个漂亮欢乐的任性女孩儿，不能像埃拉那

么没头脑。既然上帝要夺走她一个女儿，干吗不把埃拉夺走呢？美蓝死后，埃拉并不能给她安慰。但是看上去瑞特并不想再要孩子了，至少他从不上她卧室来。她如今不但不锁门，还往往把门半开着，想请他进来，可他似乎并没有留意。现在他除了威士忌和那个红头发的邋遢女人，似乎对一切都不在意了。

以前他喜欢嘲弄别人取乐，嘲弄的话虽然不雅，但是刻薄中也不无幽默，可他现在总是露出一副苦相。他宠爱孩子的迷人风度曾为他赢回街坊邻居和许多上流太太的赞许，美蓝死后，这些太太在街上跟他见了面，会停下脚步向他表示同情，还隔着篱笆跟他讲话，表示理解他的痛苦。但是，既然美蓝死了，想赢得她们认可也变得没有必要了。他不等太太们说完，就粗鲁地打断她们的话。

但是，太太们并不生他的气。她们能理解他的心情，或者自以为能理解他的心情。他在晨曦中骑马回家，醉得几乎在马鞍上坐不稳，见了跟他说话的人便怒目相视，好心的太太们便摇头叹息道："可怜的人儿！"对他反而加倍地仁慈和宽容了。她们为他难过，知道他回到家也不能从斯佳丽那里得到安慰。

人人都知道斯佳丽有多冷酷无情。美蓝死后没多久她就显出若无其事的模样，让人人感到惊骇不已。瑞特得到全城的深切同情，可他既不知道，也不在意。斯佳丽遭到全城的厌恶，可这一回她却渴望得到老朋友们的同情。

如今，除了佩蒂姑妈、玫兰妮和阿希礼，她的老朋友一个也不来看望她。只有那些新朋友坐着锃亮的四轮大马车来访，带着急切的心情对她表示哀悼，也迫不及待地说些其他新朋友的闲话，为的是排遣她心中的苦闷，可她对那些议论丝毫也不感兴趣。这些"外地人"全都是陌生人，没一个例外！她们不了解她，也永远不会了解她。她住进桃树街这所房子，得到了目前的安全和稳定，可她在

这之前的生活经历，她们什么都不了解。她们自己也不愿谈起身穿绫罗绸缎、乘坐豪华马车以前的生活。她们不知道她经历过怎样的拼搏，经受过怎样的困苦，最后才得到这所大宅院、这些漂亮服饰，以及这些举办招待会的银餐具。她们什么都不了解，什么也不在乎。这些不知从哪儿来的人似乎总是浮在表面上，她们无法分享她对战争、饥饿和拼搏的回忆，她们没有她那种深深扎在红土地上的根。

如今她感到孤独，真希望能与梅贝尔、范妮、艾尔辛太太、怀廷太太，甚至与凶神恶煞的梅里韦特太太一起消磨午后时光，或者有邦内尔太太或者老朋友、老邻居作陪也行，因为她们了解她。她们了解战争、恐惧、大火，经历过亲人去世的悲痛，经受过饥饿，曾经衣衫褴褛，经历过恶狼守在门外的日子，如今也都在废墟上重建起了家业。

要是能与梅贝尔聊聊，斯佳丽会感到安慰的，因为她记得梅贝尔也埋葬过一个夭折的婴儿，那婴儿是在谢尔曼进攻亚特兰大前大家仓皇出逃时死的。要是能与范妮交谈也能得到安慰，因为她知道她和范妮都是在实施军事管制法的那些黑暗日子里失去丈夫的。要是能与艾尔辛太太一道回忆起亚特兰大陷落，也会有一种悲凉的乐趣，她记得艾尔辛太太当时赶着马车穿过五角广场，从军粮库抢食品，马车还一路撒下不少食品，回忆起这些，彼此准会哈哈大笑。要是能与梅里韦特太太比赛谁讲的故事更有趣，也肯定让人开心。老太太如今有面包房的稳定收入，日子过得挺开心，她会乐呵呵地说：“还记得刚投降那阵子形势多艰难吗？还记得鞋子破了没得换的日子吗？看看我们现在的光景吧！”

不错，要是能跟大家交谈准会十分愉快。以前，两个前邦联分子相遇，总是谈得津津有味，谈起那场战争显得那么自豪、那么怀念，现在她懂了，因为那些战争岁月考验了他们的心，他们

经受住了考验。他们成了战场老兵，她也是个老兵。然而，却没有战友与她一道重温昔日的战争经历。啊！如果能跟战友相聚，那该多好啊！大家有着同样的经历，承受过同样的苦难，然而他们又是自己生活中重要的一部分！

然而，这些人都悄然离她而去了。她也知道这是自己的错。在这之前她从来不在乎，如今美蓝死了，她感到孤独，感到害怕，锃亮的餐桌对面却总是坐着一个皮肤黝黑的醉汉，这个人就像个陌生人，她只能眼睁睁望着他一天天垮下去。

第六十一章

斯佳丽在玛丽埃塔时突然收到瑞特发来的加急电报。十分钟后正好有趟车开往亚特兰大，她为了赶上这趟车什么行李都没带，只拎了一个手提包就出发了，把韦德和埃拉都留在旅店交给普莉西照看。

亚特兰大离玛丽埃塔只有二十英里，可是在那个多雨的初秋下午，火车却一直缓慢爬行，每个小站都要停下上人，好像一辈子都到不了似的，瑞特的电报弄得斯佳丽焦虑万分，她急着往回赶，所以车每次一停，她都急得几乎尖叫起来。火车轰隆轰隆驶过一片片昏暗的树林，穿过一座座依然矗立着防御工事的红土山坡，经过一个个古老的炮台和如今已被荒草覆盖的弹坑，正是沿着这条铁路，约翰斯顿带领的士兵与敌人苦战，一步步被击退。列车员喊出的每一个站名、每一个交叉路口，都是一场战役或一次战斗的名字。以前，这些地方都会让斯佳丽想起那些恐怖的往事，但是现在她却没心情去想这些。

瑞特的电报上说：

“韦尔克斯夫人病重。速归。”

当火车驶入亚特兰大的时候，夜幕已经降临，整个城市雾雨蒙蒙，煤气街灯发出昏黄的灯光，在雾中成为一个个小黄点。瑞特坐马车到车站来接她。他脸上的神色比他的电报更吓人。她以前从来

没有看见他脸上出现过这种表情。

“她没有……”她喊了出来。

“还没有。她还活着呢。”瑞特扶她上了马车。“到韦尔克斯夫人家，要快！”他吩咐车夫。

“她怎么啦？我没听说她生病啊。上个星期她还看上去好好的。她是不是出了什么意外？哦，瑞特，不会真像你说得那么严重……”

“她要死了。”瑞特说，他的声音和他脸上的表情一样空洞，“她想见见你。”

“不会的，玫荔不会死！哦，玫荔不会死的！她究竟怎么啦？”

“她流产了。”

“流……产……可是，瑞特，她……”她说不出话了。瑞特说的这个可怕的消息让她什么也说不出来了。

“你不知道她怀了孩子？”

她连摇头的力气都没有了。

“哦，是的，我想你也不知道。我想她对谁都没说，她想给大家一个惊喜，不过我知道。”

“你知道？可她肯定不会告诉你的！”

“她是没有告诉我，可我看出来了。她这两个月那么……高兴，我就知道不可能是别的。”

“可是，瑞特，大夫早就说了再要孩子会要了她的命的！”

“真是要了她的命了。”瑞特说，然后又冲着车夫喊：“老天啊，你能不能再快点儿！”

“可是，瑞特，她不会死！我不就没有……”

“她可没你那么好的身体，她一向身体就不太好，她只有一颗坚强的心。”

马车哐啷一下停在了那栋小平房门口，瑞特扶斯佳丽下了车。

斯佳丽心惊肉跳、浑身颤抖，突然又感到一阵凄凉袭来，于是紧紧抓住瑞特的胳膊。

“你也进去吗，瑞特？”

“不了。”他说着又爬上马车。

她冲上门前的台阶，穿过门廊，猛地打开屋门。阿希礼、佩蒂姑妈和印第亚坐在昏黄的灯光下。斯佳丽心中暗想：“印第亚在这儿干什么？玫兰妮不是告诉她再也不许她进这个家门了。”看见她，三个人都站了起来，佩蒂姑妈咬住嘴唇，不让它发抖；印第亚伤心地盯着她，不过并没有任何敌意；阿希礼像在梦游一样，神情木然。当他朝她走过来，把手放在她胳膊上的时候，说话的样子也像是在梦游。

“她要见你。”他说，“她要见你。”

“我现在能见她吗？”她转过身冲着玫兰妮的屋子，房门是关着的。

“不行，米德大夫现在正在里面呢。我很高兴你能赶来，斯佳丽。”

“我尽快赶来了。”斯佳丽脱下她的帽子和斗篷，“火车太……她不是真的要……告诉我，她已经好点儿了，阿希礼。快告诉我！别这样！她不是真的……”

“她一直说要见你。”阿希礼盯着她的眼睛说道。斯佳丽从他的眼睛中看到了答案。她的心像是一下子停止了跳动，然后她感到胸中有一种奇怪的、一种比焦虑和悲伤更强烈的恐惧跳动起来。“这不会是真的。”她情绪激动地想，一面努力抑制住自己的恐惧，“医生也会出错。我不相信这是真的。我一定不让自己相信这是真的。要是我相信的话，我一定会尖叫起来的。我一定得想想其他事情。”

“我不相信！”她急切地放声喊道，同时盯着那三张悲伤的脸，

好像在向他们挑战，让他们反驳自己，“玫兰妮怎么没跟我说？我要是知道就不会去玛丽埃塔了！”

阿希礼清醒过来，眼中露出痛苦的神色。

“她对谁都没说，斯佳丽，特别是你，她怕你知道了会责怪她。她想等到三个月，等到孩子安稳了，彻底没事了，再给大家一个惊喜，然后她就可以开怀大笑，说大夫们的话是错的。那段时间她是那么高兴。你知道她多么喜欢孩子，多么想要个小女孩儿。开始一切都挺好的，然后突然一下就……一点儿道理都没有。”

玫兰妮的房门轻轻地开了，米德大夫从里面走了出来，随手关上了门。他站了一会儿，灰白的胡子耷拉在胸前，然后抬头看着那四个一下愣在那里的人。他的目光落在斯佳丽身上。他朝斯佳丽走过来的当儿，她看见他的眼中充满悲伤，还有一种憎恶和不屑的神情，顿时她本来惊恐万分的心中感到一阵愧疚。

“你终于来了。”米德大夫说。

她还没有开口回答，阿希礼已经朝着那扇紧闭的房门走去。

“还没轮到你呢。”米德大夫说，“她想和斯佳丽说话。”

“大夫。”印第亚一只手抓住他的袖子说道，尽管她的声音没有起伏，却比激动的言语更加满含恳求，“让我看看她吧。我今天一大早就来了，一直等到现在，可是她……让我看看她吧。我想告诉她……我必须告诉她……有件事是我弄错了。”

她说话的时候既没看阿希礼也没看斯佳丽，可是米德大夫却冷冷地盯着斯佳丽。

“我知道，印第亚小姐。”他简单地说，“可是你得答应我，不要因为告诉她你错了而耗尽她的气力。她知道你错了，你的道歉只会让她难受。”

佩蒂也小心翼翼地说：“求求你，米德大夫……”

"佩蒂小姐，你知道自己会尖叫起来，晕过去的。"

佩蒂挺直自己矮墩墩的身体，跟米德大夫对视。她的眼睛是干的，全身每一条曲线都充满了尊严。

"好吧，亲爱的，不过得等一会儿。"大夫用缓和一些的口吻说，"来吧，斯佳丽。"

他们踮着脚尖穿过厅堂，来到那个紧闭的门前。米德大夫用一只手狠狠地抓住斯佳丽的肩膀。

"现在听好了，小姐。"他低声简单地说，"不要歇斯底里，不许对她做临终忏悔，否则，老天在上，我会拧断你的脖子！别这么假装无辜地盯着我。你明白我的意思。你可不能为了让自己良心上好过，便告诉玫荔小姐有关阿希礼的事，让她无法安心地撒手而去。我还从来没有打过一个女人，可是如果你今天说些什么的话……你可要后果自负。"

斯佳丽还没来得及答话，他已经打开房门，把她推进屋里，然后又随手关上了门。玫兰妮的小屋子里只有些黑桃木做的简单家具，屋子里光线暗淡，因为灯上罩了一张报纸。屋子又小又整洁，简直像是女学生的宿舍一样，一张低矮的窄床，撩起的单色网格窗帘，地板上铺的是那张虽然干净却已经褪色的旧地毯，这一切都和斯佳丽的豪华卧室有着天壤之别，她那里的家具雕刻精美气派，挂着锦缎帷帐，地毯织满玫瑰图案。

玫兰妮躺在床上，身上盖着一条被单，看上去就像小姑娘一样瘦小干瘪。两条黑辫子垂在脸颊两侧，紧闭的双眼凹陷在两个青紫色的眼窝里。看到玫兰妮这个样子，斯佳丽不禁靠在门上，愣在那里。尽管屋子里光线昏暗，但她还是看得出玫兰妮的小脸蜡黄，血气已经枯竭，连鼻子也不再挺直。在这之前，斯佳丽还一直希望是米德大夫弄错了。但是现在她明白了。战争时期，她在医院里见过

好多人脸上就是这种枯槁的模样，所以知道这代表着什么不可避免的结局。

玫兰妮要死了，一时间斯佳丽心里难以接受这个事实。玫兰妮不会死，她不可能死，上帝不会在她斯佳丽这么需要她的时候，让她死去。她以前从来没有觉得需要玫兰妮，可是现在却从她的内心深处涌出这个事实，她一直依赖着玫兰妮，就如同她依赖自己一样，而她却从来没有发觉。现在玫兰妮要死了，斯佳丽才意识到自己没有她不行。此时此刻，她踮着脚尖穿过屋子朝这个安静的身体走去，心中感到一片惶恐，她这才明白玫兰妮一直是她的挡箭牌，她的安慰，她力量的源泉。

“我一定得抓紧她！我绝不放她走！”她心里想着，在床边蹲下，裙子发出一阵窸窣声。她一把抓住那只搁在被单外的柔软小手，又把她吓了一跳，因为那手摸起来冰凉。

“是我，玫荔。”她说。

玫兰妮的眼睛睁开一条缝，然后好像因为看到的真是斯佳丽而感到满意了，又合上了眼。过了一会儿，她长出一口气，低声说：

“你能答应我一件事吗？”

“哦，什么都行！”

“小博……照料他。”

斯佳丽的喉咙一阵哽咽，说不出话来，只能点头表示同意，同时她轻轻地捏了捏握在手里的那只手。

“我把他托付给你了。”玫兰妮脸上出现一丝几乎察觉不到的微笑，“我以前就曾把他托付给你……记得吗？在他出生之前。”

她记得吗？她怎么忘得了那段时间呢？那可怕的一天清晰得好像就在眼前，她都能感觉到九月正午的闷热，记起她对北佬的恐惧，听到部队撤退的脚步声，想起玫兰妮恳求她，要是她死了替她照看

孩子……而且，她还记得当时她是多么痛恨玫兰妮，恨不得她死去。

“是我害了她。”一种迷信让她痛苦地想道，“我总是盼望她死掉，上帝听到了我的祈祷，现在来惩罚我了。”

“哦，玫荔，别这么说！你知道你能挺过来的……”

“不行了。答应我。”

斯佳丽哽咽了。

“你知道我会答应的。我会像对自己的孩子一样照看他。”

“上大学？”玫兰妮气息微弱而平静地问道。

“哦，是的！让他上大学，只要他愿意，上哈佛或者去欧洲上学都行……还有……送他一匹小马……上音乐课……哦，求求你，玫荔，你要坚持住！要挺住啊！”

她俩再次陷入沉默，玫兰妮脸上流露出努力想说话的样子。

“阿希礼。”她终于说，“阿希礼和你……”她的声音颤抖地停住了。

一听到阿希礼的名字，斯佳丽的心都停止跳动了，浑身像花岗岩一样冰冷。这么说玫兰妮一直都知道。斯佳丽把头埋在被单上，想哭却没有哭出来，仿佛有只手狠狠地掐住了她的脖子。原来玫兰妮都知道。斯佳丽现在忘记了羞愧，心中为伤害这样一个温柔的好人而深感悔恨。玫兰妮原来早就知道了……可她还继续把她当成忠诚的朋友。哦，她要是能回头重新把这几年再过一回该多好！她就再也不会去看阿希礼的目光了。

“哦，上帝啊。”她急切地祈祷，“求求你，让她活下来吧！我会补偿她，我会对她好。只要我活着就再也不和阿希礼说话，只求你让她好起来！”

“阿希礼。”玫兰妮虚弱地说，同时伸出手抚摩斯佳丽低垂的头。她用大拇指和食指捻弄斯佳丽头发的气力还不如个婴儿。斯佳

丽明白她这样做的意思，是想要她抬起头来。但是她做不到，她无法直视玫兰妮的双眼，因为玫兰妮的眼中表明她知晓一切。

“阿希礼。”玫兰妮再次低声说，斯佳丽拼命控制住自己。就算她在世界末日面对上帝的眼睛，从上帝的眼中得到对自己的宣判，也不会像现在这么艰难。她的灵魂在畏缩后退，不过她还是抬起了头。

虽然因为死神临近，玫兰妮眼睛凹陷、目光迷离，嘴巴痛苦地呼吸，然而斯佳丽看到的还是那双充满爱意的黑眼睛，还是那张温柔的嘴，脸上没有任何指责和恐惧的表情——只有一种担心她没有力气说话的焦急。

斯佳丽一时竟然不知所措，甚至都没有觉得松了口气。然后她更紧地握住玫兰妮的手，心里充满对上帝的感激，平生第一次虔诚无私地祈祷道：

“感谢你，上帝。我知道我不配，但是感谢你没有让她知道。”

“阿希礼什么，玫荔？”

“你能照看他吗？”

“哦，是的。”

“他很容易得……感冒。”

然后停顿了一会儿。

“照看他的生意……你明白吗？”

“是的，我明白。我会的。”

玫兰妮使出浑身的气力说：

“阿希礼他……他这人不实际。”

只有死亡才能让玫兰妮对自己的丈夫这样评论。

“我会照看他，还有他的生意，而且我不会让他知道。我只是给他提点儿建议。”

玫兰妮的目光和斯佳丽的目光相遇时，她努力挤出一个胜利的微笑。她俩通过眼神交流便达成了一笔交易，从此在这个严酷的世界上保护阿希礼·韦尔克斯的任务便从一个女人移交到另一个女人身上，而且为了避免有损阿希礼的男子自尊心，绝不能让他知道此事。

现在玫兰妮疲倦的脸上不再有挣扎的迹象，斯佳丽答应后，玫兰妮脸上一片宁静。

“你是那么聪明……那么勇敢……一直都对我那么好……”

听到这些话，斯佳丽的喉咙不禁微微哽咽，她用手捂住嘴。此时她恨不得像个孩子一样号啕大哭，大声说出真相：“我是个恶魔！我一直都在对你撒谎！我从未为你做过任何事！我做的一切都是为了阿希礼。”

她猛地站起身，用牙使劲咬住大拇指，免得自己失控。瑞特的话又在她耳边响起：“她爱你。就让她的爱成为你的十字架吧。”是的，现在这十字架更加沉重了。她费尽心机想把阿希礼从玫兰妮身边夺过来，这本来已经够卑鄙了。但现在更糟的是盲目地信任了她一辈子的玫兰妮在临死前依然一如既往地爱她、信任她。不，她不能说出真相。她甚至连一句“努力活下来”都说不出来。她要让她愉快地离去，没有痛苦、没有眼泪、没有遗憾。

门轻轻地开了，米德大夫站在门槛上不耐烦地冲她招手，示意她该离开了。斯佳丽弯下腰，忍住眼泪，握住玫兰妮的一只手，贴在自己脸上。

“晚安。”她说，声音比她原想的要镇定。

“答应我……”玫兰妮低声说，现在声音已经非常微弱了。

“什么都行，亲爱的。”

“巴特勒船长……对他好些。他……非常爱你。”

“瑞特？”斯佳丽迷惑不解地想，这句话对她毫无意义。

“是的，那当然。”她脱口而出，然后轻轻地吻了一下那只手，把它放回床上。

“叫女士们快来吧。”斯佳丽经过门口的时候米德大夫吩咐道。

透过蒙眬的泪眼，她看见印第亚和佩蒂跟在大夫后面进了屋，手里拽着裙裾，免得发出声音。大夫随手关上了门，屋里一片寂静。阿希礼不知在哪儿。斯佳丽像个淘气的孩子一样躲在角落里，头抵着墙，手揉搓着疼痛的喉咙。

那扇门后，玫兰妮就要死了，斯佳丽这么多年来一直没有意识到依赖的那种力量也将随她而去。为什么，哦，为什么她之前就没有意识到她其实是那么爱玫兰妮，那么需要她呢？但是谁又能想到身材瘦小、相貌平平的玫兰妮竟是大家的力量源泉？玫兰妮在陌生人面前总是羞得几乎要掉眼泪，发表自己意见的时候胆小得都不敢提高嗓门儿，生怕会遭到那些老太太们的反对，连对鹅说声“呸”的胆子都没有，然而……

斯佳丽的思绪回到几年前塔拉那个寂静炎热的中午，当青烟还在那个身穿蓝军服的北佬身上盘旋，玫兰妮手中拿着查尔斯的军刀站在楼梯顶。斯佳丽记起自己当时的想法：“多傻啊！玫荔自己连那把刀都举不起来呢！”但是现在她明白了，如果需要，玫兰妮会冲下楼梯，杀死那个北佬……或者自己被杀死。

是的，那天玫兰妮用她的小手握着军刀准备为她而战。而现在，当斯佳丽悲伤地回顾时，她发现玫兰妮一直像她的影子一样，手握军刀默默地守候在她身边，以满腔热情和盲目的忠诚爱她，为她与北佬、大火、饥饿、贫困、大家的看法，甚至与深爱的亲人斗争。

当斯佳丽意识到那把横在她和这个世界之间的闪亮军刀就要永远地插入刀鞘，她不禁觉得自己的勇气和自信在慢慢消失。

“玫荔是我唯一的女朋友。”她绝望地想，“除了母亲，她是唯一爱过我的女人。而且她就像我的母亲一样，所有认识她的人都围在她裙边不愿离去。”

突然，好像那扇紧闭的房门后躺着的是埃伦，正在第二次离开人世。突然，她好像又一个人孤苦伶仃地回到了战乱时的塔拉，她发现没有了那个身体虚弱、脾气温和、好心的女人，她无法面对生活。

她不知所措地站在走廊里，起居室明亮的炉火在墙上留下她高大的身影。房子里寂静无声，寂静像冰冷的细雨浸透她的身体。阿希礼！阿希礼去哪儿了？

她像只冻坏的野兽找火取暖一样，走向起居室寻找阿希礼，但是阿希礼不在那里。她必须找到他。她刚发现玫兰妮的力量和自己对这种力量的依赖，就立刻失去了她，现在只剩下阿希礼了。阿希礼是强壮的、聪明的，能够让人安慰。阿希礼和他的爱就是力量，可以使她不再软弱，他有勇气可以驱散她的恐惧，他那里还有抚慰她悲伤的舒适。

“他肯定是在他的屋子里。”她想，于是踮着脚尖走过客厅，轻轻地敲门。没人应答，于是她推开了门。阿希礼站在梳妆台前，眼睛直勾勾地盯着玫兰妮修补的一副手套。他先拿起一只仔细地看着它，好像从来没有见过似的。然后他轻轻地把它放下，仿佛那是用玻璃做的，接着又拿起另外一只。

她声音颤抖地喊了一声：“阿希礼！”他慢慢地转过身，望着她。那种迷离超然的神情从他那双灰色的眼睛中消失了，此刻他的眼睛毫无掩饰地睁得大大的。斯佳丽在其中看到了和她一样的恐惧，看到了比她更强烈的无奈，看到了最深切的困惑。斯佳丽看到这张脸，心里比刚才在客厅更加恐惧了。她朝他走过去。

“我好害怕啊。”她说，“哦，阿希礼，抱抱我吧。我好害怕啊！”

他一动没动，只是瞪着她看，双手还紧紧抓着那只手套。斯佳丽伸出一只手放在他手臂上，低声说：“怎么啦？”

他目不转睛地看着她，绝望地寻找着什么，但是却没有找到。最后他终于开口了，声音却不像他自己。

“我刚才一直需要你。”他说，“我到处跑着找你……就像个孩子那样跑去寻找安慰……可现在我找到的是一个孩子，一个比我更害怕、跑来找我的孩子。”

“不会的，你……你不会被吓坏。”斯佳丽喊道，“从来没什么能吓倒你。但是我……你一向都是那么强壮……”

“如果我曾经强壮，那也是因为有她在我身后。”阿希礼声音嘶哑地说，然后他又低头看着那只手套，把上面的手指撸平，“可是……可是我所有的力气都随她而去了。”

他低沉的声音里有一种极度绝望，斯佳丽不禁把手从他的手臂上拿下，朝后退。接着他们之间出现了一段令人压抑的沉默，沉默中斯佳丽觉得自己有生以来第一次真正理解了他。

“那么……”斯佳丽慢慢开口说，“那么，阿希礼，你是爱她的，对吗？”

他像是费了好大的劲才说出来。

“她是我唯一的梦，她活着，她呼吸，她是唯一在现实面前不会破灭的梦。”

“梦！”她像以前那样被激怒了，“他总是说什么梦！一点儿都不实际！”

她心情沉重苦涩地说：“你真是个傻瓜，阿希礼。你怎么没看出来她比我好几百万倍？”

“斯佳丽，求求你！你难道不知道这几天我是如何度过的，自

从大夫……”

“你是如何度过的！难道你以为我……哦，阿希礼，你应该在很多年以前就知道，你爱的就是她，不是我！你当时怎么不明白呢？你要是早知道，现在一切就都不一样了……哦，你本应当早就意识到，而不是让我为了你谈的什么荣誉和牺牲痴迷不悟！你要是在多年以前跟我说清楚，我就会……我肯定会伤心得要命，可是我总会挺过来的。你却一直等到现在，等到玫荔就要死了才发现，现在做什么都太晚了。哦，阿希礼，男人应该知道这些事情，而不是女人呀！你应该早就明白自己一直爱的都是她，只是需要我就像……就像瑞特需要那个叫沃特林的女人一样！”

听到斯佳丽的话，阿希礼往后退了几步，但是依然望着她，默默地恳求能够得到她的慰藉。他脸上的每一根线条都承认她的话是对的。他那低垂的肩膀也表明他内心的自责要比斯佳丽的责备更严厉。他默默地站在她面前，紧紧地抓着那只手套，好像那是一只善解人意的手。斯佳丽说了那些话后，怒气在随后的沉默中慢慢消失了，取而代之的是略带轻蔑的同情。她的良心使她感到不安。她这是在踢打一个饱受打击、毫无自卫能力的人……而且她刚刚答应玫兰妮要照看他。

“我刚刚答应了玫兰妮，然后我就对他说出这些刻薄、伤人的话，我根本没必要说这些，其他人也不该说，他自己知道真相，而且他正为这个伤心欲绝呢。”她凄凉地想，“他还没长大，还是个孩子，就像我一样，正因为害怕失去玫兰妮而难受。玫荔知道他会这样——玫荔可比我更了解他。那就是为什么玫荔对我说要照看小博的同时还要照看他。阿希礼怎么能挺得住呢？我能够挺得住，我遇到什么都能挺得住，而且我也必须这样挺住一切。但是他不行……没有了她，他可挺不住。”

“原谅我，亲爱的。”斯佳丽一边柔声说，一边张开胳膊，“我知道你现在正难受呢。但是你要记住，她什么都不知道……她甚至都不曾怀疑过……上帝对我们真是太仁慈了。”

他快步朝她走过来，一下子就把她抱住。她踮起脚尖温柔地用自己温暖的面颊贴着他的脸，同时一只手抚摩着他背后的头发。

“别哭了，亲爱的。她希望你勇敢。过会儿她就要见你了，你一定要勇敢，可千万不能让她看见你在哭，那会让她担心的。”

他紧紧地抱住她，她觉得连呼吸都有点儿困难了，他沙哑的声音在她耳边响起：

“我该怎么办？我无法……没有她，我活不下去。”

“我也一样。”斯佳丽暗自思忖，一想到今后那么多年不再有玫兰妮相伴，她就不禁浑身发颤，但是她努力控制住自己。阿希礼现在正需要依靠她，玫兰妮现在也正需要依靠她。就像在塔拉那个月夜，她喝得烂醉，又筋疲力尽，曾经想：“有力的肩膀挑重担。”那好吧，既然她有有力的肩膀，而阿希礼没有……于是她挺直了肩膀准备扛起重担，她头脑冷静、无动于衷地吻了吻阿希礼的脸颊，这一吻既没有热情，也没有渴望，更没有激情，有的只是冷静的温柔。

“我们会熬过去的……不管怎样都会熬过去。”她说。

门突然开了，声音传到了客厅，米德大夫急切地喊：

“阿希礼！快来！”

“上帝啊！她要死了！”斯佳丽心想，“阿希礼要来不及和她说再见了！但是说不定……”

“快！”她大声叫道，同时看到阿希礼瞪着眼睛站在那里发呆，便推了阿希礼一把，“快去呀！”

她拉开门示意他出去。在她的话的刺激下，他跑进客厅，手里

仍然紧紧抓着那只手套。她先是听到他飞快的脚步声，然后是门关上的声音。

她又说了一声：“上帝啊！”然后慢慢走到床边，一屁股坐上去，把头埋进手里。突然间她感到异常疲惫，这辈子她都没觉得这么累过。随着刚才那道关门的声音，她一直苦苦支撑、给她力量的弦猛地断了。她感到自己筋疲力尽，感情麻木。现在她既不觉得难过或悔恨，也不觉得害怕或惶恐。她疲倦了，她的脑子像壁炉架上的钟表一样机械、一样沉闷，嘀嗒嘀嗒地转动。

沉闷中心中涌起一个念头。阿希礼不爱她，也从来没有真正爱过她，而且她知道这一切后并不伤心。她应该感到伤心才对，她应该觉得凄凉心碎，对着命运大声尖叫才对。这么长时间以来，她一直都是依靠他的爱才活下来的。正因为他的爱，她才度过了那么多的艰难困苦。然而，事实就是这样。他并不爱她，而她也毫不在乎。她毫不在乎是因为她也不爱他了。既然她不爱他，那无论他做什么、说什么都不会让她伤心。

她躺倒在床上，头疲惫地枕在枕头上。徒劳地与自己的想法争辩，徒劳地想要说服自己：“但我的确是爱他的。这么多年我一直都在爱他，爱不可能在片刻之间就变成同情。”

但是它会变，而且已经变了。

“除了在我的想象中，他从来没有真正存在过。”她疲倦地想，“我爱的是我自己虚构出来的一个人，一个就像玫荔一样没有生命的人。我做了身漂亮的衣服，然后就爱上了它。当阿希礼骑着马过来时，他是那么英俊，那么与众不同，我就给他硬套上那身衣服，也不管是不是合身，于是我就看不见他真正的模样了。其实我一直爱的是那身衣服，压根儿不是他这个人。”

现在她可以回首多年以前的往事了，看见自己在塔拉身穿绿色

条纹绣花长裙，站在阳光里，看见那个骑马的年轻人，金色的头发在阳光的照耀下像戴着顶银色的盔甲，于是她怦然心动。现在她才清楚地认识到，他不过是少女的幻想，就像她从杰拉尔德那里哄骗而来的蓝宝石耳坠一样，是个被宠坏了的孩子的愿望。因为，一旦她拥有了那副耳坠，它们就丧失了原来的价值，对她来说除了金钱，什么东西一到手就丧失了它原来的价值。阿希礼也一样，如果当初他向她求婚，遭到她的拒绝后，他也像其他人一样在她眼里一文不值了。如果他听任她摆布，像其他男孩儿一样，追求热烈、纠缠不休，一会儿嫉妒，一会儿生气，一会儿恳求，那么，她对他那种极度的痴迷在遇到另一个男人后，也就消失了，就像日出前的薄雾一样被轻风吹散。

“我一直都是个大傻瓜。”她辛酸地想，“现在我得为此付出代价了。我希望的事情总是会发生。我曾经希望玫兰妮死了，这样我就能得到阿希礼。现在她死了，我能够得到他了，可是我却不想要他了。他那该死的体面会让他来问我是否愿意和瑞特离婚，嫁给他。嫁给他？把他托在银盘子上送给我都不要！不过，不管怎么样，这辈子我都得把他拴在我的脖子上照看。只要我活一天，我就必须好好照看他，保证他不挨饿，还不能让别人伤害他的感情。我又多了一个抓住我裙子不放的孩子。我失去了一个爱人，却多了一个孩子。要不是我已经答应了玫荔要照看他，以后再也见不着他，我也……我也不在乎。”

第六十二章

她听到外面有人低声说话，便走到门口，看见几个吓得惊慌失措的黑人站在后面走廊上。迪尔西胳膊下垂，吃力地抱着熟睡的小博，彼得大叔在哭，厨娘用围裙擦抹着她那张宽脸上的眼泪。三个人都望着她，默默地用眼神询问她，他们现在该做些什么。她朝起居室的方向望去，只见印第亚和佩蒂姑妈握着彼此的手，一声不响地站在那里，印第亚头一回没有把脖子挺得直直的。像那几个黑人一样，她俩也恳求地望着她，期待她吩咐下一步该做什么。她走进起居室，两个人立刻迎上来。

“哦，斯佳丽，我们该……”佩蒂姑妈开口说，她那孩子似的小胖嘴在颤抖。

“别和我说话，否则我就要尖叫了。”斯佳丽说。过分的紧张让她的声音变得尖厉起来，两只手攥成拳头搁在身体两侧。一想到现在就要讨论玫兰妮，讨论如何安排死后的种种事宜，就让她的喉咙再次发紧：“什么话也别和我说。”

她声音里那种命令人的语调，让她俩不禁往后退，脸上一副受伤无助的表情。“我可不能当着她们的面流泪。”她想，“我现在也不能崩溃，否则她们一定会再次哭起来，然后那些黑人也会跟着哭号，那我们就乱了方寸。我必须挺住。等着我做的事还多呢。得和殡仪馆的人谈，得安排葬礼，得让人来打扫屋子，还得和前来吊

唁的人交谈。阿希礼不懂得怎么做这些事，佩蒂和印第亚又做不了，只好由我来做。唉，又是一副重担。总是有重担等着我，而且总是别人的担子。”

她看到印第亚和佩蒂两人的脸上出现一片茫然和受到伤害的表情，感到一阵后悔。玫兰妮就不会像她这样对那些爱自己的人露出凶狠神色。

“对不起，刚才我不该发脾气。”她困难地说，“我只是……对不起，刚才我不该发脾气，姑妈。我去门廊待一会儿。我得独自待一会儿。然后我回来，咱们再……”

她轻轻拍了拍佩蒂姑妈，然后迅速从她身边走向大门，她觉得自己要是在屋里再多待哪怕一分钟，她就会失去控制。她必须独自待上一会儿。她得自己哭上一场，否则自己的心肯定会碎的。

她走进漆黑的门廊，随手关上了门，夜晚潮湿凉爽的空气扑面而来。雨已经停了，除了偶尔有雨水从屋檐上滴下发出滴答滴答的声音，再没有其他声响。整个世界笼罩在一层浓雾中，这略带寒意的雾气中有一股一年将尽的气息。街对面黑魆魆的，只有一个屋子里还有灯光，那灯光挣扎着穿过浓雾，透过窗户照在路面，光线里有无数飞舞的金色颗粒。整个世界仿佛被装进了一个静止不动的灰烟做成的袋子里。整个世界寂静无声。

斯佳丽把头倚在门廊的一根柱子上，准备大哭一场，可是却怎么也哭不出来。悲极无泪。她的身体在颤抖，脑海中还回响着她生活中两个坚不可摧的堡垒坍塌的声音，那坍塌发出的轰鸣仿佛仍在耳边缭绕。她就这么站了一会儿，想要让自己振作起来，便拿出自己那套老话：“我明天再考虑这事，到时候我就能受得住了。”可是这句话不灵了。她必须考虑两件事情：首先是玫兰妮——她怎么现在才意识到自己其实是这么爱她，这么需要她呢；另外就是阿希

礼，她一直盲目而固执地不愿认清他的真面目。她明白无论是明天，还是明天的明天，想起这些都会让她心痛。

“现在我可不能回屋跟他们说话了。”她心想，“今晚我不能面对阿希礼，安慰他。今晚可不行！明天一大早我就来做我应该做的事，但是今晚，我什么都做不了。我得回家去。”

她的家距这里不过五个街区，她等不及哭哭啼啼的彼得给她套好车，也等不及米德大夫赶车送她回家。她忍受不了别人冲她流眼泪，或是对她无声的谴责。她既没穿大衣也没戴帽子，在黑暗中飞快跑下台阶，走进浓雾笼罩的夜色。转过街角，走在了通往桃树街方向的上坡路，在这个万籁俱寂、雨雾蒙蒙的世界，她的脚步声都仿佛是在梦中一般悄然无声。

爬上坡后，她的胸口因为哭不出来而憋得发疼，她产生一种奇怪的感觉，觉得她以前曾经来过同样一个黑暗寒冷的地方，连周围的环境都是相同的——而且不止一次。“我又犯傻了。”她不安地想，同时加快了脚步。一定是她的神经在捉弄她。可是这种感觉非但不肯离去，而且慢慢占据了她的思想。她疑惑地向四周打量，这种感觉愈加强烈，突然，她像野兽嗅出危险一样抬起了头。“我不过是累坏了而已。”她试图安慰自己，“今天晚上可真是奇怪，雾这么大，我以前从来没有见过这么大的雾，除了……除了！”

突然她明白是怎么回事了，恐惧慑紧了她的心。现在她明白了。在那个她做过千百次的噩梦中，她就是在这样的浓雾中奔逃，穿过一个没有路标、鬼怪出没的地方，四周满是遮天蔽日的浓雾，到处都是鬼魂幽灵。她是又做梦呢，还是那个梦变成了现实？

一时间，现实离她远去，她迷失了。她又感到那种熟悉的噩梦般的感觉，而且比以往哪次都更强烈，她的心狂跳起来。就像她那次在塔拉一样，她又被夹在死亡和寂静的边缘。世界上的一切都化

为乌有，生活成为一堆废墟，恐惧如冷风般呼啸着吹过她的心口。恐惧就在浓雾中，恐惧就是浓雾本身，这恐惧伸出手来紧紧地抓住她，于是她跑了起来。就像她在千百次的梦中那样，在一种不可名状的恐惧下，她盲目地飞奔起来，自己也不知道要到哪里，在灰蒙蒙的浓雾中寻找那个不知藏在哪里的庇护所。

她沿着昏暗的街道奔逃，低着头，心怦怦狂跳，夜晚潮湿的空气吹在嘴唇上，头顶上则是阴森森的树冠。在这个潮湿寂静的荒野之地，庇护所就藏在某个地方！她气喘吁吁地跑上坡道，被汗水浸湿的裙子冷冰冰地贴在她的脚腕上，绑得紧紧的胸衣带子简直要把肋骨勒进心脏，她的肺都要炸裂了。

她的眼前出现一盏灯，接着是一排灯，虽然又昏暗又摇曳，不过却是真实的。在她的噩梦中从来没有过任何灯光，只有灰色的浓雾。她的思想集中在这些灯光上。有灯光就意味着有安全、有人居住，是现实的。她猛地停下了脚步，握紧双拳，努力想摆脱恐惧，眼睛专注地盯着那一排灯，这些灯表明她是在亚特兰大的桃树街，而不是那个充满鬼怪的梦幻世界。

她跌坐在一个下车台上，大口大口地喘着粗气，同时紧紧地抓住自己的神经，仿佛那是一根随时会从手中滑落的绳子。

“我刚才一直像个疯子一样……一直在跑！”她想，虽然不再那么害怕了，身子还是抖个不停，怦怦的心跳让她都有点儿恶心了，“但是我要跑去哪里呢？”

她的呼吸慢慢地平缓下来，于是她叉着腰，望着桃树街。那里，在坡道顶端，就是她家的房子。房子里每一盏灯都好像亮着，而且用它们的光亮驱散了迷雾。家！原来家才是真实的！她满怀感激、充满渴望地望着远处房子模糊的轮廓，心情顿时平静下来。

家！那就是她想要去的地方。那就是她一直跑着寻找的地方。

回家去找瑞特！

意识到这一点后，她好像从枷锁中挣脱一样，那种经常在梦中困扰她的恐惧也随之而去。以前她踉踉跄跄逃回塔拉，发现以前那个世界已经不复存在了，自从那个晚上起，那场噩梦就一直折磨着她。回到塔拉后，她发现不再有安全感了，以前埃伦身上所有的力量、所有的智慧、所有的温柔、所有的理解也都化为乌有，而这些一直是她少女时代的庇护。虽然后来她获得了物质上的安全，可是在梦中她依然是个受到惊吓的小女孩儿，寻找着那个失去的世界里失去的安全。

现在她明白了什么才是那个她一直在梦中寻找的避难所，那个总是在迷雾中躲避着她的温暖而安全的地方。那不是阿希礼——哦，从来都不是阿希礼！他顶多不过是一盏沼气灯，并没有多少温暖，或者像一片流沙，更不能让人感到安全。瑞特才是她的避难所，瑞特有强健的臂膀能抱住她，有宽阔的胸膛能让她枕住疲惫的脑袋，能讥笑着让她看清如何正确处理各种事情。瑞特还能理解她，因为就像她自己一样，瑞特有一个实际的头脑，不受什么荣誉、牺牲观念的困扰，也没有什么对人类本质的高尚信仰，他总是实事求是。而且他爱她！她怎么以前没有看出他对她冷嘲热讽，其实却是爱她的？玫兰妮就看出来了，所以她临死的时候才对她说，要“对他好些”。

“哦。”她想，“不是阿希礼一个人糊涂，我本应该早看出来的。”

这么多年来，她一直背靠着瑞特这堵爱之墙，却把瑞特的爱和玫兰妮的爱一样认为是想当然的事，毫不在意，还自诩力量都是从自己身上来的。尽管刚才她明白了在她与生活苦苦斗争时是玫兰妮一直守候在她身边，可她一直到现在才明白是瑞特站在她身后，爱她、理解她、随时准备帮她。是瑞特在义卖会上从她眼中看出了她

等不及想跳舞的渴望，让她领跳弗吉尼亚乡村舞；是瑞特帮她摆脱了服丧期的束缚；是瑞特在亚特兰大陷落的那个晚上护送她冲出大火和爆炸；是瑞特借给她钱，让她启动生意；当夜晚她从噩梦中惊醒时，也是瑞特在那里安慰她……哦，如果不是因为一个男人对一个女人爱到痴迷的地步，谁会做出这样的举动！

露水从树上落下掉在她身上，她丝毫没有察觉。雾气在她四周飘飞，她也没有注意。因为她想起了瑞特黑黝黝的脸庞，一口雪白发亮的牙齿和一双机敏的黑眼睛，她不禁激动得浑身颤抖。

“我爱他。”她想道，像往常一样，她毫不奇怪地就接受了这个想法，就像小孩儿接受礼物一样，“我不知道我是从什么时候爱上他的，但这是真的。要不是因为阿希礼，我肯定早就发觉了。因为阿希礼挡在那里，我从来没有看清楚这个世界。”

她爱他，爱他的无赖，爱他的流氓，爱他做事肆无忌惮、不讲廉耻……至少不像阿希礼那样看重名誉。“让阿希礼的名誉见鬼去吧！”她心想，“阿希礼的名誉总是让我失望。是的，从一开始就是这样，当时他明知家里人要让他娶玫兰妮，却还是不时来看我。瑞特就从来不会让我失望，就像玫荔为阿希礼举办生日宴会那天，他本来可以拧断我的脖子。亚特兰大陷落那天他把我扔在路上，也是因为他知道我会安全的。他知道我不管怎样一定能够挺过去。即使那次在北佬的监狱我跟他借钱，他让我用身子做担保，他也不过是戏弄我而已。他从来都不曾骗过我，他只是戏弄我。我对他一直那么刻薄，他却一直都爱我。我一次又一次地让他伤心，他却顾及脸面，从不发作。美蓝死后……唉，我怎么能那么做呢？”

她直起身子，望着坡顶的房子。半个小时前，她还觉得自己在这个世界上除了钱，什么令生活有意义的东西都没有了——埃伦、杰拉尔德、美蓝、黑妈妈、玫兰妮，还有阿希礼。失去了他们，她

才发现原来她爱瑞特——爱他因为他就像自己一样，强壮、寡廉鲜耻、充满激情、具体实在。

“我要把一切都告诉他，”她心想，“他会理解的。他一直都理解我。我要告诉他，我一直都是个傻瓜，告诉他我有多爱他，而且我要为他做出补偿。”

突然，她觉得自己又强壮、快乐了。她不再害怕黑暗或浓雾，而且她心里在小声地歌唱，因为她再也不会害怕这些了。无论以后迷雾如何在她身边缭绕，她都知道到哪里去寻找安全了。她迈着轻快的步子朝家走去，只是感到这条街太长了，实在是太长太长了。她把裙子提到膝盖，轻快地跑了起来。不过这次她可不是因为恐惧而奔跑，而是因为这条街的尽头有瑞特的臂膀在等待着她。

第六十三章

前门微微敞开着，斯佳丽上气不接下气地跑进门厅，在枝形吊灯五颜六色的灯光下站了一会儿。房子里虽然灯火辉煌，却寂静无声，而且不是那种睡觉时安详的寂静，这种静默中含着不祥的预兆，带着戒备和疲倦。她朝客厅和书房瞥了一眼，见瑞特不在那里，她的心不禁一沉。他难道又出去了——又去了贝尔那里？还是去了不在家吃晚饭时去的那些地方？这可是她没有料到的。

她打算上楼找他的时候，忽然发现餐厅的门是关着的。看到这扇关闭的门，她的心不禁羞愧地缩了一下，她想起这年夏天有好多个晚上，瑞特独自一人坐在那里喝闷酒，直到喝得酩酊大醉，波克才硬把他扶到床上。这都是她的错，不过她要弥补它。从现在开始，一切都会不同了——不过，求求你，上帝，别让他今天晚上喝得太多。他要是喝多了，就不会相信我，他就会嘲笑我，那样我会心碎的。

她轻轻地把餐厅的门推开一条缝，朝里面望去。瑞特坐在餐桌前，颓然地倒在椅子里，面前的酒瓶里满满的，瓶塞没有打开，玻璃杯也没有动过。感谢上帝，他没醉！斯佳丽推开门，努力控制住自己没向他跑过去。但是当瑞特抬起头看到她的时候，他眼睛有一种东西让她愣在门槛上，已经到了嘴边的话也说不出来了。

他用黑色的眼睛平静地看着她，眼中不再有跳跃的光芒，只有

深深的疲惫。尽管斯佳丽头发披散在肩头，气喘得胸口剧烈起伏，裙子上的泥点一直溅到了膝上，但是他全然不动声色，既没有露出惊讶或疑问的神情，也没有嘲弄地朝她撇嘴。他瘫在椅子里，衣服皱巴巴地裹在正在变粗的腰上，他身上的每一根线条都在显示那个优美的身躯被损坏了，那张坚强的脸庞正在变得粗糙。饮酒和放荡破坏了他原本优美整洁的外形，现在他的头已不再像新铸的金币上那个年轻波斯王子的头像，而是旧铜板上那个衰老疲惫的恺撒。他抬起头来看着她站在那里一只手捂在心口，他的目光安静，几乎称得上温和，却把她吓了一跳。

“来，坐在这儿。”他冲她说，“她死了？”

斯佳丽点点头，迟疑地朝他走过去，因为他脸上这副她从来没有见过的表情，心里感到十分疑惑。他没有起身，只是伸出一只脚，将一把椅子推出来，斯佳丽跌坐在上面。她没有料到他这么快就提到玫兰妮。她现在还不想说起她，不想重新体验一小时前的那种痛苦。以后的生活里有的是时间谈论玫兰妮。她现在正迫不及待地想大声喊：“我爱你。”因为只有今天晚上，只有此时此刻，她才想对瑞特如此倾诉。但是他脸上的表情阻止了她，她突然感到玫兰妮尸骨未寒，她实在羞于启齿言爱。

“哦，愿上帝保佑她安息。”他语气沉重地说，“她是我见过的唯一一位十全十美的好人。”

“哦，瑞特！”她凄惨地喊道，因为他的话让她又清楚地想起了玫兰妮为她所做的一切，“你为什么不跟我一起进去？太可怕了——我刚才好需要你！”

“我会忍受不了。”他只说了一句，然后就沉默了一阵，过了一会儿，他才费劲地轻声说，“一位非常伟大的女人。”

他忧郁的目光对着斯佳丽却不是在看她，从他眼里，她看到了

亚特兰大陷落的那天晚上，看到了他告诉她要追随撤退的军队而去时火光照耀下的那种神情。他是个自制力很强的人，却发现自己流露出忠诚的感情，他仿佛为此感到有点儿好笑。

他忧郁的目光越过斯佳丽的肩膀，仿佛看到玫兰妮静悄悄地从屋子的一边朝门走去。他脸上那种永别的神情中既没有伤心，也没有痛苦，只有对自己的好奇，还有早年便失去的感情激荡，然后他又说了一句："一位非常了不起的女人。"

斯佳丽见他如此，不禁浑身一战，刚才让她脚下生出一双翅膀的激情、温暖和喜悦顿时从心中消失殆尽。瑞特是在向这世界上他唯一尊敬的人告别，而她对他此刻的心思却不甚了解，便不由自主感到一种可怕的失落，心中一阵凄凉。她无法完全理解或看清瑞特在想什么，但是他仿佛和她一样，玫兰妮的裙裾也刚刚抚过他的身上，刚刚在临别的拥抱中轻触过她温柔的身体。她看出瑞特眼中逝去的不仅仅是一个女子，而是一个传说——南方正是依靠这样温柔、谦逊，却意志坚强的女子，在战争中才得以保留家园，也正是这些女子自豪地张开双臂拥抱过那些战败归来的将士。

瑞特的眼睛回到了斯佳丽脸上，他的声音变了，变得轻松而又冷峻。

"她死了，你该称心如意了吧？"

"啊，你怎么能说这种话？"她喊了起来，心痛得立刻涌出了泪水，"你知道我有多爱她！"

"我可不敢说我知道。真是出人意料，想想你以前对穷白佬的态度，你能在最后时刻懂得赞赏她真是不容易。"

"你怎么这么说呢？我当然懂得赞赏她！你才不懂呢！你才不像我那么了解她呢！是你不知道她……她有多好……"

"是吗？不一定吧。"

“她想到了所有人，就是没有替自己想……对了，她最后还提起了你。”

瑞特朝她转过身来的时候，脸上流露出一股真情。

“她说什么了？”

“哦，现在别问，瑞特。”

“告诉我。”

他的声音平静，可是那只手却抓得她手腕生疼。她并不想说，因为她可没有打算这样就提到关于她对他的爱，但是他的手不容她不说。

“她说……她说：‘巴特勒船长，对他好些。他非常爱你。’”

他盯着她，放开了她的手腕。他垂下了眼睑，脸上一片茫然。突然他站了起来，走到窗前，拉开窗帘，盯着外面，好像外面除了让人伸手不见五指的浓雾，还有其他可以看得见的东西。

“她说别的什么没有？”他问道，但是并没有转过身来。

“她让我照顾小博，我说我会像对待自己的孩子一样照顾他的。”

“还有呢？”

“她说……阿希礼……她还让我照顾阿希礼。”

他沉默了一会儿，然后轻轻地笑了。

“得到前妻的许可，就方便多了啊？”

“你什么意思？”

他转过身来，她虽然迷惑不解，但是仍然惊奇地发现他脸上没有嘲弄的神色。他的脸色看起来仿佛是一个人在观赏一部乏味无聊的喜剧，没有任何兴趣。

“我觉得我的意思清楚得很。现在玫荔小姐死了，你当然要和我离婚，反正你的名誉也所剩无几，再离一次婚也没什么大不了的。

你也不在乎什么宗教信仰，所以教会影响不了你。然后……带着玫荔小姐的祝福，你和阿希礼的美梦就要成真了。”

“离婚？”斯佳丽喊起来，“不！不！”她一时间觉得语无伦次，猛地跳起身，冲过去抓住瑞特的胳膊说，“你大错特错了！我不想离婚……我……”她停了下来，因为她找不出别的话来。

他一只手端起她的下巴，静静地抬起她的脸冲着光，然后仔细打量着她的眼睛。她抬头看着他，眼中显露出内心活动，嘴唇颤抖着打算开口说话，但是她组织不起语言，因为她正在瑞特脸上寻找回应的感情，寻找跳跃着的希望和喜悦的光芒。他现在肯定明白！但是她急切寻找的目光看到的还是平日常惹她恼怒的那张平静的没有任何表情的黑脸庞。他放开了她的下巴，转过身走回椅子旁，重新疲惫地跌坐在上面，下巴顶着胸口，扬起黑黑的眉毛，用一种冷淡思考的目光望着她。

她也跟着他走到椅子前，绞着两手站在他面前。

“你错了。”她终于能说话了，便又开口道，“瑞特，今天晚上，当我明白后，我就一路跑回来想要告诉你。哦，亲爱的，我……”

“你累了。”他说，眼睛仍然盯着她，“你该上床休息了。”

“可是我必须告诉你！”

“斯佳丽，”瑞特口气沉重地说，“我不想听——什么也不想听。”

“但是你不知道我要告诉你什么！”

“我亲爱的，你的脸上都已经写得清清楚楚了。一些事情……某个人让你明白了那位不幸的韦尔克斯先生就像传说中的死海的苹果，大得就连你也嚼不动。而我的魅力又突然对你显得又新奇又诱人了。”他轻轻地叹了口气，“现在说这些已经没有用了。”

斯佳丽不禁吃了一惊，深吸一口气。当然，他总是能一眼把她看穿。她以前一直讨厌他这种能力，不过现在，虽然被人这么轻易

就看穿，她一开始觉得有些震惊，可是转念一想，她又觉得松了一口气，感到十分欣慰。既然他都明白，都理解，那么她的任务就变得轻松，也变得难以把握了。说这些已经没有用了！他当然为这么长时间被她冷落感到伤心，他当然不信任她的突然转变。她会用温柔来安抚他，用她的爱来使他相信，那将会多么幸福呀！

“亲爱的，我要把一切都告诉你。”她说着把手放在椅子的扶手上，朝他俯下身来，“过去是我错了，我真是个大傻瓜……”

“斯佳丽，别说了。别在我面前低三下四的，我可受不了。少说几句，留点儿尊严，也给我们的婚姻留点儿纪念。最后这一场你就放过我吧。”

斯佳丽猛地站起身来。最后这一场你就放过我吧。他说“最后一场”是什么意思？“最后”又指的是什么？这是他们俩的开始啊。

“可是我一定要告诉你。”她急急忙忙地说，仿佛害怕他会用手捂住她的嘴，不让她说出来，“哦，瑞特，我非常爱你，亲爱的！我肯定这么多年来一直爱你，只是我太傻，以前没有发现。瑞特，你要相信我！”

瑞特盯着站在自己面前的斯佳丽，盯了好长时间，一直盯到斯佳丽的内心深处。她从他眼中看出他是相信自己的话，可是却没有什么兴趣。哦，难道他这次变得不近人情？难道他要折磨她，要对她一报还一报？

“哦，我相信你。”他终于开口说，“但是阿希礼·韦尔克斯呢？”

“阿希礼！”她一边说，一边做了个不耐烦的手势，“我……其实我这么多年来并不真正在意他。那……那就像是从小养成的一种习惯。瑞特，如果我以前就明白他是怎样的一个人，我肯定压根儿不会想他。他虽然整天把真理和名誉挂在嘴边，可实际上他又怯

懦又没有自立能力……”

“不对，”瑞特说，“如果你非得看清他是怎样一个人，那你就应该不带任何偏见去看他。他是一个绅士，只是被困在一个不属于他的世界，他在苦苦挣扎，只是他用的规则属于那个逝去世界。”

“哦，瑞特，我们别说他了！他现在还和我们有什么关系？你难道不高兴吗，知道……我是说，既然我……”

他疲惫的目光与她的目光相遇，她难为情地停了下来，像个少女第一次见情人一样害起羞来。她真希望他能帮她一下，不要让她这么难为情！她真希望他能张开双臂，这样她就可以心满意足地倒在他的膝上，把头依偎在他胸前。她的嘴唇贴在他的嘴唇上，要比她结结巴巴的话语更容易让他明白。但是等她一看他，她就明白他并不是因为不近人情才与她保持距离。他看上去筋疲力尽，仿佛她说的一切都无足轻重。

“高兴？”他说，“要是以前我听到你说这些，一定会吃斋感谢上帝。但是现在，一切都无所谓了。”

“无所谓？你在说什么呀？这当然有关系了！瑞特，你是在意我的，对吧？你一定喜欢我。玫荔说你喜欢我的。”

“就她知道的情况而言，她的话没错。但是，斯佳丽，至死不渝的爱情也会被消磨光，你难道没有遇到过这样的情况吗？”

她看着他，一句话也说不出来，嘴巴张得老大。

“我的爱已经被消磨光了。”他继续说道，“被阿希礼·韦尔克斯和你愚蠢荒唐的固执磨光了，你固执得像只斗牛犬，对自己想要的东西总不肯善罢甘休……我的爱被消磨光了。”

“可是爱不会被消磨光的！”

“你对阿希礼的爱不就消磨光了嘛。”

“可是我从来没有真正爱过阿希礼呀！”

“那你可装得真像……一直装到了今天晚上。斯佳丽，我不是在批评责备你，也不是在谴责你。这种时候已经过去了。所以别跟我争辩、别向我解释了。如果你能听我说几分钟，别打断我，我能让你明白我的意思。尽管上帝做证，我觉得压根儿不需要解释什么，事实就摆在那里。”

斯佳丽坐了下来，刺眼的灯光照在她苍白迷惑的脸上。她望着眼前这双自己那么熟悉，然而又是那么陌生的眼睛，开始听他平静地说着一些对她没有任何意义的话。这是他第一次这么跟她说话，没有尖刻、没有嘲讽、没有影射，就像一个人和另一个人谈话，像其他人谈话一样。

“你难道就从来没有发现我爱你已经爱到一个男人爱一个女人的最大程度？你没有发现在我最后得到你之前，我已经爱了你好多年？打仗那会儿，我离开了就是为了要忘掉你，可是我做不到，最后我又不得不回来。战后我冒着被逮捕的危险，就是为了回来找你。我太爱你了，倘若弗兰克·肯尼迪不是被人打死的话，我肯定会杀了他。我爱你，可我不想让你知道。你对那些爱你的人太残忍了，斯佳丽。你抓住他们的爱，像鞭子一样在他们头上挥舞。”

瑞特的这番话只有他爱她这个事实对她有意义。他声音里微微带出的热情，又让她重新感到高兴和兴奋。她坐在那里屏息聆听，等瑞特把话说完。

“我知道我们结婚的时候你并不爱我，我也知道你和阿希礼的事，但是我当时真傻，我以为我能让你爱上我。如果你想笑就笑吧，但我那时就是想要照顾你、宠爱你，让你得到想要的一切。我想和你结婚，想保护你，给你自由做任何能让你高兴的事——就像我对美蓝一样。你曾经与生活艰苦地斗争，斯佳丽。没人比我更清楚你经历的一切，我想让你不必再斗争，我想替你去斗争。我想让你像

个孩子一样玩耍，因为你本来就是个孩子，一个受了惊吓的勇敢的孩子，一个固执的孩子。我觉得你现在仍然是个孩子。只有孩子才会像你这样固执任性、感觉迟钝。”

他的声音平静而疲倦，但是音质中有种东西让斯佳丽隐约产生些可怕的回忆。她以前在生命中另一个转折关头也听到过这样的声音。那是什么时候？这是一个男人毫无感情、毫无畏惧，然而也是毫无希望地面对自己和这个世界时发出的声音。

哦，那是阿希礼，那年冬天在塔拉，在寒风呼啸的果园里，和她说起什么生活有如影子戏，声音虽然疲惫而平静，却比绝望痛苦的哀号更让人觉得命运无法改变。尽管阿希礼说的那些可怕的事情她并不明白，但他的声音还是让她不寒而栗，而瑞特现在的声音也让她的心直往下沉。他的声音、他说话的方式，比他的话更让她心烦意乱，让她觉得自己几分钟前的高兴和兴奋过早了。有个地方不对劲，而且很不对劲。她不知是什么地方不对了，她只能屏息听他说，眼睛盯着他那张古铜色的脸庞，希望从他的话里听出些能驱散她心中恐惧的内容。

“很明显，我们俩可谓是天生一对。我显然是你认识的男人中唯一能够在知道你的真面目后还会爱你的，因为你和我一样冷酷无情、贪婪，而且不择手段。我爱你，我只好试试自己的运气。我以为你最终会忘掉阿希礼。但是，”说到这里，他耸了耸肩膀，“我用尽了一切办法，可就是不管用。要知道我是那么爱你，斯佳丽。如果可能的话，我爱你会比任何一个男人爱一个女人时都更温柔、更体贴。可是我不能让你知道，因为我明白那样的话你会认为我软弱，会利用我的爱对付我。但是你心里总是想着阿希礼，这都要把我气疯了。我无法每天晚上坐在你对面，因为我知道你心里巴不得阿希礼坐在我的位置上。而且晚上我也无法把你搂在怀里，因为我知道——不过，现在一

切都无所谓了。现在我倒奇怪当时我怎么那么难受。这就是我为什么去找贝尔，尽管她是个大字不识的妓女，可是她一心一意地爱我，把我当成绅士一样尊敬，和她在一起当然有种舒适，她安慰了我受伤的虚荣心。你却从来没有给过我安慰，亲爱的。”

“哦，瑞特……”听到他提起贝尔的名字，斯佳丽感到很伤心，于是开口说，但是瑞特摆手让她住口，自己继续说下去。

“那次，那天晚上我把你抱上楼……我想……我希望……我是满怀希望，所以我第二天早晨都不敢面对你，害怕我弄错，害怕你并不爱我。我害怕你嘲笑我，于是我逃跑了，出去喝得大醉。等我回来的时候，我的腿都在发抖，要是你能到半道来迎接我，给我些暗示，我想我一定会扑倒在地亲吻你的脚，可是你没有。”

“哦，瑞特，可我当时确实想要你，而你却那么可恶！我当时确实想要你！我想那是……那是我第一次发觉自己爱上你。阿希礼……从那以后，我再也没有喜欢过阿希礼，可你却那么可恶，我……”

“哦，那么说，”瑞特说，“我们误会对方了，是吧？但是现在一切都无关紧要了。我只是把一切都告诉你，省得你日后想不通。当你病倒了，那可都怪我，我站在你的门外，希望你能叫我的名字，但是你没有，于是我明白自己一直都是个傻瓜，一切都结束了。”

他停了下来，像以前阿希礼经常做的那样，眼睛越过她望着前方，好像在看着她无法看到的东西，而她只能瞪着他沉思的面容，一句话也说不出来。

“不过那时还有美蓝，让我觉得并不是一切都完了。我喜欢把美蓝当成你，好像你又变成战前那个小姑娘，贫苦还没有在你身上留下痕迹。她也确实很像你，那么聪明、那么勇敢、那么欢快，精力充沛，我可以像希望宠爱你一样宠爱她、娇惯她。不过她并不全

像你，她爱我。这真是老天恩赐我，我可以把你不要的爱给她……可是她一死，把一切都带走了。”

斯佳丽突然为他感到难过，难过得让她忘却了自己的痛苦，忘却了害怕他这番话隐藏的意思。这是她平生头一回替别人感到难过而没有同时感到瞧不起他，因为这是她头一回如此接近了解另外一个人。现在她能够理解他的精明小心、顽固骄傲，她自己就是这样，他无法承认他对她的爱，就是因为他怕遭到拒绝。

“哦，亲爱的。”她一边说，一边身子朝前，希望他能张开双臂把她拉到膝前，“亲爱的，我真是太对不起你了，可我会全都弥补起来的！既然我们明白了一切，我们以后一定会幸福的，哦，瑞特……看着我，瑞特！我们……我们还可以再要孩子，不一定像美蓝，不过……”

“谢谢你，不了。”瑞特说，好像在拒绝一块面包似的，“我不会拿自己的心冒第三次险。”

“瑞特，别这么说！哦，我说的你难道不明白吗？我已经对你说对不起了……”

“亲爱的，你可真是个孩子。你以为说一句‘对不起’，就可以弥补这么多年的错误和伤害，一切就可以从心里抹掉，所有的毒液都可以从旧伤口里吸出吗？……给你手绢，斯佳丽。无论你遇到什么紧急关头，我还没见你用过手绢呢。”

她接过手绢，擤了擤鼻子，然后又坐了下来。他显然不会把她搂进怀里了。他说爱她现在显然毫无意义。那是很久以前的事，如今他回首往事仿佛不曾发生在他身上似的。这真是太可怕了。他几乎用和蔼的目光瞅着她，眼睛里充满沉思。

“你多大了，亲爱的？你以前总是不愿告诉我。”

“二十八。”她将手绢捂在嘴上，声音闷闷地回答。

“年纪不算大嘛。对于已经赢得了世界，失去自己灵魂的人来说，这个年纪可是很小，对不对？别这么害怕，我不是说你会因为和阿希礼的事要受地狱烈火的煎烤，我只是这么比喻地说说。自从我认识你以来，你一直想得到两样东西。一样是阿希礼，另外一样就是要有多多的钱，可以让世上的人都见鬼去。现在你有钱了，对世上的人已经够刻薄，而且只要你想要，阿希礼也是你的了。可是这些现在似乎又不够了。”

斯佳丽心里害怕极了，倒不是想到要受地狱烈火的炙烤。她心想：“可是瑞特才是我的灵魂，而我却要失去他了。如果我失去了他，其他什么还有什么意义？朋友啦、金钱啦，一切都没有意义了。如果能留住他，我宁愿再变得身无分文。而且，我也不介意重新穿不暖吃不饱。可是他不要……啊，他不会真的不要我的！”

她擦干眼睛，不顾一切地说：

“瑞特，如果你曾经那么爱我，那对我一定还是有感情的！”

“我发现只剩下两种感情，而这两种感情恰恰是你深恶痛绝的……怜悯和奇怪的善意。”

怜悯！善意！“哦，上帝啊！”斯佳丽绝望地想。任何感情都比怜悯和善意要强。每当她对什么人产生怜悯和善意的时候，都会伴随着一种看不起。他难道也看不起她了吗？什么都比这两种感情强啊。无论是打仗那会儿他对她的冷嘲热讽，还是喝醉酒后把她抱上楼，有力的大手把她弄得满身瘀青的那种疯狂，或是那些她现在明白其实包含着苦涩的爱的有气无力的挖苦都比怜悯和善意要强。可现在他的脸上清清楚楚地表明只有这种没有感情的善意。

“你是说我把一切都毁了，你不再爱我了？”

“正是。”

“但是……”她仍然固执地继续道，像个孩子那样觉得说出来，

就能实现自己的愿望，“但是我爱你！”

“那就是你的不幸了。”

斯佳丽立刻抬起头来，想看看这句话里是不是有嘲弄的意味，但是她没有看到。他只是就事论事。可是她仍然不愿相信这个事实，她实在无法相信。她用那双燃烧着绝望之火的吊梢眼固执地盯着瑞特，下巴一下子从柔和的面颊撅起，线条坚硬得和杰拉尔德一模一样。

“别傻了，瑞特！我可以弥补……”

他举起一只手做出一副吓坏了的样子，同时两道黑色的眉毛像以前嘲弄人时一样扬起，呈新月状。

“别摆出这么一副意志坚决的样子，斯佳丽！你把我吓坏了。我看你是打算把对阿希礼那种暴风骤雨式的爱移到我身上来了，我可为自己的自由和内心的平静担心啦。不，斯佳丽，我不会像倒霉的阿希礼那样被你追求。再说，我就要走了。”

她还没来得及咬紧牙关，她的下巴就开始抖了起来。走？不，他决不能走啊！没有瑞特她可怎么活下去？所有的人都离开她了，现在就剩下瑞特一个人了。他可不能走。但是她怎么才能留住他？在他冷静的头脑和冷漠的话语面前，她是那么软弱无力。

“我要走了。我本来打算等你从玛丽埃塔回来后告诉你。”

“你要抛弃我了？”

“别像演戏一样做出一副被遗弃的妻子的模样，斯佳丽，你可不适合这个角色。那么我明白了，你不想离婚或分居是吧？好吧，那我会不时回来，次数多得正好不让别人说闲话。”

“该死的闲话！”斯佳丽恶狠狠地说，“我要的是你，带我一起走吧！”

“不。”他斩钉截铁说。片刻间，斯佳丽差点儿像个孩子一样

号啕起来。她本来想倒在地板上，大哭大闹，顿足捶胸，但是自尊和常识阻止了她。她想：“要是我那么做，他只会嘲笑我，或者只是看着我不管。我可不能哭出来，也不能向他乞求，更不能让他看不起我。即使他不爱我，我也得让他尊重我。”

于是她仰起下巴，强作镇定问道：

“那你要去哪儿？”

瑞特回答时眼中微微露出一丝赞赏。

“可能去英国，也或者去巴黎，也说不定回查尔斯顿向家里人求得和解。”

“可你不是恨他们吗？我常听你嘲笑他们……”

他耸了耸肩。

“我仍然会嘲笑他们，可是我已经到了该结束漂泊的时候了，斯佳丽。我已经四十五岁，人到了这个年纪就会发现他年轻时候轻易摈弃的一些东西，比如家庭观念、名誉和安全，还有先辈等，还是有价值的。哦，我这不是在检讨自己，也不是后悔我做过的任何事。我一直都过得很快活，只是快活得都让我觉得腻味了，现在我想尝试另一种事物。我可不会彻底改变自己，我只是想模仿一些我过去非常熟悉的东西，像无聊透顶的名望什么的，亲爱的，我是说别人的而不是我的名望，还有已经不复存在的那种上流社会镇定自若的尊严和宜人的风度。我年轻时没有认识到这些东西恬淡的魅力……”

斯佳丽听到这些又想起那年冬天在塔拉果园里的情景，当时阿希礼眼中的神色和瑞特现在的神色完全相同。她耳畔清晰地响起了阿希礼的那番话，仿佛现在说话的是阿希礼而不是瑞特。她像鹦鹉学舌一样说起阿希礼当时说的一些话：“就像一件古希腊的艺术品，匀称完整、尽善尽美、富有魅力。”

瑞特警觉地问：“你怎么知道？这正是我的意思呀。”

“这是……是阿希礼曾经说过的，关于以前那个时代。”

他又耸了耸肩，光芒从眼中消失。

“总是阿希礼。”他说完沉默了一会儿，然后才又开口。

“斯佳丽，等你四十五岁的时候，或许你会明白我现在说的话。那时你可能也会厌倦了这种假装的文雅、虚伪的礼貌和廉价的感情。不过我现在说不准。我觉得你会永远贪恋美丽的外表，不会注重实质的。反正我也等不了那么久，而且我也不想等了。我已经没有任何兴趣。我要去那些古老的城镇和乡村去寻找，那里一定还保存着一些昔日的遗风。如今我太多愁善感了。亚特兰大对我来说太年轻、太时尚了。”

“别说了。”斯佳丽脱口而出。瑞特说的话她几乎什么都没听进去，她心里压根儿不愿意接受这些话。她只是知道自己再也无法忍受他这种不带任何感情、口吻强硬的声音。

他停下来，不解地望着她。

“那么，你明白我的意思了，对吧？”他一边问一边站起身来。

她做出一个古老的恳求手势，手心朝上向他伸出两手，心思全都写在脸上。

“不。”她大声道，“我只知道你不爱我了，你要走了！哦，亲爱的，你要是走了，我可怎么办？”

他在那里踯躅了一会儿，仿佛在思量是不是说个善意的谎言而不是告诉她真相，然后他耸了耸肩。

“斯佳丽，我从来没有耐心把打碎的东西捡起来粘好，然后对自己说修好的这个和新的一样。破的终归是破的，我宁愿记住它破碎时的样子，也不愿修好它，一辈子看着那些补丁。如果我还年轻，或许……”说到这里，他叹了口气，“可我现在太老了，再也无法相信什么‘冰释前嫌，从头开始’的感性说法了。再也没法儿承受

为了生活在文雅的幻灭中，一直编织谎言。我没法儿和你生活，对你说谎，也无法对自己说谎。即便是现在我也无法对你说谎。我希望我能关心你今后的一切，可是我做不到。”

他很快地出了一口气，然后轻松而平和地说：

“亲爱的，我可不在乎啦。”

她默默地看着他走上楼去，只觉得喉咙疼得喘不上气来。随着他的脚步声渐渐消失在楼上的过道里，这个世界上对她唯一重要的事也化为泡影。现在她明白了，无论怎样恳求或怎样说服都无法改变他冷静的头脑做出的决定。现在她明白了，他说的每一句话，哪怕是那些轻松说出来的话都是认真的。她明白这一点，是因为她在他身上感受到一种刚正不阿、不屈不挠、毫不退让的性格，而这种性格正是她在阿希礼身上一直寻找却没有找到的。

她爱过的这两个男人，她都从来未曾了解过，于是她把他们都失去了。现在她才懵懂地明白，如果她真正了解阿希礼，她就永远不会爱上他；如果她真正了解瑞特，她也就绝不会失去他。她不禁凄凉地想，这世界上有哪个人是自己真正了解的？

此刻她的头脑中一片混沌，她根据以前的经验知道这种混沌很快就会变成一种剧痛，这就好像被医生用刀划开伤口，一阵短暂的麻木过后，才会疼痛起来。

“我现在先不想它。”她又拿出自己那句口头禅，坚强地想道，“我要是现在不停地想我失去了他，我一定会发疯的，等明天再去想怎么办吧。”

“可是，”她的心却把这口头禅抛开，开始疼得喊了起来，“我不让他走！一定有办法阻止他的！”

“我现在先不想它。”她又大声念叨，努力想把自己的痛苦

抛在脑后，努力想筑起一道堤坝阻挡即将到来的痛苦浪潮，“我要……哦，明天我要回塔拉去。”想到这里她又微微提起一点儿精神。

她曾经因为恐惧和挫败逃回塔拉，在塔拉屋檐的庇护下，她又变得强壮起来，为胜利做好了准备。她以前能做的事——上帝保佑，现在她一定还能做！至于怎么做，她还不知道。她现在还不想考虑。她想做的就是找一个容她思痛的喘息之地，一个能让她舔伤口的安静地方，一个让她计划战斗方案的避风港。她一想到塔拉，就仿佛有只温柔凉爽的手轻抚着她的心。她仿佛看到那座白色的房子透过秋天正在变红的树叶热情洋溢地欢迎她，仿佛感到乡间宁静的暮色在为她祝福，仿佛感到露珠落在连绵数里、郁郁葱葱的灌木丛中，白色的棉桃像星光一样点缀其中，还仿佛看到红土地不加任何修饰的颜色，看到起伏的山岭上阴郁而美丽的松树林。

这幅景象让她恢复了气力，隐隐觉得一丝安慰，心中的伤痛和悔恨少了许多。她就这么站着回想各种细节：通往塔拉阴凉宜人的松柏大道、路边芳香四溢的茉莉花丛、映衬着白墙的青翠草地、随风飘摆的素色窗帘。黑妈妈肯定会在那里。想到这里，她顿时觉得渴望见到黑妈妈，就像小时候需要黑妈妈一样，需要把自己的头埋进她宽阔的胸膛，需要她那只粗糙的大手抚摩自己的头发。黑妈妈是她和过去的最后纽带。

她们家族的人从来不知道什么是失败，即使失败面对面地盯着他们，他们也毫无在乎，抱定这种精神，她仰起了下巴。她一定能留住瑞特，她知道自己一定做得到。只要她想得到，还没有什么男人她得不到的。

“这些等我明天到了塔拉再考虑吧，到那时我就能忍受了。明天，我一定能想出什么办法来留住他。毕竟，明天是另外一天了。”